BASTEI
LÜBBE

NICHOLAS
GUILD

Tiglat-
Sohn des Königs

EINE ÜBERZEUGENDE WIEDERBELEBUNG ASSYRISCHEN LEBENS

Aus dem Englischen von Dorothee Asendorf

BASTEI
LÜBBE

BASTEI-LÜBBE-TASCHENBUCH
Band 25 251

Titel der amerikanischen Originalausgabe:
The Blood Star

Lizenzausgabe: Gustav Lübbe Verlag GmbH, Bergisch Gladbach
Printed in Germany
Einbandgestaltung: K.K.K.
Titelillustration: Norma-Passeig-Vicente
Satz: KCS GmbH, Buchholz/Hamburg
Druck und Bindung: Elsnerdruck, Berlin
ISBN-3-404-25251-9

Der Preis dieses Bandes versteht sich einschließlich
der gesetzlichen Mehrwertsteuer

ὅπερ γὰρ ὁ Δημοσθένης ἐπὶ τοῦ κοινοῦ τῶν ἀνθρώπων ἀποφαίνεται βίου, μέγιστον μὲν εἶναι τῶν ἀγαθῶν τὸ εὐτυχεῖν, δεύτερον δὲ καὶ οὐκ ἔλαττον τὸ εὖ βουλεύεσθαι, ὅπερ οἷς ἂν μὴ παρῇ συναναιρεῖ πάντως καὶ θάτερον ...

…denn was Demosthenes zum gemeinsamen Leben der Menschen äußert, daß es das wichtigste der Güter sei, Erfolg zu haben, das zweite aber – jedoch nicht weniger wichtig –, gut zu planen; diejenigen, welche das nicht besitzen, verlieren auch das übrige ganz und gar.

Longinus 2, 3
»Über Erhabenes«

Dieses Buch ist meinem Freund und Agenten
Al Zuckerman gewidmet

I

Die westlichen Länder – eine blasse Sonne, die mir das Gesicht wärmt, ein linder blauer Himmel, Wind und schimmerndes Wasser, all das sind Gaben seiner freigebigen, kindhaften Götter. Es ist ein Land der Rebstöcke und Obstbäume, der Bauernhäuser aus Stein und einer Erde, welche die Pflugschar zu schwarzen Schollen bricht. Es ist ein Land, das ein Mensch lieben könnte, wenn er nicht von Zeit zu Zeit von seiner fernen Heimat träumte. Wenn er nicht Gast im Garten eines anderen wäre.

Das aber bin ich. Als Knabe wußte ich nichts vom Geschmack der Oliven oder vom Raunen des weindunklen Meeres. Zwar bin ich hier nicht geboren, doch eines steht fest, hier werde ich am Ende sterben. Und diese Zeit scheint nicht mehr fern, denn ich bin alt geworden an diesem fremden Ort – ich, der Sohn und Großsohn von Königen und Herrschern der weiten Welt. Doch diese Herrlichkeit ist dahin. Die Geschichte, welche ich erzähle, handelt von meinem Leben, das der Gott selbst jetzt noch schützend in seiner Hand hält.

Assur, der Gott meiner Väter, er, der mit vielen Namen angerufen wird, der Herrscher der Himmel, der Herr dieser Welt und der nächsten, er, dessen Wille Schicksal ist, er hat diesen Pfad für mich auserkoren, und so greife ich denn wieder zur Feder, um seine Herrlichkeit kundzutun und den Menschen seinen Willen darzulegen und begreiflich zu machen. Ich bin Tiglat Assur, der Diener des Gottes, dessen Namen man bei meinem Erscheinen auf dieser Welt mit dem seinen verband; und vielleicht lebe ich nur deshalb noch, daß ich ihn als letzter preise.

Sie ist zwar nur noch ein Schatten in meinem Hirn, ein armseliger Traum der Erinnerung, und doch trinkt sich mein inneres Auge noch einmal am Anblick des mächtigen Ninive satt. Ninive, die Königin der Städte, welche von aller Welt beneidet wurde. Ich zähle wieder fünfundzwanzig Lenze. Was habe ich nicht schon erfahren? An Ruhm, Reichtum und Macht? An Leere, Verzweiflung, Eifersucht und Bitterkeit über eine verlorene Liebe? Mein Bruder, der nun an Stelle unseres Vaters König ist, wendet sein Antlitz von mir ab. Assarhaddon, einst mein Freund, hat mich verbannt und mich zur Wanderschaft an fernen Stätten der Erde verdammt, auf ewig ein Fremdling, ohne das Recht auf Wiederkehr, es sei denn, ich zahle dafür mit meinem Leben. Ninive, das einst alles barg, was ich liebte, nun muß ich dich fliehen wie ein Sklave, der sich vor dem Angesicht seines Herrn schuldig gemacht hat.

»Er scheide für alle Zeit aus dem Lande Assur und allen Ländern, in denen man die Macht von Assurs König spürt.« So sprach mein Bruder, der mächtige Gebieter, der Herr der Vier Enden der Erde. *»Er verstecke sich in den finsteren Ländern jenseits der Sonne. Entfernt ihn aus meinen Augen! Geh!«*

Die Wachen führten mich ab. Ich sträubte mich nicht. Sie ergriffen mich bei den Armen und entfernten den Stolpernden aus dem Angesicht des Königs, denn ich begriff zu wenig, als daß ich auf eigenen Beinen hätte gehen können. In meinem Kopf war es finster. Mich dünkte, ich war schon gestorben.

Sie brachten mich in einen Raum im Palast meines Vaters – jetzt der meines Bruders, wie nun alle Dinge unter der lichten Sonne –, und Diener nahmen mir die silbernen Gewänder ab, die Zeichen meines fürstlichen Ranges, und gaben mir die Tunika eines einfachen Soldaten. Ich legte sie an, doch ich wußte kaum, was ich tat. Ich setzte mich. Jemand brachte mir einen Becher Wein, doch ich trank nicht aus ihm. Trinkt etwa ein Leichnam die Opfergaben an Wein, die dazu bestimmt sind, seine ruhelose Seele zu besänftigen? Mir stand der Sinn nicht nach Wein, wie ja auch die Toten, deren Mund mit Lehm verschlossen ist, nicht trinken. Schließlich kamen die Soldaten zurück und führten mich wieder ab.

Wohin würden sie mich bringen? Ich wußte es nicht. Ich gehörte nicht mehr zu den königlichen Söhnen des Gebieters Sanherib – ich war hier jetzt ein Fremdling, und sein Erbe und Nachfolger haßte mich. Vielleicht ging ich in den Tod. Aber das galt mir gleichviel.

Doch nicht der Tod erwartete mich. Statt dessen befand ich mich auf einmal in den Palastgärten, wo das Gemurmel des rasch fließenden Tigris, der Mutter aller Ströme, zu hören war und wo ich oftmals meinen alt gewordenen Vater gesehen hatte, wie er sich auf einer Steinbank ausruhte und seine Vögel mit Brotkrumen fütterte.

Die Soldaten gingen ohne ein Wort. Ich war allein. Das kümmerte mich wenig, denn hatte ich nicht schon viele Tage allein in einem Eisenkäfig in den Verliesen von meines Bruders Palast verbracht? Was mir aber das Herz abdrückte, waren die Erinnerungen, die beim Anblick dieser Stätte in mir aufstiegen.

Mein Vater, der König, von einem Mörder erschlagen, als er niederkniete, um zu Gott Assur zu beten. Das hatten wir gerächt, mein Bruder Assarhaddon und ich, und dann hatten wir uns gegeneinander gewandt – besser, er hatte sich gegen mich gewandt. Und das alles nur, weil mein Vater mich liebte und wollte, daß ich ihm als König nachfolgte, auch wenn es gegen den Willen des Gottes war. Und doch wollte ich mich nicht gegen beide, den Gott und meinen Bruder Assarhaddon, erheben. Ich huldigte Assarhaddon – soll er sich doch im Glanz der Krone sonnen, dachte ich –, und das konnte er mir nicht verzeihen.

Dieses nicht, und andere Dinge auch nicht.

Solches geschah im Monat Nisan, wenn der Winter sich langsam zurückzieht und die Welt neu geboren wird. Aber jetzt war es noch eine trostlose Welt. Schon vor langer Zeit hatte es die Blütenblätter davongeweht, und im Schatten der Mauer lag immer noch Schnee. Über mir kein Mond, keine Sterne, nur die matte Schwärze eines kalten, bewölkten Nachthimmels. Ich brauchte mich nur umzublicken und mich dünkte, die Welt wäre zum Stillstand gekommen.

Ich setzte mich auf die Bank, einfach weil ich des Stehens müde war. Ich kann nicht behaupten, daß ich auf etwas wartete – oder etwas erwartete. Leer gähnte die Zukunft vor mir.

Die Vergangenheit jedoch ließ sich nicht beiseiteschieben. Immer wieder stieg sie ungerufen von allein vor meinem inneren Auge auf, vielleicht auch nur, weil ich ihr so völlig ausgeliefert schien.

Mein Vater, wie er auf eben diesem Stein saß, alt und abgekämpft und wissend, daß all seine Hoffnungen, die er in mich gesetzt hatte, nichtig geworden waren. Wie er Assarhaddon gehaßt hatte, ohne daß dieser sich versündigt gehabt hätte. Alte Männer richten Unheil an, wenn ihr Herz finster ist.

Und die Liebe. Assarhamat, meines Bruders Frau. Ich konnte ihr Gesicht sehen, die Tränen in ihren Augen, und ihre Stimme hören …

»Hast du mich in meinem Herzen nicht zur Witwe gemacht?«

»Um deinetwillen würde ich auch König werden«, hatte ich einst zu ihr gesagt, als wir uns noch Hoffnungen machten. *»Um deinetwillen und um die Welt zu verändern.«* Und sie hatte geantwortet: *»Das würdest du tun, Liebster? Doch die Welt wird sich nicht gern von dir ändern lassen.«*

»Du wirst ein Großer sein im Lande Assur«, hatte meine Mutter mir seit meiner frühesten Jugend eingeredet.

»Glaube nicht, daß dich dort Glück und Ruhm erwarten, Prinz, denn der Gott hat einen anderen Weg für dich ausersehen.« Der Ratschlag eines Mannes, der klüger war als meine Mutter.

Worte – Worte, die mir das Hirn verstopften und mich schmerzten wie eine Wunde bei kaltem Wetter. Ich hatte soviel gesehen, soviel gehört, daß ich darüber beinahe blind und taub geworden war.

Aber am Ende vielleicht doch nicht so blind.

Nach und nach, so wie sich einem zuweilen eine Erinnerung aufdrängt, wurde mir bewußt, daß der Garten nicht mehr mir allein gehörte. Ich teilte ihn mit einem anderen Besucher, jemand, der dort so fehl am Platze war wie ich selbst mittlerweile. Ich schaute mich um und überlegte, wer dieser Eindringling sein mochte – vielleicht, endlich, ein Mörder, ausgeschickt von meinem Bruder, daß er sein Gewissen erleichterte, wenn er mir einen Dolch in die Rippen stoßen ließ? –, beinahe war ich enttäuscht, als ich nur einen kleinen Knaben mit schmutzigem Lendentuch erblickte, der die Hände auf dem Rücken verschränkt hatte und mich mit großen, intelligenten und argwöhnischen Augen musterte.

Er stand neben einer Laube, die mit abgestorbenen und vertrockneten Reben überwachsen war – auf einmal ging mir auf, daß es den Knaben frieren mußte, doch wenn das der Fall war, so ließ er sich nichts davon anmerken. Er mochte sechs oder sieben Jahre alt sein, einer aus dem Heer rüder, kleiner Straßenkinder, die auf der Schiffslände und bei den Weinschenken herumlungerten und welche die Eltern vor die Tür gesetzt hatten, weil sie diese nicht länger ernähren konnten. Ein Leben, das zweifellos reich an schlimmen, jedoch nützlichen Lehren war. Ich nahm es dem Kind nicht übel, daß es mich so mißtrauisch musterte.

»Was willst du«? fragte ich den Knaben – das war vielleicht vermessen von mir, aber ich konnte mir einfach nicht vorstellen, daß dieser zerlumpte Junge nur aus Versehen in den geheiligten Palastbezirk hineingeraten war.

»Bist du der Gebieter Tiglat Assur?« wollte er seinerseits wissen, so als ob er seinen Augen nicht traute, »der auf dem Handteller einen Blutstern hat?«

»Das war ich bis vor ein paar Stunden.«

»Zeig her.«

Ich öffnete die Hand und streckte sie ihm hin. Selbst noch im dämmrigen Licht eines mondlosen Abends war mein Geburtsmal sichtbar, dunkelrot und leuchtend wie glühende Kohle – das unauslöschliche Zeichen des Gottes.

»Dann ist das hier für dich.«

Er kam einen Schritt näher und hielt mir auf Armeslänge einen fest aufgerollten und mit einem Faden verschnürten Lederstreifen hin. ich öffnete ihn und rollte den Streifen auf meinen Knien aus; es war so dunkel, daß ich beim Lesen die Augen zusammenkneifen mußte. Ich war nicht einmal überrascht. Die dort enthaltene Botschaft war in hastigen, schräglaufenden, griechischen

Lettern abgefaßt, in einer Handschrift, die mir seit langem vertraut war.

»Erhabener, ich habe deine Wachen bestochen, daß sie dich hierherbringen. Bitte, folge dem Kind, wohin es dich führt, dann entkommen wir vielleicht dem Zorn deines Bruders.«

Mein vormaliger Sklave Kephalos, ein fetter, auf Luxus versessener Halunke, ein Dieb und Feigling, ein Schurke, auf dessen Wort sich weder Mann noch Frau verlassen konnte. Und dennoch und trotz allem mein Freund, die einzige Menschenseele in dem ganzen Labyrinth von Ninive, in deren Liebe ich Vertrauen setzte.

Steifbeinig erhob ich mich von der Steinbank – das machte die nächtliche Kälte, die ich bis jetzt nicht einmal bemerkt hatte – und wickelte mich in meinen Umhang.

»So sollst du denn mein Führer sein, Knabe«, sagte ich mit dem Versuch eines Lächelns, das zweifellos nicht so recht gelingen wollte – der kleine Straßenjunge starrte mich jedenfalls so zynisch erstaunt an, als käme ihm mein Hirn ranzig vor. »Komm, laß uns gehen. Was sollte mich hier noch halten.«

Hinter einem Rebstock verbarg sich in der Mauer eine Tür. Die hatte ich noch nie zuvor bemerkt, und auch mein Vater hatte solch eine Vorrichtung nie erwähnt, aber vielleicht, da selbst Könige Geheimnisse wahren müssen, mochte sie einem Zweck gedient haben, den er gar nicht wissen wollte. Wie auch immer, der Knabe wußte darum und ich jetzt auch.

Er stieß die Tür auf, und wir kamen in einen winzigen Hof, der dem Aussehen nach schon lange vergessen war. Wir überquerten ihn so verstohlen und lautlos wie Diebe und schlichen uns durch ein Labyrinth kleiner Durchlässe voller Abfall und zerbrochener Ölkrüge, bis wir uns unversehens irgendwo unten am Wasser befanden.

Der Ort lag verlassen und dunkel. Eine Wolke hatte sich vor den bleichen Mond geschoben. Ich hörte kein Stimmengemurmel, sondern nur das Flüstern des rasch fließenden Tigris, nirgendwo Lampen, die Lachen von gelbem Licht auf die gepflasterte Straße geworfen hätten. Das hier war die Schiffslände, die zur Nacht so ruhig und leer lag wie eine Bergödnis.

Und dann hörte ich plötzlich keine zehn Schritte von dem Fleck, auf dem ich stand, wie Feuerstein auf Eisen kratzte, und schon knisterte eine Pechfackel und loderte auf. Als sie heller brannte, offenbarte sie den Umriß und am Ende das Antlitz des trefflichen Kephalos.

Mein ehemaliger Sklave gehörte zu den Menschen, die sich Reichtümer zuzulegen schienen wie andere schlechte Angewohnheiten. Sein Vermögen wäre eines Königs würdig gewesen. Er besaß Gold und Silber bei Kaufleuten in fernen Städten. Wahrscheinlich besaß er selbst die Schiffslände, auf der wir jetzt standen. Und doch war er in die verblichene, staubige, grünweiße Tunika eines amoritischen Karawanentreibers gekleidet, und sein großer, brauner Bart, der in der Regel so wohlgekämmt und parfümiert war wie das Schamhaar einer Hure, hing fettig und zerzaust herab. Sein breites Gesicht war sorgenvoll gefurcht und schmutzig. Er hatte die Augen eines Mannes, der viele Nächte nicht geschlafen hat.

Er blickte mich etwas düster an, fand ich, dann wandte er seine Aufmerksamkeit dem Knaben zu, den er heranwinkte. Der Knabe streckte die Hand aus, und Kephalos ließ fünf Kupferschekel hineinfallen, langsam, einen nach dem anderen, doch als sich der Knabe nicht rührte und immer noch die Hand ausgestreckt hielt, da schnaubte er am Ende, als ob von der lasterhaften Welt nichts anderes zu erwarten stünde, und fügte noch einen sechsten hinzu. Sofort schloß sich die Hand zur Faust, und der Knabe verschwand auf nackten Füßen in der Dunkelheit.

»Komm, Herr, wir müssen auf der Stelle aufbrechen«, murmelte Kephalos. »Die Ausgestoßenen kennen keine Ehre, und wenn dieser Bursche nur halb so schlecht und schlau ist, wie er aussieht, dann ist er bereits auf dem Wege, uns an des Königs Wache zu verkaufen. Wir können gar nicht schnell genug verschwinden.«

Und mit einer Behendigkeit, die ich ihm nie zugetraut hätte, war er aufgestanden, und ehe ich wußte, wie mir geschah, hatte er mich untergehakt und führte mich, nein, fast zerrte er mich den Kai entlang.

»Ich habe das Boot für uns lieber gestohlen«, flüsterte er

beklommen, und fast mit geschlossenem Mund, während wir dahineilten. »Es ist ein armseliges Ding, aber so dürfte die Untat unser Gewissen nicht allzusehr belasten.«

»Das armselige Ding« verdient diesen Namen kaum. Man konnte es schwerlich als Boot bezeichnen, denn es handelte sich um das zerbrechlichste aller Flußfahrzeuge, das man *guffa* nannte. Kephalos und ich – und er zählte für zwei – sollten auf einer runden Plattform aus gebündelten Binsen unser Heil in der Flucht suchen. Die Binsen waren untereinander verflochten und mit Pech verstrichen und an den Seiten hielten zehn, zwölf aufgeblasene Ziegenhäute das Boot über Wasser. Gewißlich würde es die Strömung schon auseinandergerissen haben, ehe wir noch die Stadtmauern hinter uns gelassen hatten.

Doch was galt mir das? Wenn ich ertrank und mein Leichnam von den reißenden Wassern weggeschwemmt wurde, bis er sich aufgedunsen und unkenntlich an einem Bündel Uferschilf verfing, was sollte mir das? Ja, da mir der Tod gewiß war, warum also nicht dieser?

Ich schüttelte Kephalos' Hand ab, stellte mich auf den Anleger und blickte mich um, als ob ich in der Dunkelheit meine Augen noch einmal an all dem satt trinken wollte, was ich nun auf immer hinter mir lassen mußte.

»Wir haben Zeit bis Sonnenaufgang«, sagte ich – meine Stimme klang selbst mir hohl und wie das Gemurmel eines Verschwörers, das man von ferne belauscht. »Mein Bruder sagte, bis dann muß ich die Stadt verlassen haben. Wieviele Stunden der Nacht bleiben uns noch?«

Doch Kephalos gab keine Antwort. Er sah mich nur an, als ob sich seine schlimmsten Befürchtungen bewahrheiteten.

Schließlich hob er die Schultern und ließ entmutigt die Hände sinken.

»Herr, du bist ein junger Tor. Hat dich denn das Leben nicht gelehrt, wie einfältig es ist zu erwarten, daß jedermann so ist, wie er scheint, und handelt, wie er redet?«

»Mein Bruder würde nicht …«

»Nein – aber es käme ihm sehr zupaß, wenn man dich dazu bewegen könnte, für immer aus der Welt der Lebenden zu verschwinden, und dann vergiß nicht, daß der König eine Mutter hat. Und die Herrin Nakija hat ihr Wort nicht verpfändet und fürchtet, wie du wissen dürftest, weder Gott noch Menschen. O Herr, laß uns diesen Ort fliehen!«

Assarhaddon, Nakija – das waren lediglich Namen, die in ein Leben gehörten, das ich weit hinter mir gelassen hatte. Sie konnten mir nichts anhaben, selbst wenn sie mir das Leben nahmen, und so hatte ich nichts von ihnen zu befürchten. Ich war so mit mir selbst beschäftigt, daß ich nicht einmal mehr wußte, was Angst ist.

Dennoch war es leichter nachzugeben als sich zu widersetzen. Denn widersetzen hieße eine Wahl treffen, zu handeln, sich zu benehmen, als ob das Leben noch irgendeinen Sinn hätte, und dazu war ich immer noch zu sehr benommen. Und so ließ ich mich erneut von Kephalos beim Arm ergreifen und mich die Steinstufen des Kais hinunterführen, wo unser kleines Boot auf dem Wasser dümpelte wie ein Stückchen vertäuter Kork. Ich nahm vorn Platz, wandte das Gesicht vom Fluß ab und sah zu, wie mein ehemaliger Sklave, jetzt mein Gefährte auf der Flucht, das Tau losband. Sofort ergriff uns die Strömung, und wir trieben mitten auf den Tigris hinaus und ließen seine Ufer hinter uns.

Eine Stunde später konnte ich im ersten blassen, grauen Licht der Morgendämmerung gerade noch die Umrisse der Wachttürme ausmachen. Mein letzter Blick auf Ninive, dachte ich. Wahrhaftig, es war geschehen. Ich war aus der Stadt geflohen und war nun ein Verbannter, ein Mann, den kein Land willkommen hieß und der lernen mußte zu vergessen, daß er jemals eine Heimat gehabt hatte.

Drei Tage lang ließen wir uns vom Fluß treiben. Am ersten Tag kamen wir am Spätnachmittag an den Mauern von Kalach vorbei, wo mein Bruder als *marsarru* als Erstgeborener des Königs und sein Erbe residiert hatte und wo man sein Hirn langsam durch Mißtrauen und Angst vergiftet hatte, und am zweiten erblickten wir das heilige Assur selbst, die Stadt des Gottes, die Mutter unserer Rasse.

»Du wirst ›Lebewohl‹ sagen, bis deine Zunge des Klanges

überdrüssig ist.« So hatte es der *maxxu* geweissagt, und alles war eingetroffen. Es war schon seit langem eingetroffen.

Und zur Nacht zogen wir dann wohl unser *guffa* ans Ufer und legten ein kleines Feuer an, da Kephalos eine panische Angst hatte, wir könnten im Finstern kentern, von den schwarzen Wassern mitgerissen werden. Kephalos häufte einen Berg Binsen über sich und schlief schnarchend wie ein Wasserbüffel, während ich an der roten Feuersglut saß und von Träumen gequält wurde, die mich am Schlafen hinderten wie Todesahnungen.

Träume? Schlimmer noch als Träume. Aus Träumen erwacht man. Die Erinnerung läßt sich nicht so leicht abschütteln. Träume sind Trugbilder – oder vielleicht, bestenfalls, eine Warnung der Götter. Die muß man nicht achten. Doch Gebete vermögen nichts auszurichten gegen das, was man erlebt und gesehen hat und das aus diesem Grund so fest und unwandelbar ist wie die Erde selbst. Man kann die Vergangenheit nicht ändern, und die Erinnerung, ihr Abbild, kennt kein Erbarmen, selbst wenn wir noch so fromm um Erlösung flehen. Die Erinnerung fängt uns in ihrem Netz wie einen Fisch.

Des Nachts konnte ich nicht schlafen. Nur bei Tageslicht, wenn das Ufer vorbeiglitt und die Sonne mir ins Gesicht schien, vermochte ich die Augen zu schließen und beim Plätschern des Wassers der Erschöpfung in die Arme zu sinken. Und während ich schlief, fand meine Seele Ruhe, denn ich träumte nicht.

So ging es drei Tage lang; wir tranken das kalte, flinke Wasser des Tigris und ernährten uns von einem Beutel Datteln, welche der kluge Kephalos im Basar erstanden hatte. Ich überließ alles ihm – ich schlief nur und aß und starrte zurück in Richtung Ninive, als wollte ich immer noch einen letzten Blick darauf erhaschen. Während dieser Zeit machte ich kaum den Mund auf – außer um Assarhaddon zu verfluchen und mich selbst auch und die Bosheit des Gottes, der mich anscheinend verlassen hatte. Das waren die Themen, um die jeder meiner Gedanken kreiste wie ein Milan über einem verletzten Tier, während er darauf wartet, daß es stirbt.

Mein besonderer Haß aber galt dem Gott dafür, daß er mir seine Gunst erwiesen hatte, nur um damit meine Verbannung um so finsterer zu machen. Man hatte mich ›den, welchen der Gott liebt‹ genannt, und ich hatte hart, ja, sogar gegen mich selbst gekämpft, daß ich sein Diener blieb. Für ihn aber war meine Ergebenheit ein Witz gewesen. Zuweilen dünkte mich, ich könnte ihn lachen hören.

Kephalos fürchtete schon, daß mir von all dem Elend das Hirn geronnen wäre, und so versuchte er von Zeit zu Zeit, mich wachzurütteln, mich aus diesen bitteren Gedanken zu reißen, doch seine Worte waren in meinen Ohren wenig mehr als Fliegengesumm. Ich vernahm sie kaum. Schließlich gab er es auf und überließ mich meinem Schweigen, da ich gewillt schien, mich selbst lebendig zu begraben – und wenn ich je im Leben wahnsinnig, von Sinnen und für die Welt verloren war, dann damals.

Doch die menschliche Rasse wäre längst ausgestorben, wenn sie ewig nur finster brüten würde, und so kommt es, daß man irgendwann wieder bei Sinnen ist, sobald diese genesen und aufnahmefähig sind. Irgendein alltägliches, unvorhergesehenes Ereignis weckt sie wieder. So geschah es auch mir, denn als am vierten Morgen unserer Flucht vor dem Zorn meines Bruders der Tag heraufdämmerte, da stellte es sich heraus, daß unser *guffa* verschwunden war.

Eine ganz gewöhnliche Katastrophe. Wie immer um diese Jahreszeit, wenn der Schnee in den nördlichen Bergen schmilzt, war der Fluß im Laufe der Nacht angestiegen – das war ganz deutlich zu sehen, denn der Wassersaum war nur noch drei, vier Schritt von unserem kalten Lagerfeuer entfernt – und hatte still wie die Hand des Todes unser kleines Binsenfloß mit sich genommen.

Vielleicht war ich ohne es zu wissen eingeschlafen, oder vielleicht war ich zu geistesabwesend gewesen, um es zu bemerken, doch diese Wendung der Dinge überraschte mich genauso wie Kephalos.

»Dann werden wir zu Fuß laufen müssen«, sagte ich und erschrak ein wenig beim Klang meiner eigenen Stimme. »Wenn wir dem Fluß folgen, müßten wir zu einem Dorf oder vielleicht zu einem Bauernhof kommen, wo wir Pferde kaufen können. Du, mein Freund, warst doch gewißlich so klug, uns mit Geld zu versehen?«

Ich lächelte ihm zu, doch er sah mich nur mit großen Augen an, als versuchte er sich an einem Zaubertrick. Fast hätte ich laut aufgelacht, denn unversehens spürte ich, wie Hoffnung und Leben zurückkehrten. Wir saßen mitten in Assarhaddons Reich fest, wo mein Leben verwirkt war, falls man mich erkannte und ergriff, doch das war lediglich eine von vielen Schwierigkeiten, die es zu bewältigen galt, schließlich war dies der Stoff, aus dem das Leben ist. Das hatte ich beinahe vergessen gehabt. Ich freute mich, daß es das *guffa* fortgerissen hatte, denn dadurch war mir wieder eingefallen, daß in meinen Adern Blut und nicht etwa Flußwasser rann.

»Geld, Gebieter? Was …?«

Da mußte ich denn doch lachen, und dann ging auch Kephalos der Witz auf, er schlug sich auf die Schenkel und stimmte erleichtert in mein Lachen ein.

»Ja, Gebieter. Viel Geld – alles Geld dieser Welt!«

Und wir lachten und lachten, wir reichen Männer, die an einem schlammigen Flußufer gestrandet waren.

Zwar standen wir auf dem westlichen Ufer des Flusses, doch ich brauchte mich nur umzuschauen, und schon wußte ich, wo wir uns befanden. Hier war ich viele Male als Soldat im Heer des Königs auf dem Weg nach Chalule und Babylon oder irgendeinem anderen Ort vorbeigezogen, wo Männer ihre Gebeine zum Bleichen in der Sonne zurückgelassen hatten. Der Tigris sieht anders aus, nachdem er sich mit dem Kleinen Zab vereint hat, so als wäre er auf der Reise gen Süden irgendwie faul geworden. Als fehlte ihm der Anblick der Berge, die er hinter sich gelassen hatte und als wäre es ihm gleichgültig, wie träge er sich auf die Länder Akkad und Sumer zuschlängelte, die so weit das Auge reichte, schlammbraun und tennenflach waren.

»Sind wir gestern linker Hand an einer Stadt vorbeigekommen? Hatte sie Mauern aus rotgetünchten Ziegelsteinen, und standen die Wachttürme so dicht zusammen wie Rebstangen?«

»Ja, Gebieter – ein oder zwei Stunden nach Mittag.«

»Dann haben wir Ekallate bereits hinter uns.« Ich blickte

stromabwärts und schirmte meine Augen dabei mit der linken Hand gegen die aufgehende Sonne ab. »Das ist gut so. Die Garnison dort wimmelt von Soldaten, die noch unter dem Eindruck von Borsippa und Dilbat stehen und glauben, in Assarhaddon ihren Helden gefunden zu haben. Ich würde es nicht wagen, mich dort blicken zu lassen, doch in Birtu dürften wir sicherer sein.«

»Soldaten sind Soldaten – ich sehe nicht ein ...«

Kephalos machte eine verzweifelte Geste, er glaubte wohl, ich sei noch immer nicht ganz bei Trost, sowie ich von Sicherheit unter der Nase des königlichen Heeres sprach. Ich konnte es ihm nicht verdenken, doch ist Sicherheit immer relativ.

»Ich kenne den Befehlshaber«, gab ich zurück. »Ich glaube nicht, daß er uns verraten würde. Vorsichtshalber wollen wir ihn nicht in Versuchung führen, denn zu diesen Zeiten brennen Assarhaddons Diener alle darauf, ihre neuerworbene Treue unter Beweis zu stellen, aber Zerutu Bel ist immer ein Mann von Ehre gewesen. In Birtu können wir dann endlich kaufen, was wir brauchen, und wenn es meinem Bruder beliebt, zu seinem Wort zu stehen, so haben wir vor den Reitern aus Ninive immer noch einen Vorsprung von ein, zwei Tagen.«

»Wie weit ist es bis Birtu, Gebieter?«

»Ein Zweitagemarsch, wenn wir flott ausschreiten.«

»Und das alles von ein paar Datteln, die einem im leeren Magen herumkullern?« Mein vormaliger Sklave setzte sich auf den Binsenhaufen, der ihm gerade erst als Bett gedient hatte, und schlug die Hände vors Gesicht. »Ein Zweitagemarsch, und das mir, einem Mann von Bildung und Kultur mir, Kephalos von Naxos, ehemals Arzt des königlich assyrischen Hauses! Fluch über die Götter und die Stunde, die mein Geschick mit dem eines staubverschmutzten Soldaten verband.«

Minutenlang wollte er sich nicht trösten lassen, noch konnte ich ihn dazu bewegen, die Reise zu Fuß fortzusetzen, dafür aber fraß er sich vor Erregung und Angst unentwegt durch unseren geschrumpften Dattelvorrat. Erst als er beinahe alle aufgegessen und sich eine bessere Laune angefrühstückt hatte, ließ er sich dazu herab aufzustehen.

»Gut, was sein muß, muß sein«, sagte er und streckte sich wie eine überfütterte Katze. »Vermutlich bin ich noch vor Einbruch der Nacht an Erschöpfung gestorben.«

Natürlich starb Kephalos nicht an Erschöpfung oder dergleichen, aber wir schritten auch nicht flott aus und erreichten Birtu nicht binnen zwei Tagen. Die Schuld daran trifft mich genausogut wie ihn, denn er war zwar fett und nicht an die Härten des Gewaltmarsches gewöhnt, doch ich hatte den größeren Teil des vergangenen Monats in einem Käfig im königlichen Verlies zugebracht und darauf gewartet, wie mein Bruder, der König, mit mir verfahren würde. So hatte ich bei Sonnenuntergang auch Blasen an den Füßen, und während ich sie mit Flußschlamm einrieb, damit sie weniger schmerzten, malte ich mir aus, daß ich vielleicht lebenslang ein Krüppel bleiben würde.

Aber als der Morgen heraufdämmerte, ein Frühlingsmorgen, doch kalt wie im Winter, da waren wir froh, daß wir uns endlich wieder bewegen konnten. Und nach einer Stunde, als unsere Gelenke nicht mehr steif waren und wir spürten, wie die Bewegung sie erwärmt hatte, da hörte auch Kephalos für ein Weilchen auf zu wehklagen.

Am späten Nachmittag des dritten Tages, der sechste auf unserer Flucht aus Ninive, wurden wir endlich mit erschöpften Gliedmaßen und leerem Magen Birtus ansichtig. Das war eine Marktstadt, die eine kleine Garnison Soldaten beherbergte und Mauern aus Lehm hatte, welche die reinste Augenwischerei waren – kein feindliches Heer, das so tief ins Heimatland Assurs eingedrungen war, hätte sich von ihnen aufhalten lassen, aber das hatte seit vierhundert Jahren auch niemand versucht. Am Abend dann, gerade vor Einbruch der Dämmerung, schritten wir inmitten einer Menge Stadtvolk und fremdländischer Händler und Bauern mit ihren Ziegen und Ochsenkarren durch das Haupttor, so daß die Wachen auf ihren Wachttürmen uns überhaupt nicht bemerkten.

»Suchen wir uns eine Schenke«, sagte ich, »wo wir uns ein Becken heißes Wasser und Platz auf dem Fußboden für eine Schlafmatte kaufen können.«

»Ja, und wo wir frisch geschlachtetes Lamm essen und Wein trinken können, und wo die Huren hübsch sind«, lächelte Kephalos voller Vorfreude. »Aber ich habe so meine Zweifel, ob ich heute abend einer Frau Gerechtigkeit widerfahren lassen kann, doch morgen ist auch noch ein Tag – so kann ich mich auf etwas Schönes freuen, derweil ich mich vollfresse und vollaufen lasse.«

»Lieber keine hübschen Huren. Lieber eine bescheidene Herberge, wohin sich ein gemeiner Soldat schämen würde zu gehen. Ich habe keine Lust, auf irgendeinen alten Soldaten zu stoßen, der mich vom Sehen her kennt.«

»Immer mit der Ruhe, Gebieter. Wie stets hat dein Diener vor allem dein Wohl im Sinn und ist da auf etwas verfallen, was dergleichen unselige Begegnungen verhindern wird.«

Er lächelte und schien nicht weiter auf seine Pläne eingehen zu wollen, dann berührte er meine Schulter und führte mich in eine Seitenstraße – Kephalos hatte eine Nase für Stätten, wo man sich erholen konnte; so waren wir denn auch noch keine hundert Schritt gegangen, als wir auf eine gefällige Weinschenke stießen, wie ich sie so nur von Ninive her kannte.

Als wir mit verschmutzten Beinen eintraten und uns den Staub von vielen Reisetagen aus den Kleidern klopften, wollte uns die Wirtin nicht mit offenen Armen empfangen. Dem Aussehen nach war sie fremd hier – ich schätzte, daß sie in Musri oder Tabal geboren und von einer Karawane als Sklavin hierhergebracht worden war, denn ihr Gesicht hatte jenen mürrischen Anflug, wie er dieser Rasse eigen ist – und die Tage ihrer Jugendblüte lagen auch schon etwas zurück; sie trug keinen Schal, aber sie hatte sich die Ecke eines Tuches übers Haar gelegt, um anzudeuten, daß sie eine Nebenfrau war oder gewesen war und deshalb mehr Achtung genoß als die Schenkenmädchen, die den Männern Wein und Essen brachten. Und die Männer durften die Aufwartenden liebkosen, wie immer es ihnen gefiel. Sie verschränkte die Arme vor den mächtigen Brüsten und musterte uns unter schweren, gesenkten Brauen, so als wollte sie ein Paar offensichtliche Landstreicher wie uns davon abhalten, ihre Gastfreundschaft oder ihr Gasthaus mit den frisch gekehrten Fliesen in Anspruch zu nehmen.

Doch Kephalos, der sich auf die Kunst dieser Art Unterhandlungen verstand, ließ sich nicht aus der Ruhe bringen. Er zog lediglich die Hand aus einer Geheimtasche im Busen seiner Tunika und ließ Silbermünzen durch die Finger zu Boden regnen. Schon lag die Frau auf den Knien und demütigte sich vor diesem mächtigen Gebieter, welcher sich aus ihr unerfindlichen Gründen lieber als Bettler verkleidete, während sie gleichzeitig mit einer einzigen geschickten Handbewegung der Rechten seine großzügige Gabe einsammelte.

»Einen sauberen Raum, Frau«, sagte er auf Aramäisch – also mutmaßte er ungefähr das Gleiche wie ich über ihre Herkunft –, »und heißes Wasser für meinen Diener und mich zum Waschen, und frische Kleidung, und Essen und den besten Wein, den man in diesem Hundeloch bekommen kann. Willst du uns ewig warten lassen?«

»Ja, hoher Herr – ich meine, nein!« Sie kam auf die Beine und ergriff Kephalos sofort beim Arm und führte ihn so sanft durch den Vorhang vor einer Türöffnung, als ob er nicht nur reich, sondern auch gebrechlich wäre. Mich übersah sie geflissentlich und überließ es mir, ob ich folgen wollte.

Ein paar Minuten später lagen wir ausgezogen bis auf die Haut auf lieblich duftenden Binsenmatten und wuschen uns das Gesicht, während vier kichernde Huren in durchsichtigen Leinentuniken uns emsig duftendes Öl in Rücken und Gliedmaßen rieben. Zwischen uns auf dem Boden stand ein Krug mit kühlem, libanesischen Wein, und mir stieg bereits Bratenduft in die Nase.

»Ich habe ein Rasiermesser in meiner Tasche«, sagte Kephalos und neigte den Kopf vertraulich zu meinem Ohr wieso, das weiß ich nicht, denn er sprach Griechisch, das diese Frauen gewißlich noch nie im Leben gehört hatten. »Der Trick geht so: Wir werden uns den Bart abrasieren. Ohne Bart ist ein Mann unkenntlich, und da ein glattes Gesicht hierzulande nicht Mode ist, werden uns alle für Fremde halten. Das stimmt in meinem Fall natürlich, doch dir werden sie es genauso abnehmen – nichts für ungut, Herr, aber es ist doch so, daß du als halber Grieche nicht wie ein echter Assyrer aussiehst.«

Eine der Huren, ein pausbäckiges Dingelchen, das nur aus Lächeln und Grübchen zu bestehen schien, massierte Kephalos den mächtigen Leib und kicherte, als hätte er gerade einen Witz gemacht. Er faßte nach hinten und kniff sie ins Knie, und sie lachte noch lauter.

»Siehst du, Gebieter? Einem Fremdling gedeiht alles besser.«

»Ja – das ist nicht zu übersehen.«

»Dann ist das mit den Bärten also abgemacht, auch wenn mir das Herz blutet, mich von meinem zu trennen. Er hat immer eine große Anziehungskraft auf Frauen ausgeübt, aber vielleicht bin ich mittlerweile in ein Alter gekommen, in dem mir solche Dinge allmählich gleichgültig werden sollten.«

Und während er sich so ins Unvermeidliche fügte, trat unsere Gastgeberin mit einer Schüssel blutroter Granatäpfel ins Zimmer, und hinter ihr trug eine Dienerin einen großen Teller, wo sich auf einem Bett aus Hirsebrei Lammbratenstücke häuften. Sie schenkte Kephalos ein Lächeln, das den Eindruck erweckte, dieser möchte ihr wohl auch zusagen, und nachdem sie das Mädchen mit den Grübchen fortgescheucht hatte, hockte sie sich neben ihn auf den Boden und fuhr ihm mit den Spitzen ihrer schweren, beringten Finger übers Haar. Diese Aufmerksamkeiten schienen Kephalos zu gefallen. »Der wohledle Herr möge es unserem ärmlichen Haus nachsehen, daß wir seine Erscheinung falsch eingeschätzt und unter den schmutzigen Lumpen nicht den Gebieter erkannt haben. Ist dem wohledlen Herrn ein Unglück zugestoßen?«

»Wir sind von Räubern überfallen worden, die uns die Pferde und Packtiere gestohlen haben«, erwiderte er, wobei er sich auf den Rücken rollte und ihr anhand seiner steil aufgerichteten Mannheit anschaulich machte, daß er für die Tröstungen, die ihr ›ärmliches Haus‹ zu bieten hatte, durchaus empfänglich war. »Sie waren so zahllos wie Fliegen im Sommer, diese wüsten, feigen Teufel. Nur unser standhafter Widerstand hat sie davon abgehalten, uns das Leben zu nehmen – und dann beim Fleddern meines Leichnams zu entdecken, daß ihnen der größere Teil der Beute entgangen wäre.«

»Der Tapfere kennt keine Gefahr.« Sie kniete sich hin und neigte ihm das Gesicht zu, daß sie ihn auf die Stirn küssen konnte. »Du beehrst uns, wohledler Herr. Alles, was wir haben, ist dein. Ich heiße Kupapiyas, falls es dich nach mir gelüsten sollte. Ich bin im Lande Hatti geboren, wo man die Frauen noch lehrt, wie wichtig es ist, einem großen Herrn das Leben angenehm zu machen.«

Aha – in diesem einen Punkt hatte ich also recht gehabt, denn seit Menschengedenken herrschten in Musri und Tabal die hethitischen Könige.

»Hast du viel Kundschaft von der Garnison, Herrin?« fragte ich.

Zum ersten Mal hörte sie jetzt meine Stimme, und ihr Klang schien ihr nicht zu gefallen. Kupapiyas von Hatti verrenkte sich den Kopf, um mich anzuschauen, und ihre Augen wurden schmal, weil jemand so Niedriges wie ich es wagte, das Wort an sie zu richten.

»Mein Diener meint zweifellos, daß wir Pferde brauchen«, hakte Kephalos rasch ein und kam mir zu Hilfe. »Da wir hier fremd sind, kannst du uns vielleicht verraten, ob es für den Befehlshaber eine Zumutung wäre, wenn wir ihn in dieser Sache angingen. Mir ist da der Name eines gewissen Zerutu Bel genannt …«

»Der *rab abru?* Ha!«

Und schon setzte sie sich auf, ihre große Kehrseite platschte auf den Boden und breitete sich aus wie ein aufgeschlitzter Getreidesack.

»Wenn ihr mit dem Geschäfte machen wollt, dann müßt ihr euch schon weiter bemühen, als euch lieb sein mag – auf Befehl des Königs in Ninive hat man ihm nämlich die Kehle durchgeschnitten und seine Leiche vor die Tore geworfen, daß die Hunde sie fressen. Das war vor fast einem Monat. Jetzt haben wir einen neuen *rab abru,* einen Schurken namens Dinanu, der euch sogar seine Mutter verkaufen würde, wenn ihr die haben möchtet. Mit ihm müßt ihr reden, wenn ihr Pferde haben wollt.«

Ich kann nicht behaupten, daß ich nicht erschrak, als ich vom Tode Zerutu Bels hörte. Er hatte nicht zu den Rebellen von Khanirabbat gezählt, und soviel ich wußte, hatte er sich auch nicht an den Verschwörungen meiner königlichen Brüder Arad Malik und Nabuscharusur beteiligt, aber es hatte den Anschein, als ob selbst Unschuld unter Assarhaddons Herrschaft keinen Schutz mehr böte. Die Kehle durchgeschnitten und der Leib Hundefraß – gab es etwas Schändlicheres für einen tapferen Mann und treuen Soldaten?

Aber wieso überraschte mich das? Hatte doch auch ich Vertrauen in Assarhaddon gesetzt – und das hatte ihn um so mehr aufgebracht, da ich ihm doch unseres Vaters Thron streitig machte. Soweit konnte sich die Phantasie eines – *rab abru* von Birtu niemals versteigen – und dennoch war ich jetzt ein Flüchtling, ein Mann, der sein Leben weitaus mehr verwirkt hatte als der niedrigste aller Untertanen meines Bruders. Wie hatte ich mir nur einbilden können, daß sich Assarhaddons Wut nur auf mich beschränken würde.

Zerutu Bel war ein Skelett, an dem die Krähen draußen vor den Mauern Birtus herumpickten. Dem König in Ninive war mein Kopf sein Gewicht in Silberschekeln wert, und jeder Soldat in der Garnison wußte das. Hier gab es niemanden, dem ich als Mann von Ehre trauen konnte – nicht wenn der Lohn der Ehre das Los Zerutu Bels war.

Kephalos und ich mußten so schnell wie möglich fort.

Am nächsten Morgen war Markt, und so stand ich früh auf, so früh jedenfalls, daß die Wirtin, Kupapiyas von Hatti, noch friedlich neben Kephalos schnarchte. Ich wusch mir das Gesicht in einem Becken mit Wasser – gestern abend hatten mein listiger Sklave und ich uns unserem Plan gemäß gegenseitig rasiert, und so war es jetzt ein eigenartiges Gefühl, mit der Hand über ein nacktes Kinn zu fahren.

Hinter mir hörte ich Gegrunze und merkte, daß auch Kephalos erwacht war. Er setzte sich auf, räusperte sich laut und rieb sich die Augen mit den Fingerspitzen – auch er schien zu erschrecken, als er merkte, wie glatt das Fleisch seines Kinns sich unter seiner Hand anfühlte.

Vergangene Nacht hatte ich ein Mädchen auf meiner Schlafmatte gehabt. Die wachte jetzt ganz schnell und mit einem strahlenden Lächeln auf, sie schien mit sich und der Welt so richtig zufrieden und fragte, ob die wohledlen Herren Frühstück haben wollten. Ich schickte sie nach frischen Feigen, Brot und Bier.

»Die da ist sicher nicht so flink«, sagte Kephalos und wies auf seine Schlafmatte, nachdem das Mädchen gegangen war. Das mochte man wohl glauben, Kupapiyas, deren Hinterteil aufragte wie ein Gebirgszug und deren fleischige Wange sich auf den Boden drückte, rippelte und rührte sich nicht. »Ich habe ihr beim Essen etwas in den Wein getan. Es war nicht nur höflich, sondern auch klug von mir, sie gestern abend zu nehmen. Eine abgewiesene Frau sinnt auf finstere Rache, und in unserer Lage können wir es uns nicht leisten, daß man uns nachspioniert. Ich finde jedoch ihre Gesellschaft nicht so vergnüglich, als daß ich sie längere Zeit genießen möchte. Da liegt sie und träumt von Jugend und Schönheit – und ist doch so häßlich und übellaunig wie eine Zuchtsau. Was habe ich nur an mir, daß mich Frauen wie sie so verhängnisvoll unwiderstehlich finden, sogar noch ohne meinen prächtigen, schönen Bart?«

»Nur fort von hier, Kephalos – ich spüre die Gefahr.«

Es dauerte einen Augenblick, bis sich der Liebhaber Kupapiyas' von seinen erfreulichen Selbstbespiegelungen losreißen konnte, doch am Ende musterte er mich mit gerunzelter Stirn, so als hätte ich etwas Unanständiges vorgeschlagen.

»Diese Hast ist äußerst unziemlich, Gebieter, Wieviele Tage sind wir nicht aller Art Härten ausgesetzt gewesen – wir sollten uns erst erholen.«

»Kephalos, wir sind inmitten einer Garnison von Soldaten, und ihr Befehlshaber ist ein Hund, der um die Brosamen von Assarhaddons Tisch bettelt.«

»Ja, aber innerhalb dieser vier Wände sind wir recht sicher …«

»Es sind die Wände einer Weinschenke, du Narr! Soldaten suchen Schenken auf, um dort zu trinken und mit den Huren zu schwatzen. Bildest du dir ein, man würde uns nicht bald auf die Schliche kommen?«

»Ja aber, Herr – einen Tag. Einen einzigen Tag? Ich bin müde. Alle Knochen tun mir weh, und ich brauche ein wenig Bequemlichkeit!«

Er bat mich. Seine Augen flehten um diesen einen Tag, fast schien es, ohne ihn müßte er sterben. Und hatte er mich nicht aus Ninive herausgeholt? Hatte er nicht ausgeharrt, um seinen verfemten Herrn zu retten, wo er doch unschwer sein Heil in der Flucht hätte suchen können? Und schuldete ich ihm diese Kleinigkeit nicht?

»Einen Tag also. Und morgen brechen wir auf sowie man das Tor öffnet.«

»Ja – ja! Ich bereite alles für morgen vor. Du bist ziemlich sicher, wenn du in diesem Raum bleibst. Ich mache alles. Ich werde die Pferde kaufen ...«

»Nichts dergleichen. Kephalos – was verstehst denn du von Pferden? Irgendein Bauer wird dir seine alte Schindmähre andrehen, und du wirst dich noch deiner Schläue rühmen und glauben, daß du ihn übertölpelt hast. Nein, so geht es nicht. Ich werde die Pferde kaufen.«

»Wie du willst«, erwiderte er achselzuckend; er war wohl recht froh, daß er erreicht hatte, was ihm am Herzen lag. »Ich kümmere mich also um die Vorräte, und ich brauche ein paar Dinge für meine Arzttasche. Die Pferde überlasse ich lieber deinem fachmännischen Auge, doch vorsichtshalber sollte das deine einzige Besorgung außerhalb dieses Raumes bleiben – mich kennt in Birtu niemand, doch der Gebieter Tiglat ...«

»Ich bin für deine Klugheit durchaus empfänglich, Ehrenwerter Arzt.«

Erst als das Mädchen mit unserem Frühstück zurückkehrte und wir es beinahe aufgegessen hatten, kehrte Leben in unsere Gastgeberin, die Herrin Kupapiyas, zurück. Nach etwas Gestöhn und mehreren unbeholfenen, kraftlosen Versuchen gelang es ihr, sich aufzusetzen; jetzt ließ sie die Ellenbogen auf den Knien ruhen und starrte einfach geradeaus, anscheinend ins Nichts, und sie wirkte äußerst bösartig und übellaunig.

»Ich gebe ihr ein Gegenmittel«, murmelte Kephalos mir zu, mischte ein grünliches Pulver in einen Becher Bier und rührte das Ganze mit dem Finger um.

»Da, meine kleine Flußschwalbe! Ein Schlückchen, und schon strahlen deine Sternenäuglein wieder. Da, trink ...«

Mit Händen, die nicht mehr zuzufassen wußten, griff sie endlich nach dem Becher, den Kephalos ihr an die Lippen führen mußte, sonst hätte sie ihn fallen lassen. Die Wirkung war erstaunlich. Es dauerte keine Minute, und schon schmiegte sich unsere Gastgeberin an ihren wohledlen Herrn, lächelte und gurrte wie eine fünfzehnjährige Jungfrau und streichelte seinen Arm, während er ihr eine Feige abpellte.

»Und jetzt, mein kleines Entlein, mußt du deinem Diener verraten, was wir bezüglich der Pferde unternehmen müssen …«

In Kleidern, die Kupapiyas für mich aufgetrieben hatte, wagte ich mich auf die Straßen von Birtu. Noch nie war ich mir irgendwo so fremd vorgekommen. Selbst der Staub unter meinen Sandalen schien mir fremd.

Birtu glich tausend anderen Städten innerhalb der Grenzen des Reiches Assur. Es glich Amat, wo ich vier Jahre lang Befehlshaber der Garnison und *shaknu* der Nordprovinzen gewesen war. Als ich mich jedoch umschaute, da mochte ich kaum glauben, daß ich hier war und daß die Welt so aussah.

Ich erwartete immer noch, daß mich die Menschen furchtsam und erstaunt anstarren würden. Sie taten es nicht. Während ich so ausschritt, drängten sich Männer an mir vorbei, die kaum Notiz von mir nahmen. Warum sollten sie auch? Ich war kein Prinz mehr. Ich war nicht einmal mehr Soldat des Königs. Ich mochte wie der Diener eines lydischen Kaufmanns aussehen, und selbst das war eine Lüg., Zum ersten Mal im Leben mußte ich der Welt meines Ranges und meiner Stellung enthoben und allein ins Auge blicken. Ich war ein Niemand geworden. Jetzt war ich nur noch ich selbst. Ein eigenartiges Gefühl.

Im Basar herrschte Leben und Treiben und Lärm, er war so anonym wie ein Ameisenhaufen. Da stand wirklich alles zum Verkauf: Melonen, Teppiche, Geschmeide, lebende Gänse, große Berge Datteln und Zwiebeln und getrockneter Fisch. Schreiber schrieben Briefe und kopierten Urkunden für die einheimischen Bauern und die Kaufleute aus dem Libanon und Ägypten. Unter einem Sonnendach behandelte ein Arzt einen Patienten mit einer

Augenentzündung. Sogar Sklaven wurden feilgeboten, obwohl die drei, vier Mädchen, welche trübselig auf einem Sockel herumhockten, unansehnlich waren und nur wenig Bieter anlockten.

An einem der Stände gab es Waffen zu kaufen, etwas recht Alltägliches in einer Garnisonsstadt. Speere, die wie eine Weizengarbe zusammengebunden waren, lehnten an der Wand aus Binsenmatten. Ich bedeutete den Händler, mir einen zu zeigen – er schien mir kräftig und gerade und gut ausbalanciert, und die Spitze war aus glänzender Bronze.

»Der edle Herr ist Soldat gewesen?« fragte der Händler lächelnd, wobei er einen Mund voll fleckiger Zähne zeigte. Er war ein verhutzeltes, kleines Männchen und so alt wie die Welt, und seine Hände bewegten sich so suchend, als ob sie ein Eigenleben führten, oder wie Spinnen, die sich ihren Weg im Dunkeln ertasteten. Wenn er den Speer jedoch selbst angefertigt hatte, so verstand er sich auf sein Handwerk.

Ich rollte den Schaft zwischen den Handtellern und prüfte, ob die Spitze auch keinen Drall hatte, was auf eine Biegung im Holz hingewiesen hätte. Das war nicht der Fall.

»Nein – ich brauche sie nur für die Jagd. Mein Herr und ich bereisen die Karawanenstraßen, da freut man sich über ein wenig frisches Fleisch. Ich nehme sechs davon und einen Lederköcher. Und das Schwert dort auch, vorausgesetzt, die Klinge ist nicht schartig. Wieviel willst du für das Ganze?«

»Fünf Silberschekel, wenn es dem edlen Herrn beliebt?«

Der Beutel, den Kephalos mir mitgegeben hatte, war prall mit Münzen gefüllt, und ich wollte schon zahlen, was er forderte, doch da fiel mir ein, daß ich angeblich der Diener eines reisenden Kaufmanns war, von dem man erwarten durfte, daß er feilschte.

»Ich gebe dir zwei«, sagte ich.

»Edler Herr, du bringst mein Weib und meine kleinen Kinder an den Bettelstab. Das alles für zwei Silberschekel, nein. Und das Schwert ist gut – ein Offiziersschwert – und solche Speere findest du nirgends, nicht einmal in Ninive. Und doch trenne ich mich von ihnen für drei Silberschekel, auch wenn meine Kinder hungern müssen und meine Frau mich verflucht.«

Ich ließ ihn auf die Antwort warten. Seine Augen flehten um Erbarmen.

»Zwei Silberschekel«, sagte ich endlich. »Und sechs kupferne.«

»Der edle Herr verfährt grausam mit einem armen Mann. Aber ich brauche das Geld, ich muß Essen für meine kleinen Kinder kaufen. Zwei Silberschekel und acht kupferne.«

Ich nahm meine Waffen und entfernte mich. Um wieviel mich der Mann wohl betrogen haben mochte?

Auf dem Platz mitten in der Stadt, wo man mit Seilen und Binsenmatten behelfsmäßige Stände errichtet hatte, stand das Vieh, das an diesem Tag verkauft werden sollte. Es gab an die fünfzehn Pferde, die meisten bereits halb tot und nicht einmal geeignet, vor einem Pflug zu humpeln, aber ich erblickte zwei, die wohl ihren Dienst tun würden: einen hellbraunen Wallach mit guten Beinen und einen Hengst, so schwarz wie der Tod, den das Gedränge unruhig machte – der Mann, der ihn am Halfter hielt, sah aus, als fürchtete er, daß ihm der Arm ausgekugelt würde. Die zwei sollten es sein, und da unser Leben von ihnen abhängen konnte, war es mir gleichgültig, was ich dafür zahlen mußte.

Es konnte eine stattliche Summe werden, denn es gab auch andere Interessenten. Einer von ihnen trug die Uniform eines *rab abru.*

Ich konnte mich nicht erinnern, Dinanu schon einmal gesehen zu haben, doch das hieß gar nichts. Möglicherweise hatten wir uns ein dutzendmal im gleichen Raum aufgehalten, und da Assarhaddon und ich die letzten Jahre nicht gut aufeinander zu sprechen gewesen waren, hatte ich die Mitglieder seines Hofstaates nur wenig beachtet. Aber er war gar nicht zu verkennen, er war es, den man im Auftrag des Königs von Ninive hierhergeschickt hatte, daß er den Befehl über die Garnison übernahm und Zerutu Bel eines schmachvollen Todes sterben ließ. So sah er mir jedenfalls aus.

Da stand er mit fünf, sechs Offizieren von niedrigerem Rang, ein vierschrötiger, dicker, linkisch aussehender Mann mit dichten Augenbrauen und einem Gesicht, das schmaler zu werden schien wie ein Axtblatt. Seine Hand lag auf dem schön geschwungenen Hals des Hengstes, er versuchte, ihn zu beruhigen – anscheinend ohne nennenswerten Erfolg, denn das Tier tänzelte und schnaubte, als ob es kaum abwarten könnte, daß es ihn unter seinen Hufen zu Brei zertrampelte. Es wäre klüger gewesen, sich einfach zurückzuziehen, aber das war nicht möglich. So wie Dinanu das Pferd ansah, wollte er dieses haben und kein anderes, und das durfte ich nicht zulassen. Dieses Tier mochte ihn nicht und würde ihm eines Tages gewißlich den Hals brechen. Diese Aussicht war gar nicht so unerfreulich, außer daß man Pferden, die einen Menschen umgebracht hatten, die Kehle durchschnitt.

»Das hier dürfte es sehr gut tun«, sagte der *rab abru* – auf aramäisch, da er mit einem Fremdling verhandelte. »Ich gebe dir zehn Silberschekel dafür. Laß es zu Mittag in mein Quartier bringen.«

»Mein Herr gibt dir zwölf Silberschekel – es sei denn, der Handel ist schon abgeschlossen.«

Dinanu funkelte mich unter seinen schweren, schwarzen Brauen böse an, seine Augen brannten wie glühende Kohlen. Dennoch glaube ich nicht, daß er mich erkannte – und wenn ja, so ließ er es sich nicht anmerken.

Schließlich wandte er sich an den Pferdehändler, der den gelockten Bart der Männer aus Harran trug, und die sind berüchtigt für hartes Feilschen. Der Pferdehändler blähte ein wenig die Nüstern, er schien einen ganz unerwarteten Gewinn zu wittern.

»Mit der List kommst du nicht weit«, sagte der *rab abru* zu ihm. Mich hatte er anscheinend völlig vergessen. »Ich glaube, du hast den Schurken da angeheuert, damit er gegen mich bietet und den Preis hochtreibt. Wenn das der Fall ist, dann statuiere ich ein Exempel und lasse dir die rechte Hand abschlagen.«

»Dieser Mann ist nicht mein Herr. Mein Herr ist der Karawanenkaufmann Hugieia von Sardes. Dem ist sein eigenes Reittier von Räubern gestohlen worden, und da er sich auf mein Urteil verläßt, hat er mich beauftragt, ihm ein neues zu kaufen, das seinem Reichtum und seiner Würde wohl ansteht.«

Ich trat vor und legte dem Pferd die Hand auf die Nüstern. Mit Pferden kenne ich mich aus, und so beruhigte sich der große Hengst denn auch sofort.

»Mir scheint, ich habe etwas Passendes gefunden.« Ich lächelte den *rab abru* aufreizend an, ich, der gerissene fremdländische Diener, der einem der Mächtigen dieser Erde einen kleinen Sieg abringen will. »Bleibt abzuwarten, wer von uns mehr im Beutel hat.«

»Zeig mir die Farbe deines Geldes, Sklave.«

Er legte die Hand auf den Schwertknauf. Nun trug ich zwar auch eins, hielt es aber doch für geraten, einfach den Beutel mit Münzen vom Gürtel zu nehmen und für ihn zu öffnen. Dinanu preßte die Lippen zusammen, als er soviel Silber glänzen sah.

»Diese Fremdlinge sind alle reich«, sagte einer seiner Offiziere auf akkadisch. »Alle miteinander – ei, was haben wir da?«

Und schon streckte der Mann die Hand aus, umklammerte mein Handgelenk und zerrte mich zu sich, daß der Beutel meiner Hand entglitt und mit einem leisen Klirren zu Boden fiel. Er drehte mir die Hand um, so daß alle das Geburtsmal sehen konnten, welches so rot wie Blut und wie ein Stern geformt war.

»Nicht möglich! Das kann doch nicht ...«

Dinanu bückte sich, hob den Beutel mit den Münzen auf und gab ihn mir zurück.

»Der Bruder des Königs, der Verräter, sitzt in einem Verlies in Ninive«, fuhr er auf akkadisch fort, denn er redete nur mit seinen Offizieren. »Entweder das, oder er ist inzwischen tot. Seht euch doch den da an – das ist kein Prinz. Ein Mal auf der Hand kann jeder haben.«

»Mir scheint, du hast das Pferd gekauft.« Der *rab abru* warf mir einen kalten, abschätzenden Blick zu. »Mögest du weit damit reiten und nie wieder nach Birtu zurückkehren.«

Er machte auf den Fersen kehrt und ging.

»Zwanzig Silberschekel für den Hengst und den braunen Wallach zusammen – rasch, Mann, ja oder nein?«

Ich schnappte mir den Mann von Harran am Kragen seiner Tunika und schüttelte ihn, denn er schien in einem Traum befangen.

»Ja oder nein!«

»Was? – ja, hoher Herr. Zwanzig Silberschekel, ja!«

Ich zählte ihm das Geld ab, nahm die Pferde am Halfter und

machte mich auf den Weg. Ich mußte Kephalos auftreiben. Meinem Glück war nicht zu trauen. Ich war noch keine hundert Schritt vom Hauptbasar entfernt, da merkte ich, daß ich verfolgt wurde.

Es waren vielleicht noch zwei Stunden bis Mittag. Menschen strömten auf ihrem Weg zu den Läden an mir vorbei. Da ich zwei Pferde hinter mir herzog, mußte ich mich vorsichtig in der Mitte der Straße halten.

Dreimal blickte ich zurück und sah ihn, anscheinend immer im gleichen Abstand hinter mir – er drehte mir den Rücken zu, während er einem Verkäufer einen Becher Bier bezahlte, er bog jäh in eine Seitengasse ein, dann lungerte er im Eingang zu einem Hurenhaus herum. Sein Gesicht blieb stets im Schatten, aber er trug die Tunika eines Offiziers. Mit Sicherheit hatte er zum Gefolge Dinanus gehört.

Dicht beim Haupttor war ein öffentlicher Pferdestall. Dorthin brachte ich die Pferde vorsichtshalber und nicht etwa zur Weinschenke, wo Kephalos auf mich wartete. Die Garnison von Birtu hatte nichts mit Kephalos zu schaffen, von dessen Existenz sie überhaupt keine Ahnung hatte. Was wäre schon gewonnen, wenn ich sie zu ihm führte.

Der Stallbesitzer zeigte mir seinen Vorrat an Zaumzeug und Sätteln und Decken – und ich ließ mir Zeit mit der Auswahl. Ich mußte mir erst schlüssig werden, was ich mit dem zweiten Schatten tun sollte, den ich mir zugelegt hatte.

Und als ich mich zum Gehen wandte, stand er auf der Schwelle und unternahm keinen Versuch mehr, sich zu verbergen. Er wartete auf mich.

Bei seinem Anblick blieb ich stehen. Einen Augenblick lang starrten wir uns an, dann blickte er sich um, so als fürchtete er, daß man ihm gefolgt war, und dann näherte er sich mir vorsichtig, als wäre ich eine Natter.

»Was willst du von mir?« fragte ich.

»Du bist der Gebieter Tiglat Assur«, sagte er, als ob das als Antwort reichte. »Du brauchst nicht zu heucheln – auch ohne das Mal des Gottes auf deiner Hand und obwohl du dir den Bart abrasiert hast und dich jetzt wie ein Fremdling kleidest, würde ich dich stets wiedererkannt haben. Denn ich habe dich einst gesehen, als ich noch ein Knabe war. Du bist nach Arbela gekommen, wo mein Vater im Heiligtum als Omendeuter gearbeitet hat.«

Er war auch jetzt kaum mehr als ein Knabe – sechzehn vielleicht, vielleicht auch noch jünger. Vielleicht so jung wie ich damals, als ich in den Krieg zog und die Kindheit für immer hinter mir ließ. Er war noch von mädchenhafter Schönheit, und seine Augen waren groß und dunkel. Und die Kunst der Verstellung mußte er auch noch erst lernen.

»Ich frage dich noch einmal: Was willst du von mir?«

»Nicht dich verraten, Erhabener. Mich schickt der *rab abru,* ein Mann, welcher die Götter nicht achtet. Ich soll dir folgen und herausfinden, wo du wohnst. Er will bis Einbruch der Dunkelheit warten und dann kommen und dich festnehmen – das riskiert er nicht bei hellichtem Tage, er fürchtet, es kommt zu Unruhen, falls durchsickert, daß du … Auch traut er seinen eigenen Soldaten nicht. Im Heer gibt es viele, die glauben, daß der Gott Assur dich liebt, dich, den wahren König.«

»Assarhaddon ist König.«

»Er trägt die Krone – ja. Aber der Gott hat immer kluge und edle Männer bestimmt, daß sie im Lande Assur über uns herrschen, und du hättest dich nie von deinem Bruder abgewandt, so wie er von dir.«

Was konnte ich darauf sagen? Im Augenblick gar nichts. Mein Herz floß über. Die unvermutete Treue dieses Fremden beschämte mich, er gehörte zu den Menschen, welche in ihren Führern immer das Beste sehen, so wie sie es selbst verkörpern.

»Was willst du von mir?«

»Dir dienen, Erhabener. Was auch immer du von mir forderst, ich werde es tun, selbst wenn ich mein Leben dafür geben müßte.«

Er meinte, was er sagte. Das konnte ich auf seinem Gesicht lesen.

»Kennst du die Weinschenke von Kupapiyas aus Hatti?«

»Ja.«

»Dann erzähle dem *rab abru,* daß ich dort wohne – es ist die

Wahrheit, somit hast du deinen Auftrag erfüllt. Doch warte bitte ein paar Stunden, ehe du ihm das erzählst.«

»Es sei, wie du sagst, Erhabener. Du hattest im Basar viel zu tun und warst lange damit beschäftigt.«

»Wie heißt du?«

»Ischtar-bel-dan, Gebieter – nach der Schutzgöttin meiner Stadt.«

»Ischtar-bel-dan. Diesen Namen werde ich nie im Leben vergessen.«

Mehr wurde nicht zwischen uns gesprochen. Er wandte sich zum Gehen, kam dann aber zurück und fiel vor mir auf die Knie, nahm meine rechte Hand in seine und führte sie an seine Stirn, so als ob ich in Wahrheit König wäre.

Dann erhob er sich und ging. Ich habe ihn nie wiedergesehen, doch ich werde seiner gedenken, bis ich zu Staub geworden bin. Aber ich hatte nur noch ein paar Stunden, in denen ich mir das Leben erkaufen konnte.

Zur Weinschenke von Kupapiyas kehrte ich nicht zurück – wer sagte mir denn, daß Dinanu nicht noch mehr Späher auf mich angesetzt hatte. Der Stallbesitzer hatte jedoch nur Augen für das Silber, das ich ihm in die Hand zählte. Er war durchaus gewillt, eine Botschaft für mich zu überbringen.

»Suche einen fetten Ionier. Wenn du ihm sagst, Meropes Sohn schickt dich, wird er wissen, daß du von mir kommst. Sag ihm, er soll so rasch wie möglich hierherkommen, wenn ihm sein Leben lieb ist. Sag ihm, er soll nichts zurücklassen.«

Der Stallbesitzer eilte davon, nachdem er versprochen hatte, er würde mit dem Ionier zurück sein, noch ehe der Tag eine Viertelstunde älter war, doch die Zeit wollte und wollte nicht vergehen. Ich sattelte die Pferde, legte ihnen Decken auf den Rücken und kletterte dann auf den Heuboden, von wo aus ich die Straße überblicken konnte. Wen ich wohl zuerst sehen würde, Kephalos oder eine Patrouille, die meinen Kopf in einem Krug nach Ninive zurückbringen wollte.

Ich konnte den Lärm von den Ständen der Straßenhändler und das leise, geschäftige Gemurmel von tausend Stimmen hören. All das würde gedämpfter klingen, wenn die Soldaten sich näherten.

Ich würde die Stille schon lange hören, ehe ich sie erblickte oder das Trappen ihrer Sandalensohlen vernahm. Darauf wartete ich.

Doch es kam nicht. Nur Kephalos kam, er rannte beinahe, doch nicht ganz; jedenfalls eilte er so schnell, wie es seine massige Würde zuließ. Ich ging nach unten und ihm entgegen.

»Gebieter, wenn du mir einen Streich spielen willst, so finde ich das gar nicht lustig – denn als dieser Rüpel hereinplatzte, waren die Dinge zwischen mir und der Dame in ein sehr heikles Stadium getreten ...«

»Sie wissen, daß ich hier bin – sie wissen es, Kephalos.«

Falls es möglich ist, daß ein Ausdruck auf der Stelle von Zorn in Furcht wechseln kann, so wie ein Mensch gerade noch lebendig und dann tot ist, ohne daß Hirn und Auge den Übergang bemerken, dann geschah solches mit Kephalos' Miene. Kein Muskel hatte sich bewegt, und doch wirkte er so niedergeschlagen, als hätte ihn seine ganze Kraft verlassen. Ich legte ihm die Hand auf die Schulter, damit er nicht umfiel, doch er fiel nicht um. Er stand still wie der Tod.

»Ich muß fliehen«, sagte ich. »Du bist sicher, mein Freund, wenn du zurückbleiben möchtest. Kehre jedoch nicht in die Weinschenke zurück, denn dort wird man nach mir suchen. Ich mochte nur nicht aufbrechen, ohne dir Lebewohl gesagt zu haben.«

»Kein Gedanke daran, daß ich zurückbleibe, Gebieter – ich bin nicht so weit gereist, daß ich dich deinen närrischen Launen überantworten würde. Wir müssen uns sofort aufmachen.«

Ich schnürte seinen Beutel und seine Arzttasche mit einem Lederriemen zusammen – auf mehr Gepäck brachten wir es beide nicht – und warf sie dem schwarzen Hengst über den Rist. Dann hielt ich ihn am Halfter fest, damit Kephalos auf seinen Rücken klettern konnte, doch der war nicht gerade erpicht darauf.

»Das ist ein furchterregendes Untier, Gebieter, und du weißt doch, ich kann mich nicht fürs Reiten begeistern. Vielleicht würde es dir – und ihm – eher zusagen, wenn ...«

»Du bist ein wohlhabender, lydischer Kaufmann«, gab ich ungeduldig zurück. »Würde der seinem Diener ein besseres Pferd geben und selbst auf dem schlechteren reiten?«

»Ja. Natürlich – was so …?«

»Los, Kephalos. Das Bein über seinen Rücken, und dann nichts wie weg von hier!«

Ich bestieg den braunen Wallach und hatte den Köcher mit den Speeren unter den Arm geklemmt. Niemand hielt uns auf der Straße an. Beim Stadttor ließen uns die Wachen ziehen, ohne uns anzurufen. Selbst noch auf dem Weg gen Westen, fort von der Hauptstraße nach Süden, legte sich der von unseren Pferden aufgewirbelte Staub friedlich hinter uns. Wir ritten, bis die Mauern von Birtu außer Sicht kamen und wir niemanden mehr sahen. Außer dem Flüstern des Windes war kein Laut zu hören.

Eine Stunde verstrich, und dann zwei. Wir ließen unsere Pferde im Schritt gehen, und die Todesfurcht vernebelte uns nicht mehr das Hirn. Der Nachmittag wurde heiß und still. Leer erstreckte sich die weite Ebene rings um uns, und ich wiegte mich schon in dem Glauben, unsere Flucht wäre gelungen.

Doch wem gelingt schon die Flucht? Als sich die Sonne zum westlichen Horizont neigte und Kephalos und ich den ersten Hauch der nächtlichen Kühle spürten, warf ich einen Blick über die Schulter und sah hinter uns, in einem Abstand, so daß wir noch kein Hufgeklapper vernahmen, einen Trupp von vielleicht zehn Reitern, der hinter uns hertrabte.

Ich zügelte meinen Wallach und hielt an.

»Sieh mal.«

Kephalos sah, und das Herz erstarb ihm vor Schreck.

»Wir haben wenigstens eine Viertelstunde Vorsprung«, sagte er. »Vielleicht noch mehr. In zwei Stunden ist es dunkel – vielleicht können wir sie dann ja abschütteln …«

»Es gibt kein Entrinnen. Dieser Wallach hier taugt nicht gegen Armeepferde, und der Hengst eignet sich zum schnellen Reiten, nicht aber für lange Entfernungen. Nach einem halben *beru* tut der keinen Schnaufer mehr. Wenn ich schon sterben soll, dann hier, aber zu Tode hetzen lasse ich mich nicht.«

Meine Ahnen wußten darum, daß der Mensch von seinem *simtu*, seinem Schicksal, dem Ende seiner Tage ereilt wird, wann und wo es dem Gott gefällt. Dem kann er sich nicht entziehen. Ich stieg ab und ließ die Zügel des Wallachs zu Boden fallen. Ich nahm einen Speer aus dem Köcher und wog ihn in der Hand. Sollen sie nur kommen, dachte ich. Sollen sie nur kommen.

»An dir haben sie kein Interesse, Kephalos – sie werden dich nicht verfolgen, wenn du allein fliehst, und nur ein Narr wirft sein Leben für nichts und wieder nichts weg. Fort mit dir.«

»Gebieter, das ist heller Wahnsinn! Das ist …«

Ich wartete nicht, daß er den Satz beendete, sondern zog dem Hengst eins mit der Spitze meines Speers über den Rumpf und stieß einen gellenden Schrei aus. Das genügte; er machte einen Satz und galoppierte mit Kephalos davon, der sich erschrocken an seinen Hals klammerte wie ein Blutegel. Die würden zusammen Land gewinnen, ehe er das Pferd zum Stehen brachte, und dann hatte ich bereits alles hinter mir.

Erstaunlich, wie ruhig man den Tod erwarten kann. Ich hatte keine Angst. Ich war eigenartigerweise sogar erleichtert, so als ob irgendein innerer Kampf jetzt endlich beigelegt war und ich am Ende völlig unbeschwerten Gemütes ohne alle Bedenken und Hoffnungen handeln konnte. Ich wartete in einiger Entfernung von meinem Pferd, damit der unvermeidliche Pfeilhagel es nicht auch tötete. Ich sah sie herankommen.

Nicht zum ersten Mal stand ich berittenen Soldaten mit einem Speer in der Hand gegenüber. Genauso war es in der ersten Schlacht meines Lebens gewesen, auf der Ebene von Chalule, als ich nur vierzehn Lenze zählte und zum ersten Mal jene Ekstase verspürte, welche selbst die Furcht zum Vergnügen macht. Dennoch empfand ich jetzt keinerlei Ekstase – nur eine kalte Entschlossenheit, mich auch hier ehrenhaft zu schlagen und meinen eigenen Tod zu rächen.

»Du mußt an den Tod denken, Prinz, aber nicht an deinen, sondern an ihren«, sagte eine Stimme – vielleicht nur in meinem Hirn. »Habe ich dich nicht wieder und wieder darin unterwiesen, daß es die erste Pflicht des Soldaten ist, seine Feinde zu töten? Der Tod kommt von ganz allein, du mußt ihm nicht auch noch Tür und Tor öffnen.«

Fast war ich versucht, mich umzublicken, so wirklich kam mir diese Stimme vor. Tabschar Sin, der mich das Soldatenhandwerk gelehrt hatte, der bereits drei Jahre tot war, von einer medischen Lanze getötet und im felsigen Boden des Zagros bestattet.

»Ich höre dich«, sagte ich laut – vielleicht redete er ja nur mit mir, weil ich auch schon ein Geist war. »Ich habe keine Angst.«

»Ich glaube dir, aber mit Angst hat das nichts zu tun. Die Rede ist von Zorn. Und von deiner eigenen Schmach, falls du, mein Schüler, vergessen solltest, daß du ein Mann aus Assur bist.«

Natürlich hatte mich der Trupp erblickt. Sie wußten, sie hatten mich und beeilten sich nicht. Vielleicht kam es ihnen einfach nicht in den Sinn, daß ich mich wehren könnte. Also wartete ich, während sie sich gemächlich näherten. Ich wartete, daß der Anführer, welcher die blaue Uniform eines *rab abru* trug, in Reichweite kam. Man mußte mir nicht sagen, daß dieser Dinanu war. Ich würde ihn umbringen, um Zerutu Bel zu rächen und mich selbst auch und weil er nicht der König, mein Bruder, war und deshalb getötet werden konnte, ohne daß es eine Gotteslästerung war.

Sie kamen, so schien es, ohne einen Verdacht im Herzen und glaubten, daß nur sie den Tod austeilen würden wie Kupfermünzen an Bettler. Sie würden schon noch merken, wie töricht sie waren.

»Paß auf, Tabschar Sin ich bringe keine Schande über deinen Geist.«

»Nein, paß du auf, Prinz – das ist viel entscheidender.«

Als sie endlich nahe genug heran waren, riß ich den Arm zurück und streckte den Leib wie eine Natter, die zubeißt. Der Speer entflog meiner Hand – er schien sich selbständig gemacht zu haben.

Falls der Gott jemals mit mir war und meinem Arm Kraft verlieh, dann damals. Ich wußte, noch bevor sich meine Finger öffneten, daß der Wurfpfeil sein Ziel nicht verfehlen würde. Er stieg, schwang sich hoch in die Luft, höher und höher, und stieß dann herab wie ein Jagdfalke.

Dinanu war ein Leichnam, ehe er noch rückwärts vom Pferd fiel. Mein Speer hatte ihn mitten in die Brust getroffen – Dinanu hatte nicht einmal Zeit gehabt, den Schild hochzureißen. Da fiel kein Mensch zu Boden sondern ein Leichnam.

Ich nahm einen zweiten Speer aus meinem Köcher und machte mich zum nächsten Wurf bereit. Ich hatte genug für ein paar mehr, ehe sie mich niederritten und in Stücke hackten. Jetzt würden sie angreifen.

Doch sie griffen nicht an. Dinanus Männer zügelten die Pferde, und dann, nach etlichen Augenblicken der Verwirrung – ich sah wie ein, zwei von ihnen aufgeregt mit den Armen fuchtelten –, zogen sie sich an die fünfzig Schritt zurück, womit sie außer Reichweite meiner Speere waren.

Worauf warteten sie noch?

Vielleicht wußten sie es selber nicht. Ich sah, wie sie dicht im Kreis standen – anscheinend mußten sie verhandeln, wie sie weiter vorgehen sollten. Über die weite Leere der Ebene drang kein Wort zu mir. Ich würde abwarten müssen, was sie über meine Todesart beschlossen.

Kein Windhauch rührte sich. Kein Laut war zu hören. Nur bedrückendes Schweigen.

Genug, dachte ich. Laßt es genug sein. Laßt uns kämpfen und macht ein Ende. Sie zwangen mich zum Warten. Das ist das Schlimmste, die Warterei.

So gebt mir doch den Tod, dachte ich.

Doch sie nahmen die Herausforderung nicht an. Schließlich ritten sie ohne Eile fort, so als wäre nichts geschehen, und ließen den Leichnam ihres Befehlshabers liegen, wo er in den Staub gefallen war.

II

Der Tod scheint alle Menschen zu überrumpeln. Der Ausdruck auf Dinanus Gesicht, wie er da hingestreckt auf der Ebene lag, während der Wind ihn geräuschlos mit Sand zudeckte, machte deutlich, daß er etwas wie das hier wirklich nicht erwartet hatte. Seine Augen, die schon milchig waren, blickten empört, und er wirkte beleidigt, daß er seinem *simtu* auf diese Weise begegnet war. Sein Mund stand offen, er fletschte die Zähne und sah so aus, als ob er gestorben war, gerade als er mir dieses mitteilen wollte.

Unweit von uns stand sein Pferd bei meinem Wallach und zupfte sich Blätter von einem Busch und schien die Leiche seines Herrn so wenig zu achten, wie den geschmacklosen Witz eines Säufers beim Essen. In einer Ledertasche an seinem Widerrist fand ich einen Spaten, zweifellos dazu gedacht, mir den Kopf abzuhacken, und damit grub ich nun dem *rab abru* in dem weichen, steinlosen Boden ein Grab. Ich würde Dinanu nicht den Vögeln überlassen, so wie er es mit Zerutu Bel gemacht hatte; aus purer Bosheit würde ich niemals den Geist eines Mannes der ewigen Wanderschaft mit den trostlosen Winden überantworten.

»Lediglich drei Handvoll Erde«, drang jäh eine Stimme an mein Ohr – ich drehte mich um und erblickte meinen ehemaligen Sklaven, staub- und schweißbedeckt, wie er den schwarzen Hengst am Zügel führte –, »genug jedenfalls, um ihn vor den Augen der ewigen Götter zu verbergen, Gebieter. Mehr bedarf es nicht.«

»Zweifelsohne hätte dir der *rab abru* nicht zugestimmt. Er war kein Grieche, und ich bin auch keiner.«

»Ich finde, mittlerweile solltest du dir überlegen, ob du nicht lieber einer wirst, mein hirnloser, junger Herr, denn mich dünkt, auf dieser Welt bist du als Assyrer nicht mehr willkommen. Übrigens freue ich mich, daß ich dich noch am Leben finde – wie hat sich das nur zugetragen?«

Ich deutete auf den Leichnam. »In diesem Fall war das ganze Gift im Kopf der Schlange. Die anderen verloren die Lust, kaum daß ihr Befehlshaber fiel.«

Kephalos knurrte beifällig, so als hätte ich dieses Ergebnis von Anfang an geplant gehabt, dann setzte er sich auf die nackte Erde und schaute mir mit Interesse beim Graben zu. Der Hengst, der jetzt friedfertig wie eine Milchkuh war, gesellte sich zu den beiden anderen Pferden.

Als ich eine passende Grube ausgehoben hatte, warf ich den Spaten beiseite, stellte Dinanu den Fuß auf die Brust und zog meinen Speer heraus. Er löste sich mit einem ekelerregenden Laut.

»Geh mir mit ihm zur Hand.«

Wir hoben den *rab abru* an den Armen und Beinen hoch und

ließen ihn in seine letzte Ruhestätte fallen. Kephalos hatte in Birtu einen Weinschlauch gekauft, den er über der Schulter trug: den nahm ich mir, goß mir etwas Wein in die Hand und bespritzte damit Gesicht und Brust des Toten, um seinen Geist zu besänftigen. Dann bedeckten wir den Leichnam mit soviel Erde, daß die Schakale ihn nicht wieder ausgraben würden.

»Ich halte es für ratsam, wenn wir von hier verschwinden«, sagte ich und wischte mir die Hände an der Tunika ab. Ein gutes Stück Arbeit, dem Gott sei Dank, das hatte ich hinter mir. »Wer weiß, warum die Männer des *rab abru* so plötzlich abgezogen sind, aber warum sollten sie nicht auch genausogut wieder Mut schöpfen und uns erneut nachsetzen. Wir wollen die Pferde holen, und dann nichts wie fort von hier.«

»Gut – es ist zwar schon fast dunkel, aber ich habe auch nicht recht Lust, neben einem Grab zu schlafen.«

Wir ritten noch bis tief in die finstere Nacht hinein, bis der Mond am Himmelszelt aufgegangen war. Dann banden wir die Pferde an, sammelten Reisig für ein Feuer und bemühten uns zu vergessen, daß wir noch gestern auf sauberen Binsenmatten geschlafen hatten, den Bauch voll und die Hände auf den Brüsten von Frauen mit weichen Leibern. Jetzt blies uns ein kalter Wind in den Rücken, der uns diese Nacht nicht zum Schlafen kommen lassen würde. Schon der Versuch allein schien sinnlos.

»Einen Trost gibt es zumindest«, sagte Kephalos, während er sich abmühte, die letzten Funken unseres Feuers wieder anzufachen. »Ich glaube nicht, daß wir viel von Verfolgern zu befürchten haben.«

»Ach? Wieso das? Ist Birtu etwa ein solcher Lustgarten, daß sich die Soldaten der Garnison nicht losreißen können?«

Er warf mir einen kurzen, mißbilligenden Blick zu, schien aber unter den gegebenen Umständen nicht gewillt, sich anzuhören, wie ich die Annehmlichkeiten jenes Ortes schmähte.

»Nein, Gebieter. Doch glaube ich, daß die Patrouille, welcher du heute nachmittag begegnet bist, nur wenig Ursache zum Prahlen über ihre Heldentat hat, was auch immer sie veranlaßt haben mag, die Jagd aufzugeben, nachdem du ihren Anführer getötet hattest. Wenn Dinanu ein vorsichtiger Mann war – und alle, die sich bei deinem Bruder während seiner Jahre als *marsarru* lieb Kind gemacht haben, dürften notgedrungen zur Vorsicht neigen –, hat er seine Absichten geheimgehalten, als er dir nachsetzte, und seine Soldaten werden zweifellos das Geheimnis wahren wollen. Mittlerweile nehmen sie sicher an, daß du ihnen entwischt bist und werden sich nicht gerade danach drängen, einen solchen Fehlschlag nach Ninive zu melden. Sie werden irgendeine Lüge zurechtbasteln, mit der sie den Tod des *rab abru* erklären, und über dich werden sie Stillschweigen bewahren. Und uns lassen sie in Ruhe. Denen liegt sicher nicht daran, daß sie sich den Zorn des Königs zuziehen.«

Und kaum ein paar Minuten später hörte ich ihn friedlich vor sich hinschnarchen. Ihm setzten anscheinend keine Träume zu, noch argwöhnte er Gefahr. Mir kam der Gedanke, daß Kephalos wie ein guter Arzt gesprochen und unsere Lage richtig diagnostiziert hatte. Assarhaddons Laune war so wetterwendisch wie die eines Bullen zur Frühlingszeit, und niemand würde erpicht darauf sein, ihm zu erzählen, daß man mich in Birtu gesehen und hatte entkommen lassen.

Und doch blieben wir die nächsten Wochen lieber in dieser Wildnis, mieden die Pfade der Menschen, ernährten uns von dem, was wir vorfanden, und hielten immer wieder Ausschau nach der Staubwolke, die uns unsere Verfolger ankündigen würde. Doch sie blieb aus, und so machten wir uns allmählich vor, daß man uns vergessen hatte.

Nach drei Tagen ging uns der Wein aus – sehr zu Kephalos' Kummer. Er beklagte sich andauernd, daß ein Leben ohne jeden Luxus kaum die Mühe des Lebens wert sei – aber sonst waren wir gut mit Nahrung versehen. Es gab frisches Wasser und anständige Jagdbeute, und so tief im Süden wuchsen sogar die Dattelpalmen wild. Ich jedenfalls war vollkommen zufrieden. Als Soldat brauchte ich das hier nur mit den Härten eines Feldzuges zu vergleichen, um mich behaglich und gemütlich zu fühlen, und wenn ich dann auch noch vergaß, daß es darüber hinaus eine Welt gab – eine Welt, in der mein Bruder König war und ich ein Ausgestoßener und Flüchtling –, dann fand auch meine Seele Ruhe. Selbst wenn das ewig so weitergehen sollte, ich hatte keinen Grund, mit dem Schicksal zu hadern, daß es mir übel mitspielte.

Aber der Mensch kann noch soviel träumen, er flöge wie ein Vogel, schließlich muß er doch erwachen und feststellen, daß er erdgebunden ist; und so zwang mich am Ende die Welt, mich ihrer zu entsinnen und ins Leben der Menschen zurückzukehren.

Das geschah eines Tages, als wir unser Lager neben der Quelle des Tartar aufschlugen, dort, wo er aus einem See herausfließt, den ich noch nie mit einem Namen habe nennen hören. Es geschah, als wir während der Nacht entdeckten, daß wir eine Karawane zu Nachbarn hatten.

»Herr, ich bin dieses wilde Leben leid«, flüsterte Kephalos. Wir saßen auf einem Felsvorsprung und sahen den Schein ihrer Lagerfeuer, welcher sich in dem schwarzen Wasser spiegelte. »Mir wird übel vom Geruch des Wildbrets, das ohne Gewürze gebraten ist, und für einen Schluck Bier bin ich zu jedem Verbrechen fähig – ja, sogar für Bier, Gebieter!, denn soweit ist es durch die Entbehrungen mit mir gekommen. Und vor allem sehne ich mich nach dem Laut einer unbekannten Stimme. Ich möchte Klatsch aus fernen Städten hören und mich überzeugen, daß die Welt noch nicht von ihrer Schlechtigkeit geheilt ist. Lieber, gnädiger Herr, bitte, laß uns Schluß mit einem Leben machen, als ob wir die ersten Menschen wären, welche die lichten Götter erschaffen haben – bitte, laß uns zu den Lebenden zurückkehren.«

Fürwahr, auch ich mußte mir eingestehen, daß seine Worte ihre Wirkung nicht verfehlten, denn jählings war auch ich es leid so zu tun, als ob ich zu den Tieren der Wildnis zählte. Alles, was Kephalos vorbrachte, galt ebenso für mich, denn der Mensch ist dazu geschaffen, unter Menschen zu leben.

»Mit dem ersten Frühlicht gehen wir zu ihnen hinunter«, sagte ich. »Wir wollen sie überraschen, wenn sie erst halb wach sind und uns kaum verraten können.«

»Gut – zu der frühen Stunde glauben die Menschen alles. Aber wir müssen etwas mit dem Mal auf deiner Hand anstellen, damit es uns nicht wieder verrät wie in Birtu.«

Ehe wir dann am Morgen aufbrachen, um unser Glück bei den Karawanentreibern zu versuchen, umwickelte Kephalos meine rechte Hand mit einer langen Leinenbinde, so daß es aussah, als hätte ich einen Handschuh übergezogen, an dem die Finger fehlten.

»Falls jemand Fragen stellt, du hast dich verbrannt.« Er lächelte über seine eigene Gerissenheit, als er die Binde an meinem Handgelenk zuband. »Du bist ein linkischer, blöder Diener und hast erst gestern einen Unfall gehabt, als du morgens versucht hast, aus unserem letzten Mehl einen Fladen zu backen. Der Fladen ist nichts geworden, und das hat mir, deinem Herrn, weitaus mehr Not gemacht als dir die häßliche Brandblase, die du auf der Handfläche hattest. Ich habe dich furchtbar beschimpft und gedroht, dich zu verkaufen, wenn wir jemals wieder in eine Stadt kommen, die groß genug ist, daß sie einen Sklavenmarkt hat. Ich habe gesagt, du würdest dein Leben damit beschließen, daß du mit deinem eigenen Urin Lehmziegel machst. Das ist, glaube ich, ein netter Farbtupfen, die Art von Einzelheit, die das Übrige glaubhaft macht, da ja doch jeder Sklave seinem Herrn solch einen Mangel an Gefühl vorwirft. Wiederhole die Geschichte nur oft.«

»Und du mußt dir einen Namen und eine Geschichte ausdenken, denn es wäre doch peinlich, wenn man uns bei einer Unstimmigkeit in diesem Punkt ertappen würde. In Birtu habe ich dich bei Dinanu als ›Hugieia von Sardes‹ eingeführt – ist dir das recht, mir erscheint es jedenfalls glücklich gewählt?«

»Hugieia?« Kephalos ließ sich das durch den Kopf gehen und strich sich dabei den Einmonatsbart, der inzwischen sein Kinn zierte. »Ja – recht gut. Zumindest vergißt man ihn nicht so leicht, da Gesundheit alles ist, was ein Arzt sich mit seiner Kunst als Ziel setzt. Nur mit Sardes bin ich nicht ganz glücklich, da ich noch nie dort geweilt habe und ohnedies keine große Bewunderung für die Lydier hege. Laß uns der Wahrheit ein Zugeständnis machen, ich möchte Hugieia von Naxos sein, denn jeder Mensch sollte die Stätte seiner Geburt ehren, so es ihm möglich ist. Hugieia, ja. Wie klug von dir – fast so klug, daß ich glauben möchte, aus dir wird doch noch ein Grieche. Und welchen Namen trägst du selbst, Gebieter?«

»Ich bin Lathikados von nirgendwo insbesonderes, wie es sich für einen Sklaven geziemt. Auch das ist ein Zugeständnis an die Wahrheit.«

Kephalos nickte stumm, er verstand, wie bitter mein Scherz war, und so nahm ich denn den Namen an, mit dem meine griechische Mutter mich im Frauenhaus des Königs gerufen hatte. »Der, der Sorgen vertreibt«, so hatte sie mich genannt – und nun war ich selbst ein Vertriebener, und der Name hatte sich ins Gegenteil verkehrt.

Die Sonne war noch nicht voll und ganz aufgegangen, da bestiegen wir bei lichtgrauem Himmel unsere Pferde und ritten aus unserem Lager in das der Karawanentreiber. Das lag nur unweit entfernt, zu Fuß vielleicht eine Viertelstunde, doch es war die längste Reise, seit wir Birtu verlassen hatten, denn sie führte uns wieder zur menschlichen Rasse zurück.

Wir traten in das Rund ihrer aufgestellten Zelte, als die Morgenfeuer noch kalt waren, und die paar Männer, welche bereits wach waren, starrten uns schweigend an und blinzelten, als ob sie kaum ihren Augen trauten.

Wir hatten unsererseits wenig Anlaß zum Staunen. Es waren an die zwanzig Männer, die sich jeweils zu zweit ein Zelt teilten, dazu vielleicht die doppelte Anzahl von Packpferden; ihre Warenbündel waren in kräftigen Ledersäcken verstaut und lagen zuhauf in der Mitte des Lagers. Die Pferde standen aufgereiht am Seeufer angepflockt und wirkten halb verhungert, denn ihre Rippen schienen aus verfaultem Holz zu bestehen, die Männer jedoch sahen aus, als sagte ihnen das Räuberleben schon eher zu. Ganz ohne Zweifel wirkten wir auf sie auch nicht anders. Ein Monat in der Wildnis, und kein Mensch sieht mehr ehrbar aus.

Niemand hieß uns willkommen – niemand verlor auch nur ein Wort –, aber es ließ auch niemand die geringste Lust erkennen, uns anzugreifen. Sie schienen lediglich verblüfft, als wir uns so plötzlich mitten unter ihnen befanden. Wir stiegen nicht ab, und so kamen wir auch nicht aus der Sackgasse heraus, und das Schweigen wurde immer drückender.

Dann wurde endlich eine Zeltklappe hochgeschlagen, und ein weiterer Mann trat in den kalten, morgendlichen Sonnenschein hinaus. An der Art, wie die anderen ihn ansahen – mit dieser Mischung aus Erleichterung und Furcht, die ich so oft in den Augen meiner eigenen Offiziere und Männer gesehen hatte –, war unschwer zu erkennen, daß wir hier den Anführer vor uns hatten.

Das wollte ich gern glauben. Er war nicht groß, aber so wie er sich hielt, wirkte er breit und fest wie eine Mauer. Seine schmalen, lächelnden Augen und der Spitzbart ließen vermuten, daß das Leben für diesen Mann keine unangenehmen Überraschungen mehr bereithielt. Er stand da mit schiefgelegtem Kopf und schien sich über die ganze Welt lustig zu machen.

»Wessen Lager ist dies?« rief Kephalos und ergriff damit klugerweise die Initiative. »Welchen Weg zieht ihr, und was ist euer Ziel?«

»Das Lager und alles, was darinnen ist, gehört mir – Hiram von Latakia«, gab der Karawanenführer in dem gräßlichsten Akkadisch zurück, das ich je gehört hatte. Er verschränkte die Arme auf der Brust und stellte damit klar, daß wir allein schon beim Klang seines Namens in den Sandalen erzittern müßten. »Wir bringen Metall nach Babylon, welches der neue König dieser Länder wieder aufbaut, denn es ist ihm gleich, wieviel Schätze er verschwendet, wenn er nur den Gott Marduk besänftigt. Ich hoffe, viel Gewinn aus dem Zorn des Gottes zu ziehen. Ich führe fertige Kupfer- und Eisenbarren mit. Und was bringt dich hierher?«

»Mich … ?«

Kephalos, dieser Meister der Selbstdarstellung, stieg mit der ganzen Würde eines Generals vom Pferd, der von einer eroberten Stadt Besitz nimmt. Er schaute sich um, musterte die Zelte und die elenden Schindmähren und die Männer dazu, als ob man ihm das Ganze als Bezahlung einer Schuld anböte und er überzeugt davon wäre, daß man ihn beschwindeln wollte. Am Ende blieb sein Blick auf Hiram von Latakia ruhen, und er lächelte ein verkniffenes, beinahe verächtliches Lächeln.

»Ich bin Hugieia von Naxos – Arzt und Abenteurer, Gelehrter und Geschäftsmann, Berater der Mächtigen vieler Nationen, vormals Handelsherr, vormals Teilhaber an Handelsunternehmungen anderer, gegenwärtig Opfer eines feigen Angriffs durch Räuber, der mich zu dem … gemacht hat, was du hier vor dir siehst. Ich wäre dir dankbar, wenn du mich eine Weile mit euch reisen ließest, da zwei Männer allein naturgemäß eine fette Beute sind, und ich habe durchaus Mittel, mit denen ich meine Dankbarkeit bekunden kann.«

Während Hiram von Latakia dieser Rede lauschte, war seine Miene nicht gerade vertrauenerweckend. Er schien sich über uns zu freuen, wie eine Katze, die den Vogel in der Pfote hat.

»Wie du sagst«, hob er an, »zwei Männer allein –«

Die Worte blieben ihm in der Kehle stecken, als er sah, daß ich einen der Speere aus dem Köcher gezogen hatte und ihn so in der Hand wog, daß klar war, er würde dort nicht ewig bleiben. In diesem Augenblick lagen die Absichten aller im unklaren, was vielleicht auch besser war, denn Vorsicht hat schon mehr Leben gerettet, als Kraft und Wagemut zusammen. Nach einem Weilchen wanderte sein Blick zu Kephalos, der lediglich ein wenig breiter lächelte.

»Ja – mein Diener.« Der wagemutige und furchteinflößende Hugieia von Naxos – in diesem Augenblick wollte ich beinahe selbst daran glauben, daß es einen solchen Menschen gab – hob die mächtigen Schultern, als erschiene ihm das Leben allzu verworren. »Er spricht keine Sprache außer seiner eigenen, und so neigt er denn in fernen Ländern zu Mißtrauen. Ich rate dir als Freund, sage deinen Männern, daß sie lieber einen Bogen um ihn machen.«

Auf einmal war die Krise überstanden, falls es sich um eine solche gehandelt hatte. Heute würde es kein Blutvergießen geben. Das Gesetz der Zivilisation, bei dem Angst ein heikles Gegengewicht zu Gewalt und Habgier bildet, dieses Gespinst aus feinen, unterschwelligen Drohungen hatte erneut, wenn auch nur dieses eine Mal, obsiegt. Wir würden im Lager von Hiram von Latakia ziemlich sicher sein. Er hatte eingesehen, daß es nicht klug war, uns die Kehle durchzuschneiden.

Er öffnete die Arme, hieß uns mit einer umfassenden Geste willkommen und schien damit dieser Tatsache Rechnung zu tragen.

»Ihr könnt mit uns bis Babylon reisen«, sagte er.

»Und mir wird es selbstverständlich eine Ehre sein, etwas zu den Reisekosten beizusteuern.« Kephalos griff in seine Tunika und zog einen kleinen Lederbeutel hervor. »Sagen wir – an die zwanzig Silberschekel? Zehn jetzt und zehn, wenn wir Babylon erreicht haben. Ich denke, das dürfte auch dir annehmbar erscheinen?«

Alle Menschen verachten Fremdlinge. Wenn sie sich anders benehmen, benehmen sie sich gleich daneben, sind unsauber, ungehobelt und trampeln auf den Gefühlen anderer herum. Wenn sie die einheimische Zunge nicht sprechen, dann weil sie so hirnlos sind wie wilde Tiere. Anders zu sein heißt, weniger als ein Mensch zu sein. So will es das Vorurteil jeder Nation, das die Menschen sogar in jene Länder mitführen, in denen sie selbst die Fremdlinge sind.

An jenem Tag zogen wir mit der Karawane und richteten das Antlitz gen Süden. Es bestand keinerlei Gefahr, daß wir vom Wege abkamen. Wir würden dem Tartar folgen, und wenn der sich dann im Frühlingsschlamm verlor, weiterreiten, bis wir den Euphrat erreichten, wo jener eine große Schleife nach Osten bildet, in die auch wir unausweichlich gezogen wurden. Als wir an jenem Abend das Lager aufschlugen, speiste Kephalos mit Hiram, und ich, der Sklave, mußte zusammen mit den Pferdetreibern aus einem Topf essen.

Die achteten mich gering, weil sie frei und in dem Lande Hatti geboren waren und mein ionisches Gebrabbel nicht verstehen konnten.

Dennoch duldeten sie mich an ihrem Lagerfeuer, wenn auch widerstrebend und schweigend. Niemand verhöhnte mich oder versuchte, mir die Schale vom Mund zu schlagen, denn ich trug ein Schwert. Ihre Verachtung wurde wie die ihres Herrn durch Angst gemildert.

Es ist lehrreich, der Unterhaltung von Menschen zu lauschen, welche sich einbilden, sie könnten sprechen, ohne verstanden zu werden. Ich saß neben ihnen auf der nackten Erde, und sie redeten auf aramäisch über mich und meinen guten Herrn, als wäre ich so gefühllos wie ein Holzklotz.

»Dieser Hugieia von Naxos, dieser fette Halunke; ich für mein Teil habe noch nie von einem Ort namens ›Naxos‹ gehört und glaube auch nicht, daß es den gibt.«

»Dieser andere da – bei der Göttin Kamrusepa, wie der stinkt! Daß ich morgen bloß daran denke, mich nicht in seine Windrichtung zu setzen«, murmelte ein großer Flegel, dem man das Augenlid über einer leeren Augenhöhle zugenäht hatte. »Ich würde mich freuen, wenn Hiram ihm im Schlaf das Messer in die Brust stieße.«

Ab und an warf er mir einen verstohlenen Blick zu, schielte über den Nasenrücken, als ob er sich hinter der Ecke eines Gebäudes versteckte, brachte es jedoch nicht über sich, mir mitten ins Gesicht zu sehen.

»Ich weiß gar nicht, was ihn noch abhält, schließlich sind wir viele, und ein Mann mit einem Schwert und ein paar Kaninchenstöcken ist nichts als ein einziger Mann.«

»Ein Skorpion kann immer noch stechen, auch wenn du ihn mit dem Hacken zertrittst. Hiram kennt sich aus.«

Allgemeines beifälliges Gemurmel rund um das Lagerfeuer.

»Zweifellos möchte er herausfinden, wo der Ionier sein Geld versteckt«, fuhr der Mann fort, wobei er sich nach Beendigung seiner Mahlzeit das Fett von den Fingern leckte. Er hatte wohl die längsten Arme, die ich bei einem Menschen gesehen hatte, und die Muskeln wabbelten lose.

»Der würde sich vielleicht ärgern, wenn er die große Sau abstechen und es nicht finden würde, was?«

Er lächelte und entblößte dabei Zähne, die so verfault waren wie drei Jahre alte Baumstümpfe.

Ich sagte nichts. Und den jeweils Redenden blickte ich auch nicht an, sondern wahrte den Anschein verständnisloser Gleichgültigkeit. Zur Schlafenszeit ging ich in das Zelt, das Hiram uns geborgt hatte, und erzählte Kephalos alles, was ich gehört hatte.

»Das überrascht mich nicht«, erwiderte dieser. »Nachdem ich mit ihm gespeist habe, würde es mich auch nicht verwundern, wenn er schon als Kind seine Mutter an ein Hurenhaus verkauft hätte. Es würde mich auch nicht verwundern, wenn er nie eine Mutter gehabt hätte. Was ist mit den anderen – glaubst du, wir haben von ihnen etwas zu befürchten?«

»Nein«, sagte ich kopfschüttelnd. »Hiram von Latakia hält sich nur zahnlose Hunde. Er ist der einzige hier, der den Mut aufbrächte, einen Menschen im Schlaf zu erdolchen – denn verhielte es sich anders, er wäre bereits selber tot.«

Da lagen wir nun in der Dunkelheit und hielten den Mund, und die Lederwände des Zeltes umschlossen uns wie eine Grabkammer.

»Er wird ein Weilchen warten«, murmelte Kephalos schließlich, als redete er nur mit sich selbst. »Ich habe ihm gesagt, daß ich Geld bei Kaufleuten in Borsippa habe, und dabei angedeutet, daß sich die Summe auf viele hundert Silberschekel beläuft – ich habe nämlich so getan, als ob ich zu tief in den Becher geschaut hätte und dann zum Prahlen neigte, doch ich bin überzeugt, er hat es mir abgenommen. Eine solche Summe würde einen Mann fürs ganze Leben sicherstellen, also möchte er mir glauben. Er wird ein paar Tage darüber nachdenken, wie er sie mir am besten abknöpfen kann.«

»Trotzdem ist es besser, wenn einer von uns die Nacht über wachbleibt.«

»Wie es dir beliebt, Gebieter.« Kephalos gähnte heftig, denn er hatte an diesem Abend tatsächlich recht viel getrunken. »Vorsicht ist besser als Nachsicht. Wir wollen doch nicht unbesonnen handeln.«

»In diesem Falle werde ich abwarten und ihn, da du es für das Beste hältst, erst morgen umbringen.«

Mein ehemaliger Sklave lachte leise, für ihn klang das wohl wie ein Witz.

»Schön, daß du mir zustimmst«, sagte ich so kühl, daß er verstand, mir war die Sache ernst. »Am Morgen also – sobald er aufgestanden ist. Ich werde es ganz öffentlich tun, damit seine Männer begreifen, daß man uns nicht schänden kann wie einen Leichnam.«

»Bei den Göttern, Herr …« Er setzte sich auf und beugte sich in der Dunkelheit zu mir herüber, wobei sein Kopf fast an das

Zeltdach stieß. »Was ist mit dir, daß du so wenig Mitleid und so wenig Vernunft zeigst? Würdest du ihn wirklich töten, einfach so, zwischen Aufstehen und Frühstück? Nein, Herr, das ist nicht wohlgetan.«

»Was schlägst du also vor? Der Mann plant doch …«

»Was der Mann plant, zählt nicht! Mir ist ein Feind an der Gurgel lieber als viele. Hiram von Latakia habe ich im Griff, und falls es sich als nötig erweisen sollte, kannst du ihn ja auch später noch töten. Aber jetzt ist es erst einmal wichtig, daß wir in einer großen Gruppe sicherer reisen als auf eigene Faust.«

Er holte tief Luft – ich konnte es in der Dunkelheit hören, es klang, als ob der Wind über Eis fährt.

»Herr«, fuhr er am Ende mit ruhiger Stimme fort, »ich möchte dir zu bedenken geben, daß es uns zwischen hier und den Grenzen von deines Bruders Reich nicht an Räubern fehlen wird, falls wir diese Karawane verlassen, und die meisten davon schlimmer als Hiram, denn die haben nicht meine Märchen über die Reichtümer gehört, die mich in Borsippa erwarten. Hier sind wir besser aufgehoben, denn wir kennen das Übel. Überlasse diesen habgierigen Schurken nur mir, da ich mich mit den niederen Leidenschaften besser auskenne als so eine hehre Seele wie du. Wir schaffen es schon – schließlich ist auch eine Natter recht harmlos, wenn man sich vor ihrem Giftzahn in acht nimmt.«

Längst hatte ich gelernt, daß es klug war, mich in derlei Dingen Kephalos' Urteil zu unterwerfen, und so drehte ich mich um, schloß die Augen und gab vor zu schlafen. Dennoch schlief ich nicht. Ich blieb die ganze Nacht über wach, lauschte dem friedlichen Schnarchen des ehrenwerten Arztes und wartete auf das Geräusch von Schritten im Dunkeln, was bedeuten würde, daß Hirams Habgier über seine Geduld gesiegt hatte.

Doch die kamen nicht. Bis zum Morgengrauen blieb es ruhig im Lager. Anscheinend war Kephalos wieder einmal scharfsichtiger gewesen als ich, und wir durften uns augenblicklich recht sicher fühlen.

Drei Tage lang folgten wir den Schleifen des Tartar, bis er sich am Ende in einem Gewirr von Bewässerungsgräben verlor, in denen das langsam fließende Wasser trübe in der bleichen Frühlingssonne glänzte. Wir ritten jetzt durch Ackerland, und beinahe jede Stunde trafen wir einen Bauern, der mit nackten, lehmbespritzten Beinen auf dem Weg ins Feld war.

Am Abend des vierten Tages lagerten wir in der Nähe eines Dorfes, ein Rund aus Lehmhütten in einiger Entfernung vom nächsten Wasser – das waren Menschen, welche ihr ganzes Leben im Angesicht eines einzelnen Flusses verbrachten und ihm zur Hochwasserzeit lieber nicht trauten – und Kephalos und ich machten uns auf den Weg, um eine Ziege zu kaufen, denn wir hatten schon seit geraumer Zeit außer sehnigem Wildbret kein Fleisch mehr gekostet.

Am Ende – und daran kann man die Großzügigkeit meiner Landsleute ermessen – lud uns der Dorfälteste ein, mit ihm und seinen Söhnen zu speisen, und mit Söhnen hatte ihn der Gott anscheinend fast ohne Zahl gesegnet, denn sie wohnten in wohl beinahe jeder Hütte des Dorfes. Er wollte die Ziege, die wir ihm abgekauft hatten, zusammen mit zwei weiteren von seinen braten, und dann würden wir auch die Vorzüge des Bieres, welches seine Frau braute, kennenlernen. Die Einladung galt auch für Hiram und seine Männer und wurde von jenen mit beinahe unanständiger Hast angenommen.

Und unser Erscheinen war, so schien es, für die Dorfbewohner nicht der einzige Grund zum Feiern, und die ersten Ankömmlinge waren auch nicht wir. Der Älteste hatte einen Vetter, der war der Sohn des Sohnes von seines Vaters älterem Bruder und ein Mann, der viele Jahre als Soldat gedient und schließlich mit seinem Beuteanteil Abschied genommen hatte, welcher aus Assarhaddons Plünderung der Stadt Tischkhan stammte, die sich im letzten Bürgerkrieg auf die Seite der Rebellen geschlagen hatte.

Dieser Vetter, Tudi mit Namen, war jetzt fast schon ein alter Mann. Sein Bart war voll grauer Haare, und er war froh, daß er das Heer des Königs im Vollbesitz all seiner Gliedmaßen verlassen konnte. Jetzt war er reich, denn er besaß an die fünfzig Schekel in Silber, und schien nicht abgeneigt, sich eine Frau zu nehmen, die noch jung genug war, um ihm Kinder zu gebären, und er wollte den Rest seines Lebens auf der Erde leben, welche die geweihten Gebeine seiner Ahnen barg. Und trotz allem und obwohl ihm Assarhaddons Wut auf die Rebellen Wohlstand und Annehmlichkeiten eingetragen hatte, fand sein Gemüt doch keine Ruhe beim Gedanken an den neuen König, der, wie er sagte, unter dem Fluch des Gottes stünde.

Ich saß mit dem Rücken zur Wand in der Hütte des Ältesten, wohin Kephalos und Hiram eingeladen waren, daß sie Schutz vor der nächtlichen Kälte fanden. Ich war ein fremdländischer Sklave, dem das Akkadisch dieser Bauern wie Grillengezirpe klingen mußte, und so hielt es denn wohl niemand für unhöflich, wenn ich einschlief. Doch ich schlief nicht. Statt dessen lauschte ich mit halb geschlossenen Lidern, wie Tudi seinem Vetter und den Gästen seines Vetters die Geschichte meines Lebens erzählte.

»Der König wandelt in Verderbtheit«, sagte er und wischte sich das Ziegenfett an den Fingern mit dem Bart ab. »Er opfert vor dem Götterbild Marduks, das sein Vater in Ketten aus dem Tempel von Babylon mitnahm. Er behauptet, daß Marduk der Gott aller Götter ist, wo doch jeder Fromme weiß, daß es Assur ist, welcher im Himmeln herrscht.«

»Es steht einem Menschen frei, den Gott seiner Wahl zu verehren – oder etwa nicht?« Hiram von Latakia hob die Schultern wie jemand, für den die ganzen Götter nur kindische Gaukelbilder waren. »Steht das einem König nicht genauso frei wie allen Menschen? Und wenn Marduk dem Gebieter Assarhaddon zusagt, was geht das die anderen an?«

»In diesem Land ist Assur König«, sagte der Dorfälteste, und der Älteste seiner Söhne und fünf weitere Söhne, die man zum Mahl mit den Gästen geladen hatte, nickten und murmelten beifällig.

»Der König bestätigt das bei seiner Krönung«, fuhr er fort. »Die Früchte des Landes, ja, das Land selbst, die Menschen darauf, alles gehört dem Gott – und der König vor allen anderen. Wenn der König gottlos ist, bringt er diese Sünde über uns alle. Es sind schon Geschichten im Umlauf, daß Ungeheuer geboren wurden, und andere Omen sind noch furchtbarer. Der Himmel empört sich gegen die Verderbtheit des Königs. Viel länger wird

Assur diese Kränkung nicht hinnehmen, und dann kommt sein Zorn über uns.«

»Man sagt, die Lehmmauern von Babylon werden von Tag zu Tag höher. Man sagt, daß es nach des Königs Wunsch wieder eine mächtige Stadt werden soll, damit Marduks Zorn abgewendet wird.« Tudi, der alte Soldat, ergriff erneut das Wort. Er spuckte ins Feuer. »Das und nicht mehr gebe ich auf den Zorn Marduks!«

Hiram lachte; es wirkte wie eine höfliche Antwort auf einen Witz.

»Dann bist du ein tapferer Mann«, sagte er. »Dem Anschein nach tapferer als dein König. Und doch ist der Wiederaufbau einer Stadt nicht zu verachten, denn man kann dabei Geld machen.«

»Geld – ja, Geld für Fremdlinge. Macht für die Babylonier, diese Schwarzköpfe, und die, welche sie lieben. Elend und Schande für die Männer Assurs.«

Einen Augenblick herrschte Schweigen. Der Älteste sah verlegen aus, er befürchtete wohl, daß die Worte seines Vetters die Gäste beleidigt hatten.

»Und das ist noch nicht alles«, fuhr Tudi fort, wobei er nur das Feuer ansah, während eine innere Stimme aus ihm zu reden schien. »Der König hat sein Herz gegen seinen Bruder, den Gebieter Tiglat Assur, verhärtet, dessen Namen jeder kennt und der tapfer und untadelig ist und ein Günstling der Götter. Ich sage euch, es ist ein übel Ding, wenn sich Bruder gegen Bruder stellt, und der König in Ninive tut einem Mann Unrecht, dem der Gott gnädig gesonnen ist.«

»Das hat man gehört – ja, sogar hier«, sagte der Älteste und schnalzte mißbilligend. »Dann hat der König also seinen Bruder erschlagen?«

»Nein. Das hat er denn doch nicht gewagt, er wollte sich nicht den Zorn des Gottes zuziehen. Er hat ihn verbannt. Er hat ihn zum Wanderer gemacht, zum Namenlosen unter Fremden. Und doch kann ihn jeder an dem Blutstern auf seiner Hand erkennen, dem Mal von Assurs besonderer Gunst.«

Ich vermag auch nicht ungefähr das Gefühl zu beschreiben, welches mich bei diesen Worten ergriff. Das Mal, mit dem ich geboren worden war, schien auf meinem Handteller zu brennen.

Ich wagte nicht, jemanden anzuschauen aus Angst, daß er mich bereits anstarrte.

Und doch konnte ich den Stolz nicht unterdrücken, der mir die Brust schwellte wie frisches Blut. Für diese Menschen war ich eine mythische Gestalt – über Tod und Schwäche erhaben und nicht dem Verfall durch die Zeit unterworfen. Und als solcher lebte ich vielleicht ewig weiter, auf ewig der Günstling des Gottes, auf ewig der Schatten, unter dem der König, mein Bruder, sein Leben verbringen mußte.

»Ich habe den Gebieter Tiglat in Chalule gesehen«, sagte Tudi und setzte sich ein wenig aufrechter, als wollte er prahlen. »Das war seine erste Schlacht und er kaum mehr als ein Knabe, und doch tötete er zahllose Feinde und empfing viele große Wunden. Bei den Göttern, was für ein Krieger!«

Beim Reden fiel sein Blick auf mich – ob ihm nun die Ähnlichkeit auffiel oder ob er nur etwas beim Reden anblicken mußte, ich hätte es nicht zu sagen gewußt. Damals jedenfalls noch nicht. Ich blickte lediglich zur Seite und wünschte mich zurück in mein Zelt, wo ich schlafen und von der toten Vergangenheit träumen konnte.

»Viele behaupten, daß nach dem Willen des Gottes der Gebieter Tiglat König werden sollte und daß Verrat im Spiel war«, sagte am Ende ein anderer und brach damit das Schweigen, das langsam schon peinlich wurde.

»Und doch hat der Gebieter Tiglat seinem Bruder gehuldigt und hat verzichtet, obwohl er die Frau seines Bruders, die Herrin Assarhamat, die so schön ist wie die Morgenröte, geliebt hat.«

Dann wußten sie also alles – alles was Assarhamat und ich uns so bemüht hatten, im Herzen zu verbergen. Wie dumm waren wir doch gewesen, wenn unsere ganzen Geheimnisse sogar hier bekannt waren, in einer Ansammlung von Lehmhütten am Rande der leeren Welt!

»Ja – er hat verzichtet. Er hat seinem Bruder auf den Stufen zum Palast des Königs öffentlich gehuldigt. Und was ist sein Lohn?« Tudi blickte sich um, als hätte jemand die Frechheit, darauf eine Antwort zu geben. »Verbannung. Sein Bruder hat ihn außer Landes geschickt wie einen Aussätzigen. Der Prinz wurde auf Wanderschaft geschickt, und jeder darf die Hand gegen ihn erheben. Silberschekel, mit denen der König seinen Kopf aufwiegt, sind der Lohn.«

»Und doch werden es nur wenige wagen, sich den zu holen.«

Der Älteste streckte die Hand aus, um einem seiner Söhne den Bierkrug abzunehmen. Er rührte den Inhalt mit einem Binsenhalm um und trank einen tüchtigen Schluck, während die anderen ehrerbietig warteten, bis er fertig war.

»Dann glaubst du, daß dieser Gebieter Tiglat fortgegangen ist und daß niemand ihn finden kann?« fragte Kephalos schließlich. An diesem Abend ergriff er jetzt zum ersten Mal das Wort.

»Es zählt nicht, wohin er geht«, antwortete der Älteste und schaute in die Runde, so als ob er seine Meinung von allen anderen bestätigt haben wollte. »Er lebt unter dem Schutz des Gottes, welcher ihm ein mächtiges *sedu* gewährt hat – wie der gottlose Dinanu zu seinem Leidwesen erfahren mußte.«

»Dinanu? Du meinst den Garnisonsbefehlshaber von Birtu?« Hiram von Latakia schien plötzlich aufzuwachen. Seine Augen strahlten, denn er erwartete wohl eine lustige Geschichte. »Den kenne ich – das ist ein Dieb und ein Schurke, aber gar kein so übler Gesellschafter beim Trinken. Ist ihm etwas zugestoßen?«

»Ja – ist ihm etwas zugestoßen?«

Kephalos blickte sich um, er war ganz lautere Unschuld, denn das Thema behagte ihm nicht, aber die Angst machte ihn unvorsichtig.

Doch der Älteste achtete seiner nicht. Seine Gedanken waren ganz woanders, während er darüber nachgrübelte, wie mächtig sein Gott doch war.

»Man behauptet, daß der Gebieter Tiglat in Birtu gesehen wurde«, sagte er, »und daß Dinanu, dessen Herz blind vor Habgier war, ihm in die Wildnis nachsetzte. Er wollte dem Prinzen ans Leben, denn solche Niedertracht hatte er von unserem König gelernt, aber Assur in seinem Zorn umgab seinen Günstling mit einem *melammu* aus göttlichem Feuer, so daß niemand ihm ein Leides tun konnte. Ein kluger Mann hätte die Warnung verstanden und wäre mit dem Leben davongekommen, aber der *rab abru* war nicht klug. Assur, der Mächtige und Gerechte, läßt nicht mit sich spaßen und hat den Toren niedergestreckt, er hat die Himmel mit seinem Schlachtruf gespalten und Dinanus Brust mit einem Blitzschlag durchbohrt. Zu dieser Stunde liegt sein Leichnam auf der Erde, niemand kümmert sich darum, und nicht einmal die Krähen mögen ihn berühren.«

»Was ist ein *melammu?«* fragte mich Kephalos später, als wir allein in unserem Zelt waren. »Da habe ich fünfzehn Jahre unter Assyrern gelebt und das Wort noch nie gehört. Was bedeutet es?«

»Das ist eine Aura, wie sie die lichten Götter umgibt und manchmal auch die Helden, denen diese ihre Gunst schenken – etwas, das bei den Griechen *nimbus* heißt.«

»Kein Wunder, daß ich noch nie davon gehört habe, denn das Leben hat mich nicht mit vielen Helden zusammengeführt – du Gebieter bist selbstverständlich eine offensichtliche Ausnahme.«

»Willst du dich über mich lustig machen, Kephalos?«

»Nein, Gebieter – natürlich nicht. Kein Gedanke daran.«

»Das ist doch nur ein alter Mann, der Unsinn brabbelt«, gab ich zurück. »Möglich, daß der Gott mir geholfen hat – das will ich nicht leugnen –, aber Dinanu ist durch meinen Speer gefallen und nicht durch einen Blitzschlag. Und sein Leichnam liegt nicht verlassen auf der Ebene. Ich habe ihn mit eigener Hand bestattet. Du hast es selbst gesehen«.

»Ja, das mag eine Ausschmückung sein. Vielleicht ist keiner zurückgekommen um nachzusehen, und so steht es jedem frei sich auszumalen, was er am liebsten glauben möchte. Es zählt nur das, was die Menschen glauben möchten, Gebieter. Soldaten, ha – darum sind sie also weggeritten und haben dich in Ruhe gelassen. Du hast Dinanu getötet, den keiner leiden konnte. Es geschieht nur selten, daß es einem Mann so die Brust aufreißt, und das auf diese Entfernung. Sie haben geglaubt, der Gott hat seine Hand im Spiel gehabt, und als gottesfürchtige Männer haben sie sich zurückgezogen. Wer möchte da behaupten, daß sie sich getäuscht haben?«

Binnen ein, zwei Minuten hörte ich ihn schnarchen. Ja, vielleicht war es wirklich so gewesen.

Und auch mir stand es frei zu glauben, daß mich der Gott errettet hatte. Ich glaubte es tatsächlich. Ich glaube es bis zu meiner Todesstunde.

Als ich am nächsten Morgen das Feuer fürs Frühstück anlegte und Kephalos versuchte, sich an den ersten, zögernden Flämmchen aufzuwärmen, schlenderte Hiram vorbei und tat so, als wäre er unvermutet auf uns gestoßen. Er blieb stehen und entbot uns seinen Gruß.

Kephalos, der sich noch nicht daran gewöhnt hatte, zu so früher Stunde aufzustehen und immer ungehalten war, bis er gefrühstückt hatte, brachte nur recht und schlecht ein höfliches Grunzen zustande und kauerte sich näher an unser schwächliches Feuerchen; er schien zu befürchten, der Eindringling könne uns etwas von dessen Wärme rauben.

Der Karawanenführer lächelte seinerseits sein munteres Räuberlächeln und legte den Kopf schief, so daß die Spitze seines Bartes auf Kephalos' Brust zielte. »Ein schöner Morgen, was?« sagte er, aber es war seinen Worten anzumerken, daß ihn dieser wenig scherte. »Und zur Abwechslung haben wir gestern abend einmal gut gegessen, obschon ich offen gestanden recht wenig Lust habe, länger unter diesen mistverdreckten, assyrischen Bauern mit ihrem Bier, das wie Knoblauch riecht, und mit ihren endlosen Märchen über den Zorn Assurs zu verweilen. Ich frage dich – kann man ihnen solch einen Blödsinn abnehmen?«

»Sie sind ein gottesfürchtiges Volk«, antwortete Kephalos mit einem Ton, der einem Tadel gleichkam. »Und alle Assyrer bis hin zum niedrigsten Dorfbewohner lieben ihre Fürsten. Ich lebe seit vielen Jahren unter ihnen und habe gelernt, daß hier respektvolles Schweigen angebracht ist.«

»Ach, ich würde mich im Traum nicht einmischen – wer möchte schon mit einem Mann zu schaffen haben, der in einem Feuermantel herumläuft?«

Er warf mir einen Blick zu und lächelte schon wieder. Dann schied er von uns, denn er mußte sich noch um seine Pferde kümmern, wie er sagte.

»Glaubst du, er hat Verdacht geschöpft?« fragte ich, als Hiram nicht mehr zu sehen war. Kephalos hob die Schultern.

»Es würde mich nicht wundern, doch es ändert nichts. Er wird seinen Gefolgsleuten nichts von seinen Mutmaßungen zuflüstern – warum sollte er? Was hätte er zu gewinnen? Also bleibt alles beim alten, wir haben die Wahl zwischen einem Feind, den wir kennen, und vielen, die wir nicht kennen. Für mich ist das kein Grund, unsere Pläne zu ändern.«

Von dieser Reise möchte ich nur noch einen Vorfall berichten. Es geschah, nachdem wir das Lager abgebrochen hatten; die Sonne war noch kühl, und wir bestiegen die Pferde und machten uns auf den Weg gen Süden. Als wir an der Ansammlung von Lehmhütten vorbeikamen, wo man uns am letzten Abend bewirtet hatte, da sahen wir, daß der Dorfälteste und sein Vetter Tudi – der alte Soldat, der mich in Chalule gesehen hatte – und alle Männer des Dorfes die Straße säumten. Sie hatten sich zu unserem Abschied eingefunden. Sie sprachen nicht. Sie grüßten nicht. Sie standen da nur im Staub der Landstraße und hielten Wache, als wir vorbeiritten. Und das war auf seine Art genauso feierlich wie das *akitu*-Fest, wenn der Gott aus seinem Schrein geholt wird, um das neue Jahr zu begrüßen. Ich spürte ihren Blick auf mir, und der wog so schwer wie ein Versprechen, und da wußte ich, daß sie Bescheid wußten, es die ganze Zeit gewußt hatten, und daß diese Ehre mir galt.

III

Ein altes Sprichwort sagt, daß die Straße nach Babylon mit Leichen gepflastert ist. Auch jetzt noch, beinahe ein ganzes Leben später, brauche ich nur die Augen zu schließen und an die südlichen Länder zu denken, diesen übelsten Ort, den die Götter erschaffen haben, und Furcht ergreift meine Seele. Verwesungsgeruch steigt mir in die Nase. Ich höre Krähen krächzen, während sie mit schwarzen Flügeln und vom Aas aufgeblähten Bäuchen über den Leibern der Erschlagenen dahinflattern.

In dem Land, in dem ich den ersten Atemzug tat, können die Männer Assurs am Ufer des kalten, rasch fließenden Tigris stehen und in der Ferne Berge erblicken. Man sagt, daß die Götter gern an hochgelegenen Orten wohnen, und so hatten wir immer das Gefühl, daß wir unter ihrer Obhut lebten wie ein Kind unter der Obhut seiner Eltern. Im Lande Sumer ist das anders, dort erstreckt sich die staubige, braune Erde so weit das Auge eines Sterblichen reicht. Dort liebt man die Götter nicht, obschon jeder sie fürchtet, und die Menschen brüten finsteren Verrat aus.

Hierher war ich zum ersten Mal als Soldat in dem Heer gekommen, das der Gebieter Sanherib, mein König und Vater, aufgestellt hatte, um die Elamiter für den Mord an seinem Sohn Assurnadinschum zu bestrafen. Jenen hatte er zum König von Babylon gemacht, und die südlichen Länder hatten zum Aufruhr gegen ihn angestiftet. An einem Ort namens Chalule trafen wir auf den Feind – möge der Name Chalule für immer verschwinden und selbst noch die Erde verdorren. Es war eine furchtbare Schlacht, in der zahllose treffliche Männer starben und mit ihnen mein Traum von Ruhm und Ehre, doch das war nur der erste von vielen Greueln, die ich in jenem langen Krieg erblicken mußte.

Wir brandschatzten viele Städte, schleiften ihre Mauern und die Häuser ihrer Mächtigen, brannten ihre Getreidespeicher ab, so daß die Überlebenden vor der nächsten Ernte verhungern mußten. Wir belagerten Babylon selbst mehr als ein Jahr, legten den Fluß trocken, der Babylon Wasser spendete, hungerten seine Bewohner aus, so daß nur noch wenige übrigblieben, die über die Klinge springen mußten. Und schließlich nahmen wir es ein, mordeten und raubten fünf Tage lang, denn alles Mitleid war in unseren Herzen erstorben.

Und so hätte ich, falls es keinen anderen Grund gab, Sumer und alle, die darin wohnten, hassen können für das, was ich bei meinem Aufenthalt dort über mich selbst erfahren hatte.

Diese Gedanken bewegten mich natürlich nicht Tag und Nacht, denn ich übte mich mit großer Sorgfalt in meiner Rolle als übellauniger, primitiver Diener des Gebieters Hugieia von Naxos und bestätigte Hirams Männer darin, mich zu meiden; ich reagierte auf nichts, was in meiner Gegenwart gesprochen wurde, und redete ausschließlich mit Kephalos. Und das fiel mir schwer, da ich mir nicht einmal erlauben durfte, die Gesichtsmuskeln zu entspannen, ohne mein Leben zu gefährden. Und doch fiel die

Maske ab und an, auch wenn ich mir dessen nicht bewußt war. Während sich die Tage dahinzogen, schien ich Hiram ein zunehmend lohnenderes Objekt für seine Nachforschungen zu bieten.

Seine Männer jedoch achteten mich nicht, sondern kümmerten sich um ihre Belange und um ihre eigene Bequemlichkeit, so als existierten Kephalos und ich gar nicht. Wir waren froh über ihre Gleichgültigkeit. Daran konnten wir unsere relative Sicherheit ermessen.

Ich weiß zwar nicht warum, aber meiner Erfahrung nach kommt eine Karawane langsamer voran als ein Heer, das ins Feld zieht. Von diesen barbarischen Hethitern durfte man nicht erwarten, daß sie die fünf Unglückstage des Monats beachteten, während derer gottesfürchtige Männer sich in Lumpen kleiden, ihre Frau nicht berühren und weder arbeiten, noch reisen, noch gekochtes Essen zu sich nehmen, aber jeder Befehlshaber unter Assurs König hätte einen Soldaten zu Tode peitschen lassen, wenn er derart dahingeschlichen wäre. Hiram beklagte sich jedoch nicht; er schien das schleppende Tempo seiner Treiber normal zu finden. Erst nach acht vollen Tagen tränkten wir unsere Pferde im Euphrat, und auch dann hörte ich die Treiber noch sagen, daß wir Babylon kaum erreichen würden, ehe nicht dieser Monat ins Land gegangen war.

Am Abend lagerten wir zum ersten Mal auf dem Steilufer über dem Euphrat, und ich griff mir einen Ledereimer und ging zum Fluß hinunter, um Wasser für unseren Kochtopf zu holen. In den Binsen gab es Enten, und ich dachte bei mir, wenn ich nur ein Netz hätte …

Aber ich hatte kein Netz. Lange saß ich am Ufer und sah ihnen lediglich zu, erfreute mich an den grünen Federn auf ihrem Rücken und daran, wie sie mit den gelben Füßchen in der Luft strampelten, wenn sie nach Wurzeln im schlammigen Untergrund tauchten. Am Ende war ich richtig froh, daß ich kein Netz hatte. Ich füllte meinen Eimer – sorgsam, damit ich sie nicht aufschreckte – und wollte wieder gehen.

Gerade als ich aufstand, fiel ein Stein ins Wasser, und die Enten zerstreuten sich, ihre Flügel peitschten die Wasseroberfläche, während sie Alarm schlugen. Ich drehte mich um, und da stand Hiram auf der Klippe über mir. Er grinste, als wäre er mir irgendwie auf die Schliche gekommen.

»Ärgert dich das? Habe ich deine kleine Träumerei gestört?« fragte er, so als erwartete er, daß ich seine Worte verstünde. »Du bist mir ein Sonderbarer. Wenn du mir gehören würdest, ich würde dich für solches Herumstreunen auspeitschen lassen. Ein Sklave, der Geschmack an privaten Gedanken hat, ist ein Ärgernis. Und vielleicht sogar eine Gefahr. Die Brandwunde – die heilt aber langsam, was?« Er wies auf meine rechte Hand, um die ich immer noch einen Streifen schmutzigen Verband gewickelt trug. »Tut sie dir denn nicht weh, wenn du solch einen schweren Eimer tragen mußt?«

Natürlich hatte er recht. Ich widerstand der Versuchung, den Eimer in die andere Hand zu nehmen. Er sprach in Aramäisch; diese Zunge durfte ich nicht kennen. Ich wollte mich nicht noch mehr verraten, als ich es bereits getan hatte.

Wortlos erkletterte ich das Steilufer und schob mich an ihm vorbei, als bildete er lediglich ein Hindernis auf meinem Weg. Als ich zum Lager zurückging, konnte ich ihn hinter mir lachen hören.

Ich fand, das Dienstbotenleben war wirklich kein Vergnügen. Kephalos ließ sich nicht davon abbringen, und das mit einigem Recht, daß das Wasser des Euphrat nicht einmal dazu taugte, sich das Gesicht damit zu waschen, ehe man es nicht mehrere Male durch einen wollenen Umhang geseiht hatte. Doch wieviele Male ich das auch machte, unweigerlich rümpfte er beim ersten Schluck die Nase und bemerkte, dieses faulige Gesöff sei immer noch so lehmig, daß man versucht wäre, Ziegel daraus zu machen.

»Das nächste Mal kannst du das Wasser holen und durch deinen eigenen Umhang seihen – der übrigens nicht sauberer als meiner ist.«

»Stell dir nur vor, wie das auf unsere Freunde wirken würde.« Er lehnte sich zurück, umfaßte mit den Händen die gewölbte Mitte seiner Tunika, so als hätte ich einen der lichten Götter gelästert. »Ich, Hugieia von Naxos, der Sklavenarbeit für dich verrichtet? Ich bitte mir ein wenig Respekt gegenüber Sitte und Anstand aus. Wir wollen doch nicht bei diesen ehrlichen Dieben Anstoß erregen, indem wir die Gepflogenheiten der Welt mit Füßen treten. Zwischen Herrn und Diener klafft ein Abgrund, der geachtet werden muß – hast du jemals gehört, daß ich mich beklagt habe, als ich dir, du Knabe, im Haus der Krieger die Sandalen säubern mußte?«

»Ja, und bitterlich.«

»Na und? Auch ein Sklave hat das Recht zu murren.«

»Du hast aber nur gemurrt – gemurrt und mit den Soldaten gewürfelt. Aus dir habe ich nie ein anständiges Tagewerk herausgeholt.«

»Und habe ich dir nicht immer einen gerechten Anteil an meinem Gewinn gegeben? Habe ich dich durch meine Mühen nicht zum reichen Mann im Lande Assur gemacht? Und sind wir nicht auf der Flucht mit einem Schatz, den ich ganz allein klugerweise für solch einen Notfall beiseitelegte? Und habe ich nicht in meiner Weisheit und Sorge für dich große Reichtümer bei ägyptischen Kaufleuten hinterlegt, damit du im Exil in einem Stil leben kannst, dessen sich nicht einmal ein Fürst schämen müßte? Habe ich nicht all das getan? Außerdem sagt mir das Leben eines Sklaven nicht zu. Dazu bin ich nicht geboren.«

»Ich auch nicht, und darum brauchst du dich auch gar nicht so zu erregen. Und hör auf, dich über das Wasser zu beklagen.«

»Na gut.«

Er musterte mich, saß da wie wohl ein Arzt am Krankenlager eines Kindes sitzt und strich sich den Bart, als wäre er ein Katzenrücken. Dann nickte er, augenscheinlich war er mit dem Ergebnis seines Nachdenkens zufrieden.

»Du hast dich noch über mehr geärgert als nur deinen armen Diener«, sagte er schließlich. »Ist heute morgen etwas geschehen, wovon ich nicht unterrichtet bin? Setzen dir unangenehme Gedanken zu?«

»Ich hatte vor einer knappen Stunde unten am Fluß eine Begegnung mit dem ehrenwerten Hiram. Er weiß über uns Bescheid. Er faßt es fast schon als Witz auf.«

»Soll er ruhig raten, wissen kann er gar nichts.«

»Am Ende verkauft er uns noch an Assarhaddon.«

»Am Ende, ja – wenn einer von uns das große Glück hat, das Ende zu erreichen. Doch zunächst wird er versuchen, aus mir alles, aber auch alles herauszuquetschen, und das gibt uns reichlich Zeit, uns vor künftigen Ärgernissen zu schützen. Nur keine Bange, Gebieter. Sorge dich nicht um ferne Übel.«

»Ich bin immer noch der Meinung, es wäre das klügste, ihn jetzt umzubringen.«

»Möchtest du gern einen Mord auf dein Gewissen nehmen?« Er wölbte erstaunt die Brauen. »Außerdem habe ich dir schon früher gesagt, daß der Karawanenbesitzer augenblicklich sowohl seinen als auch unseren Zwecken dienlich ist. Ehe wir nicht Babylon erreichen, haben wir nichts zu befürchten.«

Babylon. Wir konnten seine Mauern schon drei Tage sehen, ehe wir seine Tore erreichten, Mauern, die an manchen Stellen selbst nach so langer Zeit noch zerstört waren. Doch aus der Ferne war es auch nicht schöner. Es erhob sich aus dem flachen, braunen Boden wie ein zerstörter Berg, wie das Bollwerk irgendeines Gottes, den man schon vor langer Zeit aus dem Himmel ausgestoßen hatte. Bei seinem Anblick verknäulten sich mir die Gedärme.

Des Nachts waren Marduks Priester eifrig am Werk. Mitten in der Stadt loderten oben auf der großen Zikkurat Feuer mit roten Flammen, boten Opfer an Blut und schrecklichen Schmerzen dar. Wir sahen sie, als wir noch drei Tagesritte entfernt lagerten. Jeder mit Augen im Kopf konnte sie sehen.

Ich entsann mich anderer Flammen. Ich hatte die ganze Stadt brennen sehen. Ich hatte mitgeholfen, Marduks Tempel in Brand zu stecken, und kaum ein paar Monate später hatte ich zugesehen, wie Muschezib Marduk, einst Gebieter von Babylon, ein wahrhaft böser König und der Urheber unendlichen Leides, lebendig in einem Bronzekrug über einem Feuer gesotten wurde, das sich von den Leichen seiner Königin und seiner Kinder nährte. Solches geschieht in Kriegszeiten, das sind die Werke der grausamen Kriegsleidenschaften, doch diese Leidenschaften brachten selbst noch nach vielen Friedensjahren das

Blut in Wallung. Die Babylonier hatten nicht vergessen, und ich auch nicht.

Die Kochsteine waren schon lange abgekühlt, da saß ich immer noch in meinen Umhang gehüllt und sah dem fernen, pulsierenden Schein jenes Opferfeuers zu und wußte, daß die Priester dort auf Assarhaddons Geheiß arbeiteten, und fragte mich, welchen Geist in seinem eigenen Herzen er mit diesem Schauspiel frommen Schreckens wohl besänftigen wollte.

Assarhaddon war der geborene Soldat. Der Mann, der ihn in Angst und Schrecken versetzen konnte, mußte erst noch geboren werden. Fröhlich stürzte er sich ins wildeste Kampfgetümmel und achtete den Tod nicht, doch sobald er das Schwert ablegte, umflatterten ihn Dämonen mit stummen Flügeln. Er fürchtete die Götter, rief jeden beim Namen und zitterte dabei vor Angst. Er fürchtete die Omen ihres Zorns und erblickte sie überall. Er fürchtete die Geister der ruhelosen Toten. Er fürchtete Gespenster ohne Zahl, die in allen Ecken der weiten Welt hausen sollen.

Und als König hatte er zuviel Zeit, den Einflüsterungen der Priester zu lauschen. Seit die Stimme von Schamasch, dem Schicksalsgott, ihn benannt hatte, daß er unserem Vater nachfolgte, hatte er keine ruhige Stunde mehr gehabt. Er hätte mir leid tun können, wenn er nicht die Hand gegen mich erhoben hätte. Aber jemanden bemitleiden, der mich zu Tode hetzte, das brachte ich nicht über mich, und dennoch tat er mir leid, denn die Götter hatten ihm einen bösen Streich gespielt, als sie ihn zum König machten.

Denn er war der König, und auf sein Geheiß hin waren die Priester so emsig am Werk und erhellten mit ihren Opferfeuern die nächtlichen Himmel.

Babylon, die Stadt der Verderbtheit, die Stadt der wetterwendischen Gemüter, der Menschheit zum Ruhm und zum Fluch erbaut.

An dem Tag, als wir in den Schatten des Ischtartors traten, schlichen in der ersten Stunde vor Mittag Sklaven mit schmutzverklebten Beinen an uns vorbei, den knotigen Rücken unter der Last vieler von der bleichen Wintersonne fast zu Stein gebackener Ziegel gebeugt. Sklaven ohne Zahl schlurften die lange, ausgetretene Treppe zu einer Mauer hinauf, die der König, mein Vater, nach dem Willen Assurs zerstört hatte und die sich nun wieder erhob, weil es meinem Bruder beliebte, den Willen Marduks zu tun. Sklaven, so ausgezehrt wie Leichen, die kaum noch aus den großen Wunden am Knie bluteten, die hundertmal unter ihrer Last zusammengebrochen waren – sie waren nur noch lebende Tote; ein paar Monate, vielleicht ein Jahr der Plackerei und des Leidens, ehe sie verhungerten oder ihnen die Lungen barsten und ihre Seelen die unbestatteten Körper verließen und in der trostlosen Nacht herumflatterten. Weder Brot noch Wein konnte diese Geister besänftigen. Auf ewig umschwirrten sie die Mauern, die sie mit ihrem Elend errichtet hatten, und verfluchten alle, die in ihnen wohnten.

»Sie wächst empor – siehst du? In zwei Jahren wird sie wieder so sein wie zu Zeiten der großen Könige. Ha, ha, ha!«

Hiram von Latakia lachte wie ein Schakal, für ihn war diese Stadt, in der er nicht geboren war und die ihm nichts bedeuten konnte, wohl ein persönlicher Triumph.

»Ja«, gab Kephalos zurück, während er die Zügel anzog, um sein Pferd zurückzuhalten. »Das befürchtet man im Norden.«

»Laß die in ihren Lehmhütten doch fürchten, was sie wollen. Ich gehe auf meine alten Tage in den Libanon zurück, züchte Trauben und bin dank Marduks Zorn ein reicher Mann. Dann können sie den Boden meinetwegen gern mit ihrem Blut tränken.« Ich ritt dicht hinter ihnen, und meine Hand schloß sich um den Speerschaft. Wenn ich Hiram doch die Spitze in den Rücken bohren könnte.

Eine halbe Stunde später befanden wir uns auf dem Markt mitten in der Stadt, und Hiram saß auf einem Teppich und trank Dattelwein mit einem kurz geratenen, großäugigen Mann, der zu jähen Bewegungen neigte. Dieser beschaffte dem Aufseher Vorräte. Sie feilschten um die Ladung Eisen- und Kupferbarren, welche die Karawane aus den Ländern am Nordmeer geholt hatte – ein paar Augenblicke harten Schacherns, und der Preis für die Mühsal von vier Monaten war abgemacht.

Sie wurden handelseinig. Man lud die Packpferde ab und zahlte Hirams Männer aus einem Beutel mit Silberschekeln aus,

Geld, das in Weinschenken und Hurenhäusern ausgegeben war, ehe Hiram noch die Ballen bestickten Wolltuchs, das Arsenik und die Gewürze, das Zinn und die gepreßten Datteln erstanden hatte, die er im Westen verkaufen wollte, um davon noch mehr Eisen und Kupfer für den Wiederaufbau Babylons zu erstehen. Kephalos und ich sahen ihm eine Zeitlang zu, dann führten wir unsere Pferde in den Stall eines Gasthofs unweit des Tempelbezirks, der jeden Luxus feilbot.

»Ich habe diesen Dieb mit dem Spitzbart zum Essen eingeladen«, erzählte er mir. »Vergnüge dich bis dahin in der Stadt. Kauf dir saubere Kleidung und trinke Wein. Vergieße deinen Samen in eine Frau. Verhalte dich ruhig, zieh keine Aufmerksamkeit auf dich und sei um die erste Abendstunde zurück.«

»Du möchtest mich also aus dem Weg haben?«

»Ja.« Kephalos nickte, als ob er einen Fehler eingestünde. »Hiram wird mich heute kaum aus den Augen lassen, und ich möchte nicht, daß du ihn zu seinem eigenen Schaden zu einer Unbesonnenheit verleitest.«

So zählte er mir also Geld in die Hand, mehr als hundert Schekel in Silber. »Denk daran«, sagte er, »ohne Geld ist selbst ein Prinz ein Bettler. Vertreibe dir die Zeit mit schamlosen Lustbarkeiten, wie es sich für einen Mann geziemt, der mit blinden Augen in die Zukunft blickt« – und damit war ich entlassen. Lathikados, der Sklave von nirgendwo, hatte frei.

Als ich das letzte Mal durch die Straßen von Babylon gegangen war, da lagen sie voller Erschlagener. Ich hatte die Leichen von toten Mädchen gesehen, kaum mehr als Kinder, die mit durchschnittener Kehle in den Eingängen lagen, die Schenkel blutbeschmiert von den Aufmerksamkeiten der Krieger Assurs. Alten Männern hatte man vor den Augen ihrer Frauen und Töchter den Schädel zu Brei geschlagen. Gebäude brannten, während die Bewohner darinnen eingeschlossen waren. An manchen Stellen waren die schmalen Seitengassen mit Toten verstopft, so erbarmungslos und zornig hatten wir gewütet. Das Wüten fand fünf Tage lang kein Ende.

Doch die Schuld daran traf nicht nur die Männer Assurs, denn die Belagerung von Babylon dauerte viele Monate, und bei Männern, für die sich der Krieg zu sehr in die Länge zieht, erstirbt jedes Mitleid im Herzen. Ich und die ganzen riesigen Heere meines Vaters, des Gebieters Sanherib, lernten Babylon hassen mit allem, was seine Mauern bargen, bis das Wort allein schon bitter in unserem Munde wurde. Der König jener Stadt, der den Tod fürchtete, welchen er doch nicht abwenden konnte, wollte sich nicht ergeben und überantwortete also sein Volk dem Verderben. Es hätte gar nicht anders enden können.

Doch selbst nach so vielen Jahren lastete der Haß noch schwer auf meiner Seele.

Babylon, die Stadt des Weines und der Fülle, die Stadt der strahlenden Gesichter.

Assarhaddon hatte den Getreidehandel auf drei Tagesritte in jede Himmelsrichtung übernommen und ihn dem Gott Marduk gestiftet. Solches tat mein Bruder, um den Zorn des Himmels von seiner sorgengefurchten Stirn abzuwenden. Der Gott mußte in Sumer herrschen, und die Schatzkammern seiner Tempel mußten unter dem Gewicht seines Goldes schier zusammenbrechen – ein Bauer mit Feldern an diesem Nebenfluß des Euphrat bekam die Füße abgehackt, wenn er seine Ernte jemand anderem als den Priestern verkaufte. Mochte im nächsten Winter auf dem Lande Hungersnot herrschen, die Bewohner von Babylon würden nicht verhungern. Lachen würde die Weinschenken zum Erzittern bringen, während der frostige, erbarmungslose Wind durch Bauerndörfer pfiff, die der Tod entvölkert hatte.

Babylon würde keinen Hunger leiden – nicht bis wieder einmal frisch vergossenes Blut durch seine Rinnsteine schoß.

Selbst Ninive, Ninive die Schöne, meine Geburtsstadt, die Hauptstadt der großen, weiten Welt, selbst Ninive war nie so übervölkert wie Babylon an jenem Nachmittag, als ich mich durch seine Menschenmassen drängelte. Das Gemurmel von hunderttausend Stimmen schwirrte mir um die Ohren, das Geschrei der Händler und das hohe, helle Lachen der Huren und das Gebrabbel von zwanzig verschiedenen Sprachen, und der Duft von brutzelndem Lamm und Gewürzen und Gerste, die in kupfernen Brautöpfen sott, stieg mir in die Nase. Ich war hungrig. Ich kaufte mir Fleisch und gekochten Reis und ein Stück Fladenbrot zum Einwickeln und aß alles mit dem Rücken an eine ockerfarben getünchte Wand gelehnt, ein Fremder inmitten von Fremden, unbeachtet und sicher. Als das getan war, erkundigte ich mich nach dem Weg zum nächstgelegenen Dampfbad.

Die folgende Stunde ruhte ich auf einer Zedernbank in einem winzigen, dampferfüllten Raum, und wurde ganz schläfrig vor Behagen. Man hatte meine Kleidung gewaschen, sie trocknete irgendwo vor einem Feuer. Ein kleiner Junge hockte auf der Schwelle und polierte mein Schwert mit einer Handvoll Sand. Eine Frau, die mittlerweile zu alt war, um ihren Leib an Fremde zu verkaufen, rieb den meinen mit einem feuchten Leinenlappen und schrubbte die Monate unseres Lebens im Freien ab. Ich war warm und sauber, und unter ihren Händen lösten sich meine verkrampften Muskeln. Ich lag im Halbschlaf und war vollkommen zufrieden. Als ich gehen wollte, gab ich ihr drei Silberschekel, um die sich ihre Faust schloß wie eine Mausefalle.

Das alte Weib hatte die Binde verbrannt, die meine rechte Hand verdeckt hatte – »Ist die schmutzig, puh! die kann nur noch Feuer reinigen. Ein Wunder, daß sich das nicht entzündet hat, so wie die um das rohe Fleisch gewickelt war.« Aber in dieser Stadt voller Fremder konnte ich mich ziemlich sicher fühlen, bis Kephalos mich wieder verbinden konnte. Hier, so fern von Ninive, war der Blutstern auf meinem Handteller lediglich ein Geburtsmal.

Kephalos hatte mir befohlen, mich zu vergnügen. Ich würde irgendwo eine Schenke auftreiben, eine von jenen, wo man einen Fremdling in verblichener Reisekleidung nicht abwies; dort würde ich Wein trinken und mir vielleicht eine Frau nehmen. Ja – vom aufgestauten Samen wollten mir schier die Lenden platzen wie ein Granatapfel, den man in der Sonne vergessen hatte. Ich war zu lange ohne Frau gewesen.

Die Rote Eidechse in der Damkina-Straße lag in solch einer anrüchigen Gegend, war fast gleich weit von den Flußkais, der Garnison und dem Tempelbezirk entfernt. Hier durften Männer aller Klassen ungehindert verkehren. Jeder hier hatte Geld, denn das hier war eine Stätte, wo man einen offenen Beutel voraussetzte, und wenn ein Sklave so dumm war, daß er den

Verdienst eines halben Jahres vergeuden wollte, so war er willkommen.

Es war ein großes Gebäude mit drei Stockwerken. Wohlhabende Stammkunden mochten oben Tröstungen suchen, zu ebener Erde jedoch wimmelte es von Ladenbesitzern, fremdländischen Kaufleuten vom gewöhnlichen Schlage und solchen wie ich selbst. Die Wände waren einst weiß gewesen, doch der Rauch von Generationen von Holzkohlebecken hatte sie schon lange zu einem bläßlichen Gelbgrau verfärbt. Der Fußboden war voller Weinflecke, gleichsam wie getrocknetes Blut, und die Luft geschwängert vom Geruch nach Essen und Schweiß und – ja, ich brauchte einen Augenblick, bis ich ihn erkannte – nach Frauen. Ein flötespielender Amoriter und ein Trommler von irgendwoher machten in einer Ecke Musik, doch die ging in dem Gelächter und dem lauten Gerede von Männern unter, in deren Vorstellung von Vergnügen Musik nur einen geringen Platz einnahm. Ich nahm am Ende einer vollen Bank Platz.

In der Schenke mochten an die zwanzig, fünfundzwanzig Mädchen arbeiten, und allesamt waren sie nackt, weil sie so ihrem Gewerbe leichter nachgehen konnten. Meistens brachten sie den Wein und setzten sich zu den Männern, die ihn tranken; ein paar tanzten mehr oder minder geschickt zu der fast unhörbaren Musik; und einige hatten ihre Schlafmatten auf dem beengten Platz auf dem Fußboden ausgebreitet und boten andere Vergnügungen feil.

»Möchte der edle Herr eine Erfrischung?« Sie war recht ansehnlich, nach den Maßstäben des Südens jedenfalls, wo man dunkle, fleischige Frauen bevorzugt. Ihr Gesicht und ihr Leib glänzten von Öl, und ihre Brüste waren so rund wie Melonen. Das Haar zwischen ihren Schenkeln war dicht und verfilzt wie das Fell einer Katze.

»Wein«, antwortete ich, und als ich aufblickte, blieb mein Blick an ihrem rosig bemalten, kirschblütengleichen Nabel hängen. »Und vielleicht leistest du mir beim Trinken Gesellschaft, ja?«

Sie lächelte und tat so, als ob sie ihr Leben lang auf diese Frage gewartet hätte.

Ich muß zugeben, daß ich mich an diesem Nachmittag ziemlich betrunken habe und das, ohne dabei viel Zeit zu verlieren. Ich muß betrunken gewesen sein, denn ich war so unvorsichtig, daß ich Penuschka – so hieß sie nämlich – einen Blick in meine Börse tun ließ. Kaum erblickte sie die vielen Silberschekel, da wurde ich auch schon mit Gewalt nach oben geschleift – beinahe jedenfalls –, der Schenkenbesitzer hielt mich an einem Arm gepackt und Penuschka am anderen –, in eines der Privatzimmer, die vermögenden Herren und anspruchsvollen Geschmäckern vorbehalten waren.

»Der Gebieter möge entschuldigen ...«, brummelte der Besitzer immer wieder, » ... aber woher sollten wir denn wissen ...«

Ich leistete keinen Widerstand. Ich war die Freundlichkeit selbst, doch das ist ein Mann wohl auch, wenn man ihn ganz unerwartet mit Annehmlichkeiten überschüttet. Der Raum enthielt nur einen einzigen, niedrigen Tisch; an anderen Möbeln waren nur verschiedene Kissen und Pfühle vorhanden, wie ich sie in einer solchen Fülle noch nie erblickt hatte. Wer hätte sich wohl schon gegen solchen Luxus gewehrt.

Ich rollte auf den Kissen herum, lachte und spielte mit Penuschka, die mich mit Trauben und Stücken gebratenen Fleisches fütterte und mich den Wein aus der Höhlung ihres Nabels oder aus einem Becher trinken ließ, den sie durch Zusammenpressen ihrer runden Brüste formte. Ich nahm sie und vergaß meinen Samen, doch eine über so viele Wochen aufgesammelte Wollust verbraucht sich nicht in einem Augenblick – und sie wollte es noch mehr als ich, sagte, daß ihr ein Liebhaber beim zweiten Mal mehr Freude bereitet, da er es dann nämlich nicht so eilig hatte, und schon brachte sie meine Mannheit durch ihre Liebkosungen wieder zu voller Größe. Wir verbrachten eine schöne Zeit in diesem Raum und trieben es viele Male.

Eine Hure fürchtet sich nicht, jemanden zu kränken und kränkt deshalb auch nicht, denn nur ein Dummkopf glaubt, daß ihr Lächeln echt ist oder schenkt ihren Worten Glauben oder kümmert sich darum, was sie von ihm hält. Und so kränkte es mich nicht, daß Penuschka mit meiner Hand spielte, die Faust öffnete und mit ihrem Nagel die Umrisse des Geburtsmals nachzog, das der Gott mir auf die Handfläche geschrieben hatte.

»Dergleichen ist ein Omen«, sagte sie und machte große Augen wie bei einem geweihten Wunder. »Vielleicht bist du nach dem Willen des Himmels dazu bestimmt, ein großer, mächtiger und reicher Mann zu werden.«

Ihre Lippen teilten sich bei diesen Worten zu einem Lächeln, so als gehörte die glorreiche Zukunft, über die sie nachdachte, ihr, aber vielleicht verspottete sie mich auch nur mit der Vorstellung, ein Sklave, selbst einer wie ich, mit ein paar Silberschekeln im Beutel, könnte es zu mehr bringen.

»Aller Reichtum, wonach ich trachte, ist hier«, sagte ich, nahm ihre Brüste in die Hand und küßte sie. »Und alle Macht, wonach ich trachte, hast du mir aus den Lenden gesogen.«

Sie lächelte von einem Ohr zum anderen, und ihre Hand schloß sich sanft um meine Mannheit.

»Vielleicht ist noch ein wenig übrig – was meinst du?«

Nach einer gewissen Zeit wird man sich seiner Exzesse bewußt. Ich hatte zuviel Wein getrunken. Die Frau gefiel mir auch nicht mehr. Das Verlangen war dahin, und ich verübelte es ihr, daß ich in den Armen einer babylonischen Hure lag und nicht bei der Frau, die mein Herz in Fesseln geschlagen hatte, als wir noch Kinder in dem großen Haus des Königs waren. Ich sehnte mich nach Assarhamat, nach meines Bruders Frau, meiner einzigen Liebe.

Was war mit mir und Assarhamat geschehen? Warum hatte sich der Gott von uns abgewandt?

»Ich muß gehen«, sagte ich. »Mein Herr wartet auf meine Rückkunft.«

Sie bat mich nicht zu bleiben – warum auch, da ich mit ihr fertig war und sie mit mir –, sondern stand auf und half mir in meine Kleider.

»Kommst du wieder?«

»Ich weiß nicht.«

Ich schüttelte den Kopf und schenkte ihr ein leises Lächeln, denn das geboten Sitte und Anstand, und wer war ich, daß ich die Gefühle von Penuschka, der Hure, nicht achtete, nur weil mein Interesse an ihr erloschen war.

»Vielleicht, so Gott will. Aber ich diene einem Herrn, und ich kenne seine Pläne nicht.«

»Wir alle dienen dem einen oder anderen Herrn«, gab sie lächelnd zurück. Wegen dieses Lächelns mochte ich sie wieder.

Wir waren gerade am Fuße der Treppe angelangt, als sich jemand in der Tunika eines gemeinen Soldaten durch die Tür zwängte – anders kann man seinen Eintritt nicht beschreiben, denn es war ein großer Mann, nicht hochgewachsen, sondern eher breit und fest gebaut, und seine massige Gestalt füllte den Türrahmen, durch den er zu quellen schien wie Teig durch die Finger des Bäcker.

»Penuschka!« wieherte er wie jemand, der sein eigenes Haus betritt. Er gefiel mir nicht. Natürlich war die Situation nicht danach, doch ich hätte ihn hassen können für die Art, wie sein Blick zuerst zu ihr, dann zu mir, dann wieder zurück zu ihr wanderte und mich abzutun schien. »Her mit deiner Kehrseite, Mädchen, ich bin ein ungeduldiger Mensch. Hierher, Mädchen!«

Er griff nach ihr, als wollte er ihr wehtun, und da trat ich ohne nachzudenken einen Schritt vor und schlug seine Hand beiseite – ein Impuls, mehr war es nicht. Eine Anwandlung zornigen Ekels.

»Wer ist das?«

Wir standen uns gegenüber, und nach einem Weilchen rümpfte der Soldat die Nase, als verbreitete ich einen üblen Geruch.

»Ein Fremdling, Penuschka?« Er schüttelte den Kopf, schien seinen Augen nicht zu trauen. »Nicht einmal eine Eselin duldet es, daß ein Hund sie bespringt. Penuschka, bist du etwa so tief gesunken, daß du die Beine für jeden Affen breitmachst, der aus den westlichen Wüsten angekrochen kommt und nach Zwiebeln und Dung stinkt?«

Ein Fremdling. Ich sollte der Fremdling sein. Das Aramäisch dieses Burschen war so dick wie Flußschwamm – aus welcher Bergeshöhle an die vierzig Tage Fußmarsch von hier der wohl angekrochen gekommen – war, um Soldat zu werden?

»Laschu, wenn du …«

Penuschka, das arme Ding, wußte nicht, was sie tun, wohin sie den Blick wenden sollte. Der Kerl war anscheinend ein Stammkunde, aber ich hatte ihr gerade vier Silberschekel gegeben. Sie wollte es mit niemandem verderben, so biß sie sich auf die Zunge und lächelte lediglich wie ein einfältiges Kind und versuchte, in ein Mauseloch zu kriechen.

Die Mühe hätte sie sich sparen können. Sie war ja nicht wirklich der Anlaß zum Streit gewesen.

Denn zum Streit mußte es jetzt kommen – dafür hatte Laschu gesorgt; mit seiner dröhnenden Stimme hatte er die Aufmerksamkeit der ganzen Schenke auf sich gezogen. Alles gaffte. Der Flötenspieler legte sein Instrument beiseite, er wußte, daß er keine Zuhörer mehr hatte. Unser Streit war nicht mehr zu übersehen. Und niemand wollte ihn übersehen, denn Männer kommen zu solchen Orten um sich abzulenken, und nichts ist vergnüglicher als ein Kampf.

Das war auch dem mächtigen Laschu klar. Er blickte in die Runde, sah die gaffenden Gesichter und grinste, so freute er sich, daß er im Mittelpunkt des Interesses stand. Er würde ihnen etwas bieten. Ich konnte sehen, wie sich diese Idee in seinem Hirn aus Einzelteilen formte wie bei einem Legespiel für Kinder. Es machte ihm Spaß. Die Muskeln in seinem dicken, fleischigen Gesicht, das so dumm und gerissen wirkte, zuckten vor Vergnügen.

Er würde ein Schauspiel daraus machen, bis dieser ungehobelte Barbar vor ihm im Staub kroch. Vielleicht würde er mich verwunden oder verstümmeln, vielleicht aus Spaß auch noch umbringen. Wer würde ihn daran hindern? Wer würde Einspruch erheben, wenn mein Blut auf den Boden rann? Ich möglicherweise, doch wen kümmerte das schon? Ich trug eine Waffe, aber wer trug die nicht? – auf alle Fälle mehr Männer, als wirklich Gebrauch davon machen wollten. Und dann war er auch noch Soldat, war als Schlachter ausgebildet und kannte sein Handwerk. Für ihn lag darin kaum ein Risiko. Und niemand würde ihn wegen eines toten Fremdlings anprangern, nicht Laschu, einen Soldaten aus dem Heer des Königs.

Seine Hand griff nach seinem Schwert, und seine Finger schlossen sich um den Knauf.

»Der König, dein Herr, braucht wohl dringend Soldaten«, sagte ich, ohne auf meine Worte zu achten, es ging ja nur darum, diesen Ochsen zu reizen, daß er die Beherrschung verlor – Zorn verleitet einen Menschen ebenso wie Angst zur Hast und dazu, daß er Fehler macht, und eine Beleidigung muß nicht beredt sein, um Erfolg zu haben.

»Ich hatte mir eingebildet, daß der Gebieter Assarhaddon etwas Besseres gewählt hätte, als einen Strohkopf, der andere ›Fremdling‹ nennt, wo er selber wahrscheinlich unter einer Decke am Arsch der Welt geboren wurde.«

Ich hörte eine Frau ängstlich und schrill kichern, und ein, zwei Männer besaßen die Unvorsichtigkeit zu lachen. Laschu runzelte gereizt die Stirn.

»Woher kommst du, o mächtiger Krieger? Wonach suchen sie sich ihre Soldaten aus, die Herren dieser Welt? – wenn jemand auf den Hinterbeinen gehen kann, ist er dann schon ein Mensch? Wo haben sie dich nur aufgetrieben, wo bist du mit nichts als deinem eigenen Fell bekleidet herumgekrochen?«

Ich fletschte die Zähne zu einem höhnischen Grinsen. Noch war er nicht ganz kampfbereit, aber fast hatte ich ihn soweit.

»Du Hund!« brüllte er. »Du unreines Schwein! Du Sohn einer aussätzigen Hure!«

»Angenehm. Ich bin Lathikados, der Ionier.«

Das war zuviel. Mit einer einzigem Bewegung zog er sein Schwert, zielte auf meinen Bauch, während er mit eingelegtem Arm einen hohen Bogen beschrieb. Ich brauchte nur ein wenig auszuweichen, um seinem Hieb zu entgehen, doch Penuschka, die gegen die Treppenwand gedrückt wurde, hatte nicht soviel Glück. Zwar war das Schwert schon langsamer geworden, aber es glitt doch noch über ihre nackte Brust und schlitzte diese auf, daß ihr Blut sie hell überströmte. Sie schrie und fiel zu Boden, als hätte man sie niedergeschlagen.

Falls Laschu das bemerkte, so ließ er sich nichts anmerken. Er grunzte nur, so ärgerte er sich, daß er mich nicht erwischt hatte. Und dann zog etwas anderes seine Aufmerksamkeit auf sich.

Denn als ich zurücktrat, hatte ich die Hand erhoben – ob ich mich ihm nun entziehen oder einen zweiten Hieb abwehren wollte, ich hätte es nicht zu sagen gewußt. Ich hob sie also und offenbarte mit dieser unbedachten Geste meine Handfläche mit dem Blutstern, so daß Laschu ihn sehen konnte.

Und er sah ihn. Vielleicht außer ihm niemand im Raum, aber er sah ihn. Und ich brauchte auch nicht nachzufragen, ob er um seine Bedeutung wüßte, denn das alles konnte ich an seinen aufgerissenen Augen, seinem starren Blick ablesen.

»Du!« flüsterte er, so daß es niemand außer mir – und vielleicht Penuschka, die anderweitig beschäftigt war – hätte hören können. »Du bist das!«

»Ja. Ich bin es.«

In diesem Augenblick herrschte vollkommenes Einvernehmen. Wir wußten beide, daß dieser lächerliche Streit über die Aufmerksamkeiten eines Schenkenmädchens auf einmal zum Kampf auf Leben und Tod geworden war. Jetzt mußte er mich töten, sonst würde ich ihn mit Sicherheit töten. Er kannte das Geheimnis, das für mich den Tod bedeutete, und so hatte ich denn keine Wahl. Keiner von uns hatte jetzt mehr die Wahl.

Dennoch konnte sich Laschu, der Soldat, einen Augenblick nicht vom Fleck rühren. Das Ganze war zu unerwartet gekommen – darauf war er überhaupt nicht gefaßt gewesen – und so zögerte er. Diese Zeit reichte mir. Ich zog mein Schwert, und jetzt stand es unentschieden.

Seine Augen wurden schmal, er merkte, daß er einen Fehler gemacht hatte und hieb noch einmal um sich, nur daß er es dieses Mal auf meinen Kopf abgesehen hatte. Ich fing seine Klinge mit meiner eigenen ab, was mir beinahe den Arm ausgekugelt hätte, und schaffte es, ihn abzuwehren. Er war ein starker Mann und machte es mir nicht leicht.

Als Waffe hat mir das Schwert nie gelegen, doch ich war ein Königssohn und hatte jahrelange Übung vom Exerzierplatz im Haus der Krieger, der Garnison von Ninive. Mich hatte man zumindest den Umgang damit gelehrt. Laschu war ein einfacher Mann, der irgendwie Soldat geworden war; niemand hatte sich allzuviel Mühe gemacht, ihn auszubilden, er hatte jedoch lange Arme und verstand sich aufs Zuschlagen. Und er war stark. Wir waren einander ebenbürtig.

Wieder stieß er zu, doch dieses Mal hatte er sich besser in der Gewalt. Es war ein flacher Stoß, der mich nicht treffen sollte – er prüfte nur meine Reaktionen –, und ich ließ ihn harmlos vorbeizischen, ohne auch nur die Schwertspitze zu heben.

Wir standen einander gegenüber, und jeder hielt Ausschau nach einer kleinen Lücke in der Deckung des anderen und wartete darauf, daß sich ihm eine Gelegenheit bot.

Zwischen uns auf dem Fußboden war Penuschka soweit zu sich gekommen, daß sie unter Zurücklassung einer Spur von blutigen Handabdrücken aus der Gefahrenzone kroch.

Von einem Augenblick zum anderen begann Laschu mit einem wüsten Angriff und hackte nach mir wie ein Irrer. Die dicke Luft der Schenke hallte wider von dem Geräusch, mit dem Eisen auf Eisen schlägt, während ich abblockte und parierte. So wie er mich gegen die Treppe drängte, hatte ich kaum Platz zurückzuspringen. Ich konnte ihn nur abwehren und hoffen, daß er müde wurde oder einen Fehler beging.

Und dann trat er genauso jäh zurück. Sein Gesicht war schweißüberströmt, doch erschöpft war er nicht. Er schenkte mir ein grausames, belustigtes Grinsen – es schien zu sagen, jetzt habe ich dich. Ich war durchaus nicht ungeschickt, doch er war stärker. Er würde mich ermüden, und dann …

Wieder stürzte er sich auf mich. Wieder klirrten unsere Schwerter, das war ein Laut, wie wenn das Eis im Frühling birst. Ich konnte ihn vor Anstrengung grunzen hören, während er versuchte, meine Deckung zu durchbrechen und mir den Schädel zu spalten. Er gab ein wenig nach – nur ein paar rasche Herzschläge lang –, doch das war nur eine Finte, eine List, mit der er mich überrumpeln wollte. Ehe ich noch Luft geholt hatte, machte er wieder einen Schritt nach vorn, und sein Schwert pfiff durch die Luft und zielte auf meine Brust.

Ich wehrte den Hieb ab, doch dieses Mal schien Laschu das Gleichgewicht zu verlieren, als er sich zurückziehen wollte.

Er war ausgeglitten. Er war in eine Lache von Penuschkas Blut getreten und ins Rutschen gekommen.

Das genügte. Ich stieß von unten zu, unterlief sein Schwert und drückte nach oben. Ich erwischte ihn gerade unter dem Brustkorb, und meine Klinge bohrte sich fast bis zum Heft in sein Fleisch. Ich riß sie heraus und sprang lauernd und wartend zurück. Ein Mann kann immer noch töten, auch wenn sein Leben schon am Verrinnen ist.

Aber ich glaube nicht, daß er auch nur Zeit hatte, erstaunt zu sein. Ich glaube, er starb in eben diesem Augenblick.

Er stieß nicht einmal einen Schrei aus – nicht einen Laut, keinen leisen Schmerzensruf. Laschu fiel einfach in sich zusammen. Unversehens lag er auf dem Fußboden und starrte mich mit toten, anklagenden Augen an.

Dieser Kampf war vorbei.

Jäh wurde ich mir der Geräusche der Menge rings um uns bewußt. Die hatte anscheinend die ganze Zeit den Atem angehalten, doch jetzt summte es in ihr, das machte jenes unbestimmte Erstaunen, welches Menschen angesichts des Todes erfaßt. Ich drehte mich um und blickte sie an. Alles starrte mich an und wartete.

»Vergeßt nicht, wer den ersten Schlag geführt hat«, sagte ich und erschrak beim lauten Klang meiner eigenen Stimme. »Ich hatte keine Wahl – er hat mir keine andere Wahl gelassen.«

Sie wollten nicht aufhören zu gaffen. Nackte Frauen, Männer, die es mitten in ihrem Vergnügen überrascht hatte – einer, so entsinne ich mich, war ein alter Kerl, dessen Bart mit Grau durchsetzt war und der sein Kinn mit kraftlosen, unsicheren Fingern befummelte –, keiner wußte, was er glauben sollte. Die wußten nur, daß ich einen Menschen umgebracht hatte und das Schwert immer noch in der Hand hielt. Die waren vielleicht bereit – hoffentlich jedenfalls –, mir alles zu glauben.

»Das Blut dieses Mannes kommt nicht über mich. Ich hatte es nicht auf sein Leben abgesehen. An seinem Tode ist er selbst schuld.«

Ich wartete. Ich spürte, wie mir das Blut durch die Adern in meinem Hals rauschte.

Und als sie dann langsam in die Runde blickten, da merkte ich, daß sie mir meine Geschichte abnahmen. Das war die Version, die sie erzählen würden, wenn die Soldaten kamen. Das würde als die Wahrheit durchgehen, wenn ich fort war – ich war nicht mehr da, und sie wollten mich nicht aufhalten, daraus ergab sich dann, was sie glauben mußten.

Ich mußte jetzt mein Heil in der Flucht suchen.

Irgendwo hinter mir hörte ich Gewimmer. Es war Penuschka, die immer noch blutend auf dem Boden kauerte. Ich beugte mich kurz zu ihr hinunter, sah, daß die Wunde ein sauberer Schnitt auf ihrer Brust war, jedoch nicht so klaffend, daß ihr davon Gefahr drohte.

In gewissem Sinne hatte sie mir das Leben gerettet.

»Es wird schon wieder gut«, sagte ich fast flüsternd. »Ich schicke dir einen Arzt, der schließt die Wunde. In ein paar Tagen erinnert dich nur noch eine Narbe daran.«

Ihr Gesicht verzog sich kummervoll, und ihre Augen füllten sich mit Tränen. Erst jetzt fiel mir ein, daß Narben für Huren geschäftsschädigend waren.

»Es wird Zeit für dich aufzuhören«, sagte ich. Ich legte ihr den Arm um die Schulter. »Zeit, dir einen guten Mann zu suchen und den Eheschleier zu nehmen. Hier – das ist für deine Mitgift.«

Ich griff in meinen Umhang, holte den Beutel voller Silberschekel heraus, den Kephalos mir gegeben hatte, und drückte ihn ihr in die Hand. Das mochte mehr Silber sein, als sie in ihrem ganzen Leben erblickt hatte. Sie wollte ihren Augen nicht trauen.

»Vergib mir, Penuschka – und gib mir einen Abschiedskuß.«

Sie hob das Gesicht, und ich berührte ihre Lippen sanft mit den meinen. Dann erhob ich mich und machte mich eilends davon.

Auf der Straße wartete ich auf Schreie hinter mir. Doch ich hörte nur das geschäftige Summen des Alltagslebens. Ich bog in eine Seitengasse ein, die auf eine andere Straße ging. Das tat ich mehrfach, ehe ich mich wieder sicher fühlte.

»Sicher«. Das Wort hatte für mich nur noch wenig Bedeutung. Wie sicher würde ich jemals sein, wenn mich schon ein gemeiner Soldat vom Sehen kannte? Nie würde ich sicher sein, ehe ich nicht einen Ort fand, wo noch niemand von dem mächtigen Volk Assurs gehört hatte und wo »Tiglat« und »Assarhaddon« lediglich ein leerer Klang in der stickigen Luft waren.

Es dunkelte schon, als ich zu dem Gasthaus zurückkehrte, wo Kephalos auf mich wartete.

»Du hast Blut auf deiner Tunika«, sagte dieser. »Hast du ein Abenteuer erlebt? Nein. Erzähl mir jetzt nichts davon. Wechsle deine Kleidung. Nein – ich habe doch gewußt, daß du nicht daran denkst, also habe ich dir neue gekauft. Sie ist in jenem Korb dort. Hast du gegessen?«

Ich tat, was man mich hieß, öffnete den Deckel der Korbtruhe, die an der kahlen Wand stand und zog leinene Unterwäsche und eine reich bestickte Tunika aus grüner Wolle heraus. Sie duftete nach Jasmin. Ich kam mir darin wie ein Geck vor.

»Ja. Ich habe gegessen.«

»Gut – das erspart dir zumindest das hier.«

Ich drehte mich um und blickte ihn an. Er saß an einem langen Tisch, so wie ihn das Gasthaus für ein Festmahl zur Verfügung stellen konnte. Auf dem Tisch stand lediglich ein Becher, der halb gefüllt mit einer Art wolkig trübem Wasser war. Kephalos' Miene machte anschaulich, daß dieses ihm keine rechte Erfrischung bedeutete.

»Ich habe dir doch wohl gesagt, daß unser Wohltäter, der edle Hiram, heute abend bei mir zu Gast ist.« Der ehrenwerte Arzt legte sich die Hand auf den Magen, so als bereite ihm seine Verdauung Beschwerden. »Es steht ihm jetzt frei, Bedingungen mit mir zu besprechen, so sagt er jedenfalls – Bedingungen, zu denen er uns die Flucht vor dem Zorn des Königs, deinem Bruder, möglich macht. Ich hege keinerlei Zweifel an seiner Aufrichtigkeit, da ich weiß, daß er uns an die Garnison hier verkauft, und wenn ich ihn noch so großzügig besteche. Der Charakter manches Menschen ist so schlicht wie seine Fußabdrücke im Schlamm.

Sei aber bitte so freundlich und komme mir nicht auf den Gedanken, ihn umzubringen, da er unser Gast sein wird und die Götter einen solchen Bruch der Gastfreundschaft stets bestrafen. Und spiele den guten Diener, sage nichts, und weh dir, du nimmst in Gegenwart Höhergestellter Essen oder Wein zu dir. Habe ich mich klar ausgedrückt?«

»Nein, aber es sei, wie du wünschst. Ich habe heute schon einen Menschen getötet, und einen weiteren zu töten, dazu habe ich nicht das Herz – und auch keine Lust auf ein Gelage.«

»Dann habe ich mich also in meiner Mutmaßung nicht

getäuscht. Ja, gut … Wir reden später darüber. Wenn wir in Sicherheit sind.«

Er hob den Becher und nach einer Pause, in der er seinen ganzen Mut zusammenzuraffen schien, stürzte er seinen Inhalt hinunter. Ein Tropfen rann ihm ölglänzend übers Kinn.

»Also überläßt du diese Angelegenheit mir, Gebieter?«

»Ich überlasse sie dir.«

»Gut – vergiß nur nicht, daß du Lathikados, der Sklave, bist und nicht Tiglat, der Prinz, und ich kann uns, glaube ich, gutes Gelingen prophezeien.«

»Wenn es von nicht mehr abhängt, so leben wir ewig.«

Ein verkniffenes Lächeln huschte über Kephalos' Gesicht, wie ein Schatten im Feuer, und machte deutlich, daß er sich da weniger Hoffnungen machte.

Wir warteten schweigend. Sklaven kamen herein, um das Festmahl zu richten, stellten Schalen mit Blumen und duftendes Wasser und ein Kohlebecken gegen die nächtliche Kühle auf. Es gab Krüge mit Wein, die den ganzen Tag am Grunde des Flusses geruht hatten, damit der Wein süß und kühl war. Man zündete Öllampen an. Die Köchin erschien und erhielt letzte Anweisungen. Schließlich ließ man uns wieder allein.

Es war bereits spät, als wir Hirams Sandalen auf der Treppe hörten.

»Gut! Du hast schon ohne mich angefangen«, sagte er. Wie Kephalos und ich war auch er in neue Gewänder gekleidet. Er trug einen leuchtend gelben Turban, den eine Agraffe mit blauen Steinen zusammenhielt. Sein Bart war frisch geschnitten und glänzte von Öl.

Er ließ sich auf einen Stuhl fallen, und seine Augen glitzerten. Er hatte getrunken.

»Nein, ich habe gewartet. Schließlich bist du der Ehrengast.«

Kephalos lächelte und nickte einem Sklaven zu, der nun das Siegel von einem der Weinkrüge brach, die Hälfte in einen großen Bronzekrug goß und dann nacheinander drei Tassen Wasser aus einem Silberkrug beimischte, der ganz in Kephalos' Nähe stand.

»Nicht mehr!« protestierte Hiram eine Spur zu laut. »Wenn

man zuviel Wasser hineintut, wird man nicht betrunken, wie es sich geziemt – ha, ha, ha!«

»Nimmt man zu wenig, so riskiert man, daß einem übel wird«, bemerkte Kephalos und lächelte schon wieder. Er schickte die Sklaven fort, damit sein Gast nicht vor ihnen Schande über sich brächte. Er schien gewillt, diesen Flegel geduldig zu ertragen, der uns seiner Meinung nach mit Sicherheit verraten würde. Oder vielleicht glaubte er immer noch, er könnte zu einem Vergleich mit ihm kommen.

Man brachte das Essen herein – Reis und Hirse, gekochtes Gemüse, gebratenes Lamm, sogar Heuschrecken in Honig. Kephalos, dem meines Wissens noch nie etwas auf den Magen geschlagen war, griff noch gieriger zu als gewöhnlich, doch Hiram rührte das Essen kaum an. Er schien nur am Wein interessiert zu sein.

»Bist du so ausgehungert nach ein paar Monaten auf den Karawanenstraßen?« fragte er. »Oder möchtest du mir zeigen, daß ich mich nicht vor Gift zu fürchten brauche – ha, ha, ha!«

Niemand lachte mit. Kephalos nicht, und ich, der ich hinter ihm saß, schon gar nicht. Das schien Hiram von Latakia zu reizen.

»Wie ich sehe, rührt dein Sklave gar nichts an«, meinte er verdrießlich.

»Damit zollt er dir Achtung«, antwortete Kephalos. »Er ist ein guter Diener.«

»Seinem vorigen Herrn vielleicht doch kein so guter Diener – ei, wer dürfte das wohl gewesen sein?«

Dieses Mal schien es ihm nichts auszumachen, daß er allein lachte.

Als Kephalos das Thema am Ende doch nicht umgehen konnte, sagte er achselzuckend: »Keine Ahnung. Ich weiß weiter nichts über ihn.«

»Dann war er vielleicht ein Findelkind, das von bösen Geistern gestohlen wurde. Vielleicht war sein Vater irgendein großer Mann – vielleicht sogar ein König.«

»Das klingt zu abwegig, um wahr zu sein.«

Kephalos goß seinem Gast und sich selbst eigenhändig Wein

ein. Hiram trank ihn fast auf einen Zug aus, und Kephalos schenkte ihm den Becher erneut voll.

»Das ist aber ein guter Wein«, sagte Hiram, als ob ihm das gerade aufgegangen wäre. Er fing bereits an zu lallen.

»Der beste, den diese Stadt zu bieten hat, behauptet der Besitzer hier – und ich zweifle nicht daran, daß das Beste in Babylon in der Tat sehr gut ist.«

Hiram schüttelte den Kopf, dann stellte er den Becher hin. Anscheinend hatte er ihn ganz vergessen. Mit gerunzelter Stirn starrte er mich an. Sein Blick war irgendwie haßerfüllt.

»Ja, ich glaube es wirklich«, murmelte er. »Ich glaube wirklich, daß sein Vater ein König gewesen sein könnte.«

Seine Augen wurden schmal, so als hätte er Schwierigkeiten mit dem Sehen.

»Du solltest eine weitere Lampe anzünden, Arzt. Es ist hier drinnen verflucht dunkel geworden.«

Kephalos nickte wortlos. Dann faßte er über den Tisch und entwand Hiram den Becher, und der ließ sich das gefallen. Erst jetzt dämmerte mir, was hier vor sich ging.

»Komm, Gebieter – hilf mir.«

Und während ich mich erhob, fiel Hiram langsam auf seinem Sitz zusammen. Er starrte uns an, und seine Miene drückte zugleich die ganze Angst seiner Seele, vor dem was geschah und vor der Veränderung aus, die ihm woher auch immer, alle Kraft geraubt hatte. Er wollte sprechen, doch die Stimme versagte ihm. Er wehrte sich nicht, als Kephalos und ich ihn an Armen und Beinen ergriffen und ihn zu einer Schlafmatte trugen, die in einer Ecke aufgerollt war.

»Sieh dir seine Augen an«, murmelte Kephalos. »Diese Mattigkeit hält nicht lange vor.«

Ich musterte ihn, ja, seine Pupillen hatten sich fast zu einem Punkt zusammengezogen. Ich wußte nicht, was das zu bedeuten hatte.

»Siehst du, seine Augenfenster sind beinahe geschlossen. Kein Wunder, daß er dachte, das Licht wäre trübe geworden.«

Kephalos ergriff Hirams Handgelenk und hob seinen Arm. Als er ihn losließ, blieb der Arm einen Augenblick in der Luft stehen und sank dann, aber nur sehr langsam, wieder neben Hiram herab.

»Allmählich wird er steif«, sagte Kephalos. »Einen Augenblick, Gebieter.«

Er ging ins Nebenzimmer, und dann hörte ich, wie er sich erbrach. Als er zurückkam, war sein Gesicht blaß, und er wirkte erschöpft.

»Ich habe meine Eingeweide geölt und dann beim Essen tüchtig zugegriffen, damit dieses das Gift absorbiert – ein Rezept, das ich vor Jahren von einem hochgelehrten, arabischen Kollegen erhielt. Das Mittel war in dem Wasser, mit dem wir den Wein verdünnt haben und wirkt auf die Muskeln, indem es sie zusammenzieht. Es ist wie ein Krampf im ganzen Leib. Mir geht es jedoch einigermaßen gut. Ich habe Kopfschmerzen, mehr nicht.«

Dann hockte er sich neben die Schlafmatte, auf der Hiram lag, der sich jetzt nicht mehr bewegen konnte, und sprach mit ihm.

»Hör mir gut zu«, sagte er. »Ich habe dir etwas gegeben, das dich ruhig stellt, während der Gebieter Tiglat und ich unser Heil in der Flucht suchen, und dir geschieht gar nichts, es sei denn, du benimmst dich sehr unvernünftig. Du bist der Bewegung und auch der Sprache nicht mächtig. Das mußt du so hinnehmen. Wenn du dich aber erschrecken oder aufregen läßt, dann besteht die Gefahr, daß du Krämpfe bekommst und nicht mehr atmen kannst. Dein eigener Leib wird dich von innen her erdrosseln. Verstehst du das?«

Man konnte nicht erkennen, ob Hiram überhaupt etwas verstand, denn der einzige Laut, den er zustande brachte, war ein leises Schnalzen in der Kehle.

»In drei, vier Tagen klingt diese Lähmung ab. Du wirst wieder bei bester Gesundheit sein, allerdings nur, wenn du dich ruhig verhältst. Inzwischen sind wir schon weit, weit fort, und du kannst uns keinen Schaden mehr zufügen. Denk daran, Hiram von Latakia, dein Leben liegt nur bei dir. Verhalte dich ruhig, und du wirst genesen.«

Dann stand Kephalos auf und sagte zu mir gewandt:

»Nimm lediglich dein Schwert und deinen Speer mit, Gebieter. Alles andere müssen wir zurücklassen – der Besitzer soll glauben, daß wir nur ein wenig Luft schnappen wollen. Ich habe mich um alles gekümmert. An der großen Brücke wartet ein Boot auf uns. Beeil dich, Gebieter – für Überlegungen reicht die Zeit nicht!«

Als wir diese Stätte eilends hinter uns ließen, warf ich noch einen Blick zu Hiram zurück, und dessen Lippen zitterten, obwohl er doch gelähmt war. Vielleicht war ja alles gelogen. Vielleicht würde er sterben – er sah jedenfalls wie ein Sterbender aus – und dann hätte mein Geheimnis ein weiteres Opfer gefordert.

IV

»Mein Gast hat sich sinnlos betrunken«, erzählte Kephalos dem Besitzer unseres Gasthauses. »Laß ihn ausschlafen, bis er wieder nüchtern ist – es wäre geraten, wenn du deine Haushaltssklaven anweist, ihn nicht zu stören, denn Wein macht ihn anscheinend streitsüchtig, und wenn er aufwacht, wird ihm der Schädel mit Sicherheit brummen.«

Der Besitzer nickte mit wissender Miene und strich sich den Bart. Man sah, der hier schlug einen guten Rat nicht in den Wind. Die Wände seines Gasthauses waren nicht dick, und die Türen bestanden lediglich aus Vorhängen, aber er hatte nichts vernommen, was auf Gewalttätigkeit schließen ließ, nicht einmal erhobene Stimmen. Und mit Männern wie Hiram von Latakia kannte er sich aus. Der Gebieter Hugieia von Naxos und sein Sklave vertraten sich die Beine, um sich einen unangenehmen Säufer vom Leibe zu halten – was wäre wohl natürlicher gewesen? Und dann hatte Kephalos auch den Weitblick besessen, unsere Rechnung für drei Übernachtungen im voraus zu begleichen.

Wir schlenderten die Straße entlang. Wie alle großen Städte des Ostens schläft Babylon nie, und so gingen wir selbst zu dieser nachtschlafenden Zeit noch in einer Menge unter. Wir waren noch keine hundert Schritt gegangen, da hatten wir uns schon in diesen Menschenmassen verloren, daß uns niemand mehr auffinden konnte. Wir waren heil entkommen.

»Hast du ihn wirklich umgebracht?« fragte ich.

»Wen?«

»Du weißt sehr wohl, wen.«

Kephalos verlangsamte den Schritt ein wenig, verzog das Gesicht und warf mir einen gereizten Blick zu.

»Mein törichter, junger Herr, ich bin Grieche«, erwiderte er und schien zu erwarten, daß dieses als Antwort genügte. »Je weiter wir Ninive hinter uns lassen, desto mehr besinne ich mich darauf, was ich eigentlich bin. Ein Grieche nämlich – ein Mensch, der in Ländern mit strahlendem Sonnenschein und in Hörweite des weindunklen Meeres geboren wurde. Ein Grieche ist stolz auf seine Klugheit, er ist lieber verschlagen als gewalttätig, und er wandelt in der Furcht der Götter. Mit jedem Tag unserer Reise muß ich mehr und mehr an meine eigenen Götter denken und an ihr Entsetzen über die Werke der Menschen. Nein, nie würde ich einen Gast an meiner eigenen Tafel töten, wie sehr er auch den Tod verdient hätte. Hiram von Latakia wird wieder gesund werden und der Welt weiterhin Ärger bereiten.«

»Freut mich zu hören.«

»Ein Mann wie du, der Soldat gewesen ist, sollte weniger heikel sein was Blutvergießen angeht.«

Babylon wird von Ost nach West durch den Euphrat geteilt. Unweit der großen Brücke, die ihn überspannt und berühmt ist für ihre Steinpfeiler, diese Storchenbeine, fanden wir einen großen Schleppkahn, auf den Ochsenhäute verladen wurden. Er war an die vierzig Ellen lang, und die Besatzung bestand aus fünf Männern. Ich sah Kephalos' Arzttasche auf dem Anleger thronen, sie schien dort auf ihn zu warten.

»Die ganzen Vorkehrungen habe ich durch einen Lederhändler tätigen lassen, dessen Laden mir gegenüber von einem Hurenhaus ins Auge fiel. Selbiges besuchte ich rein zufällig – er hat mich ausgeraubt, andererseits aber hätte ich wohl kaum selbst zur Schiffslände gehen und die Passage buchen können. Ich war mir ganz sicher, daß Hiram mich beschatten ließ.

Hierin reisen wir bis Ur, denn weiter südlich reicht der Arm deines Bruders nicht. Wie wir von dort weiterkommen, weiß ich nicht.«

Und ich wußte es auch nicht, doch wie Kephalos reichte es mir im Augenblick, daß ich noch einmal davongekommen war. Um die Zukunft machte ich mir wenig Sorgen.

Kephalos machte sich mit dem Schreiber bekannt, der auf dem Anleger saß und jeden verladenen Ballen auf einem Tontäfelchen abhakte. Man schien uns zu erwarten. Der Schreiber, ein Eunuch mit mageren Armen und dem Gehabe einer Frau, schickte seinen Diener nach Bier, daß wir uns erfrischen konnten, während die Arbeit ihren Fortgang nahm. Es war beinahe Morgen, bis der mittlerweile tief im Wasser liegende Schleppkahn bereit zum Aufbruch war.

Kurz vor seinem Ende ist der Euphrat breit und tief und hat so viele Windungen wie eine Schlange. Eine Strömung ist kaum noch vorhanden – man treibt einfach dahin –, doch die Bootsleute haben keine Angst, auch des Nachts zu reisen, da sie sich nur an die große, mittlere Fahrrinne halten müssen, wenn sie nicht auf Grund laufen wollen. Und so brauchten wir von Babylon bis Ur sechs Tage und setzten unterwegs nicht einmal den Fuß auf trockenen Boden.

Dennoch war es eine angenehme Reise. Wie fern schien aller Königshader und Königszorn. Es dürften wohl die ruhigsten sechs Tage meines ganzen Lebens gewesen sein.

Ur ist eine berühmte Stadt, doch mir ist kaum etwas davon im Gedächtnis geblieben. Wir waren nur ein paar Stunden dort – gerade so lange, daß wir mehr Wein trinken konnten, als uns guttat, den wir dann im Dampfbad ausschwitzten. Gerade so lange, daß wir noch einen Bootsmann anheuern konnten, welcher sich erbot, uns zu unserem Ziel zu bringen, unsere einzige Hoffnung auf Sicherheit, dem letzten Ort auf Erden.

Dieses Mal war es an mir, den Handel zu tätigen, denn der Kerl verstand nur das schwerfällige, verzerrte Akkadisch der südlichen Länder, ein Dialekt, an den sich Kephalos' Ohren nie zu gewöhnen schienen.

»Dann willst du also zum Großen Wasser?« fragte der Bootsmann und kniff die Augen derart zusammen, daß er statt in unsere Gesichter auch gleich in die Sonne hätte blicken können.

Unser Ziel war ein Punkt, der geklärt werden mußte, weiter

ging seine Neugier jedoch nicht. Er war schon zu lange auf der Welt, als daß er nicht gelernt hätte, seine Nase nicht in die Angelegenheiten anderer zu stecken.

»Findet man dort Schiffe?«

»O ja, viele Schiffe.«

Er nickte – wenn wir Schiffe haben wollten, wir sollten sie bekommen. Was kümmerte ihn das schon. Kephalos und ich wechselten einen Blick. Ja, natürlich. Die Rede konnte nur vom Bitterfluß sein, der rund um die Erde fließt. Dort würden wir gewißlich ein Handelsschiff finden, das uns nach Ägypten bringen würde.

»Dann führe uns dorthin. Wie lange dauert die Reise?«

»Wenn wir sofort aufbrechen, kann ich morgen abend schon wieder mit meiner Frau schlafen. Und wir brechen sofort auf, wenn ihr mich sofort bezahlt.«

Weiteres würden wir wohl nicht aus ihm herauslocken.

»Dann brechen wir sofort auf«, sagte ich und zählte ihm die ausgehandelte Anzahl von Schekeln in die Hand.

Kephalos wollte etwas sagen, ließ es dann aber lieber bleiben. Seine Augen musterten das Boot, welches auf dem trägen Wasser dümpelte wie ein totes Blatt. Er sprühte nicht gerade vor Begeisterung.

Und ich konnte es ihm wirklich nicht verdenken. Das Boot verdiente diesen Namen kaum; es bestand aus riesigen Binsenbündeln, die man zusammengebunden und von außen mit Pech bestrichen hatte – in der Mitte war es ein wenig breiter und bot schmalen Holzbänken Platz. Somit konnte es etliche Menschen aufnehmen, sonst aber sah es rundum so schmal und unscheinbar aus wie ein Grashalm, den der Wind in eine Pfütze geweht hat.

Der Bootsmann setzte sich ins Heck und stieß mit dem Ruder ab. Es war bereits Abend, und in unserem Rücken blinkten die Lichter der städtischen Wachttürme warnend hinter uns her. Als dann das Tageslicht schwand und die Dunkelheit so greifbar wurde wie der schwarze Fluß und das feste Ufer außer Sichtweite kam, da teilte auch ich allmählich Kephalos' ungute Gefühle – es schien, wir hatten uns für immer von der festgefügten Welt der

Menschen losgesagt und waren zu jenem Chaos zurückgekehrt, welches geherrscht hatte, ehe noch die Götter den Himmel vom trockenen Land und das Wasser von beiden schieden.

So reisten wir viele Stunden lang in völligem Schweigen. Kein Laut war zu hören, außer dem Plätschern des Bootes, welches über das glatte Wasser des Flusses dahintrieb.

In der Morgendämmerung erhob sich die Sonne wie eine alte Frau, welche von einem Nickerchen erwacht. Ich kann mich nicht erinnern, jemals etwas mehr begrüßt zu haben, als diese ersten blassen Streifen am nächtlichen Himmel.

Doch was die uns am Ende offenbarten, war weit von dem entfernt, was wir erwartet oder gehofft hatten.

Was hatte mir meine Phantasie vorgegaukelt? Wohl einen Handelshafen mit Ufern so geschäftig wie ein Ameisenhaufen und Gewässern voll mit großen, hölzernen Handelsschiffen, welche gerade von Orten eingetroffen waren, von denen ich noch nicht einmal im Traum gehört hatte. Was ich vorfand, war ein Dorf mit Häusern aus Binsen und ein paar auf den Strand gezogenen Binsenbooten, die meisten noch kleiner als das Boot, welches uns hierhergebracht hatte.

Das ›Große Wasser‹ war nichts weiter als ein See. Ein riesiger See, so riesig jedenfalls, daß sich das gegenüberliegende Ufer in purpurnen Dunst hüllte, aber dennoch ein See. Ich schöpfte mir Wasser mit der Hand und probierte – es schmeckte süß. Das hier war nicht der Bitterfluß, der rings um die Erde floß. Hier konnten wir nicht entkommen.

Unseren Bootsmann schien das nicht zu kümmern. Er hatte seinen Auftrag ausgeführt, ihm war es gleichgültig, ob wir mit dem Handel auch zufrieden waren.

»Was ist das hier für ein Ort?« fragte ich ihn.

»Das Ende der Welt.«

»Und was ist das da?«

Ich wies zum anderen Ufer des Sees, das in Nebel gehüllt war. Sein Blick folgte meiner Hand, doch seine Augen ließen kein Interesse erkennen.

»Nichts – nur Binsen, eine endlose Binsenwildnis. Da ist gar nichts.«

»Du hast uns Schiffe versprochen.«

»Und was ist da?«

Ungefähr zwanzig Binsenboote lagen aufs Ufer gezogen, alle nach dem gleichen Muster gebaut wie das, welches uns hierhergebracht hatte. Ein paar sahen aus, als könnten sie acht bis zehn Mann tragen. Am Strand standen Pfähle im Sand aufgereiht, zwischen denen Netze aufgespannt waren. Das hier war ein Fischerdorf.

Aufbegehren war nutzlos. In der Welt, wie sie dieser Mann verstand, waren das Schiffe. Und ein Dorf, eine Nachtreise von seiner eigenen Hütte entfernt, war das Ende der Welt. Er hatte uns nicht absichtlich getäuscht, er hatte einfach nicht begriffen, was wir wollten.

»Ich frühstücke bei der Tochter meines Bruders, die einen Mann aus diesem Dorf geheiratet hat«, sagte er. »Wenn es eure Geschäfte erlauben, mit mir zurückzufahren, so verlange ich auch nur die Hälfte der Summe, welche ihr für die Hinreise bezahlt habt. Werdet ihr aufgehalten, so findet ihr leicht jemand anders, der euch nach Ur zurückbringt.«

Ich sagte nichts.

»Bei den lichten Göttern, was für ein Hundeloch haben wir denn hier?« fragte Kephalos beim Erwachen aus anscheinend tiefem und ruhigem Schlummer.

»Das Ende der Welt, so behauptet er jedenfalls.«

»Das will ich gern glauben.«

Ich half ihm aus dem Boot, und der Bootsmann zog es ans Ufer und machte sich auf den Weg zu seinem Frühstück.

»Und wo ist der Bitterfluß?« fuhr Kephalos fort, während er sich umblickte. Es war ihm anzumerken, daß er allmählich begriff, es gab keine großen Handelsschiffe, welche uns von hier mitnehmen würden.

»Dort, im Dunst, jenseits dieses Froschtümpels und jenseits dessen, was auch immer dahinterliegt. Er sagt, dort ist nichts als eine Binsenwildnis, und das kann nur bedeuten, wir haben das Meerland erreicht.«

»Das was?«

»Das Meerland.« Meine Handbewegung machte meine Verzweiflung anschaulich, denn mir war inzwischen die wahre Natur unserer Notlage aufgegangen. Wieso war ich nicht gleich darauf gekommen? »Es handelt sich um ein großes Sumpfgebiet im Zusammenfluß von Tigris und Euphrat. Der Bootsmann hat es als Wildnis bezeichnet, und damit hat er auch recht. Ich kenne es nur vom Hörensagen – mir war nur nicht klar, daß …«

»Vielleicht können wir einen anderen Bootsmann anheuern. In diesem Dorf wird sich dort doch gewißlich jemand auskennen, wo sie so in der Nähe wohnen.«

Kephalos blicke hoffnungsfroh, doch ich konnte nur den Kopf schütteln.

»Hier ist es furchtbar gefährlich«, sagte ich. »Schon so manches von den größten Heeren dieser Welt wollte das Meerland erobern, ist hineinmarschiert und einfach verschwunden. Seit Urzeiten ist es die Heimat einer Rasse, welche sich Chaldäer nennt, ein barbarisches Volk, und wie könnte das auch anders sein, da es in einem derart jämmerlichen Land lebt. Ich glaube, nicht einmal sie selber lieben es, denn seit Hunderten von Jahren drängen ihre Horden nach Norden, unterwerfen die kleinen und großen Städte in Sumer eine nach der anderen und rufen sich dort zum Herrscher aus.«

»Ja – von den Chaldäern habe ich gehört.«

»Jeder hat von den Chaldäern gehört. Seit der Herrschaft unserer ersten Könige haben sie gegen die Männer Assurs gekämpft. Ich kann mir nicht vorstellen, daß man mich dort sehr herzlich willkommen heißen würde.«

Wir stapften den Strand in den Fußtapfen des Bootsmanns hoch und näherten uns einem kleinen Rund aus Riedhütten, dem beinahe einzigen Anzeichen von menschlichem Leben an diesem einsamen Ort. Nackte Kinder kamen herausgelaufen, blickten uns großäugig an und rannten bei unserem Herannahen davon.

Schließlich kamen die Eltern dieser Kinder, zunächst die Männer und danach die Frauen, aus ihren Behausungen, um sich mit eigenen Augen von der erstaunlichen Tatsache zu überzeugen, daß zwei Besucher von weit her bei ihnen eingetroffen waren. Die Frauen waren in schlichte Leinentuniken gekleidet, die Männer trugen nichts als ein geschlungenes Lendentuch. Das hier waren arme Leute, auf die wir sogar noch in unseren staubigen Reisekleidern wie Könige gewirkt haben müssen.

Sie sagten kein Wort. Sie hießen uns nicht willkommen. Sie musterten uns lediglich mit wachsamen, abschätzenden Blicken.

Schließlich trat unser Bootsmann aus ihrer Mitte hervor ich hatte ihn bislang gar nicht wahrgenommen gehabt – und kam auf uns zu.

»Ich fahre jetzt«, sagte er. »Und ich kann euch nicht mit zurücknehmen. Ihr müßt hierbleiben.«

Und schon rannte er mit großen Sätzen zu seinem Boot, wirbelte mit jedem Schritt Sand auf, und ich hatte nicht einmal die Geistesgegenwart besessen, ihn nach dem Grund zu fragen.

»In was sind wir nur dieses Mal hineingeraten?« sagte Kephalos, als ich ihm die Worte des Bootsmannes übersetzte. »Bin ich froh, daß du dein Schwert und deinen Speer dabeihast, damit kann man diesen Kreaturen vielleicht begreiflich machen, daß sie uns nicht nach Belieben umbringen können.«

»Auf solche Gedanken kommen die, glaube ich, nicht«, gab ich zurück, während ich die fünfzig, sechzig stummen Mienen musterte. »Ich glaube, die haben mehr Angst vor uns als du, mein Freund, vor ihnen.«

»Ich und Angst … ? Ich? Lachhaft!«

Ja, natürlich war das lachhaft. In den Ländern zwischen den Strömen achten die Dorfbewohner das Gastrecht des Fremdlings und die Gesetze allgemeiner Gastlichkeit. In der Regel hätte man uns mit Brot und Bier begrüßt, und der Dorfälteste hätte uns gebeten, die Schlafmatte in seiner eigenen Hütte auszurollen – man schiebt einen Mann nicht einfach ab wie einen räudigen Köter. Es konnte nur Angst sein, daß diese Fischer sich so unhöflich benahmen.

Ich bedeutete Kephalos sich nicht zu rühren, und so warteten wir denn, bis es den Einwohnern dieses Dorfes gefiel sich zu erklären. Wir hatten alle Zeit der Welt. Wohin hätten wir auch gehen sollen?

Schließlich löste sich ein Mann aus der Menge. Er war gut über die Mitte des Lebens hinaus, und in seinen schwarzen Bart mischten sich dicke, graue Strähnen. Er näherte sich uns mit der ganzen Würde und Haltung, die ein beinahe Nackter aufbringen kann. Er stellte sich vor und verneigte sich – etwas, worauf ich nicht gefaßt war. Dergleichen war normalerweise unter der Würde selbst eines Ältesten aus einem so jämmerlichen Dorf wie diesem hier.

Und vor mir verneigte er sich. Kephalos' Existenz schien er schlechthin zu übersehen. Es schoß mir durch den Kopf, daß meine Identität wieder einmal entdeckt worden war, doch das stellte sich nur als die halbe Wahrheit heraus.

»Meine Leute sind Besucher nicht recht gewohnt«, sagte der Dorfälteste, denn als solcher gab er sich zu erkennen. »Der hohe Herr möge ihnen verzeihen. Der erste hat sie mit seinen Worten erschreckt, und jetzt seid ihr gekommen – wie er es vorausgesagt hat.«

»Dann habt ihr noch einen anderen Besucher gehabt?«

»Ja, hoher Herr.«

»Und der hat von mir gesprochen?«

»Ja, hoher Herr. Er hat gesagt, du würdest fünf Tage nach seiner Abreise kommen, und heute ist der fünfte Tag.«

»Dann war euer Besucher ein Wahrsager?«

»Ja, hoher Herr. Er trug gelbe Priestergewänder, aber ein Priester war er nicht. Es war ein alter Mann, hoher Herr. Ein heiliger Mann. Ein *maxxu.*«

Es ist mir nicht möglich, das Gefühl zu beschreiben, das mich beim Klang dieses Wortes überkam. Mein Leben lang hatte ich nur einen getroffen, und der ...

»Dieser heilige Mann – war er blind?«

»Ja, hoher Herr.«

»Und doch schien er zu sehen, so als wäre die Welt nur ein Schatten.«

»Ja, hoher Herr. Er hat gesagt, du würdest ihn kennen. Er hat gesagt, du würdest am fünften Tag kommen und du würdest ihn kennen.«

»Ja, ich kenne ihn.«

Mich dünkte, ich konnte fühlen, wie sich die Finger des Gottes um mein Herz schlossen. Die Brust wollte mir schier bersten, ich konnte nicht mehr atmen, so dröhnte mir das Blut in den

Ohren. Ich wußte, ich gehörte nicht mehr mir selbst, der Weg war mir vorherbestimmt. Ich war nicht frei. All das fühlte ich.

Und mehr. Denn nun wußte ich, daß ich nicht verlassen war, der Gott Assur, der Gott meiner Väter, hielt mich immer noch schützend in seiner Hand.

»Und hat er mir keine Botschaft hinterlassen?«

»Nein, hoher Herr.«

Nein – seine Anwesenheit hier war in seinem Sinne Botschaft genug.

Es war ein kalter Morgen. Die Frauen des Dorfes entzündeten am Strand ein Feuer und brachten uns zu essen und zu trinken, niemand jedoch machte sich erbötig, uns in seine vier Wände mitzunehmen, und niemand, außer dem Ältesten, redete mit uns. Das hatte der *maxxu* bewirkt – er hatte diese schlichten Gemüter derart mit Ehrfurcht geschlagen, daß ich, der Fremdling, dessen Ankunft er vorausgesagt hatte, ihnen als Abbild des lichten Gottes in Person, als Beweis seiner Gegenwart unter ihnen erschien, und zu dem durfte kein Sterblicher die Augen jemals erheben.

Wieder einmal hatte man mich herausgehoben. Zu welchem Zweck, das konnte ich nur raten.

»Wann wird der hohe Herr uns wieder verlassen?« fragte der Älteste, der an die vier, fünf Ellen von uns entfernt im Sand hockte. Anscheinend befürchtete er, ich würde jählings in Flammen aufgehen und ihn mit mir verzehren. »Nichts für ungut, aber meine Leute begreifen nicht, was der Gott von ihnen will, und so sind sie voller Frucht. Wann bricht der hohe Herr auf?«

»Ich verstehe ja selbst nicht, was der Gott von mir will. Wenn ich es aber verstehe, dann kann ich dir auch deine Frage beantworten. Sag mir – gibt es bei euch jemanden, der mich durch das Meerland zum Bitterfluß bringen kann, welcher jenseits gelegen ist?«

Damit wies ich zum anderen Ufer des großen Wassers, damit er mich auch verstand.

Er schüttelte den Kopf.

»Nein, hoher Herr. Niemand weiß einen Weg durch die Binsenwildnis, außer denen, die dort geboren sind – und solchen Menschen würdest du dein Leben nicht anvertrauen wollen.«

»Du meinst die Chaldäer?«

»Ja, hoher Herr. Manchmal führen sie ihre Beutezüge bis hierher und sie entführen unsere Frauen – jedoch nicht oft, denn wir sind arm. Es ist ein grausames Volk. Das achtet nicht einmal die Götter.«

»Wir sprechen uns wieder, wenn Assur sich mir offenbart hat.«

Er nickte – er verstand, daß ich damit nicht großtun wollte, sondern lediglich bestätigte, daß auch ich nicht wußte, in was wir da hineingeraten waren. Er ging und gesellte sich zu seinen Leuten, um ihnen das Ganze zu erklären, so gut er es vermochte.

»Wir sollten nach Ur zurückkehren«, verkündete Kephalos, sobald wir allein waren. Er hatte den Großteil der Hirse und des gebratenen Fisches gegessen, die unser Frühstück ausmachten, und war nun in der Lage, daß er an andere Dinge denken konnte. »Wir könnten uns doch einer Karawane anschließen …«

»Und uns einem anderen Hiram von Latakia ausliefern?« Ich schüttelte den Kopf.

»Wir könnten eine ausfindig machen, die nach Westen zieht. Ein paar Tage, und wir hätten das Reich deines Bruders hinter uns gelassen.«

»Kephalos, von hier nach Westen ist nichts als Wüste. Die Karawanen folgen dem Euphrat nach Norden und ziehen dann westlich zum Libanon.«

»Von hier nach Süden ist nichts als Binsen?«

»Und der Bitterfluß – irgendwo.«

»Und was nun?«

Was sollte ich darauf sagen? Welche Antwort gab es?

»Ich muß zum Gott beten«, sagte ich schließlich. »Ich muß darum beten, daß er mir kundtut, was er mit uns beiden vorhat.«

»Und ich will auch beten – daß nämlich dein Gott klüger ist als du, mein törichter, junger Prinz.« Wir lachten beide. Reden ist Silber, doch zuweilen ist Lachen Gold.

Im Dorf gab es kein Schwitzbad, also badete ich in der Dämmerung des folgenden Morgens in den kalten Wassern des Sees und reinigte mich so gut es ging mit den weichen, talgigen Wurzeln der Hyazinthen, die überall am Ufer wuchsen. Dieses Mal hatte ich keinen heiligen Berg in der Nähe – die südlichen Länder sind nicht gerade reichlich mit Bergen gesegnet –, ich war jedoch überzeugt, daß Assur meine Schritte zu einer Stelle lenken würde, die seinen Augen wohlgefällig war. Sobald die Sonne meinen Leib getrocknet hatte, machte ich mich auf den Weg. Essen nahm ich nicht mit. Ich trug nichts als mein Lendentuch und hatte nichts als mein Schwert dabei.

Ich ging barfuß, und der steinlose Boden fühlte sich weich unter meinen Füßen an. Die Richtung, fort vom Fluß und auch vom See, welche ich eingeschlagen hatte, lag so leer und nichtssagend vor mir wie der wolkenlose Himmel über mir. Ich ging bis eine Stunde vor Sonnenuntergang. Als ich mich umdrehte und zurückblickte, da war der See hinter mir nur noch ein schwacher, verschwommener Streifen am Horizont, so als ob es der Gott als Künstler für richtig gehalten hatte, mit dem Daumen über diesen Teil zu wischen und damit die Symmetrie seiner Schöpfung zu verunstalten.

Als es dunkelte und die Sterne schließlich sichtbar wurden, stellte ich fest, daß ich auf Assurs Stern zugegangen war, welcher tief am Horizont stand und auf mich zu warten schien. Das nahm ich für ein günstiges Zeichen.

Die Kälte machte mir zu schaffen. Meine Gelenke kamen mir so verrostet vor wie alte Türangeln. Mir war ganz schwach vor Hunger, und der Durst ließ mir den Magen schrumpfen.

Beim ersten Frühlicht merkte ich, daß ich immer noch ging. Was hatte ich bislang geschafft? Acht *beru?* Zehn? Wie weit kann ein Mensch im Laufe eines Tages und einer Nacht gehen? Ich wußte es nicht zu sagen.

Ich ging auch den ganzen nächsten Tag hindurch, den ganzen stillen, ruhigen Morgen, den ganzen Nachmittag, während der Wind mir die Kehle mit Sand verklebte und ich kaum noch die Augen öffnen mochte. Meine Schritte wurden langsamer, bis sie kaum mehr als ein unbeholfenes Schlurfen waren. Bei Einbruch der Nacht sah ich Assurs Stern immer noch vor mir.

Ich weiß nicht mehr, wann ich stehengeblieben bin. Ich weiß

nicht mehr, wann ich mich auf die kalte Erde gesetzt habe, die Arme auf die Knie gestützt, der Kopf so schwer, daß ich ihn nicht mehr heben konnte, und doch muß es irgendwann geschehen sein. Schließlich ging mir auf, daß meine Wanderung zu Ende war, wenn auch nur deshalb, daß ich nicht mehr die Kraft zum Weitergehen aufbrachte.

Ich nahm mein Schwert und stieß die Spitze in den weichen Boden. Das Schwert ist Assurs heiliges Symbol, und dieses hier, welches ich an einem Stand auf dem Marktplatz von Birtu gekauft hatte, würde mir als sein Altar dienen.

Ich war krank vor Hunger und Durst, die Kälte setzte mir schlimm zu, meine Beine waren taub vor Erschöpfung, und doch kam mir kein Gedanke an Schlaf, andererseits wußte ich nicht, wie ich mich wachhalten sollte. Schlief ich tatsächlich? Oder verschloß sich mein benommenes Hirn nur der Welt, damit Assur, der Herrscher der Himmel, der Herr des Schicksals, meine Augen mit seinen Wundern füllen konnte. Ich weiß es nicht.

Ich entsinne mich noch, wie der kalte und rauhe Nachtwind mich mit stechendem Sand peitschte und mir durch Mark und Bein ging, als böte ihm mein Leib keinerlei Widerstand. Mir war, als würde ich mit einer bronzenen Peitsche gezüchtigt. Ich litt Qualen, und vor allem deshalb, weil ihm mein ganzes Ich nackt ausgeliefert war – der Schmerz kam und ging, als wandelte ich durch Schatten.

Das fordert der Gott von mir, dachte ich. Sein ist die Rache. Ich muß meinen Stolz vor ihm demütigen, auf daß ich sein Instrument werde.

Wehte der Wind? War es so, oder gehörte auch das hier zu einer von Gott gesandten Vision?

Ich weiß es nicht zu sagen.

Ach, laß doch das Leben meinem Leib entweichen, dachte ich. Ach, erlöse mich doch von dieser Marter.

Aber es gab kein Entrinnen. Vielleicht war das die Lehre, welche Assur mir erteilen wollte – daß es kein Entrinnen gab. Nicht vor ihm, nicht vor mir selbst.

Die Augen brannten mir in den Höhlen, bis mich dünkte, sie

wollten schmelzen. Die schwarze Nacht wurde feuerrot. Mein Kopf tat weh.

Ich glaube, ich habe vor Schmerzen geweint, aber ganz sicher bin ich mir da nicht.

Und dann hörten meine Leiden nicht etwa langsam auf, nein, ich verlor vielmehr alle Empfindungen für mich selbst, weder Schmerz noch Lust schienen mir mehr zuzugehören. Ich war nicht mehr von dieser Welt. Beinahe konnte ich Tiglat Assurs Qualen als die eines anderen erleben. Nicht einmal mehr Mitleid verspürte ich für ihn.

Ich wurde so rein wie weißglühendes Feuer. Ich brannte lodernd und empfand doch nichts. Kannte der Gott das auch so? Hieß das, Er zu sein, leidenschaftslos und leer und fähig, jedes Geheimnis, alle Weisheit und Erkenntnis zu ergründen und doch von nichts berührt zu werden? Erlöst selbst vom Tode? Hatte er mich zu seinesgleichen gemacht, wenn auch nur für einen Augenblick, damit ich begriff?.

Auf einige Fragen gibt es keine Antwort.

Und dann war ich wieder Mensch, und er öffnete mein Hirn für Träume. Oder Visionen. Mir galt es gleichviel.

Ein Schwarm weißer Tauben bedeckt die Erde. Sie trippeln auf jene gedankenverlorene Weise, die Vögeln zu eigen ist, sie picken mit dem Schnabel auf der Erde herum. Auf einmal schlägt sie etwas in die Flucht. Die Erde erdröhnt, so stieben sie auf. Selbst noch die Luft ist weiß von ihren schlagenden Flügeln – was hat sie aufgeschreckt?

Und dann sehe ich sie. Eine Schlange, ein Geschöpf aus Schwarz und Rot und Gold mit einem roten Mal gleich einer lodernden Flamme auf dem schwarzen Kopf. Sie rollte sich zusammen und rollte sich wieder auf, und das alles anscheinend ohne Sinn und Ziel. Sie zeigt kein Interesse für die Vögel. Für die Schlange existieren sie nicht.

Und langsam findet sie ihren Weg. Die Erde, von der die Vögel aufgestoben sind, ist so weiß wie diese. Es ist eine unwirtliche Stätte, eine Salzwüste. Und darüber schweben fünf Adler, kreisen zu Häupten der Schlange, stoßen einer nach dem anderen herab, um sie zu quälen. Etwas Seltsames fällt mir dabei auf:

Jedem der fünf Adler fehlt am linken Fuß eine Kralle. Dort ist nur ein bluttriefender Stumpf.

Der Reihe nach stoßen sie jetzt herab, und die Stille birst unter ihrem Gekreisch, während sie versuchen, die Schlange in ihre Klauen zu bekommen. Einer nach dem anderen krallen sie sich in ihr armes Fleisch. Am Ende sind sie jedoch fort – sie verschwinden einfach –, und die Schlange bahnt sich einen Weg durch die Ödnis. Ihr Leib hinterläßt eine sich windende Spur, während sie sich über die salzbedeckte Erde fortbewegt. Fast scheint sie diese zu durchschwimmen, und hinter ihr verweht der Wind die Spur ihrer Wanderschaft.

Endlich ist sie frei. Sie hat das weiße Salz hinter sich gebracht. Sie rastet und rollt sich unten um den Stamm eines Baumes. Das ist ein seltsamer Baum mit grünen Ästen, die sich zu dichtbelaubten, waagerechten Ebenen zusammenschließen. Und dann landet eine Eule auf einem Zweig dieses Baumes, sie läßt sich wie ein Stein durch das Blattwerk fallen. Der Zweig schwankt unter ihrem Gewicht; die Eule aber hockt jetzt ruhig da und schaut blinzelnd um sich, es hat den Anschein, daß das Licht ihren großen, gelben Augen wehtut.

Der Baum, die Eule, die Schlange – das alles löst sich im grauen Frühlicht auf. Der Traum ist zu Ende. Ich bin wach. Alle Knochen tun mir weh. Mir ist kalt, ich bin hungrig, meine Kehle ist ausgedörrt, und doch bin ich wach und in dieser lichten Welt noch am Leben.

Mein Schwert steckte noch mit der Spitze in der Erde. Ich machte gar nicht erst den Versuch, es mir wieder zu holen – solches hätte ich nicht gewagt. Ich ließ es an seinem Fleck. Es war Zeit zurückzukehren.

Ich war noch keine Stunde gegangen, da erblickte ich vor mir ein Fleckchen Erde so ausgebleicht wie alte Knochen. Beim Näherkommen stob er vor mir auf – ein riesiger Schwarm Tauben, welche mit ihrem Flügelschlag die Luft zum Erzittern zu bringen schienen.

Ich war die Schlange, ich trug das Mal des Blutsterns. Es war, wie es der Traum geweissagt hatte.

V

An die nächsten Tage kann ich mich kaum noch erinnern. Man hat mir erzählt, daß mich ein paar Kinder eine Viertelstunde Fußmarsch vom Dorfpfad fanden und daß man mich auf einer Decke heimtrug.
Ich lag auf dem Boden einer Riedhütte und lauschte der Stimme meines ermordeten Vaters.

»Siehst du, mein Junge? Ah? Sich einzubilden, daß man versteht, ist eitel. Ich mußte erst sterben, ehe ich überhaupt soviel begriff – so treibt der Gott sein Spiel mit uns. Ich wollte, daß du nach mir König wirst, aber das hat der Gott mir versagt und den Gebieter Esel, deinen Bruder, auf den Thron gesetzt. Für dich hat er jetzt ein anderes Los auserwählt.«

»Kennst du es Vater?« flüsterte ich mit ausgedörrten Lippen. »Siehst du, was kommen muß?«

»Ja, mein Sohn. Und dennoch darf ich es dir nicht sagen.«

Was dann? Nichts als Schweigen.

Als nächstes erinnere ich mich klar an eine Art Brühe, welche man mir einflößte und die ich trinken sollte. Sie schmeckte nach Fisch, und beinahe hätte ich sie wieder ausgespuckt. Ich schämte mich deswegen, denn es wirkte, als wollte ich die freundliche, alte Frau kränken, die versuchte, mich zu füttern.

Mein Kopf war wie ausgehöhlt. Ich verstand nichts mehr, doch das schien auch nicht wichtig zu sein. Der Gott würde mir alles klarmachen, davon war ich überzeugt. Ich würde leiden oder mich behaupten, sterben oder leben, alles wie er es wollte. Ich kannte weder Angst noch Ungewißheit. Was galt mir das Ende? Ich war nicht einmal gottergeben. Ich verspürte nur eine große Müdigkeit, die jeden Gedanken abtötete. Die Geheimnisse, welche hinter mir und vor mir lagen, bedeuteten mir nichts. Im Augenblick war ich zufrieden, zu schlafen und mir von einer alten Frau Fischsuppe einflößen zu lassen.

Als ich wieder einmal aufwachte, war Kephalos da. »In ein paar Tagen bist du völlig wiederhergestellt«, sagte er mir. »Du bist noch schwach vom Hunger, und deine Eingeweide sind vom

Wassermangel ausgedörrt. Gottlob sind meine Götter nicht so anspruchsvoll wie deine.«

»Wären sie das, so wären sie auch nicht mehr lange deine Götter.«

Er lachte, und dabei war es doch ein recht lahmer Witz. Vielleicht freute er sich auch nur, daß ich mich dazu aufraffte.

»Ich will hier bald aufbrechen«, sagte ich jetzt, und das war nun kein Witz mehr. »Überlege es dir gut, ob du mit mir kommen willst, denn es wird ein beschwerlicher Weg. Das wenigstens weiß ich.«

»Wohin wird er dich führen?«

»Das wird sich noch herausstellen.«

»Dein Weg ist immer beschwerlich, aber ich komme mit. Das habe ich bereits gesagt, und dabei bleibe ich auch.«

»Ein kluger Mann wirft bei Gefahr das Steuer herum. Und gefährlich wird es. Überlege es dir gut. Wenn du lieber nicht mitkommst, dann handelst du in meinen Augen lediglich wie ein besonnener Mann. Wenn ich es überlebe, stoße ich vielleicht in Memphis oder an einem anderen Ort wieder zu dir.«

»Ich überlege es mir.« Er runzelte die Stirn und sah aus, als wollte er anfangen zu weinen. »Ich überlege es mir, wenn du es wünschst.«

»Ich wünsche es. Und jetzt schicke bitte nach dem Ältesten – ich habe vor meinem inneren Auge Bilder gesehen, welche ich nicht verstehe, vielleicht kann er mir weiterhelfen.«

Der Dorfälteste war mit seinen Männern auf dem See, wo sie ihre Netze nach Fischen auswarfen, die sie dann in Ur verkauften. Er kehrte erst eine Stunde nach Sonnenuntergang zurück, doch dann kam er unverzüglich zu mir. Da stand er auf der Schwelle und verneigte sich.

»Hast du den Gott gesehen, hoher Herr?« fragte er.

Darauf gab es keine Antwort – woher sollte ich wohl wissen, ob es stimmte.

»Kennst du die andere Seite des Sees?« fragte ich.

»Ein wenig, hoher Herr. Wir müssen acht, neun Mal im Jahr dorthin zum Riedschneiden für unsere Boote und unsere Häuser.«

»Ein weiter Weg. Da nimmt es mich wunder, daß ihr euch dort nicht angesiedelt habt?«

»Auf jener Seite – und auch weit in die Binsenwildnis hinein, soweit jedenfalls wie sich jemand gewagt hat – ist das Wasser salzig. Auf dieser Seite macht der Fluß das Wasser süß.«

»Danke«, sagte ich. »Sowie ich kräftig genug zum Reisen bin, werde ich dir nicht länger zur Last fallen.«

Er verneigte sich und ging. Zweifellos hatte ich seinem ganzen Dorf Anlaß zu Jubel gegeben.

Auf jener Seite ist das Wasser salzig. Es waren also Salzsümpfe bis weit in das Ried hinein. Die Spur der Schlange hatte sich hinter ihr geschlossen wie Wasser hinter einem Boot. Sie war durch Salz gekrochen. Jetzt wußte ich wenigstens, in welche Richtung die Reise gehen mußte.

Am folgenden Tag fühlte ich mich kräftig genug, um von meiner Schlafmatte aufzustehen und ein wenig umherzugehen. Und binnen vier Tagen war ich wieder bei Kräften. Erst jetzt erklärte ich Kephalos, was ich vorhatte.

»Vermutlich ist jeder Versuch, dir diese Narretei auszureden, zwecklos«, sagte er. Als ich nicht unverzüglich antwortete, hob er lediglich die Achseln. »Wenn das, was diese Fischer sagen, auch nur annähernd der Wahrheit entspricht, dann forderst du – wie nennst du das doch immer? – dein *simtu* heraus. Das ist dir doch klar, oder?«

»Mein *simtu*, wie auch immer es aussehen mag, wurde vor langer Zeit in die Tafel des Gottes geritzt. Ich glaube nicht, daß ich sterben soll, ehe ich jenseits der Salzsümpfe bin.«

»Es wäre doch schön, wenn dein Gott auch mir eine solche Zusicherung geben würde, aber falls diese Narretei dein Ende bedeutet, dann kannst du statt eines Todes ruhig zwei auf dein Gewissen laden.«

»Du hast dich also entschlossen mitzukommen?«

»Ja.«

Ich war froh, und doch wagte ich es nicht, etwas zu sagen. Ich wagte es viele Minuten lang nicht, etwas zu sagen.

»Das hier sind wahrscheinlich die letzten Stunden, welche ich in dem Land verbringe, das mein Vater in Assurs Namen regierte«, murmelte ich schließlich und wußte doch, es war nur ein Versuch, das Unerklärliche zu erklären. »Der Gebieter Sanherib nannte sich ›König der vier Enden der Erde‹ ist diese Ansammlung von Binsenhütten nicht genau am Rande, am schlechthin entlegensten Ende dieser Welt? In den Orten jenseits von hier ist sein Name Schall und Rauch.

Es hat dem Gott gefallen, eine Linie in den Staub zu ziehen und zu mir, seinem Diener, zu sagen: ›Geh. Überschreite diese Linie und suche, was die Welt, von der dein Vater nicht einmal träumte, birgt.‹ Kephalos, mein Freund, ich weiß nicht, was ich tun soll, außer gehorchen.«

»Ich weiß. Und deswegen muß ich dich auch begleiten – weil dein Gott mir nämlich nichts bedeutet. Ich kann dich doch nicht völlig seinen Launen ausliefern.«

An diesem Abend redete ich noch einmal mit dem Dorfältesten. Ich sagte ihm, wir würden ein Boot, Ziegenlederschläuche mit Frischwasser und Essen für mehrere Tage brauchen. Ich bot ihm Bezahlung dafür an, doch er schüttelte den Kopf.

»Ich bin ein armer Mann«, sagte er, »aber ich achte die Götter. Du sollst alles bekommen, was du wünschst, aber in diesem Dorf nimmt kein Mensch dein Silber. An derlei Dingen bereichern wir uns nicht gern.«

Ich kannte mich mit solchen Menschen aus und wußte, daß er mich damit nicht kränken wollte.

Am nächsten Morgen wartete unser Boot am Ufer. Es maß von einem Ende zum andern gute sechs Schritt, und Wasser und getrockneten Fisch hatten wir auch. Sogar mein Speer war an Bord.

Als wir abstießen und unsere Ruder durch das stille Wasser zogen, standen die Dorfbewohner am Strand und sahen zu.

Wir hatten wohl eine gute Stunde gerudert, und das Ufer hinter uns war bereits auf eine braune Linie am Horizont zusammengeschrumpft, da zeigte Kephalos, der vor mir saß, Zeichen der Ermüdung. Schließlich hob er sein Ruder aus dem Wasser und legte es sich über die Knie.

»Ich bekomme schon Blasen an den Händen«, sagte er.

»Man sollte meinen, all diese Monate hätten dich abgehärtet«, sagte ich in der Hoffnung, ihn ein wenig zu beschämen. Doch weit gefehlt.

»Für dich ist das etwas anderes«, gab er etwas schmollend zurück. »Du bist Soldat und für ein hartes Leben geboren. Ich bin keiner und habe somit auch keine Soldatenschwielen. Ich bin ein kundiger Arzt und ein Mann von Welt – meine Hände taugen nur zum Geldzählen und für die Brüste von Huren.«

Da mußte ich einfach lachen, und dann stimmte auch Kephalos ein. Alsdann öffnete er seine Arzttasche, holte Salbe für seine Hände heraus und verband sich diese mit Leinenbinden.

»Geschafft – ich glaube, das wird es tun«, sagte er. »Gib mir ein wenig von dem getrockneten Fisch da, die Strapazen haben mich hungrig gemacht.«

Er probierte und verzog das Gesicht.

»Ekelhaft. Lieber verhungere ich, als daß ich solchen Unrat anrühre.«

»Warte nur, bis dein Magen zusammensackt wie ein Lederzelt in Regen und Wind, und schon wird es dir schmecken.«

»Auf deinen Rat hin warte ich, bis es soweit ist.«

Er warf das gelbliche Stückchen Trockenfisch fort. Es landete mit einem leisen Aufklatschen im Wasser und verschwand vor unseren Blicken.

Es war fast schon Abend, als wir die andere Seite des Sees erreichten.

In Wahrheit ist es mißverständlich, überhaupt von einer anderen »Seite« zu sprechen. Es gab keinen Ufersaum. Das Wasser wirkte genauso tief. Zunächst gab es ein paar vereinzelte Binsenbüschel – kleine Inseln, von denen man etliche mit ein paar Schritten überqueren konnte und die im Nichts verankert zu sein schienen und so beweglich wirkten, wie wir in unserem Boot. Allmählich wurden sie zahlreicher und auch größer, einige schienen miteinander verbunden zu sein, und zuletzt befanden wir uns in einem Gewirr von Kanälen. War dieses die Stelle, wo der Euphrat den See verließ? Woher wollten wir das wissen? Eine Strömung schien es jedenfalls nicht zu geben.

Und solche Binsen hatte ich auch noch nie gesehen. Stellenweise ragten sie um drei, vier Mannlängen aus dem Wasser, bogen sich unter ihrem eigenen Gewicht und standen so dicht, daß nicht einmal mehr eine Hand hindurch paßte. Hier mußte man sich einfach gefangen vorkommen. Sie waren wie Mauern, die den Schein der späten Nachmittagssonne aussperrten, so daß wir in völligem Schatten ruderten.

»Wir sollten das Boot lieber vertäuen und auf den Morgen warten, ehe wir uns in dieses furchterregende Dickicht wagen«, sagte Kephalos.

»Das ist, glaube ich, nur klug.«

»Ich bin eher ängstlich als klug«, erwiderte er. »Und zuweilen ist man, wenn man das eine ist, auch das andere.«

»Wir wollen heute nacht auch lieber im Boot schlafen, als uns diesen Riedinseln anvertrauen, das sind doch Sinnestäuschungen von trockenem Land. Das Wasser des Flusses ist mit jedem Tag angestiegen.«

Kephalos nickte heftig. »Wir sollten auf jeden Fall im Boot schlafen.«

So machten wir denn an einer der größten Riedinseln fest, doch eine geruhsame Nacht verbrachten wir beide nicht.

Der Lärm setzte beinahe sofort nach Erscheinen der ersten Sterne ein, darauf gab es einen furchtbaren Platsch in unserer Nähe, daß ich direkt naß gespritzt wurde. Und unverzüglich fingen auch die Vögel, welche sich zweifellos wie wir schon für die Nacht zur Ruhe begeben hatten, wild und aufgebracht an zu kreischen. Ich schreckte hoch – und das erste, was meine Augen erblickten, war Kephalos, der sich im anderen Ende des Bootes kerzengerade aufgesetzt hatte und wie eine Eule blinzelte.

»Was war das?«

Das Boot schaukelte wild, und als wir rasch den Kopf drehten, da erblickten wir die Ursache der Schaukelei – ein großes, dunkles Tier entfernte sich schwerfällig schwimmend in Richtung einer der anderen Inseln.

»Ein Tier«, sagte ich. »Wir müssen es aufgestört haben.«

»Bist – bist du ganz sicher, daß es auch ein Tier war?« Kephalos wischte sich die Augen mit den Ärmeln, er sah ehrlich beunruhigt aus. »Ein Dämon könnte es nicht gewesen sein – oder ...«

»Es war ein Tier«, sagte ich. »Wenn du ein Dämon wärst, würdest du hier etwa leben wollen?«

»Dämonen sollen nicht so eigen sein, aber deine Worte klingen ausgesprochen vernünftig.«

Endlich beruhigten sich auch die Vögel wieder, doch immer schien irgend etwas los zu sein. Da kam ein Windstoß, und die Binsen, welche aufragten wie die Dattelpalmen, rieben sich aneinander, ein Geräusch wie von Flußfröschen, die sich am Donner des Gottes verschluckt hatten. Unirdisches Geheul von Schakalen hallte über das Wasser, daß man an die Qualen von unbestatteten Toten denken mußte. Unentwegt zwängte sich etwas krachend durch das Unterholz, und bei jeder kleinen Störung wachten auch die Vögel wieder auf.

Und Insekten gab es natürlich. auch – Mücken und schwarze Fliegen, so groß wie Wespen. Es war eine kalte Nacht, doch sie kamen scharenweise auf dem stehenden Gewässer und labten sich an unserem nackten Fleisch, selbst unter unsere Tuniken krabbelten sie. Wir mußten schließlich Schlamm schöpfen und uns Gesicht, Arme und Beine damit einreiben, sonst hätten sie uns glattweg aufgefressen.

Am nächsten Morgen litten wir am ganzen Körper unter juckenden roten Schwellungen, den Rücken hatten wir uns vom Liegen in dem Wasser auf dem Boden unseres Fahrzeugs wundgelegen, und zum Frühstück gab es nur Wasser und getrockneten Fisch. Keiner von uns beiden war ausnehmend guter Laune.

»Das Leben ist hart«, sagte Kephalos schließlich. »Ich habe nur etwas gegen meine Mutter, die mich geboren hat, vorzubringen: Warum hat sie mich nicht am Tage meiner Geburt an einem Berghang ausgesetzt, daß sich die Adler auf mich stürzen und auffressen konnten, ehe ich alt genug war, daß ich die unwirtliche Welt kennenlernte. Wen die Götter lieben, der fahret jung dahin.«

»Ich halte es durchaus für möglich, daß wir selbst schon bald dahinfahren«, erwiderte ich, denn ich verübelte es ihm, daß er mir so aus dem Herzen sprach.

»Glaubst du? Dann ist Assur gnädiger als ich dachte – bei den Göttern, mir birst der Kopf! Was würde ich nicht für einen Becher Wein geben.«

Doch Wein gab es nicht. Es gab nur den leeren Himmel und das Wasser und das Ried. War Assur gnädig? Würde er uns erretten, oder trieb er nur sein Spiel mit uns?

An jenem Tage und am nächsten und am übernächsten richteten wir uns nach dem Stand der Sonne, und das immer ungefähr gen Süden. Als das Wasser seicht wurde, zogen wir die Ruder ein, denn es war bequemer, ein paar hohe Binsen abzuschneiden und damit durch das Kanallabyrinth zu staken. Die Hitze war entsetzlich, darum rasteten wir, wenn die Sonne am höchsten stand und suchten uns Schatten, so gut es eben ging. Zu essen hatten wir reichlich – Kephalos hatte nichts mehr gegen den Geschmack von Trockenfisch einzuwenden –, aber mit unserem Süßwasser mußten wir haushalten, denn die Sümpfe waren in der Tat salzig. Ich hegte die Hoffnung, es möchte bedeuten, daß der Dorfälteste sich getäuscht hatte und daß die Binsenwildnis lediglich das letzte Hindernis zwischen uns und dem Bitterfluß war, doch mehr als eine Hoffnung war es nicht.

So ging es Tag für Tag; des Nachts schliefen wir so gut es ging, tagsüber bemühten wir uns, weder die Kräfte noch die Hoffnung zu verlieren, während wir uns in dieser Ödnis aus Ried und trägen, gewundenen Wasserstraßen vorwärts bewegten. Ich weiß nicht, wie lange es so ging, bis wir feststellten, daß wir schließlich ins Reich der Chaldäer eingedrungen waren.

Die Sonne stand noch keine zwei Stunden nach Mittag, und wir wollten uns gerade wieder auf die Suche nach dem Hauptkanal zum Euphrat machen, da schlüpfte ein anderes Binsenboot unhörbar hinter dem jenseitigen Ende einer Insel hervor und glitt direkt vor uns von links nach rechts vorbei. An Bord befanden sich drei Männer, einer saß in der Mitte und an jedem Ende noch einer, so stakten sie dahin. Diese beiden trugen Tuniken, die ihnen bis auf die Mitte der Schenkel reichten; sie hatten sich gebogene Messer in den Gürtel gesteckt, und alle drei hatten den Kopf mit einem Stück roten Stoff bedeckt, das durch eine Kordel oder ein Stirnband gehalten wurde.

Wir lagen in unserem eigenen Boot auf dem Bauch und beteten zu jedem Gott, der uns einfiel, daß keiner von denen auf den Gedanken käme, in unsere Richtung zu blicken.

Es dauerte vielleicht zehn Herzschläge lang, dann waren sie fort. Und es dauerte noch viel länger, bis wir uns erinnerten, daß wir atmen mußten.

»Haben sie uns gesehen?«

»Nein«, sagte ich kopfschüttelnd. »Ich glaube nicht. Denn wenn, so wären wir gewißlich bereits tot.«

Da fiel es mir jählings ein, daß Menschen nirgendwo leben, wo sie vor Durst sterben müssen. Ich schöpfte mir mit der Hand ein wenig Wasser und probierte es – es war süß. Das Salzwasser lag nun hinter uns. Doch das hätte uns angezeigt, daß wir den Bitterfluß erreicht hätten, so jedenfalls hatte ich gehofft. Nun war mir jede Richtung recht.

Wir hatten uns verirrt und waren von Feinden umzingelt – hatte der Gott Assur solches für mich ausersehen, oder hatte ich seine Zeichen nicht verstanden? Ich wollte schier verzweifeln.

Als Antwort, ja, fast als Rüge, glitt eine riesige Schlange so schwarz wie der Tod und so dick wie ein Männerarm aus dem Ried und schwamm ein wenig vor uns her, ehe sie wieder um die Ecke einer Insel herum verschwand. Nein, vielleicht hatte ich ja doch richtig verstanden. Das Ganze war von Anbeginn an so vorgesehen gewesen. Der Gott handelte wie er, nicht wie ich es wollte.

Und dennoch hatten wir uns verirrt. Wir warteten noch eine Stunde, bevor wir unsere Irrfahrt wieder aufnahmen – ziellos wie es uns schien. Wir stakten ins offene Wasser, horchten auf den leisesten Laut, doch für den Rest dieses Tages sichteten wir keine weiteren Anzeichen von Leben.

Und doch lebten hier Menschen. Man brauchte nur zu lauschen. Menschen hüten ihre Wohnstätte eifersüchtig – sie vertreiben alle Rivalen und zwingen allem ihren Willen auf, so daß nicht einmal mehr die Vögel in der Nähe ihrer Behausungen leben mögen. In jener Nacht war die Stille fast bedrückend.

Und am Morgen konnte ich die Nähe der Gefahr direkt riechen. Ich erwachte mit bösen Vorahnungen, spürte die Bedrohung fast greifbar, und doch hätte ich das nicht zu erklären gewußt. Was hatte sich seit gestern verändert?

Und dann ging es mir endlich auf – das Vogelgezwitscher klang anders.

Ich konnte es durch das Ried hallen hören, ein Ruf und dann die Antwort darauf. Noch ein Ruf, doch von woanders, und wiederum eine Antwort. Das hier waren keine Vögel sondern Menschen.

»Ruhig, Kephalos, mein Freund«, wisperte ich. »Es war ein Irrtum – sie haben uns doch gesehen. Wir müssen versuchen, uns in Sicherheit zu bringen. Sie machen Jagd auf uns.«

Wir nahmen unsere Stangen und stießen uns von der Insel ab, die uns Schutz geboten hatte; unser Boot hob sich mit dem Bug aus dem Wasser und glitt dann so spielend in den leeren Kanal hinaus wie ein Messer, das die Luft durchschneidet. Wir ließen es einen Augenblick treiben und lauschten auf Stimmengemurmel, welches bedeuten würde, wir hatten uns verraten. Nichts. Doch wir wußten, daß wir von Chaldäern umgeben waren. Irgendwo lauerten sie und zogen das Netz um uns zu; der Spalt, durch den wir schlüpfen mußten, wenn wir ihnen entkommen wollten, wurde immer schmaler.

Lautlos kamen wir voran, wir bewegten die Stangen so ruhig, daß sie fast geräuschlos das Wasser berührten, und das Herz erstarb uns beinahe bei jedem Einbiegen in einen neuen, engen Kanal in der Brust. Immer wieder hielten wir an und lauschten – und die Vogelrufe schwiegen und hoben zuzeiten wieder an. Es kam uns fast so vor, als könnten sie uns durch das Wasser aufspüren, welches sich hinter unserem dahingleitenden Boot wieder schloß.

Weiter, immer weiter. Eine Pause zum Horchen, und dann wieder weiter. Wieviele verfolgten uns? Sechs Boote? Mehr? Sie schienen überall zu sein. Die Sonne stand auf Mittag, doch wir legten keine Rast ein, um der Hitze zu entgehen. Wir wagten es einfach nicht.

Ich ruhte mich einen Augenblick auf meiner Stange aus.

Die schwüle Luft trug den Ruf eines Silberreihers zu uns herüber. Er kam von weit her. Schließlich – oder war es nur eine aus der Angst geborene Täuschung? –, schließlich hatte ich das Gefühl, sie wären zurückgefallen. Die Antwort kam ebenso leise und danach herrschte Schweigen. Alsdann nahmen die Rufe wieder zu, anscheinend hegten auch unsere Verfolger schon Zweifel, ob sie uns gefangen hatten.

Nein, wir waren ihnen entkommen. Das wußte ich jetzt. Und jetzt war es auch an der Zeit, tieferes Wasser anzusteuern und uns dann in Windeseile davonzumachen.

Wir rasten auf die Mündung einer breiteren Durchfahrt zu, daß das träge Wasser nur so spritzte. Wir schossen um eine Insel herum, und da sah ich Binsenwedelstückchen an uns vorbeitreiben, die von einer fast unmerklichen Strömung getragen wurden. Jetzt hatten wir einen Hauptkanal erreicht. Ich spürte das Blut in meinen Adern. War es möglich, daß wir ihnen entkommen waren?

Und dann erblickten wir sie.

Drei Boote bogen zusammen um die Ecke herum wie Pferde, die vor einen Streitwagen geschirrt sind; im Bug standen Männer so ruhig und unbeweglich, als stünden sie mit ihren nackten Beinen auf festem Grund, die Speere hatten sie bereits zur Schulter hochgehoben.

Ich drehte mich um, und meine Gedärme verknäulten sich vor Angst – hinter uns war es das Gleiche. Wir waren ihnen ins Garn gegangen, sie hatten uns so schlau eingefangen wie Kaninchen in einer Schlinge mit Köder. Sie hatten uns hierhergeführt und uns in die Falle gelockt.

Mein Speer lag unten im Boot. Ich hob ihn auf. Umsonst sollten sie mich nicht bekommen.

»Bei den lichten Göttern, Gebieter – nein!«

Das war Kephalos' Stimme. Ich warf einen Blick auf ihn, und da sah ich ihn mit flehend gefalteten Händen, das Gesicht angstvoll verzerrt.

»Die schlachten uns ab, Herr«, sagte er jetzt ein wenig leiser. »Zügle deine vorwitzige Hand, handle nicht unbesonnen, bitte.«

In einer Stunde, dachte ich – mag sein noch weniger –, werden wir uns noch wünschen, sie hätten uns abgeschlachtet. Er war jedoch mein Freund. Durch mich war er hier hineingeraten. Ich hatte kein Recht, sein Leben zu verwirken.

Der Speer entfiel meiner Hand.

Ich setzte mich und wartete. Was hätte ich sonst auch tun sollen.

Die Boote näherten sich, dann warf jemand einen Haken über unsere Bugwand und nahm uns ins Schlepptau. Sie gönnten uns kaum einen Blick, ihre Augen sahen an uns vorbei. Die roten Tücher, mit denen sie den Kopf vor der Sonne schützten, umgaben Gesichter, die so dunkel und gegerbt wie altes Leder waren. Diese Männer verloren kein Wort. Sie ließen keinen Triumph erkennen; Daß sie uns gefangen hatten, schien ihnen nicht mehr zu gelten, als hätten sie Ochsen zur Nacht in einen Pferch getrieben. Vielleicht waren sie auch nur enttäuscht von uns. Vielleicht hatten wir es ihnen zu leicht gemacht.

Das ist das Ende, dachte ich. So mag den Medern zu Mute gewesen sein, als ich sie in ihren eigenen Bergen schlug. Jetzt bin ich an der Reihe. Mein Gott hat mich verlassen, und als *simtu* wartet ein schmachvoller Tod durch die Hand meiner Feinde auf mich. Was ich empfand, grenzte beinahe schon an Reue.

»Vergib mir, Kephalos«, sagte ich. »Mich dünkt, ich bin hier dein Tod gewesen.«

»Herr …«, sagte er und hob dabei verzagt die Schultern. »Du mußt nichts bedauern, ich tue es ja auch nicht.«

Das glaubte nicht einmal er selbst. Und doch war ich gerührt und entsetzt zugleich. Um meinetwillen hatte er alles aufs Spiel gesetzt, und ich hatte ihn dafür so gut wie ermordet.

Sie schleppten uns eine Stunde lang hinter sich her. Ich konnte die Insekten tödlich monoton summen hören. Mein Herz war finster. Ich verfluchte meine Torheit, meine Herzensblindheit, und ich verfluchte meinen Gott.

Schließlich erreichten wir ein Dorf – ein Dorf aus Riedhütten, welches auf einer Riedinsel schwamm.

Unsere Häscher machten sich daran, die Boote zu vertäuen, warfen anderen, die am Ufer warteten, Leinen zu und schrien Befehle in einer Zunge, von der ich keine Silbe verstand. Frauen, alte Männer, welche zu nichts mehr nutze waren, harte, junge Krieger und Kinder, kaum alt genug, daß man sie unbeaufsichtigt ließ, alles stand herum, schwatzte und machte unverständliche Gebärden so wie Menschen in einem Basar. Das war kaum der Empfang, den ich von dieser berüchtigten Kriegerrasse erwartet hatte. Genausogut hätten wir vom Fischfang heimkehren können.

Schließlich trat ein Mann vor: die Arme in die Seiten gestützt, grinste er offensichtlich triumphierend durch seinen großen, dunklen Bart. An diesem gottverlassenen Ort hatte er sich in eine schwarze, silberdurchwirkte Tunika gekleidet.

In seiner roten Schärpe steckte ein schimmerndes Schwert, an den Fingern trug er goldene Ringe mit kostbaren Edelsteinen, doch das machte ihn nicht zu einer derart auffallenden Figur.

Er war nicht größer als seine Gefolgsleute und zeichnete sich auch nicht durch besondere Anmut oder Schönheit des kräftigen, breiten Antlitzes aus, welches aus vielen scharfen und unregelmäßigen Linien zusammengesetzt schien. Über seinem rechten Auge hatte er eine Warze von der Größe einer Weintraube – sein einziges hervorstechendes Merkmal. Doch selbst das betonte noch irgendwie den allgemeinen Eindruck, daß hier ein Mann voller Selbstvertrauen in seine eigene Kraft stand. Er hatte die Haltung eines Königs.

»Prinz Tiglat Assur«, rief er in fast akzentfreiem Akkadisch und hob den Arm. »Ich freue mich, daß du endlich in unserer Mitte weilst, Gebieter. Ich fürchtete schon, daß dir in den Sümpfen etwas zugestoßen sein könnte.«

VI

Der *mudhif* des Gebieters Sesku, welcher sich selbst König der Halufiden titulierte, obwohl er nur ein Stammeshäuptling war, maß an die achtzig Schritt in die Höhe und fünfzehn in die Breite. Decken und Wände bestanden aus mehreren Lagen Binsenmatten und wurden von elf großen Gewölbebögen getragen, deren Stützpfeiler wieder aus Binsenbündeln bestanden, ein jeder davon so breit wie die Schultern eines Mannes und am Scheitelpunkt zusammengebunden und verschnürt. Die ganze Konstruktion bestand wahrhaftig nur aus Binsen wie alles übrige im Dorf auch, denn in den Sümpfen fand sich weder

Stein noch Holz, und selbst den Lehm für Ziegel hätte man vom Grund der Kanäle hochholen müssen. Binsen gab es jedoch überall.

Das hier war nicht der Palast des Königs, denn er bewohnte ein bescheidenes Haus, das nirgendwo großartiger war als das seines ärmsten Untertans. Zuweilen wurde zwar ein, zwei Nächte im *mudhif* übernachtet, doch sonst wohnte dort niemand. Hier empfing Sesku Gäste und Bittsteller, hier hielt er Gericht über sein Volk und gab Festmähler zu Ehren seiner Siege im Krieg und an den Gedenktagen seiner Götter – und ehrte, wie bei dieser Gelegenheit, frisch eingetroffene, bedeutende Gäste.

»Erstaunt es dich, daß ich dich kenne, edler Prinz?« fragte er, als wir mit gekreuzten Beinen auf dem Fußboden aus Binsenmatten hockten und zusammen Buttermilch tranken. Nach dem ausgiebigen Mahl war das ein angenehmes Getränk – mir hatte man zuerst aufgetragen, dann Seskus Gefolgsleuten streng nach Rangfolge, und erst ganz zum Schluß brachten die Diener Sesku selbst einen kleinen Teller mit Lamm und Reis, denn für den König wäre es undenkbar gewesen zu speisen, ehe nicht alle seine Gäste wohl versehen waren.

Der arme Kephalos war bei der Anlegestelle auf der kalten, feuchten Erde angepflockt, denn über sein Los war noch nicht entschieden worden. Doch über meines genausowenig.

»Gebieter, es erstaunt mich, daß ich überhaupt noch am Leben bin«, gab ich zurück.

Sesku konnte nicht anders, er warf den Kopf zurück und lachte. Als er seinen Gefolgsleuten meine Antwort übersetzt hatte, lachten auch diese und klopften mit ihren Binsenrohren Beifall auf dem Boden, und dabei hatte meine Antwort gar nicht witzig sein sollen, ich hatte lediglich eine Tatsache festgestellt.

»Edler Prinz, daran ist wirklich nichts Erstaunliches«, sagte er schließlich und wischte sich die Augen mit dem Ärmel. »Der König von Ninive, welcher dein Bruder ist, hat dich aus seinem Land vertrieben und würde dich gern tot sehen. Die Kunde ist sogar bis hierher gedrungen, denn der Gebieter Assarhaddon hat in jede Himmelsrichtung Reiter ausgeschickt, und ich habe meine Spione, selbst in der großen Stadt Ur. Dein Bruder ist ein unbesonnener Mann, mit dem es ohne Zweifel eines Tages ein böses Ende nehmen wird. Er haßt dich, und da er mein Feind ist, macht dich das zu meinem Freund. Mein Volk ist arm, aber sein König kein Barbar, der gegen seine eigenen Interessen mordet. Nein – ich würde dein Leben verschonen, wenn auch nur, um den Gebieter Assarhaddon zu ärgern, aber das ist zwar ein guter, jedoch nicht der einzige Grund.«

Er machte eine umfassende Gebärde mit der rechten Hand, als wollte er die ganze Welt zum Zeugen anrufen.

»Nein, Prinz Tiglat, das ist nicht der Grund!«

»Was ist es dann?«

»Wir sind uns schon einmal begegnet.«

Er öffnete seine Tunika, kniff auf seiner Brust eine Hautfalte zusammen und führte eine schartige Narbe von der Länge eines männlichen Fingers vor.

»Die hier hast du mir beigebracht«, sagte er und grinste wie ein Dämon. »In Chalule, als wir beide kaum mehr als Knaben waren.«

Er hielt inne, schien auf eine Reaktion zu warten, doch ich gab keine Antwort. Ich wollte nicht – denn was konnte ich schon sagen? –, aber ich weiß nicht so recht, ob ich überhaupt einer Antwort mächtig gewesen wäre. Das Blut strömte mir so kalt durchs Herz wie schmelzender Schnee. Die Worte eines uralten Gebetes formten sich in meinem Hirn. »Herr, du mein Gott, Assur, bewahre mich vor der Rache meiner Feinde ...«

Doch Sesku lachte nur noch einmal, klatschte sich kräftig mit der Hand aufs Knie und schien seinen Witz zu genießen. »Sauber hast du mich vom Pferd gehoben«, rief er fröhlich und stieß mit seinem Finger auf die entsprechende Stelle auf meiner Brust. »Für einen Knaben frisch aus den Sümpfen war ich weiß Gott kein umwerfender Reiter. Ich bin geradewegs über den Schwanz dieses verdammten Untiers gefallen. Zunächst dachte ich, es hätte mich nur abgeworfen, aber dann merkte ich, daß mir deine Lanze wie ein Binsenstengel aus der Brust sproß – bei den Göttern, was für ein Augenblick! Ich weiß noch, wie ich da auf der Erde lag, in den wolkenlosen Himmel starrte und fast schon glaubte, mein letztes Stündlein hätte geschlagen –

und das war dann das Ende jenes ganzen glorreichen Tages – ha!«

Er beugte sich vor. Er legte mir sogar die Hand auf die Schulter, um mich zu sich heranzuziehen. Anscheinend wollte er mir ein Geheimnis anvertrauen.

»Ich war nämlich ausgerückt, um mich in König Kuturnahuntes Heer als Söldner zu verdingen. Mein Vater, der Gebieter Hajimka, war ein eifersüchtiger Dummkopf, der mich haßte, weil ich kein Hasenfuß war; er zog einen anderen Sohn als Nachfolger vor, denn er fand Gefallen an dessen hübscher Stimme, der alte … Na gut, vielleicht ist es besser, wenn man seinen Vorfahren so wenig Schlechtes wie nur möglich nachredet, was? Ich wollte also bei den Elamitern ein ruhmbedeckter Krieger werden. Ich nahm nur an einer einzigen Schlacht teil, und zum Lohn wurde ich aufgespießt wie ein Kaninchen, doch in den *mudhif* meines Vaters kehrte ich als Held zurück. Je hochgestellter die Feinde, desto größer dein eigener Ruf – mit der Wunde da war ich ein gemachter Mann, das kannst du mir glauben. Als der alte König starb, habe ich dieser weibischen Nachtigall, meinem Bruder, die Kehle durchgeschnitten und mich an seiner Stelle zum Erben ausgerufen. Niemand hat auch nur einen Hauch Protest geäußert. Da kannst du sehen, wie alles gekommen ist. Ich kann mir doch nicht die Hände am Tode dessen blutig machen, der mir einen so einzigartigen Dienst erwiesen hat – du hast mir das Leben gerettet, edler Prinz. Deinetwegen ist mir alles so gedeihlich geraten! Ha, ha, ha!«

Und wieder stimmten seine Gefolgsleute in sein Gelächter ein, und wieder einmal tanzten die Binsenmatten auf dem Fußboden, als sie mit den Binsenrohren Beifall klopften, und dabei hatten die meisten gar keine Ahnung, wovon die Rede war. Man erwartete es von ihnen, und so lachten sie denn.

Ich lachte nicht. Lachen hätte sich nicht geziemt, und dann durften meine Erinnerungen an jene Schlacht weniger erfreulich sein.

»Und doch«, sagte ich und wartete, bis sich das Gelächter gelegt hatte, »und doch hast du deine Männer ausgeschickt, mich einzufangen wie eine Wachtel, die man ins Netz lockt.«

»Ja, natürlich – nimm es mir nicht übel, edler Prinz.« Eigenhändig füllte er mir wieder den Becher aus dem Ziegenlederschlauch, welcher neben ihm lag. »Ein König muß in seinem eigenen Reich königlich auftreten. Du weißt doch auch, daß es dabei um mein Prestige ging.«

»Dann hast du mich also wie eine entführte Frau in dein Lager schleppen lassen, und nachdem feststeht, wer hier der Herr ist, kannst du es dir leisten, dich gnädig zu erweisen.«

»So ist es. Ich sehe schon, Gebieter Tiglat Assur, du bist wahrhaftig der Sohn eines Königs, denn du verstehst dich auf die Kunst des Herrschens.«

»Dann wird sich deine Gnade hoffentlich auch auf meinen Begleiter erstrecken.«

»Nein – der muß sterben.« Das sagte er ganz gelassen und ohne mich auch nur anzublicken. »Du hast dir einen Übergriff zuschulden kommen lassen, dafür muß jemand bestraft werden, sonst hält mein Volk mich für einen Schwächling.«

»Hast du nicht die Kerbe in seinem Ohr bemerkt? Er ist ein Sklave und gehört mir, und ich sitze als Gast zu deinen Füßen. Dein Volk wird nur glauben, daß du nicht weißt, was sich einem Gast deines Hauses gegenüber geziemt.«

»Er hat keine Kerbe im Ohr.«

»Die verdeckt er aus Eitelkeit mit gefärbtem Bienenwachs, aber sie ist da.«

»Du erlaubst deinem Sklaven Eitelkeit?«

»Er ist mein Freund.«

Sesku musterte mich mit zusammengekniffenen Augen, er schien mir nicht recht zu glauben, aber dann tat er alles mit einem Schulterzucken ab.

»Also gut – es sei, wie du wünschst.«

Als Kephalos hereingeführt wurde – immer noch mit der Hanfschlinge um den Hals –, da stolperte er, so als wären seine Knie zu Wasser geworden. Sein Antlitz war bleich und grau, und in seinen Augen glitzerte die Angst. Ganz sicher wäre er zusammengebrochen, wenn Seskus Gefolgsleute ihn nicht bei den Armen gepackt gehabt hätten.

Sie brachten ihn in den hinteren Teil des *mudhif* zu den Kindern und Bediensteten, und als sie ihn schließlich losließen, fiel er auf Hände und Knie und schaute um sich wie ein Tier im Käfig. Man setzte ihm Essen vor, doch das starrte er nur an, so als wüßte er nicht, was man damit anfangen sollte.

»Entschuldige mich«, sagte ich und stand auf. »Ich muß mit ihm sprechen.«

Sesku entließ mich mit einer gelangweilten Handbewegung, und ich bahnte mir einen Weg durch seine Gäste, die zuhauf auf jeder vorhandenen Elle des Binsenmattenbodens saßen, bis ich mich am Ende neben Kephalos kauern konnte. Ich legte ihm die Hand auf die Schulter. Erschreckt blickte er auf, denn mein Anblick schien ihn zu überraschen.

»Du mußt dich nicht fürchten«, murmelte ich auf griechisch. »Diese Wilden denken gar nicht daran, uns umzubringen. Sie haben beschlossen, uns wie Ehrengäste zu behandeln.«

»Dann haben sie aber eigenartige Vorstellungen von Gastfreundschaft«, erwiderte er, als ihm endlich die Worte nicht mehr wie Knochensplitter im Hals steckenblieben.

»Iß ein wenig – es ist besser, wir kränken sie nicht.«

Er blickte auf die Schüsseln mit Reis und gebratenem Lamm vor sich, hob schließlich eine auf und stellte sie sogleich wieder hin, denn seine Hände zitterten und sein Gesicht war noch eine Spur blasser geworden, falls das überhaupt möglich war.

»Ich habe Angst, es bleibt mir im Halse stecken«, sagte er. Dann packte er mich beim Arm, als wäre ihm jählings ein Gedanke gekommen. »Bist du sicher, daß sie uns nicht umbringen wollen?«

»Im Augenblick sind sie uns freundlich gesonnen, aber Männer, die nur sich selbst Gesetz sind, können wetterwendisch sein, iß, was sie dir anbieten.«

Ich wollte schon aufstehen, da fiel mir noch etwas ein.

»Leider war ich gezwungen, dich wieder zum Sklaven zu machen«, sagte ich. »Entschuldige bitte, aber der König zeigte nur unter dieser Bedingung Neigung, dein Leben zu verschonen.«

Kephalos faßte nach dem kleinen Dreieck, das in der Kerbe seines Ohres steckte, zog es heraus und warf es auf die Erde.

»Das macht doch nichts, Gebieter. Zumindest achten sie das Eigentum anderer – das muß mir als Sicherheit genügen.«

Und flugs griff er zur Reisschüssel und machte sich daran, den Inhalt mit den Fingern in den Mund zu stopfen. Da wußte ich, daß er sich wieder gefangen hatte.

Ich kehrte zu Sesku zurück.

Das Fest dauerte beinahe bis zur Morgendämmerung. Die Halufiden hielten nicht viel vom Trinken. Ja, selbst der billigste Dattelwein und sogar Bier galten bei ihnen als solcher Luxus, daß auch ein König zögern würde, ihn jedem Gast anzubieten, der seinen *mudhif* betrat. Und so war denn das Fest zu unserer Ankunft eine recht manierliche Angelegenheit, da es nur dann Spaß macht, sich sinnlos zu betrinken, wenn alle mithalten und es keine nüchternen Zeugen gibt, die mit scheelen Blicken zusehen. Vielleicht dauerten ihre Gelage deshalb auch die ganze Nacht.

Als besonderen Leckerbissen bot uns Sesku eine Lustbarkeit, nämlich einen ausgebildeten Tänzer, *dhakar binta* genannt; es handelte sich dabei um einen Knaben aus einem anderen Dorf, welcher unter den Einheimischen für seine Tanzkunst berühmt war. Und er zeigte in der Tat viel Geschick, war eher Akrobat als Tänzer, aber mich widerte seine Darbietung doch ziemlich an, da er sich als Frau verkleidet hatte bis hin zu den ausgestopften Brüsten. Das Haar reichte ihm bis zum Gürtel, er hatte sich das Antlitz bemalt, und in Gebärden und Auftreten glich er einer teuren Hure. Dieser Knabe würde auch jedem seine Kehrseite anbieten, der seinen Preis bezahlen konnte, so ließ mich Sesku wissen.

Ich merkte, daß Kephalos den Tanz mit großem Interesse verfolgte. Ernos fiel mir ein, der Knabe, welcher in seinem Haus Sklave gewesen war, und ich überlegte, ob der *dhakar binta* womöglich einen neuen Gönner gefunden hatte.

Es stellte sich jedoch heraus, daß Kephalos selbst Lustobjekt war. Der Abend währte schon etliche Stunden, da betrat eine gewaltige Frau in roter Tunika und mit klirrenden Goldreifen an den schweren Armen und einem Goldring in jedem Nasenflügel den *mudhif* und nahm neben Sesku Platz. Ihre Gegenwart veränderte irgendwie die Atmosphäre des Festes. Die Fröhlichkeit schien zu ersterben, und Männer, welche zuvor noch gesungen und gelacht hatten, vertieften sich in eine gequälte, halblaute Unterhaltung. Erst als sie sich zu uns gesellte, fiel mir auf, daß bei diesem Fest die Frauen fehlten.

»Meine Mutter, die innigst geliebte Frau meines Vaters, die Herrin Hjadkir«, verkündete Sesku bei der Vorstellung – fast hörte es sich wie eine Entschuldigung an. Dann redete er mit ihr in ihrer Sprache, und am Ende huschte ein verhaltenes Lächeln über ihre Züge, und sie nickte. Hätte man mich ihr als etwas Geringeres denn als einen fremdländischen Prinzen vorgestellt, ich glaube, sie hätte mich nicht einmal dessen gewürdigt.

»Sie hat die Gabe des zweiten Gesichtes«, sagte er wieder zu mir gewandt. »Sie ist töricht wie alle Frauen – womöglich noch törichter als die meisten, denn auch mein Vater hatte kaum Macht über sie. Zuweilen jedoch beliebt es den Göttern, sich ihr durch Träume zu offenbaren, und diese Gnade muß man achten. Mehr als einmal hat sie mich vor Unheil bewahrt, wenn ich auf ihre Warnungen gehört habe. Und dann ist sie ja auch noch meine Mutter. Und seine Mutter muß man ehren, nicht wahr, Gebieter?«

Ich gab irgendeine Antwort, so daß mein Gastgeber beruhigt sein konnte, ich würde ihn nicht für einen Schwächling halten, weil er die Herrin Hjadkir solchermaßen ehrte, und damit konnten wir dann das Thema fallenlassen.

Nach und nach brach auch die dem Menschen angeborene Fröhlichkeit wieder durch, und solches geschieht selbst in schlimmsten Zeiten. Seskus Gefolgsleute schienen entschlossen, sich nicht durch das Eindringen von Seskus Mutter stören zu lassen, wie ohne Zweifel auch schon zu anderen Gelegenheiten, und so erfreuten sie sich denn aufs neue an der Musik von Flöte und Trommel, dem Tanz des *dhakar binta* und ihrem Beisammensein.

Nach und nach wurde mir jedoch bewußt, daß die Herrin Hjadkir und ihr Sohn sich irgendwie stritten, und ich sah sie mehrmals auf meinen Diener zeigen. Schließlich wandte sich Sesku mir zu und erklärte mir, worum es ging.

»Meine Mutter möchte wissen, wieviel Silberschekel du für deinen Sklaven da haben möchtest«, sagte er und fixierte mich dabei auf eine Weise, die das Lachen verbot, zugleich aber bekannte er sich dazu, wie lächerlich diese Schwäche bei jemand aus seiner eigenen Familie wirken mußte. »Sie hat Gefallen an ihm gefunden und möchte, daß ich ihn dir abkaufe.«

Seine Augen wurden schmal – hier handelte es sich irgendwie um das Familienprestige, doch worum genau, das konnte ich nur erraten. Ein heikler Augenblick.

Nach einem Weilchen nahm ich meinen ganzen Mut zusammen und gab die einzig mögliche Antwort.

»Wäre er wirklich und wahrhaftig mein eigen«, so sagte ich, »dann wäre es mir eine Ehre, der Herrin, deiner Mutter, den Schurken zum Geschenk zu machen. Doch es ist nicht so. Er hat mir seit seiner Knabenzeit treulich gedient und ist mit mir in die Verbannung gegangen. So mag er denn mir oder jemand anders dienen, ganz wie es sein Herz befiehlt.«

Der König der Halufiden übersetzte seiner Mutter meine Antwort, und diese schien sie eigenartigerweise nicht zu erzürnen. Anscheinend ließ sie sich die Sache des längeren durch den Kopf gehen, dann richtete sie den Blick wieder auf Kephalos, der sich natürlich nicht darüber im klaren war, welchen Eindruck er gemacht hatte. Während sie ihn so musterte, bekam sie vor inbrünstiger Begehrlichkeit ganz glasige Augen.

Erneut flüsterte sie ihrem Sohn etwas zu, und dann erhob sie sich und verließ uns. Sobald sie fort war, fing Sesku an zu lachen.

»Du sollst ihr den Sklaven morgen abend schicken«, sagte er schließlich, als er sich wieder gefangen hatte. »Sie sagte, da sie eine Frau ist, wird er diesen Ort aus freien Stücken nie wieder verlassen wollen. Auch wenn er nur ein Sklave ist, er tut mir leid – doch was würde ich nicht darum geben, wenn ich die Lustbarkeiten des morgigen Abends miterleben könnte. Oh, das wird ein erlesenes Vergnügen, ha, ha, ha!«

So begann unser Aufenthalt bei den Chaldäern.

»Während der Zeit des Hochwassers hier kannst du den Bitterfluß nicht erreichen«, teilte mir Sesku mit. »Die Flut steigt so hoch, daß selbst Teile der Wüste unter Wasser stehen. Und dann die Stürme ohne Vorwarnung – das ist eine böse Zeit. Außerdem muß ich noch Absprachen mit den Königen anderer Stämme treffen, daß sie dir sicheres Geleit durch ihr Land gewähren. Nur Geduld, wenn das Hochwasser zurückgeht, gebe ich dir Führer mit, welche dich bis zu einem arabischen Handelshafen bringen, wenn du es möchtest. Doch niemand wäre so töricht, dich jetzt zu begleiten, und allein würdest du im Ried umkommen.«

Für die Zwischenzeit jedoch nahm man uns dort auf, als hätten wir unser Leben lang unter diesen Stammesangehörigen gelebt. Mich ehrte man als Freund des Königs, und wir konnten uns überall frei bewegen.

Im Gegensatz zu den Ariern im Zagros fühlten sich die Chaldäer noch nicht als ein Volk. Bislang hatten sie noch keinen König wie Daiauakka gefunden, welcher ihnen sagte, sie seien dazu ausersehen, über die ganze Welt zu herrschen; hier ehrte man noch die anspruchslosen Götter der Ahnen, betete zu diesen um Schlachtenglück und um eine gute Reisernte. Wenn sie also den Blick begehrlich auf Sumer richteten – und das war schon jahrhundertelang der Fall gewesen –, dann erblickten sie keine Reiche, welche sie dort eines Tages errichten wollten, sondern nur die Beute, die ein Mann nach einem Raubüberfall mit nach Haus nehmen konnte, um dann als reicher Mann zu sterben.

Noch war es nicht so weit, denn die Heere Assurs waren ihnen zu stark, doch eines Tages, wenn wir schwach erschienen, würde dieses Barbarenvolk seinen Willen durch die Stimme irgendeines großen Führers zum Ausdruck bringen und aus seinen Sümpfen hervorbrechen wie eine Heuschreckenplage und alles vor sich verschlingen.

Doch in der Zeit, die ich unter ihnen weilte, war ihre Welt das Meerland, dieses gewaltige Sumpfgebiet, das durch den Zusammenfluß von Tigris und Euphrat gebildet wurde, diese Wildnis aus Ried und Wasser, aus riesigen Seen und schwimmenden Inseln, die so wechselhaft und launisch waren wie eine Frau, eine Landschaft ohne Festpunkte, wo ein Sommergewitter das Aussehen der Dinge derart veränderte, daß man sich verirren und nur zwei Stunden mit dem Boot von dem Dorf entfernt, in dem man geboren war, umkommen konnte. Und wenn die Legenden nicht logen, daß der Gott Assur den Menschen wie ein Töpfer mühsam auf der Töpferscheibe aus Flußschlamm geformt hatte, dann waren die Chaldäer aus dem Schlamm Meerlands gebildet, denn nur dieser Ort konnte ein Volk so voller Übermaß und Gegensätzlichkeiten wie sie hervorgebracht haben. Grausam und eingebildet, aber großherzig, tapfer und todesmutig, und dennoch beim ersten sich bietenden Widerstand rasch mutlos und wankelmütig, jähzornig und dennoch in Treue fest bis zum letzten Hauch, abwechselnd tugendhaft und verschlagen schienen sie kein Gesetz zu kennen, als das Wort ihrer Häuptlinge und die Regungen ihrer eigenen, launischen Natur. Sollten die Chaldäer jemals in den Ländern zwischen den Strömen herrschen, dann dürften sich die Kinder des Gottes unter Wehgeschrei die Brust zerfleischen.

Sesku nannte sich selbst König der Halufiden, doch das war er nicht – jedenfalls nicht so wie mein Bruder Assarhaddon König im Lande Assur war. Assarhaddon war König von Gottes Gnaden, doch Sesku, welcher zwar behauptete, von einer langen Reihe von Herrschern abzustammen, war nur der Herr, so lange ihm sein Volk gehorchte. Er war nicht der Erstgeborene seines Vaters gewesen, aber die Halufiden hatten ihn gewählt, weil er edel und tapfer und stark und weil sein Bruder ein Schwächling war. Falls er ins Wanken kam und sein Stamm den Glauben an ihn verlor, würde es einen anderen wählen. Hier hing alles vom persönlichen Prestige ab.

Und so ging es mit allem, was in den Sümpfen gedacht und gehandelt wurde, wo Haß und Liebe das ganze Leben bestimmten. Männer fielen sich in die Arme, wenn sie sich begegneten und weinten zuweilen vor Freude, und doch trugen sie tödliche Fehden aus, die oft Generationen überdauerten und das nicht nur unter rivalisierenden Sippen, sondern in ein und derselben Familie. Nicht einmal die Häuptlinge konnten derlei beilegen, denn der Haß war stärker als die Treue oder selbst als die Angst vor dem Tod, und Überfälle und Gegenüberfälle, Hinterhalt und Verrat gingen weiter, bis am Ende eine Seite um Frieden bat und Vieh und Gold und Frauen anbot, daß sie den Blutpreis zahlte, oder bis alle tot waren.

Seskus eigene Familie war in solch eine Familienfehde verwickelt. Ein Vetter, der Sohn von seiner Mutter Schwester, ein Mann namens Kaliphad, hatte eine Frau aus einem anderen Stamm geheiratet und diese, da sie ihm nicht gefiel, in das Haus ihres Vaters zurückgeschickt. Das war natürlich sein gutes Recht, doch war er als knauserig bekannt und hatte es verabsäumt, den Hausrat der Frau zurückzugeben, welchen ihr Vater vom Brautpreis gekauft hatte und auf welche Kaliphad ohnedies kein Recht mehr hatte. Das nahm man ihm sehr übel, und so geschah es, daß Kaliphad binnen eines Monats – er hatte einem Bruder gesagt, er wolle auf Entenjagd und war schon zwei Tage überfällig – tot in seinem Boot aufgefunden wurde, dessen Leckwasser rot von seinem Blut war. Man hatte ihm die Kehle durch- und seine Mannheit abgeschnitten und sie in den Geldbeutel gestopft, welchen er stets an einer Lederschnur um den Hals trug.

Das brachte Sesku in eine heikle Lage. Auch er hatte seinen Vetter nicht gemocht und war der Meinung gewesen, daß dieser hinsichtlich des Hausrats falsch gehandelt hatte – die Verwandtschaft der Frau würde solches kaum hinnehmen –, doch hatte Sesku auch seine eigene Lage zu bedenken, und darum konnte er den Mord an einem Angehörigen nicht einfach mit Schweigen übergehen. So schlug er einen Vergleich vor: Er erklärte sich bereit, den Blutpreis von fünf Frauen und derselben Anzahl von Ochsen zusammen mit zwei Talenten Kupfer anzunehmen, wovon er wiederum den Wert des Hausrats, die der von Kaliphad verstoßenen Braut gehörten, abziehen und ihrem Vater zurückerstatten würde. Das war ein vernünftiges, ja, sogar ein großzügiges Angebot, und so wurde es dem König der Halufiden vielleicht aus genau diesem Grund als Zeichen von Schwäche ausgelegt, und die Familie der Frau lehnte ab. Drei Jahre waren seit damals ins Land gegangen, und in Seskus Verwandtschaft hatte es schon mehrere Morde gegeben, einer der Ermordeten war sein einziger Sohn, ein Knabe von dreizehn Lenzen, dazu kamen noch Morde unter den Angehörigen seiner Feinde, wieviele kann ich nicht sagen. Hätten zwischen den beiden Stämmen nicht vier Tagesreisen mit dem Boot gelegen, zweifellos wären noch mehr zu Tode gekommen. Wie das Ganze einmal enden würde, das mochten die Götter wissen.

Am Abend nach unserem Eintreffen bei den Chaldäern besuchte Kephalos die Herrin Hjadkir tatsächlich in ihrer Hütte – wir konnten unseren Gastgebern wohl kaum etwas abschlagen? –, und als er am nächsten Morgen in den *mudhif* zurückkehrte, wo man uns als Seskus Gäste einquartiert hatte, da legte er sich auf die Schlafmatte neben mich, zog sich seinen Umhang bis über beide Ohren und rollte sich zusammen, als wollte er so wenig Platz wie nur möglich einnehmen.

»Diese Frau ist schlimmer als ein Dämon«, sagte er schließlich mit kratziger und heiserer Stimme. Dann sprach er mehrere Stunden lang kein Wort mehr, bis er eine Stunde nach Mittag wieder erwachte, sich aufsetzte und die Schüsseln mit Reis und Buttermilch, die ich ihm brachte, entgegennahm. Selbst jetzt noch war sein Antlitz zerfurcht und hager, und er hatte dunkle Ringe unter den Augen.

»War es denn so schlimm?« fragte ich. Er runzelte die Stirn, denn anscheinend glaubte er, ich wollte mich über ihn lustig machen.

»Ja – es war so schlimm.«

»Dann iß, damit du wieder zu Kräften kommst.«

Er nahm sich meinen Rat zu Herzen und machte sich mit den Fingern über den Reis her. Als er fertig war, trank er einen Schluck Buttermilch und schmetterte die Schüssel verachtungsvoll zu Boden.

»Haben diese Menschen noch nie von Wein gehört? « fragte er empört. »Was bringen sie eigentlich mit, wenn sie die Dörfer Sumers plündern, Krüge mit Schmutzwasser etwa? Was für ein ungehobeltes Volk. Gebieter, wir sind unter die Barbaren gefallen.«

»Mag sein, aber wenigstens liegen unsere Leichen nicht irgendwo auf einem Ameisenhaufen. Wir sind am Leben.«

»Du bist am Leben – ich bin tot.« Die Arme ausgestreckt neben den Schenkeln, wollte er unter der Last solch eines Unglücks zusammenbrechen. »Ich bin tot. Diese entsetzliche Hyäne hat mich bereits umgebracht. Die quetscht einem den

Samen aus den Lenden wie eine Olivenpresse. Mir tut alles so weh, so als hätte man mir einen Tritt versetzt. Sie sagt, nachdem sie mich gefunden hat, läßt sie mich nie wieder gehen, aber ich sterbe noch in ihren Armen, die saugt mir mit ihren Küssen den Atem aus dem Leib. Fluch über die Götter, daß sie mich zum Köder für lüsterne, schwache Frauen gemacht haben!«

»Bist du dir eigentlich im klaren darüber, Gebieter, daß der König in Ninive dir Mörder nachgeschickt hat?«

»Er hat einen Preis auf meinen Kopf ausgesetzt, falls du das meinen solltest.«

»Nein das meine ich nicht.«

Sesku, der König der Halufiden, schwieg einen Augenblick. Er saß vor mir in seinem Kriegsboot, während wir zu seinem Dorf zurückgerudert wurden, und aus diesem Grund konnte ich sein Gesicht nicht sehen.

»Ich meine damit, daß er Männer zu den fernsten Enden der Erde ausgesandt hat, und diese Männer werden dein Tod sein, wo auch immer sie dich antreffen, selbst jenseits der fernsten Meere, wo niemand den Namen Assarhaddon, König im Lande Assur, kennt. Davon haben meine Spione in der großen Stadt Ur berichtet.«

»Also, wenn es sich nur um ein Gerücht handelt …« Ich gestand mir ein Lachen zu, obschon mir nicht nach Scherzen zumute war. »So manch einer im gemeinen Volk mag Assarhaddon nicht und glaubt nur zu gern Schlechtes über ihn. Sogar in Ur sind Geschichten im Umlauf.«

»Und dennoch hat ein Mann mit Akzent aus dem Norden nach einem griechischen Arzt und seinem Sklaven herumgefragt. Er ist bis zum Fischerdorf am Großen Süßwasser gekommen, wo die Dörfler ihm die Kehle durchgeschnitten haben sollen, dann sind sie mit der Leiche auf unsere Seite herübergerudert, um sie unter einer der schwimmenden Inseln zu verstecken. Den brauchst du nicht zu fürchten, doch habe ich so meine Zweifel, daß dein Bruder nur diesen einen auf den Weg geschickt hat.«

»Assarhaddon ist nicht der Mann, der Mörder aussendet. Und

wenn er mich unbedingt umbringen wollte, so bot sich ihm in Ninive ausreichend Gelegenheit.«

»Ach ja? Vielleicht hat er schon bereut, daß er Gnade walten ließ. Und bilde dir nur nicht ein, daß du ihn so gut kennst, obschon man überall erzählt, daß ihr beiden euch einmal sehr geliebt habt. Macht verroht, sie macht einen Menschen zu allem fähig.«

Der nächste Monat verging in einer Art dämmrigem Schwebezustand, während wir zusahen, wie das Hochwasser langsam zurückging und die Sommersonne gnadenlos auf Mensch und Tier herabbrannte – sogar auf die Fische, die sich im lauwarmem Wasser der Kanäle treiben ließen und sich kaum noch bewegen mochten, selbst wenn sie den Schatten des Fischers mit dem Speer bereits erblickten.

Ich hatte es beinahe schon aufgegeben, an die Zukunft zu denken. Doch im Rudern eines Bootes stellte ich mich mittlerweile recht geschickt an und verbrachte viel Zeit fern des Dorfes auf Erkundungsfahrten zwischen den Riedinseln. Ich fing Enten im Netz. Zuweilen fischte ich und jagte Wildschweine, welche die Chaldäer beinahe ebenso hassen wie Feinde in einer Blutfehde, denn sie zertrampeln ihnen die bestellten Felder.

So stand es um uns an einem heißen, schwülen Nachmittag, als aller Hader vergessen und kein Mensch die Stimme erhob und das Dorf ruhig und träge vor sich hindöste. Selbst die Kinder hatten sich im Schatten von ihrer Mutter Hütte verkrochen und warteten auf den ersten Hauch der Abendbrise. Die Kochfeuer prasselten nicht, und nichts rührte sich in der Luft, welche so stillstand, daß man sie kaum noch einatmen konnte. Ich lag auf meiner Schlafmatte, hatte mir ein feuchtes Tuch aufs Gesicht gelegt und fand, man spielte mir übel mit, weil das Tuch so schnell trocknete und ich mir schon bald wieder die Mühe machen und es erneut befeuchten mußte. Außer dem Gequake der Frösche an den Riedufern war kein Laut zu hören. Ich überlegte, wieso ich dann wohl aufhorchte.

Und dann hörte ich es – das Patsch, Patsch, Patsch von Sandalen auf nackter Erde. Jemand rannte, und das bei dieser Hitze. Einfach nicht zu fassen. Der Vorhang vor der Tür meiner Hütte wurde angehoben und ließ einen unangenehmen Strahl harten, hellen Sonnenscheins herein. Der wurde beinahe wieder durch die massige Gestalt meines ehemaligen Sklaven ausgesperrt.

»Kephalos!« entfuhr es mir erstaunt. »Von dir habe ich nun wirklich nicht erwartet, daß du die Ruhe dieser grausigen Hitze störst. Hoffentlich hast du daran gedacht, ein wenig Wein zu stehlen.«

»Keinen Wein, Herr, bitte, sieh mir das nach. Ich bringe Nachrichten – oder wenn du so willst, eine Weissagung.«

Er kauerte sich neben mich auf die Erde, und der Schweiß lief ihm in Strömen über Antlitz und Arme.

»Ja? – und die wären?«

»Einen Augenblick, Herr …« Er hob die Hand, um anzudeuten, daß er zunächst wieder zu Atem kommen mußte, denn seine Brust ging in der Tat wie ein Blasebalg. Aber am Ende beruhigte er sich.

»Die Sache ist die, Herr: Es hat den Anschein, daß der betrunkene, alte Aasgeier, an den ich Unseliger die Kraft meiner Lenden verschwenden muß, von einem Traum heimgesucht wurde.«

Jählings brach er in ein schrilles, fast hysterisch klingendes Gelächter aus, denn die Vorstellung schien für ihn irgendwie komisch zu sein. Mir kam der Gedanke, daß er einen Sonnenstich haben könnte.

»Die Herrin Hjadkir?« fragte ich in der Hoffnung, ihn damit wieder auf das Thema zu bringen.

»Ja – die Herrin Hjadkir. Diese lüsterne, schniefende, alte Vettel mit ihren schlaffen Brüsten und ihrem runzligen Bauch, die ist vor nicht einmal einer halben Stunde erwacht, ist aus ihrem weinseligen Schlummer mit einem Gekreisch hochgeschreckt wie ein Dämon, der sich vor dem Dunkeln fürchtet. Wie sie gezittert hat – und das bei dieser Hitze! –, ihr Fleisch war so grau und rauh wie eine frisch gerupfte Gans. Sie kreischte und kreischte, denn sie war noch immer in ihrer Geisterwelt, auch wenn sie die Augen weit aufgerissen hatte. Ein Traum, dachte ich – ja, nur ein böser Traum. Etwas, das von zuviel Wein und lebenslanger Verderbtheit kommt. Mehr nicht.«

»Und jetzt glaubst du, daß noch mehr dahintersteckt!«

Der ehrenwerte Arzt hob die Schultern, als stünde er vor einem Rätsel.

»Wer weiß das zu sagen! Bei ihrem Volk steht sie in dem Ruf einer Seherin, dennoch hätte ich mir weder deinet- noch meinetwegen Sorgen gemacht, wenn nicht ...«

»Wenn was nicht?«

»Ein Zweifel, Herr«, erwiderte er und lächelte mit einem Mundwinkel wie jemand, der weiß, daß er dummes Zeug redet. »Und die angeborene Vorsicht eines Menschen, welcher schon so lange im Schatten von Prinz Tiglat Assur lebt, daß er weiß, die Götter reden mit seltsamen Stimmen. Warum hätte diese alte Vettel, dieser Kadaver, der sich kaum der Gesichter seiner Enkel entsinnt, mich sonst wohl zu dir geschickt?«

»Hat sie dich auch ganz sicher zu mir geschickt und nicht zu ihrem Sohn?«

»Ja, Herr – sie meinte wirklich dich. Die Herrin Hjadkir ist nicht gerade eine Plaudertasche, und abgesehen von einigen Wörtern, die ich nicht auszusprechen wage, ohne schamrot zu werden, habe ich kaum etwas von ihrer merkwürdigen Sprache gelernt. Doch weiß sie durchaus Wege, sich verständlich zu machen. Als sie mich mit meiner Botschaft betraute, da deutete sie zunächst auf ihr eigenes Auge und dann auf meines, dann wieder auf ihres und wieder auf meines, und das wiederholte sie solange, bis ich den Unterschied, auf den sie abzielte; erfaßt hatte. Dann scheuchte sie mich fort, wobei sie mehrmals das Wort *shikan* aussprach. Ist das nicht ziemlich klar! Sie nennt ihren Sohn *shikan*, daraus folgere ich, daß es sich um irgendeinen Ehrentitel handelt. Und du, Herr, bist gewißlich der einzige in diesem Dorf und dabei von Rang, der mit mir den Vorzug teilt, blaue Augen zu haben.«

»Ja, das ergibt durchaus einen Sinn.« Ich nickte und dachte bei mir, ob wohl jemals wieder etwas einen Sinn. ergeben wird. »Wie lautet also diese ›Botschaft‹, von der die Rede ist?«

»Sieh her«, gab Kephalos zurück, hielt die linke Hand mit

weit gespreizten Fingern hoch und drückte diese dann vor sich auf die Erde. Als er sie fortzog, war ein klarer Abdruck im Staub. »Dann nahm sie den Daumen und löschte den fünften Finger aus – so.«

Als er fertig war, wies der Handabdruck nur noch einen Stumpf auf, wo der kleinste Finger gesessen hatte, so als wäre er im Gelenk abgehackt worden.

»War das auch ganz gewiß die linke Hand?«

»Ja, Herr. Die linke. Weißt du, was das bedeutet, oder war es nur zuviel Wein?«

»Nein, ich weiß nicht, was es bedeutet, aber der Wein war es nicht.«

Für einen Augenblick wurden seine Augen schmal, anscheinend mutmaßte er, ich wollte etwas vor ihm verbergen, dann tat er seine Verwirrung mit einem Achselzucken ab. Was kümmert es mich, wenn die Herrin Hjadkir ein Geheimnis mit dir teilt, schien das zu besagen.

»Ehrlich, Kephalos, ich kann mir keinen Reim darauf machen. Ich kenne niemanden, dem der fünfte Finger fehlt. War das alles? Nur die verstümmelte Hand?«

»Das war alles, Herr. Außer daß der Herrin ihre Vision so wenig gefiel, als hätte sie dem Tod selbst ins Antlitz geschaut.«

»Geheimnisvoll. Ich kann nur beten, daß es dem Gott gefällt, mich zu erleuchten, ehe es zu spät ist.«

»Dann bete du schön, denn die Götter sind launische Wesen.«

Er stand auf und putzte sich im Gehen den Staub von den Knien. Anscheinend hatte ich ihm nicht weitergeholfen.

»Kephalos ...«

»Ja, Herr.«

»Wo schläfst du in der Hütte der Herrin Hjadkir?«

»In der Regel in ihren Armen – was bringt dich auf diese Frage?«

»Erfinde irgendeine Entschuldigung, daß du sie heute abend verlassen mußt und suche dir ein Bett fern des königlichen Bereiches. Schlafe im *mudhif* unter den Reisenden, welche dort nächtigen. Alle Chaldäer achten das Gastrecht. Für eine Nacht bist du dort besser aufgehoben.«

»Ich nehme etwas ein, wovon ich Blähungen bekomme«, sagte er grinsend. »Kaum zu glauben, aber die alte Vettel hat eine empfindliche Nase.«

Damit verließ er mich, und ich hockte allein in meiner Hütte und betrachtete den Handabdruck im Staub.

Als die Sonne abends wie eine brennende Kohle am Himmel glühte, ging ich zum Fluß hinunter, um mir den Schweiß vom Leib zu waschen. Ich kam mir ganz mit Salz verkrustet vor, es brannte mir in den Augen und in jeder Falte meines Gesichtes. Ich würde schwimmen, danach ging es mir sicher besser. Den rätselhaften Traum der alten Frau konnte ich mir allerdings nicht erklären.

Das Dorf erwachte allmählich wieder zum Leben. Ich hörte Kinderlachen und roch Rauch in der Luft, da die Frauen ihre Herdfeuer anzündeten. Mittlerweile weilte ich fast schon zwei Monate unter den Halufiden, und so schenkte mir niemand mehr die geringste Beachtung, als ich hinter den aufgereihten Hütten zum östlichen und weniger besiedelten Teil der Insel ging, wo ich mehr Schatten hatte und wo das Wasser kälter war – ich wollte bis zum Kinn in den dunklen Kanal eintauchen und mich friedlich treiben lassen, während ich spürte, wie meine Beine taub vor Kälte wurden. Das war natürlich nicht möglich, nicht mitten im Sommer, doch die Vorstellung allein stimmte mich schon fröhlich.

Als ich mich dem Ufer näherte, begegnete ich einer Gruppe Knaben, welche den gleichen Gedanken gehabt haben mußten, denn ihr Haar war noch naß und glänzte. Sie winkten mir zu und riefen *»Shala!«* Ich beantwortete ihren Gruß meinerseits mit *»Shala!«* – bei den Chaldäern war dieses Wort einfach unerläßlich, denn es bedeutete »Frieden«.

Der Kanal war beinahe so dunkel und kühl, wie ich mir erhofft hatte, und nach dem Bad kletterte ich ans Ufer, ließ mich von der untergehenden Sonne trocknen, lauschte dem Rascheln des Rieds im sanften Abendwind und bemühte mich, an nichts zu denken. Doch selbst die angenehme Wärme der Sonne schien trügerisch zu sein, denn kaum war ich warm gefröstelt, da wurde mir von der alten Angst das Herz in der Brust schon wieder zu Eis. Mir war zumute, als bewohnte ich eine Welt, in der nichts so war, wie es schien, sondern nur Symbol für etwas anderes war, doch für was? Wieder einmal dünkte mich, daß Assur, der Herrscher des Himmels und der Erde, der Gott meiner Ahnen, sich auf Kosten seines Dieners lustig machte und mir Rätsel zu lösen gab, wenn ich am Leben bleiben wollte. Eine Hand mit einem fehlenden Finger – was mochte das bedeuten?

Es dauerte nur einen Augenblick. Auf einmal sauste ein Schatten geräuschlos über das Wasser. Ich blickte auf und sah, wie sich ein großer Vogel zur untergehenden, blutroten Sonne aufschwang. Er hatte die Flügel ausgebreitet und glitt schwerelos durch die tote Luft. Ein Adler, dachte ich, aber auf diese Entfernung hin ist das schwer festzustellen.

Es dauerte ein Weilchen, bis es mir wieder einfiel.

Als ich in der Wildnis träumte oder wachte, hatte ich mich als große Schlange erblickt, die durch eine weiße Salzwüste kroch. Und zu meinen Häupten schwebten fünf Adler und stießen herab, um mich zu töten. Sie hatten sich in mein Fleisch gekrallt.

Und jedem hatte an der linken Klaue eine Kralle gefehlt.

Wie hatte ich nur übersehen können, was so offensichtlich war? Aber wenn es der Gott will, dann fällt es einem wie Schuppen von den Augen. Doch bis dahin hüllt sich alles in undurchdringliches Geheimnis. Schon bald würde einer der fünf Adler aus irgendeinem Versteck auf mich herabstoßen – das war die Warnung, welche der Traum der Herrin Hjadkir enthielt.

Eine recht deutliche Drohung. Ich fürchtete mich nicht vor Verrat. Ich fürchtete nicht, daß jemand unter den Halufiden etwas gegen mich unternehmen würde. Doch wenn jetzt Gefahr drohte, wieso sollte sie dann nur mir als alleinigem und besonderen Ziel gelten? Kaum wahrscheinlich, daß nur ein Mörder sich ganz allein auf den Weg in dieses Dorf gemacht haben sollte, nur um mir die Kehle durchzuschneiden. Uns drohte ein Angriff, und vielleicht kam ich dabei um, doch dann mochte mein Tod reiner Zufall sein. Schließlich hatte sich auch Sesku Feinde gemacht.

Ich würde Sesku unterrichten müssen – und so, daß er mir einfach Glauben schenkte –, oder es nahm ein böses Ende mit den Halufiden, man würde sie im Schlaf abschlachten. Dieses Volk hatte sich mir so gastfreundlich erwiesen, daß ich sein unschuldiges Blut nicht über mein Haupt bringen wollte.

Dem Gott sei Dank, Sesku war viel leichter zu überzeugen, als ich gedacht hatte. Er wartete bei meiner Rückkehr vor der Tür meiner Hütte mit einer Lampe in der Hand auf mich, denn es war bereits dunkel, und ohne ein Wort, nur mit einer Handbewegung, forderte er mich vor sich zum Eintreten auf. Drinnen setzte er sich auf den Boden, zog die Beine an und faltete die Hände im Schoß. Er benahm sich sehr förmlich. Ich hatte den Eindruck, daß er ernst genommen werden wollte und nicht so recht wußte, ob ich ihm dabei entgegenkommen würde.

»Meine Mutter träumt von jemandem, dem ein Finger fehlt«, sagte er in vertraulichem Ton und beugte sich dabei ein wenig zu mir, als ob man uns belauschen könnte. »Das bedeutet für sich allein genommen gar nichts – oder besser, die Warnung ist zu vage, um von Nutzen zu sein. Ich kenne keinen Menschen, welcher derart verstümmelt ist. Du etwa?«

»Nein. Und du hast ganz recht – für sich allein genommen bedeutet der Traum nichts.«

Die leichte Verschiebung der Betonung war ihm nicht entgangen, denn er wölbte eine Braue. Es war nicht so recht festzustellen, ob er glaubte, daß ich mich über ihn lustig machen wollte.

Dann wurde die Frage anscheinend zu meinen Gunsten entschieden.

»Du weißt etwas, das vielleicht …?« Jetzt wurde seine Miene wirklich dringlich, und er packte mich beim Handgelenk. »Sprich, Prinz. Jeder hier hat die Geschichten von deinem *sedu* gehört, wie du unter dem Schutz der Götter stehst. Wenn du etwas weißt, um deines Assurs Willen flehe ich dich an, verbirg es nicht vor mir.«

»Gebieter, auch ich … ich weiß nicht recht, wie ich es ausdrücken soll.« Ich konnte nur mit den Schultern zucken, denn die ganze Angelegenheit wirkte auf mich genauso unwahrscheinlich wie zweifellos auf ihn. »Auch ich habe gewisse Zeichen erhalten. Mein Leben lang – Träume, Omen, Ereignisse, deren Wahrheit ich zuweilen erst erkannte, nachdem sie eingetreten waren. Der Gott spricht im Flüsterton. Und dennoch tut er manchmal kund, was er will. Ich möchte dir nicht sagen warum – faß es bitte nur als meine Meinung auf –, aber ich glaube, daß diesem Dorf Gefahr droht.«

»Ein Angriff? Wann, meinst du?« Es schien ihm nicht in den Sinn zu kommen, meine Worte anzuzweifeln.

»Vielleicht heute nacht. Der Gott hat rechtzeitig gewarnt.«

»Ja, bemerkenswert rechtzeitig. Aber das konntest du natürlich nicht wissen – die Sharjan haben vor fünf Tagen einen neuen Häuptling gewählt. Sei versichert, ich glaube dir aufs Wort.« Er ließ meinen Arm los, lehnte sich zurück und ließ sich die Sache durch den Kopf gehen. »Gut, dann also heute nacht, wenn es den Göttern gefällt. Wenn der Wind weht, zieht ein kluger Mann sein Boot an Land. Ich werde die notwendigen Befehle erteilen.«

Nachdem er mich verlassen hatte, überlegte ich mir, wie er diese Befehle wohl abfassen, welche Gründe er anführen würde, wenn er sein Dorf in Alarmbereitschaft versetzte und die Männer heute nacht mit dem Schwert neben sich schlafen mußten statt mit ihrer Frau. Wie würde Sesku ihnen das erklären? Jeder wünscht sich doch seinen Befehlshaber furchtlos und zugleich voller Weisheit, doch in diesem Fall hier konnte die Wahrheit so manch einen zum Zweifler machen. Wer möchte schließlich einem Führer dienen, der vor Schatten erschrickt?

Der König der Halufiden war jedoch gewitzt und schurkisch genug, daß er sich gewiß irgendeine Geschichte ausdachte, damit er später nicht dumm dastand, wenn alles nur falscher Alarm war und weder die Sharjan noch ein anderer Feind Neigung zeigte, Unheil über diese Ansammlung von Riedhütten zu bringen. Dafür würde jemand anders als er büßen müssen.

Dennoch glaubte ich nicht, daß Sesku oder sonst jemand sich über eine ruhige Nacht zu beklagen haben würde. Ich holte mir meinen Speer und befühlte seine Spitze mit dem Daumen. Wieviel Blut der wohl vergießen würde, ehe die Sonne morgen früh aufging – ob ich dann noch am Leben war, um das zu sehen?

Ich machte mich auf die Suche nach Kephalos und fand ihn

nicht wie erwartet im *mudhif,* sondern äußerst betrübt am Wasser sitzend, wo die Dorfbewohner ihre Boote vertäut hatten wie Vieh im Stall. Er ließ den Kopf fast bis auf die Knie hängen und vergnügte sich damit, das griechische Alphabet in den Staub zu ritzen.

»Die schrumpelige, alte Vettel hat mich hinausgeworfen«, sagte er, ohne auch nur den Blick zu heben um zu sehen, wer da gekommen war. »Ich brauchte nicht einmal eine Magenverstimmung vorzutäuschen. Sie hat mich wie einen humpelnden Köter, der nach Abfällen schnüffelt, aus ihrer Hütte gejagt. Und diese Barbaren erlauben mir nicht einmal, den *mudhif* zu betreten, so bin ich in Ungnade gefallen. Sie lachen und machen obszöne Gesten und werfen mit Sachen nach mir. Nicht zu fassen, was sie mir damit antut.«

»Wahrscheinlich hat sie Angst. Sie spürt, daß die kommenden Dinge mehr mit mir als mit den Halufiden zu tun haben, und du bist mein Diener. Sie möchte sich die Gefahr vom Leibe halten.«

»Und was ist mit meinem Leib? Gebieter, gestatte mir, heute nacht in deiner Hütte zu schlafen.«

»Und genau die solltest du meiden. Schlaf hier zwischen den Booten, wenn es nicht anders geht, aber wenn dir dein Leben lieb ist, dann halte dich von allen Orten fern, wo man nach mir suchen könnte.«

Für einen Augenblick huschte ein Ausdruck größten Entsetzens über sein Gesicht, den er nur mit Mühe unterdrücken konnte. Am Ende machte er sich wieder daran, Buchstaben in den Staub zu zeichnen.

»Du mußt auf dich aufpassen, Herr«, sagte er ruhig. »Du darfst mich nicht verlassen und mich hier allein in dieser Wüste sterben lassen.«

Der schlimmste Teil jeder Schlacht sind die Stunden des Wartens. Der Feind hat noch kein Gesicht. Er ist ein Schatten, der einen zu verschlingen droht, das dunkle Gespenst des Todes.

Das Dorf lag in die Mitte eines Netzes aus Wasserwegen und winzigen Inseln geschmiegt, und Sesku hatte seine Männer in ihren Booten auf zwei Stunden in jede Richtung ausgeschickt. So wie die Fliege keinen Spinnenfaden berühren kann, ohne daß die Spinne ihre Anwesenheit spürt, so konnte auch kein Feind in das Gebiet der Halufiden eindringen, ohne daß sie darum wußten. Ich hörte ihre Vogelschreie durch die Nachtluft schwirren, ein Ruf, der aus Gott weiß welcher Entfernung weitergegeben und doch fast binnen eines Atemzugs verstanden und beantwortet wurde. Ich stand mit meinem Speer und einem geborgten Schwert im Gürtel meiner Tunika neben Sesku. Es blieb uns nichts anderes übrig, als zu warten.

»Das muß merkwürdig für dich sein«, sagte er, und seine gelassene Stimme erschreckte mich in der Stille so, als hätte er in die Hände geklatscht. »In eine Schlacht zu ziehen, ohne Soldaten unter deinem Befehl zu haben und dabei nur für dich selbst die Verantwortung zu tragen. Ich beneide dich nicht – wenn man nicht durch den Oberbefehl abgelenkt ist, scheint einem der Tod geradewegs ins Gesicht zu grinsen.«

»Und doch ist es nicht das erste Mal.«

Er nickte, dann drehte er sich zu mir um und lächelte. Genau wie ich dachte er an Chalule, wo wir uns, ohne daß einer vom anderen wußte, gegenseitig ans Leben wollten.

Schließlich nahmen die leisen, zittrigen Vogelschreie an Häufigkeit zu und schienen, ich weiß auch nicht wieso, dringlicher zu werden und hörten sich an wie Menschen, die im Dunkeln flüstern. Sesku schloß einen Augenblick die Augen, er schien noch eingehender zu lauschen. »Du und die Herrin, meine Mutter, ihr habt anscheinend recht gehabt«, sagte er und schlug jäh die Augen auf. »Sie kommen mit rund zwanzig Booten. Sie wollen die Insel aus zwei Richtungen angreifen, von der Seite und von hinten, und das noch ehe diese Stunde herum ist. Kein Zweifel, es sind die Sharjan.«

Fast war ich erleichtert, als ich seine Worte vernahm.

»Der größere Teil will von hinten angreifen. Sie hoffen, daß sie sich dort aufstellen und das Dorf erreichen können, ehe wir sie überhaupt bemerkt haben. Und wenn der Kampf so richtig tobt, will der Rest landen und uns einfangen wie Enten im Netz. Doch genau dieses Los haben wir ihnen zugedacht. Sie wollen keine Gnade walten lassen, also dürfen sie auch keine von uns erwarten.«

Die Vorstellung, seine Feinde abschlachten zu können, machte ihm sichtlich Spaß, und das konnte ich ihm auch nicht verdenken. Er hatte Angst. Sein Leben und das seines Volkes waren in Gefahr, wie sollte sich da Mitleid in seinem Herzen rühren.

»Wo willst du sie erwarten?«

Als Antwort wies er auf die Stelle hinter dem Dorf, wo ich mich vor nicht einmal sechs Stunden noch im kühlen, dunklen Wasser getummelt hatte.

»Dann warte ich dort mit dir.«

Der Plan war ziemlich einfach. Die Sharjan hatten sich eine mondlose Nacht ausgesucht und setzten alles auf die Überraschung. Wir auch. Sesku und zweihundert seiner Männer, darunter auch ich, wollten sie in langen Reihen empfangen. Da saßen wir nun mit den Waffen auf den Knien und erwarteten sie. Der Feind würde von den Sümpfen kommen, durch die Kriegsboote der Halufiden schlüpfen, ohne diese überhaupt gewahr zu werden, und wenn er erst einmal seine eigenen Boote an Land gezogen hatte – ihm also erst der Rückweg abgeschnitten war –, wollten wir uns erheben, Pfeile und Speere in die schwarze, leere Luft abschießen mit nur einem Ziel, nämlich ihren murmelnden Stimmen. Auf diese Weise würden wir genug töten, daß wir Verwirrung unter ihnen stifteten, und Verwirrung ist die Mutter der Niederlage. Dann wollten wir unsere Fackeln anzünden und die übrigen genüßlich abschlachten. Wenn die paar Überlebenden sich dann in die Sümpfe flüchteten, so war die Falle bereits hinter ihnen zugeschnappt. Auf ihrer panischen Flucht würden sie geradewegs Seskus Ruderern in die Arme laufen, die nur darauf warteten, sie aufzuspießen wie die Fische.

Der gleiche Tod erwartete die zweite, kleinere Abteilung. Wenn sie das Kampfgetümmel hörte, würde sie entweder ihre Boote an Land ziehen in der Meinung, daß ihr Plan geglückt war, oder sie würde auf dem gleichen Wege fliehen, auf dem sie gekommen war. Was kümmerte es uns, ob sie an Land starben oder im Wasser. Am Morgen würden sich die Krähen und Fische an ihren Leichen gütlich tun.

So der Plan – ein leichter Sieg über Männer, die mit ihrer eigenen Taktik geschlagen werden sollten. Er mußte lediglich klappen, dann war er vollendet. Wir würden mehr wissen, noch ehe wir eine Viertelstunde älter waren.

Es begann wie üblich mit der Übelkeit und Angst, welche einem wie ein Bronzeklumpen im Magen liegt. Wir konnten den Feind hören, seine Stimmen und wie seine Füße durch das seichte Wasser platschten. Wir lauschten, wir warteten. Wir hörten, wie die Bootskiele über das binsenbewachsene Ufer schrammten, wie Metall auf Metall kratzte. Sie waren da und sie argwöhnten nichts.

»Jetzt«, wisperte der neben mir kauernde Sesku. Und dann schrie er in seiner eigenen Zunge vermutlich dasselbe Wort, so daß es wie eine Kampfansage klang – »JETZT!«

Als Antwort ertönte aus zweihundert Kehlen der Kriegsruf der Halufiden, und fast zur gleichen Zeit fuhren zweihundert Pfeile zischend durch die schwarze, leere Luft. Die Nacht schien von dem Lärm zu erzittern, der wie eine große Woge über uns hereinbrach.

Jemand entzündete eine Fackel. Dann noch eine und noch eine. Wir setzten das Gras in Brand, und im gespenstischen, gelben Flammenschein konnten wir keine hundert Schritt von uns entfernt den Feind erblicken. Leichen lagen auf der Erde, und die Verwundeten brüllten. Wer noch auf den Beinen war, schien wie gelähmt vor Erstaunen. Erst beim zweiten Pfeilhagel erwachten sie aus ihrer Erstarrung.

Da ich mir das Ziel gut aussuchen wollte, hatte ich meine Hand bis jetzt gezügelt. Ich wählte mir meinen Mann aus, der inmitten der Sharjan stand – ein guter, tapferer, soldatischer Mann, dachte ich, einer, der kaum zu Kehrtmachen und Flucht geneigt ist – und schon zog mein Speer einen sauberen Bogen durch die Luft und erwischte ihn mitten auf der Brust. Der Stoß schien ihn zurückzuwerfen, und dann fiel sein lebloser Leib auf die Erde.

Er fand nicht allein den Tod. Mit ihm fielen an die zwanzig, dreißig Männer, und erst jetzt erinnerten sich die Sharjan – die rund hundertfünfzig, welche noch am Leben waren – daran, daß sie nicht hierhergekommen waren, um wie Gerste niedergemäht zu werden. Erst stieß einer, dann noch einer und am Ende stießen alle ihren Schlachtruf aus, sie drohten uns trotzig mit ihren Waffen und gingen geradewegs zum Angriff über.

Wir prallten aufeinander wie ein Hammer auf den Amboß, es war ein tapferer Kampf im flackernden Schein der Grasfeuer, doch kurz und für die Sharjan aussichtslos. Bei ihnen herrschten Verwirrung und Durcheinander. Sie konnten sich einfach nicht von der ersten Überraschung erholen und gingen deshalb ohne Plan vor. Jeder Mann trug nur einen Wunsch im Herzen – sich zu schlagen und allenfalls tapfer zu sterben. Die Halufiden blieben in Formation, kämpften diszipliniert und hackten die anderen in Stücke. Wir erlitten kaum Verluste. Für uns war die Schlacht so, wie sich jeder Knabe den Krieg erträumt – kurz, ungleich und ruhmreich.

Ich erhielt lediglich eine Wunde, und die war nicht der Rede wert. Die Spitze eines Sharjan-Dolches ritzte mir die Haut über dem Schultermuskel auf, und das Blut strömte nur so und färbte meinen Arm rot, doch das war nichts als auffällig und lästig.

Später war ich sehr froh darüber, denn der Dolchstoß hatte Seskus Rücken gegolten. Wir standen nur ein paar Schritt voneinander entfernt, als die Sharjan gerade weichen und fliehen wollten. Ich hatte eben einen der Letzten erschlagen, welcher sich uns mutig entgegengestellt hatte, da warf ich einen Blick zurück und sah einen, dem es gleichgültig war, ob er nun lebte oder starb, sich hinter Seskus Rücken schleichen.

Er hatte etwas in der Hand und wollte schon zustechen – Sesku ahnte nicht einmal, daß er dort stand. Ich rief ihm eine Warnung zu, griff den Angreifer an und erwischte ihn mit meinem Schwert genau unter den Rippen.

Den Ausdruck auf seinem Gesicht werde ich nie vergessen. Er schien zu fauchen wie ein Tier, er haßte mich, weil ich ihm die letzte Gelegenheit, sich zu rächen, genommen hatte. Mit letzter Kraft stieß er mit dem Dolch zu und schnitt mir die Schulter auf, ehe ihm die Waffe aus der leblosen Hand fiel. Noch im Tode schien er mich haßerfüllt anzustarren.

Erst jetzt wurde sich Sesku der Gefahr bewußt. Er drehte sich um, musterte den Toten und dann mich. Beim Anblick meines blutüberströmten Armes schien er zu begreifen, was sich abgespielt hatte.

»Ich hatte ja keine Ahnung, daß Chalule dir so schwer auf der Seele lag«, sagte er.

»Ein Ehrenstandpunkt – wenn ich dir schon nicht ans Leben kann, dann ist es mir lieber, du bist unsterblich. Die Ehre, dich zu töten, möchte ich niemandem überlassen.«

Er lachte, dann deutete er auf meine Wunde, als wäre ihm diese nebensächliche Einzelheit erst jetzt aufgefallen.

»Du wirst es hoffentlich überleben?«

»Nichts Schlimmes, es ist nicht der Rede wert. Kann sein, ich habe in sechs Monaten nicht einmal mehr eine hübsche Narbe zum Vorzeigen.«

Daß wir einfach herumstehen und uns unterhalten konnten, lag daran, daß die Schlacht geschlagen war. Die Sharjan waren unter Hinterlassung ihrer Toten zu ihren Booten geflohen. Schon konnte ich in der Ferne Fackelschein über dem Wasser flackern sehen und hörte die Schreie von Männern, welche nun wußten, daß sie die letzte Chance auf Entkommen verspielt hatten.

Für uns jedoch war der Kampf zu Ende. Etliche von Seskus Männern plünderten die Leichen ihrer Feinde, schnitten den noch Lebenden die Kehle durch, während die übrigen einfach ziellos umherliefen, da sie vor Erregung nicht stillstehen konnten.

»Der Sieg ist unser, mein Volk!« rief der König der Halufiden, so als wäre ihm das eben erst aufgefallen. Von einem Augenblick zum anderen schien er vor Freude ganz außer sich zu sein.

»Die Himmel sind uns gnädig gesonnen. Sie stärken unsere Herzen durch Weissagungen; sie geben den Feind in unsere Hand.«

Seskus letzte Worte gingen in dem Jubel der siegreichen Halufiden beinahe unter; sie drängten sich um uns und schwenkten triumphierend die Waffen über ihrem Haupt.

Dann berührte er meinen Arm und hielt die Hand hoch, um allen das frische Blut von meiner Wunde zu zeigen, das von seinen Fingern tropfte. Außer sich vor Freude jubelten die Halufiden Beifall, doch in diesem Augenblick hätten sie, glaube ich, alles bejubelt.

Wir gingen gemeinsam ins Dorf zurück und ich machte mich auf die Suche nach Kephalos, damit auch er sich über unsere Errettung freuen konnte. Ich fand ihn schlafend auf einem Binsenfloß, das man an Land gezogen hatte, die Arme schützend um seine Arzttasche geschlungen.

»Du siehst aus, als könntest du die Dienste eines Arztes gebrauchen«, sagte er, als er meinen Arm erblickte. »Bei Apollo und seiner Weisheit, was für eine Menge Blut! Aber macht nichts, Blut reinigt.«

Als er die Wunde gesäubert hatte, nähte Kephalos sie mit einem Faden aus Kaninchendarm zu. Diesen Teil der Operation fand ich ganz und gar nicht vergnüglich.

»Kommst du mit und teilst meine Hütte mit mir?« fragte ich. »Der Gedanke, daß du hier draußen im Schlamm nächtigst, will mir überhaupt nicht gefallen.«

»Nein, Gebieter – ich schlage deinen Rat von vorhin nicht in den Wind. Wer vorsichtig ist, lebt so lange, daß er die Erinnerung an seine Torheiten noch genießen kann.«

»Wie du willst.«

Man würde die ganze Nacht hindurch im *mudhif* des Gebieters Sesku singen und feiern, doch ich war erschöpft, und außerdem war es nicht mein Sieg. Ich konnte froh sein, wenn ich gegen Morgen noch etwas Schlaf fand. Ich würde schlafen wie ein Toter in der Erde.

Es waren vielleicht noch fünfzehn Schritt bis zu meiner Hütte, da dünkte mich, der Vorhang vor der Tür hätte sich bewegt.

Natürlich. Das hatte ich über den aufregenden Ereignissen fast vergessen gehabt. Der Gott hatte ja mich gewarnt, nicht Sesku.

Aber vielleicht bildete ich mir das lediglich ein. Ich hob die Fackel hoch und schaute mich um. Nichts. Dann blickte ich zufällig zu Boden, und da sah ich den Abdruck einer Sandale im Staub.

Er gehörte weder mir noch Kephalos, denn seinen kannte ich fast so gut wie meinen. Und die Halufiden trugen keine Sandalen, nicht einmal ihr König. Da war ein Feind, der hier ebenso fremd war wie ich.

Und er wartete drinnen in der Hütte auf mich.

Also, den Gefallen würde ich ihm nicht tun. Ich würde nicht über jene Schwelle treten und mich dabei bücken, weil die Hütte für mich zu niedrig gebaut war, und mir von diesem Menschen den Hals durchhacken lassen.

Ich trug immer noch das von Sesku geborgte Schwert bei mir, und die Fackel, welche mir auf dem Heimweg geleuchtet hatte, brannte noch hell. Ich warf sie aufs Dach der Hütte, das sofort in Flammen aufging, da es nur aus Ried bestand.

Binnen einer Viertelminute brannte das Dach lichterloh und drohte einzufallen. Lange brauchte ich nicht zu warten.

Nein, wirklich nicht. Mit einem Entsetzensschrei kam er herausgestürzt, riß die Decke vom Eingang und hatte nichts im Sinn als Flucht. Er lief mir geradewegs ins Schwert, die Spitze erwischte ihn genau unterhalb des Nabels. Ich stieß im schrägen Winkel nach oben und durchbohrte sein Herz. Der Dolch, den er in der Hand hatte, fiel harmlos zu Boden.

Zu meinen Füßen lag ein Toter und staunte, wie alles so enden konnte. Wer war das? Ich hatte ihn noch nie gesehen. Seine Tunika konnte von überall stammen, doch nach einem Chaldäer sah er mir nicht aus.

Seine Hände hielten im Tode noch die Wunde umklammert, so daß der linke Arm unter seinem Leib zu liegen kam. So lag er auf der Erde. Ich schob ihm den Fuß unter die Schulter und drehte ihn um.

Nun erst sah ich, daß ihm der letzte Finger an der linken Hand fehlte.

VII

»Ich kenne ihn nicht.«

Sesku kauerte sich neben den Toten und ergriff dessen linken Arm beim Handgelenk, um die Hand zu betrachten. Die Flammen von meiner Hütte brannten noch hell genug, daß er mühelos sehen konnte.

»Dennoch steht fest, es ist der, welchen meine Mutter im

Traum erblickt hat. Sicher verstehst du jetzt, warum ich sie gewähren lasse – es ist eine seltene Gabe, die Zukunft lesen zu können. Wir müssen herausbekommen, was ihn zu den Sharjan geführt hat.«

»Wie willst du das anstellen?«

»Meine Ruderer haben zehn, zwölf Gefangene gemacht, die sich lieber ergeben wollten, als rasch und ehrenhaft zu sterben. Wenn sie ein paar Stunden mit der Schlinge um den Hals im Dunkeln gesessen haben, werden wir ihnen morgen früh diese Frage stellen.«

Ich sah sie an diesem Abend, als ich zum Schlafen in den *mudhif* ging. Da saßen sie in einem kleinen Kreis mit dem Gesicht nach außen, waren am Hals zusammengebunden und an Händen und Füßen gefesselt. Gefangene sehen immer gleich aus – müde, schmutzig und hoffnungslos. Sie wußten nur zu gut, was sie erwartete, denn die Chaldäer sind ein grausames Volk, und so hatten sie denn allen Grund, den kurzen Fehlschluß zu bereuen, der sie davon abgehalten hatte, ein Ende mit Schrecken einem Schrecken ohne Ende vorzuziehen. Dennoch schien es ihnen sogar an dem Willen zu mangeln sich zu retten. Sie wirkten bereits wie tot.

Ich war jedoch zu erschöpft, als daß ich Mitleid mit ihnen empfunden hätte, auch stand mir der Dolch des Mörders noch zu lebhaft vor Augen. Sollen sie doch sterben, dachte ich, wie auch immer es den Halufiden gefällt. Was geht es mich an? In jener Nacht schlief ich den Schlaf des Gerechten.

Als ich am nächsten Morgen erwachte und ins Freie trat, waren die Boote bereits zurück. Seskus Männer waren auf Natternfang gewesen.

»Bei Sonnenaufgang liegen sie auf den Riedufern und wärmen sich in der Sonne. Dann sind sie träge, so daß man sie ganz leicht mit einem Krummstab aufheben kann. Ein schöner Anblick, was?«

Fürwahr! Die Ruderer hatten sie in Weidenkörben mitgebracht, welche sie jetzt in einen Kupferkrug von der Größe einer Kriegstrommel entleerten – gewißlich an die hundert Schlangen von mattem Dunkelrot bis hin zu erdigem Braun, verknäult zu einem sich ständig verändernden Haufen. Sesku stieß mit seinem Stock nach ihnen, um sie aufzustacheln. Das Ergebnis schien ihn nicht zu befriedigen.

»Die schlafen ja noch halb«, sagte er. »Aber wenn die Sonne erst die Wände des Kruges erwärmt hat, werden sie schon noch munter. Sie brauchen Wärme, sonst können sie sich nicht bewegen, doch zuviel macht sie übellaunig.«

Er zog den Stock zurück und streckte ihn mir hin, daß ich die Abdrücke ansehen konnte, die etliche mit ihren Giftzähnen hinterlassen hatten, als sie zubissen.

»Die hier haben meine Halufiden sehr sorgsam ausgesucht«, fuhr er fort. »Ihr Biß ist schmerzhaft, doch man stirbt nicht allzu schnell daran. Aber gesund wird auch keiner wieder. Kein Ende, das man für sich selbst wählen würde.«

So warteten wir noch eine Stunde, während der zuckende Haufen in dem Krug immer aufgeregter wurde. Wieder stocherte Sesku mit seinem Stock darin herum, und dieses Mal hörte ich ein mehrfaches zorniges Schnapp-schnapp, als sie zubissen; es klang, als fielen Steinchen auf Pflaster.

»Jetzt sind sie richtig«, sagte er, dann wandte er sich an einen seiner Gefolgsleute und erteilte einen Befehl.

Natürlich hatten die Gefangenen alles sehr aufmerksam und mit aufgerissenen und vor Angst gelben Augen verfolgt – beim Warten auf den Tod nimmt das Gesicht eines Menschen eine eigenartig graue Farbe an, so als wäre er bereits Teil der leblosen Erde.

Die Halufiden suchten sich einen Gefangenen aus, nahmen ihm die Schlinge vom Hals und schnitten die Hanffessel an seinen Knöcheln durch. Sie mußten ihm auf die Beine helfen, da seine Hände immer noch auf dem Rücken gefesselt waren. Ich glaube, sie hätten ihm ohnedies aufhelfen müssen.

Als er sah, was mit ihm geschehen sollte, konnte er sich nicht mehr beherrschen und schrie fürchterlich.

Zwei Männer hielten ihn fest, während ein anderer mit einem Krummstab in den Krug langte und der Reihe nach an die zehn Nattern herausholte und sie in einen Lederbeutel von der ungefähren Größe eines Wassereimers fallen ließ. Dann zwangen die beiden Männer, die den Gefangenen festhielten, diesen, sich tief zu bücken, stülpten ihm den Beutel über den Kopf, zogen die Schnüre zu und verknoteten sie. Sie waren damit noch nicht einmal fertig, da trampelte er schon vor Qual und Entsetzen mit den nackten Füßen so auf der Erde herum, daß er zu tanzen schien.

Als sie seine Arme losließen, richtete er sich auf der Stelle auf, und der Beutel über seinem Kopf konnte seine Schreie nicht mehr ersticken. Er humpelte durch die Gegend, hüpfte blind und hilflos von einem Bein aufs andere, beugte die Schultern vor, als hoffte er, den Kopf so aus der tödlichen Dunkelheit ziehen zu können. Nach einem Weilchen ging er mit uringetränktem Lendentuch auf die Knie und fiel schließlich vornüber aufs Gesicht. Da lag er nun minutenlang zuckend im Staub. Niemand wußte, ob er noch lebte oder nicht.

Man nahm ihm den Beutel vom Kopf – so behutsam wie möglich, da die Nattern ihr Gift durchaus noch nicht verspritzt hatten –, und den Anblick, welchen er bot, werde ich meiner Lebtage nicht vergessen. Sein Gesicht war voller Tränen, jede saß mitten auf einer dunklen Schwellung, und die Zunge, welche aus seinem Mund herausragte, als wäre er daran erstickt, war schwarz und geschwollen. Die Nattern hatten ihn auch in diese gebissen, ebenso wie in ein Auge, aus dem dicker, blutiger Schleim über die Wange rann. Sesku benutzte den Fuß zum Umdrehen des Leichnams, und da war er bereits steif.

Ich habe so manchen unter der Folter sterben sehen und weiß deshalb, daß man langsamer und unter größeren Schmerzen sterben kann, doch irgend etwas in mir empörte sich gegen einen Tod wie diesen, dessen reine Fleischesqual alles überstieg. Sesku hatte recht – solch ein Ende würde keiner für sich wählen.

»Jetzt haben alle gesehen, was wir mit einem Feind anstellen«, sagte er zu mir, als man dem toten Gefangenen ein Seil um die Füße band und ihn fortschleifte. »Die anderen frage ich jetzt, ob sie etwas über einen Mann mit einem fehlenden Finger wissen. An Nattern mangelt es uns nicht, und an Gefangenen auch nicht. Ich möchte meinen, bei der Menge finden wir einen, der lieber mit dem Schwert zwischen den Rippen stirbt, als mit dem Kopf in dem Beutel da. Geh du nur und frühstücke in Frieden.

Wenn wir uns wiedersehen, habe ich dir sicher etwas zu berichten.«

Ich war froh, daß ich gehen durfte. Zumindest darin befolgte ich Seskus Rat. Es hatte mir den Appetit verschlagen, obschon ich nicht gerade über einen empfindlichen Magen klagen kann. Ich wollte nur irgendwo in Ruhe sitzen.

Solche Schauspiele sieht man sich am besten nicht nüchtern an. Einst hatte ich im zweiten Jahr meiner Feldzüge gegen Sumer neben meinem königlichen Vater gesessen, während er zusah, wie man einem König die Haut bei lebendigem Leibe abzog, welcher sich gegen ihn erhoben hatte. Das war kein angenehmer Anblick gewesen, als sie diesen Mann gehäutet hatten; man riecht das Blut, hört die Schreie. Dennoch hatte der Gebieter Sanherib das Ganze im Sitzen mit den Händen auf den Knien durchgestanden, hatte kein Mal die Augen abgewandt und nicht mit der Wimper gezuckt. Ich tat es ihm nach. Mein Vater, dieser Meister der Staatskunst, hatte zunächst dafür gesorgt, daß wir beide trunken vom Dattelwein waren. Wahrscheinlich hätte der Henker sich an einen von uns heranmachen können, ohne daß uns das viel ausgemacht hätte, ja, wir hätten es wohl kaum noch gemerkt. Als ich da allein am Wasserrand kauerte, hätte ich viel darum gegeben, so betrunken zu sein wie damals in Sumer.

»Hast du das gesehen, Herr, wie sich diese Barbaren vergnügen?«

Es war Kephalos, so bleich und zittrig, als hätte er eben seinen Magen in den Kanal entleert. Er setzte sich neben mich und faltete die Hände im Schoß.

»Wieviel haben sie mittlerweile umgebracht?« fragte ich.

»Vier – vielleicht auch schon fünf. Ich habe nur vier Leichen gesehen. Die lassen sich Zeit. Damit können sie vergnügt den ganzen Morgen zubringen.«

»Wohl kaum. Wenn sie haben, was sie wollen, dann kehlen sie die übrigen wahrscheinlich wie die Fische.«

Er warf mir einen Blick voll tiefstem Abscheu zu.

»Und was wollen sie so unbedingt haben?«

»Informationen.« Ich hob die Schultern wie jemand, der etwas Schmachvolles eingestehen muß. »Über den Mann, der mich vergangene Nacht ermorden wollte. Aus Entgegenkommen, wenn du so willst – nur daß Sesku selbst auch triftige Gründe haben mag, warum er das wissen will.«

Auf einmal überkam mich, ich weiß auch nicht wieso, ein furchtbarer Kummer. Das Leben erschien mir über alle Maßen unerträglich. Ich schämte mich für den Atem unter meinen Rippen. Ich konnte nur noch das Gesicht in den Händen bergen und weinen, denn ich war diesem furchtbaren Elend, zu dem die Götter mein Leben gemacht hatten, hilflos ausgeliefert.

»Erhabener, ich ...«

Armer Kephalos! Was mag er wohl gedacht haben, als er verblüfft und verlegen verstummte. Schließlich ließ mein Anfall von Verzweiflung nach, und da wurde ich gewahr, daß er sich etwas von mir entfernt hatte, und dann hörte ich einen Laut, als räusperte er sich – wohl ein Zeichen, daß jemand meine Einsamkeit stören wollte. Ich faßte in den Kanal, schöpfte mir zwei Hände voll Wasser und bespritzte mir damit das Gesicht. Und fast im gleichen Augenblick vernahm ich hinter mir Seskus Stimme.

»Unsere Nachforschungen haben ein wenig Erfolg gezeitigt«, verkündete er – nichts an seinem Ton ließ darauf schließen, daß er meine kleine Entgleisung mitbekommen hatte. »Es hat den Anschein, daß unser Freund mit dem fehlenden Finger bei Lagasch am Tigris durch die Sümpfe gekommen ist und ein ›Tributangebot‹ vom König, deinem Bruder, mitgebracht hat, falls die Sharjan mithelfen wollten, dich von deinem Kopf zu befreien, damit er ihn nach Ninive zurückbringen könnte – nicht zu fassen, daß der Herrscher der Vier Enden der Erde sich dazu herabläßt, einem Räuberstamm ›Tribut‹ anzubieten; ich schäme mich für ihn. Die genaue Summe erscheint ein wenig vage, was jedoch nicht Wunder nimmt, wenn man bedenkt, daß die Sharjan allesamt Bettler sind und sich eine größere Summe als eine Handvoll Kupferschekel kaum vorstellen können. Vermutlich war es aber soviel, daß er Eindruck schinden konnte. Übrigens, der Bösewicht hieß Muschussu.«

Ich warf den Kopf zurück und lachte. Ich lachte, bis mir die Tränen in die Augen stiegen und ich kaum noch Luft bekam.

Zweifellos wirkte ich ein wenig hysterisch, denn Sesku blickte mich äußerst betroffen an.

»Geht es dir auch wirklich gut, mein Freund?« fragte er und hockte sich neben mich ans Kanalufer. Er legte mir sogar die Hand auf die Schulter, als wollte er mich beruhigen. »Dann hast du ihn also gekannt?«

»Nein, ich habe ihn nicht gekannt, und nun wird ihn auch niemand sonst mehr kennenlernen.« Ich wusch mir erneut das Gesicht, und dann erst konnte ich den Witz gut finden, ohne die Fassung zu verlieren. »›Muschussu‹ ist kein Name – zumindest keiner, den eine Mutter für ihren Sohn wählen würde. So heißt eine Art Dämon, ein Racheengel, der dem Gott Marduk heilig und von ihm zu gleichen Teilen aus Löwe, Schlange und Adler erschaffen ist.«

Jählings gefroren meine Gedärme zu Eis, denn mir waren die Adler aus meinem Traum eingefallen. Es war, als hätte sich plötzlich die Erde vor mir aufgetan.

Doch sie tat sich nicht auf, und Sesku kauerte immer noch neben mir, eine Hand auf meiner Schulter, mit den Fingern der anderen rieb er sich gedankenverloren die Warze über seinem Auge, als könnte er die gesuchte Antwort aus ihr herausquetschen. Schließlich schüttelte er den Kopf und runzelte verwirrt die Stirn.

»Ich verstehe nichts von den Gotteslästerungen, an denen ihr Rassen aus dem Norden eure Freude habt«, sagte er im Aufstehen. »Ich begreife auch nicht, wie ihr eure Götter so verspotten könnt – und warum sie euch für eure Unverschämtheit nicht zu Asche verbrennen. Wirklich ein Wunder, daß ihr solange über die Völker der Welt herrschen konntet. Soviel ich weiß, soll der Gebieter Assarhaddon peinlichst auf Frömmigkeit achten.«

»Tut er auch. Nie hat ein Mensch die Götter mehr gefürchtet als mein Bruder. Seine besondere Verehrung gilt Marduk.«

»Dann steht ja alles zum Besten.«

»Ja.«

Sesku verweilte nicht länger, sondern kehrte zurück, um die Hinrichtung der letzten Gefangenen zu überwachen, die wie versprochen durch das Schwert und rasch sterben sollten. Sein

Abschied tat mir nicht leid, denn im Grunde seines Herzens war er doch nur ein Barbar, der sich an seinem Barbarentum weidete, und allmählich schlug mir der Umgang mit ihm aufs Gemüt.

»Wir müssen fort von hier«, sagte ich zu Kephalos, als wir zum Dorf zurückgingen. Wir hatten eine angemessene Weile verstreichen lassen in der Hoffnung, wenigstens heute kein Blut mehr sehen zu müssen. »Wir sollten Meerland verlassen und Stätten aufsuchen, die jenseits des Bitterflusses liegen. Dort dürfen wir nicht ruhen und rasten, bis wir einen Ort finden, wo mein Bruder uns niemals findet – wohin selbst der Gott nicht mehr reichen kann. Ja, ich möchte vor Assur fliehen. Ich möchte ihn und die Träume, welche er schickt, vergessen. Immer wieder höre ich die Worte der Herrin Assarhamat: ›Der Gott treibt doch nur sein Spiel mit uns. Ein Kind, das mit Steinen nach einem Vogelnest wirft, könnte nicht weniger Mitleid haben.‹«

Doch ehe Kephalos und ich die Sümpfe verlassen konnten, mußte die Blutfehde zwischen den Halufiden und den Sharjan für immer beendet werden. Und Sesku war entschlossen, dieses Ende nicht mit Vieh und Gold zu erkaufen, sondern mit dem Schwert.

An diesem Tag und dem nächsten wimmelte es am Dorfanleger nur so von Kriegsbooten, und am dritten Morgen nach dem Überfall brachen wir mit rund siebenhundert Kriegern und vielleicht einhundert Booten jeglicher Größe auf. Wir kamen schnell voran, denn wir gaben mehr auf Schnelligkeit als auf Heimlichkeit, da unser Feind ganz sicher einen Angriff erwarten würde, wenn die eigenen Männer nach einer gewissen Zeit nicht heimkehrten. Die Fahrt zum Gebiet der Sharjan dauerte vier Tage, und wir schlugen mehr als nur ein paar große, blutige, grausame und einseitige Schlachten, ehe wir überhaupt ihrer wichtigsten Siedlung ansichtig wurden, und so manch ein aufgedunsener Leichnam trieb in der langsamen Strömung die Kanäle dahin, denn ein ganzes Volk fügt sich nicht so einfach in den Tod.

Und dennoch waren die Sharjan dem Untergang geweiht – sie selbst schienen das auch zu spüren. Die Blüte ihrer Krieger war bereits tot, und die übrigen kämpften mit dem Mut der Verzweiflung. Die Halufiden zermalmten sie ganz einfach, ja, fast so teilnahmslos wie ein zu Tal rollender Felsbrocken.

Was geschah, als wir ihre Dörfer erreichten, kann gerechterweise nicht als Krieg bezeichnet werden. Krieg, selbst so wie ich ihn erlebt habe, läßt derlei Greuel nicht zu. Die jungen Männer waren dahin, entweder gefallen oder geflohen, und hatten nur die Wehrlosen zurückgelassen. Die meisten von ihnen wurden abgeschlachtet. Ich sah, wie Kinder vor den Augen ihrer Mütter zerhackt wurden; weißhaarigen, zittrigen Greisen schlug man Füße und Hände ab und zwang sie, auf dem Bauch herumzukriechen und ihre Peiniger anzuflehen, sie zu töten. Es wollte kein Ende nehmen – binnen einer Stunde nach unserer Landung stank es nach Blut, und nur ein paar Frauen, die Jungfrauen und die jungen Ehefrauen, deren Brust noch nie Milch gegeben hatte, ließ man am Leben. Diese teilte man grob in diese beiden Kategorien ein und band sie entweder am Hals zusammen wie Vieh oder schändete sie, und das so gewalttätig, daß etliche dabei zu Tode kamen. Dann zog man sie nackt aus und trieb sie ins Wasser, wo die Ruderer der Halufiden sie mit ihren Rudern zu Tode prügelten, die herkömmliche Strafe für Unkeuschheit.

Nichts wurde verschont. Die Tiere wurden abgeschlachtet, und das Dorf steckte man in Brand. Die Toten warf man ins Wasser, und die Lebenden führte man fort. Seskus Rache kannte keine Grenzen.

»Ich lasse den Sharjan gar nichts, nicht einmal das Leben«, sagte er. »Ich bringe sie zur Strecke, bis ich den letzten niedergemetzelt habe – keines Mannes Sohn darf überleben, daß er diese Fehde fortführt. Ich will sichergehen, daß sogar ihr Name von den Lippen der Menschen verschwindet.«

Und er hielt Wort. Auf einem einmonatigen Feldzug machte er die Sümpfe zum Grab.

Dann kehrten wir heim. Die drei- bis vierhundert Frauen wurden unter seinen Gefolgsleuten aufgeteilt. Sesku war zwar kein Lüstling, doch behielt er selber an die zwölf der Besten für sich, da er sich noch immer Hoffnungen auf einen Sohn machte, und auch ich durfte wählen; da ich aber nicht länger unter den Halufiden zu weilen gedachte, lehnte ich ab.

Nachdem Sesku mir für den ganzen Weg von den Häuptlingen der einzelnen Stämme freies Geleit verschafft hatte und nach einem prächtigen Festmahl, auf dem er mich Freund und Bruder hieß, borgte er mir sogar sein Kriegsboot, vier seiner besten Ruderer und seinen Neffen Kelshahir als Führer und Dolmetscher und schickte uns los. Nie werde ich den Anblick vergessen, wie er auf seinem Anleger stand und uns nachwinkte. Wir waren noch nicht einmal außer Sicht, da ließ er bereits den Arm sinken und machte sich auf den Weg zu seinem *mudhif*, anscheinend hatte er uns schon abgeschrieben.

Unsere Reise dauerte über einen Monat. Es war Spätsommer und bei Tage immer noch sehr heiß, obschon die Nacht uns ein wenig Erleichterung brachte. Die Sonne gleißte auf dem Wasser, und das überanstrengte unsere Augen. Kephalos und ich hatten beide vom stundenlangen, dichten Beieinanderhocken im Boot Wadenkrämpfe, Kelshahir und seinen Ruderern jedoch schien das nichts auszumachen.

Dennoch bin ich immer gern gereist, und sogar in den Sümpfen, welche so unvorstellbar eintönig sind und nur aus Ried und bleiernem, stehendem Wasser bestehen, barg ein jeder Tag seinen Lohn in sich. Zuweilen hielten wir dann wohl an, um Wildschweine zu jagen und Enten mit dem Netz zu fangen, oder ganz einfach, um ein paar Stunden festen Boden unter den Füßen zu spüren. Einmal sahen wir einen großen Löwen von einer Insel zur anderen schwimmen – mit seiner riesigen Mähne wirkte er sehr komisch und nicht in seinem Element, und als er schließlich an Land kletterte, da brüllte er laut und aus unerfindlichen Gründen, wohl einfach aus Ärger, so wollte es uns scheinen.

Je weiter wir nach Süden kamen, desto tiefer drangen wir in andere Stammesgebiete ein. Überall erkannte man das Kriegsboot des Gebieters Sesku und viele schienen auch Kelshahir vom Sehen zu kennen, und so wurden wir denn überall, wo es uns beliebte anzuhalten, mit ausnehmender Gastfreundschaft empfangen. In bewohnten Gegenden kamen wir jeden Tag an zwei, drei Dörfchen vorbei, und stets entspann sich der gleiche Dialog:

»Friede sei mit dir, Gebieter Kelshahir«, rief dann wohl jemand vom Ufer. »Komm und speise mit uns.«

»Vielen Dank. Wir haben bereits gespeist, den Göttern sei Dank.«

»So mögen dich denn die Götter auf deiner Reise beschützen, Gebieter.«

Wenn der Tag sich neigte, hielten wir dann wohl an und aßen und schliefen die Nacht über im *mudhif* des dortigen Häuptlings. Kephalos und die Ruderer erhielten ihr Essen und wurden dann größtenteils nicht weiter beachtet. Kelshahir wurde unterwürfig-respektvoll empfangen, dann besprachen sich er und die Dorfältesten lange – und das war wohl auch, so mutmaßte ich, der wahre Grund, warum er uns mitgegeben wurde, obschon ich auch nicht den blassesten Schimmer hatte, worum es bei diesen Beratungen ging.

Schließlich ließen wir die Sümpfe hinter uns. Der Hauptkanal wurde breiter und breiter und nahm merklich an Strömung zu, und das bedeutete, wir hatten den Euphrat wiedergefunden. Kelshahir hob die leeren Schläuche aus dem Boot und füllte sie mit Wasser – und diese Vorsichtsmaßnahme war auch nötig, wie ich schon bald feststellte. Als wir eines Morgens ungefähr drei Stunden unterwegs waren, berührte er meine Schulter und grinste.

»Probiere«, sagte er und tauchte die Finger in den Fluß.

Ich beugte mich vor und schöpfte mir eine Handvoll Wasser – fürwahr, es schmeckte salzig.

»Ehe der Tag noch herum ist, erreichen wir den Bitterfluß.«

Und es stimmte. An jenem Abend legten wir unser Lagerfeuer auf dessen harten, erdigen Ufern an, und ich hörte zum ersten Mal im Leben Wellen an Land rauschen. Die Ruderer hoben unser Boot auf die Schultern und trugen es an die hundert Schritt in den Schatten eines riedbedeckten Felsvorsprungs, wo sie es dann absetzten. Als ich Kelshahir nach dem Grund fragte, da lächelte er, als hätte ich einen Witz gemacht und wies auf das Wasser.

»Es steigt an«, sagte er.

»Warum sollte es ansteigen? Die Zeit der Hochwasser ist vorbei.«

»Es steigt jeden Morgen an, und jeden Abend auch – ganz von allein. Sein Gott ist mächtig; was kümmern den die Flüsse. Er schluckt ihr Hochwasser, als ob es nicht mehr wäre als das Wasser in der Blase eines Greises. Um Jahreszeiten schert der sich nicht. Du wirst schon sehen.«

Fürwahr! Als unser Feuer zu Glut herabgebrannt war, war das Wasser kaum noch zwanzig Schritt von uns entfernt.

»Kommt es nicht bis hierher, daß wir ertrinken?« fragte ich.

»Nein. Nur im Frühjahr, ehe das Hochwasser einsetzt, steigt es ganz bis zu den Klippen. Jetzt hält es inne und geht zurück, so daß der obere Teil des Ufers trockenbleibt. Das heiße Wetter macht es, glaube ich, faul.«

So lernte ich die Gezeiten kennen, von denen die Griechen behaupten, daß nicht ein Gott sie bewirkt, sondern der Sog des Mondes. Mich aber lehrte man, der Mond sei das Antlitz des Gottes Sin, des Schutzheiligen von Ur, welchen die Babylonier Nannar heißen – die verschiedenen Rassen verwenden verschiedene Namen, dennoch ist der Mond für alle ein Gott –, darum meine ich, es läuft einfach darauf hinaus, welchen Gott man anruft. Somit erschien mir Kelshahirs Erklärung genauso wahrscheinlich wie die, worauf sich die Griechen soviel einbilden.

Am nächsten und übernächsten Tag hielten wir uns immer längs der Küste in östlicher Richtung, jedoch fern vom Ufer, wo hoher Seegang das Rudern mühseliger machte. Am Morgen des dritten Tages ließen wir das Land hinter uns und steuerten geradewegs in den Bitterfluß hinein. Mich dünkte, Kelshahir sei wahnsinnig geworden, doch kurz vor Mittag sichteten wir im Dunst der Ferne Land.

»Ist dies das jenseitige Ufer?« fragte ich.

»Nein. Es ist lediglich eine Insel mit Namen Afesh. Ein jenseitiges Ufer gibt es nicht.«

Diese Feststellung erfüllte mich mit Furcht, denn sie bestätigte nur, was ich bereits geahnt hatte: daß der Bitterfluß, welcher anscheinend keine wahrnehmbare Strömung hatte, überhaupt kein Fluß war, sondern eine Art riesiges Meer, das sich möglicherweise bis zu den Enden der Erde erstreckte.

Und so sah ich denn beim Näherkommen mit einiger Erleichterung viele schöne Schiffe am Ufer vertäut, von denen selbst das kleinste noch größer war als die großartigen Kriegsgaleeren der Urarter.

»Das hier ist ein Handelsposten«, erklärte Kelshahir ungefragt, als ich gerade meine Frage in Worte formen wollte. »Er ist praktisch für den Flußverkehr durch Elam, darum siedeln die Araber hier auch auf Dauer und nutzen ihn als Zwischenstation auf den Reisen in die Länder des Ostens.«

»Nehmen uns diese Araber nach Ägypten mit?«

»Für Geld tut ein Araber alles.«

Ich fing Kephalos' Blick auf, einen erfreuten Blick, denn Habgier war eine Sprache, auf die er sich verstand. Er führte in seiner Arzttasche und an seinem Leib an die acht Talente in Gold mit sich; genug jedenfalls, daß wir noch als reiche Männer sterben würden – genug jedenfalls, daß wir mit Sicherheit nach Ägypten gelangen würden, selbst wenn wir uns das Schiff dafür kaufen mußten.

»Welche Zunge sprechen diese Männer?«

Kelshahir hob die Schultern, womit er andeuten wollte, daß er keine sehr gute Meinung von dieser Händlerrasse hatte.

»Die gleiche wie wir«, sagte er. »Wenn ein Wasserbüffel Chaldäisch sprechen könnte, er ginge für einen Araber durch.«

Er schaffte es, schallend über seinen eigenen Witz zu lachen. Eigens für die Ruderer übersetzte er ihn noch, und auch die lachten.

Kurz bevor die untergehende Sonne eine blutige Spur durchs laue Salzwasser zog, legten wir an und vertäuten an einem Anleger. Der bestand aus massiven Holzpfählen, die man in den Schlamm gerammt hatte – ein recht ungewohnter Anblick in diesem baumlosen Teil der Welt. Wir stiegen die schwere Bohlentreppe hoch und gelangten mit ein paar Schritten von der Einsamkeit des leeren Meeres in die geschäftige Welt der Menschen, denn in diesem Hafen herrschte ein ähnliches Leben und Treiben, wie ich es auf meinen lebenslangen Reisen überall gesehen habe.

»Ich besorge euch sofort eine Überfahrt«, sagte Kelshahir. »Ich bleibe nicht hier, ich muß noch heute abend zurück. Meine Männer mögen das Boot nicht alleinlassen, es könnte gestohlen werden.«

Ehe ich überhaupt den Mund aufmachen konnte, war er schon in der sich drängenden Menschenmenge verschwunden. Was blieb uns schon als warten und uns verwundert umsehen? Die Schiffslände von Afesh war nämlich eine wahre Augenweide. Man konnte sich wahrhaftig einbilden, in eine Versammlung von Fürsten hineingeschneit zu sein, denn nicht einmal in Ninive hatte ich einen derartig zur Schau getragenen Wohlstand beim gemeinen Volk gesehen, und auch keine so große Vielfalt an Trachten und Rassen. Gewißlich waren die hier von Enden der Erde zusammengeströmt, von denen meine Ahnen nicht einmal geträumt hatten.

Ich sah Männer mit Gesichtern wie aus Bronze oder aus dunklem Holz oder aus frisch gehämmertem Eisen, etliche trugen nichts als ein Lendentuch, und andere waren in lange Gewänder aus einem Stoff gekleidet, welcher im Sonnenschein wie farbiges Feuer funkelte. Einer trug einen großen, grünen Stein ins Ohrläppchen eingelassen, und viele hatten die Nasenflügel mit silbernen und goldenen Nadeln durchbohrt. Nur wenige prunkten mit einem geflochtenen Vollbart, wie er bei den Männern zwischen den Strömen Mode ist, und die waren, nach ihrer Kleidung zu schließen, eindeutig Elamiter.

Und welch ein Wirrwarr der Zungen! Mittlerweile hatte ich ungefähr zwei-, dreihundert Wörter Chaldäisch gelernt und erkannte dessen Tonfall und Formen recht gut, doch dazu gesellte sich ein derartiges Gebrabbel, daß auch keine einzige Silbe, die an mein Ohr drang, vertraut klang, und unter so vielen Stimmen schien es kaum zwei zu geben, die redeten, um sich gegenseitig verständlich zu machen.

Doch die Geschäfte gingen gut, das konnte man sehen. Überall längs der Lände wurde an den Ständen Tuch, Waffen, Edelsteine und Kupfer-, Gold- und Silbergeschmeide verkauft, Obst und Gemüse, von dem ich das meiste noch nie im Leben gesehen hatte, Weine, gebratenes Fleisch, lebende Hühner und sogar

Aale, die mit einer Schlinge aus einem Wasserkrug gezogen wurden, Holzschnitzereien und Elfenbein, Spiegel, Kämme für Frauenhaar, Sandalen, rote, gelbe, weiße und grüne Pulver, etliche davon so kostbar, daß sie in kleinen, gefalteten Lederstückchen veräußert wurden. Ich sah Schreiber, die emsig auf Tontäfelchen und ägyptischem Papyrus schrieben. Alte Frauen weissagten jungen aus der Hand. Bader und Chirurgen gingen ihrem Gewerbe im Schatten der Sonnendächer an ihren Ständen nach. Auf einhundert Schritt von unserem Standort aus konnte man schlechthin alles kaufen.

»Erhabener, riechst du?« Kephalos legte mir die Hand auf den Arm und rüttelte an ihm, als wollte er mich aus einem Dämmerschlaf wecken. »Ist das nun Essen oder Weihrauch aus einem Tempel? Bei den Göttern, ich bin am Verhungern! Mein Magen ist, glaube ich, völlig zusammengeschrumpelt, seit wir unter diesen Barbaren gelebt haben. Sobald wir sie zum Aufbruch bewegt haben, trinke ich einen Eimer voll Wein und stoße auf ihr Verschwinden an.«

»Darauf brauchst du nicht mehr lange zu warten. Kelshahir bleibt nur, bis er ein Schiff für uns gefunden hat. Er sagt, er mag mit dem Boot nicht über Nacht hierbleiben, es könnte gestohlen werden.«

»Unfug. Er schämt sich nur. Sieh dich doch um. Wer in diesen Menschenmassen würde sich wohl dazu herablassen, ein Binsenboot zu stehlen? Mag sein, er ist bei den Chaldäern Nachfolger des Königs, hier jedoch ist er nichts als ein zerlumpter Bettler. Er möchte in seine Sümpfe zurückkriechen, wo er sich immer noch für einen der Mächtigen dieser Welt halten kann.«

Kelshahir kehrte mit einer Schnelligkeit zu uns zurück, die darauf schließen ließ, daß es ihm mit dem Aufbruch eilte. Er hatte einen kurz geratenen, rundlichen, kleinen Mann in einer grünweißen Tunika im Gefolge, deren sich nicht einmal mein Freund, der ehrenwerte Arzt, in den Tagen seiner Prächtigkeit hätte schämen müssen. Seine Hand jedoch, als er die meine schüttelte, fühlte sich hart und schwielig an – wie die eines Zimmermanns.

»Das ist Ismael, der Besitzer der *Jinnah*«, sagte Kelshahir und wies auf ein großes Schiff mit schwarzen Seiten, das hinter ihm auf halber Höhe der Schiffslände lag – als Ismael seinen Namen hörte, lächelte er und verneigte sich ein paarmal, dann richtete er ein paar abgehackte Worte an mich, von denen ich kein einziges verstand. »Er hat versprochen, dich bis zu den großen Städten des Südens zu bringen, von wo du nach Belieben überall hin reisen kannst. Das will er für einhundert Silberschekel oder für fünf in Gold bewerkstelligen. Ich sage euch das jetzt, denn wie alle Araber ist er ein Dieb und wird versuchen, euch später übers Ohr zu hauen. Das Schiff segelt mit dem Morgenwind, geht also am besten vor Sonnenaufgang an Bord. Ist es recht so, Gebieter Tiglat Assur?«

»Sehr recht, mein Freund, und vielen Dank auch.«

»Dann sage ich dir jetzt Lebewohl, da ich noch vor Einbruch der Nacht aufbrechen möchte.«

Er berührte zum Gruß die Stirn und war schon fort, ehe ich ihm überhaupt noch einmal danken konnte. Was danach aus ihm geworden ist, weiß ich nicht, denn ich habe ihn nie wieder gesehen.

Da standen wir nun allein auf der Schiffslände, und nur noch Ismael, der Besitzer der *Jinnah,* leistete uns Gesellschaft.

»Dann bis zum Morgengrauen, Kapitän?« fragte ich ihn mit einem hoffentlich zuversichtlichen Lächeln. »Wir segeln also beim Morgengrauen?«

Er ließ schon wieder eine kleine Ansprache los, die ebenso unverständlich war wie die erste, verneigte sich noch ein paarmal mehr und wies auf sein Schiff. Dieser Austausch von Artigkeiten dauerte mehrere Minuten.

Am Ende schied er von uns, nachdem er anscheinend für sein Teil Sitte und Anstand Genüge getan und sich seiner hundert Silberstücke versichert hatte, und als die Sonne im westlichen Meer versank, hatten Kephalos und ich nichts weiter zu tun, als unseren Neigungen nachzugehen.

Erstaunlich, wie gut man sich mit lediglich ein paar hundert Wörtern und einem wohlgefüllten Geldbeutel verständlich machen und sich Gehör verschaffen kann. Binnen einer Viertelstunde hatten wir neue Kleidung erworben, die unserer Stellung als wohlhabende Reisende besser anstand als die Lumpen, in denen wir angekommen waren. Die Alte, welche sie uns verkaufte, schien zu verstehen, daß Männer aller Nationen am Ende ihre Reichtümer doch nur für die gleichen Dinge ausgeben wollen, und wies uns freundlicherweise den Weg zu einer Weinschenke in der nächsten Straße und machte uns dabei mit einem wirklich staunenswerten Reichtum an Gebärden die Freuden anschaulich, die uns dort erwarteten. Und sie führte uns nicht hinters Licht, denn bei unserem Eintreten brauchte Kephalos nur mit zwei Goldschekeln zu winken, und schon führte man uns in ein im oberen Stockwerk gelegenes Zimmer, versorgte uns mit heißem Waschwasser, ebenso mit Essen, Wein und einer reichlichen Auswahl an nackten Frauen, die sich um unser leibliches Wohl kümmerten – diese waren so vielfältig an Form, Alter und Farbe, daß aber auch jedem Geschmack Rechnung getragen wurde. Da wir weder den Eindruck von Aufschneidern noch von weibischen Schwächlingen erwecken wollten, gaben wir uns mit drei zufrieden.

»Ahhh«, seufzte der ehrenwerte Arzt auf seiner sauberen Matte, nachdem er dem warmen Essen und Wein in sehr reichlichem Maße zugesprochen hatte. »Vergiß nie, junger Herr, daß Trunkenheit die beste Errungenschaft der Zivilisation ist, denn sie tötet die Scham und gestattet es uns, sich die Gliedmaßen von hübschen Frauen säubern zu lassen, ohne daß es uns peinlich ist. Sieh dir die hier an, ja? Sie hat kaum mehr Flaum um die Scheide als ein reifer Pfirsich. Ob sie noch Jungfrau ist?«

»Wohl kaum, es sei denn, man hat sie erst heute morgen hier eingestellt.«

»Bist du Jungfrau?« fuhr er zu dem Mädchen gewandt fort, so als hätte er meine Antwort gar nicht vernommen. »Das käme mir sehr ungelegen, mein Augentrost. Vielleicht sollten wir einfach überprüfen, was …«

Das Mädchen, ein hübsches Dingelchen, schmal wie ein Knabe, mit lachenden, schwarzen Augen und einer Hautfarbe wie Holzrauch, kicherte, als seine Hand zwischen ihre Schenkel schlüpfte – zweifellos kannte sie diesen höchst vergnüglichen Kunstgriff bereits.

»Nein, Herr, du hast ganz recht. Sie ist zwar noch eng, doch ganz eindeutig keine Jungfrau mehr. Ich glaube, ich erfreue mich an der hier, es sei denn, du begehrst sie für dich, schließlich muß man ja irgendwo anfangen. Was für eine Abwechslung nach der Herrin Hjadkir!«

»Erfreue dich nur an ihr, ich sehe doch, daß sie dir eindeutig den Vorzug gibt.«

»Ah, was für ein kluges Kind. Komm, meine kleine, dunkle Blume.«

Kephalos setzte sich auf, erhob sich auf die schmalen Schultern des Mädchens gestützt und wankte mit ihr in den Schutz eines Wandschirms. Binnen Augenblicken hörte ich Gelächter und dann das Stöhnen vorgetäuschter Leidenschaft und am Ende Schnarchen. Es hatte den Anschein, daß er mit dieser anfangen und auch enden würde.

Doch ich hatte keine Herrin Hjadkir gehabt, die Forderungen an meine Manneskraft stellte und hatte deshalb meinen Samen so manchen Monat aufgespart. Von den beiden verbleibenden Frauen – wieso sollte ich eigentlich zwischen ihnen wählen? – war eine hellhäutig und hatte kleine, feste Brüste und Augen wie eine Katze, während die andere, welche mittlerweile mein Glied durch zärtliche, kundige Liebkosungen prächtig versteift hatte, einen Bauch besaß, der so blank und glatt wie die Außenwand eines Kupferkessels war. Ich nahm erst sie und brauchte nur zwei, drei rasche Stöße, um zum Höhepunkt zu kommen. Nach ein paar Minuten Ruhe und einem Becher Wein kletterte ich zwischen die Schenkel der anderen, und wenn man die Röte, welche ihr heiß in Gesicht und Hals stieg, als Anzeichen werten kann, so gelang es mir, ihr soviel Freude wie mir selbst zu bereiten, ehe ich schlaff wie Wasser wurde.

Ich hatte, glaube ich, nicht mehr als ein paar Stunden geschlafen, da weckte mich Kephalos, indem er mich am Fuß zog. Wir waren allein. Er hatte die Frauen entlohnt und fortgeschickt. Licht kam lediglich von einer Öllampe auf dem Fußboden.

»Wie lange ist es noch bis zum Morgengrauen, was meinst du?« fragte ich, nur um mir selbst zu beweisen, daß ich wahrhaftig wach war. Kephalos schüttelte den Kopf.

»Nicht mehr lange, Herr. Ich höre schon Leute auf der Straße, und das heißt in einer Hafenstadt, daß die Schiffe Segel setzen. Zwei Stunden vielleicht noch, aber mehr nicht.«

»Zwei Stunden sind eine Ewigkeit. Zumindest aber Zeit genug, um sich wieder zu betrinken, wenn es schon nichts anderes zu tun gibt.«

Darüber mußten wir lachen, und wir fanden – dem Gott sei Dank für sein Erbarmen, nach kurzer Suche doch wirklich noch einen letzten Krug Wein, der mit ungebrochenem Siegel überlebt hatte.

»Ob er noch Jungfrau ist?« fragte ich, und dann lachten wir noch einmal, als Kephalos mit dem Knauf seines Messers den Tonpfropf durchstieß. Im ersten Morgenlicht waren wir schon sternhagelvoll und mußten uns gegenseitig stützen, daß wir auf dem Weg zur Schiffslände nicht hinfielen, dabei sangen wir die griechische Version eines obszönen Liedes über eine Hure und ihren Liebsten, einen Soldaten, welches ich zum ersten Mal als Knabe in der Kaserne von Ninive gehört hatte.

Die *Jinnah* wartete auf uns, und mit ihr die Welt am anderen Ufer.

Selbst noch nach einer Spanne von so vielen Jahren entsinne ich mich nur zu gern an meine erste Seereise an Bord der *Jinnah*. Aber ich will nicht weiter bei etwas verweilen, das mir damals als der Gipfel der Abenteuerlichkeit vorkam, denn alles, was mir dabei so neu war, ist jedem Griechen, der im Angesicht des sich kräuselnden, weindunklen Meeres geboren wurde, so öde und vertraut, daß meine Großkinder und später deren Kinder noch denken, ihr betagter Patriarch, der hier seine Lebenschronik aufzeichnet, dürfte ein langweiliger, alter Trottel gewesen sein, daß ihn Erinnerungen an den Geruch des salzigen Windes und die auf dem Wasser tanzende Sonne so in Erregung versetzten. Ich übergehe das Ganze also und begnüge mich mit der Feststellung, daß unsere Reise ereignislos verlief und wir binnen fünfundvierzig Tagen nach Cana im Königreich Hadramaut gelangten, eine von mehreren Nationen, welche die südliche Küste des Arabien genannten Landes unter sich aufteilen.

Von Cana aus reisten wir mit einer Gewürzkarawane nach Maudi im Königreich Saba. Diese arabischen Karawanen haben schon tausend Jahre lang auf den gleichen Wüstenstraßen die Steine abgetreten. Die Fährten, die sie entlangziehen, sind aus der Not entstanden, denn nach Norden zu liegt der Rub'al Khali, die »Stätte der Leere«, eine Ödnis aus Sand und Fels, riesig und gnadenlos gleichermaßen, wo sich kein Mensch, der nicht den Tod sucht, lange aufhält. Sogar in Kriegszeiten herrscht auf den Karawanenstraßen Waffenruhe, da ja doch alle darauf angewiesen sind, und niemand kann es mit Menschen und Wüste zugleich aufnehmen.

Die Strecke von Cana nach Maudi maß ungefähr einhundertzwanzig *beru* und die Reise dauerte zweiunddreißig Tage; die Hitze war so groß, daß Menschen und Kamele schon eine Stunde vor Mittag und bis drei Stunden danach rasteten, was für das Reisen selbst nur sieben, acht Stunden übrigließ. Bei Nacht mochten die Araber aus Angst vor Dämonen nicht unterwegs sein. Diese hießen wie das Schiff von Kapitän Ismael – *jinnah.* Anscheinend war das keine unbegründete Furcht, denn das Land war so beschaffen, wie es bösen Geistern zusagen mochte.

Wie die Karawanentreiber gingen auch Kephalos und ich zu Fuß, da die Kamele nur für die Lasten vorgesehen waren. Das galt zumindest für die ersten Tage. Schließlich konnte Kephalos nicht mehr, seine Lebensweise hatte ihn nicht für solche Mühsal gewappnet, und als wir dann einer anderen Karawane begegneten, welche in die entgegengesetzte Richtung zog, kaufte er ihr zwei Kamele ab, und wir versuchten, darauf zu reiten.

Ein spannendes Erlebnis. Die mit Decken ausgepolsterten Kamelhöcker sind gar kein so unbequemer Platz, doch gehen diese Tiere auf eine Art, daß man hin- und hergeschaukelt wird wie in einem kleinen Boot bei stürmischem Seegang. Vermutlich kann man sich daran gewöhnen, doch ich entschloß mich schon bald, lieber zu Fuß zu gehen. Kephalos hatte keine Wahl, da seine Knie ihn nicht mehr trugen und seine Füße wund von aufgeplatzten Blasen waren. Er hing dort oben so gut es eben ging, war grün im Gesicht und so seekrank, daß er erst wieder essen konnte, wenn wir zur Nacht anhielten. Er bot einen äußerst erbarmungswürdigen Anblick. Wir konnten die Karawanentreiber nicht dazu bewegen, für ein paar Tage Rast einzulegen, und darin handelten sie wahrscheinlich weise – in der Wüste kann man sich keine menschlichen Schwächen leisten –, aber zuweilen dachte ich doch bei mir, daß Kephalos hier vielleicht seinem *simtu* begegnen würde.

In Saba redete man mir gut zu, mit einer Karawane die Gewürzstraße nach Norden bis zur hebräischen Stadt Gaza zu ziehen, falls ich nach Ägypten wollte, wo wir dann ein Schiff nehmen, bis zur Mündung des Nils und weiter südlich nach Memphis fahren könnten. Der Wasserweg nach Norden auf dem Roten Meer – so nannte man es hier – zur ägyptischen Stadt Myos Hormos sollte wegen der Stürme und Piraten risikoreich sein. Es handelte sich dabei um vogelfreie Araber und Ägypter, welche kein Gesetz achteten, sondern nur ihre eigenen, brutalen Ziele verfolgten. Ich überbrachte Kephalos, was man mir riet, doch der geriet vor Begeisterung nicht gerade außer sich.

»Furchtbar, daß man Ertrinken oder Ermordetwerden in Kauf nehmen muß«, sagte er und drückte einen Weinkrug an seinen Busen, während er sich auf dem Bett verkroch – es wurde nachgerade Zeit zum Aufbruch, da sich die Wechselbäder von Entbehrung und Prasserei, welche uns die Reise durch die arabischen Länder auferlegte, anscheinend böse auf ihn auswirkten. »Aber das sind nur Risiken. Ich bin gewiß, daß noch so eine Reise wie die letzte mein Ende bedeutet, und nicht gerade ein angenehmes. Kamele und ich hegen eine tödliche Abneigung gegeneinander. Ich brauche sie nur zu sehen, und schon wird mir speiübel, und sie empfinden zweifellos ähnlich, denn du entsinnst dich gewiß noch, wie das große, graue Untier mir damals das Ohr abbeißen wollte. Wenn du mich umbringen willst, dann brauchst du nur mit mir über Land zu ziehen, denn du bist mein Herr, und ich gehorche dir in allen Dingen; aber wenn es nach mir geht, so lasse ich mir lieber von einem Piraten die Kehle durchschneiden, das geht wenigstens schneller.«

Das Schiff, auf dem wir in Mauza eine Überfahrt buchten, hieß *Bootah,* das bedeutet »Ente«, und führte eine in Wollballen eingewickelte Ladung mit sich – ich bin nie dahintergekommen, was. Es war ein kleiner Kahn, maß von einem Ende zum anderen an die dreißig Schritt und sah nicht gerade vertrauenerweckend aus. Dieser Eindruck verstärkte sich noch, sobald wir in See stachen, als nämlich Kapitän und Mannschaft sich versammelten, um einer Ziege mit dem Schwert die Drosselvene durchzuschneiden. Das Blut ließen sie abfließen, dann warfen sie beides, Schwert und Ziege, über Bord. Sofort schien das Meer auf jener Schiffsseite zu sieden, und ich sah ganz deutlich einen Schwarm Fische, manche von Manneslänge, die sich über den Kadaver hermachten und ihn in Fetzen rissen, während sich der rote Fleck auf dem Wasser ausbreitete. Kephalos sah sich das nur einen Augenblick an, dann zog er sich in seine Kabine zurück.

»Haie«, stellte der Kapitän fest und grinste; die Not meines Dieners schien ihn zu belustigen. »Die können Blut riechen – es macht sie ganz wild. Sieh nur. Von der Ziege ist kaum noch etwas übrig, aber die Haie wühlen das blutige Wasser noch eine weitere Stunde auf. Jetzt haben wir die Kinder des Meeres gefüttert, und es wird mit Sicherheit eine gute Reise nach Myos Hormos.«

Doch dem war nicht so, es wurde eine unselige Reise. Zwei Tage nach der Ausfahrt gerieten wir in eine Windstille – der Wind legte sich ganz einfach, wir konnten mit unseren Segeln nicht einmal mehr den Landwind einfangen. Unser Schiff trieb im Wasser wie eine sonnenbadende Schildkröte, und uns blieb nichts anderes übrig, als auf dem Deck herumzuliegen und in die Sonne zu starren. So ging es sechs Tage lang.

Und genauso jäh wie sich der Wind gelegt hatte, erhob er sich auch wieder. Wir segelten an der Küste entlang, zuweilen erblickten wir Männer mit glänzenden, schwarzen Leibern in Booten aus ausgehöhlten Baumstämmen, das waren Fischer, welche durch die Brandung paddelten. Doch größtenteils führte uns unsere Reise an Ufern entlang, deren Sand noch nie den Abdruck eines menschlichen Fußes gesehen zu haben schien.

»Ist das Ägypten?« fragte ich.

»Nein, das ist nicht Ägypten. Das ist gar nichts.« Der Seemann schüttelte den Kopf, so als stimmte ihn der Anblick der leeren, graubraunen Felsen traurig. »Obwohl Ägypten nicht viel anders ist – jedenfalls das von Ägypten, was man von See aus sehen kann. Ägypten, das ist der Nil und ein Streifen Grün an jedem Ufer von einer Breite, welche ein Mensch in zwei Stunden durchmessen kann. Der Rest ist Wüste, genau wie hier.«

»Und der Hafen Myos Hormos?«

»Ist eine Art Oase. Ein paar Dattelpalmen, ein Brunnen mit frischem Wasser, hier und da Lehmhäuser. Dann die Straße durch die Wüste nach Keus am Nil. Auf der bin ich einst gereist, als mein Schiff gesunken war. Am Nil ist es schön. An seinen Ufern kann man sein Leben lang verweilen und zufrieden sterben.«

So vergingen acht lange, angenehme Tage, ein jeglicher gefolgt von einer Nacht unter dem schimmernden Sternenzelt beim Plätschern des Wassers gegen den hölzernen Schiffsrumpf.

In der neunten, als die Morgenluft noch grau und schläfrig war, schwoll der Wind zu einem stetigen Heulen an, so als wehklagte er um die Betagtheit der Welt.

»Ein Sturm, der erste in dieser Zeit des Jahres – und um einen halben Monat zu früh!« Der Kapitän wirkte entzückt, doch rührte seine Erregung, glaube ich, von etwas anderem her. »Nur keine Sorge. Wir lassen uns mit ihm treiben, denn hier ist das Meer breit. Eher weht er sich tot, als daß er uns auflaufen läßt.«

Sie hißten die Segel, und der Wind blies uns nach Osten, fort vom ägyptischen Ufer – denn mittlerweile hatten wir Ägypten erreicht – hinaus aufs offene Meer. Der Himmel wurde nicht mehr hell, so daß wir uns zwei Tage lang von ewiger Nacht umfangen fühlten, und niemand schlief oder ruhte, während wir Wasser schöpften und uns bemühten, das Schiff auf Kurs zu halten und mit dem Wind zu segeln.

Ich hatte keine Ahnung, wo wir uns befinden mochten, weil sich die Sonne fortwährend verbarg, und Kephalos, welcher abwechselnd seine Götter verfluchte oder sie um Erbarmen anflehte, kümmerte es wenig, wo er war, eher wo er hätte sein können, wenn wir wie vernünftige Männer, denen ihr Leben lieb ist, die Gewürzstraße genommen hätten.

»Ich bin ein Hasenfuß und ein Schwächling, und das schon

mein ganzes Leben – dich trifft die Schuld, Herr, denn du hast mein Flehen erhört, und wenn wir jetzt beide ertrinken wie die Katzen, so ist das für dich eine gerechte Strafe. Jemand, der beinahe König geworden wäre, hätte lieber nicht auf das Gewinsel eines Leibeigenen hören sollen.«

Doch wir ertranken nicht. Am Ende hatte sich der Sturm ausgetobt, genau wie es der Kapitän vorhergesagt hatte, und wieder einmal gerieten wir in Sichtweite des Landes in eine Windstille.

Als die Sonne an diesem Abend unterging, tat sie das über Land, welches somit westlich von uns liegen mußte. Und doch war es nicht Ägypten, denn der wilde Wind hatte uns zwei Tage und zwei Nächte lang gen Osten geblasen, fort von Ägypten.

Als ich das dem Kapitän gegenüber äußerte, antwortete dieser überraschend feindselig so wie jemand, der sich von Feinden umzingelt fühlt.

»Das ist ein Felsrücken«, sagte er, »welcher ins Wasser hinausragt und sich zwischen Ägypten und Arabien schiebt. Er ist unbewohnt. Einen Namen hat er auch nicht. Nicht einmal die *jinnah* würden dort hausen wollen.«

Was auch stimmte, wie ich bald selber feststellen durfte.

Denn das Meer war nicht so leer wie das Land. Am nächsten Morgen sichteten wir ein Schiff, und ich sah, wie die Mannschaft den Himmel verwünschte und um Wind betete, so als ob der Sturm uns wieder eingeholt hätte, und das noch furchtbarer als zuvor. Jählings ging mir ein Licht auf.

Das Schiff war lang und schmal, so schlüpfrig wie ein Fisch und schwarz gestrichen. Es lief ohne Segel, da es von Ruderern angetrieben wurde. Das wirkte sich über kurze Entfernungen hin vorteilhaft auf die Schnelligkeit und auch auf die Wendigkeit in diesen ruhigen, seichten Gewässern aus. Solche Schiffe hatte ich schon gesehen, sie hießen Galeeren und hatten auf dem Bebenden Meer eine Besatzung aus Urartern gehabt – es waren Kriegsschiffe, keine Kauffahrteischiffe. Das hier war ein Piratenboot.

Als ich ins Wasser blickte, sah ich eine schwarze Flosse seine Oberfläche durchschneiden wie ein Dolch feines Leinen. Ob sie das Blut schon rochen?

Der Kapitän teilte Waffen an seine Mannschaft aus, Schwerter fast so kurz wie Dolche und Spieße mit Kupferspitzen, daß wir die Enternden abwehren konnten, aber an der Art, wie sie sie anfaßten, konnte man unschwer erkennen, daß sie den Umgang mit Waffen nicht gelernt hatten. Er gab auch Kephalos und mir je ein Schwert, doch Kephalos ließ seines unverzüglich aufs hölzerne Deck fallen, als ob ihm allein schon die Berührung die Hand verbrannte.

»Ich bin kein Soldat«, schrie er ganz außer sich. »Ich kann nun einmal nicht mit einer Waffe umgehen. Glaubt der Tölpel etwa, daß ich die Kerle auch noch einlade, mir die Kehle durchzuschneiden?«

Recht hatte er. Wir waren nur zu acht – zwei Passagiere, der Kapitän und eine Besatzung von fünf Mann –, und sogar aus dieser Entfernung konnte ich wenigstens fünfzehn Ruder auf jeder Seite des Piratenschiffes ausmachen, die ins Wasser tauchten und sich wieder hoben, und das mit der Regelmäßigkeit des Pulsschlages in den Adern eines Menschen. Widerstand war reiner Selbstmord.

»Die Elenden auf den Ruderbänken sind Sklaven«, bemerkte der Kapitän gelassen und bückte sich, um das Schwert aufzuheben, welches Kephalos hatte fallen lassen. »Männer von überfallenen Schiffen, die man ans Ruder kettet und rudern läßt, bis ihnen die Lungen platzen und sie den Haien zum Fraß vorgeworfen werden. Jetzt muß jeder selber wissen, was er tut, ich für meinen Teil lasse mir lieber hier die Kehle durchschneiden, als daß ich solch einen qualvollen Tod sterbe.«

Ja. Er hatte nur zu recht. Und der Kapitän war ein tapferer Mann, daß er der Wahrheit so gefaßt ins Auge blickte.

Uns blieb nichts als warten. Das Piratenschiff kam immer näher – keine Stunde mehr, und wir hatten sie am Hals. Kein Lüftchen rührte sich, und so trieb uns denn nur eine schwache Gezeitenströmung noch weiter aufs Ufer zu, wo wir gewißlich sinken mußten. Die Sonne brannte auf uns herab wie das feurige Auge des Gottes, und wir konnten nur stumm in ihrem Schein ausharren und hoffentlich mannhaft sterben.

Im Bug des Piratenschiffes kauerten Bogenschützen und schossen in brennendes Pech getauchte Pfeile auf uns. Zwei Seeleute wurden beim ersten Pfeilhagel getötet, und die Segel fingen Feuer. Beim zweiten Pfeilhagel wurde der Kapitän in den Leib getroffen, und er schrie wie ein Teufel. Ich konnte es ihm nicht verdenken, ich hätte das Gleiche getan. Drei Mann waren schon tot, und die Segel brannten lichterloh. Das reichte wohl – vielleicht herrschte Knappheit auf den Ruderbänken, und sie wollten uns lebend haben. Also schossen sie keine Pfeile mehr auf uns ab.

Wir warteten an der Reling, mein vormaliger Sklave und ich, während die drei restlichen Seeleute sich abmühten, das Segel zu retten und es über Bord zu werfen – es schien so schnell zu brennen, als wäre es aus Stroh gewirkt, und die Fetzen schwebten wie Glühwürmchen in der stickigen, stillen Luft. Das hier war die letzte Gelegenheit für ein Wort. Es war an der Zeit, Lebewohl zu sagen.

»Ich verdanke dir mein Leben, Kephalos, und das öfter, als ich zu zählen vermag. Du kannst nun nichts mehr für mich tun. Du bist kein Soldat, sie werden dich beim ersten Aufprall kehlen – oder dich ein Weilchen verschonen, eine kurze Weile, damit du ruderst. Wenn ich es dir sage, dann spring. Schwimm an Land. Ich halte sie so lange auf, wie ich kann. Wenn du das Land erreichst, schaffst du es vielleicht.«

»Das Wasser wimmelt von Haien, Herr! Bei den Göttern, hast du die denn nicht gesehen? Ich spüre schon ihre Zähne in meinem Fleisch! Bring mich selber um, wenn es denn sein muß, aber –«

Zum ersten Mal in all den Jahren, die wir nun schon zusammen waren, schlug ich Kephalos. Hart und mitten ins Gesicht. Er war so überrascht, daß er sogar seine Angst vergaß.

»Sei nicht so feige, daß du dich dem Tod in die Arme wirfst, du Narr! Ob dein Bauch nun von einem Hai oder einem Schwert aufgeschlitzt wird, und das von mir oder jemand anderem, es gilt gleichviel. Wenn ich es dir sage, dann springst du!«

Tränen standen ihm in den Augen. Er sah so verstört aus, daß ich nicht wußte, ob er gehorchen würde, doch ich mußte es versuchen, das schuldete ich ihm. Auch wenn er keinen Gebrauch davon machte.

Ich wandte mich von ihm ab, denn das Piratenschiff kam rasch näher. Als ich mich zu den Seeleuten stellte, merkte ich, daß sie sich stritten, ob es nun klüger war sich zu ergeben. Es schien zwei zu eins dafür zu stehen.

»Das schlimmste Leben ist immer noch besser als der schönste Tod«, sagte der eine und warf sein Schwert ins Wasser.

Ein anderer mit schmalen Schultern und blassen Augen sagte mehrmals: »Ja, ja.« Er war so erregt, daß er wie von Sinnen wirkte.

»Vielleicht dürfen wir uns ihnen anschließen, auf jeden Fall aber lebt ein Sklave immer in der Hoffnung auf Entkommen.«

»Entkommen? Dorthin etwa?«

Und damit wies er zum Ufer, einer Gebärde voller Verachtung und Hoffnungslosigkeit – und ich hatte Kephalos zu diesem langsamen Tod durch Durst und Hunger verdammt. »Da gibt es doch nur Wüste, Meer, Piraten – oder den Tod«, fuhr er fort. Es war der Seemann, der mir von Ägypten erzählt hatte, wo ein Mensch zufrieden sterben konnte. »Ich wähle den Tod. Es kommt aufs Gleiche heraus.«

»So hast du also gewählt. Da!«

Der blaßäugige Mann erstach ihn, er stieß ihm die Schwertspitze unter den Brustkasten. Sein Opfer schrie auf und hielt das Schwert fest, das ihm in den Leib fuhr und ihm die Hände bis auf den Knochen aufschnitt, als der Blaßäugige es wieder herauszog. So starb er.

Warum? fragte ich mich. Vielleicht wußte er das selbst nicht. Menschen handeln sonderbar und brutal, wenn die Angst sie in den Klauen hat.

Auch ich hatte Angst, doch da packte mich jählings eine furchtbare Wut. Der Blaßäugige drehte sich zu mir um – nur die Götter wissen, was er bei sich dachte –, und ich hob den Arm und stieß zu, so daß meine Klinge ihm den Hals halb durchtrennte und er mir wild zuckend vor die Füße fiel und alles mit Blut vollspritzte.

Gut. Soll er doch sterben, dachte ich. Ich habe ihm einen guten Dienst erwiesen.

Der andere und letzte Überlebende der Mannschaft, dessen

Schwert auf dem Grund des Meeres lag, stieß einen Schrei aus und floh vor mir.

Das Piratenschiff zog die Ruder ein und verlangsamte die Fahrt, so daß der Rammstoß uns seitlich traf und unser Schiff nur leicht zum Erzittern brachte. Da stand ich nun allein mitten im Schiff, das blutverschmierte Schwert in der Hand. Ich konnte die Piraten an der Reling entlang stehen sehen, sie hatten die Arme auf der Brust verschränkt, denn unser Schiff schien auf sie menschenleer und harmlos zu wirken. Sie warteten, daß uns die Enterhaken zusammenzogen. Etliche unter ihnen musterten mich und grinsten.

»Spring, Kephalos«, schrie ich, ohne mich umzusehen. »Spring!«

Schon machten sich die Piraten bereit an Bord zu gehen. Ich richtete den Blick und meine Schwertspitze auf sie. An die zwanzig Männer wollten von Schiff zu Schiff entern. Hinter mir hörte ich etwas schwer und dumpf aufs Deck fallen, dann gab es einen erstaunlich lauten Platsch im Wasser. Endlich! Er war gesprungen. Wenigsten etwas. Jetzt konnte ich versuchen, ihm eine Gnadenfrist zu erkaufen, damit ihn niemand mit dem Speer aufspießte, während er sich vom Schiff entfernte.

Ich blickte mich um und sah, was da aufs Deck geplumpst war. Neben der Reling lag Kephalos' Geldbeutel. Er hatte ihn zurückgelassen, da er wohl fürchtete, er würde ihn wie ein Stein auf den Meeresgrund ziehen. Die Piraten waren nun an Deck, und zwei, drei wollten sich auf mich stürzen, ich aber schob die Schwertspitze durch die Schnüre des Beutels und schwenkte ihn über dem Wasser. Das verstanden die Halunken nur zu gut und blieben stehen.

»Hier ist genug Gold, um zehn Männer fürs ganze Leben reich zu machen«, rief ich auf Arabisch – ich hatte keine Ahnung, welche Zunge die Kerle sprachen. »Ein Schritt, eine Bewegung, und es wandert zu den Fischen. Bleibt, wo ihr seid!«

Was hätten sie auch sonst tun sollen? Ich brauchte nur das Schwert fallen zu lassen, und der Beutel lag auf dem Grund des Meeres. Piraten, so dachte ich bei mir, dürften wissen, was Gold wert ist. Sollen sie sich die Sache ruhig überlegen.

Schweigen. Hinter mir hörte ich Wassergeplatsche – Kephalos suchte sein Heil in der Flucht. Noch ein paar Minuten, und er war außer Gefahr. Mochten ihn auch die Haie umbringen oder die namenlose Wüste, welche sich hinter dem Ufer erstreckte, die hier jedenfalls nicht. Ich wartete.

»Dein Leben, Herr – für das Gold schenken wir dir das Leben.«

Hielten sie mich etwa für so dumm? Ich lachte sie aus – Angst hatte ich keine mehr. Die vergeht, wenn man im Begriff ist zu sterben.

Das Geplatsche wurde leiser. Gut. Ich würde mein Versprechen halten, auch wenn sie es nicht taten. Sie konnten das Gold haben, und ich würde ihnen zeigen, wie Tiglat Assur, der Sohn Sanheribs, zu sterben verstand.

Ich hob den Arm, so daß sie auf meine Schwertspitze blickten. Eine Drehung, und ich hatte die Schnüre durchschnitten. Kephalos' Beutel fiel aufs Deck. Die Piraten sprangen zurück, als hätte ich sie angegriffen.

»Jetzt könnt ihr kommen«, sagte ich ruhig und mit zusammengebissenen Zähnen, »und könnt erleben, wieviele mich in den Tod begleiten.«

Ohne daß es mir bewußt wurde, stieß ich unseren Schlachtruf aus. Ich stürzte mich auf das Knäuel Männer, das mir am nächsten stand und hieb auf sie ein, als wären sie Weizen auf dem Halm. Einen erwischte ich am Arm, und das helle Blut floß aus seiner Wunde. Die übrigen fuhren erstaunt – und ängstlich zurück.

Ich lachte. Lachen über diese Weiber, die den Tod fürchteten, blubberte in mir hoch. Ich lachte – ich …

Da geschah etwas. Ich spürte ein Erschrecken – zunächst keinen Schmerz, sondern nur ein Erschrecken, so als hätte die Erde unter meinen Füßen jählings vor Schreck gebebt. Mehr nicht.

Und dann folgte der Schmerz, stieg mir hinter den Augen hoch. Das war ein Gefühl, als bestünde ich auf einmal aus Eisen. Ich brach unter dem Gewicht meines eigenen Leibes zusammen. Das Licht verging – Sonnenuntergang, während sich die Luft so rot wie Blut färbte.

Und dann Schwärze. Mehr als Schwärze – Leere. Ich fiel durch die leere, schwarze Luft, und dann …

Nichts.

VIII

»Wenn ihr mich fragt, wir sollten ihn töten – jetzt, wo er noch Ruhe gibt. Der ist gefährlich. Der kämpft wie ein Wilder.«

»Du bist ja bloß so böse, weil er dich aufgeschlitzt hat. Warum einen solchen Mann vergeuden? Mit solchen Schultern macht er sich gewiß ausgezeichnet auf der Ruderbank. Der da hält ein Jahr durch.«

Doch nicht diese Worte, sondern Gekreisch brachte mich wieder zu mir.

Genau weiß ich nicht zu sagen, wie lange ich ohnmächtig war, aber mehr als ein paar Minuten können es nicht gewesen sein. Ich erwachte mit dem Gesicht auf dem Deck, mein Kopf fühlte sich an, als hätte man ihn gespalten. Alles tat mir weh. Ich mochte mich nicht rühren. Mein linkes Auge wollte sich einfach nicht öffnen, war verschlossen wie die Tür zu einer Gruft, und ich verspürte nicht die geringste Lust, es mit Gewalt aufzumachen. Was hätte auch das Sehen verlohnt? In meinem Mund war ein Geschmack, als hätte sich dort ein kleines Pelztier zum Sterben verkrachen.

Während ich so reglos wie ein Leichnam dalag, merkte ich, daß mir etwas Warmes, Klebriges übers Ohr rann. Wahrscheinlich Blut, dachte ich. Wahrscheinlich bildet es über meinem Auge eine Kruste, darum bekomme ich es nicht auf.

»Seht nur das Mal auf seiner Hand!«

Jemand hatte meinen rechten Arm ergriffen. Er öffnete meine Finger, als wollte er die Krallen eines toten Löwen vorführen. Wenn sie mich doch nur in Ruhe lassen würden.

»Ja, das macht alles anders.«

Und irgendwo im Hintergrund kreischte es immer noch. Wer kreischte da? Und worüber redeten die Männer eigentlich. Die

Mühe, das herauszufinden, war jedoch zu groß. Ich wollte nichts als still daliegen und über den Schmerz in meinem Kopf nachdenken.

Und dann merkte ich, man drehte mich auf den Rücken. Es tat so weh, daß ich mich beinahe übergeben mußte.

»Spritzt ihm Wasser ins Gesicht – stellt ihn auf die Beine.«

Das Wasser war eine Gnade. Es brachte mich mit einem Ruck wieder zurück ins Leben, und als ich mir das Gesicht rieb, stellte ich fest, daß mein linkes Auge jetzt aufging. Über dem Ohr hatte ich am Schädel eine tiefe Wunde, und die brannte vom Salz, doch selbst das hatte die Wirkung, daß es den Schmerz in meinem Kopf auf ein erträgliches Maß verringerte.

Doch auf die Beine zu kommen, das war ein ander Ding. Die, welche mich gefangengenommen hatten, versuchten es, und ich versuchte es, aber es war aussichtslos. Meine Knie wollten einfach nicht einrasten. Am Ende gaben wir uns damit zufrieden, daß ich mich aufsetzte und den Kopf in die Hände stützte.

Übelkeit stieg in mir auf, und ich fing an zu husten. Schließlich spie ich einen schwarzen Klumpen vom Durchmesser eines Kupferschekels aus, danach ging es mir besser.

Und da erkannte ich auch, woher das ganze Gekreisch gekommen war – die Piraten vergnügten sich. Sie hatten dem überlebenden Seemann ein Tau um die Mitte gebunden und das andere Ende um unseren Schiffsmast. Und jetzt spielten sie mit ihm und stießen ihn ins Meer, wo ihn die Haie anfielen, die wohl sofort das Blut gerochen hatten, denn auf Deck lagen keine Leichen mehr herum. Nach etlichen Minuten zogen ihn die Piraten dann wieder heraus, gönnten ihm eine Verschnaufpause auf Deck und überlegten, wieviel Fleisch ihm wohl schon fehlen mochte, dann warfen sie ihn wieder hinein. Anscheinend hatten sie den Vorgang schon mehrfach wiederholt, denn der arme Teufel war schon ziemlich angefressen, an seinen Beinen fehlten große Stücke, insbesondere am rechten Schenkel, und der Fuß war ganz dahin. So färbte er denn das Deck rot mit seinem Blut und schien kaum noch zu merken, was mit ihm geschah. Möglicherweise war er auch schon tot.

Ich sah ohne besondere Anteilnahme zu. Nicht einmal Mitleid

verspürte ich. Wieso auch? Noch ein Weilchen, und ich war an jenem Ende des Taus an der Reihe.

»Das machen wir mit Kerlen, die nicht kämpfen wollen«, sagte einer der Piraten, der neben mir kauerte und mich zähnefletschend mit gelben Zahnstümpfen anlächelte. Eine lange Narbe lief ihm von der rechten Schläfe geradewegs in den Bart, so als hätte jemand versucht, ihn mit einer Hacke aufzuspalten. »Wer kein Mann ist und nicht kämpfen will, der lohnt es auch nicht, daß man ihn verschont. Solche halten im allgemeinen nicht länger als einen Monat auf der Ruderbank durch. Du hingegen …«

»Das Mal auf deiner Hand – woher hast du das?«

Ein anderer, der, welcher mich herumgedreht hatte, griff nach meinem Handgelenk und hielt mir meine Hand vors Gesicht, als hätte ich diese noch nie gesehen.

»Damit wurde ich geboren«, sagte ich und überlegte, welchen Unterschied das machen würde.

»Dann taugt er nicht für uns«, sagte der Mann. »Irgendein Gott hat ihm sein Zeichen aufgedrückt, und ob das nun Fluch oder Segen bedeutet, wer kann das wissen. Aber Vorsicht ist besser als Nachsicht. Jammerschade.«

Der hier so auf Vorsicht und Achtung vor den Göttern bestand, war ein bemerkenswert dünner Mann mit glitzernden, schwarzen Augen und einem narbigen Gesicht, das wohl irgendeine Krankheit so entstellt hatte. Sein Bart bestand aus ein paar vereinzelten Strähnen, welche eigenartig abstanden. Alles in allem machte er einen so unangenehmen Eindruck, daß ich wenig Zutrauen zu seinem Erbarmen hatte.

»Dann werfen wir ihn doch über Bord«, schlug mein Freund mit der Narbe vor. »Vielleicht machen ihn die Haie fertig oder die Wüste, wenn er die Haie überlebt, jedenfalls kann uns sein Gott seinen Tod nicht anlasten. Am besten geben wir ihm einen leeren Wasserschlauch mit, daß er uns nicht gleich absäuft, und dann übergeben wir ihn dem Meer.«

Diese Idee fand soviel Anklang, daß sie unverzüglich in die Tat umgesetzt wurde. Ich merkte, wie man mich an Armen und Beinen hochhob und zur Reling trug, über die man mich alsdann warf wie die tote Ziege, welche in Mauza geopfert worden war.

Hinter mir hörte ich das Gelächter der Piraten, dann schlug ich aufs Wasser.

Der Wasserschlauch traf mich zwischen den Schulterblättern, kaum daß ich wieder an die Oberfläche gekommen war, und ich drehte mich um und griff nach ihm, drückte ihn fest an meine Brust, damit ich nicht wieder untertauchte und ertrank. Sie lachten immer noch – ich sah, wie sie über mir an der Reling standen und ihren Spaß hatten –, doch das galt mir gleichviel. Die zählten jetzt nicht mehr, denn mir war wieder eingefallen, daß ich leben wollte.

Sekundenlang schöpfte ich Atem, dann bewegte ich unbeholfen die Beine und versuchte zu schwimmen. Das Ufer wirkte so weit entfernt wie aus einer anderen Welt und mir für immerdar entzogen. Ich trat unentwegt aus, doch ich spürte nicht, daß ich vorankam. Ein neuer Versuch, dieses Mal noch heftiger, und als ich innehielt, da merkte ich, daß ich zumindest aus dem Schatten des Schiffes heraus war – vielleicht hatte mich auch nur die Strömung ein wenig mitgenommen. Ich ließ mich treiben und versuchte es noch einmal. Ganz allmählich fiel es mir leichter.

Was mich antrieb, war eher die Angst vor Haien als die Angst vor dem Tod. Ich wollte nicht in Stücke gerissen werden, als Fetzen in einer Blutlache enden, bis das Meer mich völlig auseinandertrieb. Ein über alle Maßen entsetzlicher Tod, so unbestattet dahinzuscheiden und nicht einmal im gnadenlosen, windverwehten Sand zu ruhen. Falls ich es schaffte, an Land zu kommen, wollte ich meine Gebeine dort frohgemut ausstrecken, obschon mein Geist vielleicht auf ewig an dieser öden Stätte herumirren würde. Doch selbst die Angst hat ihre Grenzen, und als ich erst so richtig erschöpft war, fürchtete ich nicht einmal mehr die Haie.

Als ich am Ende hilflos und mit den Armen über dem Wasserschlauch dahintrieb, welcher gerade genug Luft enthielt, daß mein Antlitz über dem Wasser war, da näherte sich von links eine schwarze Flosse, schwamm hierhin und dorthin und schien sich meinetwegen noch nicht schlüssig zu sein. Sie kam näher und näher.

Ich empfand lediglich Ärger. Was soll mir das? dachte ich. Der Hai hob sich ein wenig aus dem Wasser, daß sein Rücken sichtbar wurde und näherte sich sehr zögernd.

»Wo soll ich dich beißen?« schien er zu fragen. »Am Bauch oder längs der Rippen? Soll ich deinen Arm fressen?«

Das Untier betrieb das so langsam, fast genüßlich, daß ich ehrlich beleidigt war. Schließlich schwamm es direkt auf mich zu und legte sich beim Näherkommen etwas auf die Seite. Da packte mich die helle Wut und die Angst gleichermaßen, und ich schlug zu, versetzte dem Untier mit der geballten Faust vorn eins aufs Maul. Es hielt jählings inne, machte sozusagen auf den Fersen kehrt und zog eine tiefe Spur durchs Wasser, als es eiligst davonschwamm.

»Gott Assur, du mein Beschützer«, flüsterte ich, »halte mich in deiner Hand, verschone mein Leben. Vergib mir, daß ich von dir abgefallen bin.«

Vielleicht wurde mein Gebet erhört, denn weitere Haie sichtete ich nicht. Vielleicht hatten sich alle übrigen an den Leichen der *Bootah*-Mannschaft vollgefressen, doch wie auch immer, ich begegnete keinem mehr.

Schließlich verließ mich jedoch die Kraft. Ich trieb nur noch dahin und wartete darauf, daß ich das Bewußtsein verlor und Opfer des Meeres wurde. Ich war bereits so gut wie tot – ich kannte keine Angst mehr …

Auf einmal war irgendwo in meiner Nähe ein großer Aufruhr. Es spritzte, als würde das Wasser auseinandergerissen, und dann spürte ich zwei Arme, die sich um meine Mitte schlangen.

»Herr – den Göttern sei Dank, du lebst noch!«

Kephalos' Stimme. Ich weiß auch nicht wie, aber Kephalos zog mich an Land. Auf einmal wollte mir das Herz schier in der Brust bersten, so daß ich nur noch weinen konnte.

Kephalos hat mir dann erzählt, daß ich den Wasserschlauch auch dann noch nicht loslassen wollte, als er mich schon an Land zog. Und das war auch gut so, denn wir entdeckten, daß er trotz viel Luft noch drei, vier Becher Wasser enthielt, genug jedenfalls, um das Salz hinunterzuspülen und unsere Lebensgeister zumindest für diesen Tag wieder zu wecken.

»Wie hast du es an Land geschafft?« fragte ich ihn, als mich die Ruhe und ein paar Schluck Wasser wiederhergestellt hatten. »Ich hatte schon Angst, du würdest ertrinken oder die Haie würden sich an dir gütlich tun.«

Wir saßen auf dem Ufersand gleich unter einem Felsvorsprung, der ein paar Handbreit Schatten spendete. Kephalos hob einen Kiesel auf und warf ihn verächtlich in die schäumende Gischt.

»Immer und immer wieder muß ich dich mit der Nase darauf stoßen, daß ich Grieche bin, Herr, und obendrein Inselgrieche. Selbst als Kind konnte ich schon schwimmen wie ein Delphin, und es ist zwar viele Jahre her, daß ich mich in dieser Leibesübung betätigt habe, aber die Angst macht einem einfach Beine. Sollten die Haie auf die Idee gekommen sein, mich zu verfolgen, so habe ich sie weit hinter mir gelassen. Diese Wunde an deinem Kopf will mir aber gar nicht gefallen, doch dem Gott sei Dank, das Meerwasser hat sie ausgewaschen. Wenn ich doch nur etwas zum Zusammennähen hätte.«

»Ich bin schon froh, daß ich überhaupt noch am Leben bin. Ich erzähle dir auch nicht, was sich abgespielt hat, da ich weiß, derlei Geschichten sind nicht nach deinem Geschmack.«

»Bitte nicht – bei den Göttern, siehst du das? Sie verbrennen das Schiff!«

Fürwahr. Wir konnten den Rauch sehen, und schließlich tauchte dahinter das Piratenschiff auf.

»Die haben alles mitgenommen, was ihnen ins Auge gestochen hat«, sagte ich etwas bitter. An ein Schiff kann man sein Herz verlieren wie an eine Frau. Kein schöner Anblick, wenn jemand Schindluder damit treibt.

Lange sahen wir zu. Wir sahen die Piraten am Horizont verschwinden, während der hochragende Rumpf der *Bootah* hilflos in der Gezeitenströmung trieb. Nach vielleicht einer halben Stunde wurde der Rauch immer dünner. Anscheinend fand das Feuer keine Nahrung mehr. Über der Wasserlinie war der Schiffsrumpf jedoch unversehrt. Allmählich formte sich eine Idee in meinem Hirn.

»Die Strömung dürfte sie noch dichter ans Ufer treiben«, sagte ich, und eine verrückte Hoffnung ergriff jählings von mir Besitz. »Irgendwo muß sie auf Grund laufen, und dann können wir möglicherweise zu ihr hinausschwimmen.«

»Herr, weißt du nicht mehr, was du selber gesagt hast?« gab Kephalos ohne große Begeisterung zurück. »Zweifellos haben die Piraten alles von Wert mitgehen lassen. Und falls du es vergessen haben solltest, die Haie sind auch noch da.«

»Es mag noch viel an Bord sein, was für Piraten keinen Wert hat, jedoch für uns. Das Schiff hat wenig Tiefgang, jedenfalls weiß ich, daß der Kapitän sich darüber beklagt hat, als der Sturm uns vor sich hertrieb. Gewiß strandet es irgendwo in der Nähe des Ufers. Außerdem haben wir in dieser Ödnis, ohne Wasser oder Nahrung, gar keine andere Wahl. Wir müssen zum Schiff.«

Das mußte er zugeben. In unserer augenblicklichen hilflosen Lage, wo uns nur noch ein paar Mundvoll abgestandenes Wasser vom Tod trennten, hatten wir kaum noch etwas zu verlieren und mußten meiner Laune nachgeben. Also folgten wir der zerstörten *Bootah* den ganzen Tag lang und sogar bis tief in die Nacht hinein, denn der Vollmond schien, und wir konnten sie ganz deutlich ausmachen. Gegen Morgen war zu erkennen, daß sie aufgehört hatte zu treiben.

Wir warteten das Niedrigwasser ab, das es uns ersparte, weit hinauszuschwimmen und das Schiff auf der Sandbank festhielt, auf die es aufgelaufen war. Dann machten wir uns zu ihm auf. Wir stellten fest, daß wir ein gut Teil des Weges waten konnten, denn es lag kaum mannshoch im Wasser. Kephalos erreichte es als erster. Er konnte leicht an Bord klettern, da es krängte und das Deck nur ein paar Ellen über dem Wasser lag.

Kephalos half mir an Bord, und wir blickten uns um. Das Schiff mit seinem angekohlten Mast und dem verbrannten Tauwerk bot einen trostlosen Anblick – das Deck war stellenweise angesengt, jedoch erweckte die *Bootah* den Eindruck, als hätte das Feuer nicht richtig um sich gegriffen. Ein Teil des Taus, an welchem man den letzten Seemann zum Festschmaus für die Haie gemacht hatte, hing noch an der Reling, war aber mit einem

Schwert durchtrennt worden, als das Spielchen am Ende keinen Spaß mehr gemacht hatte.

»Laß uns hier nicht zu lange verweilen«, sagte Kephalos. »Es kann wieder freikommen, wenn das Wasser aufläuft.«

Ein guter Rat, und so beeilten wir uns.

Und das Glück war uns hold. Die Ladung, was auch immer das gewesen sein mochte, war fort, doch mein Speer lehnte noch immer am gleichen Fleck an der Wand unserer Kabine – ich weiß nicht, warum die Piraten ihn nicht mitgehen ließen, schließlich hatte er eine prächtige Kupferspitze, aber vielleicht war er als Waffe für Seeleute wertlos. Ein Schwert fand ich auch, mit arg schartiger Klinge, das sie gegen ein besseres eingetauscht haben mochten, dazu noch etliche Messer. Dann etwas Trockenfleisch, das noch nicht im Meerwasser gelegen hatte, und das Wichtigste überhaupt, vier Schläuche mit Süßwasser. Wir nahmen zwei davon mit, denn mehr konnten wir nicht tragen, und machten uns wieder zum Ufer auf. Dort angekommen, frühstückten wir königlich. Danach sah die Welt schon ganz anders aus.

»Was für ein Jammer, daß ich meinen Beutel zurückgelassen habe«, sagte Kephalos schließlich. »Ich hatte Angst, er würde mich auf den Meeresgrund ziehen – wenn ich tapferer gewesen wäre und mehr Zutrauen zu meinen Kräften gehabt hätte, dann gingen wir jetzt nicht am Bettelstab.«

Da mußte ich denn doch lachen, denn mir war eingefallen, auf welche Weise ich Gebrauch von seinem Gold gemacht hatte, aber es war wohl besser, wenn ich den Witz für mich behielt.

»Wofür wolltest du das hier wohl ausgeben?« fragte ich statt dessen. Kephalos blickte um sich und nickte.

»Mein Gebieter ist klug. Und falls wir Ägypten lebendig erreichen, werden wir sowieso unermeßlich reich sein.«

»Wie wahr. Hoffentlich hält uns dieser Gedanke die kommende Zeit aufrecht, denn unser Wasservorrat reicht nur für ein paar Tage, und Ägypten liegt meines Wissens irgendwo nordwestlich von uns – wie weit entfernt es ist und was dazwischen liegt, das wissen die Götter. Wir sollten jedenfalls nicht vergessen, daß wir in Ägypten einmal reiche Männer sind.«

»Der Gebieter Tiglat Assur hat eine unglückliche Hand mit

der Wahrheit. Wir sollten doch auch nicht vergessen, daß wir gestern um diese Zeit dem Tod ins Auge blickten. Bei den Göttern, was für ein Abenteuer! Nie im Leben spreche ich wieder schlecht von einem Kamel!«

»Der Gebieter Kephalos ist klug.«

Wir lachten beide, denn mit vollem Bauch hat man wieder Hoffnung.

»Wir wollen der Küste folgen«, schlug er vor, als wir wieder in der Lage waren, uns ernsten Angelegenheiten zu widmen.

Ich schüttelte den Kopf.

»Nein. Wenn dieses Meer auch nur in etwa einem Fluß gleicht, so hat es Windungen wie eine Schlange. Was vielleicht nur fünfzig *beru* sind, wenn man geradeaus geht, wird zu hundert, wenn man den Biegungen des Ufers folgt. Wir suchen uns die Richtung und halten uns daran, bis wir entweder hier herausgefunden haben oder tot sind.«

»Wieder einmal wäre es wünschenswert, wenn mein Gebieter eine etwas mildere Sprache wählen würde, aber an dem, was du sagst, ist etwas dran. Morgen, wenn wir uns von unseren Strapazen erholt haben ...«

»Heute, wo wir noch Essen im Bauch haben. Auf, ehrenwerter Arzt, denn jede Stunde, die wir hier verweilen, bringt uns dem Tode näher. Siehst du jene Berge dort? Ehe das Tageslicht schwindet, wollen wir sie hinter uns gebracht haben – komm!«

Und er kam, wenn auch widerwillig, denn die Berge, denen wir nun das Antlitz zuwandten, waren zerklüftet und kahl, wie sie die Götter nicht übler hätten erschaffen können und als wären sie erst vor einer Stunde aus dem nackten Fels gehauen.

Gab es Leben an diesem Ort? Konnten wir hier überleben? Man fühlte sich als unwillkommener Fremdling, als Eindringling zwischen Sonne und einem Land, das in ihrer Umarmung erglühte wie eine Frau, die durch die übermäßige Leidenschaft ihres Liebhabers abgestumpft und elend geworden ist. Der Wind schien ihr abgehacktes, halb irres Stöhnen fortzutragen. Dahinter war nur feindseliges Schweigen.

Wer lange Entfernungen zu Fuß zurücklegt, schlägt am besten einen langsamen, gleichmäßigen Schritt an und bleibt auf keinen

Fall stehen. Da zählen weder Hunger noch Durst, auch keine Blasen oder die schlichte Erschöpfung des Fleisches – da zählt gar nichts. Wenn wir das geschafft hätten, die Berge hätten vielleicht nach einem einzigen Tag hinter uns gelegen, aber das schafften wir nicht. Zum einen, weil Kephalos immer noch nicht abgehärtet genug für solche Unternehmungen war und meinte, wir müßten, da unser Weg stetig bergan führte, alle paar Stunden eine Rast einlegen, und zweitens, weil die Hitze auf diesen felsübersäten Pfaden schlimmer war als alles, was wir bisher erlebt hatten. Ich muß gestehen, daß auch ich nichts dagegen hatte, wenn Kephalos sich in den Schatten eines Felsvorsprungs setzte, sich die Beine massierte und sich beschwerte, daß der Gott dieses Land, dem die Menschen nicht einmal einen Namen zugestehen wollten, im Zorn erschaffen hätte, ja, dann setzte ich mich auch hin und hörte ihm zu.

Schon bald stellten wir fest, daß die Sonne zwei, drei Stunden nach Mittag einfach unerträglich war, und als die Nacht am Ende des ersten Tages ihren dunklen Vorhang fallenließ, da hatten wir uns nicht weiter als sechs Stunden vom Meer entfernt und mußten die Nacht nur ein paar Schritt unter dem Gipfel des ersten Passes zubringen, wo der Wind bitterkalt blies.

Aber an etwas in jener Nacht erinnere ich mich immer noch lebhaft – und das war in allen folgenden Nächten genauso, während wir diese unwirtliche, leblose Landschaft durchquerten –, nämlich an den Mond, welcher groß und schön die ganze Welt in sein frostiges, weißes Licht zu tauchen schien. Abgesehen von den seltsamen Schatten, die er auf die bizarren Felsen dieser Bergpfade warf und damit das Aussehen aller Dinge verwandelte und Wege, die unser Fuß erst vor wenigen Stunden gewandelt war, zu einem seltsamen Ort machte, wo Geister umzugehen schienen, abgesehen davon hätte man sich einbilden können, daß der Tag sich nicht von der Nacht unterschied, daß einen nichts am Rastplatz halten konnte und daß der Weg offen vor einem lag.

In diesem Land herrschte eher der Mond als die Sonne – so jedenfalls dünkte es mir in der geisterhaften Nacht. Der große Gott Sin, so bildete ich mir ein, muß diese Stätte lieben, daß er seinen Schein derart über sie ausgießt. Und so wurde das Land für mich zum Ort des Gottes Sin, und so nannte ich es denn auch bei mir, nämlich Sinai nach den Regeln meiner eigenen Zunge. Und durch seltsame Schicksalswendungen wurde es unter diesem Namen bei den Menschen bekannt – Sinai, das Land des Mondgottes.

Zur Überquerung der Berge benötigten wir vier volle Tage, und dann war unser Wasservorrat beinahe erschöpft und wir auch, denn bei der Kälte hatten wir kaum Schlaf gefunden. Jenseits der Berge entdeckten wir eine große Ebene aus Kalkstein und Sand, welche sich ohne Erhebung und Unterbrechung endlos zu erstrecken schien. Das war wohl das Ende aller Hoffnungen.

»Die Sonne geht schon fast unter«, sagte ich, als wir uns dieser Ebene bis auf eine Stunde Fußmarsch genähert hatten. »Ich schlage also vor, wir gehen einfach weiter bis zur Hitze des morgigen Tages, denn in einer Gegend, die so ohne besondere Merkmale ist wie diese hier, spendet der Mond genügend Licht, daß man nicht fällt, und ich gehe lieber und bleibe warm, als daß die Kälte mir die schlaflosen Glieder steif macht. Und wenn wir bei Nacht gehen, brauchen wir auch weniger Wasser.«

»Ach, Herr, du machst mir das Leben beschwerlich und bitter. Was ist nur in dich gefahren, daß du keine Angst vor Dämonen hast, wo doch jeder Fromme weiß, daß sie gerade in der Nacht umgehen.«

Ich warf ihm einen Blick zu und sah, daß ihm schon die Tränen in den Augen standen – doch weinte er, glaube ich, nicht aus Angst. Eher wollte er mich wohl mit seinem Gerede über Dämonen hinters Licht führen und mich von meinem Vorhaben abbringen.

»Ich fürchte den Tod mehr als die Dämonen. Denk daran, Kephalos, dieses Land hier kennt wenig Erbarmen mit Schwächlingen.«

»Ja, es sei, wie du willst, Gebieter – ein bewundernswerter Plan«, sagte er und seufzte gottergeben. »Nur bin ich so ermattet, daß ich kaum noch einen Fuß vor den anderen setzen kann. Aber zwei Stunden Rast, bitte – und dann sei es, wie du es für geraten hältst.«

Ich gab nach, und sodann brachen wir zur Durchquerung der großen Wildnis von Sin auf – einer Stätte, an die ich viele Jahre später zurückkehren sollte, doch das lag damals noch im Schoße der Zukunft. Der Mond leuchtete uns den Weg, und die Sterne leiteten uns. So marschierten wir von der Dunkelheit bis zum Frühlicht, rasteten nur eine Stunde, und dann ging es weiter, bis die Mittagssonne hoch am strahlenden Himmel stand.

Schatten gab es nicht, also zogen wir unsere Tuniken aus, legten sie uns über Kopf und Rücken und hockten nur mit dem Lendentuch bekleidet auf die harte Kalksteinerde, die fast leeren Wasserschläuche auf den Knien. Ich war schon ziemlich zerschlagen, Kephalos jedoch völlig entkräftet.

»Die sind trocken, ehe der Tag um ist«, sagte er verzweifelt und legte die Hände auf seinen flachen Schlauch. »Bei dieser Hitze sind wir wahrscheinlich morgen schon tot.«

»Sieh doch nicht so schwarz, mein Freund. Morgen wünschen wir uns vielleicht nur, tot zu sein.«

Ein recht lahmer Witz, ich hätte mir lieber auf die Zunge beißen sollen, doch Kephalos schien kaum zuzuhören – und auf einmal hob sich seine Brust unter heftigen Schluchzern.

»Ach, wenn ich es doch schon geschafft hätte.« Er legte den Kopf auf die Arme, und seine Schultern bebten unter der Last seines furchtbaren Kummers. »Wenn ich doch nur schon tot wäre und die Vögel mir schon das Fleisch von den Knochen pickten – falls es in dieser Wildnis überhaupt Vögel gibt –, dann hätte mein Elend ein Ende.«

Darauf wußte ich nichts zu sagen. Was hätte ich auch sagen können, da er höchstwahrscheinlich recht hatte und wir beide binnen ein, zwei Tagen Leichen sein würden? Ich schämte mich und konnte ihm doch nicht helfen. Mir blieb nichts, als ihm tröstend den Arm um die Schultern zu legen und zu warten, daß sein Anfall von Verzweiflung nachließ.

Was schließlich auch geschah. Er war wieder ruhig, wenn auch ohne Hoffnung. Wir rasteten zwei Stunden, erhoben uns sodann und tranken jeder einen Schluck Wasser, zogen uns die Tunika an und machten uns wieder auf unsere Wanderung in den Tod.

Es war wohl eine halbe Stunde später, als ich am Horizont eine eigenartige Form sichtete. Sie glich über der Erde schwebenden Regenwolken.

»Siehst du das da?« fragte ich. Kephalos beschattete die Augen mit der Hand und spähte in die angedeutete Richtung.

»Was?« gab er etwas gereizt zurück. »Was gibt es denn da zu sehen?«

»Ich bin mir nicht sicher.«

Ich log, denn ich wollte nicht sagen, was ich bei mir dachte. Wir marschierten weiter. Wieder blieben wir stehen und wagten noch einen Blick. Dieses Mal wußte ich, daß wir beide die gleiche Hoffnung hegten, und doch sprachen wir nicht darüber. Eine halbe Stunde später konnten wir die Form ganz deutlich erkennen.

Es war ein Palmengehölz.

»Datteln«, flüsterte Kephalos tief ergriffen. »Wenn es dort Datteln gibt … Seit mehr als zwei Tagen haben wir nichts gegessen.«

»Ein Baum kann ohne Wasser nicht wachsen«, sagte ich. Das Herz schien mir in der Brust zu schmelzen. »Das eine dürfte feststehen.«

Es dauerte fast zwei Stunden, bis wir dort ankamen, und dann gab es keine Datteln. Dafür aber Wasser.

»Herrlich«, sagte Kephalos und wusch sich das Gesicht in dem warmen, stehenden Weiher, aus dem sich die Bäume nährten. »Das nenne ich Luxus. Wenn es nun noch einen Happen Essen für uns geben würde …«

Aber es gab nichts zu essen. Nicht einmal Tierfährten sahen wir am schlammigen Ufer der Wasserstelle, und so füllten wir unsere Schläuche und machten uns nach Sonnenuntergang wieder auf den Weg.

Ein paar Stunden später, mitten in der dunklen Nacht, hielten wir erneut an, streckten uns auf der staubigen Erde aus und schliefen wie im eigenen Bett. Es rührte sich kein Lüftchen, der Boden hatte noch die Sonnenhitze gespeichert, und wir waren erschöpft. Nie wieder habe ich so gut geschlafen, wie während dieser kurzen Pausen in der Wildnis von Sin.

Eine gute Stunde vor Sonnenaufgang weckte mich ein äußerst eigentümlicher Laut – ein Laut, welcher allen recht vertraut ist, die ihr Leben nicht in den großen Städten zugebracht haben, doch hier in der Wüste hätte ich ihn nie und nimmer erwartet. Zunächst erkannte ich ihn nicht einmal. Es war das kehlige Gegurr von Vögeln.

Ich lag ganz ruhig und lauschte. Ich traute meinen Ohren nicht. Als dann die Morgendämmerung graute, erblickte ich sie – Wachteln, Hunderte von Wachteln, die auf der Suche nach Futter auf dem Sand herumspazierten.

Ich setzte mich auf und dachte, sie würden erschreckt aufflattern, doch nein. Die mir am nächsten waren, hüpften eilig davon, aber die übrigen schienen mich nicht zu bemerken. Wahrscheinlich zogen sie von einer Wasserstelle zur anderen und hatten vor Erschöpfung landen müssen – darum stoben sie auch nicht auf. Wie wir waren sie am Verhungern.

»Kephalos, wach auf.« Ich legte ihm den Arm auf die Brust und hielt ihm mit der anderen Hand den Mund zu, damit er nicht aufschreckte. »Wach auf. Deine Gebete sind erhört worden.«

Sobald er die Lage erfaßt hatte, zogen wir die Tunika aus, und nachdem wir Ärmel und Saum mit kleinen Steinen beschwert und zusammengeknüpft hatten, gebrauchten wir sie als Netz zum Fangen der hilflosen Wachteln. Mit jedem Wurf fingen wir an die zwei, drei, drehten ihnen den Hals um und versuchten unser Glück aufs neue. Selbst in der allerhöchsten Not brachten die Vögel kaum die Kraft auf, mehr als ein paar Schritte zu laufen, und so konnten wir sie unschwer daran hindern, daß sie sich zu sehr zerstreuten. Am Ende hatten wir an die fünfzig gefangen.

Kephalos, der Einfallsreiche, holte Feuerstein und Eisen aus einem kleinen Lederbeutel, den er am Band um seinen Hals trug. Wir brauchten die Vögel nur noch zu rupfen und auszunehmen, genügend trockenes Reisig für ein Feuer zu sammeln und so viele zu braten, wie wir essen konnten – gemeinsam brachten wir es auf ungefähr dreißig. Ihr Fleisch war saftig und sehr gut, doch waren wir, glaube ich, so ausgehungert, daß wir auch eine weggeworfene Sandale mit Genuß verspeist hätten. Als wir satt waren, brieten wir die restlichen, bis sie ganz trocken und hart waren. Diese taten wir in einen Beutel, für den wir einen Ärmel von meiner Tunika abrissen, den banden wir an beiden Enden zu. Mit diesem Vorrat würden wir wenigstens drei, vier Tage auskommen.

»Ein kluger Mann könnte sich sein Leben lang von der Fülle dieses Paradieses nähren«, sagte Kephalos, als wir uns wieder auf den Weg machten. »Es gibt Nahrung, es gibt Wasser, und man lernt, wie eitel aller Luxus ist. Ich bin, glaube ich, auf dieser Reise an Leib wie auch an Seele geläutert worden.«

Darüber mußten wir lachen, denn mit Nahrung und Wasser für ein paar Tage versehen, glaubten wir, der Tod könnte uns nichts anhaben, wir hätten die Wildnis von Sin besiegt und betrachteten sie nun als unser Eigentum, als unseren privaten Lustgarten, auch wenn sie am Ende die Oberhand behielt. Ach, wie so töricht ist doch der Mensch.

Sie gehörte uns jedoch nicht so ganz allein, wie uns dünkte.

Die Morgensonne stand schon hoch; wir hatten gerade eine sich lang hinziehende Reihe scharfkantiger Felsrücken überklettert, welche die Wüste wie Narben durchzogen, die kein Arzt zu Gesicht bekommen hatte, da schauten wir ins Tal und erblickten etwas, das sich nur als kleine Walstatt beschreiben läßt. Auf der Ebene unter uns lagen an die fünf Männer verstreut, die Schwerter nutzlos neben sich, dazu kamen beinahe ebensoviele Kamele. Einige davon waren noch am Leben und schrien in Todesqual, doch die Männer waren tot, aufgeschlitzt und blutig, von der Schulter bis zum Schritt aufgehackt. Sie boten einen scheußlichen Anblick.

Anscheinend stand die Schlacht unentschieden, denn einige hundert Schritt entfernt sah man noch immer hoch zu Kamel drei weitere Männer in Nomadentracht, wie ich sie schon in Arabien, an der Stätte der Leere, gesehen hatte. Die Tiere tänzelten unruhig, so als wüßten sie nicht, was sie jetzt tun sollten.

Mitten auf der Ebene aber hockte im Sand der offensichtliche Urheber dieses Gemetzels; es war der riesigste Mensch, den ich je erblickt hatte; er schien Atem zu schöpfen und hielt eine gewaltige, doppelschneidige Axt in der Hand.

»Warte hier, ich sehe einmal nach, was da los ist«, sagte ich. Kephalos gehorchte nur zu gern, und ich stieg den felsübersäten Abhang zur Ebene hinunter.

Zunächst hielt der Riese den Blick fest auf den Boden gerichtet. Er schien mein Näherkommen nicht zu bemerken, war wohl so erschöpft, daß für ihn nichts mehr zählte oder auch zu sehr in Gedanken versunken. Seine nackten Arme – sein Mantel besaß keinerlei Ärmel – waren so dick wie bei einem anderen Menschen die Beine, und blutüberströmt aus Wunden, um die er sich bis jetzt nicht hatte kümmern können. Ich war noch nicht ganz herangekommen, da öffnete er plötzlich die Augen und stand auf. Er hob die Axt, hielt sie wie einen Zauberstab und runzelte trotzig die Stirn. Mich dünkte, mein letztes Stündlein hatte geschlagen.

So wie ich die meisten Menschen im Lande Assur überrage, so überragte mich der hier. Doch seine Gewaltigkeit lag nicht nur in seiner Größe; auf Brust und Schultern, ja, sogar am Hals schwollen ihm starke Muskeln, die sich ganz deutlich unter der Haut abzeichneten. Niemals, so wollte mir scheinen, hatte es einen Sterblichen mit solchen Pranken gegeben. Man hätte aus ihm drei Männer machen können, und er besaß die Kraft von zehn.

Das Haar trug er lang und zurückgekämmt, und genau wie sein Bart hatte es die Farbe von Weizen und glich darin einer Löwenmähne. Die schmalen, glänzenden Augen in dem kräftigen, gebräunten Gesicht waren blau, und mit ihnen beobachtete er mich stumm und ohne sich zu bewegen.

Dieser wilde Riese schlug mich so in seinen Bann, daß ich erst nach etlichen Augenblicken auf der Erde hinter ihm einen ausgestreckten, toten Mann erblickte, der eindeutig nicht zu seinen nomadischen Widersachern gehörte. Die Arme des Toten waren über seiner Brust gefaltet wie zur Bestattung, und er war in eine Tunika mit satten Blau-, Rot- und Gelbtönen nach der Mode von Tyros gekleidet. Es mochte sich um einen wohlhabenden Kaufmann handeln, obschon er meiner Meinung nach nicht aus Tyros stammte – auch er hatte weizenfarbiges Haar, wenn er auch sonst seinem Gefährten in nichts glich, und die Männer aus Tyros sind dunkel.

Namen und Lebensumstände dieser beiden Männer und was sie an diese Stätte vorschlagen hatte, waren mir verborgen und sind mir bis auf diese Stunde verborgen geblieben.

Aus unerfindlichen Gründen faßten sich die Männer auf den Kamelen bei meinem Auftauchen wieder ein Herz. Während ich noch um einiges von dem Riesen und seinem toten Gefährten entfernt war, löste sich einer der Nomaden aus der Gruppe und kam auf mich zugeritten, zunächst im Schritt, wohl um zu prüfen, wie ich reagierte, und als ich dann stehenblieb und abwartete, was er tun würde, da trabte er an.

Er zog ein langes Krummschwert und tat damit seine Absichten recht deutlich kund. Ich war ein leichteres Opfer, ein Mann zu Fuß und mit nichts bewaffnet, als mit einem Ding, das auf ihn wie ein Gehstock gewirkt haben muß – mein knapp ellenlanges Schwert zählte nicht für ihn – und so wollte er denn sein Glück bei mir versuchen. Fast hätte ich wegen seines tragischen Irrtums Mitleid mit ihm empfunden.

Ich ließ ihn gut auf Reichweite herankommen, verlagerte das Gewicht auf den rechten, zurückgestellten Fuß, hob meinen Speer und warf. Er schwang sich hoch, stieß herab wie ein Raubvogel und erwischte ihn voll im Bauch, so daß er vom Kamel rutschte, die Hände immer noch in den Zügeln verfangen. Kaum hatte sein Blut die durstige Erde getränkt, da war er auch schon tot.

Ich lief zu ihm hinüber und zog ihm meinen Speer aus den Gedärmen. Wäre ich geistesgegenwärtiger gewesen, ich hätte vielleicht sein Kamel eingefangen, das wäre uns etwas nutze gewesen, aber es machte einen Satz und lief fort, ehe ich mich ihm nähern konnte.

Die Freunde des Toten hatten genug gesehen. Sie machten kehrt, ritten davon und überließen mir und dem schweigsamen Koloß das Feld. Der hatte dem Ganzen mit kaltem, abschätzenden Blick zugesehen. Nun näherte ich mich ihm, doch war ich meines Empfangs genausowenig gewiß wie zuvor.

Als uns nur noch fünfzehn, zwanzig Schritt trennten, blieb ich stehen – dichter traute ich mich nicht an ihn heran. Ich wies auf den Leichnam des Mannes hinter ihm.

»War jener dein Herr?« fragte ich zuerst auf Arabisch und dann auf Aramäisch und zum Schluß auf Akkadisch. Doch nichts davon entlockte ihm eine Antwort.

Auf Sumerisch versuchte ich es erst gar nicht, das hätte ohnedies nichts genutzt, und so blieb mir nur noch eine einzige Zunge, daher fragte ich noch einmal, dieses Mal auf Griechisch: »War jener dein Herr?«

Ich staunte nicht schlecht, als in seinen schmalen, blauen Augen Verstehen aufflackerte und er die linke Hand auf die Brust legte und sich verneigte.

»Dann stammst du aus den westlichen Ländern«, sagte ich, und das war lediglich eine Feststellung dessen, was auf der Hand lag.

Der Riese machte sein Ja wiederum durch ein stummes Nicken deutlich.

»Was hat dich so weit von daheim verschlagen?«

Meine Frage wurde mit einer Gebärde zu dem Toten hin beantwortet – das schien er für ausreichend zu halten.

»Kannst du nicht sprechen, oder möchtest du nicht?«

Die Frage hätte ich mir sparen können. Er blickte mich nur weiter an, so als wäre auch ich leblos wie der Stein schlechthin.

»Dann verlassen wir dich jetzt. Glück auf den Weg.« Ich winkte Kephalos heran, welcher einen großen Bogen um uns geschlagen hatte, und wir machten uns wieder auf den Weg. Das sonderbare Abenteuer versuchte ich zu vergessen. Ein paar Stunden später berührte Kephalos meinen Arm.

»Da, Gebieter – sieh nur, was er getan hat!«

Ich drehte mich um, und da erblickte ich in der Ferne Rauch und Flammen von einem großen Feuer.

»Der riesenhafte Barbar verbrennt anscheinend den Leichnam seines Herrn«, fuhr er fort. »Die ganze Zeit hat er nichts als trockenes Reisig dafür gesammelt.«

Wir sahen ein Weilchen zu, und ich muß gestehen, der Anblick rührte mich auf ganz unerklärliche Weise.

Es war Kephalos, der auf die mögliche Heimat eines so seltsamen Geschöpfes kam. Als wir an jenem Abend ein paar Stunden rasteten, erzählte ich ihm alles, was sich zugetragen hatte.

»Und du sagst, du hast Griechisch mit ihm gesprochen, Gebieter?«

»Ja, Griechisch. Ich habe es mit allen anderen Sprachen versucht, deren ich mächtig bin, und nur auf Griechisch hat er reagiert.«

»Aha.« Kephalos beugte sich vor und legte die Hände auf die Schenkel, anscheinend ließ er sich die Sache durch den Kopf gehen. »Daraus folgt, daß er Makedonier sein muß.«

»Und was für eine Rasse ist das, diese Makedonier?« fragte ich. »Haben sie ein Land, welches sie Heimat nennen, oder ziehen sie umher wie die Skythen?«

»Ja, sie haben ein Land, Herr. Es liegt nördlich vom Hauptteil der griechischen Halbinsel. Gutes Bauernland in den Bergen, so heißt es, aber ein unwirtliches Klima mit schlimmen Wintern – das hat, wie du weißt, Einfluß auf den Charakter eines Volkes.«

Kephalos ließ den Blick durch die mondbeschienene Dunkelheit schweifen, so als würde uns jemand zuhören.

»Ein barbarisches Volk, die Makedonier«, fuhr er fort. »Ich möchte behaupten, der da war ein recht typisches Beispiel, wenn auch gewißlich in vergrößertem Maßstab. Die Menschen dort sollen zähe sein.

Wie ein geselliger Gefährte ist er mir nicht gerade vorgekommen. Da kann ich ja froh sein, wenn er uns nie wieder unter die Augen kommt.«

Kephalos täuschte sich jedoch. Als wir am nächsten Tag nach einem Versteck vor der mittäglichen Hitze suchten und gerade einen Gebirgskamm überquerten, blickten wir zurück und sahen, daß uns ein einsamer Reiter folgte. Ich brauchte gar nicht erst zu raten, wer das sein mochte.

In jener Nacht hielten wir abwechselnd Wache – ich war eigentlich darauf gefaßt, daß er uns in der Dunkelheit überfallen würde, und beim Gedanken an jene Axt konnte ich mich nicht recht auf seinen Besuch freuen. Doch er kam nicht. Am nächsten Tag erhaschten wir eine gute Stunde nach Mittag wieder einen

Blick auf ihn, der sich uns bis auf weniger als ein *beru* genähert hatte. Ich fand, das Spielchen hatte nun lange genug gedauert.

»Wir machen hier halt und warten, bis er zu kommen geruht. Was auch immer er von uns will, je eher wir es herausfinden, desto besser.«

Binnen einer Stunde wurden wir seiner ansichtig. Ich ergriff meinen Speer und stieß ihn mit der Kupferspitze in die Erde.

»Wenn er in friedlicher Absicht naht, so ist alles gut«, sagte ich. »Aber sollten wir ihn irgendwie gekränkt haben, dann muß er erfahren, daß auch er sterben kann, und wenn er noch so groß ist.«

Schließlich war der gewaltige, goldene Riese nahe genug herangekommen, daß wir die umwickelten Hufe seines Kamels auf der staubigen Erde hören konnten. Er stieg ab, wickelte die Zügel um das Blatt seiner mächtigen Axt und ließ das Kamel so angebunden stehen, während er sich zu Fuß näherte. Wir standen einander gegenüber. Seiner Miene war nichts abzulesen, und er sprach kein Wort. Dann fiel er jählings vor mir auf die Knie, und ich begriff.

»Du möchtest uns also folgen?«

Er schüttelte den Kopf. Am Ende drückte er die Fingerspitzen seiner Rechten gegen meine Brust, und seine Augen blickten mich flehentlich an.

»Du möchtest also mir folgen?«

Ich erhielt meine Antwort, ohne daß er ein Wort sprach. »Dann sei es so«, sagte ich und bedeutete ihm aufzustehen. »Hast du einen Namen? Wie wirst du gerufen?«

Wieder schüttelte er den Kopf.

Er ist wie das große Untier aus der Sage, dachte ich. »Mit Kraft beschenkt von Ninurta, mit Haaren bepelzt am ganzen Leibe: mit Haupthaar versehen wie ein Weib: Das wallende Haupthaar, ihm wächst's wie der Nisaba! Auch kennt er nicht Land noch Leute: Bekleidet ist er wie Sumukan!« Er gleicht dem Gefährten des großen Gilgamesch.

»Ja – Enkidu.« Das hatte ich laut gesagt. »Man muß dich doch irgendwie rufen, und da tut es dieser Name so gut wie jeder andere.«

Und wenn ein Name jemals Schicksal war, dann dieser. Nun bin ich zwar kein Sagenheld, doch Enkidu, dessen Stimme nie ein Mensch vernahm, folgte mir durch dick und dünn und viele seltsame Länder und war mein Freund und Beschützer bis zur Stunde seines Todes.

Wir mußten noch viele Tage durch die Wildnis von Sin gehen, und das gab mir Zeit, daß ich mir einen genauen Eindruck von diesem sonderbaren Koloß verschaffte, welcher recht schnell seinem Namen aus der Sage Ehre machte. Ich merkte, daß er nicht weniger rasch auffaßte als andere Menschen, auch wenn er keine Silbe reden konnte. Doch es ließ sich nicht leugnen, daß er anders war, nicht nur durch sein Schweigen und seine mächtige Größe, sondern auch durch seine beinahe tierische Witterung – ihm entging nicht der leiseste Laut auch der entferntesten Dinge. Wenn es irgendwo eine Quelle mit frischem Wasser gab, er fand sie. Wenn die tote Erde etwas barg, das uns am Leben erhalten konnte, er wußte, wo man danach suchen mußte. Als wir einmal dem Hungertod nahe waren, entdeckte er ein Flußbett, das wohl schon jahrelang ausgetrocknet war, und grub ein Loch in den steinharten Lehm. Daraus zog er ein Nest mit Schlangen hervor, von denen wir uns dann zwei Tage lang ernährten. Ich bin überzeugt, ohne ihn wären wir in dieser entsetzlichen Ödnis umgekommen.

Soweit ich das über die Jahre feststellen konnte, war er ein Wesen ohne fleischliche Gelüste, er hing am Leben und kannte doch überhaupt keine Todesangst. Sein unerschütterlichster und vorherrschender Charakterzug schien die Treue zu sein, und die war so absolut wie Gottes Wille selbst. Nie habe ich herausgefunden, welche Bande ihn an den Mann fesselten, dessen Leichnam er an jenem Tag in der Wildnis von Sin verteidigte, und ich weiß auch nicht, warum es ihm dann gefiel, seine nie endende Beschützerrolle bei mir zu spielen – vielleicht war ich nur zufällig als erster des Weges gekommen und hatte mich nicht als Feind erwiesen –, doch danach wurde er nie wankend in seiner Treue.

Was besonders zählte, Enkidu hatte uns in den Besitz eines Kamels gebracht.

»Ein hübsches Tierchen, was?« fragte Kephalos grinsend. »Ich halte meinen Schwur, nie wieder wirst du mich schlecht von ihm oder einem anderen Tier seiner Rasse reden hören, Gebieter, es brechen für uns, glaube ich, wieder gedeihliche Zeiten an.«

Fürwahr, es gedieh uns zum Segen, denn so ein Kamel hält dem Menschen den Tod ganz schön vom Leibe, aber das war denn auch die einzige Vorstellung von Gedeihlichkeit, auf die ein Mensch in der Wüste kommen konnte. Als uns das eigene Wasser ausging, zwängten wir dem Tier einen Stock in die Kehle und ließen es ausspucken, was es im Bauch gespeichert hatte – ein fauliges, abscheuliches Zeug, doch selbst nach fünf, sechs Tagen noch genießbar. Immer wieder mußten wir Zuflucht zu diesem äußersten Mittel nehmen, ehe wir schließlich der Wildnis von Sin entkamen.

Jenseits des Hauptplateaus stießen wir auf die ersten großen tiefen und leeren Schluchten, von denen einige uns zwangen, ihrem Verlauf stundenlang zu folgen, ehe wir einen Übergang entdeckten. Dann gab es Gebirgszüge, einen nach dem anderen wie Wellen im aufgewühlten Meer. Zuweilen fielen diese so senkrecht zu Tal, daß wir nach Pässen Ausschau halten mußten, und mehr als einmal standen wir vor einer glatten Felswand oder einer Schlucht, deren Talsohle sich im Dunkel verbarg, oder einem anderen Hindernis, welches uns zum Zurückgehen und neuerlicher Suche zwang. Es dauerte weitere zehn Tage, bis wir nach unregelmäßigen Pausen ohne recht zu essen und zu trinken, aber nach viel Marschieren bei Nacht auf Zeichen von menschlichem Leben stießen.

Und dann lag sie auf einmal keine Tagesreise zu Fuß von uns entfernt: eine winzige Siedlung aus Steingebäuden bei einer Oase. Selbst auf diese Entfernung hin konnten wir die Gestalten ausmachen, welche so gelassen und sorglos umhergingen, als drohte ihnen keinerlei Gefahr. Auf uns wirkten sie beinahe wie Götter.

Und jetzt erst schienen die vielen leidvollen Tage auf uns zu lasten, und ich weiß noch, wie ich überlegte, ob meine Beine mich wohl noch den ganzen Weg bis zu jenem fernen Paradies tragen würden. Allein schon bei dessen Anblick schien mich alle Kraft zu verlassen.

Der letzte Tag war der schwerste. Am Ende jedoch wurden wir mit frischem Wasser und dem Klang einer seltsamen menschlichen Stimme belohnt – und mußten schlimmstes, menschliches Elend erblicken. Wir hatten eine Kupfermine erreicht, in der Sklaven, bewacht von einer kleinen Truppe Soldaten, arbeiteten. Eine Gruppe von ihnen musterte uns stumm, als wir neben der Wasserstelle der Oase stehenblieben.

Endlich kam einer von ihnen herzu und stellte uns eine Frage in einer Zunge, die ich noch nie vernommen hatte. Ich antwortete zunächst auf Arabisch und dann auf Aramäisch, dessen er immerhin stockend mächtig war.

»Habt ihr etwas zu essen?« fragte ich.

»Ja, und auch Wein. Könnt ihr dafür zahlen?«

»Ja – in Handelswaren. Es soll euer Schade nicht sein, wenn ihr uns aufnehmt. Was ist dieser Ort?«

»Die Oase von Impey, ein schlimmer Ort.«

»Ich habe schon Schlimmeres gesehen.«

Er musterte mich kurz mit schmalen, forschenden Augen, denn er schien mir keinen Glauben zu schenken. Er war ein dunkelhäutiger Mann, der so aussah als rasierte er sich regelmäßig Gesicht und Schädel, was er aber vier, fünf Tage unterlassen hatte.

Seine Miene war verkniffen und argwöhnisch. Dazu hatte er einige Narben, welche er sich, nach seinem Äußeren ganz allgemein zu schließen, in Schenkenschlägereien zugezogen haben mußte. Er trug etwas, das entfernt nach Uniform aussah. Dieser Mann gefiel mir überhaupt nicht.

»Wer seid ihr?« fragte er schließlich. »Woher kommt ihr?«

»Wir sind Reisende, deren Schiff von Piraten versenkt wurde«, gab ich zurück, obschon ich nicht erwartete, daß er mir Glauben schenkte. »Das war vor fünfundzwanzig Tagen, glaube ich, aber ich mag auch den Überblick verloren haben.«

»Ihr seid fünfundzwanzig Tage in der Wüste gewesen?«

»Es hat den Anschein.«

Er lachte mich aus. Angenehm kl ang sein Lachen nicht gerade.

»Dann hast du dich gut gehalten. Da draußen sind Männer schon nach drei Tagen umgekommen. Aber zunächst einmal Bezahlung, dann bringe ich euch Wein und Brot und Fleisch von einer gestern geschlachteten Gans.«

Unter den Dingen, um deretwillen die Nomaden Enkidus vormaligen Herrn umgebracht hatten, befand sich auch ein Silberbecher, der zierlich gearbeitet und seine zehn Schekel wert war. Den gab ich unserem Gastgeber.

»Wir bleiben ein paar Tage hier«, sagte ich, »bis wir wiederhergestellt sind und laufen können. Das hier dürfte dich für deine Mühen in dieser Zeit entschädigen. Wo geht es von hier nach Ägypten?«

»Nach Norden, zur Festung Tufa. Dahinter liegt ein Hafen, welchen Schiffe anlaufen, ehe sie in den Entenfuß fahren. Die bringen euch stromauf zu jedem gewünschten Ort.«

»Was ist der Entenfuß?«

Wieder lachte er über den Dummkopf, der dieses nicht wußte.

»Mutter Nil hat viele Beine – die spreizt sie weit, ehe das Meer sie kitzelt, denn sie ist eine alte Hure.«

»Danke. Wenn es dir recht ist, so möchten wir jetzt essen und trinken.«

Der Wein war mit Wasser versetzt, und der ganze Krug hätte in Ninive nicht mehr als zwei Kupferstücke gekostet. Brot war reichlich vorhanden, jedoch altbacken. Die Gans war nicht von gestern, sondern schon vor langer Zeit an Altersschwäche eingegangen. Wir waren jedoch mehr als zufrieden und fanden, man sorgte gut für uns. So wirken sich Entbehrungen auf den Menschen aus.

Als wir uns an jenem Abend ausgeruht und die sonnenverbrannten Gliedmaßen in herrlich kühlem und reichlichem Wasser gewaschen hatten, kamen Sklaven im Gänsemarsch aus einer Steinhütte über dem Einstieg zur Mine heraus, wo sie den ganzen Tag geschuftet hatten. Sie waren mit einer langen Kette an den Handgelenken zusammengekettet, doch schien diese Vorsichtsmaßnahme unnötig. Nie wieder habe ich Menschen in so erbärmlichem Zustand gesehen – sie waren verhungert, teilnahmslos, und vom monatelangen Arbeiten unter Tage fern vom göttlichen Schein der Sonne hatten sie eine Haut so bleich wie Kalkstein. So zogen sie dahin und machten sich dabei kaum noch die Mühe, die Füße zu heben und wirkten lebloser als der getrocknete Schmutz an ihren Beinen.

»Was haben sie verbrochen, daß man sie derart bestraft?« fragte ich.

»Das sind Verbrecher«, war die Antwort. »Sie haben Pharao erzürnt, und das muß bestraft werden. Ein Jahr an diesem Ort bringt jeden um, also müssen sie nicht lange leiden. Kein Grund, sie zu bemitleiden.«

Sie hatten »Pharao« erzürnt – diesen Namen geben die Ägypter ihrem König, welchen sie für einen Gott halten. Im Lande Assur hätte man nur Gefangene und Verräter so bestraft, doch in Ägypten kann ein Bauer den Pharao erzürnen, wenn er seine Steuern in einem Jahr mit schlechter Ernte nicht aufbringen kann. Ein Armer, welcher mit einem Priester zusammenprallt, kann sein Leben in den Minen beenden. Ich begriff, was der Soldat gemeint hatte, als er das hier einen ›schlimmen Ort‹ nannte. Und als wir nach ein paar Tagen wieder bei Kräften waren, freuten wir uns, daß wir aufbrechen konnten.

»Die Festung Tufa liegt nur zwei Tage von hier. Der Weg ist gut gekennzeichnet, und Wasser gibt es auch.«

»Wird man uns dort freundlich empfangen?«

»Das liegt bei dir und dem Befehlshaber. Du mußt ihm schon eine anständige Bestechungssumme bieten, denn unter ihm dienen viele Offiziere, mit denen er teilen muß. Anderenfalls kommt er zu dem Schluß, daß du Böses im Schilde führst und wirft dich den Geiern zum Fraß vor.«

»Überlaß diesen Befehlshaber deinem Diener«, sagte Kephalos, sobald wir uns auf dem Weg gen Norden befanden. »Männer seiner Art verstehe ich viel besser als du. Es wird schon alles gut.«

Da wir bei Nacht marschierten, kamen wir anscheinend schneller voran als die Ägypter und gelangten noch halbwegs am

Morgen des zweiten Tages nach Tufa. Die Festungsmauern bestanden aus Sandstein und erreichten nicht mehr als dreimal Manneshöhe. Sie umschlossen ein Gebiet, das jedermann zu Fuß in einer Stunde umrunden konnte. Ich schätzte die Truppenstärke auf ungefähr zweihundert Mann. Sie befürchteten wohl kaum einen Angriff – wir hatten uns den Toren schon bis auf ein halbes *beru* genähert, da kam endlich ein Reiter heraus und rief uns an. Als er uns hineinführte, sah ich, daß überall Leichen kopfüber von den Mauern herabhingen. Kein ermutigender Anblick.

»Überlaß alles mir«, sagte Kephalos. »Bleib mit dem Makedonier zurück und hindere ihn daran, daß er jemanden umbringt.«

So warteten Enkidu und ich denn auf dem Exerzierplatz in der prallen Sonne, umringt von Soldaten, die vielleicht nur neugierig waren, doch so wirkten, als freuten sie sich schon darauf, uns neben ihren anderen Trophäen an der Mauer aufhängen zu können.

Kephalos kehrte erst nach einer Stunde zurück.

»Der Befehlshaber will nicht glauben, daß wir die Wüste vom Roten Meer her durchquert haben«, sagte er ganz gelassen, so als rührte ihn das gar nicht. »Er tut so, als wären wir Spione, ist jedoch bereit, seinen Verdacht fallenzulassen, da ich einem Geschäftsfreund von mir, einem gewissen Prodikos, unter meinem Siegel einen Brief geschrieben habe. Das ist ein Kaufmann in der Stadt Naukratis, der hierherkommen und für uns bürgen wird – und zwei Talente Gold bringt er auch mit, die sprechen bei dem Befehlshaber eine weitaus verständlichere Sprache als Prodikos. Der Befehlshaber ist ein praktischer Mensch und sieht ein, daß kein Spion eine solche Summe aufbringen kann.«

»Und dieser Prodikos, kommt der auch gewiß?«

»Aber ja, wenn er noch am Leben ist, und das war er, als ich vor zwei Jahren viel mehr als nur zwei Talente Gold bei ihm hinterlegte. Falls er tot ist, bringt uns der Befehlshaber um, doch die Hin- und Rückreise dauert mindestens zweimal zehn Tage, also können wir uns ein Weilchen sicher fühlen. Er wird uns gut behandeln, denn zwei Talente Gold sind mehr, als er sein Leben lang zu erhoffen wagte – er tut sich viel darauf zugute, daß er der

Sohn eines Schreibers an der königlichen Kornkammer ist, und so sind seine Vorstellungen von Wohlstand recht bescheiden.«

Und er behielt recht, denn während wir auf Prodikos' Ankunft warteten, verfuhr man mit uns nicht wie mit Gefangenen, sondern behandelte uns so zuvorkommend, wie man es normalerweise nur mit diplomatischen Geiseln macht. Da es auf zwei Tagereisen im Umkreis nichts gab, wohin wir hätten entfliehen können, lebten wir auf freiem Fuß und konnten nach Belieben in der Festung herumspazieren. Nach der Wildnis von Sin war sie ein recht annehmbarer Aufenthaltsort.

Die ersten Tage verspürte ich das eigenartige Gefühl, ein Leben beendet zu haben und in ein neues hineingeboren zu sein. Seit meiner Flucht aus Ninive war ich dem Tod so viele Male entgangen, daß ich langsam zu hoffen wagte, die Göttin Ereschkigal, die Herrin des Totenreiches, hätte am Ende ihren Anspruch auf mich verwirkt und ich könnte nun als ein anderer Mensch weiterleben. Tiglat Assur, der Sohn Sanheribs – die Welt, in die ich jetzt hineinkam, wußte nichts von ihm. In dieser Welt konnte ich sein wie andere Menschen. Allmählich durfte ich mich sicher fühlen.

Und das macht mich zum Beispiel für die Torheit des Menschen, denn es gibt keinen größeren Toren als den, der da glaubt, die Götter hätten ihn aus dem Blick verloren.

Die Festung Tufa bot wenig an Lustbarkeiten. Eines Tages konnte ich es vor Langeweile nicht mehr aushalten, fiel in die Rolle des ehemaligen Soldaten zurück und inspizierte die Befestigung wie der Spion, den der Befehlshaber angeblich in mir sah, maß die Höhe und Dicke des Mauerwerks aus, kletterte in die Wachttürme, weil ich herausfinden wollte, wie gut man von dort das umliegende Gebiet einsehen konnte, und befriedigte meine Neugier, was die Wasservorräte und die Größe und Lage der Vorratshäuser anging. Kurzum, ich erfuhr alles, was mir einmal nützlich sein konnte, sollte ich je ein Heer befehligen, das diesen Ort belagerte.

Nun war jedoch eine Belagerung das Letzte, auf was die Garnison Tufa gefaßt war. Es verhielt sich eher so, daß auf diesem Außenposten des mächtigen Königreiches Ägypten, einem wohlhabenden und mächtigen Land und seit tausend Jahren berühmt als machtvoller Herrscher des Westens, die Trockenfäule der Untätigkeit so um sich gegriffen hatte, daß man meinen konnte, die Männer hier hätten fast vergessen, daß sie Soldaten waren.

Dergleichen Garnisonen hatte ich schon gesehen – ja, einmal hatte ich eine befehligt, in Amat, mitten in den nördlichen Bergen des Landes Assur –, Orte an den Reichsgrenzen, wohin man Männer zur Strafe schickte, Männer, die kein Offizier unter seinem Befehl haben will. Dieselben Symptome sah ich auch in Tufa: die schlampigen Uniformen, der mit Abfall übersäte Exerzierplatz, die Wachabteilungen, welche ihre Zeit mit Glücksspielen verbrachten.

So stand es um die Garnison Tufa, die Wacht am östlichen Zugang zu Ägypten. Ich kam zu dem Schluß, daß fünfhundert gute Männer sie binnen zehn Tagen aufknacken könnten wie eine Erbsenschote – und dabei trug ich nicht einmal der Tatsache Rechnung, daß die Garnisonssoldaten Ägypter waren, und diese Rasse schien nicht recht zum Soldaten zu taugen.

Sie neigte eher zur Grausamkeit, ein Eindruck, der sich in der Oase von Impey gebildet und hier in Tufa bestätigt hatte. Selbst die überall gefürchteten Männer aus Assur wären nicht auf den Gedanken gekommen, ausgerechnet ihre Stadtmauern mit den Leichen ihrer Opfer zu verzieren, und doch zählte ich bei meinem Rundgang um die Festung nicht weniger als fünfzehn, die da herunterbaumelten, einige noch ganz frisch, andere schon fast zum Skelett verwest.

Wer die wohl sein mögen? überlegte ich. Und welche Verbrechen hatten sie begangen, daß sie so gestraft wurden? Mag sein, etliche waren Diebe oder Mörder oder Spione gewesen, oder vielleicht straften die Ägypter Disziplinarverstöße bei ihren Soldaten auf diese Weise. Ein, zwei trugen Fetzen, die nach Uniform aussahen, aber bei den übrigen fand ich keinen Anhaltspunkt für ihre Identität.

Abgesehen von einem. In der nordöstlichen Ecke der Festungsmauer stieß ich auf den Leichnam eines Mannes, der im großen und ganzen so wirkte, als hinge er dort noch nicht länger als einen Monat. An diesem Tage blies der Wind den Verwesungsgestank in eine andere Richtung, und so zögerte ich nicht, sondern wagte mich ganz nahe heran – man interessiert sich eben für alles, wenn man sonst nichts zu tun hat. Ich musterte ihn eingehend. Schwer zu sagen, doch er mochte recht jung gewesen sein, als er starb. Den Kopf hatte er rasiert wie ein Ägypter oder wie ein Landsmann von mir, der irgendeinem Gott ein Sühneopfer bringt.

An seiner linken Hand fehlte der letzte Finger.

IX

In meinem Traum waren es fünf gewesen. Fünf Adler, welche zum Töten herabstießen. Drei davon waren jetzt tot und ich noch immer am Leben. Blieben noch zwei. Wo warteten sie auf mich?

Nun begriff ich auch, wie eitel die Einbildung gewesen war, ich könnte so einfach entkommen. Der Traum würde Gestalt annehmen und mich ausfindig machen – gleichgültig, wo ich mich verbarg.

Dieses Mal stellte ich keine Nachforschungen an. Ich erzählte niemandem davon. Der Leichnam, der am Festungswall von Tufa hing, würde der eines namenlosen Reisenden bleiben, den man für ein obskures Verbrechen gerichtet, vielleicht auch nur, weil er sich verdächtig gemacht hatte. Es gab nichts, was die Ägypter mir sagen konnten, was ich nicht schon wußte.

Ich bemühte mich, auf andere Gedanken zu kommen.

Fünfzehn Tage später traf die Versorgungskarawane von der Küste ein und mit ihr Prodikos, Kaufmann zu Naukratis, der mehrere Lederbeutel voller Gold- und Silberstücke mitbrachte, dazu eine Zedernholztruhe mit neuen Gewändern aus dem elegantesten Leinen, einen großen Korb mit Früchten, die in Honig eingelegt waren, ein gerade entwöhntes Kalb zum Braten und zwei riesige Krüge mit dem erlesensten libanesischen Wein.

Dieser Prodikos rasierte sich zwar Schädel und Gesicht und

kleidete sich nach der Art der Ägypter, ja, er umrandete sich sogar die Augen schwarz, war aber dennoch Grieche, in der Stadt Megara geboren, und hatte sich als junger Mann in einer der griechischen Kolonien am »Entenfuß« niedergelassen – den er Nildelta nannte – und hatte dort mit dem Handel in Farben zwischen Ägypten und den phönikischen Städten Tyros und Sidon sein Glück gemacht. Er war zwar sehr fett, und die Gicht setzte ihm zu, doch er war ein lebhafter Mann von heiterem Temperament, der Geld und Luxus liebte und zumindest in seiner Jugend weit gereist war, bis hin nach Karthago und im Osten bis nach Meskineh und zum oberen Flußlauf des Euphrat. Er und Kephalos waren sich noch nie begegnet, kannten sich nur durch Geschäftskorrespondenz, aber sie waren auf der Stelle ein Herz und eine Seele.

»Die Geschäfte, welche ich im Namen des Gebieters Kephalos und in deinem getätigt habe, haben sich äußerst gedeihlich entwickelt«, erzählte er mir an diesem ersten Abend beim Essen, als er schon ein wenig betrunken und somit geneigt war, mich in ihren Zweierbund aufzunehmen. »So gut jedenfalls, daß die paar Talente Gold, welche du hier unter den Soldaten verteilst, damit sie sich aus Pharaos Heer freikaufen, eine Frau nehmen, sich auf hundert *plethra* Schlammboden ansiedeln und sich für reich halten können, nicht ins Gewicht fallen. Du wirst zu den bedeutenden hohen Herren gehören, in einem Palast mit prächtigen Gärten wohnen, dazu Sklaven ohne Zahl und hübsche, hellhäutige Frauen für dein Bett haben, wenn dir danach ist.

Befolge aber, was ich dir rate wie meinem eigenen Sohn: Sei bestrebt, dich aus den Intrigen dieser Ägypter herauszuhalten. Schlaf mit ihren Frauen, wenn es dir Spaß macht, und laß den Gebieter Kephalos ihnen Geld abknöpfen, denn sie sind ein leichtlebiges Völkchen, amoralisch und einfältig. Lebe nur zu deinem eigenen Vergnügen, dann stirbst du als alter Mann mit vielen angenehmen Erinnerungen. Nur laß dich nicht mit ihren Priestern ein und mische dich auch nicht in ihre Staatsgeschäfte, denn wir leben hier am mächtigen Nil in unruhigen Zeiten, und nicht alle Krokodile sind im Fluß.«

»Dann sollte ich mich wohl lieber in einer der griechischen Siedlungen des Deltas niederlassen.«

»Nein, Gebieter, das wäre eine zu beengte Existenz für dich. Kaufleute, die in einem fremden Land leben, können wohl großen Wohlstand anhäufen, doch leben sie bescheiden, damit sie nicht den Neid ihrer Nachbarn erwecken. Das ist nichts für dich, der du zu einem anderen Leben geboren bist. Wäre ich ein junger Mann und mit soviel Reichtum und Freiheit gesegnet, ich möchte in Memphis wohnen, das wohl die größte Stadt der Welt ist und alles enthält, was das Herz eines Jünglings erfreuen kann. Besuche Memphis und schlage dir daran den Bauch voll. Danach erbrich dich tüchtig, daß du deine Gedärme von derlei Torheiten reinigst und lebe weiter wie zuvor.«

»Na gut, Gebieter Prodikos, es sei, wie du sagst.«

Und so geschah es. Kephalos kümmerte sich darum, daß der Befehlshaber der Festung bestochen wurde und verteilte sogar noch kleine Summen an die gemeinen Soldaten, falls es uns jemand übelnahm, daß wir nicht als Spione hingerichtet wurden – wer vor einem mächtigen König flieht, so argumentierte er, muß ganz besonders vorsichtig sein.

Als die Versorgungskarawane sich auf den Heimweg machte, reisten wir mit und kamen drei Tage später am Ufer des Nordmeeres an, welches bei den Griechen lediglich »das Meer« heißt, so als gäbe es nur dieses eine. Von dort nahmen wir ein Schiff zur zweiten Mündung des Nils und danach stromauf nach Naukratis, alles in allem eine Reise von acht Tagen.

Wir segelten mit voller Takelage, denn der Wind wehte recht stetig von See her, und der Fluß schien fast keine Strömung zu haben. Ich kann nicht behaupten, daß mich der mächtige Nil damals sehr beeindruckt hätte, denn er floß zwischen seinen Ufern schmaler als der Tigris und langsamer als selbst der Euphrat zur Winterzeit. Ich mußte mir ins Gedächtnis rufen, daß dieses nur einer der vielen Mündungsarme war und daß ich mich mit meinem Urteil zurückhalten mußte, bis wir aus dem Delta heraus waren und auf unserem Weg nach Memphis auf den Hauptstrom trafen.

Trotzdem war es recht angenehm, im Bug unseres Schiffchens zu stehen, welches Wolle von Joppa mit sich führte, und die Landschaft an sich vorbeiziehen zu lassen. Ägypten schien ein reiches Land, ein Land der Dattelpalmen und üppigen, grünen Felder, ein Land mit Sonnenschein und Wasser. Mir fielen die Worte des arabischen Seemanns ein, der gesagt hatte, hier könne man sein Leben lang leben und zufrieden sterben.

Und doch gab es Anzeichen, daß wir die Welt mit ihrer Grausamkeit nicht hinter uns gelassen hatten. Einmal erblickte ich einen Ochsen, welcher sich losgerissen haben mochte und bis zum Bauch ins Wasser gewatet war. Die Krokodile, diese schlauen Biester, schwammen hinter seinen Rücken und schnitten ihm den Weg zum Ufer ab, und binnen Minuten war nichts mehr von ihm übrig als ein roter Fleck auf dem Wasser.

»Nicht alle Krokodile sind im Fluß«, hatte Prodikos gesagt.

Naukratis, wo wir mitten am Nachmittag eintrafen, war eine geschäftige Stadt aus Lehmziegeln, sehr heiß und voller Fliegenschwärme. Unser Schiff legte gerade so lange an, daß wir von Bord gehen konnten, und war auch schon wieder auf dem Weg gen Süden, da hier nichts zum Verweilen einlud. Doch meine Reisen durch arabische Länder hatten mich gelehrt, daß die äußerlichen Zeichen von Wohlstand nicht überall die gleichen sind wie an meines Vaters Hof in Ninive, und es war ganz offensichtlich, daß in diesem wimmelnden Hafen große Geldmengen den Besitzer wechselten. Fast konnte man vor Zedernholz, Tuchballen, Kisten und Weidenkörben jeglicher Größe, deren darin enthaltene Schätze nur die Götter und ihre Besitzer kannten, keinen Fuß an Land setzen. Alles schrie durcheinander, am lautesten und häufigsten war Griechisch zu hören. Und in jedem Wort der Zunge, die ich zuerst von den Lippen meiner Mutter gehört hatte, schwang eine bebende, erregte Gier mit, denn die Beutel der Kaufleute können anscheinend nie voll genug werden.

»Nur ein Lebensmüder sagt ›ja, ich habe genug!‹« meinte Prodikos und lächelte voller Stolz, während sein Arm die ganze Schiffslände zu umfassen schien. »Ob er nun Vergnügen oder Grund und Boden oder Wohlstand oder Schlachtenruhm oder Kenntnis der Welt oder schlicht Kenntnis seines Ichs sucht, ein Grieche ist nie völlig zufrieden. Das ist unser Segen und unser

Fluch zugleich, Gebieter Tiglat Assur. Das unterscheidet uns von anderen Rassen – und zweifellos haben Eingebungen deines eigenen Herzens dir das schon klargemacht. Komm, wir wollen uns auf den Weg zu meiner armseligen Hütte machen, wo ich dir nach unserer Reise wenigstens ein anständiges Mahl und ein bequemes Bett anbieten kann.«

Fürwahr, das Mahl war anständig und bestand aus Wein von einem Ort namens Buto, welcher für die besten Weingärten von ganz Ägypten berühmt war, Obst, Gebäck und mit Honig glasiertem Schweinebraten – »Genieße ihn, solange du noch kannst, Gebieter«, sagte Prodikos zu mir, »denn dergleichen bekommst du in Memphis nicht. Für die Ägypter sind Schweine unrein, sie essen weder ihr Fleisch, noch lassen sie es zu, daß sie irgendwo innerhalb der Mauern ihrer Städte geschlachtet und gebraten werden.«

Unser Mahl war eine genüßliche Angelegenheit. Beim Essen lehnten wir nach griechischer Sitte auf Ruhelagern, so wie ich es zum ersten Mal in Kephalos' Haus in Ninive kennengelernt hatte – alle außer Enkidu, welcher in einer Ecke kauerte und unserem Gastgeber stumm böse Blicke zuwarf, als dieser ihn mit an den Tisch bat. Er sah aus, als haßte er ihn. Natürlich hatte sich Prodikos mittlerweile an die fremdländischen Manieren meines Gefolgsmannes gewöhnt, und so wies er eines der uns aufwartenden Mädchen – ein hübsches, staubfarbenes Dingelchen mit schönen Brüsten – einfach an, ihn entsprechend seiner riesenhaften Größe mit Essen und Wein zu versorgen.

Das tat sie, wenn auch zunächst mit sichtbarem Zögern. Als sie aber schließlich merkte, daß ihr keine Gefahr drohte und sie sich überzeugt hatte, daß dieser goldhaarige Riese auch nur ein Mann war, da schenkte sie ihm ein schüchternes Lächeln, das ihr gut zu Gesicht stand. Vielleicht war seine unfrohe Gleichgültigkeit auch eine Herausforderung für sie, es dauerte jedenfalls nicht lange, und sie kümmerte sich nur noch um Enkidu, während wir übrigen ruhig Hungers sterben konnten.

»Iuput, du faule Schlampe!« rief Prodikos am Ende, »sollen wir etwa verdursten, während du mit dem Diener des Gebieters Tiglat schäkerst? An deine Pflichten, Mädchen – du kannst doch hoffentlich solange warten, bis wir zu Ende gespeist haben, bis du diesen großen Muskelprotz auf deine Schlafmatte lockst?«

Das Mädchen entschuldigte sich mit einem Murmeln und hochroten Wangen, brachte uns eiligst den Weinkrug und lief sodann in die Küche und holte weitere Schüsseln mit Fleisch und Früchten.

Ich glaube jedoch nicht, daß unser Gastgeber zur Eifersucht neigte, denn als ich mich an diesem Abend zurückzog, wartete Iuput in meinem Bett – vielleicht war das ja ihre Strafe, denn wie üblich schlief Enkidu ausgestreckt vor der Schwelle meines Zimmers. Da ich aber seit meinem Aufbruch aus Arabien keine Frau mehr erkannt hatte, ließ ich ihr mehr als nur Gerechtigkeit widerfahren, und sie wirkte recht zufrieden mit dem Tausch.

Am nächsten Morgen verkündete Kephalos beim Frühstück, er wolle mir nach Memphis vorausreisen.

»Ich muß mich um viele geschäftliche Dinge kümmern«, sagte er und tauchte ein Stückchen Fladen in Honig. »Du, Gebieter, bist jetzt ein Mann von fürstlichem Wohlstand, und die Kaufleute, denen du so großzügig Gold vorgeschossen hast, müssen Rechnung legen – dich werden sie betrügen, mich nie im Leben. Und dann müssen wir ein Haus kaufen, was ich lieber selbst erledige, denn deine soldatische Verachtung von Bequemlichkeit teile ich nicht. Natürlich müssen auch Haushaltssklaven ausgesucht werden, ich muß verschiedene Beamte bestechen und andere Angelegenheiten regeln, für welche deine Erziehung dich nicht vorbereitet hat. Vergiß nicht, daß die Ägypter wie andere Menschen auch nach Äußerlichkeiten urteilen. Wir müssen deiner Stellung als Mann von Vermögen und Bedeutung gebührend Rechnung tragen.«

Nachdem Kephalos nach Memphis aufgebrochen war und mir das griechische Viertel beengt und erstickend wie ein Gefängnis vorkam, trieben mich Neugier und Langeweile gleichermaßen vor die Tore. Zunächst vorsichtig, dann aber mit dem Vertrauen, das aus längerer Erfahrung erwächst – jedoch stets mit Enkidu auf den Fersen wie ein Hund, welcher seinem Herrn nichts zutraut und deshalb immer ein paar Schritt hinter ihm bleibt –, wagte ich mich also immer weiter in das Naukratis der Ägypter, wo ich erste Erfahrungen über das Land sammelte, an dessen Ufer mich Schamasch, der Schicksalsgott, so leicht und sorglos angeschwemmt hatte wie ein Stückchen Treibholz.

Ihre Schrift ist unmöglich, doch sprechen lernt man die ägyptische Zunge ziemlich schnell. Binnen eines Monats kannte ich schon ein paar hundert Wörter, obschon ich kaum Gebrauch von ihnen machte. Nur selten traf ich jemand, der nicht ein wenig Griechisch, wenn auch holprig, sprach, und das, so sagte mir Prodikos, würde mit Ausnahme nur des staubigsten Dorfes überall der Fall sein – »Hier sind sie daran gewöhnt, Handel mit uns zu treiben, doch selbst in den großen Städten stromauf ist Griechisch richtig in Mode. Diese bedauernswert schlichten Gemüter halten sich damit für weltläufig.«

Die Menschen können auf kleinerem Raum als der großen, weiten Welt zusammenleben, und doch ist es für sie nicht der gleiche Ort. Selbst diese Kleinstadt auf einer Insel in einem der kleineren Mündungsarme des Nil führte bei den Ägyptern einen anderen Namen, sie nannten diese Piemro, und sie lebten in ihr ein so andersartiges Leben, als hätten sie ihre Häuser jenseits des Himmelszeltes erbaut.

Zunächst bildete ich mir ein, unter lauter Frauen geraten zu sein, denn die Männer sind schmal gebaut und unbehaart, sie rasieren sich das Gesicht und sogar den Schädel, sie tragen lieber Perücken als das eigene Haar. Ein Bart, den alle anderen Rassen als Symbol männlicher Autorität schätzen, wird mit Abscheu betrachtet und gilt an sich schon als unsauber und zugleich als Entstellung der Schönheit des Antlitzes. Als Zeichen seines Ranges trägt ein hoher Beamter wohl einen falschen Bart – oder statt dessen eine lackierte Holzschachtel mit ein paar Barthaaren daran, doch auch das nur widerstrebend. Und alle, Männer wie Frauen gleichermaßen, umranden sich die Augen schwarz – solches aber dient nicht nur der Eitelkeit, sondern bietet auch einen hervorragenden Schutz gegen Augeninfektionen, welche hier häufig anzutreffen sind.

Das Wetter in Naukratis war zwar nicht so warm wie um diese Jahreszeit in Ninive, und doch trugen sich die Ägypter der Oberklasse nur leicht gekleidet, denn beide Geschlechter sind unheimlich stolz auf ihre hübschen Leiber. In der Regel tragen die Männer ein kurzes Röckchen aus dünnem, gefältelten Leinen, und die Frauen spazieren häufig mit entblößten Brüsten und leuchtend rot bemalten Brustwarzen umher. Sie schmücken ihre Arme mit Gold- und zuweilen auch mit Silberreifen – das hier höher geschätzte Silber schaffen die Griechen aus Thrakien und Makedonien heran – und ihre goldgesäumten Perücken sind oft leuchtend blau gefärbt.

Dem Anschein nach bedeckten sich nur die Priester von Kopf bis Fuß, und das war auch gut so, da viele von ihnen erstaunlich fett waren. Ich habe festgestellt, daß die Priester aller Nationen zur Körperfülle neigen, doch nirgendwo mehr als in Ägypten. Obendrein sind sie eingebildet, und das zusammen mit ihrer Habgier trägt ihnen viel Haß ein, denn ihre Habgier ist schier unersättlich und macht die Götter in Ägypten reicher als den Pharao. Die Priester tragen keine Perücken, doch ihre rasierten Schädel glänzen von Öl.

Die Priester sind zwar verhaßt, jedoch mächtig, denn kein Volk hat mehr Ehrfurcht vor den Göttern als die Ägypter. Ägypten gehört den Göttern, Pharao ist nur einer von ihnen; und noch kein Herr hat seine Diener so versklavt wie sie dieses Land. Kein Bauer öffnet seine Bewässerungsschleusen, ohne nicht zuvor dem Wassergott Sobk zu opfern, um seine Zustimmung zu erlangen. Die Hure betet zu Mut, der Gemahlin Amuns, ehe sie ihren ersten Kunden empfängt, und der Krieger verspricht, den Altar Hathors mit Blut zu bespritzen – es sei denn, sein Vorfahr war Libyer, dann wird er wahrscheinlich Neit den Vorzug geben. In meinem Geburtsland und auch bei den Griechen stellt man sich die Götter in Menschengestalt vor, die Ägypter jedoch bilden ihre mit Schakalköpfen, als Habichte und Krokodile ab, formen sie als furchterregende und abstoßende Geschöpfe, was aber keine Beleidigung darstellt, sondern als besonderes Zeichen ihrer Heiligkeit gilt. Trotz allem scheinen die Ägypter auf gutem Füße mit ihren Göttern zu stehen und eine kindische Freude an deren Verehrung zu haben. Jeder Monat hat fast soviel Feste wie Tage, dann werden Schreine durch die Straßen der Städte und Dörfer getragen und ihnen Blumen auf den Weg gestreut. Die Götter nehmen Wohnung unter den Menschen und machen das Land Ägypten zum Paradies, und aus diesem Grund halten sich die Ägypter vor allen anderen Völkern für gesegnet, sowohl in diesem Leben als auch im nächsten.

Der Grund für dieses törichte Vertrauen ist unschwer zu erraten, da ihr Hauptgott der große Strom selbst ist, welcher die Ägypter ernährt und seit der Erschaffung der Welt ihre Lebensumstände bestimmt.

Der Nil ist ganz anders als der Tigris, dessen eilenden Fluten ich mein ganzes Leben gelauscht habe. Wer am Tigris aufwächst, weiß, wie gefährdet seine Existenz ist, denn das Hochwasser kann plötzlich einsetzen und ihn und all seine Lieben mit sich reißen – oder es kommt gar nicht, und er stirbt Hungers. Daraus ergibt sich sein Umgang mit der Erde und seine Einstellung zum Leben. Deswegen setzen die Flußbewohner im Osten weder Vertrauen in die Zukunft noch in das Erbarmen ihrer Götter.

Der Nil jedoch ist ein träger, vorhersehbarer, gutherziger Strom, und so sind die Ägypter denn auch fröhlicher und schwächlicher als die Assyrer. Sie glauben, daß ihnen alles zum Heil gerät, weil ihr Fluß ihnen freundlich gesonnen ist. Deshalb sind sie auch so dumm, daß sie an die Güte und Weisheit ihrer Götter und sogar ihres Königs glauben. Ihre Sprache kennt kein Wort für ›Schicksal‹ so wie das Akkadisch des Ostens, und sie haben auch kein Verständnis für dessen blinde und willkürliche Gewalt. Sie sind wie die Kinder in einer Welt, die für sie voller Spielzeug ist. Sie könnten einem leid tun, jedoch nicht sehr, denn ihre Götter scheinen über ihre Torheit zu lächeln und haben sie mit einer leeren Geschichte gesegnet.

Ägypten ist für seine Zauberer berühmt, von welchen viele ihre Kunst zur Unterhaltung vorführen, wenn man auf der Straße stehenbleibt und ihnen zuschaut. So kann man viele Stunden damit zubringen, sich die Augen an den wundersamsten Dingen sattzutrinken und die Sinne genießen zu lassen. Für den Tag gab es den Basar und für nachts die Hurenhäuser, wo jedem Geschmack Rechnung getragen wurde, denn die Dirnen dieser Stadt, sowohl im griechischen als auch im ägyptischen Viertel, waren bekannt für ihre Schönheit und ihr Können.

Die Landbewohner im Delta sind in der Regel gern bereit, ihre Töchter für ein paar Silberstücke in die Sklaverei zu verkaufen, denn so können sie ihre Steuern an den Pharao abführen und behalten vielleicht noch ein wenig übrig, um das Osiris-Fest zu feiern, doch die griechischen Hurenhäuser sind gezwungen, ihre Frauen einzuführen. In jeder Stadt Ägyptens, am schlimmsten jedoch in Naukratis, trieb man einen schwungvollen Handel mit Mädchen zwischen acht, neun und fünfzehn Lenzen – eine Hure arbeitet nicht lange in ihrem Beruf, und eine gute muß wie ein Akrobat oder Musiker früh mit der Ausbildung beginnen, wenn ihr Herr Gewinn aus ihr ziehen will. Und so geschah es, daß Selana in mein Leben trat, als sie noch ein Kind war und weder Liebe noch frauliche Schönheit in ihr geweckt waren.

Wer sich seine Illusionen bewahren möchte, sollte sich von der Schiffslände fernhalten, wenn Sklaven ausgeladen werden. Ich war an jenem Tag vom Haus des Prodikos dorthin gegangen, weil Kephalos mir geschrieben hatte, er erwarte ein paar Kisten mit Heilkräutern aus Byblos. Er bat mich, den Kapitän der Galeere anzuweisen, sie ihm nach Memphis nachzusenden.

Die Galeere traf ein, gerade nachdem sich der Morgenwind gelegt hatte. Enkidu und ich waren zugegen, und ich zeigte dem Kapitän, einem Korinther namens Strophios, den Brief, welchen mir Kephalos geschrieben hatte. Er erkannte Kephalos' Siegel, doch der Rest war ihm ein Rätsel, bis ich ihn laut vorlas. Strophios, der Korinther, lauschte mißmutig, nickte hier und da, und seine Augen richteten sich auf Enkidu, so als fürchtete er Unheil von der großen Eisenaxt, mit der sich mein Diener einen Klumpen Pech von der Sohle seiner Sandale schabte.

»Ja, sehr wohl«, sagte er, als gäbe er einer Laune von mir nach. »Es sei, wie der Gebieter Kephalos es wünscht, und er soll sein Frachtgut haben, sobald wir in vier Tagen in Memphis angelegt haben.«

Nachdem ich diese Besorgung erledigt hatte, wollte ich zum griechischen Viertel zurückgehen, als ein Schiff, welches gut vierzig Schritt von mir entfernt angelegt hatte, mit mehr als nur dem üblichen Aufruhr und Geschrei seine unselige Mädchenfracht ausspuckte.

Sie waren bleich wie die Geister, und etliche hoben die Hand, um sich vor der Sonne zu schützen, so erstaunt waren sie über deren Schein – wieviele Tage, dachte ich, mögen sie wohl unter Deck dieses beengten, kleinen Schiffes eingepfercht gewesen sein? Mit ihren verdreckten Lumpen, mit schmutzigem Haar und ebensolcher Haut und mit so völlig erschöpften Gesichtern, daß sie wie verhutzelte, alte Frauen aussahen, obwohl etliche so alt waren, daß man sie durchaus schon als Frauen bezeichnen konnte, wirkten sie zu geschlagen, als daß sie noch weinen konnten. Sie kamen im Gänsemarsch über die Planke herunter und waren an den Knöcheln mit einem Seil zusammengebunden, und das hatte sie so wundgescheuert, daß sie wahrscheinlich bleibende Narben davontragen würden.

Sonst aber gingen die Sklavenhändler sorgsam mit ihrer Ware um – narbige Gesichter und Rücken drückten nur den Preis für eine Hure. Statt Peitschen benutzten diese rücksichtsvollen Kaufleute Stecken aus poliertem Holz, so dick wie das Handgelenk eines Mannes, und damit trieben sie die kleinen Mädchen mit Schlägen voran, welche zweifellos recht schmerzhaft waren, jedoch keine bleibenden Narben, sondern nur blaue Flecke hinterließen.

Insgesamt waren es an die zwanzig, Kinder noch, aber man konnte sich nur schwerlich vorstellen, daß sie jemals elterliche Liebe und Geborgenheit gekannt hatten – oder etwas anderes als das Leben eines Sklaven. Vielleicht waren sie ja schon als Leibeigene geboren, vielleicht aber auch nicht. Hatte ich nicht von den Lippen meiner eigenen Mutter gehört, wie man ein Kind, die Tochter einer Familie, wie einen Krug Öl verkaufte, damit der Vater seine Schulden bezahlen konnte? Langsam versammelten sie sich auf der Werft zu einer kleinen Gruppe. Die Hurenhausbesitzer, welche seit der Ankunft des Schiffes gewartet hatten, hielten sich nicht mit Formalitäten auf, sondern machten sich unverzüglich daran, Zähne zu prüfen und zerfetzte Kleider beiseite zu streifen, weil sie sehen wollten, ob sich darunter etwas verbarg, was ein Mann vielleicht eines Tages auf seiner Schlafmatte haben wollte. Die Sklavenhändler standen nur herum, lehnten sich auf ihre Stecken, so als hätten sie das Interesse an dem Geschäft verloren und nichts weiter im Sinn als ein paar Abende in den Schenken und dann wieder zurück nach Haus.

»Das ist ein böses Geschäft«, murmelte Strophios, als fürchtete er, belauscht zu werden. »Einfach nicht zu fassen, wieso ein anständiger Mensch mit Frauen handelt, wenn man mit Wein fast ebenso gute Gewinne erzielen kann nach – einem Jahr oder so, bekommt man den Gestank nicht mehr aus dem Laderaum heraus und muß das ganze Schiff verbrennen.«

Ich wandte mich ab, mich ekelte und irgendwie schämte ich mich auch. Kephalos hätte sich lieber selbst um seine Angelegenheiten kümmern sollen, dann wäre ich an diesem Morgen nicht hiergewesen.

Angst, Gefahr, Zorn – das liegt manchmal richtig in der Luft, selbst wenn die gesetzte Ruhe des Alltäglichen noch gar nicht gestört ist. Das ist wie ein Blitz, den man mit halbem Auge wahrnimmt, gerade ehe der Donner loskracht.

Und so wußte ich denn, noch ehe ich das Geschrei hörte, daß etwas geschehen war. Ich drehte mich um, wollte sehen, was los war. Hätte ich das nicht getan, wäre ich möglicherweise nie hineingezogen worden.

Eines der Mädchen war entflohen. Zwei der Sklavenhändler setzten wutentbrannt einem halbnackten, kleinen Balg nach wie ein paar bellende Hunde einer Ratte. Einer grunzte vor Anstrengung und hieb mit seinem Stecken nach ihr, verfehlte sie aber um weniger als eine Handspanne – er war jetzt zornig, und wenn der Hieb getroffen hätte, es hätte sie vielleicht das Leben gekostet.

Es waren große Männer, und die Anlegestelle war klein, doch sie war schnell, ein Blitz aus bronzefarbenem Haar, der seinen Verfolgern entschlüpfte, im Zickzack lief und sich gerade außerhalb ihrer Reichweite hielt. Doch so konnte es nicht weitergehen. Sie war nur ein Kind, und die anderen waren zu zweit.

Ich konnte ihre nackten Füße auf die Bretter platschen hören. Es schien keinen anderen Laut mehr auf der Welt zu geben. Einer der Männer hatte sie fast erreicht, doch im letzten Augenblick faßte ihre Hand nach der Tülle eines leeren Ölkrugs, und sie riß ihn hinter sich um, daß er ihm geradewegs an die Knie schlug. Er ging zu Boden wie ein gefällter Baum, doch das verschaffte ihr nur wenig Aufschub – der andere würde sie zur Strecke bringen, denn wohin sollte sie jetzt noch fliehen.

Das mußte auch ihr klar gewesen sein. Sie blickte in meine Richtung – und unsere Blicke trafen sich. Ich glaube, ich wußte bereits, was sie fast im gleichen Augenblick tun würde.

Jählings stürzte sie sich auf meine Füße und warf mich dabei fast um. Ihre Arme umklammerten meine Knöchel, und mit keuchender Stimme flehte sie mich um Erbarmen an, das ihr sonst nirgendwo zuteil werden würde.

»Bitte, Herr – laß ...« brach es stoßweise aus ihr hervor, so als müßte sie jede Silbe aus ihrer Brust herauspressen, » ...laß sie nicht ... bitte ... ich bitte dich.«

Die Worte hatten den breiten, flachen Akzent des Peloponnes, aber es war Griechisch. Sie klammerte sich an mich, als müßte sie ertrinken, barg das Gesicht an meinem Bein, so daß ich nichts als ihr Haar sehen konnte, welches die Farbe frisch geschmiedeter Bronze hatte. Irgend etwas rührte sich in mir, eine lang geschlossene Tür schien sich auf einmal zu öffnen.

Der Sklavenhändler übersah mich, faßte nach unten und wollte sie beim Hals packen, als ob er sie von einem Felsen losklaubte. Ich legte ihm die Hand auf die Schulter, gebot ihm Einhalt, doch er stieß meinen Arm beiseite.

Danach geschah alles sehr schnell. Wutentbrannt schlug ich ihm mit der geballten Faust ins Gesicht – und ich muß ihm, glaube ich, die, Nase gebrochen haben, denn auf der Stelle rann ihm das Blut über die Oberlippe. Er war größer als ich und breiter und verfügte über die rohe Kraft eines Arbeiters. Ich hatte keine Waffe, konnte mich nicht verteidigen. Als ihm das aufging, hob er seinen Stecken und wollte auf mich einschlagen. Einen schlimmeren Fehler hätte er gar nicht begehen können.

Auf einmal bekam er keine Luft mehr – Enkidu, mein Beschützer, hatte alles kommen sehen und den Mann mit der Breitseite seiner großen Axt mitten auf dem Bauch erwischt. Und schon im nächsten Augenblick krümmte sich dieser zu einer kleinen Kugel aus Schmerz, und es wollte ihm nicht mehr einfallen, wie man atmet.

Das war das Ende des Kampfes. Enkidu ging zu ihm und setzte ihm den Fuß auf die Brust und zwang ihn, sich umzudrehen. Er hielt ihn fest, und die Axt war immer noch in seiner Hand. Der Mann starrte mit nacktem Entsetzen zu ihm hoch, doch Enkidu hielt den Blick auf mich gerichtet.

Was soll ich mit ihm machen? schienen seine Augen zu fragen. Soll ich diesem Kerl, der es gewagt hat, die Hand gegen dich zu erheben, gleich hier den Kopf abhacken?

»Laß ihn leben«, sagte ich.

Darauf war er nicht gefaßt. Sehr widerstrebend hob Enkidu den Fuß und ließ den Sklavenhändler darunter hervorkriechen. Doch dann konnte er es nicht lassen, er versetzte dem Schurken einen Fußtritt, welcher den meisten Menschen die Rippen gebrochen hätte.

»Und was ist mit meiner Leibeigenen, hoher Herr?«

Der Kapitän des Sklavenschiffes war eine vierschrötige Gestalt und unangenehm anzusehen. Zwar war er Grieche, doch rasierte er sich den Schädel nach ägyptischer Mode, und dann fehlte ihm noch die obere Hälfte seines rechten Ohres. Seine kleinen, braunen Augen sahen so leblos aus, als hätte man sie aufgemalt. Er hielt sich so gerade außerhalb Enkidus Reichweite und verschränkte die schweren Arme auf der Brust. Ich hatte ihn nicht einmal kommen sehen.

»Das Mädchen, hoher Herr. Ich habe sie guten Glaubens gekauft und muß meinen Besitz hüten. Ich betreibe dieses Gewerbe nicht zum Spaß, hoher Herr.«

Das Mädchen, welches dieser Abschaum guten Glaubens gekauft hatte, kauerte immer noch zu meinen Füßen. Ich ging in die Knie und legte ihr die Hand auf den Kopf – ja, ihr Haar hatte die gleiche Farbe.

»Steh auf«, sagte ich so sanft ich konnte, denn kaum machte ich den Mund auf, da spürte ich auch schon, wie sie meine Knöchel noch fester umklammerte. »Tu, was ich dir sage. Steh auf.«

Schließlich bekam ich sie dazu, daß sie aufstand. Sie zitterte. Sie hielt sich so dicht bei mir, daß ich es fühlen konnte. Sie wollte weder mich noch den Kapitän anschauen, denn sie schien keinem von uns zu trauen.

»Wem hast du sie abgekauft?« fragte ich. Mir war das gleichgültig, denn mir lag wirklich nichts an ihr, doch ich brauchte Zeit zum überlegen.

»Ihrer Mutter und ihrem Vater, hoher Herr – wer könnte sonst wohl ein Recht auf sie haben? Das sind Bauern aus einem Dorf bei Amyklae, und ich habe Silber für sie gezahlt. Dazu kommen noch die Verpflegungskosten für diesen halben Monat.«

Der Halunke forderte mich praktisch auf, sie zu kaufen. »So wie die aussieht, kann dich das nicht viel gekostet haben.«

Zum ersten Mal hatte ich sie richtig angeschaut, und ihr Aussehen sprach nicht gerade für sie. Zum einen stank sie – in diesem Punkt hatte Kapitän Strophios recht gehabt. Ihre Wangen waren dreckig und zerkratzt, und ihr Haar sah aus, als könnte man es nie wieder entwirren. Unter ihren abgesplitterten Fingernägeln saß schwarzes Schiffspech. Und mager und unansehnlich war sie, mit Händen und Füßen, die zu groß für ihren Körper waren – aber sie war ja noch ein Kind und obendrein halb verhungert, da durfte man wohl kaum erwarten, eine Schönheit zu finden.

Ich legte ihr die Hand unter das Kinn, daß ich ihr ins Gesicht blicken konnte. Die Haut war so weiß wie Pergament von all den Tagen im Laderaum des Schiffes, doch es war ein kräftiges Gesicht. Sie hatte eine kleine Stupsnase und große, kluge, blaue Augen, und die bohrten sich trotzig in meine; anscheinend glaubte sie, daß auch ich nicht besser war als der Rest der Menschheit, und es machte ihr nichts aus, wenn ich das wußte.

»Wieviel hast du für sie gezahlt?« fragte ich.

»Einhundertundfünfzig Drachmen ...«

»Du Lügner!« schrie sie und zerrte dabei heftig an meiner Tunika, um mich auf diese empörende Unwahrheit aufmerksam zu machen. »Das ist gelogen, Herr – meine Mutter und mein Vater können beide nicht bis einhundertundfünfzig zählen!«

»Und dann, hoher Herr«, fuhr er fort, jedoch eine Spur zu schnell, »kommt noch ihr Unterhalt dazu, wie ich schon sagte, und einen anständigen Gewinn muß sie auch noch ...«

»Und wie du lügst.« Ich legte die Hand auf die Schulter des Mädchens, so als wollte ich die Besitzrechte klarstellen. »Für einhundertundfünfzig Drachmen könnte ich wahrscheinlich alle Kinder Griechenlands kaufen. Du bekommst nicht mehr als dreißig Silberschekel, und trotzdem bist du bei dem Preis noch ein Dieb.«

Der Kapitän muß mich für einen großen Einfaltspinsel gehalten haben, denn er nahm sofort an, und ich zählte ihm das Geld auf die Hand.

Sobald er gegangen war, ergriff das Mädchen meine Hand mit ihren beiden, und ehe ich sie daran hindern konnte, hatte sie sich schon heruntergebeugt und mir als Zeichen ihrer Unterwerfung den Daumen geküßt. Da ich das Gleiche hier nicht noch einmal erleben wollte, gab ich Enkidu ein Zeichen, der ergriff sie beim Handgelenk und zerrte sie hinter sich her, während wir uns einen Weg durch die engen Gäßchen bahnten, welche zum griechischen Viertel führten. Ich machte mir nicht einmal mehr die Mühe, mich umzusehen, bis ich hörte, daß sie stolperte und aufschrie.

»Lieber Herr, bitte …«

Wir blieben stehen. Sie erhob sich wieder und trat Enkidu mit beeindruckendem Zorn ans Schienbein, so fest sie konnte. Wenn er ihren Ausfall bemerkte, so ließ er sich jedenfalls nichts; anmerken, sondern hielt sie beim Handgelenk gepackt wie einen Beutel Zwiebeln.

Sie stieß jedoch sofort danach einen Schrei aus und fiel wieder auf die Pflastersteine, wo sie jetzt hockte und ihren Fuß mit den Armen umfaßte. Tränen, ob nun Wut- oder Schmerzenstränen oder beides, strömten ihr über das Gesicht – sie tat mir leid, doch wiederum nicht so leid, daß ich mir das Lachen verbissen hätte, denn sie sah wirklich komisch aus.

»Laß dir das eine Lehre sein«, sagte ich am Ende, als ich wieder Luft bekam. »Such dir die Ziele deines Zorns sorgfältiger aus, denn mein Diener leidet es nicht, daß ihn Bälger wie du ärgern. Statt nach Enkidu hättest du genausogut nach einem steinernen Götzenbild treten können.«

Die Selbstbeherrschung, mit der sie das Weinen unterdrückte, war bemerkenswert. Sie warf mir einen bösen Blick zu, als wäre ich ein Ausbund an Abscheulichkeit, doch dann lächelte sie auf einmal so lieblich, wie ich es kaum zuvor gesehen hatte.

»Geschieht mir recht, wenn mein Gebieter mich tadelt«, sagte sie leise Es war offensichtlich, daß sie schon die weibliche Schläue einzusetzen wußte.

Dieses Mal lachte ich nicht, obwohl mir sehr danach zumute war.

»Und du brauchst wohl kaum zu solchen Listen zu greifen, mein Kind, denn es ist dir nicht bestimmt, mein Besitz zu bleiben, aber auch nicht der dieses abstoßenden Scheusals von einem Sklavenhändler. Enkidu, laß sie los.«

Sie entriß ihm ihre Hand und streckte ihm die Zunge heraus – diese kleine Barbarin war so unerschrocken, daß sie mir allmählich immer besser gefiel, so sehr jedenfalls, daß ich es fast bedauerte, mich von ihr zu trennen. Doch in meinem Leben war natürlich kein Platz für eine Sklavin, die noch ein Kind war.

Ich öffnete meinen Beutel und warf ihr zwanzig Silberschekel in den Schoß.

»Da«, sagte ich. »Jetzt bist du reich. Du gehörst nur dir, und man behauptet, daß du einhundertundfünfzig Drachmen wert bist. Jetzt hast du beinahe die Hälfte davon ganz zu deiner eigenen Verfügung. Nun lauf. Genieße deinen Reichtum.«

Ihre Knie klappten zu wie eine Falle, fingen den Münzenregen auf, doch sie handelte nur praktisch. Mit mir war sie allerdings nicht zufrieden.

»Warum hast du mich dann überhaupt gekauft, Gebieter?«

»Aus einer Laune heraus«, antwortete ich und log, während ich doch die Wahrheit sagte, »außerdem konnte ich deine Herren nicht leiden und wollte vor ihnen nicht dumm dastehen. Ein kostspieliger Fehler, und du hast den Nutzen davon. Jetzt aber fort mit dir.«

Und doch war ich es, der ihr das Feld überließ, denn auf einmal konnte ich nicht schnell genug wegkommen. Ich hastete die Straße entlang, und ich muß gestehen, es geschah in feiger und unwürdiger Eile, und dabei blickte ich mich kein einziges Mal um.

Der Basar war überfüllt, der Tag heiß. Eine Stunde nach Mittag erstand ich Brot und Wein und zwei Spieße mit gebratenem Fleisch, und dann nahmen Enkidu und ich das Mittagsmahl unter dem Sonnendach einer Weinschenke ein. Ich hatte mittlerweile die unangenehmen Vorfälle des Morgens aus meinem Gedächtnis getilgt, ja, so rasch verzeihen wir uns unsere eigenen Narreteien und Schwächen. Erst als wir schon gegessen hatten, berührte Enkidu meinen Arm und wies zu einer Gasse auf der anderen Seite des Platzes hin.

Dort hielt sich die kleine Sklavin mit dem bronzefarbenen Haar im Schatten versteckt und beobachtete uns.

»Ist sie uns etwa den ganzen Tage gefolgt?« fragte ich.

Enkidu nickte. Ich hakte nicht nach, warum er es verabsäumt hatte, mich schon früher darauf hinzuweisen, ich hätte ja doch keine Antwort bekommen.

»Sie wird das Spiel recht bald satt haben.«

Doch da täuschte ich mich, denn den ganzen Nachmittag über brauchte ich nur den Kopf zu drehen, und schon erblickte ich sie, die uns nachschlich wie die Katze den Mäusen in der Scheune. Ich wollte sie loswerden, und so besuchte ich schließlich ein Hurenhaus, blieb und würfelte mit den Huren, nachdem ich meinen Samen losgeworden war. Ich weiß auch nicht warum, aber ich merkte gar nicht, wie ich mich damit bloßstellte, daß ich mich vor einem Kind versteckte. Ich verweilte dort, bis man die Lampen anzündete, bis es draußen Nacht war und damit Zeit, zum Haus des Prodikos zurückzukehren.

Auf dem Heimweg sah ich sie nicht wieder, und so wiegte ich mich denn in dem Glauben, daß sie das Spiel wahrscheinlich satt bekommen oder daß sie meine Spur in der Dunkelheit verloren hatte.

Das stellte sich jedoch als eitle Hoffnung heraus, denn als ich am nächsten Morgen aus meinem Zimmer trat, stolperte ich auf der Schwelle fast über sie.

Sie schlief und hatte dort die Nacht verbracht.

»Was willst du?« schrie ich sie an, als ich sie erst einmal wachgerüttelt hatte. »Was willst du von mir, daß du mich so verfolgst?«

»Warum willst du mich nicht in deine Dienste nehmen?« Sie

rieb sich die Augen und blinzelte gereizt in den morgendlichen Sonnenschein. »Ich könnte mich doch in der Küche nützlich machen, und in einem Jahr oder so, wenn ich größer bin, kannst du mich zur Nebenfrau nehmen – wenn es immer so geht wie vergangene Nacht, dann bist du ganz schön brünstig.«

»Wie alt bist du, Kind?«

»Sechs Tage nach dem nächsten Maia-Fest beende ich mein zehntes Jahr.«

»Und wann ist das?«

»Gibt es einen Griechen, der das Maia-Fest nicht kennt?« fragte sie erstaunt über soviel Dummheit.

»Ich bin kein Grieche.«

»Natürlich bist du Grieche – was solltest du denn sonst wohl sein?«

»Gut, dann bin ich eben Grieche, jedoch einer, der das Maia-Fest nicht kennt.«

Sie schüttelte den Kopf, denn sie konnte es einfach nicht fassen.

»Im Ernst?« fragte sie schließlich und musterte mich mit argwöhnischen, schmal gewordenen Augen.

»Wann ist das Maia-Fest, Kind? Laß mich nicht noch einmal fragen, oder du wirst es bereuen.«

»Im Monat der letzten Ernte vor dem Winter.«

»Dann bist du noch keine zehn Jahre alt?«

»Nein, Herr«, gab sie zurück und senkte den. Blick, als müsse sie sich dessen schämen.

»Auf alle Fälle bist du dann zu jung, um über derlei Bescheid zu wissen. ›Du kannst mich zur Nebenfrau nehmen‹ – ich treibe es nicht mit Kindern, und Huren gibt es für mich allemal genug, die brauche ich nicht in meinem Haus aufzuziehen wie die Granatäpfel.«

»Was soll ich also tun?«

»Was du willst. Du bist frei – du gehörst niemandem – und ich habe dir Silber gegeben. Jetzt laß mich in Ruhe.«

»Du machst es dir leicht, Gebieter, du sagst einfach ›Laß mich in Ruhe‹, und was ist mit mir?« Sie sprang auf, ihre blauen Augen blitzten, und sie wollte mir wohl wie Enkidu ans Schienbein treten. »Wie soll denn ich, ein Kind, wie du mich nennst, in diesem fremden Land leben, wo ich keinen Menschen kenne und nicht einmal die Zunge spreche? Wie lange dauert es wohl, bis mich jemand wie mein ehemaliger Herr einfängt und an ein Hurenhaus verkauft – wer weiß schon warum und wen kümmert es, wenn du gesagt hast, daß ich niemandem gehöre? Aber vielleicht kommt es gar nicht so weit. Vielleicht schneidet mir irgend ein kühner Räubersmann wegen des Silbers, das du mir gegeben hast, die Kehle durch, schutzlos wie ich bin, ist das so gut wie mein Todesurteil!«

»Dann kann ich dir vielleicht eine Überfahrt zu deinen Eltern besorgen«, sagte ich und verzagte, denn ich wußte, diesen Kampf hatte ich verloren.

»Meine Eltern! Oh, wie klug, Gebieter, und wie gnädig. Mein Vater und der Mann, dem er mich verkauft hat, sind ein Paar Schuhe, und meine Mutter ist die Dritte im Bunde. Was sollen mir wohl Eltern, die mich als Hure verkaufen – und das für siebzig Drachmen!«

Jetzt vergoß sie heiße Zornestränen, und als ich sie so weinen sah, da schämte ich mich, denn alles, was sie gesagt hatte, war die reine Wahrheit. Sie hatte gewonnen, obschon sie das vielleicht noch nicht wußte.

»Wie heißt du, Kind?«

»Selana, Gebieter«, erwiderte sie und lächelte mich unter Tränen an. Ja, natürlich wußte sie, daß sie gewonnen hatte, denn welcher Mann kann es schon mit einer Frau aufnehmen – auch wenn sie noch ein Mädchen ist und erst nach dem Maia-Fest zehn Lenze zählt?

X

Prodikos' Köchin bestand darauf, dieses ›schmutzige Kind‹ nicht in ihre Küche zu lassen, nicht einmal zum Frühstück, also mußte ich Selana bei einem Straßenhändler eine Schüssel Hirse mit gebratenem Lamm kaufen, und sie aß gierig, während wir zu den öffentlichen Bädern gingen. Ich kaufte ihr noch ein paar Binsensandalen – die ersten ihres Lebens, wie es sich herausstellte –, einen Kamm, und ganz wichtig, eine neue Tunika und ein Lendentuch, denn selbst die Lumpensammler hätten ihre zerrissene, griechische zurückgewiesen, diese selbstgesponnene und seit einem halben Monat im Laderaum des Schiffes nicht abgelegte, ungewaschene Tunika.

Ich suchte mir eine ältere Badefrau und wies sie an, keine Gnade walten zu lassen, denn Selana hatte es dringend nötig.

»Jaja, edler Herr, du kannst dich auf mich verlassen, ich schrubbe sie, bis sie strahlt wie ein neuer Kupferkessel«, sagte sie mit einem zahnlosen Lächeln.

Während ich im angrenzenden Raum lag, Wein trank und mir von einer Dirne den Rücken mit Öl massieren ließ, konnte ich Selanas Protestgeheul hören. Das Ergebnis jedoch rechtfertigte meine Strenge.

»Dieses alte Weib hat mich festgehalten und mich überall mit Sand abgerieben«, sagte sie und kauerte dabei wie ein Häufchen Elend auf den Fliesen des Fußbodens. Sie war immer noch nackt, und ihr Leib schimmerte hellrosa. »Mein Hintern ist so wund, daß ich tagelang nicht mehr sitzen kann. Ich komme mir vor wie ein gehäuteter Hase.«

»Zumindest wird dich nun keiner mehr für eine Wasserratte halten, Wenn das nicht ein Fortschritt ist?«

In ihrem Gram, der sogar ihre Tränen hatte versiegen lassen, fuhr sie sich ganz in Gedanken mit den Fingern durch ihr bronzefarbenes Haar, das noch immer feucht war, doch jetzt von Öl glänzte und recht schön aussah. Sie war zu mager – man konnte jede Rippe zählen, und ihre Hüften und Schultern schienen nur aus Knochen zu bestehen – und sie war noch kindlich linkisch, aber mir war klar, warum sie den Hurenhausbesitzern, welche eine Nase für derlei hatten, zugesagt hatte. Sie besaß ein hübsches, keckes Gesicht, und Kindheit ist eine Krankheit, die von selbst besser wird.

»Du bist gar nicht so häßlich, wie ich dachte, Selana. Wenn du erst etwas größer bist, wirst du in ein paar Jahren einen Mann finden, der dich haben will.«

»Dann kannst du mich zur Nebenfrau machen.«

»Es wäre besser, wenn wir dir einen Ehemann suchen würden – dann wäre ich dich endlich los.«

»Ich will aber keinen Ehemann«, gab sie zurück und blickte mir dabei fest ins Auge. »Meine Mutter hat einen Mann und ist genauso unglücklich, wie sie es verdient. Ich möchte lieber deine Nebenfrau sein, denn du erscheinst mir weniger schurkisch als die meisten Männer.«

Jetzt brachte sie ein Lächeln zustande, denn sie war wie die meisten ihres Geschlechts – ein paar lobende Worte, selbst solche wie meine, waren der Lohn für viel Unannehmlichkeiten. Sie wußte, sie hatte Gnade gefunden, und das reichte ihr für den Augenblick.

Dennoch fragte ich mich, was ich mit ihr anfangen sollte? Ich konnte mir nicht schlüssig werden. Aber sie war ein gewitztes Kind und schaffte es, sich im Haus meines Freundes Prodikos nützlich zu machen. Bei Tisch bediente sie mich und half so willig in der Küche, daß die Köchin ihr alle früheren Sünden verzieh. Nach und nach und ohne daß ich es recht merkte, gelang es Selana, sich in meinem Leben einen Platz zu erobern. Anscheinend brauchte ich gar nichts zu entscheiden, denn sie hatte alles selbst entschieden.

Sogar Enkidu bekam sie schließlich herum.

Zunächst schien sie sich vor ihm zu fürchten, so als würde ich mir aus einer Laune heraus einen großen, grauen Wolf halten, ein Geschöpf, das jeden Augenblick zum reißenden Tier werden konnte. Aber Enkidu bemerkte sie anscheinend nicht; er gönnte ihr kaum einen Blick. Ja, sie hätte ein Fußschemel in meinem Schlafgemach sein können, soviel gab er auf ihre Anwesenheit. Vielleicht fand sie gerade dieses Nichtbeachtetwerden so einschüchternd. Vielleicht war es aber auch nur Angst, daß er sie ganz in Gedanken unter seiner Ferse zermalmen könnte.

Doch allmählich wurde sie zutraulicher und achtete nicht mehr so sehr darauf, ihm auf Armeslänge vom Leibe zu bleiben, und als sie schließlich die Entscheidung fällte, daß ›der, welcher der Schatten des Gebieters Tiglat ist‹, wie sie ihn zuweilen nannte, auch nur ein Mensch war, da konnte sie ihn um den kleinen Finger wickeln.

Enkidu war mein Diener und wachte über mein Leben. Im Laufe der Jahre stellte er seine Treue mehr als einmal unter Beweis, doch ich habe nie feststellen können, was der Grund dafür war. Was galt ich ihm? Ich habe es nie herausgefunden, hatte nicht einmal einen blassen Schimmer. Manchmal dachte ich, es wäre sein Herz, welches keine Stimme hatte.

Doch wenn er jemals geliebt hat, dann, glaube ich, nicht mich sondern Selana – vielleicht nicht so, wie ein Mann eine Frau liebt, denn nie hat irgend etwas drauf hingedeutet, doch kein Mensch ist so verhärtet, daß er nicht jemandem zärtlich zugetan sein möchte. Ihr galt sein besonderer Schutz. Wenn ich sie zur Strafe für ein kleines Vergehen auspeitschte, kniff er wohl den Mund zusammen, und seine Augen wurden finster, als wollte er mich warnen, daß ich es nicht zu weit trieb. Wem sein Leben lieb war, der riskierte das nicht – die Köchin traute sich kaum, sie auszuschimpfen. Wenn ich Selana mit irgendeiner Besorgung zum Markt schickte, so begleitete Enkidu sie jedesmal stumm wie der Tod. Wenn ich manchmal zufällig aus dem Fenster blickte, konnte ich sie zurückkommen sehen mit ihrem makedonischen Wachhund drei Schritt hinter ihr und mit ihren ganzen Bündeln in seinen riesigen Armen.

So lief unser häusliches Leben ab, als ich einen Brief von Kephalos erhielt, in dem er mir mitteilte, daß alles für meinen Empfang in Memphis bereit sei und er für Fahrgelegenheit dorthin gesorgt hätte. Er stellte die Ankunft des Schiffes binnen ein paar Tagen in Aussicht.

Doch auf den Anblick von Kephalos »Fahrgelegenheit« war ich nicht im geringsten gefaßt. Das Fahrzeug, in dem meine königlichen Ahnen auf dem Tigris zum heiligen Assur, der Mutter aller Städte, reisten, war im Vergleich dazu ein Binsenfloß: Es war ein Lustschiff, an die fünfzig Ellen lang und zwanzig breit, mit dreißig Ruderern bemannt und mit einem großen, quadratischen Segel von der Farbe frischen Blutes, aus dem man ein Zelt über dem Haus meines Gastgebers und Freundes Prodikos hätte errichten können.

»Das ist das königliche Prunkschiff«, verkündete Prodikos beinahe ehrfürchtig, als wir zur Werft hinuntergingen, um es uns anzusehen. »Das habe ich schon gesehen und weiß, es ist im Besitz des Gebieters Nekau, Fürst von Memphis und Saïs, der Mächtigste unter den Herrschern Unterägyptens, welcher nur dem Pharao an Reichtum und Wohlstand nachsteht. Der Gebieter Kephalos muß ihn mit Erzählungen von deiner Größe zutiefst beeindruckt haben, daß er einem Fremdling gegenüber so zuvorkommend ist.«

An jenem Abend speisten wir an Bord, da Kephalos mit seinem untrüglichen Gespür dafür, was sich für uns geziemte, das Schiff mit jeglichem Luxus ausgestattet hatte. Es gab Wein in Kupferkrügen, die mit Pech versiegelt waren und im Wasser des Flusses kühl gehalten wurden, Früchte, frisches Fleisch, ein großes Kohlebecken mit einem Koch, der daran kochte, ein Knabenpärchen, welches die stickige Luft mit einem großen Fächer aus Straußenfedern in Bewegung hielt, und fünf hübsche Frauen, welche die Lyra spielten, tanzten und uns bei Tisch aufwarteten.

Wir wurden sehr fröhlich und betranken uns tüchtig, und Prodikos versuchte, eine der Frauen zu nehmen – und sie hatte auch nichts dagegen einzuwenden, doch am Ende mußte er feststellen, daß seine Kraft nicht mehr ausreichte, um die Sache zu einem befriedigenden Abschluß zu bringen. Danach schlief er ein. Es war eine laue Nacht, und er schlief auf den nackten Decksplanken, die Tunika hatte er sich als Kopfkissen zusammengerollt und unter den Kopf gelegt, und er schnarchte wie ein Nilpferd. Am Morgen sagte ich ihm Lebewohl und legte ihm ans Herz, mich in Memphis zu besuchen, wann immer seine Geschäfte es erlaubten, und dann begab ich mich auf die Reise gen Süden.

Wir waren zwölf Tage auf dem Wasser, denn mehr als einmal gerieten wir in eine Windstille, und die Männer hatten nur ihre Arme, um gegen die schwache und dennoch stetige Strömung des Flusses anzurudern. Des Nachts hatten wir keine Wahl, wir mußten anlegen. Während des Tages ruderten sie vier Stunden, dann vertäuten sie das Schiff und rasteten eine Stunde lang.

Eines Nachts hatte ich beim Abendessen dem Wein zu gut zugesprochen und war mißmutiger Stimmung. Ich konnte an nichts anderes denken, als an die Qualen der Verbannung, dann dachte ich an meinen Vater in seiner Gruft im heiligen Assur, ermordet von einem seiner eigenen Söhne. Und ich wiederum würde auf der Erde herumirren, bis ich ein Loch fand, welches so versteckt war, daß ich mich darin vergraben konnte. Das Leben erschien mir leer.

Ich saß im Bug des Schiffes und blickte in das schwarze Wasser. Wenn ich mich nur ausreichend betrank, würde ich vielleicht über Bord fallen, und die Krokodile hätten einen Festschmaus. Die Vorstellung sagte mir irgendwie zu.

»Du merkst schon, es ist gar nicht so großartig, mein Sohn. Das Leben ist leer und der Tod noch leerer.«

Auf einmal war er da – ein alter Mann, die silberne Strähne in seinem Haar mindestens vier Finger breit und unverändert, seit ich ihn das letzte Mal lebend gesehen hatte. Er saß jetzt neben mir, spähte in das geheimnisvolle Dunkel des Nils und war so wirklich wie ein Mensch aus Fleisch und Blut nur sein kann. Aus Angst, er könnte mich verlassen, wagte ich ihn nicht anzusprechen.

»Uns alle deckt einmal der Staub, und Glanz und Ruhm der Könige sind nur ein Schatten. Belaste dein Herz nicht mit der Vergangenheit, mein Sohn, sondern wende deine Gedanken ab vom Lande Assur und allen, die darin wohnen. Der Gott wird dich zu sich rufen, wenn deine Zeit gekommen ist.«

»Der Bauch des Gebieters Tiglat ist vom Wein so angeschwollen wie eine Zecke voller Blut«, drang die dünne Kinderstimme an mein Ohr.

Mein Vater war verschwunden, dafür kniete jetzt Selana neben mir und griff sich meinen Becher und den Weinkrug, damit ich nicht darüber stolperte. Ich hatte sie nicht einmal kommen hören.

»Was passiert, wenn du noch mehr trinkst? Wirst du zornig und schlägst du deine Frauen, oder bekommst du das heulende Elend, oder kotzt du bloß in den Fluß und mußt dann schnarchend zu deiner Schlafmatte getragen werden? Ich habe meinen Vater all das tun sehen, aber von dir hätte ich so was nicht erwartet. Mir scheint, alle Männer sind gleich, ob nun hoch oder niedrig.«

Ich drehte mich ärgerlich zu ihr um, doch als ich in ihre Augen sah, diese großen und wissenden Augen, die so wenig Angst vor mir hatten, als wäre ich ein Kätzchen, das seine Krallen zeigt, da verflog mein Ärger, und ich mußte lachen. Auf einmal ging es mir viel besser, obschon sich nichts geändert hatte. Das Leben war immer noch leer, doch es machte mir anscheinend nichts mehr aus.

»Selana«, sagte ich, als ich endlich wieder Herr meiner Stimme war, »du mußt mir sagen, wenn das Maia-Fest bevorsteht, damit ich dir sechs Tage danach eine Sklavin zum Geburtstag kaufen kann. Ich suche dir ein drei- bis vierjähriges Mädchen, das kannst du dann so schikanieren wie mich.«

»Es will mir immer noch nicht in den Kopf, daß man einem Griechen sagen muß, wann das Maia-Fest bevorsteht.«

Sie lächelte, es scheint, sie hatte mir verziehen – und warum auch nicht, da sie ja den Weinkrug immer noch in ihrer Obhut hatte.

»Ich habe dir doch schon gesagt, daß ich kein Grieche bin.«

»Eine Ente wiehert nicht wie ein Esel. Und Zähne hat sie auch nicht im Schnabel. Du siehst wie ein Grieche aus und hörst dich auch so an, wieso solltest du da wohl kein Grieche sein?«

»Meine Mutter ist in Athen geboren, doch ich im Haus meines Vaters am Tigris im Lande Assur. Es ist sehr weit nach dort.«

»Und was macht das aus dir?«

»Einen Assyrer«, sagte ich – das Wort klang seltsam auf meinen Lippen. »Mein Vater war einer, und ich auch.«

»Belaste dein Herz nicht mit der Vergangenheit, mein Sohn«, hatte er gesagt – mein königlicher Vater, der Gebieter Sanherib, einst Herrscher der lichten Welt.

»Und doch lebst du unter Griechen wie einer von ihnen. Vielleicht wirst du am Ende doch noch einer. Oder willst du eines Tages zurückgehen und wieder Assyrer werden?«

»Wenn ich zurückgehe, bedeutete das für mich den Tod.«

Sie schüttelte den Kopf, als hätte sie mich bei einer Lüge ertappt. Als ob es sie traurig stimmte, daß ich ihr etwas vorschwindelte.

»Ich merke schon, der Gebieter Tiglat möchte nicht antworten«, sagte sie.

Zwei Tage später erreichten wir Memphis, eine Stunde, bevor die Sonne unterging.

Vermutlich hatte Kephalos flußabwärts Späher aufgestellt, denn er wartete an der Schiffslände auf mich, umgeben von einer Schar Diener, die zu meiner Begrüßung emsig Blütenblätter ins Wasser streuten.

Zunächst erkannte ich ihn kaum, da er sich sowohl Kopf als auch Bart rasiert und seine Augen nach ägyptischer Sitte mit schwarzer Farbe umrandet hatte. Als das Schiff anlegte, verneigte er sich tief und rief etwas, doch über dem Gedröhn der Trommeln konnte ich ihn nicht verstehen.

Dem Anschein nach war das Schiff mit all seinem Luxus lediglich ein Vorgeschmack meines Empfangs gewesen – auf der Lände dürften nicht weniger als hundert Menschen versammelt gewesen sein. Sobald ich an Land ging, gaben die Hörner einen ohrenbetäubenden Lärm von sich, schienen den Weltuntergang anzukündigen. Kephalos in den Gewändern eines mächtigen Herrn mit einer schweren Goldkette auf dem Busen warf sich mir zu Füßen und umfaßte meine Knöchel, und dann führte man mich zu einer Sänfte mit einer Überdachung aus Straußenfedern, die mit gehämmertem Silber überzogen war, so daß ihr Anblick in den Augen schmerzte. Als ich mich gesetzt hatte, machten sich vier Sklavinnen daran, mir mit duftendem Wasser die Füße zu waschen, danach setzten wir uns zu einem weiteren Hornstoß in Bewegung, und Kephalos selbst nahm den Platz eines meiner Träger ein – natürlich nur rein symbolisch, er griff sich einfach eine Schnur, welche am Ende einer der Tragestangen befestigt war.

Man trug mich mit soviel Prunk durch die Stadt, als wäre ich Pharao, und wir brauchten dazu eine ganze Stunde.

»Morgen abend geben wir ein Festmahl«, sagte Kephalos, als er mich in einen Raum geführt hatte, wo das Abendessen auf uns wartete. »Alles, was in der Stadt Rang und Namen hat, wird zugegen sein, darunter auch der Statthalter persönlich, denn du weißt ja, daß Wohlstand die Neugierigen anlockt wie verschüttete Honig die Wespen. Übrigens hat dir der Statthalter auch das Lustschiff geliehen. Ich habe ihm dafür beinahe soviel zahlen müssen, wie das ganze Ding anfänglich wert war, aber er braucht dringend Geld, und es lohnt sich stets, einflußreiche Freunde zu haben.«

Also hatte Prodikos ziemlich ins Schwarze getroffen. Das überraschte mich überhaupt nicht, vielleicht hatte Selana ja doch recht, und ich wurde allmählich zum Griechen.

»Iß, Herr«, fuhr Kephalos fort und deutete auf den Tisch, der wie üblich üppig bestellt war. »Du bist immer noch mager von der Wüste und brauchst Fleisch auf den Rippen. Wenn dir das Essen seltsam vorkommt, so wisse, daß der Koch Ägypter ist und ich mit ihm nicht klarkomme. Sie sind schon ein sonderbares Völkchen, anspruchsvoll und voller Vorurteile, doch wenn wir hier leben wollen, so müssen wir einiges an Entbehrungen in Kauf nehmen.«

Ja – Kephalos hatte zweifellos recht, wenn er von Entbehrungen sprach. Der Wein war stark und süß, und jeder Gang des Mahles schmeckte gar köstlich. Acht Dienerinnen warteten auf uns, sie hatten schwarze Augen und lächelten, und ihre nackten Leiber glänzten von Öl. Ich wohnte in einem Palast, umgeben von jeglicher Bequemlichkeit und Annehmlichkeit, und ich war reich. Das Leben in Ägypten würde mit Sicherheit ein Martyrium werden.

»Es dürfte übrigens ratsam sein, wenn du die hiesige Mode mitmachtest, Herr«, verkündete er und fuhr sich mit der Hand über den frisch rasierten Schädel. »Ich weiß, es ist unnatürlich, aber die Ägypter dulden es nicht, wenn man sich von ihnen unterscheidet. Sogar einen Prinzen halten sie für einen Köter, wenn er nicht aussieht wie sie. Morgen früh schicke ich dir einen Barbier.«

»Wie du meinst, Kephalos, und wenn ich mir also diese Verkleidung zulege, sollte ich mir vielleicht gleich noch eine weitere zulegen. Ich glaube, in diesem Land tut es nicht gut, ein Prinz zu sein.«

»Dann möchte mein Gebieter als Privatmann leben?« fragte er und wölbte die Brauen, als wäre ihm dieser Gedanke gänzlich neu. »Na gut – zweifellos ist das weise, da ich selbst ähnlich denke. Ich werde also ausstreuen lassen, daß du ein reicher Grieche bist, der sich mit seiner Familie überworfen hat und aus diesem Grund lieber in der Fremde lebt. Das weicht nur geringfügig von der Wahrheit ab und ist somit nicht ehrenrührig.«

Vor ihm stand ein kleiner Teller mit Feigen. Er nahm eine und musterte sie, während er sie zierlich zwischen den Fingerspitzen hielt. Dann legte er sie zurück und schien sie völlig zu vergessen.

»Du bist vorsichtig geworden, Prinz«, sagte er mit ganz anderer Stimme. »Ist etwas geschehen, seit wir in Naukratis voneinander geschieden sind?«

»Nichts, mein Freund. Ich weiß nur, daß ich Feinde habe und möchte vorsichtig sein.«

»So war es denn Vorsicht, die dich dazu brachte, die kleine, bronzehaarige Sklavin zu erwerben?«

Fast mein ganzes Leben hatte ich Kephalos nun gekannt, und er kannte alle Wechselfälle, die es begleitet hatten, und dennoch hatte ich diesen Ausdruck auf seinem Antlitz noch nie gesehen. War er zornig oder verärgert oder lediglich belustigt? Das sollte ich wohl nicht wissen – und ob er es selbst wohl wußte? Jetzt war er nicht mehr mein gerissener Diener, welcher seine Absichten verbarg und für den List so natürlich wie Atmen war – mit dem hätte ich mich recht gut ausgekannt. Er lächelte, und doch war dieses Lächeln etwas verkniffen und wurde zur Maske. Dahinter verbarg er sich. Ich erkannte ihn nicht wieder.

»Die Frage ist, wer hier wen erworben hat«, erwiderte ich achselzuckend, als ließe sich die Sache damit so einfach abtun. »Und ob sie nun eine Sklavin oder eine Freigeborene ist, darüber kann man streiten – glaube mir, ich habe versucht, sie fortzuschicken, sie war frei und hatte Silber im Beutel, doch sie beharrt darauf, daß sie mein Eigentum ist und will nicht gehen.«

»Dann steht es noch schlimmer, als ich gefürchtet habe.« Kephalos hatte die Arme auf die Schenkel gelegt und runzelte die Stirn.

»Warum mißt du einem Kind solche Bedeutung bei? Sie macht sich nützlich und ist so klug, daß sie mir aus dem Weg geht.«

»Und du glaubst, sie wird sich auf Dauer damit zufriedengeben, ›dir aus dem Weg zu gehen‹?« fragte er und hob den Blick, daß er mir ins Gesicht sehen konnte. Anscheinend hielt er mein Hirn für so weich wie einen verfaulten Apfel. »Glaubst du etwa, mir macht das Kind Sorgen? Das ist schon bald eine Frau, und dir, Erhabener, ist es vielleicht nicht aufgefallen, wie sie dich ansieht. Haben dich denn die Frauen nicht unglücklich genug gemacht? Mußt du dir noch einen Vorrat davon anlegen, als ginge es um Weinkrüge? Und glaube ja nicht, daß ich so naiv bin und nicht verstehe, warum du ihre Gegenwart duldest? Ist dir die Ähnlichkeit entgangen? Sie hat etwas, das ist gefährlicher, als alles, was Männer sonst anziehen mag – du blickst ihr ins Antlitz und siehst deine Mutter.«

Ich war so überrascht, als hätte er mich geschlagen. Warum weiß ich nicht, denn was er sagte, konnte ein Blinder sehen. Ich hatte es selbst nur einfach noch nicht in Worte gefaßt.

»Ach, es gibt keinen Unseligeren als mich, denn mein Herr ist dumm und mit Blindheit geschlagen. Du hast dir also in die Tasche gelogen?«

Das war kein Witz mehr, seine Stimme klang wirklich gequält. Er tat das Ganze mit einer hoffnungslosen Geste ab.

»Falls es dir entgangen sein sollte, in diesem Haus gibt es reichlich Frauen. Ich kenne deinen Geschmack in dieser Hinsicht, Herr, und habe dafür gesorgt, daß es dir an nichts fehlt. Ein runder, brauner Bauch und ein Paar feste Brüste oder besser noch, ein richtiger Harem voll davon –, die befriedigen deine Gelüste, aber dein Herz bleibt ungerührt. Laß mich dieses Kind fortjagen, ehe sie so alt ist, daß sie mehr als nur einen Schatten aus der Vergangenheit darstellt.«

»Das kann ich nicht zulassen, Kephalos. Sie hat ein Anrecht auf meinen Schutz, und den darf ich ihr nicht nehmen. Laß sie in Ruhe.«

»Genau das habe ich befürchtet – es sei, wie du willst, Gebieter.«

Das Haus, welches Kephalos gekauft hatte, lag am Stadtrand und in einiger Entfernung vom Fluß, erhielt jedoch Wasser durch ein System von Bewässerungskanälen, das die Bauern in meinem

Heimatland vor Neid zum Erblassen gebracht hätte. Meine Privatgemächer bestanden aus mehreren Zimmern, zu denen man nur durch zwei Türen gelangen konnte; eine davon führte ins Haus selbst – in das Vorzimmer, hinter dem Enkidu schlief –, die andere ging auf einen privaten, ummauerten Garten.

Der Garten war ein wahrer Segen, denn das Haus wimmelte von Frauen, von denen acht nichts anderes zu tun hatten, als mich zu bedienen und mir Nebenfrau zu sein. Wenn alle Frauen um die Gunst eines Mannes buhlen, werden sie leicht ruhelos und am Ende zur Plage. Mein Verbot, den Garten zu betreten, verschaffte mir etwas Ruhe.

Vielleicht sann er absichtlich auf Unheil, obwohl er später behauptete, er hätte meine Absichten völlig mißverstanden und das sei entschuldbar, Kephalos jedenfalls steckte Selana zunächst in seinen Privatharem. Als ich mich am ersten Morgen waschen wollte, traf ich sie am Badeteich, ganz nackt, doch mit kunstvoll aufgestecktem Haar, und ihr magerer Leib glänzte von duftendem Öl – die anderen Frauen schienen sie sich als Schoßhündchen zu halten, und sie wirkte ausnehmend zufrieden mit sich.

Mir wollte das gar nicht gefallen. Sie bekam eine anständige Tracht Prügel von mir und den guten Rat mit auf den Weg, sich in meinem Haus lieber nicht zur faulen Schlampe und Hure ausbilden zu lassen. Ich gab Anweisung, ihr Arbeit in der Küche zu geben. Ein paar Tage später besuchte ich sie dort, doch zunächst wollte sie kein Wort mit mir reden.

»Mach ruhig so weiter, bespringe nur deine fetten, ägyptischen Kühe«, sagte sie schließlich und vergoß dabei Tränen des Zorns und der Demütigung. »Wenn dir solche Frauen Lust verschaffen, dann ist dazu nichts mehr zu sagen – wenn sie die Beine nur weit genug spreizen, um einen Mann aufzunehmen, dann glauben die schon, sie beherrschen die Kunst zu gefallen. Die reden doch von nichts anderem, als wie man am besten das Haar vom Körper entfernt und in welche Form sie ihre Nägel feilen sollen. Erstaunlich, daß du vor lauter Langeweile nicht auf ihnen einschläfst.«

»Dann beklage du dich nicht so bitterlich, daß ich dich dort fortgeholt habe. Recht hast du, daß dir das Leben einer Nebenfrau nicht zusagt. Ich hoffe, du wirst einmal ein ehrbares Leben führen.«

»Ich will aber nicht die Frau irgendeines Mistbauern werden!«

Ich verließ sie, damit sie die Kunst des Wachtelrupfens weiter lernte, doch ich machte mir Sorgen, was aus ihr werden würde, da sie weder zu dem einen noch zum anderen Leben zu taugen schien.

Wenn auch Selana nicht mit ihrer Lehrzeit in der Küche zufrieden war, so doch zumindest Kephalos. Das machte es ihm anscheinend leichter, sich mit der neuen Situation abzufinden.

»Ja – soll sie doch Fisch säubern«, sagte er giftig, doch das überraschte mich mittlerweile kaum noch. »Soll sie doch nach Geflügelgedärm stinken. Ihre Hände können vom Fußbodenschrubben ruhig so hart wie Feuerstein werden. Dieses eine Mal, Herr, hast du weise gehandelt.«

Und dann fuhr er damit fort, mir seine Vorkehrungen für das bevorstehende Festmahl zu schildern.

Ich war im Lande Assur Soldat gewesen, und das vor noch gar nicht so langer Zeit. Bis jetzt hatte ich also die meiste Zeit meines Lebens in Gesellschaft von Soldaten verbracht. Mein Vater war zwar ein König, doch auch er war Soldat wie die meisten Edlen an seinem Hof in Ninive, und wie jedermann weiß, haben Soldaten Freude an etwas rohen Lustbarkeiten – Garnisonsessen sind eine rauhe Sache mit viel Wein und Lärm und gelegentlichen Übergriffen auf die Musikanten. So kann man denn mit einigem Recht behaupten, daß ich eine gepflegte Geselligkeit nicht gewöhnt war. Ich muß zugeben, daß mich die gute Gesellschaft von Memphis denn doch sehr überraschte.

Die große Bankettballe in meinem neuen Haus faßte wohl an die zweihundert Menschen, und diese Zahl von Gästen schien Kephalos auch eingeladen zu haben. Ich spielte meine Rolle als Gastgeber und ging zu allen Ruhelagern und Tischen, stellte mich mit ein paar Sätzen in stockendem Ägyptisch vor, und mehr als einmal antwortete man mir in makellosem Griechisch.

Ich war auch nicht darauf gefaßt, daß so viele Damen anwesend waren, auch nicht darauf, daß sie sich so dreist aufführten –

viele streckten mir die Hand hin und erwarteten, daß ich ihnen den Handteller oder das Handgelenk küßte, eine Vertraulichkeit, vor der jede ehrbare Frau aus dem Osten mit Entsetzen zurückgeschreckt wäre. Die Damen von Memphis jedoch schäkerten ausgesprochen schamlos und das direkt vor der Nase ihrer Ehemänner, die das anscheinend kalt ließ.

»Beim Anblick des Gebieters Tiglat wünscht man sich, daß unsere Männer auch alle in fremden Landen geboren worden wären«, sagte eine von ihnen zu mir und gab dem Gedanken noch durch ein aufgesetztes Kichern Nachdruck. Diese Dame hätte glatt meine Mutter sein können, doch die Würde des Alters ging ihr völlig ab, und sie lächelte dazu so affektiert wie ein Mädchen. »Nein, was für rauhe, starke Finger – du mußt dich neben mich setzen und mir dein ganzes Leben erzählen.«

Der Mann neben ihr starrte unentwegt ins Leere, er hielt es wohl für geraten, alles zu überhören, was seine Frau sagte. Ich hielt es meinerseits für klüger, die Einladung abzulehnen.

»Bekommt dir das Klima unseres Landes?« fragte eine andere. »Ich möchte doch hoffen, daß es dich nicht lustlos macht.« Sie lächelte und fuhr sich äußerst provozierend mit der Zungenspitze über die Unterlippe. Ob wohl alle Frauen in Ägypten Huren waren, welche die Röcke für jeden Fremdling hoben, der zufällig vorbeikam?

Dennoch will ich nicht leugnen, daß die Gegenwart so vieler Damen sich vorteilhaft auf das Benehmen der Männer auswirkte. Keiner versuchte, eine meiner Dienerinnen zu besteigen. Viele sahen zwar zu tief in den Becher, doch fingen sie keine Händel an, sie ließen sich einfach still und sinnlos betrunken auf das Ruhelager zurücksinken. Erst die Erfahrung lehrte mich, daß sich Ägypter immer so benehmen, damals war ich allerdings überzeugt, mein Festmahl wäre ein reiner Fehlschlag gewesen.

Wie es in anderen Städten ist, weiß ich nicht, in Memphis zumindest will es die Sitte, daß eine Einladung zum Essen nicht für eine festgesetzte Zeit gilt. Gastlichkeit ist etwas Lockeres, und die Gäste kommen, wann sie wollen, erhalten bei ihrer Ankunft Essen, danach gehen sie, wann es ihnen paßt. Den ganzen Abend über mußte ich also neue Gäste begrüßen, die gelegentlich erstaunt wirkten, daß ich mir die Mühe machte. Und so war es denn schon gut vier Stunden nach Sonnenuntergang, als der Gebieter Senefru auf meiner Schwelle stand, und mit ihm seine Gemahlin, die Herrin Nodjmanefer.

Der Gebieter Senefru war zur Zeit unserer ersten Begegnung ein Mann von ungefähr vierzig Jahren, reich und Angehöriger einer Familie, welche ihre Ursprünge bis auf den ersten Seti zurückverfolgen konnte, einen großen Krieger und Pharao von Ägypten. Es hieß, er hätte viel Einfluß bei Nekau, dem Fürsten von Memphis und Saïs, obschon er offiziell in der Regierung keine Rolle spielte. Er war eine hochgewachsene Erscheinung und so dünn, daß es einem fast wehtat, mit großen, schönen, schwarzen Augen, die immer ruhelos wirkten. Zu lächeln verstand er wohl kaum, und er sah so aus wie jemand, der an nichts Freude hat. Ich hatte läuten hören, daß er eingebildet war, und das leuchtete mir ein – nicht eingebildet, was seine Kleidung oder seine Besitztümer oder seinen Lebensstil anging, obgleich er wie ein Mann von Stand lebte, aber er bildete sich viel auf seinen alten Stammbaum, seine Stellung in der Welt und seine eigene Klugheit ein, welche wirklich außergewöhnlich war. Außerdem bildete er sich etwas auf seine Frau ein, und die war wirklich eine der schönsten Frauen, die ich je gesehen hatte.

Jetzt muß ich von der Herrin Nodjmanefer erzählen, obschon mich der Gedanke an sie nach all den Jahren immer noch schmerzt. Ich schließe die Augen und sehe sie vor mir wie an jenem ersten Abend und weiß, was für ein Narr ich doch gewesen bin, daß ich nicht alles, was geschehen sollte, vorausahnte, denn ihre große Schönheit war von Traurigkeit überschüttet, so als wüßte sie irgendwie, daß ihr Leben kurz und kummervoll sein würde.

»Gebieter Tiglat, das hier ist meine Frau.«

Sie war aber nicht nur die Gemahlin ihres Mannes, sondern auch seine Nichte – die Ägypter stören sich nicht an solchen Verbindungen, auch ihre Könige heiraten häufig die eigene Schwester oder sogar Tochter – und sie hatte die Zwanzig wohl ein, zwei Jahre überschritten.

Sie war so schön, daß es einem Mann den Atem verschlagen konnte – wenn er noch nicht so tot wie die Erde war, dann griff ihm ihre Schönheit ans Herz. Sie war klein, kaum größer als ein Kind, aber mit dem Leib einer Frau und einer Mitte, die ich mit den Händen umfassen konnte, und hohen, runden, vollendeten Brüsten. Die Mutter ihrer Mutter, so vertraute sie mir einmal an, als handelte es sich um ein Geheimnis, war als Braut aus Lydien gekommen, und das erklärte vielleicht, warum Nodjmanefer den Ägypterinnen so wenig glich. Die sind eine dunkle Rasse, ihre Haut jedoch war so makellos wie Wasser und beinahe goldfarben und schien von innen her zu leuchten, so als würde sie brennen – und doch war es nicht so, denn ihr Fleisch war kühl. Von ihrem Gesicht konnten Bildhauer nur träumen, sie hatte hohe Wangenknochen und zartrosa Lippen. Ihre mandelförmigen Augen, in denen sich stets das Licht zu fangen schien, waren so grün wie das Meer.

Sie berührte ihren Busen mit den Fingerspitzen und verneigte sich vor mir, dann entführte Senefru sie. Ich weiß noch, wie ihr Parfüm duftete, denn es schwebte immer noch in der unbewegten Luft.

Ich konnte die Augen nicht von ihr abwenden. Den ganzen Abend hindurch stahl sich mein Blick in ihre Richtung, doch sie schien sich nur um ihren Mann und seine Freunde zu kümmern und hatte keinen Blick für mich übrig.

Der Gebieter Senefru und seine Frau blieben ein paar Stunden, dann brachen sie auf. Mir bot sich keine Gelegenheit mehr für ein Wort mit ihnen. Ich wußte nicht einmal, wie ihre Stimme klang.

Im übrigen war der Abend eine langweilige Angelegenheit. Kephalos hatte bewundernswert vorgesorgt; alles lief reibungslos, und Speisen und Wein waren erlesen. Die Musikanten spielten gut, und die Tänzer bewegten ihre hübschen, gut geölten Leiber im Takt dazu. Meinen Gästen gefiel es, glaube ich, recht gut, doch ich langweilte mich fast zu Tode.

Ich wanderte umher, einen goldenen Becher mit Wein in der Hand, an dem ich kaum nippte, lauschte dem Klatsch, machte und empfing Komplimente, erzählte Lügen über mich und wurde selbst angelogen. Das Lächeln auf meinen Lippen schien eingefroren, irgendwann würde ich es mir mit Gewalt abstreifen müssen.

Nekau, Fürst von Memphis und Saïs, kam sehr spät. Kephalos machte uns bekannt, und wir unterhielten uns ein paar Minuten, während Nekau an dem Essen auf seinem Teller nibbelte, als wäre er auf einen darin verborgenen Skorpion gefaßt. Er war nicht groß, und doch schien er fett, so als hätte er unter seiner Haut lediglich Sülze. Er wirkte unruhig, fast ängstlich, wie jemand, der ein nicht zu benennendes Unheil fürchtet. Ich hatte den Eindruck, daß er durchaus nicht dumm war. Lange blieb er nicht, doch wie ich hörte, genügte er damit nur der Etikette.

Kurz vor dem Morgengrauen war alles vorbei. Der letzte Gast ließ sich in seiner Sänfte nach Hause tragen, und die Sklaven machten sich ans Aufräumen. Ich suchte mein Bett auf.

Meine Frauen warteten noch auf mich, wie es sich für Sklavinnen gehört, und das war auch gut so. Ich war eigenartig munter für jemand, der nicht geschlafen hatte – das glich der ängstlichen Spannung, die ich so oft vor einer Schlacht verspürt hatte, wenn ich wußte, in der nächsten Stunde konnte ich bereits tot sein. Doch was machte mir das schon, da die Angst sich zu einer Art Lust verkehrt hatte.

In jedem Beruf gibt es spezielle Kenntnisse, und so weiß denn eine Nebenfrau, wann es ihren Herrn nach ihr gelüstet. Ich saß auf einem Schemel, ließ mich von meinen Frauen mit heißem, duftenden Wasser waschen, und eine kniete sich zwischen meine Schenkel, nahm meine Mannheit in ihren Mund und verhalf mir geschickt zu einem Glied wie Bronze. Ich nahm sie, wobei ich sie wie eine Schildkröte auf den Rücken rollte.

Danach trank ich zur Erholung einen Becher Wein und überlegte, warum mir das so wenig Freude bereitet hatte, wo doch dieses kleine Feuer fleischlicher Leidenschaft immer noch in mir brannte, und mir war, als hätte ich tagelang keine Frau erkannt. Die Herrin Nodjmanefer fiel mir ein, und da verspürte ich ein taumeliges Gefühl zwischen Begehren und Kummer – nein, nur das nicht, dachte ich, das ist nicht nur unnatürlich sondern auch unmännlich.

Ich zog mich mit einem Weinkrug und zwei weiteren Frauen auf mein Lager zurück und wollte mich selbst zu Asche verbrennen. Die beiden waren froh, in ihr Bett zurückkriechen zu können, als ich mit ihnen fertig war. Mein Leib war schweißgebadet, und Lenden und Rücken taten mir weh. Am Ende schloß mir der Schlaf die Augen für die Bitterkeit der Welt.

»In Naukratis ist ein Mann aufgetaucht, der Nachforschungen nach unserem jungen Freund anstellt. Außer Aramäisch scheint er keine Zunge zu sprechen, also ist er keiner von uns. Ich glaube, er kommt aus den östlichen Ländern. Er weist kein besonderes Merkmal auf, nur fehlt ihm der kleinste Finger an der linken Hand. Was soll ich ihm sagen?«

Das stand in einem Brief, den Kephalos genau drei Tage nach meiner Ankunft in Memphis von Prodikos erhalten hatte. Es schien so unausweichlich, daß ich beinahe erleichtert war.

»Welche Anweisungen soll ich ihm geben?« fragte Kephalos mit sorgenvoll gerunzelter Stirn – er wußte genausogut wie ich, was der fehlende Finger bedeutete.

»Die Wahrheit sagen«, erwiderte ich. »Die halbe griechische Kolonie in Naukratis weiß, daß ich in Memphis Wohnung genommen habe, also wird ihm das schon jemand zutragen. Ich glaube nicht, daß mit dem Mann zu spaßen ist. Prodikos soll um meinetwillen keinerlei Risiko eingehen. Ich kann mich nicht vor ihm verstecken, Kephalos, denn es ist in das Täfelchen des Gottes geritzt, daß er mich findet. Prodikos soll ihm ruhig sagen, wo er suchen kann, auf diese Weise bringen wir die Sache rasch hinter uns.«

»Wie du willst, Erhabener, aber ich glaube, du bist nicht ganz bei Trost.«

Er verließ mich kopfschüttelnd und verstört und ging zurück in seine eigenen Gemächer. Zweifellos hielt er mich für verrückt.

Ich hatte jedoch nicht die Absicht, tatenlos abzuwarten, daß ein Fremdling mir die Klinge in die Brust stieß. Ich würde rund ums Haus Wachen aufstellen. Ich würde die Schiffslände beobachten lassen. Ich würde die Identität dieses Mannes aufdecken, den man ausgesandt hatte, mich zu ermorden, und ich würde ihm klarmachen, daß die Erde von seinem Blut genauso rot werden würde wie von meinem. Falls ich ihn zur Vernunft bringen konnte, müßte ich ihn möglicherweise nicht töten, doch auch davor würde ich nicht zurückschrecken.

Im Augenblick jedoch schob ich die Sache beiseite, denn mir stand der Sinn nach anderen Dingen. Auch ich hatte einen Brief erhalten.

»Komm morgen abend eine Stunde nach Sonnenuntergang und speise mit mir.« Er war in ägyptischer Schrift abgefaßt. Ich mußte ihn einem Schreiber im Basar zeigen, um schlau daraus zu werden. Der Papyrus war mit Wachs versiegelt, welches den Skarabäus des Gebieters Senefru trug und war mir von einem seiner Haushaltssklaven überbracht worden, der nicht einmal auf Antwort wartete. Es kam ihm überhaupt nicht in den Sinn, daß ich ablehnen könnte.

Warum wollte er meine Gastfreundschaft so rasch erwidern? Um das herauszufinden, brauchte ich nur anzunehmen, aber letzten Endes zählte es nicht. Alles, was zählte, war die Herrin Nodjmanefer, an der ich meine Augen noch einmal sattrinken wollte. Ein triftiger Grund hinzugehen.

Senefru wohnte in der Nähe des Tempelbezirks, denn wie die meisten hohen Staatsbeamten war er auch Priester des Gottes Amun. Sein Haus war aus Kalkstein und sehr weitläufig. An der Treppe wartete ein Sklave mit einer Fackel und führte mich durch einen breiten Flur in der Mitte des Hauses, vorbei an dunklen Gemächern – unsere Schritte hallten im leeren Raum – und dann nach draußen in die Gärten, welche im Licht von wohl Hunderten von winzigen Öllampen geheimnisvoll schimmerten.

Dort verließ mich der Sklave, der kein Wort gesprochen hatte, und zog sich schweigend zurück. Ich war allein. Der Gastgeber erschien nicht zu meiner Begrüßung, und weitere Gäste schienen auch nicht anwesend zu sein. Das fand ich sonderbar.

Das Licht warf einen Schein zur Gartenmitte, auf dem ließ ich die Augen entlangwandern. Ich entdeckte ein paar aufwartende Frauen, welche sich diskret in den Schatten verbargen, einen festlich gedeckten Tisch und auf einem goldverhüllten Lager die Herrin Nodjmanefer. Sie lächelte nicht einmal.

»Mein Mann leistet uns keine Gesellschaft«, sagte sie.

XI

Sie weinte in meinen Armen, ob nun aus Leidenschaft oder aus Kummer oder aus etwas zwischen beiden, woher soll ich das wissen.

Mein Mund suchte ihren, während ihre spitze Zunge, die süßer schmeckte als Nektar, die meine suchte, und sie stöhnte vor Lust, Ihre Lippen waren wie ausgehungert nach Küssen. Sie würde sterben, wenn ich mich von ihr abwandte. Sie würde umkommen vor Hunger.

Das unbestimmte Licht der Öllämpchen spielte auf ihrem goldenen Leib, überschüttete ihre Schönheit, so daß sie nicht von dieser Welt zu sein schien. Sie schlug mich ganz in ihren Bann. Und als ich in sie hineinstieß, schien sie meine Seele in Besitz zu nehmen.

Ein Mann und eine Frau, zwei, die sich noch fremd sind und des Nachts allein in einem Garten, wissen um diese Verzückung der Sinne, die allen Menschen zu eigen ist. War es nicht mehr als das? Ja, es war mehr.

»Ich habe viele Liebhaber gehabt«, sagte sie. »Außer dir habe ich keinen Mann geliebt – bis heute nicht. Bis jetzt.«

Ich glaubte ihr. Zweifel daran gab es einfach nicht.

»Ich bildete mir schon ein, ich sei gestorben für die Liebe. Ich dachte, das Herz wäre mir zu Staub geworden. Aber jetzt lebe ich. Ich lebe unter der Last deines Leibes. Nur durch deine Berührung atme ich wieder.«

Ich glaubte ihr immer noch.

Es war nur noch eine Stunde bis zur Morgendämmerung. Schon schien der Himmel dunkel über der Erde zu leuchten. Ich hörte das Tapp, Tapp, Tapp einer Dolchklinge auf Stein, das mich wissen ließ, im großen Haus des Gebieters Senefru regte sich etwas. Es war Enkidu – woher hatte er wohl gewußt, wo ich zu finden war? Eine Tür öffnete sich in der Gartenmauer und ließ ein paar schwache Lichtstrahlen durch. Es war Zeit zu gehen.

»Ich muß fort«, sagte ich. »Ich möchte zwar nicht, aber es muß sein.«

Sie umschlang meinen Hals nur noch fester, doch sie war klug und wußte, daß sie mich nicht lange aufhalten durfte.

»Der Tag ist eine Gruft«, sagte sie. »Darin liege ich leblos, bis du wieder bei mir bist. Ich schließe jetzt die Augen und sterbe.«

Ich küßte sie noch einmal, doch ihre Lippen wirkten kalt und sie war bereits wie tot. Ich stahl mich fort von ihr und wagte es nicht, mich umzusehen.

Es war ein grauer Morgen, und vom Fluß her wehte ein kalter Wind. Memphis erwachte mißmutig wie eine alte Frau, der die Kälte in den Knochen sitzt – die Rufe der Träger am Fluß hallten von der Schiffslände wie eine Anklage gegen die Götter. Straßenhändler bauten nahe den Tempeltoren ihre Buden auf. Besitzer von Weinschenken und Hurenhäusern fegten aus und machten schon jetzt böse Miene zum flauen Morgengeschäft. Ein paar müde Seelen befanden sich auf dem Heimweg und sahen aus, als hätte ihnen die Nacht eine harte Lehre erteilt. Zweifellos gehörte ich für die anderen auch dazu.

Ich jedoch brannte wieder vor Jugend und Leidenschaft und mit der heißen Flamme des Lebens. Glück und Hoffnung, was am Ende beinahe aufs gleiche hinausläuft, hoben mir die Brust, daß ich kaum atmen konnte. Ich hatte eine Göttin gefunden, die mich ihren Liebsten nannte.

Als ich nach Haus kam, wartete Kephalos auf mich.

»Prodikos ist tot«, teilte er mir mit. »Gestern abend kam die Nachricht aus Naukratis in einem Brief von einem seiner Verwandten. Sie haben ihn vor acht Tagen mit durchschnittener Kehle in seinem Lager gefunden. Es muß am Abend vorher, ja, noch am selben Tag geschehen sein, als er mir geschrieben hat.«

Er hielt den Brief immer noch in der Hand. Er streckte ihn mir hin, als wollte er das Gesagte unter Beweis stellen, doch ich brauchte keine Beweise. Ich überlegte nur, warum es der Mann mit dem fehlenden Finger an der linken Hand wohl für nötig gefunden hatte, Prodikos zu töten, welcher keiner Fliege etwas zuleide tat.

»Ein Ermordeter findet keine Ruhe«, fuhr Kephalos fort. »Ich werde Hirseküchlein und Wein zur Besänftigung seines Geistes opfern.«

»Und ich würde ihm gern das Blut seines Mörders zu trinken geben – ich bete zum Heiligen Assur, daß mir der, welcher diese Untat begangen hat, in die Finger kommt.«

»Nicht so voreilig, Gebieter, Rachegelüste ziehen den Tod nach sich. Das ist wie Kopfschmerzen nach einer weinseligen Nacht. Dich trifft keine Schuld an Prodikos' Tod.«

»Meinst du, Kephalos?« Ich lächelte, obschon meine Leber schwarz vor Zorn war. »Meinst du?«

An jenem Tag und am nächsten und übernächsten hütete ich das Haus. Wenn meine Frauen sich näherten, scheuchte ich sie mit Verwünschungen fort. Ich wollte keinen Menschen sehen. Ich schickte der Herrin Nodjmanefer keinerlei Nachricht. Ich blieb in meinem Garten, sogar noch in der Dunkelheit. Ich aß nicht, aber ich trank Wein, und immer soviel, daß ich meine Gewissensbisse nicht ganz abtötete. Wie eine Mutter ihr Kind in den Arm nimmt, so wollte ich die Bitterkeit in meinem Herzen hegen und pflegen.

Es gibt Sünden, die kann man einfach nicht vermeiden. Prodikos war mein Freund gewesen – und dafür hatte man ihn umgebracht. Nichts konnte mich von dieser Befleckung reinwaschen.

Ich wollte es auch gar nicht. Das konnte nur Blut abwaschen. Ich würde seinen Mörder ausfindig machen. Ich würde ihm das Leben nehmen, und dann …

Es schien so einfach.

Schließlich schämte ich mich meiner düsteren Stimmung. Ich ging ins Haus, schlief, aß und wandte den Schritt zur Stadt. Nur daß ich jetzt, wenn ich mich aus dem Hause wagte, ein Schwert trug.

Die Menschen starrten mich an – sie sagten nichts, aber sie starrten. Ägypter trugen keine Waffen. Aber hatten sie denn keine Augen? Alles hier konnte einen das Fürchten lehren, nicht nur dieser eine Mörder, der einem Fremdling ans Leben wollte.

Das lächelnde Memphis setzte sich selbst den Dolch an die Kehle. Sah denn niemand, was ich sah? Waren sie alle mit Blindheit geschlagen, daß sie die Vorzeichen nicht sahen?

Man mußte wirklich nicht nach Gefahren Ausschau halten. Die Schiffslände war von Bettlern gesäumt, und um die Außenbezirke der Stadt herum waren verkommene Lager entstanden, wo die wohnten, welche der Hunger auf dem Land in die Stadt getrieben hatte. Memphis war voller Elend, und Elend führt leicht zu Gewalttätigkeit.

Ein Volk kann an einem mächtigen Strom siedeln. Er ist großzügig und nährt es. Aber wenn es zahlreich und stark und eine große Nation in der Welt wird, dann muß es sich den Strom untertan machen. Doch das ist nicht die Arbeit eines Tages oder eines Jahres oder gar eines ganzen Lebens. Da müssen Kanäle gegraben und Deiche gebaut werden, um das Wasser unter Kontrolle zu bekommen. Ein ganzes Bewässerungssystem muß errichtet, muß in nimmermüder Arbeit unterhalten werden. Und das Volk muß sich einen mächtigen König wählen, der darauf achtet, daß diese Arbeit auch getan wird. Daher die Könige in Assur und Babylon. Daher der Pharao.

Die Kanäle in Ägypten waren jedoch voller Schlick, und die Deiche wurden nicht mehr ausgebessert. Und das Volk hungerte. In ihrem Herzen gaben sie dem Pharao die Schuld an ihrem Elend, denn er war nicht mehr mächtig.

So jedenfalls schien es, aber laut sprach das niemand aus.

Und heute war die Stadt überfüllt, weil der Pharao aus Tanis eingetroffen war, und jeder hoffte, einen Blick auf den geweihten Gottkönig zu erhaschen.

Und mich nahm es noch Wunder, warum die Basare so verlassen lagen. Soldaten hatten sie durchkämmt und die Stände geschlossen, denn es wurde als Gotteslästerung angesehen, an einem Tag Geschäfte zu machen, an dem der Pharao aus seinem Palast (Fürst Nekaus Haus, das er zu diesem Anlaß übernommen hatte) auf seinem Thronsessel zum großen Tempel getragen werden sollte, um dort den Gott Ptah zu ehren, den Schutzgott der Stadt, den heiligen Töpfer, auf dessen Scheibe das Ei geformt wurde, aus dem die Welt entstanden war. Die Straße, welche sich zwischen zwei Reihen von steinernen Löwen als Wächtern dahinzog, war erst an diesem Morgen frisch mit weißem Sand aus der westlichen Wüste bestreut worden, und jetzt, als dröhnende Trommeln das Herannahen von Ägyptens göttlichem Herrscher verkündeten, streuten ihm nackte Mädchen Blumenblätter auf den Weg, und Priester schlugen die Zimbel und murmelten Gebete. Ich stand in einer Menschenmenge dicht beim Obelisken des Königs Amenemhet und wartete darauf, dieses Wunder mit eigenen Augen zu erblicken.

Zahllose Male hatte ich meinen Vater, den Gebieter Sanherib, gesehen, wie er durch solche Prozessionen geehrt wurde. Dann jubelte ihm das Volk zu und rief: »Assur ist König, Assur ist König!« und warf ihm Goldmünzen vor die Füße, daß der Schatten seines Streitwagens darauf fiele und sie segnete. Das Volk von Assur liebte seine Könige.

Die Ägypter jedoch standen stumm da und sahen zu, wie ihr Pharao sich näherte gleich einem Verbrecher auf dem Weg zum Schafott. Wenn er vorbeikam, senkten sie den Blick. Man hätte meinen können, sie schämten sich. Ich senkte den Blick nicht. Ich wollte mir diesen Gott ansehen, der nicht aus Stein oder Holz war, sondern aus Fleisch und Blut wie jeder Mensch. Ich wollte Pharao Taharka, den Herrn des Niltales, sehen. Ich wußte auch nicht wieso, aber es erschien wichtig, denn unsere Wege konnten sich eines Tages noch einmal kreuzen.

Und das sollten sie auch Jahre später, hier jedoch bekam ich ihn zum ersten Mal zu Gesicht.

Was gibt es schon über einen Mann zu sagen, welcher steif wie ein Granitblock auf einem Tragsessel sitzt. Er hatte die Arme über der Brust verschränkt und trug eine Peitsche und einen Hirtenstab in der Hand. Auf dem Haupt hatte er die Kronen von Ober- und Unterägypten, und an seinem Kinn war eine kleine, schwarze Schachtel befestigt, welche den Amtsbart darstellen sollte. Derart angetan ist jeder Pharao in der Öffentlichkeit erschienen, seit der Skorpionkönig die beiden Länder vor zweitausend Jahren vereinte – so jedenfalls lautet die Legende.

Taharka selbst war kein Ägypter. Seine Dynastie war vor nicht einmal hundert Jahren aus Äthiopien gekommen. Er war hochgewachsen und wirkte stark, und seine Haut war schwarz, daß er wie aus Obsidian geschnitzt aussah. Nie habe ich gehört, daß sich ein Ägypter über ihn äußerte – der Pharao ist heilig, auch wenn er ein Fremdling ist –, aber viele Jahre später lehrte mich die eigene Erfahrung, daß er ein energischer und befähigter Mann, ein guter Soldat und vielleicht ein besserer Herrscher war, als es sein Volk verdiente.

Er mochte zwar noch immer Ägyptens Gott sein, aber sein Herrscher war er nicht mehr – nicht wie es die Pharaonen in alten Zeiten gewesen waren.

Taharka konnte sich kaum des Besitzes der Doppelkrone rühmen, denn nicht er, sondern Mentumehet, der Vierte Prophet Amuns und Fürst von Theben, herrschte in Oberägypten. Dieser Priester wurde Abgesandter des Lebendigen Gottes genannt, doch sein Wort war Gesetz in der alten Residenz der Pharaonen, und er betete an dem heiligsten aller Schreine, dem Tempel Amuns. Und in Unterägypten stand es nicht viel anders.

Der Pharao gebot über Tanis und die östlichen Städte, und das Heer – meist Libyer, denn kein Ägypter wird Soldat, ehe er nicht am Verhungern ist – hörte auf seinen Befehl. Das übrige Ägypten zahlte ihm Tribut, nannte ihn »Gebieter« und fürchtete sich vor einer Einmischung in seine Angelegenheiten, doch die einheimischen Fürsten waren mächtiger als er. Sie stritten untereinander, würden aber alle Widerstand leisten, sollte der Pharao Ansprüche auf die Alleinherrschaft erheben.

In Ägypten war die Zeit für große Herrscher abgelaufen.

So zog er an uns vorüber, dieser Gottkönig, der auf einem goldenen Sessel zum Tempel des Ptah getragen wurde, und hinter seiner Prozession staute sich auf der Straße die gewöhnliche Menschheit. Die Blumenblätter wurden von den Sandalen der Gerstehändler und Weber, der Bettler und Sklaven, der Händler und der Huren und Schreiber zertrampelt. Es war vorbei.

Und doch nicht so ganz.

Ich wollte gerade gehen – die Sonne brannte heiß, und mir stand der Sinn nach einem Becher Wein. Was galten mir Taharka und seine Träume, warum sollte ausgerechnet ich mir den Kopf über den Ehrgeiz von Fürsten zerbrechen?

Im letzten Augenblick und aus mir unerfindlichen Gründen wandte ich mich zurück, gerade bevor die sich stauende Menge mir den Blick auf ihn verwehrte, und erblickte einen Mann, der auf der anderen Straßenseite im Eingang zu einer engen Gasse saß.

Er unterschied sich kaum von den anderen, außer durch eine hellere Haut, die ihn als Fremdling auswies, und von denen wimmelte es in Memphis. Auf seinem Schädel saß eine eng anliegende Lederkappe und er trug ein schwarzes Gewand, dessen Ärmel so lang waren, daß sie seine Hände verbargen. Er wäre mir vielleicht nie aufgefallen, wenn er mich nicht so angestarrt hätte – er wollte von mir bemerkt werden. Unsere Blicke trafen sich, und er lächelte ein verkniffenes, unangenehmes, halbes Lächeln, so als wäre zwischen uns beiden alles klar.

Das war Prodikos' Mörder. Das war der Mann, der in Naukratis nach mir gefragt hatte. Nie im Leben war mir etwas so klar gewesen.

Und dann verschwand er in der wimmelnden Menge.

Die Straße mochte an die zwanzig Schritt breit sein, doch überall waren jetzt Menschen, und so dauerte es eine Weile, bis ich mir einen Weg durch sie gebahnt hatte. Und dabei mußte ich mich beeilen, sonst verfehlte ich ihn.

Ein Soldat holte erbost aus, als ich an ihm vorbeistürzte. Mein Fuß verfing sich in einem Korb voller Feigen, und sie rollten auf der Erde herum. Ein alte Frau versperrte mir den Weg. Ich konnte sie noch beizeiten auffangen, sonst wäre sie hingefallen, und sie giftete mich an wie ein Habicht. Die Ohren klangen mir von ihrem Geschrei – wahrscheinlich dachte alles, ich wäre ein Dieb auf der Flucht –, doch ich ließ mich nicht aufhalten.

Ich erreichte die Gasse. Er war fort. Dahinter lag eine Straße, aber ich erspähte auf der Gassenmauer den Schatten eines Mannes. Seinen? Unterdessen hatte ich das Schwert gezogen, doch er war fort. Ich sah niemand in einem schwarzen Gewand. Ich rannte eine Straße entlang, dann eine andere, aber er war mir entwischt.

Ja, natürlich – das war auch so geplant gewesen. Er wollte mich nur wissen lassen, daß er mich gefunden hatte.

Und ich konnte und konnte ihn nicht finden. Der Mann in dem schwarzen Gewand schien sich in Luft aufgelöst zu haben. Kephalos setzte Spione auf ihn an und vergeudete ein Vermögen an Bestechungsgeldern für Hurenhausbesitzer und Träger, und doch fand er keine Spur von einem Fremdling, dem an der linken Hand ein Finger fehlte.

»Er ist fort, Gebieter«, sagte er. »Wie kann er sich uns nur entzogen haben, ein Fremder mit einer derart offenkundigen Entstellung? Er hat sein Heil in der Flucht gesucht.«

Doch da war ich mir nicht so sicher.

Ich machte es mir zur Gewohnheit, einen Teil des Tages in den Basaren und in den Schenken an der Schiffslände zu verbringen. Das waren Stätten, wo jemand, der nach mir Ausschau hielt, mich unschwer finden konnte. So verbrachte ich Tag um Tag. Nie erblickte ich den Mann, fand nie die leiseste Spur von ihm, und doch spürte ich seine Anwesenheit. Ein seltsames Gefühl, wenn man insgeheim beobachtet wird. Das zerrt an den Nerven.

Enkidu spürte ihn auch. Enkidu, dessen Augen und Ohren nichts entging, stürzte hin und wieder davon, kam aber nach ein paar Minuten zurück, schüttelte den Kopf und runzelte die Stirn. Der Mann, dessen Beute ich geworden war, mußte sehr gerissen sein, wenn er Enkidu entkommen konnte. Kein tröstlicher Gedanke für mich.

Ich versuchte mich davon freizumachen. Anscheinend hatte der Mann die Stadt verlassen. Ich konnte mich durchaus sicher fühlen. Um mein Haus standen Wachen, also würde er mir wohl kaum im Schlaf die Kehle durchschneiden. Was konnte ich sonst auch tun, wenn ich nicht der Gefangene meiner Furcht werden wollte? Wenn jemand einen anderen Menschen töten will, bietet sich immer Gelegenheit.

Dann fiel mir wieder der Mord an meinem Freund Prodikos ein, und ich wünschte, er würde sich beeilen, denn wenn er zuschlug, dann wollte ich bereit sein.

»Ich bringe ihn um«, sagte ich zu Enkidu. »Das ist ein Irrer, der mordet aus Vergnügen. Ich werde nicht zögern. Bei einem tollwütigen Hund zögert man auch nicht – man bringt ihn um.«

Die Ankunft des Pharao in Memphis bot Gelegenheit zu einer endlosen Abfolge von Festen und Gastmählern. Die Großen und

Mächtigen der Stadt wetteiferten miteinander im Prunk dieser Festlichkeiten, obwohl der Pharao selbst an keiner teilnahm – undenkbar, daß der Gottkönig sich so unter seine Untertanen mischte, wie ein Mensch unter Menschen.

Der Pharao war lediglich ein Vorwand, da die Ägypter aus allem ein Fest machen. Was kümmerte sie schon der Pharao? Die Zechgelage gingen auch dann noch weiter, als er bereits wieder abgezogen war.

Ich war überall eingeladen. Jeder wollte mich auf seinem Fest haben. Ja, ich gehörte zu denen, die für Unterhaltung sorgten wie die Musikanten und Akrobaten, denn ich war neu, und die Ägypter sind in ihrer Liebe zu allem Neuen wie die Kinder.

Außerdem war die Ernte in diesem Jahr schlecht ausgefallen, und überall herrschte Not. Während die Bauern schweigend verhungerten, sahen sich die Landbesitzer nach neuen Möglichkeiten um, ihre Extravaganzen zu finanzieren. So manch ein farbenprächtiges Vögelchen fand auf einmal kein Futter mehr, und die meisten schienen wegen eines Darlehens zu Kephalos zu kommen. Nur ein Weilchen, und jeder von Fürst Nekau an abwärts schuldete uns Geld – ich sage *uns,* denn großzügigerweise erhielt ich einen Anteil am Gewinn.

Auf alle Fälle aber garantierte einem großer Wohlstand einen Platz in der Gesellschaft.

In jenem Jahr waren Flußfeste die große Mode. Ein mit Girlanden von bunten Laternen geschmücktes Schiff ankerte mitten im Nil, und die Gäste des Festmahls mußten sich in ihren eigenen kleinen, ähnlich geschmückten Vergnügungsbooten übersetzen lassen. Zuweilen lagen gleich zwei, drei Schiffe auf dem Wasser, und die Gäste wanderten von einem zum anderen, vorwärtsgetrieben von ihrer Ruhelosigkeit und der trägen Strömung. Vom Ufer boten die funkelnden Lichter einen recht schönen Anblick, und so hatten die Bewohner der Stadt möglicherweise genausoviel Freude an den Lustbarkeiten wie wir. Ich selbst war diese Narretei bald satt und wäre auch nicht mehr hingegangen, wenn da nicht Nodjmanefer gewesen wäre.

In dem Monat, der unserer ersten Begegnung folgte, bot sich mir kaum Gelegenheit, sie allein zu sprechen. Da sie jedoch durch ihren mächtigen Mann und ihre eigene Schönheit großes Ansehen genoß, konnte ich sie zumindest sehen. Wenn sich unsere Wege kreuzen sollten, so mußte ich nur genügend Einladungen annehmen.

Sie warf dann wohl einen Blick in meine Richtung, lächelte und wandte sich ab, anscheinend hatte sie vergessen, daß ich noch lebte. Hat sie das? fragte ich mich. Hat es ihr so wenig bedeutet? Und trifft mich das tiefer, oder ist es nur meine verletzte Eitelkeit? Ich wußte es nicht. Ich wußte nur, daß meine Augen sich nach ihrem Antlitz sehnten, meine Hände nach ihrem Leib und daß es mir herzlich wenig bedeutete, wenn ich mich zum Narren machte.

Eines Abends kam sie ohne Begleitung des Gebieters Senefru. Sie saß bei einer Gruppe von Freunden, trug eine rote, goldgesäumte Perücke und sah lieblicher aus als die Morgenröte. Ich hielt mich in ihrer Nähe auf und konnte ihr Lachen hören; es war, als läuteten kleine Glöckchen. Der Laut erregte mich und stimmte mich gleichermaßen traurig, denn ich war überzeugt, ich hatte sie verloren.

Das Gastmahl dauerte länger als gewöhnlich, und es wehte bereits kühl vom Fluß her. Alles war im Aufbruch begriffen. Ich stand in ihrer Nähe, nur ein, zwei Schritt hinter ihr, während wir darauf warteten, daß unsere Boote längsseits kämen und uns nach Haus brächten. Den ganzen Abend über hatte sie mich keines Blickes gewürdigt.

»O je«, hörte ich sie sagen.

Ehrlich, das konnte doch nur ein Witz sein. Ihre Ruderer hatten sich betrunken und schliefen im Bug des Bootes – ich weiß noch, daß einer auf der Seite lag und den Arm ins Wasser hängen ließ. Die waren bis Tagesanbruch zu nichts mehr zu gebrauchen.

Und dann drehte sie sich zu mir um und schenkte mir ein etwas belustigtes und verdutztes Lächeln. Niemandem, nur mir. Es war, als stünden wir dort allein.

»Wenn die Herrin gestattet, dann …?«

Sie streckte mir die Hand hin, und es war abgemacht. Ich würde sie nach Haus bringen. Bis zum Ufer war es vielleicht eine halbe Stunde. Diese Zeit zumindest gehörte sie mir.

Die Ägypter verstehen sich auf den Schiffsbau, doch ihre Vergnügungsboote sind langsam und schwer zu handhaben. Der Passagier liegt im Heck unter einem Baldachin, und zwei Ruderer müssen vorn stehen und ihre Ruder in unbequem angebrachten Dollen bewegen. Darin liegt ohne Zweifel eine Absicht, denn so müssen sie die ganze Zeit nach vorn blicken und bekommen nicht mit, was ihre Herren hinter ihnen treiben.

Ich ganz sicher nicht. Nodjmanefer lag neben mir. Ich konnte ihr Parfüm in der stillen, feuchten Luft riechen, und ihre Brüste schimmerten im Mondenschein wie poliertes Messing. Ich schien fast an meinem eigenen Herzen zu ersticken, aber mir war es gleich, wenn diese Fahrt nie ein Ende nehmen würde.

»Ich dachte schon, du hättest mich vergessen«, sagte ich und berührte ihr Gesicht mit den Fingerspitzen, so als wollte ich mich überzeugen, daß sie noch da war. »Vielleicht hattest du das auch.«

»Ich bin hier, weil ich nirgendwo sonst sein will. Es wäre besser für uns beide gewesen, wir wären uns nie begegnet, doch am Ende werde ich dafür schlimmer büßen müssen. Männer lieben nicht wie Frauen, und du wirst mich, glaube ich, nie lieben.«

»Ich liebe dich bereits.«

Doch sie legte nur die Stirn an meine Wange und schwieg. Ich küßte sie und streichelte ihre Brüste, und ihr Atem kam in schweren, abgerissenen Stößen, die sich jäh in ihrer Kehle verfingen. Wenn ich versucht hätte, sie zu nehmen, sie hätte keinen Widerstand geleistet, doch ich tat es nicht. Ich wollte sie nicht wie eine Hure behandeln.

»Senefru wird deine Ruderer verprügeln lassen, wenn ihm das zu Ohren kommt«, sagte ich.

Ich wußte auch nicht, warum ich dergleichen sagte – vielleicht nur als Strafe dafür, daß sich mein Gewissen regte, was mir nicht gestattete, sie wie eine Hure zu behandeln.

»Er wird sie nicht bestrafen, weil ihm nichts zu Ohren kommen wird. Im Wein war ein Schlafmittel.«

»Dann hast du das hier geplant?«

»Ja. Hast du gedacht, ich könnte ewig warten?«

Nahe am Ufer war eine Schenke, die Sorte, in der die Schlafmatten nach Pech riechen. Dorthin gingen wir, und ich gab dem Besitzer drei Silbermünzen für ein Zimmer und einen Krug Würzwein. Unser Anblick schien ihn nicht zu überraschen, zweifellos machte er recht gute Geschäfte mit hochwohlgeborenen Damen und ihren Liebhabern, und über derlei regte sich in Memphis niemand auf.

Die Fleischeslust der Frau ist größer als die des Mannes. Vielleicht ist deshalb auch bei allen Nationen die Liebe eine Göttin.

Doch ich hatte nicht von Liebe sprechen wollen. Ich liebte Nodjmanefer nicht. Darin hatte sie recht, aber Frauen sind sowieso immer klüger als Männer. Liebe und Leidenschaft, welche man schwer auseinanderhalten kann, sind am Ende nicht das Gleiche. Abgesehen von meiner Mutter habe ich in meinem Leben nur zwei Frauen geliebt, und Nodjmanefer gehörte nicht dazu. Doch das war mir damals noch nicht klar.

Dennoch kann auch die Leidenschaft soviel Zärtlichkeit erwecken, daß sie beinahe der Liebe gleichkommt, so wie Tränen dem Meereswasser gleichen, und kein Mensch kann sie mehr auseinanderhalten. Kein Mann jedenfalls, doch Frauen lassen sich darin nicht so leicht täuschen.

Und wenn ich so an uns beide in jenem kleinen Schenkenzimmer zurückdenke, schwillt mir das Herz vor Mitleid mit Nodjmanefer, die auf mehr als nur schlicht meine Wollust ein Recht hatte, auch wenn ich mir in jenem Augenblick einbildete, daß es ihr bei mir an nichts mangelte.

»Bist du schon einmal hiergewesen?« fragte sie fast neckisch. Sie legte mir die Arme um den Hals und barg ihr Gesicht an meiner Brust. »Du bist mit anderen Frauen hiergewesen?«

»Hier noch nie, doch in Zimmern, die nicht viel anders waren. Und noch nie mit einer Frau wie dir.«

Assarhamat, meine Liebe, mein Leben, ging es mir ungewollt durch den Kopf. Assarhamat, die ich geliebt hatte und die ich nie wiedersehen würde – ob Nodjmanefer wohl merkte, daß ich sie belog.

»Ich bin aber schon hiergewesen. Andere Liebhaber haben mich hierhergeführt.«

»Warum sprichst du mir von solchen Dingen?«

»Ich will doch nichts vor dir verbergen. Und wenn ich dich später verloren habe, bedauerst du die Trennung vielleicht nicht so sehr.«

»Bin ich nur einer unter vielen?« fragte ich, denn es war mir lieber, sie redete von ihren Liebhabern und nicht von unserer Trennung – alles eher als das.

»Du bist nicht einer unter vielen. Du bist nur du. Wisse, daß ich nicht so blind bin, daß ich den Unterschied nicht bemerken würde.«

Ich hörte sie, doch die Worte schienen ohne Bedeutung. Ich wollte nur das Gewicht ihres Leibes tröstlich an meinem spüren und ihrem Atem lauschen, der so langsam war, daß sie fast zu schlafen schien.

»Ich habe die anderen Männer satt, aber dich bekomme ich nie satt«, fuhr sie fort, und es klang wie die gemurmelten Gebete, mit denen Menschen sich selbst das Sterben erleichtern. »Daher weiß ich auch, daß ich dich verliere, denn was immer dich hierhergeführt hat, es wird dich mir auch wieder entführen.«

Die Liebe ist eine Göttin – ob ihr Name nun Ischtar oder Aphrodite oder Inanna oder Saris oder Hathor oder Isis lautet, es ist immer dieselbe. Und falls die Liebe ein Fluch ist, wie die Griechen behaupten, dann einer, welcher Frauen schlimmer trifft als Männer.

Nodjmanefer liebte mich. Es würde ihr Untergang sein und doch liebte sie mich.

Im Lande Assur ist Ischtar die Göttin der Liebe und auch des Krieges. Vor ihrer Macht muß alles vergehen.

Dennoch schien alles reibungslos zu laufen. Ich traf mich mit Nodjmanefer, wann immer es möglich war, und sah sie oft allein oder in Gesellschaft ihres Mannes.

Der Gebieter Senefru war nicht leicht zu durchschauen. Weder damals noch später hegte ich den geringsten Zweifel daran, daß er wußte, ich schlief mit seiner Frau, und obschon er nicht den Eindruck erweckte, daß er Kränkungen vergaß, schien ihn diese Sache nicht zu berühren. Immer war er freundlich, ja, herzlich zu mir, und ich war ein häufiger Gast in seinem Hause, so wie er in meinem. Er unterhielt sich oft und des längeren mit mir und wollte meine Meinung zu Angelegenheiten wissen, die er ohne Zweifel besser verstand als ich. Ihm schien daran zu liegen, daß ich eine gute Meinung von ihm hatte.

Und doch war er nicht niederer Gesinnung. Er duldete mich nicht aus Gewinnsucht – es war mehr als nur dulden –, denn nie bat er um ein Geschenk oder einen Gunstbeweis.

Vielleicht, so dachte ich, ist er seiner Frau ja überdrüssig. Vielleicht macht es ihm nichts mehr aus. Und daß ich mir das einredete, war ein großer Fehler, und doch konnte ich nicht übersehen, daß Senefru mich auszeichnete, mich zum Freund und Vertrauten seiner geheimsten Gedanken machte. Das jedenfalls bildete ich mir ein.

Er hatte einen Besitz am fünften Kanal des Deltas, ein Ort, wohin er reiste, wenn er dem Leben in Memphis entfliehen wollte und weil die Jagd auf Hoch- und Niederwild dort gut war und ihm dieser Sport zusagte. Selten nahm er jemanden in seine Einsiedelei mit, und so war es um so bemerkenswerter, daß ich dort nicht einmal, nein, mehrfach als sein Gast weilte. Sein Landhaus war geräumig, und er bewohnte eigene Gemächer, so wie seine Frau die ihren. Unter diesen Umständen war es recht einfach, mich zu ihrer Schlafmatte zu schleichen. Beinahe kam es mir vor, als wäre der Ehemann zum Verbündeten des Liebhabers geworden.

»Er überrascht uns schon nicht zusammen«, sagte mir Nodjmanefer. »Etwas so Plumpes und Direktes würde er nie tun.«

»Dann weiß er also Bescheid?«

»Gesagt hat er nichts, und mir gegenüber ist er unverändert, aber er weiß es. Ich bin sicher, daß er es weiß. Bitte, Tiglat, trau ihm nicht – zuweilen ist mir zumute, als lebten wir auf eines Messers Schneide.«

Mehr bekam ich nicht aus ihr heraus. Wenn wir allein waren und ich ihn zufällig erwähnte, dann wechselte Nodjmanefer schnell das Thema. Ihr Gebieter schien lediglich eine schmerzliche Erinnerung zu sein, aber vielleicht hatten wir drei uns auch nur in der Falle unseres Schweigens verfangen. Das kam der Wahrheit wohl näher.

Den Tag über war ich viel mit meinem Gastgeber unterwegs, wir setzten dem Wild nach. Der Nil wimmelt von Wasservögeln. Die werden vom gemeinen Mann mit dem Netz gefangen, doch unter den Hochgeborenen gilt es als sportlich, Enten nur mit einem gebogenen Wurfstab zu jagen. So trieben wir denn in einem winzigen Binsenboot auf dem Fluß, und wenn wir nahe genug waren, erhoben wir uns, schrien und erschreckten die Vögel, daß sie aufstoben. Ein sich schnell bewegendes Ziel mit nichts als einem Stock zu treffen, das ist gar nicht so einfach, und die Menschheit dürfte Hungers sterben, wenn sie sich auf diese Weise den Bauch füllen müßte. Senefru galt als recht geschickt, und doch tötete er am Tag nie mehr als ein, zwei Vögel. Um meinen Durchschnitt stand es noch schlechter.

»Mir scheint, dir sagt dieser Sport nicht ganz zu«, meinte er schließlich. »Offen gestanden, man muß sein Leben lang auf diese Art gejagt haben, sonst wird man nur furchtbar ärgerlich. Mein Aufseher hat mir gesagt, daß er etwas flußabwärts Nilpferde gesichtet hat – ich werde Vorkehrungen für die Jagd treffen.«

Und so machten wir uns denn am nächsten Morgen, eineinhalb Stunden vor Sonnenaufgang, in vier Booten auf, Senefru und ich mit zwei Ruderern in einem, während die drei anderen Vorräte mit sich führten.

Senefru und ich saßen einander im Bug unseres Bootes gegenüber und teilten uns ein Frühstück aus Brot, Ziegenkäse und Wein – die Fahrt würde bis kurz vor Mittag dauern, darum war keine Zeit gewesen, vor unserem Aufbruch etwas zu essen. Auf dem Fluß trug keiner von uns mehr als ein geschlungenes Lendentuch, und so unterschied denn nichts den großen Herrn von seinem gewöhnlichsten Diener. Vielleicht war das auch die Befreiung, welche er auf diesen Unternehmungen suchte, da er auf der Jagd immer lockerer und offener war, ein ganz anderer Mann als der Gebieter Senefru von Memphis, dessen Wort beinahe schon Gesetz war.

»Das wird dir Spaß machen«, sagte er und wischte sich die Finger in dem Leinenlappen ab, in den man sein Frühstück eingeschlagen hatte. »Seth, unser Gott des Chaos und Unheils, der auch ›groß an Kraft‹ genannt wird, nimmt zuweilen die Gestalt eines Nilpferdes an, und das aus gutem Grund. Bei denen weiß man nämlich nie, woran man ist, darum ist die Jagd auf sie gefährlich, doch die Narben auf deiner Brust weisen dich als einen Mann aus, der die Gefahr nicht scheut. Wenn ich mir die Frage erlauben darf, wie bist du daran gekommen?«

»Meistenteils im Krieg. Die da stammt von einem Löwen, als ich noch so jung und töricht war zu glauben, daß mich nichts umbringen könnte.«

Er lächelte, dann nickte er, als sei ihm gerade etwas eingefallen.

»Das überrascht mich, denn meines Wissens gibt es in den ionischen Ländern keine Löwen«, sagte er auf Griechisch – er wölbte die Brauen und wollte damit wohl andeuten, daß wir nicht allein waren. »Dann stammst du in Wahrheit vielleicht von einem anderen Ort.«

»Ich bin im Osten, in den Ländern zwischen den Strömen aufgewachsen«, antwortete ich auf Griechisch, obschon mir klar war, daß dieser Mann wahrscheinlich fast alles über mich wußte. »Dort gibt es Löwen, nur sind sie nicht so groß wie die ägyptischen. Jener allerdings erschien mir damals jedoch reichlich groß. Er hat mich allein und zu ebener Erde erwischt.«

»Ja – es ist schrecklich, wenn man einem so wilden Feind unter beinahe gleichen Bedingungen gegenübersteht. Aber da du noch da und nicht im Totenreich bist, nehme ich an, daß der Löwe den kürzeren gezogen hat.«

Ich nickte zu diesem Kompliment und fragte mich, um was es in dieser Unterhaltung eigentlich ging.

»Ich habe selbst nie Löwen gejagt«, fuhr er mit einem bedauernden Schulterzucken fort. »Die kommen nur in der Wüste vor, und ich bin kein Mann der Wüste. Meine Vorfahren haben sie gejagt, denn meine Familie stammt aus Karnak, das liegt weit im Süden, in Oberägypten. Ein ganz anderes Land, dieses Oberägypten. Der Entenfuß ist reich, doch alles, was die alten Ägypter edel und stark gemacht hat, hat seinen Ursprung in Oberägypten.«

Er hielt inne, und ich wartete mit beinahe angehaltenem Atem. Das hier war einer von jenen Augenblicken, die aufmerken lassen. Eine Enthüllung stand bevor – das wurde allein schon daran deutlich, wie sich seine Zunge lockerte. Senefru würde reden, nicht weil ich sein Freund war, denn insgeheim haßte er mich vermutlich, sondern weil es nicht mehr anders ging, weil er keine Wahl mehr hatte. Weil er den Verdacht hatte, ich würde ihn verstehen.

»Doch das ist jetzt alles dahin. Es ist vorbei – mit Ägypten, mit mir, mit allem. Ich bin beinahe dankbar, daß ich der Letzte meines Geschlechtes bin, da ich keinem Kind von mir wünschen möchte zu erleben und zu sehen, was die Zukunft diesem Land bringt, in dem meine Ahnen bestattet liegen. Wo man mich dereinst bestattet. Der Pharao trägt die Doppelkrone, aber das ist mittlerweile nur noch ein lahmer Witz. Wir sind ein gebrochenes Rohr, Gebieter. Vielleicht enden das Haus Senefru und die Geschichte Ägyptens zusammen.«

Er lächelte bitter, anscheinend bot ihm der Gedanke bis zu einem gewissen Grad eine grausame, freudlose Genugtuung.

»Es soll Ägypten schon dreitausend Jahre gegeben haben«, sagte ich, denn aus mir unerfindlichen Gründen wollte ich ihm dieses Vergnügen der Selbstkasteiung nicht gönnen, »Vielleicht sind beide ja noch nicht tot, Ägypten nicht und auch nicht das edle Geschlecht der Senefru, welches noch ein paar tausend Jahre mehr überdauern wird, bis der Nil einst austrocknet und die Erde zu Staub wird.«

Das Lächeln wurde verkniffener, es tat allein schon beim Zusehen weh, dann schüttelte er den Kopf.

»Ägypten macht es vielleicht noch eine Weile wie ein kranker Greis, der sich nicht entschließen kann zu sterben, doch mein Geschlecht wird ganz gewiß mit mir enden. Ich habe die Herrin Nodjmanefer geehelicht, da war sie fünfzehn, und es ist eine unfruchtbare Ehe geworden – ohne Zweifel meine Schuld, denn auch keine meiner Nebenfrauen hat mir ein Kind geschenkt.

Doch wie schon gesagt, ich bedauere es nicht … dieses Erlöschen. Betrachte Ägypten jetzt, und du wirst mich verstehen. Mit jedem Jahr wird das Land ärmer, die Bauern verhungern, und der

Haß auf die Bessergestellten wächst von Tag zu Tag. Und doch rührt das Leiden rings um sie herum keinen Edlen, keinen der Männer meiner eigenen Klasse; nein, sie beschäftigen sich mit nichts als mit ihren goldenen Spielzeugen. Und die Fürsten, deren Pflicht es ist zu herrschen, sie zanken sich wie kleine Knaben. Du hast Nekau kennengelernt, daher weißt du, wie er ist – wohlmeinend, aber machtlos. Die Ägypter sind kein Volk mehr, da sie nichts mehr vereint als der Haß auf den fremden Pharao.

Doch das ist Hochverrat. Bei dem Gedanken, was du von mir denkst, werde ich schamrot.«

»Ich denke nur, daß du mir dein Vertrauen geschenkt hast.«

Ein sonderbarer Ausdruck huschte über seine Züge, und da wußte ich, daß er glaubte, mir irgendwie einen Sieg abgewonnen zu haben. Und dann war es auch schon damit vorbei, als wäre es nie geschehen. Aber zwischen uns herrschte jetzt völliges Einvernehmen.

»Da siehst du, was wir für Kinder sind«, sagte er, schloß langsam die Augen und öffnete sie dann wieder wie jemand, der aus einem Traum erwacht. »Sogar ich, den man für klug hält, habe nie Diskretion gelernt. Die Ägypter sind Ägyptens Ende. Wie die Schafe sind wir, denn wir bilden uns ein, es gäbe keine Wölfe auf der Welt.«

Auf einmal fiel mir ganz ungerufen Assarhaddon ein, jetzt König im Lande Assur, einst mein Bruder, welcher sein Leben lang davon geträumt hatte, Ägypten zu erobern. Was der wohl von dem Gebieter Senefru halten würde? Hätte er genau wie ich erraten, daß solche Männer, auch als Geschlagene, das Joch der Unterwerfung nicht lange tragen? Der heilige Pharao hatte nicht umsonst eine Kobra auf seiner Krone.

Nach drei weiteren Stunden auf dem Fluß kamen wir in ein Sumpfland mit großen, anscheinend grundlosen Tümpeln, welche von hohen Papyrusbüscheln überschattet wurden. Krokodile sonnten sich auf den schmalen, schlammigen Ufern und machten sich nicht einmal die Mühe, bei unserem Kommen fortzugleiten. Nirgendwo konnte man Strömung im Wasser spüren, und die Luft war dumpfig und faulig. Hier hätte ich nie und nimmer leben mögen.

»Die Nilpferde graben sich Badelöcher«, erklärte Senefru. »Sie lassen sich wie Bleigewichte zu Boden sinken und verweilen dort jeweils für ein Viertelstündchen – sie können dort sogar schlafen. Hast du schon einmal eines gesehen?«

Ich schüttelte den Kopf.

»Dann mach dich auf einen Schrecken gefaßt«, fuhr er lachend fort, denn seinen Witz auf meine Kosten schien er schon gemacht zu haben. »Die Götter haben kein häßlicheres Tier erschaffen.«

Das traf es auch ziemlich, denn ein paar Minuten später kam ein riesenhaftes, schlammgraues Wesen zur Oberfläche hochgeblubbert, schnaubte wild und blies Wasserstrahlen in alle Richtungen. Es war viel riesiger, als ich erwartet hatte, war zweimal so groß wie das größte Pferd, das ich je gesehen hatte und wirkte wie ein entsetzlich aufgedunsenes Schwein mit einem gigantischen, quadratischen Schädel und Krokodilsrachen. Ich bemühe mich gar nicht, es weiter zu beschreiben, denn außerhalb des Wassers habe ich nie eines gesehen, außerdem glaubt mir ja doch niemand.

Das Untier war vielleicht fünfzig Ellen vom nächsten Boot entfernt und blieb ganz gelassen, wedelte mit den Stummelohren und betrachtete uns eher mit Neugier als mit Angst – ja, wie hätten wir wohl auch furchterregend sein können, die wir im Vergleich zu ihm solch armselige Geschöpfe waren?

Das Nilpferd wird mit Speeren gejagt, welche den Harpunen ähneln, mit denen die Griechen auf Delphinjagd gehen. An der Lanzenspitze ist ein Seil befestigt, und wenn diese Spitze ins Ziel getroffen hat, fällt der Speerschaft ab, und die Leine des Jägers sitzt fest im Fleisch des Tieres.

Diese Geschöpfe haben eine Haut so dick wie der Daumen eines Mannes, und sie ist so unverwüstlich, daß die Ägypter sie als Schildüberzug sehr schätzen, und darunter sitzt eine Schicht dickes Fett. Dadurch sind sie so gut geschützt – ihre riesige Größe kommt noch hinzu –, daß es einem Speer nur selten gelingt, dem Tier eine tödliche Wunde beizubringen. Man kommt einfach nicht an das Herz heran, und wenn auch ein glückhafter Wurf eine Hauptader durchtrennen kann, so braucht es viele Stunden, bis sich ein Tier von solch riesigem Umfang zu Tode geblutet hat.

Der Schmerz jedoch und das Zerren der Leine machen dem Tier angst, es taucht auf den Grund eines Tümpels, wo es zu entkommen hofft. Doch schließlich muß es auftauchen, um Luft zu schöpfen, und dann bietet sich dem Jäger Gelegenheit zu einem weiteren Wurf. Wenn es endlich von diesen Strapazen, von panischer Angst und Blutverlust erschöpft ist, leistet es keinen Widerstand mehr. Es taucht ein letztes Mal zur Oberfläche hoch und ist zu matt zum Weiterkämpfen. Man bindet ihm ein Seil um den Hals und schleift es ans Ufer, wo man ihm mit einer Axt den Kopf abschlägt. So jedenfalls plant es der Jäger. In Wahrheit greift ein Nilpferd eher an, als daß es flieht, und wenn es das Boot zum Kentern bringt – was ihm unschwer gelingt –, dann befinden sich seine Peiniger ihrerseits im Wasser. Und was kann ein Mensch schon ausrichten gegen ein Untier, welches zwanzig-, dreißigmal so groß ist wie er und Pranken wie Mühlsteine hat? Und was die Nilpferde übriglassen, dem geben die Krokodile den Rest. Ein gefährlicher Sport für einen müßigen Nachmittag.

Ich saß im Binsenboot, balancierte meinen Speer zwischen den Knien, während mir die Angst wie ein Kloß im Magen lag. Was hatte mir dieses friedfertige Geschöpf von der Größe einer Insel schon getan? Nichts. Es schaukelte in dem ruhigen Tümpel, blies geräuschvoll Wasser aus den Nüstern und musterte uns mit vertrauensvoll kuhäugigem Blick. Mir schien, wir hatten uns auf etwas Törichtes eingelassen.

»Als mein Gast kommt dir der erste Wurf zu«, murmelte Senefru hinter mir. »Wenn wir näherkommen, dreht es sich um. Ziele auf die Speckrolle genau hinter seinem Ohr und wirf mit aller Kraft.«

Ich stand auf. Ich spürte, wie das Boot unter mir schwankte. Ich wünschte mich sonstwohin – wohin auch immer.

Geräuschlos tauchten die Ruderer ihre Ruder ins Wasser und näherten sich langsam, verringerten den Abstand auf fünfundvierzig, dann vierzig Ellen. Das Nilpferd zuckte heftig mit den Ohren, schien uns fortscheuchen zu wollen, und dann drehte es sich um, genau wie es Senefru vorausgesagt hatte.

Vor mir im Bug lag die Leine in großen Schlaufen, ein Ende war an meiner Lanzenspitze befestigt, die andere am Bugspriet. Ich mußte nur daran denken, daß ich nicht darauf trat – oder mich in einer losen Schlinge verfing, denn wenn das Untier untertaucht, kann es einen Menschen mit in den Tod reißen –, ich durfte nur an mein Ziel denken. Ich hob den Speer an die Schulter, zielte, holte Luft, hielt sie einen Augenblick an, und dann warf ich.

»Ein guter Wurf!« rief Senefru. Die Spitze grub sich tief in den dicken Nacken, der Schaft sprang ab, das Tier brüllte empört und erstaunt auf, warf eine ganze Wasserwand hoch und ließ sich dahinter in den dunklen Tümpel sinken.

Unter mir zischte das Seil fort. Auf dem Wasser schwamm Blut, es brodelte, als würde der ganze Tümpel umgewälzt. Schließlich strammte die Leine, wir wurden mitgezogen, und der Bug des Bootes lag dabei so tief im Wasser, daß wir uns weit nach hinten setzten mußten, sonst wären wir untergegangen.

»Es dauert nicht mehr lange, dann kommt es wieder hoch. Dann bin ich an der Reihe!«

Ich drehte mich um und warf Senefru einen Blick zu, sein Antlitz strahlte vor Erregung. Auch er hatte Angst, doch die war von der Art, wie Männer sie genießen. Die Jagd schien ihn zum Leben erweckt zu haben.

Schließlich wurde das Boot langsamer. Dann schwamm es ruhig, und die Leine hing durch. Das Wasser unter uns war schwarz und leer. Wir warteten. Die Ruderer beobachteten die schlammtrübe Wasseroberfläche mit angstverzerrter Miene.

»Wie lange kann es dort unten bleiben?« hörte ich mich fragen.

Als Antwort machte Senefru seinen Speer bereit und legte sich die Leine in Schlaufen zurecht.

»Merkwürdig«, sagte er und warf dabei einen Blick in meine Richtung, ohne mich anscheinend richtig zu sehen, »daß wahrer Seelenfrieden nur zusammen mit Wagnis und Todesgefahr möglich scheint. Ich bin nie Soldat gewesen, aber so stelle ich mir das Gefühl vor einer großen Schlacht vor. Du, Gebieter, solltest das wissen – fühlst du ähnlich in deinem Herzen?«

»Ja. Ich würde zu gern fortlaufen.«

Er lachte, denn er glaubte wohl, ich machte einen Witz.

Er muß verrückt sein, dachte ich, daß er von Tod und Seelenfrieden in einem Atemzug spricht. Oder ist das Leben so bitter für ihn, daß er dessen Qualen nur entrinnen kann, wenn ihn die Angst in den Klauen hält? Und darf ich daraus schließen, wie sehr er mich hassen muß?

Schließlich tauchte das Nilpferd wieder auf, schnaubte laut, und das Blut strömte ihm über den Hals. Es wurde eindeutig müder und rollte sich von einer Seite zur anderen, während es versuchte, Luft in seine Lungen zu pumpen. Wir konnten sehen, wie sich sein Rücken mühsam hob und senkte. Im Augenblick jedenfalls war es zu beschäftigt mit seinem körperlichen Elend, als daß es uns bemerkt hätte.

Wir waren ungefähr fünfundzwanzig Ellen von ihm entfernt, und unsere Beute wandte uns den Rücken zu. Senefru warf – eine Spur zu schnell, dachte ich – und die Spitze seines Speers bohrte sich ins Schulterblatt des Tieres.

»Mist!« murmelte er. »Ich hätte lieber …«

Doch der Rest ging unter, denn das Nilpferd fuhr im Wasser herum und stieß einen Schrei aus, daß sich uns die Haare sträubten. So habe ich verwundete Pferde schreien hören, doch das hier war um ein Vielfaches schlimmer. Die Luft schien davon zu bersten.

Und dann tauchte es wieder unter und warf dabei große Wellen auf. Zunächst konnten wir an dem Blutfleck erkennen, wohin es schwamm, doch der verteilte sich am Ende in dem fauligen, schlammigen Wasser.

Senefru hob den Arm und winkte die anderen Boote heran. Er wirkte besorgt.

»Wir werden ihnen die beiden Leinen übergeben müssen«, sagte er. »Wir müssen bereit sein, wenn es wieder auftaucht, denn dabei kann Gott weiß was geschehen. Ich glaube, ich habe den Wurf verschenkt. Meine Spitze muß vom Knochen abgeprallt sein – wahrscheinlich scheuert sie sich das Untier in den Binsen ab, und das war alles. Nur daß es jetzt wütend ist.«

Völlige Stille legte sich über den Tümpel. Sogar die Wasservögel schwiegen, als warteten sie.

Es geschah so jäh, daß ich erst gar nicht begriff, in welcher äußersten Gefahr wir schwebten. Zunächst war ich nur erschrocken, da ich keinen Laut gehört hatte. Dieser Eindruck währte einen Augenblick. Dann drehte ich mich um und sah, was sich abspielte – das Nilpferd war geradewegs unter dem Boot aufgetaucht, und das wollte auseinanderbrechen, als es aus dem Wasser gehoben wurde.

Die Ruderer kreischten vor Entsetzen – ich glaube, wir alle haben gekreischt, doch ich erinnere mich nur an die schrillen, panischen Schreie dieser beiden Unseligen. Wir schienen hoch über dem Wasser zu schweben, wir balancierten auf dem großen, quadratischen Kopf des Untiers. Dann krachte das Boot auseinander wie ein verfaulter Zweig, und wir fielen ins wilde, wirbelnde Wasser.

Das Ding schien über uns zu schweben. Es schnob Wut und brüllte wie ein Ochse mit bronzener Stimme. Die riesigen Fänge öffneten sich – ich hätte die Hand ausstrecken und seine Augen berühren können, es schien mir fest ins Auge zu blicken, und dann klappten sie krachend zu, daß die Wasseroberfläche des Teiches barst wie ein Tontopf, den ein Hammer zerschlägt. Ich dachte, mein Trommelfell müßte von dem Lärm platzen. Ich dachte …

Ich weiß nicht, was ich dachte, denn anscheinend hatte das Ungeheuer mich getötet. Gewiß war ich tot.

Der Rest ist ein leerer Wirbel – ich erinnere mich nicht mehr daran, nicht einmal im Traum. Nichts.

Ich wachte auf, und da lag ich auf dem schlammigen Ufer. Arme und Brust waren blutüberströmt.

Also hat es mich doch getötet, dachte ich. Alles tat mir weh, so als hätte es mir jeden Knochen im Leib gebrochen. Ich schloß die Augen wieder, gab das Leben verloren, mir galt alles gleichviel. Ich würde sie gewißlich nicht wieder aufschlagen.

»Deine Götter müssen dich lieben, mein Freund«, kam da Senefrus Stimme. »Ich wüßte sonst nicht zu sagen, warum du noch am Leben bist.«

Ich blickte in Richtung des Lautes, und da hockte er, saß naß von Kopf bis Fuß neben mir. Und beinahe zu unseren Füßen lag der Leichnam eines Ruderers, der halb im Schlamm des Tümpels versunken war – seine ganze Brust war aufgerissen, und der Ausdruck auf seinem Gesicht, jedenfalls nach dem, was ich sehen konnte, ließ auf einen unsäglich qualvollen Tod schließen.

»Wo ist der andere?« fragte ich.

»Tot. Den haben die Krokodile erwischt – auch gut, denn damit waren sie so beschäftigt, daß sie sich nicht um uns gekümmert haben. Du bist bewußtlos gewesen.«

»Hast du mich herausgezogen?«

»Ja«, sagte er und grinste wie ein Dämon.

Oh, ich Narr, Narr, Narr? Warum hatte ich es nicht kommen sehen? Warum hatte ich es nicht erraten? Was galt ihm mein Leben?

Ich konnte nicht einmal fragen. Irgend etwas verschloß mir den Mund, aber ich wußte nicht, was. Die Frage lag mir auf der Zunge, aber ich brachte es nicht über mich, sie zu stellen, Warum?

XII

Ich halte mich nicht für den geborenen Dummkopf, und so war es denn wohl nur jugendliche Verblendung, daß ich den Gebieter Senefru mißverstand – vielleicht kann ich mich ja damit einfach herausreden. Blind war ich wohl nicht, doch ich sah nicht mehr, als ich sehen wollte. Und das war nicht mein einziger Fehler.

Ich gab ein Gastmahl in meinem Haus, eine Geburtstagsfeier zu Ehren von Fürst Nekau, welche Kephalos zum Vorwand nahm, aus politischen Gründen bestimmte kostbare Geschenke zu verteilen – wenn der Pharao nicht fern in Tanis geweilt hätte, Kephalos hätte zweifellos einen Weg gefunden, um auch ihn zu bestechen, da Kephalos Herrscher kaufte, wie andere wohl einen Umhang, nämlich als Schutz gegen schlechtes Wetter.

Für mich war es lediglich wieder so ein Gastmahl, wieder so eine Menge wohlhabender Parasiten, die beköstigt und unterhalten und mit angemessenen Vorwänden für ihre Liebesabenteuer versehen werden mußten. Die Herrin Nodjmanefer fehlte, da sie die Stadt vor drei Tagen verlassen hatte, um ihren Mann auf einer Reise nach Saïs zu begleiten, und so bestand für mich auch nicht die leiseste Aussicht auf Vergnügen.

Dennoch kam ich meinen Verpflichtungen als Gastgeber nach. Ich lauschte dem Klatsch, der mich nicht interessierte, und lachte über Witze, die nicht lustig waren, lächelte einfältigen Frauen zu und unterhielt mich mit ihren Männern über die Vorzüge von verschiedenen, stadtbekannten Huren und ob einen auf lange Sicht Sklavinnen nicht doch billiger zu stehen kamen.

Die zweite Stunde nach Mitternacht war gekommen, und meine Augen waren so glasig wie glasierter Ton; da beschloß ich, für einen Augenblick meine eigenen Gemächer aufzusuchen und mir das Gesicht mit kaltem Wasser zu waschen, bis es sich soweit entspannt hatte, daß ich aufhören konnte zu grinsen. Gerettet für an die zwanzig Minuten. Niemand würde meine Abwesenheit bemerken, und wenn, dann ging das für schlechte Manieren durch. Man würde annehmen, daß ich nur die eine oder andere Dame überredet hatte und nun den Sieg feierte.

Als ich mich mit gereckten Schultern und entspannter Miene auf dem Rückweg befand, fiel mir mein Haushofmeister ein, dem ich noch etwas zu dem Wein sagen wollte, der meiner Meinung nach im Laufe des Abends immer wäßriger wurde – Gäste, die sich nicht anständig betrinken dürfen, so wollte ich ihm sagen, pissen nur an die Mauer, kehren an ihren Tisch zurück und denken mit keinem Gedanken an ihre Schlafmatte daheim.

Ich machte also einen Bogen um den Speisesaal und ging durch den hinteren Flur, welcher zu den Küchen führte. Und dort fand ich dann Selana an einer halb geöffneten Tür, wie sie das Gastmahl aus ihrer Deckung hinter leeren Wasserkrügen beobachtete.

»Was soll das heißen?« zischte ich und hob sie am Rückenteil ihrer Tunika hoch. »Was hast du hier zu suchen? Du solltest schon seit Stunden im Bett sein!«

Sie kreischte wie ein Pfau, wand sich wie ein Aal und versuchte, mich ins Handgelenk zu beißen. Ich knallte die Tür zu – diese Szene sollten meine Gäste nun doch nicht mitbekommen –, ließ sie fallen und gab ihr dabei noch einen Tritt in den Hintern, daß sie lang hinschlug.

Einmal reichte. Als sie ihr Gleichgewicht wiedergefunden hatte, ging sie nicht wieder auf mich los, sondern wurde ruhig. Sie setzte sich auf, zog die Knie unters Kinn und funkelte mich böse an, so daß ich schon überlegte, warum unsere Begegnungen in letzter Zeit alle in Tätlichkeiten endeten.

»Was hast du hier zu suchen?« wiederholte ich.

»Was schert dich das?« fragte sie – wenn Blicke töten könnten, ich wäre in diesem Augenblick tot umgefallen. »Du hast eine Küchensklavin aus mir gemacht, weißt du das nicht? Warum beachtest du mich überhaupt? Eine Hauskatze würdest du auch nicht strafen, wenn sie heimlich einen Blick auf deine albernen Freunde erhaschte.«

Ich ging zur Tür, öffnete sie einen Spalt und schaute nach draußen. Sie hatte vollkommen recht. Sie waren albern.

»Das sind nicht meine Freunde«, sagte ich. »Die meisten kenne ich kaum«.

»Warum lädst du sie dann in dein Haus ein? Sie trinken deinen Wein und essen deine Speisen – bist du etwa Schenkenwirt geworden?«

Sie streckte mir die Zunge heraus.

»Warum bist du so böse auf mich, Selana? Du bist ein Kind und solltest im Bett liegen. Es tut mir leid, daß ich dich geschlagen habe.«

»Ach – das macht mir nichts aus.«

»Und was macht dir etwas aus?«

Nach einer langen Pause konnte sie sich lediglich eine knappe Geste in Richtung des Speisesaals abnötigen.

»Hast du etwas gegen diese Menschen, Selana? Bist du neidisch auf sie?«

»Neidisch auf sie? Warum sollte ich wohl auf die neidisch sein?« fragte sie hitzig und streckte mit einem Ruck die Beine aus. »Ich bin Griechin und besser als dieser Abschaum schlammfarbener Ägypter! Neidisch auf die da!«

»Geh zu Bett, Selana – was soll ich nur mit dir machen?«

»Ich weiß es nicht, Herr. Ich weiß es nicht.«

Tränen waren ihr in die Augen gestiegen. Sie stand auf und ging wieder in die Küche.

Ja, was sollte ich mit ihr machen? Die nächsten Tage ließ ich mir die Sache unter verschiedenen Gesichtspunkten durch den Kopf gehen und kam dann auch zu einem Entschluß. Noch drei, vier Jahre, und sie war eine Frau. Was sollte dann aus ihr werden? Zu einem Leben in meiner Küche war sie nun weiß Gott nicht geschaffen – wenn ich sie dort beließ, würde sie mit Sicherheit eines Abends ausrücken und in den Hurenhäusern oder mit durchschnittener Kehle in der Gosse landen. Ich mußte mir etwas anderes für sie einfallen lassen.

»Was meinst du, Enkidu? Man sollte ihr Lesen und Rechnen beibringen. Wenn sie alt genug ist, bekommt sie dann eine Mitgift und wird verheiratet – in Naukratis, an irgendeinen jungen Mann, der seinen Weg in der Welt machen will. Sie kann die Frau eines Kaufmanns werden. Dumm ist sie nicht, also könnte sie ihm eine große Hilfe sein.«

Der Makedonier, der gerade frühstückte, warf mir lediglich einen Blick zu, der besagte, ich wäre nicht recht bei Trost.

»Also – jemand muß sie doch bekommen. Irgend jemand, früher oder später.«

Er knurrte genau wie ein großer, übellauniger Hund, den die Einmischung verdrießt.

»Vermutlich muß ich es selbst machen – ich meine, ihr das Lesen beibringen.«

Doch Enkidu hatte das Interesse verloren.

An jenem Abend wies ich meinen Haushofmeister an, das Mädchen Selana aus der Küche zu holen und ihr ein eigenes Zimmer zu geben. Ich erklärte ihm nicht warum, und so wissen nur die Götter, was er sich dabei dachte.

Der Gebieter Senefru kehrte von Saïs zurück und mit ihm Nodjmanefer. Ich sah sie am Abend des Festes zu Ehren des Gottes Seth wieder, und am nächsten Nachmittag lag sie in meinen Armen.

In meinem Haushalt hatte es sich mittlerweile herumgesprochen, daß der Hausherr ein heimliches Verhältnis hatte, denn nichts läßt sich vor Sklaven lange geheimhalten und zweifellos wußten viele, um welche hochgeborene Dame es sich bei der Geliebten des Gebieters Tiglat handelte. Mit Sicherheit aber wußte es Kephalos.

»Jeder Mensch hat so seine Interessen«, sagte er. »Und da du nicht länger auf Soldatenruhm aus bist und es dich noch nie nach Reichtum gelüstet hat, so ist eine feine Dame, die durch einen Ehemann abgesichert ist, ein recht harmloser Zeitvertreib. Die hier ist keine Assarhamat und wird dir nicht den Seelenfrieden rauben.«

»Kephalos, woher weißt du, wer sie ist?«

»Ich genieße das Vertrauen deiner Dienerinnen, Gebieter, und da du diese mit gesunder und gefälliger Regelmäßigkeit beehrst, weiß ich, was sie nicht ist – für dich jedenfalls nicht. Alles andere macht mir keine Sorgen.«

Ich konnte nicht einmal beleidigt tun, denn er freute sich so, daß er mich durchschaut hatte.

Etwas anderes jedoch bereitete ihm weniger Befriedigung.

»Wie ich höre, hast du das elende Balg aus der Küche geholt, Gebieter?«

»Meinst du etwa Selana?« fragte ich und freute mich insgeheim über die gute Gelegenheit, mich an ihm zu rächen. »Ja – es hat ihr da nicht gefallen, und dann müssen wir wohl auch ein wenig an ihre Zukunft denken. Ich habe beschlossen, daß sie Rechnen lernen soll, und ich selbst werde sie auf Griechisch in Lesen und Schreiben unterrichten.«

»Sie in Lesen unterrichten! Ihr Rechnen beibringen!«

Kephalos fuhr sich mit den Händen über den rasierten Schädel, womit er andeuten wollte, daß dieser neueste meiner Narrenstreiche sein Ende bedeutete. Einen Augenblick schien er vor Zorn sprachlos, doch das konnte nicht von Dauer sein.

»Gebieter, weißt du, was du tust?« brachte er am Ende heraus. »Die Tochter eines dorischen Schweinebauern – und *lesen!* Die eignet sich bestenfalls zur Nebenfrau eines betrunkenen Gastwirtes, deren Kehrseite man für eine Viertelstunde kaufen kann. Lehre ein solches Geschöpf das Lesen, und du machst sie zum

Fluch für jeden Mann, der so dumm ist, sie in sein Haus aufzunehmen – und dergleichen Männer werden nicht zahlreich sein, denn trotz ihres bronzefarbenen Haares ist sie eine widerliche, kleine Kröte. Laß dir von einem alten Weisen raten, Herr. Praktische Kenntnisse sind gut, aber eine Frau, welche mehr Lettern kennt als die ihres eigenen Namens, fällt der Menschheit zur Last und bringt nichts als Unheil über die Welt.«

Aber ich ließ mich nicht davon abbringen. Ich heuerte auf dem Markt einen Schreiber an, der jeden zweiten Tag kam und sie in das Geheimnis der Zahlen einweihte, und in den dazwischenliegenden Morgenstunden setzte ich mich nach dem Frühstück mit ihr hin, ein Wachstäfelchen auf meinen Knien, und begann, sie das Alphabet zu lehren.

Was das Schreiben anging, so schien sie zunächst Kephalos' Meinung zu teilen.

»Warum möchtest du, daß ich schreiben kann?« fragte sie ziemlich streng. »Rechnen ist nützlich, aber ich kenne den Unterschied zwischen den einzelnen Münzen, ich brauche nicht zu lesen, was draufsteht.«

»Und wenn du einmal einen Brief bekommst?«

»Ich kenne niemand, der schreiben kann, außer dich und den Gebieter Kephalos. Und der würde sich lieber die Hand abhacken, und ein Brief von dir würde ohnedies nur Lügen enthalten. Glaubst du etwa, ich bin so dumm und lasse dich so weit aus den Augen, daß wir Briefe austauschen müßten?«

»Ich gehöre dir nicht, Selana.«

»Nein – aber ich dir. Kann die Herrin Nodjmanefer schreiben?«

»Ich weiß nicht so recht, da die Ägypter soviele Lettern wie Worte haben, und sie ist ja kein Schreiber. Was hat sie damit zu tun?«

»Mit dem Schreiben, ehrlich gesagt, gar nichts; aber viel mit dir. Lehre doch sie schreiben, da sie dich so oft allein läßt. Ich bin nicht so dumm wie sie.«

Sie riß mir das Wachstäfelchen von den Knien und schleuderte es durch das Zimmer, daß es an die Wand prallte und zerbrach.

»Sie ist eine große Dame und ich nur eine Sklavin, aber sie

bekommst du zuerst satt!« schrie sie. »Denk daran, die Liebe ist eine Strafe der Götter, aber was du besitzt, das hast du für immer.«

Dann verwünschte sie mich wütend und lief weg. Insgeheim versprach ich ihr eine tüchtige Tracht Prügel, aber ich tat es dann doch nicht. Ich tat gar nichts. Zwei Tage später war sie wieder da, küßte unterwürfig meine Hand und sagte, sie würde die Lettern lernen, wenn ich es wollte.

»Warum hast du deine Meinung geändert?« fragte ich.

»Mir ist eingefallen, daß ich in deinem Haus eine Sklavin bin und Gehorsam lernen muß.«

»Mach dich nicht über mich lustig, Selana.«

»Na gut. Ich will lesen lernen, weil es den Gebieter Kephalos so ärgert.«

»Hegst du einen Groll gegen ihn?«

»Nein. Eigentlich hat er mir letztens einen großen Dienst erwiesen – er hat meiner Seele Ruhe geschenkt. Warum, das errätst du nie, Erhabener.« Sie lächelte wie eine kundige Hure, und sie verspottete mich. »Nein, das kannst du nicht erraten. Deine Nebenfrauen haben ganz recht, die Männer sind allesamt große Einfaltspinsel. Aber wenn der Gebieter Kephalos nicht eifersüchtig auf die Herrin Nodjmanefer ist, dann habe auch ich nichts von ihr zu befürchten – und mich haßt er immer noch. Das tröstet mich.«

»Du sprichst in Rätseln. Mach mich nicht wieder böse, Selana. Warum sollte Kephalos ein Kind wie dich hassen? Und wenn, wieso tröstet dich das?«

»Erhabener – du mein schwachsinniger Gebieter«, sagte sie und tätschelte mir die Wange, als wäre hier ich das Kind. »Wer darf schon dein Herz für sich beanspruchen, ohne sich nicht den Haß des Gebieters Kephalos zuzuziehen? Vielleicht hast du ja eines Tages Mitleid mit ihm und gehst auf den Markt und kaufst ihm einen dunkeläugigen Knaben mit einem hübschen Mädchengesicht. Doch sollte er einmal aufhören, mein Feind zu sein, dann weiß ich, daß ich dich für immer verloren habe.«

Dafür verprügelte ich sie denn doch, mir war nämlich der Knabe Ernos eingefallen und der junge Tänzer, der *dhakar binta* im *mudhif* des Gebieters Sesku, und ich wußte, sie sprach die Wahrheit. Ich konnte es ihr nicht einfach durchgehen lassen, daß sie meinen Freund geschmäht hatte.

Doch es war nicht Kephalos' Eifersucht, welche mich gerade jetzt beschäftigte – ich hatte den Ausdruck auf dem Gesicht des Gebieters Senefru nicht vergessen, als er mir sagte, er hätte mir das Leben gerettet. Und wieder stellte ich mir die gleiche Frage – warum? Warum sollte er auch nur eine Minute gezaudert haben, um mich vor dem Tod zu bewahren?

»Aus Eitelkeit«, sagte mir Nodjmanefer. »Er hat an jenem Abend selbst davon gesprochen: ›Es wäre ein unziemlicher Tod für jemand gewesen, der uns beiden teuer ist – zwischen den Kiefern eines Nilpferdes zermalmt zu werden und der Rest für die Krokodile. Ich möchte nicht gern, daß man mir nachsagt, ich lasse dergleichen einem Freund zustoßen.‹ Du durftest nicht zufällig sterben, nicht bevor er seine Rache genossen hat.«

Wir gingen im Zwielicht durch ihren Garten. Sie hatte mich nach draußen geführt, um ihn mir zu zeigen, so als hätte ich ihn noch nie gesehen.

Bald würden die Gäste zum Essen eintreffen, doch im Augenblick waren wir allein. Der Gebieter Senefru beschäftigte sich taktvoll wie gewohnt mit Berichten über den schlimmen Zustand der Gersteernte.

»Hat er vor dir jemals etwas über Rache verlauten lassen?«

»Nein.« Sie schüttelte den Kopf, dann richtete sie die schönen meergrünen Augen auf mich und lächelte. »Nein er hat noch nie angedeutet, daß es einen Grund für Rache geben könnte. Er spricht von dir wie einem Freund und benimmt sich, als ob er ausgerechnet seiner Frau vertraut. Auf seine Art tut er das wohl auch.«

Sie senkte den Blick, so als ob sie etwas Beschämendes zugegeben hätte. Schämte sie sich? Ich wußte es nicht zu sagen, da ihr Leben mit dem Gebieter Senefru mir verborgen war. Nie sprach sie über ihre Ehe – zumindest nie über Dinge, die mir erlaubt hätten, ihre Gefühle zu verstehen. Vielleicht liebte sie ihren Mann irgendwie noch, aber nur vielleicht. Sie hatte über das alles einen Schleier gezogen.

»Wenn er nicht über Rache spricht, dann wollen wir es auch nicht tun«, sagte ich. »Wir haben keine Möglichkeit, ihm zuvorzukommen. Wir können nur abwarten. Vielleicht läßt er sich schließlich überreden, dich gehen zu lassen. Würde dir das gefallen, meine Göttin? Und wenn du eine Dummheit machen willst, dann könnten wir heiraten.«

Das traurige Lächeln kehrte auf ihre Lippen zurück, aber sie sah mich nicht an. Vielleicht dachte sie, ich scherzte nur. Vielleicht tat ich es auch, zu Anfang jedenfalls.

»Würdest du das wollen?« fragte sie.

»Ja – natürlich. Warum eigentlich nicht? Falls du die Wahrheit sagst, wenn du behauptest, daß du mich liebst.«

»Dir habe ich immer nur die Wahrheit gesagt.«

»Wie könnte ich mit dir als Frau anders als glücklich sein?«

»Habe ich Senefru etwa glücklich gemacht?« Sie umklammerte meinen Arm, drückte ihn an sich. »Aber er wird ohnedies nicht seine Zustimmung geben.«

»Das weißt du besser, meine Göttin. Überlege aber, ob es nicht klüger wäre, ihn zu fragen.«

»Jetzt nicht.«

»Wie du willst.«

Im Garten wurde es langsam kalt. Schweigend gingen wir zurück ins Haus. Ich weiß nicht, was ich erwartet hatte, aber irgendwie fühlte ich mich abgewiesen.

Vielleicht liebte sie mich nicht. Liebte ich sie denn? Vielleicht nicht – vielleicht hatte Kephalos recht, und sie war keine Assarhamat –, doch auch wenn es keine Liebe war, es reichte trotzdem.

Senefru wartete oben an der Treppe. Als er uns erblickte, schenkte er uns eines seiner seltenen, nicht überzeugenden Lächeln.

»Herrin, die Dienerschaft braucht deine besänftigende Hand, sonst müssen wir alle Hungers sterben«, sagte er.

Die Ägypter sind das bezauberndste Volk auf der Welt. Sie haben ausgezeichnete Manieren und sind so flatterhaft wie Vögel. Die Götter haben ihnen jegliche Gnade gewährt, nur für die Härten des Lebens außerhalb eines Bankettsaals sind sie nicht gerüstet.

Die tonangebenden Damen von Memphis hatten Katzen dabei, damit man sie für ebenso verführerische Raubtiere hielt, und die Hälfte der jungen Männer trug die kleidsame Uniform der fürstlichen Miliz, welche dreihundert Jahre lang in keinem Krieg gekämpft hatte – der Pharao war kein Narr und dachte nicht daran, einen Stein mit einer Holzaxt zu spalten. Offizier oder Frauenheld, alles diente dem Spiel, war Spielzeug in den Händen reicher und untätiger Kinder, die in einem verträumten Paradies des Vergnügens und der heimlichen Liebschaften lebten.

War Nodjmanefer wirklich wie der Rest? Zuweilen ließ sich die Frage nicht abweisen.

Nein, das war sie nicht.

»Eine Frau ist mit ihrem Mann durch etwas anderes als Liebe verbunden«, sagte sie. »Ich kann meinen Gebieter nicht verlassen, es sei denn, er gibt mich frei – sonst kann ich es nicht.«

»Wir könnten diese Stadt verlassen«, sagte ich. »Es gibt mehr auf der Welt als nur Memphis, mehr als Ägypten. Wir könnten irgendwo am weindunklen Meer der Griechen Zuflucht suchen und glücklich sein.«

»Mehr verlange ich auch gar nicht«, sagte sie. »Mit dir würde ich bis ins Totenreich gehen. Aber ich kann meinen Gebieter nicht verlassen, nicht einmal für dich und die weißen Strände des Nordmeeres, wenn er mich nicht gehen läßt. Ich weiß, das verstehst du nicht, aber mit der Zeit wirst du mir vergeben.«

Nein, sie war nicht wie der Rest.

Und so wartete ich. Und lebte mein Leben – ihr Leben, denn das war das einzige Leben, welches dieses Hurenhaus, das sich Ägypten nannte, uns beiden bieten konnte – und vergaß darüber, daß es auch andere Möglichkeiten gab.

Bis zu dem Tag, als ich daran erinnert wurde.

In Ägypten ist die Wüste nie fern. Eine Stunde zu Pferd, und Memphis und das grüne Niltal erscheinen so unwirklich wie ein Traum – es ist eine Welt aus Sand und zerklüfteten fahlfarbenen Felsen, die der unbarmherzige Wind aus dem festen Stein geformt hat. Hier regieren noch die alten Pharaonen, ruhen in der Stille ihrer geheimen Grabmäler. Hier scheint die Zeit keine Rolle mehr zu spielen. Hierher kam ich hin und wieder, um Gazellen und Löwen zu jagen, um die Welt ein Weilchen zu vergessen und um allein zu sein.

Jedoch nie ganz allein, denn stets begleitete mich Enkidu, dessen Füße fast auf der Erde schleiften, wenn er dreißig Schritt hinter mir auf einem der schnellen, starken, libyschen kleinen Pferde ritt, die auf der ganzen Welt so hoch geschätzt werden. Er klebte an mir wie ein Schatten und war ebenso schweigsam. Er war kein Gefährte, sondern so gegenwärtig wie Glück oder die Gunst der Götter. Mit ihm zusammen war ich so gut wie allein.

Ich hatte mir einen Streitwagen anfertigen lassen – die Ägypter bauen gute Streitwagen, kleiner als die des Ostens, doch wendiger – und wenn ich sogar des Klangs meiner eigenen Stimme überdrüssig war, dann schirrte ich ein Paar schöne Araberpferde an, ein Geschenk von Kephalos und so schnell wie Vögel im Flug, und fuhr hinaus in die Leere der Wüste.

Und ausgerechnet hier, wo ich mich sicher und außer Reichweite fühlte, kam ich fast zu Tode.

An Jagdtagen stand ich gern wenigstens zwei Stunden vor Tagesanbruch auf, badete im kalten Fluß und frühstückte leicht, denn man kommt sich lebendiger vor, wenn man nicht soviel im Magen hat. Im ersten Frühlicht opferte ich Assur, dem Herrn von Himmel und Erde, und Schamasch, dem Lenker der Geschicke, und nach meiner Begegnung mit dem Nilpferd auch Seth, dem Kraftvollen und Herrn von Unterägypten – das war schlicht eine Vorsichtsmaßnahme, außerdem sollte ein Reisender in fremden Landen dessen Götter nicht mit Mißachtung strafen. Dann bestieg ich meinen Streitwagen und brach mit der aufgehenden Sonne im Rücken auf.

Herrlich, die Kraft der Pferde durch die Zügel zu fühlen, das Geklapper ihrer Hufe zu hören und zu wissen, daß unter den Rädern der Sand hochwölkt. An diesem Morgen spürte ich den trockenen Wüstenwind im Gesicht und freute mich des Lebens. Ich kam mir vor wie die Unsterblichen sich vorkommen müssen – lebensvoll, mächtig, unverletzlich.

Mitten in der Wüste ist ein von Felsklippen gesäumtes Tal, zu dem man nur durch einen engen Paß gelangt, der wie eine Kerbe in die Hügel geschnitten ist, welche ihn schützen und verbergen. Hier findet man Schatten und zuweilen Wasser, Rinnsale von den Höhenzügen ringsum. Hier gibt es fast immer Wild. Hier wollte ich mein Glück versuchen.

Und es blieb mir an jenem Tage treu.

Der Paß führte über unwegsames Gelände, und so kam ich nur langsam voran, wenn ich nicht die Achse brechen wollte. Außerdem waren die Pferde an diesem Morgen aus irgendeinem Grund unruhig. Sie scheinen sich vor diesem Ort zu fürchten, als hätten sie einen Löwen gewittert. Aber da war kein Löwe.

Zunächst hielt ich es für Donner. Ich blickte auf, doch der Himmel war klar. Dann sah ich den Staub und die ersten kleinen Steine und begriff.

Eine Steinlawine – sie kam fast genau dort herunter, wo wir standen.

Mittlerweile waren die Pferde irre vor Angst, doch der Paß war zu eng um zu wenden, und dazu reichte die Zeit ohnedies nicht. Sie versuchten durchzugehen, geradewegs dem Bergrutsch entgegen. Ich riß an den Zügeln, versuchte sie zurückzuhalten, doch sie stiegen in panischer Angst und wollten den steilen Abhang des Passes erklimmen und umdrehen. Ich konnte sie nicht halten. Ich schaffte es nicht. Für sie war ich nicht mehr vorhanden. Sie hatten vollkommen vergessen, daß es mich noch gab.

Und sie hatten sich jetzt hoffnungslos in ihrem Geschirr verfangen, saßen hilflos in der Falle. Und immer noch stiegen sie schnaubend und wiehernd und außer sich vor Entsetzen. Ihre Hufe donnerten gegen die Seiten des Streitwagens – die Plattform schwankte unter meinen Füßen. Und gerade als die Steine uns erreichten, warfen sie den Streitwagen um. Anscheinend versuchten sie, über ihn zu klettern. Ich spürte, wie mich etwas in die Brust traf und ich auf einmal keine Luft mehr bekam. Die Pferde würden mich unter ihren Hufen zertrampeln – jetzt wurde ich begraben. Im linken Arm verspürte ich einen unerträglichen Schmerz. Ich konnte nicht mehr atmen. Das Dunkel schloß sich um mich …

Wie lange war ich bewußtlos gewesen? Nicht lange, glaube ich. Ich kam zu mir und fand mich unter dem Streitwagen wieder, eines der Pferde drückte mich zu Boden – es zappelte noch ein wenig, war aber fast schon tot. Es tat mir so leid, daß ich beinahe geweint hätte, obschon mein ganzer Leib mir wie eine einzige große Prellung vorkam. Das Pferd hatte mich geschützt und mir wahrscheinlich das Leben gerettet – für eine gewisse Zeit. Das andere konnte ich nicht sehen.

Lag ich im Sterben? Mir tat alles weh. Ja, mir war nach Sterben zumute. Ich merkte, daß ich die Finger der rechten Hand noch bewegen konnte, und den Arm dazu auch. Ich versuchte es mit der linken, dann mit beiden Beinen. Mein Kopf, stellte ich fest, fühlte sich nur schlimm an. Wie durch ein Wunder war ich verschont geblieben.

Falls das Gewicht des toten Pferdes mich nicht zermalmen würde. Konnte ich mich befreien? Anscheinend nicht.

Wo war Enkidu? Er würde mich ausgraben müssen. Er mit seiner großen Kraft …

Doch als ich den Kopf wandte und zurückschaute, da sah ich, daß der Paß verschüttet war. Hinter mir war fast der gesamte Berg heruntergekommen.

Bei den Gesteinsmassen würde Enkidu Stunden brauchen, bis er mich erreicht hatte. Wahrscheinlich würde er annehmen, daß ich tot war. Ich mußte mir selber helfen.

Aber richtig verzweifelte ich erst, als ich Männerstimmen hörte.

»Er dürfte tot sein«, hörte ich einen von ihnen auf ägyptisch sagen.

»Laß uns lieber nachsehen«, gab ein anderer zurück. »Du bekommst deine Bezahlung erst, wenn ich seine rechte Hand habe, die mit dem Blutstern auf dem Handteller. Das ist der Beweis, daß er es und kein anderer ist.«

»Na gut. Aber wir brauchen einen ganzen Tag, bis wir dieses Geröll beiseite geräumt haben.«

Sehen konnte ich sie nicht. Ich wußte nicht, wieviele es waren. Sie kamen, um mich zu suchen und mir die rechte Hand als Trophäe abzuhacken.

Ich mußte unter dem Streitwagen heraus.

Meine Rippen waren wohl gebrochen. Ich fuhr mit der Hand darüber, und da stachen sie wie ein Nest voller Skorpione – Felsbrocken hatten mir die Haut aufgeschrammt. Besser so, dachte ich, als daß sie eingedrückt sind wie die Dauben eines Fasses.

Ich versuchte, den Wagen wegzuschieben, obschon ich kaum Platz für meine Arme hatte. Nichts – es war aussichtslos.

Ich versuchte es erneut. Nein, sinnlos. Nein – doch. Vielleicht doch. Dieses Mal schien er sich ein wenig zu bewegen.

Mein linker Ellenbogen war böse geschwollen, das Gelenk tat zwar weh, war aber nicht gebrochen, und somit konnte ich es einsetzen. Ich drückte noch einmal gegen das Gewicht des Streitwagens, und es gelang mir, ihn vielleicht eine Handspanne von meiner Brust wegzuschieben. Ich atmete tief durch und stemmte ihn erneut hoch.

Ein großer, unregelmäßig geformter Felsbrocken löste sich und traf meinen Arm genau über der Prellung am Ellenbogen. Der Schmerz war so schlimm, daß ich den Streitwagen fallen lassen mußte. Als ich endlich aufgehört hatte zu fluchen, merkte ich, daß die Plattform nicht mehr auf meiner Brust lag, jetzt stützte der Felsbrocken sie ab. Ich konnte darunter hervorkriechen. Mir war, ich müßte mich bei ihm entschuldigen.

Meine Angreifer konnte ich zwar nicht sehen, doch nach dem Lärm zu schließen, mit dem sie vorankamen, schienen sie ungefähr ein Drittel des Weges vom Gipfel des Felsens zurückgelegt zu haben. Mir blieben nur ein paar Minuten.

Ich hatte drei Speere dabeigehabt, einen Bogen und einen Köcher mit Pfeilen, Aber ja, das Schwert steckte noch in meinem Gürtel. Sowie ich unter dem Streitwagen heraus war, griff ich nach hinten und holte mir den Bogen, die Pfeile und einen der Speere – die beiden anderen waren entzwei.

Die Luft war noch voller Staub, und immer noch rollten Felsbrocken zu Tal. Ich hockte auf der Erde, kauerte mich hinter den Kadaver des einen toten Pferdes. Die Männer, welche sich meine Hand holen wollten, hatten mich nicht gesehen.

Aber ich sah sie. Es waren ihrer fünf und so zerlumpt wie Räuber eben sind – es kam fast einer Beleidigung gleich, daß mich dieser Abschaum in einem Hinterhalt locken wollte.

Sie trugen graue Tuniken, die ihnen nicht einmal bis zum Knie reichten, und in ihrem Gürtel baumelten die langen, gebogenen Dolche, wie sie Soldaten haben – und das waren sie denn wohl auch, fahnenflüchtige Soldaten, welche davon lebten, daß sie Gräber ausraubten und gelegentlich Schurkenstückchen ausführten. Köpfe und Bärte hatten den Barbier ein halbes Jahr nicht gesehen, und das bedeutete in Ägypten, daß man sie geächtet hatte, daß sie nicht mehr zum anständigen Teil der Menschheit gehörten und nur wenig besser als wilde Tiere waren. Drei von ihnen trugen Kriegsspeere, und einer hielt einen Bogen in der rechten Hand. Der letzte besaß keine Waffe und schien der Anführer zu sein. Der sollte den Tod als letzter zu schmecken bekommen.

Meine Pferde lagen erschlagen und blutbespritzt da, den Bauch aufgerissen, das Rückgrat gebrochen. Daß ich noch lebte, lag an der Macht meines *sedu,* an der Gunst des Gottes Assur. Der Zorn brannte mir in den Gedärmen, und ich dürstete nach Rache. Ob sie nun fünf oder fünfhundert waren – sie waren so gut wie tot.

Als sie den halben Weg geschafft hatten und in Reichweite kamen, stand ich auf. Sollten sie mich ruhig sehen, dann wußten sie auch, daß ich keine Angst hatte.

Aber sie hatten welche. Jäh blieben sie stehen – damit hatten sie nicht gerechnet. Ich spannte den Bogen, wählte einen Pfeil, legte ihn auf, zielte und ließ ihn fliegen. Der Mann, welcher mir am nächsten stand, der mit dem Bogen, bekam meine Spitze mitten in die Brust, stöhnte und fiel tot zu Boden.

Einer nahm allen Mut zusammen und schleuderte seinen Speer, doch er warf zu kurz. Ich hob den Bogen und tötete auch ihn. Mein Pfeil traf ihn in die Gedärme, gut, er durfte, bevor er starb, ruhig noch ein Weilchen leiden.

Das reichte den anderen Männern. Sie machten kehrt und liefen davon, krabbelten wie die Mäuse über die Felsen.

Bei zweien war mir das gleichgültig – die konnten warten, bis ich mich um sie kümmern konnte –, aber den Anführer, den ohne eine Waffe, den wollte ich haben, und das lebend. Ich zielte tief. Der erste Pfeil verfehlte ihn, er jaulte, als die Eisenspitze von einem Stein abprallte, doch der zweite bohrte sich tief in die Wade seines rechten Beines. Das Blut strömte nur so. Er schrie, sah nach, was da geschehen war, zog sich den Pfeil heraus und warf ihn fort, dann drehte er sich um und versuchte sein Heil wieder in der Flucht. Nur daß er nicht mehr so behende war.

Die anderen überholten ihn und ließen ihn im Stich. Er rief hinter ihnen her, doch sie gaben keine Antwort, sahen sich nicht einmal nach ihm um. Sein Bein wurde immer steifer. Mir tat zwar auch alles weh, aber der entkam mir trotzdem nicht.

Auf Händen und Füßen kroch ich über die Felsen. Je mehr ich mich bewegte, desto schneller kehrte meine Kraft zurück, doch der andere Mann, welcher stark aus seiner Wunde blutete, wurde immer langsamer. Seine Freunde hatten ihn verlassen, und ich setzte ihm nach. In der Tiefe seines Herzens muß er gewußt haben, daß er bald Krähenfraß sein würde – hoffentlich hat er gelitten. Als ich ihn beinahe erreicht hatte, konnte ich den Hasenfuß vor Angst wimmern hören. Selbst ein Sklave hätte dem Tod gefaßter ins Auge geblickt.

Jetzt hatte ich ihn. Ich hatte ihn erreicht und konnte endlich nach ihm fassen und ihn beim Knöchel packen. Mit einem schwächlichen Angstschrei versuchte er sich loszureißen, doch da verlor er das Gleichgewicht und taumelte rückwärts.

Ich hatte ihn. Und dann auf einmal nicht mehr. Er wehrte sich, er rutschte auf dem lockeren Boden aus und fiel. Plötzlich rollte er unaufhaltsam über die Felsen zu Tal wie ein Baumstamm. Ich konnte nur noch zusehen.

Als er die Talsohle erreichte, blieb er still liegen.

»Du räudiger Köter«, dachte ich, »falls du mir durch den Tod entkommen bist …«

Doch er war nicht tot, noch nicht. Als ich mich auf den Weg nach unten machte, da konnte ich sehen, daß er noch zuckte. Wenn ich Glück hatte, würde er so lange leben, wie ich ihn brauchte.

Er lag inmitten der Steine, Gesicht und Arme mit hellem Wüstensand bedeckt. Die Augen hatte er weit aufgerissen, sie glänzten vor Schmerz oder Angst oder der Himmel weiß was, und sein Mund war wie zum Reden geöffnet. Und doch redete er nicht. Als ich näherkam, hob er den Arm, wollte er mich etwa anflehen?

Ich sah sofort, daß der kleinste Finger fehlte.

Ich kniete mich neben ihn. Er versuchte mich am Ärmel zu packen, seine Hand öffnete und schloß sich, doch ich schob seinen Arm zornig beiseite. Ich haßte ihn mehr als den bitteren Tod selbst, denn ich sah ja, daß er mir entglitt.

»Wer hat dich geschickt? « schrie ich, packte ihn beim Kragen seiner Tunika und schüttelte ihn durch wie ein Hund eine Ratte. »Wer gibt dir Geld, wenn du ihm meine Hand bringst? Wer hat dich geschickt?«

»Wa –« Er schwieg, holte Luft und versuchte es erneut. »Wasser.«

»Fluch über dich, der trockene Sand soll dir den Mund verstopfen, ehe ich dir Wasser gebe! Wer hat dich geschickt?«

Doch es war zu spät. In seinen Augen schwand das Licht, und das Leben entfloh. Der würde mir nichts mehr erzählen. Lange saß ich neben dem toten Mann. Alles tat mir weh, und mein Hirn war finster. Um mich herum nur Feinde. Eine harte Welt.

Am Ende hob ich seine Hand auf und besah mir den Stumpf, wo einst sein Finger gesessen hatte. Die Wundränder waren rosa, schienen gerade geheilt zu sein – eine alte Wunde war das nicht.

Der hier war Ägypter gewesen. Hellhäutig, aber dennoch ein Ägypter. Und er hatte nicht gewußt, wer ich war, nicht wirklich. Ein Mann, der mit dem letzten Hauch um Wasser bittet, spricht in seiner Muttersprache, nicht in einer entlehnten. Dieser Mann hatte nie zwischen den Zwillingsströmen gelebt.

Er war es also nicht. Jemand wollte mich das glauben machen – doch wohl nur, wenn der Plan fehlschlug. Der hier war nicht derjenige, den man mir aus Ninive nachgeschickt hatte.

Schließlich hörte ich das Geräusch von Ledersandalen. Ein Schatten fiel auf die Erde. Ich blickte auf und sah Enkidu. Er trug seine Axt, und von ihrer Schneide tropfte Blut. Ich brauchte nicht zu fragen, was den beiden zugestoßen war, die mir entkommen waren.

Er blickte mich an, dann den Toten und ich vernahm ein leises Knurren.

»Nein«, sagte ich. »Der hier ist es nicht.«

XIII

Mit nur einem Tragetier für zwei Leute ritten und gingen wir abwechselnd, bis ich am Ende nicht mehr konnte. So zog ich denn in Memphis um den Hals von Enkidus Pferd geklammert ein, doch selbst auf dem konnte ich mich nur mit Mühe halten. Mein Ellenbogen war so angeschwollen, daß ich ihn nicht mehr beugen konnte – später sagte Kephalos, daß aus der Schwellung an die vier *kyathoi* Blut herausgestürzt kamen, als er sie mit einer Lanzette öffnete. Das mußte ich ihm so abnehmen, denn ich war da bereits ohnmächtig.

Kephalos bestand darauf, daß ich die beiden folgenden Tage das Bett hütete und mich den Frauen fernhielt, aber ich hatte auch keinerlei Neigung, seinem Befehl zuwiderzuhandeln. Doch ernsthaft verletzt war ich nicht, und binnen vier Tagen war ich wieder auf den Beinen. Zwar fühlte ich mich mitgenommen und war übellaunig, doch weitere Beschwerden hatte ich nicht. Am sechsten Tag konnte ich mich nur noch über Langeweile beklagen, auch wenn ich meinen Garten hatte, und so freute ich mich denn sehr, als mir der Gebieter Senefru einen Besuch abstattete.

»Man hat mir mitgeteilt, daß du einen Jagdunfall gehabt hast«, sagte er und setzte sich aufs ändere Ende des Ruhelagers, auf dem ich meine vielfältigen Prellungen sonnte. »Nein – du mußt mich nicht anlügen. Als ich die Nachricht erhielt, wie dich dein Diener zurückgebracht hat, da dachte ich bei mir, welches Mißgeschick könnte den Gebieter Tiglat wohl veranlaßt haben, beides, Streitwagen und Pferde zurückzulassen, wo doch alle Welt weiß, wie sehr er an seinen schönen Pferden hängt? Also habe ich einen Mann in die Wüste gesandt, um die Wahrheit herauszufinden. Du weißt, was er vorgefunden hat.«

Er legte eine Pause ein, vielleicht wartete er auf eine Erklärung. Als die nicht kam, zuckte er entmutigt die Achseln.

»Zweifellos warst du im Recht, Gebieter. Du darfst derlei Räuber zu Hunderten abschlachten, und die Bewohner von Memphis werden in dir einen Wohltäter erblicken. Und da du ganz offensichtlich den Bergrutsch nicht selber ausgelöst hast, muß man wohl davon ausgehen, daß du das Opfer eines Mordanschlags geworden bist – zu der Folgerung bin ich in dem Bericht gekommen, welchen ich dem Fürsten Nekau über diesen Vorfall zugeschickt habe.«

»Dann ist dein Besuch offiziell, Gebieter?«

»Wie kommst du auf den Gedanken?« fragte er und verzog irgendwie gequält das Gesicht. »Dem Fürsten liegt in dieser Angelegenheit nur an deiner Sicherheit. Er macht sich Sorgen, daß ein hochgestellter Gast wie du, den er als Freund betrachtet, in seiner Provinz auf diese Weise überfallen wurde. Und ich selber wollte mich nur davon überzeugen, daß du keinen bleibenden Schaden davongetragen hast – und diese gute Nachricht auch meiner Gattin überbringen.«

Wir tauschten ein Kopfnicken, welches unter der offiziellen Tünche unserer etwas eigenartigen Beziehung auf eine Entschuldigung von mir und deren Annahme seinerseits hinauslief, und dann schwiegen wir ein Weilchen vor uns hin, wie um abzuwarten, ob der Schatten vorbeizöge.

»Vermutlich wollten sie dich berauben«, fuhr er schließlich mit unschuldsvoll ausdrucksloser Miene fort, denn er vermutete nichts dergleichen.

»Um was?«

Er hob fragend die Brauen.

»Was hätten sie mir wohl rauben sollen?« fragte ich, so als ob diese schlichte Weiterführung des Gedankens alles klarstellte. »Ich war auf der Jagd. Ich hatte nichts von Wert dabei, außer einem Streitwagen, einem Paar schöner arabischer Pferde und meinem Leben. Den Streitwagen haben sie zerstört, die Pferde getötet. Sie wollten mir ans Leben, und das ist kein Raubüberfall, sondern Mord.« Senefrus Brauen senkten sich jählings. Er wirkte ganz und gar nicht erfreut.

»Du setzt mich in Erstaunen, Gebieter«, sagte er überhaupt nicht erstaunt. »Auf diese groteske und mühevolle Weise bringt man doch niemand um – mit einem Bergrutsch. In Memphis werden jeden Tag ohne viel Aufhebens Menschen ermordet.«

»Vielleicht sollte es wie ein Unfall aussehen.«

Natürlich wäre nach meinem Tod kein Mensch so dumm gewesen, an einen Unfall zu glauben – die fehlende Hand hätte man schwerlich erklären können. Ich hielt es jedoch für geraten, dem Gebieter Senefru diese Einzelheit nicht mitzuteilen.

»Warum sollte sich jemand soviel Mühe machen?« fragte er und beantwortete meine Antwort mit einer Frage. »Es sei denn, du hast hier in Memphis jemanden gekränkt, und der will einen Skandal vermeiden.« Er lächelte verkniffen und bestätigte damit stumm, daß ich recht hatte, wenn ich ihn verdächtigte.

»Niemand in Memphis ist so einfältig oder von so niederer Gesinnung, daß er Männer wie diese dingt, um in der Wüste Steine von einem Berghang herunterzurollen.«

»Nein, Gebieter – der Mann, welcher sie gedungen hat, wünscht meinen Tod nicht, weil ich ihm Böses angetan habe. Ich kränke ihn allein dadurch, daß ich lebe.«

Es schien den Gebieter Senefru zu freuen, daß ich nicht auf die Idee kam, ihm die Tat in die Sandalen zu schieben, denn diese Art sich zu rächen, wäre ihm höchstens als irgendwie unter seiner Würde vorgekommen. Vielleicht freute ihn auch nur Letzteres, denn er erweckte einen zufriedenen Eindruck. Damit neigte sich die Waagschale ein wenig mehr zu meinen Gunsten.

»Dann mußt du lernen, dich vorzusehen«, sagte er, »jemand hat einen langen Arm.«

Fleisch heilt besser als vieles andere. Binnen eines halben Monats nach dem Überfall erinnerte mich nichts mehr daran als ein paar gelbliche Flecken. Und nicht lange danach nicht einmal die mehr.

Ich befolgte den Rat des Gebieters Senefru und bemühte mich um Vorsicht, doch nach einer Weile erschien mir meine Wachsamkeit unnötig – ein Monat ging ins Land, dann zwei, dann etliche, und niemand versuchte es noch einmal. Mit der Zeit kam mir die Gefahr ein wenig unwirklich vor, und so schob ich sie zwar nicht ganz beiseite, aber sie wurde wie die Götterlegenden, welche mich in meiner Kindheit so tief beeindruckt hatten – ich glaubte zwar immer noch an sie, doch später ohne große Überzeugung. So arbeitet die Zeit.

Und gerade die Zeit ist für die Griechen einer ihrer ältesten Götter, und von ihr muß ich jetzt berichten. Doch wenn sie ein Gott ist, so ist sie auch ein Zauberer und unterscheidet sich nur wenig von denen, die man jeden Tag auf den Straßen von Memphis zu sehen bekam, denn ihre Macht liegt hauptsächlich im Erzeugen von Trugbildern, welche das Falsche wahr und das Böse rein erscheinen lassen. Das ist der Zauber, mit dem mich die Zeit in Ägypten umwebte, denn ich lebte dort drei Jahre lang und hielt mich für glücklich, und die Macht des Bösen konnte mir nichts anhaben.

Wahrlich, das Glück war mir hold. Einer von Senefrus Nachbarn starb, und ich kaufte sein Haus und zog um. Es war kleiner, deshalb erstickte Kephalos beinahe vor Wut und verletztem Stolz, doch der Garten grenzte an Nodjmanefers nun trennte uns nichts mehr, außer einer hölzernen Pforte in der Mauer.

Senefru erhob keinen Einspruch. Statt dessen verkündete er, er freue sich, denn so bekämen wir uns viel häufiger zu sehen. Wir besuchten uns gegenseitig und waren soviel beieinander, daß wir beinahe zusammen zu leben schienen. Praktisch gesehen verhielt es sich bei Nodjmanefer und mir so.

Ich mochte mich zwar für zufrieden halten, mochte mich für wohlhabend und glücklich halten, aber Ägypten ließ sich nicht täuschen. Es waren harte Jahre für das Volk. Das Hochwasser des Nils war nicht so mächtig, und die Gerste verdorrte auf dem Halm. Die Erde war rissig und wurde zu Sand, und auf dem Land schlachteten die Menschen erst ihre Ochsen und dann ihre neugeborenen Mädchen, weil sie für diese nichts zu essen hatten. Die Städte waren übervölkert von den Landflüchtigen, aber die Preise für Nahrungsmittel waren so gestiegen, daß gewöhnliche Arbeiter sie kaum noch bezahlen konnten – einmal sah ich, wie man gepreßte Datteln mit Silber aufwog –, und wer keine Arbeit hatte, konnte auch nichts kaufen, nicht einmal die erbärmlichste Bruchhirse.

Zuweilen brachen Unruhen aus, und die waren wirklich gräßlich: Alles fängt mit einer ganz alltäglichen Ruhestörung an, da weist beispielsweise ein Straßenhändler, der unter einem Sonnendach Gemüse verkauft und den die Hitze sowie die Sorgen und die Erschöpfung am Ende ungeduldig gemacht haben und der vielleicht auch ein Mitleid verspürt, das er sich nicht leisten kann, einen Bettler zu grob ab. Und davon schien es immer zuviele zu geben.

Der Bettler wehrt sich, die Zuschauer ergreifen Partei. Etliche behaupten, der Bettler ist ein Dieb, doch eher kommt der Straßenhändler zu Schaden, denn dem nimmt man es übel, daß er so reich ist, daß er noch etwas zum Verkaufen hat. Schon rottet sich der Pöbel zusammen. Der Stand des Händlers wird umgeworfen und geplündert. Vielleicht bringt man ihn sogar um – mit Sicherheit bringt man ihn um.

Und auf einmal verspüren Menschen, welche so lange sie sich erinnern können, nur Elend gekannt haben, Macht und Rachedurst und blinde Wut. Der Pöbel ist wie ein wahnwitziges Tier – er plündert und zerstört. Auf der Straße zu sein, bedeutet den Tod. Niemand ist vor ihm sicher. Auf den Pflastersteinen ist Blut, und der weiße Sand auf den Straßen saugt es auf.

Und dann sind sie plötzlich zu weit gegangen. Die Reichen fühlen sich hinter den Steinmauern ihrer Häuser bedroht – jemand könnte ja auf den Gedanken kommen, nicht nur den Stand eines Straßenhändlers zu plündern, sondern sie. Man ruft die Soldaten zu Hilfe. Ein Massaker hebt an, und Unschuldige sowie Schuldige gleichermaßen sterben durch das Schwert und die Räder der Streitwagen. Schreie zerfetzen die Luft. Bei Sonnenuntergang dann ist der Fluß voll aufgedunsener Leichen, und die Krokodile schlagen sich den Bauch voll. Noch tagelang staksen die Aasgeier an den schlammigen Ufern entlang, denn sie sind so vollgefressen, daß sie nicht einmal mehr fliegen können.

So war es um Ägypten bestellt, als ich dort lebte, und es wurde mit jedem Jahr schlimmer.

»Es kommt noch so weit, daß sie ehrbare Leute in ihren Betten ermorden«, beklagte sich Fürst Nekau bei mir, als ich mit ihm speiste, und schälte sich dabei mit einem Silbermesser einen Apfel. »Allein in diesem Quartal habe ich siebenhunderttausend *emmer* aus der Schatzkammer herausrücken müssen und habe dafür nur halb soviel Scheffel Weizen bekommen, denn den müssen wir jetzt sogar schon aus Juda holen. Bald werde ich neue Steuern erlassen müssen, doch die müssen nur die Reichen zahlen, die Armen sind bereits völlig ausgequetscht. Natürlich werden alle an den Pharao in Tanis schreiben und sich beschweren, daß ich sie ausraube. Als ob ich an der Hungersnot schuld wäre. Sie sollten lieber den Pharao um Hilfe angehen, daß er bei seinen Göttergenossen ein gutes Wort für ein tüchtiges Hochwasser im nächsten Jahr einlegt.«

»Und legt er ohne ihre Bitte kein gutes Wort ein?«

Der Fürst lachte knapp und bitter und schüttelte den Kopf.

»Nein, Gebieter, das tut er nicht. Pharao ist ein Gott und darum natürlich rein, aber die Männer, denen er sein Ohr leiht, sind es nicht. Ihnen kommt diese Not gut zupaß – wie alles, was mich in Mißkredit bringt. Sie suchen doch nur nach einem Vorwand, um mich an den Hacken an der Stadtmauer aufzuhängen, damit Pharao in Memphis direkt herrschen kann. Sie wollen die ruhmreichen alten Zeiten Ägyptens zurückhaben.«

»Und du nicht?«

»Die kehren nicht zurück, Gebieter – die sind dahin.«

Er hob die Schultern, als könnte er so leicht auch die Sorgen von seinen Schultern abschütteln, und speiste weiter. Danach sprach er über seine Skarabäensammlung, die unter Kennern mit Recht berühmt war, und wieviel Entzücken ihm eine Sklavin bereitete, welche er kürzlich in Nubien erstanden hatte.

Doch wenn Fürst Nekau nicht ganz klar sah und auch das nur im Licht seiner eigenen Interessen, so sahen seine Untertanen in den vornehmen Häusern von Memphis gar nichts. Die Hungersnot war lediglich ein Ärgernis, eine vorübergehende Verminderung ihres Einkommens, etwas, das recht schnell vorbeigehen würde und ihrem Leben und ihrem Vermögen nichts anhaben konnte. Sie waren blind für das Leid, das sie umgab und dafür, was es am Ende bedeuten könnte.

»Man kann ja kaum noch in die Stadt gehen«, hörte ich, wie sich eine Frau beschwerte. »Heutzutage ist es auf dem Markt überhaupt nicht mehr lustig, und dann dieser Geruch …! Natürlich liegt der Handel darnieder, aber wer will schon noch den Basar aufsuchen, wenn es dort so unerfreulich ist? Ich kann dazu nur sagen, wenn die Leute hungrig sind, dann sollte der Fürst sie zum Leichenwegschaffen einsetzen.«

Es wurde nicht einmal darüber gelacht. Es war, als ob niemand ihr zugehört hätte.

Wer leidet auch schon gern aus freien Stücken? Also zogen die tonangebenden Leute, meine Freunde, die Vorhänge ihrer Sänften zu, wenn sie durch die Stadt kamen – und was sie nicht sahen, das gab es nicht. Auf diese Weise bewahrten sie sich ihre gute Laune und schliefen des Nachts tief und fest.

Die Mode der Flußfeste war vergessen, vielleicht weil dieser Tage zu viele Leichen im Wasser herumschwammen, und so stand denn zwei Winter hintereinander die Wüste in hoher Gunst. Der Vogelfang galt als letzter Schrei; man unternahm Jagdausflüge, auf denen Männer und Frauen mit dem Netz Vögel fingen, die man nur zu diesem Zweck mitgeführt hatte. Wachteln und Rebhühner wurden in Holzkäfigen aus der Stadt herbeigeschafft, sie hatten gestutzte Schwingen, damit auch die Ungeübten auf ihre Kosten kamen – denn was war an einem Sport noch dran, wenn man ihn ernsthaft betrieb?

Das Ganze spielte sich am Spätnachmittag ab, wenn die Sonne nicht mehr so heiß herabbrannte, und nachdem wir alle wie die Kinder herumgetollt hatten – und die Hälfte der Vögel ihren Verfolgern in die Wildnis entkommen war –, brieten uns die Köche jene, welche weniger behende als ihre Jäger gewesen waren, und wir lagerten auf Teppichen im Sand und genossen ein köstliches Mahl im Schein von riesigen, malerischen Feuerstößen. In der Regel verbrachten wir auch die Nacht dort in Leinenzelten, und die Damen pflegten sich netterweise zu verirren.

Senefru war seinen eigenen Warten nach kein Mann der Wüste, darum nahm er selten an diesen Lustbarkeiten teil. Ich teilte seine Abneigung, denn diese Jagd war erbärmlich, doch ich war immer dabei. Ich konnte dieses törichte Treiben einen Nachmittag lang ertragen, wenn mir am Ende eine ganze Nacht mit Nodjmanefer winkte.

»Ich mag die Wüste nicht«, sagte sie einst zu mir, während wir im lang anhaltenden Zwielicht einen Spaziergang machten. »Sie macht mir Angst. Sie ist so ganz Schweigen, wie der Tod.«

»Und doch erlaubt uns ihr Schweigen das Beisammensein«, sagte ich lächelnd, damit sie ihre düstere Stimmung vergaß. Ich legte ihr den Arm um die Schulter und zog sie enger an mich.

»Ja, wenigstens das. Aber sie erinnert mich an die ungeheuer lange Zeit, die wir getrennt sein werden.« Ihre winzige Hand drückte gegen meine Rippen. »Wenn wir doch wieder in Memphis wären, Tiglat – ich möchte an nichts anderes denken als an die paar Stunden, die wir zusammensein können.«

»In Memphis ist doch nur Senefru.«

Schon, als ich es aussprach, wußte ich, daß ich einen Fehler gemacht hatte. Ich spürte, wie sie in meiner Umarmung erstarrte, so als hätte es sie jählings kühl angehaucht.

»Ja – der Tod ist überall, nicht nur hier. Ich habe dummes Zeug geredet. Entschuldigung.«

In jener Nacht ruhten wir beieinander. Ihre Schenkel öffneten sich, um mich zu empfangen, und ihr Mund preßte sich auf meinen. Die Vereinigung des Fleisches geschah wie gewohnt, doch nur das Fleisch fand dabei Glück. Sie schien für mich nur als Fleisch zu existieren, und mir war, als hätte ich sie irgendwie verloren. Wir waren so weit voneinander entfernt, daß man mich geblendet zu haben schien, und nur sie besaß noch Augen.

In Memphis ist doch nur Senefru.

Und da war er auch, saß an dem langen Tisch in seinem Arbeitszimmer und las die Papyrusrollen, welche den Tisch ganz zu bedecken schienen. Immer war er dort, und wenn nicht, dann in geheimen Geschäften in Saïs oder Tanis, doch davon erzählte er nie. Senefru war mit den Jahren ein wichtiger und mächtiger Mann geworden.

Nodjmanefer war seine Frau, und mich hieß er seinen Freund. Wenn wir zurückkehrten, stand er wohl auf und begrüßte uns, und dann speisten wir zu dritt, und er lauschte geistesabwesend auf den Klatsch, welchen wir mitbrachten. Es schien ihm nichts auszumachen. Er schien uns aus seinem Leben gestrichen zu haben – oder einfach vergessen zu haben, daß es uns noch gab.

Bei solch einem Mann denkt man nur noch selten daran, daß man sein Bett schändet. Über lange Zeiten hinweg war mir das nicht bewußt, auch fiel mir das Unnatürliche an unserer Beziehung nicht auf. Dennoch glaube ich nicht, daß Senefru es jemals aus dem Blick verlor. Nodjmanefer auch nicht. Und gerade in diesem Wissen bestand vor allem anderen das Band zwischen Mann und Frau.

In jenem letzten Jahr setzte das Hochwasser spät ein, und als es gekommen und wieder gegangen war, befragte man die alten Männer in den Dörfern, und die verkündeten, daß der Pegelstand an den steilen Ufern des Nils noch nie so tief gewesen sei. Das Gleiche sagten auch die Tempelarchive, welche die Priester führten. Also würde in Ägypten für ein weiteres Jahr Hungersnot herrschen, und das noch schlimmer als zuvor.

Eines Morgens suchte mich Kephalos beim Frühstück auf. Er wirkte nicht besonders heiter.

»Du weißt, Gebieter, daß ich dich nicht oft mit Geschäften belästige«, fing er an, fingerte dabei ängstlich am Saum seiner Tunika und schaute sich um, als ekelte ihn der Anblick von Essen. »Dennoch gebe ich dir zu bedenken, daß wir Memphis verlassen – und vielleicht nach Naukratis zurückkehren sollten, obschon ich es für besser hielte, wenn wir diesem Land ganz den Rücken kehrten.«

Ich blickte ihn ehrlich erstaunt an, und nach einem kurzen Schweigen sagte er mit einer wegwerfenden Handbewegung:

»Bei Aufständen sind Fremdlinge nie beliebt, und die Unruhen in Ägypten werden von Monat zu Monat schlimmer. Es ist Zeit zum Aufbruch. Vor zwei Jahren, als die Preise besser waren und du so dumm warst, etlichen deiner Pächter die Pacht zu erlassen, da ahnte ich, wie es mit Ägypten und mit dir kommen würde, und habe damals angefangen, dein Land zu verkaufen und alles, was ich konnte, zu Gold und Silber zu machen und außer

Landes zu schaffen. Das meiste liegt jetzt bei Kaufleuten in Sidon verwahrt. Hier hält uns nichts mehr.«

»Kephalos, ich habe mir hier ein Leben aufgebaut«, sagte ich. Jählings ergriff mich panische Angst, mir war zumute, als warteten hinter der Tür Männer, welche mich mit Gewalt fortführen würden. »Ich kann nicht einfach fortgehen – es gibt hier Bindungen …«

»Gebieter, so nimm doch Vernunft an.« Er lächelte betrübt, denn anscheinend sah er dafür wenig Aussichten. »Das Leben hier wird immer unerträglicher – ich komme kaum noch aus der Haustür, so viele Bettler sammeln sich dort, und alles nur, weil du befohlen hast, daß niemand abgewiesen wird. Dir fehlt die Härte, in solchen Zeiten kannst du nicht an einem Ort wie diesem leben.

Außerdem wissen wir doch beide, daß du nur an die Herrin Nodjmanefer denkst, und ich sehe keinen Grund, warum sie ein Hindernis sein sollte. Flußabwärts läßt sich eine Frau so leicht mitnehmen wie ein Scheffel Weizen. Wenn du es von ihr verlangst – und stelle dabei klar, daß du auf jeden Fall gehst –, kommt sie mit. Wenn nicht, dann weißt du, sie lohnt das Bleiben nicht.«

Er hatte recht, daß er mir mißtraute, denn ich wollte ihre Antwort gar nicht wissen. Ich hatte nicht den Mut, sie auf die Probe zu stellen. Und doch wäre es besser für uns beide gewesen, ich hätte es getan, auch wenn sie mich hätte ziehen lassen.

»Du mußt tun, was du für richtig hältst», sagte ich. »Das gilt jedoch nur für dich, denn ich muß in einem fremden Land sterben, und da ist mir jedes recht.«

Kephalos, der alles verstand und doch mein Freund blieb, merkte, daß er den kürzeren gezogen hatte. Stumm zog er sich zurück. Ich sah ihn mehrere Tage nicht mehr.

Auch wenn er sich nicht gegen mich auflehnte, so doch ein anderer. In jener Nacht tobte über der westlichen Wüste ein Gewitter, wie es die Ägypter seit hundert Jahren nicht mehr erlebt hatten. Von jedem Dach in Memphis konnte man es sehen, und man erzählte sich, daß selbst die Sterne blutiges Feuer getropft hätten.

Ich habe es nicht gesehen – ich wollte es nicht sehen, sondern blieb in meinen Gemächern –, aber ich glaubte es und glaube es bis heute, daß sie die Wahrheit sprachen.

Dieser Warnung konnte ich mich nicht verschließen, auch wenn Assur tauben Ohren predigte. Der Gott ließ mich wissen, daß ich vor seinem sehenden Auge Böses tat.

XIV

Die Nacht der Blutenden Sterne, wie man sie später nannte, kennzeichnete den Beginn einer unheilvollen Zeit. Die Götter hatten ihr Mißfallen bekundet – behaupteten jedenfalls die Priester – und nun lag ganz Ägypten unter einem Fluch. Weissagungen von fürchterlichem Unheil machten flüsternd die Runde, und es dauerte denn auch nicht lange, daß sie für die Einwohner von Memphis in Erfüllung gingen.

In Ägypten sagt man, wenn die Sonne nur hoch genug steht, brütet sie im Nilschlamm Ungeziefer aus, der Schlamm bekommt Risse, und das Ungeziefer kommt herausgekrochen. Ich zweifle nicht daran, denn in jenem letzten Sommer brannte die Sonne nur so vom Himmel, und noch ehe das lange Gras verdorrt und gelb war und knisterte, brauchte man nur zum Fluß hinunterzugehen, und schon konnte man Scharen von Ratten am Ufer übereinanderkriechen sehen und mit schriller Stimme piepsen hören, ekelhafte, raubgierige Tiere. Kaum waren sie in der Stadt, da brach in den Armenvierteln die Pest aus. Die von Hunger geschwächten Menschen verreckten im eigenen Heim.

Auf die Pest gibt es nur eine Antwort: Feuer. Der Fürst ließ ganze Straßenzüge niederbrennen. Trupps von Soldaten machten sich daran, reihenweise Hütten aus Binsenmatten in Brand zu stecken, in denen zuweilen noch die Leichen ganzer Familien lagen, und der Rauch verpestete zusammen mit dem stets gegenwärtigen Leichengeruch die Luft.

Am ersten Tag des Opet-Festes, welches herkömmlicherweise vierundzwanzig Tage dauert, in diesem Jahr jedoch wegen der Armut in Memphis nicht einmal einen, führte Fürst Nekau die

Prozession des Gottes Amun an und wurde von den Zuschauern mit Flüchen und mit Dung bedacht. Man nahm Menschen aus der Menge anscheinend willkürlich fest, hackte ihnen die Hände ab und hängte sie, doch damit war der Skandal nicht zu Ende. Noch nie hatte man den Gott wie auch den Fürsten derart beleidigt. Für eine geraume Weile gab es kaum ein anderes Gesprächsthema.

Wilde Gerüchte kursierten. Der Pharao, so wurde berichtet, wäre krank – in Briefen aus Naukratis stand, daß er sich lediglich auf der Jagd den Knöchel verstaucht hatte –, doch schon bald glaubten alle an seinen Tod. Schließlich erschien Tanis den meisten Menschen so weit entfernt wie die Grabfelder.

Ein Mann erzählte mir, er hätte gehört, daß der Pharao von Fremdlingen ermordet worden wäre, ein anderer, daß die Götter ihn heimgerufen hätten, damit Ägypten zerstört werden könnte.

Nicht viel später mußte Fürst Nekau öffentlich dementieren, daß die Priester die Getreidevorräte der Stadt vergiftet hätten, denn diese waren jetzt noch unbeliebter als früher, und so mancher wurde auf offener Straße erschlagen. Ich weiß nicht, wer dieses Dementi geglaubt hat, doch mit Sicherheit scherte sich kaum einer darum; wenn man den Armen Brot gab, so aßen sie es einfach, ganz gleich, ob sie es nun für vergiftet hielten oder nicht.

Und natürlich gab es ständig Aufruhr, in letzter Zeit alle paar Tage einen, man konnte fast meinen, jemand hätte einen Zeitplan dafür aufgestellt. Zuweilen beteiligten sich kleine Trupps von Soldaten, welche man ausgeschickt hatte, daß sie die Unruhen erstickten, an den Plünderungen und mußten ihrerseits niedergeknüppelt werden. Die Gärten der wohlhabenden Häuser wurden geplündert und das Obst von den Bäumen gerissen. Etliche Leute hielten sich Wachen, welches manchmal einer Einladung an die Diebe gleichkam, und kein Mensch wagte sich mehr ohne bewaffneten Schutz in die Stadt. Solches geschah, nachdem ein Mann, welchen ich flüchtig kannte, ein gewisser Pa'anuket, die Götter versuchte und in den Basar ging, in dem es ohnedies beinahe nichts zu kaufen gab. Er wurde von einem Pöbelhaufen in die Enge getrieben und in Stücke gerissen. Seine Frau bekam so wenig von ihm zurück, daß es die Bestattung nicht lohnte.

Jetzt gingen also die Ägypter in Waffen, und dabei hatten sie noch vor ein paar Jahren so getan, als ob sie derlei verachteten.

Wie dumm ich auch sein mochte, jetzt war auch mir klar, daß Kephalos recht gehabt hatte – die Zeit, Memphis zu verlassen, war gekommen. In Naukratis stand es nicht so schlimm. Dort waren die Ernten besser ausgefallen, außerdem kam man leichter an Getreide aus dem Ausland heran, also dachte ich daran, meinen Haushalt in jene Stadt zu verlegen und erst dann zu entscheiden, ob wir Ägypten endgültig den Rücken kehren sollten. Ich brauchte dazu nur die Zustimmung der Herrin Nodjmanefer, denn ich hatte nicht die Absicht, ohne sie zu gehen. Dennoch fragte ich sie am Ende nicht. Ihr Mann besuchte mich und kam mir zuvor.

In der Regel war der Gebieter Senefru peinlich auf Wahrung der Etikette bedacht. Er machte den Eindruck, als verabscheute er Überraschungen oder alles, was den Anschein von Schläue erweckte. So staunte ich denn nicht schlecht, als ich an einem Spätnachmittag, ungefähr eine Stunde, bevor ich mit ihm speisen sollte, aus dem Fenster meines Arbeitszimmers schaute und sah, wie er das Tor in der Mauer, welche unsere Gärten trennte, öffnete und herüberkam.

Er wußte, daß er beobachtet wurde, auch wenn die Läden halb geschlossen blieben. Er blickte zu mir auf und machte eine knappe, auffordernde Geste. Ich fand ihn in Betrachtung des Springbrunnens, der jetzt ausgetrocknet war, und der Steinplatten versunken, über die feiner Sand trieb – mir war es unanständig vorgekommen, den Springbrunnen plätschern zu lassen, während die Bauern nirgendwo mehr Wasser für ihre Feldfrüchte fanden. Er runzelte die Stirn, als hätte er einen geheimen Makel an meinem Charakter entdeckt.

»Verzeih mir diesen Überfall«, sagte er, ohne mich anzublicken, da er seine ganze Aufmerksamkeit dem Springbrunnen zu widmen schien. »Ich habe mir nicht die Mühe gemacht, einen Diener zu schicken, um mich anzumelden. Ich möchte nicht den Eindruck erwecken ... Du wirst schon noch verstehen, warum diese Begegnung ganz inoffiziell, eher zufällig bleiben muß.«

Ich nickte, obschon mir nicht klar war, ob er es bemerkte. Ich wartete wortlos. Mir kam es wie einige Minuten vor, während es wahrscheinlich nur Sekunden waren, bis es ihm beliebte fortzufahren.

»Gebieter Tiglat, meine Frau, die Herrin Nodjmanefer hat mich um die Scheidung gebeten.«

Endlich drehte er sich um und lächelte sein verkniffenes, ausdrucksloses Lächeln.

»Aha, ich habe dich überrascht«, sagte er. »Wir beide haben diese Angelegenheit immer mit taktvollem Schweigen übergangen in der Annahme, daß wir wüßten, was der andere denkt, und es am Ende keiner Worte bedürfte. Doch nun ist alles anders geworden, und ich muß wissen, ob diese Nachricht dir, Gebieter, genehm ist oder nicht.«

»Sie – ja, sie ist mir genehm«, gab ich zurück, obschon ich kaum wußte, woher ich die Worte nahm.

»Dann bin ich gewillt, sie freizugeben – vorausgesetzt natürlich, daß ihr beiden Memphis verlaßt und nie mehr zurückkehrt, solange ich lebe. Ich werde euer beider Verlust betrauern, aber du verstehst, für mich würde die Sache sonst peinlich ...«

»Ja ... natürlich.«

»Es gibt noch eine Bedingung.« Wieder lächelte er, denn es schien, ich war ihm in die Falle gegangen. »Ich möchte dich um eine Gunst bitten, Gebieter.«

»Alles – ich ...«

Doch bereits als ich die Worte aussprach, warnte mich ganz insgeheim irgend etwas, aber ich wollte nicht hören. Wenn der Mann meinen Arm haben wollte, bitte, Hauptsache ich bekam dafür Nodjmanefer. Dennoch war mir schon damals klar ... Was war mir klar? Ich hätte es nicht zu benennen gewußt, außer, daß es ein böses Spiel war.

»Gebieter, ich bin nicht blind«, hob Senefru an, kehrte dem Springbrunnen den Rücken zu und wies zum Himmel über der Nordmauer des Gartens, wo sich eine graue Rauchwolke sammelte. Wenn man aufmerksam lauschte, konnte man in der Ferne soeben das Gemurmel menschlicher Stimmen ausmachen – schrill und anscheinend in panischer Angst. »Die Leute wollen nicht still sterben. Man wird wohl eingreifen müssen.«

»Soviel ich weiß, greift man bereits ein«, sagte ich, und selbst mir kam meine Stimme ausdruckslos und rauh vor. »Nach dem Lärm zu urteilen, ist die Miliz wieder einmal unterwegs und säubert die Straßen. An wievielen Leichen sich die Krokodile heute abend wohl gütlich tun? Ob die sich jemals wieder mit einem anderen Speisezettel zufriedengeben?«

Wir lauschten beide einen Augenblick. Ja – es war unverkennbar. Keine vierhundert Schritt von der Straße, in der wir beide, wir, die Wohlhabenden, sicher vor der Wut der Welt wohnten, war eine Siedlung von elenden Binsenhütten entstanden, die Zuflucht von Kindern mit aufgeblähten Bäuchen, die kaum stehen konnten, und von Frauen mit eingetrockneten Brüsten, Bauersfamilien, welche die Not in die Stadt getrieben hatte – und welche jetzt anscheinend wieder vertrieben wurden, nur daß sie dieses Mal Rauch und Feuer und die scharfe Schneide eines Soldatenschwertes antrieben.

»Ja.« Der Gebieter Senefru sprach so gelassen wie ein Priester, welcher eine Stelle aus einer Zeremonie erklärt. »Der Fürst geht neuerdings dazu über, die Armenviertel innerhalb der Stadtmauern niederzubrennen, auch wenn die Pest nicht ausgebrochen ist. Sollen diese Bettler ihre Hütten doch am Flußufer errichten, von dort gelangen sie nicht so leicht in die Basare. Er hofft, damit die Unruhen dämpfen zu können und natürlich auch das Ausbrechen von Krankheiten.«

»Und teilst du seine Hoffnung, Gebieter?«

Senefru blickte mich forschend an, als hätte ich etwas Bemerkenswertes von mir gegeben, doch am Ende zuckte er nur die Achseln.

»Die Hoffnung vielleicht, doch ohne viel Zuversicht. Aber er muß etwas unternehmen, denn wenn er das nicht tut, kommt der Pharao mit seinen Heeren. Und das Blutvergießen dann … Der Pharao hat ihn nämlich wissen lassen, er habe gehört, was die aufmüpfige Menge den Priestern angetan hat, und er dulde in seinem Reich keine Nichtachtung der Götter – das ist nur ein Vorwand, doch leider wird er seine Schuldigkeit tun. Der Pharao möchte den Fürsten absetzen, er behauptet, dieser könne in seiner eigenen Stadt die Ordnung nicht mehr aufrecht erhalten. Wie aber soll er die Ordnung aufrechterhalten, wenn ihm die Menschen verhungern?

Nein, leider rettet uns nur noch eines vor dem Untergang – und auch das vielleicht nur für kurze Zeit –, nämlich Brot. Wenn die Leute den Magen voll haben, dann herrscht wieder Ruhe in Memphis. Fürs erste jedenfalls. Bedauerlicherweise aber hat der Fürst kein Silber zum Kaufen von Brot.«

»Wenn er von mir eine Anleihe haben will, Gebieter, dann soll er sie erhalten.«

»Eine Anleihe, ja, doch nicht von dir.« Senefru legte die Hände auf die Knie und blickte mir ins Gesicht, wobei er blinzelte, als ob ihm das Licht in den Augen schmerzte. »Der Fürst weiß, daß du deinen Reichtum ins Ausland geschafft hast – er nimmt dir das nicht übel, Gebieter, denn als Fremdling mußt du vorsichtig sein, und in unruhigen Zeiten sind derlei Vorsichtsmaßnahmen nur klug. Außerdem übersteigt die Summe, welche er braucht, die Kräfte eines einzelnen. Der Fürst möchte nicht deinen Geldbeutel, sondern deine Dienste. Du hast unter den Griechen von Naukratis viele Freunde – er möchte, daß du dorthin fährst und in seinem Namen Anleihen über mindestens fünf Millionen *emmer* in Silber aufnimmst.«

Das verschlug mir die Sprache. Eine Summe wie diese mußte einem den Atem benehmen – die brachte auch einen König an den Bettelstab. Ein Weilchen war ich keines anderen Gedankens fähig.

Und vielleicht faßte der Gebieter Senefru mein Schweigen als Zögern auf.

»Der Fürst bietet natürlich die Sicherheiten, welche deine Freunde für angemessen halten.« Nachdem er das gesagt hatte, zog er sich ein wenig auf seine angeborene Würde zurück wie ein Mensch, der eine Abfuhr erwartet.

Er hätte sich nicht zu sorgen brauchen, ich wußte schon, welche Antwort ich geben mußte.

»Und um zu zeigen, daß ich Vertrauen in ihn setze«, sagte ich, »will ich mein Haus hier in Memphis verpfänden und alles übrige zu Geld machen. Für den Erfolg stehe ich nicht ein, Gebieter, denn ich kann nicht für die anderen sprechen. Doch wenn es allein von meiner Stimme abhängt, so soll der Fürst bekommen, was immer er braucht.«

Senefru erhob sich und legte mir die Hände auf die Schultern, es schien, er wollte mich umarmen. Das tat er dann doch nicht, sondern wandte sich ab, als schämte er sich dafür.

»Mehr will ich nicht«, sagte er. »Denk jedoch daran, daß man in Angelegenheiten wie diesen unbedingt den Schein wahren muß. Es wäre also gut, wenn deine Freunde in Naukratis keine zu übertriebenen Berichte von den Zuständen hier erhalten würden. Und kein Wort an den Pharao, denn ihr Verbleiben in Ägypten hängt von seinem Schutz ab. Der Fürst Nekau möchte Geld haben, damit ihm seine Leute nicht verhungern. Das entspricht durchaus der Wahrheit und mehr brauchen die Griechen nicht zu wissen.

Und kein Wort hiervon an jemand anders. Augenblicklich hat niemand außer dir, mir und dem Fürsten Kenntnis von deinem Auftrag – und dabei sollte es so lange wie möglich bleiben. Sollen sie doch denken, daß deine Reise nach Naukratis in eigenen Geschäften geschieht; und dort rede nur mit Männern, denen du vertrauen kannst – und vor deiner Ankunft dort mit niemandem. Ich bin privat zu dir gekommen, und so mußt du auch zu ihnen gehen. Beeile dich und wickle die Sache rasch ab. Mache Gebrauch von deiner Gerissenheit. Ich glaube, du eignest dich gut dazu, Gebieter.«

Er wartete meine Antwort nicht einmal ab, sondern drehte sich um und wollte, so schien es, in sein eigenes Haus zurückkehren. Doch dann blieb er halb abgewandt stehen.

»Ich nehme dir die Sache mit der Herrin Nodjmanefer nicht übel«, sagte er und wischte eine Erwiderung mit der Hand beiseite. »Ich nehme sie dir nicht übel.«

Schweigend schied er von mir, und das Tor fiel hinter ihm zu.

»Ich glaube, du bist nicht bei Trost, Herr. Die Sommersonne hat dir das Hirn zu weichem Kameldung gesotten.«

»Und dennoch möchte ich, daß du ein Boot mit einer Mannschaft von starken Ruderern anheuerst, Kephalos. Ich will noch vor dem Morgengrauen nach Naukratis aufbrechen.«

An diesem Abend war ich nicht wie verabredet zum Abendessen gegangen. Statt dessen hatte ich meinen vormaligen Sklaven besucht und ihm alles erzählt, was sich zwischen mir und dem Gebieter Senefru zugetragen hatte. Die Sache wollte ihm nicht gefallen.

»Gebieter, du hast die vergangenen drei Jahre in Memphis in Sicherheit gelebt. Niemand hier würde es wagen, die Hand gegen dich zu erheben. Wenn wir hier überhaupt aufbrechen, dann mit dem gebührenden Gepränge. Ich möchte nicht, daß du dich davonstiehlst wie ein Dieb in der Nacht und dich jedweder Gefahr aussetzt – oder hast du vergessen, daß du Feinde hast?«

»Mein Freund, was sollte mir zustoßen? Ich will doch nur nach Naukratis.«

»Hast du vergessen, was Prodikos in Naukratis zugestoßen ist? Sei so gut und reiche mir ein Handtuch.«

Kephalos stand nackt und riesig mitten in der großen, grünen Steinbadewanne, in welcher er so gern badete, und das Wasser reichte ihm bis zum Knie. Ich hatte seine Frauen aus dem Zimmer gescheucht, darum konnte ihn auch niemand anders bedienen.

Dicht bei der Tür hing auf einem Haken ein Tuch aus schwerem Leinen, welches Fischern recht gute Dienste als Segel hätte leisten können. Das nahm ich herunter und reichte es ihm. Aufgebracht riß er es mir aus der Hand und wickelte sich hinein, und der Saum hing ins Wasser, als er aus der Wanne stieg.

»Rücksichtnahme kennst du nicht«, stellte er unumwunden fest und nahm auf einem Schemel Platz, um sich die Füße abzutrocknen. »Noch nicht einmal den Rücken konnte ich mir einölen lassen – hast du überhaupt einen Begriff davon, wie lästig die Sonne dieses Landes für mich ist? Daß meine Haut aufplatzt wie altes Leder, wenn sie nicht gebührend eingeölt wird? Nein, ich weiß, auf den Gedanken kommst du einfach nicht. Vermutlich ist es ein Zeichen deines fürstlichen Ranges, daß dir nur dein eigenes Wohl am Herzen liegt.«

»Kephalos, mein Freund, wo sollte Gefahr drohen? Wenn ich auf der Stelle aufbreche, während die Dunkelheit noch das Antlitz der Erde bedeckt, wer sollte davon wissen! Niemand außer dem Fürsten Nekau, dem Gebieter Senefru und jetzt dir.«

»Der Gebieter Senefru?« Er blickte mich von unten an, indem er die Augen von seinem Fuß, welcher auf seinem linken Knie ruhte, zu meinem Gesicht hob. Sein Mund war zu einem verächtlichen Strich verzogen. »Der Ehemann deiner Geliebten, und dem traust du? Wo hast du nur gelebt, Herr, daß du solch ein Narr geworden bist?«

»Kephalos, wirst du mir das Boot nun besorgen?«

»Ja, natürlich. Aber nimm Enkidu mit.«

»Und Selana – ich möchte sie nicht hier haben, wenn es wirklich Ärger geben sollte. Ich sage einfach, ich nehme sie nach Naukratis mit, um einen Mann für sie zu suchen.«

»Eine ausgezeichnete Idee. Und unterwegs solltest du Mitleid mit den Krokodilen haben und sie in den Nil werfen.«

Selana begeisterte sich weniger für die Idee.

»Ich habe dir doch schon gesagt, ich lasse mich nicht an einen Schiffsschreiber verheiraten. Wenn du mir einen Mann aufzwingst, laufe ich nur fort. Und wenn ich ihm nicht entkommen kann, dann werde ich alles daransetzen, ihn bis aufs Blut zu peinigen.«

»Warum willst du denn nicht heiraten? Alt genug bist du – beinahe jedenfalls.« Ich glaubte es selber nicht so recht, wie sie da vor mir stand, diese magere, kleine Gestalt in einer Leinentunika, welche nichts verbarg und gleichzeitig deutlich machte, wie wenig es zu verbergen gab. In diesem Jahr würde sie dreizehn Lenze zählen. Mit dreizehn war die Hälfte aller ägyptischen Mädchen verheiratet, doch Selana wohl nicht.

»Ich tausche keinen Herrn, der ein Prinz ist, für einen Lederhändler ein, das ist alles. Deine Schlafmatte wird zumindest nicht nach Zwiebeln und Ochsentalg stinken. Wenn die Zeit gekommen ist, daß ich das Blut meiner Jungfräulichkeit vergieße, werde ich es dich wissen lassen, und dann regeln wir die Sache unter uns.«

Sie verschränkte die Arme vor der mageren Brust, ihre Augen waren schmal geworden und warnten mich, sie zu irgend etwas zu zwingen.

»Dann schlage ich dir einen Handel vor«, sagte ich und gab mich schon im voraus geschlagen. »Ich bitte dich nur, daß du Vernunft annimmst. Ich werde dich zu nichts zwingen. Komm mit nach Naukratis. Wenn wir keinen Mann finden, der dir gefällt, vergessen wir die Sache für ein Jahr.«

»Ich habe schon einen Mann gefunden, der mir gefällt, und das in Naukratis. Er muß Vernunft annehmen, ich doch nicht. Du kannst mir nichts vormachen, du hast selbst in Naukratis zu tun, aber ich komme mit, wenn es dir Freude macht.«

War ich für dieses Kind wirklich so leicht zu durchschauen? Es hatte den Anschein.

»Es macht mir Freude«, sagte ich und tat so, als wäre ich hier der Herr. »Geh und packe deine Sachen.«

Sie ging, und als ich ein Fenster öffnete, stellte ich fest, daß es bereits dunkel war. Noch ein paar Stunden, und ich war auf dem Fluß und auf dem Weg, Nodjmanefer aus Banden zu befreien, welche sie mir fernhielten. Aber jetzt war es dunkel und kalt. Und die Stunden lagen leer vor mir. Seltsamerweise wollte keine Freude in mir aufkommen. Ich stieg auf das Dach meines Hauses und wollte mir die stille Welt anschauen, wollte Frieden in meiner Seele finden.

Im nördlichen Viertel der Stadt brannten die Feuer immer noch mit rötlichem Schein, doch man konnte kaum etwas sehen außer schwarzem Rauch, der so dick zum Himmel wölkte wie Schlamm, den man am Grunde eines stillen Weihers aufrührt.

Den teilnahmslosen Sternen muß das hier als eine elende Stätte erscheinen, dachte ich. Noch trostloser als die Wüste, ein Schauplatz von Leiden und Sterben, mehr wohl nicht.

Man sagt, böse Menschen müssen nach ihrem Tod in einer Welt leiden, welche die Götter zu ihrer Strafe ersonnen haben, doch das glaubte ich nicht. Die Menschen litten schon in der ihnen bekannten Welt genug, böse und gute gleichermaßen.

Ja, ich hatte Memphis satt. Was hatte Prodikos damals gesagt? *»Besuche Memphis und schlage dir daran den Bauch voll. Danach erbrich dich tüchtig, daß du deine Gedärme von derlei Torheiten reinigst, und lebe weiter wie zuvor.«*

Ein guter Rat. Jetzt wollte ich Memphis verlassen – Ägypten verlassen. Es reichte vorn und hinten nicht mehr.

Vielleicht überkommt alle Verbannten einmal ein Gefühl wie dieses: Ich war es leid, als Zuschauer zu leben, an den Torheiten anderer meinen Spaß zu haben, mir auf ihre Kosten klug vorzukommen, nichts zu riskieren, sich um nichts zu kümmern, leer zu sein. In Ägypten kam ich mir kaum noch wie ein Mensch vor.

Und Nodjmanefer – diese zwielichtige Existenz mit ihr, diese verstohlene Liebesgeschichte, bei der jedermann ein Auge zudrückte, auch dieses Spielchen war nicht mehr lustig. Ich wollte sie heiraten. Ob ich sie nun liebte oder nicht, das wußte ich nicht so recht – aber was zählte das schon, Ich wollte sie heiraten.

Und das rückte endlich in greifbare Nähe. Der Schlüssel hieß Naukratis, dort wartete die Zukunft.

Im kalten Sommermond könnte ich unter mir in der Ferne den Nil glitzern sehen. Und dazwischen lag Memphis, welches sich nach und nach zerstörte. Die Nacht machte alles sichtbar, allein durch den einfachen Trick, daß sie alles Unwichtige verhüllte.

Es war immer noch dunkel, als wir zum Fluß hinuntergingen, wo ein Boot mit Vorräten und einer Mannschaft wartete – ich weiß auch nicht, wie Kephalos alles so schnell besorgt hatte, aber er hatte es geschafft.

Der Anleger war klein, wurde nur von Vergnügungsbooten benutzt und lag ein gutes Stück von der belebten Gegend am tiefen Wasser entfernt, wo die Handelsschiffe anlegten. Um diese Stunde war er ganz leer; das lauteste Geräusch war das Quaken der Frösche stromabwärts. Kephalos hatte darauf bestanden, uns mit einer bewaffneten Eskorte zu begleiten, doch auf dem viertelstündigen Fußmarsch von unserem Haus nahe beim Tempelbezirk trafen wir keine Menschenseele außer einer Bettlerin, welche in einer Einfahrt schlief und erstaunt aufblickte, als Selana sie mit einem Beutelchen voller Silbermünzen weckte. Sonst waren wir ganz allein Memphis war zu schwach und geschlagen, als daß es sich um uns gekümmert hätte.

Ich kam mir vor wie ein Verbrecher, der am Vorabend seiner Hinrichtung entflieht. Die Stadt hinter uns wirkte verlassen – sie war dem Untergang geweiht und wartete nur noch auf die endgültige Katastrophe. Vielleicht stand die bevor, wenn es mir nicht gelang, die Griechen in Naukratis zu überreden, daß sie Fürst Nekau das benötigte Geld liehen, doch ehrlich gesagt, meine eigenen Motive waren privater Natur und selbstsüchtig. Was galt mir Memphis? Griechisches Silber war der Preis, welchen Senefru für seine Frau forderte, und ich würde es ihm verschaffen, wenn ich konnte.

Enkidu stand aufbruchbereit an der Laufplanke, neben sich Selana, die ihm kaum bis zum Gürtel reichte. Beide wirkten verwundert, wieso ich noch verweilte. Ich konnte es ihnen auch nicht erklären.

Und dann wußte ich es. In der Dunkelheit war das Platschen von nackten Füßen, waren die kurzen, schnellen Schritte von Männern zu hören, welche etwas tragen. Und dann sah ich sie – zunächst den gelben Schein der Fackel, dann die vier Sklaven in der Tracht des Gebieters Senefru, welche eine Sänfte trugen. Die setzten sie am Anleger ab, und eine Hand öffnete die Vorhänge. Es war Nodjmanefer.

Wir hatten wenig Zeit und konnten uns nicht zurückziehen. Vor so vielen Menschen war keine Umarmung möglich, es reichte nur für ein, zwei Worte.

»Ich bin so schnell zurück, wie ich kann«, sagte ich. »Ich hatte keine Zeit, dir eine Nachricht zukommen zu lassen.«

»Ich weiß alles – von Senefru. Er hat es mir gesagt, kaum daß er von dir zurück war. Es ist nur … ich konnte dich nicht ohne Abschied ziehen lassen.«

Ihre Augen schimmerten. Unter dem Schutz meines Mantels berührten sich unsere Hände und hielten sich fest. Mehr an Abschied war nicht möglich.

»Wird er dich wirklich gehen lassen? Wenn nicht, wenn er mich angelogen hat, ich komme zurück und bringe ihn um.«

»Er wird mich gehen lassen«, sagte sie, und ihre Stimme war kaum noch ein Hauch. »Ja – jetzt schon. Tiglat, ich trage ein Kind im Schoß.«

Ich kann nicht beschreiben, was ich in jenem Augenblick fühlte. Ich kann mich nicht einmal mehr richtig daran erinnern, denn das Andenken bereitet mir zuviel Pein. Doch das Herz schmolz mir vor Zärtlichkeit und einer Art Mitleid, dessen entsinne ich mich noch. Und eines weiß ich, wenn ich Nodjmanefer überhaupt geliebt habe, dann in diesem Augenblick.

»Bist du sicher?« fragte ich ganz unnötigerweise. Stellt diese Frage nicht jeder Mann?

»Ja, ich bin sicher. Es ist dein Kind – auch dessen bin ich mir sicher, und Senefru auch. Und darum wird er mich auch gehen lassen.«

Mehr Worte wurden nicht gewechselt, sie drehte sich um und ging. Der Vorhang schloß sich um ihre Sänfte, und ihre Sklaven trugen sie fort. Ich wartete, bis ich sie nicht mehr sehen konnte, nicht einmal mehr den Schein ihrer Fackel, und dann fiel mir ein, was mich an diesen dunklen, stillen Ort geführt hatte.

Ich umarmte Kephalos, welcher mich zum letzten Mal ermahnte, mein Leben nicht aufs Spiel zu setzen, und dann ging ich über die Laufplanke in das Boot, wo Selana schon hinter Enkidus Bein wie hinter einer Mauer wartete und mir einen bösen Blick zuwarf.

»Ist die da etwa der Grund für deine Reise nach Naukratis?« fragte sie bitter und hatte die Antwort doch schon erraten. »Also, wenn du nicht ein Dummkopf bist.«

Sonst hätte sie für eine solche Unverschämtheit eine Tracht Prügel bekommen, doch damals nicht. Ich drohte ihr nur damit und wies sie an, sich einen Platz für ihre Schlafmatte zu suchen. Wie hätte ich ihr wohl böse sein können – ich Narr fand das auch noch lustig.

Wir würden recht schnell nach Naukratis kommen. Die Strömung war uns günstig, und so würden wir auch nicht jede Nacht anlegen müssen. Ich war voller Hoffnung, als sich Assurs Sonne über den östlichen Bergen erhob. Alles, was ich wollte, schien endlich in greifbare Nähe zu rücken.

Im grauen Frühlicht sah ich auf einer Klippe oberhalb des Flußufers einen Affen herumklettern. Er wirkte sehr zufrieden mit sich, wie er da so hin- und hertollte und eine grüne Frucht fraß, die er in der Pfote hielt – woher er die in dieser kahlen Gegend hatte, wußte ich nicht, aber darum war er wohl mit Recht so froh.

Auf einmal stieß aus der Sonne ein Adler mit angelegten Schwingen herab, ließ sich fallen wie ein Stein. Ich sah ihn, doch der Affe sah ihn nicht. Erst als der Adler zuschlug und ihm mit seinen grausamen Klauen das Leben nahm, da ließ der Affe seine Beute fallen. Der Adler kam zurückgerauscht und hob den toten Affen auf und trug ihn höher und höher hinauf, bis beide im Gleißen der Sonnenscheibe verschwanden.

XV

»Fünf Millionen *emmer!* Tiglat, mein lieber, junger Freund, was für eine Summe! Für Fürst Nekau könnte ich nicht einmal fünfhundert aufbringen, auch nicht, wenn er mir Memphis und Saïs zusammen als Sicherheit anböte. Ich fürchte, deine Reise ist vergebliche Liebesmüh, da doch alle Welt weiß, daß der Brunnen seit langem versiegt ist.«

Glaukon, welcher schon seit dreißig Jahren in Naukratis lebte und sich dennoch aus Verachtung für die Ägypter nie den eisengrauen Bart abrasiert hatte, saß in seinem Kontor, einem kleinen Zimmer mit kahlen, verputzten Wänden, wo tagtäglich Geschäfte abgewickelt wurden, bei denen es um soviel Geld ging, daß jemand damit sein Leben als reicher Mann hätte beenden können. Seine Ellenbogen ruhten auf dem Tisch, er hatte die Hände säuberlich gefaltet und den Kopf daraufgelegt. Prodikos war sein Geschäftsteilhaber und sein engster Freund gewesen, und er hatte ihm in gewissem Sinne das wohlwollende Interesse an meinen Belangen vererbt. Sein Name war mir zuerst eingefallen – Glaukon wird wissen, wie man derlei regelt, hatte ich gedacht. Er wird mich nicht im Stich lassen. Eine herbe Enttäuschung, doch die verdiente ich vermutlich.

»Nein, sieh mich nicht so an«, sagte jener stirnrunzelnd und lehnte sich in seinem Stuhl zurück. »Du mußt einfach einsehen, daß du Unmögliches verlangst. Genausogut könnte ich von hier nach Cypern und zurück schwimmen wie den Handelsrat von Naukratis dazu überreden, daß er dem Fürsten Nekau eine Summe von fünf Millionen *emmer* leiht. Der hat schon den Wohlstand von zwei der reichsten ägyptischen Provinzen durchgebracht und besitzt nicht einmal mehr ein leinenes Lendentuch, für welches er nicht das Geld schuldet. Und als ob das allein nicht schon genug wäre, will ihn der Pharao auch noch an den Hacken von der Stadtmauer hängen sehen. Fünf Millionen *emmer!* Alle Griechen in Ägypten zusammen könnten eine solche Summe nicht aufbringen. Wir sind reich, aber so reich nun auch wieder nicht.

Tut mir leid, mein Freund, aber für den Fürsten setzen wir nichts aufs Spiel, und den Pharao zu kränken, das können wir uns nicht leisten.«

Seine Hände lösten sich wieder, er streckte sie mir mit dem Handteller nach oben hin, als wollte er anschaulich machen, daß es nicht in seiner Hand lag. Was ihn anging, so war anscheinend nichts mehr dazu zu sagen, und wenn ich nicht verstand, was man mit der Hand greifen konnte, dann waren alle Erklärungen vergebens.

Auf einmal schien ihm ein Gedanke zu kommen. Seine Augen wurden schmal, und er legte den Kopf ein wenig schief.

»Sage mir, wenn du darfst – wenn du willst, mein Freund ist der Fürst in dieser Sache selbst an dich herangetreten, oder war es jemand anders?«

»Es war der Gebieter Senefru«, erwiderte ich, denn das war kein Vertrauensbruch. Es überraschte mich aber, daß Glaukon danach fragen mußte.

»Senefru, was du nicht sagst!« Er spitzte die Lippen, denn das schien der letzte Name, den zu hören er erwartet hatte. »Das ist ein gerissener, alter Hund, der weiß, wo sein Weizen blüht – eher hätte ich vermutet … Doch in Staatsgeschäften verblendet Hoffnung und alte Treue zuweilen selbst einen klugen Mann. Manchmal weiß man einfach nicht, wie sich alles so ergeben hat.«

»Aber ich kann nicht mit leeren Händen zu ihm zurückkommen – na ja, ich habe gedacht, wenn ich schon ein Narr bin, dann wenigstens ein störrischer – ich weiß, daß Kephalos dich damit beauftragt hat, meinen Reichtum außer Landes zu schaffen. Wieviel ist noch hier und steht sofort zu Verfügung?«

»Ungefähr einhunderttausend *emmer* …« Er hob die Schultern, denn für ihn war das wohl ein Tropfen auf den heißen Stein.

»Dann sei so gut und treibe sie für mich ein und halte sie für Fürst Nekau zur Verfügung, bis du Anweisung erhältst. Und mein Haus in Memphis, wieviel bringt das bei einem raschen Verkauf?«

»Mit den Haushaltssklaven?«

Ich nickte.

»Vielleicht noch weitere zwanzigtausend. Ja, sicher, dafür könnte ich geradestehen.«

»Dann bereite die Verträge vor.«

Ich erhob mich zum Gehen, doch tief im Herzen nagte ein Groll an mir, von dem ich schon damals wußte, daß er dumm war. Glaukon spielte mir durchaus nicht übel mit, nur weil er, für den das schlicht eine Gewinn- und Verlustrechnung war, sich weigerte, mir bei meinem eigenen Ruin auch noch zu helfen. Und doch fand ich, man spielte mir übel mit, und vielleicht ließ ich mir das anmerken. Und vielleicht sah Glaukon das.

»Laß uns nicht in Bitterkeit voneinander scheiden«, sagte er und legte mir die Hand auf den Arm, als fürchtete er, ich würde mich losreißen und davonlaufen. »Es ist nicht meine Schuld, nicht einmal die der Griechen – daran ist der Pharao schuld. Hast du dir eingebildet, daß er derlei nicht vorausgesehen hat? Und seine Leute in Naukratis haben klargestellt, daß jeder, der dem Fürsten Nekau unter die Arme greift, seinen Schutz verspielt. Wir sind hier Fremdlinge, Tiglat. Wir brauchen den Pharao.«

Und ob ich verstand. Wie durften sich unbedeutende Menschen wie Glaukon und seine Freunde gegen den Pharao stellen, der sie mit einem Wort zermalmen konnte? Und warum sollten sie wohl? Es beliebte dem Pharao, den Fürsten Nekau zu vernichten, und zum Instrument hatte er sich die Hungersnot ausersehen. Die Sache war abgemacht.

»Und, Tiglat ...« Er blickte sich verstohlen um, obschon sich niemand außer uns in dem winzigen Raum befand – es war lediglich ein Reflex, einer von der Art, wie sie die wahre Gemütsverfassung eines Menschen verrät. »Mein Freund, man munkelt, daß der Pharao rasch zuschlagen will. Er hat schon Leute in Memphis, die ihm einen Vorwand liefern werden, also dauert es nicht mehr lange. Höre auf mich und geh nicht zurück. Schicke

Kephalos Nachricht, daß er deinen Haushalt auflöst, aber geh nicht selbst zurück. Mit Sicherheit ist die Stadt in Aufruhr, und zu solchen Zeiten spielen alle ein wenig verrückt. Man sagt, du hast dir mächtige Feinde gemacht. Was könnte da alles passieren.«

»Danke für deine Warnung, Glaukon, aber ich muß zurück. Ich habe keine Wahl ...«

Er nickte und lächelte wie über ein halsstarriges Kind, das sich nicht belehren lassen will. So schieden wir voneinander.

Ich war in einer Schenke nahe am Wasser abgestiegen, doch ich kehrte nicht auf der Stelle dorthin zurück. Noch war die Morgenkühle nicht verflogen, und so war es draußen und fern vom Fluß angenehm. Außerdem wollte ich nicht zu Enkidu und Selana zurückkehren, die beide nichts von meinen Geschäften wußten, und wenn, so kümmerte sie der Mißerfolg nicht. Ich mußte vor ihren teilnahmslosen Blicken verbergen, daß ich als Gescheiterter zurückkehrte. Ein paar Stunden wenigstens wollte ich unter Fremden sein.

Ich schlenderte in die Basare und stellte fest, daß sich Naukratis in drei Jahren nicht stark verändert hatte. Es gab weniger zu kaufen, und die Preise für Nahrungsmittel waren vielleicht um das Zehn- bis Zwanzigfache gestiegen, aber es stand hier im Delta nicht so schlimm wie stromauf. In Naukratis machte man nur eine schlechte Zeit durch und rechnete damit, daß alles vorübergehen würde.

Ein Becher Wein kostete fünf Silberstücke – und mit Wasser war er auch versetzt. Ich trank drei Becher, um mir den Magen abzukühlen, denn sonst taugte der Wein zu nichts, dann ging ich zum Abendessen in die Schenke zurück.

»Jemand wollte dich sprechen«, sagte Selana schon, als sie mir die Schüssel zum Händewaschen hinhielt. »Der Mann – ein Fremdling.«

»Was wollte er von mir?«

Ich trocknete mir die Finger an einem Leinentuch ab. Wahrscheinlich, so dachte ich, eine Bekanntschaft von einem früheren Aufenthalt – aber warum hatte er nicht gewartet und uns beim Essen Gesellschaft geleistet?

»Weiß ich nicht. Er hat mit dem Wirt gesprochen, und der hat mir davon erzählt. Der Wirt hat gesagt, er ist ein Fremdling. Kein Grieche, sondern von woanders. Er zieht sich an wie ein Ägypter, aber die Zunge hat er schlecht gesprochen.«

Die Frau des Wirtes kam mit meinem Essen. Sie war ungefähr sechzehn, hübsch und erst ein Jahr verheiratet. Sie schäkerte gern, doch ihr vierzigjähriger Mann war so verliebt in sie, daß er es als großes Kompliment auffaßte, wenn Männer sie anziehend fanden. Er verprügelte sie fast nie, und für sie war die Versuchung an einem solchen Ort wohl zu groß. Ich fragte sie, woher der Wirt gewußt hätte, daß der Fremdling kein Grieche war.

»Wenn ein Fremdling in Naukratis ägyptisch nicht besser kann als der da, dann kann er Griechisch.«

»Und von woher, glaubst du, ist er?«

»Wenn er kein Grieche ist, gleicht ein Fremdling dem anderen«, sagte sie und hob die schönen, braunen Schultern. Wie die meisten Frauen ihrer Klasse trug sie nur ein Lendentuch und ein kurzes Leinenröckchen, welches nicht einmal die Schenkel bedeckte, und ihre Brüste machten jede ihrer Bewegungen aufreizend mit. »Khonsmose meint, daß er aus den östlichen Ländern ist.«

Khonsmose war ihr Mann, und wenn die Ägypter sagen, daß ein Fremdling aus den »östlichen Ländern« ist, so heißt das lediglich, er ist nicht schwarz und kein Libyer und kein Grieche.

»Fehlte ihm an der linken Hand ein Finger?«

»Weiß ich nicht, Khonsmose hat nichts davon gesagt.«

Das Thema interessierte sie offensichtlich nicht, aber das machte nichts. Sie lächelte und zeigte ihre kleinen, weißen Zähne. Sie mochte es, wie ich sie angesehen hatte.

Als wir gespeist hatten, schenkte mir Selana noch einen Becher Wein ein, ich war ihr wohl noch nicht betrunken genug.

»Die Frau des Wirtes kommt heute abend auf deine Schlafmatte, wenn du ihr zwanzig Silberstücke gibst«, sagte sie.

»Und woher willst du das wissen?«

»Weil sie versprochen hat, mir zwei davon abzugeben, wenn ich es dir sage.«

»Ich war heute im Basar. Da kostet ein Becher Wein fünf.«

»Ich glaube, die Frau des Wirtes kann sich glücklich schätzen, wenn sie zehn bekommt. Ihre Kehrseite ist zu dick, außerdem riecht sie nach Zwiebeln.«

»Vielleicht muß sie dem Wirt die Hälfte abgeben.«

»Ich glaube, der Wirt und du und alle Männer, ihr seid große Narren.«

Jetzt war sie böse und hatte sich im Inneren aufgerollt wie eine Natter. Ich überlegte, wie ich wohl die Frau des Wirtes am besten preisen könnte – schließlich bot sich mir nicht alle Tage die Gelegenheit –, Selana zu ärgern –, doch da merkte ich, daß wir bereits das Thema gewechselt hatten.

»Der Fremdling hat gesagt, daß er heute abend wiederkommt«, verkündete sie und nahm mir den noch halbvollen Becher ab. »Er hat gesagt, es geht um etwas Geschäftliches. Er hat gesagt, es ist wichtig.«

»Wenn es etwas Geschäftliches ist, dann haben Kinder dabei nichts zu suchen. Ins Bett mit dir, Selana.«

Sie stand auf und ließ mir Becher und Weinkrug da. »Und was ist mit der Frau des Wirtes? Schläfst du nun mit ihr? Sie fragt sicherlich nach.«

»Kann sein – nur damit du deine zwei Silberstücke verdienst. Das entscheide ich, nachdem ich mit dem Fremdling gesprochen habe.«

Diese Antwort sagte ihr nicht sehr zu, und so lief sie denn aufgebracht aus dem Zimmer. Die Frau des Wirtes konnte einem leid tun.

Noch keine halbe Stunde war vergangen, da tauchte Khonsmose, ein Klotz von einem Mann mit muskulösen Armen und unglaublich haarigen Schultern auf meiner Schwelle auf und verneigte sich unterwürfig.

»Mit Verlaub, edler Herr, der Fremdling ist wieder da«, sagte er. Er blickte mich betrübt an und schien zu erwarten, daß ich ihn wegen seines Eindringens furchtbar schelten würde – denn trotz seiner offenbaren Größe und Kraft konnte man sehen, daß ihn die Götter zum Opfer der ganzen menschlichen Rasse auserkoren hatten.

Als er merkte, daß ich nicht böse war, glomm etwas Hoffnung in seinen Augen auf.

»Ist es dir recht, edler Herr, wenn ich ihn fortschicke?«

»Nein – ich will ihn jetzt empfangen.«

Das war eine neue Enttäuschung für Khonsmose, und so machte er sich schlurfend davon. Er kam nicht wieder, doch eine Minute später stand ein anderer Mann auf der Schwelle – hellhäutig, schmal gebaut, von Wuchs für jenen Teil der Welt ein wenig unter dem Durchschnitt, Schädel und Bart rasiert und die Augen nach ägyptischer Mode schwarz umrandet.

Khonsmose hatte jedoch recht gehabt, er stammte aus den »östlichen Ländern«, aus Sumer, darauf ging ich jede Wette ein, obschon ich nicht zu sagen gewußt hätte, wieso ich mir da so sicher war.

»Habe ich den Gebieter Tiglat Assur vor mir?« fragte er auf aramäisch – ich hätte ruhig wetten können, denn wenn auch sonst nichts auf meine Herkunft hindeutete, so doch mein Name. Er lächelte, als ob wir ein Geheimnis miteinander teilten.

»Dann sind wir uns also noch nicht begegnet?«

Ich erhob mich nicht, bedeutete ihm aber, Platz zu nehmen. Wein bot ich ihm auch nicht an, denn dieser Fremdling gefiel mir nicht. »Nein.« Er schüttelte den Kopf – warum, dachte ich, lügt er nur? Mir wollte scheinen, ich hatte dieses Gesicht schon einmal gesehen, doch diesen Fehler macht man allzuoft. »Ich habe noch nicht die Ehre gehabt. Hätten sich unsere Wege schon einmal gekreuzt, es wäre mir im Gedächtnis geblieben.«

»Und unser beider Weg nach Haus ist gewißlich lang«, sagte ich auf Akkadisch.

Er zögerte eine Spur, dann legte er den Kopf ein wenig schief und blickte mich fragend an. Mag sein, er hatte mich wirklich nicht verstanden – sollte ich mich etwa getäuscht haben?

Ich wiederholte den Satz, dieses Mal auf aramäisch, und da lächelte er wieder.

»Ich bin Hebräer«, sagte er, als hätte ich ihn danach gefragt. »In Jerusalem geboren, doch aufgewachsen in Tyros. Ägypten ist Fremdlingen nicht wohlgesonnen – ja, zuweilen scheint der Weg nach Haus lang zu sein.«

Die Geschichte war hieb- und stichfest, denn wer auf der großen weiten Welt weiß schon etwas über die Hebräer? Woher jemand auch kam, er konnte immer behaupten, Hebräer zu sein.

»Dann hast du hier lange gelebt?« fragte ich und ließ damit das Thema fallen. Wenn einer verstand, daß es sehr gute Gründe geben konnte, sein Geburtsland geheimzuhalten, dann ich.

»Nur ein paar Jahre, bis jetzt in Saïs. In Naukratis bin ich zum ersten Mal.«

Während unserer Unterhaltung saß er da und hatte die Hände im Schoß übereinandergelegt, die Rechte über die Linke, doch auf einmal hob er die rechte Hand und strich sich vorn die Tunika glatt. Für diese Gebärde gab es eigentlich keinen Anlaß. Dann legte er die Hand zurück in den Schoß, daß die Linke wieder unter die Rechte zu liegen kam.

Aber ich hatte gesehen, daß ihm kein Finger fehlte.

»Ich komme also aus Saïs, Gebieter. Und das nur, weil ich dich aufsuchen wollte.«

Sein Gesicht kam mir irgendwie angespannt vor, aber ich hatte das Gefühl, das war bei ihm nie anders – mit seinen harten Linien und scharfen Kanten wirkte es, als ob es nie entspannt aussehen könnte. Er erweckte den Eindruck, als wartete er auf irgendeine Reaktion, als ob ich von Anbeginn an wüßte, was er von mir wollte.

Als ich am Ende nichts sagte, tat er das mit einer kleinen Geste ab, vielleicht um anzudeuten, daß eine Würdigung dieser Reise nicht erforderlich sei.

»Ich bin mit einem anderen Mann gekommen, einem sehr reichen und edlen Herrn, der mir aufgetragen hat, mit dir zu sprechen«, fuhr er fort. »Soviel er weiß, suchst du hier um Anleihen für Fürst Nekau nach. Ist das der Fall?«

»Wenn es so wäre, dann würde ich das einem Fremdling wohl kaum enthüllen.« Ich lächelte, doch nicht gerade freundlich, und überlegte, warum dieser Mann und sein reicher und erlauchter Gönner sich wohl für meine Mission im Namen von Fürst Nekau interessierten – und mehr noch, wie sie das herausgefunden hatten. Die Zahl der Informanten war begrenzt.

Ärger blitzte in seinen Augen auf, doch nur ganz kurz, dann

hatte er sich wieder im Griff. Er wußte, ich wollte ihn ködern. Der hier war kein Dummkopf.

»Du möchtest wissen, woher mein Gönner die Information hat. Eine bewundernswerte Vorsicht, Gebieter; doch ist sie in diesem Fall fehl am Platze. Es zählt doch nur, daß er darum weiß und bereit ist, dem Fürsten eine solche Anleihe zu gewähren. Alles andere geht uns nichts an. Wir müssen lediglich über die Bedingungen und den Zinssatz verhandeln.«

»Und natürlich über die Höhe der Anleihe«, sagte ich und bemühte mich nach Kräften, die Erregung, welche in mir aufstieg, zu unterdrücken – Glaukon, dachte ich. Das hat er irgendwie eingefädelt. Ich hätte es wissen sollen.

»Ja – natürlich.« Der Mann verzog die Lippen zu einem wenig überzeugenden Lächeln, so als hätte ich einen Witz gemacht. »Die Summe – was immer der Fürst braucht, möchte ich meinen.«

»Der Fürst braucht viel.«

»Und wieviel wäre das?«

»Fünf Millionen *emmer.*«

»Fünf Millionen. Soviel, meinst du?«

»Ja.«

Er schürzte die Lippen, doch kein Laut entfloh ihnen. Anscheinend ließ er sich die Sache durch den Kopf gehen.

»Es könnte sein, daß mein Gönner nicht über drei Millionen hinausgehen möchte«, sagte er und hob fragend den Blick. »Wäre das annehmbar, oder tun es nur runde fünf Millionen?«

»Womöglich sind nicht einmal fünf Millionen genug, doch der Fürst hat mir Vollmacht gegeben, aufzunehmen, soviel ich kann und zu Bedingungen, die ich annehmbar finde. Ich würde mich freuen, wenn ich die Sache mit deinem Gönner besprechen könnte.«

Das freute den Mann, welcher von sich behauptete, ein Hebräer aus Saïs zu sein und der irgend jemand von nirgendwo sein konnte. Trotzdem wurden seine Augen etwas schmal, so als ob die Unterhaltung jählings in heikles Fahrwasser geraten wäre.

»Über gewisse Dinge müssen wir uns allerdings vor einem

solchen Treffen geeinigt haben«, sagte er. »Der Fürst genießt nicht mehr viel Kredit – und natürlich ist mein Gönner als edler Herr aus Saïs sein Untertan und weiß sehr wohl um dessen Verlegenheit. Für alle Anleihen, die der Fürst aufnimmt, verlangt mein Gönner natürlich gewisse Sicherheiten. Du müßtest selbstverständlich mit deinem eigenen Vermögen bürgen. Der Zinssatz würde übrigens zwei Drittel der Gesamtsumme betragen – und die ist binnen eines Jahres fällig.«

»Mein Vermögen liegt im Augenblick fast ausschließlich im Ausland fest. Und es beläuft sich auch nicht auf drei Millionen *emmer.*«

»Darüber ist sich mein Gönner im klaren und fordert daher, daß ihm alles verfällt, falls der Fürst sich als zahlungsunfähig erklärt.«

»Das ist ein großes Risiko«, sagte ich. »Dein Gönner muß doch wissen, was jedermann in Ägypten weiß: daß der Pharao gegen den Fürsten vorgehen will. Falls das geschieht oder falls noch ein Jahr Hungersnot herrscht oder falls der Fürst so von seinen Gläubigern bedrängt wird, daß er die Schuld einfach nicht anerkennt, so brächte er mich an den Bettelstab.«

»Du mußt selbst entscheiden, Gebieter, wie groß dein Interesse an den Belangen des Fürsten ist. Ich kann nur meine Anweisungen wiederholen.«

Dennoch war ihm anzumerken, daß diese Anweisungen ihm nicht völlig mißfielen. Wir hatten eine Abneigung gegeneinander gefaßt, ich und dieser Mann, dessen Namen ich nicht kannte und dessen Herkunft ich nur ahnen konnte. Vielleicht würden wir ins Geschäft kommen, doch an der Feindseligkeit würde das nichts ändern.

»Ich muß darüber nachdenken«, sagte ich. »Morgen abend um diese Zeit erhältst du meine Antwort, sofern dir das zusagt.«

»Durchaus, Gebieter. Ich werde dir dann meine Aufwartung machen, und wenn wir uns einig sind, veranlasse ich ein Treffen mit meinem Gönner.«

»Hat dein Gönner einen Namen? Hast du einen?«

»Mein Gönner möchte für den Augenblick noch ungenannt bleiben. Ich selbst heiße Ahab von Jerusalem.«

»Und deinem Gönner fehlt nicht zufällig der letzte Finger an der linken Hand?«

Ahab von Jerusalem schaute einen Augenblick verblüfft drein, er überlegte wohl, ob er das als Beleidigung auffassen sollte.

»Mein Gönner ist ein älterer Herr, Gebieter«, gab er schließlich zurück. »Er wird von mancherlei Gebrechen geplagt, doch ein Finger fehlt ihm nicht.«

»Dann wünsche ich dir eine gute Nacht«, sagte ich. »Wir sehen uns morgen abend.«

»Sehr wohl, Gebieter.«

Er verneigte sich, ging und ließ mich allein, damit ich mir die Sache überlegen konnte.

Ruiniert – das bedeutete meinen Ruin. Ich hatte kein Zutrauen, daß Nekau diese Krise überstand. Und selbst wenn er sie irgendwie überlebte, würde er seine Freunde ohne Gewissensbisse im Stich lassen. Falls der Fürst nicht zahlte, besaß ich nicht einmal mehr Geld für Brot.

Konnte ich das ertragen? Ich, der Sohn eines Königs. Mein Leben lang hatte ich nur Reichtum und Macht gekannt. Als Bettler zu sterben war nicht schlimm, doch konnte ich als ein solcher leben? Ich wußte es nicht zu sagen.

Und dann war da auch noch Nodjmanefer. An sie mußte ich auch denken.

Das verdankte ich Glaukon – soviel stand für mich fest. Beinahe war ich ihm böse, obschon er gewißlich als Freund gehandelt hatte. Da er wußte, daß niemand in Naukratis mir anständige Bedingungen einräumen würde, hatte er diesen Ahab von Jerusalem aufgetrieben. Falls er wirklich so hieß.

Ich glaubte nicht, daß er aus Saïs gekommen war, nur um, wie er behauptete, diese Sache mit mir zu besprechen. Ich hatte Glaukon doch erst heute morgen aufgesucht, und Saïs lag eine Tagesreise entfernt. Dieser Mann mußte von Anbeginn an in Naukratis gewesen sein, warum also log er?

Irgendwie ergab das alles keinen Sinn.

Ich saß in meinem Zimmer und sprach, ich weiß nicht wie lange, dem Wein zu. Mit Sicherheit war die Straße schon ein paar

Stunden dunkel, und die Schenke hatte zugemacht, als die Frau des Wirtes auf meiner Schwelle stand. Sie trug eine kleine, mit Wachs versiegelte Papyrusrolle in der Hand.

»Das hier hat ein Seemann für dich gebracht, Gebieter«, sagte sie. »Sein Schiff hat erst vor einer halben Stunde angelegt, soll ich dir sagen. Er ist aus Memphis gekommen.«

Ich nahm die Rolle, erbrach das Siegel und las:

»Tiglat, mein Liebster, in der Stadt gibt es schreckliche Unruhen. Heute morgen ist der Pöbel in unser Haus eingedrungen, und Senefru mußte Soldaten rufen, daß sie ihn auseinandertrieben – viele Unselige haben dabei ihr Leben gelassen. Senefru ist halb von Sinnen und sagt immer wieder, daß wir in furchtbarer Gefahr schweben, falls der Pharao kommt. Bitte, kehre bald zurück und hole mich aus dieser Stadt des Todes heraus. Zum ersten Mal habe ich richtig Angst.«

Das war in Griechisch geschrieben, doch der Name darunter lautete Nodjmanefer.

Am Ende hatte ich anscheinend doch keine Wahl. Auf einmal erstreckte sich die Zukunft vor mir wie eine schwarze, leere Grube. Wie ein Grab.

»Brauchst du noch etwas, Gebieter?«

Zuerst merkte ich gar nicht, daß sie das gesagt hatte. Dann blickte ich auf und sah, wie sie mich anlächelte – sie dachte an zwanzig Silberstücke. Für sie war ich ohne Zweifel eine fette Beute, denn ich war hinlänglich betrunken.

Aber in diesem Augenblick haßte ich sie blindwütig.

»Fort mit dir, du Dirne!« brüllte ich, warf mit dem Becher nach ihr, daß er nur eine Handspanne von ihrem Kopf entfernt zerbarst. »Fort mit dir, und schlaf zur Abwechslung einmal im Bett deines Mannes!«

Sie schrie vor Schreck laut auf und entfloh. Das ganze Haus mußte ihren Schrei gehört haben – er schien in meinem Kopf zu widerhallen, als säße er darin gefangen. Schließlich schlug ich die Hände vors Gesicht, nur damit er aufhörte.

XVI

Am Ende birgt die Wut ihre Strafe in sich. In jener Nacht schlief ich unruhig und wachte mit einem schlechten Gewissen auf, doch um meinen Kopf war es noch schlechter bestellt. Am Morgen brachte mir Selana das Frühstück und einen kleinen Krug mit sehr kühlem Wein.

»Trink erst einmal«, sagte sie und goß mir einen Becher ein. »Nein – es ist mir gleichgültig, wenn er wie Teichwasser schmeckt. Du mußt dich wieder nüchtern trinken, sonst bist du zu nichts zu gebrauchen. Es wäre besser, wenn du vollkommen mäßig leben würdest, Herr, denn du zahlst zu teuer für deine Ausschweifungen. Die Frau des Wirtes hat übrigens schon den ganzen Morgen eine furchtbare Laune.«

»Das wundert mich nicht.«

Allein schon vom Geruch des Weines wurde mir speiübel, doch als ich ein paar Schluck hinuntergebracht hatte, ging es mir wirklich besser. Es dauerte jedoch etliche Minuten, bevor ich das Essen überhaupt ansehen mochte.

»Darf man also davon ausgehen, daß sie ihre zwanzig Silberstücke nicht bekommen hat?« Selana hob spöttisch die Braucn. »Fast kann sie einem leid tun, denn das muß ihrer Eitelkeit einen schweren Schlag versetzt haben. Wie tröstlich für mich, daß ich nicht die einzige bin, welche du mit Verachtung strafst.«

»Du verdammtes, kleines Miststück.«

Darüber konnte sie nur lachen. Ich faßte in meine Reisetasche und holte einen kleinen Beutel Münzen heraus.

»Da – gib ihr zwanzig Silberstücke. Gib ihr dreißig. Sag ihr, was du willst. Sag ihr, daß ich heute nacht mit ihr schlafe, wenn sie möchte. Nein, sag ihr lieber, daß ich als sechsjähriger Knabe rittlings auf eine Wagendeichsel gefallen und seitdem für Frauen nicht mehr zu gebrauchen bin. Gib mir mehr Wein, Selana, und übe dich bitte darin, meine Niederlagen nicht mit so sichtlichem Wohlgefallen zu genießen.«

Sie schnappte sich den Beutel und verschwand, noch ehe ich möglicherweise anderen Sinnes wurde. Ich mußte mir also selbst nachschenken, doch mittlerweile schmeckte der Wein nicht mehr so scheußlich, und ich machte mich guten Mutes über das Frühstück her.

Es ging mir besser, und das nicht nur in Kopf und Gedärmen. Vielleicht lag das mehr an Selana als am Wein, denn sie verstand sich darauf, mich daran zu erinnern, daß das Leben nicht nur aus Unglück und Finsternis bestand.

Und am Morgen sieht alles rosiger aus als am Abend zuvor. Unter den Griechen von Naukratis hatte ich noch mehr Freunde, nicht nur Glaukon. Mit denen würde ich mich beraten – zumindest könnten sie mir etwas über diesen so vorsätzlich geheimnisvollen Ahab von Jerusalem erzählen. Falls der Mann mich an den Bettelstab bringen wollte, dann war ich es mir schuldig, mich eingehender mit ihm zu beschäftigen.

Die Nachforschungen dieses Tages brachten nicht viel zutage. Niemand wollte Nekau, Fürst von Memphis und Saïs, auch nur Geld für ein Maß Weizen leihen.

»Tiglat, du bist ein Narr, wenn du dir einbildest, daß er auch nur eine Münze von dem, was er von dir bekommt, für Brot an die Armen oder für den Frieden in seiner Provinz ausgibt. Das vergeudet er alles für Huren und Luxus, mein Wort darauf. Der Pharao handelt klug daran, wenn er ihn stürzt, und sein Volk freut sich, wenn es ihn los ist.«

»Sein Volk freut sich nicht, wenn es verhungert oder von Pharaos libyschen Soldaten aufgeschlitzt wird. Und ich bürge dafür, daß das Geld weise verwendet wird – ihr könnt auf mich rechnen, so dumm bin ich nun auch wieder nicht.«

»Und wenn der Pharao will, daß Memphis verhungert oder durch das Schwert stirbt, so findest du hier in Naukratis niemanden, der sich dem entgegenstellt.«

Fragen nach Ahab von Jerusalem verliefen ebenso ergebnislos.

»Einen Namen wie diesen habe ich noch nie gehört, doch kann sein, er ist echt. Die Hebräer sind ein Volk von bettelarmen Ziegenhirten, das sich weder auf Staatskunst noch auf den Handel versteht.«

Damit war die Sache erledigt. Alle Türen waren mir verschlossen bis auf eine, und die lag in dräuender Finsternis. Aber ich hatte keine Wahl, ich mußte sie öffnen – wie hätte ich wohl auch nicht?

Enkidu und ich gingen in die Schenke zurück, und ich schloß mich in mein Zimmer ein, um den Krach von Selanas Gezänk mit der Frau des Wirtes auszusperren, welcher anscheinend schon den ganzen Tag über vor sich hingeschwelt hatte. Sogar den Ägyptern, sonst eine der friedfertigsten Rassen, zerrte die Hitze allmählich an den Nerven.

Ungefähr eine Stunde nach Sonnenuntergang trat Khonsmose unter den üblichen Entschuldigungen ein. An diesem Abend wirkte er jedoch ungewohnt zufrieden mit dem Leben – er lächelte wie ein Schurke, welcher seine Vergehen gestanden und bereut hat, dann Vergebung erlangt und ein Handgeld erhalten hat und jetzt feststellt, daß er der lichten Welt wiedergegeben ist.

»Edler Herr, beliebt es dir jetzt, mir Anweisungen wegen des Essens zu erteilen?« fragte er und erkühnte sich sogar zu einem Lächeln.

»Kein Essen«, sagte ich. »Nur Wein – ich erwarte einen Gast.«

Er schien nicht zuzuhören, sondern stand immer noch da, grinste und schwebte offensichtlich auf Wolken.

»Geht es dir auch gut, mein Freund?« rang ich mir schließlich ab.

»Sehr gut, edler Herr, mir und meiner Frau.«

»Freut mich zu hören – und zwischen euch steht alles zum Besten?«

Er nickte heftig, die Frage schien ihm nichts auszumachen, er freute sich, daß er jemanden gefunden hatte, dem er das Geheimnis seiner Glückseligkeit anvertrauen konnte.

»Ja, edler Herr. Meine Frau macht mich zum glücklichsten Mann auf der Welt.«

Ich blickte ihn an und mochte es wohl glauben. Anscheinend hatte am Ende doch noch jemand Nutzen aus der gestrigen unseligen Nacht gezogen.

»Gut. Wenn also der Fremdling von gestern eintrifft, dann führe ihn auf der Stelle zu mir.«

»Ja, edler Herr.«

Er stand immer noch da und blickte mich erwartungsvoll an – wartete er etwa darauf, daß er mir einen noch vollständigeren Bericht seiner Glückseligkeit liefern durfte, die ich mir unschwer ausmalen konnte?

»Also dann … Und die besten Grüße an deine Frau.«

»Ja, edler Herr.«

Das Schweigen dauerte, bis Khonsmose schließlich etwas einzufallen schien.

»Wen der edle Herr mich entschuldigen …?«

»Ja, ja …« Ich entließ ihn mit einer Handbewegung und sah ihn durch die Tür entschwinden. Seine Frau würde ihn am Ende bis aufs Blut peinigen, aber kann sein, er wußte das schon – doch heute machte es ihm vielleicht nichts aus. Fast war er zu beneiden. Nicht etwa um seine Frau, sondern um seine Liebe zu ihr.

Meine Gedanken wanderten immer wieder zu Nodjmanefer und dem Kind zurück, das sie in ihrem Schoß trug. Ich hatte bereits einen Sohn, daheim in Ninive, doch den durfte ich niemals anerkennen – seine Mutter war die Herrin des Palastes, also mußte auch der König, mein Bruder, sein Vater sein. Ich hatte ihn noch nicht einmal gesehen.

Aber niemand konnte mich davon abhalten, daß ich dieses Kind als mein eigen anerkannte. Ich würde Mutter und Kind mitnehmen und mir einen Ort suchen, wo unser Zusammenleben niemanden kränkte. Ich zählte jetzt achtundzwanzig Lenze, war zwar kein Jüngling mehr, aber noch kräftig, und ich würde Mittel und Wege finden, die zu ernähren, welche von mir abhingen.

Endlich konnte ich wirklich glücklich werden. Lohnte es nicht, daß ich meinen ganzen Reichtum dafür hingab? Mir wollte es so scheinen.

Und dann würde ich vielleicht auch Khonsmose, den Schenkenwirt, nicht mehr um seine hübsche Frau beneiden.

Etliche Stunden vergingen, ehe ich wieder aufsah und Ahab von Jerusalem ins Gesicht blickte. Der lächelte mich an wie wohl eine Katze die Maus. Dieses Mal bot ich ihm allerdings Wein an.

»Mein Gönner hat sich die Angelegenheit durch den Kopf gehen lassen«, sagte er und kam damit geradewegs zur Sache. Er saß regungslos vor mir, die Hände hielt er in seiner dunkelbraunen Tunika verborgen. »Er ist gewillt, die runde Summe von fünf Millionen *emmer* zu leihen, doch die zusätzlichen zwei Millionen müssen vier Millionen Gewinn abwerfen, wenn der ganze Betrag fällig ist.«

»So dürfte Fürst Nekau am Ende des Jahres neun Millionen *emmer* schulden. Das ist eine beträchtliche Summe.«

Ich schwieg und trank einen Schluck Wein, so als ginge mich die ganze Sache nichts an, denn was scherte es mich schon, ob es fünf Millionen oder neun waren, welche der Fürst nicht bezahlte.

»Meine eigenen Verbindlichkeiten müssen sich jedoch auf die Summen beschränken, welche im Augenblick auf meinen Namen bei Kaufleuten hier und in Sidon hinterlegt sind«, fuhr ich lächelnd fort. »Das ist buchstäblich mein ganzes Vermögen, aber ihr könnt nichts aus mir herausquetschen, was ich nicht habe, und ich dulde es nicht, daß meine Familie und mein Haushalt nur deshalb in die Sklaverei verkauft werden, weil sich dein Gönner mit dem Gedanken aussöhnen muß, daß er ein schlechtes Geschäft gemacht hat.«

»Dem wird mein Gönner zustimmen. Schließlich ist er ein vernünftiger Mann, warum also sollte er sich an dir rächen wollen?«

»Wo Geld im Spiel ist, handeln Menschen nur selten vernünftig.«

Er nickte, dieses Argument schien ihm einzuleuchten. Irgendwie spürte ich aber, daß es hier nicht wirklich um Gewinn und Verlust ging, denn Ahabs Gönner mußte doch wissen, daß er bei diesem Geschäft einfach nicht gewinnen konnte. Vermutlich ging es dabei um Macht im Staat, nicht um Reichtum, denn was hier für fünf Millionen *emmer* gekauft wurde, war nicht die Aussicht auf neun Millionen binnen eines Jahres, sondern ein Anrecht auf die Zukunft Ägyptens.

Doch das sollte nicht meine Sorge sein. In einem Jahr war ich schon weit fort. Ach, wäre ich doch klüger gewesen.

»Wie möchtest du die fünf Millionen haben?« fragte er wie ein Ladenbesitzer, der eine Bestellung aufnimmt. »In Silber oder Getreide? Mein Gönner hat Zugang zu großen Vorräten von Weizen und Hirse und kann dir einen ausgezeichneten Preis machen – drei Millionen Scheffel binnen zehn Tagen an der Schiffslände von Memphis.«

»Sehr gut, ich nehme das Getreide.«

»Bist du dann bereit, heute abend dein Siegel unter diese Abmachung zu setzen? Mein Gönner möchte sich jetzt sofort mit dir treffen.«

Erst als wir schon standen, fiel mir auf, daß er seinen Wein nicht angerührt hatte.

An der Schenkentür stießen wir auf Enkidu. Ahab von Jerusalem warf ihm einen Blick zu, schüttelte den Kopf und drehte sich nach mir um.

»Dir ist doch klar, daß diese Angelegenheit heikel ist«, sagte er mit einem leichten Achselzucken. »Mein Gönner nimmt ein ziemliches Risiko auf sich, er könnte … sagen wir, Ungelegenheiten bekommen, wenn in Tanis bekannt wird, daß er mit der Sache zu tun hat. Seine Stellung, ja, selbst sein Leben stünden auf dem Spiel. Damit will ich sagen, daß er bei eurem Treffen keine Zeugen duldet – nicht einmal solch ein stummes, wildes Tier wie das da.«

Ich lächelte freudlos.

»Dein Glück, daß du aramäisch sprichst, mein Freund. Er ist zwar stumm, aber durchaus kein wildes Tier. Aber ich sage ihm, daß er hierbleiben soll.«

So geschah es, und Enkidu musterte mich mit seinen kalten, blauen Augen, als wollte er sagen. *Was bist du doch für ein Dummkopf, daß du auf meinen Schutz verzichtest.*

Mitternacht war eben vorbei. Die Straßen von Naukratis, welche zu anderer Zeit nur so von Menschen wimmelten, lagen beinahe verlassen. Wir konnten unsere eigenen Schritte hören, als wir zusammen durch einen Irrgarten kleiner Gassen gingen, welche zum Fluß hinabführten. Ahab von Jerusalem wies mir nicht den Weg, er berührte nur ab und an meinen Arm, wenn wir abbiegen mußten. Ich hatte mir eingebildet, die Stadt gut zu kennen, und doch fand ich mich in der Dunkelheit schon bald nicht mehr zurecht.

Das Delta hüllte sich wie immer in warmen Sommernächten

in dichten Nebel. Selbst die Mauern der Gebäude schienen zu schwitzen. Ich konnte keinen Stern sehen. Normale Geräusche wie das Gekläff eines streunenden Hundes oder das Gequake der Frösche am schlammigen Flußufer kamen wie von ferne und klangen gedämpft. In solchen Nächten wirkte die Welt etwas verschwommen, so als wäre die alltägliche Festigkeit des Lebens einer Geisterhaftigkeit gewichen. Wie im Traum schien man im Ungewissen zu schweben.

Deshalb meinte ich fast, mich zu irren, als mir der Verdacht kam, daß uns jemand folgte.

Doch damit ist der Eindruck schon genauer beschrieben, als er tatsächlich war. Ich hatte einfach kein Gefühl dafür, ob es nur ein Mann oder drei oder fünf waren. Und er – oder sie – folgten uns vielleicht auch gar nicht, sondern hielten sich vor uns, aber immer außer Reichweite. Das Ganze war irgendwie nicht greifbar. Was ich sah oder hörte, oder glaubte, daß ich hörte, blieb immer vor der Bewußtseinsschwelle und war lediglich eine Spur mehr als gar nichts. Die Nacht gehörte einfach nicht mehr uns allein, ein Mensch – oder mehr als einer – war da, weil auch wir da waren.

Wußte Ahab darum? Hatte er das von Anbeginn an gewußt, und wußte er es, weil er es so geplant hatte? Führten sie Böses im Schilde, diese Gefährten der Dunkelheit, oder waren sie schlicht eine weitere Vorsichtsmaßnahme von Ahabs geheimnisvollem Gönner?

Und gab es sie überhaupt? Ich vertraute nichts und niemand mehr.

Schließlich gelangten wir zu einem Lagerhaus, einem grob gezimmerten Brettergebäude. Es war vielleicht etwas größer als der Schankraum der Schenke, in der ich wohnte, und die Tür stand offen.

Ahab bedeutete mir, vor ihm einzutreten.

Von der Decke hing eine Öllampe an einer Kette herab, doch sonst war das Lagerhaus fast leer, nur ein paar Ballen Leinwand lagerten an einer Mauer. Die Lampe brannte – sonst sah es so aus, als hätte es seit vielen Monaten kein Mensch mehr betreten.

Als wir beide drinnen waren, schloß Ahab die Tür und legte

den Querriegel vor. Er faßte hinter einen der Leinwandballen und zog ein Schwert hervor. Auf der Stelle war mir klar, daß er mich umbringen wollte.

»Was bedeutet das?« fragte ich und drehte mich zu ihm um. Ich war seltsam ruhig, fast als hätte ich dergleichen erwartet – fast als wäre es mir nur recht.

»Das bedeutet deinen Tod, Prinz«, erwiderte der Mann, der sich Ahab von Jerusalem genannt hatte, doch jetzt Akkadisch mit babylonischem Akzent sprach. »Das bedeutet, Marduk klagt seine Schuld bei dir ein, weil du seinen Tempel und seine Stadt geschändet hast. Das bedeutet Haß, den ein königlicher Bruder auf den anderen empfindet. Glaube ja nicht, daß du um Hilfe rufen kannst, hier wird dich niemand hören, außer meine Männer, die draußen aufpassen, daß uns niemand stört.«

Sein Mund war zu einem verkniffenen Grinsen verzogen, das furchtbar anzusehen war, weil es sein Gesicht zu einer Maske des Hasses verzerrte. Er schwenkte das Schwert, anscheinend sollte ich bewundern, wie es im Licht erglänzte. Er hielt es in der linken Hand, und ich bemerkte, daß er es eigenartig unbeholfen anfaßte, so als hätte er sich irgendwann einmal die Hand verletzt. Wahrscheinlich war ich mir der Gefahr noch nicht ganz bewußt, denn ich war immer noch so gelassen, daß ich dergleichen bemerkte.

Ja, natürlich, das war der Mann, den ich in Memphis am Tage der Prozession des Pharao gesehen hatte. Wieso war mir das nicht gleich aufgefallen?

Ich trug keine Waffe bei mir, schon seit Memphis nicht mehr – irgendwie kam ich mir damit in Naukratis etwas töricht vor. Aber vielleicht war ich ja auch töricht gewesen. Vielleicht hätten mich Ahabs schattenhafte Gefolgsleute, die nun jählings so wirklich waren, schon aus dem Hinterhalt getötet, wenn ich eine getragen hätte. Anscheinend befriedigte es ihn, daß er den Auftrag selbst ausführen konnte.

»Gehe ich recht in der Annahme, daß dein ›Gönner‹ nicht kommen wird.«

Das klang fast schon wie ein Witz, doch ich wollte, daß er weiterredete. Wenn auch nur, damit ich Zeit zum Nachdenken gewann.

»Mein Gönner wartet in Ninive auf deinen Kopf – den Körper kann ich liegenlassen, wo er fällt, doch ohne den Kopf darf ich nicht zurückkehren. Das habe ich geschworen.«

»Geschworen?«

»Ja.« Das Grinsen verzerrte sein Gesicht noch mehr. »Überrascht dich das? Ich habe es geschworen – wie wir alle. Wir alle fünf.«

»Einen Eid? Wem?«

»Marduk. Den sechzig großen Göttern von Akkad und Sumer. Dem wahren König. Wir haben ihn mit unserem Blut besiegelt, mit der scharfen Klinge des geweihten Messers. Aber was soll uns das jetzt? Ich bin der, welcher mit deinem Kopf im Umhang zurückkehrt, und dort erhalte ich auch meine Belohnung. Ich und kein anderer – ich Muschussu, der Diener des Gottes.«

Die fünf Adler, und jedem tropfte Blut von einer fehlenden Kralle. Die Weissagung war erfüllt, ihr Sinn offenbart. Aber wie üblich zu spät.

Muschussu – ich hätte es wissen sollen.

Zwischen uns lagen nicht mehr als drei, vier Schritt, und auf einmal zischte sein Schwert durch die Luft und verfehlte mich um mehr als eine Fingerbreite. Ich entzog mich ihm durch einen Satz nach rückwärts, und genau das lag in seiner Absicht. Noch wollte er mich nicht töten.

»Ich habe immer gewußt, daß ich das allein mit dir ausfechten müßte«, sagte er fast atemlos. »Das in der Wüste damals, das war ein Fehler und feige, man kann den Göttern nicht mit halber Münze dienen. All die Jahre habe ich nur darauf gewartet, daß ich dich aus Memphis fortlocken konnte!«

Wieder schwenkte er sein Schwert, wollte mir wohl Angst machen. Die Mühe hätte er sich sparen können – ich hatte jetzt Angst, doch wenn ich Angst habe, scheint mein Hirn um so flinker zu arbeiten.

Ich war vielleicht eine Handspanne größer als er. Meine Größe und meine Reichweite waren durchaus ein Vorteil, doch er hatte das Schwert. Wenn er es schwang, mußte ich es irgendwie unterlaufen, wollte ich an ihn heran.

Er führte seine Waffe einigermaßen geschickt, was darauf

schließen ließ, daß er einst Soldat gewesen war. Wenn er sie unbeholfen anfaßte, so deswegen, weil er den Griff nur mit drei Fingern umfaßt hielt, der letzte stand ab, als wäre er irgendwann gebrochen und die Gelenke steif geworden. Ich dachte nicht länger darüber nach – dazu war er zu gefährlich.

Rasch blickte ich mich um, doch es gab nichts, was ich als Waffe oder Schild hätte benutzen können. Wie sollte es auch? Er hatte vorgesorgt. Es gab nur die Öllampe, welche an ihrer kurzen Kette hing, doch sogar die war außer Reichweite. Sie warf ein gespenstisches Licht auf das Gesicht meines Angreifers, und sein Schwert erglänzte in ihrem Schein.

»Es war Senefru«, sagte ich und erschrak beim Klang meiner eigenen Stimme. »Er hat dir gesagt, daß ich komme und warum.«

»Ja – er hat mich gefunden, was dir nicht gelungen ist.« Er lachte und schien sich in seinem Triumph zu sonnen. »Er hat lange gesucht, aber er hat mich gefunden. Mir scheint, du machst dir überall Feinde, Prinz.«

Wieder lachte er. Es war ein grausames, unbekümmertes Lachen und auf seine Art so furchterregend wie der Tod selbst.

Er ist verrückt, dachte ich bei mir. Er ist völlig verrückt. Wer sich so an seiner Besessenheit weidet, muß krank im Kopf sein.

Geduckt kam er näher. Die Zeit für Erklärungen war abgelaufen – das war mir klar. Jetzt sollte ich sterben.

Ein neuer Hieb von rechts nach links geführt, doch dieses Mal war ich nicht schnell genug, und die Spitze fuhr mir über den Handteller der linken Hand und riß ihn auf. Ich spürte den Schlag, sonst nichts, doch selbst im flackernden, gelben Lampenlicht konnte ich sehen, wie das Blut spritzte.

Und dann kam der Schmerz, fiel über mich her, als zerrte jemand wie wild an meinen Nerven. Er schoß geradewegs meinen Arm hoch und in meine Brust hinein. Sekundenlang gab es nichts auf der Welt als diesen Schmerz.

Er hätte ein Ende mit mir machen können, doch er tat es nicht. Ein anderer hätte es getan – ich auch –, denn vor einem Feind ist man erst sicher, wenn er tot ist. Aber dieser weidete sich zu sehr daran. Er wollte mich langsam töten, mir das Leben Stück für Stück entreißen.

Ich bin zu sehr verweichlicht, dachte ich. Er schneidet mir den Handteller auf, und schon falle ich in Ohnmacht wie ein Weib. Wenn der hier mich umbringt, dann ist es ausschließlich meine Schuld.

Ich muß sein Schwert unterlaufen. Ich muß gegen den Mann an, nicht gegen die Waffe.

Ich ballte die Hand zur Faust, damit die Blutung aufhörte, und versuchte daran zu denken, daß jemand noch lange nicht Sieger ist, nur weil er ein Schwert in der Hand hat.

Wir standen einander gegenüber, beide etwas geduckt wie sprungbereite Katzen. Jetzt schien er sich mehr in acht zu nehmen. Seine Schwertspitze tanzte im Lampenlicht, dann machte er einen vorsichtigen Schritt vorwärts, so daß ich vor ihm zurückwich. Das ließ ich zu – er sollte denken, ich würde laufen wie ein Hase, wenn da hinter mir nicht die Wand gewesen wäre. Er mußte wieder Zutrauen bekommen, dann würde er einen Fehler machen.

Noch ein Schritt. Noch einer. Er versuchte erneut zuzuschlagen. Seine Klinge pfiff durch die Luft, und es gelang mir nur mit Mühe, ihr auszuweichen. Um mein Gleichgewicht war es schlecht bestellt, beinahe wäre ich gestolpert, aber um ihn stand es noch schlechter. Er wußte es nur nicht, doch wenn er sich noch eine Spur weiter reckte, dann hatte ich ihn.

Wir fingen uns beide. Er dachte, er hätte die Oberhand, weil er wieder zum Angriff übergehen konnte.

Ich sah, wie er sich bereit machte. Dieses Mal stieß er zu, und als ich zur Seite sprang, erwischte mich die Schwertspitze an der Tunika und glitt um Haaresbreite an meinem Brustkorb vorbei. Aber ich hatte den Angriff abgeschlagen, und nun bot sich mir eine verlockende Gelegenheit, der ich nicht widerstehen konnte.

Mein Tritt traf ihn genau unter dem Knie. Er fauchte vor Überraschung und Schmerz und ging fast zu Boden – fast, doch nicht ganz. Er hieb mit dem Schwert nach mir, wehrte mich ab.

Anscheinend hatte ich einen Fehler gemacht.

»Du hältst dich für klug«, sagte er und rang nach Atem. »Du hältst dich für klug und tapfer, aber ich töte dich doch – JETZT!«

Und schon stürzte er sich auf mich und hieb mit dem Schwert wild durch die Luft. Aber mittlerweile war er langsamer geworden, und ich konnte ihm entkommen. Er hielt einen Augenblick inne. Dann stürzte er sich wieder auf mich.

Ich wartete, tänzelte außerhalb seiner Reichweite und wich zurück. Er stieß wieder zu, doch er wurde müder, und jedes Mal machte sein Schwert einen größeren Bogen. Jedes Mal brauchte er etwas länger, bis er sich wieder gefangen hatte.

Und als sein Schwert dann schließlich an mir vorbeipfiff, da warf ich mich auf ihn und erwischte ihn mit der Schulter mitten auf der Brust.

Aber ich konnte ihn nicht halten. Er riß sich los und warf sich gegen die hölzerne Wand in seinem Rücken. Ein ohrenbetäubender Aufprall in diesem kleinen Raum.

Und dann geschah etwas Seltsames und Furchtbares. Er stand an die Wand gelehnt, und sein Gesicht trug einen Ausdruck unendlicher Überraschung. Er bewegte sich nicht. Langsam sanken seine Arme herab. Das Schwert entfiel seiner Hand. Ich wollte auf ihn zulaufen, blieb aber stehen. Er bewegte den Kopf hin und her, hin und her, so als wollte er mich abwehren.

Und dann gaben seine Knie ganz langsam nach, und er sank zu Boden. Dann sah ich es.

Auf der Wand war ein roter Fleck, genau dort, wo sein Kopf gewesen war. Und in der Mitte des Flecks schaute ein Axtblatt durch das Holz. Es ruckelte vor und zurück, vor und zurück, als jemand versuchte, es aus der Wand herauszuziehen.

Muschussu – irgendwie muß ich ihn ja nennen, denn seinen wahren Namen habe ich nie erfahren – war auf dem Boden zusammengesackt, und das Blut floß in Strömen aus einer tiefen Kerbe an seinem Hinterkopf. Er rührte sich nicht. Der würde sich nie mehr rühren.

Ich will nicht behaupten, daß ich sofort begriff. Dann hörte ich von draußen ein leises Knurren, wie von einem Hund, der Eindringlinge verscheucht. Ich ging zur Tür des Lagerhauses und hob den Querriegel hoch. Als ich die Tür aufstieß, erblickte ich Enkidu. Auf seiner Axt waren noch Blutspuren.

Nie werde ich herausfinden, wie er mich gefunden hatte, und auch nicht, woher er wußte, wo er mit der Axt gegen jene Wand schlagen mußte oder was aus Muschussus Männern wurde – obschon mir Letzteres ziemlich klar ist. Das Wie zählte nicht. Was zählte war, daß er mir das Leben gerettet hatte.

Aber er gab mir keine Gelegenheit, ihm zu danken, sondern stürzte an mir vorbei zu dem Toten hin. Enkidu kauerte sich neben den Leichnam, ergriff den linken Arm und hielt ihn hoch, daß ich ihn sehen konnte, und funkelte mich ungeduldig an.

»Na und?« fragte ich.

Als Antwort faßte er nach dem letzten Finger und zog daran. Er löste sich mit einem Knacken. Enkidu warf ihn mir vor die Füße. Ich hob ihn auf und betrachtete ihn im Licht der Öllampe. Er war aus Wachs.

Bei näherem Hinsehen war an der Hand nur noch ein Stumpf, wo der ursprüngliche Finger abgehackt worden war. Die Narbe war schon lange zu einem weißen Strich verblichen. Wie die Straßenzauberer, welche man überall in Ägypten sehen kann, hatte mich Muschussu mit einer Illusion hereingelegt.

Aus unerfindlichem Grund ging mir die Abscheulichkeit dessen, was sich hier abgespielt hatte, erst jetzt auf.

»Du bringst Sclana flußabwärts nach Buto«, sagte ich. »Ich stehe zwar in deiner Schuld, aber mach dieses Mal bitte, was ich von dir verlange. Hier kann Senefru sie immer noch erreichen, aber in Buto ist sie sicher mit dir, und du mußt mit ihr dort bleiben. Ich komme nach, sobald es geht.«

Ich konnte ihm an den Augen ablesen, daß er mir dieses Mal gehorchen würde. *Wohin willst du?* fragten sie.

»Ich muß nach Memphis zurück. Es kann sein, daß ich selbst jetzt noch nicht zu spät komme.«

XVII

Ich brach noch in derselben Nacht auf, ging lediglich bei der Schenke vorbei, um meine Rechnung zu begleichen, die Wunde an meiner Hand zu verbinden und einen Brief mit Anweisungen an Glaukon zu schreiben. Er sollte das ganze Geld, das er noch für mich aufbewahrte, Selana geben und für sie und Enkidu einen Platz auf einem Schiff stromabwärts buchen.

Daß ich nach Memphis zurückkehren wollte, das entdeckte ich ihm nicht – doch Selana sagte ich es. Sie hörte zu, ohne mich zu unterbrechen oder aufzubegehren, und sie versprach mir zu tun, was ich ihr befahl. Sie verstand, glaube ich, daß jeder Versuch, mich aufzuhalten, vergebens war.

Khonsmose besaß ein Pferd, einen braunen Wallach, kein Prachtexemplar, den er mir für dreihundert Silberstücke verkaufte. Es war keine hundert wert, aber er forderte den Preis, und ich bezahlte ihn. Hätte er tausend verlangt, er würde auch die bekommen haben – ich wollte nichts wie weg, und stromauf kommt ein Mann allein zu Pferd schneller voran als mit dem Schiff. Ob er wohl später gemerkt hat, daß er eine Gelegenheit verpaßt hatte? Vielleicht hat er sich mittlerweile auch eingeredet, daß am Ende ich ihn betrogen habe und nicht anders herum.

Bei Sonnenaufgang war ich am Fluß entlang schon drei Stunden auf dem Weg nach Süden.

Hätte Khonsmoses Pferd es verstanden, auf Wasser zu gehen, ich hätte binnen zwei Tagen in Memphis sein können. Die Entfernung von Naukratis dorthin ist gar nicht so groß, der Nil jedoch hat sieben Mündungsarme und viele Kanäle. Elfmal mußte ich den Fluß überqueren, und jedes Mal mußte ich erst ein Dorf ausfindig machen, ein Boot und einen Mann anheuern, daß er mich übersetzte, den Zügel des Pferdes hinten am Bug festmachen und hoffen, daß die Krokodile die arme Mähre nicht erwischten, bevor wir die andere Seite erreicht hatten. So brauchte ich für die Reise fünf volle Tage, und dabei legte ich nur Pausen ein, wenn das Pferd vor Erschöpfung ins Stolpern kam.

Und die ganze Zeit über fand ich keine Ruhe. Auch wenn ich

ein paar Stunden anhielt, weil das Pferd nicht mehr weiterkonnte, sogar wenn ich unbedingt schlafen wollte, gelang es mir kaum, die Augen zuzumachen.

Und so bin ich mir denn auch nicht sicher, ob das, was sich in jener letzten Nacht zutrug, ehe ich Memphis wiedersah, ob das Wirklichkeit oder Traum war. Ich saß da und hielt das Pferd am Zügel, lehnte den Rücken gegen eine Dattelpalme, und mein Hirn war taub vor Müdigkeit. Aber wenn es ein Traum war, so war er trotzdem nicht weniger wirklich.

In jenem schwärzesten Teil der Nacht war die Morgenröte noch drei Stunden fern. Der Mond schien nicht, doch die Sterne funkelten böse. Ich konnte so gerade noch das leise Flüstern des Nils vernehmen, er hörte sich an wie eine alte Frau, die von ihrer Jugend träumt. Sonst war kein Laut zu hören, außer ab und an der Schrei irgendeines Wasservogels. Meine Kopfschmerzen rührten allein von der Erschöpfung her. Ich kam mir ganz allein auf der Welt vor.

Und auf einmal war ich es doch nicht, Tabschar Sin, der alte *rab kisir* meines Großvaters, des Gebieters Sargon, der mich im Haus der Krieger zum Soldaten ausgebildet hatte, war neben mir und kauerte gerade an der Grenze meines Gesichtsfeldes auf der Erde. Irgendwie kam mir das nicht eigenartig vor, obwohl er schon sieben Jahre tot war, gefallen in dem Krieg, welchen wir zusammen gegen die Meder geführt hatten, und auf dem Schlachtfeld bestattet. Aber was sollte mir das jetzt noch.

Eine lange Zeit – oder schien mir das nur so? – sagte er nichts und ich auch nicht. Ich war froh, daß er mir überhaupt Gesellschaft leistete, und dann dachte ich auch, er verschwindet, wenn ich rede und damit zugebe, daß ich weiß, er ist da.

Ich hätte mich jedoch nicht sorgen müssen.

»Prinz, allmählich verläßt du dich zu sehr darauf, daß dein stummer Riese dir den Rücken deckt«, sagte er schließlich. »Na gut, wahrscheinlich wärst du mit dem Babylonier auch allein fertiggeworden, aber es stand auf Messers Schneide. Dumm von dir, daß du die Falle nicht gewittert hast.«

»Mir ist klar, daß ich dumm war«, gab ich zurück, wenn auch etwas hitzig. »Letztens habe ich mich mit atemberaubender Ausdauer dumm angestellt. Wahrscheinlich bin ich schon wieder dabei, eine Dummheit zu begehen – bist du gekommen, um mir das zu sagen?«

»Nein.«

Er schien für kurze Zeit das Interesse an der Unterhaltung verloren zu haben und starrte zum unsichtbaren Horizont hin, in Richtung Memphis, so als wollte er die Entfernung abschätzen. Geistesabwesend rieb er sich den Stumpf, wo ihm ein nairanischer Reitersmann etwa zwölf Jahre vor meiner Geburt die linke Hand abgeschlagen hatte.

»Nein, ein Mann, der versucht, Gefahr von denen abzuwenden, die ihm teuer sind, ist nicht dumm. Es ist nur dumm sich einzubilden, daß er sein eigenes Leben als Schild benutzen kann. Wer weiß denn, wie es gerade jetzt in Memphis steht? Ist der Pharao mit seinem Heer gekommen, oder herrscht noch Frieden? Wenn Senefru dich an den Babylonier verschachert hat, so wird er auch Nekau an den Pharao verschachern.«

»Ja – der Gedanke ist mir auch gekommen.«

»Ach ja, Prinz? Wenn dem so ist, meinen herzlichen Glückwunsch.« Er blickte mich verächtlich mit halbem Auge an, so wie er es wohl an die tausend Mal auf dem Exerzierplatz getan hatte, wenn ich als Knabe beim Drill einen Fehler gemacht hatte.

»Und warum hast du dann nicht überlegt, welche Auswirkungen das auf die Pläne hat, welche du vielleicht in deinem modrigen Hirn ausgebrütet hast? Falls die Stadt gefallen ist, regiert wahrscheinlich an Stelle von Nekau längst Senefru, und das mit dem Segen des Pharao. Hast du daran gedacht? Er hält dich für tot – er hofft, daß du tot bist –, aber wenn du mit einem Schwert an der Seite durch die Tore geritten kommst, wird er seinen Irrtum nur zu rasch erkennen. Was glaubst du wohl, was er dann tut? Und von welchem Nutzen bist du für die Herrin Nodjmanefer, wenn erst die Krokodile mit dir fertig sind?«

»Ich finde schon einen Weg. Wenn Senefru sich gegen Nekau verschwört, dann dürfte er damit den Kopf voll haben.«

»Hat er das? Er hatte ohne Zweifel auch schon früher den Kopf voll, und doch hat er Zeit gefunden, deinen babylonischen

Freund aufzutreiben und dich dann eilends in den Tod zu schicken, hin in jenes Lagerhaus. Du machst deine Rechnung ohne den Wirt, wenn du hoffst, daß der Gebieter mit Staatsgeschäften beschäftigt ist.«

Er schwieg, und wieder schloß sich das Schweigen um uns wie Zeltwände. Irgendwo in der Ferne konnte ich einen Schakal heulen hören, ein einsamer Laut, einer, welcher bei den Ägyptern als Vorzeichen des Todes gilt.

Tabschar Sin riet mir gut – doch das war noch nie anders gewesen.

»Und was soll ich deiner Meinung nach tun?«

Er lachte, als hätte ich einen Witz gemacht.

»Prinz, ich bin nie etwas anderes als Soldat gewesen, und ein Soldat versteht sich nur darauf, am Leben zu bleiben. Du stammst von Königen ab und bildest dir ein, daß du vor den Göttern deiner Ahnen stets Gnade findest, aber die Götter gehen nicht immer freundlich mit ihren Günstlingen um. Ich muß dich ermahnen; du kannst dich nicht vor dir selbst verstecken, nicht einmal jetzt. Memphis ist dieser Tage eine der finstersten Stätten auf der ganzen Welt, und für dich noch finsterer als für die meisten. Wenn du seine Tore durchschreitest, wird ein Teil von dir nie wieder herauskommen.«

»Sterbe ich also dort, Tabschar Sin? Hast du mich etwa gelehrt, vor dem Tod Reißaus zu nehmen?«

»Nicht von Tod ist die Rede, sondern von Leben.«

»Aber du weißt doch, daß ich gehen muß.«

»Ja … ich weiß.«

Ich drehte mich um und wollte ihn anschauen. Auf seinen Lippen lag ein Lächeln, und das selbst dann noch, als sich sein Bild schon in der schwarzen Nacht verflüchtigte. Ehe ich antworten konnte, war nur noch das Lächeln da. Und dann nichts mehr.

Am nächsten Abend kam Memphis in Sicht. Schwarzer, dichter Rauch wölkte hoch und verschmolz mit dem Nachthimmel. Innerhalb der Mauern brannten ganze Stadtteile ab, und am Wasser entlang schienen die Flammen den Nil blutig zu färben. Im

Feuerschein konnte ich so gerade die Leichen ausmachen, welche kopfüber von der Stadtmauer herabhingen, und ich überlegte, wieviele von ihnen ich wohl erkannt hätte.

Und diese Meinung schienen viele zu teilen, denn ich war nicht allein auf der Straße. Menschenmassen strömten in beiden Richtungen aus der Stadt heraus, leuchteten sich den Weg mit Fackeln, während sie nach Norden und Süden und sogar in die Wüste zu entkommen versuchten, denn lieber wollten sie auf dem verdorrten Land verhungern als in Memphis bleiben und in ihren Hütten bei lebendigem Leib verbrannt oder abgeschlachtet oder auf der Straße zu Tode getrampelt werden.

Ungefähr drei Stunden vor den Stadttoren lag ein zerstörtes Dorf, welches schon bei der ersten Hungersnot aufgegeben worden, jetzt aber mit Flüchtlingen vor Pharaos Zorn überfüllt war. Dort ließ ich mein Pferd zurück, und kaum daß ich abgestiegen war, strömten die Flüchtlinge auch schon herbei, schlachteten es, schnitten es für den Kochtopf zurecht und stritten sich noch um die Fetzen.

Da ich mich verkleiden mußte, tauschte ich meinen letzten Beutel mit gepreßten Datteln gegen einen wollenen Bauernmantel ein. Der war abgetragen und mattbraun im Alter, doch so weit, daß er das Schwert in meinem Gürtel verbarg. Mir fiel auf, daß alle um mich herum barfuß gingen, also streifte ich auch noch meine Sandalen ab. Ich hatte fünf Tage lang nicht gebadet oder mich rasiert. Wenn jemand in Memphis Ausschau nach dem wohlhabenden und erlauchten Tiglat Assur, dem Freund von Fürsten und Ratgebern halten sollte, dann würde er sich zweifellos nicht die Mühe machen, mich sehr eingehend zu mustern.

»Was geht dort vor?« fragte ich den Mann, dem ich den Mantel abgekauft hatte und machte dabei eine knappe Geste in Richtung der eben am Horizont sichtbaren Feuersbrünste – ich bemühte mich, nicht zu interessiert zu wirken, weil das gemeine Volk in Ägypten Fremdlinge nicht gern enttäuscht, und ich wollte nicht angelogen werden.

Er schüttelte den Kopf, und als er dann den Mund nicht mehr voll hatte – von meinen Datteln –, schnaubte er grimmig.

»Es steht schlimm, hoher Herr«, erwiderte er. Meine Rede war die eines Fremdlings, und ich wirkte reich, weil ich Essen gegen einen alten Mantel eintauschte, also hielt er es wohl für das Klügste, mich mit Achtung zu behandeln. »Die libyschen Soldaten töten jeden, den sie finden, und die halbe Stadt ist so heiß, daß man nicht mehr durchkommt. Die nächsten hundert Jahre wird wohl niemand mehr in Memphis wohnen können.«

Wenn die Soldaten Libyer waren, so bedeutete das, sie gehörten zum Heer des Pharao – es hatte also angefangen. Ich überlegte, wie lange schon, doch die Frage erschien mir unklug.

»Und Fürst Nekau, ist der noch am Leben?«

»Ich weiß nicht, hoher Herr – ist er ein Freund von dir?«

Er blickte mich so forschend an, daß er offenbar nicht zu wissen schien, von wem die Rede war. Die Soldaten des Pharao benetzten ihre Schwerter mit dem Blut seiner Untertanen, und Nekau, das Ziel seines göttlichen Zorns, war für die Opfer nicht einmal ein Name, und für die Libyer, welche sie töteten, wahrscheinlich auch nicht.

Und so begab ich mich denn auf das letzte Stück meiner Wanderschaft, stemmte mich dem Strom der Flüchtenden entgegen, denn selbst noch mitten in der Nacht, als die Welt für immer zu enden schien, war die Straße überfüllt von jenen, die dem entkommen wollten, wonach ich trachtete. Die Morgenröte war noch mehr als eine Stunde fern, da erreichte ich Memphis.

Mein erstes Problem – ohne die Aufmerksamkeit auf mich zu ziehen an den Wachen vorbei und in die Stadt hineinzugelangen – ließ sich noch am leichtesten lösen. Anscheinend machten sich die Soldaten des Pharao mittlerweile Sorgen, daß sich die Feuer, welche sie vermutlich selbst gelegt hatten, zu sehr ausbreiteten und preßten deshalb jeden, den sie trafen, in Arbeitskolonnen. Ich mußte mich einer solchen Kolonne nur anschließen – oder zulassen, daß man mich preßte –, und schon gehörte ich zu einer benommen wirkenden Schar von ungefähr zwei-, dreihundert Leuten, größtenteils Bauern und Bauersfrauen, doch darunter war auch ein Grüppchen aalglatt wirkender Kaufleute, die jemanden mit einer zu niedrigen Bestechungssumme verärgert hatten. Wir standen herum, bis jedem von uns zwei Ledereimer in die Hand gedrückt wurden. Dann trabten wir zum Fluß hinunter, füllten sie, und dann ging es zurück durch die Tore. Ich ging tief gebückt unter dem Joch, als ich an den Wachen vorbeikam, aber ich hätte keine Angst zu haben brauchen, sie warfen mir überhaupt keinen Blick zu.

Hier und da waren Soldaten aufgestellt, doch weit verstreut, denn sie schienen gar nicht auf den Gedanken zu kommen, daß dieser verhungerte, verzagte Pöbel unbewaffneter Städter eine Gefahr darstellte. Ich leerte meine Eimer ins Feuer, welches in diesem Stadtteil nicht einmal mehr richtig schwelte, und auf dem Weg zurück zum Fluß ergriff ich die erste Gelegenheit, die sich mir bot, ließ sie fallen und lief fort.

Ich hörte, wie jemand hinter mir herrief, doch nachsetzen wollte mir niemand – ich war so einfach zu ersetzen, daß es die Mühe nicht lohnte. Danach war es leicht, in den engen und namenlosen Gassen des Armenviertels unterzutauchen, jedenfalls in dem, was noch davon übrig war. Erst jetzt ging mir das ganze Ausmaß des Schreckens auf, der hier in den letzten Tagen gewütet hatte.

Wenn man die Soldaten nach der Einnahme einer Stadt nicht ganz streng diszipliniert, gibt es immer ein entsetzliches Blutbad, und hier wurde offenbar, daß man den Heeren des Pharao einfach erlaubt hatte zu hausen wie Jagdhunde, die von der Leine gelassen sind. Als ich die Straße der Schuster entlangging, in einem Stadtteil, in dem das Feuer nicht so gewütet hatte, lagen da immer noch so viele Leichen herum, daß man sie hier und dort an den Mauern der Gebäude hatte aufstapeln müssen, um Platz für die Fußgänger zu machen.

Und diese Menschen waren nicht im Feuer umgekommen oder an Krankheiten gestorben – man hatte sie abgeschlachtet und viele in Stücke gehauen. Ich sah den Rumpf eines altes Mannes, dem Kopf und Arme fehlten, sogar die Beine hatte man ihm an den Knien abgeschlagen.

Aber wie immer, wenn solches geschieht, hatten die Frauen am meisten zu leiden gehabt. Überall lagen die Leichen von Frauen, denen man die Brüste und Bäuche aufgeschlitzt hatte, als wären sie zum Verkauf auf dem Markt geschlachtet worden. Viele schwammen so im Blut, daß sie den Überfall wohl noch einige Zeit überlebt hatten – das wurde auch schon durch die Tatsache belegt, daß man ihnen in der Regel die Achillessehne durchgeschnitten hatte. Man hatte sie verstümmelt, daß sie sich hilflos quälen mußten, bis der Schreck und der Blutverlust der Lustbarkeit ein Ende setzte.

Die Libyer, welche den Großteil in den Heeren des Pharao ausmachten, waren in Ägypten verhaßt. Oft genug hatte ich gehört, daß sie eine Rasse von brutalen Barbaren waren, bar allen menschlichen Gefühls und Anstands, und wenn ich nicht mit den Soldaten Assurs Babylon eingenommen hätte, nach Memphis hätte ich es zweifellos auch geglaubt.

Es war noch graues Frühlicht, und schon schwirrte die schwere, drückende Luft von schwarzen Fliegenschwärmen, die sich an Aas fett gefressen hatten. Bei dem Verwesungsgeruch konnte man kaum atmen, und ich war froh, daß ich eineinhalb Tage nichts gegessen hatte. Ich hielt mich nirgendwo auf, sondern machte mich auf den Weg zu den breiten Straßen des Tempelbezirks. Ich mußte Nodjmanefer finden.

Die meisten der großen, öffentlichen Plätze waren zwar von Leichen freigeräumt, doch der Sand auf der Straße war noch voller Blut, und zuweilen selbst die Mauern der Heiligtümer. Die erste Tötungsorgie war wohl abgeklungen, doch ganz eindeutig drohte noch jedem Gefahr, der sich ins Freie wagte. Hier und da hörte ich Geschrei. Aus dem Schatten einer Gasse mußte ich mit ansehen, wie ein Soldat hoch zu Roß einen Mann niederritt, einen Bauern, der nur ein schmutziges Lendentuch trug, und ihn dann mit dem Speer erstach. Ich machte mich vorsichtig davon.

Der Stadtteil, in welchem die Reichen wohnten, wirkte, als wären die kürzlichen Gewalttätigkeiten an ihm vorbeigegangen. Es gab hier wohl Soldaten – tatsächlich mehr als anderswo –, doch keines der Gebäude war niedergebrannt oder sah aus, als wäre es geplündert worden. Abgesehen von kleinen Trupps Soldaten lagen die Straßen verlassen, denn meine wohlhabenden Nachbarn waren zu klug, als daß sie zu solchen Zeiten im Haus blieben.

Um den Soldaten zu entgehen, schlich ich mich durch Gäßchen und an der Rückseite von Häusern vorbei und kletterte über die niedrigen Mauern, wenn ich kein Tor fand. Da ich mich in dieser Gegend auskannte, kam ich rasch voran.

Schließlich stand ich vor der Rückfront von Senefrus Haus. Es war immer noch früher Morgen, und in den Bäumen seines Gartens sangen doch tatsächlich Vögel – dessen entsinne ich mich noch ganz genau, weil mich nämlich dieser Laut in der verwüsteten Stadt eigenartig berührte.

Die Tür, welche von der großen Empfangshalle in den Garten ging, war unverschlossen und stand angelehnt, und niemand rief mich an, als ich eintrat. Das Haus schien verlassen.

Ich durchmaß das Haus von hinten nach vorn und traf keine Menschenseele. Zweifellos waren alle Diener geflohen. Die Eingangstür war von außen aufgebrochen worden – der Querriegel lag auf dem Boden, war in der Mitte entzwei und gesplittert, als hätte ihn ein Riese über dem Knie zerbrochen –, und in der Empfangshalle war ein Stuhl umgekippt, sonst aber sah alles aus wie gewohnt. Kein Anzeichen, daß es geplündert worden war. Als ich in Senefrus Arbeitszimmer kam, stellte ich fest, daß seine gesamten Papiere auf dem Schreibtisch lagen, genauso wie das letzte Mal, als ich diesen Raum betreten hatte. Ich weiß auch nicht, aber bei ihrem Anblick packte mich Entsetzen.

»Nodjmanefer?« rief ich – und der Klang ihres Namens hallte durch das verlassene Haus. »Senefru! Nodjmanefer!«

Keine Antwort.

Ich ging zurück in die Eingangshalle und sah mir noch einmal die Haustür an, die so offenstand, daß sie der hellen Morgensonne Einlaß gewährte. Um die mit vereinten Kräften aufzubrechen, brauchte man an die acht bis zehn Mann, und sie mußten dazu einen Rammbock nehmen. Im Erdgeschoß war jedoch nur sehr wenig Unordnung. Plünderer konnten es also nicht gewesen sein, und wenn sie gekommen waren, um Senefru gefangenzunehmen, dann hätten sie seine Papiere mitgenommen.

Unweit der Eingangshalle befand sich eine Nische, die auf die große Treppe ging. Wie in den meisten Häusern der ägyptischen Adligen, wurden die Räume im Erdgeschoß für Festlichkeiten und fürs Geschäft genutzt, während die Familie privat im Stockwerk darüber wohnte. In dieser Nische war immer ein kleiner bronzener Dreifuß gewesen, auf dem ein Tonkrug mit Blumen stand. Den Dreifuß gab es noch, doch war er umgestürzt, und der Krug lag auf dem Boden und war in fünf große Teile zerbrochen, Das Wasser war verdunstet, und die Blumen waren verdorrt. Es war ein kleiner Raum, und so konnte ich mir das Geschehene unschwer ausmalen – eine Gruppe von Männern, zweifellos in Eile, geht die Treppe eines fremdes Hauses hoch, wie leicht kann da solch ein Dreifuß umfallen. Ich brauchte gar nicht lange nachzudenken, wie sich das wohl zugetragen hatte.

Mich bedrückte jedoch nicht, wie es sich zugetragen hatte. So leicht verlor Senefru nicht die Nerven. Zum einen war er viel zu stolz, als daß er wie ein verängstigter Dienstbote starb. Die Soldaten des Pharao, wenn sie es gewesen waren, hätten ihn nicht im Schlafgemach verkrochen vorgefunden. Er hätte ihnen und seinem Tod an seiner Haustür ins Antlitz gesehen. Und doch gab es kein Anzeichen dafür. Was also hatten sie oben gesucht?

Natürlich kannte ich die Antwort, noch ehe ich die Frage selbst formulierte. Sie waren nicht wegen Senefru gekommen. Sie waren wegen Nodjmanefer gekommen.

Lange brauchte ich nicht zu suchen. Ich fand sie in einem ihrer Zimmer. Sie lag an der Wand, hatte sich auf die Seite gelegt und zusammengekrümmt. Auch hier kaum Anzeichen für einen Kampf – die Vorhänge um ihr Bett herum waren an einer Seite heruntergerissen, aber das war auch schon alles. Die Männer, wer immer sie auch gewesen sein mochten, hatten sich auf ihr Geschäft verstanden und es tadellos erledigt.

Ich glaube, sie war wohl ungefähr fünf Tage tot. Aus ihrem Mundwinkel rann ein Blutfaden, aber der war schon lange getrocknet und schwarz, doch die einzige Wunde, die ich sehen konnte, war tief unten in ihrem Leib und stammte von einem Schwert mit einer drei Finger breiten Klinge. Es sah aus, als hätte man den Stoß von oben nach unten geführt, um nicht nur sie, sondern auch das Kind in ihrem Schoß zu töten. Sie barg das Gesicht teilweise in der Armbeuge – ich war froh, daß ich ihre Augen nicht sehen mußte.

Sie waren in ihre Privatgemächer eingedrungen und hatten sie ermordet – nur das hatte sie hergeführt, nur das hatten sie gewollt: eine Frau umzubringen, welche niemandem außer ihrem Mann ein Leides getan hatte. Es mochte genau um die Zeit geschehen sein, als man dachte, daß mir das Gleiche in Naukratis widerführe. Hatte Senefru ihr das erzählt? War er dabei gewesen und hatte zugeschaut? Und nachdem es vorbei war, hatte er sich da durch die Gartentür davongemacht und sie angelehnt gelassen?

Und seitdem hatte sie hier allein gelegen, niemand hatte ihren Geist besänftigt. Die Ägypter setzen große Hoffnungen auf das Leben nach dem Tode, doch Senefru hatte sie der Verwesung überantwortet.

Warum hatte er das getan? War ihm der Gedanke, daß sie ihn schließlich doch verlassen wollte, daß sie ein Kind von einem anderen Mann trug, so unerträglich gewesen? Hatte er sie am Ende doch geliebt, oder war es nur verletzte Eitelkeit gewesen? Und warum hatte er dieses Mittel gewählt – hatte er alle Welt glauben machen wollen, daß seine Frau aus Versehen während der Gewalttätigkeiten umgekommen war, nur noch ein weiterer Schrecken in einer Schreckenszeit?

In meinem Kopf drehte es sich von diesen und anderen Fragen, auf welche es nie eine Antwort geben würde. Durch diese Tat hatte sich Senefru so undurchdringlich wie Stein gemacht.

Ich wickelte ihren Leichnam in die Unterlage ihrer Schlafmatte und verschnürte alles mit Leinenbinden, soviel ich davon finden konnte – ich entsinne mich, daß ich eines ihrer Gewänder dazu nahm. Dann trug ich sie in den Garten hinaus, wo ich einen Spaten fand, ein paar der großen Steinplatten, die um den Springbrunnen lagen, hochhob und sie dort bestattete. Danach legte ich die Steine wieder an Ort und Stelle und verwischte alle Spuren meiner Arbeit. Niemand würde dahinterkommen. Dort würde sie nun bis in alle Ewigkeiten ruhen und sicher vor dem Zorn ihres Mannes sein, und nur ich wußte darum.

XVIII

Ich war mir der Zeit nicht mehr bewußt, als ich auf der Steinbank in Nodjmanefers Garten saß, doch es muß sich um einige Stunden gehandelt haben. Als ich hörte, daß die Gartentür zuklappte, kam ich mit einem Ruck wieder zu mir und konnte an der Länge meines eigenen Schattens ermessen, daß es bereits später Nachmittag war.

»Sie ist also tot, ja?« sagte Kephalos mit leiser, ausdrucksloser Stimme. »Ich sehe es dir an. Ich kann es auf deinem Gesicht lesen, Herr. Das hatte ich mir schon gedacht.«

»Was hat sich hier zugetragen?« fragte ich und staunte darüber, daß mir die Stimme im Hals steckenbleiben wollte. Ich war so durcheinander, daß ich zitterte, ja, ich schien mir eben erst meiner eigenen Gefühle bewußt zu werden – so als hätte ich bis zu diesem Augenblick auf den Klang ihrer Stimme gewartet und erst jetzt gemerkt, daß ich sie nie wieder vernehmen würde.

Kephalos setzte sich neben mich, er legte die Hände auf die Knie wie ein Mann, der endlich sein langes Tagewerk vollbracht hat und sich den Luxus leisten kann, müde zu sein.

»Ich weiß auch nicht recht. Zunächst sind die Soldaten zu deinem Haus gekommen, und ich bin mit den Dienern geflohen. Die Dienerschaft ist übrigens nicht zurückgekommen, Gott weiß, was aus ihnen geworden ist.«

»In diesem Fall wünsche ich dem Gott viel Freude an seinem Wissen. Wann war das?«

»Vor fünf Tagen – eher vor sechs, denn es war spät in der Nacht, als ich in einer Schlaftunika um mein Leben gerannt bin. Ich habe mich im Keller des Hauses versteckt, welches sich der Gebieter Userkaf an der Straße des Gottes Bes bauen läßt, doch ich beneide ihn nicht um seine Behausung, da es erst halb fertig ist und schon Ratten hat. Am nächsten Morgen bin ich zurückgekommen und habe seitdem auf deine Rückkunft gewartet. Augenblicklich sind wir sicher – das hier ist wahrscheinlich der sicherste Ort in der ganzen Stadt, weil sie bereits dagewesen sind und sich ohnedies nicht oft in diese Umgebung wagen. Allem Anschein nach ist den Reichen durch Pharao die göttliche Gnade der Vergebung zuteil geworden, und sein Zorn hat sich auf die Hungernden und Heimatlosen beschränkt. Vielleicht ist aber auch das eine Gnade, denn die meisten wären ohnedies umgekommen.«

»Dann sind also die Soldaten des Pharao hier gewesen?«

»Ja – ganz ohne Zweifel. Andere Soldaten gibt es nicht in Memphis, da sich die Miliz des Fürsten Nekau verflüchtigt hat wie Rauhreif, als sich das Herannahen der Libyer herumsprach. Und jetzt, wo du wieder da bist, Erhabener, wäre es klug, wenn auch wir uns verflüchtigen würden. Fremdlingen begegnet man jetzt feindselig, so als wären wir der Anlaß zu diesen Unruhen; dennoch ist es deinem Diener gelungen, gewisse Vorsorge zu treffen …«

»Wo finde ich Senefru? Sag mir nur das eine, Kephalos, und ich belästige dich nicht weiter.«

»Es ist besser, wenn du den Gebieter Senefru vergißt«, antwortete er und legte mir die Hand auf den Arm. Der Zorn ergriff mich so jählings, daß ich aufstand und seine Hand abschüttelte.

»Sag es mir! Sag mir, wo er ist, und wenn er noch nicht in seiner Gruft ruht, dann bringe ich ihn um.«

Aber Kephalos wiegte nur den Kopf und musterte mich mit traurigem Blick, als wäre ich ein Kind, das einen Wutanfall hat.

»Gebieter, er ist nicht tot, und du kannst ihn auch nicht umbringen. Drei Tage nachdem du nach Naukratis aufgebrochen warst, hat er heimlich die Stadt verlassen, hat sich dem heranziehenden Heer angeschlossen und ist erst zurückgekehrt, als die Stadt die Tore öffnete und sich ergab. Zu dieser Stunde weilt er in Tanis beim Pharao oder ist auf dem Weg dorthin. Er soll jetzt an Nekaus Statt Fürst werden. Du kommst nicht an ihn heran, allein der Versuch ist reiner Selbstmord.«

Er hatte natürlich recht – das sah ich sofort ein, auch wenn ich mein Leben noch so gern für Senefrus eingetauscht hätte. Ich versuchte, mir irgendeinen Rachefeldzug auszudenken, doch es ging nicht. Gram und hilflose Wut vernebelten mir das Hirn so, daß ich mich wieder hinsetzen mußte, jedoch nicht auf die Bank zu Kephalos, sondern auf die Platten, welche auf Nodjmanefers Grab lagen. Senefrus Triumph schien sich wie Klauen in mein

Fleisch zu krallen, und mir fiel kein Mittel ein, wie ich sie herausreißen konnte.

»Komm ins Haus, Herr. Hier draußen sind wir nicht ganz sicher. Komm hinein und iß und trink etwas. Dann mußt du schlafen.«

Ich verbrachte die Nacht in meinem eigenen Bett, und mich quälten Träume, welche nicht warteten, bis ich eingeschlafen war, sondern mich gleich überfielen, nachdem ich die Augen geschlossen hatte. Ich sah zu, wie man Nodjmanefer ermordete, ich hörte ihre Schreie und spürte das Schwert in meinen eigenen Gedärmen, als man sie umbrachte. Und so ging es in einem fort, als ob sie ewig sterben und ich ewig zusehen müßte. Am Morgen fieberte ich, und Kephalos verabreichte mir Wein mit einem Betäubungsmittel, welcher die Träume abhalten sollte, und ich schlief bis in den Nachmittag hinein.

»Ich halte es für das Beste, wenn wir bald aufbrechen«, sagte er. »Ich weiß, wo ein Boot versteckt liegt, doch was mich das Wissen an Silber gekostet hat, das möchte ich lieber vergessen. Wenn wir es bis zum Hafen schaffen, sind wir in Sicherheit.«

»Warum bist du hiergeblieben, Kephalos?«

»Weil ich gewußt habe, daß du zurückkommst, Herr.«

Ja. Ich glaubte ihm. Und dann hielt ich es nicht länger aus. Ich schlug die Hände vors Gesicht und weinte wie ein Kind.

Ich bin ein alter Mann, und ich will die Zeit, welche mir die Götter noch zugestanden haben, nicht darauf vergeuden, daß ich aus unserer Flucht aus Memphis ein Abenteuer mache. Wenn die Patrouillen uns erwischt hätten, wir wären als Plünderer hingerichtet worden – das Vorrecht zu plündern genossen allein die Soldaten des Pharao, und die wachten eifersüchtig darüber –, doch wir erreichten den Hafen ohne Zwischenfälle, fast als hätte uns jemand den Weg geebnet.

Kephalos Boot lag in einem leeren Getreidespeicher unter einem Haufen schmutzigem Stroh verborgen, der letzte Platz, wo jemand danach suchen würde, und wir trugen es zum Wasser hinunter, zogen das Segel auf und waren vor Sonnenaufgang schon drei Stunden flußabwärts.

Wir brauchten uns nur im Schoße des Nils treiben zu lassen. An Essen hatten wir genug, bis wir das Delta erreichten, und danach mußten wir nur in Dörfern am Fluß anlegen, Nahrungsmittel eintauschen und nach dem Weg fragen. Wir schliefen im Boot, lösten uns am Ruder ab und machten nirgendwo, nicht einmal in Naukratis, länger als eine Stunde halt. So kamen wir auf unserer Flucht gut voran, eine ereignislose Reise ohne besondere Vorkommnisse.

Ich glaube, mir wäre es besser gegangen, wenn unsere Reise voller Gefahren gewesen wäre, denn wie die Dinge lagen, hatte ich zuviel Zeit zum Grübeln. Es gab zuviele lange, leere Nächte; Kephalos schnarchte im Heck des Bootes vor sich hin, und ich konnte nur an eines denken, nämlich daß ich Nodjmanefer tot und ungerächt in Memphis zurückgelassen hatte.

Nach siebzehn Tagen erreichten wir Buto. Eines Morgens refften wir einfach das Segel, legten an der Schiffslände an, vertäuten das Boot und ließen es liegen, als ob es überhaupt nicht mehr existierte.

Als erstes suchten wir die öffentlichen Bäder auf, da wir uns den Reisestaub abwaschen wollten – wer vertraut schon seinen Leib dem Nil an? Das könnte von den Krokodilen als Beleidigung aufgefaßt werden. Dann gingen wir in den Basar und kauften uns saubere Kleidung. Beide hatten wir fast einen Einmonatsbart, und die Haare waren ebensolange nicht rasiert worden, doch wir beschlossen, keinen Bartscherer aufzusuchen, da wir beide genug von den Ägyptern hatten und wieder Griechen sein wollten. Dann machten wir uns auf die Suche nach Enkidu und Selana.

Die waren unschwer zu finden – wir mußten nur zum Ufer zurückgehen und nach dem fremdländischen Riesen mit dem weizenfarbigen Haar fragen.

»Er kommt jeden Morgen und Nachmittag hierher«, sagte man uns, »und er hat ein Mädchen dabei, welches ihm ihre Stimme leiht. Ihr habt sie gerade verpaßt.«

Wir gingen in eine Schenke und tranken zwei Stunden lang Wein, und bei unserer Rückkehr waren sie da.

Enkidu entbot mir natürlich keinen Gruß, abgesehen von seinem gewohnten, kalten Blick. Was hat dich aufgehalten? schien er zu fragen, so als hätte ich nur kurz das Zimmer verlassen – doch Selana weinte und umschlang meine Knie und verfluchte mich waghalsigen Narren. Sie stellte keinerlei Fragen, weder jetzt noch später, wahrscheinlich hatte sie die Antwort bereits erraten. Ich war ohne Nodjmanefer zurückgekommen; darum konnte Nodjmanefer nur tot sein. Ich ging mit ihnen in ihr Gasthaus zurück, wo Zimmer für unsere Ankunft vorbereitet waren und schon zehn Tage lang auf uns gewartet hatten. An diesem Abend schmausten wir feierlich und freudlos, aber üppig, und ich zog mich früh zurück, ich fühlte mich erschöpft und ausgepumpt.

Mehr als fünfzehn Tage hatte ich auf dem Boden eines Binsenbootes, das nach Pech und abgestandenem Wasser stank, Ruhe finden müssen. Ich hatte in Angst und Verzweiflung gelebt, und das von Augenblick zu Augenblick, ohne daß Raum für etwas anderes blieb. Jetzt war mein Bett eine frisch geflochtene Matte auf einem gut gekehrten Fußboden, und es gab niemanden, der Grund gehabt hätte, mich umzubringen. Ich war in Sicherheit. Ich war sauber. Friede herrschte in meiner Seele, und ich war angetrunken. Mein leidenschaftlicher Kummer hatte sich ausgetobt und lediglich eine mürrische Bitterkeit zurückgelassen, wie ein alter blauer Fleck, der nur noch bei Berührung schmerzt. Und doch floh der Schlaf mein Lager. Da mein Hirn nun nicht mehr Tag und Nacht in einem Netz aus Gefahr und Gram gefangen war, wollte es keine Ruhe finden.

Drei Jahre Ägypten – und was sollte das Ganze? Nodjmanefer war tot, und ich hatte zu ihrem Tod beigetragen. Die Schuld war so groß, daß Senefru sie sich ruhig mit mir teilen konnte. Was hatte ich mir bei alledem nur gedacht?

»Besuche Memphis und schlage dir daran den Bauch voll«, hatte Prodikos mir geraten, doch das schien in einem anderen Leben gewesen zu sein. »Danach erbrich dich tüchtig, daß du deine Gedärme von derlei Torheiten reinigst, und lebe weiter wie zuvor.«

Und ich hatte mich vollgestopft, daß mir der Magen schier verfaulte.

Der Ratschlag wirkte hart, doch einen besseren hatte ich nie erhalten. Der Gott, das war mir klar, hatte durch Prodikos' Mund zu mir gesprochen.

Früh am nächsten Morgen stahl ich mich in Kephalos' Raum und rüttelte ihn wach.

»Geh zur Schiffslände hinunter«, sagte ich und hockte mich neben seine Schlafmatte. »Treibe ein Schiff für uns auf, das uns von diesem Ort fortbringt. Jetzt gleich, denn Ägypten brennt mir unter den Fußsohlen.«

Einen Augenblick lang blickte er mich nur starr an und blinzelte wie eine Eule, die das Licht blendet. »Gebieter – jetzt gleich?« fragte er am Ende. »Bei den Göttern, mein Kopf summt wie ein Hornissennest, denn vergangenen Abend war ich voll des süßen Weines. Ich bin noch nicht einmal drei Stunden im Bett ...«

»Jetzt. Gleich.«

»Siebzehn Tage«, brummelte er und rieb sich die Augen. »Siebzehn Tage sind wir auf dem Fluß in einem Boot von der Größe eines Sarges gefangen gewesen. Eine Nacht an Land mit Essen und Trinken und einem sauberen Bett, und schon soll die Reise wieder losgehen. Wehe dem Mann, dessen Gebieter die Götter den Verstand verwirrt haben – gibt es in jenem Krug dort noch Wein? Da – gib ihn mir ...«

So geschah es, daß wir noch an ebendiesem Abend, als der Wind von Land her wehte, die schwarzen Länder Ägyptens hinter uns ließen. Am Morgen befanden wir uns auf dem Nordmeer mit Ziel Sidon.

Wir fuhren auf einem phönikischen Handelsschiff, das zu seinem Heimathafen Byblos wollte, jedoch die Küste hinauf und hinab Handel mit den Städten trieb, und so legten wir in Joppa und Tyros an, ehe wir nach Sidon gelangten. Der Wind war uns günstig, das Wetter auch, und die Reise dauerte zehn Tage.

Unser Kapitän war ein freundlicher, offenherziger Mann, wie es Seeleute meiner Erfahrung nach in der Regel sind, doch er war Phöniker und deshalb in allen geschäftlichen Dingen sehr schlau und gerissen. Wie so viele seiner Rasse war er intelligent, sprach mehrere Zungen und war überall herumgekommen, wo Menschen in Sichtweite des Meeres wohnen.

Die Phöniker gehören zu den Völkern, welche in den Annalen der Könige von Assur den Sammelnamen ›Kanaaniter‹ erhalten haben. Der bezieht sich auf alle Völker, welche zwischen Ägypten und Lydien an der Küste des Nordmeeres siedeln. Kanaaniter bedeutet genau wie die griechische Bezeichnung ›das rote Volk‹. Abgesehen vom Handel mit Purpurfarbe, für die sie berühmt sind, habe ich nie herausfinden können, warum man sie so nennt, aber ich weiß genau, daß sich die Phöniker von, sagen wir, den Hebräern, die Ziegenhirten und Weinbauern sind, unterscheiden wie die Männer aus Assur von den Elamitern oder Chaldäern. Die Phöniker sind eine seefahrende Rasse und so ruhelos wie die Wüstennomaden in Arabien. Für sie zählt nur Abenteuer und Wohlstand, was bei ihnen fast das Gleiche ist, und sie bauen ihre Städte, als ob sie dem festen Land mißtrauten – und solch ein Ort war Sidon.

Die Stadt war auf einer Landzunge, aber auch auf einer Insel gelegen, welche mit ihrer trägen Biegung die Form der Küste nachahmte und mit ihr durch einen steinernen Damm verbunden war. Die Insel diente als Hafen und bot an ihrem Nordende seetüchtigen Schiffen sogar im Winter einen sicheren Hort, wenn nämlich die Wellen von einem Deich aus Stein abgehalten werden, dessen Blöcke bis zu sechs Schritt lang sind. Der lange, sandige Strand an ihrem Südende eignete sich prächtig für kleinere Schiffe, die auf Land gezogen wurden. So war denn Sidon überall vom Meer her zugänglich, als brauchte es einen Fluchtweg, während es zum Land hin den Anblick einer gewaltigen befestigten Zitadelle bot.

Ich schreibe von Sidon, wie es an jenem ersten Tage war, als wir in seinem Außenhafen festmachten und an Land gingen. Das war vor langer Zeit, und heute liegt es wohl in Trümmern – es würde mich auch nicht Wunder nehmen, da ich die Hand erblickte, welche ihre Mauern zerstören sollte, und die Stimme vernahm, welche es zum Tode verurteilte. Doch Städte sind stärker als Menschen und erwachen wieder zum Leben, auch wenn man sie schon zerstört hat. So gedeiht vielleicht auch Sidon heute wieder, aber in meinen Gedanken ist es ein steinerner Leichnam, den Sand und Meer wieder zurückgefordert haben.

Doch so war es nicht, als ich es zum ersten Mal erblickte. Es strotzte an jenem ersten Tag von Leben, und bei seinem Anblick kam es mir so vor, als würde ich aus dem Dunkel ins Licht treten.

Damals war Sidon die wohl schönste Stadt der Welt. Es war eine Stadt der Gärten; jedes Hausdach, jedes Fleckchen Erde war ein Farbenmeer. Blühende Schlinggewächse überrankten die Hausmauern, und die Luft war von Blütenduft geschwängert.

Zwar fiel einem zunächst auf, wie vollendet schön Sidon war, doch schon bald war ich auch tief beeindruckt davon, wie einfallsreich man es gebaut hatte. Der Hafen erschien ungeschützt, denn sichtbare Befestigungen gab es nicht, aber das Wasser war an seinem Südende zu flach für Kriegsschiffe, und das Nordende war durch eine Reihe künstlicher Inseln abgeschirmt, welche größeren Schiffen nur einzeln Einlaß in den Hafen gewährten und damit einen Angriff von See her fast unmöglich machten. Innerhalb der Stadt besaßen alle Häuser eine Anlage mit Regenrinnen und Zisternen, die im Winter und an den ersten Frühlingstagen jeden Tropfen Wasser auffingen und speicherten, denn die Sidonier wollten sich nicht allein auf die Brunnen verlassen, welche vor den Toren der Stadt lagen.

Wir verbrachten die erste Nacht an Land in einer Schenke unweit des Hafens, doch sobald sich Kephalos im Basar eingeführt hatte, erhielten wir die Einladung, bei einem Holzhändler namens Bodashtart zu wohnen, der für ihn an die fünfzigtausend Silberschekel aufbewahrte. Die wollte jener im Zedernhandel mit Babylon anlegen – ein Handel, welcher letztens durch die sich verschlechternden Beziehungen zum Lande Assur zum Erliegen gekommen war. So ruhte denn das Silber immer noch in den Kontoren von Sidon, war nicht angelegt worden und hatte keinen Gewinn abgeworfen, und deshalb war Bodashtarts Gastfreundschaft nicht ganz ohne Falsch, denn er wollte sich nur ungern von solch einer beträchtlichen Summe trennen und Kephalos zweifellos in seiner Nähe behalten, daß er ihn für ein anderes Geschäftsvorhaben begeistern könnte.

»Es gibt da ein Sprichwort, Herr«, sagte Kephalos nach unserem ersten Mahl in diesem Haus zu mir, in dessen Verlauf

Bodashtart fast pausenlos von den Reichtümern gesprochen hatte, welche man im Farbenhandel mit Libyen machen könnte – die dortigen Stämme schienen seit neuestem ganz wild auf Rot zu sein und ihre Lumpen mit dem berühmten ›phönikischen Purpur‹ zu färben, und sie zahlten für ihre Leidenschaft mit kostbaren Edelsteinen, die man, so verlautete gerüchteweise, im Wüstensand aufsammeln konnte wie Eicheln unter einer Eiche. »›Traue eher einem Ägypter als einem Griechen, und eher einem Griechen als einem Phöniker, doch einem Phöniker traue nie.‹ Dieser Mann kennt keinen Anstand und bekommt mich heimtückisch da zu packen, wo ich wie alle meiner Rasse am verletzlichsten bin, bei meiner Habgier.«

»Glaubst du, was er über Libyen erzählt?«

Kephalos schüttelte den Kopf und verzog verächtlich das Gesicht.

»Wenn die Libyer kostbare Steine wie Nüsse im Frühling auflesen könnten, so würden gewißlich nicht so viele von ihnen im Heer des Pharaos dienen, denn wer möchte schon in Ägypten Soldat sein, außer er ist dem Hungertode nahe? Nein, er will lediglich unser Silber nicht herausrücken. Er ist verärgert über seinen König, der sich gegen deinen Bruder Assarhaddon erhoben und sich geweigert hat, den jährlichen Tribut an Ninive zu zahlen, womit er den einträglichen Handel mit dem Osten zum Erliegen gebracht hat. Bodashtart ist Holzkaufmann – er hat für seine Zedern im Land zwischen den Strömen keine Abnehmer mehr, und da in Ägypten jetzt Chaos herrscht, glaubt er nicht, daß er für das, was er dort verkauft hat, bezahlt wird. Und so will er denn seine zu erwartenden Verluste dadurch wettmachen, daß er mich anschwindelt.«

»Wenn der König von Sidon nicht aufpaßt, wird er mehr Sorgen haben als nur das Mißvergnügen seiner Kaufleute. Das Heer Assurs wird vor seinen Toren stehen.«

Doch mein Diener lächelte nur, als wäre ich ein Kind.

»Der König macht sich keine Sorgen, Gebieter – der macht sich keine Sorgen.«

»Wenn nicht, dann kennt er meinen Bruder nicht recht.«

»Selbst dein Bruder, Gebieter, ist nicht so dumm, daß er Sidon angreift, denn es hat starke Mauern und kann auch der längsten Belagerung standhalten, sofern man es nicht von See abschneidet. Zweifellos werden Abdimilkutte und der Herrscher Assurs irgendwie zu einer Einigung gelangen.«

Und so erfuhr ich, daß selbst Phöniker dumm sein konnten, denn nur ein Dummkopf glaubt, daß es nichts gibt, was man nicht kaufen kann, und der König von Sidon schien sich tatsächlich einzubilden, daß er Assarhaddon die Stirn bieten und dann mit ihm über die geschuldete Tributsumme verhandeln könnte. Genausogut hätte er versuchen können, mit dem Tod zu schachern.

Schon am nächsten Tag sollte ich die Ursache seiner Torheit entdecken, denn als ich mit Enkidu und Selana von einem Besuch im Basar zurückkehrte, fand ich einen königlichen Herold vor, der in ein purpurnes, silberdurchwirktes Gewand gekleidet war, den Weidenstab, das Zeichen seines Amtes, trug und vor Bodashtarts Haustür auf mich wartete.

»Hiermit bist du, Gebieter Tiglat Assur, Prinz der östlichen Länder und Eroberer vieler Nationen, vor den König geladen. Der Gebieter Abdimilkutte, Stern der Welt, König von Sidon, entbietet dir seinen Gruß und fordert dich auf, dem Ruhmreichen deine Aufwartung zu machen.«

Der Mann sprach aramäisch, und Selana, welche nur ihre eigene Zunge und das Ägyptisch der Küchensklaven verstand, starrte ihn an als ob sie ihn für verrückt hielte. Als sie sich von ihrem Schreck erholt hatte, faßte sie nach unten und zog sich die neuen Sandalen aus, die ich ihr gekauft hatte, dann wischte sie sich den Staub von den Füßen.

»Was soll das?« fragte sie am Ende. »Er kleidet sich wie eine Hure und plappert wie ein Blöder. Sein Anblick gefällt mir nicht – was hat er hier zu suchen?«

»Dem Anschein nach lädt er mich zu einer Audienz ein.«

»Eine Audienz – bei wem?«

»Beim König dieser Stadt.«

»Dann rate ich dir gut, geh nicht hin. Könige bedeuten immer Ärger, besonders für dich.«

Ich mußte ihr recht geben – Könige bedeuteten immer Ärger.

Ich hätte ihr unmöglich erklären können wieviel, da dieser hier anscheinend Kenntnis von meiner Herkunft und Geschichte hatte. Noch nicht drei Tage in Sidon, und schon war das Geheimnis, das ich in Ägypten ebenso viele Jahre hatte wahren können, keines mehr.

»Selana, geh hinein und berichte Kephalos, was geschehen ist«, sagte ich, um sie mir vom Hals zu schaffen, denn zweifellos wußte Kephalos bereits Bescheid. »Enkidu, geh mit ihr – ich bin hier völlig sicher.«

Mein stummer Makedonier, der die ganze Zeit über an unserem Besucher mit den Augen Maß genommen hatte, so als wäre er ihm eine Haupteslänge zu groß und er müßte überlegen, wie man dem am besten abhelfen könnte, knurrte wie ein Hund, dann ergriff er Selana bei der Hand und zerrte sie ins Haus.

Als wir allein waren, schenkte ich dem Mann ein Lächeln und streckte ihm zum Zeichen meines Einverständnisses die geöffnete Hand hin.

»Ich stehe deinem König zur Verfügung.«

Der Palast von König Abdimilkutte stand auf der höchsten Erhebung der Stadt und grenzte an ihre Außenmauer, sonst war er nicht weiter befestigt. Seine Bauweise sagte viel darüber aus, was die Phöniker über ihre eigene Stellung in der Welt und die ihres Herrschers in ihrer Mitte dachten – als Sidonier brauchte Abdimilkutte vor fremdländischen Angreifern keinen anderen Schutz als die Stadtmauer; als König durfte er vor seinem eigenen Volk keinen brauchen.

Verglichen mit Assarhaddon, Pharao Taharka, ja, selbst mit Fürst Nekau residierte der König von Sidon ohne beträchtliches äußeres Gepränge, denn der Palast war nicht größer als mein eigenes Haus in Memphis. Die Sidonier waren Kaufleute, und so hatten sich ihre Herrscher daran gewöhnt, Wohlstand und Geltung vom kaufmännischen Standpunkt aus zu beurteilen. Seine Untertanen hätten es nicht nur unziemlich sondern auch absurd gefunden, hätte Abdimilkutte versucht, sie mit großem, königlichen Aufwand zu beeindrucken. Als König war es seine Aufgabe, die öffentliche Ordnung aufrechtzuerhalten und die Handelsinteressen der Stadt in der Fremde zu schützen, und wie jeder Phöniker weiß, mißt man einen Mann nicht an seiner Empfangshalle, sondern an seinem Kontor.

Und so war ich denn auch nicht beeindruckt, als ich mit einem Kammerherrn darauf wartete, beim König vorgelassen zu werden. Ich wäre ohnedies nicht beeindruckt gewesen, da ich mein Leben lang im Schatten von Königen zugebracht hatte und somit wußte, daß auch sie nur Menschen waren. Ich brannte jedoch darauf zu erfahren, was der hier von mir wollte.

»Gebieter Tiglat Assur – der Ruhm deines Namens ist selbst bis hierher, bis ans Ende der Welt gedrungen«, sagte er mit einer Stimme, die sich anhörte, als hätte er in einem seiner Nasenlöcher einen Stein sitzen. »Bitte, nimm doch Platz. Hast du schon gespeist?«

Außer ein paar Dienerinnen, welche ihm aufwarteten, war Abdimilkutte allein im Raum und lehnte auf einem Ruhelager. Der Nachmittag war noch nicht weit fortgeschritten, doch schon deutete bei ihm alles darauf hin, daß er mindestens ein paar Stunden lang gespeist hatte. Die Schüsseln vor ihm waren zahlreich und aus Gold, was selbst bei einem König verschwendungssüchtig wirkte. Die meisten waren fast leer, doch am König zeigte sich am deutlichsten, wie weit er mit seinem Festschmaus gediehen war – seine Augen wirkten schon so glasig, als wollten sie jeden Augenblick aus den Höhlen quellen, oftmals das erste Anzeichen von Trunkenheit. Den Gebieter von Sidon konnte man wohl zu den Wüstlingen rechnen.

Er tauchte die Hände in ein Becken mit heißem, duftendem Wasser und trocknete sie im Haar einer seiner Frauen ab. Seine Finger, ja, selbst seine Daumen glitzerten von Ringen, und sein kurzer, schwarzer Bart glänzte von Öl und war kunstvoll gelockt. Er war so elegant wie eine Frau, und sein Antlitz wirkte durchaus intelligent, doch sein Leib war weich und behäbig, so als hätte er sich sein Leben lang nur sinnlichen Genüssen gewidmet. Für einen König ist ein Leben wie dieses gefährlich, denn die ständige und mühelose Befriedigung der Sinne führt nicht nur zu Schwäche, sondern auch zu Stolz, und Stolz vernebelt das Hirn. Um diesen Herrscher beneidete ich die Sidonier nicht.

Ich verneigte mich, nahm Platz und ließ mir einen Becher Wein einschenken. Ich merkte, Abdimilkutte wartete nur darauf, daß ich nach seinen Wünschen fragte und woher er wüßte, wer ich war; doch ich merkte auch, daß ich die Antworten ohne Nachfragen bekommen würde. Er brannte darauf, mir alles zu sagen.

»Du hast viele Jahre fern von deinem Lande geweilt«, sagte er am Ende. »Alle haben dich für tot gehalten. Und jetzt führen dich die Götter ausgerechnet in diesem Augenblick in meine Stadt. Auf ein so eindeutiges Zeichen ihrer Gunst hätte ich nicht zu hoffen gewagt.«

Es gibt Augenblicke im Leben – und dieser zählt dazu – da überkommt einen das ungute Gefühl, daß man in eine Falle getappt ist.

»Braucht der König von Sidon Zeichen der göttlichen Vorsehung?« fragte ich lächelnd und machte mich damit ein ganz klein wenig über ihn lustig, aber meine Eingeweide wurden dabei zu Wasser.

»Die Rede war von der Ehre, welche du uns erweist, Gebieter. Ausgerechnet du, der du soviel Verrat erfahren mußtest und dich so mit Ruhm bedeckt hast, du solltest wissen, was die Gunst der Götter wert ist. Ich heiße dich als Freund willkommen.«

Als Freund? Ja, natürlich – wieso war ich nicht schon früher darauf gekommen? Die Araber haben ein Sprichwort ›Der Feind meines Feindes ist mein Freund‹. Und der König von Sidon hatte sich gegen den König von Assur erhoben.

Unmittelbar neben Abdimilkutte lagen Feigen aufgehäuft. Er nahm sich eine, und schnitt sie mit einem kleinen Silbermesser auf.

»Außerdem biete ich dir meinen Schutz an«, fuhr er fort, nachdem er das Fleisch aus der zähen, grünen Haut gekratzt hatte. Wer ihm so beim Essen zusah, konnte den Eindruck gewinnen, daß er diese Störung seiner Gaumenfreuden durch geschäftliche Dinge ziemlich übelnahm. »Wir leben in einer Welt, in der brüderliche Treue nicht immer angemessen belohnt wird, und die Gunst der Götter kann sich in vielerlei Gestalt erweisen.«

»Gebieter, was willst du von mir?«

Er wirkte erschrocken, anscheinend hatte noch niemand die Unverschämtheit besessen, ihm eine unumwundene Frage zu stellen. Er riß die Augen auf und legte das kleine Silbermesser so geistesabwesend auf den Tisch, daß man meinen konnte, er hätte vergessen, daß er es noch in der Hand hatte.

»Gebieter, ich kann dir bei deinem Streit mit dem König von Assur nicht helfen. Das Bündnis mit mir ist keinen Deut wert.«

Er lächelte. Anscheinend hatte ich einen Witz gemacht. »Ich sehe schon, du sprichst so geradeheraus wie ein Soldat«, sagte er, machte die Hand auf und schien auf dem Handteller abzuwägen, wie nützlich eine solche Tugend wohl wäre – viel mochte es nicht sein.

»Ich bin viele Jahre nicht Soldat gewesen.«

»Dann wird es aber Zeit dafür.« Wieder dieses Lächeln, doch kein sehr angenehmes. »Was würdest du dazu sagen, Gebieter, wenn ich dir den Oberbefehl über das Heer anböte, welches ich innerhalb dieser Mauern zusammengezogen habe?«

»Gegen welchen Feind?«

»Den, welchen wir beide gemeinsam haben – deinen Bruder, den Gebieter Assarhaddon.«

»Dann würde ich sagen, die Bewohner von Sidon sollten sich das Haar raufen, denn ihr König hat den Verstand verloren.«

Darüber lachte er. Er lachte zumindest solange, bis er merkte, daß ich nicht mitlachte.

»Hat man den Verstand verloren, wenn man sich gegen einen Despoten wehrt?«

Ein Mann, der auf einem Ruhelager lehnt, tut sich schwer, kriegerisch und trotzig auszusehen, und doch machte Abdimilkutte diesen Versuch. Er konnte einem fast leid tun.

»Gebieter?« fragte ich schließlich. »Wieviel Mann in Waffen hast du?«

»Achttausend.«

»Wenn Assarhaddon gegen dich ins Feld zieht, dann nicht mit weniger als fünfzigtausend, wahrscheinlich aber mit mehr.«

»Die wird er auch brauchen, wenn er diese Stadt angreift. Du vergißt die Mauer.«

»Die Soldaten Assurs sind sehr erfahren in Belagerungskriegen. Vergiß nicht, sie haben Babylon eingenommen. Wenn sie wollen, können sie auch Sidon einnehmen.«

»Babylon konnten sie einschließen – Babylon liegt nicht am Meer. Die Männer von Assur sind, glaube ich, keine seefahrende Rasse.«

»Diese achttausend, sind das Söldner oder Bürger?«

»Dreitausend sind Sidonier, der Rest gedungene Lydier.«

»Wenn sich die Dinge zum Schlechten wenden, ist kein Verlaß auf Söldner.«

»Es wäre doch möglich, daß auch ihm nicht alle Soldaten die Treue halten.«

Das Lächeln hatte mittlerweile etwas Gefrorenes, er schien sich einzubilden, daß er jede Frage richtig beantwortet hatte – so als wäre zwischen uns schon alles abgemacht.

»Ja, natürlich«, sagte ich, doch mir war nicht mehr nach Lächeln zu Mute. »Du rechnest damit, daß meine Anwesenheit hier die Heere Assurs ungewollt spaltet. Das haben schon andere versucht.«

»Ja, natürlich – und vielleicht hat der Gebieter Tiglat Assur mittlerweile soviel dazugelernt, daß es klappt.« Doch das sagte nicht Abdimilkutte. Ich drehte mich um; die Stimme schien von einer Türöffnung mit Vorhang her zu kommen, und da erblickte ich meinen königlichen Bruder, den Eunuchen Nabuscharusur.

XIX

Das Gras auf der Ebene von Khanirabbat soll einem inzwischen schon bis zum Gürtel reichen, da es sich von den Leichen der dort Gefallenen nährt. Und doch wird Vieh, welches davon frißt, krank. Kein Pflug bricht die Scholle, denn das Wehklagen der Geister hat die Menschen allesamt in die leere Nacht hinausgetrieben. So sagt man jedenfalls. Ich bin nie wieder hingekommen, nicht seit dem Tage, an dem mein Bruder, der König, dort gegen seine Feinde kämpfte, aber ich mag wohl glauben, daß der Boden verflucht ist.

Assarhaddon hatte mich des Oberbefehls enthoben, er wollte mich vor den Heeren Assurs demütigen, und doch tat er mir damit einen Gefallen. In den darauffolgenden Jahren mußte ich mich nicht darum grämen, daß ich die Hand gegen Männer meiner Rasse, gegen die Gefährten meiner Jugend, gegen Soldaten erhoben hatte, die in besseren Zeiten an meiner Seite gekämpft hatten. Ich mußte lediglich das Gemetzel mitansehen, denn das Herz des Königs war voll Groll gegen jene, die sich den Rebellen angeschlossen hatten.

Nabuscharusur hatte zu ihnen gezählt.

»Hat Assarhaddon herausgefunden, daß ausgerechnet du mir das Pferd gegeben hast, mit dem ich entkommen bin?« fragte er mit seiner piepsigen Stimme, als wir beide in seinen Räumen im Palast des Gebieters Abdimilkutte speisten. »Hat er dich aus diesem Grunde verbannt?«

»Wenn er es herausgefunden hätte, er hätte mich umgebracht. Ich frage mich schon lange, wieso er das nicht ohnedies getan hat, denn für ihn bin ich ein noch schlimmerer Verräter als du.«

»Ja, jene Wunde schmerzt tiefer. Ich mag zwar den Aufstand gegen ihn angezettelt haben, doch mich hat er auch nie geliebt.«

Nabuscharusur lächelte. Und wie so oft bei ihm, wußte ich beim Anblick seines glatten Antlitzes, in dem nie ein Bart sprießen würde, nicht zu sagen, ob er sich nun über mich lustig machte oder nicht.

»Wie bist du hierher gekommen?« fragte ich.

»Ach, das ist keine sehr aufregende Geschichte.« Er hob die mageren Schultern und tat damit wohl die Vorstellung ab, ein Mensch wie er wäre zu Heldentaten fähig. »Ich bin einfach so schnell geritten, daß ich einen Vorsprung vor den Nachrichten von der Schlacht hatte. Allen, denen ich begegnet bin, habe ich erzählt, ich sei ein Kurier aus dem Heer des Königs – ich trug ja eine Soldatentunika, also gab es keinen Grund, meine Worte anzuzweifeln. Als ich Geld brauchte, habe ich meine Edelsteine verkauft. Das Pferd fiel übrigens auf der Straße nach Hamath tot um, aber ich konnte ein anderes erstehen. Ich verbarg mich hier in Sidon, und als der König sein Bündnis mit Ninive aufkündigte, da bot ich ihm meine Dienste an, und er hat schon viel Nutzen daraus gezogen. Ich stehe mittlerweile sehr hoch in Gunst, da Abdimilkutte mich als Ratgeber schätzt. Die Leute hier sind nicht so schlau, wie sie die Welt glauben machen wollen, zumindest der hier nicht.«

»Meinen Glückwunsch. Du hast Glück mit deinem Zufluchtsort gehabt. Was auch immer du von den Sidoniern hältst, für ihren Abfall scheinen sie den für dich vorteilhaftesten Zeitpunkt gewählt zu haben.«

Meine Worte sollten witzig sein, doch Nabuscharusur nahm sie ernst. Er schüttelte den Kopf.

»Mit Glück hat das recht wenig zu tun«, sagte er. »In der Hälfte aller Reichsstaaten kam es nach Assarhaddons Thronbesteigung zu Aufständen, und um die zu ersticken, hat er fast die ganzen letzten Jahre Krieg geführt. So geht es jedem neuen König, da unser Joch diese Fremdlinge schwer zu drücken scheint. In den Tagen unseres Vaters war es Tyros, welches den Aufstand der phönikischen Städte anführte. Dieses Mal ist es Sidon, während Tyros, wohl um Sidon zu ärgern, nicht abtrünnig wird. Wir haben zwar die Welt erobert, wir Männer von Assur, aber wenn wir sie überhaupt halten können, dann nur, weil jeder dieser Kleinstaaten seinen Nachbarn noch mehr haßt als uns.«

Es war noch früh am Abend, doch Nabuscharusur hatte alle seine Diener fortgeschickt, so daß wir in dem großen Raum mit Blick auf den Hafen allein waren. Wir sprachen Akkadisch, aber mein Bruder war ein vorsichtiger Mensch und wollte zweifellos nicht, daß man unsere Unterhaltung belauschte. Er aß nur mäßig, stocherte verächtlich in den Schüsseln vor sich herum, aber dem Wein sprach er gut zu – diese Angewohnheit schien er sich in der Verbannung zugelegt zu haben. Als Kinder waren wir Freunde gewesen, doch inzwischen war viel Wasser den Tigris hinuntergeflossen, und ich mußte mir dauernd ins Gedächtnis rufen, daß ich diesen Mann kaum kannte.

»Macht der König mit seinem Aufstand weiter, wenn Assarhaddon gegen ihn ins Feld zieht?«

»Ein vernünftiger Mann würde davon Abstand nehmen, aber Abdimilkutte ist kein vernünftiger Mann.« Wieder lächelte Nabuscharusur, ein Lächeln, das so beredt für seine Verachtung der männlichen Rasse sprach. »Ein vernünftiger Mann würde sich vielleicht mit einer niedrigeren Tributzahlung zufriedengeben und sich glücklich preisen, aber nicht der König von Sidon. Der ist nicht wie seine Untertanen, welche nur ihren Profit im Kopf haben. Er träumt von Ruhm, von der früheren Liga der phönikischen Staaten mit sich selbst als Oberhaupt. Ich nähre natürlich diese Träume, denn wenn er sich mit Assarhaddon einigt, wird mein Kopf mit Sicherheit zur Abmachung gehören. Aber im Augenblick bin ich wohl recht sicher – denn beide sind keine vernünftigen Männer. Assarhaddon brennt nieder und metzelt, wohin er auch kommt, und diese Maßlosigkeit bestärkt Männer vom Schlage Abdimilkuttes noch in ihrem Entschluß. Ich bin nicht der einzige, welcher um seinen Kopf fürchtet.«

»Falls Assarhaddon mit einem Heer heranzieht, dann solltet ihr beide lieber euer Haus bestellen. Du kennst ihn doch. Er wird den Abfall der Stadt als persönliche Beleidigung auffassen, und ruht und rastet nicht eher, bis er das bestraft hat.«

»O wie wahr – damit rechne ich auch.«

Dieses Mal hatte sein Lächeln etwas Starres, hatte etwas von einer Maske. Nabuscharusur hob seinen Becher zierlich an die Lippen, dann stellte er ihn wieder hin. Es war wie ein Ritual, damit bekundete er sein Vertrauen in die Gunst der Götter.

»Welches Spiel spielst du, Bruder?« fragte ich, und dabei wußte ich die Antwort schon.

»Welches Spiel? Das gleiche, was ich immer gespielt habe.«

Er reichte mir einen Teller mit kandierten Pflaumen, und ich nahm eine, warum weiß ich auch nicht. Ich aß sie nicht einmal, sondern legte sie vor mir auf den Tisch.

»Ich bin zu der Überzeugung gekommen, daß du, Tiglat, mein Bruder, bei den Göttern wahrhaft in Gunst stehst. Die Welt ist eine leere und käufliche Stätte, und du bist ein ehrlicher Mann, der nie gelernt hat sich zu verstellen. Dennoch scheinst du jede Katastrophe wohlbehalten zu überstehen. Ich glaube, am Ende wirst du uns allesamt überleben. Und ich glaube, daß deine Anwesenheit hier, in dieser Stadt, genau in diesem Augenblick ein Zeichen des Himmels ist. Es steht gut um meine Pläne. Ich will nämlich Assarhaddon vernichten, und als Instrument habe ich mir Sidon auserkoren.«

»Du bist wahnsinnig«, sagte ich beinahe ehrfürchtig. »Ich glaube, du bist schon immer wahnsinnig gewesen.«

»Ach ja? Vielleicht. Doch das Leben ist an sich schon eine Art Wahnsinn, und deshalb hält man mich für einen klugen Mann.«

»Was willst du also tun?«

»Warten – Abdimilkutte in seinem Vorhaben bestärken und hoffen, daß Assarhaddon so dumm ist, wie ich immer geglaubt habe, und den Köder schluckt.« Er hob die Arme, breitete sie aus und schien damit nicht nur den Raum, in dem wir saßen, sondern die ganze Stadt zu umfassen.

»Du bist Soldat, Tiglat, also weißt du besser als ich, daß man eine belagerte Stadt nicht einnehmen kann, solange sie ausreichend Vorräte hat. Wir sind keine seefahrende Rasse. Assarhaddon mag ein paar Kriegsschiffe anheuern, daß sie vor dem Hafen hin und her fahren, aber die Sidonier haben eine große Flotte, und was auch immer geschieht, sie kommen stets an Vorräte heran. Assarhaddon soll ruhig kommen – er kann unterhalb der Mauern von Sidon lagern und sich erschöpfen, bis das Heer seine Besessenheit so leid ist, daß es ihm die Kehle durchschneidet.«

»Das kann nicht glücken, Bruder. Assarhaddon mag ein Dummkopf sein, aber er ist ein guter Soldat. Der findet schon einen Weg.«

»Du solltest lieber hoffen, daß er keinen findet«, gab er zurück, beugte sich vor und grinste mich an wie ein Dämon – ja, natürlich war er wahnsinnig. »Ich habe mit Abdimilkutte gesprochen, man wird dir nicht erlauben, die Stadt zu verlassen, ehe er mit Assarhaddon fertig ist. Wenn Assarhaddon siegt … Lieber Bruder, urteile selbst. Was, glaubst du, ist dein Leben noch wert, wenn dich der König von Assur wieder in seiner Gewalt hat?«

»Wie konnte er so schnell wissen, daß du in der Stadt bist?«

»Keine Ahnung. Vielleicht hat er mich gesehen. Vielleicht war das nicht einmal nötig, da Nabuscharusur zu den Menschen zählt, welche alles herausfinden, was sie interessiert.«

Kephalos schüttelte bestürzt den Kopf. Zu dieser nächtlichen Stunde hatte er, da der Herold des Königs mich abgerufen hatte, dem Wein schon tüchtig zugesprochen. Ich konnte es ihm nicht verdenken.

»Und er kann uns hierbehalten. Wir sitzen in der Falle, wenn es ihm so beliebt – der Hafen wird überwacht, und in der Mauer gibt es nur drei Tore, die auch alle bewacht sind. Wir sitzen in der Stadt fest wie in einem versiegelten Weinkrug.«

»Mich hat er festgesetzt«, berichtigte ich ihn. »Verschwinde, solange es noch geht, mein Freund. Nimm ein Schiff nach Griechenland. Niemand wird dich aufhalten, und mir tust du keinen Gefallen, wenn du hierbleibst. Nimm Selana mit.«

»Selana kommt nicht mit.«

Ich hatte sie nicht auf der Schwelle meines Zimmers stehen sehen. Sie sah blaß und verstört aus – wieviel von unserer Unterhaltung sie wohl mitbekommen hatte?

»Du weißt ja nicht, was du redest«, sagte ich recht streng, denn der Sinn stand mir nicht nach mädchenhaftem Heldenmut. »Wenn es zum Schlimmsten kommt und die Assyrer die Stadt einnehmen, wirst du in die Sklaverei verschleppt – immer vorausgesetzt natürlich, daß du bis dann nicht verhungert oder abgeschlachtet bist. Begleite Kephalos, solange es noch geht.«

»Ich bin schon deine Sklavin.«

»Du bist nur deshalb meine Sklavin, weil du einen abartigen Sinn für Humor hast und dich so bezeichnest. Wenn du aus Sidon als Kriegsbeute mitgeschleppt wirst, das ist dann eine andere Sache. Mir gefällt der Gedanke überhaupt nicht, daß du dein Leben als Schenkenhure in Ninive beschließt.«

»Herr, ist der König der Assyrer wirklich dein Bruder«, fragte sie und wechselte damit absichtlich das Thema. Diese Taktik war mir seit langem vertraut.

»Ja, das ist er. Und der Mann, der zur Rechten des sidonischen Königs steht, ist auch mein Bruder. Und beide hassen mich genauso wie sie sich gegenseitig hassen – von meinen familiären Beziehungen habe ich also nichts zu erwarten. Gehst du jetzt mit, Selana?«

»Nein, ich gehe nicht mit. Mein Gebieter ist sehr dumm, wenn er sich das einbildet. Für eine Sklavin gehört es sich, bei ihrem Herrn zu bleiben.«

»Für eine Sklavin gehört es sich zu gehorchen, und ich will, daß du gehst. Wenn es sein muß, lasse ich dich in einem Ledersack von Enkidu an Bord des Schiffes tragen.«

»Enkidu kommt auch nicht mit. Das weißt du doch.«

»Dann mußt du ohne sie gehen, Kephalos.«

Doch der ehrenwerte Arzt, den ein Zuviel an libanesischem Wein, in welchem er seine Angst ertränkt hatte, inzwischen melancholisch gestimmt hatte, konnte nur gottergeben die Hände heben.

»Was soll ich tun, Gebieter – soll ich mich von einem mutigen Kind beschämen lassen? Nein, die kleine Hexe hat unser aller Schicksal besiegelt. Ich bleibe auch. Vielleicht wendet sich ja noch alles zum Guten.«

Das glaubte er selbst nicht. Schweiß hatte sich in den Furchen seines Gesichtes gesammelt, und panische Angst sprach aus seinem feuchten Blick, aber wie in allen Krisen meines Lebens wollte er bei mir ausharren und für mich tun, was er konnte. Die Götter waren freundlich, daß sie mir einen so treuen Freund schenkten, denn verdient habe ich ihn nie.

»Vielleicht«, fuhr er fort, »vielleicht kommt der Gebieter Assarhaddon ja gar nicht.«

Aber wir weilten noch keinen halben Monat in Sidon, da trafen die ersten Berichte ein. Ein Heer von achtzig- oder hunderttausend Mann war auf der nördlichen Karawanenstraße von Kadesch her im Anmarsch.

»Siehst du?« Nabuscharusur war beinahe außer sich vor Freude. »Er kommt. Aus freien Stücken steckt er seinen Kopf in die Schlinge. Ich wußte, dieser Versuchung konnte Assarhaddon einfach nicht widerstehen.«

Denn natürlich hätte keine Nation außer dem Lande Assur, nicht einmal Ägypten, so viele Soldaten ins Feld werfen können. Und wenn die Städte am Nordmeer gefügig gemacht werden sollten, so gehörte Assarhaddon nicht zu den Herrschern, die friedlich in Ninive hockten, während sich die Generäle mit Ruhm bedeckten. Er war schon lange Soldat, ehe er König wurde, und er hatte sein Leben lang darauf gewartet, große Heere zu befehligen. Der Eunuch, mein Bruder, hatte recht – dieser Verlockung hätte er nie widerstehen können.

»Am Ende wird man ja sehen, wessen Kopf in der Schlinge steckt.«

Nabuscharusur blickte mich nur starr an, als könnte er kaum glauben, daß ich so einfältig war. Sie waren beide wahnsinnig – Haß und Machtgelüste hatten sie um den Verstand gebracht. Keiner scherte sich darum, was er tat oder ob die Welt darunter litt, so waren sie von ihren privaten Dämonen besessen.

Damit begann die Belagerung von Sidon.

Was mich dabei vermutlich am meisten überraschte, war die Gelassenheit, mit der die Einwohner das Nahen dieses mächtigsten Heeres der Welt aufnahmen. Für sie schien alles wie gewohnt zu laufen – schließlich war es nicht das erste Mal, daß fremdländische Angreifer am Fuße ihrer Mauern lagerten. Niemand schien sich viel darum zu kümmern.

Die Männer von Assur waren noch vier Tagesmärsche entfernt, als die Dorfbewohner der umliegenden Gegend durch die Stadttore hereinzuströmen begannen, die Männer mit kleinen Ziegenherden und die Frauen mit großen Bündeln, welche sie auf dem Kopf balancierten, in der Regel mit einem Kind auf der Hüfte und einem anderen, älteren, das sich an ihre Röcke klammerte. Wieviele von Assarhaddons Spionen hatten sich wohl unter diese Menschenmenge gemischt?

Die erste Auswirkung dieses Zustroms war ein heftiger Preisanstieg, außer für Fleisch, da die Sidonier schnell bei der Hand sind, wenn sie Gewinn wittern, und die Flüchtlinge ihre Tiere sofort verkaufen mußten, damit diese ihnen nicht verhungerten.

In der Nacht, als seine Späher die ersten berittenen Späher der Assyrer gesichtet hatten, befahl Abdimilkutte, die Tore zu schließen und zu verrammeln. Am nächsten Tag war nichts als eine große Staubwolke am Horizont, doch am darauffolgenden Morgen konnte ich bei einem Besuch auf der Stadtmauer sehen, wie sich die langen Marschkolonnen der Soldaten auf der Ebene verteilten, welche sich gen Osten, zum Gebirge hin erstreckte. Gegen Mittag hatten sie Trupps ausgeschickt, um Nahrung einzutreiben, und eine Reihe von Lagern errichtet, und im Zwielicht waren die ersten Feldschanzen bereits gebaut. Die Berichte hatten nicht übertrieben. Assarhaddons Streitmacht war mindestens hunderttausend Mann stark und so groß wie das Heer, das er für Khanirabbat zusammengezogen hatte.

Am nächsten Morgen kam ein Herold mit den Bedingungen des Königs für eine unblutige Übergabe zum Haupttor geritten. Ein Tontäfelchen wurde zum Palast getragen, doch der Herold wollte sich nicht zufriedengeben, ehe nicht alle, die es hören wollten, Assarhaddons Forderungen vernommen hatten: Die Stadt sollte den seit fünf Jahren fälligen Tribut in dreifacher Höhe zahlen, und das auf der Stelle; da er seine Soldaten nicht um die ihnen zustehende Beute bringen wollte, sollten die Bürger zwei Tage friedlichen Plünderns hinnehmen; die Assyrer durften sich bis zu tausend Gefangene aussuchen, die dann nach Ninive gebracht würden; Abdimilkutte sollte abdanken, da er sich als unwürdig erwiesen hatte und den Thron jenem seiner Söhne übergeben, der Assarhaddons Zustimmung fand. Dafür gewährte er den Bewohnern von Sidon Leben und Freiheit, außerdem würde die Stadt verschont werden.

Das war kein Angebot, das große Begeisterung auszulösen vermochte, vor allem, da die Sidonier nicht daran glaubten, daß man ihre Stadt einnehmen könnte, nicht einmal mit einem Heer von hunderttausend Mann; aber mir war schon damals klar, daß Assarhaddon mit einer Ablehnung rechnete. Er suchte nach einem Vorwand. Er wollte an Sidon ein Exempel statuieren, eines, das nicht mehr vergessen würde, bis die Welt zu Staub geworden war.

»Der König hat diese Bedingungen natürlich sofort zurückgewiesen«, berichtete Nabuscharusur recht zufrieden. »Ihm war selbstverständlich bange – ihm ist immer bange –, aber ich brauchte nur kurze Zeit, da zeigte er wieder Heldenmut. Ist es nicht herrlich, daß Assarhaddon mir so den Weg ebnet?«

Nachdem er Abdimilkuttes Antwort vernommen hatte, ließ Assarhaddon die Aquädukte niederreißen und schnitt damit die Frischwasserversorgung vom Festland ab. Da die Stadt selbst beinahe auf Höhe des Meeresspiegels lag, konnte man innerhalb der Mauern keine Brunnen bauen.

»Das macht weiter keine Schwierigkeiten – damit haben wir gerechnet. Wir können Wasser mit dem Schiff vom Litani-Fluß holen. Wir können, wenn nötig, sogar noch weiter fahren. Assarhaddons Heer kann nur an einem Ort zur Zeit sein. Und wie lange kann er wohl ein Heer aus der Umgebung verpflegen? Er muß bald weiterziehen. Das werden seine Soldaten fordern, wenn ihnen demnächst der Magen knurrt.«

Nabuscharusurs Vertrauen war nicht zu erschüttern. Nach dem ersten Anstieg blieben die Preise für Nahrungsmittel stabil. Nach der ersten Woche, so wußte Kephalos zu berichten, fand sich kaum noch jemand, der darauf gewettet hätte, daß die Belagerung den Monat überdauerte.

»Dann wissen diese Menschen nichts über die Männer aus Assur. Zur Zeit meines Vaters haben wir fünfzehn Monate lang vor den Mauern von Babylon gelegen und es schließlich eingenommen. Und wer ist wohl störrischer als Assarhaddon?«

Ein Monat ging ins Land, und das Heer Assurs lagerte jenseits der Tore, doch in Sidon ging das Leben fast unverändert weiter. Assarhaddon versuchte, den Hafen abzuriegeln und die Stadt auszuhungern und hatte dazu in Zypern dreißig Kriegsschiffe angeheuert, doch die Hafeneinfahrt war für sie zu eng, als daß sie daran denken konnten zu landen, und die kleineren und schnelleren sidonischen Handelsschiffe konnten ihnen auf offener See leicht ausweichen. Darum hatte die Blockade keinen Erfolg. Es gab Getreide, Obst und Wasser in Hülle und Fülle, und das Fleisch war nur dreimal so teuer wie üblich, und sogar Wein ließ sich noch auftreiben. Allmählich sah es so aus, als ob Nabuscharusur recht behalten sollte, daß die Belagerung fehlschlagen und Assarhaddon gezwungen sein würde, eine demütigende Niederlage hinzunehmen.

Man brauchte jedoch nur über die Mauer zu schauen, und schon begriff man, daß Assarhaddon derlei Gedanken ganz fremd waren. Bis jetzt war es noch nicht zu Gefechten gekommen – Abdimilkutte hatte sich klugerweise nicht zum Kampf gestellt und seine achttausend Mann in der Kaserne gelassen, aber die Umgegend war völlig in Assarhaddons Hand, und die kunstvolle Abfolge von Gräben und Feldschanzen, welche sein Lager sicherten, machten recht deutlich, daß er zu bleiben gedachte.

Die Befestigungen begannen etwa fünfzehn Gehminuten vor den Stadttoren, denn die Soldaten Assurs legen ihre Lager stets auf die gleiche Weise an, mit dem Zelt des Befehlshabers in der Mitte. So brauchte ich denn meine Augen nicht zu überanstrengen, um herauszufinden, wo sich der König mit seinen Offizieren traf und wo er des Nachts sein Haupt bettete. Ich verbrachte viele Stunden beim Anblick der leeren Ebene, wo die Wachen patrouillierten und die Kochfeuer loderten. Ihnen zuzusehen, bereitete mir ein eigenartig selbstquälerisches Vergnügen, so als wäre mein Ich gespalten.

Einmal, nur einmal sah ich Assarhaddon nahe genug, daß ich ihn erkannte. Eines Nachmittags kamen er und eine Eskorte vor die Feldschanzen und bis fast auf Bogenschußweite an die Mauern geritten. Er war in die Uniform eines *rab shaqe* gekleidet, und nichts unterschied ihn von den acht, zehn höheren Offizieren, die zu seiner Begleitung gehörten, doch ich erkannte ihn sofort. Sein Anblick schnitt mir ins Herz.

Er wirkte müde, aber er hatte nichts mehr von der mürrischen Bitterkeit, welche ich während jener letzten Jahre so oft an ihm gesehen hatte. Ich war zu weit entfernt, als daß ich seine Stimme hätte hören können, doch seine Gebärden waren gebieterisch. Wahrscheinlich war er glücklich, daß er Ninive entkommen war und ein Heer anführen konnte, denn dazu war er geboren. Assarhaddon war Soldat. Er hatte nie König werden wollen.

Dennoch wirkte er jetzt wie ein König. Vielleicht hatte der Gott am Ende doch eine gute Wahl getroffen.

Er ließ sein Pferd in langsamer Gangart gehen und maß so die ganze Länge der Mauer ab. Eilig schien er es nicht zu haben. Nach ein paar Minuten drehte er sich um und ritt zum Lager zurück, während seine Offiziere ihm in respektvollem Abstand folgten.

Am Abend desselben Tages suchte mich ein Fremder in meinem Haus auf, ein Mann, der in die grobe Tunika eines Bauern gekleidet war. Er überbrachte mir eine Botschaft.

»Wenn du eine Stunde, nachdem der Himmel über dem westlichen Meer dunkel geworden ist, zum Haupttor gehst, so wirst du dort ein Pferd vorfinden. Die Wachen sind bestochen und werden dir das Tor öffnen. Der Gebieter Assarhaddon trifft sich dann auf halbem Wege zwischen der Stadtmauer und dem äußeren Rand des assyrischen Lagers mit dir. Er kommt allein und sichert dir freies Geleit zu.«

Er sprach aramäisch – das war kein Landsmann – und sobald er seine Botschaft überbracht hatte, verschwand er wieder. Er wollte nicht einmal auf einen Becher Wein bleiben, sondern stahl sich in der Abenddämmerung davon, denn als Spion schwebte er jeden Augenblick in Lebensgefahr.

»Ich brauche wohl nicht zu sagen, daß du nicht hingehst«, verkündete Kephalos, so als gäbe er den Tagespreis für Bratöl bekannt. »So dumm kannst selbst du nicht sein, daß du hingehst. Wenn es dein Bruder schafft, daß man dir die Stadttore öffnet, so schafft er es auch, daß man sie hinter dir schließt und verrammelt.«

»So töricht ist er nun auch wieder nicht. Glaubst du etwa, er wartet draußen mit einem Trupp Soldaten, um mich gefangenzunehmen? Glaubst du etwa, er möchte mich lebendig oder tot in sein Lager gebracht haben, damit die Assyrer mir ins Gesicht blicken können?« Ich schüttelte den Kopf, denn davon verstand Kephalos nichts, auch wenn er sonst in vielen Dingen klug war. »Ich wette, niemand außer ein paar besonders vertrauenswürdigen Offizieren des Königs weiß, daß ich in der Stadt bin, und meinem Bruder dürfte sehr daran gelegen sein, das geheimzuhalten. Ich bin kein namenloser Verbrecher, mein Freund. Ich bin Tiglat Assur, der Sohn eines Königs, und alle Welt weiß, daß mir mein Bruder übel mitgespielt hat. Assarhaddon hätte mich vielleicht heimlich ermorden lassen, aber öffentlich hinrichten läßt er mich nicht. Wenn sich im Lande Assur nicht ganz viel geändert hat, so scheut er dieses Risiko.«

»Dann gehst du also hin?«

»Ja, natürlich. Wer weiß, vielleicht schaut doch noch etwas Gutes dabei heraus.«

»Es schaut nichts weiter dabei heraus, als daß du den Abend

als Leiche im Straßengraben beendest«, höhnte Selana, ja, sie spuckte mir die Worte richtig ins Gesicht. »Du gehst doch nur aus einer abartigen Laune heraus hin. Und weil du den Gedanken nicht erträgst, dein Bruder könnte dich für feige halten.«

»Ja – damit hat es auch etwas zu tun.«

Ich lächelte, denn ich wußte, das machte sie nur noch ärgerlicher. Dafür warf sie einen Kochtopf nach mir, der meinen Kopf nur um ein paar Fingerbreit verfehlte und Assarhaddons Mordbuben beinahe nichts mehr zu tun übrig ließ.

Eine halbe Stunde nach Sonnenuntergang machte ich mich auf den Weg zu Sidons Haupttor, doch erst überzeugte ich mich, daß mir auf dem Weg niemand folgte – schließlich hatte ich nicht nur Assarhaddon zu fürchten. Könige von belagerten Städten sind von Natur aus argwöhnisch, wenn jemand Beziehungen zu den Belagerern hat. Doch niemand folgte mir, und als ich das Tor erreichte, fand ich neben der Wachstube ein Pferd angebunden. Im Tor selber hatte man eine Pforte leicht angelehnt gelassen, und niemand rief mich an, als ich das Pferd hindurchführte. Welches Los erwartet die Sidonier, so dachte ich bei mir, wenn ihr Leben in der Hand von Soldaten liegt, deren Wachsamkeit man so leicht erkaufen kann?

Ich ritt hinaus in die Dunkelheit, ich wußte jetzt, was ich dort vorfinden würde. Hinter mir auf der Stadtmauer leuchteten Fackeln, und vor mir, etwa drei- bis vierhundert Schritt entfernt, sprühten die Feuer in Assarhaddons Lager Funken wie ein Schleifstein. Dazwischen war es dunkel, doch es war eine klare Nacht und beinahe Vollmond. Ich fand mühelos den Weg.

Weit war ich noch nicht gekommen, als ich einen schwachen Lichtschein ausmachen konnte – jemand hatte eine Öllampe für mich auf die Erde gestellt. Beim Näherkommen konnte ich hinter dem Lampenschein den Umriß eines Mannes ausmachen. Sein Pferd stand unweit angebunden. Ich wußte, es war Assarhaddon, noch ehe ich seine vertraute Stimme hörte.

»Da bist du ja«, sagte er. »Ich dachte schon, du würdest nicht kommen.«

Ich glitt vom Pferd und stieß den Speer, welchen ich mitgenommen hatte, mit der Spitze in die Erde.

»Ich bin gekommen. Aber wenn du dein Schwert ziehst oder um Hilfe rufst, dann bringe ich dich um, Assarhaddon. Dieses Mal zügele ich meine Hand nicht.«

»Ich bin dein König!«

Er kam ein wenig näher heran, so daß Licht auf sein Antlitz fiel, und ich merkte, daß er ehrlich entsetzt war. So wie die Dinge lagen, war das einfach lachhaft.

»Mein König hat sich von mir abgewandt – ich habe keinen König mehr, und auch kein Land mehr, und einen Bruder auch nicht. Und alles, weil du es so gewollt hast. Du hast kein Recht mehr auf meine Treue, du am allerwenigsten. Komm du mir nicht mit Königen.«

Meine bittere Rede verklang in einem Schweigen, das ewig zu dauern schien. Wir standen uns gegenüber, und dann machte sich auf einmal eine Veränderung bei meinem Bruder bemerkbar, ein kaum wahrnehmbares Etwas, in der Art etwa, wie er sich hielt; und das sagte klarer als alle Worte, daß er sich sicher fühlte. Ich hatte gelogen. Nie würde ich die Hand gegen ihn erheben, und das wußte er.

»Und doch bin ich immer noch dein König«, sagte er schließlich, so als stellte er eine Tatsache fest.

»Was willst du, Assarhaddon?«

»Unter anderem will ich wissen, wieso es dich hierher verschlagen hat, Tiglat – hier in diese Stadt, zu diesem Zeitpunkt.«

»Zufall.«

»Das glaube ich nicht.«

»Dann vielleicht wegen meines *simtu* – weil es dem Gott Spaß macht. Glaubst du das nun?«

Assarhaddon tat das verächtlich mit der linken Hand ab, als wischte er Spinnweben beiseite.

»Dann glaube doch, was du willst«, sagte ich. »Mir gilt es gleichviel.«

»Ich glaube, daß du dich mit Abdimilkutte gegen mich verschworen hast. Ich glaube, daß du ihm bei diesem Aufstand hilfst und ein Komplott gegen mich schmiedest, du und Nabuscharusur, ihr alle beide – du hast wohl gedacht, ich wüßte nicht, daß er hier bei dir ist?« Er schüttelte den Kopf, als enttäuschte ich ihn. »Ich habe es gewußt.«

»Wenn du so klug bist, dann brauche ich dir ja nichts zu erzählen.«

»Du verschwörst dich gegen mich! Willst du das etwa leugnen?«

»Ich leugne gar nichts.«

Assarhaddon setzte zu einer Antwort an, doch dann biß er sich auf die Zunge. Sein Hirn arbeitete recht einfach, aber er war kein Einfaltspinsel und wußte, daß ich ihn in die Falle locken wollte. Er wußte auch, daß ich mich nicht mit seinen Feinden gegen ihn verschworen hatte – das wollte er nur zu gern glauben.

»Und doch ermutigst du diesen König dazu, sich mir zu widersetzen«, sagte er am Ende, und seine Augen wurden schmal, als wollte er mir bis ins Herz sehen.

»Den brauche ich nicht zu ermutigen. Er glaubt, du kannst seine Stadt nicht einnehmen – niemand glaubt daran.«

»Und ich nehme diese Stadt ein.« Er fletschte die Zähne zu einem grimmigen Lächeln. »Und wenn ich sie eingenommen habe, dann schleife ich ihre Wälle und brandschatze ihre Tempel. Ich verschleppe die Bewohner in die Sklaverei, und Abdimilkutte erschlage ich wie einen bettelnden Hund. Mir macht es nichts aus, und wenn ich das ganze Jahr vor seinen Mauern warten muß.«

»Du kannst die Stadt schon eher haben und dir viele Tote und viel Mühe ersparen. Laß Abdimilkutte seinen Thron behalten – den kümmert nichts anderes – und nimm die Tributzahlung an.«

»Was soll das Gerede, Tiglat? Du weißt doch, wenn dieser König sich ergibt, dann liefert er dich mir aus. Hast du denn keine Angst vor dem Tod?«

Assarhaddon legte den Kopf schief und faltete die Hände vor dem Leib wie ein Mann, dem etwas Merkwürdiges aufgefallen ist. So wartete er schweigend, vielleicht glaubte er ja tatsächlich, daß ich ihm antworten würde.

»Meine Gründe gehen nur mich etwas an«, sagte ich schließlich. »Wenn ich Abdimilkutte dazu bringe, sich dir zu unterwerfen, verschonst du dann die Stadt?«

»Ich habe meine Bedingungen gestellt, und die hat man abgelehnt.« Beim Sprechen wurde sein Antlitz finster – aber ich glaube nicht, daß sein Zorn den Sidoniern galt. »Dieser Ort wird ausgelöscht; die Menschheit soll vergessen, daß es ihn überhaupt gegeben hat.«

»Das wird aber Nabuscharusur ausnehmend freuen, denn gerade darauf brennt er doch. Weißt du, daß ich ihm in Khanirrabat das Leben gerettet habe? Als die Schlacht vorbei war, habe ich ihn in einer Felsspalte versteckt gefunden. Ich habe ihm mein Pferd gegeben, damit er sein Heil in der Flucht suchen konnte.«

Ich weiß auch nicht, wieso ich Assarhaddon das erzählte, doch es zeitigte eine sofortige Wirkung. Seine Hand fuhr zum Schwertknauf, und er hätte es gezogen, um mich zu töten, wenn ich nicht die Spitze meines Speers aus dem Boden gerissen hätte, und das erinnerte ihn daran, daß sein Leben in meiner Hand lag.

Seine Hand sank wieder herunter, doch sein Zorn verflog nicht.

»Dann bist du ein Verräter«, sagte, nein, zischte er. »Obwohl das Heer dein Andenken so hochhält und es mir übelnimmt, daß ich dich in die Verbannung geschickt habe, bist du vor dem Gott und deinem eigenen Volk ein Verräter.«

»Weil ich einen Bruder nicht an den anderen verrate?« Ich lachte, doch es klang bitter. »Wenn du das glaubst, dann befiehl mir als mein König, daß ich die Tore der Stadt öffne, auf daß die Männer von Assur hindurchströmen und sie erobern können. Du mußt es mir nur befehlen, du mußt sagen: ›Tu das, denn du schuldest mir, deinem Herrn und Herrscher, Treue, auch wenn dich Abdimilkuttes Soldaten dafür mit Sicherheit umbringen‹. Warum zögerst du? Glaubst du etwa, ich gehorche nicht? Sag es, Assarhaddon, und du bekommst den Sieg, auf den du so begierig bist.«

Aber er sagte kein Wort. Er konnte nicht, denn er wußte, wenn er sprach, mußte es als mein König sein, und ich würde gehorchen. Er brachte es einfach nicht über sich, den Sieg aus meiner toten Hand entgegenzunehmen. Er wußte, wenn seine eigenen Soldaten die Stadttore einnahmen und meinen Leichnam fanden – Männer, die mit mir gegen die Elamiter, die Skythen und die Meder gekämpft hatten –, würden sie die ganze Wahrheit über das, was zwischen uns vorgefallen war, wissen, und er würde ihnen nie wieder trauen können.

Er war verstört und wütend, eine Wut, die er nicht äußern durfte, und so wandte er sich ab, stieg aufs Pferd und ritt in die Dunkelheit hinein.

Aber vielleicht schwieg er auch nur aus Stolz und weil er wußte, er brauchte mich nicht, daß ich für ihn eine Bresche in die Mauern von Sidon schlug. Die Männer von Assur sollten sie erstürmen, und das wollte er ohne meine Hilfe schaffen.

Assarhaddon mochte sonst zwar beschränkt sein, aber er war ein guter Befehlshaber. Er war vorsichtig. Er entwarf Pläne, wie ein Maurer ein Haus baut. Er war ein frommer Mann, der sich nicht auf die Gunst der Götter verließ, sondern seines eigenen Glückes Schmied war. Und er wußte, was man tun mußte, wenn man eine Stadt erstürmen wollte.

In Babylon hatten wir die äußere Mauer untergraben, und Assarhaddon und ich, wir beide hatten dem Heer unseres Vaters das große Ischtar-Tor geöffnet. Sidon war kein Babylon – das Meer war nahe, der Boden ringsum zu weich, als daß man unterirdische Gänge hätte bauen können, und außerdem ragte die Mauer nicht sehr hoch. Diese Mauer konnte man erklimmen. Männer mit Leitern konnten über sie hinwegströmen wie Wasser über einen Stock.

Doch nicht, ehe die Verteidiger nicht wirklich am Verhungern waren. Kein kluger Jäger stört einen Löwen beim Fressen.

Und darum war Assarhaddon darauf verfallen, den Hafen zu blockieren. Eine andere Möglichkeit gab es nicht.

Vier Tage später trafen die Tyrianer mit einhundert Schiffen ein – und durch deren Flotte konnten die Sidonier nicht einfach mehr hindurchschlüpfen. Nur ein Wahnwitziger hätte es gewagt, gegen sie in See zu stechen. Jetzt spürte die Stadt die Hand meines Bruders an ihrer Kehle.

XX

Die trefflichen Bürger von Tyros hatten für eine Torheit wie diese schon vor zwanzig Jahren während der Herrschaft meines Vater, des Gebieters Sanherib, gebüßt und sich also nicht dem Aufstand gegen meinen Bruder angeschlossen. Sie hatten erfahren müssen, daß eine Belagerung eine ärgerliche und kostspielige Sache und schlecht fürs Geschäft ist. Zudem waren die Könige von Assur nicht gerade als barmherzige Seelen berühmt, und so mußte man bei einem zweiten Abfall mit drastischen Strafen rechnen. Als gute Geschäftsleute hatten sie statt dessen beschlossen, daß es für sie letzten Endes lohnender war, den jährlichen Tribut an Ninive zu zahlen und mit ihrem Gewicht die Waagschale zu dessen Gunsten zu senken. Vielleicht durften sie dann einmal Sidons Handelsimperium übernehmen.

Die Tyrianer, denen es nur um Geld ging, hatten sich mit meinem Bruder verbündet, dem es nur um Eroberung und Ruhm ging, und beide zusammen würden Sidon zu einem Haufen rauchender Trümmer machen.

Und Assarhaddon hatte den Handel schon abgeschlossen gehabt, ehe er überhaupt die Stadtmauern zu Gesicht bekam. Er war ein guter Soldat und wußte Angst und Habgier für sich zu nutzen.

Die Auswirkungen der tyrianischen Blockade waren drastisch und sofort zu spüren. Nahrungsmittel verschwanden einfach aus den Basaren, doch ohne Essen kommen Menschen länger aus als ohne Trinken, und so stieg binnen drei Tagen der Preis von Wasser auf zehn Silberschekel pro Krug. Binnen fünf Tagen konnte man für den gleichen Preis nur noch einen Becher kaufen. Am zehnten Tage stürzten sich Menschen wahnsinnig vor Durst kopfüber ins Meer.

Doch so lange brauchte es gar nicht, und schon bewarf der aufgebrachte Pöbel Abdimilkuttes Palast mit Steinen und verfluchte ihn.

»Hörst du das?« schrie er mich an – man hatte mich zum König gerufen, und seine Soldaten hatten sich den Weg durch die

Menschenmassen erkämpfen müssen, um mich durch die großen Zedernportale geleiten zu können. »Was erwarten sie von mir, das ich nicht getan habe, Gebieter Tiglat? Ich habe Boten geschickt und meine Unterwerfung angeboten, und der König von Assur schickt sie mit herausgeschnittener Zunge zurück. Du kennst ihn – man muß ihn zur Vernunft bringen! Er soll Gold haben – was er will! Er muß einlenken! Ich werde …«

»Er lenkt nicht ein«, sagte Nabuscharusur gelassen. Er lächelte sogar dabei, denn ihn schien diese Tatsache unheimlich zu befriedigen. Abdimilkutte fuhr zu ihm herum wie eine in die Ecke getriebene Katze.

»Du – das ist alles nur deine Schuld! Wenn ich nicht auf dich gehört hätte …«

Aber der Satz blieb ihm vor Wut und Entsetzen in der Kehle stecken. Am Ende sank er geschlagen und besiegt auf seinem Thron zusammen.

»Der Gebieter Nabuscharusur sagt die Wahrheit«, äußerte ich. »Assarhaddon lenkt dir gegenüber nicht ein, aber vielleicht verschont er die Stadt. Mach die Tore auf.«

»Das bedeutet auch deinen Tod, Tiglat. Und den des Königs. Und meinen.«

Und dabei lächelte mein Bruder, der Eunuch, immer noch, so daß ich mich fragte, welche Freude ihm diese Vorstellung wohl bereitete.

»Nein – kein Gedanke daran!« Abdimilkutte quollen die Augen aus den Höhlen. »Ich werde mich gewißlich nicht ergeben, damit man mir die Haut abzieht. Nein!«

Er bedeutete uns mit der Hand, ihn zu verlassen, und schlug die andere mit tragischer Geste vors Gesicht. Nabuscharusur brachte mich zum Palastportal.

»Brauchst du eine Eskorte für den Heimweg?« fragte er. »Mit dem Pöbel ist nicht zu spaßen.«

»Mich bemerkt schon niemand – der Haß der Stadt gilt allein dem König.«

»Und das mit Recht, denn wer würde einen so feigen und zügellosen Hanswurst wohl nicht hassen?« Nabuscharusurs glattes Gesicht verzog sich angewidert. »Einfach nicht zu fassen, aber er schafft jeden Tag zweihundert Krüge Wasser für seinen Garten beiseite – in dieser Zeit! Da hast du deine großen Könige!«

Er rang sich ein tonloses Lachen ab.

»Und Assarhaddon ist nicht besser. Der ärgert sich wie ein kleiner Junge, welcher einen Krug mit Datteln nicht aufbekommt. Aber du haßt ihn genau wie ich – ich lese es auf deinem Gesicht. vielleicht hast du ja noch mehr Grund dazu.«

»Welchen Grund hast du?«

Nabuscharusur legte den Kopf ein wenig schief und lächelte sein eigenartig verächtlich-belustigtes Lächeln. Eine solche Frage konnte doch nur ein Einfaltspinsel stellen.

»Frage mich lieber, aus welchem Grunde ich noch lebe. Sicher nicht aus Liebe, denn dazu hat man mich untauglich gemacht. Also muß es aus Haß sein.«

Er musterte mich einen Augenblick mit schmal gewordenen Augen, lud mich ein, ihm zu widersprechen. Aber falls er eine Antwort erwartete, so mußte ich ihn enttäuschen, denn welche Antwort hätte es gegeben? Einem Nabuscharusur bedeuteten Antworten gar nichts. Vielleicht wollte er mir das zu verstehen geben.

»Das Leben muß doch einen Sinn haben – ich lebe nur für Assarhaddons Vernichtung. Darum ist er hier.«

»Glaubst du? Eher wird er die Stadt vernichten und dich mit ihr.«

»Und dich, Bruder. Soll ich ihm sagen, daß du hier bist? Er hat Spione in der Stadt, die Sache wäre also recht einfach.«

Wieder lächelte er, und dann schüttelte er den Kopf. Wußte er von meinem Treffen mit Assarhaddon? Schwer zu sagen.

»Nein, Tiglat, ich will dir keine Angst machen. Wenn man jemandem Angst machen will, muß er zweierlei besitzen: Phantasie und etwas, wofür es sich zu leben lohnt. Ersteres haben wir beide, doch das zweite habe nur ich. Assarhaddon hat dir alles genommen, als er den Thron bestieg – da bist du soviel in der Welt herumgekommen, aber das ist dir bislang nicht aufgegangen, oder? Mache meinen Lebenszweck zu deinem, Bruder. Ich schaffe es auch ohne dich, aber warum willst du dir diese Befriedigung versagen? Hilf mir, Assarhaddon zu töten.«

Ich weiß nicht, warum ich überrascht war, doch für einen Augenblick fehlten mir die Worte. Mein Hirn wirbelte, stellte tausend Fragen, überdachte tausend Möglichkeiten.

»Ich schaffe es auch ohne dich«, hatte er gesagt. *»Hilf mir, Assarhaddon zu töten, ich schaffe es auch ohne dich.«* Das konnte er zweifellos.

»Hast du einen Plan?« fragte ich schließlich.

Das Lächeln veränderte sich ein wenig, er dachte wohl schon, er hätte gewonnen.

»Ich habe einen. Natürlich habe ich einen. Mit deiner Hilfe kann ich die Stadt retten, Assarhaddon töten und dich an seine Stelle setzen. Aber nur mit deiner Hilfe. Sonst kann ich nur Assarhaddon töten, und das auf Kosten deines eigenen Lebens. Das Heer liebt dich immer noch, Tiglat. Es wird sich mit Assarhaddons Tod abfinden, wenn du es tust.«

»Das Heer hat mich vergessen – Assarhaddon ist König.«

»Der könntest du sein.«

Nein, das konnte ich nicht. Und das wußte Nabuscharusur. Ich würde daran zugrunde gehen und er auch. Und das Heer würde in seiner Wut die Stadt plündern und jedes lebendige Wesen innerhalb ihrer Mauern über die Klinge springen lassen. Doch was galt das schon Nabuscharusur, vorausgesetzt er erreichte sein Ziel?

»Erzähle mir, was du vorhast«, sagte ich.

Das tat er denn auch. Wir schritten durch die steinernen Flure von Abdimilkuttes Palast, während Nabuscharusur mir beschrieb, wie ich Assarhaddon töten sollte. Sie waren beide wahnsinnig, meine Brüder, und ich und ganz Sidon waren ihre Geiseln.

»Wir müssen jetzt handeln, Tiglat. Wir müssen Assarhaddon töten. Abdimilkutte denkt nur an seine eigene Sicherheit, also haben wir keine Wahl. Wenn wir zögern, geht die ganze Stadt zugrunde.«

Ich verließ ihn am Portal, durch welches ich mich hinausquetschen mußte wie Saft aus einem Baum rinnt, denn draußen wartete eine Menschenmenge, und die Soldaten hatten verständlicherweise Angst, daß sie den Palast stürmen könnte.

Die Straßen, durch die ich zum Hafenbezirk zurückging, machten von einer Stunde zur anderen den Eindruck, daß die Stadt besiegt war und keinerlei Hoffnung mehr hatte. Die Häuserwände waren schmutzbeschmiert, da die Menschen jetzt ihre Gärten umgruben, um die Blumenzwiebeln zu essen. Ich weiß nicht mehr, seit wieviel Tagen ich keinen Hund mehr hatte bellen hören – die waren sofort allesamt zur Strecke gebracht und aufgegessen worden, als die Tyrianer ihre Blockade aufnahmen. Man roch keinen Bratenduft mehr, es stank nicht einmal mehr nach Exkrementen. Wenn sie nicht nach Nahrung suchten – und die gab es nicht –, blieben die Menschen zu Hause und verhungerten still.

Und gerade diese Stille war bedrückend. Hunger fängt mit Schmerzen an und endet in Teilnahmslosigkeit, so daß nicht einmal die Kinder mehr weinen. Abdimilkutte brauchte sich nicht zu sorgen – der Pöbel vor seinem Palast würde schließlich nach Hause gehen und dort bleiben. Und ein Mann, dessen Lippen vor Durst aufgeplatzt sind, hat keine Stimme mehr, mit der er seinen Zorn herausschreien könnte.

Worauf lief das alles hinaus? Würden die Soldaten Assurs die Mauern stürmen oder würden die Bürger ihnen schlicht die Tore öffnen und sie um einen letzten Schluck Wasser anflehen, ehe man ihnen die Kehle durchschnitt?

Und war es möglich, daß ich ein solches Ende einfach dadurch abwenden konnte, daß ich Assarhaddon umbrachte?

»Die Wachen werden dich nicht am Verlassen der Stadt hindern«, hatte Nabuscharusur gesagt. »Ich werde dafür sorgen, daß du ein Pferd erhältst, und dann brauchst du nur ins Lager zu reiten und ihn zu töten. Seine Männer, ja, selbst der gemeinste Soldat, haben ihn satt. Sie werden dich als ihren Helden und Befreier begrüßen. Niemand wird eingreifen, denn du bist immer noch ein königlicher Prinz, und deine Person ist heilig. Sogar Assarhaddon wird zögern. Zunächst wird er nur wissen wollen, was du willst – er vermutet keine Gefahr. Das ist dein großer Vorteil, Tiglat. Er haßt dich, aber er hat nie gelernt, dir nicht zu vertrauen.«

Alles Lüge. Das glaubte Nabuscharusur selber nicht. Assarhaddon war König im Lande Assur, und ich war vergessen – schließlich waren vier Jahre ins Land gegangen.

Das Heer würde kein Erbarmen kennen, wenn man seinen König ermordete. Seine Rache würde furchtbar sein. Kein Stein würde auf dem anderen bleiben, und das Gemetzel würde so entsetzlich sein, daß es selbst die Götter weinen machte. Ich würde nicht als einziger zugrunde gehen, lediglich als erster. Sidon und alles, was in seinen Mauern lebte, würde zu einer Erinnerung werden. Darauf hoffte Nabuscharusur. Er wußte, er war verloren, aber er plante eine umfassendere Vernichtung. Mit sich zusammen wollte er die ganze Welt auslöschen.

Doch das machte ich nicht mit. Auch wenn es alles wahr gewesen wäre, wenn ich Sidon hätte retten und mir die Königswürde im Lande Assur hätte aneignen können, Assarhaddon war mein Bruder – was er auch sonst geworden oder was er aus sich gemacht hatte, er war immer noch mein Bruder, und ich konnte nicht vergessen, daß ich ihn einmal geliebt hatte. Wenn er Sidon dem Erdboden gleichmachte und seine Bewohner durch das Schwert sterben ließ, so durfte ich ihm deswegen nicht das Leben nehmen. Doch um der Einwohner willen mußte ich auch Nabuscharusur daran hindern. *»Ich schaffe es auch ohne dich«,* hatte er gesagt. Ich glaubte ihm. Vor einem Lebensmüden ist niemand sicher, denn dem gilt es gleichviel, ob er lebt oder stirbt.

Ehe ich in die Schenke zurückkehrte, wo ich Räume gemietet hatte, ging ich den großen Steinkai entlang, welcher die Einfahrt zum innerstädtischen Hafen schützte. An die hundert flinke, kleine sidonesische Handelsschiffe und viele kleinere Fahrzeuge saßen in der Falle, lagen verlassen vor Anker. Weit hinten auf dem Wasser hatte sich im tanzenden Sonnenschein die tyrianische Flotte verstreut und verschwamm in der Ferne am Horizont. Diese winzigen, scheinbar zahllosen Schiffe, von denen jedes für sich allein segelte, kreuzten vor und zurück, vor und zurück, machten Halsen in der Seebrise, damit sie nicht in dem Irrgarten von Kanälen nahe am Ufer auf Grund liefen. Sie waren das Netz, in dem wir alle gefangen saßen.

Doch das Netz war zart, denn die Tyrianer, welche auf dem leeren Wasser trieben, konnten ihre Flotte nicht schnell genug auf einem Fleck zusammenziehen. Ein Spinnennetz mag zum Fliegenfangen dienen, doch vor dem Habicht zerreißt es wie ein Schatten.

Natürlich, wieso war ich nicht schon eher darauf gekommen? Ich eilte zur Schenke zurück und traf dort Kephalos an.

»Kannst du ein Schiff kaufen?« fragte ich. Einen Augenblick lang blickte er mich nur starr an, und der Ausdruck auf seinem Gesicht war eine Mischung aus Mitleid und Verwunderung.

»Ja – ja, natürlich«, brachte er schließlich heraus. »Wenn jemand so dumm ist, etwas zu erstehen, was niemand etwas nutze ist, wer würde sich wohl weigern, ihm dergleichen zu verkaufen? Der Hafen wimmelt von Schiffen, die ich für einen Becher frischen Wassers kaufen kann. Aber – Gebieter – die Tyrianer … Was willst du denn mit einem Schiff?«

»Kaufe uns ein Schiff, Kephalos. Suche uns eins, das fliegt wie der Wind und groß genug ist, uns übers Meer nach Griechenland zu tragen.«

Er packte mich beim Arm, und die Hoffnung wollte ihm schier den Verstand rauben.

»Tut es das wirklich, Herr?«

»Vielleicht. Wenn die Götter uns gnädig gesonnen sind.«

Mehr brauchte es nicht. Wir machten uns auf die Suche nach Selana und Enkidu und fanden sie beisammen, wie sie im Schatten des verdorrten Gartens saßen. Ich erklärte ihnen, was ich vorhatte.

»Wir begleiten Kephalos alle«, sagte ich. »Aber wenn ich gehe, müßt ihr, du, Enkidu, und du, Selana, bei ihm an Bord bleiben und auf meine Rückkunft warten. Du, mein Freund, hast den Auftrag, niemanden in die Nähe zu lassen. Du bleibst auf dem Schiff, koste es, was es wolle, und verteidigst es mit deinem Leben. Wenn du hierin versagst, dann sind wir morgen allesamt Krähenfraß.«

Er nickte, einmal. Ich wußte, er hatte mich verstanden und würde weder Schwäche noch Erbarmen zeigen.

Das Schiff war ein Handelsschiff, bei dessen Bau offenbar jemand einer persönlichen Grille nachgegeben hatte. Es maß vielleicht vierzig Ellen in der Länge und nicht mehr als zwölf in der Breite – zu schmal für viel Ladung – und sein großes, viereckiges Segel konnte soviel Wind einfangen, daß es fast aus dem Wasser gehoben wurde. Gewinn hatte dieses Schiff ganz gewiß nicht viel abgeworfen, aber ganz gewiß war es schnell.

Als alle an Bord waren, machte ich die Leinen los, mit welchen es am Kai vertäut lag, und gab ihm einen Stoß.

»In zwei Stunden weht der Wind von Land«, sagte ich zu Kephalos. »Halte dich vom Kai fern, sonst klettern bald soviel Leute an Bord, daß es sinkt. Wenn ich nicht rechtzeitig zurück bin, brecht ihr ohne mich auf.«

Er nickte, und sein fleischiges Gesicht war vor Angst ganz verzerrt. Ich sah zu, wie er vom Steinkai ablegte, dann drehte ich mich um und machte mich zu Abdimilkuttes Palast auf. Als ich das Ende des Kais erreichte, rannte ich beinahe schon. Das Herz hämmerte mir in den Ohren wie eine Kriegstrommel, und ich dachte, gerade genug Zeit vor meinem Treffen mit Nabuscharusur.

Und so hörte ich den Platsch nicht, als Selana ins Hafenbecken sprang, um mir zu folgen, wohin auch immer ich ging.

Zunächst wollte ich den König aufsuchen, und das einmal ohne Nabuscharusurs Beisein. Das durfte recht einfach sein – für meinen Bruder existierte Abdimilkutte schon fast nicht mehr, der hatte nur noch seine Rache im Kopf. Mittlerweile war Nabuscharusur sicher schon nicht mehr im Palast.

Die Wachen an den großen Zedernportalen erkannten mich und ließen mich ohne weiteres durch.

Es ist immer gefährlich, mit einem König ein Geheimnis zu teilen, denn jeder König ist von Spionen umgeben. Ich hatte fast mein ganzes Leben an königlichen Höfen zugebracht und kannte mich aus. Zweifellos war Nabuscharusur bestens informiert, und es hätte mich nicht wundergenommen, wenn eine ganze Reihe von Abdimilkuttes treuesten Gefolgsleuten sich Gedanken machte, wie man überleben könnte, und heimlich Botschaften an Assarhaddon schickte.

Als ich also bat, vorgelassen zu werden, da bat ich nicht um ein Gespräch unter vier Augen – warum die Aufmerksamkeit auf mein Anliegen ziehen? Im geeigneten Augenblick würde ich schon Mittel und Wege finden.

Fast hätte er mich nicht empfangen, und als ich sah, in welchem Zustand er sich befand, da begriff ich auch warum. Dieser Mann konnte keine weitere schlechte Nachricht mehr ertragen. Außerdem betätigte er sich mit seinen Nebenfrauen. »Na und, Gebieter, soll ich mir bei meinen Sorgen keinen Trost gönnen dürfen?«

Er lag auf dem Ruhelager, hatte die Tunika bis zur Mitte hochgeschoben und das Lendentuch aufgemacht – die Phöniker sind wohl die schamloseste Rasse, welche die großen Götter erschaffen haben – und über ihm kauerte ein entzückend gebautes Mädchen mit einer Haut wie angelaufenes Messing und bemühte sich nach besten Kräften, das Fleisch zu trösten. Ich wartete mit abgewandtem Blick, bis sie ganz fertig war.

»Mächtiger König«, sagte ich, als er seine Kleidung wieder geordnet und seine Frauen fortgeschickt hatte, »ob du wohl die Freundlichkeit hättest, mir die Wunder deines Gartens zu zeigen? – Er soll das letzte Fleckchen Grün in Sidon sein, das überleben könnte.«

Seine Augen schossen zu meinem Gesicht und wurden auf einmal schmal, als ob er sich überzeugen wollte, daß er richtig verstanden hatte. Ja, er hatte mich recht gut verstanden.

»Mit dem größten Vergnügen, Herr.«

Das Dach von Abdimilkuttes Palast war eine Art Paradies, voll prächtiger Blumen und angenehm kühl. Der Wind war fast ganz abgeflaut, und so suchten wir, mehr um ungestört zu sein, Zuflucht in einer von Schlingpflanzen überwachsenen Laube mit Blick aufs Meer. Der König hatte einen Krug Wein und zwei goldene Becher mitgebracht und schenkte mir eigenhändig ein.

»Sieh doch, Gebieter, wie weit sich die Tyrianer auseinandergezogen haben«, sagte ich und wies mit dem Arm zum Horizont hin – aus dieser Entfernung waren die Segel ihrer Schiffe beinahe nicht auszumachen, und so mußte Abdimilkutte, der nicht die scharfen Augen des Jägers besaß, sich auf meine Einschätzung der Lage verlassen. »Sie wagen sich nicht zu nahe heran, da sie sich nicht mit den Kanälen auskennen und fürchten, daß sie auf Grund laufen. Und sie haben sich vorgenommen, die Stadt sehr weiträumig abzuschnüren.«

»Ja, aber sie haben recht großen Erfolg damit gehabt«, gab er leicht gereizt zurück. »Seit fünfzehn Tagen hat sich kein Schiff mehr aus diesem Hafen herausgetraut.«

»Stimmt – ein Schiff allein wird zu leicht aufgebracht. Aber wie wäre es mit hundert Schiffen, die dicht hintereinander und mit dem Landwind voll in den Segeln herauskommen? Einige würden sicher verlorengehen, doch die übrigen könnten durchbrechen wie ein Bulle durch einen Holzzaun.«

Seine Augen richteten sich auf den Horizont, während er sich das durch den Kopf gehen ließ. Er beugte sich vor, legte die Hände auf die Knie, und ich konnte hören, wie er den Atem anhielt. Ja, jetzt begriff er.

»Wir könnten leben – du und ein paar tausend deiner Untertanen. Hierzubleiben heißt sterben, denn der König von Assur kennt kein Erbarmen, wenn seine Männer erst einmal innerhalb der Stadtmauern sind. Das weißt du doch, Herr.«

»Der Gebieter Nabuscharusur sagt, das Heer deines Bruders ist schon ganz zersetzt von Unrast, es zieht mit Sicherheit ab, wir müssen nur warten …«

»Es zieht nicht ab. Das weiß der Gebieter Nabuscharusur, denn der König ist nicht nur mein, sondern auch sein Bruder. Überlaß den Gebieter Nabuscharusur mir. Wenn du auf ihn hörst, bist du ein toter Mann.«

Er schluckte schwer, der Kloß in seiner Kehle wollte anscheinend nicht hinunterrutschen. Vielleicht war es ja auch sein Herz.

»Die beste Zeit ist eine Stunde vor der Dämmerung«, fuhr ich fort, »wenn der Wind am stärksten weht. Auf mich wartet bereits ein schnelles Schiff. Ich überlasse es dir und deinem Volk auszumachen, wer mit uns fährt und wer zurückbleibt.«

»Meine Soldaten – ich nehme meine Soldaten mit.« Er leckte sich die Lippen, als wären sie vor Durst aufgeplatzt. Der Becher mit Wein, welchen er in der Hand hielt, war vergessen. »Achttausend Mann und vielleicht nur einhundert Schiffe … Ein Jammer, daß ich welche zurücklassen muß, aber dennoch …«

»Soldaten brauchst du dafür nicht, Gebieter. Du brauchst Männer, welche die Schiffe segeln können – denk an dein Volk. Der Krieg ist Soldatenhandwerk, und Soldaten haben nur den Vorzug, daß sie zu sterben wissen. Habe ein wenig Erbarmen mit denen, welche dir vertraut haben.«

»Mein Volk – na ja …« Er lächelte ausdruckslos und starrte dabei ins Leere. »Es haßt mich jetzt, also …«

Ich hätte genausogut mit dem Wind reden können. Der König von Sidon dachte nur an sich selbst. Ich brauchte Abdimilkutte, denn ohne seine Hilfe gab es kein Entkommen, aber ich mochte ihn nicht.

»Also eine Stunde vor Sonnenuntergang.«

Ich erhob mich und ließ ihn dort sitzen. Warum hing ich mein Leben nur an einen so dünnen Faden? Weil ich natürlich keine andere Wahl hatte.

Was aber sollte ich mit Nabuscharusur machen?

Einst waren wir zusammen Kinder im Frauenhaus des Königs gewesen, und nur Assarhaddon und ihn hatte ich dort zu meinen Freunden gezählt. Und als wir dann in das Alter kamen, wo wir beginnen sollten, in der Welt der Männer zu leben, da hatte das Messer des Kastrierers sein böses Werk vollbracht. Assarhaddon und ich, die es verschont hatte, waren zu Soldaten ausgebildet worden, während Nabuscharusur im Haus der Tafeln verschwand, um dort die Kunst des Schreibens zu lernen und seine Bitterkeit zu nähren. Jahrelang hatte ich nichts von ihm gehört.

Und das Ganze hatte uns hierher geführt. Er hatte beim Mord unseres Vaters die Hand im Spiel gehabt, und seine Stimme hatte am lautesten zum Aufstand gegen Assarhaddon geschürt – nicht für sich und auch nicht für Arad Malik, der den Schlag geführt hatte, welcher den Gebieter Sanherib niederstreckte, und auch nicht aus Liebe zu Pflicht und Vaterland. Warum dann? Die Gründe waren mir verborgen, vielleicht sogar ihm selbst. Vielleicht zählten die Gründe mittlerweile auch nicht mehr.

Ich sollte ihn am Großen Tor treffen, wo er um die dritte Stunde nach Mittag auf mich warten wollte. Jetzt war ich nicht mehr sein Bruder, nicht einmal mehr sein Freund – nur sein Instrument. Das durfte ich auf keinen Fall vergessen.

Vielleicht, selbst jetzt noch, wenn ich ihn überreden könnte …

Er stand am Stadtturm, trug eine einfache Soldatentunika und sprach mit dem wachhabenden Offizier. Als er aufschaute und mich sah, wurden seine Augen schmal, als blickte er in grelles Licht. Doch sonst ließ er sich nichts anmerken.

»Da bist du ja«, sagte er und entließ den Offizier mit einer Handbewegung. »Ich war mir nicht ganz sicher, ob du am Ende kommen würdest, aber vielleicht hätte ich nicht an dir zweifeln sollen. Alles ist vorbereitet. Ich habe sogar ein schönes Pferd für dich aufgetrieben, damit du nicht als Flüchtling oder Dieb in das Lager deines Bruders geritten kommst, sondern als Prinz von Assur.«

Er legte mir die Hand auf den Arm und wollte mich wohl für ein paar private Worte beiseiteziehen, aber als er merkte, daß ich nicht daran dachte, mich vom Fleck zu rühren, ließ er mich sofort wieder los.

»Mehr gibt es für dich wohl nicht«, sagte ich eher kummervoll als ärgerlich. »Du und ich und Assarhaddon – irgendwie kommt es mir vor, als wären wir drei ganz allein auf der Welt, nicht wahr? Und die Menschen in dieser Stadt, existieren die für dich gar nicht?«

»Wovon redest du, Tiglat?«

Sein Gesicht verzog sich auf eine seltsame und unnatürliche Weise, so daß der Eindruck entstand, er könnte sich nicht zwischen Wut und schlichter Bestürzung entscheiden.

»Ich werde Assarhaddon heute nicht umbringen, Bruder. Und du auch nicht. Aber ich habe für unsere Flucht gesorgt. Vergiß Assarhaddon. Laß ab von deiner Rache. Komm mit mir und lebe.«

»Assarhaddon vergessen? *Vergessen?* Bist du verrückt geworden?«

»Wenn hier einer verrückt geworden ist, dann sicher nicht ich.«

Er trat einen Schritt zurück, als ekelte ihn vor mir. Einen Augenblick lang schien er der Sprache nicht mehr mächtig. Ich konnte sehen, wie es in seinem Kopf durcheinanderging, während er nach etwas griff, woran er sich halten konnte.

»Aha, daher weht der Wind«, sagte er am Ende. »Aha! Genau wie damals, als ich dich aufforderte, beim Aufstand gegen Assarhaddon mitzumachen, als der Sieg noch ein leichtes gewesen wäre, wie damals bist du dazu nicht beherzt genug. Wie konntest du nur zu solch einem Feigling werden?«

Mit einer jähen Bewegung zog er einen Dolch aus seinem Gürtel und fuchtelte damit in der Luft herum, doch das war eher ein Ablenkungsmanöver als eine Drohung.

»›Ich bin Tiglat Assur!›« schrie er. *»›Mein Vater ist Sanherib, der Herrscher der Erde, der König der Könige! Wer sich nähert, tut es auf eigene Gefahr!‹* Glaubst du, ich hätte das vergessen? Bei den Göttern, damals hast du dich wirklich wie ein Löwe angehört! Und so haben sie dich denn verschont. Sie haben dich verschont, und mir haben sie die Hoden aufgeschnitten wie eine grüne Feige. Und jetzt bringst du nicht einmal den Hauch von Mut auf, mit dem du einen Lehmklumpen wie Assarhaddon beiseite schieben und dir die Welt aneignen könntest! Du bist noch viel weniger Mann als ich, *Bruder.«*

»Komm mit mir, Nabuscharusur. Rette dich. Hierzubleiben ist der reine Selbstmord.«

»Glaubst du, ich habe Angst vor dem Tod? Ich will dir zeigen, wieviel Angst ich vor dem Tod habe!«

Er stach wild auf mich ein, ich sprang zur Seite, aber sein Dolch schnitt mir noch die Tunika auf – ja, dieses Mal hatte er es auf mein Leben abgesehen.

»Warum hast du mir diesen Dienst nicht in Khanirabbat erwiesen?« schrie er jetzt außer sich vor Wut. »Warum hast du mich, als ich dich darum bat, nicht aufgeschlitzt und meine Gedärme auf die harte Erde verschüttet, denn für einen wie mich ist das Leben ein Elend ohne Ende. Für den Fehler sollst du mir zahlen, Bruder – den machst du mir wieder gut.«

Und er stach erneut nach mir, doch dieses Mal überrumpelte er mich nicht, und ich wehrte seinen Arm mit einem Schlag meiner Hand ab. Er taumelte zurück, und ich zog nun meinerseits den Dolch, hoffte aber immer noch, er würde Vernunft annehmen. Nabuscharusur konnte nicht mit Waffen umgehen und besaß auch nicht die Kraft eines Mannes, und ich war mein

Leben lang Soldat gewesen. Ich hätte ihn schlicht und einfach umbringen können, und doch schauderte ich davor zurück.

»Mach ein Ende, Bruder. Halt ein, bevor es zu spät ist.«

»Was geht dich das an, Tiglat?« Seine Stimme zitterte, und vor Wut liefen ihm die Tränen übers Gesicht. »Fürchtest du Hasenherz dich sogar vor diesem Kampf?«

Wieder ein Hieb – er stach zu wie eine Frau, verlagerte die ganze Kraft des Körpers in den Arm und verriet damit, was er vorhatte – und ich fing seine Klinge mit meiner ab, drückte nach, daß er das Gleichgewicht verlor. Er taumelte zurück und …

Es geschah alles so schnell, daß niemand mehr eingreifen konnte. Die Wachsoldaten wollten sich gerade erheben, doch da war es bereits zu spät. Der Schlag, welcher Nabuscharusur fällte, kam weder von mir noch von den Speeren der Wachen, sondern von oben. Er richtete sich blitzartig auf, als ob er eine Schlinge um den Hals verspürte und fiel dann bäuchlings aufs Gesicht. Auf der Laufplanke oben auf der Mauer hatte ein Wasserkrug gestanden, und der hatte ihn am Hinterkopf getroffen, ehe er auf der Erde zerbrach.

Aber er war nicht gefallen. Er war gestoßen worden. Ich blickte hoch und sah Selana über mir auf der Mauer kauern, von wo sie wie gelähmt vor Schreck herabstarrte.

»Komm herunter«, schrie ich und wußte nicht einmal, warum ich mich so zornig anhörte. »Auf der Stelle kommst du herunter.«

Nabuscharusur bewegte sich und legte sich die Arme über den Kopf. Ich dachte, vielleicht ist er nur bewußtlos, aber als ich ihn umdrehte und in seine weit aufgerissenen, starren Augen blickte, da wußte ich sofort, daß er tot war.

»Ich wollte doch nicht … ich wollte doch …«

Selana stand jetzt neben mir, schlug die Hände vors Gesicht und schluchzte hemmungslos. Es war nicht ihre Schuld. Sie war mir den ganzen Weg gefolgt und hatte gedacht, daß Nabuscharusur, den sie ja noch nie gesehen hatte, mich wirklich töten wollte.

Ich drückte sie an mich und nahm sie auf den Arm wie ein Kind.

»Ich glaube, die Götter haben am Ende doch noch Erbarmen

mit ihm gehabt«, sagte ich ruhig und streichelte ihr dabei übers Haar. »Aber du hättest nicht mitkommen dürfen. Du hättest auf dem Schiff bleiben sollen, wie ich es dir befohlen hatte.«

»Das konnte ich nicht ...« Sie preßte das Gesicht an meine Brust und weinte immer noch. »Ich habe gedacht, du kommst nicht wieder.«

»Ich wäre aber wiedergekommen – bin ich das nicht jedes Mal?«

Seltsam, aber in diesem Augenblick schien sich alles zwischen uns zu ändern. Sie zählte erst vierzehn Lenze, doch ein Kind hätte nie getan, was sie tat. Zusammen mit Nabuscharusurs Leben hatte auch ihre Kindheit geendet. Zwischen uns beiden würde nichts mehr so sein wie früher.

Ein Soldat kam auf uns zugetorkelt. Er hatte getrunken und sah zutiefst erstaunt den Leichnam am Boden liegen. In seiner Hand baumelte ein Weinschlauch.

Den nahm ich ihm weg – er hatte nicht einmal Zeit aufzubegehren –, zog den Stöpsel heraus und goß Nabuscharusur den Inhalt über den zerschmetterten Schädel. Wieviel Böses er auch getan haben mochte, er war doch mein Bruder und sollte nicht ohne Grabbeigabe hinunter in das dunkle Reich des Todes gehen.

Ich nahm Selana wieder in die Arme und machte mich auf den Rückweg zum Hafen.

Wenn irgendeine Stelle von Sidon verlassen war, dann der Hafen. Seit fünfzehn Tagen lagen die Schiffe jetzt vor Anker, und ihre Rümpfe schlugen dumpf und gespenstisch an den steinernen Kai, lagen dort so leer und unbeachtet wie ein vergessenes Versprechen. Als wir über den Damm zur Hafeninsel gingen, konnten wir ihre kahlen Masten ganz sacht im ersten Hauch des aufkommenden Landwindes schaukeln sehen.

»Der Mann, den ich ...« sagte Selana schließlich, während sie sich im Dahinschreiten fest an meine Hand klammerte, »wer war das?«

»Ein böser Mensch – du tatest recht daran, ihn zu töten.«

Sie nickte, denn ich hörte mich glaubwürdig an, doch so ganz glaubte sie mir wohl nicht. Da sie auch nicht ein Wort Akkadisch konnte, hatte sie nichts von meiner Unterhaltung mit Nabuscharusur mitbekommen und hatte deshalb keine Ahnung, daß sie meinen Bruder umgebracht hatte. Es schien mir das Beste, ihr das zu verheimlichen.

»Nichts davon zu Kephalos«, fuhr ich fort und war darauf bedacht, sie nicht anzusehen. »Sag ihm einfach, daß du mich am Eingang zum Königspalast gefunden hast.«

»Ist das ein Geheimnis? Ich wußte gar nicht, daß du Geheimnisse vor Kephalos hast.«

»Jedermann hat Geheimnisse, auch vor Kephalos. Das hier ist eines.«

Sie war nur zu bereit, mir zu gehorchen. Sie lächelte sogar, denn der Gedanke freute sie, daß sie mein Vertrauen genoß und mein vormaliger Sklave in diesem Falle nicht. Damit hatte ich auch gerechnet.

Als wir uns dem Kai näherten, winkte uns Kephalos zu. Das Schiff trieb immer noch mitten im Hafen, und so zogen Selana und ich die Sandalen aus und schwammen hinüber. Enkidu zog Selana am Kragen ihrer Tunika aus dem Wasser und schüttelte sie durch wie ein Hund eine Ratte.

»Ist schon gut«, sagte ich zu ihm. »Sie war bei mir und somit nicht gefährdet. Ich habe sie schon für ihren Ungehorsam bestraft.«

Er blickte mich böse an, anscheinend glaubte er nicht, daß ich die gebührende Strenge hatte walten lassen, dann öffnete er die Hand und ließ sie wie einen Mehlsack aufs Deck plumpsen.

Selana verzog sich geräuschlos aus der Reichweite ihres großen Beschützers, sie wußte, sie war noch einmal davongekommen und wollte seine Selbstbeherrschung nicht unnötig strapazieren.

»Was jetzt, Gebieter?« fragte Kephalos, und seine Augen suchten ängstlich den Horizont ab. Es fehlte nur noch wenig an der letzten Stunde vor Sonnenuntergang.

»Das steht bei Abdimilkutte und den unsterblichen Göttern. Falls er kommt, falls er genügend Männer mitbringt, um die Schiffe zu bemannen, falls keine gefährliche Panik unter den

Zurückgebliebenen ausbricht. Bei Dunkelheit haben wir diesen Ort entweder weit hinter uns gelassen oder wir sind tot. Weißt du auch wirklich mit diesem Ding umzugehen, Kephalos?«

»O ja – das mit dem Schiff, das ist nicht schwer.« Er schnippste mit den Fingern um zu zeigen, wie wenig Kopfzerbrechen ihm diese Aufgabe machte. »Zwei Männer können damit segeln, wohin sie wollen. Ich bediene die Takelage, denn damit muß man sich wirklich auskennen, und du übernimmst das Ruder. Halte es immer auf geradem Kurs, dann kann gar nichts schiefgehen. Dem Makedonier traue ich nicht einmal so etwas Einfaches zu, denn die sind keine seefahrende Rasse, die werden mit Dung zwischen den Zehen geboren.«

Keine Viertelstunde später sahen wir, wie eine Marschkolonne aus der Stadt zog. Als sie über den Damm marschierte, erkannten wir, daß es sich um rund vierhundert Soldaten handelte. In ihrer Mitte trugen sie eine geschlossene Sänfte, welche ohne Zweifel Abdimilkutte enthielt. Binnen zehn Minuten war das Nordende des Kais in ihrer Hand.

Die Vorhänge der Sänfte teilten sich, und Abdimilkutte stieg so geziert heraus wie eine Jungfrau. Er lächelte und winkte uns an Deck unseres Schiffes zu.

»Gebieter Tiglat Assur«, rief er. »Wie du siehst, habe ich dich nicht versetzt. Da bin ich!«

»Nein, mächtiger König«, sagte ich im Flüsterten, »mich hast du nicht versetzt.«

Er bestieg ein kleines Boot, und zwei seiner Soldaten machten sich daran, ihn zu uns herüberzurudern.

»Bei den Göttern, wir sollen die Gunst seiner nutzlosen Gegenwart genießen«, entfuhr es Kephalos ziemlich verärgert. »Habe ich dir nicht immer gesagt, Gebieter, daß man sich Könige besser vom Leib hält.«

Dennoch half ich Abdimilkutte eigenhändig an Bord. Als einer der ihn begleitenden Soldaten folgen wollte, vertrat ihm Enkidu den Weg und legte dem Mann die Schneide seiner Axt an den Hals. Der brauchte Enkidu nur anzusehen, und schon wußte er, daß es klüger war, den Rückzug anzutreten.

»Es ist uns eine Ehre, Gebieter«, sagte ich mit einem Lächeln, das die Drohung nicht verhehlen sollte. »Auf diesem Schiff brauchst du keine Leibwache.«

Was den König gar nicht freute.

»Der Gebieter Tiglat Assur tut gut daran, nicht zu vergessen, daß er jetzt in meiner Hand ist, nicht ich in seiner.«

»Warum hast du so viele Soldaten mitgebracht, Herr?« fragte ich und überhörte damit eine so leere Drohung. »Du hättest besser daran getan, Männer aus der Stadt zu nehmen, die sich auf das Segeln von Schiffen verstehen.«

»Ein König muß ein Heer haben, sonst ist er kein König. Die werden sich schon gut als Seeleute machen, schließlich hängt ihr Leben davon ab. Der Rest ist übrigens in der Kaserne – und freut sich auch noch darüber. Die denken, daß ihre Kameraden hier auf Erkundigung weit draußen vor den Toren sind. Ha!«

Durch den Witz hatte er anscheinend die Dinge zwischen uns bereinigt. Er entließ die beiden Soldaten mit einer Handbewegung, und sie ruderten wieder zum Ufer zurück und freuten sich zweifellos, daß sie Enkidus Axt entgangen waren.

»Wir haben jedoch genug Soldaten«, fuhr der König fort. »Wir suchen uns so viele Seeleute aus, wie wir brauchen. Siehst du, da? Die Menschen sind uns bereits aus der Stadt gefolgt. Diese Feiglinge! Man sollte meinen, sie können riechen, daß wir fliehen.«

Ja, so schien es in der Tat. Die Bewegung von so vielen Soldaten hatte Männer, Frauen und sogar Kinder angezogen, und alle hofften irgendwie, diese könnten ihre Rettung bedeuten; und so strömten sie über den schmalen Damm, ein Bild des Jammers, diese Verhungernden und Verzweifelten. Etliche wurden allein schon vom Druck dieser großen Menge ins Wasser gestoßen, aber sie kletterten die Steine des Kais wieder hoch und stürzten sich erneut ins Getümmel. Ich weiß nicht, wieviele es waren, doch ihre Zahl muß in die Tausende gegangen sein.

Mir war auf der Stelle klar, was Abdimilkutte beabsichtigt hatte, als er zuließ, daß diese Menschenmenge in seinem Kielwasser zusammenlief. Seine Soldaten würden unter ihnen wählen und aussuchen, wer eine Überlebenschance haben sollte und wer dem Tod überantwortet wurde, je nachdem wieviele sie als

Besatzung für die Schiffe brauchten, in denen wir unsere Massenflucht versuchen würden. Eine unvorstellbar herzlose List. Wie konnten es die Götter nur dulden, daß solch ein Bösewicht noch auf Erden wandelte?

Doch noch schlimmer als ihr Erfolg war der Fehlschlag dieser List, und sie schlug beinahe sofort fehl. Als die Menschen erst begriffen, was der König vorhatte – und der Gedanke, die tyrische Blockade zu durchbrechen, war so offensichtlich, daß sie nicht lange dazu brauchten –, da verloren die Tausende von Einwohnern einfach den Verstand.

Zwar waren sie verhungert und schutzlos, aber sie würden nicht erlauben, daß man sie so benutzte und dann sitzenließ. In ihrer Wut schienen sie zu vergessen, daß sie vierhundert wohlgenährten, gut ausgebildeten und gut bewaffneten Männern gegenüberstanden. Sie stürzten sich auf die Soldaten des Königs, und so mancher spießte sich in den Schwertern auf, die auf sie gerichtet wurden. Sie griffen an wie ein Mann, wie eine einzige große Welle. Eine Schlacht wie diese konnte nur einen Ausgang haben, denn Waffen taugen nichts gegen eine Streitmacht, die nicht nur riesig, sondern auch todesmutig ist. Ein Soldat kann immer nur einen Feind zur Zeit töten, und während er dem Mann den Bauch aufschlitzt, kann ihn ein anderer, vielleicht vier oder fünf, vielleicht die Frau seines Opfers und ihre Kinder zu Boden reißen und zerfleischen.

In jenen wenigen Minuten sah und hörte ich Dinge, die mich verfolgen werden, solange noch Odem in meiner Brust ist: der Steindamm, welcher plötzlich in Blut schwamm, während sich auf dem Kai leblose Leiber häuften oder in den Hafen geworfen wurden, die Schreie von Menschen, die auf unsägliche Weise zu Tode kamen, das entsetzte und wütende Geschrei. Es war schlimmer als Krieg, denn im Krieg kann man sich ergeben und zuweilen Erbarmen finden. Das hier war nur ein Gemetzel.

Aber der Kampf dauerte nicht lange. Binnen einer Viertelstunde war der Kai mit Toten und Sterbenden übersät, und die Soldaten hatten sich auf die Schiffe zurückgezogen, die längs des Dammes vertäut lagen. Sie versuchten abzulegen und dadurch zu entkommen, daß sie sich treiben ließen, aber es gab kein Entkommen. Bald waren die Schiffe zu überladen, und der Hafen war voller Leichen.

Die Menschenmenge stürmte jetzt die Schiffe am Kai, bis einige unter dem Gewicht zu sinken drohten. Etliche, darunter viele Kinder, wurden von der Menge ins Wasser gedrängt, und andere, die einfach daran verzweifelten, von einem Schiff dicht am Ufer aufgenommen zu werden, schwammen auf jedes Fahrzeug zu, das im Hafen ankerte – darunter auch unseres. Enkidu und ich machten uns daran, die Leinen herabzulassen, damit wir sie an Bord ziehen konnten.

Abdimilkutte war außer sich.

»Im Namen aller heiligen Götter, seid ihr von Sinnen? Das sind Wilde – die bringen uns um, wenn ihr sie auf das Schiff laßt. Das ist kein Erbarmen, das ist Selbstmord!«

»Dich bringen sie womöglich um«, schrie ich zurück. »Und meinetwegen können sie das gern tun!«

Es gelang uns, an die siebzig zu retten, und dann blieb uns einfach keine Zeit mehr, wenn wir das Tageslicht nutzen wollten. Kephalos setzte das große Segel, und als der Wind es blähte, schossen wir mit einem Satz vorwärts und ließen die übrigen hinter uns, aber ihre Schreie um Erbarmen klangen uns noch lange in den Ohren.

Und wenn viele sterben mußten, während der Rest entkam, so wußten alle hier, wessen Schuld das war. Unsere Passagiere strichen um Abdimilkutte herum wie die Wölfe. Die meisten hatten ihn noch nie gesehen, aber sie wußten, wer er war. Und sie haßten ihn. Er war der Urheber ihres Unglücks. Doch sie töteten ihn nicht – noch nicht. Noch war die Zeit nicht reif für Rache.

Wie auf Befehl setzten auch die anderen Schiffe Segel und schoben sich eins nach dem anderen durch den engen Hafenkanal ins offene Wasser. Manche liefen auf Grund. Manche waren so überladen, daß sie kaum vorankamen, und es gab furchtbare Szenen, wenn Menschen ins Wasser geworfen und dann zuweilen zu Tode geprügelt wurden, als sie versuchten, sich an der Bordwand festzuklammern. Aber schließlich waren die meisten unterwegs und fuhren geschlossen wie ein Bienenschwarm auf die Sonne zu, so schnell der Wind uns voranbrachte.

Wir hatten keine Ahnung, wann die Tyrianer darauf kamen, was da vor sich ging, aber das machte so gut wie gar nichts. Aus einem gemeinsamen Instinkt heraus, den keiner zu erklären vermochte, suchten wir uns einen Punkt am Horizont und segelten alle darauf zu. Wir durchbrachen ihre Linie wie ein Mensch Spinnweben beiseite schiebt – unseren Feinden blieb kaum Zeit, sich zu sammeln, und so konnten sie lediglich zu ihren Enterhaken greifen und sich ein paar der ungeschützteren Schiffe herauspicken.

Noch viele sanken, scheiterten an Überladung oder aus Unerfahrenheit. Alles in allem erreichten vielleicht siebzig Schiffe das offene, weite Meer und zerstreuten sich in viele Richtungen.

Doch die Tyrianer waren noch nicht mit uns fertig. Etliche Schiffe von ihnen nahmen die Verfolgung auf. Eines davon, ein Kriegsschiff, gleichsam ein schwimmender Berg, kam hinter uns hergerauscht.

Es war nur ein paar Minuten hinter uns, und die Nacht wollte hereinbrechen. Es dürfte Fackeln an Bord haben, wir aber nicht. Segeln bei Nacht ist gefährlich – wir konnten nur an den Felsen zerschellen oder von ihnen eingeholt werden.

»Gebt ihnen den König!« schrie da jemand. Der Schrei wurde von vielen Kehlen aufgenommen. »Ja, Fluch über ihn – gebt ihnen den König!«

Ich hätte ihnen keinen Einhalt gebieten können. Ich wollte ihnen auch keinen Einhalt gebieten. Abdimilkutte, der Herrscher von Sidon, der so schrill wie ein verängstigtes Kind kreischte, wurde von zwanzig Händepaaren vom Deck hochgehievt und auf den Schultern zum Achterschiff getragen. Sie warfen ihn über Bord, daß er laut im Wasser aufklatschte.

Das war unsere Rettung. Wir sahen zu, wie das tyrische Kriegsschiff beidrehte, ein paar Strickleitern herabließ und zwei Männer hinunterschickte, die ihn aus dem Wasser zogen. Als sie ihn hatten, setzten sie uns nicht weiter nach. Vielleicht reichte ihnen diese Beute.

Und so kam es, daß Abdimilkutte, ein schlechter König und ein noch schlechterer Mensch, uns allen am Ende das Leben rettete.

XXI

Es vergingen viele Monate, bis ich Kunde davon erhielt, welches Ende es mit Sidon genommen hatte. Mein Bruder nahm die Stadt fast ohne Gegenwehr ein und ließ sie plündern und zerstören. Er hatte Marduk geschworen, daß dort kein Stein auf dem anderen bleiben, daß Sidon vom Angesicht der Erde verschwinden sollte, und der König von Assur war ein Mann, der furchtbare Angst vor den Göttern hatte. Die Einwohner wurden verschleppt und mußten an fernen Orten, weit fort vom Anblick des Meeres ihr Leben fristen. Sie wehklagten, doch den meisten ließ man das Leben. Die überlebenden Soldaten wurden aneinandergekettet und verbrachten ihr kurzes und freudloses Leben als Sklaven, ihre Offiziere wurden abgeschlachtet.

Es ist nur gerecht, daß Könige von zugrunde gerichteten Nationen für das Unglück büßen, welches ihre Torheit und ihr Stolz über ihre unschuldigen Untertanen gebracht hat. Abdimilkutte starb vor den zerstörten Toren von Sidon. Man schlug ihm den Kopf ab – ein ungewohnt großherziger Assarhaddon wollte nichts weiter von ihm als sein Leben, und das nahm er ihm ohne das übliche Beiwerk. Als mir das zu Ohren kam, da konnte ich es eigentlich nicht gutheißen.

Doch ich hörte lange gar nichts darüber. Als wir Byblos anliefen, da gab es noch keine Nachrichten, und wir blieben auch nur so lange, daß unsere sidonischen Passagiere an Land gehen und wir selbst Wasser und Vorräte für die Weiterfahrt kaufen konnten. Dann brachen wir auf und wandten das Antlitz gen Westen, gen Griechenland.

»Kephalos, mein Freund, was nun?« fragte ich, ohne recht eine Antwort zu erwarten, denn ausgerechnet meine leer gähnende Zukunft versetzte mich in eine eigenartige Hochstimmung. »Ich nehme an, wir verkaufen das Schiff am Ende, aber was dann? Wo wird Krieg geführt? Vielleicht kann ich mich ja als Söldner verdingen?«

»Herr, wir sind arm, aber noch nicht am Bettelstab. Das hier konnte ich vor diesen Dieben, diesen fürstlichen Kaufleuten von Sidon, in Sicherheit bringen.«

Er öffnete seine Arzttasche und zog einen Lederbeutel heraus, den er lässig aufs Deck fallen ließ. Es gab einen verheißungsvollen Plumps, denn er war voller Silbermünzen. Als ich darüber lachte, runzelte Kephalos lediglich die Stirn und schüttelte den Kopf, als hätte ich irgendwie gegen Sitte und Anstand verstoßen.

»Ich weiß, du meinst es nicht so«, sagte er, »und du bist lediglich leichtherzig und sorglos gestimmt, da du für Besonnenheit noch nicht das richtige Alter hast, aber finde dich mit der Tatsache ab, daß wir es uns nicht mehr leisten können, in großem Stil zu leben. Das hier reicht nur, um uns in irgendein gewinnträchtiges Unternehmen einzukaufen. Wir werden so unser Tun haben.«

Ich lachte dennoch weiter – ich konnte einfach nicht anders –, bis es meinem klugen Freund einfach zuviel wurde. Ich kam mir so frei vor. Wenn der ganze Reichtum, den wir noch auf der Welt besaßen, in einen Lederbeutel paßte, dann war ich vielleicht endlich so tief gefallen, daß mich die Mächtigen nicht mehr beachteten. Wer von den großen Königen des Ostens hatte auch schon von den Ländern jenseits des Nordmeeres gehört? Würde mich Assarhaddon nun nicht endlich vergessen? Stand es mir jetzt nicht frei, zu leben wie andere Menschen? Mir war zu Mute, als könnte ich noch einmal von vorn anfangen.

Wir hielten uns erst nord- und dann westwärts, ließen Cypern links liegen, dessen Könige mit meinem Bruder verbündet waren, blieben aber immer in Sichtweite des Landes und legten nur an, wenn das Wetter sich verschlechterte oder uns der Proviant ausgehen wollte. Wir hatten es nicht eilig, und so durchfuhren wir die Straße von Rhodos erst am zwanzigsten Tag.

Einmal kamen wir an einer Insel vorbei, und da bemerkte ich, daß Kephalos den Blick nicht von ihr abwenden konnte, so als ob seine Seele nach ihrem Anblick gedürstet hätte.

»Was ist das da?« fragte ich ihn.

»Naxos, Herr – wo ich geboren wurde und wo meine Mutter und mein Vater vielleicht selbst jetzt noch leben.«

»Sollen wir anlegen und ihnen einen Besuch abstatten?«

Er schüttelte den Kopf, doch in seinen Augen standen Tränen.

»Nein, Gebieter«, sagte er abschließend. »Als Knabe brannte ich nur so darauf, diese Küsten zu verlassen, und jetzt ist es für eine Rückkehr zu spät. Einige Dinge beläßt man lieber wie sie sind.«

Er sah zu, wie das Eiland vorbeiglitt, bis sich die Dunkelheit über alles legte. Diese Nacht hielt er schweigend mit einem Weinkrug Wache, und dann schnitten wir das Thema nicht wieder an. Wer nie das Elend der Verbannung kennengelernt hat, kann das nicht verstehen.

Die nächsten Tage fuhren wir irgendwie ziellos west- und nordwärts zwischen den Inseln des Meeres, welches die Griechen Ägäis nennen, durch. Wir besuchten das heilige Delos, wo Apollo geboren sein soll, und dort befragte ich das Orakel, welches mein Silber annahm und mir dann sagte, daß der Gott sich in Schweigen hülle. In Kythera legten wir auch an, dort soll ja Aphrodite geboren sein, doch darauf erheben auch Cypern und die Hälfte aller Inseln zwischen Karia und dem Peloponnes Anspruch. Ich entdeckte, daß die Griechen in bezug auf ihre Götter nicht besonders heikel waren.

Schließlich erreichten wir Attika und damit das Festland, und hielten uns an seiner Küste südwärts nach Athen.

Dort blieben wir sechs Monate lang. Es fällt mir schwer, Athen zu beschreiben, denn im Vergleich zu den anderen großen Städten, welche ich gesehen habe, ist es kaum mehr als eine planlos angelegte, kleine, am Wasser gelegene Siedlung, aber dennoch beeindruckte es mich recht tief. Zum einen war es eine griechische Stadt, und das hob es von der übrigen Welt ab.

Was mir sofort ins Auge fiel, war die Tatsache, daß es keine großartigen Paläste oder Tempel gab, denn den Griechen scheinen Gebäude nur zum Schlafen zu dienen – das Leben findet, da sie eine außerordentlich gesellige Rasse sind, auf dem Marktplatz statt.

Griechen reden in einem fort, entweder über die Bedeutung irgendeiner Neuigkeit, oder man beklagt sich bei allen, die es hören wollen, über die Preise oder über die allgemeine Schlechtigkeit der menschlichen Natur. Aus diesem Grunde ist die griechische Zunge, glaube ich, auch so kraftvoll und geschmeidig, denn sie ist fortwährend in Gebrauch.

Könige gab es auch nicht, die Athener hatten sie schon vor mindestens hundert Jahren vertrieben. Die Regierung und fast der ganze Wohlstand liegen in der Hand einer Aristokratie, doch die ist keine geschlossene Gruppe. Ein Mann, der genug Silber angesammelt hat, kann in sie aufsteigen. Im Kriegsrat darf ein gewöhnlicher Soldat mit einem General über Taktik streiten, und wenn er genug Stimmen auf sich vereinen kann, so kann er auch den Oberbefehl bekommen. Der Athener hält sich, wie jeder andere Grieche, überall für gleichberechtigt und läßt sich deswegen von seinen Führern nur wenig Überheblichkeit gefallen.

Nun gibt es zwar keine Könige mehr, doch die Überreste ihrer Zitadelle sind immer noch zu sehen. Wie viele griechische Städte ist Athen um einen riesigen Fels herum gebaut, hier befindet sich auch eine Akropolis, welche von festungsgleichen Mauern umgeben ist. Die Athener benutzen ihre als Tempelbezirk und beim Dionysosfest für rituelle Darstellungen ihrer Götterlegenden, und bei diesem Fest soll es recht wild zugehen. So wie sie alles andere öffentlich machen, beten sie auch ihre Götter öffentlich an, und eine Priesterkaste scheint es nicht zu geben. Frömmigkeit ist für jeden Bürger Pflicht und obliegt darum allen.

Die Straßen, welche in die Stadt führen, sind von Linden gesäumt, und dabei fiel mir natürlich jene große ein, welche im Garten des Frauenhauses stand, als ich dort Kind war. In Ninive eine Seltenheit, hier jedoch so allgegenwärtig wie Unkraut. Meine Mutter stammte aus Athen, und das hier gesprochene Griechisch klang mir immer, als käme es von ihren Lippen. So schien mir denn Athen voller Geister zu sein, und das drückte mir doch sehr aufs Gemüt.

Eines fiel mir an den Athenern auf – und das ist mit Sicherheit recht charakteristisch für die ganze griechische Rasse –, die Duldsamkeit, welche sie für Liebende gleichen Geschlechtes haben. Es scheint ganz normal und allgemein üblich zu sein, daß ein Mann einen bartlosen Knaben auf seine Schlafmatte nimmt. Ja, es gilt als förderlich für die Knaben und als Teil ihrer Erziehung, wenn sie auf diese Weise Verkehr mit einem älteren und erfahreneren Mann pflegen. Im Lande meiner Geburt hätte einem Mann dergleichen, wäre es ans Tageslicht gekommen, Verachtung, ja sogar Bestrafung eingetragen.

Ich wußte schon seit geraumer Zeit, daß Kephalos auch Geschmack daran fand, doch ich brachte das nicht sofort in Zusammenhang mit der Veränderung, welche kurz nach unserer Ankunft in Athen in ihm vorging. Ich hatte eine gewisse nachdenkliche Zerstreutheit an ihm bemerkt – er verlor oft den Faden der Unterhaltung und starrte zuweilen lange Zeit geistesabwesend in die Ferne und schien vergessen zu haben, wo er sich befand. Er trank beim Essen noch mehr Wein und mußte oft ins Bett getragen werden. Außerdem hatte er sich angewöhnt, sich noch sorgfältiger als sonst zu kleiden, ja, sogar sein Bart duftete, wenn er sich am Nachmittag zu einem Spaziergang aufmachte. Ich sorgte mich sehr um ihn, als ich eines Tages ganz zufällig entdeckte, was ihm so sehr fehlte.

Peiraieus ist der Hafen der Stadt und auch der Ort, wo viele Geschäfte abgewickelt werden. Ich kam gerade von einer Überprüfung unseres Schiffes zurück, als ich durch Zufall so nahe am Sklavenmarkt vorbeikam, daß ich einen Blick auf Kephalos erhaschte, welcher dort in eine scheinbar beiläufige Unterhaltung mit einem Knaben vertieft war, der den Bronzekragen trug, und das bedeutete, er stand zum Verkauf – so wie sich die beiden dabei benahmen, konnte dies nicht ihre erste Begegnung sein. Ich verbarg mich vor ihren Blicken, beobachtete ihren eigentümlichen Handel und sah, wie ein paar Münzen den Besitzer wechselten, und dann verschwanden die beiden in einem Schuppen.

Das erklärte vieles. Anscheinend hatte sich mein Freund verliebt.

Da kam mir ein Gedanke, denn mir war eingefallen, was Selana einmal gesagt hatte. »Vielleicht hast du ja eines Tages Mitleid mit ihm und kaufst ihm einen dunkeläugigen Knaben mit einem hübschen Mädchengesicht.« Es schien eine recht kleine Wiedergutmachung für alles zu sein, was ich ihm schuldete.

Ich wartete, bis sie wieder herauskamen und Kephalos sich mit einem zärtlichen Lächeln und einer letzten Liebkosung verabschiedet hatte. Dann trat ich auf den Sklavenhändler zu.

»Der hier, edler Herr, zählt gerade elf Lenze und war der Leibsklave von Kleisthenes, dem bekannten Wagenlenker, bis jener von seinen Pferden zu Tode geschleift wurde, als er sich auf die Spiele in Nemea vorbereitete. Ich habe ihn gekauft, als man letzten Monat seinen Nachlaß regelte, und warte seitdem auf einen Käufer, der ihn zu würdigen weiß. Wie du sicher gehört hast, galt Kleisthenes als äußerst wählerisch, deshalb bin ich sicher, der Jüngling hier wird sich zu deiner Zufriedenheit machen.«

»Der Jüngling« hatte rote Pausbacken und große, dunkelbraune Augen und so lange Wimpern, wie ich sie bislang weder an einem Mann oder einer Frau erblickt hatte – der würde wohl nie zum Mann heranreifen, er war schon viel zu weibisch. Er besaß bereits das einschmeichelnde Lächeln einer erfahrenen Dirne, und man konnte in ihm schon den kommenden Dieb und Unruhestifter ahnen, doch mir mußte er ja auch nicht gefallen. Vermutlich würde er sehr gute Dienste tun.

»Sieh nur, wie bemerkenswert gut geformt sein Hinterteil ist«, sagte der Sklavenhändler zu mir und hob die Tunika des Knaben, damit ich mich überzeugen konnte.

»Ja – äußerst eindrucksvoll. Wieviel willst du für ihn?«

»Zweihundert Drachmen, edler Herr.«

Er schrak etwas zurück, da er zu befürchten schien, ich könnte empört zuschlagen. Und er tat recht daran, denn offenbar wollte er die Unkenntnis des Fremdlings ausnutzen und mich ausrauben.

Zweihundert Drachmen waren eine lachhafte Zahl. Der Sklavenhändler in Naukratis hatte nur einhundertfünfzig für Selana gefordert und sich am Ende mit dreißig Silberschekeln zufriedengegeben. Außerdem stand dieser Knabe schon einen Monat lang zum Verkauf.

»Ich gebe dir fünfzig Drachmen, mehr nicht.«

Er schlug so rasch ein, daß ich wohl auch mit fünfzig noch zuviel für ihn bezahlt hatte.

»Mein Name ist Ganymedes – nach dem Mundschenk des unsterblichen Zeus«, ließ sich der Knabe mit lispelnder Stimme vernehmen, als er mir auf dem Rückweg zu unserer Behausung folgte. Er lächelte, zeigte dabei seine Zähne und klimperte verführerisch mit den Wimpern. Man mußte kein Wahrsager sein um zu bemerken, wie außerordentlich eingebildet er auf seine Schönheit war. »Ich verstehe es, mich beliebt zu machen.«

Diese Mitteilung wurde nicht besonders freundlich aufgenommen. Vielleicht tat ich ihm unrecht, doch ich hatte bereits eine starke Abneigung gegen ihn gefaßt.

»Nicht bei mir mußt du dich beliebt machen«, sagte ich kurzangebunden.

»Du wirst mir heute abend bei Tische aufwarten und dort deinem neuen Herrn begegnen, wenn der dich haben will. Wenn nicht, dann gebe ich dich bei einem Segelmacher oder einem anderen Handwerker in die Lehre, damit du dich mittels eines nützlichen Gewerbes ernähren kannst.«

Damit erzielte ich den gewünschten Erfolg, denn nun hörte er auf mit Schäkern. Ich hatte richtig geraten, ein nützliches Gewerbe war kaum nach dem Geschmack des jungen Ganymedes.

»Dann bist du nicht …?« setzte er nach einem kurzen Schweigen wieder an.

»Nein, denn ich finde keinen Gefallen an kleinen Knaben mit bemerkenswert gut geformtem Hinterteil. Du wirst der Diener eines weisen und gelehrten Mannes, der weit in der Welt herumgekommen ist und Fürsten als Arzt und Ratgeber gedient hat.«

»Das ist doch nicht zufällig der fette Herr mit dem duftenden Bart, oder?«

»Ja. Du bist mein Geschenk für ihn.«

»Oh, gut!« rief er aus. »Wenn es der Gebieter Kephalos ist, dann mache ich dir auch keine Schande.«

»Das möchte ich dir auch geraten haben.«

An diesem Abend übergab ich ihm mein Geschenk. Kephalos weinte fast vor Freude und verzog sich mit mehr als unziemlicher Hast ins Bett.

Am nächsten Morgen brachte Selana mir das Frühstück.

»Vermutlich hast du den alten Päderasten zum glücklichen Mann gemacht«, sagte sie und tröpfelte Honig auf ihr eigenes Brot – letztens hatte sie es sich zur Gewohnheit gemacht, mir mein halbes Morgenmahl wegzuessen. »Der kommt sicher nicht vor Mittag aus dem Bett heraus, denn er und dieser gräßliche Knabe haben es fast die ganze Nacht miteinander getrieben.«

»Hast du etwa gelauscht?« fragte ich, doch ich war weniger entsetzt, als ich eigentlich hätte sein müssen.

»Wie hätte ich wohl nicht? Die Wände sind dünn, und der Gebieter Kephalos ist in seiner Wonne sehr geräuschvoll.«

»Du bist frech, und Honig hast du auch am Kinn.«

»Warum leckst du ihn mir nicht ab?«

Sie lächelte – ein schlimmes, lüsternes Lächeln für jemand, der nie das Gewicht eines Mannes auf dem Leib verspürt hatte –, doch als ich nur mit Schweigen antwortete, füllten sich ihre Augen mit Tränen.

»Vielleicht magst du ja auch kleine Knaben mit Apfelwangen lieber«, schrie sie, stand zornig auf und warf ihr nicht aufgegessenes Brot zu Boden. »Falls du nicht in die Hurenhäuser geschlichen bist, so hast du seit unserem Aufbruch in Ägypten keine Frau mehr angerührt. Ich bin jetzt erwachsen, was denkst du dir eigentlich dabei, mich so gleichgültig zu behandeln!«

»Für gewöhnlich schleiche ich mich nicht fort, Selana – weder in Hurenhäuser noch sonstwohin.«

»Und wann bin ich endlich an der Reihe, Gebieter?« Sie wartete die Antwort nicht ab, sondern stürzte wutentbrannt und gedemütigt aus dem Zimmer.

Natürlich hatte Selana recht. Das Geplänkel zwischen uns, das früher nur lustig gewesen war, hatte schon lange nichts Spaßiges mehr. Sie war eine erwachsene Frau, und bald mußte ich mich entschließen, was ich mit ihr machen sollte. Entweder mußte ich sie zur Nebenfrau nehmen oder einen passenden Mann für sie finden und mich von ihr trennen. Ich wußte auch nicht, warum ich diese Wahl hinauszögerte.

Vielleicht trug es dazu bei, daß ich Athen leid war, denn ich kam immer mehr zu der Überzeugung, daß meine Suche nicht auf seinen sandbestreuten Straßen enden würde. Athen war zwar die Stadt meiner Mutter, aber es war auch eine Stadt der Händler und Handwerker, und innerhalb seiner Mauern war anscheinend kein Platz für mich. Die Zeit zum Aufbruch war gekommen.

Eines Tages traf ich einen Mann, der mir von einer Insel im Westmeer erzählte, die man Sikelia nannte, wo es reiches, gut bewässertes Land mit weniger Steinen geben sollte als aller Boden, welchen man in Griechenland vorfand. Er sagte, überall dort wären griechische Kolonien.

»Der Ort dürfte mir zusagen«, meinte ich zu Kephalos. »Denn in Athen kann ich nicht bleiben.«

Er hob die Brauen, da er nur zu gern in Athen geblieben wäre, welches sehr nach seinem Geschmack war, aber er kannte mich gut genug, um mich zu verstehen.

»Du bist Soldat, Herr. Was willst du in Sikelia anfangen?«

»Das Land bestellen – abgesehen vom Krieg kenne ich keine andere Arbeit.«

»Also, ich weiß nicht, wie Ganymedes der Wechsel gefallen wird, wo er noch so wenig Erfahrung mit dem Landleben hat. Aber vielleicht findet seine eifersüchtige Seele ja an solch einem abgeschiedenen Ort Ruhe.«

Selana war auch bereit, mitzukommen.

»Wo du hingehst, Herr, da gehe ich auch hin, aber wenn du dir einbilden solltest, du könntest mich an irgendeinen Bauern verheiraten, der dort, wo das Hirn sein sollte, Dung hat, dann wirst du feststellen, daß du dich geirrt hast.«

Als ich es Enkidu sagte, war ich mir nicht einmal sicher, ob er zuhörte.

Wir rüsteten das Schiff neu aus und brachen im Frühling auf, denn nur ein Lebensmüder wagt sich im Winter aufs Meer.

Wir brauchten vier Tage, bis wir um den Peloponnes herum zum Berg Aigaleon gelangten, und schon am ersten Tag wurde Ganymedes furchtbar seekrank und verbrachte die meiste Zeit mit dem Kopf über der Reling beim Fischefüttern. Kephalos gab ihm eine Arznei, die beruhigte seinen Magen und nahm seinem Antlitz die grünlich bleiche Farbe, aber er wollte nicht aufhören zu jammern.

Vom Aigaleon, so hatte man uns gesagt, mußten wir nur geradewegs in die untergehende Sonne hineinsegeln. Nach dem ersten Tag verloren wir das Land aus dem Auge, etwas, wovor jeder Seemann Angst hat, und am dritten spielte ein Sturm bis zum Abend mit dem Schiff wie mit einem Stückchen Treibholz, so daß wir schon alle Hoffnung hatten fahren lassen. Danach hatten wir glatte See. Aber erst am Morgen des fünften Tages sahen wir am westlichen Horizont eine Rauchwolke, das Zeichen, nach dem wir Ausschau halten sollten.

»Das ist ein Berg, welcher im Inneren brennt«, erklärte Kephalos. »Zuweilen ist der Riese, welcher dort lebt, so ärgerlich, daß er Feuer und sogar geschmolzene Steine ausrülpst. Ich hätte nie gedacht, daß ich solches noch zu sehen bekommen würde.«

Er sah aus, als ob er es auch gut ohne diesen Anblick ausgehalten hätte, doch Selana war davon außerordentlich begeistert.

»Das heißt, gleich nebenan von einem Gott zu wohnen«, sagte sie.

An jenem Nachmittag ankerten wir in der Nähe einer kleinen Siedlung, welche durch göttliche Vorsehung den Namen von Kephalos' Geburtsstätte trug.

»Naxos!« verkündete er, warf die Arme hoch und tat so, als fügte er sich ins Unvermeidliche. »So hat es mich am Ende doch noch eingeholt. Jetzt weiß ich, daß wir den Platz erreicht haben, wo dereinst meine Gebeine ruhen werden.«

»Dann hast du also nichts dagegen, daß wir das Schiff verkaufen – es dürfte einen guten Preis bringen, denn die Phöniker sind geschickte Schiffsbauer, und wir können dadurch mehr für Land und Saatgut ausgeben.«

Der arme Kephalos, er sah aus, als ob sich hinter ihm für immer eine Käfigtür schloß.

Die Mühe, nach einer Unterkunft zu suchen, konnten wir uns sparen, denn in Naxos gab es nur eine Schenke, es war ein Dorf und nicht größer als das, nach dem man es genannt hatte. In jener Nacht schlief ich tief und fest, ich war froh, wieder festen Boden unter den Füßen zu haben und glaubte, daß ich noch einmal von vorn anfangen könnte und daß ich die Vergangenheit für immer hinter mir gelassen hatte.

Am nächsten Morgen war ich bereits vor Sonnenaufgang auf

und hatte gefrühstückt, denn ich wollte mich zu Fuß aufmachen, die Umgegend abwandern und sehen, ob dieser Verbannungsort, den ich wie von ungefähr gewählt hatte, die Hoffnungen, die ich auf ihn setzte, auch erfüllte.

Mir fiel sofort auf, wie wunderschön es hier war. Die Bucht lag geformt wie eine Krebsschere, und gleich hinter dem weißen Sandstrand ging es zu sanften, baumbestandenen Hügeln hoch, welche hier und da flacher wurden und Hochebenen bildeten, in denen sich Täler mit hohem Gras und Wildblumen fanden. Und dahinter erhob sich groß und einsam mit einer kleinen Rauchfahne über dem Gipfel der Aitna, so nannten die Griechen diesen Berg. Selana hatte recht gehabt – es war, als wohnte man gleich nebenan von einem Gott.

Und der Boden war gut. Man hatte mir erzählt, daß der Vulkan seine fruchtbare Asche zum Segen über diese ganze Inselseite verteilte. Ich hob eine Handvoll dunklen, würzig duftenden Bodens auf, und er blieb fast wie lebendig an meinen Fingern kleben. Darauf wächst wirklich alles, dachte ich. Hier kann man Getreide, Reben, Obstbäume, einfach alles anbauen.

Ich brauchte mich nur umzusehen, und das Herz schwoll mir vor Freude. Der Gott hatte mich in ein Paradies geführt. An jenem Abend erkundigte ich mich bei dem Schenkenwirt, wie man Land kaufen könne.

»Die meisten der besseren Grundstücke in der Nähe sind schon besiedelt«, sagte er, zupfte sich den Bart und betrachtete mich betrübt mit wäßrigblauen Augen. Wie die meisten Griechen, welche sich hier niedergelassen hatten, stammte er aus Euböa. »Keine zwei Tagesreisen von hier gibt es noch viel fruchtbares, gut bewässertes Land, doch dafür mußt du Ducerius, dem König der Sikuler, tüchtig zahlen, wenn du deine Ruhe haben willst. Er ist ein alter Gauner, der sich nie mit unserer Gegenwart hier abgefunden und doch Angst hat, uns offen den Krieg zu erklären. Wir halten es für das Klügste, ihm zu huldigen und die von ihm auferlegten Steuern zu zahlen, denn wir sind nicht stark genug, daß wir ihn verjagen können. Wende dich gen Süden, dann findest du, wonach du suchst. Und während du schon unterwegs bist, befrage auch die Sibylle. Du kommst an ihr vorbei.«

Ich muß verwundert ausgeschaut haben, denn er lachte.

»Du sprichst wie ein Athener. Gibt es um Athen herum etwa keine Sibyllen? Diese hier ist wahnsinnig, und das seit ihrer Kindheit. Bei ihrer Geburt hat sie ihre Mutter getötet, und sie ist mit einer zur Faust geballten Hand auf die Welt gekommen – niemand hat sie bislang dazu bringen können, die Hand zu öffnen. Sie sitzt unter einem Kastanienbaum und brabbelt vor sich hin, aber wenn man ihr Essen hinstellt und bis Sonnenuntergang wartet, redet sie zuweilen mit der Stimme von Phoebos Apollon. Zwar ist sie wahnsinnig, doch sie erteilt gute Ratschläge, wenn sie einen Anfall hat – man kann ihr vertrauen.«

»Wo finde ich sie?«

»Wie ich schon gesagt habe, auf dem Pfad gen Süden. Wenn du bei Sonnenaufgang aufbrichst, dann findest du sie zu guter Zeit, ehe die Sonne untergeht. Sie hat sich ein schönes Fleckchen ausgesucht und gutes Land dazu, obwohl sich das niemand zu nehmen wagt, solange sie dort ist.«

»Ich tue, was du mir rätst, mein Freund. Hab Dank.« Sobald ich die Sibylle erwähnte, brannte Selana auch schon darauf mitzukommen. Und wenn Selana mitkam, so hieß das, Enkidu tat desgleichen, und am Ende rang sich sogar Kephalos dazu durch, uns zu begleiten, und das hieß, Ganymedes kam auch mit. Also beschlossen wir, ein Fest daraus zu machen. Wir würden Essen und Wein für fünf Tage mitnehmen und wie Soldaten im Freien übernachten.

Am nächsten Morgen verließen wir Naxos, während der Himmel noch perlgrau war, und folgten der Hügelkette nach Süden. Es ging sich leicht, der Pfad war gut markiert und wurde hier und da von kleinen Wasserläufen unterbrochen, deren Fluten aber stets kalt und erfrischend waren.

Alle paar Stunden beklagte sich Kephalos bitterlich, daß er sich hinsetzen und rasten müsse, doch wir kamen trotz dieser Unterbrechungen gut voran.

Schließlich gelangten wir mitten am Nachmittag zu einem Ort, einer großen, hochgelegenen Ebene, die auf drei Seiten von grünen Matten umgeben war. Dahinter führte ein langer Abhang zu einer Kette felsiger und bedrohlich aussehender Berge empor.

Nach Osten hin lag das Meer etwa zwei Tagereisen zu Fuß entfernt.

Mitten auf der Hochebene stand ein Baum mit mindestens sieben Stämmen, von denen ein jeder merkwürdig verkrüppelt war, so daß das Ganze den Tentakeln einer Seeanemone glich. Ganz sicher hatte ich dergleichen noch nie gesehen, und doch kam er mir eigenartig vertraut vor.

Unter dem Baum kauerte ein schmutziges Geschöpf, das war mager wie nach einer langen Hungersnot und mit einer Tunika aus fettigen Fetzen bekleidet. Als wir näherkamen, blickte es uns mit Augen entgegen, die wie Kohlen zu glühen schienen. Es mochte irgendwo zwischen fünfzehn und fünfzig sein – schwer zu sagen, ob es sich überhaupt um eine Frau handelte. Das war die Sibylle.

»Sie macht mir Angst«, murmelte Selana und klammerte sich an meinen Arm, als wollte sie sich hinter mir verstecken.

»Dann muß sie zu den Göttern gehören, denn ich glaube nicht, daß dir irgendein menschliches Wesen Angst machen kann.«

»Die schon.«

Wir stellten unsere Sachen in ehrerbietiger Entfernung ab und warteten. Als die Sonne schließlich untergehen wollte, holte ich zwei Holzschüsseln und füllte die eine mit Wein und die andere mit getrocknetem Fleisch.

»Das überlasse ich lieber dir, Herr.« Kephalos nahm mir den geöffneten Weinkrug ab und hob ihn an die Lippen. »Mir gefällt ihr Aussehen auch nicht, zudem hast du mehr Erfahrung mit heiligen Mysterien. Ich denke nicht im Traum daran, mich einzumischen.«

Ich nahm eine Schüssel in jede Hand und näherte mich der Sibylle. Als uns noch ungefähr drei Schritt trennten, kniete ich mich hin und stellte die Schüsseln vor ihr ab. Und die ganze Zeit ließ sie mich nicht aus den Augen – meinen Gaben schenkte sie keinen einzigen Blick. Sie hatte die geballte Faust zur Brust geführt und starrte mich durch ihr verfilztes Haar an, als ob sie meinen Besuch irgendwie erwartet hätte, aber nicht wüßte, ob ich Gutes oder Böses im Schilde führte. Ich wußte es auch nicht.

»Heilige Frau, ich komme als Bittsteller zu dir«, sagte ich und streckte ihr demütig die geöffnete Hand hin. »Wenn du mir etwas zu sagen hast, dann sprich.«

Doch da riß sie schon die Augen auf, als erblickte sie etwas ganz Entsetzliches.

»Einschtern!« rief sie mit stockendem Atem. »Einschtern! EINSCHTERN!«

Sie hatte das Geburtsmal gesehen, den Blutfleck innen auf meiner rechten Hand. Ich wußte, sie wollte nur ein Stern sagen, doch mit ihrer seltsamen, erstickten Stimme hörte es sich an wie der Name eines Gottes.

»Einschtern.«

Ihre Hand fiel von der Brust herab, bis sie mir diese vorzuzeigen schien. Und diese Hand, welche seit ihrer Geburt geballt gewesen war, ging langsam auf.

Jeder Finger öffnete sich einzeln, einer nach dem anderen. Wenn ich sie mit der Schwertspitze aufgebrochen hätte, ich hätte ihr vielleicht einen Gefallen erwiesen, denn vor Anstrengung schien sie sich dabei fast die Knochen zu brechen. Und beim Öffnen jammerte sie vor Schmerz, und die Tränen rollten ihr übers Gesicht wie Blutstropfen.

Am Ende blickte mich die Sibylle an, als wollte sie mir das anlasten und mich gleichzeitig um Erbarmen bitten, und dann rollte eine goldene Münze, so groß wie der Daumennagel eines Menschen, aus ihrer Hand und fiel auf den weichen Boden. *Ist das nun genug?* schienen ihre Augen mich anzuflehen. Ist das die Aufgabe, welche die Götter für mich ausersehen haben?

Ich hob die Münze auf und drehte sie um. Auf einer Seite war das Abbild einer geringelten Schlange und auf der anderen das einer Eule.

Und der Baum war jener, welchen ich in meiner Vision, meinem Wachtraum gesehen hatte. Auf seinen Zweigen hatte eine Eule gesessen, und unten um den Stamm hatte sich eine Schlange geringelt. Jetzt war alles erfüllt. Das Zeichen, nach dem ich gesucht hatte, hier war es.

»Ich danke dir, heilige Frau – du hast mir die Antwort auf all meine Hoffnungen gegeben.«

Da die Münze geweiht war, warf ich sie ihr in den Schoß.

Dann erhob ich mich und ging zu den anderen zurück. »Wir brauchen nicht weiter zu gehen«, sagte ich zu Kephalos. »Morgen kehren wir nach Naxos zurück, und übermorgen suche ich König Ducerius auf und kaufe alles Land, was man von jenem Baum aus sehen kann. Die Sibylle möchte ich nicht aufstören, aber der Gott will, daß ich mich hier niederlasse.«

»Mich dünkt, Herr, du hast sie bereits aufgestört«, gab Kephalos zurück. »Dreh dich um und sieh dir das an.«

Tatsächlich, sie war aufgestanden und humpelte auf die Berge zu.

Ein Bauer behauptete, sie ein paar Tage später gesehen zu haben, und die einheimische Legende will, daß sie den Aitna bestiegen und sich in den Feuerkrater gestürzt hat. Für die Wahrheit dieser Geschichten kann ich nicht bürgen. Ich weiß nur, daß ich sie nie wieder zu Gesicht bekommen habe.

XXII

Zu jener Zeit konnte sich Sikelia vieler Könige rühmen. Ducerius, welcher sich Herrscher der Sikuler nannte, erhob Anspruch darauf, über die östliche Hälfte der Insel zu gebieten, doch andere Könige machten ihm diesen Anspruch streitig, und so konnte er seine Herrschaft nur in dem Gebiet zwischen Aitna und Meer ausüben – und nur recht und schlecht auch über die griechischen Siedler, welche seit fünfzig Jahren als stetiges Rinnsal ins Land gekommen waren.

Die Scharte mußte ausgewetzt werden, daher war seine Herrschaft über seine eigenen Untertanen räuberisch und grausam. Ja, er war so hart, daß die Einheimischen oftmals lieber als Sklaven bei den Griechen lebten, denn als Freie unter ihrem eigenen Herrn, und das obwohl die Griechen alle anderen Rassen verachten und sie ›Barbaren‹ heißen. Bei ihnen, so sagten sie, dürften sie wenigstens Brot essen.

Und zu diesem Ducerius begab ich mich, um das Land zu kaufen, in welchem meine Gebeine nach des Gottes Verheißung dereinst ruhen sollten.

Wie die griechischen Könige von einst wohnte auch er in einer Akropolis, einer Festung aus Steinmauern oben auf einem kahlen Felsenhügel. Es war ein altes Gebäude, stammte vielleicht aus einer Zeit, als sich seine Ahnen noch mit mehr Berechtigung Herr über die Sikuler nennen konnten, und der Soldat in mir mußte die Verteidigungsanlagen einfach bewundern. Über dem Haupttor waren zwei Löwinnen abgebildet, welche sich um den Kadaver eines toten Fauns stritten.

Als ich den mittleren Burghof überquerte, fiel mir der Lärm hier auf. Es hörte sich an wie auf der Adad-Straße daheim in Ninive, und bei näherem Hinsehen merkte ich auch wieso. Zwischen den Hauptwachttürmen sprühten mindestens sechs Essen Funken auf den festgetretenen Boden, und die Luft erzitterte vom Gehämmere aus den Schmieden wie die Oberfläche eines Teiches, über welchen der Wind fährt. Innerhalb dieser Mauern gebot Ducerius über die ganze Bronzeverarbeitung in seinem Herrschaftsbereich, und das war die Quelle seiner Macht über seine Untertanen und zugleich der Grund für seine unausgesprochene Feindseligkeit gegenüber den Griechen – bei den Sikulern konnte er mit seinen Waffen Eindruck schinden, doch die Griechen verstanden sich auf die Kunst der Eisenbearbeitung.

Ich trat durch die großen Holzportale des Palastes – Ducerius fühlte sich so sicher, daß er sie nicht einmal bewachen ließ – und nachdem ich mich durch die übliche Menge von Höflingen, untätigen Soldaten und Bittstellern gedrängt hatte, stellte ich mich einem grauhaarigen Kammerherrn vor, welcher sich geistesabwesend mit der knochigen rechten Hand die Brust kratzte und dabei ins Leere starrte. Als ich ihn ansprach, wirkte er aufgebracht über die Unterbrechung, und seine Brauen zogen sich vor Ärger fast zusammen.

»Bist du ein Bittsteller?« fragte er mit einer Stimme wie eine Rohrflöte, und sein Ton stellte klar, daß er mich in diesem Falle mit Recht links liegen lassen durfte. »Was willst du von dem Großen König?«

Mein Freund, der Schenkenwirt, hatte mir erklärt, wie es am Hof zuging, und so war ich gut vorbereitet. Der Höfling hatte vorn auf seiner Tunika eine große Tasche, und in die ließ ich einen kleinen Lederbeutel mit der vorgeschriebenen Anzahl von Silbermünzen fallen.

»Ich möchte ein Stück Land kaufen«, sagte ich. »Das möchte ich urbar machen und hier von meiner Hände Arbeit leben.«

Der Kammerherr rümpfte die Nase, als röche ich irgendwie ekelhaft nach Schweiß.

»Und natürlich bist du Grieche.«

Ich nickte. Ich lächelte sogar, obschon er mich ohne Zweifel hatte beleidigen wollen – was sonst hätte ich auch schon sein können, da unsere ganze Unterhaltung in dieser Zunge stattgefunden hatte?

»Ich frage nach, ob der König einer Audienz zustimmt. Du mußt Geduld haben, er ist mit Staatsgeschäften befaßt. Es wird zweifellos ein Weilchen dauern.«

Darin täuschte er sich nicht, denn ich wartete etliche Stunden in dieser riesigen und bevölkerten Eingangshalle, deren Wände mit Bildern von bewaffneten Männern und nackten Frauen bemalt waren, die vor seltsamen und furchtbaren Göttern tanzten, bis ich endlich vor das Antlitz des Königs gelassen wurde. Mitten am Nachmittag, als meine Beine vom langen Stehen schon wehtaten, kehrte der grauhaarige Kammerherr endlich zurück und winkte mir wortlos, ihm zu folgen.

Der König saß auf einem hölzernen Thron in einem Raum, welcher in die Breite nicht mehr als zehn, zwölf Schritt maß. Er war in ein blaues Gewand gekleidet, das erst heute morgen vom Webstuhl gekommen zu sein schien, doch sein schwarzes Haar und sein schwarzer Bart waren verfilzt und sahen fettig aus. Er hatte das Gesicht eines Mannes in mittleren Jahren, der noch bei Kräften ist, besaß eine mächtige Stirn und Wangenknochen, die wie braune Schwellungen hervortraten.

Seine Augen aber wiesen jenen gequälten Ausdruck auf, den ich schon zuvor bei Herrschern gesehen hatte, welche kein Gesetz als ihren eigenen Willen kennen und nicht einmal den in Gewalt haben. Es waren die Augen eines Mannes, welcher einen Bauern dafür zum Tode verurteilen konnte, weil er fünf Maß Getreide zur Ernährung seiner Familie zurückbehalten hatte.

»Was willst du von mir?« fragte er mürrisch. Neben seiner

rechten Hand stand ein halb geleerter Becher Wein auf dem Tisch, und hinter ihm wartete ein Sklave mit einem Krug, doch anscheinend trank der König nicht, um heiteren Sinnes zu werden. Die Augen unter den Brauen funkelten mich so wild an, als wollte er mit dem nächsten Atemzug befehlen, mir den Kopf abzuschlagen.

Ich hatte schon mächtigeren Herrschern den Fuß auf den Nacken gesetzt und war darum gar nicht tief beeindruckt. »Ich möchte Land kaufen, Großer König. Ich habe eine Stelle gefunden, welche mir zusagt und möchte dort ackern.«

»Welche Stelle?«

Ich sagte es ihm, und da kniff er auf einmal die Augen zusammen, als hätte ich ihn aus dem Schlaf gerissen.

»Hast du keine Ehrfurcht vor deinen eigenen Göttern?« fragte er. »Dort hat sich die Sibylle niedergelassen und läßt nicht zu, daß man sie stört.«

»Sie hat den Platz für mich geräumt. Es hat den Anschein, daß der Gott mir jenes Land und kein anderes zugedacht hat.«

»Ach ja – stehst du auf so gutem Füße mit den Göttern?«

Ich gab keine Antwort, und das schien Ducerius zu verunsichern. Schweigen sind Könige nämlich nicht gewohnt, und mit Männern, denen sie keine Angst machen können, verfahren sie vorsichtig.

»Ich habe dir die Audienz lediglich aus Höflichkeit gewährt«, fuhr er am Ende fort, so als hätte er die Frage nie gestellt. »Ich will nämlich in dieser Gegend kein Land mehr verkaufen. Wenn man zu Zeiten meines Vaters einsichtiger gewesen wäre, wir hätten heute weniger Ärger mit Fremdlingen.«

Er entließ mich mit einer Handbewegung.

»Großer König«, sagte ich, ohne mich vom Fleck zu rühren, »ich will in Besitz nehmen, was mir die Götter versprochen haben. Ich schwöre, ich bleibe so lange, bis es dir beliebt, mir meine Bitte zu gewähren.«

Ich hob die Hand, und bei Ihrem Anblick riß Ducerius erstaunt die Augen auf, so als ob der Fleck auf meiner Hand frisches Blut wäre.

Doch er beruhigte sich rasch wieder.

»Darauf kannst du lange warten«, sagte er.

Einer seiner Wachen wollte mich am Arm packen, doch ich schüttelte den Flegel ab und begab mich freiwillig wieder auf meinen Wachtposten in der Eingangshalle. Insgeheim überlegte ich, warum ich Narr wohl so aufgeschnitten hatte.

Abends wurden dann die großen Türen geschlossen, und mich schickte man auf den Hof. Die Schmieden arbeiteten nicht mehr, und die Soldaten hatten entweder ihr Bett aufgesucht oder waren auf der Suche nach Frauen oder einem Krug Wein grüppchenweise ins Dorf gezogen. Dort verbrachte ich die Nacht in eine Decke gehüllt, ergatterte auch etwas Schlaf und teilte das Feuer mit ein paar Gefangenen, vier Männern, deren Rücken noch wund von Peitschenhieben waren. Es waren sikulische Bauern, welche vor den Steuereinnehmern des Königs Getreide versteckt hatten und am Morgen hingerichtet werden sollten. Man würde sie von den Mauern der Zitadelle nach unten auf die Felsen stürzen.

Da ich wußte, wie es an Königshöfen zugeht, wo man die Größe eines Königs daran ermessen kann, wie lange man auf eine Audienz bei ihm warten muß, hatte ich mir Essen und einen Ziegenschlauch mit Wein mitgebracht, und das teilte ich mit den Verurteilten. Sie hockten da und waren mit Kupferketten aneinandergefesselt und wirkten, als ob ihnen der Tod gleichgültig wäre, wo sie doch wahrscheinlich nur benommen vor Grauen waren.

Sie schwiegen, während sie den Ziegenschlauch weiterreichten, doch der Wein löst die Zunge des Menschen und betäubt die Angst. Bald wandte sich denn auch einer an mich und sagte mit tränenerstickter Stimme: »Es ist einfach nicht zu fassen, daß meine Söhne morgen um diese Zeit meine Asche in eine Urne füllen. Wie werden sie nur überleben, wo doch der König mein Land in Besitz genommen hat? Wer ernährt nun meine Frau und nimmt ihre Brust in die Hand? Ach, sterben ist bitter.«

Und so verbrachte ich die Nacht innerhalb von Ducerius' Mauern, sah den Feuerschein auf den Gesichtern von Männern spielen, die alles außer ihrem Hunger nach Leben verloren hatten.

Am Morgen trat der Kammerherr ins Freie und führte mich hinein. Ich weiß auch nicht wieso, aber es überraschte mich nicht, als ich ihn sah.

»Der König will dich jetzt empfangen«, sagte er. Ich folgte ihm in dasselbe Audienzzimmer, wo Ducerius in demselben blauen Gewand saß – er sah aus, als hätte er seinen Thron die ganze Nacht nicht verlassen.

»Es stimmt, die Sibylle ist fort«, sagte er kaum vernehmbar. »Ich habe meine Zauberer befragt, und da du das Mal irgendeines Gottes trägst, halten sie es für das Beste ... Wieviel von diesem Land möchtest du haben?«

»Von den Bergen bis zum Meer, und nach Norden und Süden so weit das Auge reicht.«

»Soviel?«

»Soviel.«

»Was willst du dafür zahlen?«

»Drei Drachmen für ein Plethron – sagen wir, zweitausend Drachmen.«

Das war ein guter Preis, dagegen konnte er nichts einwenden. Es war ihm anzumerken, daß er gern etwas dagegen gesagt hätte, aber es ging nicht. Ich glaube, er hätte das Land zu jedem Preis verkauft, solche Angst hatte er. Er mußte sich also etwas anderes ausdenken, wenn er die Oberhand behalten wollte.

»Das ist aber ein großes Stück für jemand, der es allein bebauen will«, sagte er.

»Ich werde nicht allein sein.«

»Nein?« Er lachte. Wieso wußte ich nicht. »Da du Grieche bist, besteuere ich dich auch nur mit einem Maß Weizen von fünf«, sagte er. »Und den gleichen Anteil von allem, was du an Oliven oder Wein erntest.«

Ich schüttelte den Kopf. Das war weniger als Weigerung gedacht, sondern kam vielmehr aus der Erkenntnis, daß ich einer solchen Forderung unmöglich nachkommen konnte, denn sie schien mir gegen ein Naturgesetz zu verstoßen.

»Wir sollten uns lieber auf ein Maß von zehn einigen, denn mehr kann ich mir nicht leisten, ohne meine Arbeit zu gefährden.«

Lange musterte er mein Gesicht, so als könnte er die dort verborgene Lösung eines Rätsels entdecken – vielleicht wollte er auch nur irgendeine Schwäche bei mir feststellen. Aber ich wollte das Land haben, ob er nun zustimmte oder nicht. Möglicherweise verstand er das.

Am Ende hob er die Hand und ließ sie auf die Armlehne seines Thrones fallen, und ich faßte die Geste so auf, daß er in meine Bedingungen einwilligte.

»Da du bei den Göttern in Gunst zu stehen scheinst und da du nicht mehr zahlen kannst – oder besser, da du mehr nicht zahlen willst …

Oh, ihr Götter, mit denen du so gut Freund bist, könnt ihr denn nicht achtbare Menschen von der Habgier der Griechen befreien!« brüllte er plötzlich los, und das mit erschreckendem Ernst. »Mache das mit meinem Kammerherrn ab … Wie sagtest du, war doch dein Name?«

»Ich habe gar nichts gesagt, doch er lautet Tiglat Assur.«

»Ich werde dich nicht vergessen, Tiglat Assur.«

So schieden wir voneinander, und jeder wußte, daß er in dem anderen einen Feind hatte. Draußen, im hellen Morgensonnenschein sah ich, daß die Gefangenen des Königs ihre Strafe schon ereilt hatte.

»Du hast wirklich eine Begabung dafür, dir mächtige Männer zu Feinden zu machen«, sagte Kephalos, nachdem ich ihm von meiner Begegnung mit Ducerius erzählt hatte. »Diesen Wesenszug teilst du mit allen Hochgeborenen – ein ganzes Leben reicht nicht aus, um sie Demut zu lehren. Ich sehe Ärger auf uns zukommen, Herr.«

»Ärger haben wir letztens genug gehabt, mein Freund. Mit dem nehmen wir es schon auf, wenn er sich einstellt.«

Ausgerechnet jetzt wollte ich nicht an Ducerius denken. Als ich den schmalen, sich windenden Pfad von seiner Akropolis herabstieg, da hatte ich die Leichen der Bauern gesehen, welche er zu Tode hatte stürzen lassen, sie lagen noch verkrümmt im Todeskampf, denn man hatte sie als Warnung dort unten auf den

Felsen liegenlassen. Vielleicht durften ihre Familien sie sich jetzt holen, doch vor meinem inneren Auge rann ihr Blut noch frisch.

Kephalos machte in Naxos bekannt, daß unser Schiff zum Verkauf stand, und binnen sechs Tagen hatte er einem einheimischen Ladenbesitzer weisgemacht, er könne damit ein Handelsfürst werden. Und der zahlte ihm vierhundert Drachmen dafür. So hatten wir selbst nach Bezahlung von Ducerius noch so viel Geld, daß wir ein paar Zelte zum Wohnen, Gerätschaften, Saatgut, eine Milchziege, Enten und Hühner und zwei Paar Arbeitspferde kaufen konnten und uns noch etwas für Brot und Wein blieb, bis das Land Gewinn abwarf. Der Anfang war gemacht.

Wir schlugen unser Lager auf der höchsten Stelle der Hochebene auf, die wir finden konnten. Selana kümmerte sich um das Kochen und ums Vieh, Kephalos versah die Buchführung und ritt immer wieder nach Naxos hinein, um uns Vorräte und Klatsch zu beschaffen, während Ganymedes herumstrolchte und sich mit Selana zankte.

Enkidu und ich machten uns daran, das tiefer gelegene Land urbar zu machen. Meine Hände, welche in den Jahren des Müßigganges weich geworden waren, bluteten zunächst, dann wurden sie wieder schwielig, und mein Leib gewöhnte sich wieder an lange Arbeitsstunden. Aber es geht dem Menschen besser, wenn er sich abplagt. Mein Gemüt hatte Ruhe, und meine Tage waren ausgefüllt. Das glich einem Feldzug mit meinen Soldaten. Ich war wieder glücklich, ohne daß ich mir dessen bewußt war.

Das Leben im Heer meines Vaters hatte mich die Tischlerei und ein paar andere nützliche Handfertigkeiten gelehrt, doch auf meinen Ländereien im Lande Assur war ich nur gelegentlich zu Gast gewesen. Vieles mußte ich selbst herausfinden – oder Enkidu abschauen. Der schuftete so unermüdlich-tüchtig wie ein Mühlstein, und weil er so stark war, konnte er dreimal soviel Arbeit leisten, Arbeit, die mich umgebracht hätte. Was jedoch noch wichtiger war, er schien mit der Landwirtschaft so vertraut zu sein, wie jemand, der mit ihr groß geworden ist. Nie habe ich etwas über seine Geschichte erfahren, ehe ich ihn in der Wildnis von Sin fand, doch ich bin überzeugt, daß er auf dem Land geboren wurde.

Wir fällten Bäume, und die Pferde mußten die Stümpfe herausziehen, dann setzten wir das verdorrte Gras in Brand. Wir maßen unser erstes Feld mit je hundert Schritt für jede Seite ab, dann säuberten wir es von Steinen – hier wollten wir Gemüse pflanzen, das uns über den Winter bringen sollte. Am nördlichen Rand floß ein Flüßchen, also hoben wir Bewässerungsgräben aus, und ich baute ein Tretwerk, mit dem man das Wasser in die Gräben pumpen konnte. Binnen drei Wochen war die erste Saat in der Erde.

Ich freute mich besonders über das Tretwerk, das ich nach einem in Ägypten gesehenen entworfen hatte, eine wirklich schlaue Erfindung. Es hatte die Form eines hohlen Rades, und drinnen kletterte ein Mann mit Händen und Füßen nach oben und setzte damit das Rad in Gang, welches seinerseits eine Reihe von Ledereimern in Gang setzte, die das Wasser aus dem Fluß in die Bewässerungsgräben füllten.

»Wer soll darin arbeiten?« wollte Kephalos wissen und starrte das Rad argwöhnisch an. »Für einen Mann bietet es wenig Platz, auch wenn er sich bückt wie ein Eichhörnchen im Bau.«

»Ganymedes.«

»Ich ...?« Die Wangen unseres schönen Jünglings wurden noch röter, so überrascht und erschrocken war er. Anscheinend hatte er gedacht, sein Müßiggang würde ewig dauern.

»Ja – zwei Stunden dürften genügen, und das ganze Feld ist bewässert. Jeden Morgen vor dem Frühstück, solange es noch kühl ist. Ganymedes hat genau die richtige Größe und das richtige Gewicht.«

Das freute Selana so, daß sie laut auflachte, eine Unbedachtheit, die ihr einen finsteren Blick und eine Verwünschung eintrugen.

Die Steine, welche Enkidu und ich beim Säubern des Feldes gesammelt hatten, trugen wir zum Lager hinauf, wo sie schon bald einen eindrucksvollen Haufen abgaben. Wir bewahrten auch die größeren Bäume auf, ästeten sie ab und lagerten die Stämme, bis sie trocken genug waren, daß man sie zu Bauholz sägen konnte. Und so hatten wir schon bald Material für ein Haus zusammen – demnächst konnten wir daran denken, es zu bauen.

In unserer Nähe gab es andere Bauernhöfe, etliche davon nur eine Tagesreise zu Fuß entfernt, und von Zeit zu Zeit kamen nun Nachbarn geritten, um sich bekannt zu machen und zu sehen, wie wir vorankamen. Einer von ihnen war Epeios, ein Thraker, der vor fünf Jahren nach Sikelia gekommen und dem alles so gedeihlich geraten war, daß er sich zum Privatvergnügen einen schönen, braunen Wallach leisten konnte.

»Ich liebe dieses Pferd«, sagte er und streichelte ihm liebevoll den Hals, »jedenfalls mehr als meine Frau, die weder schön noch gesellig ist. Du hast gut daran getan, daß du dein Bett mit einer Sklavin teilst, denn mit Sklavinnen streitet man nicht soviel. Ich war jedoch zu arm für solch einen Luxus, und das Fleisch läßt einem Mann keine Ruhe, wenn er allein schläft. Also habe ich geheiratet.« Er seufzte kummervoll über diese verpaßte Gelegenheit. Er war ein hochgewachsener Mann mit häßlichen, geschickt wirkenden Händen und rotbraunem Haar. Um seine Mundwinkel herum hatten sich tiefe Furchen eingegraben, und seine Augen waren dreieckig geformt und von einem wäßrigen Blau. Kein Zweifel, seine Frau quälte ihn, denn er gehörte wohl zu der Sorte, die immer von Frauen träumt, wie es sie auf Erden einfach nicht gibt.

Das Pferd scharrte so ungeduldig wie eine Frau, und Epeios blickte auf und lächelte.

»Wann willst du mit dem Hausbau beginnen?« fragte er.

»In fünf oder sechs Tagen. Wir arbeiten daran, wie wir Zeit erübrigen können, dann steht es vielleicht, ehe der Sommer vorbei ist.«

»Unsinn. Ich schicke Nachricht zu jedem Hof, der nicht weiter als eine Tagesreise zu Fuß von hier liegt, und heute in sechs Tagen habt ihr fünfzig Paar Hände, die euch helfen. Dann steht das Haus, noch ehe die Sonne zweimal untergegangen ist.«

»Das ist zuviel ...«

Doch Epeios schüttelte nur den Kopf, ich wirkte wohl wie ein Narr auf ihn.

»Es ist hier Sitte, daß sich Nachbarn gegenseitig helfen, wenn ein Haus oder eine Scheune gebaut werden müssen«, sagte er. »Jeder Grieche in Sikelia hat ein Recht darauf, und wenn es an der Zeit ist, so wirst auch du eine Tagesreise machen, um für mich oder sonst jemand Steine aufzusetzen. Allerdings erwarten wir alle, daß wir zu essen bekommen, und genug Wein muß auch vorhanden sein, damit wir jeden Abend so richtig schön betrunken zu Bett gehen können. Dergleichen sind Feiertage für jedermann.«

Sobald er fort war, wies ich Kephalos an, nach Naxos hineinzureiten und soviel Schafe, Gerste, Hirse, Zwiebeln, Gewürze, Öl und Wein zu kaufen, daß wir damit einhundert Mann fünf Tage lang beköstigen konnten. Er faltete die Hände vor dem Bauch und überlegte einen Augenblick, ob ein solches Unterfangen auch klug wäre.

»Du brauchst einen Karren, um alles heranzuschaffen.«

»Dann mußt du auch noch einen Karren kaufen, wir brauchen ohnedies einen.«

»Das ist aber eine große Ausgabe«, sagte er betrübt.

»Kephalos, bist du es nicht leid, auf der Erde zu schlafen und deine Mahlzeiten an einem Lagerfeuer einzunehmen?«

Das gab der ganzen Sache einen anderen Anstrich, und binnen einer halben Stunde war er auf dem Weg und nahm auch Selana mit.

Der junge Ganymedes war gar nicht erfreut darüber, daß er daheim bleiben mußte.

»›Paß auf die Enten auf‹ sagt sie andauernd. ›Und abends kümmerst du dich um die Ziegen‹.« Er verzog verächtlich das Gesicht. »Man sollte meinen, sie geht mit dem Herrn auf Hochzeitsreise.«

»Vielleicht tut sie das ja auch, denn der Gebieter Kephalos hat sich schon zwischen mehr Frauenbeine gelegt, als du jemals Haare an deinem Kinn haben wirst.«

Als Ganymedes das hörte, bekam er einen furchtbaren Wutanfall und äußerte sich so unehrerbietig über meinen Freund, daß ich mich gezwungen sah, ihm eine Tracht Prügel zu verabfolgen und ihn eine Stunde mehr im Tretwerk arbeiten zu lassen, bis sich sein Mütchen abgekühlt hatte.

Aber auch mir war aufgefallen, daß Kephalos gerade in letzter Zeit seinen Streit mit Selana beizulegen schien, und der war mittlerweile so alt, daß er zu unserem Leben schon fast dazugehörte. Ich schenkte Ganymedes zwar keinen Glauben, doch es verwunderte mich schon. Aus Erfahrung wußte ich, daß der ehrenwerte Arzt nie Ruhe gab, wenn er nicht irgendeinen Plan aushecken konnte, bei dem ihm seine Gerissenheit dienlich war. Was brütete er jetzt nur wieder aus?

»Ich weiß überhaupt nicht, wie ich soviel Essen für soviel Leute kochen soll«, rief Selana, als sie von dem Karren herunterkletterte, der sie und Kephalos aus Naxos zurückgebracht hatte. »An mir bleibt alles hängen, und dabei habe ich nicht einmal einen anständigen Ofen zum Brotbacken!«

Diese Angst konnte man ihr nicht übelnehmen, denn der Karren sah aus, als ob die Achse unter dem Gewicht der Wein- und Ölkrüge, der Körbe mit Getreide, getrocknetem Fisch, Zwiebeln, Äpfeln und Granatäpfeln zusammenbrechen wollte. Da die zwanzig Schafe, die Kephalos erstanden hatte, wohl kaum noch hineinpaßten, war er gezwungen gewesen, einen Knaben anzustellen, welcher sie hinter ihnen hertrieb.

»Zwanzig Schafe?« fragte ich und wollte kaum meinen Augen trauen. »Zwanzig Schafe für fünf Tage? Damit kann man ja auf dem Feldzug ein ganzes Heer ernähren, ganz zu schweigen von einigen zwanzig Bauern.«

Kephalos ließ ein paar Kupfermünzen in die Hand des Knaben fallen und schickte ihn fort, und die ganze Zeit über warf er ängstliche Blicke um sich, als sich die Schafe langsam zerstreuten.

»Ich habe sie zu einem hervorragenden Preis eingekauft, Herr; allerdings mußte ich die ganze Herde abnehmen. Wenn das Haus erst steht, haben wir gewiß noch genug übrig, um damit eine Zucht von Wollschafen zu beginnen, und die Wolle verweben wir dann zu Tuch. Ja, allein schon die Wolle von diesen Schafen ist die zehn Drachmen wert, die ich für sie gezahlt habe. Zehn Drachmen – wenn das nichts ist!«

»Wir haben weder Webstuhl noch Spinnrad. Was ist uns da Wolle nutze?«

»Mein Gebieter ist so geschickt mit den Händen, daß er sie zusammenbastelt. Man muß auch an die Zukunft denken.«

»Meine erste Sorge für die Zukunft ist eine Umzäunung für sie«, sagte ich und hatte mich schon mit ihnen abgefunden, denn ich konnte sehen, daß Kephalos die Begeisterung gepackt hatte. »Sonst haben sie uns vor Einbruch der Nacht noch unser Gemüse zertrampelt.«

Bei Einbruch der Nacht waren Enkidu und ich soweit, daß wir einen brauchbaren Pferch gebaut hatten; er bestand aus Zaunlatten, die Zwischenräume zwischen ihnen hatten wir mit Gestrüpp gefüllt. Als wir fertig waren, kam Kephalos und begutachtete unser Werk.

»Der tut es sehr gut«, sagte er. »Die Tiere, die für das Essen unserer bevorstehenden Gäste geschlachtet werden müssen, können wir zunächst scheren, und wenn das Fett aus der Wolle ausgekocht ist, können wir sie zu Ballen aufrollen, bis du ein Spinnrad entworfen hast. Was meinst du, wie lange brauchst du dazu?«

»Kephalos, mit Spinnrädern kenne ich mich nicht aus.«

Er hob die Hand und schwenkte sie wie eine im Wind flatternde Kriegsstandarte, denn er sah darin keinerlei Schwierigkeit.

»Ich erkläre dir genau, was du brauchst; darüber mußt du dir keine Sorgen machen. Und wenn du erst einen Webstuhl gebaut hast, dann bringe ich Selana das Weben bei. Ein prächtiges Mädchen ist das. Übrigens hat sie in Naxos viele wohlwollende Blicke auf sich gezogen. ›Die hübsche, junge Nebenfrau des Atheners‹ – so ist sie dort bekannt. Wenn ich in Umlauf setze, daß du sie satt hast, wird manch junger Bauer sie gern nehmen, vielleicht sogar ohne Mitgift.«

»Wie kann ich sie satt haben, wenn ich noch nie ihre Schlafmatte aufgesucht habe?« fragte ich und war selbst überrascht, wie unlogisch meine Frage klang. »Außerdem hat sie immer wieder gesagt, daß sie sich nicht an einen Bauern verheiraten läßt.«

»Ja, aber in ihrem Alter hat man heißes Blut. Es muß bald etwas geschehen. Sie ist beinahe fünfzehn.«

»Ja … Es muß etwas geschehen.«

Kephalos lächelte eigentümlich und wechselte das Thema.

»Es wurde viel darüber geredet, daß die Sikuler schwere Zeiten durchmachen«, sagte er. »Man sagt, sie sind inzwischen gezwungen, ihre neugeborenen Mädchen im Meer zu ersäufen, weil sie diese nicht mehr ernähren können.«

Ich zuckte ungläubig die Achseln.

»Der Boden ist fruchtbar«, sagte ich, »und es regnet auf Griechen wie Sikuler gleichermaßen. Wie können sie verhungern, wenn wir im Wohlstand leben?«

»Uns drückt die Hand von König Ducerius nicht so schwer.« Kephalos lächelte schon wieder, doch dieses Mal war seine Miene eher zu durchschauen. »Er gesteht seinem Volk nicht einmal bronzene Pflugschare zu; er hat Angst, sie könnten daraus Waffen schmieden. Also müssen sie Holz nehmen, welches bei der Berührung mit dem ersten Stein zerbricht. Die Griechen verstehen sich auf die Kunst der Eisenbearbeitung, ein Geheimnis, welches uns der König nicht rauben kann, da wir es im Kopf mit uns herumtragen. Ein Grieche braucht einen Nachmittag, um ein Feld zu pflügen, auf dem ein Sikuler fünf Tage lang schuftet. So müssen sie ja verhungern. Sie ermorden ihre Kinder, weil sie diese nicht ernähren können oder versuchen, Getreide vor den Steuereinnehmern zu verstecken und riskieren dabei den Tod, wenn sie geschnappt werden, oder werden zu Räubern und drangsalieren ihre Nachbarn.«

»Dann überrascht es mich, daß sie sich nicht erheben und ihn erschlagen.«

Darüber konnte mein ehemaliger Sklave nur lachen.

»Gebieter, er hat vierhundert Mann in Waffen – ausgebildete Soldaten mit Bronzeschwertern.«

Das war nun wiederum für mich lachhaft, doch ich lachte nicht. Auf dieser Insel machten vierhundert Männer, vierhundert Schlachter, einen Mann wie Ducerius zum Großen König. Die Kaserne von Ninive zählte ebensoviele Stalljungen.

»Man braucht kein Heer von tausend Mann, um ein Despot zu sein«, tat Kephalos kund, als könnte er meine Gedanken lesen. »Vierhundert tun es recht gut, wenn man nur gegen Bauern kämpft, Männer, die zu ihrer Verteidigung nichts als Steine und spitze Stöcke haben.«

Ausgerechnet am folgenden Tag hatte ich meinen ersten Vorgeschmack von Despotismus, denn wir erhielten Besuch von einer Abteilung königlicher Soldaten.

»Herr – du mußt sofort kommen!«

Enkidu und ich säuberten ein neues Feld von Steinen, als Selana zu uns herausgelaufen kam. Ihr Antlitz war erhitzt, doch wohl eher vor Aufregung, fand ich, und mein erster Gedanke war, Gott helfe mir, wie hübsch sie aussieht.

»Soldaten!«

Enkidu runzelte die Stirn und legte seine Hacke beiseite.

»Dann kommen sie von Ducerius, und mit dem liegen wir nicht im Streit«, sagte ich vielleicht mit mehr Überzeugung, als ich verspürte, denn im Laufe meiner Verbannungsjahre war ich allmählich zu der Gewißheit gelangt, daß Soldaten für den gemeinen Mann, gleich welchen Volkes, immer Schlimmes zu bedeuten haben.

»Ziehen sie nur vorbei, oder haben sie bei uns zu tun?«

»Ich weiß nicht«, gab Selana kopfschüttelnd zurück. »Sie sind kaum vom Pferd gestiegen, da hatte Kephalos ihnen auch schon einen Krug Wein geholt und mich nach dir ausgeschickt.«

»Wieviele sind es?«

»Drei, vier – vier, glaube ich.«

»Haben sie dich gesehen?«

»Nein.«

»Dann halte dich fern, bis sie fort sind. Sicher führen sie nichts Böses im Schilde, aber du bist jetzt in einem Alter ...«

»Ja, Herr!«

Und sie schenkte mir ein strahlendes, glückliches Lächeln; es schien sie mit großem Stolz zu erfüllen, daß mir das am Ende doch noch aufgefallen war.

»Fort mit dir, du Balg!«

Sie lief wie ein junges Reh und ließ Enkidu und mich allein, daß wir uns den Schweiß vom Gesicht waschen und die Lage überdenken konnten.

»Es bleibt uns nichts anderes übrig, als herauszufinden, was sie wollen«, sagte ich, doch der grimmige Makedonier knurrte tief in der Kehle, damit wollte er wohl andeuten, daß das Ganze nicht als Höflichkeitsbesuch enden mochte. Wir gingen ins Lager zurück und ließen unsere Geräte liegen, wo sie waren.

Im Gehen blickte ich zufällig auf und bemerkte, wie der Wind durch die Bäume fuhr und ihre Blätter silbrig aufglänzen ließ. Der Anblick war so schön, daß es mir beinahe wehtat. Zum ersten Mal ging mir so richtig auf, wie glücklich ich selbst in dieser kurzen Zeit auf Sikelia gewesen war.

Sie saßen neben dem größten unserer Zelte, genossen den Schatten und reichten den Weinkrug herum, den Kephalos ihnen gegeben hatte. Ihre Pferde standen unweit angebunden. Zunächst dachte ich, Selana hat übertrieben, denn ich erblickte nur drei Männer, und in ihren schmierigen, blauen Tuniken, die ihnen kaum bis ans Knie reichten, sahen sie wenig nach Soldaten aus, wenn sie nicht Schwerter getragen hätten.

Kephalos ließ sich nicht blicken, denn für den Umgang mit Bewaffneten war er nicht zuständig, aber ich stellte fest, daß er meinen Speer drinnen im Zelt genau neben der Klappe angelehnt hatte. Ich griff hinein und holte ihn und umfaßte die Spitze mit der Hand, so daß man die Bronze nicht sehen konnte.

Als ich mich näherte, kam einer der Soldaten – ich konnte nur annehmen, der Anführer – auf die Beine, denn ich schien ihn in seiner Lustbarkeit zu stören. Der gleiche Unmut stand auf seinem Gesicht geschrieben, als er den Mund aufmachen wollte.

»Was wollt ihr?« kam ich ihm zuvor, denn ich wartete nicht ab, bis er sich zum Reden bequemte; Unverschämtheit soll man niemals geduldig hinnehmen. »Wenn ihr nur angehalten habt, um euch zu erfrischen und auszuruhen, so seid ihr mir willkommen wie jeder friedfertige Mensch. Wenn ihr in anderen Geschäften kommt, so tut sie kund und damit gut, wir haben noch zu arbeiten.«

Er warf einen Blick auf den Stecken, den ich trug – denn als solcher mußte er ihm erscheinen, der Stecken eines Bauern, mehr nicht – und der schien ihn nicht tief zu beeindrucken.

»Du bist wirklich frech, selbst für einen Griechen. Bist du etwa nicht frech?«

Er grinste über seine witzige Bemerkung, warf seinen Kameraden einen Blick zu, doch die hatten der Unterhaltung nur beiläufig gelauscht. Sie lachten kurz auf, das wurde schließlich von ihnen erwartet, dann widmeten sie ihre Aufmerksamkeit wieder in Ruhe Kephalos' Weinkrug. Doch mehr brauchte es wohl nicht. Mein Fragesteller wandte sich wieder zu mir und fletschte immer noch die Zähne, sein Selbstvertrauen war anscheinend gewachsen.

»Jedermann weiß, daß die Griechen frech sind«, fuhr er fort. »Bist du etwa kein frecher Bettler?«

Die Macht der Gewohnheit ist groß. Die Sikuler sind keine hochgewachsene Rasse, im Durchschnitt sind sie um eine halbe Haupteslänge kürzer als die Griechen, und doch war der hier so von sich überzeugt, daß er mir und meinem Gefährten die Stirn bot, der hinter mir wie eine Mauer aus Stein dräute. War er etwa nicht Soldat des Königs und kannte er sich mit Bauern nicht gut aus? Er war es gewöhnt, seinesgleichen in Angst und Schrecken zu versetzen, und warum sollten wir anders sein? Was hatte man schon von ein paar unbewaffneten, durchgeschwitzten Staubkratzern zu befürchten?

Er blickte mich aus eng zusammenstehenden, braunen Augen an, die wie Glasscherben wirkten. Sein Haar und sein Bart waren sehr kurz geschoren, und daher wirkte sein Kopf vielleicht ein wenig zu klein für seinen Leib. Er stand da mit etwas hängenden, schmalen Schultern, wirkte wenig beeindruckend, ja, leicht lächerlich, doch die Erfahrung hatte ihn gelehrt, daß das Schwert, welches er trug, und der Auftrag, Gebrauch davon zu machen, Enkidu und mich verängstigen mußten. Zweifellos hielt er sich für eine furchterregende Gestalt.

»Was wollt ihr?« wiederholte ich.

Er gab keine Antwort. Statt dessen hörte ich nur ein schrilles Blöken aus der Richtung unserer neuen Schafherde, und schon tauchte der vierte Soldat auf, ein Lamm auf der Schulter, dessen Blut aus der gerade durchgeschnittenen Kehle auf die Erde tropfte.

»Wollen?« Der Anführer stampfte vor lauter guter Laune auf, so lustig fand er meine Frage. »Erst einmal noch mehr Krüge mit Wein und Brot und einen guten Vorrat an Feuerholz – du erwartest doch wohl nicht, daß wir unser Schaffleisch roh essen, oder?«

Der Soldat, welcher unser Lamm getötet hatte, ließ den Kadaver zu Boden fallen und wischte sich die Hände vorn an seiner Tunika ab.

»He, Fibrenus«, rief er – in einem schauerlichen Griechisch, damit ich ihn auch ja verstand –, »sag ihm, er soll seine Frau holen, daß sie für uns kocht. Ich habe sie weglaufen sehen!«

Darüber lachten sie alle, denn sie hatten nicht begriffen, daß ihr Kamerad soeben einen friedlichen Ausgang unmöglich gemacht hatte. Hinter mir konnte ich Enkidus Zähne fast knirschen hören.

»Aha. Dann ist ja alles klar.« Ich hob die Schultern und deutete damit an, daß ich sehr wohl verstanden hatte. »Ihr wollt plündern. Ihr kommt nicht in Geschäften des Königs, sondern in eigenen, als Diebe.«

Der, welchen sie Fibrenus nannten, runzelte die Stirn und blickte finster drein.

»Er ist auch dein König«, sagte er, »und du unterliegst seiner Besteuerung wie alle anderen. Wir sind Steuereinnehmer.«

Der Witz war denn doch zu gut. Ich wartete geduldig, bis sie ausgelacht hatten. Dann ließ ich meine Hand heruntergleiten, und da schimmerte die Bronzespitze meines Speeres.

»Nein, Diebe. Und ich lasse mich nicht ausrauben. Ich habe mit dem König ein Maß von zehn meines *Ertrages* von diesem Land abgemacht. Bislang hat es noch nichts abgeworfen, darum schulde ich auch nichts. Das Schaf, das ihr gerade getötet habt, hat mich eine halbe Drachme gekostet – die schuldet ihr also mir.«

Die Drohung war nicht zu überhören, auch nicht für Fibrenus und den Soldaten, dem jetzt endlich aufzugehen schien und das wohl zum ersten Mal im Leben –, daß ich mich nicht einschüchtern ließ.

Aber er war kein kluger Mann. Jeder Gedanke, jeder Impuls stand auf seinem Gesicht zu lesen: zunächst Überraschung, dann Ärger, dann Rachedurst. Angst nicht, noch nicht – er war nicht aufgeweckt genug, um Angst zu haben. Er wollte nur wieder die Oberhand bekommen, darum mußte er mich bestrafen. Es war alles ganz klar, noch ehe seine Hand den Schwertknauf berührte.

Mein Speerschaft traf ihn mitten auf den Wangenknochen. Seine Waffe fiel nutzlos zu Boden, und er stieß einen furchtbaren Schmerzensschrei aus, der von einem zweiten Hieb abgeschnitten wurde, der ihn genau im Gelenk zwischen Hals und Schulter traf und ihm beinahe die Luftröhre zerschmetterte. Danach brauchte ich nur noch die Beine unter ihm wegzuschlagen, und schon hatte er aufgegeben.

Jetzt stand nur noch der Mann, der mein Schaf getötet hatte, und als er sah, daß ich den Speer auf seine Brust richtete, hob er die Hände und ergab sich. Die beiden anderen blieben, wo sie waren, denn im Sitzen waren sie sicherer – Enkidu brauchte sie nur einmal anzusehen, und sie blieben hocken und sahen aus, als ob sie nichts Schlimmeres befürchteten, als daß ich ihnen den Weinkrug von ihm wegnehmen ließ. Die Schlacht war vorbei.

Fibrenus, der Soldat, rollte sich auf die Seite und spuckte etwas Blut. Ich griff mir das Schwert, das neben ihm lag, doch er war so in seiner eigenen schmerzerfüllten Welt befangen, daß er es kaum zu bemerken schien.

»Das behalte ich«, sagte ich und hielt das Schwert für seine Freunde hoch. »Er kann es auslösen, wenn er das Geld hat – dafür muß er sich allerdings hierherbemühen.«

Ich gestand mir ein schurkisches Grinsen zu.

»Wenn er zurückkommt, dann rammt er es dir in die Rippen«, sagte der Mann, welcher mein Schaf getötet hatte. In seiner Stimme schwang viel Mißmut und Groll mit, aber man konnte ihm ansehen, daß er seinen eigenen Worten nicht glaubte.

»Er mag es ruhig versuchen«, gab ich zurück, doch dieses Mal ohne ein Lächeln.

»Das erzählen wir dem König.«

»Na, hoffentlich. Eigentlich möchte ich es ihm selbst erzählen, damit er weiß, wie seine Soldaten sein Vertrauen mißbrauchen.«

Mehr war nicht zu sagen, doch es dauerte ein kleines Weilchen, bis sich diese Flegel dazu herabließen, selbst eine so eindeutige Tatsache zu akzeptieren. Endlich stand einer der Weintrinker auf und war dem Schaftöter behilflich, Fibrenus, dem Soldaten wieder auf die Beine zu helfen.

»Nehmt den Kadaver mit«, sagte ich und deutete mit dem Schwert auf das tote Lamm. »Ihr habt dafür bezahlt, also gehört es euch.«

Erst als sie fortgeritten waren, kehrten Selana und Kephalos ins Lager zurück, kurz darauf gefolgt von Ganymedes, dem anscheinend übel vor Angst war.

»Es war herrlich!« verkündete sie, so als hätte ich alles verpaßt und würde mich über die Feststellung freuen. Sie ergriff mich beim Arm, genau unter dem Ellenbogen, und drückte ihn fest.

»Es war gefährlich«, erwiderte Kephalos. »Nun kommen sie sicherlich wieder.«

Darüber konnte Selana nur fröhlich lachen.

»Sollen sie doch«, sagte sie. Und dann steckte sie Ganymedes aus unerfindlichen Gründen die Zunge heraus.

»Sie wären ohnedies wiedergekommen«, sagte ich. »Vermutlich hat Ducerius sie geschickt.«

Ich befreite meinen Arm aus Selanas Griff und legte ihn ihr ganz in Gedanken um die Schulter – und sofort kam es mir vor, als wollte sie mit mir verschmelzen.

»Möglicherweise hat er nicht viel Freude an unserem Handel und hofft, daß er mehr aus uns herausholen kann. Entweder das, oder uns ganz zu vertreiben.«

Kephalos schüttelte den Kopf.

»Die Sache ist noch nicht ausgestanden«, sagte er.

»Nein, das ist sie nicht.«

Zuweilen nehmen die Dinge einen seltsamen Lauf, doch alles ist Gottes Wille. Nichts im Leben ist beliebig, und Assurs Hand ist überall zu spüren. Soviel habe ich im Laufe meines Lebens gelernt.

In der Nacht nach diesem Überfall war ich ruhelos und konnte nicht schlafen, und so nahm ich meinen Speer und einen Weinkrug, ging nach draußen und setzte mich unter den Kastanienbaum, wo die Sibylle Wache gehalten hatte. Ich hoffte, dort meinen Seelenfrieden zu finden.

Lange saß ich da und sprach dem Wein so vorsichtig zu, wie es diese nächtliche Stunde erforderte. Es wehte ein schwacher Wind, aber er war lau, fast liebkosend. Wolken verdeckten die Sterne, und ich dachte bei mir, kann sein, daß es morgen früh regnet. Ich weiß noch, daß ich dachte, wie froh ich sein würde, wenn das Haus erst einmal stand und wir nicht mehr auf der Erde schlafen mußten.

»Dein Haus wird hier viele Generationen lang stehen«, hörte ich da jemand sagen – es klang wie die Stimme meiner Mutter. »Das muß dir Entschädigung sein, daß nämlich die Kinder deiner Lenden an diesem Ort in Frieden leben, wenn Ninive längst Jagdgrund für Füchse ist, wenn die Eule im Palast seiner Könige Wohnung nimmt.«

Da war sie, kauerte neben mir, eine bleiche Gestalt, und ihr kupferfarbenes Haar hatte sie mit einem Leinenschal verdeckt. Ich hatte sie seit dem Tag nicht mehr gesehen, als ich die Garnison in Amat verließ, um Assarhaddon zu helfen, den Aufstand gegen ihn niederzuschlagen.

»Wie kommt es, daß du mich hier gefunden hast, Merope? Hat dich der Gram umgebracht und bist du nun tot im Lande Assur?«

»Du hast nichts als den Willen des Gottes getan«, murmelte sie. Ich spürte, wie ihre Hand mein Gesicht streichelte, so wie sie es getan hatte, als ich Kind war. »Und der Tod schließt uns alle in die Arme. Selbst du mußt eines Tages sterben.«

»Bist du tot, meine Mutter?«

»Traure nicht um mich, mein Lathikados, denn nun verlasse ich dich nie mehr. Gründe dein Haus aus Stein und dein Haus aus Fleisch und fürchte keinen König. Der Ruhm dieser Welt ist nichts als ein Schatten.«

»Mutter …«

Ohne nachzudenken wandte ich den Kopf, damit ich ihr geliebtes Antlitz besser sehen könnte, doch sie verschmolz mit der Dunkelheit, und immer noch lag das Lächeln auf ihren Lippen.

XXIII

Sie war kein Traum, kein Trugbild eines weinbenebelten Hirns – der Geist meiner Mutter war recht wirklich gewesen. Und so wußte ich denn, daß das letzte Band, welches mich mit meinem alten Leben verbunden hatte, gerissen war.

Meine Mutter war ein sanftes, harmloses Geschöpf gewesen, das niemandem ein Leid zugefügt hatte, und sie war es zufrieden gewesen, in meinem Schatten zu leben, denn ich war ihr einziges, innig geliebtes Kind. Und nun lagen ihre Gebeine in fremder Erde, und vielleicht hatte niemand ihnen Grabbeigaben mitgegeben, auf daß ihre Seele Ruhe fand. Ich wußte nicht, wie sie gestorben war; wahrscheinlich würde ich es nie wissen. Und jetzt im Tode hatte sie ihren Sohn zurückgefordert. In jener Nacht weinte ich unter dem Baum der Sibylle um sie.

Und zwei Tage später kamen meine griechischen Nachbarn, um mir beim Bau meines Hauses aus Stein zu helfen, welches nach ihrer Verheißung zahllose Generationen überdauern würde.

Sie kamen in Wagen und zu Pferd und zu Fuß, den ganzen Morgen und Nachmittag kamen sie zu zweit und zu dritt ins Lager geströmt und sprachen den Akzent von vielen Gegenden: Da waren Dorer, Ätolier, Epiraner, Euböaner, Thessalier und Leute von allen Inseln der Kykladen. Ich war der einzige ›Athener‹ – was hätte ich sonst wohl auch sein sollen, ein Mann der anscheinend von nirgendwo gekommen war, doch den attischen Dialekt sprach? –, und Enkidu war der einzige Makedonier, und damit hatten wir beinahe alle griechischen Stämme und Städte beisammen. Und alle wohnten wir nun hier, im Königreich des Ducerius an der östlichen Küste Sikelias. Eine Fügung des Schicksals hatte uns alle zu Landsleuten gemacht, und ich galt nicht mehr als einer unter vielen, unterschied mich in nichts von ihnen. Ich stellte fest, daß es mir so lieber war, denn ich hatte Könige und Fürsten satt und wollte vergessen, daß mein Leben einmal ganz anders ausgesehen hatte.

Selana hätte sich nicht zu sorgen brauchen, daß sie kein heißes Essen für so viele zustande brachte, denn etliche von unseren Nachbarn hatten ihre Frauen mitgebracht, und die machten sich sofort an die Arbeit und halfen ihr beim Kochen. Am frühen Nachmittag hatten sie einen langen Graben ausgehoben, in dem ein Feuer brannte und waren emsig dabei, auf heißen Steinen Brot zu backen, Stücke von unseren Schafen zu braten und in einem Dutzend verschiedener Töpfe Hirsebrei zu kochen. Das Gesumm von so vielen weiblichen Stimmen klang angenehm im Ohr, und die Luft war geschwängert von vielen köstlichen Düften.

Außer mir selbst, Enkidu, Kephalos und Ganymedes, der sich immer neue Ausflüchte ausdachte, damit er lange verschwinden konnte, und der sonst auch kaum zu gebrauchen war, halfen uns mindestens dreißig weitere Männer bei der Arbeit. Um die letzte Stunde vor Sonnenuntergang hatte eine Arbeitsgruppe unter Kephalos' Aufsicht – war er nicht Aufseher gewesen, als die Mauern der Festung Amat hochgezogen und mein Palast dort gebaut wurde, und war er nicht ganz besonders dazu geeignet, den Bau eines einfachen Bauernhauses zu überwachen? – den Boden geebnet und die erste Reihe der Grundsteine eingegraben, während wir anderen Stämme zu Brettern für Fußboden und Dach zersägten. Das fertige Abendessen hatten wir uns alle redlich verdient, und es wurde viel gelacht, als wir unsere Teller mit Essen und unsere Becher mit Wein füllten. Die meisten meiner Nachbarn hatte ich noch nie zuvor gesehen, doch nicht nur der Krieg verbrüdert, sondern auch die Arbeit.

Selbst auf dieser fernen Insel bewahrten sich die Griechen ihre Bräuche, und so speisten denn bei diesem ländlichen Festmahl die Männer getrennt von den Frauen. Und darum nahm auch niemand Anstoß daran, als Ganymedes, welcher es anscheinend versäumt hatte, seinen Wein eins zu fünf zu verdünnen wie es sich für seine Jahre geziemte, einen obszönen Tanz vorführte, welcher ihm in Ninive eine Tracht Prügel eingetragen hätte, hier jedoch erscholl ein solches Gelächter, daß die Dunkelheit zu erzittern schien.

Danach sang jemand ein Lied von einem König namens Menelaos, welcher einen langen Krieg um seine Frau führte, die von einem anderen Mann entführt worden war, sie zurückholte, doch sie schien dem anderen den Vorzug zu geben. Es war ein lustiges Lied, und wieder mußten alle lachen. Dann sang jemand ein anderes Lied, dieses Mal von den Helden, welche in ebendiesem Krieg gefallen waren, und das war ein hehres und herrlich trauriges Lied. Dann bat man mich als den Gastgeber um ein Lied, da ich aber keines kannte, erzählte ich die Geschichte, an welche ich mich noch von der Schule erinnerte, wie nämlich Assur Tiamat, das Ungeheuer des Chaos, erschlug und aus ihrem Leichnam die Welt erschuf. Die Erzählung wurde höflich, doch ohne Begeisterung aufgenommen, und ich schämte mich, daß ich sie erzählt hatte. Aber ich konnte es ihnen nicht verdenken, die Griechen sind nun einmal bessere Geschichtenerzähler als die Männer aus Assur. Dann sang wieder einer ein Lied vom Tod eines Königs namens Pentheos, welcher sich über die Riten des Gottes lustig gemacht hatte und zur Strafe am Dionysosfest von besessenen Frauen in Stücke gerissen wurde.

»Ach, warum ist bloß Ducerius nicht so dumm, daß er sich über die Götter lustig macht«, sagte jemand, als das Lied zu Ende war.

»Da besteht wenig Aussicht«, kam die Antwort von meinem Nachbarn Epeios, der vom Wein fast das heulende Elend hatte. »Es gibt eine Weissagung, daß sein Geschlecht solange herrscht, bis einer von ihnen eine heilige Stätte schändet. Darum begeht er ja auch jedes Verbrechen, nur gottlos ist er nicht.«

»Dennoch ist er leichtsinnig«, sagte ein anderer. Das trug ihm ein allgemeines beifälliges Gemurmel ein.

Ich saß zufällig neben Epeios, und so fragte ich ihn, ob das mit der Weissagung stimmte.

»O ja.« Er nickte mehrmals und das so langsam und bedächtig, wie es ein gewisses Stadium der Trunkenheit kennzeichnet. »Die Sibylle hat das Ende seines Hauses vorausgesagt – genau da drüben hat sie gesessen.«

Er deutete auf den Kastanienbaum in vierzig, fünfzig Schritt Entfernung, dessen Umrisse man immer noch vor dem nächtlichen Himmel erkennen konnte.

»Dann wird es auch eintreffen«, sagte ich, denn mir war eingefallen, wie rasch Ducerius es sich anders überlegt und mir das

Land schließlich doch verkauft hatte – nicht mich hatte er gefürchtet, sondern die Stimme der Sibylle.

»Ja«, gab Epeios zurück und nickte schon wieder. »Dann wird es auch eintreffen.«

Viel länger dauerte der Abend nicht, denn Arbeit, Essen und Wein machen allesamt müde. Schon bald suchte jeder sein Lager auf, viele schliefen sofort tief und fest, während andere sich noch zwischen den Beinen ihrer Frauen betätigten. Die meisten hatten ihre Decke im Freien ausgebreitet, doch die Dunkelheit bot diesen gesitteten Bauersfrauen anscheinend genügend Schutz, und so konnte ich so manch gedämpften Lustschrei hören, als ich meine eigene Schlafmatte aufsuchte. Jetzt hatte ich schon mehrere Monate keine Frau mehr angerührt – nicht seit der Herrin Nodjmanefer – und das drückte mir aufs Gemüt.

Lange saß ich noch vor meinem Zelt, starrte auf die Sandalen an meinen Füßen und war zu müde und zu niedergeschlagen, um selbst die auszuziehen.

»Trink noch einen Becher, ich kümmere mich schon darum«, sagte Selana zu mir. Keine Ahnung, woher sie gekommen war, denn ihr Schritt war so leicht wie Schneefall – auf einmal war sie einfach da und hielt den Weinkrug in der Hand. Während ich trank, kauerte sie sich neben mich und band mir die Sandalenschnüre auf.

»In ein paar Tagen haben wir ein Haus«, sagte ich, da mir nichts anderes einfallen wollte. »Morgen legen wir den Fußboden, und wenn du willst, kannst du darin schlafen, sowie wir die Dielen mit Sand abgeschmirgelt haben.«

»Ich schlafe im Haus meines Herrn, wenn er es auch tut.« Sie legte mir die Arme um den Hals und küßte mich auf die Lippen. »Wenn es ein Dach hat und alle nach Haus gegangen sind, ist noch Zeit genug dazu.«

Wieder küßte sie mich, und dann ging sie, verschwand so lautlos, wie sie gekommen war. Ich konnte mir gerade noch auf die Zunge beißen, daß ich sie nicht zurückrief, denn ich war tief bewegt.

Doch am Ende schloß auch mir die Nacht die Augen.

Am nächsten Tag kamen wir gut voran. Mein Haus sollte wie

ein offenes Rechteck gebaut werden, die längste Seite würde die Küche und den Empfangsraum aufnehmen, und an jedem Ende ging ein Flügel mit je zwei viel kleineren Räumen ab. Jedes Zimmer stand auf einer Plattform, eine Handspanne über dem Boden, und darauf nagelten wir die Bretter, welche immer noch nach Harz rochen. Und während die Frauen den neuen Fußboden mit feuchtem Sand abschmirgelten, zogen die Männer die Außenmauer aus Stein bis zu den Türpfosten hoch. Am nächsten Tag würden wir die Mauern fertig bekommen und den Dachstuhl errichten. Am vierten Tag würden wir das Dach mit Schindeln decken und die Innenwände verputzen, und dann würde mein Haus aus Stein, das nach Meropes Weissagung noch stehen würde, wenn Ninive längst in Trümmern lag, endlich fertig sein. Als die Sonne verblaßte, wußten wir, daß wir ein gutes Tagewerk vollbracht hatten.

»Du mußt nach Naxos gehen und Feuer vom Schrein der Hestia holen, daß du dein Herdfeuer entzünden kannst«, sagte man mir. »Opfere ihr Brot und Silber und rede auf dem Rückweg mit niemandem. Du bist der Haushaltsvorstand, also mußt du diese feierliche Handlung vornehmen. Geh morgen, und wenn du zurückkehrst, sind wir mit unserer Arbeit fertig.«

Am nächsten Morgen brach ich auf, die Sandalen ließ ich zurück, denn die Zeremonie schrieb vor, daß die Füße dabei den Boden berühren mußten. Ich folgte der Wagenspur nach Norden, zur Linken die düsteren Berge und zur Rechten das leuchtende Meer, das so gerade noch als Silberstreifen am Horizont sichtbar war, und auf dem ganzen Weg war ich so lächerlich glücklich, als ob mir jeder Herzenswunsch erfüllt worden wäre. In wenigen Jahren war ich vom Eroberer, auf dessen Wort sich riesige Heere wie ein Mann bewegt hatten, vom königlichen Prinzen, der unvorstellbare Reichtümer besaß, zu einem schlichten griechischen Bauern geworden, der am äußersten Rand der Welt im Schweiße seines Angesichtes sein Brot verdiente. Ich hatte viel eingebüßt, und ich hatte mich wegen der ganzen Verluste gegrämt. Und doch konnte ich mich des Gefühls nicht erwehren, daß ich durch den Wechsel gewonnen hatte. Ein König erschien mir jetzt als bedauernswertes Geschöpf.

Nicht so bedauernswert jedoch wie die, über die er herrschte.

Um die erste Stunde nach Mittag hielt ich an einer Stelle an, wo die Straße nach Naxos von einer anderen gekreuzt wird, welche von meerseits gelegenen Wiesen inlands führt und wo griechische und sikulische Höfe nebeneinanderliegen; dort setzte ich mich unter eine Kiefer und aß das Mahl, welches mir Selana mit auf den Weg gegeben hatte. Der Schatten muß mich verborgen haben, denn anders kann ich mir nicht erklären, wieso ich mit dem Leben davonkam.

Sie ritten auf die Berge zu, vier Männer, deren Kupferschwerter in der Sonne glänzten. Einer von ihnen hatte eine Frau vor sich im Sattel – hatte ihr einen Arm um die Mitte gelegt, mit dem anderen hielt er die Zügel. Auf diese Entfernung hin konnte ich nicht ausmachen, ob sie Griechin oder Sikulerin war, doch sie war jung, kaum mehr als ein Kind, und sie zeterte zum Gotterbarmen. Ich konnte mir unschwer vorstellen, was sich zugetragen hatte.

Die Räuber waren in jeder Munde – und um die handelte es sich hier wohl. Wessen Hof war überfallen worden, und wieviele hatten sie tot zurückgelassen? Und ich konnte gar nichts tun. Einer gegen vier, und ich hatte nur ein Eisenmesser dabei, mit dem man kaum einen Apfel schälen konnte. Nur ein Narr hätte hier eingegriffen. Wenn sie mich zufällig erblickten, würden sie mir spaßeshalber die Kehle durchschneiden.

Was würde mit dem Mädchen geschehen, wenn sie es satt hatten, würde man sie als Sklavin verkaufen? War es so für Selana gewesen? Oder für meine Mutter?

Ich wartete und wartete und barg mich im Schatten, bis sie außer Sichtweite waren, dann verwünschte ich all die Übel dieser Welt und machte mich wieder auf den Weg nach Naxos.

Der Sitte gemäß näherte ich mich dem Tempel der Hestia eine Stunde vor Tagesanbruch, um mir dort das geweihte Feuer von ihrem Altar geben zu lassen. Damals wie heute dienten dort ausschließlich Frauen, und so gab ich der Priesterin die Silbermünze. Ich opferte Wein und legte als Opfergabe Brot am

Schrein nieder – meiner Erfahrung nach sind nämlich die Götter mit weniger zufrieden als ihre Diener. Ich erhielt drei glühende Kohlen von der Feuerstelle der Göttin, und die sollte ich nun in einer Eisenschüssel nach Haus tragen und im Gehen das Feuer in Gang halten. Die Priesterin berührte meine Lippen mit ihrem Finger, verpflichtete mich damit zum Schweigen und schickte mich fort.

Dieses Mal legte ich keine Essenspause ein und begegnete auch niemandem auf dem Weg. Als ich wieder zu Haus war, empfing mich Jubelgeschrei, denn das Haus war fertig, und meine Rückkehr bedeutete, daß man das Herdfeuer entzünden und mit dem Fest beginnen konnte.

Die Hausweihe ist eine der wenigen Gelegenheiten, bei der Männer und Frauen zusammen feiern, denn die Sorge um den Hausschrein ist vor allem anderen Aufgabe der Frau. Nachdem ich das geweihte Feuer zum Lodern gebracht hatte, überreichte ich Selana die Eisenschüssel, und sie schüttete den Inhalt auf ein Reisigbett, das sie in der Feuerstelle angelegt hatte.

Selana war jetzt die Herrin meines Hauses, und zu ihren Pflichten gehörte es, das Feuer nie ausgehen zu lassen – außer wenn jemand in der Familie starb und es als Zeichen der Trauer gelöscht wurde. Wenn dann nach fünf Tagen das Haus wieder gereinigt war, holte man sich neues Feuer vom Tempel.

Nie werde ich vergessen, wie glücklich sie diese kleine Zeremonie machte. Mittlerweile war sie der Liebling aller Frauen – Männer mögen hübsche, junge Mädchen ohnedies gern leiden –, und so neckten sie denn alle, bis ihr Gesicht so heiß brannte wie das Feuer – und sogar Kephalos küßte sie und kniff sie in die Kehrseite, wobei er sie unsere »kleine Mutter« nannte – sie aber strahlte wie eine Braut.

Hierher gehört sie jetzt, dachte ich. Sie wohnt unter ihrem Volk, und sie hat einen Platz in diesem Haus, den ihr niemand streitig macht, also, wenn sie nun nicht endlich glücklich ist?

Vielleicht sind alle Männer so verblendete Toren.

Der Abend war lau, und über der Feuergrube brieten drei Schafe am Spieß. Jeder hatte dem Weinkrug zugesprochen, selbst die Frauen, und so waren denn alle fröhlich. Ein Achäer namens Teuker unterhielt uns mit einer komischen Version der Geschichte von Herakles und Eurytus, wobei er alle Rollen selbst spielte, nur mit verschiedenen Stimmen, und darüber gab es ein großes Gelächter.

Es scheint zur Eigenart des griechischen Charakters zu gehören, daß sich an einer bestimmten Stelle der abendlichen Kurzweil, in der Regel wenn jeder drei Becher Wein getrunken hat, die Unterhaltung zum Abstrakten hinwendet. Wendungen wie ›Rückkehr zu den früheren Prinzipien‹ oder ›wenn man das Wesen der Dinge bedenkt‹ oder ›in Anbetracht des eigentlichen Charakters der Sache‹ tauchen auf, und schon bald ist man mittendrin in einem philosophischen Disput.

Philosophie – das ist ein hübsches Wort, stammt aus dem Griechischen und beschreibt einen Begriff, für den es meines Wissens in keiner Sprache etwas Entsprechendes gibt.

An jenem besonderen Abend begann die Diskussion mit verschiedenen Kritiken an Teukers Vorstellung und ging danach zu einer Analyse des Mythos und zu einem Streitgespräch über, ob der König das Recht gehabt hatte, Herakles die Frau zu verweigern, welche dieser durch seine Geschicklichkeit mit dem Bogen gewonnen hatte, und das wiederum führte zu Gedankengängen, die ich leider nicht mehr wiedergeben kann, und zu einer allgemeinen Diskussion über das Königtum und ob die Oligarchie oder sogar die Demokratie nicht das natürlichste und wünschenswerteste Instrument sei, um einen Staat zu regieren. Ein, zwei der ärmeren Bauern waren für die Demokratie; die Mehrheit jedoch wollte eine Herrschaft durch den Adel, obschon selbst die ihre Widersacher hatte:

»Die Oligarchie der Demokratie vorzuziehen heißt, aus einem kleinen Unterschied einen großen zu machen« behauptete Teuker. Er schien sich doch etwas über etliche Bemerkungen zu seiner Vorstellung zu kränken. »Da der Mensch nun einmal selbstsüchtig ist, werden die Menschen durch beide Systeme nach ihren Interessen aufgegliedert; das sät Zwietracht, und die ist in allen Gesellschaften der Feind von Ruhe und Ordnung. Die Demokratie erreicht dieses Ziel nur um ein geringes früher.«

»Ja, wenn man so folgert, dann wird ein König, der letztlich auch nur ein Mensch ist, sein eigenes Glück über das der anderen stellen und sich dann wiederum von seinen Untertanen unterscheiden.«

Darüber mußte Teuker lächeln, er nickte und legte den Finger an die Nase.

»O ja«, sagte er, »aber ein König hat die Macht, allen seinen Willen aufzuzwingen, und kann damit die Ordnung aufrechterhalten, und diese Ordnung, nicht aber das Glück aller, muß die Regierung sichern.«

»Man sollte einmal bei den Sikulern nachfragen, ob sie die Ordnung vorziehen, welche Ducerius in ihr Leben gebracht hat, oder die Art Glück, welche sie ohne ihn finden könnten.«

Ich weiß nicht mehr, wer das sagte, doch es zeitigte Wirkung. Teukers Argument war mit einem Satz zunichte gemacht, und über die Runde legte sich tiefes Schweigen.

»Nein. Niemand kann Königtum unter einem Mann wie Ducerius vorziehen«, sagte mein Freund Epeios so grämlich wie eh und je. Das konnten alle nachempfinden, sogar Teuker.

»Ja, und schon bald werden nicht nur die Sikuler den Druck seiner Hand spüren, denn er will uns vertreiben, wenn er kann.«

»Bald! – ha!« Ein Böetier namens Krethos, der einen Hof in der Nähe der Berge besaß, lachte verächtlich. »Die Räuber haben bereits einen meiner Nachbarn ausgeraubt, seine Scheune in Brand gesteckt und einen seiner jungen Söhne umgebracht. Ducerius hat ein Heer von vierhundert Soldaten. Warum vertreibt er also diese Diebe und Mörder nicht aus seinem Königreich? Weil sie ihm, wie jedermann weiß, regelmäßig Tribut von ihrer Beute zahlen. Sie sind ein Instrument seiner Macht und würden die Griechen nicht angreifen, wenn er ihnen nicht seine Zustimmung erteilt hätte.«

Und alle in der Runde wußten, daß es die Wahrheit war.

Aber dies war kein Abend für düstere Gedanken, und selbst wenn die Welt verrückt spielte, so waren wir doch immer noch prächtige Kerle und zu allem Überfluß Griechen. Es gibt ein Sprichwort, daß die Götter einem Mann keinen Mißmut erlauben, wenn die Gefahr fern und der Weinbecher nah ist. Auch das entspricht der Wahrheit, und so dauerte es denn nicht lange, bis wir durch Späße unsere gute Laune wiedergefunden hatten.

Als die Schafe gut durchgebraten waren und ihr Fleisch schon fast von den Knochen fiel, nahmen die Frauen ihre Messer, schnitten große Stücke ab und legten sie auf eine Unterlage aus Hirse, und schon bald glänzte der Bart jedes Mannes von Fett. Alle, die wir da waren, Männer sowie Frauen, schmausten uns wieder nüchtern, stopften uns derart voll, daß wir die Trunkenheit aus dem Magen preßten – und dann disputierten wir auch nicht mehr, nicht nur weil die Griechen es für unziemlich halten, im Beisein von Frauen öffentliche Angelegenheiten zu besprechen, sondern weil ein Mann bei solchen Festen nur noch auf der kühlen Erde liegen und nach Luft schnappen kann.

Doch am Ende kehrten wir wieder zu unseren Weinkrügen zurück, und die Frauen unterhielten uns mit Gesang und Tanz, wie man es bei keinem anderen Volk zu sehen bekommt. Dann tanzte auch Ganymedes wieder, doch dieses Mal etwas gesitteter, und dann gingen die Frauen und vollzogen gewisse Zeremonien auf der Schwelle meines neuen Hauses, welche allein ihnen zustehen und bei denen kein Mann zusehen darf.

Dann kam Kephalos und setzte sich neben mich, er brachte einen Weinkrug mit, aus dem er mir nachschenkte. »Ich habe Selana gar nicht unter den Tänzerinnen gesehen«, sagte ich und wunderte mich dabei über mich selbst, denn eigentlich hatte ich etwas ganz anderes sagen wollen.

»Ach ja, Gebieter? Dann war sie vielleicht anderweitig beschäftigt.« Kephalos lächelte rätselhaft, sowie er es immer tut, wenn er sich im Besitz eines Geheimnisses wähnt. »Vielleicht steht ihr der Sinn nicht nach Tanzen, da sie jetzt an ihre neuen Pflichten als Herrin im Haus meines Gebieters zu denken hat.«

Er schwieg einen Augenblick, ja, er schien das Unbehagen zu genießen, das mir diese Vorstellung bereitete, denn nun war ich wohl endlich in die Falle getappt, vor der er mich seit Jahren gewarnt hatte.

»Hier sind heute abend viele unverheiratete Männer«, fuhr er am Ende fort. »Ohne Zweifel wären die meisten für ein vernünftiges Angebot empfänglich, da es auf dieser Insel nur wenig Griechinnen gibt. Ist dir jemand aufgefallen, der Selana besonders ins Auge sticht?«

»Nein … nicht daß ich wüßte.«

»Mir geht es genauso, da dürfte es sich wohl als nötig erweisen, daß du sie auf andere Art sicherstellst.«

»Wie, Selanas Zukunft kann doch hoffentlich noch ein wenig warten.«

»Das sagst du andauernd, Herr.« Er beugte sich vor, um mir nachzuschenken, denn mein Becher war irgendwie schon wieder leer. »Aber sie ist eine Blüte, deren Blätter sich in der Sonne mit jedem Tag mehr öffnen. Sie blüht, und dieser Duft steigt allen Männern lieblich in die Nase.«

»Dann soll sie den Mann wählen, den sie haben will, und er soll sie auch haben«, fauchte ich und hätte Kephalos am liebsten den Mund verboten.

Genau in diesem Augenblick kam Ganymedes angetorkelt, denn die Weindünste benebelten ihm das Hirn. Er legte sich neben Kephalos, welcher das zerzauste, glänzende Haar des Knaben mit den Fingerspitzen streichelte, und schon schlief dieser zu Füßen seines Herrn ein und schnarchte dabei wie ein Ochse.

»Sieh lieber zu, wie du den hier bändigst«, sagte ich und freute mich, daß ich mich rächen konnte. »Er wird von Tag zu Tag liederlicher und fauler.«

»Der ist von Natur aus liederlich und faul«, gab Kephalos ziemlich gelassen zurück. »Er ist weder ehrlich, noch sittsam, noch treu. Er ist verschlagen und gerissen, und eines Tages nimmt es zweifellos ein schlimmes Ende mit ihm. Aber was soll ich tun? Er ist, wie er ist, und ich kann ihn nicht ändern. Ich kann ihn nur lieben, denn auch ich bin, wie ich bin. Man tut gut daran, die Welt so zu nehmen, wie man sie vorfindet, denn man verbessert weder sie noch sich, wenn man so tut, als achtete man seine eigenen Bedürfnisse nicht. Unsere selbstsüchtigen Leidenschaften sind klüger, als wir es ahnen.«

So saßen wir lange Zeit zusammen, und Kephalos schenkte mir immer wieder nach, bis ich zugegebenermaßen voll des süßen Weines war.

Und dann kamen der Sitte gemäß unsere Nachbarn mit Fackeln und wollten mir den Weg zu meinem neuen Haus leuchten. Es wurde gelacht, es wurde gesungen, denn obwohl meine Rolle ausgespielt war, würde das Fest noch bis zur Morgendämmerung dauern.

Was für ein Augenblick, als ich schließlich über die Schwelle meines neuen Hauses aus Stein trat! Alles jubelte laut. Man reichte mir eine Öllampe, daß ich mein Bett fand, und Kephalos trat vor, um die Tür hinter mir zu schließen.

In der Herdstelle brannte das Feuer, das nur der Tod löschen konnte. Am Morgen würde Selana aufstehen und nachlegen und damit die Fortdauer des Lebens innerhalb dieser Mauern gewährleisten. Hier würden viele Generationen von Kindern meiner Lenden leben – so hatte es der Schatten Meropes verheißen. Die Kinder meiner Lenden …

Ich mußte schlafen, sonst fand meine Seele keine Ruhe. Ich ging durch die Küche und suchte das Schlafgemach auf, das ich mir ausgesucht hatte.

Als ich die Tür aufmachte, hörte ich, wie sich etwas bewegte. Ich hob die Lampe, wollte nachsehen – und da lag Selana unter einer Decke auf meiner Schlafmatte. Sie setzte sich auf, die Decke glitt herab und enthüllte ihre Brüste.

Einen Augenblick lang herrschte Schweigen, keiner von uns bewegte sich. Sie blickte mich so wild an, als sei ich ein Eindringling, den sie fortscheuchen wollte, doch ich glaube, das machte nur das Licht, welches sie aufgeschreckt hatte.

»Geh in dein eigenes Bett, Selana«, sagte ich schließlich. »Was für ein Spiel ist das?«

»Das ist kein Spiel, und ich bin in meinem eigenen Bett.«

»Wer hat das beschlossen?«

»Ich, da du dich gedrückt hast.«

Auf einmal war ich sehr müde. Ich kniete mich neben die Schlafmatte – ich mochte nicht mehr weiterkämpfen. Sie nahm mich in die Arme und küßte mich auf die Lippen, und da wußte ich, ich war verloren.

»Gründe dein Haus aus Stein und dein Haus aus Fleisch«, hatte meine Mutter gesagt. Selanas Fleisch schien im sanften

Schein der Lampe zu leuchten. Ihr Mund lag warm auf meinem, und ich konnte das Verlangen spüren, welches ihr Blut erhitzte.

»Nimm mich«, flüsterte sie. »Ich gehöre doch nur dir – seit dem ersten Tag bin ich dein gewesen und habe auch nie einen anderen haben wollen. Nimm mich. Bei mir findest du Ruhe und Entspannung. Auf diesen Augenblick habe ich hingelebt.«

Ihre Arme zogen mich herunter. Ich lag neben ihr und spürte, wie sich ihr ganzer Leib an mich drückte. Meine Hände suchten nach ihren Brüsten, und ich konnte ihr Herz fast unter meinen Fingern schlagen fühlen.

Ihre Beine öffneten sich, um mich zu empfangen, und sie gab nur einen kurzen, erstickten Schmerzenslaut von sich, als ich in sie hineinstieß, dann schien aus ihrer tiefsten Seele ein leidenschaftlicher Seufzer zu kommen, und da ergriff mich ein so furchtbares Verlangen, daß es uns beide zu Asche verbrennen konnte.

XXIV

In dieser Nacht nahm ich Selana unter dem Gelärme meiner zechfreudigen Nachbarn viele Male, und am Ende schliefen wir schweißgebadet und engumschlungen ein. Als ich am nächsten Morgen aufwachte, hatte sie ihre Sandalen genommen und war gegangen – schon durchzog Essensduft das Haus. Das Herdfeuer brannte hell, und Selana wärmte einen Topf Gerste mit gebratenen Hammelstücken auf. Noch schien niemand außer uns wach zu sein. Ich trat aus der Tür und sah, daß sich die Gäste der letzten Nacht beim Morgengrauen davongestohlen hatten. Es war nicht neblig, und das Meer am östlichen Horizont wirkte so glatt wie polierter Stein. Es versprach, ein schöner, warmer Tag zu werden. Genau auf der Traufe hockte ein Vogel und betrachtete mich mit argwöhnischer Neugier.

»Komm herein und iß«, rief sie leise.

Wie schön war sie doch an diesem Morgen anzusehen! Ihr Antlitz schien von innen her zu leuchten, doch in die Augen mochte sie mir nicht blicken. Als sie mir das Essen brachte, packte ich sie beim Handgelenk und zog sie an mich, um sie zu küssen. Sie sank mir so leidenschaftlich in die Arme, daß es fast schon an Verzweiflung grenzte. Sie zitterte, als griffe nicht mein Arm sondern ihr eigenes, wildes Begehren nach ihr.

Ich glaube, erst jetzt erkannte ich, wie sehr sie mich liebte – wie sehr sie mich schon immer geliebt hatte. Das hatte sie mir nie gesagt, hatte es nie genau in Worte gefaßt, doch wie wenig waren Worte, verglichen mit diesem einen Augenblick.

Auf einmal machte sie sich jedoch frei und trat einen Schritt zurück.

»Iß«, sagte sie. »Die anderen schlafen nicht ewig, und ich habe zu tun.« Bis zu dem Tage, als ich ins Haus der Krieger gekommen war, um dort das Kriegshandwerk zu erlernen, waren die Frauen, welche mir bei Tisch aufwarteten, immer Sklavinnen gewesen. Einige hatten den Weg in mein Bett gefunden, doch keine hatte mich geliebt. Und eine Ehefrau hatte ich nie erkannt.

Selana nannte sich zwar meine Sklavin, doch das war sie nicht. Sie schlief neben mir, weil sie es so wollte, und führte mir das Haus, weil sie es so wollte. Wenn sie mit einem anderen Mann davongegangen wäre, ich hätte den Arm nicht ausgestreckt, um sie zurückzuhalten. Nichts verpflichtete sie zu Unterwürfigkeit.

Als ich an jenem Morgen die Frühstücksschüssel aus ihrer Hand empfing, da empfand ich zum ersten Mal, was auch der einfachste Ziegenhirt empfindet, der einer ihn liebenden Frau den Schleier übergelegt hat. Besser kann ich es nicht beschreiben.

Wir hatten uns daran gemacht, ein weiteres Feld von hundert Schritt im Quadrat für die herbstliche Weizensaat zu säubern, und etliche Stunden Steinesammeln hatte einen heilsamen Einfluß auf meinen Gemütszustand. Je mehr die Muskeln schmerzen, desto weniger Gewissensbisse empfindet ein Mensch, selbst wenn es seine eigenen sind – und so vermochte ich, als ich mich einen Augenblick hinsetzte, ausruhte und einen Schluck Wasser trank, zunächst nur eine gewisse Gereiztheit zu empfinden, weil mir aus unerfindlichen Gründen niemand half. Zu meiner Erleichterung tauchte Kephalos eine Stunde vor Mittag am Rand des neuen Feldes auf. Er lächelte, vielleicht ein wenig dümmlich, und hielt mir einen Lederbeutel zur Begutachtung hin.

»In deiner unerklärlichen Hast heute morgen, hast du, Gebieter, dein Mittagsmahl vergessen. Selana schickt mich, damit du ihr nicht verhungerst.«

Für ihn schien das irgendwie spaßig zu sein, als er sich im Schatten einer Ulme hinsetzte und sich daran machte, die Schnur des Beutels aufzubinden und seinen Inhalt unter uns aufzuteilen. Wein war nicht dabei, also mußte er sich mit dem Inhalt meines Wasserschlauches zufriedengeben, doch er rümpfte angewidert die Nase.

»Meiner Meinung nach«, fuhr er fort und wischte sich den Mund, »können wir die Weinreben gar nicht schnell genug pflanzen – ich habe mir ein Fleckchen dafür ausgesucht, welches genau die richtige Mischung zwischen Sonne und Schatten bietet ...«

Als er mir ins Gesicht blickte, erstarb ihm der Satz auf den Lippen, und er hob stumm und ergeben beide Hände, womit er alle Hoffnung auf Wein in seinem künftigen Leben aufzugeben schien.

»Es ist nicht deine Schuld, Herr, Frauen gegenüber sind wir doch alle nichts als arglose Kinder. Und wir werden uns daran gewöhnen – man kann sich an alles gewöhnen. Übrigens ist Selana heute morgen sehr guter Dinge. Sie hat nicht einmal Ganymedes ausgeschimpft.«

»Du findest also, daß ich unklug gehandelt habe?«

»Du?« Kephalos konnte kaum ein Auflachen unterdrücken. »Herr, du hast doch so gut wie nichts getan. In derlei Angelegenheiten ist es immer die Frau, nicht der Mann, auch wenn sie erst fünfzehn Lenze zählt – ja, gerade weil sie erst fünfzehn Lenze zählt. Selana hat einfach beschlossen, daß sie genug gewartet hat. In den letzten Monaten hat sie sich mir gegenüber mehrfach in dieser Hinsicht geäußert. Sie war felsenfest entschlossen, so daß ich ihr am Ende, genau wie du, meine Zustimmung nicht versagen konnte.«

Er zuckte die Achseln und schob alle Schuld von sich wie ein Diener, dem man den Mantel seines Herrn geraubt hat.

»Füge dich lieber hinein, Gebieter, denn geschehen ist geschehen.«

Wir saßen unter der Ulme und teilten Käse und einen Brotfladen, von dem wir uns die Bissen abrissen. Ich aß so langsam wie ein Mann, welcher in Gedanken versunken ist, die ihm nicht gerade gefallen, und Kephalos beobachtete mich mit besorgtem Blick.

»Wo ist Enkidu?« fragte ich schließlich.

»Enkidu?« Einen Augenblick lang schien er nicht zu wissen, wovon die Rede war. »Der ist bei Selana – er muß ihr hinter dem Haus eine Vorratskammer ausheben, damit sich das Fleisch besser hält. Ganymedes sitzt daneben, beaufsichtigt das Ganze und verärgert alle mit seinen wertvollen Ratschlägen. Wieso fragst du?«

Und dann ging ihm natürlich auf, wieso.

»Von der Vorstellung kannst du dich freimachen«, sagte er mit einer verächtlichen Gebärde. »Er ist zwar ein Tier, aber er ist klüger als du, Gebieter. Was immer Selana genehm ist, das ist auch ihm genehm.«

»Ich frage mich, ob es ihr immer so genehm sein wird – ich habe den Frauen, die ich in meinem Leben geliebt habe, viel Unglück gebracht. Und sie liebt mich wirklich, Kephalos. Das und vieles andere mehr drückt mir das Herz ab.«

»Ich weiß. Aber vielleicht hat ja dein Gott, welcher so besitzergreifend wie eine Frau ist, beschlossen, dich freizugeben. Auf jeden Fall heißt lieben, Risiken einzugehen, und Selana ist alt genug, um das richtig einzuordnen – sicher sind nur die Toten.

Denk nicht weiter daran, mein törichter Herr, mir ist jedenfalls klargeworden, daß du sie genauso brauchst, wie sie dich. Es ist nun einmal geschehen und kann nicht wieder ungeschehen gemacht werden. Ich glaube nicht, daß du es jetzt noch wieder ungeschehen machen möchtest.«

Die Rede des ehrenwerten Arztes Kephalos war weise wie immer. Die Götter, welche großzügiger sind, als die Menschheit es verdient, hatten mir nicht zum zweiten, nein, zum dritten Mal Zufriedenheit und Seelenfrieden gegeben, und ich wäre ein noch größerer Tor gewesen, als selbst mein Freund vermutete, wenn ich das ausgeschlagen hätte.

Eine Stunde später kam Enkidu zu mir auf das neue Feld, und wir lasen bis zum Rest des Tageslichtes Steine auf. Sobald ich ihn sah, erkannte ich, wie albern meine Sorge gewesen war, er könnte mir Vorwürfe machen – in diese Angelegenheit mischte er sich lieber nicht ein, so schien es. Als die Sonne hinter den Bergen unterging, kehrten wir zum Abendessen nach Haus zurück.

Im Verlauf des Abends vergnügte sich Ganymedes mit ordinären Witzen auf Selanas Kosten, welche sie wohl überhören konnte, die mich aber dazu bewegten, das kleine Biest nach draußen zu zerren, ihm eine gehörige Tracht Prügel zu verpassen und ihn zu verwarnen, daß er im Wiederholungsfall ein wundes Hinterteil haben würde. Er humpelte ins Haus zurück und fand wohl, daß man ihm übel mitspielte, doch danach schaffte er es, den Mund zu halten.

An jenem Abend suchte ich mein Bett mit unguten Gefühlen auf, aber Selana öffnete ihre Arme, und ich fand Trost und Frieden in ihrem Schoß. Sie hatte, was sie wollte, und ich auch, und so lehnte ich mich nicht mehr gegen die Ordnung der Dinge auf. Vielleicht hat Kephalos recht, dachte ich, und es beliebt dem Gott am Ende, mich in Ruhe zu lassen. Vielleicht kann ich hier nach einem friedlichen Leben sterben, und diese Frau, die mich liebt – denn jetzt war sie eine Frau –, küßt mir den letzten Atemzug von den Lippen.

So wenig durfte ich wohl erhoffen.

Die folgenden vier Monate brachten uns Herbstregen und dann die lange Wintertrockenheit und danach das erste Reifen des Weizens. Wir hatten an die Hälfte unseres Ackerlandes gesäubert, doch viel davon lag noch brach, einfach weil sich keine Gelegenheit zum Pflügen bot, das mußte also bis zur nächsten Saatzeit warten.

Aus den Steinen bauten wir zunächst eine Scheune, in der wir unsere Ernte lagern und die Pferde unterstellen konnten, dann einen ständigen Pferch für die Schafe. Danach stapelten wir die Steine einfach rings um die Felder, wo sie lange, nutzlose Wälle bildeten.

»Eines Tages«, so sagte ich halb im Spaß zu Kephalos, »werde ich mir wieder einen großen Palast bauen müssen, so wie der, den du für mich in Amat errichtet hast –, die Steine dafür haben wir, Gott weiß, beisammen.«

Doch in jenem ersten Jahr warteten dringendere Aufgaben auf uns. Ich baute nach Kephalos' Entwurf ein Spinnrad, und Selana machte sich an die Arbeit, aus dem Vlies unserer Schafe Fäden zu spinnen. Schon bald wurde meine Geschicklichkeit wieder gebraucht, dieses Mal für einen Webstuhl, auf dem der Faden zu Tuch verwebt werden konnte, und so dauerte es denn auch nicht lange, und jeder von uns hatte eine neue Tunika, und es war noch genug Stoff übrig, daß wir bei unseren Nachbarn dafür Obst, Honig und Wachs eintauschen konnten, denn nichts davon erzeugten wir bislang selbst.

Jene Tage, von denen ein jeder seine Mühe und seinen Lohn in sich barg, waren eine Zeit ungetrübten Glücks, und die Vergangenheit verdunkelte mir nur noch selten das Gemüt.

Doch wenn die allwissenden Götter uns segneten, so litten doch viele durch die blinde, erbarmungslose Hand des Menschen. Als ich eines Morgens zwei Stunden an der Arbeit gewesen war, kam Selana angerannt und holte mich vom Feld.

»Erhabener, da ist eine Frau mit zwei Knaben«, verkündete sie fast atemlos. »Eine Sikulerin!«

»Na und? Was wollen sie?«

»Sie wollen nicht fortgehen, Gebieter.«

Ihre Augen flehten mich an, baten um Verständnis für das, was sie nicht mit Worten sagen konnte – in einem solchen Zustand hatte ich sie noch nie gesehen.

Ich stellte keine weiteren Fragen, denn die waren eindeutig sinnlos, sondern legte meine Hacke beiseite und folgte ihr zum Haus. Unterwegs fragte ich mich, warum wohl Selana, die mehr Mut besaß als mancher Mann, so außer sich über die Eindringlinge war. Als ich sie mit eigenen Augen erblickte, da wußte ich, nicht Angst setzte ihr so zu, sondern Mitleid. Sogar Kephalos, der auf der Schwelle stand, als wollte er uns vor Störung schützen, schien sich der Anklage solchen Elends nicht entziehen zu können.

Die Frau zählte noch keine dreißig Lenze, doch sie wirkte alt und ausgemergelt von Leid, Erschöpfung und Erniedrigung. Und sie war ausnehmend schmutzig. Haut und Haare waren schweißverklebt und staubig, und die Tunika, die sie anhatte, reichte ihr nicht mal bis zur Mitte des Schenkels und starrte vor Schmutz, so als hätte sie sich darin gewälzt.

Was wohl auch tatsächlich der Fall gewesen war, denn ihre Arme und Beine waren voll blauer Flecken, und ihr Gesicht wies auf der linken Seite eine lange, dunkelrote Schwellung auf, die so dick war, daß sie das Auge beinahe nicht aufmachen konnte. Am Haaransatz waren Blutspritzer, ja, ihr Wangenknochen mußte gebrochen sein – jemand hatte sie brutal und erbarmungslos geschlagen und dazu wahrscheinlich den Speerschaft genommen. Noch etwas mehr, und er hätte sie sicherlich umgebracht. Vor meinem inneren Auge sah ich einen Soldaten …

Die Knaben in ihrer Begleitung durften ihre Söhne sein. Sie waren kräftig gebaut und im Alter nicht weit auseinander, und der Ältere war ein hübscher Jüngling auf der Schwelle zur Mannbarkeit – Ganymedes betrachtete ihn mit eindeutigem Interesse. Auch sie waren geschlagen worden, doch nicht mit der gleichen wütenden Gründlichkeit. Bei einer bestimmten Art von Mann bringen Frauen das Schlimmste in ihm zum Vorschein.

Sie sprach ein paar Worte durch die geschwollenen Lippen – es war Sikulisch, doch ich hätte es ohnedies nicht verstanden –, leise und undeutlich und sogar kleinlaut, so als müsse sie sich dafür entschuldigen, daß sie die Frechheit besaß, überhaupt am Leben zu sein. Als sie merkte, daß ich nichts verstand, da sank ihr der Mut vollkommen, und sie schwieg sich aus.

»Meine Mutter bittet, daß du uns als Sklaven aufnimmst«, sagte der ältere der beiden Brüder in klarem, doch keineswegs akzentfreiem Griechisch, und seine Stimme zitterte wohl von unterdrückter, hilfloser Wut. »Wir sind Bauersleute und verstehen uns darauf zu arbeiten. Wir wollen dafür nicht mehr, als wir zum Leben brauchen.«

Was für ein bitterer Augenblick für ihn – das konnte ich seinen Augen ablesen, denn die glühten vor Scham und Angst. Dennoch wandte er den Blick nicht ab, schließlich besaß er immer noch etwas Stolz. Wir, das spürte man, waren ihre letzte Hoffnung, anderenfalls würden sie sich der leblosen Erde überlassen. Nur die Götter wußten, wie weit sie schon gewandert und wie lange sie unterwegs waren.

Ich brauchte Selana nur einen Blick zuzuwerfen, und ich wußte, was sie empfand. Ich sah das Gesicht, welches ich an jenem ersten Tag auf der Schiffslände von Naukratis gesehen hatte.

»Darüber reden wir später«, sagte ich zu dem Knaben. »Jetzt gibt euch meine Frau erst einmal etwas zu essen. Und mein Freund, der Gebieter Kephalos, welcher Arzt ist, versorgt eure Wunden.«

Alle wirkten erleichtert. Angesichts solchen Elends wurde niemandem eine Wahl aufgezwungen, die keinem zum Vorteil gereicht hätte. Selana ging ins Haus, um das Feuer zu schüren und dem mittäglichen Eintopf noch ein paar Hände voll Fleisch beizugeben. Als sie wieder mit Brot, einem Weinschlauch und einem Becken mit warmem Wasser nach draußen kam, hatte sich Kephalos schon an die Arbeit gemacht, die Schwellung im Gesicht der Frau zu öffnen.

»Eine scheußliche Sache«, flüsterte er mir zu. »Noch ein paar Tage ohne ärztliche Versorgung, und es hätte leicht vereitern und ins Hirn abfließen können – dann zuerst Lähmungen, dann Wahnsinn, dann der Tod. Wer ihr das angetan hat, ist kaum besser als ein wildes Tier.«

Der Frau war immer noch zu übel vor Schmerzen, als daß sie mehr als an dem Wein hätte nippen können, doch die beiden Knaben stopften sich mit Brot voll wie ausgehungerte Hunde.

»Was hat sich zugetragen, daß ihr in solch einen Zustand geraten seid?« fragte ich den älteren, nachdem er seinen Hunger etwas gestillt hatte. »Wie kommt es, daß man euch das angetan hat?«

Einen Augenblick sah er mich mit einer Art Erstaunen an, er schien es nicht zu fassen, daß jemand so unwissend sein konnte.

»Wir hatten einen Hof«, sagte er nach einer kurzen Pause, »einen kleinen, doch seit Menschengedenken haben meine Vorväter dort das Land bestellt. Mein Vater konnte dem König die Steuern nicht zahlen, also hat er die Ziegen geschlachtet und ihr

Fleisch eingesalzen, damit wir im Winter nicht verhungerten. Das hat der König als Diebstahl aufgefaßt, und seine Soldaten haben meinen Vater abgeholt und ihn von der Mauer gestürzt. Als er tot war, wollten wir seine Leiche abholen, um sie zu waschen und in der Erde zu bestatten. Doch die Soldaten haben gesagt, er muß als Hundefutter auf den Felsen liegenbleiben. Durch den Gram war meine Mutter so von Sinnen, daß sie alle um sich herum verflucht und ihnen gesagt hat, sie würden mit Blut im Mund krepieren, und da hat man sie geschlagen. Der König hat gesagt, für unsere Unverschämtheit hätten wir unseren Hof verwirkt und wenn wir noch einmal einen Fuß auf unser Land setzten, dann würde er uns lebendig darin begraben. Das hat er gesagt. Jetzt sind wir seit sechs Tagen unterwegs und ohne Essen, denn alle, die wir kennen, haben Angst, uns eine hilfreiche Hand zu bieten. Da sind wir auf den Gedanken gekommen, uns als Sklaven an die Griechen zu verkaufen, damit wir überleben.«

Das war ein sachlicher, kurzer Bericht, doch alles, was ausgelassen worden war – und zweifellos war das viel –, konnte man an den erschöpften, dumpfen Mienen dieser beiden Knaben und ihrer Mutter ablesen. Ich sah die Bitterkeit ihres Hasses, der allen galt, dem König, ihren Nachbarn und sogar mir. Und ich nahm es ihnen nicht übel, obschon ich an allem, was ihnen widerfahren war, keine Schuld trug. Es war nur natürlich, daß sie die ganze Welt haßten. Wenn einem zuviel Unrecht zugefügt worden ist, gibt es nichts, was das wieder ins rechte Lot bringen könnte.

»Wie heißt du?« fragte ich den älteren Sohn.

»Tullus, Sohn des Servius.«

»Und dein Bruder?«

»Icilius.«

»Und deine Mutter?«

»Tanaquil.«

»Fürs erste könnt ihr in der Scheune schlafen, Sohn des Servius. Das ist zwar ein armseliger Platz, aber vor Regen seid ihr dort geschützt. Wir treiben etwas Besseres für euch auf, wenn ihr euch zum Bleiben entschließt. Doch zunächst einmal müßt ihr euch ausruhen, essen und wieder zu Kräften kommen. Wenn das geschehen ist, kannst du mir mit deinem Bruder auf dem Feld zur

Hand gehen, und meine Frau, welche Selana heißt, findet im Haus Arbeit für deine Mutter. Ich bin übrigens Tiglat, Sohn des Sanherib.«

Tullus übersetzte seiner Mutter Tanaquil meine Worte, und als sie begriff, da weinte sie und warf sich auf die Erde, um mir die Füße zu küssen. Das war mir peinlich, doch nicht nur mir, sondern auch ihren Söhnen, welche sich für ihre Mutter schämten, daß sie sich so vor einem Fremden erniedrigte. Ich hob sie auf und übergab sie Selanas Obhut.

»Ich sehe, daß der Gebieter Kephalos, den du einen Arzt nennst, eine Kerbe im Ohr hat«, sagte Tullus, als er und sein Bruder mit mir zur Scheune gingen. »Ist er dein Sklave?«

»Das war er einst vor langer Zeit, aber seitdem haben wir vieles zusammen durchgestanden. Jetzt ist er nur noch mein Freund.«

»Wirst du unsere Ohren auch einkerben?«

»Nein – und seine habe ich auch nicht eingekerbt, ihn haben einst Soldaten an einem Ort namens Tyros gefangengenommen, und erst viel später ist er in meinen Besitz gelangt, da war ich noch ein Knabe und nicht älter als du jetzt.«

Ich blickte ihn an und lächelte, doch er erwiderte das Lächeln nicht. Seine Gedanken kreisten nur um die Ungerechtigkeit, die ihm widerfahren war und an der ich jetzt auch Anteil hatte.

»Ich kennzeichne euch nicht als meinen Besitz«, sagte ich. »Wir beide wissen doch, was wir voneinander zu erwarten haben, und das reicht mir. Wenn dieser Hof gedeiht, dann gedeihen wir alle miteinander, und wenn es schiefgeht, dann bin ich genauso ein Bettler wie du selber. Schließe Frieden mit mir, Tullus, Sohn des Servius, denn auch ich weiß, was es heißt, verbannt und durch den Zorn eines Königs aus der Heimat vertrieben zu sein. Es ist ein bitteres Los, sein Geburtsrecht zu verwirken.«

Unsere Blicke trafen sich kurz, aber ich merkte, daß er mich nicht verstand. Wie hätte er auch? Aber dennoch wurde hier der Grund für eine gegenseitige, spätere Sympathie gelegt.

Nur ging das nicht so schnell, denn stolz wie die Jugend ist, gibt sie nicht sofort nach. Mutter und Bruder stellten keine

Schwierigkeit dar – Tanaquil empfand nichts als Dankbarkeit und war vermutlich von Natur aus ein unterwürfiges Wesen. Sie entwickelte eine Bewunderung für Selana, die fast an Anbetung grenzte, so als wäre sie selbst und nicht die »Donna«, wie sie sie nannte, die Jüngere von beiden. Und Selana, die sich selbst keine Besitzrechte anmaßte und vielleicht die Gesellschaft von Frauen vermißt hatte, behandelte die Sikulerin als Ebenbürtige. Und der kleine Icilius war ja noch ein Kind und kannte keinerlei Hemmungen, daher war er rasch mit einem Lächeln und einem freundlichen Wort gewonnen, auch wenn das Wort griechisch war und er es nicht verstehen konnte.

Und in den nun folgenden Tagen gab auch Tullus allmählich seine Feindseligkeit auf und lernte erneut, daß das Leben auch angenehm sein konnte. Er verstand etwas von der Landwirtschaft und vom Arbeiten, deshalb hörte ich auf seine Vorschläge, ließ ihn vieles auf seine eigene Weise tun und machte es ihm dadurch möglich, als Mann unter Männern Anerkennung zu finden. Als er merkte, daß man ihn mit Achtung behandelte, verzieh er uns schließlich.

»Ich finde, sie machen sich recht gut«, bemerkte ich eines Tages zu Kephalos, nachdem sie bereits ein Weilchen bei uns waren. »Alle arbeiten gut, und der ältere ist der geborene Bauer.«

Doch Kephalos schüttelte nur den Kopf, die Sorge trübte ihm den Blick. Ich wußte, was ihm auf der Seele lag, und trotzdem mußte ich lachen.

»Du bist eifersüchtig, weil Ganymedes Interesse für Tullus zeigt«, sagte ich. »Aber sorge dich nicht, denn wenn ich die Zeichen recht deute, so steht Ganymedes bei Tullus eine Enttäuschung bevor.«

»Und doch, Gebieter, sehe ich voraus, daß diese Geschichte Böses gebiert. Vielleicht wäre es klüger gewesen, wenn du deine großherzigen Instinkte besser im Griff gehabt hättest.«

Wieder lachte ich, ohne zu wissen, daß mein Freund prophetische Worte gesprochen hatte.

Ich wollte einfach nicht glauben, daß mein Vertrauen in diese beiden Knaben fehl am Platze war. Mit ihrer Hilfe konnten wir eine doppelt so große Ernte wie unsere erste einbringen, und Tullus war anscheinend so stolz darauf, als ob ihm und seinen Ahnen das Land seit tausend Jahren gehörte.

Recht hatte er gehabt, daß er auch von uns Böses erwartet und um sein Los gebangt hatte, denn ich mußte feststellen, daß die Griechen ihre Sklaven schändlich behandelten. Aber wenn die Griechen auch schlechte Herren waren, so waren sie immer noch Ducerius vorzuziehen, der auf seinem Volk herumtrampelte, als ob es Dreck wäre, ganz gleich ob Freigeborene oder Sklaven. Mir war nicht klar gewesen, wie unendlich er gehaßt wurde, bis ich hörte welche Worte Tullus gegen ihn vorbrachte, Worte, von denen ein jedes so scharf schnitt wie die Klinge eines Kupfermessers. Uns kamen auch noch andere Geschichten zu Ohren – es schien, die ganze Gegend schwärte wie eine Eiterbeule.

Und nicht nur die Sikuler hatten Grund zur Klage, sondern auch immer mehr die Griechen. Räuber kamen von ihren Bergfesten herunter und durchstreiften das Flachland, plünderten Bauernhöfe so unverschämt wie ein Hund, der im Basar Bissen stiehlt, und der König unternahm nichts, ihnen das zu verwehren.

Eines Nachmittags, acht Tage vor dem Mounichion-Fest, wenn die Bäume wieder Blätter haben, kam mein Nachbar Epeios mit seinem schönen Pferd, dem er Säcke voller Nahrungsmittel aufgebürdet hatte.

»Erinnerst du dich noch an Teuker?« fragte er, »der, welcher sich bei deinem Hausbau so beredt für das Königtum aussprach? Vorletzte Nacht hat man ihn überfallen. Ich bin jetzt auf dem Wege dorthin.«

»Ich komme mit«, erwiderte ich. »Wir können den Karren nehmen – wie schlimm steht es denn?«

»Ich weiß nur, daß Teuker lebt.«

Als der Karren bereitstand und Epeios sein Pferd daran angebunden hatte und sich neben mich auf die Bank setzte, da kam Selana mit einem großen Bündel im Arm aus dem Haus gelaufen.

»Ich komme auch mit«, sagte sie und stieg hinten auf. »Wer weiß, seine Frau könnte Hilfe gebrauchen.«

Natürlich. Epeios und ich wechselten einen Blick, in dem die

Frage stand, wieso eigentlich keiner von uns darauf gekommen war.

Teukers Hof lag etliche Stunden von meinem entfernt, und so war die Nacht schon fast hereingebrochen, als wir dort ankamen. Im Hof standen schon die Karren von in der Nähe lebenden Nachbarn, und an die dreißig Männer und Frauen liefen herum, von denen ich mittlerweile die meisten kannte. Teuker konnte ich unter ihnen nicht erblicken.

Am Haus sah man deutlich, daß es angezündet worden war – eine Mauer war böse angekohlt, und das halbe Dach mußte erneuert werden. Sonst gab es keinerlei Anzeichen für Schäden.

Teuker galt nicht gerade als der Fleißigste, sein Hof war also klein, er hatte an die fünf, sechs *plethra* Land unter dem Pflug und nur ein paar Haustiere, genug jedenfalls, daß er und seine Frau davon leben konnten. Sein Haus und seine Scheunen sahen heruntergekommen aus, da ihr Besitzer weder Zeit noch Neigung zu haben schien, sie in Ordnung zu halten. Was um alles in der Welt hatte die Räuber an dieser Armut verlockt?

Allem Anschein nach hatte sie nicht einmal Teukers Frau Ktimene verlockt, denn die lag auf dem Tisch in der Küche des Bauernhauses ausgestreckt und hatte genau oberhalb ihrer linken Brust eine gezackte Wunde. Und so kam es, daß Selana nur noch dabei helfen konnte, sie mit den anderen Frauen für die Beerdigung zurechtzumachen.

Teuker hockte auf einem Schemel neben dem Tisch, und die Tränen strömten ihm über das ledrige Gesicht, während er ihnen zusah, wie sie ihren Leichnam von Blut säuberten und ihn für die Feuerbestattung einhüllten.

»Das gibt ihm den Rest«, murmelte Epeios mir zu, als wir wieder nach draußen gingen. »Es gibt Männer, die sind ohne ihre Frauen verloren. Mit Liebe hat das nichts zu tun – selbst wenn sie sich hassen, so brauchen sie doch einen Schubs von hinten. Teuker gehört auch zu der Sorte. Der weiß jetzt nicht mehr, was er mit sich anfangen soll. Der geht zugrunde. Und ich glaube, er hat sie sogar gemocht.«

Auf Nachfrage stellte sich heraus, daß alles, was die Räuber gestohlen hatten – alles, was es überhaupt zu stehlen gab – eine dämpfige, alte Mähre war, die nur noch zum Ziehen eines Pfluges taugte. Ein unerklärlicher Unglücksfall, so schien es. Schließlich versammelten sich einige von uns in Teukers Scheune, um die Sache durchzusprechen.

»Warum haben sie Ktimene umgebracht?« fragte jemand. »Dieser Hof liegt weit von den Bergen entfernt, und in der Umgegend ist niemand überfallen worden – warum die ganze Mühe und das Blutvergießen für nichts als ein wertloses, altes Pferd?«

»Vielleicht waren ihre Hunde hungrig?«

Allgemeines Gelächter, aber hiermit war eher festgestellt, wie sinnlos dieses Verbrechen war, eine Antwort war es nicht.

»Vielleicht haben sie geglaubt, sie würden noch mehr finden.«

»Nein«, sagte ich kopfschüttelnd. »Wie jeder weiß, ist Teuker arm. Selbst ich habe es gewußt, und dabei bin ich erst ein paar Monate auf der Insel. Er sollte zugrunde gerichtet werden, denn was hätte man sonst wohl von ihm wollen können?«

Ein unbehagliches Schweigen folgte, so als ob ich, ohne es zu wissen, die Wahrheit laut ausgesprochen hätte, die niemand zu äußern gewagt hatte.

»Und trotzdem muß etwas geschehen.«

Diokles, der Spartaner, war von seinem Platz auf einer leeren Kiste für Pferdegeschirr aufgestanden. Er war ein vierschrötiger Mann mit schwarzem Haar und schwarzem Bart, und sein Gesicht war so rot, als hätte er seit dem Morgen dem Wein zugesprochen – so sah er immer aus, und dabei war er ein Mann, der kaum einen Tropfen anrührte. Beim Reden bewegte er ungeduldig die Hände.

»Wenn sie Teuker überfallen, dann überfallen sie auch jeden von uns – jetzt ist keiner mehr sicher, das ist doch klar. Beim Nabel des Mäusegottes, wir können doch nicht geduldig abwarten, daß uns diese Banditen freiweg plündern und ermorden.«

Er setzte sich wieder, blickte trotzig in die Runde und forderte jeden zum Widerspruch heraus. Der kam natürlich nicht.

»Aber es sind viele – sie haben Pferde und Waffen, und wenn sie ihr böses Werk vollbracht haben, verschwinden sie in den Bergen wie Schatten. Wir sind nur Bauern. Was können wir gegen sie ausrichten?«

»Selbst ein Bauer weiß genug, so daß er einer Schlange den Kopf abschlagen kann«, sagte ich. »Neben meiner Schlafmatte liegt ein Schwert aus Eisen, und sicherlich ist das nicht die einzige Waffe, welche die Griechen hier besitzen. In den Bergen soll es nicht nur Menschen, sondern auch Löwen geben. Laßt uns die einen jagen wie die anderen.«

»Löwen wehren sich nicht«, sagte Epeios.

Wenn ich ihn eines Besseren hätte belehren wollen, ich hätte nur meine Tunika ablegen und ihm die Narben zu zeigen brauchen, die ich auf Brust und Schulter trug, doch ich tat es nicht.

Der Vorschlag schien ohnedies keinen Beifall zu finden.

»Für diese Angelegenheit ist der König zuständig«, sagte Halitherses, der Ithaker, nach einem ausgedehnten Schweigen. Er zählte fast siebzig Jahre und hatte länger als jeder andere Grieche auf dieser Insel gelebt. Viele hielten ihn für einen Weisen. »Der König ist verpflichtet, seine Untertanen zu beschützen, und wir erkennen alle Ducerius als Herrscher über uns an und zahlen ihm Steuern.«

»Er liebt die Griechen nicht«, sagte jemand. Allgemeines beifälliges Gemurmel.

»Dennoch ist er hier König, und es ist Sache des Königs, sich mit Räubern zu befassen.«

»Ja, und wie er sich mit ihnen befaßt – er bekommt einen Anteil an ihrer Beute.«

Großes Gelächter. Darüber ergrimmte Halitherses, wie es alten Männern eigen ist.

»Was würdet ihr denn sonst machen?« schrie er. »Tiglat in die Berge folgen und mit durchschnittener Kehle enden? Nein – das doch wohl nicht!«

»Er hat recht. Wir wollen uns an den König wenden, ehe wir etwas Wahnwitziges tun.« Epeios warf mir beim Reden einen Blick zu, er wölbte die Brauen, als wollte er sagen, ich bin immer noch dein Freund, obschon ich dir widerspreche, denn dein Vorschlag ist töricht.

»Ja, wir wollen uns an Ducerius wenden«, antwortete ich. »Er würde es sicher als Auflehnung auffassen, wenn wir es unterließen. Königen wird mulmig, wenn ihre Untertanen von sich aus zu den Waffen greifen.«

Das freute Halitherses sehr.

»Dann sind wir alle einer Meinung?« fragte er und blickte in die Runde der Gesichter.

So war es. Ich willigte sogar ein, mich der Abordnung anzuschließen. Übermorgen würden wir zur Zitadelle des Königs reiten.

Doch zunächst mußten wir Ktimene unter die Erde bringen.

Eine Gruppe aus unserer Runde blieb die ganze Nacht bei Teuker, denn es stand zu befürchten, daß er sich, allein gelassen, etwas antun würde. Die Männer waren am nächsten Morgen von zuviel Wein zumindest übellaunig. Im grauen Frühlicht legte man die Leiche der Ermordeten in Linnen gewickelt und mit Wein und Gewürzen gereinigt auf den Feuerstoß, den ihr Ehemann Teuker dann mit einer Fackel in Brand setzte.

Die Stämme stammten von einer frisch gefällten Birke, die noch so harzig war, daß sie heiß und rasch brannte. Nach nicht einmal zwei Stunden war die Asche so abgekühlt, daß wir Ktimenes Gebeine aufsammeln und zur Bestattung in einen Bronzekrug legen konnten.

Epeios ritt auf einem anderen Weg zu seinem Hof zurück, deshalb machten sich Selana und ich im Karren allein und schweigend auf den Heimweg.

Als sie schließlich etwas sagen wollte, fing sie an zu weinen. Ich legte ihr den Arm um die bebenden Schultern und hielt die Zügel mit der freien Hand.

»Weine du nur«, sagte ich. »Und nicht nur um Ktimene. Ich habe große Angst, daß unsere friedlichen Tage gezählt sind.«

XXV

Die griechische Gesandtschaft bestand außer mir noch aus fünf anderen Männern, und der Herrscher der Sikuler ließ uns drei Tage lang im Hof seiner Feste warten. Für Halitherses, welcher mit Ducerius' Vater auf freundschaftlichem Fuß gestanden hatte, waren die Beleidigung und die Qual, daß er auf seine alten Tage so viele Nächte auf der kalten Erde schlafen mußte, fast zuviel. Als wir dann endlich vorgelassen wurden, versagte dem alten Mann beinahe die Stimme.

»Großer König, man unterdrückt uns«, sagte er und blickte Ducerius, der von seinen Gefolgsleuten umgeben oben auf der Steintreppe vor dem großen Doppelportal seines Palastes vor uns stand, mit wäßrigen blauen Augen an – Ducerius gewährte uns nicht einmal eine offizielle Audienz, sondern blieb nur einen Augenblick stehen, als er zur nachmittäglichen Jagd aufbrach.

»Räuber suchen uns heim, sie überfallen unsere Höfe und morden unsere Frauen und kleinen Kinder. Niemand fühlt sich mehr sicher in seinem Haus, und Rettung können wir nur von dir erhoffen. Treibe diese Räuber aus dem Land, o König. Gewähre uns Schutz durch dein Schwert, und dein Volk wird dich segnen.«

Das war eine schöne Rede, doch es war zu merken, daß Ducerius wenig beeindruckt war. Er wartete kaum ab, daß der alte Mann geendet hatte, ehe er dessen Worte mit einer ungeduldigen Armbewegung abtat.

»Ihr gehört nicht zu meinem Volk – ihr seid Griechen.« Er lächelte verkniffen und blickte in die Runde, als hätte er einen Scherz gemacht und erwartete nun, von seinem Gefolge Gelächter zu hören. Etliche lachten doch tatsächlich.

»Ich habe nicht genug Soldaten, daß ich jeden Hof bewachen kann«, fuhr er fort und blickte uns auf einmal so wutentbrannt und finster an, als hätten wir ihn einer Schwäche beschuldigt. »Und wenn mein Volk es übelnimmt, daß sich Fremdlinge auf seine Kosten bereichern, wie soll ich es wohl zurückhalten?«

»Zeige uns den Mann, dem wir etwas weggenommen haben, und er bekommt es von uns zurückerstattet. Wie könnten wir wohl den Sikulern Schaden zufügen, da wir das Land genau wie sie bestellen und unser Brot im Schweiße unseres Angesichtes erarbeiten? Du tust uns unrecht, Großer König.« Halitherses sprach eher kummervoll und enttäuscht als zornig, denn er dachte an den Vater, während er sich die bitteren Worte des Sohnes anhören mußte. Er senkte den Blick und schien sich für Ducerius' Arglist zu schämen.

»Gebieter, verstehe uns nicht falsch«, sagte ich, als klar wurde, daß Halitherses zum Schweigen gebracht worden war – ich mußte einfach reden, da ich zufällig neben dem alten Mann stand und der König sich mir zugewandt hatte, so als wollte er mich zu einer Antwort zwingen, so als ob das Ganze nichts als eine Privatfehde zwischen uns beiden war. »Wir möchten gar nicht, daß du deine Soldaten zu unserem Schutz vergeudest – wir möchten, daß du sie in die Berge schickst und sie diese Räuber ausmerzen läßt …«

»Ja!« rief Diokles genau hinter mir und hob zornig und trotzig die geballte Faust – da er Spartaner war, verziehen ihm seine Freunde diese Ausbrüche von Unbeherrschtheit. »Ja, die Berge! Wer bewacht wohl schon seine Hühner, wenn er weiß, wo der Fuchsbau ist.«

Der König wandte ihm dafür vielleicht eine Sekunde den Blick zu – mehr an Bestätigung sollte Diokles nicht erhalten –, dann kehrten seine Augen wieder zu mir zurück.

»Du bittest, daß ich euch zuliebe in den Krieg ziehe«, sagte er mit tödlich ruhiger Stimme.

»Beinhaltet die Vorstellung von Krieg beim Großen König, daß man eine Handvoll Vogelfreie in ihrem Bau aufstöbert? Ich hätte es mir denken können, denn als Jäger hat man an ein paar Tagen guter Jagd seine Freude.«

Ducerius hatte keine Freude an dem Gelächter, das jetzt erscholl, sogar unter seinen eigenen Männern. Mit einer herrischen Gebärde brachte er sie zum Schweigen.

»Diesen Sport überlasse ich nur zu gern dir, Tiglat Assur, da du ihn auf die leichte Schulter nimmst. Ich hoffe, die Griechen <freuen sich darüber, einen solchen Helden gefunden zu haben.«

Umgeben von seinem Gefolge rauschte er die Steinstufen herunter und fort und ließ uns betreten schweigend stehen.

»Man sollte es nicht für möglich halten«, brummte Halitherses mehr zu sich selbst. »Wer hätte gedacht, daß er seine Pflichten so gröblich vernachlässigen würde.«

»Beim Nabel des Mäusegottes, ich weiß gar nicht, wieso du so überrascht bist, Alter. Der Ckarakter des Königs ist doch nie ein großes Geheimnis gewesen. Der kennt doch nur die Pflicht sich selbst gegenüber.«

Diokles' Worte wurden mit einem beifälligen Gemurmel aufgenommen.

»Kommt – wir wollen nicht herumstehen wie die Büßer. Wir müssen der Versammlung Bericht erstatten. Wir müssen uns schlüssig werden, was wir tun wollen.«

Selbst in solchen Zeiten wurde das Mounichion-Fest in Naxos mit Spielen und einem Markttag begangen. Die erste Zeremonie des Morgens war eine Prozession junger Mädchen in safrangelben Gewändern, welche vor dem Altar der Artemis tanzten, wo Ziegen und wilde Vögel dem reinigenden Feuer geopfert wurden. Daran nahm jedermann teil. Danach durften die Männer ihre Geschicklichkeit in unterschiedlichen Wettbewerben ausprobieren, während die übrigen Zeremonien von Natur aus mehr Sache der Frauen waren, da sie sich diesem Kult besonders gern widmeten. Ich machte den ersten Preis im Bogenschießen und auch im Speerwerfen, was beides als glückverheißende Siege galten, denn die Göttin ist die große Schutzherrin der Jagd, doch im Wettlauf machte ich einen erbärmlichen sechsten Platz, und meine Plazierung im Weitsprung übergeht man besser mit Schweigen.

Doch nachdem wir unseren Spaß gehabt und dann die Bäder aufgesucht und uns wieder sauber geschwitzt hatten, trafen sich alle Griechen über zwanzig und im Besitz von mehr als einhundert Drachmen an Gütern oder Münzen zu einer feierlichen Versammlung, um zu beschließen, was wir gegen die plündernden Räuber tun wollten – und das war der eigentliche Zweck, der uns alle zusammengeführt hatte.

Da Naxos zu klein war, als daß man jeden Gott in seinem eigenen Tempelbezirk anbeten konnte, fanden die meisten Feste auf der Straße statt. Nur der Schrein des Dionysos hatte ein angrenzendes Amphitheater, und so bevölkerten denn, als die Sonne untergegangen war und Dunkel die Erde bedeckte, an die vierhundert Männer die Ränge mit den Steinsitzen. Der flackernde, überirdische Schein von zahllosen Fackeln beleuchtete unsere Gesichter. Ich saß neben Kephalos, der an diesem Tag beim Würfelspiel genug gewonnen hatte und also mit ruhigem Gewissen hier sitzen konnte, und als ich hinter mir die dunklen Hügel ringsum sah, da fragte ich mich denn doch, wieviele Spione Ducerius wohl angesetzt hatte, daß sie uns da draußen im Schatten belauschten.

Epeios, den ich seit unserer Audienz beim König nicht mehr gesehen hatte und der jetzt genau hinter mir saß, legte mir die Hand auf die Schulter und beugte sich vor, bis sein Mund fast mein Ohr berührte.

»Hast du schon gehört, daß sich Teuker vergangenen Abend umgebracht hat?« fragte er. »Nachbarn haben ihn heute morgen auf dem Weg zum Fest gefunden.«

»Nein, noch nicht«, erwiderte ich und spürte den kalten Hauch des Todes.

»Er hat Gift genommen. Ein Unglücksfall kann es nicht gewesen sein – sie sagen, er lag auf dem Grab seiner Frau, den Weinbecher immer noch in der Hand. Sie sagen, daß die Neige nach Schierling roch.«

Er lehnte sich zurück und schien das Ganze vergessen zu haben. Ich wandte mich seltsam beunruhigt ab, es kam mir so vor, als ob ich irgendwie an seinem Tod mitschuldig war, als ob Teuker sich das Leben als Reaktion auf irgendein kollektives Versagen genommen hatte, an dem auch ich Anteil hatte.

Schließlich stand Halitherses auf. Er hatte im ersten Rang gesessen, drehte sich jetzt um, sah uns an und wollte reden. Er hob die Hand, bat uns um unsere Aufmerksamkeit, und so sehr achtete man ihn, daß die Versammlung der Griechen sofort schwieg.

»Ich stehe hier und muß berichten, daß unsere Gesandtschaft keinen Erfolg hatte«, hob er an und ließ dabei den Arm langsam wieder herabsinken. »Der König, der Gebieter Ducerius, hat sich unserer Not verschlossen. Wir sollen uns selber schützen. Er weigert sich, unsertwegen gegen die Räuber zu ziehen.«

Der allgemeine Aufschrei war so laut, daß Halitherses erst gar nicht den Versuch machte fortzufahren. Einen Augenblick lang stand er vor uns wie ein Felsen, an dem sich der Sturm bricht, nahm dann schließlich wieder Platz und gestand damit ein, daß ihm das Problem über den Kopf wuchs, daß keines seiner Worte, keine der Taten, deren er mächtig war, uns von Nutzen sein konnten. Mich dünkte, hier überantwortete sich ein Mann dem Tod.

»Was haben sie denn erwartet?« murmelte Kephalos zu mir gewandt. »Sie haben euch mit einer sinnlosen Mission betraut, und nun hat Halitherses an allem schuld.«

»Er hat an allem schuld, weil sie sich einen Erfolg versprochen haben«, erwiderte ich.

Auf einmal sprang ein Mann auf, den ich noch nie gesehen hatte und von dem ich später erfuhr, daß er Peisenor hieß, und schwenkte die Arme über dem Kopf, um die Aufmerksamkeit auf sich zu ziehen.

»Man muß den König zwingen«, rief er. »Laßt uns unsere Steuern einbehalten, bis es ihm beliebt, uns zu schützen – da wird er schnell anderen Sinnes werden!«

»O gewiß – und wenn er dir eine Kompanie Soldaten auf den Hof schickt? Da lasse ich mich lieber von einer Schar Räuber ausplündern.«

»Nur ein Narr stellt sich zwischen Hammer und Amboß.«

Nun war Peisenor an der Reihe, ausgezischt und zum Schweigen gebracht zu werden.

Andere Vorschläge wurden gemacht, alle gleichermaßen kriecherisch und völlig sinnlos, und die Debatte dauerte lange und zeitigte viele erbitterte Auseinandersetzungen, während es immer später wurde. Es wurde sogar vorgeschlagen, Ducerius zu bestechen, seine Soldaten zu bezahlen, nur damit er Ruhe hielt. Schweigend hörte ich zu, und der Zorn sammelte sich in meinen Gedärmen wie das Gift in Teukers Weinbecher.

Am Ende stand Epeios auf und schlug vor, eine Abordnung zu den Räubern zu schicken.

»Mit Sicherheit sind sie käuflich«, sagte er, wobei er die Daumen in den Gürtel seiner Tunika hakte. »Wir müssen nur herausfinden, was sie verlangen, dann können wir wieder in Frieden leben.«

Rings um mich hörte ich beifälliges Gemurmel von leisen Stimmen – den Griechen sagte dieser Plan zu.

»Wehe, ihr bittet mich, daß ich zu dieser Abordnung gehöre«, rief Diokles. »Selbst der Dümmste weiß, daß wir nur in Stücken zurückkommen. Wenn Ducerius uns nicht in Ruhe lassen will, wieso dann ausgerechnet die Räuber?«

»Diokles ist ein Narr!« rief jemand. »Ja, ja«, kam eine andere Stimme, und dann noch eine und noch eine. »Diokles ist ein Narr!«

Allgemeines, schallendes Gelächter. Diokles erstickte fast an seiner Wut und mußte sich wieder hinsetzen. Alles, was er gesagt hatte, wurde nur als guter Witz aufgefaßt. Dabei fiel mir ein, wie ich mich geschämt hatte, als ich von Teukers Tod hörte.

»Vielleicht ist Diokles ein Narr, aber zumindest hat er nicht vergessen, daß er ein Mann ist«, donnerte ich und stand schon, ehe mir überhaupt klar war, daß ich sprechen wollte. »Wer möchte schon zwei Herren dienen? Ist einer nicht schlimm genug? Wer verhandelt wohl mit Leuten, die unsere Frauen und Kinder abschlachten? Und welchen Preis, glaubt ihr, fordern sie? Und welchen im nächsten Jahr und im übernächsten? Wenn man Kaninchen im Garten hat, stellt man ihnen doch kein Essen hin? Nein, bei den Göttern, man läßt die Hunde auf sie los!«

»Tiglat sind seine Siege zu Kopf gestiegen. Er glaubt, weil er einen Speer werfen kann, ist er schon ein legendärer Held.«

Ich drehte mich um, das war Peisenor, der da gesprochen hatte. Er lächelte, als hätte er damit irgend etwas wettgemacht.

Etliche lachten, doch nicht viele – ich glaube, endlich fingen sie an sich zu schämen.

»Was würdest du denn tun, Tiglat?« fragte Epeios.

»Tun?« Jetzt war es an mir zu lachen, obschon mir nicht nach Scherzen zumute war. »Was ich tun würde? Ich würde mir hundert Mann nehmen, oder zweihundert, falls es die Aufgabe erfordert, und würde die Räuber in ihrem Bau aufstöbern und sie dort töten. Genau das würde ich tun.«

Sie schrien mich nicht nieder. Ich stand immer noch, doch rings um mich summte es von Widerspruch wie Wespen, die man in ihrem Nest aufgestört hatte.

Schließlich ließ der Lärm nach, und ich konnte zu Ende reden.

»Früher oder später – und hoffentlich nicht zu spät – stellt auch ihr fest, daß man nichts anderes tun kann. Aber wenn ihr wartet, wenn ihr Männern die Füße leckt, die euch gnädigerweise die Kehle langsam durchschneiden, damit ihr tröpfchenweise verblutet, dann kommt diese Schmach allein über euch. Ich warte, bis die Griechen es leid sind, sich wie Weiber aufzuführen, und an jenem Tage werden sie wissen, wo sie mich finden können. Doch bis dahin verstelle ich mich nicht, drücke mein Gesicht nicht in den Dreck und warte darauf, daß mir Diebe und Mörder das Rückgrat brechen, falls es ihnen so beliebt. Ihr könnt mir glauben, ich werde nicht wie ein Duckmäuser zusehen, wenn man mich ausraubt. Wenn sie zu mir kommen, dann weiß ich, was ich zu tun habe.«

Die Antwort wartete ich nicht mehr ab, denn mittlerweile war ich ihrer Worte überdrüssig. Was sie mir nachriefen, als ich mit Riesenschritten die Ränge hinab- und aus dem Amphitheater hinausging, klang in meinen Ohren nur wie rauschendes Wasser.

Seither habe ich mich oft gefragt, ob meine letzte Aufschneiderei nicht all das über mich brachte, was dann geschah, ob vielleicht die lauschenden Götter, vielleicht auch nur König Ducerius, fanden, es sei an der Zeit, meine kühnen Worte auf die Probe zu stellen. Wenn dem so ist, so dürfte es Ducerius gewesen sein, denn die Götter können recht leicht in die Herzen sehen und verstehen sich darauf, dem Stolz eines Mannes weitaus gerissenere Fallen zu stellen.

Kephalos jedenfalls fand, ich hätte das Schicksal herausgefordert. Er saß hinten auf dem Karren zwischen Enkidu und dem friedlich schlafenden Ganymedes, hielt sich an einem Krug mit gelblichem, einheimischem Wein fest und schimpfte den ganzen Heimweg mit mir, daß ich meine Zunge nicht im Zaum gehalten hatte.

»Mein Gebieter hat das Talent, sich in Schwierigkeiten zu bringen«, sagte er noch strenger als gewöhnlich. »In Assyrien, unter den Chaldäern, in Ägypten, in Sidon und jetzt auch hier, was doch unser letzter Zufluchtsort sein soll, ziehst du dir nicht nur die Feindschaft eines Königs und seiner räuberischen Henkersknechte zu, nein, auch die der Griechen, unserer Landsleute und Nachbarn. Immer glaubst du, du mußt bei Schwierigkeiten wie eine Mauer sein – und als Soldat mit nicht unbeträchtlicher Erfahrung, solltest du am besten wissen, welches schlimme Los Mauern erwartet. Wann legt mein Gebieter Tiglat Assur endlich seine Eitelkeit ab und sieht ein, daß ein wenig Vorsicht sich auszahlt?«

Es war noch Nachmittag, als wir nach Haus kamen, und Tullus und Icilius arbeiteten auf dem Feld. Und da die Sonne noch mindestens zwei Stunden über dem Horizont stehen würde und das Tageslicht Gabe der freigebigen Götter ist, welche einen Mann, der ihre Gaben verachtet, nicht segnen, gingen Enkidu und ich nicht ins Haus, sondern wuschen uns ganz schnell das Gesicht in einem Wasserbecken, das Selana uns nach draußen brachte, dann gingen auch wir aufs Feld.

Als wir zu unseren Hacken griffen, bekam Enkidu schmale Augen, beschattete diese mit der Hand und blickte zu den Bergen im Osten hin. Was er dort sah oder nur witterte, weiß ich nicht, doch als er zum Karren zurückging und seine Axt holte, die er immer dabei hatte, da brachte er auch meinen Köcher mit Speeren mit und reichte ihn mir.

Ich nahm ihn, denn ich wußte, er hatte recht, und die Zeiten waren nicht danach, daß man unbewaffnet herumspazieren konnte.

Die Weizenfelder und der Gemüsegarten waren mittlerweile gut in Schuß, die Frauen kümmerten sich um die Haustiere, also fand ich, man sollte Kephalos' Rat befolgen – wenn man einen derart selbstsüchtigen Vorschlag so nennen kann – und ein Stück Land am Fluß säubern, wo es genug Wasser und genau die richtige Menge Schatten gab, um dort Weinreben zu pflanzen. Wir würden zwei Jahre lang keine Trauben ernten, und drei Jahre lang keinen Wein keltern, doch einmal muß man ja anfangen.

Tullus und Icilius waren nicht müßig gewesen. Am Flußufer lagen die Steine säuberlich aufgestapelt, und der Boden war fast überall umgegraben, so daß wir die Reben pflanzen konnten. In ein, zwei Tagen wollten wir lange Reihen von Holzgestellen bauen, damit die Reben etwas zum Hochranken hatten, und wenn Kephalos und ich dann die richtigen Sorten an Rebenschößlingen ausgesucht und gekauft hatten, würden wir auf Zeit und sorgsame Pflege setzen müssen. Reben sind wie Frauen, sie wissen, was sie wert sind und müssen mit geduldiger Zärtlichkeit umworben werden, doch vielleicht liebt sie jeder Bauer gerade deswegen mehr, als alles, was der harte Boden sonst noch hergibt.

Wir arbeiteten bis Einbruch der Dunkelheit, bis der Rauch von den Herdfeuern fast nicht mehr vor dem Abendhimmel zu sehen war, dann sammelten wir unsere Werkzeuge ein und wollten uns auf den Heimweg machen.

»Ich glaube, wir tun gut daran, zur Seeseite hin eine Baumreihe zu pflanzen«, sagte Tullus und deutete mit der Hand zum östlichen Horizont. »Die bieten den Trauben Schutz vor dem Wind. Sonst könnten sie in Dürreperioden bitter werden.«

»Wenn wir heute Bäume pflanzen, dann sind sie erst in zehn, fünfzehn Jahren so belaubt, daß sie von Nutzen sind«, machte ich ihm klar.

»Ja, aber wenn die Reben anwachsen, dann tragen sie noch hundert Jahre Frucht, auch wenn wir schon alle tot sind – man muß an die Zukunft denken, Gebieter, an künftige Generationen.«

»Es sei, wie du es für richtig hältst, Meister Tullus, denn du bist in solchen Dingen klüger als ich. Wenn wir beide alte Männer sind und zu nichts mehr taugen, als jeden Nachmittag vor dem Haus zu sitzen und uns zu betrinken, dann wissen wir auch, ob deine Bäume die Mühe gelohnt haben.«

Er lächelte ein gutwilliges, offenes Knabenlächeln, es freute ihn, daß er recht bekommen hatte, aber mehr noch, glaube ich, daß er sich hier einen Platz fürs ganze Leben erworben hatte. Das Zwielicht war warm, und fast vermeinte ich, unser Abendessen auf dem Herdfeuer riechen zu können, denn ich war furchtbar hungrig. Ich hatte den Griechen ihre Feigheit verziehen, oder besser gesagt, ich hatte sie einfach vergessen. Ich freute mich auf das Essen und danach auf einen Schluck Wein – doch nicht soviel, daß er die Sinne betäubte – und danach wollte ich Selana wieder in die Arme nehmen und erleben, wie die Lust an unserer Vereinigung ihr den Atem stocken ließ. Das Leben kam mir wunderschön vor.

Fast waren wir schon beim Hof angelangt. Erst als ich Pferde wiehern und die Tür meines Hauses zuschlagen hörte, ging mir auf, daß etwas nicht stimmte.

Gleich darauf hörten wir die schrillen Schreie einer verängstigten Frau.

Zu solchen Zeiten reagiert man blitzschnell. Ich hatte sofort begriffen, was sich da abspielte, auch schon als ich noch gar nicht wußte, was ich tun würde. Es waren vier Reiter. Ich hatte sie noch nie gesehen, doch sie trugen die kurze, gegürtete Tunika der Sikuler. Einer von ihnen war schon vor dem Haus abgestiegen und forderte lauthals, daß alle herauskommen sollten, und die anderen drei hatten Tanaquil draußen abgefangen und versuchten sie niederzureiten, ehe sie die Scheune erreichen konnte. Sie rannte in blinder Panik mit ausgestreckten Armen, so als ob sie sich einen Weg durch die Luft bahnen müßte. Noch ein paar Sekunden, und sie hatten sie eingeholt.

»Mutter!« schrie Tullus. Ich mußte ihn an der Schulter festhalten, damit er nicht losrannte und auch zu Tode getrampelt wurde – was konnte er, ein Knabe, schon ausrichten, außer daß er sich umbringen ließ?

»Mutter!« schrie er noch einmal und wollte sich meinem Griff entwenden.

Es war Enkidu, der sie rettete.

Er riß die große Axt aus dem Gürtel, er schwang sie hoch über dem Kopf, und es hörte sich an, als ob die Luft erstaunt aufseufzte, als die Axt sie durchschnitt. Seine Hände öffneten sich, und die Axt wirbelte durch den leeren Raum, drehte und drehte sich, und bohrte sich dann mit einem ekelhaft dumpfen Ton in die Brust des ersten Reiters und riß ihn vom Pferd, als hätte ihn jemand von hinten heruntergezogen.

Die ändern beiden zügelten auf der Stelle die Pferde, daß sie sich aufbäumten und mit ihren Hufen auf die Luft eindroschen.

Selbst noch über dem wilden Gewieher der Pferde war das

Zischen von Metall auf Leder zu hören, mit dem Schwerter aus der Scheide gezogen wurden.

Wenn sie einen Kampf wollten, dann sollten sie ihn haben. Ich hob den Speer und wartete darauf, daß die Sikuler angriffen, denn ich wußte, daß diese schattenhaften Gestalten mir erst dann ein Ziel bieten würden. Doch statt dessen überlegten sie es sich ein, zwei Sekunden, dann rissen sie die Pferde herum und flohen.

»Ihr Feiglinge!« schrie Tullus ihnen nach. Jetzt ließ ich ihn in die Arme seiner Mutter laufen, während Enkidu und ich auf das Haus zugingen.

Der Mann, welcher vor unserer Tür stand, drehte sich um, als seine Freunde an ihm vorbeigaloppierten. Uns sah er auch und merkte, daß wir in der Überzahl waren. Also kletterte er eiligst aufs Pferd, doch er war um eine Spur zu spät. Ich schleuderte meinen Speer, und als er die Zügel ergriff, erwischte ihn dieser irgendwo links im Rücken. Der Speer fiel aus der Wunde und zu Boden, doch daran, wie der Mann im Sattel schwankte, merkte ich, daß ich ihn böse verwundet hatte. Er kippte vornüber, klammerte sich an den Hals des Pferdes und ritt davon.

Auf einmal herrschte wieder Ruhe auf dem Hof. Der ganze Vorfall hatte nur ein paar Minuten gedauert, doch danach war alles anders. Wir fühlten uns nicht mehr sicher.

Die Tür ging auf, und Kephalos steckte verschüchtert den Kopf nach draußen. In der Hand trug er eine brennende Öllampe, und er blinzelte wie eine Eule, die das Sonnenlicht blendet.

»Es ist alles vorbei«, sagte ich. »Wer ist bei dir drinnen?«

»Selana und Ganymedes«, erwiderte er, nachdem er kräftig geschluckt hatte. Er sah aus, als schämte er sich seiner Angst ein wenig. »Ich habe gehört, daß Fremde herangeritten kamen – um diese Stunde besucht uns kein Nachbar mehr –, und da habe ich die Tür verriegelt.«

»Das war klug. Ist drinnen alles in Ordnung?«

»Ja. Alles in Ordnung.«

Er kam heraus, und gemeinsam sahen wir uns die Blutspritzer auf der Erde an.

»Du hast also einen von ihnen getötet?«

»Nein.« Ich schüttelte den Kopf. »Zumindest war er noch nicht tot, als er fortritt.«

Jetzt kamen Selana und Ganymedes heraus, sie hielten sich tröstend umschlungen. Sie folgten uns zu der Stelle, wo Tanaquil mit ihren beiden Söhnen im Arm stand. Ganymedes sah aus, als könnte er kaum an sich halten, daß er sich nicht in Tullus' Arme warf.

Unweit von ihnen hatte Enkidu seine Axt aus der Brust des toten Räubers gezogen und war dabei, uns die Leiche aus den Augen zu schaffen. Ein paar Minuten später war er zurück. Er hatte das Axtblatt gesäubert und hielt den abgeschlagenen Kopf des Mannes an den Haaren hoch. Er wirkte irgendwie trotzig, doch das war nun einmal seine barsche, abwartende Art.

»Ja, du bekommst noch mehr Trophäen. Wir verfolgen sie«, sagte ich. Mir war gerade ein Gedanke durch den Kopf geschossen, und damit war die Sache auch schon abgemacht. Entschieden war zwar noch nichts, doch mir war wieder eingefallen, was von mir gefordert wurde. Männer, die so etwas getan, die sich auf meinen Grund und Boden gewagt hatten, um zu rauben und zu morgen, solche Männer durften nicht am Leben bleiben.

»Beim ersten Tageslicht nehmen wir ihre Spur auf. Nur keine Bange, die entkommen uns nicht, Enkidu. Die ganze Insel ist nicht groß genug, als daß sie sich darauf verbergen könnten.«

Und so war es. Den ersten fanden wir kaum drei Stunden nach Sonnenaufgang. Er hatte die Augen weit und erstaunt aufgerissen, ein Erstaunen, das Menschen so oft in den letzten Augenblicken ihres Lebens überkommt, und lag, wo er vom Pferd gefallen war. Das aber graste friedlich fünfzehn, zwanzig Schritt vom Weg entfernt. Mein Speer hatte tief getroffen und beim Herabfallen eine große Wunde gerissen. Er mußte ziemlich schnell verblutet sein.

Die anderen überraschten wir am gleichen Abend noch am Lagerfeuer – ich glaube, sie waren gar nicht auf die Idee gekommen, wir könnten sie bis in ihre eigenen Berge verfolgen. Wir schlachteten sie wie Schafe, schlugen ihnen die Köpfe ab und nahmen sie mit.

Die Köpfe der vier Räuber spießten wir auf Pfähle und stellten diese an den Zugängen zu unserem Hof als Krähenfraß auf. Wer jetzt von den Bergen heruntergeritten kam und Böses im Schilde führte, mußte auf diese grinsenden Gesichter mit ihren leeren Augenhöhlen und dem schwärzlich verwesenden Fleisch, das von den Schädeln abfiel, stoßen und wußte, daß man hier mit Eindringlingen unsanft verfuhr.

Die Warnung schien ihre Wirkung zu tun. In den nächsten Monaten wurden viele Höfe überfallen, und das immer häufiger und brutaler, doch uns behelligte man nicht mehr. Selbst den Griechen war das eine Lehre, denn wenn ich jetzt Besucher hatte und sie an den grausigen Trophäen vorbeikamen, welche ich am Weg zu meinem Haus aufgestellt hatte, so fiel ihnen sicher wieder ein, daß sich Tiglat, der Athener, seine Unantastbarkeit mit Blut erkaufen wollte.

Und so geschah es denn, daß sie schließlich eines heißen Nachmittags, als ich bei meinen Reben arbeitete, zu mir kamen. Ich erwartete keine Besucher, und so trafen sie mich nackt bis auf das Lendentuch an – eine Abordnung des Griechenrates, welcher sich anscheinend zu etwas durchgerungen hatte, denn in der Gruppe befanden sich auch die beiden alten Widersacher Diokles, der Spartaner, und mein Nachbar Epeios.

»Es ist mir peinlich«, sagte ich. »Wenn ihr mir bitte zum Haus folgen wollt, so kann ich euch Wein anbieten.«

»Wir sind nicht zum Weintrinken gekommen, Tiglat, sondern wir brauchen deine Hilfe.« Diokles hatte sich aus der Gruppe gelöst und sprach wie üblich aufrichtig und frei von der Leber weg. »Es ist alles so gekommen, wie du vorhergesagt hast. Wir haben versucht, mit den Räubern zu verhandeln – sie nehmen unser Silber und rauben uns trotzdem aus. Du hast gesagt, wir sollten sie in ihrem Bau aufstöbern und sie dort töten, aber dafür brauchen wir einen Mann, der uns sagt, wie. Wir sind nur Bauern und wissen nicht, wie man Männern auf Kriegspferden und mit Bronzespeeren begegnet. Beim Nabel des Mäusegottes, wir brauchen einen Soldaten.«

»Ich bin auch Bauer«, sagte ich, denn mein Herz schrak vor der Aufgabe zurück.

»Jetzt vielleicht, Tiglat, doch das war, glaube ich, nicht immer so.« Diokles hob die Hand und deutete auf meine nackte Brust. »Soviel verstehe ich auch von der Welt, daß ich weiß, solche Wunden wie an deinem Leib, zieht man sich nicht beim Weinanbau zu.«

»Wir möchten dich bitten, das Amt des Tyrannen zu übernehmen«, kam ihm Epeios dazwischen, und er lächelte dazu, als ob er mir endlich auf die Schliche gekommen wäre. »Für sechs Monate hast du alle Gewalt – für zwölf, falls es die Lage nötig machen sollte und der Rat zustimmt. Dann mußt du deine Macht abgeben und deinen griechischen Landsleuten Rede und Antwort stehen, wie du sie genutzt hast.«

»Ich brauche Zeit zum Nachdenken.«

»Denke ruhig darüber nach. Aber nimm dir nicht zuviel Zeit, denn die Zeit arbeitet gegen uns, Tiglat, mein Freund.«

Wir gingen zusammen zum Haus zurück, und Selana öffnete uns einen Weinkrug. Eine Stunde später brachen sie auf und ließen mich mit finsterem und unentschlossenem Gemüt zurück.

»Du mußt annehmen«, sagte Kephalos, als wir zu Abend gegessen und nach draußen getreten waren, um uns an der Kühle der Meeresbrise zu erfreuen. »Du mußt, Gebieter. Nicht nur für ihre Sicherheit, sondern auch für unsere, denn den Räubern fällt am Ende wieder ein, daß wir nur wenig und sie viele sind.«

»Ich hätte soviel Macht wie ein König – für sechs Monate. Kephalos, mein Freund, habe ich nicht zur Genüge gesehen, wieviel Böses die Macht anrichten kann, und vor allem bei denen, welche sie ausüben?«

»Ja, Herr, aber es muß immer Menschen geben, die anderen übergeordnet sind. Denn nur die Herrschaft eines Mannes über viele bietet Sicherheit, bietet Frieden. Soviel verstehen auch unsere Nachbarn, deshalb wenden sie sich an dich – wie sich die Menschen stets an dich gewandt haben. Wenn du die Macht ablehnen würdest, es wäre das größere Übel.«

Er hob die Schultern und lächelte etwas lahm, so als wollte er sich dafür entschuldigen, daß er die Wahrheit sagte.

»Wir gehen kriegerischen Zeiten entgegen«, fuhr er fort, »und die Menschen, welche dich bitten, daß du sie anführst, sind Bauern, keine Soldaten – ich sage nur, was sie selber auch schon gesagt haben. Du bist der Soldat. Es gab einmal Zeiten, da haben dich Männer für den größten lebenden Soldaten gehalten. Ein Herrscher ist nicht böse, wenn er mit der Zustimmung aller die Macht ausübt, und du weißt, außer dir gibt es niemand.«

»Ja, ich weiß.«

In jener Nacht träumte ich von meinem Vater.

»Tu, was sie von dir verlangen«, sagte er. »Nur laß dich von ihnen nicht zum König machen, mein Sohn. Es ist ein bitter Ding, eine Krone zu tragen, obwohl ich mir einst genau das für dich erwünscht habe. Und der Gedanke, daß mein Sohn König unter Fremdlingen ist, gefällt mir auch nicht – dergleichen wäre würdelos. Aber tu, was sie von dir verlangen, denn dazu bist du geboren.«

Am nächsten Morgen schickte ich Kephalos mit meiner Antwort nach Naxos. Es hatte den Anschein, daß der Gott doch noch nicht mit mir fertig war.

XXVI

»Wieviele Schmieden für die Eisenbearbeitung haben wir insgesamt?«

»Vier – und alle in Naxos. Der König kümmert sich nicht um sie, da sie ausschließlich zur Herstellung von Ackergeräten genutzt werden.«

»Er würde sich schon darum kümmern, wenn wir geradewegs vor seiner Nase Schwerter hämmern würden. Die Schmieden müssen abgebaut werden, damit wir sie an einen sichereren Ort bringen können. Wir müssen heimlich arbeiten.«

»Kein Geheimnis läßt sich ewig wahren.«

»Wir brauchen auch keine Ewigkeit. Wenn wir erst einmal eine ausreichende Menge Waffen haben, wird er es sich dreimal überlegen, ob er uns angreift. Falls wir die Schmieden einen

Monat lang in Betrieb halten können, dann haben wir es geschafft.«

»Du hörst dich an, als ob du einen Krieg gegen Ducerius planst, statt nur gegen eine Handvoll Räuber.«

»Dazu kann es kommen. Nur wenige Könige sind so töricht, daß sie auf ihrem Gebiet ein fremdes Heer dulden – und das werden wir sein, ehe wir hier fertig sind, ein Heer. Und ein Schlag gegen die Räuber ist auch ein Schlag gegen Ducerius. Wir alle wissen doch, es läuft auf das Gleiche hinaus.

Wir müssen wenigstens zweihundert Mann ausbilden und bewaffnen, denn mindestens genausoviel brauchen wir als Heimwehr, falls unsere Feinde unsere Höfe angreifen, wenn wir in den Bergen auf Schattenjagd sind. Ich schlage also vor, daß wir jeden gesunden Mann zwischen fünfzehn und dreißig einziehen. Ausnahmen gibt es nicht. Damit die Last sich gleichmäßig verteilt, können Höfe, die keinen Mann mehr haben, Hilfe von besser gestellten Haushalten anfordern.«

»Es sei, wie du sagst, Tiglat, denn wir haben dich zum Tyrannen ernannt.«

Wir saßen unter dem Kastanienbaum der Sibylle in Sichtweite des Hauses, bei dessen Bau mir meine Nachbarn geholfen hatten. Wir waren unser sechs, Kephalos und ich mitgerechnet: Epeios und Peisenor für den Griechenrat; Diokles, den ich zum stellvertretenden Befehlshaber ernannt hatte; und ein Mann namens Talus, der die Kaufleute und Handwerker von Naxos vertrat.

»Nördlich der Stadt gibt es eine weite Ebene«, fuhr ich fort. »Die eignet sich zum Drillen von Soldaten. Alle Wehrpflichtigen sollen sich dort binnen fünf Tagen mit soviel Waffen und Pferden, wie sie auftreiben können, einfinden. Wenn Männer kämpfen müssen, dann sollte man sie in der Kriegskunst unterweisen, denn Abschaum kann nichts als in der Schlacht fallen. Je eher wir anfangen, desto früher sind wir bereit.«

»Ich kenne die Stelle – dort kann uns Ducerius von den Mauern seiner Zitadelle aus zusehen.«

»Stimmt, Peisenor.« Ich lächelte, so als freute ich mich, daß er meine geheimsten Gedanken erraten hatte. »Ich habe nie behauptet, daß wir unsere Absichten geheimhalten könnten. Und was man nicht geheimhalten kann, nicht einmal für kurze Zeit, das tut man am besten so öffentlich wie möglich. Wenn wir uns nicht wie Verschwörer benehmen, wird es Ducerius an einem Vorwand fehlen, überhaupt gegen uns vorzugehen. Und wir müssen ihn nur daran erinnern, daß er uns den Auftrag gegeben hat, dieses Problem selbst zu lösen – ›Diesen Sport überlasse ich nur zu gern dir‹, das hat er vor vielen Zeugen gesagt. Wenn einer den Frieden bricht, dann der König und nicht die Griechen.«

Selana hatte mir einen Lederharnisch angefertigt und auf die Vorderseite Kupferstreifen genäht. Sie hegte die kindliche Hoffnung, daß diese einen Schwerthieb ablenken und mir so das Leben retten könnten. Zur Sommerszeit war es darin heiß wie in einem Töpferofen, und ich kam mir damit wie ein Narr vor, doch sie gab keine Ruhe, bis ich ihr versprach, ihn zu tragen, und ihr zuliebe zog ich so gewandet in den Krieg gegen die Räuber.

Wir versammelten uns an einer Stelle, die von den Einheimischen nach einem Bauern, der hier einst ein Haus und ein paar Weingärten gehabt hatte, die Ebene von Klonios genannt wurde: Zweihundert Griechen, von denen nicht einmal fünfzig auch nur in einer Stadtmiliz gedient hatten, und von diesen hatten lediglich acht schon die Schrecken der Schlacht zu spüren bekommen. Diese acht ernannte ich sofort zu Gruppenführern, obwohl dem einen an der rechten Hand zwei Finger fehlten und ein anderer so aussah, als ob er fast unter dem Gewicht seines eingebeulten, eisernen Helms zusammenbrechen wollte.

Doch was ihnen an Erfahrung und Geschick mangelte, das machten sie durch Begeisterung wett. Wie die Blinden stolperten sie durch die allerersten Grundübungen, und viele hatten nur Reishölzer und Holzschwerter, doch unter ihnen war keiner, der nicht darauf brannte, gegen die Räuber zu ziehen, wie auch gegen jedermann sonst. Diese Männer, die normalerweise Dung auf die Felder streuten und sich das ewige Gezeter ihrer Frauen anhören mußten, begrüßten den Kriegszug als willkommene Abwechslung. So ist es immer.

An die zehn meiner wohlhabenderen Nachbarn hatten das eigene Pferd mitgebracht, und sie wurden unsere berittenen Truppen. Im Lande Assur legt man im Krieg recht viel Wert auf die Kavallerie, doch mit den Griechen schien in dieser Hinsicht gar nichts los zu sein. Traben konnten sie zwar, ging es jedoch schneller, so konnten sie anscheinend nicht oben bleiben, es sei denn, sie hielten die Zügel in einer Hand und klammerten sich mit der anderen an die Mähne des Pferdes; das nahm sie derart in Anspruch, daß sie in der Schlacht nur von geringem Nutzen sein würden. Die Reiter mußten also Kundschafter abgeben. Ich teilte sie in zwei Gruppen von je fünf Mann ein und ließ sie den ganzen Tag die Ebene in vollem Galopp auf- und abreiten, damit sie wenigstens lernten, sich im Sattel zu halten. Und das mußten sie allein lernen, denn ich konnte ihnen dabei nicht viel helfen. Ich mußte mich vordringlich um die Fußsoldaten kümmern.

»Die meisten von euch denken, daß ein Soldat tapfer und wagemutig sein muß«, sagte ich an jenem ersten Morgen in einer Ansprache, während wir in der unbarmherzigen Sommersonne schwitzten. »Ihr alle hofft, euch durch irgendeine Heldentat hervorzutun, und selbst wenn sie euch das Leben kostet, so glaubt ihr immer noch, daß ihr dann zu den toten Helden zählt. Wenn ein Soldat in der Schlacht fällt, dann im allgemeinen, weil er Pech gehabt hat, eher aber, weil er eine Dummheit gemacht hat; aber die Toten sind lediglich tot. Wenn ihr fallt, dann trauert eure Frau zwei Monate um euch und heiratet einen anderen, und eure Kinder haben euren Namen vergessen, wenn sie erst erwachsen sind. Die Früchte des Sieges gehören nur den Überlebenden.

Und jetzt sage ich euch, wie man überlebt. Ganz einfach: Man muß nur immer daran denken, daß Schlachten nicht von einzelnen geschlagen werden, von Mann gegen Mann, sondern von Heeren, und daß das Heer dafür da ist, seine Krieger zu schützen und den Feind zu zerschmettern. So etwas wie einen Einzelkampf gibt es nicht, es sei denn, die Pläne des Befehlshabers sind heillos schiefgelaufen, also ist das Schlachtfeld auch nicht der Ort, mit der eigenen Geschicklichkeit zu protzen. In einem Heer gibt es keine Helden; wenn ihr unbedingt Helden werden wollt, dann tretet in Wettkämpfen gegeneinander an. Ein Heer besteht nicht aus Männern, sondern aus Soldaten, und Soldaten werden zu einem Heer, wenn sie sich der Disziplin und dem Drill unterwerfen. Vergeßt eure Ausbildung nicht, kümmert euch um die Leute rechts und links von euch, die sich auch um euch kümmern, und denkt daran, wer weicht und wegläuft, fällt für gewöhnlich als erster. Wenn ihr euch an diese drei Regeln haltet, habt ihr alle Aussichten, so lange zu leben, daß ihr euren Enkelkindern noch viele Lügen darüber erzählen könnt, wie glorreich doch der Krieg ist. Wenn das Ganze vorbei ist und wir wieder nach Haus gehen können, steht es euch frei zu glauben, was immer ihr wollt. Aber jetzt glaubt bitte mir.«

Natürlich taten sie das nicht – das konnte ich ihren Mienen ablesen –, doch sie waren zumindest gewarnt. Jetzt bestand meine Aufgabe darin, sie zu drillen, bis es gleichgültig war, was sie glaubten, bis sie vergessen hatten, daß sie viele waren und wie ein Mann handelten, bis die Gewohnheit das Denken ersetzt hatte. Und so waren wir dem Schicksal vielleicht doch nicht hoffnungslos ausgeliefert.

Zunächst einmal teilte ich sie in drei Schlachtgevierte mit Achterreihen ein. Das wirkte auf sie schwerfällig und komisch, und darum schien mir auch niemand zu glauben, daß Heere auf diese Weise überhaupt Krieg führen können. »Wie kann man denn kämpfen, wenn man so dichtgedrängt steht?« fragten sie etwas scharf. »Tiglat, hast du dir deine Narben etwa bei Schenkenschlägereien geholt?«

»Wie soll man denn das Schwert ziehen, wenn der andere einem auf der Pelle sitzt? Ein hübsches Ziel geben wir so für die Pferde der Räuber ab – die trampeln uns doch nieder wie Frühlingsgras.«

Ich hörte mir das an, sagte gar nichts und fuhr mit dem Drill fort. So ging es einen und fast den ganzen zweiten Tag, bis sie vorrücken konnten, ohne dabei aus der Reihe zu tanzen. Während ich ihre Fortschritte beobachtete, suchte ich mir die besten Männer aus und holte sie ins vorderste Glied, wo ihre Geschicklichkeit und ihre Ausdauer uns viel mehr nützten, denn nur das zählt bei einem Soldaten wirklich.

Nach dem dritten Tag, als sie sich die Grundlektionen richtig gemerkt hatten, ließ ich sie Scheinschlachten austragen, die waren eher Schaukämpfe, in welchen zwei Gevierte aufeinander zulaufen und versuchen mußten, die Formationen des anderen aufzubrechen. Das gefiel ihnen – es war ein großer Spaß – und am Ende des fünften Tages hegte ich die leise Hoffnung, daß aus diesen Bauern doch noch so etwas wie Soldaten wurden.

Nach acht Tagen hatten die meisten das Essen verzehrt, das sie mitgebracht hatten, und außerdem wurde es Zeit, daß sie den Umgang mit der Waffe lernten.

»Geht nach Haus zu eurem Weibervolk«, sagte ich – ein Befehl, der mit einem Jubelschrei begrüßt wurde. »Und zu Hause schneidet sich jeder einen Holzstecken, dessen Holz noch grün sein muß und nicht splittern darf. Er muß anderthalbfache Mannesgröße haben und zwei Finger dick sein. Wenn ihr wieder hier seid, bekommt er eine Speerspitze aus Eisen. Und vergeßt nicht, wenn der Stecken nicht kräftig ist, wenn er bricht, dann spießt ihr darauf euer eigenes Leben auf.

Und jeder Mann macht sich einen Schild. Der muß rund sein und die Breite eines Mannesarmes haben. Überzieht ihn mit soviel Lagen aus Ochsenleder, daß ihr ihn gerade noch tragen könnt, und das einen ganzen Tag lang in der Schlacht. Wer unter euch mit Speer und Bogen umgehen kann, bringt seine Waffen mit, wenn er wiederkommt. In fünf Tagen treffen wir uns hier wieder.«

Kephalos stieß vor den Toren von Naxos zu mir, und zusammen fuhren wir im Karren nach Haus.

»Wie steht es mit dem Rest unseres Planes?« fragte ich.

»Läuft alles wie geschmiert, Herr«, antwortete er und lächelte in sich hinein, als hätte er die ganze Welt übers Ohr gehauen. »Drei der Schmieden sind abgebaut und in Teilen auf Bauernkarren aufs Land gefahren – ich hielt es für besser, eine an Ort und Stelle zu lassen, falls die Wachhunde des Königs mißtrauisch werden sollten. Augenblicklich sind die Schmiede an der Arbeit, die Speerspitzen sind fast fertig, und da übermorgen Markttag ist, habe ich mir gedacht, das wäre eine gute Gelegenheit, sie in die Stadt zu schmuggeln. Jeder Mann muß nur zum Hurenhaus von Melantho, der Thessalierin, gehen, dort bekommt er dann etwas ins Lendentuch gesteckt, das viel steifer ist als alles, was sich sonst noch darin befindet.«

»Gut gemacht, mein Freund. Wie immer, wenn Schläue und gute Planung vonnöten sind, bist du der richtige Mann am richtigen Platz.«

Kephalos schloß die Augen und nickte beifällig über mein Lob, denn die Gabe der Doppelzüngigkeit war ihm in der Tat in hohem Maße gegeben, und nie war er glücklicher, als wenn er sie ausüben konnte.

»Es ist wie in alten Tagen, nicht wahr, Herr«, sagte er schließlich. »Fast könnte man meinen, wir sind wieder in Ninive, und du bist beinahe Herr der Welt. Zuweilen fehlen mir diese Zeiten.«

Das bedurfte anscheinend keiner Antwort, denn Gott sei Dank, ich konnte den Mund halten.

Die folgenden Tage verbrachte ich zumeist mit Steinesammeln, um ein neues Feld zu säubern. Jeden Abend war mir zu Mute, als wäre mein Rücken endgültig durchgebrochen, aber meine Erschöpfung war eine Gnade, denn sie vertrieb alle Zukunftssorgen. Des Nachts stürzte ich mich in Selanas Arme und betete, daß mich keine Träume fanden.

Und am fünften Tag belud ich in den kalten, schwarzen Stunden vor dem Morgengrauen mein Pferd mit Vorräten und Waffen, legte meinen Lederharnisch an und machte mich nach der Ebene von Klonios auf, um dort wieder eine Arbeit aufzunehmen, von der ich gedacht hatte, ich würde sie nie wieder tun müssen.

So frisch von zu Hause eingetroffen, sahen meine griechischen Nachbarn endlich wie Soldaten aus. Da standen sie nun in Schlachtgevierten aufgestellt, die neuen Eisenspitzen ihrer Lanzen funkelten in der Sonne, und alle Schilde zusammen wirkten wie die Steine einer Festungsmauer. Ja, die Miliz von Naxos bot wahrhaftig den Anblick eines Heeres. Sie waren tapfer und zu allem bereit, doch ich hegte immer noch Zweifel, weil ich dieses Haus aus grünem Holz gebaut hatte. Diese Männer hatten noch nie im Zorn vergossenes Blut erblickt – wer wußte zu sagen, ob

sie im gegebenen Augenblick nicht wanken und fortlaufen würden?
Ducerius war gewißlich nicht beeindruckt.

»Ist das die Streitmacht, mit der du die Welt erobern willst?« fragte er an jenem ersten Morgen nach unserer Rückkehr spöttisch, als er auf einem schönen, grauen Hengst zu einem eintägigen Jagdausflug von seiner Zitadelle heruntergeritten kam. »Eine seltsame Kampfweise, wohl eher zum Festtanz geeignet als zum Krieg. Hast du dieses Heer zusammengeschustert, damit du mich vertreiben und meinen Platz auf dem Thron einnehmen kannst?«

Er blickte auf mich herab, wie ich da auf der festgetretenen Erde vor ihm stand und grinste, und sein Gefolge auf den sich drängelnden Pferden lachte über seinen Witz. Ich lachte sogar mit.

»Nein, Großer König – ich habe nur eine kleine Jagdgesellschaft zusammengestellt, die vielleicht der deinigen ein wenig gleicht. Vielleicht können wir dir, wenn wir von unserer Kurzweil zurückkehren, eine Trophäe überreichen.«

Diese Vorstellung machte dem Herrscher der Sikuler gar keine Freude, denn seine Augen glitzerten gefährlich, als er Glied um Glied der eisenbewehrten Lanzen musterte.

»Du bringst dich selbst ins Unglück, Tiglat Assur. Was, glaubst du, kann man mit einem Haufen mistkratzender Griechen ausrichten? In deren Händen taugen die Lanzen doch nur zum Schwärenaufstechen. Pah!«

Sein Blick kehrte zu mir zurück, anscheinend hatte er meine zweihundert Mann als bloßes Schreckgespenst abgetan.

»Entweder man ist zum Krieger geboren und hat eine feurige Seele oder nicht, und soweit mich meine Menschenkenntnis nicht trügt, bist du ein Mann, der nicht sein Leben lang hinter dem Pflug gegangen ist. Da dürfte man erwarten, daß du Bescheid weißt – selbst Räuber sind bessere Krieger als die da.«

Ich schenkte seinen Worten schon keine Aufmerksamkeit mehr. Ein Karren, hoch mit Heu beladen, kam über die Ebene auf uns zugeschwankt. Als er anhielt, wartete Diokles auf ein Signal, und ich nickte. Auf der Stelle kletterten etliche Männer vom Karren und machten sich daran, seinen Inhalt auf die Erde zu werfen

– im Heu lagen über hundert frisch geschmiedete Schwerter, deren Klingen funkelten, daß einem bei ihrem Anblick die Augen schmerzten.

Ich drehte mich zu Ducerius um, und bereits mein Schweigen war eine Herausforderung.

Er lachte jählings auf, anscheinend hatte er etwas Witziges gesehen.

»Ja, Tiglat Assur – spiele du nur mit deinem neuen Spielzeug. Du und ich, wir werden noch viel Kurzweil haben, ehe wir miteinander fertig sind.«

Er ruckte tückisch an den Zügeln, riß sein Pferd herum und ritt fort, sein Gefolge dicht hinter ihm. Das Donnern ihrer Hufe erstarb auf der windgepeitschten Ebene.

Ich wartete, bis der König nicht mehr zu sehen war, dann ging ich mit großen Schritten zum Karren, und meine durchgedrückten Knie fühlten sich an, als hätte ich sie den ganzen Tag noch nicht gebeugt.

»Beim Nabel des Mäusegottes, was geht hier vor?« fragte Diokles und deutete auf den immer noch sichtbaren Staubwirbel von den Berittenen des Königs.

»Er hat sich über uns gefreut«, gab ich zurück. »Er freut sich, daß wir zum Krieg rüsten. Er brennt schon darauf, uns in der Schlacht zu begegnen, obschon es seiner Ansicht nach kaum eine Schlacht werden wird. Wir sind lediglich ›mistkratzende Griechen‹, zu gering an Zahl und zu wenig vorbereitet, als daß wir es mit einem erfahrenen Heer wie dem seinen aufnehmen könnten. Er ist glücklich, denn jetzt haben wir ihm einen Vorwand geliefert, daß er uns vernichten kann.«

»Und hat er recht?«

Ich konnte lediglich die Achseln zucken.

»Das wissen die Götter, mein Freund. Wir sind jetzt in ihrer Hand.«

»Am schlimmsten ist es, wenn einem alles noch bevorsteht. Und für dich ist es noch schlimmer als für mich.«

»Hast du denn keine Angst?«

»Ja, ich habe Angst. Aber ich weiß, wenn die Zeit gekommen ist, dann verfliegt sie.«

Während wir so in der Dunkelheit auf unserer Schlafmatte lagen, drückte Selana die Hände auf meine Brust, wohl um sich zu überzeugen, daß ich mich nicht aufgelöst hatte. Um uns herum schwieg das Haus. Nicht einmal eine Öllampe brannte in unserem Zimmer. Morgen würde ich wieder der Tyrann von Naxos sein, der ein unerfahrenes Heer in die Berge führte und den Willen der Götter auf die Probe stellte. Aber für den Rest dieser letzten Nacht gehörte ich nur ihr.

Ich spürte ihre Lippen auf meiner Kehle und hörte sie weinen.

»Es ist furchtbar«, flüsterte sie unter Tränen.

»Ja, es ist furchtbar. Aber das ist es für alle gleichermaßen. In jedem griechischen Haushalt liegt heute ein Mann in den Armen seiner Frau. Für die ist es auch nicht anders. So ist es schon immer gewesen, wenn Männer in den Krieg ziehen mußten.«

»Das macht es nicht weniger furchtbar.«

»Nein.«

»Wenn du dich umbringen läßt, das verzeihe ich dir nie.«

»Ich mir auch nicht.«

»Wie soll ich das nur aushalten?«

»Du wirst es schon schaffen.«

Und während die dunkle Nacht über den Himmel zog, fanden wir endlich Schlaf und Vergessen.

XXVII

Im Gänsemarsch ging es auf sich schlängelnden Pfaden durch sumpfige Täler und über Bergkette um Bergkette, und das bei ständig drohenden Hinterhalten. Auf diese Weise kommt selbst ein Heer von lediglich einhundert Mann nicht schneller voran als eine verletzte Schlange. Fünf Tage brauchten wir, bis wir das Flachland erreichten, durch das sich der Salito zieht – ein Mann allein und ohne feindliche Patrouillen, die jeden seiner Schritte überwachen, hätte den gleichen Weg in weniger als drei schaffen können.

Doch am Ende konnten wir auf die westlichen Hänge des Aitna zurückblicken. Wir waren im Inneren der Insel, und bislang hatten sich die Räuber, welche angeblich das ganze Gebiet hier beherrschten, nirgendwo blicken lassen. Warum nicht?

Doch als wir die Salito-Ebene erreichten, war mir alles klar. Das Gelände war eben, darum waren Berittene im Vorteil. In den Bergen konnten sie uns nur zermürben, uns zusetzen und uns vielleicht so entmutigen, daß wir umkehrten. Doch auf eines waren sie nicht aus, nämlich eine Reihe von ergebnislosen Scharmützeln. Sie wollten diesen Streit für immer beilegen. Sie wollten die offene Feldschlacht. Sie wollten uns auf freiem Gelände erwischen und uns vernichten.

Sobald wir von den Bergen heruntergestiegen waren, wo uns immer noch blanke und zerklüftete Felsenwände Deckung geboten hatten, gab ich den Befehl aus, ein Lager aufzuschlagen und zur Deckung unserer ungeschützten Flanken Feldschanzen aufzuwerfen.

»Die Männer sind müde, Tiglat. Sie brauchen eine Nacht Ruhe, ehe sie sich an solch eine Arbeit machen können.«

»Ist die Gegend etwa so schön, daß ihr hier für immer ruhen wollt? Wahrscheinlich ruhen deine Männer eine ganze Weile länger als nur eine Nacht, wenn es den Räubern beliebt, noch vor dem Morgengrauen zuzuschlagen.« Und so wurde denn unter viel Gemurre gegraben. Wir zündeten große Feuer an, damit die Männer bei der Arbeit sehen konnten, und sie hoben an jeder Seite Gräben von dreißig Schritt Länge aus, und die Erdwälle dahinter starrten von aufgestellten, spitzen Stangen. Gegen Morgen konnten wenigstens einige von uns sorglos schlafen.

»Jetzt können wir uns umsehen und entscheiden, wie wir vorgehen wollen. Ihre Pläne sind ganz durchsichtig – es wird Zeit, daß auch wir uns den Kopf zerbrechen.«

Beim ersten grauen Tageslicht übergab ich Epeios den Befehl und lieh mir sein Pferd aus, um damit das umliegende Gebiet zu erkunden.

»Laß sie weiterarbeiten«, wies ich ihn an. »Ich werde mir alle Mühe geben, deinen kostbaren Wallach so zurückzubringen, daß er immer noch zum Karrenziehen taugt.«

»Bring lieber dich selbst zurück. Denk daran, Tiglat, wir sitzen ganz schön in der Klemme, wenn dir etwas zustoßen sollte.«

»Ehrenwort, ich denke daran.«

Mein Aufbruch glich eher einer Flucht, so als hätte ich mich von einem Strick losgerissen, mit dem ich angebunden gewesen war. Erst jetzt wurde mir bewußt, wie sehr mir das Alleinsein gefehlt hatte. Ich ließ dem Pferd die Zügel schießen und das Tier in die Richtung galoppieren, die ihm zusagte.

Es sah zwar nicht so aus, als ob jemals ein Pflug über dieses Land gegangen wäre, und doch war es fruchtbar. Das sonnengegilbte Gras reichte einem Mann bis ans Knie, und die Gehölze hier und da deuteten auf Wasser hin, wenn jemand sich nur die Mühe machte, danach zu graben. Von Bewässerung schienen die Sikuler so gut wie nichts zu verstehen, sonst wären sie nämlich ein reiches Volk und nicht eine Nation von Bettlern gewesen, und auf diesen Ebenen würde einem das Getreide bis zum Gürtel reichen.

Natürlich wußte ich, daß man mich beobachtete. Zwei Reiter folgten mir in diskreter Entfernung, doch sie machten keinen Versuch, sich zu nähern oder mich anzurufen. Etwas Ähnliches hatte ich erwartet, darum erschreckte es mich auch kaum, schließlich war unser Herannahen kein Geheimnis – den Räubern dürfte eine Streitmacht wie die unsrige kaum entgangen sein, und Interesse für die Bewegungen unserer Späher dürften sie auch haben.

Der Salito, nach dem die Gegend genannt worden war, lag keine Stunde Fußmarsch von unserem Lager entfernt. Er floß rasch dahin und war so breit, daß er ein mächtiges Hindernis darstellte, aber ich fand zwei, drei Stellen, wo Fußsoldaten ihn sicher überqueren konnten. Das war wichtig für uns.

Er teilte die Ebene von Nord nach Süd, und soviel ich feststellen konnte, war die andere Seite nicht so dünn besiedelt – am nördlichen Horizont machte ich dünne Rauchsäulen aus, wahrscheinlich von Herdfeuern, und als ich erst das andere Ufer erreicht hatte, auch ein paar Hütten aus grob behauenen Steinen und kaum groß genug, daß ein Mann darin aufrecht stehen konnte.

Ich ritt auf einen dieser Höfe und stieß auf einen alten Mann, der gerade seine Gänse fütterte. Er war äußerst erstaunt, mich zu sehen – vielleicht auch nur erschrocken und blickte mich mit großen Augen und offenem Mund an, als käme ich in einen Feuermantel gehüllt wie einer der unsterblichen Götter.

»Einen schönen, guten Morgen«, sagte ich, ohne abzusteigen. Der Sikuler hier mußte ein großer Tölpel sein, denn ich wartete eine geraume Weile auf Antwort und überlegte schon, ob er mich gar nicht verstanden hätte.

»Gehört der edle Herr zu den Männern des Gebieters Collatinus?« wollte er am Ende wissen. »Meine Frau ist alt und mit der Zeit vertrocknet, und wir haben kaum genug zu essen für uns selber. Hier gibt es nichts mitzunehmen, doch wenn der edle Herr Erbarmen mit uns hat, so will ich eine meiner Gänse schlachten und sie ihm in Milch zum Frühstück braten.«

»Ich will nichts von dir, mein Freund. Ich will dir nichts Böses. Ich bin Tiglat, der Grieche, und ich stehe in niemandes Dienst. Wer ist der Gebieter Collatinus?«

»Ein Grieche, sagst du?« Der alte Mann kraulte sich den Bart mit dreckigen Fingernägeln – er schien zu überlegen, ob er irgendwann einmal etwas über Griechen gehört hätte. »Die Berittenen des großen Herrn räubern jenseits der Berge, und dort sollen Fremdlinge leben. Kommst du von jenseits der Berge?«

»Ja«, erwiderte ich, denn plötzlich kam mir eine Idee. »Ich bin mit einem mächtigen Heer gekommen, mit all meinen Nachbarn. Wir sind hier, um unsere ermordeten Kinder und unsere geplünderten Höfe und geschändeten Frauen zu rächen.«

»Der große Herr hat aber Waffen aus Bronze und viele Pferde. Er ist mächtig und grausam. Er kennt kein Mitleid, und wenn jemand schlecht von ihm redet, verbrennt er seine Ernte auf dem Halm, kreuzigt ihn einfach auf seiner eigenen Haustür und führt seine Frauen als Sklavinnen fort.«

Und die ganze Zeit schien er mich beim Reden abzuschätzen, schien meine Aussichten gegen Collatinus abzuwägen, der ihn in soviel Angst und Schrecken versetzte. Von Zeit zu Zeit blickte er zum Horizont hin, denn zweifellos hatte er die Reiter gesehen, welche uns aus der Ferne beobachteten – einer Ferne, die jetzt von Minute zu Minute geringer zu werden schien.

»Wer so klug ist, daß er bis jetzt überlebt hat, fordert niemanden heraus, der stärker ist als er selbst«, fuhr er fort und hielt dabei die Augen auf den Staubwirbel geheftet, der immer näher kam. »Er sieht sich vor und drückt die Nase in den Dreck. Oder wenn er ein Pferd hat, wie hier niemand außer den Männern des großen Herrn, so flieht er.«

»Ich danke dir für deine rechtzeitige Warnung, mein Freund, aber zuweilen handelt man klüger, wenn man stehenbleibt und sich wehrt.«

Ich riß mein Pferd herum und zog einen Speer aus dem Köcher, den ich über die Schulter geschlungen trug. Die beiden Reiter, welche mir den ganzen Morgen über gefolgt waren, hatten mich nun bis auf ungefähr hundert Schritt eingeholt und trabten auf uns zu.

Warum sie diesen Augenblick gewählt hatten, mich zu stellen, das werde ich nie wissen. Vielleicht wollten sie nur dem alten Mann eine Lehre erteilen. Es gibt Menschen, die dauernd mit ihrer Macht protzen müssen und anscheinend befürchten, daß ihnen Zaudern als Schwäche ausgelegt wird. Die beiden hier waren so von sich eingenommen, daß sie einem fast leidtun konnten.

Ich ließ Epeios' Pferd antraben, dann ging ich zum vollen Galopp über, ohne jedoch zu wissen, aus welchem Holz dieser Wallach geschnitzt sein mochte und ob er die Schrecken der Schlacht durchstehen würde. Den Speer legte ich ein wie eine Lanze, hielt ihn unter den Arm geklemmt und ritt so auf die beiden Reiter ein und dabei geradewegs auf den Anführer zu.

Damit hatten sie ganz und gar nicht gerechnet. Einen Augenblick hielten sie an, und als sie meine Absicht erkannten, versuchte der Anführer sein Pferd zur Seite zu reißen, um mir auszuweichen, während der andere das Schwert zog. Doch sie hatten schon zu lange gewartet.

Diesen Kampfstil hatte ich zuerst bei den Medern gesehen, gegen die ich für meinen Vater Krieg geführt hatte. Ihr Führer, der tapfere und edle Daiaukka, ein Mann, der sich in allem ausgezeichnet hatte und den zu töten eine Ehre war, hatte mir fast das Leben geraubt, als er mich vom Pferd aus mit einer Lanze bekämpfte, und an jenem Tag hatte ich von ihm gelernt, daß nur die Stoßkraft zählt. Darum waren diese sikulischen Räuber bereits Hundefraß.

Epeios' Pferd konnte man wirklich nicht als Ackergaul bezeichnen – es war zwar nur ein Wallach, doch es besaß den Mut eines Hengstes. Er scheute nicht, er wich und wankte nicht, sondern streckte den Hals und griff wild und mit donnernden Hufen an.

Das Pferd des ersten Mannes ging durch und versuchte sofort, dem Zusammenprall auszuweichen und seinen jetzt ungeliebten Herrn abzuwerfen – wenn auch nur ein paar Fingerbreit –, ich jedoch warf den Reiter herunter, meine Spitze erwischte ihn gerade unter dem Brustkasten, er fiel zu Boden und seine Gedärme ergossen sich in den Staub.

Der zweite Mann, der mit dem Schwert in der Hand, konnte sich weder zur Flucht noch zum Angriff entschließen, also entschied ich an seiner Statt. Ich zog meinerseits das Schwert und griff ihn an.

Unsere Pferde prallten Schulter an Schulter aufeinander, und mein Schwert fing die Schneide des seinen ab. Wir lösten uns voneinander, beide noch hoch zu Roß und in Reichweite des anderen Schwertes.

Ich bilde mir nicht ein, daß ich mit dem Schwert besonders gut umgehen kann. Im Haus der Krieger, wo ich das Kriegshandwerk gelernt habe, hatten mich viele mit dieser Waffe übertroffen, und in der Zwischenzeit hatte ich an Geschicklichkeit nichts dazugelernt.

Dieser arme Narr jedoch hieb und sägte, als ob wir uns mit Küchenmessern bekämpften. Schon beim dritten, vierten Stoß reckte er sich zu weit, und ich konnte ihn mit meiner freien Hand beim Ärmel packen und ihn geradewegs vom Sattel ziehen – er fiel in meine Schwertspitze, diese bohrte sich in sein Herz, und er war bereits tot, ehe er noch den Boden berührte.

Als der Kampf vorüber war, fing ich die beiden Pferde ein, warf ihnen die Leichen ihrer Reiter über den Rücken und band sie mit den Zügeln fest. Ich gab ihnen mit der flachen Hand einen Klaps aufs Hinterteil und schickte sie im Galopp über die Ebene. Nach einer Weile würden sie ihren Stall aufsuchen, und Collatinus, dieser Räuberkönig, würde ihre Last sehen und mochte dann daraus seine Schlüsse ziehen.

Ich ritt zu dem alten Mann zurück, welcher am gleichen Fleck verharrte, wo ich ihn verlassen hatte, doch jetzt hatte sich auch seine Frau zu ihm gesellt.

»Gebieter, was willst du tun, falls du den großen Herrn tötest?« fragte er. »Willst du an seiner Statt herrschen?«

Ich schüttelte den Kopf.

»Herrscher sind eine Last für jedermann«, sagte ich, »außerdem hält mich hier nichts. Ich will nur den Kopf des Gebieters Collatinus, will ihn mit nach Haus nehmen und auf eine Stange spießen. Seinen Leib lasse ich als Krähenfraß liegen.«

»Und seine Reiter mit ihren Bronzewaffen?«

»Die verstreue ich wie Spreu im Wind. Nach seiner Niederlage soll niemals wieder irgend jemand in Versuchung kommen, seine Nachbarn auszurauben.«

Der Mann warf seiner Frau einen Blick zu, und die antwortete mit einem Nicken. Dann wandte er sich wieder an mich.

»Edler Herr, diese Männer oder andere ihresgleichen haben unseren einzigen Sohn vor unseren Augen ermordet – nicht weil er ihnen etwas getan hätte, sondern rein aus Vergnügen, so grausam sind sie. Ich bin nur ein Bauer, schutzlos und alt, und mich an Leuten wie diesen zu rächen, wäre reiner Selbstmord, doch so ein klägliches Geschöpf, daß ich nicht den Gram und die Schmach eines Vaters verspüren würde, bin ich nun auch wieder nicht. Den Gram verspüre ich, solange noch Atem in mir ist, aber heute kann ich von der Schmach vielleicht ein wenig abwaschen. Ich heiße Maelius, edler Herr, und ich bin alt und arm und tauge nicht mehr zu viel. Doch sage mir, bitte, welche Gabe oder welchen Tribut ein so niederer Mensch wie ich jemand wie dir anbieten kann.«

»Stehe mir mit deinem Rat bei«, war meine Antwort. »Und als Tribut zahle mit deinem Segen.«

Während seine Frau Essen für uns zubereitete, hockte ich eine halbe Stunde lang mit Maelius auf der Schwelle seiner Hütte, und er erzählte mir viel über diesen Collatinus, welcher vor ungefähr fünf Jahren wie aus dem Nichts aufgetaucht war und jeden Halsabschneider und Unzufriedenen in der Gegend an sich gezogen hatte, bis er mehr wurde als nur ein Anführer von Dieben und Mördern, nämlich ein richtiger König über die Salito-Ebene. Er stand in dem Ruf schlau, tapfer und völlig skrupel- und gefühllos zu sein – er besaß sozusagen alle Tugenden eines großen Fürsten und gehörte deshalb unabdingbar zu den übelsten Mitmenschen.

Maelius hatte noch nie vom Gebieter Ducerius gehört, doch er wußte, daß Collatinus gelegentlich Geldzahlungen an ›irgendeinen großen König im Osten‹ schickte, bei dem es sich um niemand anders handeln konnte. Ich begriff nur zu gut, wie bequem eine solche Abmachung für die beiden war. Ducerius befehligte ein weitaus überlegeneres Heer, konnte aber nicht gegen die Räuber ziehen, ohne sich daheim eine gefährliche Blöße zu geben. So war er es denn zufrieden, Tribut zu empfangen, sich dem Namen nach Herrscher zu nennen und zu dulden, daß Collatinus die Früchte seiner Diebereien ungestört genoß.

Daß die Räuber jetzt regelmäßig Raubzüge jenseits der Berge machten, war anscheinend eine neuerliche Entwicklung. Maelius hatte angenommen, daß ›der große König im Osten‹ Krieg gegen eines der benachbarten Völker führte und daß Collatinus mit ihm verbündet war, und damit hatte er fast ins Schwarze getroffen.

Er wußte genau über die Stärke und Stellungen der Räuber Bescheid und sagte mir, daß Collatinus eine Streitmacht von ungefähr zweihundert Berittenen hätte und daß sie weiter nördlich in einer Festung keine zwei Stunden zu Fuß von hier hausten. Und sobald ich meiner Pflicht als Gast nachgekommen war und eine Schüssel Gerste mit Dickmilch gegessen hatte, welche Maelius' Frau mir zubereitet hatte, machte ich mich in dieser Richtung auf den Weg.

Collatinus' ›Festung‹ war nichts als eine Palisade aus Baumstämmen und ein paar Erdwälle vor den Mauern – und gerade daß alles so heruntergekommen aussah, war der Beweis, wie sicher sich die Räuber fühlten, wie wenig sie innerhalb ihres Gebietes mit bewaffnetem Widerstand rechneten. Ich konnte in einer Entfernung von nicht weniger als fünfhundert Schritt ganz drumherum reiten, ohne angerufen zu werden und ohne auch nur einem Wachtrupp zu begegnen. Ich bezweifle, daß sie mich überhaupt sahen.

Da hatte ich nun einhundert Mann auf einen fünftägigen Feldzug geführt, um eine Festung zu bekriegen, welche die Soldaten Assurs nicht einmal als Pferch für ihre Packtiere benutzt hätten. Wie würde mein Bruder Assarhaddon wohl lachen, dachte ich, wenn er sehen könnte, was für einen schäbigen Krieg ich führte.

Ungefähr eine Stunde nach Mittag trabten die beiden Pferde mit ihren erschlagenen Reitern auf dem Rücken durch die Palisadentore. Ich sah alles, unsichtbar im Schatten eines kleinen Gehölzes verborgen, und konnte das Geschrei hören, mit dem die Posten Alarm schlugen. Da nicht einmal so sorglose Räuber wie diese eine derartige Provokation hinnehmen konnten, machte ich mich wieder auf den Weg zu unserem Lager.

»Bei den Göttern, Tiglat, wo hast du nur gesteckt? Seit drei Stunden schon fürchten wir für dein Leben ...«

Sie umringten mich, meine einhundert Bürgersoldaten und Griechen, wie Kinder, die befürchtet hatten, ihre Mutter hätte sie im Stich gelassen. Ich stieg von Epeios' Pferd, und jemand reichte mir einen Becher Wein.

»Ihre Reiter sind überall – wir waren überzeugt, sie würden angreifen. Was hätten wir nur getan, Tiglat, wenn du irgendwo mit dem Gesicht im Dreck gelegen hättest?«

»Diesen berittenen Räubern kann man leicht ausweichen«, sagte ich. »Ein paar sind mir nachgesetzt, doch wer sich mir zum Kampf stellte, hat nicht einmal Zeit genug gehabt, um es zu bedauern. Ihr könnt mir glauben, wir haben nichts zu befürchten. Unsere Feinde taugen vielleicht dazu, ein Bauernhaus auszurauben, aber ein Heer sind sie nicht.«

»Wir doch auch nicht richtig. Was ist, wenn sie uns während deiner Abwesenheit angegriffen hätten?«

»Die greifen nicht an, solange wir in unserer Feldschanze bleiben – gegen befestigte Stellungen können Berittene nichts ausrichten. Und darum brechen wir morgen auch auf und erzwingen die Schlacht auf ihrem eigenen Gelände.«

»Tiglat, die Sonne muß dir das Gehirn gesotten haben.«

Nie hätten die Soldaten Assurs so mit mir gesprochen, als ich noch *rab shaqe* in der Nordarmee meines Vaters war, doch Griechen sind nun einmal Griechen und achten keinen Rang. Und obwohl mich die Versammlung zum Tyrannen von Naxos gewählt hatte, mußte ich an jenem Abend nach dem Essen diesen Bauernsoldaten meine Pläne noch einmal erläutern und mit Geduld ihren Einwürfen und Beschwerden lauschen, denn die Furcht nagte an ihnen, daß sie mit dem Kriegsstil, den ich sie gelehrt hatte, womöglich nicht gegen eine Streitmacht wie die des Collatinus und seiner Helfershelfer bestehen könnten. Ich hörte zu und versuchte nach besten Kräften, ihnen ihre Ängste durch Erklärungen zu nehmen, denn wenn sie nicht mit meinem Führungsstil zufrieden waren, würden sie zweifellos einen anderen Befehlshaber ernennen, und ich konnte im Glied mitkämpfen.

»Sie haben Pferde, Tiglat – alle! Wie können Männer zu Fuß gegen Berittene bestehen?«

»Ein Berittener ist nichts weiter als ein Mann auf einem Pferd, und die Reiterei ist nicht viel besser als Pöbel, der schnell laufen kann. Collatinus' Diebesbande hat zu Pferd nur einen Vorteil: Die Überlebenden, wenn sie erst einmal geschlagen sind, können damit schneller fliehen. So glaubt mir doch, noch nie habe ich Berittene über Fußsoldaten siegen sehen, nicht einmal als ich gegen Skythen kämpfte, und das sind die besten Reiter und tapfersten Krieger, welche die Götter erschaffen haben.«

»Aber wenn wir verlieren, sind wir tote Männer; wenn sie verlieren, so haben wir vielleicht nichts gewonnen, außer die Schlacht. Warum kämpfen wir überhaupt gegen sie, wenn sie bei einer Niederlage nur fortzulaufen brauchen?«

»Meine Freunde, wohin laufen sie, wenn nicht in ihre Festung? Wir wissen also, wo wir sie finden können, wenn wir sie haben wollen.«

»Dort sind sie aber sicher.«

»Nein, sie sitzen in der Falle.«

»Du redest dummes Zeug, denn du behauptest doch, daß wir hinter diesen Schanzen sicher sind – wieso ist das bei ihnen anders?«

»Berittene können keine befestigten Stellungen angreifen, Fußsoldaten aber. Wenn wir sie auf dem Schlachtfeld geschlagen haben, taugt ihnen ihre Festung nur noch als Grab.«

»Aber erst müssen wir sie schlagen, und sie sind zweimal soviel wie wir.«

»Es haben schon kleinere Streitkräfte als unsere gegen größere obsiegt. Wir werden sie schlagen.«

Und so ging es und ging es wohl die halbe Nacht hindurch. Ich glaube, meinen Plan nahmen sie zuletzt nur aus einem Grund an – weil niemand einen anderen hatte. Ich konnte es ihnen nicht verdenken – ich war weit weniger siegessicher, als ich mich anhörte.

Im grauen Licht der Morgendämmerung saß ich oben auf unseren Schanzen und beobachtete die Späher der Räuber, wie sie an die sechs-, siebenhundert Schritt entfernt auf der Ebene vor- und zurück-, vor- und zurückritten. Ich erblickte vier Reiter, doch wahrscheinlich waren es mehr – woher sollten sie auch wissen, ob wir uns heute zur Schlacht stellen oder ob wir abwarten würden, doch Collatinus wollte Bescheid wissen, sobald wir unser Lager verließen.

Epeios kam und gesellte sich zu mir, er brachte mir als Frühstück eine Schüssel mit Trockenfleisch.

»Die Männer haben alle gegessen«, sagte er. »Das solltest du auch tun.«

»Der Fluß liegt eine Stunde Fußmarsch von hier«, gab ich zurück und stellte die Schüssel beiseite – ich weiß auch nicht warum, aber zu solchen Zeiten will das Essen einfach nicht in meinem Magen bleiben. »Wir müssen am anderen Ufer sein, ehe Collatinus die Nachricht erhält, daß wir uns in Bewegung gesetzt haben. Wenn sie sich vor uns in Besitz des nördlichen Ufers bringen und wir hier festsitzen, dann gibt es keine Schlacht, dann hat er ohne Schlacht gesiegt. Wenn sie uns überraschen, während wir die Furt durchqueren, so gibt es eine Katastrophe. Er weiß nicht, wo wir über den Fluß gehen, also muß er warten, daß seine Späher ihn benachrichtigen – immerhin etwas. Und seine Festung auf der anderen Seite ist zweimal so weit vom Fluß entfernt wie unser Lager. Wir dürfen hoffen, daß die Zeit für uns ist. Ich an seiner Stelle würde meine Kräfte näher heranführen, in Sichtweite des Ufers, und dort mit ihnen warten, und wenn es einen Monat dauern sollte, aber ich glaube nicht, daß Collatinus das getan hat.«

»Warum nicht?«

»Weil ich nicht glaube, daß er seine Männer in Schach halten kann – denn wer hockt schon gern in der Rüstung auf der kalten Erde. Wir bekämpfen kein Heer, sondern eine Diebesbande, vergiß das nicht.«

»Ich kann nur hoffen, du hast recht.«

»Ich auch.«

Wir sahen den Spähern der Räuber noch ein Weilchen zu, und es herrschte ein tröstliches Schweigen.

»Rufe die Männer zusammen«, wies ich ihn schließlich an. »Gib mir fünf Minuten Vorsprung, nachdem ich sie über die Schanzen geführt habe, dann kommst du mit deiner Reiterei nach. Ein paar von euch lassen sich von Collatinus' Reitern jagen, der Rest geht fächerförmig bis zum Fluß vor und sieht nach, ob sich dort etwas bewegt. Halte mich auf dem laufenden.«

»Wo bist du?«

»Im zweiten Glied des linken Schlachtgevierts, bei den Speerwerfern.«

»Ob du nicht besser in der Mitte bleibst? Es ist unklug, dich derart der Gefahr auszusetzen – was ist, wenn du fällst?«

»Ich muß an einer Stelle sein, wo ich unsere Reihen zusammenhalten kann. Und wer folgt schon einem Führer, der sich nicht der gleichen Gefahr aussetzen will? Unsere Nachbarn würden mich für einen Feigling halten, und das mit Recht.«

»Dein Wunsch ist mir Befehl, Tiglat.«

Die Männer stampften mit ihren sandalenbekleideten Füßen und blickten sich ängstlich um, während sie Speere und Lederschilde zurechtrückten, diese für sie ungewohnten Kampfeswerkzeuge. Kaum einer sprach, und jeder verbarg so gut es ging seine wachsende Angst. Ich wußte, wie ihnen zumute war, denn ich hatte noch nicht vergessen, was es heißt, zum ersten Mal einem Feind ins Auge zu blicken. Mir ging es auch nicht viel besser.

»Wir gehen im Laufschritt über die Schanze«, wies ich sie an. »Alle im Gleichschritt – rechts, links, rechts, links. Aber ja nicht ins Laufen kommen, sonst könnt ihr die Schlachtordnung nicht halten. Denkt daran, überleben in der Schlacht hängt davon ab, daß man zusammenhält und in Reih und Glied bleibt. Nur keine Angst vor den berittenen Räubern, verlaßt euch auf die Bogenschützen und Speerwerfer, die kümmern sich schon um sie. Solange ihr das Geviert geschlossen haltet und eure Lanzen eingelegt habt, können sie nichts gegen euch ausrichten – schließlich versucht nicht einmal das dümmste Pferd, einen Igel zu fressen.«

Darüber mußten sie lachen, und das tat ihnen gut. Männer, die noch lachen können, verlieren nicht plötzlich den Kopf.

Ich nahm meinen Platz im linken Schlachtgeviert ein. Enkidu stand im rechten Geviert mitten im ersten Glied. Er war wie eine Mauer, und er fürchtete nichts und niemand – ich hatte vorausgesehen, daß allein schon sein Anblick den Männern Mut machen würde.

»Auf und über die Schanze!«

Eine Reihe nach der anderen ging mutig über unsere Feldschanze, verlangsamte den Schritt, als sie ebenen Grund erreichte, damit die Reihe dahinter aufschließen konnte. Es dauerte fünf, sechs Minuten, bis alle auf der Ebene standen, und als dann Collatinus' Späher reagiert hatten, hatten wir schon wieder die Schlachtordnung eingenommen.

Ich rief einen Befehl, und beide Gevierte schwenkten nach rechts und bewegten sich im Laufschritt auf den Fluß zu.

Die Späher der Räuber sahen uns ein paar Minuten einfach zu, während ihre Pferde vor Ungeduld schnaubten und mit den Hufen scharrten, anscheinend wußten sie nicht, was sie tun sollten. Dann galoppierten zwei von ihnen wie die Wilden auf den Fluß zu. Die restlichen drei, die noch dümmer waren als die anderen, ritten auf uns zu.

Ich habe keine Ahnung, welche Kurzweil sie sich versprachen, doch da kamen sie auf uns zugedonnert und schwenkten die Schwerter über den Köpfen. Ich rief Halt, befahl den ersten beiden Reihen der Bogenschützen in beiden Gevierten, sich bereit zu machen, und wartete die Viertelminute, welche wir brauchten, damit die Reiter auch ganz sicher in Reichweite waren, ehe ich den Befehl zum Abschießen erteilte.

Dreißig Bogen zirpten und surrten alle auf einen Schlag, und ein Pfeilhagel stob auf, flog durch die leere Luft und fiel auf die Ziele. Zwei der Räuber sanken schlaff aus dem Sattel, waren bereits tot, ehe sie noch auf dem Boden aufschlugen, während der dritte, der noch am Leben und anscheinend unverletzt war, von seinem verwundeten Pferd abgeworfen wurde. Er kam wieder auf die Beine und rannte davon wie ein Hase.

Die Griechen jubelten, aber es war keine Zeit, den Sieg zu feiern. Wir fielen wieder in den Laufschritt, und nach einer Viertelstunde kehrte auch der erste unserer Reiter zurück.

»Alles klar bis zum Fluß, Tiglat!« schrie er. »Kallias hat ihn überquert und vom anderen Ufer Ausschau gehalten – er hat mir zugerufen, daß er niemand sehen kann.«

Eine halbe Stunde später konnten wir selbst urteilen.

Es gibt fast kein schlimmeres Unterfangen für einen Befehlshaber, als ein Heer über einen Fluß und in feindliches Gebiet zu führen. Wenn man dabei überrascht wird, bedeutet das Vernichtung, denn Soldaten können sich nur recht und schlecht verteidigen, wenn sie bis zum Gürtel im wirbelnden Wasser stehen. Es dauerte vierzig Minuten, bis auch der letzte Mann am anderen Ufer war, und ich starb jedesmal tausend Tode, wenn ein Späher herangeritten kam und berichtete, daß er Collatinus' Reiterei gesichtet hatte.

Und so hatten wir denn auch kaum unsere Sandalen getrocknet, als Epeios heranritt und verkündete, daß wir in einer Viertelstunde auf den Feind treffen würden.

»Hier ist alles in Ordnung«, sagte ich und das so laut, daß jeder mithören konnte. »Wir haben das Ufer erreicht, also haben wir ebenen Grund zum Kämpfen. An Rückzug ist gar nicht zu denken.«

Ich ließ ihnen keine Zeit zum Überlegen – ein Mann, der überlegt, kann sich dem Feind in seiner ersten Schlacht nicht tapfer stellen. Als unsere Reiter einer nach dem anderen mit der gleichen Nachricht eintrafen, hieß ich sie absitzen und sich in die Glieder der beiden Schlachtgevierte einreihen.

»Denkt daran – immer zusammenbleiben! Laßt euch von ihrem Angriff überrollen wie ein Fels vom Meer. Laßt sie durch unsere Pfeile sterben oder sich auf den Spitzen unserer Speere aufspießen!«

Sie brüllten Beifall, denn damit trotzten sie der eigenen Angst ebenso wie dem Feind. Es ging im stetigen Laufschritt voran, bis der Fluß an die hundert Schritt hinter uns lag. Wir konnten bereits die Staubwolken sehen, welche die berittenen Räuber aufwirbelten.

Wieviele waren es? Einhundertundfünfzig? Zweihundert? Dergleichen Zahlen lassen einem Soldaten die Gedärme zu Eis gefrieren. Schon bald klang das Donnern ihrer Hufe auf dem Boden wie ein Sommergewitter, und hier und da blitzte das bleiche Morgenlicht auf ihren Bronzeschwertern auf. Ihr Kriegsgeschrei dröhnte uns in den Ohren, sie kreischten wie die Habichte – das hier waren keine Menschen, das waren Dämonen, die auf uns zuströmten, um uns grausam hinzumorden und unsere Leichen unbeweint in der gnadenlosen Sonne verwesen zu lassen. Das flüsterte uns die Angst ein. Wir konnten anscheinend nichts mehr tun als warten.

Doch der Soldat lebt nicht um zu sterben, sondern um zu kämpfen, und das hier waren keine Dämonen, nein, es waren Menschen. Ich wartete nur so lange, bis sie in Reichweite waren.

»Spannt die Bogen! – und Schuß!«

Ein Pfeilhagel ist so wahllos wie Regen, doch er tötet auf große Entfernung hin. Ich weiß nicht, wieviele von Collatinus' räuberischen Kriegern in jenem Augenblick tot aus dem Sattel fielen, aber wir konnten ihre Pferde ins Wanken kommen sehen wie Weinkrüge, die man von einem Bord kippt. Auf einmal war da ein neuer Laut; das Geschrei der Verstümmelten und Sterbenden zerriß die Luft.

Ein zweiter Hagel zischte, fiel auf sie nieder und bohrte die

Spitzen in das Fleisch von Mensch und Tier. Collatinus hatte schon einen von sechs Reitern verloren, ehe er sich unseren Linien auch nur bis auf siebzig Schritt genähert hatte. Nun war es auch an der Zeit, daß die Speere ihre Arbeit verrichteten.

Wir waren unser zwanzig, je zehn im zweiten und dritten Glied der beiden Gevierte, und die Vordersten machten uns Platz zum Werfen. Die Räuber hatten uns jetzt fast erreicht, und immer noch waren es viele, darum mußte ein jeder von uns gut zielen, denn nur dem Schnellen bot sich noch Gelegenheit zu einem zweiten Wurf.

Mit der Ekstase im Krieg ist es eine ganz eigene Sache, und der Schlachtentaumel gleicht der Leidenschaft von Liebenden. In diesem Augenblick vergaß ich alles, ich war nur noch ein Grieche mit einem Speer in der Hand. Ich hätte ebensogut allein vor Collatinus' Reitern stehen können – ich hatte nur noch Augen für das Ziel vor mir, die Männer, welche ich mit der Kraft meiner Hand in den Tod schicken würde.

Den einen traf mein Wurf am Halsansatz, und das Blut spritzte nur so, während seine Seele aufkreischend ins Schattenreich entfloh. Ein anderer fiel mit aufgerissenem Leib; ich sah ihn zu Boden sinken und wußte schon vor ihm, daß sein Leben zu Ende war.

Dann war keine Zeit mehr. Die Männer in den vorderen Reihen drückten die Knie durch und streckten ihre Lanzen nach vorn, sie warteten auf die Wucht des Aufpralls.

Vielleicht bildeten sie sich ein, wir wollten sie hereinlegen – vielleicht wußten sie einfach nicht, was sie sonst tun sollten –, aber mehrere Räuber ritten doch geradewegs in uns hinein. Einen Augenblick lang herrschte ein Gemetzel und Chaos, wie ich es nie wieder erleben möchte, als sich nämlich Pferde aufspießten und unsere Speerspitzen abbrachen. Dabei schrien sie wie nur Pferde schreien können, dann gingen sie in die Knie und rollten sich in unsere Linien, wobei ihre Reiter in hohem Bogen durch die Luft flogen. So mancher Grieche erhielt einen Tritt an den Kopf oder wurde von einem Pferd überrollt. Der Mann vor mir geriet unter ein Pferd, welches ihm den Brustkorb eindrückte. Sein Gesicht wurde schwarz; er konnte nicht einmal mehr seinen

Schmerz hinausschreien. Jemand reichte mir einen Speer, und ich sprang nach vorn, damit ich seinen Platz in der vordersten Linie einnehmen konnte.

Und die Reihen hielten stand. Wir rückten über die Leichen von gefallenen Männern und Tieren vor, über unsere eigenen und die unseres Feindes, und als wir stillstanden, waren wir so unangreifbar wie zuvor. Die berittenen Räuber konnten nichts gegen uns ausrichten.

Nicht alle waren so töricht, daß sie gegen unsere waffenstarrenden Gevierte vorgingen. Viele rissen kurz vorher an den Zügeln, als sie sahen, was da vor sich ging, und nach dem ersten Angriff ritten sie ziellos durcheinander, so als ob sie nicht wüßten, was sie tun sollten.

Was kommt als Nächstes? schienen sie zu überlegen.

Wir antworteten mit einem weiteren Pfeilhagel und dann mit noch einem. Und wieder fielen Männer leblos vom Pferd, und am Ende sahen die Räuber ein, daß es aussichtslos war, ritten zurück von woher sie gekommen waren und überließen uns das Feld.

Als sie die Räuber fliehen sahen, brachen die Griechen in ein Jubelgeschrei aus, welches fast den Himmel einstürzen ließ. Erleichterung und eine irre Freude überkamen uns, als wir merkten, daß wir gesiegt hatten. Wir schrien uns heiser, wir riefen die Götter zu Zeugen unseres Sieges an.

Ich konnte es einfach nicht fassen. Der Sieg war so leicht gewesen.

Ganz kurz fiel ich zum Atemschöpfen auf die Knie und dankte dem Gott Assur erneut aus tiefstem Herzen für alle Bewahrung in den Grauen der Schlacht.

»Zählt die Toten«, befahl ich, als ich wieder der Worte mächtig war. »Ihre und unsere.«

Rechnung und Gegenrechnung waren rasch getan: Wir hatten acht Mann verloren, doch die Räuber hatten zweiundsiebzig Mann zurückgelassen, tot oder verstümmelt. Etliche von uns hatten Wunden empfangen, die nun von ihren Nachbarn versorgt wurden, doch wenn die Griechen Gefolgsleute von Collatinus antrafen, die noch lebten, aber wegen ihrer Verletzungen nicht fliehen konnten, so schnitten sie ihnen die Kehle durch.

»Das ist ein großer Sieg«, stellte Epeios auf seine sachliche Art fest. »Und doch noch nicht so vollständig, als daß der Feind nicht immer noch fünf zu vier in der Überzahl wäre; zudem haben sie sich in ihre Festung zurückgezogen.«

Darüber konnte ich nur lachen und den Kopf schütteln, denn manche Leute muß man mit der Nase auf alles stoßen.

»Ja, aber sie sind geschlagen«, sagte ich schließlich. »Und wenn ein Mann erst einmal geschlagen ist – bis in die tiefste Seele getroffen –, dann kann ihn nichts mehr retten. Wenn es sein muß, ziehen wir sie an den Haaren aus ihrer ›Festung‹.« Und wir zogen sofort hinter den Geschlagenen her und erreichten bald Collatinus' Palisade.

Die Räuber wiesen unsere Aufforderung, sich zu ergeben, hochmütig zurück, und ich mußte also mein prahlerisches Versprechen einlösen. Mein Freund Maelius redete mir gut zu, sikulische Bauern am Untergang ihrer Unterdrücker zu beteiligen, und mit deren Hilfe hoben wir unterirdische Gänge aus, bis wir den äußeren Rand von Collatinus' Palisade erreichten, die wir vorsichtig untergruben. Als wir fertig waren, brach die ganze Befestigungslinie aus Baumstämmen schlicht und einfach zusammen wie Zeltwände, und die Griechen stürmten hinein, um die Verteidiger abzuschlachten. Die meisten der Räuber standen nur so herum, sie versuchten wohl zu begreifen, was ihnen zugestoßen war. Etliche hatten nicht einmal ihre Schwerter dabei, und die mit Schwertern schienen vergessen zu haben, wie man sie benutzte. Die Luft schrillte vom Geschrei. Ich sichelte Männer nieder, als erntete ich Weizen.

Allesamt glichen wir Dämonen, unsere Arme waren verdreckt und blutig, denn die Mordlust hatte uns gepackt. Für Angst blieb kein Raum. Wir töteten, bis uns die Arme schmerzten.

Und nach vielleicht weniger als einer halben Stunde war alles vorüber. Irgendwie stand uns der Sinn nicht mehr nach Blutvergießen, und Ruhe legte sich über die zerstörte Festung wie kalter Wind.

Die überlebenden Räuber, zwanzig an der Zahl welche das Glück gehabt hatten, sich ergeben zu dürfen, wurden auf die Ebene hinausgetrieben und dort auf dem Boden kauernd unter leichter Bewachung zurückgelassen. Die würden uns keinen Ärger mehr bereiten.

Als wir die Palisade absuchten, fanden wir die Leiche von Collatinus. Enkidu fand ihn, ein fallender Baumstamm hatte ihn zerschmettert. Getreu meinem Wort nahm ich mir seinen Kopf, den Leib überließ ich den Krähen.

Außerdem fanden wir Kisten voller Gold- und Silbermünzen und Frauen.

In einer von ihnen, einer dunkelhaarigen und jungen, erkannte ich das Mädchen wieder, das an dem Tag, als ich nach Naxos gegangen war, um das geweihte Feuer der Hestia zu holen, vor meinen Augen entführt worden war. Sie starrte mich aus großen, entsetzten Augen an, schien von mir nichts Besseres zu erwarten als von den Räubern.

»Bist du Griechin oder Sikulerin, Mädchen?« fragte ich.

Lange fand sie keine Worte, dann nickte sie.

»Griechin, Herr.«

»Sind deine Eltern noch am Leben, oder haben die Räuber sie umgebracht?«

»Ich weiß es nicht.«

»Na gut, wenn sie am Leben sind, kehrst du zu ihnen zurück, und wenn sie tot sind, dann finden wir einen Platz für dich unter deinem Volk. Du bist jetzt in Sicherheit. Du kehrst mit uns zurück.«

Sie weinte. Die Tränen liefen ihr einfach so übers Gesicht. Sie fuhr sich mit den Nägeln durchs Gesicht und weinte.

Eine Stunde später sah ich sie wieder. Sie trank Wein aus einem Tonbecher und unterhielt sich mit zwei, drei jungen Männern. Mittlerweile konnte sie auch wieder lächeln.

»Die gefangenen Räuber, Tiglat – was sollen wir mit ihnen tun, mein Freund?« Epeios stellte mir diese Frage.

»Wir wollen Maelius fragen. Was sollen wir mit ihnen tun, mein Freund?«

Die Miene des alten Mannes verfinsterte sich.

»Töten – allesamt töten.«

»Nein, das ist zuviel«, sagte ich. »Aber die Gerechtigkeit soll ihren Lauf nehmen, das verspreche ich dir.«

Ich schickte nach Enkidu und seiner Axt.

»Wir enthaupten jeden Vierten – sie sollen selber losen, wer lebt und wer stirbt. Die anderen bekommen die rechte Hand abgehackt, damit sind sie als Diebe gebrandmarkt und vogelfrei.«

Männer, die so eingeschüchtert waren, daß sie sich nicht einmal gegen den Tod auflehnten, knieten sich auf die Erde und überantworteten ihren Hals der Axt. Während ihre Leichen noch zuckten, holten wir uns die übrigen und hackten ihnen mit dem Schwert die Hand ab. Die Luft stank nach Blut, und sie gaben nur ein leises Wimmern hilfloser Angst von sich, mehr war nicht zu hören, und doch legten sie die Arme widerspruchslos auf den Block.

Endlich war alles vorbei, und die abgetrennten Köpfe und Hände wurden Maelius als Bezahlung für das Leben seines Sohnes übergeben. Die blutenden Stümpfe der überlebenden Räuber verschmorten wir mit Feuer und peitschten sie aus dem Lager.

Die Zahl der gefallenen Griechen belief sich auf zwölf. Wir sammelten ihre Leichen zum Verbrennen ein und bewahrten ihre Asche in Kupferkrügen auf, damit wir sie mitnehmen und auf ihrem eigenen Grund und Boden bestatten konnten. Wir sammelten die Beute innerhalb der Palisade ein, bezahlten den Sikulern das Essen, welches sie uns gebracht hatten und verteilten den Rest unter uns, und keines Mannes Anteil war größer als der seines Nachbarn.

An jenem Tag und am nächsten feierten wir und hielten Wettkämpfe zu Ehren unserer gefallenen Freunde ab. Alle Zweifel waren verflogen. Wir hatten einen großen Sieg errungen. Alles war uns gedeihlich geraten.

Zu Mittag des Tages, an dem wir uns nach Haus aufmachen wollten, sahen wir einen Adler aus der Sonne auf uns herabstoßen, der flog nach Osten. Ich schirmte meine Augen mit der Hand gegen die Sonne ab, und in dem Augenblick, als der Schatten des Adlers über mich hinwegzog, fiel ein Blutstropfen herunter und auf meinen Handteller.

Ich sah ihn an, und die Gedärme gerannen mir zu Eis. Das Blut auf meinem Handteller bedeckte genau das Mal, welches die Götter mir in der Stunde meiner Geburt aufgedrückt hatten – jetzt war der Blutstern tatsächlich aus Blut.

Männer drängten sich um mich und wollten ihn sehen, und der Anblick erfüllte sie mit Angst.

»Was hat das zu bedeuten, Tiglat – ist das ein Omen?«

»Ja, so ist es, aber ich weiß nicht, was es bedeutet. Das weiß ich erst, wenn es zu spät ist.«

»Haben wir die Götter erzürnt? Haben wir sie gekränkt?«

»Nein. Die Griechen sind schuldlos und rein. Das galt mir allein.«

XXVIII

Doch was gelten dem Siegestrunkenen schon dergleichen unheilvolle Vorzeichen? Kaum war der Adler am Horizont verschwunden und kaum hatte ich mir das Blut weggewischt, da war dieses seltsame Omen auch schon im allgemeinen Siegestaumel dieser Männer vergessen, welche jetzt und zum ersten Mal im Leben die Erfahrung machten, wie süß der Sieg schmecken kann.

Das war auch besser so, denn die düstere Geschichte ging nur mich etwas an. Ich kann nicht sagen, woher ich das wußte, ich wußte es einfach. Ausgerechnet in der Windstille hörte ich die Stimme des Gottes flüstern.

Ich konnte seine Stimme hören, doch seine Worte verloren sich im Schweigen. Wieder einmal hatte er mir ein Zeichen gegeben, dessen Bedeutung er mir vorenthielt. In meinem Traum waren es fünf Adler gewesen, und von der Kralle eines jeden hatte Blut getropft – fünf Mörder hatte man von Ninive ausgeschickt, mir den Tod zu bringen. Statt dessen waren vier von ihnen zu Tode gekommen, also blieb nur noch einer übrig. Kündigte man mir sein Nahen an? Aber warum war dieser Adler dann aus der Sonne gekommen und in Richtung Osten geflogen, so daß er ins Land Assur zurückzukehren schien? Und warum war sein Blut auf mein Geburtsmal getropft? Ich wußte es nicht zu sagen – ich hatte nicht die leiseste Ahnung. Wieder einmal war mir die Warnung des Gottes ein Rätsel, bis die Zeit verstrichen war, daß ich daraus Nutzen hätte ziehen können. Wieder einmal erlaubte er sich einen Scherz mit mir.

Aber auch ich war Grieche und hatte vom Wein des Sieges gekostet, der jedermann in den Kopf steigt, und ich war davon so trunken wie die anderen. Nachdem ich schon geglaubt hatte, daß all dieses hinter mir läge, hatte ich erneut erfahren, was es heißt, Soldat zu sein, die erregende Nähe der Gefahr zu spüren, dem Tod wieder einmal entkommen zu sein. Es war nur zu einfach, das zu genießen und meine lauernden Ängste vergehen zu lassen wie den Sonnenuntergang. Es war nur zu einfach.

Und so machten wir uns auf den Heimweg über das Gebirge und nach Naxos und zu unseren Höfen, wo wir einen Empfang erwarten konnten, wie er Siegern gebührte, in unserem Gefolge zwölf Griechinnen, welche die Räuber entführt hatten und die wie wir nach Haus zurückkehrten. Auf der Schulter trugen wir die Urnen mit der Asche unserer gefallenen Kameraden – das war unsere einzige Last, doch sie wurde leichter im Wissen darum, daß die Familie jedes Toten den vierfachen Anteil an unserer Beute erhalten würde, eine nicht unbeträchtliche Summe. Wir hatten allen Grund zum Jubeln.

Die Berge im Osten Sikelias sind schön, und obschon wir ein gutes Tempo vorlegten – das ist immer so auf dem Heimweg von einem erfolgreichen Feldzug –, glich der Rückmarsch mehr einem Festzug. Wir hatten alle Gefahr vergessen und schickten deshalb auch keine Späher aus. Der Vorwurf für diese verblendete, törichte Handlungsweise trifft allein mich, denn schließlich war ich als Soldat ausgebildet worden und hätte es besser wissen sollen. Doch durch die Gnade der Götter wurden wir Naxos' ansichtig, ehe uns aufging, daß etwas nicht in Ordnung war.

Wir waren schon bis zu den zum Meer abfallenden, langen Gebirgsausläufern gekommen und vielleicht noch drei Stunden Fußmarsch vom Hafen entfernt, da kam Kallias auf seinem schönen, grauen Hengst durch die Linien getrabt und berichtete, daß er zwei Reiter gesehen hätte, die uns entgegenkamen.

»Sie galoppieren fast«, sagte er. »Falls die bergauf so weitermachen, sind ihre Pferde dämpfig, wenn sie hier ankommen. Wie grausam und gedankenlos, so mit einem Pferd umzugehen.«

»Wie weit sind sie noch entfernt?« fragte ich.

»Eine halbe Stunde – mehr nicht.«

Er schüttelte mißbilligend den Kopf und ritt dann den näherkommenden Reitern entgegen. Zweifellos probte er schon insgeheim, was er ihnen über ihren Mangel an Rücksichtnahme sagen wollte. Kallias war einst bei den Spielen in Nemea mitgeritten und ging mit seinem Pferd um wie ein anderer Mann wohl mit seiner Braut.

»Also dann in einer halben Stunde«, sagte ich und warf Enkidu neben mir einen Blick zu. »Die hat zweifellos der Griechenrat geschickt, der Kunde haben möchte, wie es mit den Räubern ausgegangen ist.«

Das stand vernünftigerweise zu vermuten, doch Enkidu knurrte nur, irgendwie schien er die Wahrheit riechen zu können.

Und wie immer kam sein Instinkt für Gefahr mir gut zupaß, denn als ich dann die Hufe auf der harten Erde donnern hörte, erkannte ich in dem Anführer der Reiter Diokles. Und der sah nicht aus, als wäre er gekommen, um uns zu beglückwünschen.

»Beim Nabel des Mäusegottes, ich habe schon gedacht, ihr würdet nie zurückkommen«, rief er, glitt vom Pferd, blieb auf der Erde hocken und rang nach Atem. »Warum habt ihr solange gebraucht? Wir haben euch schon vor Tagen erwartet. Was habt ihr nur gemacht?«

»Wir haben gesiegt.«

Er riß nur die Augen auf, als verstünde er nicht, wovon die Rede war.

»Wir haben gesiegt«, wiederholte ich. »Die Räuber sind völlig geschlagen und Collatinus ist –«

»Ja, ja – das wissen wir doch alles!« Er schüttelte ungeduldig den Kopf. »Vor zwölf Tagen ist ein Reiter von Ducerius' Zitadelle heruntergekommen, und gegen Sonnenuntergang wußte jedes Haus in Naxos, daß die Griechen siegreich waren. Ducerius tobt vor Wut und rächt sich die ganze Zeit an uns.«

»Was meinst du damit, Ducerius rächt sich an uns?«

»Er schickt Reitertrupps aus, daß sie die griechischen Bauernhöfe überfallen, ganz so wie früher die Räuber. Er tut sich damit groß, daß Collatinus zwar geschlagen ist, wir aber den Unterschied kaum bemerken dürften. Jetzt will er uns ganz eindeutig vernichten, Tiglat. Ist Collatinus wirklich tot?«

»Enkidu, zeig's ihm.«

Enkidu trug einen Lederbeutel an seinem Gürtel. Er öffnete ihn und schüttete den Inhalt aus. Collatinus' Kopf plumpste auf die Erde – er hatte immer noch die Augen offen und sah aus, als spürte er die Kränkung.

»Beim Nabel des Mäusegottes …«

»Du hast die halbe Miliz als Heimwehr gehabt«, sagte ich vielleicht ein wenig ungeduldig, denn bis Enkidu seine Trophäe aufgehoben und wieder in seinem Lederbeutel verstaut hatte, schien Diokles für nichts anderes Augen zu haben. »Was hat die unternommen?«

»Was konnte die schon dagegen machen? Die Männer wollten unbedingt nach Haus, um ihre Familien und ihren Besitz zu schützen – ich vermochte nicht, sie aufzuhalten. Und was können hundert Mann schon ausrichten? Gegen Ducerius, und das ganz allein? Ohne dich gar nichts. Was also hat dich aufgehalten?«

Ich erzählte ihm so kurz und knapp wie möglich, was sich alles auf der Salito-Ebene zugetragen hatte, und am Ende meines Berichtes nickte er.

»Stimmt«, sagte er, »du hast gesiegt. Ich fürchte nur, das wirst du noch einmal tun müssen. Ducerius hat erwartet, daß ihm die Räuber die Arbeit abnehmen – er hat uns ausgelacht, hat uns Mistkratzer geheißen. Und nun wagt er es nicht, die Sache auf sich beruhen zu lassen, denn wir untergraben seine Autorität. Er glaubt, er kann uns dazu verleiten, daß wir uns auf der Stelle seinem Heer stellen. Das ist ein Heer, Tiglat, keine Räuberbande. Und auf jeden von uns kommen zwei seiner Leute. Er will uns völlig vernichten.«

»Ist mein Hof angegriffen worden?« fragte ich – auch ich war nur ein Mensch und selbstsüchtig, ich mußte es einfach wissen.

»Ja.«

»Ist jemand umgebracht worden?«

»Davon weiß ich nichts, Tiglat. Ich habe erst heute morgen davon gehört. Einer erzählt es dem anderen, der erzählt es weiter – du weißt ja, wie das geht.«

»Ja, ich weiß.«

Ich dachte an Selana. Wenn sie tot war …

Ein Blick zu Enkidu, und die Sache war abgemacht, jedenfalls soweit sie uns betraf.

»Ich gehe jetzt nach Haus«, sagte ich zu Diokles, doch mir war klar, daß die anderen auch zuhörten. »Wenn Ducerius so auf Krieg erpicht ist, dann soll er ihn haben. Meine sechs Monate als Tyrann sind fast herum – die Griechen müssen selber entscheiden, was sie wollen. Sie wissen, wo ich zu finden bin.«

Ich begleitete die Miliz nicht nach Naxos hinein – es würde keine Siegesfeier geben, keinen Jubel über die Sieger, denn anscheinend hatten wir einen Feind besiegt, um uns dafür aber einen anderen einzuhandeln. Mir jedenfalls stand der Sinn nicht nach Ruhm und Ehre.

Enkidu und ich schieden von den übrigen und folgten dem Gebirgszug nach Süden, wir wollten nach Haus.

Für den Weg brauchten wir fünf Stunden, und die ganze Zeit steckte mir das Herz in der Kehle wie ein Fuchs, der in einem hohlen Baumstamm gefangen sitzt. Wenn Selana tot war.

Ich Tor, ich hatte sie ohne Schutz zurückgelassen – ich hätte doch wissen müssen, daß Ducerius sich insbesondere an mir rächen würde. Und ich mußte losziehen wie ein kleiner Junge mit seinen Spielgefährten, der nichts anderes im Kopf hat, als sein kindliches Spiel. Nie wieder würde ich sie alleinlassen, wenn sie nur …

Ich malte mir jede erdenkliche Todesart für Ducerius aus, malte mir aus, wie ich ihm das Leben entreißen würde, so wie man einen Apfel schält. Aber was galt er mir schon – meinetwegen mochte er ewig leben, wenn nur Selana in Sicherheit war und ich sie wieder in die Arme schließen konnte.

Als wir endlich des Hauses ansichtig wurden, sah ich, daß aus der Abzugsöffnung kein Rauch vom Herdfeuer ausstieg.

Sie ist tot, dachte, ich. Das Herdfeuer ist ihre Sache wenn es tot ist, dann auch sie.

Doch dem war nicht so. Ich fand sie vor dem Haus, wo sie auf mich wartete, die Augen ängstlich aufgerissen, so als fürchtete sie, ich wäre ein Geist.

Und dann lag sie schluchzend in meinen Armen.

»Ich habe gedacht, du bist tot«, flüsterte sie am Ende mit rauher Stimme, soviel hatte sie geweint. »Du hast so lange gebraucht – ich habe gedacht, die Räuber hätten gesiegt und ihr wäret allesamt tot.«

»Hast du nicht von unserem Sieg gehört?«

»Nein – und dann sind die Soldaten gekommen, vor acht Tagen …«

Sie schien mir so klein in meinen Armen, so als wäre sie immer noch das Kind, das ich auf der Schiffslände von Naukratis gefunden hatte. Welche Schrecknisse hatte sie während meiner Abwesenheit durchgemacht? Was war geschehen?

»Ist jemand umgebracht worden? « Ich ergriff sie bei den Schultern, denn auf einmal sollte sie mir anscheinend nicht mehr in die Augen sehen. »Selana, wenn das Herdfeuer aus ist … Ist jemand …?«

»Ja, einer, Herr.«

Das war Kephalos' Stimme. Er stand in der Tür – ich hatte ihn nicht einmal bemerkt. Er sah grau und hager aus, so als hätte er viele Nächte kein Auge zugetan.

»Wer denn?«

»Der Diener deines Dieners, Gebieter. Der Knabe Ganymedes.«

»Wisse, Herr, daß ich dem Jüngling Tullus nichts nachtrage, denn was geschehen ist, war nicht seine Schuld, schließlich ist unser aller Leben wie ein Faden im gleichen Netz verwoben, und mein armer Junge hat der Göttin Nemesis nie gefallen. Aber erinnerst du dich noch daran, daß ich schon damals, als Tanaquil mit ihren beiden Söhnen zu uns kam, gesagt habe, es würde ein böses Ende nehmen?« Wir saßen zusammen vor dem Haus und teilten uns den dritten Krug Wein – es gibt Zeiten, da hilft sonst gar nichts mehr. Es war beinahe dunkel, doch an Essen kein Gedanke. Kephalos hatte dem Wein mittlerweile reichlich zugesprochen, und ich leistete ihm dabei Gesellschaft, denn was hätte ich als Freund sonst auch tun können.

»Die Dichter, welche die Liebe als Fluch der Götter besingen, sind auf eine große und geheimnisvolle Wahrheit gestoßen«, fuhr er fort, und die Augen wurden ihm nicht nur vom Übermaß an Wein feucht, nein, er trauerte wirklich tief. »Und der größte Fluch ruht auf einer Liebe, die sich an ein unwürdiges Objekt verschwendet – denn wisse, Herr, ich war nie blind für Ganymedes' verderbten Charakter. Ich liebte ihn klaren Blickes, und das ist eine Qual, die Dummköpfen erspart bleibt.«

»Wie ist er gestorben?«

»Kaum zu glauben, aber mit Würde. Vermutlich sollte ich Tullus dankbar sein, denn durch die Art seines Todes hat mein armer Junge bewiesen, daß er nicht durch und durch schlecht war. Ob es wohl möglich ist, daß eine letzte, edle Tat ein Leben voller Selbstsüchtigkeit gutmacht?«

»Daran hege ich keinen Zweifel. Ein Mensch braucht nur eine einzige Gelegenheit, daß sein wahrer Charakter deutlich wird.«

»Oder zumindest die Möglichkeit deutlich zu machen, wie er hätte sein können?«

»Ja.«

»Das tröstet mich ein wenig. Ich habe Silbermünzen unter seine Asche gemischt, damit es ihm auf seiner Reise ins Totenreich an nichts mangelt. Herr, du mußt mir versprechen, mich nach meinem Tode neben ihm zu bestatten.«

Und dann weinte er, lange und bitterlich. Ich legte ihm den Arm um die Schulter, wollte ihn trösten wie man wohl ein Kind tröstet, denn sein Gram war so leidenschaftlich wie der eines Kindes, ungestüm und verzehrend.

Die ganze Geschichte kam nur langsam aus ihm heraus, es war gleichsam die schmerzhafte Ablösung eines Verbandes von der Seele.

»Das war keine Nacht, in der man in seinen vier Wänden schlafen mochte, die Luft klebte, war so dick wie Hirsebrei und so heiß, daß man nur am schwarzen Himmel merken konnte, daß die Sonne bereits untergegangen war. Wir hatten allesamt die Schlafmatte nach draußen gebracht und hofften, daß uns dort eine leise Brise von der See her erreichen würde. So hörten wir die Soldaten des Königs kommen, hörten ihre Pferde wiehern und den Laut von vielen Hufen auf der harten Erde. Die Zeit reichte aus, daß wir alle im schützenden Dunkel hätten entkommen können.

Ich hatte mir vorgenommen, mich im Weinberg zu verstecken, und Ganymedes und ich zogen uns schon dahin zurück, als die Soldaten unseren Hof erreichten. Ich hatte Tullus und seinen Bruder in die Scheune laufen sehen, was mir als törichte Wahl erschien, da die Männer des Königs, die in deiner Abwesenheit auf Unheil sannen, sie gewißlich in Brand stecken würden. Ich gestehe, ich wäre nie darauf gekommen, daß er …

Und dann hörte ich Tullus' Stimme – er war mit einer Breithacke aus der Scheune getreten, ausgerechnet einer Breithacke, und er bedachte sie mit den fürchterlichsten Flüchen: ›Eure Mütter haben es mit Eseln getrieben, ihr verschnittenen Scheißkerle‹, brüllte er, ›ich bringe euch um, alle miteinander, ihr Mörder meines Vaters.‹ Und so fort, nur daß ich mich nicht mehr an alles erinnere. Der Knabe war außer sich vor Wut.

Die Soldaten hoch zu Roß lachten nur. Vielleicht hätten sie ihm kein Leides getan, aber wer kann das wissen? Die Gefahr jedoch schien recht wirklich.

Es geschah alles ohne Vorwarnung – ich glaube nicht, daß ich dem irgendwie hätte Einhalt gebieten können. Auf einmal fing Ganymedes an zu wehklagen, und das mit einer so schrillen Stimme, wie ich sie noch nie an ihm vernommen hatte. Ich drehte mich um, wollte wissen, was in ihn gefahren sei, da hatte er sich schon von mir losgerissen und rannte zum Hof zurück. Ich rief hinter ihm her, aber er hörte nicht auf mich. Er war schon zu weit fort, als daß ich ihn hätte zurückrufen können, und die Soldaten hatten ihn gesehen.

Vermutlich haben sie gedacht, sie würden von zwei Seiten angegriffen, wenn man bei zwei Knaben, von denen einer völlig unbewaffnet ist, während der andere nur einen Rübenspaten schwingt, überhaupt von einem Angriff sprechen kann. Doch unter derlei Umständen verlieren Männer leicht den Kopf.

Als Ganymedes Tullus erreicht und sich in seine Arme geworfen hatte – sein einziges Ziel schien, ihn mit dem eigenen Leib zu decken –, da hatte sie einer der auf sie zugaloppierenden Reiter auch schon fast erreicht. Ich mußte mit ansehen, wie ihre Leiber unter die Hufe der Pferde gerieten.

Wenn Zeit und Raum für Gedanken gewesen wären, ich hätte gemeint, sie sind beide tot, doch das Entsetzen, welches einen in solchen Augenblicken überwältigen kann, lähmte mein Hirn. Nichts war mehr wirklich, der Schreck schien mich gänzlich mit Leere zu erfüllen.

Und als ich dann langsam wieder ein wenig zu mir kam, da war es, als ob der Gott persönlich – dein einsamer, unversöhnlicher Gott, der mit so eifersüchtigem Blick über dich wacht … fast hätte man glauben können, daß der Heilige Assur alles, was ich fühlte, ausdrücken konnte.

Einer der Soldaten trug eine Fackel und versuchte, das Haus in Brand zu stecken. Doch anscheinend wollte das Dach nicht Feuer fangen, und so warf er schließlich die Fackel fort und ließ einfach davon ab. Sie fiel an den Fuß des Kastanienbaums, welcher sofort hell aufloderte.

Ehrlich gesagt, Herr, wenn ich es nicht mit eigenen Augen gesehen hätte, ich würde selbst nicht glauben, was sich dann zutrug. Ich hätte es einfach nicht für möglich gehalten.«

Er schwieg kurz, trank einen Schluck Wein und wischte sich den Mund. Seine Augen glänzten bei dem Gedanken an alles, was er in jenem schrecklichen Augenblick gesehen und gefühlt hatte und was ihm nun wieder ins Gedächtnis zurückströmte.

»Der brennende Kastanienbaum schien die ganze Welt zu erhellen, doch nur ganz kurz, gleichsam wie ein aufstiebender Funke. Man hatte kaum Zeit, den Anblick in sich aufzunehmen, schon wurde die nächtliche Stille durch das Heulen eines jähen, schrecklichen Windes gebrochen, welcher über uns herfiel, als hätte man ihn aus dem Himmel geworfen und er wäre beim Herunterrollen auf der Erde aufgeschlagen.

Er schien uns geradewegs den Atem aus den Lungen zu saugen und hörte sich an wie ein Wolf, der mit messingner Kehle heult, nur daß ein Wolf, der solch einen Laut von sich geben könnte, im Inneren des Aitna schliefe wie ein Fuchs in seinem Bau. O Herr, noch nie habe ich einen solchen Laut vernommen, und der Wind, welcher ihn hervorbrachte, blies das Feuer in den Zweigen des Kastaninenbaumes aus wie du oder ich eine Öllampe.

Das war gewißlich ein Zeichen der Götter – und gewißlich haben das auch die Soldaten so aufgefaßt, denn sie rissen ihre Pferde herum und flohen ums nackte Leben. Ich konnte die Hufe ihrer Pferde davongaloppieren hören, denn kaum waren sie fort, da ließ auch der Wind völlig nach, und die Nacht war wieder still.

Als ich mich ein wenig von meinem Erstaunen erholt hatte, fiel mir mein armer Junge ein. Ich lief zu ihm, wo er lag, doch im Herzen wußte ich bereits, was ich vorfinden würde.

Ein Pferdehuf hatte ihm den Schädel so einfach zertrümmert, als handelte es sich um eine Melonenschale. Sein Gesicht war blutverschmiert, und seine offenen Augen spähten durch das Blut wie durch die Schlitze einer Maske. Der Tod hatte ihn wohl überrascht. Ich glaube, das hatte er ganz und gar nicht erwartet.

Sein Ziel hat er jedoch erreicht, Tullus ist mit ein paar blauen Flecken auf der Brust davongekommen – noch zehn, zwölf Tage, und er hat von den Geschehnissen nichts mehr vorzuweisen. Wie ich schon gesagt habe, ich trage es ihm nicht nach, daß er lebt.«

Schließlich stolperte auch Kephalos ins Bett, den Weinkrug an die Brust gedrückt als wäre es der Leichnam seines geliebten Ganymedes. Ich blieb vor dem Haus sitzen und ließ mir durch den Kopf gehen, was er mir über jene verhängnisvolle Nacht erzählt hatte, bis Selana, welche sich den ganzen Abend über taktvoll ferngehalten hatte, nach draußen kam und sich neben mich setzte.

»Es hat ihn sehr mitgenommen«, murmelte sie und warf einen Blick über die Schulter zu dem dunklen Haus hin. »Jede Nacht geht er volltrunken ins Bett, und jede Nacht weint er, bis ihn am Ende der Schlaf erlöst. Man muß einfach Mitleid mit ihm haben.«

»Was er da gesagt hat, daß der Sturm das Feuer gelöscht hat – ist das wahr?«

»Das Feuer im Kastanienbaum? Ja, es loderte wie der blindwütige Zorn der Götter. Und dann war es vorüber – warum?«

Ja, warum? Die Soldaten des Königs hatten den Kastanienbaum gedankenlos in Brand gesetzt, unter welchem die Sibylle früher immer mit der Stimme des Gottes gesprochen hatte, eine Stätte, welche durch ihre Gegenwart heilig war, und die Götter hatten diese Gottlosigkeit beantwortet. Mir fiel ein, was Epeios einmal über den Herrscher der Sikuler gesagt hatte: *»Es gibt eine Weissagung daß sein Geschlecht solange herrscht, bis einer von ihnen eine heilige Stätte schändet.«*

XXIX

»Der König hat ein Heer unter seinem Befehl. Keine Räuberbande, welche nur zum Plündern von Bauernhöfen taugt, sondern ein richtiges Heer. Und obendrein ist seine Streitmacht zweimal so groß wie unsere, und viele seiner Soldaten haben schon in den Kriegen gegen Quertus, den König von Gela, mitgekämpft.«

Die Führer der Griechenversammlung, jene, welche sich in der Debatte zu Wort gemeldet hatten, sahen mich mit fragendem Blick an. Ich genoß hohes Ansehen als Befehlshaber, denn Collatinus' Kopf steckte auf einer Stange vor dem Stadttor, doch zu solchen Zeiten kann schon ein einziges Wort den Menschen zum Zweifler machen.

»Wir sind auch ein Heer«, sagte ich. »Männer, die Blut auf dem Schlachtfeld vergossen haben, sind keine bellenden Hunde. Ich fürchte mich nicht, die Miliz von Naxos gegen Ducerius zu führen, und mir gilt es gleichviel, ob er dreimal soviel Soldaten hat wie wir. Ich glaube, die Götter sind uns gewogen, und ich weiß, daß die Griechen kämpfen können. Meiner Meinung nach ist die Zeit gekommen, daß wir ein Ende mit diesem jämmerlichen Despoten machen.«

»Tiglat hat recht – blickt euch doch um!« Diokles schwenkte

die schwere Faust, so als sollten wir statt dessen die betrachten. »Die Soldaten des Königs sind überall, sie plündern und morden, wie es ihnen gefällt. *Seine* Soldaten, nein, keine Räuber, sondern seine eigenen Männer. Die Maske ist gefallen. Beim Nabel des Mäusegottes, der König läßt uns gar keine andere Wahl, wenn er derart gegen uns vorgeht.«

Peisenor warf ihm einen Blick zu, der Gras verdorren konnte, dann wandte er sich mit gerümpfter Nase ab.

»Diokles fängt schon Streit wegen eines verschütteten Bechers Wein an, und ein Mann, der so empfindlich ist wie die Furunkel auf seinem Hintern, gibt einen schlechten Ratgeber ab. Ich sage, der König will nichts weiter, als daß wir diese alberne Miliz auflösen und an unsere Pflüge zurückkehren.«

»O ja – zweifellos will er das. Wir sollen die Miliz auflösen, damit er uns auf der Stelle den Garaus machen kann!«

»Du blöder Trottel, du Spartaner du …«

»Schluß damit!«

Der alte Halitherses trat zwischen die beiden Männer. Ich glaube, wenn er das nicht getan hätte, es wäre Blut geflossen.

»Sofort Schluß damit! Wenn wir einander bekämpfen, nehmen wir dem König die Arbeit ab. Peisenor, du hast die Manieren eines Hethiters, aber sieh dich lieber vor. Was sagst du dazu, Epeios? Früher warst du gegen Tiglats Konzept, Gewalt mit Gewalt zu begegnen, aber du warst mit ihm auf der Salito-Ebene – was rätst du uns?«

Epeios lächelte lahm und hob die Schultern, so als ob seine Meinung nicht das Zuhören wert wäre.

»Ich bin nicht mehr gegen Tiglat«, sagte er. »Er hat zu oft recht gehabt, und wenn die Götter nicht mit uns sind, wie er behauptet, dann gewißlich mit ihm. Wenn Tiglat sagt, daß wir gegen Ducerius siegen, so glaube ich ihm aufs Wort.«

»Ja, siegen …« Peisenor zog ein Gesicht. »Soldaten reden nur vom Sieg, so als ob es allein darum ginge. Doch was wird uns dieser Sieg kosten? Wieviele wackere Männer bleiben auf dem Schlachtfeld, Tiglat? Wieviele griechische Witwen wird es durch deinen Sieg geben?«

»Wieviele Witwen haben wir, wenn wir kuschen? Möchtest

du lieber alles hier aufgeben und nach dorthin zurückkehren, woher du gekommen bist, oder möchtest du kämpfen – und den Tod in Kauf nehmen –, damit du, oder wenigstens deine Söhne, hier in Frieden leben können?«

Das Gespräch fand draußen vor Halitherses' Haus statt, von dem aus man in Richtung Osten das gekräuselte Meer sehen konnte. So viele Griechen hatten ihr Haus im Angesicht des Meeres gebaut, daß ich mich manchmal fragte, ob sie nicht wie die Phöniker dem festen Land ein wenig mißtrauten und sich immer danach sehnten, über das glatte, leere Wasser den Verlockungen irgendeines neuen Ortes entgegenzufahren.

Ich jedoch nicht. Das Schicksal hatte beschlossen, daß meine Gebeine in Sikelia ruhen sollten, und ich selbst hätte es auch gar nicht anders gewollt.

Deshalb konnte es keinen Vergleich mit Ducerius geben. »Doch das entscheide nicht ich«, fuhr ich fort, wandte den Blick von der Küste ab, gegen die geräuschlos weiße Wellen anrollten. »Meine sechs Monate als Tyrann gehen dem Ende zu, und ich bin bereit, für alles, was ich in dieser Zeit getan habe, Rechenschaft abzulegen. Was jetzt geschehen soll, das müßt ihr untereinander abmachen. Meine Meinung kennt ihr, ich brauche dazu nichts mehr zu sagen.«

Als ich an jenem Nachmittag nach Haus zurückkehrte, war noch nichts beschlossen. Ich wandte mich anderen Dingen zu, doch es ging mir dabei wie einem Menschen, der darauf wartet, sein Kind des Nachts weinen zu hören.

Drei Tage später kam ein Bote von Naxos. Die Versammlung hatte mich auf sechs weitere Monate zum Tyrannen bestellt.

Als Stellung war Naxos nicht zu verteidigen, und da mir nichts daran lag, mit meiner Miliz darin in der Falle zu sitzen, so wie wir Collatinus eingeschlossen hatten, gab ich den Befehl an alle Männer in Waffen aus, sich mit ihren Familien auf die Ebene von Klonios zurückzuziehen, die uns immerhin noch eine Rückzugsmöglichkeit bot, falls Ducerius losschlug, ehe wir bereit waren, die Schlacht zu erzwingen. Wie vorauszusehen, erhob sich ein großes Wehgeschrei.

»Dann können die Soldaten des Königs ja nach Belieben unsere Häuser und Läden ausrauben«, warf man mir vor. »Wozu haben wir ein Heer, wenn wir unseren Feinden zur gefälligen Bedienung alles dalassen müssen, was wir doch verteidigen wollen?«

»Ihr habt euer Leben und das eurer Frauen und Kinder. Augenblicklich ist das alles, was wir verteidigen können.«

»Selbst wenn wir siegen, sind wir Bettler, denn Ducerius wird unsere Häuser niederbrennen.«

»Das wird er ohnedies tun, doch ihr seid zumindest nicht darin.«

»Wir verhungern, noch ehe wir in der Schlacht fallen.«

»Wenn Ducerius tot ist und wir seine Zitadelle besetzen, könnt ihr von seinem Tische speisen. Glaubt mir, er wird es euch nicht verwehren.«

Ich machte viel tapfere Worte. Und tapfere Worte sind sehr schön, doch für gewöhnlich beginnen Kriege vorsichtiger, als man glauben sollte, wenn man den Reden der Befehlshaber lauscht. Die Gegner messen ihre Stärke viele Male verstohlen in flüsterndem Schlagabtausch, ehe im wilden Kampf mißtönend Schwert auf Schwert klingt. Es scheint fast so, als ob beide Seiten vorher untereinander abmachen, wer Sieger und wer Besiegter sein soll, und das erst später mit Blut besiegeln.

Die Ebene von Klonios füllte sich zwar mit Griechen auf der Flucht vor Ducerius' Soldaten, doch weder wir noch der sikulische König brannten darauf, sich auf den Krieg einzulassen, ohne sich zunächst einmal um eine gütliche Beilegung zu bemühen – besser gesagt, seine Ratgeber bemühten sich, denn Ducerius schien außer sich vor Wut.

»Ich stimme allem zu, was nicht die Sicherheit und das Wohlergehen meiner Nachbarn gefährdet«, sagte ich dem grauhaarigen, sikulischen Edelmann, der mit einem blühenden Zweig zum Zeichen, daß er verhandeln wollte, von der Zitadelle seines Herrn herabgeritten kam, um zu prüfen, ob man den offenen Konflikt vermeiden konnte. »Deshalb löse ich die Miliz auch nicht auf, denn deinem König ist nicht zu trauen.«

»Für ihn ist es ein Ehrenstandpunkt. Er wird sich auf keine Bedingungen einlassen, wenn die Griechen nicht die Waffen niederlegen.«

»Dann wird er sich auch auf nichts einlassen müssen – er will uns einfach abschlachten. Bildest du dir wirklich ein, daß ich so dumm bin?«

Er lächelte verkniffen, so als wollte er sagen »du vielleicht nicht, anscheinend aber der König«.

»Deine Streitmacht ist klein, verglichen mit unserer«, sagte er wohl an Stelle von etwas anderem. »Du hast nichts anderes zu erwarten als eine Niederlage.«

»Das hat auch Collatinus gedacht – vielleicht hast du seinen Kopf gesehen, welchen ich zum Staunen der Welt am Stadttor aufgespießt habe.«

»Unsere Zitadelle ist kein Holzzaun. Die hat noch niemand eingenommen.«

»Daran werde ich dich erinnern, wenn du erst besiegt und hungernd in ihren Steinmauern gefangen sitzt.«

Das machte Eindruck, wenn auch nur, weil er merkte, meine Worte waren ernst gemeint. Er schwieg sich einen Augenblick aus, schien auf eine innere Stimme zu lauschen.

»Was würdest, du als Sicherheitsgarantie annehmen?« fragte er schließlich.

»Ducerius' Leben.«

»Nicht weniger?«

»Nicht weniger. Sagt euch von ihm los – die Griechen und die Sikuler hatten keinen Streit, ehe er ihn vom Zaun brach.«

Darauf gab er keine Antwort. Statt dessen wandte er das Pferd und ritt zur Zitadelle zurück, doch der Same war gesät. Es ist immer klug, einen Feind wissen zu lassen, daß es für ihn einen Ausweg gibt, falls er es über sich bringt, ihn einzuschlagen.

Selana, Kephalos und unser gesamter Haushalt hatten sich der allgemeinen Völkerwanderung angeschlossen und waren bei mir auf der Ebene von Klonios. Wie alle anderen auf der Flucht vor den Soldaten des Königs schlugen sie ein Zelt auf, kochten im Freien ab und beschwerten sich, daß sie von den Göttern verlassen wären – alle, nur eigenartigerweise Kephalos nicht, denn der war noch ganz in seinem Gram befangen und betrachtete das Leben und Treiben im Lager mit müden, tränenerfüllten Augen, so als suchte er für sich ein Entrinnen. Er hatte sogar vom Weintrinken abgelassen.

»Zu Hause würde es ihm besser gehen«, sagte Selana. »Da könnte er Ganymedes' Grab pflegen und dort schließlich Trost finden. Aber das hier – bei dieser ganzen Geschäftigkeit fühlt er sich vom Leben vergessen, denn für ihn ist hier kein Platz. Ich weiß, wie es um ihn steht, da es mir ganz ähnlich geht. Herr, glaubst du, daß wir unser Haus jemals wiedersehen werden?«

»Ja. Wenn das hier vorbei ist, gehen wir alle nach Hause.«

»Aber wartet das noch auf uns? Oder hat es der sikulische König niedergebrannt und alles zu Ödnis gemacht, was wir uns dort geschaffen haben?«

»Ich glaube, wir dürfen hoffen. Da wir hier geradewegs vor seinen Mauern lagern, wird er nur wenig Neigung zeigen, seine Männer auf Raubzug zu schicken. Soviel Vertrauen hat er denn auch nicht in seine Stärke. Er wird seine Streitmacht auf einer Stelle zusammenbehalten wollen und abwarten, was wir tun.«

»Warum sagt du das nicht den anderen? Jedermann glaubt, daß er alles verloren hat.«

»Weil sie besser kämpfen, wenn sie das glauben. Sie denken nicht mehr an einen gütlichen Vergleich, sondern nur noch an Rache. Der Mensch ist einfach tapferer, wenn er sich einbildet, daß er nichts mehr zu verlieren hat.« Sie blickte mich mit großen Augen an, so als würde sie mich nicht mehr kennen und senkte am Ende den Blick. »Nun zerbrich dir nicht weiter den Kopf«, sagte ich und legte ihr den Arm um die Schultem. »Zwar bin ich skrupellos und verschlagen, doch nur, weil es sein muß. Euer aller Leben liegt in meiner Hand, und da darf ich nur an Sieg denken, denn zu diesem Zweck hat man mich zum Tyrannen ernannt. Wenn wir erst alle sicher sind, bin ich wieder wie früher.«

Ich wußte nicht, ob sie mir glaubte, denn sie sagte nichts darauf.

Als Grundlage nahmen wir einen Bauernkarren, gebrauchten nur seine Deichsel und Vorderräder, weil er dadurch leichter und schneller wurde, und brachten auf der Achse eine gepanzerte

Plattform an. Zum Zweispänner umgebaut wurde daraus ein Streitwagen. Ich glaube nicht, daß er in den königlichen Ställen von Ninive großen Eindruck gemacht hätte, doch gegen Ducerius taugte er durchaus.

»Wir brauchen noch eine Rüstung für die Pferde«, sagte ich zu Diokles. »Wir müssen ein Paar finden, das gut zusammengeht und bei Schlachtenlärm nicht scheut.«

»Tiglat, du bist ein Narr«, gab er zurück. »Wie willst du denn mit diesem Ding da in eine Formation bewaffneter Männer hineinfahren? Du bist doch schon ein toter Mann, noch ehe du nur den ersten Wurf getan hast.«

»Das habe ich früher auch schon gemacht. Und ich habe nie behauptet, daß es gefahrlos ist.«

Er schüttelte den Kopf, und ich grinste ihn an, wobei ich mich bemühte zu vergessen, daß das hier nur ein zurechtgebastelter Bauernkarren war und daß ich Pferde davor haben würde, die noch nie paarweise gegangen waren. Ich wußte nur, daß Ducerius mindestens doppelt soviele Männer hatte wie wir und daß uns etwas einfallen mußte.

»Der Hammer wiegt weniger als der Baustein, und doch ist der Hammer härter und kann ihn zerschmettern – vor allem dann, wenn der Stein bereits ein paar Sprünge hat. Und genau das habe ich vor: Ich will die sikulischen Linien sprengen, damit unsere Männer durchbrechen können.«

»Und ich sorge dafür, daß die Spiele zu deiner Beisetzung gebührend prächtig ausfallen«, sagte Diokles stirnrunzelnd.

Auch Kallias mochte sich nicht für den Plan begeistern, als ich ihn um seinen Hengst bat.

»Das ist doch kein Karrengaul«, gab er mir streng zu verstehen. »Er ist noch niemals angeschirrt worden. Außerdem setzte ich kein Vertrauen in dein Vorhaben, ich bekomme ihn sicher nicht heil zurück.«

»Wir müssen alle Opfer bringen, Kallias – einige von uns müssen mit dem Leben zahlen.«

Er betrachtete mich grollend und schweigsam, denn er wußte, ich würde ihn nicht gebeten haben, wenn ich auf eine Weigerung gefaßt gewesen wäre.

»Du findest kein anderes Pferd, das mit ihm zusammen geht«, sagte er schließlich.

»Pylades von Theben hat ein Pferd, von dem er behauptet, daß ihm an Schnelligkeit kein anderes auf Sikelia gleichkommt.«

»Sie werden aufeinander losgeben – mein Xanthos duldet keinen anderen Hengst neben sich. Der schlägt aus, bis die Brust von Pylades' Mähre wie eine geplatzte Eierschale aussieht.«

Der Gedanke daran, was Pylades' Hengst erwartete, schien ihn zu befriedigen, und so holte er mir denn seinen verhätschelten Xanthos. Nach einigen anfänglichen Reibereien, welche Pylades' Chiron dadurch beendete, daß er Xanthos in den Hals biß, gingen sie recht einträchtig zusammen. Um die Mitte des Nachmittags herum hatte ich die beiden Pferde daran gewöhnt, daß sie zusammen anzogen und wendeten, denn das macht beim Fahren eines Streitwagens die größten Schwierigkeiten.

Nun blieb nichts weiter zu tun übrig, als Ducerius dazu zu verleiten, daß er losschlug.

Die Schlinge zog sich zu. Morgen oder übermorgen würden die Soldaten des Königs von der Zitadelle herabkommen, und dann würde zwischen Griechen und Sikulern alles ins reine gebracht, vielleicht für so lange wie Menschen auf der Insel lebten. Das wußte ich, wenn auch sonst niemand, denn ich wußte, die Griechen konnten nicht mehr lange warten, ohne daß ihnen der Mut sank. Die Zeit arbeitete für den Feind – und vielleicht wußte Ducelius das auch.

Ich saß an Selanas Feuer, aß ihren Lammbraten und ihre Hirse mit den Fingern, blickte in die Gesichter ringsum und überlegte, ob ich nicht ein eitler Narr war, daß ich mich auf diesen Streit eingelassen hatte. Aber vielleicht steckte morgen oder übermorgen schon mein Kopf auf einer Stange neben dem von Collatinus, und dann galt mir alles gleichviel, genau wie ihm.

Tullus machte sich mit mürrischer Konzentration über sein Essen her. Ich hatte gesehen, wie er den Griechen beim Drill zusah, und ich wußte, was ihm dabei durch den Kopf ging. Er dachte an seinen ermordeten Vater, und er träumte davon, in der kommenden Schlacht mitzukämpfen und ihn zu rächen. Dergleichen Gedanken sind gefährlich, wenn man so jung ist.

Als wir das Mahl beendet hatten, winkte ich ihn zu mir.

»Ich möchte, daß du mir einen Dienst erweist.«

»Gebieter, ich erwarte deine Befehle«, erwiderte er fast ärgerlich.

»Gut, aber es ist ein Dienst, den kein Mann von einem anderen verlangen kann. Und außerdem bist du kein Grieche, und nichts verpflichtet dich, unseren Streit zu deinem zu machen.«

Sofort leuchteten seine Augen auf.

»Du möchtest, daß ich mitkämpfe?« Er richtete sich ganz gerade auf, war aber immer noch ein Knabe, der mir kaum bis zur Brust ging. »Ich kämpfe gern mit, und ich werde mich nicht als Feigling erweisen.«

»Jeder Narr kann Soldat sein«, sagte ich, »doch wenn du tust, worum ich dich bitte und es dir gelingt, bringst du Ducerius der Vernichtung näher als irgendeiner in der vordersten Schlachtlinie.«

Er war enttäuscht, sagte jedoch nichts und wartete ab.

»Du kennst die Ältesten der sikulischen Bauern, die, deren Wort etwas gilt. Geh zu ihnen. Überrede sie, daß sie Ducerius ihre Unterstützung verweigern oder zumindest abwarten und zusehen, welches Ende es mit ihm nimmt. Bringe ihnen diese Botschaft: Tiglat Assur, Tyrann von Naxos, hegt nur einen Wunsch, daß nämlich Griechen und Sikuler in Frieden miteinander leben. Nach Ducerius soll kein König mehr über sie gebieten, auch die Griechen werden sie nicht unterdrücken.«

»Nur das, Gebieter? Nur deine Worte sagen? Was ist das schon?«

»Das ist viel, Tullus. Ich brauche zumindest die Neutralität der Sikuler, denn dieser Krieg endet vielleicht nicht mit einer Schlacht allein. Und du mußt sehr vorsichtig sein – wenn dich die Soldaten des Königs erwischen, dann bringen sie dich mit Sicherheit um.«

Das stimmte ihn glücklich. Ich hatte die Sache gefährlich für ihn gemacht, und das freute ihn. Er nickte zustimmend.

»Geh heute abend im Schutz der Dunkelheit. Geh zu Fuß und

meide die Hauptstraßen. Kehre nicht hierher zurück. Ich erkenne deinen Erfolg daran, welches Ende es mit Ducerius nimmt.«

Der Mond war noch kaum aufgegangen, da war er auch schon fort, und ich freute mich bei dem Gedanken, daß wenigstens einer noch am Leben sein würde, wenn die Welt entweder gewonnen oder verloren war.

»Du hast ihn fortgeschickt?« fragte Kephalos. »Wie klug. Mich fortzuschicken, wäre allerdings unklug.«

Ich hatte ihn nicht einmal kommen hören. Ich drehte mich um, und da stand er hinter mir mit einer zusammengerollten Decke unter dem Arm. Als er sah, daß ich ihn bemerkt hatte, kniete er sich auf die Erde und rollte die Decke auf. Zum Vorschein kamen ein Lederharnisch und ein Schwert.

»Die habe ich in Naxos am Morgen desselben Tages erstanden, als ich zum Tempel der Hestia ging, um nach Ganymedes' Tod neues Herdfeuer zu holen. Ich will mit allen anderen kämpfen, wenn wir auf das Heer des Königs treffen. Ich nehme schon nicht Reißaus oder bringe irgendwie Schande über dich – bitte, Herr, schlage mir das nicht ab, denn ich kann nicht anders.«

»Du hast keinerlei Kriegserfahrung, Kephalos. Und gedrillt bist du auch nicht.«

»Du vergißt, daß ich in Tyros als Soldat ausgehoben wurde, als die Heere deines Vaters die Stadt belagerten, und an etliches kann ich mich noch erinnern. Außerdem habe ich lange Jahre einem Mann gedient, welche viele den größten, noch lebenden Krieger nennen. Wer in der Schlacht neben mir steht, wird nichts zu befürchten haben.«

»Ich möchte nicht, daß man dich tötet«, sagte ich. »Du bist mein ältester Freund, Kephalos, es geht nicht ohne dich.«

»Und für mich nicht ohne das hier, Gebieter. Ich muß etwas tun, um den Tod meines lieben Jungen zu rächen. Ich kann nicht beiseite stehen.«

Seine Augen flehten mich an. Ich wußte, daß ich unrecht handelte, aber genausogut wußte ich, daß er nie wieder der Alte sein würde, wenn ich ihm die Gelegenheit zur Rache verweigerte.

»Also gut – aber wenn du dich umbringen läßt, Kephalos, das verzeihe ich dir nie.«

Er wollte etwas sagen, doch ein Schluchzer verschlug ihm die Stimme, so daß er mich lediglich umarmte, seine Kriegsausrüstung aufsammelte und ins Zelt zurückging, um dort Ruhe zu suchen.

Vielleicht findet er heute nacht Frieden in seiner Seele, dachte ich.

Lange nach Mitternacht ging auch ich zu Bett. Selana hatte auf mich gewartet, sie wußte, ich würde sie brauchen, und selbst noch als ich in ihren Armen lag, selbst noch, als mir der Schlaf die Augen schloß, dünkte mich, ich könnte den Tod mit schwarzen Schwingen schlagen hören.

XXX

Jeden Morgen schickte Ducerius einen bewaffneten Spähtrupp von zehn, zwölf Reitern aus, welcher die äußere Umgrenzung unseres Lagers abreiten mußte, was wohl eher als Zurschaustellung seiner Macht geschah – es sollte die Griechen einschüchtern und ihnen zeigen, daß er sich nicht für belagert hielt – denn aus taktischen Erwägungen. Und jeden Morgen hatten wir diese Trupps nicht angegriffen, denn ehe wir nicht bereit waren, uns dem sikulischen Heer zu stellen, sah ich keinen Sinn darin, unsere Kraft in nutzlosem Geplänkel zu vergeuden.

Kaum eine Viertelstunde nach dem Morgengrauen, der Nebel hing noch am Boden, kamen die Sikuler, zwölf Mann in prächtiger Kriegsausrüstung hoch zu Roß auf zwölf zueinanderpassenden schwarzen Hengsten – keine gemeinen Soldaten, wer also mochten sie sein, die wie die königliche Garde zur Parade dahergeritten kamen? – vom Zitadellentor auf die Ebene von Klonios heruntergaloppiert. Der Anführer der Reiter, ganz eindeutig ihr Offizier, war ein besonders prächtiges Exemplar seiner Gattung, sein Lederharnisch funkelte von hundert kleinen Silberscheiben, und sein Bart war kunstvoll gelockt, glänzte von Öl und duftete, daß ihn selbst ein Toter noch fünfzig Schritt gegen den Wind gerochen hätte.

»Beim Nabel des Mäusegottes, was für ein Angeber!« entfuhr

es Diokles. »Man kann richtig sehen wie er von sich eingenommen ist, und das mit Recht.«

»Hoffentlich ist er ebenso streitbar wie eitel.«

Denn unser Problem bestand darin, daß wir sie zum Kampf reizen mußten. Wir brauchten einen Zwischenfall, der Ducerius zwang, ins Feld zu ziehen, etwas, das er aus Selbstachtung nicht ungestraft hinnehmen konnte. Wir mußten ihm einen Schimpf zufügen, damit er kämpfte.

Wir hatten acht eigene Reiter und fünfunddreißig Fußsoldaten zu einem kleinen Schlachtgeviert aufgestellt. Diokles und ich standen nebeneinander im zweiten Glied, ich an der Außenseite, so daß ich Verbindung mit unserer Reiterei halten konnte, welche hinter uns stehen mußte, da sie sonst eine leichte Beute der feindlichen Reiter wurde, doch das nur, solange alles gut lief. So konnten wir die Sikuler herausfordern, sie durch unsere Anwesenheit zum Gespött machen, nur zum Kampf konnten wir sie nicht zwingen, wenn sie keine Neigung dazu zeigten, denn sie brauchten nur fortzureiten. Nichts half, wenn Ducerius ein umsichtiger Mann war und abwarten wollte, doch den Eindruck hatte er nicht gerade erweckt.

Jeden Morgen verliefen die sikulischen Spähunternehmen nach dem gleichen Muster: Es ging um die Grundmauern des großen Felsens herum, auf dem Ducerius' Zitadelle erbaut worden war, dann durch eine Art Niemandsland, welches eine Schlucht vom griechischen Lager trennte, die jedoch seit Menschengedenken kein Wasser mehr geführt hatte. Am Rand dieser Schlucht hielten sie dann inne und spähten zu uns herüber, so als machten sie aus, welche unserer Frauen sie als Anteil an der Beute haben wollten, nachdem sie alle Männer getötet hatten – das beunruhigte uns natürlich, was zweifellos auch in ihrer Absicht lag.

Wir erwarteten die sikulischen Reiter am anderen Ende der Schlucht, da wir versuchen wollten, sie zum Kampf zu reizen. So zwangen wir sie, ihre gewohnte Route zu ändern, und die breite Spur ihrer Hufabdrücke, welche sie so viele Tage lang in den Staub gedrückt hatten, war teilweise von unseren Sandalenabdrücken überlagert.

Nach ungefähr zweihundert Schritt blieben wir stehen. Gerade wollten sie ihren großen Bogen zur Ebene hin schlagen, da versperrten wir ihnen den Weg. Jetzt mußten sie sich uns entweder stellen oder um uns herumreiten.

Sie begannen, geradewegs auf uns zuzutraben. Ich erwartete, daß ihre Pferde angaloppieren würden, doch das geschah nicht. Es schien, als wollten sie lediglich aus Neugier einen harmlosen, leblosen Gegenstand betrachten, den sie ganz unerwartet auf ihrem Weg fanden.

»Sind sie wirklich so dumm?« fragte ich mich – und verwunderte mich ein wenig über den Klang meiner eigenen Stimme. Diese Frage war ein Fehler gewesen, denn ich spürte, wie eine Welle der Angst die Männer durchlief. Jetzt hatte ich keine Wahl mehr, ich mußte angreifen.

»Also dann – wenn sie sich so sehr nach dem Tod sehnen, dann sollen sie ihn haben. Bogenschützen, macht euch bereit!«

Wir warteten, bis sie in Reichweite waren, dann ließ ich den Arm fallen, die Bogensehnen zirpten, und die Luft schwirrte von Pfeilen. Zwei der feindlichen Reiter fielen tot oder verwundet vom Pferd. Unter den Reitern herrschte Verwirrung, dann zog sich der Rest ernüchtert in sichere Entfernung zurück.

Schließlich sammelte sich der sikulische Trupp zu einer kleinen Traube. Aus der Ferne sah es aus, als berieten sie, was jetzt zu tun war. Die beiden Gruppen standen sich gegenüber. Anscheinend hatten wir ein Unentschieden erreicht.

Und dann – was für ein denkwürdiges Narrenstück aber auch, die Art trotzige Geste, wie man sie von einem Kind erwarten durfte – löste sich der sikulische Anführer aus der Gruppe, zog sein Schwert und schwenkte es.

»Es ist wohl bekannt, daß die Griechen wie die Weiber Krieg führen, sie verstecken sich gegenseitig hinter ihren Röcken«, rief er. »Es ist ehrenhafter, eine freche Hure zu verprügeln, als euch allesamt zu töten.«

Was soll das? fragte ich mich. Hielt er das hier für eine Sportveranstaltung?

»Keiner von euch ist so beherzt, daß er aus der Deckung hervorkommt und wie ein Mann kämpft.«

Er lachte, denn er war unheimlich eingenommen von sich selbst, und schwenkte immer noch das Schwert über dem Kopf. Zweifellos erwartete er nicht, daß jemand seine Herausforderung annahm.

Unter den Griechen gab es ein böses Gemurre, doch ich selbst war höchst erfreut. Ich nahm drei Speere aus meinem Köcher und übergab den Rest Diokles.

»Was ist los mit dir, Tiglat?« flüsterte er mit zusammengebissenen Zähnen und hielt mich an der Tunika fest, als er merkte, was ich vorhatte. »Hast du plötzlich den Verstand verloren?«

Ich lächelte nur. Diokles sorgte sich immer, daß ich getötet wurde. Sein Antlitz verzog sich bekümmert, dann ließ er mich los.

Ich trat aus dem Schlachtgeviert hervor und ins Freie und kam mir dabei fast nackt vor.

»Steck lieber dein Schwert weg, kleiner Junge, sonst schneidest du dich noch!« rief ich. »Vielleicht hat deine Mutter die Klinge stumpf gemacht, ehe sie es ihrem Säugling zum Spielen gab.«

Etliche seiner Soldaten, die anscheinend ein, zwei Worte Griechisch verstanden, lachten, und das Gesicht des Offiziers verfinsterte sich. Da er so dumm gewesen war, diesen Streit vom Zaun zu brechen, würde er jetzt kaum vernünftig handeln und sich zurückziehen.

Ich machte fünfundsiebzig, achtzig Schritte zur Seite, so weit jedenfalls, daß mir die Waffen meiner Männer keine Deckung mehr boten, doch immer noch nahe genug, daß ich zurückkonnte, wenn die Sikuler mich alle auf einmal angreifen sollten – doch das würden sie wohl kaum tun.

»Ich warte, mein Hübscher.«

Mehr Ermutigung brauchte es nicht. Er ließ seinen Hengst antraben, dann ging er in einen leichten Galopp über und kam auf mich zu, schwenkte das Schwert und wollte dicht an mich heran, ehe er richtig angriff und meinem Speer ein Ziel bot.

Ich wartete. Das Spielchen hatte ich früher schon gespielt.

Wie ich mir gedacht hatte, legte er sich auf den Hals des Hengstes und spornte ihn zum Galopp an, schwenkte das Schwert hin und her, so daß er mich in seinem Bogen erwischen mußte. Vermutlich bildete er sich ein, ich würde geduldig abwarten, daß er mich tötete.

Ein Sprung zur Seite rettete mir das Leben. Dann kam ich wieder auf die Beine, und als der sikulische Offizier merkte, daß ich ihm ausgewichen war, und sein Pferd zügeln wollte, da machte ich mich schon zum Wurf bereit.

Ein erfahrener Krieger hätte sein Pferd weiterlaufen lassen, bis es außer Reichweite war. Er hätte sich nicht aufgerichtet und zu mir zurückgeblickt. Doch der hier hatte alle seine Schlachten eindeutig auf dem Übungsplatz geschlagen – die Idee, daß ich ihn meinerseits angreifen könnte, war ihm einfach nicht gekommen.

Ich entrollte mich wie eine Schlange. Der Speer flog aus meiner Hand, im hohen Bogen durch die Luft, senkte sich und die Spitze bohrte sich geradewegs in seine Gedärme.

Er glitt vom Pferderücken, als wären seine Beine schon tot, doch er lebte noch, als ich zu ihm ging, und umklammerte den Speer, welcher genau unter seinem Gürtel herausragte, mit beiden Händen, als wollte er ihn davon abhalten, weiter einzudringen. Als ich über ihm stand, blickte er mit glänzenden, schmerzgepeinigten Augen zu mir hoch, und sein Gesicht war schweißbedeckt. Seine Lippen formten ein Wort, zu dem sein Atem nicht mehr ausreichte, und dann war er jählings ein Leichnam.

Die Sikuler sahen zu, während ihre Pferde unruhig scharrten, und sie stritten sich mit erregten Worten, die bei dieser Entfernung jedoch verwehten. Niemand wußte zu sagen, was sie tun würden – sie schienen es selbst nicht recht zu wissen –, doch ich durfte nicht länger ohne Deckung herumstehen. Ich gab ein Signal, und sofort umgaben mich unsere Reiter, und Diokles führte die Fußsoldaten heran, bis wir alle den Leichnam meines erledigten Gegners umringten.

»Im Namen der unsterblichen Götter, Tiglat, weißt du eigentlich, wen du da getötet hast?« Das war der Boötier Kretheos.

»Kläre mich auf.«

»Beim Nabel des Mäusegottes, er hat recht, Tiglat!«

Diokles drängte sich vor und spähte dem Toten ins Antlitz.

»Ich habe ihn vor nicht ganz einem Jahr gesehen, als Ducerius zum Hafen von Naxos herunterkam, um irgendeinen italischen Gesandten zu empfangen – das da ist Volesus, der Sohn des Königs und sein einziger Erbe!«

»Du meinst, das war er! Haha.«

Ich schüttelte den Kopf, mir stand der Sinn nicht danach, über Kretheos' Witz zu lachen, denn mir war der brennende Kastanienbaum eingefallen. Wie gerissen doch der Gott war.

»Das bedeutet, die Erbfolge ist unterbrochen«, sagte ich zu mir selbst. »Ducerius hat schon angefangen, für seine Gottlosigkeit zu zahlen.«

Wir trugen den toten Volesus in unser Lager zurück, und die Sonne stand noch keine zwei Stunden vor Mittag, da kam ein Abgesandter von der Zitadelle heruntergeritten und trug als Parlamentärzeichen einen blühenden Zweig. Ich kam ihm vor meinem Zelt entgegen, der schwarze Hengst, meine rechtmäßige Beute, stand ein paar Schritt entfernt angebunden. Ich wußte, was der Mann wollte, und ich hatte mir die Antwort bereits überlegt.

»Der König, mein Herr, möchte wissen, welches Lösegeld du für den Leichnam seines Sohnes haben möchtest«, sagte er. Es war der ältliche Kammerherr in der schwarzen Tunika eines Leidtragenden, und er betrachtete mich mit dem Blick eines Hundes, der jeden Augenblick auf einen Tritt gefaßt ist.

»Du kannst deinem Herrn ausrichten, daß ich kein Lösegeld haben möchte, daß er die Leiche seines Sohnes nicht bekommt, und wenn er mir ganz Sikelia dafür bietet. Sag ihm, daß Volesus selbst schuld an seinem Tod ist, denn nur ein Lebensmüder legt sich mit Tiglat Assur, dem Sohn und Großsohn von Königen an, welche Ducerius einen Ring durch die Nase gezogen und ihn mit den Brosamen von den Tischen ihrer Sklaven gefüttert hätten. Sag ihm auch, daß die Griechen die Augen der unsterblichen Götter nicht mit Bestattungszeremonien für einen Selbstmörder beleidigen, darum wird Volesus' Leiche heute abend verbrannt und die Asche auf dem Meer verstreut.«

Darüber war der alte Mann so entsetzt, daß es ihm für ein

Weilchen die Sprache verschlug. Schließlich griff er sich in den Bart, anscheinend wollte er sich vergewissern, daß der noch vorhanden war.

»Was du vorhast, verstößt völlig gegen Sitte und Anstand«, sagte er endlich. »Die Sikuler verbrennen ihre Toten nicht, und ihre Könige sind tausend Jahre lang in der königlichen Gruft beigesetzt worden. Möchtest du dem König das Recht verweigern, dem Leichnam seines einzigen Sohnes Grabbeigaben von Wein und Honig mitzugeben? Ist es nicht Rache genug, daß mein Herr jetzt der letzte seines Geschlechtes ist?«

»Mir ist das Rache genug, doch die der Götter gleicht trockenem Sand, der ewig Tränen trinken kann und doch immer noch durstig bleibt.«

»Dann laß mich wenigstens den Leichnam des Prinzen sehen, damit ich seinem Vater sagen kann, wie er gestorben ist.«

»Selbstverständlich.«

Ich hatte schon einen Feuerstoß anlegen lassen und zwar unweit einer Wasserrinne, die wir als Abfallgrube für das Lager benutzten – und diese Tatsache entging dem Gesandten des Königs durchaus nicht. Der tote Prinz lag nackt bis aufs Lendentuch auf einem Lager aus Baumstämmen und wartete, daß man dieses in Brand steckte. Sein Bauch war noch voller Blut, und die Wunde unter seinem Brustkorb war so groß, daß drei Finger eines Mannes hineingepaßt hätten.

»Eine Stunde nach Sonnenuntergang«, sagte ich, »setze ich ihn eigenhändig in Brand. Danach wird Ducerius niemals wissen, ob dem Staub, welchen ihm der seelenlose Wind ins Antlitz bläst, nicht die Asche seines eigenen Sohnes beigemischt ist.«

»Gibt es nichts, womit mein Herr den Leichnam des Gebieters Volesus zurückfordern kann?«

Die Stimme des alten Mannes klang tränenerstickt – die Götter wußten, welchem Zorn er bei seiner Rückkehr ausgesetzt sein würde –, und er tat mir leid. Doch wem die Leben vieler anvertraut sind, der muß sich in einer gewissen Unverschämtheit üben.

»Nichts.«

Von unserem Standort aus konnten wir die Mauern von Ducerius' Zitadelle immer noch sehen, und als ich den Blick hob, da überlegte ich, ob uns der König wohl von seinen Zinnen aus zusah. Die Vorstellung war mir irgendwie zuwider.

Beinahe erleichtert wandte ich mich seinem Abgesandten zu.

»Wie ich schon gesagt habe, warte ich mit meiner Fackel den ganzen Tag über. Solange hat der Gebieter Ducerius Zeit, den Leichnam seines Sohnes mit der Kraft seines Armes zurückzugewinnen.«

Ich sah dem alten Mann nach, als dieser davonritt, um seinem Herrn getreulich alles auszurichten, was ich gesagt hatte, und dachte, jetzt gibt es keinen Weg zurück. Jetzt kann er sich nicht mehr weigern, sonst bringt er auf ewig Schande über sich. Ehe die Sonne untergeht, haben die unsterblichen Götter zwischen uns gewählt.

Drei Stunden vor Sonnenuntergang hatten wir uns auf der leeren Ebene zur Schlacht aufgestellt. Jeder Mann wußte, was wir mit diesem einen Würfelwurf riskierten. Abgesehen von dem Wind, der wie die Stimme der Vorsehung durch das trockene Gras raschelte, war kaum ein Laut zu hören.

Die Pferde schienen zu spüren, daß etwas geschehen würde. Sie schnaubten erregt und tänzelten und brachten den Streitwagen so ins Schaukeln, daß ich sie mit den Zügeln in Schach halten mußte. Allesamt warteten wir, Mensch und Tier gleichermaßen.

Und dann ging schließlich das große Portal der Zitadelle auf, und Marschsäulen strömten in Reih und Glied heraus, den Weg hinunter und auf die Ebene zu. Wir merkten schnell, daß dieses kein Spähtrupp mehr war, sondern ein Heer. Ducerius hatte den Köder geschluckt.

Sie kamen in Viererreihen herunter, und als die vordersten die Ebene erreicht hatten, konnten wir erst das Ende sehen. Mindestens vierhundert Mann, davon ungefähr fünfzig Berittene, der Rest Fußsoldaten. Der König setzte alles auf eine Karte, so entschlossen war er, uns zu vernichten.

Nur vom Aussehen her lassen sich Soldaten schwer einschätzen, und ein Befehlshaber, der seinen Feind beobachtet, muß sich stets davor hüten, nur das zu sehen, was er am meisten wünscht oder fürchtet. Ich sah ein Heer von erfahrenen Kämpen, selbstbewußt, sogar eingebildet, welches hoffte, daß es uns rasch den Garaus machen und zum Abendessen wieder in der Kaserne sein würde. Das mochte gut oder schlecht sein, je nachdem wie die Griechen sich nach dem ersten Schrecken schlugen.

Sie führten nur wenige Speere mit sich, da sie sich auf ihr Kurzschwert verließen, für sie war die Schlacht nur eine Abfolge von Einzelkämpfen. Ihre Waffen waren aus Bronze, also hatten wir den Vorteil der besseren Bewaffnung, aber man kann schon durch eine spitze Holzstange zu Tode kommen, wenn es einem an Geschick oder Glück fehlt. Ich glaubte nicht, daß Eisen oder Bronze den Ausschlag geben würden.

Und sie hatten keine Streitwagen, denn diese Art der Kriegführung war bei ihnen unbekannt. Wir hatten einen schlicht gebauten, den ein Paar Pferde zog, die am Tag zuvor noch nie zusammen gegangen waren. Ein zweifelhafter Vorteil.

Wenn die Griechen standhielten, wieviel Blut wollten diese Sikuler dann vergießen, um sich auf dem Schlachtfeld zu behaupten? Wie sehr brannten sie darauf zu siegen? Die ganze Kriegskunst besteht darin, seine Kraft dort einzusetzen, wo der Gegner schwach ist – doch wo war ihre schwache Stelle? Mir blieb nur wenig Zeit, diese herauszufinden.

Ich rollte mit dem Streitwagen vor die fünf Schlachtgevierte, zu denen sich die griechische Miliz aufgestellt hatte. Hin und her, hin und her, so ging es, und ich sprach ihnen Mut zu, während wir darauf warteten, daß sich Ducerius' Heer in Reih und Glied aufstellte.

»Immer daran denken, daß dieses Heer lediglich einen Hals hat – wir brauchen ihn nur durchzuhacken, und schon ist der Sieg unser, wieviele Soldaten sie auch immer in die Schlacht werfen. Zielt auf die Mitte. Dort brecht ihr durch, ohne selbst auseinandergetrieben zu werden. Ihr müßt im Herzen siegen wollen, dann heulen ihre Frauen bei Sonnenuntergang wie geprügelte Hunde. Ducerius, der König, glaubt, daß er uns den Garaus machen kann, aber das dachte schon der Räuber Collatinus, und wir haben seinen Kopf in einem Ledersack heimgebracht. Seid störrisch – packt sie an der Kehle und laßt nicht los, bis ihr sie durchgebissen habt.«

»Wir werden keine Soldaten sein, sondern Hunde«, rief jemand aus dem Glied, und alles lachte.

»Tiglat, du Dieb, wehe dir, du paßt nicht gut auf mein Pferd auf«, hörte ich Kallias hinter mir herrufen. Die Männer waren hochgemut – ängstlich wie jedes vernunftbegabte Wesen, aber fröhlich. Ein gutes Zeichen.

Und die ganze Zeit, während die Griechen mit mir und miteinander scherzten, sah ich mit halbem Auge zu Ducerius' Heer hinüber, sah, wie es sich in Schlachtreihen aufstellte.

Und mehr als das waren sie auch nicht – lediglich Reihen, Fünferreihen von Männern, eine hinter der anderen, mit acht, zehn Schritt Zwischenraum. Sie glaubten, sie könnten uns allein durch ihre Zahl überwältigen. Man würde ja sehen.

Es ist nicht leicht, sovielen Männern auf einer leeren Ebene an die hundert Schritt gegenüberzustehen. Gerade das Warten macht es so schlimm.

Und dann ging es auf einmal los. Die sikulische Reiterei griff an wie aus dem Schlaf hochgeschreckt, kreischte wild und schwenkte das Schwert über dem Kopf. Das war auf seine Art schön anzusehen.

Meine Männer hatten seit dem Feldzug gegen die Räuber nichts vergessen. Als die feindlichen Reiter die halbe Entfernung zu unseren Linien hinter sich gebracht hatten, schossen die fünf Schlachtgevierte ihre Pfeile ab, in fünf Wellen hintereinander. Ich glaube, daß vielleicht an die zwölf Sikuler leblos aus dem Sattel fielen oder die Pferde unter ihnen getötet wurden – das reichte an sich schon fast, um ihren Angriff zu brechen. Ein zweiter Pfeilhagel, dann ein dritter, und nicht mehr als zwanzig Reiter erreichten unsere Reihen.

Und davon starben viele durch die Lanzen unserer vordersten Linie, doch der Rest, der auf Männer einstürmte, welche auf der Salito-Ebene nicht mitgekämpft und deren grausame Lektion noch nicht gelernt hatten, der richtete, ehe er zurückgeworfen wurde, ein furchtbares Blutbad unter den Griechen an. Im Krieg zahlen Männer mit ihrem Blut, wenn sie vergessen, die Lanze richtig einzulegen oder sie für einen Augenblick der Mut verläßt, und viele kamen unter den Hufen der sikulischen Pferde zu Tode, als diese ins Stolpern gerieten und verreckten und ihre Gedärme auf die ausgedörrte Erde quollen.

Dennoch war dieser eine Angriff, auch wenn er uns bitter und teuer kam, das letzte, was Ducerius' Reiterei gegen uns auszurichten vermochte. Als er vorbei war, konnten die Reiter des Königs nur noch ziellos herumreiten, hier und da auf einen Speerwerfer loshacken, doch sie waren uns eher lästig, als daß sie eine Gefahr darstellten.

Von da an war es ein Krieg der Fußsoldaten.

Und erst nach dem Angriff der Reiterei fing die Schlacht für mich richtig an. Ich war mit dem Streitwagen hinausgefahren in der Hoffnung, die Sikuler ein wenig abzulenken und ihrem Aufprall die Wucht zu nehmen, doch sie wußten anscheinend nicht, was sie von mir halten sollten, und da sie beweglicher waren, nahmen sie die Herausforderung nicht an und wichen mir aus. Als aber Ducerius die ersten beiden Wellen seiner Fußsoldaten losschickte, Männer, die nur auf eigenen Beinen daherkamen, da war meine Zeit gekommen.

Nichts verbreitet soviel Angst und Schrecken wie ein Streitwagen. Und Angst und Schrecken sind die Mutter der Unordnung, und deren Kind ist die Niederlage. Ich will nicht behaupten, daß ich an jenem Tage Unmengen von Sikulern tötete, obschon ich mehr als nur ein paar Männer mit meinen Rädern zermalmte, doch ich gab den Soldaten des Königs jene Angst zu schmecken, die auf der Zunge brennt wie Kupfer. Sie mußten erfahren, daß ihre Angriffslinien und ihre Kurzschwerter keine Sicherheit boten. Ich zerstreute sie wie Spreu im Wind.

Als sie mich zuerst auf sich zufahren sahen, fiel ihnen vor Erstaunen das Kinn herunter. Sie vermochten sich anscheinend nicht vom Fleck zu rühren, konnten es kaum fassen, daß ich sie tatsächlich überrollen wollte. Und erst im letzten Augenblick teilten sie sich vor mir – die Schnellsten jedenfalls – wie Korn auf dem Halm vor einem wilden Eber. Beim Durchfahren teilte ich mit vollen Händen Tod aus und erstach viele mit meinem Speer.

Die Erregung der Schlacht kennt nicht ihresgleichen. Männer

hieben mit dem Schwert nach mir. Pfeile flogen an mir vorbei, doch sie galten mir soviel wie Fliegengesumm. Da war kein Gedanke an Gefahr. Es kam mir so vor, als ob meine Haut aus grauem Eisen bestünde und nichts sie durchdringen könnte. Ich war gar nicht so tapfer sondern, glaube ich, eher ein wenig irre.

Doch ich lehrte die Sikuler Furcht. Ihre Linien gaben nach, sie hatten keine Zeit, sie wieder aufzubauen, und als sie unsere Schlachtgevierte angriffen, da brachen sie sich an ihnen wie das Meer an einer Felsnase.

Und meine wackeren Griechen, wie sie kämpften! Sie kannten keinen sinnlosen Begeisterungstaumel, sondern zeigten den echten, beständigen Mut von Männern, die dem Tod kühlen Herzens ins Auge sehen. Und viele starben, denn die Sikuler waren richtige Soldaten und verstanden sich auf ihr Handwerk. Doch die Griechen wichen und wankten nicht. Sie hielten ihre Gevierte fest geschlossen, und wenn ein Mann im ersten Glied fiel, stand schon ein anderer an seinem Platz, noch ehe sein Speer den Boden berührte. Wo die Sikuler einzeln tapfer fochten, jeder für sich allein, da fochten die Griechen tapfer zusammen und machten eine Tötungsmaschine aus sich.

Ducerius schickte Welle auf Welle seiner Soldaten vor, als dann aber der sikulische Angriff ins Wanken geriet, begannen die fünf Schlachtgevierte vorzurücken. Das mittlere schob sich vor die anderen, und sie bildeten einen Keil, welcher den Feind in zwei Teile spaltete, und wer das Pech hatte, zwischen die Fronten zu geraten, wurde wie von einem Mühlstein zermalmt.

Das war die Zeit des großen Blutbades, und auf beiden Seiten fielen gar viele Männer. Ich sauste vor und zurück über das Schlachtfeld, bis mein Streitwagen schließlich ein Rad verlor, ich die Pferde losschneiden und mir den Rückweg zu den griechischen Linien erkämpfen mußte. Ehe ich sie noch erreichte, hatte ich vier Männer getötet.

Dort begrüßte mich niemand, als ich meinen Platz im vordersten Glied einnahm – dazu war keine Zeit. Allesamt waren wir schweiß- und blutbedeckt. Das war kein ruhmreiches, sondern hartes und riskantes Kriegshandwerk, wie wir da um Leben und Sieg kämpften.

Am anderen Ende des Schlachtfeldes erhaschte ich einen Blick auf Ducerius. Ich sah ihn auf seinem schönen, grauen Hengst, gefolgt von einer Gruppe Offiziere, zu seiner Zitadelle hinaufreiten. Ein klares Zeichen dafür, daß er wußte, er hatte den Tag verloren.

Ich wurde nicht als einziger Zeuge von Ducerius' Flucht, und wer will noch kämpfen, wenn er von seinem Anführer im Stich gelassen wird? Niederlage ist ansteckend. So wie die Soldaten des Königs einzeln gekämpft hatten, so stellten sie auch einzeln fest – zunächst nur einer, dann ein anderer –, daß sie geschlagen waren. Wie jemand, dem jählings aufgeht, daß er die Hand im Maul des Bären hat, begannen sie sich zurückzuziehen, und bald rannten sie davon wie Pöbel. Das war kein geordneter Rückzug, sondern eine wilde Flucht.

Was dann folgte, kann nur als Massaker bezeichnet werden. Ich winkte die Reiterei heran, welche bis zu diesem Augenblick gewartet hatte, und die warf sich auf das in Auflösung befindliche Heer wie der Habicht auf die Mäuse. Die Sikuler ließen auf ihrer panischen Flucht eine breite Spur von Leichen zurück.

Schließlich gaben wir erschöpft die Verfolgung auf. Ducerius' Heer war voll auf dem Rückzug, es strömte zu seiner Zitadelle zurück und ließ ganze zwei Drittel seiner Männer tot oder sterbend auf dem Schlachtfeld. Wir blickten uns um und kamen uns vor wie Schlächter. Keiner von uns hatte mehr Lust zum Töten.

Die Sonne stand bereits am Horizont. In einer Viertelstunde würde es dunkel sein. Als die Schlacht zu Ende war, ergriffen die Griechinnen Besitz von dem Feld, welches ihre Männer erobert hatten. Etliche fledderten die Leichen, die übrigen kümmerten sich um die Verwundeten und Sterbenden.

Die meisten von uns verließen jedoch das Schlachtfeld. Wir blickten uns um und wunderten uns ein wenig, daß wir noch am Leben waren, und keiner mehr als Kephalos, welcher gleich über dem Ellenbogen eine drei Finger breite Wunde empfangen hatte. Das Blut floß reichlich, doch gefährlich sah sie nicht aus – eher schien er sich darüber zu freuen.

»Wir haben gesiegt«, rief er so atemlos, daß die Worte nur als ein Murmeln herauskamen. »Herr, wir haben sie besiegt.«

Seine Augen waren feucht, ob nun vor Freude oder schlicht vor Müdigkeit, wer wußte das zu sagen, aber er war wieder ein glücklicher Mensch.

»Ja – jetzt sind alle Schulden beglichen.«

»Ja.« Er nickte mehrmals, so als ob er erst jetzt begriff, was das zu bedeuten hatte. »Ja, jetzt sind alle Schulden beglichen.«

»Laß dir die Wunde säubern«, wies ich ihn an. »Laß eine der Frauen …«

»Um die kümmere ich mich selbst, Gebieter«, sagte er, ließ die Wunde los und musterte das Blut an seinen Fingern. »Schließlich bin ich Arzt, und sie schmerzt fast gar nicht.«

Ich sah ihm nach, als er in unser Lager zurückstapfte. Er würde wieder der Alte sein. Jetzt kannte sein Schmerz Grenzen, denn er hatte Ganymedes gerächt, und damit hatte seine Seele Frieden. Und als Beweis dafür würde er eine schöne Wunde haben. Das blieb zurück, eine Narbe.

Doch nicht jeder hatte soviel Glück gehabt.

»Tiglat?«

Ich hörte eine schwache Stimme und senkte den Blick. Da lag Diokles auf der Erde halb von seinem Schild verdeckt und mit einem Schwerthieb in der Seite – die Hand, die ihn zusammenhielt, war blutverkrustet. Ich kniete mich neben ihn. Er lächelte.

»Wir haben gesiegt«, murmelte er. Er freute sich ebenso wie Kephalos und wie alle anderen, halb schien es Verwunderung und halb Erleichterung. Ihm galt es anscheinend gleichviel, daß er für dieses Ziel mit dem Leben gezahlt hatte.

»Beim Nabel des Mäuse …«

Und dann verdunkelte der Tod seine Augen.

Ich kam hoch, und wieder einmal stieg finsterer Zorn in mir hoch, so als ob die Schlacht noch geschlagen werden müßte.

Vielleicht waren doch noch nicht alle Schulden beglichen.

Aber wir hatten sie geschlagen. Wenigstens hatte Diokles noch mitbekommen, daß wir gesiegt hatten, obschon sein Leben nur eines von vielen war, welche uns dieser Sieg gekostet hatte. Insgesamt waren zweiunddreißig Griechen auf der Ebene von Klonios gefallen, ein schwerer Blutzoll bei einer Streitmacht von nicht einmal zweihundert Mann, doch verglichen mit den Verlusten des Feindes war das fast nichts. Als wir am nächsten Morgen genug Licht hatten, daß wir das Schlachtfeld überblicken konnten, zählten wir über dreihundert sikulische Leichen. Ducerius' Heer war ausgeblutet.

Als wir unsere Toten eingesammelt und ihre Asche in Kupferkrüge getan hatten, damit ihre Familien sie bestatten konnten, mußten wir schließlich über den nächsten Schritt nachdenken. Es war Zeit, die Steinmauern von Ducerius' Zitadelle in Augenschein zu nehmen und zu überlegen, wie wir diesen Krieg beenden könnten.

Jetzt sorgte ich mich auch nicht mehr, daß den Griechen der Mut sinken könnte, der Sieg hatte sie nicht nur mutig, sondern waghalsig gemacht.

»Wir sollten das Eisen schmieden, solange es heiß ist. Laßt uns sofort die Akropolis angreifen!«

»Willst du sie etwa mit deinem Schwert durchbohren?« mußte ich da fragen. »Sie ist kein Mensch – du kannst sie nicht erschlagen. So einfach geht das nun auch wieder nicht. Ducerius kommt nicht heraus, und wie sollten wir wohl hineinkommen?«

Jetzt mußten sie nachdenken, und damit war wenigstens ein Anfang gemacht. Sie hoben den Blick und sahen die blanke Felswand, an der sich die einzige Straße nach oben zog, und versuchten sich vorzustellen, wie es wäre, wenn sie eine so starke Befestigung wie diese stürmen würden, und das setzte ihrer prahlerischen Tapferkeit einen kleinen Dämpfer auf.

»Können wir das schaffen?«

»Möglicherweise – vorausgesetzt daß alle den Preis dafür zahlen wollen. Ich spreche von mindestens drei Monaten riskanter Knochenarbeit, um die Mauern zum Einsturz zu bringen und anschließend zu stürmen, und dabei kann jeder Dritte fallen. Und natürlich können sie den Angriff abschlagen. Eine Erfolgsgarantie gibt es nicht, aber versuchen können wir es.«

»Vielleicht kann man sie aushungern?«

»Weiß jemand hier, wieviel Nahrungsmittel sie gelagert haben? Genug für vier Monate? Für sechs? Und wie wollen wir uns selbst verpflegen, während wir sie belagern? Wir können uns nicht einfach zu unseren Höfen davonstehlen und hoffen, daß sie friedlich warten, bis wir unsere Ernte eingebracht haben. Und wenn wir den sikulischen Bauern ihr Getreide und Vieh wegnehmen, haben wir nicht nur vor uns einen Feind, sondern auch einen im Rücken. Ich glaube nicht, daß dieser Weg sehr erfolgversprechend ist. Ich glaube nicht, daß unser Volk diese Geduld aufbringen wird.«

»Meinst du damit, daß wir geschlagen sind?«

»Nein. Das meine ich durchaus nicht.«

»Was dann, Tiglat?«

Was dann, Tiglat? Das war die Strafe der Götter für meine Überheblichkeit, denn ehrlicherweise mußte ich eingestehen – zumindest mir selbst –, daß ich keine Ahnung hatte.

»Ich werde mir das Ganze durch den Kopf gehen lassen«, sagte ich.

Und das tat ich auch. Und je mehr ich darüber nachdachte, desto schwieriger schien das Problem zu werden.

Hätte ich eines der Heere meines Vaters befehligt, das Ganze wäre weiter nicht schwierig gewesen. Die Soldaten von Assur kämpften für den Ruhm ihres Königs und ihres Gottes, darum stellten sie auch nicht in Frage, ob etwas getan oder nicht getan werden mußte oder ob der Preis die Mühe und Gefahr lohnte. Sie hatten fünfzehn Monate vor den Mauern Babylons gelagert, diese mühevoll untergraben und auf den Befehl zum Angriff gewartet, und das alles, weil der Gebieter Sanherib, der König der Vier Enden der Erde, es so wollte.

Da waren die Griechen anders. Sie hatten keinen König, und das Gefühl, jetzt eine Gemeinschaft zu sein, der sich jeder verpflichtet fühlte bis hin zum Tod, war noch nicht fest verwurzelt. Außerdem waren ihre Götter müßige Geschöpfe, die nur auf Kurzweil sannen. Die Belange der Menschen waren ihnen so gleichgültig, daß sie das Ergebnis eines kleinen Krieges nicht kümmerte, welcher auf einem fernen Eiland ausgetragen wurde. Zum Ruhm seiner Götter zog kein vernünftiger Grieche in den Krieg.

Darum hatte ich auch Angst, die Belagerung von Ducerius'

Zitadelle in Angriff zu nehmen, denn wenn die Mauern nicht nach einem halben Monat zusammenbrachen, würde es unter meinen Nachbarn Zank und Streit geben, und schon bald würden Männer, welche auf dem Schlachtfeld einen mächtigen Feind geschlagen hatten, einfach verschwinden und den endgültigen Sieg Sieg sein lassen, während sich ihre Gedanken wieder ihren Höfen und ihrem gewohnten Leben zuwandten. Ich wollte nicht, daß der sikulische König ungestraft davonkam. Ich fand, das schuldete ich den Männern noch, welche auf der Ebene von Klonios ihr Leben gelassen hatten.

Zuweilen weiß der Mensch nicht, wie er es anfangen soll, und dann hat er Glück, und die lichten Götter nehmen ihm die Mühe ab.

Drei Tage nach der Schlacht kam im ersten Morgenlicht ein Reiter von der Zitadelle herabgeritten. Er stieg ab und führte sein Pferd mitten auf das Schlachtfeld, wo ich ihm mit anderen Mitgliedern des Griechenrates entgegenkam. Es war derselbe Mann, den Ducerius schon einmal geschickt hatte.

»Ich möchte den Gebieter Tiglat Assur sprechen«, waren seine ersten Worte, und dabei funkelte er meine Gefährten so böse an, als ob jeder einen Dolch im Gewand barg.

»Es gibt nichts, was diese Männer nicht auch hören dürften«, gab ich zurück.

Er aber schüttelte nur den Kopf und schwieg sich grimmig aus.

»Na gut, dann«, sagte Epeios mit einer wegwerfenden Geste. »Tiglat, wir können uns doch darauf verlassen, daß du uns nicht an diesen Schurken verschacherst?«

Die anderen lachten und gingen wieder zum Lager zurück. Ich hatte den Eindruck, daß sie ein wenig erleichtert waren. Ich hörte Kallias lachen, als hätte jemand einen Witz gemacht.

Der sikulische Edelmann schien ihre scheidenden Rücken mit Blicken zu durchbohren. Und als wir endlich nur noch den Wind im trockenen Gras rascheln hörten, wandte er sich mir zu.

»Du bist nicht wie sie«, brach er das lange Schweigen. »Es wäre, glaube ich, unklug, wenn du ihnen so völlig vertrauen würdest wie sie dir.«

»Ich bin genau wie sie.«

Er lächelte verkniffen wie ein Mensch, welcher angelogen wird, jedoch zu höflich ist, um zu widersprechen.

»Die Frage ist, was tust du jetzt?« sagte er. »Du hast gewissermaßen einen Sieg errungen. Auf weitere kannst du nicht hoffen.«

»Du hast mir einst gesagt, daß ich auf nichts als eine Niederlage hoffen dürfte.«

»Auf lange Sicht könnte das immer noch der Fall sein.«

»Das glaubst du ja selber nicht«, sagte ich. »Und mich bringst du auch nicht dazu, das zu glauben.«

»Die Mauern der königlichen Zitadelle sind noch nie gestürmt worden.«

Beide blickten wir zu diesen Mauern hoch, deren riesige Granitblöcke so fest ineinandergeschoben wirkten wie Schuppen auf dem Rücken einer Schlange. Zweifellos sprach er die Wahrheit.

»Bei Festungen gibt es wie bei Jungfrauen immer ein erstes Mal. Ich behaupte nicht, daß es uns leichtfallen würde, aber es ist zu schaffen. Es wird viele Leben kosten, doch am Ende werden wir diese Mauern zerfetzen wie die Hochzeitstunika einer Braut.«

Wieder einmal lauschten wir eine geraume Weile in die Windstille. Glaubte er mir? Glaubte ich mir selbst? Ich setzte auf beides kein Zutrauen.

»Wir würden jede Elle Mauer verteidigen«, sagte er, als hätte er sich das gerade erst überlegt. Er blickte mich beim Sprechen nicht an. Seine Augen hingen an den grauen Steinen der Zitadelle seines Herrn. »Deine Männer müßten um jeden Fußbreit kämpfen. Es würde ein teurer Sieg.«

»Daran hege ich keinen Zweifel. Glaubst du etwa, daß wir nach dem, was vor drei Tagen geschehen ist, die Sikuler für Weiber halten? Natürlich würden viele sterben das habe ich schon gesagt. Viele Griechen und deine eigene Streitmacht bis auf den letzten Mann. Ich würde es verhindern, wenn ich könnte; doch das liegt nicht in meiner Hand, es liegt bei euch.«

»Was willst du von uns, Tiglat Assur?«

Die Frage wurde nebenbei hingeworfen, fast stellte er sie mir wie ein Rätsel. Hatte er meine leere Drohung vielleicht doch nicht durchschaut?

»Das gleiche wie früher schon. Ich will Ducerius.«

Nach seiner Miene zu schließen, hätte ich genausogut sein erstgeborenes Kind fordern können, denn es ist kein Geringes, seinen Herrscher dem Tod zu überantworten. Dennoch glaube ich, wir waren uns beide darüber im klaren, jetzt half nichts mehr als das eine.

»Er ist uns allen nur noch eine Last«, fuhr ich fort, und dabei wußte ich nicht einmal, ob er mir überhaupt zuhörte – wußte nicht einmal, warum ich ihm mit Gründen in den Ohren lag, die er genausogut kennen durfte wie ich. »Zwischen Griechen und Sikulern gab es keinen Streit, bis er damit angefangen hat. Das ist ganz allein sein Krieg, und solange er lebt und regiert, ist kein Mensch sicher.«

Doch der sikulische Edelmann schüttelte nur den Kopf. Sein Antlitz war fast so aschfarben wie sein Bart.

»Meine Vorfahren haben den seinen seit den Tagen gedient, als die Götter noch zusammen mit den Menschen auf Erden wandelten«, sagte er. »Du forderst etwas Ungeheuerliches. Etwas Ungeheuerliches.«

»Ich werde bis morgen warten, Gebieter. Und dann weiß ich, ob dieser Krieg geendet oder gerade erst angefangen hat. Wenn er zu Ende ist, dann braucht keiner außer einem um sein Leben zu bangen. Wenn nicht, dann kommt die Schuld für das Gemetzel, das gewißlich folgt, nicht über unser Haupt.«

Darauf erwiderte er nichts – ich glaube, dazu hatte er den Mut nicht mehr. Er stieg einfach wieder aufs Pferd und ritt davon. Ich wartete, bis er im Portal der Zitadelle verschwunden war, dann wandte ich meinen Schritt wieder dem Lager zu.

Bei meiner Rückkehr zum Lager sagte ich nichts über die Bedingungen, welche ich dem sikulischen Edelmann angeboten hatte – ich erzählte ihnen nur, daß ich ihnen am nächsten Tag Pläne vorlegen würde, wie man den Krieg gegen Ducerius beenden könne. Ich vertraute mich nur Kephalos an.

»Ich würde lieber mit den Würfeln eines Fremden würfeln, als dein Spiel spielen, Gebieter.« Er schüttelte den Kopf. »Du riskierst viel auf eine vage Hoffnung hin – wir – wir riskieren allesamt viel. Was ist, wenn die Sikuler nicht darauf eingehen?«

»Ich habe nicht die leiseste Ahnung, mein Freund. Andererseits weiß ich nicht, was ich hätte anders machen sollen.«

»Dann können wir nur abwarten, ob dich dein *sedu* am Ende doch verlassen hat.«

»Ja, wir können nur warten.«

An jenem Abend tat ich bis zum schwärzesten Teil der Nacht gerade vor Sonnenaufgang kein Auge zu, und sie schienen mir eben zugefallen zu sein, als Selana, die draußen Feuerholz für das Frühstück gesammelt hatte, mich am Bart zupfte, damit ich aufwachte.

»Gebieter – schnell!«

Als ich aufstand, konnte ich schon das Gemurmel vieler Stimmen und dumpfe Tritte auf der harten Erde hören. Ich war nur einer von vielen, die sich am Rande des Lagers eingefunden hatten, um mit anzusehen, wie sich im grauen Frühlicht die Tore der Zitadelle öffneten.

»Was kann das bedeuten?« Wieviele Male hörte ich wohl diese Frage: Was kann das bedeuten?

Das merkten wir schnell genug. Ein einzelnes graues Pferd – kannte ich es, oder spielte mir meine Phantasie einen Streich? – erschien auf dem Weg und trabte allmählich und zögerlich zur Ebene hinunter. Niemand führte es, es kam aus freien Stücken und trug keinen Reiter, sondern nur eine Last.

Selbst auf diese Entfernung hin konnten wir ausmachen, daß die auf seinen Rücken gebundene Last ein Leichnam war.

»Kallias, reite ihm entgegen und ergreife es am Zügel - bring es herunter, damit wir uns das da ansehen können.«

Nach ein paar Minuten war er zurück, führte das Pferd und rief im Reiten:

»Bei den Göttern, es ist Ducerius!«

Das Pferd tänzelte, und seine Flanken waren blutbefleckt. Ich näherte mich ihm vorsichtig von links und ergriff die Haare des

Toten, damit ich ihm ins Gesicht blicken konnte. Es war Ducerius, wirklich und wahrhaftig, und man hatte ihm die Kehle durchgeschnitten.

»Was kann das bedeuten, Tiglat?«

Ich drehte mich zu meinen Nachbarn um, und mir war zu Mute, als wäre mir ein Steinbrocken von der Seele gerollt. Ich lächelte sogar.

»Das bedeutet, die Sikuler wollen Frieden schließen.«

XXXI

Anscheinend war Ducerius' Heer zu entmutigt zum Weiterkämpfen. Als wir in die Zitadelle marschierten und sie in Besitz nahmen, lungerten die Soldaten grüppchenweise und ziellos herum und waren zu niedergeschlagen, um uns überhaupt in die Augen zu blicken. Sie glichen Verurteilten.

Ich forschte nach dem Edelmann, mit welchem ich die Übergabe verhandelt hatte, und da berichtete man mir, er wäre aus Reue darüber, daß er zum Tode des Königs beigetragen hatte, durch eigene Hand gestorben. Man zeigte mir seinen Leichnam – seine blutverschmierten Finger umklammerten noch den Griff des Dolches, den er sich in die Brust gestoßen hatte. Die Sikuler baten darum, Ducerius und endlich auch seinen Sohn in der königlichen Gruft bestatten zu dürfen, und ich erlaubte es unter der Bedingung, daß der Edelmann, dessen Namen ich nie erfahren habe, mit ihnen bestattet würde. Und so geschah es.

Einige waren dafür, diesen besiegten Soldaten, welche soviel Unheil über das Land gebracht hatten, das Ohr einzukerben und sie den Rest ihres Lebens als Sklaven verbringen zu lassen. Ich hatte jedoch mein Wort verpfändet, daß sie verschont würden, und die Sklaverei ist so bitter wie der Tod, darum verweigerte ich meine Zustimmung. Sie erhielten die Freiheit, allerdings unter gewissen Bedingungen, und die waren: Erstens mußten sie Ducerius' Zitadelle schleifen, daß kein Stein auf dem anderen blieb und kein König mehr von dort herrschen mochte; und zweitens würde jeder, den man nach seiner Freilassung in Waffen antraf, auf der Stelle des Todes sein.

In den vier Tagen nach der Schlacht, als alles noch offen war, lag die größte Gefahr für uns vielleicht darin, daß die sikulischen Bauern sich um ihren König scharen und wir, die Sieger, zu Besiegten würden. Das war nicht geschehen. Tullus hatte gute Arbeit geleistet, die Sikuler hatten sich aus dem Streit ihres Gebieters mit den Griechen herausgehalten; doch nach der Übergabe kamen ihre Ältesten zu mir und fragten, was denn nun aus ihnen werden sollte.

»Nein, griechische Herren bekommt ihr nicht«, sagte ich. »Wir sind allesamt schlichte Bauern, und das Land ist fruchtbar genug, daß es uns alle ernährt. Wir wollen als Nachbarn miteinander leben, ein jedes Volk nach seinen eigenen Gesetzen. Ich, Tiglat Assur, Tyrann von Naxos, verpfände mein Wort, daß die Rechte eines jeden geachtet werden.«

Zehn Tage später kamen die Griechen zusammen und stimmten ab, daß mein Versprechen gehalten werden sollte. Danach stellte ich mein Amt als Tyrann zur Verfügung.

»Wir sollten Tiglat zum König wählen«, rief jemand – ein Ruf, der von vielen Kehlen aufgenommen wurde. »Tiglat soll uns zu einer großen Nation machen, auf daß alle uns fürchten und wir in diesem Land sicher leben können.«

Ich stand auf, hob die Hand und gebot Schweigen, um darauf zu antworten.

»Unsere Sicherheit liegt nicht in der Hand eines einzelnen, sondern in der von vielen«, sagte ich. »Diesen Sieg habt ihr selbst errungen, und mein Anteil daran ist nicht größer als der eines jeden von euch. Ich möchte kein zweiter Ducerius werden, und ihr erkauft euch keine Größe dadurch, daß ihr Tiglat Assurs Stolz Futter gebt. Außerdem ist es nicht unsere Art, einen Mann über viele zu setzen, außer wenn alle zustimmen. Ich bin Grieche und lehne es ab, König zu sein.«

Es gab viel Hin und Her, doch als meine Nachbarn schließlich merkten, daß man mich nicht dazu bewegen konnte, hörten sie auf und gestanden mir statt dessen auf Lebenszeit eine jährliche Zahlung von zehn Krügen Wein und zehn Körben Weizen zu.

Außerdem erhielt ich das Recht, bei allen Zusammenkünften des Rates und bei religiösen Festen in der vordersten Reihe zu sitzen. Das waren Kleinigkeiten, doch sie waren als Ehre gedacht, und in diesem Sinne nahm ich sie an.

»Laß dich von ihnen nicht zum König machen«, hatte mein Vater gesagt, als er im Traum zu mir sprach. »Der Gedanke, daß mein Sohn König unter Fremdlingen ist, gefällt mir nicht – dergleichen wäre würdelos.«

War das wirklich sein Geist gewesen, oder spielte mir nur meine Phantasie einen Streich? Wo war da der Unterschied? Dennoch würde ich mich an seinen Wunsch halten, so als hätte er als Lebender zu mir gesprochen. Ich war jetzt Mensch unter Menschen und glücklich, daß ich allen Gedanken an Größe entsagt hatte, doch ich war immer noch der Sohn Sanheribs des Mächtigen, des Herrn der Vier Enden der Erde, des Königs der Könige, und der prinzliche Stolz war mir nicht auszutreiben. Schließlich hatte ich nicht auf den Thron Assurs verzichtet, um König am Rande der Welt zu werden. ›Dergleichen wäre würdelos.‹

Aber man hörte mir zu, wenn ich in der Versammlung sprach. Ich brauchte nur aufzustehen und um Schweigen und Aufmerksamkeit zu bitten, diese Achtung hatte mir mein Sieg über Ducerius eingetragen. Ich möchte nicht behaupten, daß ich mich immer durchsetzte, aber ich war der erste unter Gleichen, und mehr kann auch ein griechischer König nicht für sich beanspruchen, schließlich gibt es Grenzen, was Griechen, die sich nie an Gehorsam gewöhnt haben, einem Mann an Achtung zollen. Das ist auch besser so, und ich tat recht daran, daß ich die Krone ausschlug. Nur wer keinen König braucht, ist wahrhaft frei.

So kehrte ich denn auf meinen Hof zurück und war wieder Bauer.

Ich muß gestehen, daß mein Leben im folgenden Jahr sehr glücklich war. Unsere Ernten fielen gut aus, und ich lernte die Befriedigung kennen, mit welcher einen der Wohlstand erfüllt, den man der Erde mit eigener Hände Arbeit abgerungen hat. Ich genoß die Achtung meiner Nachbarn, und ich hatte Selana, welche mit mehr gab, als mir je eine Frau gegeben hatte, eine Liebe, an der ich mich ohne Selbstvorwürfe erfreuen konnte, eine Liebe, zu der ich mich vor aller Welt in dem Bewußtsein bekennen konnte, daß ich weder gegen des Gottes noch der Menschen Gebote verstieß.

Selana, das Bauernmädchen, welches ich auf der Schiffslände von Naukratis gekauft hatte, als sie nicht mehr als ein Kind war – und doch galt sie mir mehr als jede Edeldame mit duftenden Brüsten, welche mich mit Versprechungen goldener Lust in ihr Bett gelockt hatte. In ihrer Liebe gab es keine dunklen Geheimnisse, keinen Verrat. Alles war wie es schien. Bei ihr war ich mehr als glücklich – ich war zufrieden.

Doch wenn ich mir einbildete, daß der Gott mich aus den Augen verloren hätte, so täuschte ich mich, denn der Gott Assur hat einen langen Arm. Das ging mir an jenem Abend auf, als Epeios auf seinem Rückweg von Naxos bei mir haltmachte und mir von einem »Fremdling« erzählte, »jemand, der gekommen ist und eine Zunge spricht, die noch niemand gehört hat und durch seinen Dolmetscher fragen läßt, ob es bei uns jemand gibt, der auf seiner Hand ein Mal, einen Blutstern, hat.

Mich dünkte, du solltest das wissen, Tiglat. Einen vielversprechenden Eindruck macht er nicht gerade, also kam niemand auf den Gedanken, dich an ihn zu verraten, doch er hat eindeutig eine lange Reise hinter sich, und er wußte, wo er nach dir Ausschau halten mußte – ich glaube, er wird dich hier schon bald finden.«

Er war noch nicht abgestiegen, und ich stand immer noch vor dem Haus. Nicht einmal einen Becher Wein hatte ich ihm angeboten. Ein Glück, daß sonst niemand ihn gehört hatte.

»Hast du ihn selbst gesehen?«

»Ja.«

»Fehlt ihm ein Finger?«

»Ich glaube nicht. Nein, gewißlich nicht, derlei fällt einem immer zuerst auf.« Er brannte darauf, die Frage zu stellen, die einfach kommen mußte – wer ist das? Was hat solch ein Mensch mit dir zu schaffen? – aber er unterließ sie. Viele Griechen auf Sikelia hatten Geheimnisse in ihrer Vergangenheit, an die man besser nicht rührte, deshalb galt es als unhöflich, derlei Fragen zu stellen.

»Soll er mich doch finden«, sagte ich. Ich brachte sogar den

Anflug eines Lächelns zustande, so als ließe mich die Sache kalt. »Vielleicht bin ich nicht der einzige, nach dem er Ausschau hält – es gibt ja noch mehr unter den Lebenden, die ein rotes Geburtsmal auf der Hand haben.«

Ich erwartete nicht, daß er sich täuschen ließ, doch mir war es gleich, was Epeios darüber dachte.

»Steig ab und brich das Siegel eines Weinkruges mit mir. Vergiß es, es ist nicht der Rede wert.«

Als er fort war, aß ich zu Abend und lauschte stumm Kephalos' allabendlicher Beschreibung seiner Heldentaten in der Schlacht auf der Ebene von Klonios. Ich lauschte, blickte in die Runde und dachte die ganze Zeit bei mir, daß alles hier, dieses Leben, das ich mir geschaffen habe, dieses Glück, das so zu jeder Stunde gehört, daß ich es kaum noch wahrnehme, das alles ist nicht mehr als ein Schatten, etwas, das keinen Bestand hat, das in der Sonne verdunstet.

Und dann fiel mir der Adler ein, dessen Schatten nach Collatinus' Niederlage auf mich gefallen war – ein Adler, der gen Osten flog und meinen Handteller mit seinem Blut noch dunkler rot gefärbt hatte. Anscheinend sollte sich nun offenbaren, was der Gott mit mir im Sinn hatte.

Am nächsten Morgen schirrte ich unseren Karren an und fuhr, ohne jemand ein Wort zu sagen, nach Naxos hinein. Es hatte ohnedies keinen Zweck, das Unausweichliche hinauszuschieben.

Zufällig war Markttag, und selbst noch während der letzten Stunden des Tageslichtes wimmelte der Platz von Menschen. Stimmen, die klirrten wie Münzen auf Pflastersteinen, zerschnitten die Stille in kleine Stücke, und die Luft war vom Duft des Lebens geschwängert. Die Weinschenken machten guten Umsatz, und ich wechselte Grußworte mit alten Freunden und Waffenkameraden und sogar mit Männern, deren Gesichter mir nicht bekannt vorkamen.

Anscheinend wollte ein jeder mir die Hand schütteln und mir einen Schluck aus seinem Krug anbieten, und mehr als nur einer erzählte mir wieder von dem Barbaren, der nach jemand mit einem Blutstern gefragt hatte, vertraute es mir im Flüsterton an.

Anscheinend war der Mann selbst nicht da.

Und auf einmal war er da. Weil ich unter dem Sonnendach einer Weinschenke stand, hatte ich ihn nicht gleich gesehen – ich hörte nur das wachsende Schweigen, während Männer sich pufften, auf ihn wiesen und ihre Unterhaltung verstummen ließen. Ich drehte mich um, und das Herz wollte mir beinahe in der Brust zu Eis werden.

Er stand in der Mitte des Lebens, und gemessen an griechischen Maßstäben bot er einen recht exotischen Anblick. Sein Bart, welcher ihm bis auf die Mitte der Brust reichte, war sorgsam geflochten, und er trug die kunstvolle, reichbestickte Hoftracht eines königlichen Kammerherrn im Lande Assur. In der Hand hielt er seinen Amtsstab, von dem Silberbänder herabhingen, und die bedeuteten, daß seine Botschaft einem Prinzen von königlichem Geblüt galt.

Natürlich kannte ich ihn vom Sehen, wenn auch nicht beim Namen. Sowie sich unsere Blicke trafen, verneigte er sich aus der Mitte heraus.

»Gebieter Tiglat Assur«, sagte er mit einer Stimme, die bis in den letzten Winkel des Marktplatzes drang – meine Freunde und Nachbarn bekamen anscheinend ein Schauspiel geboten –, »Sohn und Großsohn von Königen, Prinz im Lande Assur, höre mich an, denn ich überbringe dir die Worte deines königlichen Bruders, des Gebieters Assarhaddon, des Herrn der Welt, des Königs der Vier Enden der Erde.«

Ich erschrak. Alles hatte ich erwartet, nur das nicht. Sogar der Klang meiner Muttersprache, welche ich jahrelang nicht vernommen hatte, rollte in meinem Kopf wie ferner Donner. Einen Augenblick stand ich da und blickte ihn nur groß an.

»Ich habe keinen Bruder, welcher König ist«, sagte ich, als ich schließlich meine Stimme wiedergefunden hatte. »Der Gebieter Assarhaddon hat gesagt, ich bin nicht mehr sein Bruder. Er hat sich von mir losgesagt, und so haben er und ich nichts mehr miteinander zu schaffen.«

»Dann spricht jetzt der König, und der Untertan muß zuhören. Oder leugnest du auch dieses Band, du, der Sohn des Gebieters Sanherib?«

Ich musterte sein Antlitz mit bitterem Blick und kam mir vor wie der Fuchs im Holzkäfig. Wollte der hier mich etwa verhöhnen?

»So sprich.«

»Blicke dich um, Gebieter. Die Worte des Königs sind nicht für die Ohren von gemeinem Volk bestimmt.«

Und ich blickte mich um, sah, wie mich die Griechen anstarrten, und dann überkam mich aus heiterem Himmel ein Lachanfall.

»Keine Bange, Kammerherr«, sagte ich immer noch lachend. »Die Geheimnisse des Königs sind ziemlich sicher. Der König hat mir befohlen, mich in den finsteren Ländern jenseits der Sonne zu verstecken, und ich habe mich wirklich bemüht, ihm gefällig zu sein – auf fünf Tagereisen gibt es niemanden, der ein Wort von dem versteht, was wir sprechen.«

»Dennoch, Gebieter ...«

Erst jetzt bemerkte ich den Mann, der neben ihm stand, eine gedrungene, untersetzte Gestalt in der Tracht der Edomiter. Zweifellos sein Dolmetsch – doch vielleicht nicht ganz vertrauenswürdig.

»Wie du willst«, erwiderte ich und deutete auf den Eingang der Weinschenke. »Der Besitzer tut uns sicherlich den Gefallen.«

Auf der Schwelle kam uns der Besitzer Timon, der Arkadier, entgegen. Er hatte immer noch seine Lederschürze umgebunden, denn er hatte gerade nachsehen wollen, was da draußen los war.

»Läßt du uns hier drinnen ein wenig allein?« fragte ich ihn lächelnd. Er hatte auf der Ebene von Klonios mitgekämpft und war ein guter Kerl.

»Natürlich, Tiglat, natürlich! Du kannst jeden Raum haben«, sagte er und wies auf die Treppe zum ersten Stockwerk, wo die Huren ihre Kunden empfingen. »Und falls da oben noch Mädchen von mir schlafen sollten, so wirf sie einfach hinaus.«

Als wir innerhalb der vier Wände waren und die Tür geschlossen hatten, drehte sich der Kammerherr zu mir um und hielt die Lippen zusammengepreßt, als wollte er sie nie wieder aufmachen.

»Der König bestellt dich nach Haus zurück«, sagte er. »Du sollst ihm in Ninive deine Aufwartung machen.«

Ich weiß auch nicht, wieso mich das überraschte. Vielleicht hätte er sagen können, was er wollte, und es hätte die gleiche Wirkung gehabt. Vielleicht hatte ich mich einfach noch nicht von meiner ursprünglichen Überraschung erholt. Ich mußte mir den Satz jedoch noch einmal wiederholen, ehe mir seine Bedeutung aufging.

»…bestellt mich nach Haus zurück?« Ich schüttelte den Kopf. »Es ist mein Tod, wenn ich ins Land Assur zurückkehre – so lautete jedenfalls sein Urteil über mich. Ich kann nicht heimkehren.«

»Und dennoch bestellt er dich zurück.«

»Zweifellos, damit ich wieder in Reichweite seiner Mordbuben bin«, sagte ich.

»Der Gebieter Assarhaddon garantiert dir das Leben, und zum Zeichen dafür …«

An seinem Gürtel hing ein kleiner Leinenbeutel. Den band er ab und legte ihn auf einen Tisch neben dem einzigen Fenster im Raum, dann trat er beiseite, damit ich mir den Inhalt ansehen konnte.

Im Beutel war eine menschliche Hand, am Handgelenk abgetrennt und in Salz eingepökelt, bis das Fleisch die Farbe von Pferdegeschirr angenommen hatte. Es war die linke Hand, und der kleinste Finger fehlte.

Mir lief es kalt über den Rücken, ohne daß ich zu sagen gewußt hätte, warum, schließlich hatte ich im Leben schon Schlimmeres gesehen. Vielleicht lag es nur daran, daß ich dem Tode so knapp entkommen war. Und dann war darin auch etwas von dem Geheimnis enthalten, das verraten worden war.

Das war also der Letzte gewesen.

»Der König kann mich nicht zur Rückkehr zwingen«, sagte ich fast zu mir selbst – die Worte kamen an Stelle von anderen, welche unausgesprochen blieben. »Hier gilt weder seine Macht, ja, noch nicht einmal sein Name etwas. Hier kann er mich nicht erreichen.«

»Ja, dich zwingt nichts, außer die Pflicht.«

»Die schulde ich Assarhaddon nicht.«

»Aber dem König …«

Ich hätte zuschlagen können, doch statt dessen wandte ich ihm den Rücken zu, damit er nicht sah, wie mich seine Worte ins Herz trafen.

»Geh, Kammerherr. Du hast deine Pflicht getan. Kehre nach Ninive zurück und berichte, daß du als Antwort nur Schweigen empfangen hast.«

Er verneigte sich erneut und wandte sich zum Gehen. Ich konnte seine Schritte auf der Treppe hören. Ich habe ihn nie wiedergesehen.

Die Hand blieb auf dem Tisch, wo er sie hingelegt hatte.

Als ich mit dem Karren heimfuhr, da dachte ich, wenn doch Assarhaddon mich so sehen könnte, einen staubbedeckten Bauern, der auf einem Eiland, dessen Namen er wahrscheinlich noch nie gehört hatte, eine ausgefahrene Landstraße entlangrumpelte. Ich fragte mich, warum kann er mich einfach nicht in Ruhe lassen, da ich es doch so zufrieden bin? Hier stelle ich keine Gefahr für ihn dar. Anscheinend ist ihm schlicht schon der Gedanke unerträglich, daß ich auf derselben Erde mit ihm wandele.

Auf seine Zusicherung setzte ich kein Vertrauen. Eine abgetrennte Hand bewies recht wenig, und Assarhaddon hatte in dieser Hinsicht schon einmal sein Wort gebrochen – ich war aus seinem Reich geflohen, und doch hatte er mir Mörder nachgeschickt. Möglicherweise erklärte das schließlich die fünf Adler, die mir mein Traum geweissagt hatte, aber vielleicht fühlte sich mein Bruder jetzt so sicher auf seinem Thron, daß er beschlossen hatte, seine Rache höchstpersönlich zu genießen.

Und er hatte die Unverschämtheit, mich holen zu lassen, als riefe er einen seiner Provinzgouverneure zu sich.

Und das, weil er wußte, ich würde kommen.

Ich saß in der Falle. Was für ein Witz, fast hätte ich darüber lachen können. Ja, Assarhaddons Gesandter hatte mich durchschaut – genau wie sein Herr. Mochte ich mich auch wie ein Grieche kleiden, mehr als diesen Vorfall brauchte der Gott nicht, um mich daran zu erinnern, daß ich ein Mann aus Assur war. Soviele Jahre der Verbannung und doch war die Macht der Gewohnheit noch groß, ich mußte einfach gehorchen – Assarhaddon war immer noch mein König.

Ein jeder von uns birgt tief im Herzen etwas, eine allerletzte Treue, die zu verleugnen, sich selbst verleugnen hieße. Ich war der Sohn und Großsohn von Königen, und der König sprach als Vertreter des Gottes Assur leibhaftig. Als unser Vater ermordet wurde, konnte ich mich dem Aufstand gegen Assarhaddon nicht anschließen; ich konnte nicht beiseite stehen und zulassen, daß Nabuscharusur ihn in Sidon umbrachte. Selbst noch am anderen Ende der Welt gehörte ich zur *quradu,* war Soldat der königlichen Leibwache, der geschworen hatte, sein Leben für ein Wort des Königs zu lassen. Das galt für mich mehr als Prinz und Eroberer, ja, sogar mehr als König zu sein. Für einen Treubruch mit dem allem war es längst zu spät.

Da wußte ich, daß ich zurückkehren würde, einfach weil es der König so wollte. Und Assarhaddon wußte es auch.

Daher hielt ich mich für einen toten Mann.

Kephalos eilte geschäftig herzu, um mich zu begrüßen, als ich auf den Hof fuhr. Ich versuchte zu lächeln, als wir ausspannten, doch ich merkte an seinen großen Augen, daß ich nicht sehr überzeugend wirkte.

»Was betrübt dich, Gebieter? Du siehst aus, als wärst du einem bösen Geist begegnet.«

»Das könnte schon sein. Es ist ein Bote aus Ninive gekommen. Ich soll zurückkehren.«

Einen Augenblick stand er stumm da, und die Zügel baumelten vergessen in seiner Hand. Zunächst wirkte er erleichtert, ja, sogar erwartungsvoll, und dann machte sein Gesicht die Anspannung deutlich, mit der jemand darauf wartet, daß sich seine schlimmsten Befürchtungen bestätigen.

»Du würdest doch nicht zurückgehen, oder? Doch nicht einmal, wenn die Botschaft lautete, daß Assarhaddon tot ist …«

»Er ist nicht tot – nein, mein Freund, man holt mich nicht auf den Thron zurück. Ganz im Gegenteil, fürchte ich.«

»Dann gehst du doch wohl nicht. Herr, sage mir bitte, daß du nicht gehst.«

Darauf gab ich keine Antwort. Ich vermochte es nicht. Vielleicht brauchte ich das auch gar nicht.

Er schüttelte den Kopf.

»Assarhaddon wird dich töten lassen. Für ihn ist es zu riskant, dich bis ganz nach Ninive gelangen zu lassen – man wird dich bereits ermorden, kaum daß du den Fuß in sein Reich gesetzt hast.«

»Er steht für mein Leben ein«, sagte ich. Ich öffnete den Leinenbeutel und zeigte ihm die abgetrennte Hand.

Kephalos spuckte auf die Erde. »Soviel gebe ich darauf, das ist seine Zusicherung wert, Gebieter«.

Was sollte ich dazu sagen? Daß ich seine Auffassung teilte? Daß auch ich keinen Deut für mein Leben gab, wenn mein Bruder mich erst einmal wieder in der Gewalt hatte? Also sagte ich gar nichts.

»Dann gehst du zurück, ja?«

Er schüttelte den Kopf über diesen Narrenstreich, von dem er mich nicht abhalten konnte.

»Du gehst zurück.«

»Ja.«

Zusammen traten wir ins Haus.

»Gib mir das da«, sagte er und nahm mir den Leinenbeutel ab. »Ich sorge dafür, daß man sie reinigt und verbrennt – sie ist unrein in den Augen der Götter.«

»Nichts von alledem zu Selana«, sagte ich und überhörte damit seine Worte. »Ich sage es ihr schon noch rechtzeitig.«

»Wie du willst.«

Nein, nicht wie ich wollte, denn in diesem Falle war auch ich feige. Als ich des Nachts in ihren Armen lag, wollten mir die Worte nicht über die Lippen kommen. Und bei Tage kamen sie mir beinahe als Gottlosigkeit vor.

Schließlich redete ich doch. Mitten am Morgen legte ich einfach die Hacke beiseite und kehrte nach Hause zurück.

Sie wußte, glaube ich, daß irgend etwas nicht stimmte, als sie mein Gesicht sah.

»Ich muß auf eine Reise gehen«, sagte ich. »Wann ich zurückkomme, weiß ich nicht – wahrscheinlich nie.«

»Dann komme ich mit«, sagte sie, ohne auch nur einen Augenblick zu zögern. »Wohin du gehst, da gehe ich auch hin.«

»Ich kehre ins Land Assur zurück. Nach dort kannst du nicht mitkommen.«

Ihre Augen wurden schmal, obschon sie, glaube ich, recht gut begriff, was ich meinte.

»Versuche nur, mich zurückzuhalten. Du wirst schon sehen, was du ausrichtest.«

»Ich möchte dich nicht dem Tod preisgeben, Selana. Oder vielleicht noch Schlimmerem als dem Tod. Du bleibst hier – du, Kephalos, ja, sogar Enkidu; ihr bleibt allesamt hier.«

»Du hast behauptet, daß ich keine Sklavin bin, Gebieter.« Sie lächelte wie ein schlaues Kind. »Und wenn ich frei bin, kann ich gehen, wohin ich will. Mich kannst du nicht aufhalten.«

»Du kommst nicht mit, Selana«, sagte ich etwas hitzig. »Und damit Schluß der Diskussion.«

Doch als ich an diesem Abend vom Feld heimkam, da saß Enkidu draußen vor dem Haus und schliff seine Axt. Als er den mürrischen Blick hob, wußte ich Bescheid.

»Er begleitet uns«, verkündete Selana, welche ins sanfte Licht des Sonnenuntergangs getreten war. »Und ihm redest du das auch nicht aus.«

Selbst heute noch weiß ich nicht genau warum, aber mir traten die Tränen in die Augen.

»Ich weiß gar nicht, wieso ich euch beide verdiene«, sagte ich.

Im Osten behauptet man, daß sich Glück aus drei Quellen speist: Liebe, Macht und Rache. Ich habe alle drei gekannt, doch nur die Liebe hat Bestand.

Oder vielleicht reicht es schon, daß man schlicht geliebt wird. Selana liebte mich, so tief jedenfalls, daß sie eher jede Gefahr auf sich nahm, als sich von mir zu trennen. Was hatte ich ihr dafür zu bieten?

Also beschloß ich, sie zu meiner Frau zu machen.

Unsere Hochzeit war eine hastige Angelegenheit – ein Besuch bei der heiligen Quelle, um uns in ihren Wässern zu reinigen, ein paar Honigkuchen, die wir im heiligen Feuer unserer Herdstelle verbrannten, und ein Fest für alle diejenigen unserer Nachbarn, die sich binnen zwei Tagen freimachen konnten. Ich glaube nicht, daß sie sich ausnehmend über die plötzliche Einladung verwunderten. Alle schienen begriffen zu haben, daß sie im Zusammenhang mit dem geheimnisvollen Barbaren stand. Alle schienen zu wissen, daß ich in den Osten zurückkehrte.

Der Sitte gemäß fand der Festschmaus im Freien statt, und die Gäste der Braut speisten getrennt von denen des Ehemannes. Also weiß ich nicht, ob Selana und ihre Freundinnen ähnlich empfanden, bei den Männern jedoch schien man weniger eine Hochzeit zu feiern als eine Abreise, ja, sogar einen Todesfall zu betrauern.

Sie waren meine Freunde, und deshalb war ich ihnen eine Erklärung schuldig, soweit das in meiner Macht stand. Sie lauschten schweigend, und das Schweigen dauerte auch noch ein Weilchen an, nachdem ich schon geendet hatte. Dann stellte Kallias, dessen Pferd ich in der Schlacht von Klonios vor meinem Streitwagen hatte, seinen Weinbecher beiseite und schüttelte den Kopf.

»Wer ist dieser König Assarhaddon, und was für eine Stätte ist dieses Ninive, daß wir darauf etwas geben sollten?« fragte er. »Kein Fremdling, der an einem schlammigen Fluß hockt, darf dich uns wegnehmen, Tiglat – jedenfalls nicht, wenn du nicht gehen willst.«

»Er ist mein Bruder und mein Herr. Aber das ist etwas, was man Griechen nicht begreiflich machen kann. Ich muß gehen, was ich selbst möchte, zählt dabei nicht.«

Über diesen Punkt mochten sie nicht mit mir streiten – anscheinend disputieren Griechen nur zum Vergnügen, also tranken wir Wein zusammen und versuchten zögernd, von anderen Dingen zu sprechen.

Und schließlich führten mich meine Freunde kurz vor Sonnenuntergang zum Haus zurück, wo Selana zusammen mit ihren Freundinnen wartete. Ich führte meine neue Frau hinein, während Männer und Frauen Hochzeitsgesänge anstimmten, und ich nahm sie noch einmal als wäre es das erste Mal. Unter unsere

Freude mischte sich soviel Kummer, daß keiner von uns wußte, was davon größer war.

Der Morgen graute. Wir gingen Hand in Hand zu der Stelle, wo sich vor uns in der Ferne das weindunkle Meer erstreckte. Assurs heilige Sonne schien die Fluten blutig zu färben.

»Im Hafen von Naxos liegt bereits ein Schiff«, sagte ich. »Wenn es in See sticht, sind wir an Bord. Ich weiß auch nicht warum, aber ich möchte rasch fort.«

»Und in den Tod?« fragte sie.

Ihre Stimme klang fast so, als spräche sie von einem Rivalen.

»Nein. Was aber auch kommt, und sollte es der Tod sein, wenn es vorbei ist, bin ich frei.«

Bei unseren Worten war die Sonne höher gestiegen, und das Meer hatte sie wieder einmal reingewaschen.

XXXII

Als der Landwind dann unsere Segel füllte, duckte sich das Schiff, welches mich von Sikelia forttragen sollte, ins Wasser wie ein Läufer vor dem Wettlauf. Die Seeleute ließen die Leinen los, und wir legten von der Lände ab, von wo Kephalos, mein getreuer Freund und Diener, meine Miene stumm und mit tränenverquollenen Augen betrachtete.

»Ich überlasse dir meinen Besitz, verfahre damit, als wäre er dein eigen«, hatte ich ihn angewiesen. »Sei gut zu meinen Sklaven und überlasse die Bestellung des Landes dem Jüngling Tullus, der sich darauf versteht. Falls ich nicht zurückkehren sollte, dann habe ich im Lande Assur mit Sicherheit den Tod gefunden, und in meinem Testament, das ich beim Heiligtum der Hestia hinterlegt habe, bist du zu meinem Erben eingesetzt. Wenn du stirbst, geht der Hof an Tullus und seine Nachfahren.«

»Es ist ein ungut Ding, daß du dich wieder in die Gewalt deines Bruders begibst«, gab er zurück, so als gälten ihm meine Worte soviel wie Fliegengesumm. »Wenn du doch nur nicht so töricht wärst und deinem Diener erlauben würdest mitzukommen, denn du wirst meine Gerissenheit noch brauchen.«

»Wenn der König mir ans Leben will, dann hilft auch keine Gerissenheit mehr, und so gemein bin ich nun auch wieder nicht, daß ich dich in einen sinnlosen Tod schicke. Nein, Kephalos, du mußt als mein treuer Haushalter hierbleiben und mich wie gewohnt ein ganz klein wenig berauben, damit ich eines Tages nicht am Bettelstab gehen muß, falls der Gott mir die Rückkehr gestattet.«

Ich lächelte wie über einen harmlosen Witz und ergriff seine Hand, doch er mochte mir nicht in die Augen sehen. Beide setzten wir keine Hoffnung in meine Rückkehr.

Selana und Enkidu warteten an Bord des Schiffes. Der Wind nahm an Stärke zu. Die Zeit zum Abschied war gekommen.

Und so stand denn Kephalos stumm auf der Schiffslände und sah zu, wie wir in die Bucht hinaussegelten. Er stand immer noch dort, als unser Schiff schon die Landspitze am Hafen umrundete und Naxos unseren Blicken entschwand.

»Dieses Schiff bringt uns nach Pilos«, sagte ich, nur um das Schweigen zu brechen. »Von dort können wir eine Überfahrt nach Kreta oder Cypern buchen und von dort überall hin. Mit Glück und einem günstigen Wind können wir die Küste Asiens in zwölf, fünfzehn Tagen erreichen.«

»Meinem Herrn beliebt es zu scherzen«, erwiderte Selana – sie war erst sechzehn und mir seit Kindertagen beharrlich auf den Fersen geblieben, doch sie besaß eine scharfe Zunge. »Ein Wind, der uns nach Asien bringt, ist niemals günstig.«

Sie schmiegte sich in Enkidus riesigen Schatten an unser Gepäck, während er an einen Wollballen gelehnt stand und seine große, zweischneidige Axt schärfte, als wäre er ganz allein auf der Welt. Das Geräusch seines Schleifsteins auf den Eisenblättern schien ihre Nerven anzukratzen, denn wie sie dort auf dem Deck saß, die Arme um die Knie geschlungen, bot sie ein Bild des Jammers.

»Du sagst, daß dein Bruder Anspruch darauf erhebt, über ganz Asien zu herrschen, und da sprichst du mir von günstigen Winden!«

Sie blickte mir kurz in die Augen, dann wandte sie den Blick ab, denn ihre Augen hatten sich mit Tränen gefüllt. Auf ihrem bronzefarbenen Haar schien der Sonnenschein hilflos und zornig zu lodern.

Dein Bruder. Assarhaddon muß ihr ja als ein Ungeheuer an Schlechtigkeit erscheinen, dachte ich. Assarhaddon, den sie nie gesehen hatte. Der für sie nur eine Art persönliches Märchen war, ein Geist aus einer Geschichte, mit der man Kinder erschrecken will. Was verstand Selana auch schon von dem Streit zwischen uns, von den Gründen für meine Rückkehr in das Land meiner Geburt zu diesen Bedingungen? Was zählte als Grund schon vor dem furchterregenden Namen meines Bruders Assarhaddon?

Die Überfahrt verlief ereignislos, wir blieben drei Tage in Pilos, einst die Residenz von großen Königen, doch nun kaum mehr ein Dorf, bis wir ein Schiff fanden, welches uns nach Byblos trug, das wie alle phönikischen Städte schön und reich ist. Mich jedoch entzückte es nicht.

Byblos war seit der Zerstörung von Sidon nur noch reicher geworden, und sein König, ein kluger Mann, welcher aus dem unseligen Beispiel Abdimilkuttes gelernt hatte, zahlte seinen Tribut an Ninive rechtzeitig und in Gold. Hier spürte ich zum ersten Mal die Augen meines Bruders auf mir.

Wir waren noch keine Stunde in der Stadt – wir hatten noch nicht einmal ein Obdach für die Nacht gefunden –, da knurrte Enkidu und wies mit ausgestrecktem Arm auf einen Mann, der wie ein Träger gekleidet war und an der Ecke eines Gebäudes lehnte. Er warf uns kaum einen Blick zu, doch als Enkidu auf ihn deutete, rannte er davon wie eine Spinne, welche die Sonne auf ihrem Rücken spürt.

»Ja, ich habe ihn gesehen. Er war bei unserer Ankunft auf der Schiffslände. Wir müssen uns jedoch daran gewöhnen, daß wir von jetzt an unter Beobachtung stehen.«

Das war für Enkidu kei Grund. Er hielt mich, glaube ich, für einen Schwächling, weil ich ihn nicht Assarhaddons Spion nachschickte, daß er ihn an den Haaren zu einer hochnotpeinlichen Befragung herbeizerrte.

»Er kann mir nichts sagen, was ich nicht schon weiß, also vergessen wir ihn und suchen wir uns Zimmer. Heute abend wird ordentlich gegessen, und dann machen wir uns auf den langen Weg nach Osten.«

Den ganzen folgenden Nachmittag bemühte ich mich, passende Pferde für uns zu finden, vor allem eines, das Enkidus Gewicht aushalten konnte, ohne nach einer Stunde zusammenzubrechen.

Am nächsten Morgen befanden wir uns auf der Karawanenstraße nach Nordosten, hin nach Karkemisch, welches das Joch Assurs seit der Zeit meines Großvaters, Sargons des Großen, trug, und hin zum Euphrat.

Für diese Entfernung brauchten wir mehr als einen Monat – wir reisten nicht jeden Tag; Selana war das Reiten nicht gewohnt und konnte sich zunächst nicht mehr als ein paar Stunden im Sattel halten. Außerdem überkam mich, je mehr ich mich meinem Heimatland näherte, wieder die Macht der Gewohnheit, und ich ehrte aufs neue die Sitten meiner Vorväter und hütete an Unglückstagen das Zelt, kleidete mich in Lumpen, aß nichts im Topf Gekochtes und enthielt mich den Umarmungen meiner Frau. Die Frömmigkeit, welche ich an den Tag legte, beeindruckte Selana überhaupt nicht, sie kam sich vernachlässigt vor und hielt nicht mit ihrer Meinung zurück, daß die Männer des Ostens alle Eunuchen und Päderasten und Frauenhasser sein müßten. Das ertrug ich so geduldig es ging, denn sie war Griechin und konnte nichts von dem fordernden Gott wissen, dessen Gegenwart ich mit jedem Schritt deutlicher verspürte.

Es war Hochsommer, als wir die Senke des Euphrat erreichten, einen langen, sanften Abhang, wo der Schlamm, den das Frühjahrshochwasser von Tausenden von Malen und Tausenden von Jahren hart wie Ziegel gebacken und die Sonne das Gras schon längst verdorrt hatte. Hier und da stießen wir auf ein Dorf, wo wir Bier und Brot und zuweilen etwas frisches Fleisch kaufen konnten. Die Menschen sprachen Aramäisch, denn die Könige von Assur, die hier zwar seit fünfhundert Jahren herrschten, waren weit, und es war ihnen als Eroberervolk bestimmt, eines Tages zu verschwinden wie alle anderen Eroberer, die sich eingebildet hatten, sie könnten dieses Land als ihr eigen beanspruchen. Die ältesten, mit denen ich redete, waren zurückhaltend mit ihren Antworten und versteckten ihre Frauen. Ich brauchte mich nicht zu fragen, warum.

Auch wir konnten sie sehen – zuweilen nur den Staub, den die Hufe ihrer Pferde aufwirbelten, doch seit mehreren Tagen begleiteten sie uns hart am Rande des Horizontes. Nie kamen sie näher, doch ich hatte den Eindruck, daß es sich um einen ziemlich großen Trupp handeln mußte, vielleicht um zwanzig Mann, und daß sie Reiter ausschickten, die berichteten, wie wir vorankamen.

In Karkemisch blieben wir zwei Nächte und überquerten den Euphrat am vierten Tage des Monats Elul auf einem Floß. Zwanzig Tage lang reisten wir nach Osten, rasteten nur fünf davon, und dann wußte ich, daß ich schließlich in das Land meiner Geburt zurückgekehrt war.

Am fünfundzwanzigsten Tage des Elul, genau eine Stunde, nachdem wir aufgestanden waren, sah ich einen alten Mann am Straßenrand warten. Auf die Entfernung hin war er nur eine winzige Gestalt, doch ich wußte, daß er alt war, genauso wie ich wußte, daß er ein gelbes Priestergewand trug und daß seine Augen blind für die Dinge dieser Welt waren. Ich merkte, daß ich nicht einmal überrascht war. Irgendwie schien meine Seele ihn erwartet zu haben.

Etwas von meinen Gefühlen muß sich auf meinem Gesicht gespiegelt haben, denn Selana blickte mich mit sonderbar fragender Miene an. Sie hielt jedoch den Mund.

Wir kamen näher, und ich ließ mein Pferd langsam austraben. Er war es, und unverändert seit dem ersten Mal, da wir uns vor fast zwanzig Jahren getroffen hatten, als ich noch ein Grünschnabel war. Seine Haut, welche die Sonne zur Farbe von dunklem Leder verbrannt hatte, spannte sich über den alten Knochen, und die Augen blickten ins Leere.

»Dann bist du also schließlich heimgekommen, Prinz«, sagte er, drehte sich zu mir um und sah durch mich hindurch, als wäre ich ein Schatten. »Die Angst hat dich nicht abgehalten, der Aufforderung des Königs nachzukommen und der des Gottes.«

»Dann ruft mich also der Gott zurück, heiliger Mann?«

»Wie kannst du daran zweifeln! Hat er dir nicht Hunderte von Malen offenbart, daß er dich in seiner Hand birgt?« Er schüttelte den Kopf, denn für ihn blieb ich wohl ein unbelehrbares Kind.

»Sollte ich denn Angst haben?« fragte ich. Zunächst lächelte er nur, denn ihn schien meine Frage, dieser Faden, an dem mein Leben hing, lediglich zu belustigen.

»Ach, Tiglat Assur«, sagte er schließlich, »Du Sohn Sanheribs, solltest du wahrhaftig Angst kennen, Angst, die schlimmer ist als der Tod? Eine Angst, die der Zorn des Himmels ist? Nicht dir, sondern deinem Bruder Assarhaddon werden die Gedärme zu Wasser. Er ruft dich zurück, auch wenn er eure Begegnung noch so sehr fürchtet. Dennoch muß er dich zurückrufen, weil es der Wille des Heiligen Assur ist. Er tut, ohne es zu wissen, was der Gott will. Er verdient dein Mitleid.«

»Und was will der Gott von mir, heiliger Mann? Soll mir alles Dunkel bleiben, oder sprichst du zu mir mit der Stimme des Gottes?«

»Alles, was da kommt, hast du bereits gesehen, Prinz du brauchst meine Worte nicht, denn der Gott spricht selber zu dir. Geh nun, Prinz. Du wirst nicht immer so blind sein wie jetzt.«

Er war mit mir fertig, daher zog ich an den Zügeln und spornte mein Pferd an. Selana und Enkidu folgten mir auf den Fersen, so als ob ich sie in meiner Eile hinter mir herzöge. Ich blickte nicht zurück. Ich wagte es nicht, zurückzublicken.

»Warum hast du ihm nichts gegeben, Gebieter?« fragte Selana, als wir schon ein Weilchen geritten waren. »Es paßt nicht zu dir, daß du so wenig Mitleid mit einem blinden, alten Bettler hast.«

»Meinst du, daß er das ist?« Ich lachte.

»Er verdient dein Mitleid«, hatte der *maxxu* gesagt. Die Worte klangen mir in den Ohren. Vor langer, langer Zeit, fast schien es, in einem anderen Leben, hatte ich meine Mutter gefragt, was ich mit meinem Bruder Assarhaddon anfangen sollte, dessen frühere Liebe zu mir in Eifersucht und Haß umgeschlagen war, und sie hatte gesagt *»Habe Mitleid mit ihm und sei sein Freund, was auch immer kommt.«*

Mich dünkte, jeder redete von Mitleid. Assarhaddon war jetzt König, und er hatte mich aus der Verbannung zurückgerufen, vielleicht nur in den Tod. Und doch sollte ich ihn noch bemitleiden.

Den Rest des Tages ritten wir schweigend dahin. Meine Gedanken waren ganz in der Vergangenheit, gegen sie erschien mir nichts mehr wirklich. Erinnerungen, welche wie Gewissensbisse schmerzten, stiegen ungebeten vor meinem inneren Auge auf, und Selana, die wohl begriff, daß mich nichts aufheitern konnte, schwieg sich aus.

Kurz vor Einbruch der Nacht gelangten wir in ein Dorf. Kinder liefen zusammen, sie zeigten die übliche Mischung aus Erwartung und Furcht. Irgendwo hörte ich einen Hund bellen. Und schließlich kam uns auch der Dorfälteste entgegen. Seine alten Beine, die unter seiner schlichten Wolltunika hervorschauten, wirkten wie aus einem Dornenbaum geschnitzt.

»Wir sind hier nicht an Fremdlinge gewöhnt«, sagte er auf Akkadisch – zum ersten Mal, seit ich wieder in Asien war, hörte ich meine Muttersprache, und bei ihrem Klang hämmerte mir das Herz in der Brust. »Wir sind arme Leute. Die letzten sieben Jahre haben wir schlechte Ernten gehabt. Was willst du von uns?«

»Ist das die Art, wie Männer aus Assur Reisende begrüßen?« Der Zorn auf meinem Gesicht war nur gespielt, denn ich brauchte mich nur umzublicken, da sah ich kalte Herdfeuer, Schmutz und Fliegen, die sicheren Anzeichen für Mangel. »Wir bitten um einen Schlafplatz und Essen, und dafür zahlen wir mit Silber, schließlich sind wir keine Diebe.«

Als er merkte, daß ich kein Fremdling war, wurde er verlegen und senkte beschämt den Blick.

Man gab uns eine leere Hütte, und die Dorfbewohner schlachteten eine Ziege und bereiteten uns ein Festmahl zu. Es gab noch ein paar Krüge Bier, kaum genug, daß jeder einen vollen Becher hatte, und doch können Männer, welche monatelang kein Bier gekostet haben, davon so betrunken werden, daß sich ihre Zunge löst. So kam es dann wohl, daß der Älteste mich ins Vertrauen zog.

Die Unterhaltung begann recht harmlos, denn Reisende erwecken nun einmal Neugier.

»Du dürftest einen langen Weg hinter dir haben«, hob er an,

eine Feststellung, bei der er seinen leeren Becher umfaßte, als ob ihm die Erinnerung an das Bier kostbar sei. Wir saßen zusammen an dem großen Feuer, über dem die Frauen unsere Ziege gebraten hatten und das jetzt nur noch glühte. »Du kommst doch von weiter her als nur vom großen Salzsee, wo mein Bruder auf dem Feldzug mit dem alten König gefallen ist.«

»Ja. Wir kommen von so weit jenseits des Nordmeeres, wie es von dort bis hier ist.«

»Aha.« Er nickte. »Das habe ich mir gedacht. Ich habe dich mit deiner Sklavin sprechen hören, und die Zunge war mir nicht bekannt.«

»Sie ist Ionierin, und sie ist meine Frau.«

Der Älteste zog die Stirn in besorgte Falten, doch ich lächelte und machte mit der Hand deutlich, daß ich ihm die Bemerkung nicht übelnahm.

»Sie trägt keinen Frauenschleier, weil das in jenem Volk nicht Sitte ist.«

Er mochte es vor einem Gast nicht sagen, doch es war ihm anzumerken, er fand es eigenartig, daß meine Ehefrau sich so unschicklich aufführen durfte, selbst wenn sie eine Fremde war. Und erst in diesem Augenblick ging mir auf, wie sie in den Augen meiner Landsleute wirken mußte.

»Dann bist du also schon lange nicht mehr daheim gewesen?« forschte er, und seine Frage sollte sicherlich nicht wie ein Vorwurf klingen.

»Recht lange – viel zu lange, denn es kommt mir fast so vor, als wäre ich nirgendwo mehr daheim. Man gewöhnt sich an fremde Sitten, wenn man durch die weite Welt reist, und am Ende sieht man Vertrautes mit den Augen eines Fremden.«

Er lachte und klatschte sich auf die Knie, als hätte ich einen Witz gemacht. Sein Gelächter klang eigenartig hohl. »Man muß gar nicht fortgewesen sein, um sich jetzt wie ein Fremder im Lande Assur vorzukommen«, sagte er. »Nichts ist mehr so wie früher. Seit dem Mord an dem alten König haben wir böse Zeiten durchgemacht, der Gott hat uns mit einem Fluch belegt.«

»Aber es regiert doch der König, sein Sohn, und die Mörder des Gebieters Sanherib sind außer Landes geflohen.«

»Ja, aber der neue König genießt nicht die Gunst des Himmels. Er hat seinen eigenen Bruder, welchen Assur liebte und der bekanntermaßen ein untadeliger Mann war, in die Verbannung geschickt, und das verzeiht ihm der Gott nicht. Und in seiner großen Angst vor Assurs Zorn hört der neue König auf die unreinen Götter der Schwarzköpfe. Doch der Gott straft ihn, er versagt ihm den Sieg über seine Feinde und führt ihn in fremden Landen ins Verderben. Wir daheim verhungern, und unsere Söhne ziehen fort und fallen in dummen Kriegen – so rächt sich der Gott an seinem Volk für die Sünden des Königs.«

Er blickte sich um. Er schien Angst zu haben, daß jemand mitgehört hatte.

»Der König führt also Krieg?« fragte ich, denn ich hatte seit vielen Jahren keinerlei Kunde aus der Heimat.

»Ich habe genug gesagt. Dieser Tage darf man seinen Mund nicht mehr aufmachen.«

Ich bedrängte ihn nicht weiter. Wir sprachen über andere Dinge, und schließlich verabschiedete ich mich und legte mich auf meine Schlafmatte. Ich schlief jedoch nicht, mir ging soviel durch den Kopf, und das ließ mich nicht zur Ruhe kommen.

Am Morgen gab ich dem Ältesten einen Beutel mit zwanzig Silbermünzen in Verwahrung – ich konnte sehen, wie er ihn in der Hand wog, denn ohne Zweifel hatte er noch nie im Leben einen so großen Schatz besessen. Man tut schon wenig genug, um sich himmlisches Erbarmen zu verdienen, und so machte mir der Gedanke Freude, daß ich wenigstens dieses Dorf vom Fluch der Armut erlöst hatte.

Am nächsten Morgen sahen wir einen Reiter am Horizont, den ersten seit vielen Tagen. Dieses Mal war er allein, gehörte keinem Spähtrupp an, Assarhaddon war sich meiner mittlerweile wohl sicherer.

Zwei Tage später gelangten wir in eine Stadt – in Wahrheit kaum mehr als ein Dorf, denn sie besaß keine Befestigungsmauer. Doch sie konnte sich eines Basars rühmen. Dort erstand ich für Selana einen Schleier aus purpurfarbenem Leinen und mit Fransen aus winzigen Silbermünzen am Rand. Als ich ihn ihr an diesem Abend überreichte, wirkte sie nicht erfreut über das Geschenk.

»Was soll mir der?« fragte sie und hielt ihn hoch, als wollte sie ihn auf Schmutz hin prüfen.

»Damit bedeckst du dir Haare und Gesicht bis zu den Augen«, sagte ich. »So wissen alle, daß du meine Frau und nicht meine Nebenfrau oder eine Dirne bist, mit der ich mich eine Nacht lang vergnügt habe. In diesem Teil der Welt käme keine ehrbare, verheiratete Frau auch nur auf den Gedanken, ohne Schleier zu gehen.«

»Ich bin Griechin. Ich bin *nicht* aus Assyrien.«

»Ja, aber jetzt bist du in Assyrien, und du wirst dich den Sitten fügen.«

»Auf Sikelia hast du dich meiner als Nebenfrau nicht geschämt«, verkündete sie hitzig. »Den hier trage ich nicht.«

Sie knüllte den Schleier zusammen und warf ihn mir empört vor die Füße.

»Und du trägst ihn doch«, sagte ich und hob ihn auf. »Ich will nicht, daß man dich für eine Hure hält. Du wirst ihn tragen, weil es mir so gefällt.«

»Ja, *Gebieter.«*

Sie riß ihn mir aus der Hand und schüttelte ihn so heftig aus, daß sich eine der Münzen löste und auf die Ziegelsteine fiel.

»Hättest du mich doch nur an irgendeinen Schweinebauern verheiratet.«

Darauf gab ich keine Antwort, doch ich konnte auf ihrem Antlitz lesen, daß sie ihre Worte bereute. Sie verstummte und wollte den Blick nicht heben.

»Man darf auch die rechtliche Seite nicht außer acht lassen«, sagte ich schließlich. »Eine Ehefrau genießt den Schutz des Gesetzes, Selana, was auch immer aus ihrem Mann wird. Mein Los wird von Tag zu Tag ungewisser, und da – möchte ich dich schützen, so gut ich kann. Du wirst den Schleier tragen.«

»Ja, Gebieter.« Sie warf sich in meine Arme und weinte, und dann begriff ich. Wie konnte ich es ihr verdenken, daß sie Angst hatte.

Nachdem wir den Khabur überquert hatten, zogen wir fünf Tage lang an den südlichen Ausläufern des Sinjar-Gebirges entlang. In zwei Tagen würden wir Rasappa, die westlichste der großen Städte Assyriens erreichen. Ungefähr zwei Stunden nach Mittag wandte jedoch der Reiter, welcher uns solange gefolgt war und sich stets am Horizont gehalten hatte, das Pferd – war es die ganze Zeit ein und derselbe Mann gewesen, oder hatte man uns in Staffeln nachgesetzt? wer wußte es zu sagen – und kam im leichten Galopp auf uns zu.

Ich hatte die ganze Zeit gewußt, daß dergleichen früher oder später geschehen mußte. Fast war ich erleichtert, als ich mein Pferd zügeln und auf ihn warten konnte. Hinter mir hörte ich Enkidu knurren.

»Er braucht noch fast eine Stunde«, sagte ich, ohne mich umzublicken, »und er ist allein. Was kann er uns schon Böses wollen? Zweifellos ist er nur ein Bote.«

»Ja, aber von wem?« Selana brachte ihr Pferd neben mir zum Stehen, so daß sich unsere Beine fast berührten. »Und was führt er im Schilde?«

Ich warf den Kopf zurück und lachte – es ließ sich einfach nicht unterdrücken.

»Ersteres weiß ich zweifelsfrei. Ich wollte, ich wäre mir bei Letzterem auch so sicher.«

»Sieh dir das an!«

Selana hob den Arm und deutete. Sie hatte über der rechten Schulter des Reiters winzige Lichter aufblitzen sehen, an denen wir den Takt der Pferdehufe mehr sehen als hören konnten.

»Er trägt etwas!« Ihr Gesicht war so gespannt, daß darin für Angst kein Platz mehr schien. »Was ist … ?«

»Das ist sein Amtsstab«, sagte ich, denn nun kam das Unausweichliche auf mich zu, so als ob die Vergangenheit die Hand ausstreckte und mich auf ewig für sich beanspruchte. »Das ist ein königlicher *ekalli,* ein Bote, wie ich mir schon dachte – und das Silberband an seinem Speer zeigt an, daß er einem Prinzen von Geblüt eine Nachricht des Königs überbringt. Mein Bruder möchte mich wissen lassen, daß der Augenblick gekommen ist.«

Wir warteten schweigend, denn es gab nichts mehr zu sagen.

Wir zügelten unsere Pferde in der glühenden Sonne, während das Schicksal in flottem Trab angeritten kam und seine Silberbänder im grellen Licht blitzen ließ.

Als der *ekalli* nur noch an die fünfzig Schritt von uns entfernt war, ließ er sein Pferd langsamer gehen. Er war jünger, als ich gedacht hatte und dem Aussehen nach noch nicht lange unterwegs. Seine Uniform, die ihn als *rab kisir* auswies, sah aus, als wäre sie gerade vom Webstuhl gekommen.

Er zügelte sein Pferd, am Ende stieg er ab und fiel zu meiner größten Überraschung auf die Knie, in der Hand seinen Kammerherrenstab, und verneigte sich vor dem königlichen Prinzen, dessen Existenz ich schon fast vergessen hatte.

»Tiglat Assur, Erhabener«, sagte er mit dem Akzent von Ninive – man konnte sehen, daß er ein Höfling war »Sohn des mächtigen Sanherib, Großer Prinz …«

Er hob die Augen und wartete, daß ich seinen Gruß erwiderte. Ich konnte mich des Eindrucks nicht erwehren, daß seine Worte jemand anders galten, dem Geist eines vor langer Zeit Verstorbenen. Ich hätte ihm nicht antworten können, denn meine Kehle war wie zugeschnürt. Schließlich brachte ich ein Nicken zustande.

»Großer Prinz, höre die Worte des Gebieters Assarhaddon, des Herrschers der Welt, des Herrn der Vier Enden der Erde und König im Lande Assurs, er, dessen Zorn furchtbar ist …«

»Den Zorn des Königs kenne ich zur Genüge«, sagte ich schließlich, denn auf einmal war ich ärgerlich, und Ärger besiegt Verzweiflung und Todesgewißheit. »Rede, Mann, bringe es hinter dich – was will der Gebieter Assarhaddon von mir?«

Das hatte er denn wohl doch nicht erwartet. Einen Augenblick sah er mich so verwundert an, als hätte ich einen furchtbaren Frevel begangen. Er schien darauf zu warten, daß mich die Götter mit Feuer niederstreckten.

Schließlich nahm er all seine Kraft in einer einzigen Gebärde zusammen und legte sich die rechte Hand mit gespreizten Fingern auf die Brust.

»Großer Prinz, du sollst mir folgen – allein.«

Ich warf Enkidu, welcher natürlich keine Silbe von unserer

Unterhaltung verstanden hatte, einen Blick über die Schulter zu und überlegte, ob er mich wohl aus den Augen lassen würde. Er wirkte nicht beeindruckt von Assarhaddons *ekalli.* Seine Augen musterten den Mann, als wollte er für dessen Grab maßnehmen.

Ich stieg ab, ergriff die Zügel von Selanas Pferd und führte die beiden zu Enkidu, der wartete und sich wie üblich völlig ausschwieg.

»Ihr beiden reitet ohne mich nach Rasappa …«

»Wenn du glaubst, daß ich dich einen Augenblick …«

»Halt den Mund, Weib«, brüllte ich, ohne sie auch nur anzublicken.

»Du bringst sie dorthin, Enkidu, ob sie nun will oder nicht. Wenn ich binnen fünf Tagen nicht zu euch stoße, dann dürfte mich das Schicksal ereilt haben, welches jeden von uns ereilt. In Selanas Schlafrolle ist ein Beutel mit Silbermünzen versteckt – den nehmt für eure Flucht von hier und für die Rückkehr nach Sikelia. Wenn jemand mit Nachrichten von mir kommen sollte, so wisset, er lügt und tötet ihn.«

Ich wandte mich zu Selana, über deren Gesicht heiße Tränen liefen. Es gab zwischen uns nur noch ein Wort zu sagen, und ich sprach es aus.

»Leb wohl.«

Sie aber schüttelte heftig den Kopf, so als wollte sie mich nicht hören.

»So leicht kommst du mir nicht davon«, sagte sie mit einer Stimme, welche einem wütenden Aufschluchzen glich. »Ich lasse nicht zu, daß du …«

»Wenn sie sich wehrt, so binde sie über das Pferd«, wies ich Enkidu an, und blickte dabei Selana immer noch in die Augen. »Dazu bist du mitgekommen, mein Freund, daß du ihr Leben rettest, wo du meines nicht retten konntest.«

Er nickte. Er hatte verstanden und würde tun, um was ich ihn gebeten hatte.

»Dann breche ich jetzt auf.«

Ich stieg aufs Pferd und folgte dem *ekalli* des Königs nach Süden. Ich blickte nicht zurück – dazu langte meine Tapferkeit nicht. Eine ganze Ewigkeit konnte ich Selana noch hinter mir herrufen hören: »Ich warte auf dich, Gebieter. Solange ich warte, kann dir der Tod nichts anhaben. Ich warte in Rasappa auf dich, und wenn ich mein ganzes Leben warten sollte.«

Der *ekalli* und ich ritten zwei Stunden lang in völligem Schweigen dahin. Ich blickte ihn nicht einmal an. Wenn ich doch nur vergessen könnte, daß ich nicht allein war. Und er mochte seine Gründe haben, daß er es so zufrieden war.

Die Phantasie spielt einem wilde Streiche, wenn man meint, daß es ans Sterben geht – ich vergnügte mich damit, mir auszumalen, wie es geschehen würde. Würde der hier mich umbringen, sich neben mich setzen und dann jählings und ohne Vorwarnung den Dolch aus dem Umhang ziehen? Unwahrscheinlich, wenn auch nur, weil der Ausgang ungewiß war. Assarhaddon hatte mich nicht von soweit herbefohlen, daß er sich die Arbeit im letzten Augenblick verpfuschen ließ.

Vielleicht wartete vor uns ja auch ein Spähtrupp, und wenn die Soldaten mich umringt hätten, würden sie mich einfach abstechen. Sie würden meinen Kopf mit nach Ninive nehmen, um ihre Belohnung zu kassieren, und niemand würde erfahren, was am Ende aus Prinz Tiglat Assur, dem Erhabenen, dem Sohn von Sanherib dem Mächtigen, geworden war.

In derlei Fällen geschieht natürlich immer das Unerwartete.

Hier, fern vom Fluß, lag das Land brach. In diesen beiden Stunden hatten der *ekalli* und ich mehrere Bewässerungsgräben überquert, die aussahen, als hätten sie seit Menschengedenken kein Wasser mehr geführt – von wievielen Lippen doch hatte ich seit meiner Heimkehr die Geschichte von der Dürre gehört, welche das Land Assur in den letzten Jahren befallen hatte. Nirgendwo konnte ich ein Lebenszeichen erblicken.

Erinnerungen. Man kann nicht immer nur an den Tod denken. Oder vielleicht hatte die Todesnähe meine Gedanken auf die Vergangenheit zurückgelenkt. Vor meinem inneren Auge sah ich den Palast meines Vaters, des Gebieters Sanherib – die Räume wimmelten von Geistern, lebenden und toten, den Schatten meiner eigenen Jugend.

Mir fiel der Abend ein, als Kephalos uns einen Beutel Silber gegeben hatte und Assarhaddon und ich auf der Suche nach Verruchtheit die Straßen von Ninive durchstreift und nichts als eine Schenkendirne gefunden hatten. Mir fiel unser Vater ein, wie er der Verwirrung und dem Alter anheimgefallen war. Mir fiel Assarhamat ein, die Hoffnungsstrahlende – Assarhamat, die ich mehr als mein Leben geliebt hatte und doch nicht ganz genug. Und Schaditu, meine böse Halbschwester, deren Leib wie Feuer brannte. Sie hatte mich geliebt, wie sie behauptete, und dennoch irgendwie – doch wie würde ich wahrscheinlich nie erfahren – all meine Hoffnungen zunichte gemacht hatte.

Und jetzt kehrte ich heim, wenn auch nur zum Sterben …

Schließlich kamen wir zu einem zerstörten Bauernhaus, dessen Wände entzwei waren und dessen Lehmziegel der Wind blank poliert hatte. Daneben war ein Offizierszelt aufgeschlagen, und neben dem stand ein einzelnes Pferd angebunden.

»Ich soll dich hier lassen«, sagte der *ekalli,* und seine Stimme klang rauh, so wenig Gebrauch hatte er von ihr gemacht.

»Was geschieht jetzt?« fragte ich. »Soll ich warten? Kommt jemand anders? So rede!«

»Ich habe keinerlei Anweisungen, außer dich hier zu lassen.«

Er blickte sich um – in seinen Augen stand Angst zu lesen – und dann spornte er sein Pferd zum Galopp an. Ich hörte den Takt seiner Hufe in der Ferne verklingen.

Ich stieg aber nicht ab. Kein anderer Laut war zu hören als das leise Raunen des Windes. Ich schien an diesem Ort allein zu sein.

Und dann wurde die Zeltklappe aufgeschlagen, und mein Bruder Assarhaddon trat ins Freie. Er war unbewaffnet, und in seiner Hand hielt er einen Weinkrug. Ich spürte, wie mir das Blut in den Adern gerann.

»Los, steig ab«, sagte er, geradeso als ob wir uns erst an diesem Morgen gesehen hätten. »Bei den Göttern, ist das heiß in diesem Hundeloch. Steig ab und trinke einen Becher Wein.«

XXXIII

In seinen Bart mischte sich ein wenig mehr Grau, doch sonst war er unverändert – sein harter, gedrungener Leib hatte noch die ganze Festigkeit einer Mauer, so als ob ihn nichts von der Stelle bewegen könnte, so als ob er mit der Erde zu seinen Füßen verwachsen wäre. Da ich ihn jedoch kannte, wußte ich es besser. Mein Bruder Assarhaddon, der zum Soldaten geboren war und für den das Leben kein Wenn und Aber hätte haben sollen, sah mich mit gehetztem Blick an.

Ich stieg ab und fiel auf die Knie, ich senkte die Augen vor Assarhaddon, der mein König war, der mein Herr sein mußte, solange noch Odem in mir war.

»Steh auf, Tiglat – das tust du doch nur, um mich zu verspotten. Steh sofort auf. Ich habe es nie leiden können, wenn du das tust.«

»Ich bin ein Untertan«, sagte ich mit zusammengebissenen Zähnen. »Außerdem bin ich ein für vogelfrei erklärter Flüchtling. Wie sollte ich den König von Assur sonst wohl begrüßen?«

»Warum bestehst du darauf, es mir so schwer zu machen?« Er fuhr sich mit dem Handrücken über den Bart, anscheinend fiel ihm das Geständnis nicht leicht.

»Der König von Assur ist nicht hier«, fuhr er fort. »Der König von Assur, ist, wie jedermann weiß, in Ägypten auf einem fruchtlosen und kostspieligen Feldzug. Man erwartet ihn demnächst in Ninive zurück, daß er sich wie ein betrunkenes Schwein mit seinen Weibern und Zauberern zum Narren macht – du denkst wohl, ich weiß nicht, was man hinter meinem Rücken über mich redet? Hier ist sonst niemand außer uns beiden, Tiglat Assur und sein Bruder, dieser Lehmkloß Assarhaddon.«

»Das ändert die Sache natürlich.«

Ich erhob mich, durchmaß eilig die paar Schritt, die uns trennten, und verschränkte dabei die Hände. Als ich nahe genug war, schwang ich sie über den Kopf und ließ sie mit einem schrägen Hieb auf Assarhaddons Gesicht niedersausen.

Er war völlig überrascht und kippte sofort nach hinten über, der Krug entfiel seiner Hand, und sein Inhalt färbte die Erde wie frisch vergossenes Blut. Erst dachte ich, ich hätte ihn bewußtlos geschlagen – mir ging sogar durch den Kopf, daß ich nicht aufgepaßt und ihn in meiner Wut getötet haben könnte –, doch dann setzte er sich auf und hielt sich den Kopf mit den Händen. Zwischen seinen Fingern tropfte ein Blutrinnsal, dieses Mal echtes Blut.

»Uff! Du hättest nicht so hart zuzuschlagen brauchen.« Er faßte sich mit Fingern und Daumen in den Mund, um den angerichteten Schaden abzuschätzen. »Bei den sechzig großen Göttern, du hast mir, glaube ich, einen Zahn ausgeschlagen.«

»Na, hoffentlich.«

Er hob betrübt den Blick und schüttelte dann den Kopf.

»Gut, gut, natürlich bist du ärgerlich – das sollte mich eigentlich nicht überraschen«, sagte er schließlich. »Vermutlich hast du recht damit.«

»Du hast mich verbannt!« schrie ich mit geballten Fäusten und konnte mich gerade noch zügeln, daß ich nicht nach ihm trat. »Und das hat dir noch nicht gereicht, nein, du mußtest auch noch Mörder auf mich ansetzen, die mich bis zu den Enden der Erde gejagt haben. Weißt du eigentlich, wieviele Male ich dem Tod um Haaresbreite entkommen bin? ›Gut, gut, natürlich bist du ärgerlich.‹ Ich sollte dich abkehlen, Assarhaddon. Ich sollte dich zerquetschen wie einen Frosch mit einem Felsbrocken.«

Doch mein Bruder blinzelte nur, so als ob ihn das Sonnenlicht ärgerte, und wischte sich das Blut von der Hand mit dem Saum seiner Tunika ab. Dann stand er auf, ging in sein Zelt und holte einen neuen Krug Wein und erbrach das Siegel mit dem Daumen. Als er seinen Durst gestillt hatte, bot er ihn mir an – ich entriß ihm den Krug, trank einen großen Schluck und zerschmetterte ihn dann an der Mauer des zerstörten Bauernhauses.

Assarhaddon betrachtete den feuchten Fleck auf den staubbedeckten, windgeglätteten Ziegelsteinen mit leidenschaftslosem Interesse, dann drehte er sich zu mir um.

»Hoffentlich ist dein Rappel bald vorbei«, sagte er ruhig. »Zum einen versündigt man sich gegen die unsterblichen Götter, wenn man in dieser Hitze Wein vergeudet, und zum anderen habe ich das alles schon einmal von dir gehört. In jener Nacht vor Sidon – weißt du noch? Damals wolltest du mir nicht glauben, aber jetzt mußt du es. Ich habe niemals Mörder hinter dir hergeschickt.«

Ich weiß auch nicht warum, aber ich glaubte ihm tatsächlich. Mir war auf der Stelle klar, daß er die Wahrheit sagte.

»Natürlich. Vermutlich hatten sie nicht die geringste Ahnung von der Belohnung, wenn sie mit meinem Kopf nach Ninive zurückkehrten«, erwiderte ich, denn ich wollte mir meine Wut auf gar keine Weise nehmen lassen. »Vermutlich sind sie aus freien Stücken aufgetaucht.«

»Das wohl kaum.«

Assarhaddon warf den Kopf zurück und lachte, doch dabei fiel ihm wohl ein, daß ihm der Kopf wehtat und daß er durstig war. Er holte einen neuen Krug mit Wein, setzte sich in den Schatten seines Zeltes und trank. Dieses Mal bot er mir nichts davon an.

»Die hat meine Mutter geschickt«, fuhr er fort und ließ sich jetzt Zeit. »Mir gegenüber hat sie nichts davon erwähnt – sie hat sie einfach geschickt. Wie du sicher weißt, hat sie dergleichen auch schon früher getan.«

»Wer ist denn hier König? Schaffst du es immer noch nicht, die Herrin Nakija an der Leine zu halten?«

»Ich bitte dich, Tiglat! Seit wann hast du vollends den Verstand verloren?« Sonderbar, aber er schien echt böse auf mich zu sein. »Entweder ich beherrsche die Welt, oder ich beherrsche meine Mutter. Es ist ein wenig abwegig, von mir zu erwarten, daß ich beides schaffe.«

Er trank einen großen Schluck Wein und lehnte sich dann zurück, die Arme auf die Knie gelegt, so als ob er die Angelegenheit zu seiner vollen Zufriedenheit geklärt hätte.

»Ich habe jedoch einiges getan, um sie zu zügeln«, setzte er zu niemandem im besonderen hinzu. »Ich habe sie in mein Frauenhaus einsperren lassen …«

»Was auch nichts nützt – hast du vergessen, wieviele Jahre sie dort während der Regierung unseres Vaters eingesperrt war und wieviel Schaden sie immer noch anrichten konnte.«

Assarhaddon warf mir einen bösen Blick zu, dann tat er seine Gereiztheit mit einem Achselzucken ab.

»Ich ziehe sowieso mit meinem Hof nach Kalach. Wie du dir denken kannst, zieht meine Mutter nicht mit.«

»Dann wird das Land Assur nur mehr zwei Hauptstädte haben.«

»Du scheinst bemerkenswert wenig Vertrauen in meine Fähigkeiten zu setzen, mein eigenes Haus zu regieren, Tiglat.«

»Das kommt daher, daß ich deine Mutter kenne, seit ich lebe.«

»Ja – irgendwie hast du recht. Was soll ich denn tun? Ihr die Kehle durchschneiden lassen?«

Er trank wieder einen großen Schluck, spülte sich mit dem Rest den Mund und spuckte ihn dann aus.

»Eines habe ich zumindest gelernt«, hob er nach einer langen Pause an. »Ich habe gelernt, daß ich ihr nie und nimmer vertrauen kann, mit ganz und gar nichts. Es ging nicht nur um diese Mörder, da gibt es ganz andere Dinge ...«

Er verstummte, und in seine Augen trat wieder dieser gehetzte Ausdruck.

»Ich kann niemandem trauen.« Er wandte etwas den Kopf, und seine Augen richteten sich forschend auf mich – in diesem Augenblick erinnerte er mich an unseren Vater, so alt erschien er mir. »Niemand außer dir, Tiglat, mein Bruder. Nur du allein auf der ganzen Welt wirst mich nie verraten. Das habe ich gelernt.«

»›Tiglat, mein Bruder‹.« Die Worte hinterließen einen bitteren Geschmack in meinem Mund. »Ich kann mich noch an eine Zeit erinnern, da hast du gesagt, du hättest keinen Bruder dieses Namens.«

»Ja – ja, ich weiß, was ich gesagt habe, und es tut mir leid ...«

»Und außerdem«, fuhr ich ihm dazwischen, denn ich wollte nicht, daß er mir so leicht davonkam, »außerdem zählen Blutsbande, wie du dich erinnern wirst, in unserer Familie sehr wenig. Sohn ermordet Vater. Bruder macht Krieg gegen Bruder. Bruder verbannt Bruder ...«

»Ja, ja, ich weiß ...«

»Bruder demütigt Bruder vor seinen eigenen Soldaten, nimmt ihm Ehre und Befehl.« Ich ging zu ihm und packte ihn beim Kragen seiner Tunika und schüttelte ihn durch wie ein Hund eine tote Ratte. Ich erstickte fast an meinem Zorn. »Bruder sperrt Bruder in einen winzigen Eisenkäfig, und läßt ihn mit seiner Angst mehr als einen Monat dort sitzen, und dann verbannt Bruder Bruder *und das wegen nichts und wieder nichts!«*

»Es reicht!«

Assarhaddon ergriff mich bei den Handgelenken – schon als Kind war er stärker gewesen als ich – und zwang mich, ihn loszulassen. Unsere wütenden Blicke trafen sich.

»Es reicht«, setzte er jetzt ruhiger hinzu. »Das war ein Fehler … eine schlimme Zeit, mein Hirn war von Mißtrauen zerfressen. Jeder – meine Mutter – träufelte mir Lügen ins Ohr … Es tut mir leid. Verdammt noch mal, es tut mir leid!«

Er ließ meine Handgelenke los, und ich setzte mich neben ihn in den Schatten seines Zeltes. Streiten macht Durst.

Lange saßen wir dort so zusammen, reichten uns den Weinkrug hin und her, bis wir beide angenehm betrunken waren. Zumindest für den Augenblick schien die Bitterkeit zwischen uns vergessen. »Du bist in Ägypten gewesen?« fragte ich schließlich.

»Ja – in Ägypten.« Er zog ein Gesicht, so als ob ihn die Erinnerung daran ekelte. »Es ist mir gelungen, an einem der Mündungsarme ihres großen Flusses eine Garnison einzurichten, und ich wäre auch geradewegs auf Memphis gezogen, aber dann kam ein Sturm … Eroberungen sind nicht so leicht, wie wir uns das als Knaben ausgemalt haben, Tiglat. Ich habe soviel Pech gehabt. Beim letzten Feldzug hätte ich dich gut gebrauchen können.«

»Gehst du deswegen in Sack und Asche?«

»Weswegen?«

»Dein Hirn ist aus Lehm, Assarhaddon. Was soll ich hier? Warum hast du mich aus der Verbannung zurückgerufen?«

»Ach – das! Warum habe ich dich …? Weiß ich auch nicht recht. Vielleicht bin ich noch nicht betrunken genug, und es fällt mir noch nicht ein.«

Er trank noch einen Schluck Wein.

»Ja. Jetzt weiß ich es wieder.« Er schüttelte den Kopf, so als hätte sich darin etwas gelockert. »Sidon, du hast Nabuscharusur getötet.«

»Nicht ich habe ihn getötet.«

»Du etwa nicht, bei den sechzig großen Göttern! Dann hat man mich ausgeraubt, denn ich habe dem Spion, der mir das zutrug, einhundert Silberschekel gezahlt. Naja, was macht das schon. Er ist tot – jemand muß ihn ja getötet haben.«

»Die Frau, welche jetzt meine Ehefrau ist, hat es getan. Sie wußte nicht, wer es war. Sie hat es getan, um mir das Leben zu retten.«

»Du hast dir eine Frau genommen?«

»Ja, eine Inonierin.«

»Die, welche mit dir reist?«

»Ja.«

Er lachte. »Das wird Assarhamat aber enttäuschen.« Assarhamat.

Ich weiß nicht zu beschreiben, wie sich mir beim Klang ihres Namens das Herz zusammenzog. Ich hatte sie beinahe zehn Jahre nicht gesehen.

»Aber wenn es deine Frau war, dann hast du ihn so gut wie getötet«, setzte er hinzu, so als wären wir nie vom Thema abgewichen – Assarhaddon merkte nie, wenn er jemandem wehgetan hatte. »Wie auch immer, als ich davon hörte, warst du schon entwischt. Übrigens nett von dir, daß du mir Abdimilkutte überlassen hast. Es hätte mich doch sehr gewurmt, wenn er mir durch die Finger geschlüpft wäre.«

An dieser Stelle hielt ich es für geraten, meinen Bruder nicht eines Besseren zu belehren, also erwiderte ich nichts darauf.

»Ich hätte dich nämlich damals schon begnadigt.« Er wandte mir den Blick zu, und seine Augen schauten traurig wegen der verpaßten Gelegenheit. »Ich hätte dich schon in jener Nacht begnadigt, als wir uns vor den Mauern getroffen haben, aber dein Stolz war dir im Wege. Du weißt gar nicht, wie du mir all die Jahre gefehlt hast, Tiglat.«

»Sprich mir nicht von Begnadigen.«

Ich stand auf – die Illusion war geplatzt. Wir waren keine Kinder mehr, Assarhaddon und ich, und nichts konnte das, was alles geschehen war, vergessen machen.

»Führe mir gegenüber nicht dieses Wort im Munde!« schrie

ich, denn jetzt war ich wieder wütend. »Hättest du mich nur gelassen, wo ich war, dann hätte ich nie das Wort ›Begnadigung‹ hören müssen. Nicht ich habe dich verraten, mein König und Gebieter, du Dickkopf von einem Bruder, denn wenn ich das getan hätte, würde ich jetzt auf dem Thron von Assur sitzen, und du wärst ein Leichnam, dessen Gebeine die Krähen in den ganzen bitteren Jahren saubergepickt hätten, die ich auf Wanderschaft am Rande der Welt zugebracht habe. Komm mir nie wieder mit ›Begnadigung‹, Assarhaddon, oder ich gebe dir das Wort auf der Schwertspitze zu schmecken!«

»Wie rasch du jetzt immer in Wut gerätst, Bruder! Kommt das davon, daß man in der Fremde lebt?«

Er lachte, als hätte er einen Witz gemacht, und trank noch einen Schluck Wein, er war schon sehr betrunken.

Und dann verfinsterte sich sein Antlitz blitzschnell und wurde trübselig.

»Ich habe gesagt, es tut mir leid. Ich bitte dich herzlich, verlange nicht mehr von mir, Tiglat, denn ich bin dein König und habe auch meinen Stolz. Es muß dir genügen, daß ich dich in Ehren wieder aufgenommen und dir deinen ganzen Besitz zurückerstattet habe.«

Jetzt stand auch er auf, doch er mußte die Hand nach meiner Schulter ausstrecken, damit er nicht umfiel.

»Ich werde nie verstehen, wieso du immer das letzte Wort haben mußt«, setzte er hinzu. »Immer mußt du deinen Willen durchsetzen, was? Unseren Vater hast du damals herumbekommen, daß du Krieg gegen die Meder machen und ein großer Held werden konntest, während ich daheimbleiben, mich jede Nacht betrinken und Assarhamat bespringen mußte, damit sie Söhne werfen konnte, die genausogut deine wie meine sein können ...«

In jenem Augenblick, als seine Hand noch auf meiner Schulter lag, hätte ich leicht das Schwert ziehen und ihn töten können – er sah fast so aus, als wäre ihm das nur recht, so sehr hatte sich sein Gemüt verdüstert. Aber ich schob lediglich seinen Arm beiseite.

»Ich halte es für das Beste, Assarhamat aus dem Spiel zu lassen«, sagte ich ruhig, denn mein Zorn war völlig verflogen.

»Wie du willst.« Er langte nach seinem Weinkrug, als machte ihm die Sache nichts aus. »Und was soll ich ihr also erzählen?«

»Ihr erzählen …?«

»Aber ja doch. Ich habe ihr versprochen, daß ich zwischen uns alles wieder in Ordnung bringe, und ich möchte sie nicht enttäuschen. Es geht ihr nämlich nicht gut.«

»Was – was fehlt ihr denn?«

»Das wissen die Götter.« Er hob die Schultern. »Eine Frauensache. Seit der Geburt unseres letzten Kindes hat sie sich nicht mehr richtig erholt. Ich glaube, sie wird mir fehlen, wenn sie stirbt.«

Mehr wollte ich nicht hören. Ich nahm die Zügel meines Pferdes und sprang auf seinen Rücken. Nur fort, nichts wie fort von hier.

»Wohin willst du?« fragte Assarhaddon und blickte mich an wie ein verlassenes Kind.

»Nach Drei Löwen, jetzt, da es mir wieder gehört. Und dann nach – ich weiß nicht.«

»Du findest deine Mutter nicht mehr, Tiglat, sie ist tot.«

»Das habe ich gewußt.«

»Du hast es gewußt?« Es war als hätte ich ihm mit der geballten Faust eine zwischen die Augen versetzt. »Wie konntest du das wissen?«

»Ich habe es gewußt – das muß dir reichen.« Ich riß das Pferd herum, und es schnaubte laut, denn es wollte genauso gern fort wie ich.

»Komm nach Ninive, wenn du nicht mehr trauerst. Dein König erwartet dich in Ninive. Wann kommst du?«

»Keine Ahnung. Vielleicht nie.«

Er rief etwas hinter mir her, doch ich hörte nicht, was es war. Ich hörte nur das wilde Donnern der Pferdehufe, es klang wie mein eigenes Herz.

Eine halbe Stunde, nachdem ich Assarhaddon verlassen hatte, ertrank die Sonne hinter dem westlichen Horizont wie ein Kohlestück, das man ins Meer geworfen hatte. Ich ritt querfeldein, und das Gelände so weitab von der großen Karawanenstraße war trügerisch. Da ich keine Lust hatte, mich in der mondlosen Nacht zu verirren, beschloß ich, lieber den Morgen abzuwarten. Ich fand Schutz hinter einem niedrigen Felsen, band mein Pferd an, wickelte mich in eine Decke und hoffte, im Schlaf etwas Erlösung zu finden.

Vergebliche Liebesmüh – zuviel war zu schnell auf mich eingestürmt, und ich kam damit nicht klar. Mein Hirn schien mir wie betäubt und konnte sich nicht gegen die Wellen von Empfindungen und Erinnerungen wehren, die mich ungebeten überfluteten.

»Das wird Assarhamat aber enttäuschen.« Ich hatte mir eine Frau genommen, und das würde Assarhamat enttäuschen. Sie war die Frau meines Bruders und die Mutter seiner Kinder – viele Kinder soweit ich wußte – und doch kann ich nicht beschreiben, wie ich vor dem Gedanken zurückschreckte, daß sie jetzt von meiner Heirat erfahren mußte.

»Mir ist es gleich, was du mit deinem Samen machst«, hatte sie einst zu mir gesagt, *»wichtig ist nur, ich besitze dein Herz.«* Würde sie jetzt, nach so langer Zeit in ihrem Herzen immer noch die gleichen Worte flüstern? Wollte ich das? Das hatte Selana nicht verdient. Anscheinend konnte ich einfach nicht treu sein.

Ich war fort gewesen, war sieben Jahre lang durch die Welt gezogen – hatte ich mich so sehr verändert? Oder hatte ich mich vielleicht gar nicht verändert? Ich wußte nicht, was schlimmer war.

Und Assarhaddon? Er war mein Bruder und dennoch mein König. Machte es etwas aus, ob ich ihn nun liebte oder haßte? Wußte ich, was es war, oder konnte beides nebeneinander existieren? *»Es tut mir leid«,* sagte er. Konnte ich ihm glauben? War es überhaupt wichtig? *»Dein König erwartet dich in Ninive«,* sagte er. Soll er ruhig warten, dachte ich.

Nichts war bereinigt. Ich war wieder ein Großer im Lande Assur, so sagte der König. Ich stand wieder in Gunst, so sagte der König. Vielleicht glaubte er sogar daran, doch das hieß gar nichts. Es gab keine Sicherheit.

Diese Nacht verbrachte ich in einer Art schwindliger Verzweiflung, ich wartete auf den Schlaf, der nicht kommen wollte, wartete auf die Morgenröte.

Beim ersten Morgengrauen machte ich mich wieder auf den Weg. Ich fand die Hauptstraße recht schnell, doch Selana und Enkidu hatten mindestens sechs Stunden Vorsprung. Ich hatte sie auch zwei Tage später vor den Toren von Rasappa noch nicht eingeholt.

Zu jener Zeit, als mein Vater noch meinte, er könnte die Götter dazu bringen, daß sie mich nach ihm zum König machten, hatte ich Rasappa, einen Besuch abgestattet, um in seinen Tempeln zu beten und die Garnison für meine Sache zu gewinnen. Das war beinahe fünfzehn Jahre her, seitdem war ich nie wieder dort gewesen, doch der Ort hatte sich wenig verändert. Ich ritt genau eine Stunde vor Sonnenuntergang durch das Haupttor, stemmte mich ein wenig gegen den Strom der Bauern, die nach einem Tag im Basar nach Haus zurückkehrten. Die beiden Wachen sahen aus, als schliefen sie schon halb.

»Sind dir ein Mann und eine Frau aufgefallen, die heute morgen in die Stadt gekommen sind?« fragte ich einen von ihnen. »Fremdlinge – der Mann hat weizenfarbiges Haar und ist so groß wie drei. Er trägt eine Axt über die Schulter geschlungen. Wer ihn gesehen hat, vergißt ihn nicht so leicht.«

»Wir haben erst heute mittag den Dienst angetreten«, gab er zurück. Doch er blickte mich so eigenartig an, daß ich fast meinte, er log. »Freunde von dir, diese Fremdlinge?«

»Ja, Freunde. Es gab auf der Straße einen Unfall, und wir wurden getrennt.«

»Also, wir haben nichts dergleichen gesehen. Versuche es in den Weinschenken.«

Ich dankte ihm und passierte das Tor. Kurz darauf blickte ich zufällig zurück und bemerkte, daß er und sein Kollege sich anscheinend stritten.

Das hat nichts mit mir zu tun, dachte ich. Für die ist doch ein staubbedeckter Reisender wie der andere.

Ich stellte weitere Nachforschungen an und trieb schnell den Stall auf, wo Selana und Enkidu ihre Pferde untergestellt hatten.

»Eine ausländische Frau? Jung?« Der Stallknecht leuchtete

bei dem Gedanken auf. »Sie trägt den Schleier der Ehefrau, aber sie läßt ihn offen herunterhängen, so als ob sie ihn vergessen hätte.«

»Leider ja.«

»Sie hat mir ein Silberstück gegeben. Sie hat in einer Zunge gebrabbelt, die sich wie Vogelgezwitscher anhört, aber ihre Münze hat eine recht deutliche Sprache gesprochen.«

Bei dem Gedanken lachte er, vielleicht aber auch über seinen eigenen Witz.

»Wohin sind sie von hier gegangen?«

»In die Schenke gleich gegenüber«, antwortete er mit einer kurzen, abgehackten Handbewegung. Und als wäre ihm dieser Gedanke erst jetzt gekommen, legte er den Kopf schief und musterte mich mit schmalen Augen.

»Ich bitte um Verzeihung, edler Herr – aber kenne ich dich nicht von irgendwo her?«

»Wie sollte das wohl sein. Ich bin etliche Jahre außer Landes gewesen.«

Er nahm das als Antwort, ohne ihr jedoch Glauben zu schenken, und ich wünschte ihm einen guten Abend. Seltsam, wie die Gewohnheiten eines Flüchtlings einem anhaften, ich hatte nämlich immer noch Angst, erkannt zu werden.

In der Schenke wies man mich zu einem Zimmer im oberen Stockwerk, wo ich meine Freunde beim Abendessen überraschte. Der undurchsichtige Makedonier knurrte lediglich und machte sich wieder über sein Essen her, doch Selana, die aufgeblickt hatte als sich der Türvorhang hob, ließ die Schüssel mit Hirse und Zwiebeln in ihren Schoß fallen und stieß einen Schrei aus der selbst den Staub meiner Ahnen wieder zum Leben erwecken konnte.

»Ich habe mich mit dem König getroffen«, verkündete ich heiter. »Ich traf ihn in versöhnlicher Stimmung an – ich bin wieder sein Freund und Bruder.«

Zunächst weinte sie, und fast gleich darauf wurde sie wieder böse auf mich.

»Mein Gebieter versetzt alles in Angst und Schrecken, und nach drei Tagen Hangen und Bangen stellt er sich wieder ein, als wäre er nur ausgetreten, um seine Blase zu entleeren!« schimpfte sie, während ihr die heißen Tränen über das Gesicht liefen. Ich hielt sie im Arm, und ihre kleinen Fäuste trommelten auf meine Brust, als wollte sie mir das Schlüsselbein brechen. Als das nichts half, machte sie sich aus meiner Umarmung frei und trat mich so, daß ich alle Mühe hatte, meine Schienbeine aus der Gefahrenzone zu bringen. »Du hast die ganze Zeit gewußt, daß gar keine Gefahr bestand – dieses Spielchen hast du dir nur ausgedacht, um mich zu quälen!«

»Sei still, Selana, bring mir Wein, denn nach einer Handvoll Wasser aus einem Bewässerungsgraben ist nichts mehr über meine Lippen gekommen, und das war heute morgen. Und da ich weiß, daß der Wirt Fremde mit Sicherheit übers Ohr haut und ihnen schlechtes Essen vorsetzt, habe ich Brot und Melone und das gebratene Hinterviertel einer Ziege bestellt.«

Ich setzte mich und machte mich mit gierigen Fingern über die Hirse her, so unvorstellbar hungrig war ich.

»Und glaube du nur nicht, daß jetzt alle Gefahr vorbei ist, nur weil mir Assarhaddon die Kehle nicht auf der Landstraße hat durchschneiden lassen – so ist es nicht. Der König sagt, daß er mich wieder liebt und glaubt vielleicht auch daran, aber er war nie die wirkliche Gefahr. Der König hat eine Mutter, und die ist schlau wie eine Schlange und haßt mich bis auf den Tod.«

»Was kommt jetzt?« fragte Selana, als wir Seite an Seite in der Dunkelheit lagen. Noch ein, zwei Stunden bis zum Morgengrauen, doch der Schlaf hatte unser beider Lager geflohen.

»Das kann ich nicht sagen. Der König erwartet mich, und ich muß zu ihm, aber vielleicht wäre es ganz gut, wenn man ihn noch ein Weilchen warten ließe. Eines meiner Anwesen liegt ungefähr einen halben Tagesritt von Ninive entfernt – anscheinend gehört es mir noch, da mir meine ganzen Besitztümer zurückerstattet worden sind. Dort machen wir halt.«

»Eines deiner …? Hast du mehr davon?« Selbst im Dunkel war zu sehen, daß sie große, verwunderte Augen machte.

»Ja – natürlich. In diesem Lande ist dein Mann ein königlicher

Prinz und unermeßlich reich. Ich besitze große Ländereien, von denen ich die meisten noch nie gesehen habe. In Ninive habe ich einen Palast. Du wirst die erlesensten Gewänder und Geschmeide aus Gold, Kupfer und Silber haben. Du wirst Dienstboten ohne Zahl haben, Selana. Wird es dir Spaß machen, wie eine große Dame zu leben?«

»Woher soll ich das wissen? Ich … Ich bin ein Bauernmädchen, Gebieter. Ich bin in einer Steinhütte geboren, und meine Eltern haben ihr Leben lang nichts anderes gekannt als arbeiten, schlafen, essen und sich bespringen. Bis ich dich traf, hatte ich auch nicht ein einziges Paar Sandalen besessen. Ach, wenn wir doch nach Sikelia zurück könnten!«

»Das geht leider nicht. Es wird dir aber auf Drei Löwen gefallen – so heißt das Anwesen. Wenn ich auf dieser Erde überhaupt irgendwo daheim bin, dann auf Drei Löwen.«

»Und ich hatte gedacht, der Hof auf Sikelia wäre dir Heimat geworden.« Darauf erwiderte ich nichts, sondern schenkte mir einen Becher Wein aus dem Krug neben unserer Schlafmatte ein.

»Was meinst du, werden wir jemals dorthin zurückkehren?« fragte sie nach einem langen Schweigen. »Möchtest du überhaupt zurückkehren?«

»Wir müssen abwarten. Das liegt nicht bei mir.« Wir waren uns beide darüber im klaren, daß ich ihre Frage nicht beantwortet hatte.

»Aber der König wird dich gewißlich ziehen lassen, wenn du willst – er würde dich doch nicht gegen deinen Willen zurückhalten.«

»Das liegt auch nicht beim König.«

Das verstand sie nicht – wie hätte ich ihr auch deutlich machen können, daß Assarhaddon und ich und sogar Nakija, obschon ihr nur der eigene Wille Gesetz war, abwarten mußten, was der Himmel von uns wollte. Der Gott Assur war klug, doch er hielt seine Absichten geheim.

Das verstand sie nicht, aber sie war klug genug, den Mund zu halten.

Als der Morgen heraufdämmerte, merkte ich, daß wir von einem eigenartigen Schweigen umgeben waren.

Selbst um diese Stunde, wenn der Himmel noch blaßgrau ist, hätte ich das Rumpeln von Bauernkarren auf dem Weg zu den Marktständen zu hören erwartet. Auf der Straße unter uns hätte man Stimmen hören sollen, den Lärm von Zechbrüdern, welche schließlich auch ihr Bett aufsuchten, und die gedämpfte Unterhaltung von ehrbaren Händlern, die früh aufstanden, um ihren Laden für einen neuen Tag zu öffnen.

Und selbst die Schenke schien leer zu sein. Wo blieb der Duft von Holzrauch, wenn die Wirtin das Frühstück zubereitete? Wo blieben die Schritte der Haushaltssklaven und das Gebrabbel endlosen Gezänks, das zum Leben jeder Schenke gehört? War die Welt gestorben, während wir geschlafen hatten?

Und nicht nur mir fiel das auf. Selana war wieder eingeschlafen, doch ich sah, wie das Licht auf der Schwelle sich verdunkelte, als Enkidu geräuschlos ins Zimmer trat. Er war angezogen, und er trug seine Axt in der Hand.

Er bedeutete mir stehenzubleiben und zu warten, und wies dann in Richtung des Weges, auf dem er gekommen war. Ich wußte sofort, was er wollte, denn die Treppe lag so schweigend da, als führte sie ins Erdinnere.

Unsere Zimmer befanden sich im rückwärtigen Teil des Hauses, und das einzige Fenster ging auf eine Hintergasse, die auch verlassen lag. Es gab nur eine Möglichkeit, herauszufinden, was sich zugetragen hatte, nämlich auf die Straße zu treten.

Ich ging zu meiner Schlafmatte zurück und zog Selana am Fuß, bis sie aufwachte.

»Was ist …?«

Und dann hörte sie es – das Schweigen.

»Zieh dich an«, befahl ich ihr. »Mach schnell.«

Als ich mich mit dem Schwert gegürtet hatte, war sie auch schon fertig. Vorsichtig gingen wir die Treppe hinunter. Die Schenkentür stand offen. Ich mußte nur nach draußen treten.

Und dort warteten sie. Es sah aus, als hätte die ganze Stadt das Bett verlassen, um draußen vor der Schenkentür unseren Schlaf zu bewachen. Sie bevölkerten die Straße in jeder Richtung. Gemeine Soldaten, Kaufleute und Handwerker, Träger und Dirnen und schmutziges Volk vom Lande, Hoch und Niedrig, Männer und Frauen, ja, sogar Kinder, sie alle standen da und schwiegen wie das Grab. Wie lange mochten sie wohl schon so gestanden haben?

Kaum trat ich nach draußen, da knieten sie auch schon nieder. Zu Hunderten fielen sie vor mir auf die Knie, Welle um Welle wie ein zurückflutendes Meer. Und ihre Augen ließen mein Gesicht nicht los, während sie mir stumm huldigten.

Sie haben mich nicht vergessen, dachte ich. Nach sieben Jahren komme ich als namenloser Reisender wieder, und sie kennen mich immer noch. Solch eine Ehrung kann ich mir mit einem ganzen Leben nicht verdienen.

XXXIV

Auf der ganzen Welt gibt es keinen eigenartigeren Laut als das Schweigen einer Menschenmenge. Ich stand auf der Schwelle der Schenke, und der Wille von Tausenden konzentrierte sich auf mich, so als brauchte es nur dieses, damit ihr innigster Herzenswunsch in Erfüllung ging. Ich sprach nicht – sie wollten nicht, daß ich sprach. Da war kein Raum für Worte.

Ich weiß nicht, wie lange das so weiterging, aber am Ende merkte ich, daß Enkidu und Selana hinter mir standen.

»Was wollen sie, Gebieter?« fragte sie mit einer Stimme, die kaum mehr als ein Hauch war. »Sie machen mir Angst.«

»Mir machen sie auch Angst«, gab ich zurück. »Nur auf eine andere Art.«

Ich streckte die Hand aus, den Handteller nach oben, und die Bewohner Rasappas wußten, daß sie sich erheben durften. Langsam kamen sie auf die Beine, anscheinend waren ihre Gelenke steif geworden, doch nicht einmal jetzt brachen sie ihr Schweigen.

»Selana, leg dir den Schleier über – sofort. Enkidu, hole die Pferde.«

Man ließ uns ziehen. Die Menge hinderte uns nicht, sondern trat beiseite, so daß Enkidu die Straße überqueren und mit unseren drei Pferden am Zügel vom Stall zurückkommen konnte.

Auf dem ganzen Weg zu den Stadttoren wimmelten die Straßen von Menschen. Sie machten uns Platz und fielen stumm auf die Knie.

»Warum sagen sie nichts?«

Ich drehte mich nach Selana um und lächelte. Sie war vorsichtig und hielt sich jetzt instinktiv etwas hinter mir.

»Ich kann nur raten«, sagte ich. »Vielleicht wissen sie nicht, daß mich Assarhaddon aus der Verbannung zurückgerufen hat. Wenn dem so ist, so würde reden Auflehnung gegen das Urteil des Königs bedeuten, und sie möchten den König nicht beleidigen. Sie huldigen mir auf die einzige Art und Weise, die ihnen möglich ist.«

Keiner von uns redete wieder, bis die Stadt weit hinter uns lag – bis wir nicht mehr Hunderte von Augen in unserem Rücken spürten.

»Ist es, weil du ein Prinz bist? Was bedeutest du ihnen?«

Ich gab keine Antwort. Statt dessen dachte ich an Tabschar Sin, meinen zweiten Vater, meinen alten *rab shaqe,* der aus einem grünen Jungen einen Soldaten gemacht hatte. Was hatte er doch gesagt? *»Du wirst nur gepriesen, weil du nicht Assarhaddon bist.«*

Etwas gereizt bemerkte ich, daß Selana wieder einmal ihren Schleier abgelegt hatte.

Fünf Tage später überquerten wir einen Paß im Sinjar-Gebirge, und da lag unten vor uns der Tigris, der Vater der Ströme. Als ich mir die Lippen in seinen Wassern netzte, da wußte ich nicht mehr zu sagen, wie ich diese sieben Jahre überlebt hatte, ohne zu verdursten.

Am zweiten Morgen nach der Flußüberquerung stießen wir auf den Grenzstein mit der geflügelten Sonnenscheibe Assurs, was bedeutete, daß ich jetzt über mein eigenes Land ritt. Diese Nacht würden wir auf Drei Löwen schlafen.

Um diese Jahreszeit waren die Dorfleute, meine Pächter, schon emsig bei der ersten Ernte. Wir ritten durch Felder, auf denen uns der Weizen bis zur Mitte reichte – mich dünkte, meine eigenen Ländereien waren von Hunger und Dürre, welche ich sonst überall erblickt hatte, verschont geblieben – und als wir vorbeiritten, blickten Männer und Frauen von ihrer Arbeit hoch und rissen erstaunt und sprachlos die Augen auf.

Und dann brach ein Schrei aus ihren Kehlen – »Der Gebieter Tiglat ist zurückgekommen, der Herr ist wieder daheim!« – und sie liefen zusammen, streckten die Hände aus, um mich zu berühren, wollten sich überzeugen, daß ich lebendig war und kein Geist, der bei Tage umgehen durfte. Und die Männer boten mir ihren Bierkrug an, sie meinten wohl, daß eine so lange Reise wie meine, den ganzen Weg vom Ende der Erde hierher, eine durstige Angelegenheit gewesen sein mußte.

»Sollen wir einen Läufer schicken und den Aufseher benachrichtigen, Gebieter?«

Ich lachte und schüttelte den Kopf. »So wie ich Tahu Ischtar kenne, weiß er bereits, daß ich da bin. Hoffentlich treffe ich ihn gesund an.«

»Er ist tot, Gebieter – vor zwei Jahren gestorben. Er hat sich den Hals gebrochen, als ihn sein Pferd abwarf.«

Bei der Kunde erschrak ich sehr, und das muß sich auf meinem Gesicht gespiegelt haben, denn auf einmal war der Mann so betreten, als hätte er ein Geheimnis verraten. »Sein Sohn ist jetzt Aufseher«, fuhr er nach einer kurzen Pause fort. »Qurdi.«

»Ja – natürlich.«

»Sollen wir ihn benachrichtigen, Gebieter?«

»Nein.«

Wir ritten weiter. Tahu Ischtar war ein fähiger Aufseher und ein Mann von Würde gewesen. Von einem solchen Mann als Herr geachtet zu werden, ist eine Ehre, und so hatte ich das auch immer empfunden. Jetzt war er in die Leere des Todes verschwunden. Die Welt war nicht mehr das, was sie gewesen war.

Ungefähr eine Stunde vor Einbruch der Nacht erreichten wir das Gehöft. Als wir näherkamen, sah ich, daß eine kleine Schar von Hausdienern schon zu unserer Begrüßung bereitstand. Unter ihnen Qurdi mit seiner Frau und ihren sechs Kindern. Ich merkte, daß Naibas Leib sich von einem siebten rundete – sie war jetzt noch schöner als das letzte Mal, als ich sie gesehen hatte, und sie wirkte glücklich. Vielleicht kam es daher. Als sich unsere Augen trafen, errötete sie und senkte den Blick.

Qurdi verneigte sich mit dem Amtsstab in der Hand. Dann verneigten sich alle übrigen, so als hätten sie auf ein Signal von ihm gewartet. Qurdis Bart war jetzt ganz voll, und er hatte etwas von Tahu Ischtars Haltung. Als ich ihn das erste Mal gesehen hatte, war er kaum mehr als ein Knabe gewesen, den man mit einem Arm hochheben konnte, daß er hinter seinem Vater ritt.

Als er mir seine Ehrerbietung erwiesen hatte, lächelte er und zeigte dabei starke, weiße Zähne.

»Willkommen, Gebieter – willkommen daheim!«

Ich glitt vom Pferd und ergriff seine Hand. »Es tut gut, daheim zu sein«, sagte ich. »Und nach dem, was ich sehe, hast du mir als Aufseher hervorragend gedient, wie ich es von einem Sohn deines Vaters auch nicht anders erwartet habe.«

Ich verspürte ein Zupfen, und da sah ich Naiba knien, damit sie den Saum meiner Tunika küssen konnte. Ich versuchte, sie wieder aufzuheben, doch sie nahm meine Hand und drückte sie an ihre Stirn.

»Mein Gebieter, mein Gebieter«, rief sie, und ihre Stimme wurde zum Schluchzen. Ich wagte einen raschen Blick zu Qurdi, wollte sehen, wie er dieses Schauspiel aufnahm, doch er grinste nur, und seine Augen strahlten, er platzte schier vor Stolz auf seine Frau.

»Über dem Feuer brät schon eine frisch geschlachtete Ziege«, sagte er. »Und die Steine im Schwitzbad sind gut vorgeheizt.«

Nachdem ich die Diener der Reihe nach begrüßt hatte – die meisten waren noch von meiner Mutter angelernt und gute, alte Bekannte –, wollte ich nichts als den Staub meiner langen Reise loswerden. Der erste Dampfhauch aus dem Schwitzbad kam mir vor wie der Duft eines blühenden Obstgartens.

»Wer ist die Frau?« fragte Selana, während sie mir den Rücken mit grünen Blättern von einem Baumast schrubbte. Enkidu, welcher nackt in einer Ecke des winzigen Gebäudes hockte, sah aus, als wünschte er sich weit fort.

»Sie war früher meine Nebenfrau«, erwiderte ich, denn warum sollte ich lügen. »Ich habe sie als Beutegut mitgebracht, als ich Krieg gegen die Stämme der östlichen Berge führte. Mit der Zeit verliebte sie sich in den Jüngling Qurdi, und da habe ich sie ihm zur Frau gegeben.«

Ich saß auf einem Schemel, und sie legte mir die Hände auf die Schultern, beugte sich vor und blickte mir ins Gesicht.

»Und diese Beleidigung hast du geduldet?«

»Welche Beleidigung?«

»Daß sie die Augen zu einem anderen Mann erhoben hat, als du sie noch mit auf deine Schlafmatte genommen hast.«

»Wo die Liebe hinfällt. Dagegen ist kein Kraut gewachsen, weder bei der Frau, noch beim Mann. Es hat mich nicht weiter getroffen, nicht einmal meine Eitelkeit, wie könnte man da von Beleidigung reden?« sagte ich achselzuckend. »Selana, du bist zwar frei geboren, aber du hast immer noch die Ansichten einer Sklavin. Sie wollte seine Frau sein warum sollte ich ihr das verwehren und ihr Leben zur Qual machen?«

»Du warst ihrer überdrüssig.«

»Nein. Ich wollte nur nicht, daß sie durch mich leiden mußte.«

Sie fragte mich nicht weiter nach Naiba aus, doch welche Schlüsse sie daraus zog, weiß ich nicht zu sagen.

An jenem Abend trank ich zum Abendessen keinen Wein, sondern nur das Bier, das aus meinem eigenen Getreide gebraut war. Ich aß allein, und die Frau, welche mir aufwartete, hatte zu den Lieblingssklavinnen meiner Mutter gehört.

»Vor wie langer Zeit ist deine Herrin gestorben?« fragte ich sie, denn ich wollte von Merope hören.

»Das ist beinahe drei Jahre her, Gebieter«, erwiderte sie kopfschüttelnd, und bei dem Gedanken an sie kamen ihr die Tränen. Zweifellos war ihr Kummer echt, denn wer hätte meine Mutter wohl nicht liebgehabt. »Ich weiß es noch recht gut, denn es war in dem Winter, nachdem der König gerade von einem Feldzug im Westen zurückgekehrt war – das kann man so schnell nicht vergessen.«

»Wieso?«

»Wieso, Gebieter?« Sie blickte mir ins Gesicht, schien zu glauben, ich machte mich auf ihre Kosten lustig. »Weil er zum ersten Mal hierher kam. Wer hätte gedacht, daß ich es noch erleben würde, dem König mit Brot und Bier aufzuwarten!«

»Er ist *hierher* gekommen?« Ich wollte meinen Ohren nicht trauen.

»O ja – zweimal in jenem Herbst. Er hat die Herrin Merope besucht. Hat ihr Nachrichten überbracht.«

»Was für Nachrichten?«

»Daß er dich auf seinen Reisen getroffen hat, Gebieter. Daß du noch am Leben bist.«

Ich weiß die Wirkung nicht zu beschreiben, welche diese Worte auf mich hatten. Daß Assarhaddon seinen Triumphzug in Ninive aufgeschoben hatte, um hier haltzumachen und meiner Mutter ein paar tröstliche Worte zu überbringen, das bewies eine Güte, die ich von ihm nicht erwartet hätte.

»Sagtest du, er ist zweimal gekommen?«

»Ja. Er kam aus Ninive mit einem kleinen Gefolge angereist und blieb drei Tage. In dieser Zeit ist er auf die Jagd gegangen und hat abends mit der Herrin gespeist – sie haben dann bis tief in die Nacht geredet ... Du mußt dich nicht betrüben, Herr, sie hat jeden Tag auf deine Rückkehr gewartet und ist friedlich im Schlaf gestorben.«

»Laß mich jetzt allein, Schulmunaid.«

In jener Nacht blieb ich lange auf, und nur ein Weinkrug und das matte Licht des Kohlebeckens leisteten mir dabei Gesellschaft. Nie wieder war ich einem so sanften Geschöpf wie meiner Mutter begegnet, und sie war gestorben, ohne daß ihr einziger Sohn ihr die Augen schließen konnte. Daran traf mich keine Schuld, und doch kam es mir vor, als hätte ich ihr ein Unrecht zugefügt. Ich wußte, sie lag unter dem Fußboden genau dieses Zimmers begraben, so wie es Sitte bei meinem eigenen Volk ist, doch wenn ich da gewesen wäre, ich hätte ihren Leib zuerst verbrannt und ihre Gebeine in einer silbernen Urne versiegelt. Ruhte ihre Seele friedlich in dieser fremden Erde, so weit fort von daheim? Ich konnte es nur hoffen.

Am nächsten Morgen trat ich ins Freie, und da wartete Qurdi auf mich.

»Beliebt es meinem Herrn, mit seinem Diener auszureiten und sich anzusehen, wie es um die Ländereien bestellt ist?« fragte er, während seine Rechte eine umfassende Gebärde machte, die selbst noch die Berge in der Ferne einzuschließen schien. »Es steht ein Pferd für dich bereit.«

Mein Aufseher war noch ein junger Mann, zählte nicht mehr als vier- oder fünfundzwanzig Lenze, und seine Augen blitzten schelmisch beim Reden.

Wir gingen zum Pferdestall und ehe Qurdi die Tür öffnete, konnte ich schon Hufe gegen das Tor donnern hören.

Geist! dachte ich. Doch nein, das war nicht möglich. Ich hatte Geist während meines Feldzuges gegen die Meder geritten, und das war zehn Jahre her. Kein Pferd, selbst eines wie mein Geist, lebt solange, daß es morgens immer noch das Tor zertrümmern kann.

Dennoch hätte der schöne, silbrige Hengst, den ich drinnen vorfand, Geist sein können, der wie durch einen Zauber in jugendlicher Frische und Kraft vor mir stand. Der einzige Unterschied, den mein Auge feststellen konnte: Ihm fehlten die halbmondförmigen Narben auf der Brust, welche ihm die Hufe von Daiaukkas Pferd beigebracht hatten, als wir unseren tödlichen Zweikampf ausgetragen hatten und als Geist, der tapferer war als sein Herr, die Niederlage nicht angenommen und mir das Leben gerettet hatte. Das hier war nicht Geist, aber er hätte es sein können.

»Sein Fohlen«, verkündete Qurdi und fuhr dem Hengst mit der Hand über die Kruppe, um ihn zu beruhigen. »Vergangenes Jahr fanden wir Geist tot auf der Weide, und wir haben ihn begraben wie einen Menschen, mit Grabbeigaben von Wein, denn wir wußten, du hast ihn in Ehren gehalten – und der hier ist sein Nachlaß.«

»Wie schön er ist«, sagte ich voller Staunen, denn solch ein Pferd ist edler als alle Menschen.

»Und für den Feldzug zugeritten!« Mein Aufseher grinste, so als hätte er mit diesem Scherz auf der Lauer gelegen. »Der König hat ihn nach Ninive in die königlichen Ställe holen und zum Kriegspferd ausbilden lassen. Vor zwanzig Tagen hat er ihn zurückgeschickt, daher wußten wir auch, daß du bald heimkehren würdest. Er hört auf den Namen seines Erzeugers.«

»Geist«, konnte ich nur flüstern, denn meine Kehle war wie zugeschnürt. Ich streckte die Hand aus, und das Pferd ließ sich streicheln. Falls Assarhaddon sich Gedanken gemacht hatte, wie er mir einen Gefallen tun konnte, er hätte kein besseres Mittel finden können. »Ja, aber gewiß doch wir wollen ausreiten und uns ansehen, wie die Ländereien beschaffen sind!«

Dieser erste Tag daheim war wohl der glücklichste meines Lebens.

Und das Glück währte, so daß ich gar nicht darauf brannte, Drei Löwen zu verlassen. Mir ging auf, daß ich lieber als Bauer denn als Prinz lebte, und nach Ninive zog mich so gut wie gar nichts. Wir blieben fast zwei Monate.

Nachdem Selana zwanzig, dreißig Worte Akkadisch konnte, genug jedenfalls, um den Sklaven ihren Willen kundzutun, übernahm sie die Haushaltsführung so nahtlos, als ob sie ihr Leben lang innerhalb dieser Mauern gewohnt hätte. Vielleicht ist es ja viel weiser, als wir denken, daß man Frauen nirgendwo in der Kriegskunst unterweist, denn einige von ihnen gäben prächtige Feldherrn ab und würden der Welt noch mehr Zank und Streit bescheren als jetzt schon. Vielleicht aber auch nicht, denn sie und Naiba wurden schon bald die besten Freundinnen und so innige, daß Selana Naiba half, als deren schwere Stunde gekommen war und sie eine Tochter gebar, die ihr zu Ehren Selana Ischtar genannt wurde.

Ich muß gestehen, daß mich diese Freundschaft zwischen meiner Frau und meiner früheren Nebenfrau mit leisem Unbehagen erfüllte. Es gab Dinge in meinem früheren Leben, die nicht für Selanas Ohr bestimmt waren, denn zwischen zwei Frauen, die denselben Mann erkannt haben, bleibt nichts verborgen.

Doch sonst war es eine Zeit ungetrübten Friedens. Das Gut hatte sich während meiner Abwesenheit gut gemacht, und ich freute mich an dem Anblick, wie der Pflug die schwarze Erde aufbrach und an dem Weizen, der auf meinen eigenen Feldern gewachsen war und den ich mit der Hand zerdrückte. Von solch einem Reichtum können Könige nur träumen, dachte ich. Diese Pracht kann selbst den mächtigsten Eroberer vor Neid zu Tränen rühren. Ach, wenn es mir doch gelingen würde, hier bis zum Ende meines Lebens zu bleiben …

Doch das sollte nicht sein. Assarhaddons Worte fielen mir wieder ein – *»Dein König erwartet dich in Ninive.«* Ich mußte aufbrechen. Ich konnte ihm nicht ewig aus dem Weg gehen.

Also befahl ich eines Tages, daß man Geist für morgen sattelte. Ich würde am nächsten Tag aufbrechen.

»Ich halte es für das Beste, daß du hier bleibst«, sagte ich zu Selana. »Hier bist du glücklicher als in Ninive.«

Ich lächelte, als ich ihre Miene sah und fragte mich, warum ich mir überhaupt die Mühe gemacht hatte.

»Was gibt es in Ninive, das mich von meinem Gebieter fernhalten könnte? Oder meint mein Gebieter damit, daß er dort keine Ehefrau braucht?«

Ihre Augen wurden schmal – ja, natürlich, ihr war etwas zu Ohren gekommen. Vielleicht, dachte ich, hat sie sogar recht, wenn sie mir nicht traut. So wenig kannte ich meine eigenen Gedanken.

»Wenn du willst, so komm mit. In Ninive kannst du Hofdame spielen und im Luxus leben. Ich kaufe dir sogar eine kleine Sklavin, ein Kind und noch jünger als du selbst, die kannst du dann so quälen wie du mich quälst.«

Das war ein alter Scherz zwischen uns, und sie mußte darüber lachen und vergaß ihren Argwohn. Und ich lachte auch, und doch hatte ich dabei das Gefühl, als hätte ich sie bereits verraten. Und dann fiel mir Assarhamat ein, und mein Gemüt verdüsterte sich.

Am nächsten Morgen brachen wir noch vor Aufgang der Sonne auf, als der Himmel noch die Farbe von angelaufenem Silber hatte. Es war nicht einmal eine Tagesreise, und doch war Selana so ängstlich und ungeduldig, als würde sie nie enden. Je näher wir unserem Ziel kamen, desto mehr sorgte sie sich.

»Ist es noch weit?« fragte Selana wohl zum zwanzigsten Mal. Sie sah sich in der leeren Landschaft um als vermutete sie eine Falle.

»Hab noch eine Viertelstunde Geduld, und dann siehst du etwas, das dir den Atem verschlägt.«

Diese Straße war ich hundert Mal in meinem Leben entlanggezogen, und ich kannte sie wie ein Mann den Leib seiner Frau. Sie folgte fast auf der ganzen Strecke dem Fluß und bog jetzt gleich vor uns ab, umrundete einen niedrigen Hügel und führte den halben Abhang hinauf. Ich wußte, sobald die Straße nicht mehr anstieg und eben wurde, würden wir wieder den Tigris sehen, wie er sich als große, glitzernde Biegung vor uns erstreckte, und dahinter, nicht einmal eine Stunde zu Pferd, die Mauern von Ninive.

Das alles sahen wir und auch die Menschenmenge, welche uns an der Zufahrt zum Ambasi-Tor erwartete. Es war wie beim Akitu-Fest, wenn die ganze Stadt hinauszieht, um das neue Jahr zu begrüßen. Es war wie an dem Tag, als mein Vater sein Heer von der Eroberung Babylons zurückführte und das Volk des Gottes die Straßen säumte, um Assurs Sieg zu feiern.

Wir waren noch mehr als ein halbes *beru* vom ersten Wachturm entfernt, da konnte ich schon das brausende Geräusch von Stimmen einer tausendköpfigen Menge hören, die wie eine klingen. Die Luft schlechthin schien zu erzittern, als ihr Ruf uns erreichte – »Assur ist König! Assur ist König! Assur ist König!«

Wir ritten den Hügel hinab auf die große Ebene, welche zur Stadt führte, und immer noch schrie die Menge: »Assur ist König! Assur ist König!«

»Was bedeutet das, Gebieter?« In der Frage klang panischer Schrecken, deshalb blickte ich mich nach Selana um.

»Ich weiß nicht, was das bedeutet. Ich habe keine …«

Mittlerweile waren wir so nahe herangekommen, daß wir ihre Gesichter sehen konnten – und sie unsere. Sie kamen die Straße auf uns zugeströmt, und aller Zweifel hatte ein Ende, als sie auf einmal riefen:

»Tiglat! Tiglat! TigLAT! TigLAT!«

Da wußte ich Bescheid.

»Selana, zurück. Enkidu, zurück mit ihr, oder sie reißen euch beide in Stücke. Eine solche Menschenmenge ist so gefährlich und unberechenbar wie eine eifersüchtige Frau.«

Ich spornte mein Pferd zu einem leichten Galopp an und traf mit der Menschenmenge ungefähr eine Viertelstunde vor dem Stadttor zusammen.

Auf der Stelle umringten mich die Menschen; ihre Gesichter waren voller Bewunderung, und sie streckten mir die Hände entgegen, um mir Brot und Früchte und Becher mit Wein zu reichen. Frauen hielten ihre Kinder hoch, damit mein Schatten diese segnete. Mein Pferd war fast irre vor Angst, und ich hatte alle Hände voll zu tun, daß es mir nicht durchging.

Ich blickte zurück und sah, daß Enkidu die Hand am Zügel von Selanas Pferd hatte. Sie waren ein gutes Stück hinter mir, folgten mir in der Nachhut der Menge, welche ihnen kaum Beachtung schenkte. Dort waren sie sicher.

Es dauerte mehr als eine Stunde, ehe ich durch das Ambasi-Tor in die Stadt einzog. Ich ritt die Adad-Straße entlang; meine Ohren waren von dem Geschrei immer noch taub, und ich konnte mich fast nicht mehr aus eigenem Antrieb bewegen, sondern wurde langsam vom Druck der Menschen vorwärtsgeschoben, die alle in meiner Nähe sein wollten. Mein ganzes Zeit- und Raumgefühl und Ichbewußtsein war mir abhanden gekommen, ich war nur noch Gegenstand der Liebe des Volkes.

Beschreiben läßt sich das nicht. Die Bewohner von Ninive streuten mir Blumen auf den Weg, ja, sogar Gold- und Silbermünzen. Viele jubelten – ein wildes Freudengeheul und andere weinten sogar, doch die meisten stimmten immer wieder an: »TigLAT! TigLAT! TigLAT!« Der Tumult hämmerte mir dröhnend in den Ohren. Die Luft wich mir aus den Lungen, die Kehle schnürte sich mir zu und Tränen stiegen mir in die Augen.

Doch irgendwo, in einer stillen Stelle meines Herzens hörte ich noch die Worte: *»Das alles gab es schon einmal, das hat sich alles schon einmal abgespielt, und es hat dir nichts geholfen. Die Vergötterung des Pöbels bietet keine Sicherheit.«* Aber wer hätte sich davon nicht rühren lassen? Wie hätte ich ihnen in jenem Augenblick wohl nicht gehören können, da sie mich zu ihrer Seele machten?

Schließlich gelangten wir zu den Stufen des Palastes, von dem aus mein Vater die Vier Enden der Erde regiert hatte. Er gehörte nun mit allem anderen im Lande meinem Bruder Assarhaddon, der in diesem Augenblick vor den großen Zederportalen stand, gar prächtig anzusehen in seinen goldenen Gewändern. In der Hand trug er das goldene Schwert der Könige von Assur.

Ich zügelte mein Pferd, es stampfte mit steinharten Hufen und schnaubte wie ein Dämon. Die Menge verstummte in Gegenwart ihres Herrn und Richters. Ich stieg ab und fiel auf die Knie, ich senkte den Blick auf das Kopfsteinpflaster der Straße und wartete, bis ich als einzigen Laut nur noch den Atem in meiner Nase hören konnte. Wir warteten alle miteinander: Ich, der verfemte Prinz, der aus der Verbannung zurückgekehrt war: Assarhaddon, der König, der mich in die Verbannung geschickt hatte; und der Pöbel von Ninive, unser Zeuge, unser Richter.

Ich stand auf und hob den Blick zu Assarhaddons Antlitz. Das Drama hat lange genug gedauert, dachte ich. Haben wir das alles nicht schon einmal gehabt?

Unsere Blicke trafen sich. Assarhaddon war so undurchdringlich wie ein Götzenbild. Er stand unbeweglich und stumm.

Dann wähle ich für dich, dachte ich. Noch einmal demütige ich mich nicht vor dir, denn du hast mir das hier aufgezwungen.

Vor mir ragten die Palaststufen wie ein Gebirge empor. Ich machte mich daran, sie langsam Stufe um Stufe zu erklimmen. Die ganze Stadt schien den Atem anzuhalten.

Und dann übergab Assarhaddon auf einmal einem Kammerherrn sein Amtsschwert und kam mir auf der Treppe entgegen. Er ging immer schneller, und ich auch, und wir trafen uns in der Mitte und umarmten uns zum ersten Mal seit vielen Jahren wie Brüder.

Da fand die Menge ihre Stimme wieder, und ihr Jubel brandete über uns wie die Wellen eines aufgebrachten Meeres.

»Ich sehe, du hast an Klugheit dazugelernt«, flüsterte ich ihm ins Ohr, als wir uns noch in den Armen lagen. »Das hast du in die Wege geleitet, um mich an dich zu binden.«

»Ich? Ich habe gar nichts getan, außer daß ich Wachen an der Straße aufgestellt und Herolde durch die Stadt geschickt habe welche die Ankunft des Gebieters Tiglat Assur, des geliebten

Bruders des Königs, ausgerufen haben. Ich habe gar nichts getan – na ja, so gut wie gar nichts.

Siehst du das?« Er schob mich kurz von sich und lächelte ein bitteres Lächeln, während er den Blick auf seine jauchzenden Untertanen richtete. »Ich bin nur ihr König – mehr nicht. Ich habe ihren Gehorsam, doch dir haben sie ihr Herz geschenkt.«

XXXV

In jener Nacht schlief ich in dem Palast, welchen ich von meinem Onkel, dem Fürsten Sinahiusur geerbt hatte. Er war während der Regierung meines Vaters *turtanu* und ein weiser und guter Mann gewesen und nun schon seit mehr als zehn Jahren Staub in seiner Gruft. Die meisten Haushaltssklaven hatten ihm gehört, darum bildete ich mir ein, dort nicht so leicht Gift im Wein zu finden oder noch vor dem Morgengrauen meines ersten Tages daheim in meinem Bett ermordet zu werden. Das hier ist Ninive, rief ich mir ins Gedächtnis, wo Assarhaddon lediglich der König ist und Verräter das Zepter führen.

»Ich habe keine Ahnung, wie ich hier haushalten soll«, rief Selana aus und blickte sich mit staunenden Augen um – wir standen in der großen Halle, deren Wände mit gemalten Fliesen geschmückt waren und die so groß war, daß sie als Acker eine ganze Familie hätte ernähren können. »Dagegen ist der Palast in Memphis, wo ich nur Küchenmagd war, ein Zwergenhaus.«

»Du wirst nicht haushalten müssen. Der Haushofmeister dient der Familie seit mehr als zwanzig Jahren und weiß, was er zu tun hat. Hier bist du keine Bauersfrau mehr, sondern eine große Dame.«

»Und was tut eine große Dame?«

»Sie sinnt darauf, wie sie ihren Mann ruinieren kann. Sie zieht Söhne auf, damit sie nach seinem Tode durch sie herrschen kann.«

»Es beliebt meinem Herrn zu scherzen.«

»Mir? Dann kennst du Assarhaddons Mutter nicht.«

»Also, was tue ich hier?«

»Mich lieben, weiter nichts – und beten, daß es uns gelingen möge, diesen Ort eines Tages lebendig zu verlassen.«

Ich nahm sie in die Arme. Ach, hätte ich sie doch in Sikelia lassen können. Und dabei freute ich mich, sie hierzuhaben.

»Will man uns denn Böses!« fragte sie und klammerte sich an mich, als könnte sie in der Fremdartigkeit dieser schlimmen Stadt ertrinken. »Die Menschenmenge heute – diese Menschen lieben dich wie einen Gott.«

»Als ich das letzte Mal in Ninive eingezogen bin, war es ganz genauso. Der Pöbel hat mir zugejubelt, weil er dachte, ich würde ihn vor meinem Bruder erretten, und dann hat mich Assarhaddon in einen Eisenkäfig gesperrt, und ich habe geglaubt, ich würde dort sterben, und dann hat er mich aus dem Land gejagt wie einen Hund, den man dabei erwischt hat, wie er Brosamen von den Tischen stiehlt. Und jetzt bin ich wieder da, und sie jubeln mir wieder zu. Wer weiß schon, was sie dieses Mal von mir erwarten? Aber wahrscheinlich enttäusche ich sie, und wenn es dem Gott so beliebt, dann stehen sie untätig beiseite und sehen zu, wie man mich vernichtet.«

»Wenn du so redest, dann habe ich, obwohl du mich im Arm hältst, noch mehr Angst als damals, als du mich alleingelassen hast, um gegen die Räuber zu ziehen.«

»Wenn ich so rede, dann habe ich auch viel mehr Angst als damals.«

Am nächsten Morgen begab ich mich zum Palast des Königs, um mit Assarhaddon zu frühstücken.

Falls mein Vater jemand gehabt haben sollte, den er als wirklichen und wahrhaftigen Freund ansehen konnte – und aus Erfahrung weiß ich, daß Könige für gewöhnlich keine Freunde haben, denn Freundschaft bedingt Vertrauen –, dann war es mein Onkel, Fürst Sinahiusur. Sie kannten sich seit Kindertagen, und in all den Jahren, die der Gebieter Sanherib als Herr der Vier Enden der Erde regierte, traf er keine Entscheidung, ohne sich zunächst mit seinem Bruder zu beraten. Wenn der König auf Feldzug war, dann regierte in Ninive der *turtanu* wie der König höchstpersönlich, und wenn der König daheim war, sahen sich die beiden Männer jeden Tag.

Darum mußte ich mich, als ich an jenem Morgen meinen Bruder besuchen ging, auch nicht auf die Straße wagen. Die beiden Paläste waren durch eine Reihe von Höfen und inneren Gärten verbunden, welche von meinen Privatgemächern zu denen Assarhaddons führten. In einem davon stieß ich auf die Herrin Nakija, die auf einer kleinen Steinbank an einer weinüberrankten Mauer saß. Sie mochte an die fünfzig Jahre alt sein, und doch sah sie noch gut aus, und ihr Haar war vollkommen schwarz. Ich hatte sie sieben Jahre lang nicht gesehen, aber es hätte auch eine Stunde sein können, sowenig hatte sie sich verändert – Frauen wie sie altern nicht; sie werden mit der Zeit lediglich härter. Sie hob den Blick, lächelte mit geschlossenen Lippen und tat nicht einmal überrascht.

»Na, Tiglat, darf man dich daheim willkommen heißen?« fragte sie und blickte auf ihre Tunika, ob da Falten zu ordnen waren – schwarz und silberdurchwirkt, die einzige Farbe, die ich je an ihr gesehen hatte. »Anscheinend hast du mich auf der ganzen Linie geschlagen. Darf man gratulieren?«

»Lieber nicht, Herrin, wir beide wissen doch, daß du dir viele Niederlagen leisten kannst, ich jedoch keine.«

Ihr Lächeln wurde etwas verkniffener, als sie mir für das Kompliment dankte, falls sie meine Worte so auffassen wollte.

»Ich finde einfach kein Mittel, dich zu vernichten, denn was fällt dir nicht alles ein, wie du deinen Kopf immer wieder aus der Schlinge ziehen kannst.«

Sie hob die schmalen Schultern – eine anmutige Bewegung, welche mich irgendwie an eine Spinne erinnerte, die auf Beutesuche über ihr Netz spaziert.

»Mag sein, es stimmt tatsächlich, daß du unter dem Schutz der Götter stehst. Glaubst du, daß der Himmel in die Belange der Menschen eingreift, daß wir Geiseln ihres Willens sind? Oder sind wir vielleicht ihrer Beachtung nicht wert?«

»Ich glaube, was ich gesehen habe, Herrin.«

Darüber lachte Nakija, deren Blut kälter war als Winterwind. Es hörte sich an, als läuteten kleine Kupferglöckchen, aber nicht wie ein menschliches Lachen. Das Herz wurde mir dabei zu Wasser.

»Man sollte aber nie vergessen, lieber Tiglat, daß der Himmel zuweilen einen Menschen bewahrt, nur um ihn unglücklich zu machen. Vielleicht hat ja dein Gott einen Zauberkreis um dich gezogen, aber der reicht nicht weiter als deine eigenen Fußabdrücke.«

»Ich begreife durchaus, Herrin«, sagte ich, denn die Drohung war nur allzu deutlich. »Ich habe eine Frau, und du willst mir ihretwegen Angst machen. Aber sie hat auch einen Beschützer.«

»Den Riesen mit dem weizenfarbigen Haar?« Sie nickte, als gälte ihr das so gut wie nichts. »Er wirkt wie ein Einfaltspinsel. Ja – ich habe ihn gesehen.«

»Er ist kein Einfaltspinsel, aber irgendwie weniger als ein Mensch und gleichzeitig mehr, verkenne ihn nicht, Herrin, denn wenn meiner Frau etwas zustoßen sollte, so wird er wissen, wo er dich findet. Es gibt keinen Ort, wo du dich vor seinem Zorn verstecken könntest, und er hackt dich mit der großen Axt, die er mit sich führt, in Stücke wie ein Kaninchen. Daß dein Sohn König ist, wird dir nichts helfen. Das gilt ihm gleichviel.«

Hatte sie Angst? Wenn ja, so zeigte sie es nicht, aber sie verstand mich recht gut. Wieder bewegten sich die Schultern unter der schwarzen Tunika.

»Du mußt mich für ein sehr böses Geschöpf halten, Tiglat.«

»Ja, Herrin – ein böseres habe ich nie gesehen.«

Vermutlich schmeichelte ihr das auf ihre sonderbare Art, doch wer würde jemals einen Blick in Nakijas dunkle Seele tun?

»Dennoch tut es irgendwie gut, daß wir so aufrichtig miteinander reden können«, sagte sie am Ende. »Wem sonst auf der ganzen weiten Welt könnte ich mich wohl offenbaren? Meinem Sohn? Nein, dem nicht. Nur dir, der mich so geringschätzt.«

»Ganz im Gegenteil, Herrin – wenn Angst eine Art Ehrerbietung ist, so schätze ich dich hoch. Wie sollte ich wohl deinem Anspruch auf Achtung nicht nachkommen.«

»Setz dich zu mir, Tiglat.« Sie rückte auf der Steinbank ein wenig zur Seite und machte Platz. »Assarhaddon hat sieben Jahre gewartet, da kann er ruhig noch ein Weilchen länger warten. Setz dich zu mir und leiste einer alten Frau ein wenig Gesellschaft.«

Zu meinen frühesten Erinnerungen zählt die Furcht vor Nakija. Kein Mann hat mich in soviel Angst und Schrecken versetzt, vielleicht weil Männer nicht heucheln können – nicht daß Nakija etwa versucht hätte, ihren Haß auf mich zu verbergen, doch selbst wenn ihre Zunge von meiner Vernichtung sprach, war ihre Art dabei zärtlich, fast mütterlich, so als ob ich nichts weiter wäre als Assarhaddons Jugendfreund, den sie seit Kindertagen kannte und der ihr zweiter Sohn hätte sein können. Und so war es mir zur Gewohnheit geworden, sie zuvorkommend zu behandeln. Ich kam ihrer Aufforderung nach und setzte mich neben sie auf die Bank. Nakija war keine müßige Schwätzerin. Falls sie mir etwas zu sagen hatte, so war es das Beste herauszufinden, um was es sich handelte.

Sie berichtete mir von allem, was das Land Assur seit meiner Flucht befallen hatte, von Assarhaddon und wie er sie enttäuscht hätte und von vielem mehr. Und sie erzählte mir von Assurbanipal, dem Sohn, welchen ich nie als mein und Assarhamats Kind anerkennen konnte.

»Er ist sehr klug – aus ihm würde, glaube ich, ein besserer Schreiber als König, denn seine Ausbildung im Haus der Krieger macht ihm keinen Spaß. Aber natürlich steht von einem Hätschelkind seiner Mutter auch nichts anderes zu erwarten. Daran, wenn vielleicht sonst auch nicht, hätte ich gemerkt, daß er dein Sohn und nicht Assarhaddons ist. Ihre anderen Kinder liebt Assarhamat nicht so sehr.«

»Wer weiß sonst noch davon?«

»Oh, das Geheimnis ist gewahrt.« Mit einer lässigen Handbewegung tat Nakija jeden Gedanken an Aufdeckung ab. »Assarhaddon hat einen Verdacht – mehr als nur einen Verdacht –, aber nur du und ich und Assarhamat sind sich da sicher. Der Knabe selbst hat natürlich nicht die leiseste Ahnung. Er nennt mich Großmutter, und ich behandle ihn, als wäre er mein ein und alles, und ziehe ihn sogar noch seinen Brüdern vor.«

»Und das, weil er eines Tages herrschen wird, und sie nicht.«

Nakija warf mir aus halbem Auge einen Blick zu und lächelte.

»Das sagst du und die Omendeuter, aber Assarhaddon beharrt

darauf, daß ein Kind seiner Lenden auf dem Thron sitzen und König sein soll. Sein Liebling ist der Knabe Schumukin, und warum auch nicht? Sie gleichen sich wie ein Paar Hände, diese beiden. Ich mag ihn auch – seine Mutter hat ihn nie leiden können, da ist es mir zugefallen, ihre Stelle einzunehmen.«

Ja, ich wußte nur zu gut Bescheid. Vielleicht kann sie nicht anders, dachte ich. Fast hätte man Mitleid mit ihr haben können. Nakija, welche für die Macht lebte, für die Ränkeschmieden so natürlich war wie Atmen, sah ganz deutlich, daß Assarhaddon ein Fehlschlag war und intrigierte nun, um auch bei der nächsten Herrschaft an der Macht zu bleiben. Bis dahin mochte sie tot oder zu alt sein, als daß es ihr noch etwas ausmachte, doch sie mußte ihre Netze spinnen, denn das war ihr einziger Lebensinhalt.

So blind und dumm war ich, daß ich mir einbildete, mehr als das wäre es nicht.

»Assarhamat geht es nämlich nicht gut«, sagte sie wohl in der Meinung, ich hätte es vielleicht noch nicht gehört. »Wirst du sie besuchen?«

»Ich glaube nicht, Herrin«, erwiderte ich und belog damit sie und auch mich selbst.

»Aha – deine übliche zarte Rücksichtnahme, aber so warst du schon immer, Tiglat. Nur keine Angst, Assarhaddon gilt es gleichviel. In den letzten Jahren sind sie einander nähergekommen, ja, so sehr, daß mein Sohn seiner Frau nichts abschlagen würde, was ihrer Seele Frieden verschaffen könnte. Wie auch immer, weitere Kinder gibt es nicht, also kannst du keinen Schaden anrichten. Oder ist möglicherweise das hübsche, fremdländische Mädchen daran schuld, das du zur Frau genommen hast …«

»Ich werde sie nicht besuchen, Herrin«, sagte ich und stand auf – ich fand, die Unterhaltung hatte schon zu lange gedauert. »Ich tue es nicht, weil es so mein Wille ist.«

»Ja, das merke ich.« Sie lächelte und reichte mir ihre Hand zum Kuß. »Tiglat Assur und sein Wille, welcher wie der des Himmels selbst für ihn undurchschaubar ist.«

»Wo hast du gesteckt? Ich dachte schon, du hättest dich wieder auf Reisen begeben.«

Assarhaddon genoß seinen Witz ganz ungemein, lachte und schlug sich auf die Schenkel, daß er davon blaue Flecken bekommen konnte.

»Ich habe mit deiner Mutter im Garten gesessen«, gab ich nicht gerade belustigt zurück – in meiner Seele hatte ich meinem Bruder vergeben, aber reizen konnte er mich immer noch. »Sie beklagte sich, daß ihr Sohn ein Einfaltspinsel und ein schlechter König ist und daß die Götter ihn verflucht haben.«

»Das heißt nur, daß ich erwachsen und von ihrer Leine los bin.«

Dennoch verfinsterte sich sein Antlitz, halb war es aus Zorn und halb aus Angst. Assarhaddon lag nackt auf einem Ruhelager und spielte mit einer kleinen Schüssel Datteln herum, während eine seiner Frauen – dem Aussehen nach eine Elamiterin mit Brüsten wie Melonen und einer Haut wie Holzrauch – ihm Öl in die Beine rieb. Er trat nach ihr und das so hart, daß sie umfiel und mit dem Hintern laut klatschend auf den Fliesen des Fußbodens landete. Alsdann stand er auf, wickelte sich in ein Tuch ein und verknotete es unnötig heftig in der Mitte.

»Sie sagt, auf mir liegt der Fluch der Götter, nicht wahr?« fuhr er mit finsterem Blick fort und sah sich um, als ob er jemand anders dafür bestrafen wollte. »Und wenn es so ist, so trifft daran allein sie die Schuld – du tust gut daran, einen Bogen um meine Mutter zu machen, Tiglat. Sie vergiftet dich noch, wenn du so dumm bist, ihr dazu Gelegenheit zu bieten.«

»Dann verspreche ich, keinerlei Einladung zum Essen anzunehmen.«

»Klug von dir.«

Das schien ihn ein wenig aufzuheitern. Die Elamiterin lag immer noch auf dem Boden und barg das Gesicht in den Händen, sie kauerte und flehte um die Gunst ihres Herrn. Assarhaddon blickte auf sie hinunter, als ob er für den Augenblick ihre Existenz vergessen hätte, und dann lachte er, legte die Hand auf ihre nackte Kehrseite und tätschelte sie wie einen seiner Jagdhunde. Als sie Mut gefaßt und auf die Knie gekommen war, ergriff er ihre rechte Brust mit der Hand und schien ihr Gewicht zu wägen.

»Gar nicht so schlecht, die hier«, sagte er und lächelte voller Besitzerstolz. »Ihr Mann war Schenkenwirt in Kisch. Ich habe ihm hundert Silberschekel für sie gegeben und ihm für fünf Jahre die Steuern erlassen, aber man darf nicht erwarten, daß ein Schenkenwirt zu schätzen weiß, was solch eine Frau wert ist. Die kann dir den Samen auspressen wie ein Mühlstein. Sie heißt Keturah. Bei den Göttern, ich mache sie dir zum Geschenk, einfach nur, weil ich dich so liebe.«

Ich wollte schon ablehnen – Selanas Reaktion, falls ich anfangen sollte, Frauen paarweise zu sammeln wie Streitwagenpferde, die malte ich mir lieber aus, als daß ich sie erlebte –, doch mein Bruder war König, und die Geschenke eines Königs darf man nicht ausschlagen. Außerdem war Assarhaddons Angebot freundlich gemeint, und er gehörte auch nicht zu den Männern, die etwas auf die Einwände meiner Frau gegeben hätten oder gar auf die Idee gekommen wären, daß sie welche haben könnte. Ich wollte seine Gefühle nicht gern verletzten.

»Möglicherweise gefällt ihr der Wechsel nicht«, sagte ich und dachte … ich weiß nicht, was ich dachte.

»Unsinn. Falls dir in der Fremde nichts zugestoßen ist, taugst du recht gut für Keturah. Wie jede kluge Hure schätzt sie einen Mann streng nach dem Inhalt seines Lendentuches ein – mit der Hand. Ha, ha, ha!«

Er bemerkte nicht einmal, daß ich nicht mitlachte. Seine Blicke suchten nur den Weinkrug.

»Keturah, du nichtsnutzige Schlampe«, schrie er und beehrte sie mit einem weiteren Tritt, »hol uns mehr Wein. Und Brot und Käse und etwas gebratenes Lamm mit Hirse. Siehst du denn nicht, daß wir hungrig sind? Beeil dich, oder dein neuer Herr muß denken, daß ich deine Schlamperei satt bin. Geh!«

Eine Stunde später hatten wir den Bauch voll, und der Kopf summte uns vom Wein, während wir draußen im Schatten einer Hofmauer saßen. Assarhaddon wirkte nur noch halb wach.

»Weißt du noch, als wir Knaben im Haus der Krieger waren?« fragte er jählings nach einem langen Schweigen. »Weißt du noch die Nacht, als der alte Tabschar Sin mich als Strafe für eine Prügelei ohne Abendessen auf das Kasernendach geschickt hatte und du für mich Brot und einen Krug Bier entwendet hattest? Weißt du noch, wie betrunken wir in jener Nacht waren, wie wir in unserem Rausch fast vom Dach gefallen wären?«

»Damals waren wir sehr jung«, gab ich zurück, denn ich erinnerte mich. »Nur wenn man sehr jung ist, kann man von einem Krug Bier betrunken werden.«

»Was ist schiefgelaufen, was meinst du? Damals haben wir einander vertraut.«

»Damals waren wir Knaben, Assarhaddon. Jetzt sind wir Männer, und in der Zwischenzeit ist viel geschehen.«

»Ja.« Er seufzte und beugte sich vor, daß seine Arme auf den Knien zu liegen kamen. »Die Götter haben beschlossen, mich zum König zu machen – besser noch, meine Mutter hat das für sie beschlossen – und dann habe ich beschlossen, daß du den Thron von Assur selber haben wolltest.«

»Ja, nur nicht genug.«

»Denn wenn, so wärst du jetzt König, und ich wäre tot.«

»Ja – und diesen Preis, nämlich deinen Tod, wollte ich nicht zahlen.«

»Ja. Ich glaube dir. Niemand wollte mich als König haben.« Assarhaddon richtete sich auf und fuhr sich mit den Händen über das Gesicht, als wachte er nach einer durchzechten Nacht auf. »Unser Vater nicht, das Heer nicht, und ich selber auch nicht. Niemand außer meiner Mutter.«

»Deine Mutter und die unsterblichen Götter.«

»Glaubst du das etwa?«

Er blickte mich irgendwie belustigt und spöttisch an – er, Assarhaddon, der sein Leben lang in entsetzlicher Furcht vor dem Unsichtbaren gelebt hatte. Dieser Blick hätte mir alles sagen müssen.

Doch es gefiel Assur, mir die Wahrheit erst zu offenbaren, als es zu spät war.

»Du glaubst, daß fette Priester den Willen des Gottes aus den Eingeweiden einer Ziege erkennen können?« setzte er hinzu. »Im Ernst, Bruder?«

»Ja. Genauso wie du. Seit tausenden Jahren sind die Könige von Assur so erwählt worden, und wir sind immer noch da, sind immer noch die Herren der Erde. Wir müssen darauf vertrauen, daß die Götter auch dieses Mal weise gewählt haben.«

»Die Götter halten ihre Absichten geheim – oder sie sind einfach nicht so schlau wie meine Mutter. Denk daran, Tiglat, ich habe dich gewarnt.«

Als sich die Sonne dem Zenit näherte, schickte man uns einen Kammerherrn, der den König daran erinnerte, daß seine Minister auf ihn warteten. Assarhaddon warf ihm den leeren Weinkrug an den Kopf und verscheuchte ihn mit einer Reihe von scheußlichen Flüchen.

»Das Land Assur regiert sich nicht selbst«, rief ich ihm ins Gedächtnis, als er wieder zu Atem gekommen war.

»Nein, und läßt sich auch nicht von einem betrunkenen Dummkopf regieren, hättest du hinzufügen können.« Er zuckte die Achseln, als hätte er alle Hoffnungen fahren lassen. »Meine Diener belügen mich und tun, was ihnen beliebt – ich bin Soldat, Tiglat, kein schlammkratzender Schreiber. Steuerrollen sind mir ein Rätsel, und die Ansprachen von fremdländischen Gesandten verknäueln mir Armen das Hirn.«

»Du hast einen *turtanu.* Überlaß ihm diese Dinge.«

»Scha Nabuschu?«

Mein Bruder lachte. Er lachte, bis er sich die Augen wischen mußte.

»Scha Nabuschu?« fuhr er fort, als er sich etwas beruhigt hatte. »Diese leere Melone? Dieser Klumpen ungebrannten Tons? Der hat doch solche Angst vor meiner Mutter, daß er nicht einmal sein Lendentuch lockert, um ohne ihre ausdrückliche Erlaubnis zu pinkeln. Schah Nabuschu? – hast du den schon kennengelernt?«

»Ja, ich habe ihn kennengelernt«, erwiderte ich kalt. »Den hast du mir doch geschickt, um mich vor Khanirabbat des Befehls zu entheben.«

Assarhaddon war diese Erinnerung durchaus nicht peinlich, denn er drehte sich um und blickte mir ins Gesicht, als hätte ich etwas Geistvolles gesagt.

»Ja – stimmt. Das habe ich wohl, wie?«

Einen Augenblick war im Hof kein anderer Laut als das Plätschern des Wassers im Springbrunnen zu hören, neben dem wir zufällig standen. Ich überragte meinen Bruder um Haupteslänge, darum mußte er nach oben fassen, wenn er mir die Hand auf die Schulter legen wollte. Fast schien er mich zu sich hinabzuziehen, schien mir etwas ins Ohr flüstern zu wollen.

»Dann hast du jetzt Gelegenheit, das Kompliment zu erwidern«, murmelte er. Er wirkte unendlich selbstzufrieden. »Geh zu ihm. Nimm ihm Titel und Rang ab. Werde an seiner Statt *turtanu* und regiere im Lande Assur als König, nur nicht dem Namen nach. Laß mir lediglich mein Heer, dann bin ich schon ganz glücklich – endlich von dieser Bürde befreit, erobere ich alles, was es auf dieser Welt noch zu erobern gibt und mache mir einen unsterblichen Namen. Wenn du willst, lassen wir Scha Nabuschu Ziegel für die Stadtmauer machen.«

»Ich diene dir auf jegliche Art, Assarhaddon. Ich nehme wieder den Soldatenmantel und kämpfe in jedem Krieg, in jedem fernen, gottverfluchten Land, du mußt mir nur den Namen nennen. Du brauchst nur zu sagen ›Tu dies‹, und ich tue es. Aber dein *turtanu* werde ich nicht, denn wenn der Gott gewollt hätte, daß ich regiere, dann hätte er mich an deiner Statt zum König gemacht.«

Mein Bruder entzog sich mir so rasch, als hätte sich mein Arm jählings in geschmolzene Bronze verwandelt. Seine Augen loderten – wenn er es gewagt hätte, er hätte mich geschlagen, doch irgendwie wußte ich, daß er es nicht wagen würde.

»Immer dein Stolz!« brüllte er. »Stolz, sonst nichts. Du willst einfach nicht Zweiter sein. Wenn du dem Namen nach nicht König sein kannst, auch wenn ich dir alle Königsgewalt anbiete, dann läßt du dich auch zu nichts anderem herab. In deinen Augen bist du so wunderbar, daß du von keinem Menschen eine Auszeichnung annehmen kannst. Und vor allem nicht von mir!«

Das mochte sogar wahr sein. Was wußte ich schon. Ich wußte nur, daß eine innere Stimme mir nicht erlaubte, Assarhaddons *turtanu* zu werden.

»Ich könnte es dir nämlich befehlen.«

Seine Stimme war jetzt leiser, doch in jedem Wort bebte der Zorn mit.

»Das wirst du nicht tun, Assarhaddon, Bruderherz – auf gar keinen Fall.«

»Nein. Auf gar keinen Fall.«

Er stand unweit von mir und drehte sich um, damit ich sein Gesicht nicht sehen konnte. Daher wußte ich nicht, welche Leidenschaft seine Schultern so beben machte, ob nun Gram oder Wut oder keines von beiden.

»Wenn du willst«, hob ich nach einem schier endlosen Schweigen an, »wenn du willst, gehe ich wieder in die Verbannung. Ich verlasse das Land Assur und kehre nie wieder. Es wird sein, als hätte mich die Erde verschluckt.«

»Das nun auch wieder nicht. Du mußt bei mir bleiben, Tiglat, bis es mit einem von uns zu Ende gegangen ist.«

Und dann drehte er sich um und lächelte von einem Ohr zum anderen, und aller Zorn schien aus seiner Seele gewichen zu sein. Das war kein Lächeln, dem man trauen konnte.

»Wie auch immer, ich kann dich gebrauchen.«

Die Sonne hatte den Zenit überschritten wie ein atemloser, geschlagener Läufer, und auch sie schien froh zu sein, daß sie diesen Morgen hinter sich gebracht hatte. Assarhaddon und ich hatten zuviel Wein getrunken, und bei Hitze macht Wein streitsüchtig. Ich beschloß, in meinen eigenen Palast zurückzugehen und das Gift auszuschwitzen. Ich würde das Dampfbad erst verlassen, wenn meine Haut so weich und runzlig wie Ziegenkäse war.

Selana sah ich vor dem Abendessen nicht mehr. Um die Zeit herum war sie bereits so grimmig wie der Tod.

»Dein neues Spielzeug ist angekommen«, sagte sie, als sie beim Essen mürrisch zu meinen Füßen saß – sie hatte meine Diener fortgescheucht, und allmählich fragte ich mich, für welches Verbrechen ich damit bestraft wurde, daß sie das Brot nicht wie eine Ehefrau mit mir brach, sondern darauf bestand, die Küchenmagd zu spielen. »Mir war das noch gar nicht aufgefallen, aber anscheinend ist ein ganzer Flügel dieses Palastes für die Nebenfrauen meines Gebieters vorgesehen. Da ist Platz für fünfzig, sechzig Frauen. Wahrlich, ihr Edelleute aus dem Osten versteht euch darauf, euch zu vergnügen.«

Zunächst hatte ich keine Ahnung, wovon die Rede war, doch dann fiel mir Keturah ein.

»Sie ist ein Geschenk des Königs, und Geschenke eines Königs schlägt man nicht aus, vor allem dann nicht, wenn man ihn ins Unrecht gesetzt hat.«

Selana lachte kurz und freudlos auf und tat damit ihre Überzeugung kund, daß ich ein schlechter Lügner war.

»Als ob mir das etwas ausmachen würde«, sagte sie, kam auf die Knie und schenkte mir Wein nach. »Mein Gebieter ist jetzt reich und ein Prinz, und nichts verpflichtet ihn, sich nur auf eine Frau zu beschränken.«

»Assarhaddon sammelt Frauen. Für ihn sind sie lediglich ein Gelüst, er liebt alles Neue. Ich bin nicht wie mein Bruder, Selana. Eine Frau zur Zeit ist mir immer genug gewesen.«

Lange sagte sie nichts. Sie wollte mir nicht in die Augen sehen und starrte ins Leere, als ließe sie sich das durch den Kopf gehen. Am Ende war sie anscheinend gewillt, mir zu vergeben.

»Du kannst sie behalten«, erwiderte sie schließlich. »Wie du sagtest, Gebieter, ist es unklug, einen König zu kränken und – wer weiß – vielleicht könnte sie dir später nützlich werden.«

Sie schenkte mir ein rätselhaftes, kleines Lächeln, das deutlicher als alle Worte besagte, es wäre reine Zeitverschwendung, wenn ich weiter nachbohren würde.

»Hat dein Bruder sonst noch etwas Interessantes zu sagen gehabt?«

»Nur daß er sich in seinem ganzen Leben kein zweites Mal von mir trennen will, daher halte ich es für wahrscheinlich, daß wir Sikelia nie wiedersehen werden.«

Ihr Kinn zuckte ein wenig zur Seite, als wollte sie sagen »Was hast denn du dir eingebildet?«

»Hast du das erwartet?«

»Vor einem halben Monat hast du gedacht, dein Bruder würde dich umbringen. Soll ich nun trauern, daß er dich in deinem eigenen Land so hoch erhoben hat?«

Was Selana wohl denken würde, wenn sie wüßte, daß mir Assarhaddon alle Gewalt im Staat angeboten hatte, doch ich hielt es für das Beste, sie dazu nicht zu befragen.

»Auf Sikelia sind wir glücklich gewesen«, sagte ich. »Kein Wunder, daß es dir fehlt.«

»Mein Leben würde mir noch mehr fehlen. Hat er sonst noch etwas gesagt?«

»Ja. In vier Monaten will er gegen Schupria ziehen. Dafür braucht er Ruhe an seinen östlichen Grenzen, wo die Meder und die Skythen letztens auf ein Bündnis hinarbeiten. Solch ein Bündnis kann nur einen Sinn haben. Ich soll in den nördlichen Garnisonen ein Heer zusammenziehen und Frieden erzwingen.«

Schon lange war mir klar, daß meine Frau, obschon kaum mehr als ein Mädchen, einen ausgeprägten Sinn für Politik hatte. Ich sah, wie ihre Augen ein wenig schmaler wurden und wußte, sie begriff, daß nicht alles so war, wie es schien.

»Warum schickt der König dich?« fragte sie.»Warum ausgerechnet dich?«

»Weil ich einst einen langen Krieg gegen die Meder geführt habe. Das ist ein Feind, den ich verstehe.«

»Aber wenn der König an einer Stelle kämpft und du an einer anderen, dann nimmt doch er die Hauptmacht der Soldaten für sich.«

»Ja.«

»Bekommst du genug?«

»Nicht genug, um einen Krieg zu gewinnen, aber vielleicht will Assarhaddon gar nicht, daß ich gewinne. Ich glaube, er wäre nicht sehr traurig, wenn ich versagte. Ich brauche jedoch nur eine sehr kleine Streitmacht, um den Frieden zu sichern.«

»Wieviel Soldaten?«

»Nur einen – mich selbst.«

XXXVI

Heute glaube ich, daß Assarhaddon Angst hatte, meine Anwesenheit in Ninive könnte eine Gefahr für ihn darstellen. Er wollte mich aus dem Weg haben, während er mit dem Hof nach Kalach umzog, wo er zu Lebzeiten unseres Vaters als *marsarru* geherrscht hatte und deshalb beliebt war. Er haßte Ninive und bildete sich ein, ich könnte die Unzufriedenheit dort um mich sammeln. Wie auch immer, der König gab mir sieben Tage, solange durfte ich vor meinem Aufbruch nach Amat zur Nordgarnison noch bleiben.

»Besuche Assarhamats, ehe du aufbrichst«, sagte er. »Sie kränkelt und sehnt sich nach deinem Anblick. Hab ein wenig Mitleid.«

Von jemand anders hätte ich die Aufforderung wohl sonderbar gefunden, da sie doch der Ehemann an den früheren Liebhaber seiner Frau richtete, doch Eifersucht wegen einer Frau zählte nicht zu den Lastern meines Bruders. Er wollte ihr, glaube ich, nur einen Gefallen tun.

Aber ich schüttelte ablehnend den Kopf.

»Tut mir leid, daß es ihr nicht gut geht, aber für uns beide wäre eine solche Begegnung nur schmerzlich. Es ist vorbei.«

Dennoch sah ich sie, wenn auch nur zufällig – wenn es denn Zufall war. Als ich von meiner Begegnung mit Assarhaddon zurückkehrte, führte mich mein Weg durch einen der Privatgärten des Königs. Dort fand ich sie, sie lag auf einem Ruhelager, um sie herum ihre Frauen.

Sie war zwar immer noch schön, doch die Krankheit hatte sie gezeichnet. Ihr Antlitz sah verbraucht aus, wodurch ihre dunklen, leuchtenden Augen um so größer wirkten. Als sie mich erblickte, schien ein sonderbarer Schatten über ihre Züge zu huschen. Sie hatte wohl nicht einmal mehr die Kraft, sich zu erheben. An den Stangen an ihrem Ruhelager merkte ich, daß sie nach draußen getragen werden mußte.

Bei ihrem Anblick schlossen sich Eisenfinger um mein Herz. Ich stand still und wartete, daß sie sprach, doch sie schwieg. Meine eigene Stimme schien in mir erstorben zu sein. Einen Augenblick sah es so aus, als wollte sie sprechen – ihre Lippen schienen sich zu bewegen, doch es kam kein Laut. Wenn sie gesprochen hätte, ich weiß nicht, zu was ich fähig gewesen wäre. Mir blieb nichts anderes, als mich zu verneigen, mich umzudrehen und den Weg, auf dem ich gekommen war, zurückzugehen.

Assarhamat. In den Tagen meiner Verbannung, als ich geglaubt hatte, ich würde sie nie wiedersehen, hatte ich mich zuweilen gefragt, wie das wohl sein würde, wenn ich ihren Anblick noch einmal trinken, ihre Nähe wie einen Segen des Gottes spüren könnte. Würde sie immer noch die Macht über mich haben, oder hatte die Zeit ihr Werk vollbracht? Man sagt doch, die Liebe zu einer Frau verdorrt wie Frühlingsgras.

Und doch war es nicht so. Schon als Knabe hatte ich Assarhamat geliebt, und in jenem Augenblick, als ich sie nach so vielen Jahren wiedersah, wußte ich, daß ich sie lieben würde, solange sie lebte, und selbst noch, wenn sie schon Staub war, solange jedenfalls, wie Odem in mir war. Einst, vor langer Zeit, hatte sie mich verflucht und mir gewünscht, daß meine Liebe zu ihr mich bis zu meinem Tod verfolgen und mich wahnsinnig machen solle. Die Griechen behaupten, daß Liebe an sich Wahnsinn ist, und wenn das stimmt, dann hat sich Assarhamats Fluch erfüllt.

Die Herrin Ischtar, die Göttin der fleischlichen Liebe, die Freudenspenderin, die in Lieblichkeit Gehüllte, sie ist eine Zauberin und kann Wunder bewirken. Als ich Assarhamat erst einmal wiedergesehen hatte, wollte mir schier das Herz brechen, und erst jetzt merkte ich, wie sehr ich mittlerweile Selana liebte. Wie jeder Schuljunge weiß, können zwei Dinge nicht den gleichen Platz beanspruchen; und dennoch verhielt es sich so mit Selana und Assarhamat – ich stellte fest, daß ich jede lieben konnte, als gäbe es in meinem Herzen keinen anderen Gedanken, und doch liebte ich sie beide gleichermaßen.

Diese wenigen Tage in Ninive waren eine Qual, und ich sehnte mich nach dem Frieden des Krieges.

Am Abend vor meinem Aufbruch in den Norden gab der König mir zu Ehren ein Festmahl. Das war wie stets bei derlei Anlässen eine rauhe, soldatische Kurzweil, jeder betrank sich und fing Händel an, und die Huren und Tanzmädchen hatten viel auszustehen. Mir wurde es schnell langweilig und ich ging, so früh es Sitte und Anstand erlaubten. Als ich nach Hause kam, wartete Selana noch auf mich.

»Da du morgen früh aufstehen mußt, habe ich dir einen Kräutertee zubereitet, der macht dir einen klaren Kopf«, sagte sie. »Aber ich sehe schon, du bist gar nicht so betrunken.«

»Ja, ich habe nicht viel getrunken«, erwiderte ich. Warum wirkte sie nur so enttäuscht?

»Hast du endlich das Alter erreicht, in dem Zechgelage nicht mehr vergnüglich sind? Oder war es nur, weil sie dort war?«

Assarhamats Name war nie zwischen uns gefallen, und Selana hatte auch noch nie durchblicken lassen, daß sie von ihrer Existenz wußte, doch das tat ich meiner Frau nicht an, daß ich vorgab, sie nicht zu kennen.

»Nein, sie war nicht da, denn es ist nicht Sitte, daß Damen des Hofes an Festmählern teilnehmen. Die einzigen Frauen dort waren Huren.«

Ich blickte ihr beim Sprechen fest in die Augen und als ich geendet hatte, senkte sie den Blick.

»Ich weiß, daß mein Gebieter nichts getan hat, dessen er sich schämen müßte«, sagte sie schließlich. »Er kann nichts dafür, daß er eine andere liebt – das habe ich schon immer gewußt, doch vor unserer Reise nach hier habe ich gedacht, es wäre eine Ägypterin –, aber ich kann nicht anders, ich bin eben furchtbar eifersüchtig. Trotzdem brauchst du mich nicht so anzusehen.«

»Du hast keinen Grund zur Eifersucht, denn meine Liebe ist dir sicher. Du bist meine Frau, und das wärst du nicht, wenn ich dich nicht liebte. Die Vergangenheit ist tot.«

»Aber die Herrin Assarhamat nicht.«

»Selana, ich möchte nie wieder darüber sprechen.«

Es lag ihr etwas auf der Zunge – zweifellos etwas Hitziges und Trotziges, denn sie war ein leidenschaftliches Geschöpf und groß in Liebe und Haß –, doch ein Instinkt, welcher Frauen Gefahr erkennen läßt, ließ sie die Worte hinunterschlucken, sie hielt den Mund. »Wie mein Gebieter wünscht«, sagte sie, schien aber an ihren Worten zu ersticken.

In jener Nacht nahm ich sie, und sie wiederum gab sich mir völlig. Ich besaß ihre ganze Leidenschaft, ja, selbst noch ihre Seele schien Fleisch geworden zu sein und gehörte mir, daß ich damit nach Belieben verfuhr. Meine Liebe ist vollkommen, schien sie zu sagen, auch wenn deine geteilt ist. Zwei Stunden vor dem Morgengrauen stand ich auf und ging ins Schwitzbad, um mich zu säubern. Ich dachte, Selana schliefe noch, doch als ich in mein Schlafgemach zurückkam, wartete dort das Frühstück, und sie hatte mir schon die Uniform eines *rab shaqe* herausgelegt. Ich zog mich an und aß schweigend. »Wie lange bist du fort?« fragte sie.

»Fünf Monate, vielleicht auch sechs«, war meine Antwort. »Der König will, daß ich zu ihm stoße, sobald ich meinen Auftrag dort ausgeführt habe. Ich bringe die halbe Garnison von Amat nach Schupria hinein und treffe mich dort mit ihm, doch das liegt hoch in den Bergen, und nicht einmal Assarhaddon findet Geschmack an Feldzügen, wenn erst Schnee fällt.«

»Sechs Monate also.« Sie lächelte strahlend glücklich, so als hätte ich ihr größter Wunsch erfüllt. »Dann bist du rechtzeitig zur Geburt unseres Kindes zurück.«

Ich trage in meinem Leib viele Narben aus Schlachten und weiß, wie es ist, wenn man eine große Wunde empfängt, das blendet wie eine Feuerwand, wenn sich einem ein Pfeil oder eine Lanze ins Fleisch bohrt. Diese einfachen Worte, *rechtzeitig zur Geburt unseres Kindes,* trafen mich genauso. Ich brauchte einen Augenblick, bis mir ihr Sinn aufging – *unser Kind?* – und noch länger, bis ich die Sprache wiedergefunden hatte.

»Bist du ganz sicher?«

»Ich bin ganz sicher.« Wieder lächelte sie, doch dieses Mal sah ich Tränen in ihren Augen schimmern. »Ja – ja, ich bin ganz, ganz sicher.«

Bei Tagesanbruch verließ ich die Stadt mit einer Eskorte von zwanzig Soldaten aus der Garnison von Ninive. Der Weg in die Bergprovinz führt durch unwegsames Gelände, da mochten sie sich wohl fragen, was es in diesen nördlichen Bergöden geben konnte, daß ich sie so zur Eile antrieb. Zehn Tage lang erlaubte ich ihnen zwischen Sonnenaufgang und Sonnenuntergang kaum, daß sie vom Pferd stiegen.

Es wir meine erste richtige Reise mit Geist als Reittier, und ich brannte darauf festzustellen, ob er das Durchhaltevermögen eines Kriegspferdes besaß. Ich hätte mich nicht zu sorgen brauchen. Genau wie sein Erzeuger schien er nie müde zu werden.

Wir erreichten Amat gerade vor Mittag des elften Tages, und der *ekalli,* welcher die Wache befehligte – fast noch ein Knabe, dem der Bart noch nicht das Gesicht verdeckte kam flott herausgeritten und rief uns an.

»Wer da, und was wollt ihr?« brüllte er und zügelte sein Pferd so schneidig, wie jemand, der völlig darauf gefaßt ist, daß er sein Schwert gegen unseren ganzen Trupp ziehen muß. Er machte einen ausgezeichneten Eindruck.

»Der Gebieter Tiglat Assur«, gab ich zurück, »Prinz des königlichen Hauses und *rab shaqe* im Heer des Königs, und ich habe geschäftlich mit dem Garnisonskommandeur zu tun.«

»Ti-Ti?« Die erste Silbe meines Namens war nicht mehr als ein Schnalzen. Ich weiß nicht, ob ich in meinem ganzen Leben je wieder so weit aufgerissene Augen gesehen habe.

Er bemühte sich erst gar nicht mehr um Worte, sondern riß sein Pferd herum und galoppierte zum Festungstor zurück, als ob er am hellichten Tage einen Dämon erblickt hätte – vielleicht hatte er das ja auch.

Fünf Minuten später war er zu Fuß wieder da, den Garnisonskommandeur im Schlepptau. Jetzt war es an mir überrascht zu sein, denn der *rab abru,* der mich fast vom Pferd riß, als er mich zur Begrüßung in die Arme schließen wollte, war niemand anders als mein alter Waffengefährte Luschakin.

»Prinz, bist du es wirklich?« rief er, als er die Stimme wiedergefunden hatte. »Dann bist du also nicht tot, und der König hat dich schließlich doch noch gefunden – den Göttern sei Dank!«

Ein Heer ist wie eine Familie, und Männer, welche die Gefahren der Schlacht gemeinsam durchgestanden haben, stehen sich näher als Brüder. Luschakin war in meiner ersten Schlacht mein *ekalli* gewesen und hatte Seite an Seite mit mir gegen die Uquadi, die Babylonier, die Skythen und die Meder gekämpft. Als ich das erste Mal nach Amat gekommen war, um dort als *shaknu* des Nordens den Befehl über die Garnison zu übernehmen, hatte Luschakin zu meiner Leibwache gehört. Weinend fielen wir uns in die Arme.

Dann gingen wir zusammen über den Exerzierplatz, und viele, viele alte Soldaten, die mit mir Krieg gegen die nördlichen Stämme geführt hatten, umdrängten uns. Ich blickte sie an, diese Männer, deren Gesichter ich viele Jahre nicht gesehen hatte, und ihre Namen kamen mir von ganz allein auf die Lippen. Sie hatten mich nicht vergessen, und ich sie auch nicht. Ich war wieder daheim und unter meinesgleichen. Es war ein unbeschreibliches Gefühl.

Als Luschakin und ich an jenem Abend im Garten des Palastes zusammensaßen, da erbrachen wir so manchen Krug gutes Soldatenbier und wurden hübsch betrunken.

»Du täuschst dich in deinem Bruder, Prinz. Niemand hat leiden müssen, weil er unter dir gedient hat. Ja, man hat uns sogar vorgezogen, und viele haben seine Feldzüge im Westen mitgemacht – ich durfte leider nicht mit, mußte die Stämme hier in Schranken halten, und so ist mir viel Spaß entgangen.«

»Dann hörst du sicher gern, daß der König diesen Herbst gegen Schupria ziehen will. In drei Monaten stoßen wir zu ihm.«

»Bist du dazu zurückgekommen, Prinz?« fragte er und ergriff freudig meinen Arm.

»Übernimmst du wieder das Kommando? Oh, das wird ganz wie in alten Zeiten.«

»Ich bin sicher dabei, Luschakin, aber wohl nicht als Befehlshaber des Nordheeres – dazu bin ich nicht hergekommen. Der König möchte, daß ich ihm den Rücken gegen einen Angriff aus dem Osten freihalte. Ich soll die Skythen und Meder befrieden, denn es droht die Gefahr, daß sie sich verbünden.«

Mein alter *ekalli* ließ sich die Sache anscheinend eine Weile durch den Kopf gehen, dann verfinsterte sich seine Miene. Schließlich nahm er einen leeren Bierkrug und schmetterte ihn so heftig auf die Fliesen, daß er zu Staub zu zerbrechen schien.

»Das ist Wahnsinn!« verkündete er hitzig. »Beim letzten Mal haben wir zwei Jahre lang gekämpft, bis die Meder zahnlos waren, und dazu haben wir ein Heer gebraucht, das dreimal so groß war wie die Streitmacht, die ich augenblicklich befehlige, und dazu hatten wir als Verbündeter die Skythen – und du hast doch sicher nicht vergessen, daß es auf Messers Schneide stand. Und jetzt, wo die Skythen sich mit den Medern verbündet haben, sollen wir die gleiche Arbeit in *zwei Monaten* schaffen? Mein Prinz und Herr, das ist ein Narrenstreich!«

»Das weiß ich auch, mein Freund. Und darum führe ich die Garnison von Amat auch nicht in die Steppen des Zagros. Ich würde das Leben deiner Soldaten nur sinnlos aufs Spiel setzen und den Medern vielleicht nur den Vorwand liefern, nach dem sie Ausschau halten.«

»Und – was machst du nun? Wenn der König …«

»Der König befiehlt, daß ich die Stämme befriede – das ist alles. Und das erreiche ich wohl am besten allein.«

Luschakin starrte mich ungläubig an.

»Mein Gebieter Tiglat Assur ist nicht bei Trost«, sagte er am Ende in einem Tonfall, als hätte er eine erstaunliche Entdeckung gemacht. »Ich habe dich viele törichte Dinge tun sehen, Prinz, und immer hat dich dein *sedu,* welches bekanntermaßen mächtig ist, vor deiner eigenen Torheit bewahrt. Aber man soll die Götter nicht zu sehr versuchen. Kein Gedanke daran, daß du dich ohne ein Heer im Rücken in den Zagros wagen kannst, lebendig kommst du da nicht wieder heraus.«

Ich lächelte, schließlich sollte sich Luschakin nicht einbilden, daß ich Angst vor dem Tod hatte.

»Dann ist statt vielen nur einer tot«, sagte ich. »Das *simtu* eines Menschen wird am Tage seiner Geburt niedergeschrieben – dem kann man nicht entgehen. Und der König wird einen Mord an einem königlichen Prinzen nicht ungerächt lassen. Vielleicht wäre es gar nicht so schlecht, wenn unsere endgültige Abrechnung mit den Medern jetzt und nicht erst in vierzig oder sechzig Jahren stattfinden würde.«

Der Befehlshaber der Garnison Amat erbrach noch einen Bierkrug und leerte seinen Inhalt fast auf einen Zug. Dann stellte er den Krug wieder auf die Steinplatten, aber sehr sanft. Ich wußte, jetzt kam etwas Gefährliches.

»Prinz, du weißt, daß ich dem König treu ergeben bin«, hob er an, hielt aber gleichzeitig abwehrend die Hand hoch, damit ich ihn nicht unterbrach. »Alle Offiziere im Heer des Königs verehren ihn, denn der Gott hat ihn erwählt, daß er über das Land Assur herrscht. Trotzdem wird so manches gemunkelt, wenn Männer meinen, daß sie unter Freunden sind – die Wahrheit kommt immer an den Tag. Ich habe mit vielen gesprochen, die auf den Feldzügen deines Bruders unter ihm gedient haben, Offiziere, auf deren Urteil ich etwas gebe, und so halte ich den König zwar für einen fähigen Soldaten, doch sonst nicht gerade für ausnehmend klug. Er denkt, er kann alles mit brutaler Gewalt und seinem störrischen Willen durchsetzen. Er besitzt weder deinen kühlen, klaren Verstand noch deine genialen Einfälle in schwierigen Situationen. Die Meder sind ein verschlagener Feind, gegen den kann er nichts ausrichten. Wenn er vor zehn Jahren den Oberbefehl gehabt hätte, unsere Gebeine lägen jetzt allesamt im hohen Gras, und in Ninive würde Daiaukka regieren.«

»Luschakin, laß dir gesagt sein, das grenzt fast an Hochverrat.«

»Und doch ist es wahr.«

»Dann halte ich es für das Beste, daß alle zum Gott beten, ich möge lebendig aus Medien zurückkehren.«

Als Luschakin merkte, daß ich mir meinen Plan nicht ausreden ließ, bestand er darauf, mich mit einer Streitmacht von dreihundert Mann wenigstens bis zu unserem östlichen Grenzstein zu begleiten.

»Du bist ein großer Narr, Prinz«, sagte er zu mir, als wir neben der Stelle meines Großvaters voneinander schieden. Dieser hatte sie aufgestellt, um die Grenzen seines Reiches zu kennzeichnen und Barbaren vom Eindringen abzuhalten. »Denk noch einmal daran, was die Meder Feinden antun, die das Pech haben, ihnen lebendig in die Hände zu fallen.«

»Daran denke ich dauernd – ich denke an kaum etwas anderes. Dennoch gibt es keinen Weg zurück.«

Ich lächelte vielleicht ein wenig albern, und Luschakin salutierte zum letzten Mal, doch selbst dabei schüttelte er noch angewidert den Kopf.

»Du bist ein Narr, mein Gebieter Tiglat Assur, aber einen Feigling darf dich kein Lebender heißen. Der Gott sei mit dir.«

Er wandte sein Pferd und ritt den Weg zurück, den wir gekommen waren, und mit ihm seine dreihundert Mann Reiterei.

Ich wartete lange Zeit unter dem stirnrunzelnden Abbild des Großen Sargon, bis ich nur noch den Staub sah, den meine fortreitende Leibwache aufwirbelte, alsdann machte ich mich auf den Weg zu den Ausläufern des Zagros und dem Geschick entgegen, das mich in der Wildnis des Ostens bei den Medern erwarten mochte. Zu keiner Zeit bin ich mir so allein vorgekommen.

Außer Geist hatte ich noch ein Packpferd mit Vorräten für einen Monat dabei. Das hier war gutes Jagdgebiet, darum würde ich schon nicht verhungern, nicht einmal nach drei Monaten. Das Risiko lag ganz woanders.

Nach sechs Tagen erreichte ich die Steppe. Die Sonne brannte, und das verdorrte, gelbe Gras ging mir zuweilen bis zur Brust. In der ganzen Zeit sah ich keinen Menschen, doch ich wußte, daß man mich beobachtete. Ab und an bemerkte ich Pferdeäpfel, die nicht mehr als ein paar Stunden alt sein konnten, und außerdem entwickelt ein alter Soldat ein Gespür für derlei. Manchmal fühlte ich ihre Blicke direkt auf mir ruhen.

Der Zagros ist unwirtlich. In den Bergen, welche aus der Ferne nur scharfer Fels und leblos wie die Wüste zu sein scheinen, gibt es Täler, die erstaunlich üppig sind, und tiefe Schluchten, die dem Auge des Fremden verborgen bleiben, wo tausend Mann sich verstecken können, während draußen ein Heer vorbeizieht. Ich hielt mich an die Ebenen, denn in den Bergen fühlte ich mich nicht heimisch, und ich wollte nicht gern in einen Hinterhalt fallen.

Am elften Tage erblickte ich genau um die Mittagszeit auf der Kuppe eines Gebirgsausläufers drei Reiter. Sie waren noch ungefähr eine Stunde entfernt, aber ich konnte sie ohne Schwierigkeiten ausmachen. Sie wollten gesehen werden.

Ich hielt an, und als wäre dieses das Signal, auf das sie gewartet hatten, kamen sie den Hügel herunter auf mich zugeritten. An ihrer Tracht erkannte ich, daß es Meder waren.

Das Gelände war ziemlich offen, und das war ein Segen. Ich stieg ab, und da ich noch nicht wußte, wie Geist mit den Schrecken eines Kampfes fertig würde, band ich die Pferde bei einem schönen Stück Weideland an, wo ihnen keine Gefahr drohte. Ich nahm mein Schwert und einen Köcher mit acht, zehn Speeren und suchte mir einen guten Platz zum Warten aus. Bislang ließen die drei Reiter ihre Pferde noch im Schritt gehen, doch wenn sie angaloppierten, stand der Kampf unmittelbar bevor.

Zunächst blieben sie dicht zusammen, dann ritten sie nebeneinander, und nach und nach zogen sie sich zu einer Linie auseinander. Ein schlechtes Zeichen, denn Reiter müssen bei einem Angriff auf Abstand halten. Ich holte mir einen Speer, prüfte die Bronzespitze mit dem Daumen und versuchte mir einzureden, daß zum Sterben jeder Tag recht sei.

Sie enttäuschten mich nicht. Als sie an die hundert Schritt entfernt waren, legten sie an Tempo zu. Zunächst zog einer das Schwert, dann der andere – ich konnte die Klingen in der Sonne blitzen sehen.

Wer ein Pferd im gestreckten Galopp wenden will, wagt sehr viel, darum könnte ein Reiter in der Schlacht genausogut einen Kometen reiten, so wenig hat er sein Geschick in der Hand. Und so war denn der erste Meder schon tot, noch ehe sein Leichnam zu Boden fiel – ich brauchte nur die Entfernung abzuschätzen, seine Geschwindigkeit einzukalkulieren und zu werfen. Mein Speer flog in hohem Bogen durch die Luft und fiel wie ein Donnerschlag auf ihn herab.

Mein zweiter Wurf war nicht so elegant, ich hatte einfach zu wenig Zeit. Statt des Reiters tötete ich das Pferd, doch das Tier warf ihn im Sterben über den Hals ab, und als er zu Boden ging, stand er nicht wieder auf, vielleicht hatte ihn ja der Fall erledigt. Zeit weiter darüber nachzudenken, blieb mir nicht.

Der letzte Meder hatte mich fast erreicht. Zeit zum Werfen war nicht mehr – ich konnte meinen Speer nur noch dazu gebrauchen, den Hieb seines langen Krummschwertes zu parieren. Von dem Schlag splitterte mein Speer, und die Wucht des Aufpralls warf mich zu Boden, doch wenigstens trug ich den Kopf noch auf den Schultern.

Langsam brachte er sein Pferd zum Stehen. Er drehte sich um und blickte zu mir zurück. Das kam fast einer Beleidigung gleich; er schien wohl zu denken, er hätte alle Zeit der Welt, um mich nach Belieben zu töten. Ich holte zwei weitere Speere aus meinem Köcher, steckte einen mit der Spitze in die Erde, wog den anderen in der Hand und wartete, bis es dem Meder gefiel, einen Fehler zu machen.

Auf einmal griff er an. Vielleicht dachte er, der Abstand wäre zu kurz für einen Wurf, und damit lag er auch nicht ganz falsch. Mir blieb nicht einmal Zeit zum Zielen. Mein Speer flog im niedrigen Bogen und prallte am Schulterblatt seines Pferdes ab, ließ aber eine häßliche, stark blutende Wunde zurück. Doch das genügte schon. Das Pferd wieherte vor Schmerz und Schreck und blieb stehen. Der Meder schlug unbarmherzig mit der flachen Klinge auf seine Flanke ein, doch das Pferd rührte sich nicht. Im Augenblick jedenfalls hatte es genug von dem Kampf.

»Runter«, sagte ich, und dabei fielen mir nach zehn Jahren die paar Worte Farsi wieder ein, die ich im Krieg gegen dieses Volk gelernt hatte. »Runter und kämpfe oder stirb wie ein Mann.«

Ich zog das Schwert. Der Meder ließ sich die Sache einen Augenblick durch den Kopf gehen, dann lächelte er – warum auch nicht, da sein Schwert gut zwei Handspannen länger war als meines? Er war jung, hatte einen wunderschön gelockten, schwarzen Bart und wußte es nicht besser. Er warf sein Bein über die Kruppe des Pferdes und glitt so sorglos zu Boden, als kletterte er aus dem Bett. Da wußte ich, daß er mir gehörte.

Speer und Bogen sind meine Waffen, darin kommt mir so leicht keiner gleich, doch gemessen am Standard der Kaserne von Ninive bin ich kein guter Schwertkämpfer. Assarhaddon ist ein viel besserer. Aber dieser Meder war nicht Assarhaddon, und näher als zwanzig Tage war er der Kaserne von Ninive noch nie gekommen. Meinetwegen durfte sein Schwert so lang sein, daß er damit die Sterne kitzeln konnte.

Berittene können nur zuschlagen, und das tat er denn auch mit erschreckender Energie. Aber ich brauchte ihm nur auszuweichen und zu warten, bis er so müde war, daß er sich nicht in acht nahm und sich zu weit reckte. Das geschah denn auch recht schnell. Er holte zu weit aus. Ich parierte, drückte seine Waffe noch weiter fort und trat in ihren Bogen. Ein schneller Stoß unter den Brustkasten, und er war nicht mehr. Es blieb ihm nicht einmal Zeit für einen Aufschrei, er merkte seinen Fehler und starb im gleichen Augenblick.

Ich nahm den Rock seiner Tunika und säuberte mein Schwert vom Blut, dann setzte ich mich neben den Toten, um mich einen Augenblick auszuruhen. Sein Gesicht sah ich mir nicht an, ich hatte schon vor langer Zeit erfahren, daß es nichts bringt, wenn man das Gesicht seines toten Feindes betrachtet. In diesem Augenblick hatte ich nur einen Gedanken: Ich hätte sonst etwas für ein paar Schluck Bier gegeben.

Das Pferd des toten Meders graste unweit und schien seine Schulterwunde ganz vergessen zu haben, sie war schon mit Schorf bedeckt und blutete nicht mehr. Ich konnte es unschwer am Zügel ergreifen, und dann kam es willig mit, vorausgesetzt ich ließ es im Schritt gehen.

Der zweite Meder, dessen Pferd tot neben ihm lag, lebte doch noch. Er war durch den Sturz bewußtlos gewesen, doch recht schnell wieder zu sich gekommen und hatte keine Wunde, nur einen gebrochenen Knöchel. Es war ein Knabe, kaum mehr als fünfzehn Lenze alt. Er sah mich mit großen, erschrockenen Augen an – bildete ich mir das nur ein, oder kam mir sein Gesicht irgendwie bekannt vor? Was war damit? Keine Ahnung. Als ich zum ersten Mal in den Krieg zog, war ich auch erst fünfzehn gewesen. Ich merkte, ich brachte es nicht übers Herz, ihn zu töten.

»Ist Khshathrita immer noch *shah* der Meder?« fragte ich, als ich mich neben ihn hockte. »Oder hat sich sein Volk, das so tückisch ist wie die Schlangen, gegen ihn gewandt und seinen Leichnam zum Festschmaus für Krähen gemacht?«

Er gab mir eine Antwort, doch das meiste davon verstand ich nicht, es lief jedoch darauf hinaus daß Khshathrita noch am Leben und Herrscher war.

Ich öffnete die Hand und hielt sie dem jungen Meder direkt vors Gesicht.

»Daran richte ihm aus, daß du einen Mann getroffen hast, welcher als Mal einen Blutstern auf dem Handteller hat.«

Vor zehn Jahren durfte dieser Knabe mit dem Bartflaum noch ein Kind gewesen sein, das seiner Mutter hinterherlief und sich mit der winzigen Hand an ihren Rock klammerte. Und doch begriff er jetzt, wer ich war. Ich konnte es an seinen Augen sehen, in denen ich mehr als nur die Angst vor dem Tod lesen konnte. Anscheinend hatte man mich in den Dörfern des Zagros nicht vergessen.

»Geh jetzt. Nimm dein Leben als Geschenk vom Gebieter Tiglat Assur.«

Ich mußte ihm auf das Pferd seines toten Kameraden helfen, denn mit seinem Knöchel konnte er nicht auftreten. Er ritt davon so schnell es eben ging, warf mir aber immer wieder Blicke über die Schulter zu, als erwartete er, ich würde mich in eine Feuersäule verwandeln.

Ich wußte, die Meder kamen wieder, wenn auch nur, um ihre Toten für eine Bestattung nach ihren barbarischen Riten zu holen, doch mir stand der Sinn nicht auf eine weitere Begegnung. Erst einmal sollte Khshathrita wissen, daß ich in seinem Reich war. Darum verließ ich auf der Stelle den Schauplatz der Schlacht und schlug gegen Sonnenuntergang das Lager auf einem Felsvorsprung in etlichen *beru* Entfernung auf, von wo aus ich alle Fremden sehen konnte, die sich näherten.

An jenem Abend machte ich kein Feuer, doch sehr lange würde ich mich nicht verstecken können, darüber machte ich mir keine Illusionen. Es war jedoch besser, wenn die Gemüter ein paar Tage Zeit hatten, sich zu beruhigen, doch am Ende war ich hierhergekommen, damit man mich fand.

Fünf Tage lang wagte sich niemand in meine Nähe – mir kam sogar das Gefühl abhanden, daß man mich aus der Ferne beobachtete. Ich hätte in dieser weiten Landschaft allein sein können.

Khshathrita hatte ich seit seiner Knabenzeit nicht wiedergesehen, seit jenem Sommer vor beinahe zehn Jahren nicht mehr, als meine Heere ihn als Geisel gefangenhielten, während ich mich von der Wunde erholte, die ich in dem tödlichen Kampf gegen seinen Vater empfangen hatte. Damals waren wir gute Freunde geworden, doch der Knabe war jetzt ein Mann und Führer seines Volkes, und wer auf die Freundschaft von Königen baut, hat Lehm, wo das Hirn sitzen sollte. Ich konnte nur abwarten.

Da ich keine Richtung mehr einschlagen mußte, folgte ich dem Wildbret, und das gab es reichlich. Ich hatte jeden Abend frisches Fleisch zu essen, und am Morgen nagte ich die schwärzlichen Reste an den Knochen ab, dazu ein wenig gekochte Hirse, das reichte mir als Frühstück allemal. Die Nächte waren warm, und ich schlief gut. Es war ein sattes Leben, an dem mich nur der Gedanke störte, daß es mir durch die Nachsicht meiner Feinde ermöglicht wurde.

Würden sie eines Nachts herabstoßen, hundert Mann stark, und mich im Schlaf abschlachten? Würden sie mich lebend gefangennehmen, mich aufspießen und mir die Haut abziehen? Luschakin hatte recht, die Meder verfahren grausam mit ihren Gefangenen. Falls es soweit kommen sollte, dann wollte ich lieber durch eigene Hand sterben, als mich gefangennehmen lassen.

Doch mit der Zeit stumpft selbst die Furcht ab. Nach dem zweiten Tag dachte ich nicht mehr an den Tod. Ich befreite meinen Kopf von allem und genoß so etwas wie Frieden.

Ich dachte an Selana und das Kind, welches sie in ihrem Schoß trug – wer weiß, vielleicht war es ein Sohn, der nach dem Tode seines Vaters geboren wurde. Ein Sohn bedeutet Unsterblichkeit, soweit ein Sterblicher überhaupt unsterblich sein kann.

Ich dachte an Assarhamat, die mir einen Sohn geschenkt hatte, ein Kind, das in sündhafter Liebe empfangen worden war, eines, das ich nie als mein eigen anerkennen konnte.

Ich dachte an das Kind welches Nodjmanefer nicht hatte austragen können, und das Herz gefror mir. Gut, daß Enkidu in Ninive geblieben war und meine Familie hütete, denn die Welt war ein schlimmer und unsicherer Ort.

Am Ende des sechsten Tages sah ich gegen Sonnenuntergang einen einsamen Reiter über die grasbewachsene Steppe auf mich zukommen. Sein Gesicht konnte ich nicht sehen, da er es bis zu den Augen mit dem Ende seines Turbans verdeckte, so wie es in jenem Teil der Welt Sitte ist. Der Staub dort kann furchtbar sein. Gekleidet wie ein Meder war er jedoch nicht. Er hatte einen Bogen auf dem Rücken und einen Köcher mit Pfeilen. Als er näherkam, sah ich in seinem Gürtel einen kurzen Krummdolch.

Schließlich trennten uns nur noch zwanzig Schritt. Er zügelte sein Pferd, und daran, wie seine Augen zu Schlitzen wurden – Katzenaugen – merkte ich, daß er lächelte.

Dann ließ er das Tuch fallen, welches sein Gesicht verdeckte, und da erkannte ich ihn.

»Bruder!« rief er auf Aramäisch, »bin ich mehr gealtert als du, daß du mich so anstarren mußt? Ich bin es, Tabiti, der Sohn Argimpasas, der Häuptling der Saken unter den Skoloti.«

XXXVII

»Dieser Ahura der Meder ist ein Gott, der nicht viel von Gastlichkeit hält. Jedes Mal, wenn ich den jungen Khshathrita in Ekbatana besuche, muß ich vor den Stadtmauern lagern, weil ich ein Ungläubiger und daher unrein bin. Als wir anfänglich dieses Bündnis planten, habe ich ihm die ältere meiner beiden Töchter als Frau angeboten, und er hat abgelehnt. Na gut, dachte ich, vielleicht ist sie nicht sein Geschmack, und so habe ich ihm auch die Schwester angeboten, und immer noch beharrte er auf seiner Weigerung. Er darf sich wohl nicht damit besudeln, daß er Frauen einer anderen Rasse mit auf seine Schlafmatte nimmt. Es ist doch nicht zu fassen. Was wäre wohl aus der Welt geworden, wenn wir uns alle so angestellt hätten. Der Mann ist ganz eindeutig ein Barbar.«

Wir saßen unter dem hellen Sternenzelt, und Tabiti schürte das Feuer mit der Spitze seines Dolches. Er hatte einen Ziegenschlauch mit *safid atesh* mitgebracht, einen Wein, welchen die Skythen aus Stutenmilch zubereiten – der Name bedeutet soviel wie ›weißer Blitz‹ und ist eine angemessene Beschreibung.

»Dann kann dieses Bündnis nicht lange halten«, meinte ich, doch Tabiti, der immer Praktische, schüttelte den Kopf.

»Es handelt sich nicht um eine Ehe, sondern um Staatskunst, und unsere gegenseitige Abneigung ist kein Hinderungsgrund. Es dient den Interessen meines Volkes, daß ich mich Khshathrita anschließe, wenn er gegen Assarhaddon zieht, denn sonst bekommen wir von der Beute nichts ab. Daß ich ihn nicht liebe, tut nichts zur Sache. Dich liebe ich, Freund Tiglat Assur, als wärst du mein Bruder, und doch würde ich dir augenblicklich die Kehle durchschneiden, wenn ich nicht an jenem Tag am Bohtan einen Eid geschworen hätte. Damals hatten deine Soldaten die Saken besiegt und unser Blut zur Strafe dafür vergossen, daß wir in das Land Assur eingedrungen waren.«

Wenn das nicht ein guter Witz war! Dabei wußte ich, daß er die Wahrheit sagte. Ich mußte lachen.

»Es tut gut, wieder unter Freunden zu sein«, sagte ich und lachte noch mehr.

»Und ich freue mich, dich zu sehen, Gebieter, denn ich hielt dich schon lange für tot, und es ist mir an die Leber gegangen daß du solches durch deinen eigenen König und Bruder erleiden mußtest. Dennoch bekümmert es mich, daß die Skoloti jetzt nicht wie die Wölfe über das Land Assur herfallen können. Schon seit Jahren träume ich davon, seine Städte zu plündern.«

Wir verließen dieses Thema und gedachten wie alle Soldaten vergangener Zeiten. Wir tranken auf die tapferen Männer, seine und meine, welche die Erde mit ihrem Blut getränkt hatten, als wir uns am Bohtan gegenüberstanden. Wir durchlebten noch einmal unseren Krieg gegen die Meder, denn das Andenken an vergangene Schlachten ist süß.

»Ich finde immer noch, es war dumm von dir, daß du Daiaukka nicht sofort umgebracht hast, als du ihn in der Hand hättest«, sagte Tabiti. »So konnte er dich beinahe töten, ich weiß nicht, was in dir vorgeht, Bruder, daß du solche Gefahren auf dich nimmst.«

»Wenn ich auf dich gehört und den Vater hätte erdrosseln lassen, hätte ich vielleicht nicht hierher zurückkehren müssen, um mit dem Sohn Frieden zu schließen.«

Doch der Häuptling der Saken tat das mit einer Handbewegung als blanken Unfug, als Weibergeschwätz ab.

»Daiaukka war ein tapferer Mann und ein großer Führer, doch Führer sind nicht so wichtig wie du denkst, und der Krieg gehört nun einmal zum Leben. Die Meder werden die Assyrer bekämpfen, bis sie über eure Grenzen geströmt sind und euer Land verwüstet haben – oder bis du sie bis auf den letzten Säugling abgeschlachtet hast. Das hängt nicht von uns ab, nicht von dir und nicht von mir und auch nicht von dem ungezogenen Balg Daiaukkas, der sich jetzt ›König der Könige‹ nennt. Das ist der Lauf der Welt.«

»Dann hatte Daiaukka recht: Es endet nie.«

»Nein, es endet nie, und das ist auch gut so« – er puffte mich mit dem Ellenbogen, so als wollte er mir etwas im Vertrauen sagen –, »denn du und ich, wir sind Krieger, Gebieter, und wer verdient wohl mehr Mitleid als ein Krieger, welcher weiß, daß er nie wieder in die Schlacht ziehen wird.«

»Woher hast du gewußt, daß ich hier bin, Bruder?«

Ich merkte, völlig traute ich Tabiti immer noch nicht, wenn er in nachdenklicher Stimmung war, denn wenn ein Mann wie er, ein Wilder, der jeden Tag so lebt, als ob es sein letzter wäre, wenn der düster über die Bedeutung der Dinge nachzudenken beginnt, dann ist das für gewöhnlich ein Anzeichen, daß er kein reines Gewissen hat.

Und als er mich dann ansah, wußte ich sofort, daß ich recht hatte. Der rötliche Teint wie gebrannte Ziegel, die schmalen Katzenaugen und die wenigen Bartfusseln um seinen Mund herum machten Tabiti zu einem Menschen, dessen Gesicht keine große Gefühlsskala widerspiegeln konnte, und doch wußte ich, daß er etwas vor mir verbarg.

»Ich war ganz zufällig bei Khshathrita, als sein jüngerer Bruder heimkam«, erwiderte er und stellte damit klar, daß diese Antwort genügen mußte.

»Sein Bruder?«

»Ja sein Bruder. Es war wohlgetan, daß du sein Leben verschont hast, aber in der Klemme sitzt du immer noch, Gebieter. Die beiden Getöteten waren seine Vettern.«

Er machte eine Bewegung mit der Hand, als hinge diese lose vom Handgelenk herab und bewegte sich im Wind.

»Augenblicklich sind die Meder uneins, wer sie führen soll«, fuhr Tabiti fort. »Khshathrita ist der wahre *shah,* aber er ist jung, und er hat einen Onkel, der sich für einen großen Mann hält – du, als Sohn eines Königs, kennst dich mit dergleichen gewißlich aus. Es kann nur auf eine Art enden, denn Khshathrita wird schließlich seinen Onkel doch noch vernichten und alle Macht auf sich vereinen, aber das kann lange dauern. Begreifst du, Gebieter? Dein Leben ist jetzt in Gefahr, weil ein törichter und eitler Mann um seine Söhne trauert und vielleicht die Macht hat, Rache zu fordern.«

»Wo ist Khshathrita jetzt?«

»In einem Dorf ungefähr vier Tage von hier.«

Er deutete in Richtung einer Reihe zerklüfteter Gebirgsausläufer. Ich wußte, welche Art Ort er meinte. Die Meder bauen ihre Dörfer oftmals geradewegs in den Fels hinein wie eine Festung, und nur ein Pfad führt zur Ebene hinunter.

»Ich bin auf dem Weg zurück nach Norden.« Tabiti wandte den Blick ab, als schämte er sich, das einzugestehen. »Ich kann dir in nichts helfen, mein Freund, es ist besser, wenn ich mich heraushalte.«

»Ich verstehe deine Lage. Du mußt an dein Volk denken, und bei Familienfehden ergreift man besser nicht Partei.«

»Weise gesprochen, Bruder. Aber nur Mut, denke ja nicht, daß ich dich vergesse. Kein Bündnis dauert ewig, du kannst also sicher sein, daß ich eines Tages, falls dir die Meder doch noch ans Leben wollen, einen hohen Blutzoll von ihnen fordern werde.«

Tabiti ritt am nächsten Morgen fort. Ich wartete noch zwei Tage, und noch immer störten mich die Meder nicht in meiner Einsamkeit.

Warum? Was hielt sie zurück? Ich war ein alter Feind, war unbefugt in ein Land eingedrungen, das ihrem unversöhnlichen Gott heilig war, und ich hatte letztens zwei Vettern ihres *shah* getötet. Warum zögerten sie, Rache zu nehmen?

Ich meinte, es zu wissen.

Vor zehn Jahren, als ich zum ersten Mal mit einem riesigen Heer hinter mir im Zagros war und die Meder mit Krieg überzog, da hatten ihre Zauberer gesagt, ich wäre der Geist des Großen Sargon, der wieder Fleisch geworden war. Damals hatte es noch viele Meder gegeben, die sich an ihn aus den Tagen seines eigenen Feldzugs in ihren Bergen erinnerten und daß er ihren ersten *shah* gefangengenommen hatte, einen gewissen Ukshatar, Daiaukkas Vater und Khshathritas Großvater, damit er sein Leben als Gefangener Assurs beendete. Sie meinten, eine Ähnlichkeit zu entdecken, und die hatte ihre Herzen mit Furcht und Schrecken erfüllt, denn sie sind ein abergläubisches Volk. Das hatte ich als Waffe benutzt, indem ich meinen Großvater anrief und mein Heer unter dem Zeichen des Blutsterns führte, welcher in der Nacht seines Todes am östlichen Himmel gelodert hatte. Ich schlug die Meder und tötete dann Daiaukka im Einzelkampf. Damit beantwortete ich seine Herausforderung, verlor aber beinahe selbst das Leben, doch die Meder beeindruckte ich nachhaltig. Von jenem Tage an hatte Frieden geherrscht.

Am Abend vor seinem Tod hatte Daiaukka zu seinem Sohn gesagt, mein Sieg könne nur bedeuten, daß ich unter dem Schutz Ahuras lebte, dieses medischen Gottes, der alle Wahrheit und Macht auf sich vereinte. Und so ließ er seinen Sohn schwören, daß es zwischen seinem Volk und meinem keinen Krieg geben solle, solange ich zur Rechten des Königs stehen würde.

Die Meder lügen nicht, nicht einmal ihren Feinden gegenüber. deshalb wäre Khshathrita auch niemals eidbrüchig geworden, wenn ihn nicht meine Verbannung von seinem Eid entbunden hätte. Doch jetzt war ich zurückgekehrt, gleichsam wie der Schatten eines uralten Fluches, und hatte seine Pläne für ein Bündnis mit den Skythen und einen Überfall auf das Land Assur durchkreuzt.

Aber zehn Jahre sind kein Augenblick, und niemand unter den Medern, außer ihrem *shah,* würde sich an den Frieden gebunden fühlen, nur weil ein unreiner Fremdling von den Toten zurückgekehrt war.

Doch sie würden zögern. Sie würden sich an Daiaukkas Los

erinnern. Sie würden sich erinnern, daß der Mann, der ihn getötet hatte, vielleicht eine Art Übermensch war, und sie würden nicht gerade darauf brennen, seinen Zauber auf die Probe zu stellen. Vielleicht waren sie ja froh, wenn ich mich still davonstahl, denn sie hatten Angst – die Tatsache, daß ich immer noch am Leben war, machte ihre Angst verständlich.

Mein Leben und der Erfolg meiner Mission hingen von dieser Angst ab. Hier half nur noch Kühnheit. Wenn die Meder nicht zu mir kamen, so mußte ich mich ihnen aufdrängen!

Mir reichte die Warterei. Ich bestieg Geist und ritt in die Richtung, welche Tabiti mir gezeigt hatte und die zu Khshathritas Hauptquartier führte.

Da war schon wieder dieses Gefühl von völligem Alleinsein und obendrein noch eine kalte, nicht zu unterdrückende Angst, die sich in meinen Gedärmen einnistete wie ein Stück schartiges Eis. Ich war allein in diesem Land, wo ich mir einst die Feindschaft eines besiegten Volkes zugezogen hatte – eines Volkes, das jede meiner Bewegungen überwachen mochte, dessen Zeit für Rache jetzt gekommen war, wenn es sich rächen wollte. Sie waren viele, und ich war allein. Wie sollte ich es nur schaffen, diesen Ort mit dem Fleisch auf den Knochen zu verlassen?

Doch ich hatte mich vor langer Zeit in die Hand meines Gottes gegeben, und bislang hatte er mich vor dem Tod bewahrt. Wenn er mir tatsächlich ein *sedu* gewährt hatte, das über mein Leben wachte, so konnte ich nur beten, daß es mich nicht verlassen hatte.

Am dritten Tage gab es ein furchtbares Gewitter, so wie man sie zuweilen im Gebirge erlebt. Mitten am Nachmittag war der Himmel so schwarz wie die Nacht, wurde jedoch von grausigen Feuerwänden zerrissen, die einen Menschen blind machen konnten. Mich dünkte, der Donner müßte mir den Kopf zerschmettern, denn er brachte sogar den Atem in meiner Nase zum Beben. Es wehte kein Hauch, und die Luft war so trocken wie Sand. Meine Pferde waren völlig verschreckt, aber ich hielt es für geraten, nicht stehenzubleiben, denn ein Pferd reagiert wie ein Mensch und dreht noch schneller durch, wenn es angebunden auf einem Fleck verharren muß.

Ich überquerte die Kuppe eines von einer Reihe niedriger Hügel und erblickte ein Dorf, so wie ich es zu finden erwartet hatte, das sich vor einer Felswand ausbreitete.

Vielleicht bin ich hier schon einmal gewesen, dachte ich. Vielleicht habe ich eine Nacht in einem dieser Steinhäuser verbracht, nachdem die Einwohner vor meinem anrückenden Heer in die Berge geflohen waren. Doch davon gab es zu jener Zeit viele, ich wußte es nicht mehr zu sagen.

Am Fuße des Berges erstreckte sich Grasland. Ich hätte es durchqueren und in einer Stunde in jenem Dorf sein können, doch quer über die Ebene hatten sich Berittene aufgestellt, mindestens fünfzig an der Zahl. Sie schienen auf mich zu warten.

In ihrer Mitte saß Khshathrita auf einem schwarzen Pferd, dem Abbild des wunderbaren Hengstes, den sein Vater an jenem letzten Tage geritten hatte. Noch war er weit von mir entfernt, und ich hatte ihn seit seiner Knabenzeit nicht mehr gesehen, und doch hätte ich ihn aus den übrigen so leicht herausfinden können wie ein Löwenjunges aus einem Wurf kleiner Kätzchen. Schließlich war er Daiaukkas Sohn.

Und genau in diesem Augenblick, als ich zu ihm hinabsah und die Meder erblickte, hörte das Gewitter abrupt auf. Es war gleichsam ein Zeichen der Götter – und hoffentlich legten es Khshathrita und seine Gefolgsleute auch so aus. Der Donner erstarb zum Echo, und ein sanfter Wind fuhr durch das Gras auf der Ebene unter mir. Ich ritt den felsigen Abhang hinunter und dem Schicksal entgegen, wie es der Gott Assur mir zugedacht hatte.

Als uns nicht mehr als vierzig Schritt trennten, zügelte ich Geist und hielt an, um die Gesichter der Männer zu mustern, die sich vor mir wie eine Mauer aufzubauen schienen. Ich stellte fest, daß ich viele von ihnen vom Sehen her kannte; das waren die *parsua,* wie die Meder ihre Stammesführer nennen, welche nach Daiaukkas endgültiger Niederlage vor mir das Knie gebeugt hatten. Die bedeuteten mir nichts, sie hatten schon einmal die Niederlage zu schmecken bekommen und würden es aus eigenem Antrieb niemals wagen, ein zweites Mal die Hand gegen mich zu erheben.

Und dann Khshathrita selbst, jetzt ein junger Mann, vielleicht noch keine zwanzig Lenze, doch bereits in der Haltung jeder Zoll ein König und das Abbild seines Vaters. Man könnte ihn zähmen, doch nie durch Angst, dachte ich. Zu seiner Linken der Jüngling, dessen Leben ich verschont und den Tabiti als den jüngeren Bruder von Khshathrita bezeichnet hatte. Er schlug die Augen nieder, ihm war wohl bewußt, daß er sich schon einmal zum Narren gemacht hatte.

Und zu Khshathritas Rechten saß auf einem Apfelschimmel, der unter seinem Gewicht zu wanken schien, mein wirklicher Feind. Ein Riese von Mann, so groß wie ich selbst, doch breiter gebaut und mit so dicken Fingern, daß die Zügel darin wie Fäden wirkten. Ich erkannte ihn sofort an dem Ausdruck von Haß, der sich unauslöschlich um seine etwas zu eng stehenden Augen eingegraben zu haben schien. Der da war kein kluger Mann – das sah ich auf den ersten Blick –, aber durch seine hirnlose Heftigkeit so gefährlich wie ein Bulle. Es war Arashtua, der *parsua* der Miyaneh und ein jüngerer Bruder von Daiaukka. Und ich hatte vor nicht einmal zwanzig Tagen seine beiden ältesten Söhne erschlagen.

Doch die Angst wich von mir, wie immer in derlei Augenblicken. Das Gute an der Gefahr ist, daß sie einem keine Zeit läßt, sich zu fürchten. Ich konnte diesem Mann ins Gesicht blicken und empfand nichts als eine gewisse Ungeduld, es so oder so endgültig mit ihm auszutragen.

»Dann bist du es wahr und wahrhaftig, Gebieter Tiglat Assur. Ich kann nicht behaupten, daß ich nicht enttäuscht bin.«

Ich mußte Khshathrita Aufmerksamkeit schenken, denn er hatte das Schweigen gebrochen. Ich blickte ihn an und lächelte.

»Ein König muß lernen, weniger offenherzig zu sein«, gab ich zurück. »Doch so bist du immer gewesen, Gebieter *Shah,* selbst schon als Knabe. Dabei kann ich sehen, daß du kein Knabe mehr bist.«

Etwas wie ein Schatten huschte über Khshathritas Gesicht, ich merkte, ihm machte die Unterhaltung keine Freude, da sie im Beisein von so vielen seiner Vasallen stattfand. Ich konnte nur ahnen, was ihn zu diesen Vorkehrungen gezwungen hatte.

»Warum bist zu zurückgekommen Gebieter?« Rasche Blicke nach beiden Seiten, womit er wohl andeuten wollte, daß ich nicht ihm eine zufriedenstellende Antwort geben mußte, daß die Frage, obwohl er sie in Worte gefaßt hatte, schon aus so manchem Munde gekommen war.

Ich gestand mir erneut den Anflug eines Lächelns zu, ehe ich redete, er sollte wissen, daß ich begriff, welche Rolle mir bei diese Vorführung zukam.

»Gebieter Khshathrita, Sohn Daiaukkas, *Shah-ye-Shah* der Meder, ich bin gekommen, um dich an deinen Eid zu erinnern, den du nicht mir, sondern deinem edlen Vater – ewig lebe sein Name – geschworen hast, daß nämlich zwischen deinem Volk und meinem solange Frieden herrschen soll, wie ich als Diener meines Königs lebe. Ich erinnere dich daran, weil es töricht ist, das mächtige Assur erneut herauszufordern und weil ich nicht will, daß das Blut deines Volkes ein zweites Mal an meinen Händen klebt.«

»Oh, du Satansanbeter, du brauchst keine Angst vor mehr Blut an deinen Händen zu haben!« schrie Arashtua, und sein Pferd stampfte mit den Hufen, als trachtete es mir auch nach dem Leben. »Du sollst ein reines Gewissen haben, solange du noch lebst, und das dürfte nicht mehr lange sein!«

Seine Worte erstarben im Schweigen, ihnen folgte ein schlimmer Schwebezustand, so greifbar und wirklich wie alte Narben, die bei einem herannahenden Gewitter schmerzen. Auf den Gesichtern der Meder konnte ich lesen, wie gern sie die hastigen Worte zurückgenommen sahen, wie sie sich vor dem fürchteten, was auf sie zukam, weil sich nichts zurücknehmen ließ.

Tatsache war jedoch, daß ich allein war und sie viele, warum also sollten sie sich fürchten, ich tat es doch auch nicht?

Und dann begriff ich, klar doch: Mir stand nur der Tod bevor, wohingegen ihnen … Ich warf den Kopf zurück und gestattete mir den Luxus eines Lachens.

»Das ist kein Witz, Gebieter«, entfuhr es Khshathrita – er war, glaube ich, nicht zornig, sondern erschrocken. »Du hast zwei von den Söhnen dieses Mannes erschlagen, auch wenn dich keine Schuld an ihrem Tode trifft …«

»Für mich ist er schuldig.« Arashtuas Pferd kam auf mich zugetänzelt, wurde aber zurückgenommen. »Seht nur, er lebt und atmet, während sie auf den Trümmern des Schweigens liegen und Aasgeier ihnen das Fleisch von den Knochen picken. Sie hatten gar keine Chance gegen ihn, genau wie damals der Gebieter Daiaukka, schließlich weiß jedermann, daß er ihm das Leben durch Verrat und faulen Zauber entrissen hat.«

»Mein Zauber lag in der Kraft meines Arms und in der Gunst der lichten Götter!« fuhr ich ihn an. Soll er ruhig sehen, daß ich zornig bin, dachte ich. Mit Selbsterniedrigung ist nichts zu gewinnen. »Auf die Wunde, welche mir Daiaukkas Lanze beigebracht hat, bin ich immer am stolzesten gewesen – kein Zauber hat ihre Spitze zurückgehalten, als sie sich in meine Gedärme bohrte. Daiaukka hatte mich herausgefordert, und ich hatte angenommen, denn Daiaukka war ein edler Mann, den selbst seine Feinde achteten, und es war mir eine Ehre, ihn in ebenbürtigem Kampf zu töten! Aber ich merke schon, ein und dieselbe Generation kann einen Helden und auch einen Narren hervorbringen.«

Arashtuas Hals schien in den Schultern zu versinken. Seine Augen quollen hervor, alle Muskeln seines Leibes verkrampften sich und bebten vor Wut. Wahrscheinlich wäre er augenblicklich auf mich losgegangen, wenn ihm Khshathrita nicht die Hand auf den Arm gelegt und ihn gezügelt hätte.

»Ja, halte deinen Gram und Zorn im Zaum, *Parsua«,* sagte einer der graubärtigen Ältesten zu ihm. »Du hast doch mit eigenen Augen gesehen, daß er nicht als Mensch zu uns gekommen ist, sondern umgeben von einem Feuermantel.« Der Blitz – war es das? Oder hatte mich der Gott mit schützender Hand in eine *melammu* gehüllt?

Ich sollte es nie erfahren. Vielleicht war es auch nicht weiter wichtig, denn ich fühlte mich in der göttlichen Kraft Assurs geborgen. Vielleicht war das genug.

»Es ist mir gleich, und wenn er im Schoße seines unreinen Gottes daherkäme«, schrie Arashtua. »Ich jedenfalls nehme seine Beleidigungen nicht hin, schließlich ist er auch nur ein Mensch, und er hat meine Söhne wie Vieh abgeschlachtet.«

Den hält jetzt nichts mehr zurück, dachte ich, seine Wut hat ihn blind für alles andere gemacht. Und das nicht nur, weil ich seine Söhne getötet habe, sondern aus irgendeinem anderen Grund, den ich nur erraten konnte. Sei's drum. Ich beschloß, mir den Vorteil, den dieser Narr mir bot, zunutze zu machen.

»Wenn sie tot sind, dann kommt die Schuld über dich«, sagte ich, grinste ihn an und zeigte ihm dabei höhnisch die Zähne. »Wer hat sie gesandt, wenn nicht du? Wer sonst würde wohl Knaben in den Kampf gegen jemand schicken, dem er selber nicht gegenüberzutreten wagt?«

Hatte ich richtig vermutet? Fast ins Schwarze getroffen, so schien es, denn Arashtua knurrte voller Haß und schüttelte die Hand seines Neffen ab. Sein Apfelschimmel machte einen Satz nach vorn, während er das lange Krummschwert aus dem Gürtel riß.

Er hatte mich schon fast erreicht, noch ehe ich das Schwert gezogen hatte – mir blieb gerade noch genug Zeit, daß ich seine Klinge mit meiner abfangen und unschädlich machen konnte, während unsere Pferde aufeinanderprallten und uns beinahe abwarfen.

Arashtua riß an den Zügeln und wollte aus meiner Reichweite, doch zuvor bot sich seinem Hengst noch Gelegenheit, Geist in die Kehle zu beißen, gleich unter dem Kiefer, so daß dieser vor Schmerz und Wut laut aufwieherte. Er stieg und schlug mit den Hufen aus, doch sein Feind hatte sich wie der meine schon in Sicherheit gebracht.

»Du unreiner Hund, ich bringe dich um!« Arashtuas Antlitz war finster vor Wut. Aber ich hatte den ersten Angriff überlebt, und das hatte ihn Vorsicht gelehrt. Er hielt die Zügel straff in der Hand. »Ich lasse deine Gedärme auf die Erde rollen, daß sie die Krähen fressen können!«

»Wie ich es mit deinen Söhnen gemacht habe? Die waren schon ganz zerfressen von weibischer Angst, noch ehe sie gestorben sind – an denen dürften die Maden kaum Freude gehabt haben.«

So umkreisten wir uns auf kaum zehn Schritt Entfernung und warfen uns Beleidigungen an den Kopf, während die Meder stumm abwarteten, wer den ersten Fehler machen würde.

Arashtua griff erneut an, und ich wich ihm aus, so daß sein Krummschwert durch die leere Luft pfiff. Er ritt an mir vorbei und riß sein Pferd fluchend herum. Geist zeigte keine Anzeichen von Panik; allmählich bekam ich Zutrauen, daß er durchhalten würde.

»So kämpfe doch, warum kämpfst du nicht? Kämpfe!« Der Apfelschimmel stampfte auf und wirkte so kämpferisch wie sein Herr.

Ich schwenkte das Schwert.

»Du kannst den Tod wohl nicht abwarten? Also gut. Wie du willst. So sollst du ihn finden.«

Ich berührte Geists Flanken mit den Fersen, und er schoß im wilden Galopp vorwärts, so als ob er die Erde unter seinen Hufen verabscheute. Das hatte Arashtua, der nur sich für den Angreifer hielt, nicht erwartet, und ich konnte mir den Vorteil der Überraschung zunutze machen.

Zuweilen geschieht etwas so schnell, daß das Auge nicht folgen kann, und doch scheint es sich mit quälender Klarheit zu entfalten. So war es, als wir aufeinanderprallten ich weiß noch, wie ekelhaft es klang, als Metall auf Metall schlug, wie die Pferde schnaubend nach Atem rangen, wie Arashtua erstaunt aufschrie, als mein Schwert an der Klinge seines Schwertes abglitt, kurz an dessen Knauf hängenblieb, dann auf seine geballte Hand traf, zwei Finger abschnitt und dann die halbe Hand bis ganz aufs Handgelenk.

Das hätte las Ende sein können – für mich jedenfalls war es zu Ende. Ich hatte einfach Glück gehabt, dennoch hätte ich Geist blitzschnell herumreißen, mich auf meinen Gegner stürzen und ihn töten können, während er noch betäubt und hilflos war. Doch ich Tor tat es nicht.

Soll er leben, dachte ich. Der Kampf ist vorbei.

Arashtua sackte einen Augenblick in sich zusammen, fiel fast vom Pferd. Er ließ sich von ihm zu den Medern zurücktragen, und sein Blut strömte über seine Flanken.

»Gib dich geschlagen, Onkel«, hörte ich Khshathrita sagen. »Er hat dich besiegt und doch dein Leben verschont. Laß es gut sein.«

Aber Arashtua starrte mich nur wütend an und wickelte seine verletzte Hand in ein Stück Tuch. Ein Hasenfuß war dieser Mann nicht, das konnte man merken.

»Ich lasse es aber nicht gut sein!« schrie er. Er entriß jemand eine Lanze, nahm sie in die linke Hand und schüttelte die Meder rings um sich ab. »Und ich bringe diesen Ungläubigen um, der noch niedriger ist als ein wildes Tier. Ich dulde es nicht, daß er lebt!«

Ich zog einen Speer aus meinem Köcher – er war nicht so lang, wie eine modische Lanze, doch er würde seinen Dienst tun.

Arashtua griff erneut an. Seine Lanzenspitze ließ sich unschwer abwehren, da er sie unbeholfen handhabte. Mein Speer fuhr unter seiner Deckung hindurch und traf ihn unter dem Brustkasten, riß ein großes Loch und holte ihn vom Pferd. Langsam umkreiste ich ihn, doch er machte keinen Versuch aufzustehen. Dieses Mal war es wirklich sein Ende.

Und dafür würde ich sorgen – ein Feind wie dieser durfte nicht am Leben bleiben und mich noch einmal gefährden. Ich stieg mit dem Schwert in der Hand ab und ging zu ihm, wo er lag. Sein Gesicht war schmerzverzerrt, er hielt sich die Wunde im Bauch, und das Blut strömte ihm über die Hand. Er leistete nicht einmal mehr Widerstand, als ich ihn an seinem langen Haar packte und ihm den Hals durchhacken wollte.

Einen Augenblick später stand ich blutbedeckt auf und hielt den Medern den abgetrennten Kopf hin.

»Und jetzt ist es gut«, sagte ich, und dabei packte mich eine Wut, die ich bis zu diesem Augenblick nicht verspürt hatte. »Ich hätte Erbarmen gezeigt, wie ich auch dem Gebieter Daiaukka Erbarmen gezeigt hätte, doch von mir wollten sie nichts annehmen, und nun sind sie beide tot.

Ich habe gelernt, daß ich ein Narr war. Und nun merket, wie ich das Gelernte zur Anwendung bringe: Sollte ich je den Hufabdruck eines einzigen medischen Pferdes auf dem geheiligten Boden Assurs finden, dann gibt es kein Erbarmen mehr. Ich komme hierher zurück mit Feuer und Schwert, und ich scheide nicht von hier, ehe nicht der Letzte eures Volkes, bis hin zum Säugling, als Leiche in der Sommersonne verwest. Das schwöre ich euch.«

Ich warf Arashtuas Kopf fort, daß er zwischen die Beine der medischen Pferde rollte und sie vor Schreck schnaubten.

»Fort mit euch!« schrie ich. »Geht, ehe der Boden mehr Blut zu trinken bekommt!«

Ich hob mein blutverschmiertes Schwert, und die Meder fuhren zurück, als hätten sie einen Geist erblickt – alle, außer einem.

Khshathrita, Sohn Daiaukkas, *Shah-ye-Shah* der Meder, hob den Arm und befahl Schweigen und Gehorsam.

»So geht denn, meine Brüder«, sagte er, und seine Augen hingen fest an meinem Gesicht. »Ich möchte mit dem Gebieter Tiglat Assur sprechen, und das allein.«

Das Geräusch ihrer Hufe verklang, und nur noch der Wind flüsterte im Gras. Auf der Ebene, welche auf einmal der verlassenste Ort schien, den die Götter je erschaffen hatten, standen Khshathrita und ich uns gegenüber.

Schließlich stieg der Herrscher Mediens mit dem Gehabe eines Menschen vom Pferd, der keine Zweifel kennt, und ging zu der Stelle, wo der Kopf seines Onkels im Staub lag. Er hob ihn mit der Spitze seiner Lanze auf und ließ ihn neben dem Leichnam fallen.

»Freut dich dein Tagwerk so wie mich, Gebieter?«

Er sah mich an, und seine Miene war ausdruckslos – er wirkte leidenschaftslos und zielstrebig, und er gemahnte mich darin unangenehm an seinen Vater.

»Es freut mich, wenn es Frieden bedeutet«, gab ich zurück und überlegte dabei, wieso ich das Gefühl hatte, in eine Falle gegangen zu sein, die dieser Jüngling für mich aufgestellt hatte.

»Es bedeutet Frieden für eine gewisse Zeit, und dann gewißlich Krieg. Die Meder sind noch nicht bereit, daß sie die Macht Assurs herausfordern können, und du hast sie davor bewahrt, diesen Fehler zu begehen.«

Da stand er, säuberte geistesabwesend seine Lanzenspitze im Gras und schien vergessen zu haben, daß ich auch noch da war. Dann sah er auf, runzelte die Stirn und schüttelte den Kopf.

»Mein Onkel war voreilig«, fuhr er fort, »aber in seiner Voreiligkeit hätte er viele mitgerissen. Wer kann sagen, ob er es mir nicht unmöglich gemacht hätte, mein Volk von dem Narrenstück abzuhalten, zu dem er es anführen wollte? Jetzt haben mein Volk und ich Zeit für Vorbereitungen, denn das letzte Hindernis auf meinem Weg zur Macht ist gefallen, und doch habe ich mir die Hände nicht mit Blut befleckt. Du hast dem Ahura einen großen Dienst erwiesen, Gebieter Tiglat Assur.«

Ich hielt immer noch das Schwert in der Hand, mit dem ich Arashtua getötet hatte, und Khshathrita stand nicht mehr als vier, fünf Schritt von mir entfernt. Als Kind hatte ich ihn gemocht, und es würde mir leid getan haben, wenn ich ihn hätte töten müssen …

»Hältst du, was du geschworen hast, Gebieter *Shah,* oder wirst du eidbrüchig?«

Die Frage schien ihn tatsächlich zu überraschen.

»Ich halte meinen Schwur, Gebieter.« Als er mir in die Augen blickte, blinzelte er wie eine Eule, welche die Sonne blendet. »Wie kannst du daran zweifeln? Aber was macht das schon, du bist schon lange dahin, wenn ich bereit zum Zuschlagen bin. Kein König hält es lange aus, jemanden wie dich an seiner Seite zu haben, denn Könige sind eitle Geschöpfe, und die Gunst deines Gottes umstrahlt dich allzu hell. Falls dein Bruder am Leben bleibt, wird er es eines Tages bereuen, daß er dich aus der Verbannung zurückgerufen hat.«

»Falls er am Leben bleibt …?«

Doch der *shah-ye-shah,* der kaum mehr als ein Knabe war, lächelte nur, wohl aus Mitleid mit meiner Einfältigkeit. Was wußte, was ahnte er, das mir verborgen war?

»Sei übrigens bedankt für das Leben meines Bruder«, sagte er. »Er hat niedrig gehandelt, daß er sich seinen Vettern anschloß und gegen dich zog, und zur Strafe weiß er darum. Kehre nun heim, Gebieter Tiglat Assur, der Frieden, den du begehrtest, sei dir gewährt.«

Ich ritt fort und wußte, daß ich ihn nie wiedersehen würde.

XXXVIII

Als ich in jener Nacht unter dem Sternenhimmel lag, da träumte ich von Ninive. Ich sah es, wie ich es schon früher im Traum gesehen hatte – seine Mauern lagen in Schutt und Asche, und der Wind wehte Staub über seine stummen, zerstörten Behausungen. Es war eine tote Stadt, und sogar ihr Name war auf den Lippen der Menschen vergessen.

»Sieh dir Ninive an«, hatte der *maxxu* vor langer, langer Zeit zu mir gesagt. *»Seine Straßen werden Jagdgrund für Füchse sein, und Eulen werden sich ihre Nester im Palast des großen Königs bauen.«*

Und dann erwachte ich, und aller Zweifel war verflogen. Und als ich mir mein Frühstück über einem Feuer aus Zweigen vom Dornbusch zubereitete, sah ich einen Reiter näherkommen. Er war wie ich allein. Es war Tabiti. Wie gut, daß ich Essen für zwei hatte, denn er hatte noch nichts zu sich genommen.

»Auf halbem Weg nach Hause habe ich mich denn doch zu sehr geschämt«, sagte er. »Die Staatskunst macht den Menschen zum Feigling, finde ich. Also bin ich umgekehrt; ich wollte nachsehen, ob dich die Meder umgebracht hatten. Soweit ich sehe, haben sie es nicht getan.«

»Nein – statt dessen habe ich Arashtua getötet.«

»Tatsächlich, bei den Göttern! Zweifellos war Khshathrita erleichtert, obschon du im Laufe der Jahre reiche Ernte unter seiner Verwandtschaft gehalten hast.«

»Was hättest du getan, wenn die Meder mich umgebracht hätten?«

Tabiti hob die Schultern, und seine Augen in dem katzengleichen Gesicht wurden zu Schlitzen, während er verlegen lächelte.

»Ich hätte Khshathrita umgebracht, und dann seine Verwandten mich, und mein ältester Sohn hätte als Häuptling der Saken die Blutfehde gegen die Meder ausgerufen. Wenn man es recht bedenkt, so wäre das gar nicht so übel gewesen, mein Volk hat nämlich schon zu lange Frieden gehabt. Ein paar Jahre Krieg hätten ihm ins Gedächtnis gerufen, daß es eines Skoliti nicht würdig ist, auf der Schlafmatte zu sterben.«

Ich lachte, denn ich wußte, er meinte alles, was er sagte, und dann teilten wir uns den Hirsebrei und die Neige aus meinem Weinschlauch.

»Ich weiß nicht, was jemand an solch einem Gebräu findet«, sagte er, als der Wein ausgetrunken war. »Es schmeckt wie abgestandene Pferdepisse und macht so betrunken, daß man zum Feigling wird.«

»Wohingegen man von *safid atesh* so betrunken werden kann, daß man sich mitten ins Kampfgetümmel stürzt und den Feind nicht einmal wahrnimmt.«

Darüber lachten wir beide, doch auf einmal wurde Tabiti sehr ernst.

»Da du nun durch deinen Friedensschluß mit den Medern meine ganzen Pläne zunichte gemacht hast, werde ich mein Volk zurück in die Steppen westlich des Bebenden Meeres führen«, sagte er und starrte verdrießlich in die restliche Glut meines Lagerfeuers. »Vielleicht beliebt es den Urartern ja, uns ihr Gebiet streitig zu machen, obschon ich da Zweifel hege. Ihr wahnsinniger König Argischti ist, wie du weißt, tot, und sein Bruder, durch dessen Hand er starb, ist ein Hasenfuß. Vielleicht könnten wir ja auch die Leichen der Schuprianer fleddern, wenn dein Bruder sie noch vor diesem Winter mit Krieg überzieht – alle Welt kennt seine Absichten, Gebieter Tiglat, spare dir also die Mühe, mich anzulügen. Wie auch immer, ich muß meine Pläne umstellen, sonst kann ich den Saken keine Abwechslung bieten.«

Er blickte auf und musterte meine Miene mit schmalen Augen und forschendem Blick.

»Wir rühren uns allerdings ein paar Monate nicht vom Fleck, erst muß der Schnee geschmolzen sein, denn die Berge nördlich des Bebenden Meeres sind im Winter trügerisch, und ich habe mein Wort verpfändet, daß ich das Land Assur nicht betrete. Die Steppen nördlich des Bohtan sind gut, dort könnten wir mehrere Jahre bleiben – denk daran, Gebieter, wenn du zufällig wieder einmal einen Zufluchtsort brauchen solltest.«

Zwei Tage lang begleitete mich Tabiti noch, dann schlug er den Weg zum Hauptlager der Skythen am westlichen Ufer des Urmia-Sees ein. Er war ein Barbar und ein unsteter Wanderer und gemessen an zivilisierten Völkern vielleicht nicht mehr als ein gemeiner Dieb, und doch hätte ich ihm mein Leben lieber anvertraut als jedem anderen. Wir schieden als Brüder.

Fünf Stunden nachdem ich an dem von meinem Großvater aufgestellten Grenzstein vorbeigekommen war, stieß ich auf einen Reiter aus Amat.

»Wir haben dich nicht so schnell zurückerwartet, *Rab shaqe«,* sagte er. »Hast du die Meder ganz allein unterworfen.«

Ich lachte wohl eher aus Erleichterung, denn ich konnte an seiner Miene ablesen, daß er mich überhaupt nicht zurückerwartet hatte – das Ausmaß einer Gefahr erkennt man erst richtig, wenn sie schon vorbei ist.

»Mir ist nur ein Mensch gefährlich geworden, und der ist tot. Ein paar Jahre haben wir jetzt keinen Ärger mehr mit den Medern.«

Er war jung, und meine Antwort gefiel ihm ganz ungemein. Er galoppierte davon, denn er brannte darauf, als erster meine glückliche Rückkunft melden zu können.

Am Abend des folgenden Tages begleitete mich dann ein Trupp von zwanzig Mann zur Garnison zurück. Luschakin war persönlich gekommen, um meine Eskorte zu befehligen.

»Du bist schwerer umzubringen als die großen Götter selbst, Prinz. Doch als praktischer Mensch habe ich dir einen Krug Bier mitgebracht, damit du den ganzen fremdländischen Staub hinunterspülen kannst.«

Er reichte ihn mir, und ich erbrach das Siegel mit dem Daumen und trank, als müßte ich vor Durst sterben.

»Siehst du Prinz? Das Bier ist immer noch kalt – so schnell sind wir geritten. Halt! Du könntest ruhig einen Tropfen für mich übriglassen!«

Doch in Amat gab es noch mehr Bier, und die Garnison ließ ihm zur Feier meiner Rückkehr reichlich Gerechtigkeit widerfahren. Zugegebenermaßen nicht nur, weil man mich so liebte – für die meisten hier war ich kaum mehr als ein Name in den

Kasernengeschichten der Nordarmee gewesen. Es bewies eher, wie erleichtert alle waren, daß die Soldaten Assurs nicht schon wieder gegen die Meder in den Krieg ziehen mußten. Und damit hatten sie recht, denn die Leiden dieser furchtbaren Jahre waren ihnen lebhafter im Gedächtnis geblieben als dieser armselige Schatten, der Ruhm des Prinzen Tiglat Assur.

Schupria dagegen war ganz anders gelagert.

»Wir haben auf zwei Feldzügen gegen die Meder gekämpft«, erläuterte mir Luschakin und zog dabei ein verächtliches Gesicht, »und nur wenige Männer haben soviel Beute heimgebracht, daß sie sich davon eine Stunde zwischen den Beinen einer Hure kaufen konnten. Für einen Königssohn mag es genug sein, sich dadurch einen großen Namen zu machen, daß er in die Berge zieht und Banditen erschlägt, und der Gebieter Sanherib hatte zweifellos gute Gründe, daß er Daiaukka niederwerfen wollte, doch für den gemeinen Soldaten, der den ganzen Winter von Garnisonsbrot leben muß und sich weder um Staatskunst noch Ehre schert, für den ist es sinnlos, gegen Menschen zu kämpfen, die genauso arm sind wie er selber. Die Schuprianer jedoch sind verweichlicht und Städter, und meinen Soldaten steht der Frieden bis hier. Sie träumen davon, die wohlriechenden Töchter der reichen Kaufleute zu schänden – und soviel Beute heimzubringen, daß sie sich eine Frau und ein Stück Land kaufen können, wenn sie die Armee verlassen. Sobald sie von diesem Krieg hören, werden sie den Namen des Königs preisen.«

Und so war es. Als ich Nachricht erhielt, daß Assarhaddon bereits ins Feld gezogen war, gab ich den Befehl, daß fünfzehn Kompanien aufbrechen und am Nordufer des Tigris, nur einen Tagesmarsch von Sairt entfernt, zum Hauptheer stoßen sollten. Die Männer, die zurückbleiben mußten, hielten sich für arge Pechvögel.

Am neunundzwanzigsten Tag des Monats Elul verließen wir die Festung Amat und wandten das Antlitz gen Westen. Da war die schlimmste Hitze des Sommers schon vorbei. Bei der Auswahl meiner Offiziere hatte ich gebührend Vorsicht walten lassen, doch im Glied standen viele Grünschnäbel, die noch nicht einmal ein Jahr beim Heer waren und deren Kriegserfahrung sich auf den Exerzierplatz beschränkte. Jetzt sollten sie zum ersten Mal Krieg zu schmecken bekommen. Hoffentlich würde er ihnen nicht zu bitter vorkommen.

Ich ließ sie stramm marschieren, und schon am siebten Tag des Tisri, einem Unglückstag, an dem sogar Soldaten am kalten Lagerfeuer bleiben, hatten wir uns dem Treffpunkt genähert, daß wir schon auf die Späher des Königs gestoßen waren. Am elften Tag erblickten wir die Zelte des Heeres.

»Gut, gut, da bist du ja«, sagte Assarhaddon. »Meine Zauberer haben gesagt, daß du bei den Medern nicht lange verweilen würdest. Das freut mich, denn die Schuprianer, diese Weiber mit einem König, der kaum mehr als ein Taschendieb ist, wollen nicht gegen uns ins Feld ziehen. Ich hatte schon Angst, du würdest die ganze Kurzweil verpassen.«

Er war allein mit seinem Streitwagen gekommen und hatte seine Pferde mit der Peitsche angetrieben, bis sie schweißbedeckt waren. Er griff nach mir und hob mich neben sich, und dabei lächelte er wie ein Knabe – nie war er so glücklich wie auf einem Feldzug.

»Du nimmst die Zügel. Erzähl mir von den Medern wie groß war die Streitmacht, die du mitgenommen hast?«

»Ich bin allein gegangen.«

»Du bist was?«

Mein Bruder starrte mich so ungläubig an, daß ich lachen mußte. Dann gab ich dem Zugpferd ein wenig die Peitsche, und Assarhaddon fiel beinahe vom Wagen.

»Was hast du …?«

Doch seine Worte gingen in dem Gerumpel der Räder auf dem harten, felsübersäten Gelände unter. Die Pferde, welche die schwere Hand ihres Herrn gewohnt waren, liefen wie die Dämonen, und so ging es weiter, bis ich vor dem Zelt des Königs zum Halten kam.

»Du bist doch nicht etwa wirklich – du konntest doch nicht allein gehen?«

»Laß dir raten, Bruder, geh ein wenig sanfter mit deinen Tieren um, sonst fährst du sie noch zuschanden. Ja, natürlich bin ich allein gegangen. Was hast denn du gedacht?«

»Dann lasse ich meinem ersten Wahrsager die Zunge herausschneiden. Der wollte mir weismachen, er hätte den Geist des alten Schalmaneser beschworen und der hätte gesagt, du würdest mit Feuer und Schwert siegen.«

Auf einmal wurden mir die Eingeweide zu Wasser, denn mir war das Gewitter eingefallen, was genau in dem Augenblick aufhörte, als ich Khshathrita und seine Edlen sah – *»Er ist nicht als Mensch zu uns gekommen, sondern umgeben von einem Feuermantel«*, hatte der alte Meder gesagt. Und Arashtua war durch meine Schwertspitze verblutet. Die Gunst des Gottes war so furchtbar wie der Tod selbst.

»Laß ihn leben, er hat nichts als die Wahrheit gesagt.«

Assarhaddon warf mir einen Blick zu, dann knurrte er Zustimmung. Er machte den Eindruck, als ob er sich mit diesem Thema nicht eingehender zu befassen wünschte.

»Dann schicke ich dich nicht als Unterhändler zu den Schuprianern«, sagte er am Ende, »denn die sind entsetzlich feige und würden dich wahrscheinlich überreden, daß sie sich dir ergeben dürfen. Das wäre ganz und gar nicht in meinem Sinne. Wir marschieren auf Uppume, das ihnen als die uneinnehmbarste Festung gilt, die je von Menschenhand erbaut wurde. Die will ich einnehmen. Ich will an diesen Leuten ein Exempel statuieren.«

Er stieg vom Streitwagen herunter und überreichte seine Peitsche einem Kammerherrn, und die ganze Zeit hatte er diesen unsteten, fragenden Blick. Als er zu mir hochsah, war sein Mund haßerfüllt verzogen. Und doch galt dieser Haß nicht mir.

»Dieser König – ein Räuber sondergleichen – hält nicht nur den Tribut zurück, den er mir schuldet, und schreibt mir beleidigende Briefe, sagt mir, ›er hält es nicht für eine Sünde, wenn er nicht um den Frieden des Königs nachsucht‹, nein, obendrein gewährt er auch noch Verrätern Zuflucht, Männern, die sich wie Diebe aus dem Land Assur gestohlen haben. Ja – an diesen Leuten will ich ein Exempel statuieren, an das man sich erinnern wird, bis die Welt zu Staub ist!«

Und so geschah es.

Uppume ist eine Bergstadt, die Griechen hätten sie eine Akropolis genannt, die auf einem Berggipfel erbaut worden war. Ihre

Mauer bestand aus aufeinandergestapelten, schweren Baumstämmen, die man aneinandergelegt hatte – keine großartige Verteidigungsanlage, wenn man bis dorthin gelangen konnte, doch wer konnte das schon an hohen glatten Felswänden? Das erforderte mehr als ein Tagewerk.

Doch der König, mein Bruder, ließ geradewegs an der Felswand hoch eine große Rampe bauen. Tausende von Männern schafften Steine, große Baumstämme und Körbe voller Erde herbei. Sie arbeiteten alle Tage – alle Tage, außer an den fünf Unglückstagen des Monats, da der König in großer Furcht der Götter lebte –, und mich dünkte, die Rampe wurde mit jedem Tag eine Elle höher, bis sie bald die unmittelbaren Grundfesten der Stadt erreichen würde. Wenn sie auf der Höhe der Mauer war und sie nur noch die leere Luft von der schuprianischen Brustwehr trennte, wollten die Soldaten Assurs eine große Brücke über den Abgrund legen und wie ein regengeschwollener Fluß über eine Schildkröte über die Mauer strömen.

Und als die Schuprianer endlich die drohende Gefahr erkannten, versuchten sie, die Rampe in Brand zu setzen, doch der Gott Assur, der Herr des Schicksals, sprach zu unseren Gunsten, und seine Stimme, welche die Herzen aller Menschen mit Entsetzen schlug, sprach zu uns im wilden Heulen des Windes.

Solch einen Orkan habe ich nie wieder erlebt. Fast hätte er uns umgeblasen, und so mancher von den Soldaten des Königs, den es oben auf der Rampe erwischte, wurde hinuntergeweht und stürzte zu Tode. Keine Wolke war am Himmel, und es fiel kein Regentropfen, nur der beißende Wind heulte, ein Wind, welcher einem die Augen herausreißen konnte, falls man es wagte, sich ihm entgegenzustemmen, ein Wind, der heulte wie eine verlorene Seele in der Dunkelheit. Es war, als wären die Himmel vor Verzweiflung irre geworden.

»Seht nur!« schrie jemand – vielleicht aber kam der Schrei aus hundert Kehlen, denn ich konnte kaum meine eigene Stimme hören – »Seht nur! Die Mauer! Er hat die Mauer in Brand gesetzt!«

Ich wollte meinen Augen nicht trauen. Ein Funkenregen war von der Rampe hinüber zu den hohen Mauern Uppumes geblasen worden, und ihre Brustwehr stand bereits in Flammen. Wie gelähmt sahen wir zu. Es schien nur wie ein Augenblick, und schon war die ganze Mauerfläche ein Flammenmeer, und dann rissen sich die großen Baumstämme langsam voneinander los und fielen nach unten. Vor unseren Augen brach die Befestigung der Stadt in sich zusammen.

Jetzt war den Schuprianern klar, daß sie kämpfen mußten – vielleicht hofften sie, zuschlagen zu können, ehe wir kampfbereit waren –, und so liefen sie über ihre zerstörte Mauer in unsere Schwerter hinein. Sie müssen gewußt haben, daß sie tote Männer waren, denn sie kämpften mit dem Mut der Verzweiflung, aber ihr Heldenmut nutzte nun auch nichts mehr. Wir standen bereit, und die Schlacht war kurz und einseitig.

Um die Morgendämmerung herum war die Ebene übersät mit Toten – kaum ein Mann unter ihnen erlebte die aufgehende Sonne in ihrer Pracht.

Assarhaddon ließ die Leichen einsammeln und wie Trauben an seiner großen Rampe aufhängen, damit die Einwohner von Uppume sehen konnten, daß alles verloren war. Ein ziemlich grausiger Anblick und noch vor Mittag schickte die Stadt Unterhändler, Anhites eigene Söhne, die um Frieden baten.

Sie trugen ein Standbild ihres Königs und Vaters vor sich her, eine Holzfigur, die in Bittgewänder aus Lumpen gehüllt war und die Hände zusammengekettet hatte. Sie baten um sein Leben, doch Assarhaddon verschloß sich ihrem Flehen.

»Der Tod hat zu reiche Ernte gehalten«, sagte er. »Wie kann man einen König verschonen, der das Leben so vieler auf dem Gewissen hat? Öffnet die Stadttore oder kämpft bis zum letzten Mann. Der König von Assur geht auf keine Übergabebedingungen ein.«

Sie nahmen an, da sie gar keine andere Wahl hatten. Die Stadttore wurden aufgeworfen, und Assarhaddon zog mit dem Heer hinter sich ein.

Anhite war bereits durch eigene Hand gestorben – er hatte sich selbst die Kehle durchgeschnitten – und Assarhaddon war so wütend, daß er ihn um den Spaß betrogen hatte, ihn zu töten, daß er Uppume für seine Soldaten freigab, die drei Tage und drei

Nächte lang plünderten, schändeten und mordeten. Assarhaddon ließ den obersten Adel der Stadt hinrichten und stapelte ihre blutigen Köpfe zu einem großen Haufen. Die von seinen Beamten, welche aus dem Land Assur geflohen waren und Zuflucht beim König Anhite gesucht hatten, verloren Augen und Ohren. Man schnitt ihnen die Hände ab, schlitzte ihnen die Nase auf und jagte sie blind und blutend in die Wildnis, wo sie leben oder sterben mochten, wie es dem Gott beliebte.

Und als die Soldaten Assurs fertig waren und es keinen Schluck Wein mehr gab, keine Goldmünze mehr und keine Frau, die nicht geschändet war, ließ sie der König wieder mit der Peitsche zur Ordnung rufen. Die paar Schuprianer, die überlebt hatten, wurden in Arbeitskolonnen eingeteilt und mußten eigenhändig die Reste der Stadtbefestigung schleifen. Es reichte. Fürs erste war Assarhaddons Rachedurst gestillt.

»Das lasse ich alles so zurück«, sagte er. »Dein Freund, der Skoliti, dieser Räuber, der im nächsten Frühling sein Volk hierher führen will, kann damit verfahren, wie es ihm beliebt. Wir brauchen an unserer Nordgrenze einen starken Verbündeten. Vielleicht gebe ich ihm eine meine Töchter zur Frau.«

»Welche von deinen Töchtern magst du am wenigsten? Bei den Skoliti wird eine Frau erdrosselt, wenn ihr Mann gestorben ist, und in seinem Grab beigesetzt.«

Darüber lachte Assarhaddon. Und er schickte Tabiti wirklich eine Tochter, das Kind einer hebräischen Nebenfrau, ein Mädchen, das er vermutlich nicht einmal mit Namen kannte. Die Skythen tun sehr geheim mit ihren Frauen, darum habe ich auch nie herausgefunden, was aus ihr geworden ist.

Am Tage unseres Aufbruchs nach Hause machte ich einen Ausritt und warf einen letzten Blick auf die zerstörte Stadt Uppume. Ob hier einmal wieder jemand wohnen wird, fragte ich mich, oder verschwindet selbst ihr Name?

Und das wird unser Los sein, dachte ich bei mir, als ich den Blick über die geschwärzten Gebäude und die immer noch nicht bestatteten Leichen schweifen ließ, Festschmaus für Krähen, die sich an Aas so vollgefressen hatten, daß sie nicht mehr fliegen konnten. Staub wird über die Asche unserer toten Städte wehen.

Selbst die Gräber unserer Ahnen werden noch geplündert und ihre Gebeine verstreut. Eines Tages wird auch Ninive so aussehen.

Assarhaddon feierte seinen Triumph in Kalach, wohin er mit seiner Hauptstadt umgezogen war, ehe er sich zum Feldzug gegen Schupria aufmachte. Dort hatte er zu Lebzeiten des Gebieters Sanherib als *marsarru* regiert, und die Einwohner, die es immer gern mit Ninive aufgenommen hätten, waren ihm sehr wohlgesonnen – Kalach war womöglich die einzige Stadt im ganzen Lande Assur, von der er behaupten konnte, er würde dort geliebt.

Und so war es denn ein glorreicher Tag, als der König sein siegreiches Heer durch das große Tor führte. Die Kriegstrommeln dröhnten, die Menschen schrien sich heiser, boten den vorbeiziehenden Soldaten Brot und Wein an und warfen Blumen vor die Hufe unserer Pferde. Assarhaddon trug die goldenen Gewänder des Priesterkönigs von Assur, und sogar sein Streitwagen war mit gehämmertem Gold überzogen und glänzte wie die untergehende Sonne. In jener Nacht tobten trunkene Soldaten durch die Straßen, Männer, die drei Monate lang von Hirsekuchen und getrocknetem Ziegenfleisch gelebt hatten, betranken sich von der Beute, die sie den besiegten Schuprianern abgenommen hatten. Es war noch einmal wie die Plünderung von Uppume, nur daß dieses Mal die Huren und Kaufleute die Soldaten ausraubten.

Und auch der König hielt ein Zechgelage. Er bewirtete seine höchsten Offiziere in großer Pracht mit einem Festmahl, bei dem selbst mein Vater vor Erstaunen rot geworden wäre. Assarhaddon hatte hundert Schuprianerinnen mitgenommen, von denen er die zehn, zwanzig Besten als Sklavinnen für seinen Harem behalten wollte. Es gehörte zur Kurzweil dieses Abends, sie auszusuchen, eine Aufgabe, die er seinen Gästen überließ. Und denen stand es frei, sie auszuprobieren, wie es ihnen beliebte. Die Frauen ihrerseits wußten, daß ein Leben unter den Nebenfrauen des Königs das beste Los war, das sie erwarten durften, und dieses Wissen machte sie willfährig und den Männern zu Gefallen, die in Uppume ihre Ehemänner und Väter abgeschlachtet hatten. Es wurde ein kurzweiliger Abend. Assarhaddon hatte sich schon früher an ihnen gesättigt, er lehnte sich jetzt zurück, trank Würzwein und lachte.

Ich ging früh, sobald ich sicher war, daß der König zu betrunken war, um es zu bemerken. Zum ersten Mal, daß mich Assarhaddon aus den Augen ließ, da wollte ich meine Frau aufsuchen. Ich war nicht einmal sicher, ob sie in der Stadt war.

In Kalach besaß ich ein Haus. Mein Vater hatte den Ort verabscheut, ihn nie anders als »Kalach, dieses Hundeloch« bezeichnet und ihn nie wieder betreten, als Assarhaddon, welchen er verachtete, von dem Gott zu seinem Nachfolger bestimmt worden war. Doch ich hatte dort einen Besitz von meinem Onkel, dem Fürsten Sinahiusur geerbt, dem *turtanu* des alten Königs, welcher ohne Söhne gestorben war und mich zum Erben eingesetzt hatte. Dort durfte Selana sein, wenn sie nicht immer noch in Ninive war – schwierig war nur, daß ich das Haus nie gesehen und keine Ahnung hatte, wo es zu finden sein mochte.

Dieses Problem löste sich fast auf der Stelle. Assarhaddons Festsaal ging auf einen in der Mitte gelegenen Hof. Ich blickte mich um und sah, daß die Dunkelheit von Lichtstrahlen durchbrochen wurde, welche aus einem Netz von fackelerleuchteten Fluren fielen, die sich zu jeder Ecke des Palastes zogen. Einer davon wurde jählings dunkel, so als ob man ihn durch eine Tür versperrt hätte. Es war aber keine Tür. Es war Enkidu.

Er bedeutete mir, ihm zu folgen und trat zurück auf den Flur. Bald befand ich mich wieder im Freien, doch nicht auf der bevölkerten Straße, wie ich erwartet hatte, sondern auf einem Pfad durch etwas, das wie ein langer Privatgarten wirkte, mit einer Lehmziegelmauer an einer und einem Kanal an der anderen Seite. Nur der Mond leuchtete uns, und außer dem friedlichen Plätschern des Wassers und dem Knirschen unserer Sandalen auf dem kiesbestreuten Weg war kein Laut zu hören.

Enkidu öffnete eine Holztür in der Mauer – er mußte sich bücken, um hindurchtreten zu können – und wir befanden uns in einem weiteren Hof. Als wir das Haus betraten, verneigten sich

Diener vor mir als ihrem Herrn, die ich noch nie im Leben gesehen hatte.

»Wo ist die Herrin Selana?« fragte ich.

»Hier ist sie.«

Ich drehte mich um und erblickte sie. Sie lächelte, und ich sah, daß der Leib unter ihrer Tunika schon so rund wie eine Melone war. Unser Kind – das hatte ich fast vergessen gehabt. Etwas in meiner Brust wollte schmelzen, und Tränen stiegen mir in die Augen. Sie lief in meine Arme. Ich umfing sie hungrig, und sie bedeckte mein Gesicht mit Küssen.

»Geht es dir gut?« fragte ich.

Wieder lächelte sie, dieses Mal jedoch eine Spur boshaft. »Ja, mein Gebieter, mir geht es sehr gut. Und ich zerbreche auch nicht, wenn du mich berührst.«

Es war ein seltsam Ding, eine Frau zu nehmen, die groß von meinem Kinde war. Sehr leidenschaftlich war es und gleichzeitig so zärtlich, daß es mir Krallen ins Herz schlug und mir fast die Mannheit raubte. Vielleicht machte das nur meine lange Abwesenheit, doch ich glaube nicht. Ich spürte, wir waren wirklich ein Fleisch, sie und ich waren so eins, daß ich mit ihren Augen sehen und mit ihren Händen berühren konnte. So entdeckte ich, daß Liebe nicht die Grenze menschlichen Fühlens ist, denn das hier war mehr als Liebe.

»Wann wird …?«

»Im Frühling«, gab sie zurück – sie wirkte eigenartig zuversichtlich, so als hätte sie die Kraft zu allem. »Dein Sohn wird im Frühling geboren. Ich weiß, daß es ein Knabe wird. Des Nachts spüre ich zuweilen, wie er mich tritt.«

Ich ließ meine Hand auf ihrem Bauch gleich unterhalb des Nabels ruhen, aber natürlich tat sich nichts. Ich muß enttäuscht ausgesehen haben, denn sie lachte. »In ein, zwei Monaten kannst du ihn auch fühlen, aber jetzt noch nicht. Jetzt gehört er nur mir.«

In ein, zwei Monaten. Der Frühling kam erst in vier Monaten. Was konnte vorher nicht noch alles fehlschlagen. Es schien eine Ewigkeit.

»Was hat sich während meiner Abwesenheit zugetragen?«

»Sehr wenig – wir sind hierhergezogen.« Selana hob die schmalen Schultern. Sie lag mit dem Rücken zu mir, und die Berührung ihres nackten Fleisches rührte mich tief. »Zunächst habe ich mir Sorgen gemacht, aber als ich erst einmal wußte, daß dir nichts passiert ist, da war ich ruhig und habe geduldig gewartet.«

»Wie hast du das erfahren?«

»Von der Herrin Nakija. Sie scheint alles zu wissen.«

»Sie ist hier? In Kalach?« Ich wollte meinen Ohren nicht trauen.

»Ja – und sie ist sehr nett zu mir gewesen. Aber sie hat so etwas an sich …«

Also hatte Nakija ihrem Sohn wieder einmal getrotzt und war ihm in seine neue Hauptstadt gefolgt. Ob Assarhaddon das wohl schon wußte, oder hatte er es bereits in Schupria gewußt? Was würde er tun? Wahrscheinlich nichts. Was konnte er tun? Was würde er sich trauen?

»Ja. Sie hat so etwas an sich.« Der Becher Wein, den ich auf unsere Schlafmatte mitgenommen hatte, war immer noch nicht ausgetrunken. Ich setzte mich auf und trank einen Schluck. Er schien mir in der Kehle zu brennen.

»Hör gut zu, Selana, und versprich mir etwas. Laß die Herrin Nakija nie zu deiner Freundin werden. Versprich mir beim Leben unseres Sohnes, daß du ihr nie vertraust.«

»Ist sie denn so böse?«

»Ja, sie ist böse. Sie ist so böse, wie du es dir überhaupt nicht vorstellen kannst. Begib dich nie in ihre Gewalt, denn sie kennt kein Erbarmen.«

»Dann will ich ihr auch nicht trauen.«

Sie wandte sich zu mir um, wollte mich zu sich herunterziehen und suchte mit ihren Lippen nach meinen.

»Das hätte ich ohnedies nicht getan«, fuhr sie fort, »denn ich traue keinem von diesen Assyrern – allesamt nichts als Barbaren. Ich vertraue nur dir, mein Gebieter.«

»Aber ich bin auch Assyrer.«

»Nein, bist du nicht. Vielleicht früher einmal, aber jetzt nicht mehr.«

Am nächsten Morgen weckte mich eine Dienerin eine Stunde vor Sonnenaufgang. Sie war derart erregt, daß sie schon fast von Sinnen war, und sagte mir, der König säße draußen im Garten nur mit einem Weinkrug und einer Öllampe und bedächte alle, die sich in seine Nähe wagten, mit Flüchen.

Ich wollte mich selbst davon überzeugen und fand Assarhaddon in seinen Mantel gehüllt auf den nackten Fliesen kauernd, den Weinkrug zwischen den Knien. Die Lampe war ausgegangen, aber ich erkannte auch im Dunkeln, daß er sich eine rasende Wut angetrunken hatte. Ich setzte mich neben ihn.

»Sie ist hier«, sagte er mit leiser, ausdrucksloser Stimme. »Sie ist mir gegen meinen ausdrücklichen Befehl den ganzen Weg von Ninive gefolgt. Ich bin der König, und doch setzt sie sich über meinen Willen hinweg, als wäre ich immer noch ein Kind.«

Mich dünkte, er hätte am liebsten vor Wut geschäumt oder geweint oder beides zugleich, doch es geschah nichts. Er starrte lediglich auf seine Füße, so als hätte er sie noch nie im Leben gesehen.

»Was soll ich tun, Tiglat? Was soll ich nur tun?«

»Komm herein und frühstücke mit mir«, sagte ich. »Trink kalten Granatapfelsaft, bis du wieder einen klaren Kopf hast.«

Ich weiß nicht recht, ob er mich gehört hatte, aber er nickte.

»Ein ausgezeichneter Ratschlag«, sagte er. Ich half ihm auf die Beine, und er klammerte sich an mich, als fürchte er zu fallen.

»Ich habe keinen Freund als dich, Bruder.« Und jetzt weinte er wirklich. »Außer dir kann ich niemandem trauen.«

Zeit zum Antworten blieb mir nicht, denn er knickte jählings vornüber und entleerte seinen Magen in einem Blumenbeet. Es stank säuerlich nach Wein, und Assarhaddons Gesicht war so bleich wie ein Froschbauch. Ich führte ihn ab.

Wir gingen in ein kleines Zimmer, welches von meinem Schlafgemach abging, und Selana brachte uns Brot, Kräuter, kaltes Fleisch und Bier. Nach einem einzigen kühlen, abschätzenden Blick auf meinen Bruder ging sie in die Küche zurück und brachte einen Becher mit etwas, das genauso ekelhaft aussah wie frisches Blut, setzte ihm den vor und ging wortlos.

»Du probierst erst«, sagte er. Er sah angewidert, aber neugierig zu, dann fragte er: »Schmeckt es scheußlich?«

»Ja, ausnehmend scheußlich. Trink trotzdem.«

Er trank und zog ein Gesicht, als wollte er sich wieder übergeben.

»Du hast recht, es schmeckt ausnehmend scheußlich. Und doch geht es mir schon besser – das heißt, wenn ich den Geschmack nicht mehr im Mund habe. Aber das ist vielleicht der Zauber, daß dagegen alle anderen Beschwerden nichtig erscheinen. Wer war die Frau? Verkaufst du sie mir, wenn sie erst einmal ihr Kind geworfen hat?«

»Das ist meine Frau.«

»Ja – das hatte ich ganz vergessen. Aber wenn sie deine Frau ist, warum trägt sie dann keinen Schleier?«

»Das vergißt sie zuweilen.«

»Ach.« Er hob die Schultern, als ginge das über sein Begriffsvermögen. »Vielleicht ist es ganz gut, daß du sie mir nicht verkaufen willst, denn ich habe den Eindruck, sie mag mich nicht.«

»Ihr Vater, der sie geschlagen und als Sklavin verkauft hat, war ein ionischer Schweinebauer. Zweifellos hat sie eine Ähnlichkeit zwischen euch festgestellt.«

Assarhaddon warf den Kopf zurück und lachte. Dann aß er eine Unmenge Brot und trank wortlos fast den ganzen Bierkrug allein aus.

»Was soll ich mit Nakija machen?« fragte er am Ende, lehnte sich zurück und hielt sich den Bauch, als wollte der platzen. »Soll ich sie vergiften lassen?«

»Im Ernst?«

»Ja.« Und dann schüttelte er fast gleichzeitig betrübt den Kopf. »Nur würde es mir nicht gelingen. Für Giftmischer ist sie zu klug. Und sie würde herausfinden, wer das angeordnet hat – sie findet immer alles heraus –, und ich könnte nie wieder einen Becher Wein trinken, ohne zu befürchten, daß Gift in meine Gedärme rinnt.«

»Warum schickst du nicht zwanzig Soldaten zu ihr, die sie unter Bewachung nach Ninive zurückbringen? Sperr sie in deinem alten Palast ein, gib ihr ausreichend Diener zum Schikanieren und laß sie ihre Tage in aller Pracht, aber ohne Macht beschließen. Dann kannst du des Nachts ruhig schlafen.«

»Solange sie lebt, mache ich kein Auge zu.« Und seine Miene machte deutlich, daß er nichts als die Wahrheit sagte. »Sie kennt zuviele Geheimnisse, Tiglat. Wenn ich es zu weit treibe, dann wird sie auf der ganzen Welt Geschichten über mich verbreiten, wie ich … Nein, ich bin erst sicher, wenn sie in ihrer Gruft modert, und da ich ein rührseliger Feigling bin, habe ich nicht den Mut, sie umbringen zu lassen.«

»Dann tu, als ob es sie nicht gibt. Du bist der König, nicht sie – lebe und regiere, als ob es sie nicht gäbe.«

Assarhaddon legte mir die Hand auf die Schulter wie ein Erwachsener, der mit einem unwissenden Kind Mitleid hat.

»Sei froh, daß Merope so eine Seele von Mensch war«, sagte er, »du hast keinen Skorpion zur Mutter gehabt und konntest dir deine Unschuld bewahren. Wie soll ich regieren, als ob es sie nicht gäbe, wenn meine Minister und Diener noch mehr Angst vor ihr haben als ich selbst? Darum kann ich ja auch nur dir vertrauen, Bruder – denn du allein hast nie Angst vor Nakija gehabt.«

»Rede kein dummes Zeug, Bruder. Natürlich habe ich Angst vor Nakija. Wer so schlau ist, daß er bei einem heftigen Regenguß den Mund zumacht, der hat auch Angst vor ihr.«

»Ja – wie man vor einem Skorpion Angst hat, denn der ist böse und ein schlechtes Omen. Aber du weißt nicht, wie das ist, wenn man in den Bann des Bösen gerät. Dich besitzt sie nicht, Bruder.«

Ich verstand, was er damit meinte, denn seit seiner Kinderzeit hatte Assarhaddon in Angst und Schrecken vor seiner Mutter gelebt. Nie hatte er es über sich gebracht, ihr zu trotzen, sie hielt ihn wie ein Netz den Fisch. Und warum das so war, das wußte vielleicht nicht einmal Assarhaddon.

Er trank das letzte Bier aus und ließ den Krug über den Steinfußboden kollern, bis er von selbst zur Ruhe kam.

»Einen Skorpion zertritt man mit der Ferse«, fuhr er fort, und seine Stimme klang hoffnungslos. »Darum haßt dich Nakija, Tiglat. Weil sie weiß, daß nur du allein auf der ganzen Welt sie eines Tages zertreten kannst!«

Wir traten wieder ins Freie, und der König der Vier Enden der Erde hob den Saum seiner Tunika und erleichterte sich an der Mauer meines Hauses. Kalt war es an jenem Morgen, doch Assarhaddon schien das nicht zu bemerken. Er bat um mehr Bier.

»Du bist gestern früh gegangen«, sagte er und erbrach dabei das Siegel des Kruges mit seinem Daumen. »Du hast wohl gedacht, ich bin zu betrunken, um das noch zu merken.«

»Wie ist die Auswahl gelaufen?«

»Ah!«

Er setzte sich auf eine Steinbank, trank einen großen Schluck Bier und reichte mir den Krug. Nakija schien vergessen.

»Weißt du noch, die mit der Warze auf dem Bauch? Die scheint verschwunden zu sein – ich glaube, man hat sie ihr abgerubbelt.«

Das belustigte ihn derart, daß ich ihn am Bart packen mußte, sonst wäre er hintenüber gefallen.

»Die behalte ich. Und die mit den hübschen Brüsten. Und die, die so interessante Sachen mit ihrem Hinterteil macht. Wegen des Restes bin ich mir noch nicht schlüssig.«

»Ich dachte, das sollte alles durch Zuruf geregelt werden.«

»Meine Offiziere sind allesamt Schweine, ohne auch nur die Spur von Unterscheidungsvermögen«, sagte er irgendwie gutartig, aber geringschätzig. »Jeder bejubelte die zwei, drei, die er besprungen hatte, als er noch nüchtern genug dazu war, und tat die übrigen ab. Es ist sogar zu Händeln darüber gekommen. Die ganze Idee war ein Fehlschlag.«

Wieder lachte er und schüttelte den Kopf.

»Weißt du noch, die kleine Braune mit den langen Nippeln? Die behalte ich auch. Hast du sie bestiegen? Nein etwa nicht? Du hast gar keine bestiegen. Es kommt der Tag, da fasse ich es noch als Beleidigung auf, daß du die Gunstbeweise meiner Frauen nicht annimmst, wenn ich sie dir anbiete. Das war nicht immer so. Ich weiß noch recht gut …«

Doch das Andenken daran schien ihm nicht zu gefallen, denn er runzelte die Stirn und schwieg sich aus.

Ob er wohl an Assarhamat dachte?

»Es betrübt mich, daß du mich nicht mehr mit brüderlicher

Liebe liebst«, sagte er schließlich. »Aber ich dürfte das Recht darauf verwirkt haben. Als wir Knaben waren …«

»Als wir Knaben waren, Assarhaddon, da waren wir Knaben. Jetzt sind wir Männer. Aber ich hege keinen Zorn mehr gegen dich, weil du mich verbannt hast.«

Ich setzte mich neben ihn und legte ihm den Arm um die Schultern, schließlich wollte ich ihn nicht kränken. Ich wußte, ich würde ihm nie begreiflich machen können, daß es nicht um Liebe, sondern um Vertrauen ging.

»Ich habe Angst, Tiglat. Und nicht nur vor meiner Mutter. Ich habe keine ruhige Nacht mehr.«

»Ja – ich weiß. Ich erinnere mich an unseren Vater und diesen gehetzten Ausdruck, den seine Augen zuweilen annahmen. Vielleicht gehört es einfach zum Los eines Königs, daß er mit dieser namenlosen Angst leben muß.«

In jenem Winter war es bitterlich kalt. In den Kanälen gefror das Wasser, und der Tigris wurde so kalt, daß er die Farbe von Eisen annahm. Der Schneefall war so hart wie zerstoßener Stein.

Assarhaddon fand keine Ruhe mehr und überließ die Regierungsgeschäfte immer mehr seinen Schreibern, während er auf Jagd ging. Rings um Kalach war offenes Gelände, wo es reichlich Wildschweine gab, und er zog diese Jagd den großen Jagdgesellschaften vor, die wie militärische Expeditionen organisiert wurden und für die man zahllose Treiber und Hundeführer brauchte. An guten Tagen zogen wir beide allein los, manchmal zu Pferd und manchmal mit einem Streitwagen. Zuweilen blieben wir bis zum Dunkelwerden fort, speisten in irgendeiner Bauernhütte, wo die Bäuerin uns gebratenes Ziegenfleisch und Zwiebeln aus einem Eisentopf vorsetzte, und kehrten danach zurück, tranken heißen Wein und trieben die Kälte im Schwitzbad des Königs aus unseren Knochen. Zu solchen Zeiten vergaß sich Assarhaddon zuweilen so weit, daß er glücklich war, aber es war nicht mehr wie damals in unserer Jugend, als wir in einer sorglosen Knabenwelt gelebt hatten, die für uns kein Ende zu haben schien. Ich verstand das, Assarhaddon aber nicht.

Und ich muß gestehen, ich hatte den Kopf auch mit anderen Dingen voll. Ich hatte Assarhamat wiedergesehen.

Nichts in diesem Leben ist unschuldig, obschon ich nicht zu sagen weiß, wem ich mit diesem Besuch im Gedenken alter Tage ein Leid zufügte. Assarhaddon war nur auf sein eigenes Vergnügen aus und in bezug auf Frauen nicht eifersüchtig veranlagt, so daß es ihm nichts ausmachte, wenn seine Frau ihr Herz anderweitig verschenkte. Und Selana wandte sich nach innen und ihrem Kind zu, je näher ihre Zeit heranrückte, und bemerkte kaum, was ich machte. Gelegentlich sah sie es gern, wenn ich bei der einen oder anderen Dienerin lag, da ihre Bürde die Liebe für sie lästig machte. Doch bei Assarhamat ging es nicht um die Sinne, sondern um die Seele, und wenn Selana davon gewußt hätte, es wäre ihr, glaube ich, nicht gleichgültig gewesen. Ich bemühte mich sehr, daß sie nichts davon erfuhr, und mit dieser Heimlichtuerei, wenn sonst wohl auch nicht, tat ich ihr Unrecht.

Es geschah, kaum daß ich aus dem Norden zurück war. Eines Morgens war ich auf dem Weg zu Assarhaddon, um mit ihm auf die Jagd zu gehen, da hielt mich eine Sklavin, eine von Assarhamats Frauen, an.

»Jeden Nachmittag sitzt meine Herrin in der Sonne und wartet«, sagte sie. Mehr nicht, dann drehte sie sich um und rannte fort.

Mehrere Tage unternahm ich nichts. Das ist alles Vergangenheit, redete ich mir ein. Sie und ich, wir waren nicht mehr dieselben wie damals. Was würde geschehen, wenn wir uns wieder trafen? Was konnte für uns beide anderes daraus entstehen als nur Unglück?

Also redete ich mir gut zu, nicht an Assarhamat zu denken und stellte dabei nur fest, daß der Versuch, nicht an sie zu denken, dem Versuch glich, nicht zu atmen. Sie brauchte mich nur daran zu erinnern, daß sie noch lebte, und schon erschien mir die Welt als leere Stätte, so als hätte man mich mitten in einer Wüste ausgesetzt.

Eines Tages befand ich mich kurz nach Mittag endlich in ihrem Garten. Ich wußte kaum, wie ich dorthin geraten war.

»Bin ich so alt und verblüht, daß du mich so anstarren mußt?«

fragte sie. Sie war allein, lag auf einem Ruhelager, und da schossen mir doch tatsächlich die Tränen in die Augen, weil ich sah, was Zeit und Krankheit ihr angetan hatten.

»Du siehst immer noch schön aus – du bist ...«

Aber sie schüttelte den Kopf. »Ich weiß, was ich jetzt bin, Tiglat. Du mußt keine süßen Worte machen. Ich bin eine alte Frau geworden, und das Ende meiner Tage ist nahe.«

»Du bist jünger als ich«, sagte ich. Ich weiß auch nicht, warum ich das sagte, denn selbst von meinen Lippen hörte es sich dumm an.

»Eine Frau altert schneller als ein Mann, und du hast auch nicht neun Kinder zur Welt gebracht. Die haben ihren Tribut gefordert, vor allem das letzte. Meine Ärzte sagen mir, ich soll ins Freie und die kalte Luft einatmen, damit ich wieder gesund werde, aber sie und ich wissen, daß alle Hoffnung vergebens ist. Ich blute mich zu Tode, Tiglat, aber langsam, so daß ich es wohl noch ein weiteres Jahr mache. Setz dich neben mich – bitte.« Ich setzte mich neben sie auf das Ruhelager, und sie legte mir die Hand auf den Arm. Ihre Berührung war federleicht, so als wäre sie schon von ihrem sterbenden Fleisch erlöst. Eine ganze Weile sagte keiner von uns ein Wort.

»Hast du unseren Sohn gesehen?« fragte sie am Ende, ich glaube, nur, um das Schweigen zu brechen.

»Nein.«

»Dann enthalten sie ihn dir vor, unseren kleinen Assurbanipal. Das überrascht mich nicht, denn es ist ein großes Geheimnis, daß er nicht Assarhaddons Sohn ist – nur du und ich und Assarhaddon und Nakija und der ganze Hof und die ganze Nation wissen darum.« Sie lachte freudlos, und der Griff ihrer Finger um meinen Arm wurde fester. »So ist das also mit einem Geheimnis, es ist etwas, das alle Welt weiß, wovon man aber nicht spricht, es sei denn ganz privat. Ich habe jedoch Mitleid mit Assarhaddon, denn es bekümmert ihn, daß der Gott deinen Sohn seinem eigenen vorzieht.«

Vielleicht sah sie etwas in meinem Gesicht, denn ihre Augen wurden schmal.

»Du glaubst mir nicht?« fragte sie etwas verächtlich. »Du

zweifelst, daß ich Mitleid für Assarhaddon verspüre? Ich habe wirklich Mitleid mit ihm, denn ich habe ihm Unrecht getan. Du und ich, wir haben ihm beide Unrecht getan, obschon er es kaum merkt. Wir haben Söhne gemacht, wie wir es dem Gott schuldeten, und er hat daran genauso wenig Freude gehabt wie ich, aber mit den Jahren sind wir dann doch trotz allem Freunde geworden.

Weißt du auch wie? Ich will es dir sagen, Tiglat, auch wenn ich dein Herz damit beschwere. Nachdem er dich fortgeschickt hatte, ging ihm auf, wie sehr du ihm fehltest, und da hat er sich mir zugewandt, weil ich die einzige war, die das Ausmaß seines Verlustes ermessen konnte.«

Ich weiß nicht zu beschreiben, welche Wirkung ihre Worte auf mich ausübten. Mir war auf einmal, als hätte ich die ganze Zeit überhaupt nicht begriffen, als wäre mein ganzes Leben nichts als ein selbstsüchtiger Traum gewesen. Assarhaddon, Assarhamat und ich selbst: Dieses seltsame Ritual von Verrat, in welchem wir uns verfangen hatten. Ich hatte mir eingebildet, ich wäre das einzige Opfer, doch dem war nicht so. Wo waren wir alle vom Weg abgekommen? Wenn Assarhamat mir wirklich hatte wehtun wollen, sie hatte die Waffe gefunden.

»Dann hast du mir immer noch nicht vergeben«, sagte ich. Und als ich die Worte aussprach, da wurden ihre dunklen Augen, in denen sich ein Mann auf ewig verlieren konnte, trübe vor Schmerz, und sie legte mir die Arme um den Hals.

»Ich wollte doch niemals … Nein, Tiglat, Liebster, ich wollte doch niemals …«

Ich drückte sie an mich, und sie weinte, und die alte Liebe zu ihr strömte durch mich hindurch wie das Meer durch die Planken eines sinkenden Schiffes. Und wie ich sie so hielt, da begriff ich, daß sie bald sterben würde, doch daß der Tod weder sie noch mich erlösen würde. Der Tod schien so hilflos wie wir selbst.

Schließlich beruhigte sie sich.

»Man erzählt mir, daß du jetzt eine Frau hast«, flüsterte sie mit einer Stimme, welche die Eifersucht nie gekannt zu haben schien – was galt es ihr noch, daß ich eine andere liebte? Was war diese Liebe schon im Vergleich zu ihrer eigenen?

»Ja, ich habe eine Frau.«

»Und sie erwartet ein Kind?«

»Ja.«

»Und du bist mit dieser Frau glücklich geworden?«

»Ja.«

Die Worte kamen von meinen Lippen, obwohl ich Assarhamat noch in den Armen hielt und sie liebte wie in den Tagen unserer hoffnungsfrohen Jugend, und dennoch log ich nicht. Seltsam sind die Wege der Leidenschaft, noch seltsamer die der Liebe, aber ich brachte es nicht über mich zu lügen. Ich glaube, daß Assarhamat, die alles mit weiblicher Schläue sah und genug gelitten hatte, weise geworden war.

»Ich soll nach Uruk gehen.« Sie wollte mein Gesicht berühren, so als sei die Zeit zum Lebewohl schon gekommen. »Dort bete ich dann zur Göttin Ischtar um Gesundheit – Assarhaddon hat ihren Tempel üppig bedacht und er hofft, sie erweist mir ein wenig Gnade, aber ich fürchte, der Zorn der Götter läßt sich nicht so leicht abwenden.«

»Erzähle mir von Assurbanipal«, sagte ich, denn mir wollte in diesem Augenblick schier das Herz brechen. »Erzähle mir von unserem Sohn.«

Assarhamat lächelte mit den Augen. Ja, natürlich, sie verstand alles.

»Man bildet ihn zum Soldaten aus«, antwortete sie. »Aber ich glaube, er hat für dieses Leben nicht viel übrig. Er ist klug, Tiglat. Wie sein Vater.«

»Wird er einen guten König abgeben?«

Sie schüttelte den Kopf. »Das werde ich nicht erleben. Ich bin nur seine Mutter – das überlasse ich alles dem Gott.«

Die Arme um meinen Hals drückten mich fester.

»Habe ich falsch gehandelt, Tiglat? Ich wollte dich so gern sehen, nur ein einziges Mal noch. Ich habe in meinem Leben soviel Böses getan, daß ich froh bin, wenn es endlich vorbei ist. Habe ich falsch gehandelt, daß ich dich ein letztes Mal hierher gelockt habe?«

Denn natürlich wußte sie genausogut wie ich, daß wir uns nie wiedersehen würden.

Und eines Abends, nur wenige Tage nach dem Akitu-Fest, als der von kalten Fluten angeschwollene Tigris von der Wiedergeburt der Welt kündete, saß ich gerade mit meiner Frau beim Abendessen, da legte sie plötzlich die Hand auf ihren Leib, und ein eigenartiger Ausdruck huschte über ihr Gesicht.

»Ich spüre etwas«, sagte sie. Sie wollte vom Stuhl hoch, und ich sprang hilfreich herzu. »Vor zwei Tagen ist die Blase geplatzt, jetzt geht es also los. Hilf mir zu Bett, Gebieter, mehr ist nicht nötig. Bäuerinnen wie ich gebären ihre Kinder auf dem Feld und lächeln hinterher darüber. Nein, nicht tragen. Es ist, glaube ich, besser, wenn ich gehe.«

Ich schickte eine Dienerin nach der Wehmutter und saß neben Selanas Bett und hielt ihr die Hand – wahrscheinlich eher ein Trost für mich als für sie.

»Mach dir keine Sorgen, Gebieter. Morgen früh ist alles vorbei, ich habe keine Angst. Meine Mutter hat sechs lebendige Kinder, und sie hat nie mehr als ein paar Stunden in den Wehen gelegen.«

Ehrlich, ich mußte über ihre Ruhe staunen. Ich hatte soviel Angst wie vor meiner ersten Schlacht, doch Selana streichelte meine Finger und lächelte. Was ist Mannesmut schon gegen den einer Frau.

Schließlich traf die Wehmutter ein. Da kamen Selanas Wehen schon jede Viertelstunde, doch die Wehmutter befühlte ihren Bauch, war zufrieden mit ihr und schickte mich aus dem Zimmer.

»Hinaus mit dir, Gebieter, das ist Frauensache. Bleib außer Hörweite und trink Wein mit sehr wenig Wasser. Wie wäre es, wenn du heute Nacht eine Nebenfrau auf deine Schlafmatte nehmen würdest, daß sie dir die Sorgen vertreibt? Das Kind wird dir gebracht, sobald es geboren ist.«

Damit war ich entlassen. Ich wartete ein Weilchen im Nebenzimmer und lauschte auf Selanas Schreie. Das war ein Gefühl, als würden mir die Gedärme aus dem Leib gezogen, einzeln, eine Schlinge nach der anderen. Schließlich hielt ich meine Hilflosigkeit nicht länger aus, ging nach draußen und setzte mich in den Garten.

Keturah, die Elamiterin und Geschenk meines Bruders, brachte mir einen Krug Wein und hob die Tunika über den Kopf, um mir die Tröstungen ihres holzrauchfarbenen Fleisches anzubieten – ich glaube, das hatte Selana schon vorher so angeordnet, denn sie war immer sehr um mein Wohlergehen bemüht –, doch schon der Anblick ihrer runden Brüste erfüllte mich mit Entsetzen, ich scheuchte sie fort. Den Wein behielt ich jedoch da.

Als ich eine Stunde später gerade das Siegel eines zweiten Weinkruges erbrach, stellte sich Assarhaddon ein.

»Was treibst du hier draußen?« fragt er. »Du holst dir noch etwas, wenn du dich so im Freien betrinkst. Nachts treiben sich zuviel böse Geister herum.«

»Meine Frau liegt in den Wehen«, sagte ich düster.

»Aha.« Assarhaddon nickte mehrere Male und setzte sich neben mich.

»Was führt dich hierher?«

»Ich bin von einem Festmahl geflohen, das mir meine Minister zu Ehren des urartischen Botschafters aufgezwungen haben. Außerdem wollte ich etwas mit dir besprechen.«

»Und das wäre?«

»Es kann warten – du bist jetzt kaum in der Gemütsverfassung dazu. Willst du mir nichts von deinem Wein abgeben?«

Meine Diener, die schon lange nicht mehr in Ehrfurcht vor Assurs König erstarrten, brachten zwei weitere Krüge mit Wein und ein Kohlebecken, denn es war empfindlich kühl draußen.

»Wann hat es bei ihr angefangen?« fragte Assarhaddon und hielt die Fußsohlen an die glühenden Kohlen.

»Genau beim Abendessen.«

»O je. Dann können wir die ganze Nacht hier draußen zubringen. Warum schleichen wir uns nicht in mein Frauenhaus, nur so zum Zeitvertreib?«

»Weil das Betreten für jeden Mann, außer für den König, Tod bedeutet.«

Assarhaddon dachte kurz darüber nach, dann lachte er. »Wenn du es nicht weitersagst, ich halte auch den Mund«, sagte er und lachte noch lauter.

Ich hatte mittlerweile wahnsinnige Kopfschmerzen und konnte ihn nur anstarren.

»Ist mir nur so durch den Kopf geschossen.«

Dann saßen wir lange schweigend da und reichten den Weinkrug hin und her. Mich dünkte, ich hörte Selana schreien, aber da spielte mir wohl nur meine morbide Phantasie einen Streich.

Warum dauerte es so lange? dachte ich. Wenn der Gott sie am Leben läßt, werde ich sie nie wieder anrühren.

»Mit dergleichen habe ich mich nie abgegeben«, sagte Assarhaddon schließlich – beim Klang seiner Stimme zuckte ich doch tatsächlich zusammen. »Ich kann den Anblick von Frauen mit dicken Bäuchen nicht ausstehen. Immer wenn eine von meinen soweit war, daß man es sehen konnte, habe ich sie irgendwohin bringen lassen. Ich habe davon nie etwas hören wollen, bis das Kind auf der Welt war.«

»Mein Gebieter und König ist bei aller Ehrerbietung ein abstoßend selbstsüchtiges Ungeheuer. Und ein Feigling obendrein.«

»Ja, vermutlich«, sagte er.

In der letzten Stunde vor dem Morgengrauen, wenn die Welt auf ewig zum Stillstand zu kommen scheint, näherte sich uns eine Dienerin und bat uns wortlos ins Haus. Kaum war ich drinnen, da legte sie mir ein Bündel in den Arm. Ich würdigte es kaum eines Blickes.

»Und meine Frau …?«

»Es geht ihr recht gut, Gebieter. Sie schläft jetzt. Das da ist dein Sohn.«

Ich sah ihn an und versank in ein paar großen, dunkelblauen Augen. Genau die Augen meiner Mutter.

»Mein Sohn«, flüsterte ich.

Assarhaddon war unbeachtet hereingeschlendert gekommen und sah sich das Kind an.

»Der sieht wie ein Ionier aus«, sagte er. »Natürlich, ist ja auch kein Wunder.«

»Dann soll er Theseus Assur heißen – der Gott soll sich die Ehre seines Namens mit einem ionischen König teilen.«

»Wer soll denn das aussprechen?«

»Man wird es lernen.«

»Gib ihn mir wieder, Gebieter, ich bringe ihn seiner Mutter

zurück«, sagte die Dienerin. »Hier ist es für ihn zu kalt.«

Ich übergab ihr meinen Sohn, und als sie gegangen war, berührte Assarhaddon meinen Arm.

»Es wäre das Klügste, wenn wir wieder nach draußen gingen und noch einen Krug auf die Gesundheit des kleinen – na-wieheißt-er-noch – aufmachen würden.«

»Theseus Assur.«

»Ja, ganz richtig. Und dann erzähle ich dir alles über meine neuen Pläne zur Eroberung Ägyptens.«

XXXIX

Das Haus der Krieger war die Garnison der *quradu,* der Leibwache des Königs, die seine geheiligte Person in der Schlacht schützte. Sie kämpfte stets in der vordersten Linie und erlitt stets die schwersten Verluste. Sie hatte die besten Soldaten im Heere Assurs, und ich war unendlich stolz darauf, daß ich zu ihr zählte, denn für mich war die Ehre, zur *quradu* zu gehören, größer als die, Prinz zu sein.

Zum Haus der Krieger gehörte ebenso eine königliche Kaserne, wo Knaben aus königlichem Geblüt zu Soldaten erzogen wurden. Mein Bruder und ich hatten beide unsere Jugend auf dem Exerzierplatz von Ninive verbracht, das die Hauptstadt unseres Vaters gewesen war. Assarhaddons Söhne befanden sich hier in Kalach, aber für sie war es nicht anders als damals für uns. Und Klein-Theseus – vorausgesetzt ich fiel keiner Palastintrige zum Opfer – würde sich auch einmal zu seinen königlichen Vettern gesellen und das Kriegshandwerk erlernen.

Mein Sohn hatte bei seinem Eintritt in die Welt lautstark gebrüllt, und die Wehmutter erklärte, er würde so groß wie sein Vater werden und kräftige Gliedmaßen bekommen, wenn er zum Manne heranwuchs. Vielleicht sagte sie das über jedes männliche Kind, dem sie auf die Welt verhalf, aber ich hörte es dennoch gern. Die ersten Tage seines jungen Lebens verbrachte ich soviel Zeit wie möglich im Wochenzimmer und stand jedermann im Wege. Ich hatte ja keine Ahnung gehabt, wie ich dieses Kind lieben würde. Ich sah zu, wie seine Mutter es stillte, und danach durfte ich ihn im Arm halten und spüren, wie seine winzigen Fingerchen sich um meinen Daumen schlossen. Mir graute vor jedem Augenblick, den ich nicht bei ihm sein konnte, denn in seiner Winzigkeit erschien er mir so zerbrechlich, daß ich tausend Ängste um sein Leben ausstand. Und doch lebte er. Selana versicherte mir, daß er gesund und stark sei. Nach und nach schenkte ich ihr Glauben.

Bei der Geburt eines Sohnes fällt einem Mann wieder die eigene Kindheit ein. Erinnerungen an meine Mutter erfüllten mich mit Gram darüber, daß sie während meiner Verbannung gestorben und ich am Ende doch nicht dagewesen war, um ihr die Augen zu schließen. Ich erinnerte mich an Assarhaddon, als noch kein Schatten über unsere Freundschaft gefallen war. Ich erinnerte mich an das Haus der Krieger.

Ich war *rab shaqe* im Heer des Königs, und meine Feldzüge gegen die nördlichen Stämme waren Stoff für Legenden. Niemand durfte mir das Recht verweigern, die Garnison der *quradu* zu betreten. Niemand, außer vielleicht ich selbst.

Als ich den Blick über den Exerzierplatz schweifen ließ, fiel mir sofort seine Andersartigkeit und seine äußerste Vertrautheit auf. Als Knabe hatte ich meine Pferde über solch festgetretene Erde gelenkt und hatte endlos die scharfen Wenden bei vollem Galopp geübt, welche als höchste Kunst des Streitwagenfahrens gelten. Das war alles in Ninive gewesen. Und doch hätte der Jüngling, der an diesem Morgen die Zügel hielt, die Erde zum Beben brachte und Staubwolken hinter seinen Rädern aufwirbelte, ich in seinem Alter sein können. Tatsächlich war es Assurbanipal, der eines Tages *marsarru* sein würde und, wenn Assarhaddon starb, an seiner Stelle König. Er war, falls ich Assarhamats Worten Glauben schenkte, obendrein der Sohn meiner eigenen Lenden.

Ich sah ihm lange Zeit zu. Er war noch ein Knabe, denn der Bartflaum, welcher ihm hier und da im Gesicht sproß, war kaum mehr als Babyhaar, doch er ging mit den Zügeln so geschickt um wie ein Mann.

Seine Mutter hatte gesagt, daß er wenig Geschmack am Soldatenleben fände – das mochte sogar stimmen. Andere sagten, er sei klug, er sammele Tontäfelchen wegen des überlieferten Wissens darauf, er wäre arrogant, er stünde zu sehr unter der Fuchtel seiner Großmutter, der Herrin Nakija. Viele Geschichten, die meisten davon bösartig, ranken sich nicht um einen Knaben, der eines Tages die Welt in Händen halten wird.

»Verzeihung Herr, aber bist du nicht der Gebieter Tiglat Assur?«

Ich blickte mich um und sah einen Jüngling von ungefähr dreizehn hinter mir stehen. Er trug die Uniform eines königlichen Kadetten.

»Das bin ich«, sagte ich.

»Dann bist du der, welcher die Meder zerschlagen, welcher den edlen Daiaukka mit eigener Hand im Einzelkampf getötet hat.«

»Der bin ich auch.«

»Dann bin ich dein Neffe, Herr, denn ich bin Schamasch Schumukin.« Ja, man konnte sehen, er war Assarhaddons Sohn, denn er sah genauso aus wie sein Vater im gleichen Alter, hatte das gleiche offene Gesicht und stand genauso breitbeinig und fest da, daß er so unverrückbar wirkte wie eine Lehmziegelmauer.

Ich streckte ihm die Hand hin, und er nahm sie und schüttelte meinen Arm, als wollte er ihn ausreißen und als Trophäe mit nach Haus nehmen.

»Und du willst also gern Soldat werden?« fragte ich rein aus Höflichkeit, denn die Antwort lag klar auf der Hand.

»Ja, Herr. Ich will *rab shaqe* im Heer des Königs werden und eroberte Nationen unter das Joch Assurs bringen.«

Er sprach mit solcher Inbrunst, daß ich gerührt war, denn mir fiel wieder ein, wie ruhmreich mir der Krieg in jenem Alter erschienen war – als ich ihn noch nicht kannte.

»Und gilt das für alle königlichen Kadetten? Soll die nächste Regierung Schauplatz von viel Gemetzel werden?«

Beide blickten wir zu der Gestalt in dem Streitwagen hin, die ihre Pferde jetzt endlich im Schritt gehen ließ.

»Nicht für Assurbanipal«, verkündete Schamasch Schumukin und sah seinem Bruder mit unverhohlenem Stolz zu. »Der wird

König. Er ist zu klug, um sich viel aus dem Soldatenleben zu machen.«

Wessen Worte waren das, seine eigenen oder Assurbanipals? Und wenn, merkte er den Unterschied nicht?

»Wir haben das unter uns ausgemacht«, fuhr er fort. »Er wird König, und ich sein Schwert.«

»Dann seid ihr also Freunde?«

»Ja, Herr – Freunde und Brüder.«

Bei den Worten lief es mir kalt über den Rücken.

Die ganze Zeit über hatten Assurbanipals Pferde einen großen Kreis im Staub gezogen, doch jetzt hielten sie neben uns an. Der Knabe, den der Gott zum nächsten König von Assur bestimmt hatte, stieg nicht von seinem Streitwagen herunter, das brachte ihm den Vorteil, daß wir zu ihm aufblicken mußten.

»Du bist also der Gebieter Tiglat Assur«, sagte er so kalt, als teilte er mir etwas Neues mit. »Ich bin Assurbanipal, Sohn des Gebieters Assarhaddon, des Herrn der weiten Welt.«

Ganz kurz hatte ich den Eindruck, er erwartete von mir eine Verneigung. Dann wanderte sein Blick zu seinem Bruder, und er lächelte.

»Komm, Schumukin. Wir haben noch mindestens vier Stunden Tageslicht – wir können noch auf die Jagd.«

Ich sah zu, wie die beiden zusammen losfuhren, und als ich mich umdrehte, da beobachtete mich auch ein Augenpaar. Grinsend trat Assarhaddon aus einem Torbogen. Ich verneigte mich vor ihm.

»Laß das, Tiglat«, sagte er und unterstrich den Befehl mit einer gereizten Handbewegung. »Hier ist niemand, bei dem du damit Eindruck schinden kannst, und ich weiß, du machst das nur, um mich zu ärgern. Was tust du hier übrigens? Ausgerückt vor dem Geruch von Milch und Kot?«

Er grinste, weil er etwas außerordentlich Kluges gesagt zu haben meinte.

»Nein. Ich habe in die Zukunft gesehen.«

»Ach, die Jungen.« Der Herrscher der weiten Welt hob die Schultern, als wollte er andeuten, daß sich seine Sorge um die Zukunft nicht auf die nächste Generation erstreckte. »Assurbanipal würde einen besseren Schreiber als König abgeben. Für ihn bin ich doch nur ein dumpfer, brauner Lehmkloß, da kommt mir zuweilen der Verdacht, auch er weiß ... Aber Schamasch Schumukin gibt einmal einen sehr anständigen Soldaten ab – ich habe Pläne mit ihm. Sie sind nämlich sehr gute Freunde. Wie wir im gleichen Alter.«

»Wie wir, sagst du? Dann bleibt nur noch die Frage, wer wen als erster verraten wird.«

Ich weiß immer noch, wie sich das Licht in Assarhaddons Augen änderte.

Ägypten. Den ganzen Sommer über hörte ich kaum etwas anderes. Gab es in ganz Kalach oder in der Welt darüber hinaus eine Menschenseele, die nicht wußte, daß der König von Assur einen zweiten Angriff auf Ägypten plante?

»Die Stämme kriechen an deinen Nordgrenzen herum wie Fliegen auf einem toten Pferd, und du willst mit einem Heer nach Ägypten?« fragte ich ihn, denn ich hielt die ganze Idee für Wahnsinn. »Du brauchst mindestens einhundertfünfzigtausend Mann, und wenn du siegst, mußt du mindestens halb so viele in Garnisonen im Lande stationieren. Was lockt dich nur an Ägypten, daß du dich deiner Verteidigung entblößt, nur um es zu bekommen?«

»Du hast die nördlichen Stämme befriedet, Tiglat hast du das etwa vergessen? Solange du lebst, gibt es keinen Krieg mit den Medern, und die anderen zählen nicht.«

»Ich könnte schon morgen von einem Pferd abgeworfen werden, oder deine Mutter findet endlich heraus, wie sie mich vergiften kann. Du machst viel vom Leben eines einzigen Mannes abhängig.«

»Meine Wahrsager sagen mir, daß du unendlich alt wirst. Dadurch können wir uns alle ziemlich sicher fühlen.«

Assarhaddon grinste, als hätte er jeden nur möglichen Einwand beseitigt.

»Was hast du wirklich gegen diese Unternehmung?« fragte er mich, als hätte ich ihm irgendein Geheimnis nicht enthüllt. »Ich mache den gleichen Fehler nicht noch einmal – dieses Mal greifen wir von Osten an, wo ihre Deckung nicht gut ist.«

»Was weißt du von Ägypten?« fragte ich meinerseits.

»Daß es reich ist.« Er hob verächtlich die Schultern. »Du scheinst zu vergessen, daß ich schon einen Feldzug ins Delta unternommen habe – das Land ist mir nicht unbekannt.«

»Wie du schon sagst, das war das Delta. Du hast während der Regierung unseres Vaters Dienst in einer Garnison im Westen getan. Wie nahe bist du an Ägyptens Ostgrenze herangekommen?«

»Ich war im Lande Baschan stationiert.« Assarhaddon lachte. »Weißt du noch, Lea, die Frau, die ich mir von dort mitgebracht hatte, die mit dem Ring durch die Nase, weil man die anders nicht bändigen konnte? Und dort habe ich ...«

»Ägypten, Bruder!«

»Ja, Ägypten – nach der Zerstörung von Sidon sind wir bis zum großen Salzsee gezogen, wo es kein Leben mehr gibt, in die Länder der Hebräer.«

»Weißt du denn nicht, daß zwischen dort und Ägypten eine große Wüste liegt?«

»Na und?« fragte er, als hätte er Ähnliches auf der Landkarte gesehen, ohne daß es ihn beeindruckt hätte.

»Ein Heer durch die Wüste zu führen, das ist etwas Furchtbares.«

»Warum denn? Eine Wüste ist nichts als ein Stück Ödnis – wir sind doch keine Weiber.« Über soviel Unwissenheit und Torheit konnte ich nur den Kopf schütteln.

»Ich habe jene Wüste durchquert, Bruder. Der Ort ist schrecklicher, als es sich deine Phantasie ausmalen kann. Ich habe Glück gehabt, daß meine Gebeine nicht dort liegengeblieben sind.«

»Du bist in der westlichen Wüste gewesen?« Assarhaddons Gesicht leuchtete auf wie eine Lampe, und er griff über den Tisch, an dem wir frühstückten, legte mir den Arm um den Hals und zog mich an sich. »Du bist wahrhaftig dort gewesen? Tiglat, Bruderherz, ich habe gewußt, daß ich recht daran tat, dich nach Haus zu holen!«

»Bei den barmherzigen Göttern ...!«

Denn nun war mein Schicksal besiegelt – jetzt würde er darauf bestehen, daß ich ihn auf diesem wahnwitzigen Abenteuer begleitete.

Und doch war meine Stimme wohl die einzige, die ihm von seiner ägyptischen Unternehmung abriet. Es ist immer das Gleiche, wenn ein neuer Feldzug ins Haus steht: Jedermann sieht darin ein Mittel, die Leiter höherzuklettern. Die Soldaten, welche des Garnisonslebens überdrüssig waren und denen die künftige Beute in die Augen stach, redeten ihm vom Ruhm des Eroberers; und die Höflinge, die von Macht und Ort und Gelegenheit träumten, ihre Rivalen auszustechen, räumten nach besten Kräften jeden Zweifel aus und flüsterten dem König ein, daß der Pharao zum Aufruhr unter den westlichen Vasallenstaaten schürte – was auch stimmte, doch das war schon seit der Regierung unseres Urgroßvaters so. Ganz Kalach schien sich verschworen zu haben, und selbst Nakija, die zwar direkt nichts zu ihrem Sohn sagte, ließ wissen, daß der ägyptische Plan ihren Beifall fand – warum sollte er auch nicht, wenn jeder Tag, den Assarhaddon seiner Hauptstadt fern war, ihre Macht sowohl über die gegenwärtige Regierung als auch über die Erben der nächsten stärkte.

»Nehmen wir einmal an, du hast Erfolg«, sagte ich zu ihm. »Du hast die Heere des Pharao in die Wüste getrieben, wo sie nichts zu essen finden als die Grabbeigaben ihrer Ahnen. Das Niltal gehört dir vom Delta bis zu den Toren von Karnak. Was machst du dann?«

»Ich plündere Memphis, das, wie du sagst, eine fette Beute sein soll. Ich raube das Gold aus seinen Tempeln. Ich vergewaltige Frauen und nehme die besten mit. Ich lege einen Eisenring um den Hals des Pharao und schleife ihn bis Kalach hinter meinem Streitwagen her.«

»Und dann?«

Assarhaddon starrte mich an, als ob er die Frage nicht verstanden hätte, also wiederholte ich sie.

»Und was tust du dann?«

»Tun? Was gibt es denn noch mehr zu tun?«

»Eine besiegte Nation muß regiert werden, und Ägypten ist wie ein Ameisenhaufen. Wenn du ihn zertrittst, bekommst du ihn nur mit größter Mühe wieder zusammen.«

Doch der König der Vier Enden der Erde tat diese Schwierigkeit mit einem verächtlichen Heben der Augenbrauen ab.

»Was soll mir das? Ich setze einem einheimischen Idioten die Doppelkrone auf den Kopf, und dann regieren meine Garnisonskommandeure in seinem Namen.«

Er grinste boshaft.

»Oder vielleicht mache ich *dich* zum Pharao, und du darfst dir das Gesicht rasieren und dir einen kleinen, falschen Bart aus lackiertem Holz vorbinden. Denk nur, wie erstaunt all deine alten Freunde sein würden.«

Am Ende gab ich es auf und ließ Assarhaddon weitermachen, ich tröstete mich mit dem Gedanken, daß ich ihn begleiten und ihm vielleicht die Augen öffnen könnte, ehe es zu spät war.

»Wann gehst du?« fragte Selana. Wir saßen zusammen auf dem Fußboden unseres Schlafgemachs, den jetzt eine dicke Binsenmatte bedeckte, und sahen unserem Sohn zu, der mittlerweile fünf Monate alt war und uns seine neuesten Künste vorführte – er konnte sich ohne andere Hilfe als die stützende Hand seiner Mutter im Rücken aufsetzen. Er freute sich darüber anscheinend genauso wie seine Eltern, lächelte von einem Ohr zum anderen und zeigte uns dabei zwei glänzende Zähnchen, die kürzlich durchgebrochen waren.

»Erst nach dem Hochwasser des nächsten Jahres«, gab ich zurück, während Klein-Theseus verstohlen meinen Finger in seinen Mund steckte und dann so hart zubiß, daß ich mich fragte, ob er wohl am Geschmack von Blut Gefallen fand. »Dinge von dieser Größenordnung lassen sich nicht hastig regeln.«

»Und wie lange bist du fort?«

»Sechs Monate, vielleicht acht.« Zu meiner Freude war der Finger, als ich ihn wiederbekam, tief eingedellt, sonst aber unversehrt. »Das hängt davon ab, was wir in Ägypten vorfinden. Assarhaddon glaubt an einen schnellen Feldzug, aber ich fürchte, er wird eine Enttäuschung erleben.«

Vielleicht war er die Anstrengung des Aufrechtsitzens leid, vielleicht aber auch nur die Unterhaltung, die sich nicht um ihn drehte, jedenfalls krähte mein Sohn laut und unartikuliert und hob die Ärmchen, womit er andeutete, daß er hochgehoben werden wollte. Dem kam ich nach, und er zeigte seine Dankbarkeit, indem er mir durch das Gesicht kratzte und mir den Daumen ins Auge bohrte. Selana schwieg vor sich hin und blickte auf ihre Hände im Schoß.

»Mir kann gar nichts passieren«, sagte ich. »Das läßt sich nicht mit Sikelia vergleichen – ich ziehe als *rab shaqe* in einem Heer aus, das mindestens einhunderttausend Mann zählt. Soldaten fallen in der Schlacht, doch Befehlshaber sterben im allgemeinen im Bett.«

Das schien sie ein wenig zu beruhigen, und doch hatte ich den Verdacht, daß sie das ganze Unternehmen für einen Narrenstreich hielt. Ich mußte an mich halten, daß ich ihr nicht sagte, wie sehr ich ihr Urteil teilte.

»Klein-Theseus muß gestillt werden«, verkündete sie tonlos und wollte ihn mir abnehmen. Sie öffnete ihre Tunika, holte ihre Brust heraus und rieb den Nippel mit dem Daumen.

»Damit ist bald Schluß«, sagte ich. »Zum Fleischessen ist er nämlich noch zu klein.«

Sie lächelte verkniffen, ein kurzes Lächeln, dann senkte sie den Kopf und küßte das Kind, das sie ausmolk – letztens stand es zwischen uns nicht zum besten, obschon sie nichts gesagt hatte.

Ich stand auf und wollte gehen.

»Tut es dir leid, daß du so lange fort bist?«

Ich war schon fast an der Tür. Ich drehte mich um, wollte ihr antworten, doch bei ihrem Anblick dort mit unserem Jungen im Arm blieben mir die Worte in der Kehle stecken. Ich ging wortlos.

Man mußte viel Mitleid mit Schamasch Schumukin haben. Seine Mutter hatte sich nie etwas aus ihm gemacht und ihn sofort nach seiner Geburt in die Obhut von Ammen gegeben, und sein Vater war dieses ferne und furchterregende Wesen, der König von Assur. Zur Gesellschaft hatte er seinen Bruder, doch in jenem Alter braucht ein Knabe mehr. Ich hatte meinen Onkel, den Fürsten Sinahiusur gehabt, der mir als Jüngling Liebe erwiesen und mich zu seinem Erben eingesetzt hatte, und Tabschar Sin, den alten Soldaten, der einen Mann aus mir gemacht hatte. Sie hatten mir die Führung gegeben, die ich brauchte, und dazu noch das

Gefühl, daß ich alles richtig machte. Und als sich also Assarhaddons verlassener Sohn in seiner Einsamkeit an mich anschloß, da versuchte ich ihm eingedenk dessen, was ich anderen schuldete, ein Freund zu sein.

Schamasch Schumukin wollte nur eines, am ägyptischen Feldzug teilnehmen. Ich hielt das gar nicht mal für so schlecht und versprach ihm, mit dem König darüber zu reden.

»Assurbanipal kommt natürlich nicht mit«, sagte ich zu Assarhaddon. »In ein, zwei Jahren ist er *marsarru*, und er ist ohnedies zu jung; aber mit Schamasch Schumukin ist das etwas anderes. Acht Monate Feldzug bringen ihm mehr als drei Jahre in der königlichen Kaserne. Denk doch nur, was du und ich in seinem Alter für solch eine Gelegenheit gegeben hätten.«

Doch der König von Assur hörte kaum zu. Sein Gesicht war erhitzt, und er funkelte mich böse und erschöpft an. Überall auf dem Fußboden seines Arbeitszimmers lagen zerbrochene Tontäfelchen, und seine Schreiber ließen sich nirgendwo blicken. Anscheinend hatte ich gerade eine Szene verpaßt.

»Ich bin das Opfer meiner Diener«, erklärte Assarhaddon und stampfte mit der Sandale auf den Boden. »Das Land Assur wird nicht von seinem König regiert, sondern von Eunuchen, die Lügen in Täfelchen kratzen, die so weich sind wie ihre schwabbeligen Bäuche. Sie verstehen nichts vom Krieg – sie denken doch nur an Geld.«

Er setzte sich hinter einen Tisch, über den er den halben Inhalt eines Weinbechers verschüttet hatte, sah sich noch ein Täfelchen an und warf es dann jäh zu Boden. Dann schenkte er sich nach und blickte mich von unten an, als ob er nicht wüßte, was ich hier wollte. »Also – was ist das mit Schamasch Schumukin?«

»Er möchte am Feldzug nach Ägypten teilnehmen. Ich halte das für eine gute Sache.«

»Unmöglich. Dann ist er bereits in Babylon.«

»Bei den barmherzigen Göttern, warum willst du ihn nach Babylon schicken?«

»Damit er dort Unterkönig wird. Und die Babylonier sollten sich lieber an ihn gewöhnen, denn wenn ich sterbe, ist er ihr König.«

Diese Ankündigung geschah mit ausdrucksloser, leidenschaftsloser Stimme, doch ich muß gestehen, selbst wenn sie mit Feuerschrift an den Himmel geschrieben worden wäre, ich hätte nicht erstaunter sein können. Es benahm mir den Atem. Assarhaddon war meines Wissens nicht gerade der Klügste, der die Krone von Assur getragen hatte, doch solch eine Riesendummheit hätte ich ihm beim besten Willen nicht zugetraut.

»Wem hast du sonst schon davon erzählt?« fragte ich.

»Niemand sonst.« Er grinste mich grimmig an. »Du bist der erste, den ich ins Vertrauen ziehe.«

»Dann ist es ja gut. Vergiß alles, wir nehmen Schamasch Schumukin mit nach Ägypten.«

Aber Assarhaddon starrte mich nur drohend an.

»Das ist dir unerträglich, nicht wahr?« sagte er am Ende. »Selbst konntest du nicht König werden, und jetzt muß alles an Assurbanipal gehen.«

Er stand jäh auf und lief mit großen Schritten im Raum umher. Beim Gehen schwappte Wein über seine Finger und auf den Boden.

»Und ich mache meinen Sohn zum König!« brüllte er. »Nicht nur, daß du meine Frau bestiegen hast, daß der Gott *deinem* Bankert Anspruch auf den Thron von Assur gegeben hat, nein, du mußt mir alles wegnehmen. Du bist nicht mein Freund, Tiglat. Du liebst mich kein bißchen.«

Der Weinkrug stand noch auf dem Tisch. Ich schnappte ihn mir und stellte fest, daß er noch halb voll war. Es gab keinen zweiten Becher, also gab mir Assarhaddon seinen.

»Ich kann mich nicht erinnern, daß du auf Assarhamats Liebesbeweise eifersüchtig gewesen wärst«, sagte ich kalt – ehrlich, zu Zeiten hatte ich keine Geduld mit meinem Bruder.

»Ich bin *nicht* eifersüchtig.« Er stand solange still, daß er mir den Becher wieder abnehmen konnte, trank daraus und reichte ihn mir wieder zurück. »Ich bin immer freigebig zu dir gewesen. Wann hätte ich je gesagt ›Diese eine von meinen Frauen schätze ich so sehr, daß ich sie nicht mit meinem Bruder Tiglat teilen möchte‹? Und was Assarhamat angeht, so habe ich sie im Laufe der Jahre lieb gewonnen – auf eine freundschaftliche Art nämlich

–, aber ich habe mir nie soviel aus ihr gemacht wie du. *Mir* ist es immer gleichgültig gewesen, was du mit ihr gemacht hast!«

»Hat dir denn die Königswürde wirklich so viel bedeutet?«

Assarhaddon beantwortete die Frage mit einem Stirnrunzeln und einem verächtlichen Laut, der klang wie ein Ochsenfurz.

»Mich dünkt nicht«, fuhr ich fort und zog ein Gesicht, denn der Wein schmeckte scheußlich. »Dann hab ein wenig Mitleid mit deinem Sohn, der dein genaues Ebenbild in diesem Alter ist und nicht mehr Spaß an der Königswürde finden wird als du. Er will Soldat sein, genau wie du und ich voreinst. Erfülle ihm seinen Wunsch. Außerdem bekommst du Ärger, wenn du in Babylon einen König einsetzt, selbst wenn er der Bruder des Königs ist. Laß Assurbanipal die Hände Marduks ergreifen, wenn es Zeit dafür ist, oder laß ihn einen Gouverneur ernennen, damit die Babylonier nicht vergessen, daß der Herr Assurs ihr König ist.«

»Unser Vater hat seinen Sohn zum König von Babylon gemacht«, gab Assarhaddon zurück, und seine Augen wurden argwöhnisch schmal.

»Das war auch ein Vater und sein ältester Sohn, der, wenn er am Leben geblieben wäre, eines Tages an seiner Statt König geworden wäre. Assurbanipal und Schamasch Schumukin sind Brüder.«

»Und sehr gute Freunde, genau wie wir früher. Zusammen geben sie ein gutes Gespann ab.«

»Ja – genau wie wir früher.«

Das Gesicht des Königs wurde hart, und ich wußte, er würde nicht mehr auf mich hören. »Und ich mache meinen Sohn zum König«, sagte er. »Du kannst mich nicht davon abhalten, Tiglat.«

»Nein, das kann ich nicht.«

Als ich es Schamasch Schumukin erzählte, da weinte er. Und mit gutem Grund. Ich tröstete ihn, doch mir fiel der Traum wieder ein, den Assarhamat gehabt hatte, als sie ihn im Schoß trug. *»Ich träume von Feuer, überall ist Feuer, rote und goldene Flammen wie Schlangenzungen. Um mich herum brennen die Mauern eines großen Palastes. Und ich habe sie selbst mit der Fackel in Brand gesteckt. Ich sterbe durch eigene Hand, und doch bin ich* *es nicht. Ich sehe das alles mit den Augen eines anderen Menschen.«*

Die Zukunft barg namenlose Gefahren. Zwar wußte ich nicht, was Assarhamats Feuertraum bedeutete, doch er wollte mir nicht mehr aus dem Kopf gehen.

XL

Als Assarhaddon verkündete, er hätte seinen ältesten, lebenden Sohn zum Unterkönig von Babylon ausersehen, gab es kaum eine Reaktion. Wohl schrieb ihm ein gewisser Adad Schumusur, ein Berater des alten Königs, unseres Vaters, der berühmt für seine Weisheit war, einen Brief und warnte ihn vor einer Torheit, die eine Beleidigung in den Augen der Götter wäre – Assarhaddon zeigte mir den Brief; er war nicht erfreut und mußte davon abgebracht werden, daß er dem alten Mann ans Leben ging –, doch sonst schien kaum jemand Notiz davon zu nehmen. So verblendet war der Hof von der ägyptischen Unternehmung.

Und so geschah es, daß Assurbanipal binnen eines Monats als *marsarru* in die Erbfolge aufgenommen wurde. Die Zeremonie war außerordentlich prächtig, und alle Großen von Assur, welche sich zu diesem Ereignis in Kalach versammelt hatten, mußten schwören, daß sie sich nach Assarhaddons Tod an die Erbfolge halten würden. Das wollte die Tradition – der Gebieter Sanherib hatte seinen Edlen und Verwandten das gleiche Versprechen abverlangt, als Assarhaddon *marsarru* wurde, und doch hatte es den Bürgerkrieg nicht abgewendet, als mein Bruder auf den Thron kam –, und als ich dann an die Reihe kam, da wollte auch ich meinen Namen unter den Eid setzen.

»Das ist bei dir nicht erforderlich«, sagte Assarhaddon. Es gab keine Erklärung dafür, doch in seinen Augen lag ein seltsamer, gehetzter Ausdruck. Ich war überrascht, dachte damals aber nicht weiter darüber nach.

Schamasch Schumukin wurde nach Babylon verfrachtet. Ich sah ihn nie wieder.

Nakija, welche vorgab, den Knaben zu lieben, nahm seine Abreise mit der gewohnten Gelassenheit auf – bereits am nächsten Tag erhielt ich die Aufforderung, ihr aufzuwarten, anscheinend sollte ich lediglich Zeuge sein, wie gut sie Assarhaddons letzte Laune aufgenommen hatte.

Ich wurde in ihre Privatgemächer geführt und fand sie auf einem Ruhelager sitzend, die schwarze Tunika bis zu den Knien hochgezogen, die Füße in einem kupfernen Wasserbecken. Ein Mann, den ich für einen Arzt hielt, kniete neben ihr und knetete die Wade ihres rechten Beines mit zarten, weibischen Händen. Er hatte eine dicke Nase in einem Gesicht, das fast völlig dreieckig war, und seine Augen waren klein und glitzerten vor Angst. Er sah mich kurz an, dann senkte er den Blick, als hätte ich ihn bei etwas Anstößigem ertappt.

»Bei kaltem Wetter habe ich Last mit meinen Beinen«, sagte sie achselzuckend. »In der Nähe der Berge scheint die Winterluft voller Eis zu sein.«

»Vielleicht sollte die Herrin die Winter lieber bei Schamasch Schumukin im Süden verbringen, wo es wärmer ist.«

Darüber mußte sie lachen. Ich kann mich kaum erinnern, sie lachen gehört zu haben – es war ein eigenartiger, unmenschlicher Laut, wie der Schrei eines Raubvogels. Sie hob den linken Fuß aus dem Becken und versetzte dem Mann, der ihr anderes Bein massierte, einen Tritt, wobei Wasser auf den Boden spritzte und er zurückwich; er kroch noch ein paar Schritt zurück, ehe er den Mut aufbrachte aufzustehen und sich unter Verneigungen rückwärts zu verziehen.

»Er ist ein kluger Arzt«, sagte sie, als er fort war. »Aus Tuschpa im Königreich der Urarter – kennst du vermutlich. Ach ja, meine Jahre … Die Gebrechlichkeit des Alters, Tiglat. Die wird dir eines Tages auch zusetzen.«

»Ich bin erleichtert, daß die Herrin ein langes Leben für mich voraussieht.«

Wieder lachte sie, dann kam eine ihrer Frauen, um ihr die Füße in einem Handtuch abzutrocknen. Ich nutzte die Gelegenheit und musterte Nakijas Gesicht. Sie schien so wenig gealtert, daß sie eher wie Assarhaddons Schwester als wie seine Mutter wirkte.

Mir war, als wäre sie nicht eine Stunde älter als die Nakija, wie ich sie aus meiner Kindheit erinnerte – nur auf unerklärliche Weise härter.

Wenn man es recht bedachte, so waren dieses Getue mit dem Stock und die Klagen über die Winter im Norden nur eine Art Trick. Vielleicht erwartete sie sogar, daß ich ihn durchschaute. Man muß jemand eine Lüge nicht abnehmen, damit sie die erhoffte Wirkung zeitigt.

»Du denkst immer nur das Schlechteste über mich, Tiglat. Na, kein Wunder auch, denn du und ich, wir haben unsere bösen Zeiten gehabt.«

Darauf sagte ich nichts, und nach kurzer Zeit schien sie den Gedanken abzutun.

»Du wirst schon sehen«, sagte sie abrupt, »Assarhaddon wartet nur ab, und dann erlaubt er, daß Schamasch Schumukin die Hände Marduks ergreift und König in Sumer wird.« Sie schüttelte den Kopf, womit sie wohl mißbilligend wirken wollte.

»Dennoch, Herrin, war der König dadurch am Ende gezwungen, Assurbanipal zum *marsarru* zu ernennen.«

»Ja, Tiglat – das ist damit erreicht worden.«

Sie blickte mich so seltsam berechnend an, so als wägte sie ab, ob ich wohl schließlich doch noch in ihre Pläne paßte. Der nächste König, durch den sie die Macht zu bekommen hoffte, welche ihr Assarhaddon so lange verweigert hatte, war mein Sohn, nicht seiner, machte mich das nun zum Gegner oder zum Verbündeten?

»Und da der *turtanu* der Gebieter Scha Nabuschu, seinen Herrn nach Ägypten begleiten wird, muß Assurbanipal zum Unterkönig ernannt werden.«

»Ja, Tiglat. Auch das stimmt.« Die Herrin Nakija lächelte. Nie habe ich herausbekommen, was sie mit ihrem Lächeln bezweckte, doch immer gefroren mir dabei die Gedärme zu Eis. »Ich bin überrascht, daß du meinen Sohn nicht dazu überreden konntest, dich als Berater von Assurbanipal hierzulassen.«

»Der König braucht mich in Ägypten. Und der *marsarru* hat ja dich, Herrin.«

Und diese Frau, die ich mein Leben lang gefürchtet hatte, nahm das Kompliment mit einem Nicken entgegen.

Denn natürlich hatte sie bei allem die Hand im Spiel gehabt. Jetzt war alles so, wie sie es haben wollte, an Zufälle glaubte ich nicht. Wie sie sich im einzelnen Assarhaddons Ängste und Mißgunst zunutze gemacht hatte, das wußte ich nicht, doch sie hatte alles listig eingefädelt. Nein, nicht ihrer Fähigkeit zu regieren, zollte ich meinen armseligen Tribut, sondern ihrer Gerissenheit.

Die Spinne, die ihr Netz über den Ausguß eines unfertigen Kruges spannt, weiß nicht, daß ihre ganze Mühe, vielleicht sogar ihr zarter Leib, für das vernichtende Feuer bestimmt sind. Sie macht weiter, hartnäckig in ihren Bemühungen, blind geduldig, so als könnte sie mit der Falle, die sie spinnt, die Sonne einfangen.

Krieg bedeutet eine große Erleichterung für ein sorgenvolles Gemüt. Das Soldatenleben ist die Einfachheit selbst – Drill, Feldzug, Mut und Gefahr und Tod. Krieg ist schwierig, ohne jedoch kompliziert zu sein. Man entrinnt den Irrungen der alltäglichen Existenz. Darum ist es auch nicht verwunderlich, daß Männer oft so darauf erpicht sind, sich in die vergleichsweise Sicherheit der Schlacht zu flüchten.

Und so freute ich mich denn doch tatsächlich auf Assarhaddons ägyptische Expedition, wenn auch nur, weil wir beide dadurch den Verstrickungen seines Hofes entrannen.

Selana spürte das natürlich alles und zog sich immer weiter in ihr Schweigen zurück.

Einmal, nur einmal, wachte ich mitten in der dunklen Nacht auf, und da saß sie mit nacktem Rücken auf unserer Schlafmatte, Mondenschein vom halb geöffneten Fenster umfloß sie, und sie bebte, weil sie das Schluchzen unterdrückte. Ich wollte sie in die Arme nehmen, doch sie wandte den Kopf ab.

»Was ist los?« fragte ich, dumm wie ich war. »Bist du krank?«

»Ich bin nicht krank.«

»Was ärgert dich dann?«

»Nichts, Gebieter – schlaf weiter.«

Ich ergriff ihr Kinn und zwang sie, mich anzusehen. Ihr Gesicht war tränenüberströmt, so als hätte sie schon stundenlang geweint.

»Du kannst mir doch nicht weismachen, daß nichts ist.«

Ich ließ sie los und zündete die Öllampe neben unserem Bett mit einem Feuerstein an. »Du gehörst nicht zu den Menschen, die sich mitten in der Nacht die Seele aus dem Leib weinen, wenn sie keinen Grund haben. Sag mir, was ist, sonst schicke ich eine Dienerin nach dem Arzt.«

Auf einem Tisch bei der Tür stand Wein. Ich schenkte ihr einen Becher ein und ließ sie den trinken, und schon bald wischte sie sich mit dem Handrücken die Tränen aus den Augen.

»Was ist nun?« fragte ich erneut. »Was hat dich unglücklich gemacht?«

»Nichts. Ich habe von Sikelia geträumt, das ist alles.«

»Und ein Traum hat diesen Wasserfall in Gang gesetzt? Bist du denn so betrübt?«

»Dort waren wir glücklicher«, sagte sie und stellte damit etwas fest, was wir beide wußten.

»Hat sich denn alles so sehr zum Schlimmeren gewandt? In Sikelia warst du die Nebenfrau eines Bauern. Hier bist du die Ehefrau eines Prinzen. Wir haben einen prächtigen Sohn, der einen Platz neben den Mächtigen dieser Erde einnehmen wird.«

Sie hob nur die Schultern, denn für sie waren diese Dinge wohl nicht mehr als ein Schatten.

»Habe ich mich denn so verändert?«

»Für eine Sklavin geziemt es sich nicht, die Lebensweise ihres Herrn in Frage zu stellen«, gab sie gelassen zurück.

Erst jetzt ging mir auf, wie tief ich sie irgendwie verletzt hatte.

»Dann habe ich mich also verändert«, sagte ich und zog sie an mich – dieses Mal widerstrebte sie nicht, sondern schien in meinen Armen zu versinken. »Aber dir gegenüber habe ich mich nicht verändert.«

»Ach ja? Ist die Seele eines Menschen etwa nicht aus einem Stück? Auf Sikelia, da habe ich gedacht, ich verstehe dich, aber hier …«

»Nichts ist hier anders, außer daß ich hier daheim bin. Geh zur Stadtmauer und lausche dem flinken Rauschen des Flusses – am Tage meiner Geburt hat man mich mit seinem Wasser gewaschen. Mit dem ersten Atemzug habe ich diese Luft eingeatmet. Was auch immer ich an anderen Orten gewesen bin, das Land Assur hat mich dazu gemacht.«

»Das ist es ja, was ich nicht verstehe. Du bist an all das hier mit Ketten gebunden, die für das Auge unsichtbar sind. Dein Bruder, dein gnadenloser Gott, diese Frau, von der du nie sprichst – was ist hier, daß …?«

Ich antwortete nicht. Ich hielt sie nur im Arm, bis sie am Ende wieder einschlief. Am Morgen, nachdem sie gegangen war, um unseren Sohn zu stillen, spannte ich zwei Pferde vor einen leichten Jagdwagen und fuhr auf die Ebene hinaus, bis ich in allen Himmelsrichtungen kein weiteres Lebewesen mehr erblicken konnte. Bis die Stadt Kalach und alles, was sie war, nur noch ein unregelmäßiger Fleck am Horizont war.

Typisch für Selana, daß sie nicht eifersüchtig war wie sonst wohl Frauen. Natürlich wußte sie über Assarhamat Bescheid – wie wohl auch nicht, da viele ihr nur zu gern einflüsterten, was bekannt war oder was die reizenden Damen an meines Bruders Hof sich zusammenreimten. Und doch fürchtete sie keine Rivalin, Selana hatte noch nie um sich selbst Angst gehabt. Es war die Last der Vergangenheit, die ihr Angst machte. Sie glich jemand, der in eine Zeremonie hereingeraten ist, die gerade zu Ende geht. Sie sieht den erhobenen Dolch und hört die Gesänge des Priesters und weiß, wie es alles endet, ohne jedoch um die Bedeutung zu wissen.

Und ich war so hilflos wie sie, denn es lag nicht in meiner Macht, mich ihr begreiflich zu machen.

Also wirbelte ich mit meinen Rädern Staub auf, erprobte das Durchhaltevermögen und auch die Geduld meiner Pferde und ärgerte das Wildbret mit meinen fruchtlosen Versuchen, es zu überrollen, Am Ende des Tages hatte ich nichts gejagt, nur mein Gespann war schweißbedeckt und keuchte wie ein geplatzter Blasebalg, nicht einmal den zeitweiligen Seelenfrieden, den ein Muskelkater und verbrauchte Kraft mit sich bringen, hatte ich errungen. Also wandte ich das Antlitz wieder gen Kalach und fuhr an den Toren zum Haus der Krieger in dem Augenblick vorbei, als die Sonne den westlichen Horizont berührte.

Als ich nach Haus zurückkehrte, traf ich einen königlichen Kammerherrn, der mir die Aufforderung des Königs überbrachte, ihm beim Abendessen aufzuwarten.

Ich fand Assarhaddon in seinen Privatgemächern. Scha Nabuschu war auch anwesend. Ich hatte ihn nicht wiedergesehen, seit er mich damals, in Khanirabbat meines Befehls enthoben hatte, doch anscheinend war er nicht zum Essen geladen. Er stand fast in Habachtstellung, während sein königlicher Herr an einem Tisch saß und Wein trank.

»Mein *turtanu* ist aus dem Süden zurückgekehrt«, sagte Assarhaddon ohne sichtbare Begeisterung. »Besser gesagt, er hat dreißig Kompanien aus den Garnisonen in Amara und Lagasch mitgebracht.«

»Hoffentlich hat er genug alte Männer und Knaben zurückgelassen, mit denen man die Elamiter abschrecken kann.«

Mein Bruder funkelte mich böse an, er fand das wohl ganz und gar nicht lustig.

»Ich kann Ägypten schließlich nicht ganz allein erobern«, sagte er am Ende. »Außerdem ist der alte König tot, und Urtaki, mein Vasall, ist an seine Stelle getreten. Er ist ein Dummkopf und ein Irrer, wie seit Menschengedenken alle Könige von Elam, aber er weiß, daß er die Krone nur deshalb hat, weil ich intrigiert und bestochen habe, damit er sie sich auf seinen schwachen Kopf setzen kann. Von dort droht uns kein Ärger.«

Dann wandte er sich an Scha Nabuschu, als überraschte es ihn, daß dieser immer noch im Raum war.

»Mein Gebieter und König möge mich entschuldigen«, murmelte der *turtanu* und verneigte sich fast bis zur Erde. Dann drehte er sich in meine Richtung und verneigte sich noch einmal. Nach seiner Miene zu schließen, schien mein Anblick seinen Augen wehzutun.

»Er mag dich nicht«, sagte Assarhaddon, sowie Scha Nabuschu aus dem Zimmer war. Sein Ton war der eines Mannes, der eine gleichgültige Tatsache feststellt. »Er hat fast die ganze letzte Stunde damit zugebracht, mich zu überreden, daß ich dich hierlasse, wenn wir zum Feldzug aufbrechen.«

»Das gehört sich so für einen Freund«, erwiderte ich, wobei

ich zweifellos etwas matt lächelte. »Vielleicht ist das seine Art, sich dafür zu entschuldigen, daß er mich bei unserer letzten Begegnung beleidigt hat.«

Schon wieder betrachtete mich der Herr der Vier Enden der Erde unter zusammengezogenen Brauen.

»Laß deine bitteren Späße, Tiglat – ich habe heute keinen ausnehmend fröhlichen Tag gehabt. Komm, setz dich. Fang lieber gleich mit unverwässertem Wein an, denn ich habe schon eine Stunde Vorsprung, und es geziemt sich nicht, daß du weniger betrunken bist als dein König.«

Er machte in der Tat den Eindruck, als ob ihn seine Sorgenlast zermalmen wollte. Mein Bruder, der sogar noch ein paar Tage jünger war als ich, sah bereits wie ein alter Mann aus.

»Du solltest mehr auf deine Gesundheit achten«, sagte ich, denn sein Anblick entsetzte mich ehrlich.

»Du hörst dich an wie meine Mutter.« Er lachte und tat das Ganze mit einem Schulterzucken ab. »Ewig beklagt sie sich, daß ich wie ein Wüstling lebe und mich am Ende mit meinen Exzessen umbringe – sie hat mir sogar ihren Arzt geschickt.«

»Den Urarter? Vielleicht soll der dir auch die Füße massieren.«

Doch Assarhaddon schüttelte den Kopf.

»Es gibt Dinge, Tiglat, worauf sich meine Mutter sehr gut versteht, und dazu gehört, wie man lange lebt. Ich traue ihrem Urteil, was Ärzte angeht. Der hier wird mir guttun. Du wirst schon sehen.«

»Bist du krank?«

»Es geht mir recht gut.«

»Was beunruhigt dich dann?«

»Was soll das ganze Gerede«, sagte er. »Wir wollen uns das Hirn lieber mit starkem Wein vernebeln.«

Assarhaddons Dienerinnen brachten das Abendessen, doch als sie sahen, daß ihr Herr nicht an Nahrung interessiert war, trugen sie die Schüsseln wieder ab. Sie kauerten im Zimmer, stumm und wachsam, anscheinend hatte der Anfall königlicher Melancholie ihr Leben schon des längeren schwierig gemacht. Als Assarhaddon schließlich ihre Anwesenheit bemerkte, scheuchte er sie mit Flüchen fort.

Wir waren beide sehr betrunken, als der König ohne Vorwarnung auf einmal sein Gesicht in die Hände legte und zu weinen begann.

»Sie ist tot«, flüsterte er, nachdem der erste Weinkrampf ein wenig abgeklungen war. »Vor sechs Tagen ist sie in Uruk gestorben – heute morgen ist der Bote gekommen. Assarhamat ist tot.«

»Sie ist tot«, wiederholte ich. Zunächst schienen die Worte keinerlei Eindruck auf mich zu machen. Doch dann wurde mir das Herz so schwer wie Stein. Ich begriff.

Auf einmal ertrug ich Assarhaddons Gegenwart nicht länger. Ich stand auf, doch wegen des Weines oder aus mir sonst unerfindlichen Gründen mußte ich mich kurz auf einen Tisch stützen, ehe ich mich weiter bewegen konnte.

»Wohin gehst du?« fragte er.

»Nach Haus – ins Bett«, sagte ich. Dabei wußte ich gar nicht, was ich wollte, ich wollte nur fort.

»Du bist betrunken. Ich gebe dir lieber jemand mit, der dir mit der Fackel den Weg leuchtet.«

Augenblicklich tat es mir leid, denn es war nicht Assarhaddons Schuld, daß seine Frau tot war. Eigentlich war gar nichts seine Schuld.

»Ich finde schon den Weg«, sagte ich, doch ohne zu brüllen. »Gute Nacht.«

»Gute Nacht.«

Ich verließ ihn und nahm den halb gefüllten Krug mit. Ich ging nicht zu Bett, sondern saß in meinem Garten unter dem schwachen, flackernden Licht, das durch die Fensterläden vom Kinderzimmer meines Sohnes drang – auf einem Tisch brannte die ganze Nacht hindurch eine Öllampe, denn Selana wollte nicht, daß Klein-Theseus Angst bekam, falls er im Dunkeln aufwachte.

Es war der Monat Nisan, und die Luft war kalt, doch ich spürte nichts davon. Ich saß nur da, sah das Licht im Fenster und wünschte mir, daß alle Schatten dieser Welt sich so leicht vertreiben ließen.

»Er hat geweint, und da habe ich dich da draußen gesehen ...«

Es war Selana. Sie nahm mich in die Arme und legte ihre Wange an meine.

»Dann hat mein Gebieter von der Herrin Assarhamat gehört?«

Erst jetzt stiegen mir die Tränen in die Augen.

»Ich habe sie seit unserer Kinderzeit geliebt«, sagte ich mit einer Stimme, die kaum mehr als ein heiseres Flüstern war. »Die ganzen Jahre habe ich sie geliebt, und jetzt ist sie tot, und ich … Ich weiß einfach nicht mehr, was ich fühle.«

»Ich weiß.«

Nach uralter Sitte darf der König an keiner Trauerfeier teilnehmen, nicht einmal an denen in seiner eigenen Familie. Da der *marsarru* kaum mehr als ein Knabe war, fiel es mir als Assarhamats ältestem lebenden Verwandten zu, Assurbanipal zur heiligen Stadt Assur zu begleiten und dort den Leichnam seiner Mutter zur Bestattung in der Königsgruft in Empfang zu nehmen.

Wir reisten mit dem Boot, und die Reise dauerte einen ganzen Tag, von Sonnenaufgang bis Sonnenuntergang. Zum ersten Mal verbrachte ich mehr als nur ein paar Minuten zusammen mit Assurbanipal, doch als wir an der Schiffslände von Assur festmachten, da verstand ich diesen jungen Mann, der eines Tages die Vier Enden der Erde regieren würde und der wahrscheinlich mein eigener Sohn war, genausowenig wie am Morgen, als wir an Bord gegangen waren.

Er war stolz und schweigsam, doch das hatte ich schon gewußt, und er behielt seine Meinung für sich – vielleicht bewundernswerte Eigenschaften für einen König, doch zum angenehmen Reisegefährten machte ihn das nicht. Wenn er um seine Mutter trauerte, wenn er wußte oder erriet, daß ich mehr war als nur der Halbbruder seines Vaters, so ließ er sich davon nichts anmerken.

Und dann erreichte der von sechs schwarzen Ochsen gezogene Wagen mit Assarhamats eisernem Sarg die Stadttore. Den Bewohnern von Assur war unter Androhung der Verstümmelung befohlen worden, im Haus zu bleiben, während die Prozession langsam ihres Wegs durch Straßen zog, die mit Stroh bedeckt waren, um das Geräusch der Räder zu dämpfen. Niemand sprach, niemand flüsterte auch nur, als Assurbanipal und ich dem Sarg durch die Türen im großen Tempel des Gottes folgten und dann in die königliche Gruft, wo mein Vater, mein Onkel Sinahiusur und der Staub Hunderter Generationen von Königen und Fürsten in der Dunkelheit schliefen. Wir legten Assarhamat in ihre Krypta, wo der König, ihr Ehemann, eines Tages neben ihr ruhen würde. Der Steindeckel glitt an seinen Platz und wurde mit Bronze versiegelt. So überantworteten wir sie auf ewig dem Schattenreich.

Doch nicht nur das Fleisch ist sterblich. In gewissem Sinne starb an jenem Tage ein Teil von mir und wurde mit Assarhamat begraben, und etwas anderes konnte sich endlich einen Weg ans Licht bahnen.

XLI

Es ist jetzt Zeit für meine Feder, sich mit anderen Dingen zu befassen, mit Krieg und Waffengeklirr, mit Metzeleien und unvorstellbarem Leiden und dem Heldenmut des gemeinen Soldaten, mit Niederlage, die Sieg ist, und mit Sieg, der zur Niederlage wird. Ich muß jetzt über Assarhaddons Feldzug in Ägypten berichten.

So wie ich mich geweigert hatte, sein *turtanu* zu sein, so schlug ich das Angebot meines Bruders aus, alleiniger Befehlshaber seines Heeres zu werden – diese Ehre fiel deshalb Scha Nabuschu zu, der mit Sicherheit viele Tage darauf herumbrütete, was für eine Falle ich damit vor seinem unachtsamen Fuß aufgestellt haben mochte. Ich zog statt dessen als *rab shaqe* im zweiten Flügel mit, wo an die vierzigtausend Mann, viele davon aus Amat, unter meinem Befehl standen. Luschakin, mein einstmaliger *ekalli* und mein Gefährte in einer Reihe von großen Schlachten bis vormals in Chalule, als wir beide noch Grünschnäbel waren, hatte uns zweihundertundfünfzig Kompanien aus den Nordgarnisonen zugeführt und es abgelehnt, in dieser großartigen Unternehmung einen selbständigen Befehl zu übernehmen; lieber diente er als Leutnant unter mir. Es war ganz wie in alten Zeiten.

Am dritten Tag des Monats Iyyar, fast eine Woche vor Assarhaddons triumphalem Auszug aus Kalach zusammen mit seinen wichtigsten Offizieren und dem größten Teil der königlichen Garnison, sagte ich meiner Frau und meinem Sohn Lebewohl und brach zu Pferd zur Stadt Nisibis auf, wo sich das ganze Heer versammeln sollte. Dort wollte ich mich mit den Streitkräften aus dem Norden treffen und mich überzeugen, daß alles seine Richtigkeit hatte und die ganze Expedition ausreichend Proviant mitführte. Fehler durften uns nach dem Willen des Königs nicht unterlaufen, da er es eilig hatte, den Sand Ägyptens unter seinem Fuß zu spüren.

Auf Selanas Drängen hin nahm ich Enkidu mit. »Ich schicke dich nicht noch einmal in dieses Skorpionsnest, ohne daß dir sein großer Schatten den Rücken deckt«, sagte sie. »Klein-Theseus und ich sind auch allein ziemlich sicher, denn die Herrin Nakija weiß genau, was ihre Geiseln wert sind.«

Nisibis war nichts als eine Provinzhauptstadt ohne Vorräte und Unterkunft für den Heerbann, der über sie herfallen würde. Deshalb stellte ich die dortige Garnison ab, daß sie ein Lager baute, welches schon bald einem Heer von hunderttausend Mann Platz bieten würde. Ich wählte dazu eine Stelle ein halbes *beru* vor den Stadtmauern – es wirkt sich immer ungut auf die Disziplin aus, wenn Soldaten, die schon bald dem Feind gegenüberstehen, zu leicht Zugang zu den Annehmlichkeiten des Stadtlebens haben – und ließ die Männer Schanzen aufwerfen und unsere Verteidigungslinien anlegen, als ob die Ägypter uns angreifen würden und nicht andersherum. Den einheimischen Händlern kaufte ich ihre ganzen Vorräte an Getreide, Öl, Bier und Vieh ab, und dann schickte ich Verpflegungstrupps aus, daß sie den einheimischen Bauern abkauften, was diese hatten. Diese Maßnahmen stießen auf sehr wenig Widerstand, da jeder für seine Waren mit Silber bezahlt wurde. Für gewöhnlich plündern Soldaten aller Nationen ihre Feinde, doch ein guter Soldat stiehlt seinen eigenen Leuten nicht das Brot vom Munde weg.

Als dann nach zehn Tagen die ersten Kompanien aus den Nordgarnisonen eintrafen, waren wir auf sie vorbereitet. Um die Mitte des Monats herum, als ich den König begrüßte, stand eine weiße Zeltstadt, wo früher nichts als leere Ebene gewesen war.

»Ha! Die sehen fast schon wie ein Heer aus!« rief Assarhaddon, als er vom Pferd stieg – praktisch und soldatisch wie er war, hatte er auf seinen königlichen Streitwagen verzichtet sowie er außer Sichtweite der Mauern von Kalach war. »Bei den sechzig großen Göttern, dem ägyptischen König sollen bei unserem Anblick vor Angst die Zähne klappern.«

»Möglich, aber Taharka macht nicht den Eindruck, als ob er leicht weiche Knie bekäme.«

»Dann kennst du ihn also? Wie ich dich um deine Reisen beneide, Bruder? Wie ist er? Ich habe gehört, er soll so schwarz wie ein Affe sein.«

Assarhaddon nahm einer Ordonnanz einen Becher mit Bier ab und legte mir die Hand auf die Schulter.

»Er kommt aus Kusch«, sagte ich. »Er ist kein Ägypter, was aber meiner Erfahrung nach nicht abträglich ist. Ich habe ihn nur einmal gesehen, doch er genießt den Ruf, ein Mann der Tat zu sein.«

»Wenn wir seine Frauen gefangen haben, dann hören wir ja, was sie dazu zu sagen haben – ha, ha, ha!«

Und so ging es weiter, das ganze Abendessen hindurch. Mein Bruder war der geborene Krieger und fühlte sich inmitten seines Heeres fern von den Hofintrigen immer am wohlsten.

Assarhaddon war es wohl zufrieden, wie ich alles für seine Ankunft vorbereitet hatte und überließ mir danach alles, was mit Nachschub zusammenhing.

»Da kann man sehen, wie nützlich es ist, einen Bruder zu haben, der ein halber Ionier ist«, sagte er dann wohl. »Wenn wir in Ägypten einmarschieren, kämpfen wir vielleicht gar nicht, sondern schicken einfach Tiglat mit einem Beutel Kupferschekel los, daß er den Laden für uns aufkauft.«

Doch als einer seiner Offiziere zu lachen wagte, schlug ihn Assarhaddon so hart ins Gesicht, daß der Mann fast das rechte Auge verlor.

»Wehe, du machst dich über meinen Bruder lustig, du Schurke.« Er schnappte sich den Unseligen am Vorderteil der Tunika und schüttelte ihn wie ein Hund eine Wasserratte. Er hatte getrunken, und das machte ihn immer jähzornig. »Ich reiße Witze über ihn, weil ich ihn liebe, doch er trägt die Narben von vielen Schlachten auf seinem Leib, und niemand sonst darf ihn verspotten.«

»Zweifellos wollte er mich nicht beleidigen«, sagte ich, trat zwischen die beiden und half dem Mann auf die Beine – meine Feinde machte ich mir lieber selber. Ich brachte ihn so schnell wie möglich Assarhaddon aus den Augen, nahm ihn in mein eigenes Zelt mit und bestrich die klaffende Wunde mit einer Salbe aus Schlamm und Harz, ein Rezept, das ich Kephalos abgeschaut hatte. Ein paar Becher Wein betäubten seine Schmerzen. Er hieß Samnu Apsu und war sehr jung. Da saß er nun, hielt sich den Kopf mit den Händen und glaubte, sein Leben verwirkt zu haben.

»Gräme dich nicht«, sagte ich zu ihm. »Morgen hat der König den ganzen Vorfall bereits vergessen. Wahrscheinlich wird er dich fragen, wie du zu der Wunde in deinem Gesicht gekommen bist.«

»Ich wollte nicht unehrerbietig sein, Gebieter«, sagte er. Er sah aus, als wollte er jeden Augenblick weinen.

»Ich weiß – wahrscheinlich wußte es der König auch. Möglicherweise geschah der Auftritt mir zuliebe. Wie du zweifellos weißt, haben wir nicht immer gut miteinander gestanden.«

Er nickte. Und schon schien es ihm besser zu gehen, denn das ist immer so bei jungen Männern, wenn sie meinen, man hat sie ins Vertrauen gezogen.

Am nächsten Tag brachen wir das Lager ab und zogen gen Westen.

»Gottes Fluch über ihn!« schrie Assarhaddon. »Fluch über seinen Samen bis ins zehnte Glied! Daß ihm die Lenden verdorren und das Herz in die Kehle steigen und anschwellen möge, bis er daran erstickt! Der feige, hinterlistige, weibische, doppelzüngige Schwindler – ich sehe in ihm einen Freund, überlasse ihm die ganzen Handelswege Sidons, und zum Dank dafür verrät er mich an die Ägypter. Das soll ihn das Leben kosten!«

Verständlicherweise regte sich der König auf, denn Ba'alu, Fürst von Tyros, hatte auf die Einflüsterungen des Pharao gehört und sich der Rebellion der Vasallenstaaten angeschlossen, welche sich an der Küste des Nordmeeres ausbreitete wie Regenwasser auf einem Flachdach. Jetzt hatte er uns die Stadttore seiner Inselstadt vor der Nase zugeschlagen, und die Soldaten von Assur gruben um die Mauern herum Belagerungsgräben. Sidon noch einmal von vorn.

»Ich werde ihn aushungern. Ich werde seine Mauern untergraben und die Stadt brandschatzen. Die Tyrianer sollen Abdimilkuttes Untertanen in die Verbannung folgen, während hinter ihnen ihre Häuser brennen. Diese Phönikier – man sollte meinen, sie hätten etwas dazugelernt.«

»Du kannst sie nicht aushungern, weil du sie nicht von See her abschneiden kannst«, sagte ich. »Dieses Mal hast du keine Verbündeten.«

»Ich stehe in Verhandlungen mit den sieben Königen von Cypern«, knurrte Assarhaddon. Darüber konnte ich nur den Kopf schütteln.

»Dann verhandeln wir noch, wenn wir längst allesamt Greise sind«, sagte ich. »Die Cyprioten sind vorsichtig ...«

»Du meinst, sie sind Ionier – hach!«

»Ja, sie sind Ionier. Die ergreifen nicht Partei, bis sie wissen, wer obsiegt, du oder Taharka. Tyros kannst du nicht in weniger als fünf Monaten einnehmen, und wenn du hier noch lange verweilst, mußt du die ägyptische Wüste mitten im Sommer durchqueren. Das ist heller Wahnsinn.«

»Es ist kein Wahnsinn, Verräter zu bestrafen«, erwiderte er steif. Und doch wußte er, daß ich recht hatte.

»Wenn du Ägypten eroberst, kommt Ba'alu angekrochen und leckt dir den Staub von den Sandalen. Wenn nicht, dann ist es sowieso egal. Das hier können wir uns nicht leisten, Bruder.«

Doch wir verschwendeten fast einen ganzen Monat auf der Ebene vor Tyros. Jeden Morgen unternahmen der König und ich einen Ausritt, um den Fortgang der Erdarbeiten zu inspizieren, mit denen man die Stadtmauer untergrub, und jeden Morgen sagte ich das Gleiche.

»Das ist Narretei. Willst du die Doppelkrone des Pharao haben, oder willst du jedem Kupferschekel nachjagen, der in die Gosse rollt?«

Und über uns funkelten die Wachttürme von Tyros vor dem strahlend blauen Himmel.

»Lachen werden sie«, sagte Assarhaddon dann. »Jubeln werden sie, wenn wir uns wie geprügelte Hunde davonstehlen. Ba'alu wird die Majestät Assurs verspotten.«

»Laß ihn lachen. Der hört schon wieder auf, wenn wir aus Ägypten zurückkehren – falls wir zurückkehren.«

Am Ende ließ sich mein Bruder doch überreden. Wir brachen das Lager ab und wandten das Antlitz gen Süden, zogen in das Land der Samariter, nach Israel und Juda. Doch wir hielten uns stets in Sichtweite des Meeres. An Jerusalem wagten wir uns nicht heran, obschon sein König Manasse gegen den König von Assur rebellierte und sogar einem seiner Söhne den Namen Amun nach dem größten der Nilgötter gegeben hatte. Assarhaddon hatte Vernunft angenommen und ließ sich nicht mehr von dem Gezänk kleiner Herrscher ablenken, die ihren unverschämten Aufstand aufgeben würden, sobald der Pharao vernichtet war.

Die Garnison von Askalon jedoch war ein ganz anderer Fall. Die Vorstellung, die ägyptische Wüste zu durchqueren und dabei dreißigtausend von Taharkas libyschen Soldaten im Rücken zu haben, begeisterte uns nicht gerade.

Wir machten halt und schlugen ungefähr zwei *beru* vor der Garnisonsmauer unser Lager auf. Wir hatten ihre Patrouillen gesichtet, doch bislang hatten die Ägypter keinerlei Neigung gezeigt, uns anzugreifen. Sobald unsere Rundumverteidigung aufgeworfen war, ritten Assarhaddon und seine Hauptleute – darunter auch ich mit Enkidu als Dauerschatten – zu einem Überblick vor das Lager.

Askalon war eine steinerne Festung mit dem Rücken zum Meer. Sie besaß starke Mauern, und das Gelände ringsum war auf eine Stunde Fußmarsch in jede Richtung hin planiert. Das würde ein harter Brocken werden.

»Wir müssen sie einnehmen«, verkündete Scha Nabuschu, so

als läge das für ihn auf der Hand. »Tyros war etwas anderes als das hier. Wir haben keine Wahl.«

Geist scheute vor etwas, und ich stieg ab, um zu sehen, was es war. Ich schob einen flachen Stein mit der Speerspitze beiseite, und ein Skorpion, so groß wie eine Männerhand, krabbelte auf der Suche nach ein wenig Schatten davon. Der Sand unter meinen Füßen war so glühend heiß, daß ich darin leicht ein Ei hätte kochen können.

»Spürt ihr die Hitze?« fragte ich und blickte zu Assarhaddon hoch – die Sonne stand fast geradewegs hinter seinem Kopf, so daß ich meine Augen beschatten mußte. Seine Miene konnte ich dabei nicht sehen. »Der Siwan ist schon fast herum, und im nächsten Monat ist die Wüste wie das Innere eines Töpferofens. Wir können diese Festung nehmen, oder wir können in Ägypten einfallen, beides jedoch geht nicht. Vielleicht kann man den Befehlshaber der Garnison überzeugen, daß er gut daran tut, in ihren Mauern zu bleiben.«

»Warum sollte er das tun?« fragte Scha Nabuschu verächtlich. »Der redet uns nach dem Mund, und wenn wir in der Wüste sind, fällt er über uns her.«

Die anderen Offiziere brummten beifällig, doch mir fiel auf, daß der König schwieg.

»Ja, Bruder«, sagte er schließlich, »warum sollte er das tun?«

»Weil auf einen seiner Männer fünf von uns kommen und weil der König von Assur nicht gerade als versöhnlicher Mensch bekannt ist.«

Assarhaddon lachte. Dann nickte er zustimmend.

»Geh hin und rede mit ihnen«, sagte er. »Du kennst dich mit diesen ägyptischen Halunken aus – falls sie dich lebendig herauslassen und falls dir dort nichts stinkt, schließen wir einen Waffenstillstand mit ihnen. Falls sie dich umbringen, Bruder, so schwöre ich, daß ich deinen Tod räche.«

Wieder lachte er, dann riß er sein Pferd herum und kehrte zum Lager zurück. Und schon erstarb auch das Hufgetrappel, und Enkidu und ich blieben allein zurück. Enkidu starrte die Garnisonsmauer an, als ob er sie gern eigenhändig niedergerissen hätte.

»Du hältst das Ganze für Wahnsinn«, sagte ich, doch mein stummer Geführte schenkte mir nicht einmal einen Blick.

»Zweifellos hast du recht.«

Ich stieg wieder aufs Pferd, und wir machten uns zur Festung auf. Dabei überlegte ich, ob mir die Ägypter einen Becher Wein gönnen würden, ehe sie mir die Kehle durchschnitten.

Die Wachpatrouille rief mich erst an, als wir uns dem Haupttor auf fünf-, sechshundert Schritt genähert hatten. Vier Berittene kamen uns entgegen. Alle vier sahen so mürrisch und sonnenverbrannt aus, wie man sich libysche Söldner vorstellt, und keiner trug eine Offizierspeitsche.

Ungefähr dreißig Schritt vor uns zügelten sie ihre Pferde. Keiner zog das Schwert.

»Ich möchte euren Befehlshaber sprechen«, sagte ich in meinem schauerlichen Ägyptisch.

Zunächst keinerlei Reaktion. Die Libyer behielten Enkidu fest im Auge; sie dachten wohl, und das durchaus mit Recht, daß von ihm die größte Gefahr drohte.

»Wer möchte das?« fragte einer von ihnen schließlich. Ich weiß noch, daß er auf jeder Wange drei parallele Narben hatte – die Libyer sind ein primitives, barbarisches Volk, und diese Narben sollten wahrscheinlich zur Hervorhebung seiner männlichen Schönheit dienen.

»Ein Offizier im Dienste des Königs von Assur, dem Herrscher der Vier Enden der Erde, dem Herrn der Welt.« Ich grinste verächtlich und zeigte meine Zähne, denn theoretisch durfte nichts mehr Eindruck auf diesen Flegel machen als offen zur Schau gestellte Unverschämtheit. »Sein Lager befindet sich keine zwei Stunden zu Pferd von hier, wie ihr zweifellos wißt. Ich bin gekommen, weil mein König geneigt ist, euch möglicherweise das Leben zu schenken.«

Ob diese Ansprache den gewünschten Erfolg hatte, konnte ich nur raten, denn die vier Libyer wandten die Pferde und ritten in den Schutz ihrer Mauern zurück. Wir hatten keine andere Wahl, wir mußten draußen in der Sonne warten.

Binnen einer Viertelstunde kam ein anderer Reiter aus dem Haupttor getrabt, dieses Mal ein Ägypter. Als er nahe genug herangekommen war, daß ich sein Gesicht sehen konnte, spiegelte sich darauf tiefstes Erstaunen.

»Der Gebieter Tiglat Assur, nicht wahr?« sagt er und wirkte dabei ein wenig eingeschüchtert ob seiner Entdeckung. »Nefu, Sohn des Hardadaf, Fürst von Siut – einst Gast bei einem deiner berühmten Gastmähler. Ich hörte, daß du tot bist.«

»Wie du siehst, bin ich es nicht.«

Erinnerte ich mich an diesen glattgesichtigen Jüngling? Nein, ich glaube nicht, doch in meinem Haus in Memphis war es zugegangen wie in einem Taubenschlag, man hatte sich dort so heimisch gefühlt wie in einem Hurenhaus. Er hätte mich einige Male besuchen können, ohne daß er mir überhaupt aufgefallen wäre.

»Mit diesem Bart hätte ich dich womöglich nie wiedererkannt, doch mit deinem Diener ist das etwas anderes. Komm herein, Gebieter, wir wollen den Wein trinken, den dieses Hundeloch zu bieten hat und uns über glücklichere Zeiten unterhalten ...«

Anscheinend hatte es Nefus Vater mit dem Pharao verdorben.

»Und wie du siehst«, sagte er und machte eine Bewegung mit der getrockneten Aprikose, die man uns zum Abendessen vorgesetzt hatte und die er in der Hand hielt – er gab sich alle Mühe, mir in diesem gottverlassenen Nest Gastfreundschaft zu erweisen. »Wie du siehst, hat sich die Ungnade auf die ganze Familie erstreckt. Seit einem Jahr bin ich nun hier draußen, und es wäre kein Wunder, wenn ich als Befehlshaber dieser Garnison sterben würde. Dergestalt ist der Zorn des Lebendigen Gottes.«

Er grinste ein wenig albern. Wir saßen noch keine halbe Stunde bei Tisch, doch schon hatte er dem Wein tüchtig zugesprochen.

»Vielleicht stirbst du hier eher, als du denkst«, sagte ich. »Um das zu bereden, bin ich hergekommen.«

Die Temperatur in diesem dunklen, muffigen, kleinen Zimmer schien merklich kühler zu werden. Nefu von Siut blickte mich mit schmal gewordenen Augen an, anscheinend hatte ich gegen die Etikette verstoßen.

»Wessen Soldaten sind das da draußen?« fragte er am Ende.

»In dieser Wildnis hier bekommt man so wenig Nachrichten.«

»Sie gehören dem König von Assur – er befehligt höchstpersönlich ein Heer, das an die hundertfünfzigtausend Mann stark ist, und er will durch die Wüste nach Ägypten ziehen. Die Frage ist nur, ob er hier für die kurze Zeit verweilen muß, die er braucht, um diese Garnison zu zerstören. Sei versichert, er wird es dir sehr übelnehmen, wenn du ihm Unannehmlichkeiten bereitest.«

»Und wie stehst du zu ihm, Gebieter Tiglat?«

»Er ist mein Bruder.«

Zunächst reagierte Nefu nur mit einem leisen Pfiff, während sein weinumnebeltes Hirn sich abmühte, diese erstaunliche neue Tatsache zu verdauen. Dann lachte er.

»Dann wundert es mich aber, daß der König von Assur dich mir so einfach in die Hand spielt«, sagte er und schenkte mir nach.

»Solltest du daran denken, mich als Geisel zu benutzen, so kann ich nur abraten«, sagte ich. Ich schenkte meinem Weinbecher keinen einzigen Blick. »Mein Bruder liebt mich – nicht genug, um mir zuliebe auf die Eroberung Ägyptens zu verzichten, doch genug, um sich auf das Furchtbarste an dem Mann zu rächen, der es wagen würde, mir das Leben zu nehmen. Es würde dir, glaube ich, keinen Spaß machen, wenn man dir die Haut von den Augenbrauen bis zu den Fußsohlen in einem einzigen Stück abzieht. Das ist schon für geringere Verbrechen geschehen, und ich habe zugesehen, und du kannst mir glauben, es trägt nicht zur Verschönerung des Aussehens bei. Wenn du aber den König nur für ein Weilchen aufhältst, wird er sich wohl damit zufriedengeben, dich lediglich zu töten.«

»Du sagst, er will durch die Wüste nach Ägypten?«

»Ja.«

»Gebieter, hast du eine Vorstellung davon, wie es um diese Jahreszeit in der Wüste ist?«

»Ja. Und der König auch.«

»Ist er von Sinnen, oder habt ihr Barbaren aus dem Osten allesamt Bäuche aus Eisen?«

Er schüttelte den Kopf, staunte über soviel Torheit, und da wußte ich, daß uns die Garnison Askalon nicht aufhalten würde.

»Also, ich würde nicht durch diese Wüste ziehen«, sagte er –

und ein Anflug von echtem Entsetzen lag in seiner Stimme, so als ob die Schrecken dieses Ortes deutlich vor seinem inneren Augen stünden. »Ich nicht. Und ihr findet dort beileibe nicht die Doppelkrone des Pharao, sondern nur den Tod.«

»Den du hier findest, falls du uns in die Quere kommst.« Ich nahm den Becher Wein und trank, so als wäre unser Handel bereits abgemacht.

»Dann habe ich wohl keine andere Wahl«, gab Nefu zurück, während sich seine Finger um den Hals des Weinkruges schlossen. Er schenkte erst mir nach, dann sich selbst. »Wer würde es mir auch schon danken, wenn ich mein Leben bei dem Versuch wegwerfen würde, euch aufzuhalten? Außerdem bringt die Wüste mehr von euch um als alle Heere Ägyptens. Wenn ein paar von euch auf der anderen Seite herauskommen, wetteifern die Soldaten des Pharao mit den Aasgeiern, wer euch das Fleisch von den Knochen reißen darf.«

Und darüber lächelte er noch wie über einen harmlosen Witz.

»Ziehe in Frieden, Gebieter Tiglat. Ich denke nicht im Traum daran, euch aufzuhalten.«

Als ich zu Assarhaddons Lager zurückritt, da gingen mir viele Dinge durch den Kopf. Von Nefu war kein Verrat zu befürchten. Während meines Aufenthalts in der Festung hatte ich die Augen offen gehalten und überall die lasche Disziplin bemerkt. Die Kommandierung an solch einem Ort ist für Offiziere wie für Mannschaften gleichermaßen eine Art Strafe, und so waren alle vom Befehlshaber an abwärts schlechte Soldaten. Außerdem hatten die Dienstjahre auf diesem vergessenen Außenposten sie so zermürbt, daß sie keine Gefahr für uns darstellten – falls er ihnen befahl, uns in die Wüste nachzusetzen, würden sie auf den Hacken kehrtmachen und ihm die Kehle durchschneiden. Und das wußte er wahrscheinlich. Nein, von der Garnison Askalon hatten wir nichts zu befürchten.

Nefu hatte sich auf seine Art sogar als Verbündeter angeboten.

»Falls Ihr durch ein Wunder obsiegen solltet ...« Er hob die Schultern, damit wollte er wohl andeuten, daß es ihm peinlich war, einen solchen Gedanken überhaupt zu hegen. »Falls ihr sowohl die Wüste als auch die Heere des Pharao besiegen solltet …«

»Aber du hast doch behauptet, daß es unmöglich ist.«

»Ja, ich weiß, aber nach den Unruhen in Memphis warst du auch totgesagt, und da bist du wieder. Du scheinst mir ein ungewöhnlich langlebiger Mann zu sein, Gebieter.« Er lachte – es klang wie Frauengekicher und ging mir langsam auf die Nerven. »Sogar der Gebieter Senefru …«

»Der Gebieter Senefru! Ist der noch am Leben?«

»O ja«, erwiderte Nefu und nickte ungestüm. »Er lebt und gedeiht. Er ist der Gouverneur des Pharao in Memphis.«

Es schien ihm Freude zu bereiten, daß er dies über einen Mann berichten konnte, den alle Welt für meinen Busenfreund gehalten hatte.

»Ich habe von seinen eigenen Lippen gehört, daß dich irgendein fremdländischer Schurke in Naukratis umgebracht hat. Es schien ihm sehr nahezugehen.«

»Das will ich wohl glauben.«

Ah – die Gelegenheit zur Rache winkte. Senefru würde in Memphis auf mich warten. Irgendwie schien diese eine Tatsache das ganze Unternehmen zu lohnen.

»Welche Gunst erwartest du dir von Ägyptens neuen Herrschern?« fragte ich, denn auf einmal meinte ich, tief in Nefus Schuld zu stehen.

Und der Befehlshaber der Garnison Askalon verlor keine Zeit.

»Weg von hier«, sagte er schlicht. »Wenn du siegst, dann schicke einen anderen armen Kerl, daß er hier das Tor zum Jenseits bewacht, mich aber laß nach Haus zurückkehren.« Ich versprach ihm, ich würde, falls wir den Nil erreichten, ein gutes Wort für ihn bei Assarhaddon einlegen und er könne damit rechnen, daß er den Winter an von ihm ausgewählten Fleischtöpfen verbringen würde. Es gab nur eine nichtige Bedingung: Ich und Assurs König, wir mußten beide am Leben bleiben, damit seine Eroberungsträume in Erfüllung gehen konnten.

Doch zwischen uns und dem Nil lagen Taharkas Heere und,

schlimmer noch, dieser Alptraum an Hitze und Leere, den ich einst bei mir die Wildnis des Gottes Sin genannt hatte.

Aber mein Bruder war recht erfreut, er wirkte, als hätte ich ihm mit dem Waffenstillstand dieses Grenzpostens ganz Ägypten auf einem Silberteller überreicht.

»Tiglat, genau deswegen liebe ich dich so. Sollte ein Reich jemals mit nichts als Charme und Gerissenheit erobert worden sein, dann kommt dir der ganze Ruhm zu. Deine Worte sind wie Gift mit Honig – du könntest einer Schlange die Zähne abschwatzen.«

An jenem Abend betranken wir uns wie Soldaten, wenn sie eine gefährliche und schwierige Aufgabe hinter sich gebracht haben. Assarhaddon legte die Majestät der Königswürde ab und sang ein aramäisches Lied von einem Esel und einer Gastwirtstochter, dessen Obszönität mir den Atem verschlug. Wir würfelten um die Beute, die wir in Ägypten machen würden, und ich gewann elf Städte im Delta und dazu das Beste, was Taharkas Harem zu bieten hatte, doch das tauschte ich gegen die Dattelernte des nächsten Jahres ein – es war ja nur ein Spiel, eine Art vertrackter Scherz. Nur Scha Nabuschu lachte nicht, der schlief bereits und mußte in sein Zelt zurückgetragen werden.

Die Geschäfte könnten bis morgen warten. Wir lagerten, dem Gott sei Dank, unweit einer großen Oase, und ich kümmerte mich darum, daß selbst die großen Krüge für Bratöl mit Sand gesäubert und mit Wasser aus den Brunnen gefüllt wurden.

»Du machst von dieser Wüste zuviel her«, sagte Assarhaddon. »Sieh dir doch nur die Karte an. Zwischen uns und Ishhupri liegen kaum mehr als zwanzig *beru*, und dort bekommen wir alles, was wir für unseren Marsch zum Nil brauchen. Zwanzig *beru* – was ist das schon? Nicht mehr als ein Zweitagemarsch.«

»Ich bin dort gewesen. Du nicht. Was an einem anderen Ort ein Marsch von zwei Tagen ist, kann in dieser gräßlichen Ödnis zehn oder mehr dauern. Außerdem müssen unsere Soldaten nicht nur den Marsch überleben, sondern am Ende auch noch kampffähig sein. Mit Sicherheit wartet Taharka in Ishhupri auf uns.«

»Woher willst du das wissen?«

»Weil Ishhupri vom Nil leicht zu erreichen und doch noch weit genug von Memphis entfernt ist, daß er sich zurückziehen kann, falls er uns nicht gleich aufhält. Weil seine Truppen in Ishhupri frisch sind und unsere gerade aus der Wüste kommen. Weil ich in Ishhupri warten würde, wenn ich Pharao von Ägypten wäre.«

Der König antwortete nicht, aber er hinderte mich auch nicht daran, Wasservorräte anzulegen.

»Und dann noch die Pferde«, sagte ich. »Ein Pferd säuft soviel wie drei Mann – und noch mehr, wenn es als Packtier benutzt wird. Wir müssen abladen und sie einfach hindurchführen.«

»Daran habe ich auch schon gedacht«, sagte Assarhaddon und legte dabei den Finger an die Nase wie ein amoritischer Teppichhändler. »Warte, bis wir die Oase von Ruhebeh erreicht haben.«

Und siehe da, in Ruhebeh trafen wir auf Unterhändler des Königs Lale von Bazu, einem Nomadenvolk aus den nördlichen Gegenden Arabiens. Sie hatten beinahe fünfhundert Kamele, die sie uns für vier Silberschekel das Stück verkauften.

»Das hatte ich schon vor unserem Aufbruch aus Kalach in die Wege geleitet. Siehst du, Bruder? Ganz so dumm, wie du denkst, bin ich nun doch wieder nicht.«

Die Araber lehrten uns, wie man ein Kamel dazu bringt niederzuknien; und wie man es belädt. Sie versuchten auch, einigen Offizieren beizubringen, wie man sie reitet, doch dieser Unterricht war weniger erfolgreich. Es stellte sich heraus, daß ich im ganzen assyrischen Heer der einzige Mann war, der jemals ein Kamel geritten hatte, und selbst ich ging lieber zu Fuß. Assarhaddon versuchte es ein Mal, und ihm wurde dabei so übel, daß er sich übergeben mußte, sobald seine Füße wieder auf festem Boden standen.

»Widerliches Vieh«, knurrte er, als er unter einer Dattelpalme saß und sich den Mund mit Wein ausspülte. »Wenn wir Ägypten erreicht haben, verfüttere ich es höchstpersönlich an die Hunde – Stück für Stück.«

»Die Araber sagen, man liebt das Kamel am meisten, welches man nur ein wenig haßt.«

Darüber mußte er lachen. Es war das letzte Mal für lange Zeit, daß ich jemanden lachen hörte.

Am nächsten Tag erreichten wir den Ägyptischen Graben.

»Ägyptischer Graben«, knurrte Assarhaddon grimmig und verächtlich und trat zornig mit der Sandale nach dem steinharten Flußbett. »Wieviele Jahrhunderte mag es her sein, daß er Wasser geführt hat?«

»Letzten Winter kann das noch ein Wildbach gewesen sein«, sagte ich. »Man sagt, daß es in der Wüste plötzlich Hochwasser geben kann, doch das trocknet in ein, zwei Tagen und hinterläßt keine Spur.«

Wir blickten beide die flache, westliche Landschaft hin vor uns erstreckte sich die Wüste, leer und erbarmungslos wie eine Warnung, auf die ja doch nicht gehört wurde.

XLII

Als ich das letzte Mal durch diese Wüste wanderte, da waren wir zu dritt gewesen, allein und ohne Wegweisung. Und doch war der Durchzug von Assarhaddons Heer schrecklicher, als ich es mir ausgemalt hatte. Da wir zu Tausenden waren, schien jeder für jeden ein Klotz am Bein zu sein, und das Leiden des einzelnen wurde durch das Elend so vieler noch schlimmer.

Am ersten Tag, als wir noch frisch waren, lagen auf der Erde winzige, scharfe, weiße Steinchen, die wir als Alaun ausmachten, und da die meisten unserer Soldaten keine Sandalen trugen, dauerte es auch nicht lange, und viele konnten kaum noch gehen – sie sagten, es wäre, als hätte man die Fußsohlen voller Bienenstiche. An jenem Tage schafften wir nur vier *beru*, und an vielen folgenden sollten wir nicht einmal mehr die schaffen.

In jener ersten Nacht in der Wüste leuchtete der Mond klar und kalt und schien die ganze Welt zu erhellen, wie eine Sonne ohne Hitze. Ich hatte das schon früher erlebt, doch die Soldaten Assurs bekamen Angst.

»Das ist ein Gefühl, als ob die Luft voller Geister ist«, vertraute mir Assarhaddon an. Es wehte kein Windhauch, und die Erde war noch warm von dem glühend heißen Tag, doch er erschauerte, als ob ihn fröre. »Ist das hier immer so?«

»Ja – der Mond scheint diese öde Stätte zu lieben, darum habe ich sie bei mir Stätte des Gottes Sin genannt.«

Er blickte mich an, als hätte ich gerade etwas Prophetisches von mir gegeben. Mein Bruder lebte in großer Furcht der Götter.

»Dann soll sie auch so heißen«, sagte er. »So soll es sein bis zum Ende der Zeit. Das hier soll der Sinai sein.«

Und er wurde es.

Der zweite Tag war noch schlimmer als der erste, denn die Sonne brannte noch heißer herab, und der felsübersäte Boden, der an sich schon schlimm genug war, wich Sand, in dem man bei jedem Schritt bis zum Knöchel einsank. Man ging wie mit Gewichten. Zuvor hatten uns die Felsen zerkratzt, jetzt schmirgelte uns der glühheiße Sand die Fußsohlen ab wie ein Mühlstein. Nach zwei Stunden waren wir so erschöpft, daß wir uns nur noch ein wenig Schatten suchten, um unsere schwindenden Kräfte zu schonen.

»Am besten würden wir des Nachts marschieren«, sagte ich zu Assarhaddon.

»Einhundertfünfzigtausend Mann können nicht bei Nacht marschieren – das gäbe ein Chaos.«

»Dann sollten wir sie zwei Stunden vor Sonnenaufgang wecken und die paar kühlen Morgenstunden nutzen. In dieser Hitze können sie auch nicht marschieren.«

Und so geschah es. Auf dem ganzen Weg durch diesen Kochkessel aus Stein und Sand, wo kein Lebewesen den Zorn der Sonne versuchen darf, schafften wir nie mehr als zwei Stunden Marsch am Tag. Den Rest der Zeit rasteten wir, wo wir uns Schatten verschaffen oder finden konnten, und beteten, daß wir am Leben bleiben und noch einmal grünes Gras sehen möchten.

Es dauerte auch nicht lange, da machten sich die Auswirkungen des Durstes bemerkbar. Der unermüdliche Enkidu zeigte mir, wo stellenweise noch die Steine dick mit einem scheußlich schmeckenden Salz überkrustet waren. Das konnte man sammeln und mit der Wasserration zu sich nehmen, es half gegen die Schwäche. Ich weiß nicht, wieviele Leben damit gerettet wurden, doch es waren nicht genug. Bereits am zweiten Tag gab es Streit und am dritten Morgen fand man einige Männer tot auf ihrer Schlafrolle. Ich habe nicht die geringste Ahnung, woran sie gestorben sind.

Am Morgen des vierten Tages wachten wir auf, und da war das Lager voller Schlangen – zu Hunderten waren sie, viele davon doppelt so lang wie ein Arm, aus der kalten Wüstennacht zu uns gekrochen gekommen. Die Männer entdeckten sie in ihren Schlafrollen um ihre Beine geringelt, und viele wurden gebissen. Wir hatten weitere Verluste beim Fortscheuchen, denn es handelte sich um ägyptische Kobras, die angreifen, wenn man sie aufstört. Sie erhoben den Kopf, spreizten die Kreise um ihre Augen und griffen jeden an, der sich in ihre Nähe wagte.

»Bei den lichten Göttern«, entfuhr es Luschakin, »wenn diese Stätte, die der König erobern möchte, noch weitere furchterregende Geschöpfe birgt, dann wäre es besser, er würde uns nach Haus führen. Kann man denn gar nichts tun?«

»Sag ihnen, sie sollen vorsichtig sein, sich von ihnen fernhalten und davon ausgehen, daß unter allem, was auf dem Boden liegt, eine Schlange sein kann. Wenn ich mich recht erinnere, so empfehlen die Ägypter einen Umschlag aus geraspelten Krokodilzähnen, doch dergleichen haben wir nicht. Ich fürchte, die meisten Gebissenen müssen sterben.«

Und so war es. Kobragift wirkt rasch und tödlich, doch irgendwie barmherzig. Wer gebissen ist, bekommt zunächst schwere Lider, dann ermattet er. Schmerzen hat er nicht, und sogar die Angst vor dem Tod scheint nicht schlimm zu sein. Nach ein paar Stunden legt er sich dann hin und hört auf zu atmen. Einige versuchten sich damit zu helfen, daß sie starken, mit Pfeffer vermischten Wein tranken, doch das zeigte keine Wirkung. Noch vor Mittag hatten wir fünfzig, sechzig Mann verloren.

Einer schien sich zu erholen. Ein Weilchen war er so krank wie die anderen, doch dann ging es ihm auf einmal besser. Gegen Mitte des Nachmittags hatte er von seinen Qualen anscheinend nur noch eine Hautverfärbung um die Wunde herum zurückbehalten. Doch die eiterte nach zwei Tagen. Sein Arm schwoll so an, daß er nicht einmal mehr die Finger bewegen konnte. Dann bekam er Fieber und starb.

Das drückte natürlich auf die Stimmung. Etliche glaubten, die

Kobras wären nicht nur wilde Tiere, sondern zweiköpfige Dämonen, denn so etwas wie die bedrohlichen Kreise um die Augen hatten sie noch nie gesehen, und wer kommt schon auf den Gedanken, daß eine Schlange derart angriffslustig sein könnte. Niemand hatte mehr Angst als der König selbst, denn Assarhaddon lebte immer in überaus großer Frucht vor dem Übernatürlichen.

»Ägypten ist voller Kobras«, sagte ich. »Zauberer und Schlangenbeschwörer führen sie in Körben mit sich, und sie sind genau das, was sie scheinen – gefährliche, übellaunige Viecher, die man am besten in Ruhe läßt. Sie sind den Ägyptern heilig, und die Pharaonen haben sie als ihr Emblem gewählt. Sei getrost, Bruder, wenn dich eine beißt, so hast du weder Gott noch Geist gekränkt. Du wirst lediglich sterben.«

Das fand Assarhaddon ganz und gar nicht lustig, trotzdem beriet er sich mit seinen Wahrsagern und Priestern. Sie arbeiten mit viel Brimborium, Beschwörungen und Zauberformeln, um den Herrscher Assurs zu schützen. Vielleicht waren sie ihm etwas nutze, denn die Schlangen setzten uns auf dem ganzen Marsch zu, doch besaß keine die Unverschämtheit, den König zu beißen.

Aber die größten Schrecken des Sinai waren nicht die mörderischen Schlangen oder die Skorpione, welche die Angewohnheit hatten, einem von jedem Felsüberhang, der ein wenig Schatten zu bieten schien, in den Schoß zu fallen. Die Wüste selbst war der furchbarste Feind, und ihre Waffen waren Hitze und Durst.

Die Sterblichkeitsziffer lag bei zwei-, dreihundert Mann am Tag. Einige starben im Schlaf – morgens fanden wir eine Leiche in einer Schlafrolle, die Knie fast bis zum Kinn hochgezogen –, doch mehr Männer kamen während unserer kurzen, aber unerträglichen Märsche um. Es geschah immer wieder auf die gleiche Weise: Auf einmal setzte sich ein Mann, der noch vor einer Stunde gesund und munter gewirkt hatte, und wollte einfach nicht mehr weitergehen. Seine Kameraden boten ihm Wasser und Salz an, und wenn er das nahm, kam er vielleicht wieder auf die Beine und ging weiter. Doch zumeist schüttelte er den Kopf und erweckte den Eindruck, daß er lebensmüde war. Dann hatten wir keine Wahl, wir mußten ihn zurücklassen, denn binnen ein paar

Stunden war er tot, was auch immer wir für ihn taten. Nach einer Weile brauchte man einen Mann nur noch anzuschauen, und man wußte, daß es mit ihm zu Ende war.

Am achten Tag, als unser Wasser beinahe aufgebraucht war, fanden wir eine Oase mit ungefähr fünfzig Brunnen. Assarhaddon war so klug anzuordnen, daß niemand trinken durfte, ehe nicht zuerst unsere Krüge neu gefüllt und dann die Pferde getränkt waren. Die meisten hatten verschrumpelte Bäuche und konnten kaum noch stehen. Dafür brauchten wir fast einen ganzen Nachmittag, und dann war mehr als die Hälfte der Brunnen völlig leer. Es gab Männer, die mußten bis mitten in der Nacht warten, und dann bekamen sie gerade soviel Süßwasser, wie sie in der hohlen Hand fassen konnten, und so manch einer ging leer aus. Das war unseres Wissens die letzte Oase, bis die Wüste fast hinter uns lag. Was wir die folgenden sieben Tage litten, kann sich keine Phantasie ausmalen.

Durst ist das Allerschlimmste, denn er zehrt am Heldenmut des Menschen und läßt keinen anderen Gedanken mehr zu, als daß er den Geschmack von Sand verabscheut. Am Ende des elften Tages stellte ich fest, daß mein Mund schon derart trocken war, daß ich nicht einmal mehr spucken konnte. Die Rationen waren auf einen einzigen Becher abgestandenen, trüben Wassers herabgesetzt worden, den sich die meisten bis zum Abendessen aufsparten. Es war einfach unmöglich, etwas hinunterzubekommen, ehe man sich nicht den Mund ausgespült hatte. Zu Assarhaddons Gunsten muß gesagt werden, daß er sich selbst nicht mehr zugestand als den anderen. Er gab seinen Wein an die gemeinen Soldaten ab und litt wie wir übrigen. Das stopfte den vielen Murrenden den Mund, denn die Männer schämten sich über etwas zu klagen, was der König selbst wortlos auf sich nahm.

Die Hitze bewirkte Stürme, welche die Grenze zwischen Himmel und Erde so vermischten, daß wir ziellos in einer sandigen, beißenden Wolke herumirrten. Wir bedeckten das Gesicht und marschierten weiter, obwohl wir die Richtung verloren hatten, und zuweilen legten sich die Kamele einfach hin und weigerten sich, auch nur einen Schritt zu tun. Als wir eines nicht wieder auf die Beine bekamen, schnitten wir ihm die Kehle durch und holten ihm das Wasser aus dem Bauch – Wasser, das roch und schmeckte wie ein verwesender Leichnam, aber das keiner verweigerte –, das Aas überließen wir den Geiern, die über uns kreisten, seit wir den Ägyptischen Graben durchquert hatten.

Und doch zogen wir weiter, nicht weil wir glaubten, vor uns wartete etwas anderes als die Leere der Wüste, sondern weil wir unmöglich zurückgehen konnten und die einzige Alternative darin bestand, umzufallen und auf den Tod zu warten. Assarhaddon betete zu den Göttern – insbesondere zu Marduk, den er für seinen persönlichen Schutzpatron hielt – und wir übrigen fluchten in die Dunkelheit hinein, in der alles Böse herumzugeistern schien. Bei mir dachte ich, daß war siegen müßten, wenn wir Ägypten erreichten, denn Männer, die dergleichen durchstanden, konnten nicht mehr durch das Schwert umkommen.

Und als am Ende unsere Wasserkrüge fast leer waren und wir uns bereits dem Tod anheimgegeben hatten, hoben wir am sechzehnten Tag, den wir nun schon in dieser Wildnis waren, den Blick und sahen die Siedlung Magan. Es schien, die Götter hatten schließlich doch noch Erbarmen mit uns gehabt.

Zwar waren an die fünfzig, sechzig ägyptische Soldaten in Magan stationiert, doch den Namen Garnison verdiente es nicht. Die Soldaten waren nur die Bewacher jener Elenden, welche die Richter des Pharao dazu verdammt hatten, in der Silbermine hier zu arbeiten, und sie flohen, kaum daß sie unseren Staub am Horizont sahen. Wir fanden eine Oase vor, eine Reihe verlassener Gebäude und an die hundert abgemagerte, sonnengeblendete Gefangene ohne Ohren und in Kupferketten, die einfach nicht begriffen, wieso man sie plötzlich nicht mehr bewachte.

»Bei Adads Donner, die Kerle müssen Schurken sein«, bemerkte Assarhaddon. »Was für Verbrechen die wohl begangen haben, daß man sie ihr Leben an einer solchen Stätte aushauchen läßt.«

Ich stellte einige Nachforschungen an und fand heraus, daß die meisten Bauern waren, die schlechte Ernten gehabt hatten und nicht in der Lage gewesen waren, ihre Steuern zu zahlen. Selbst mein Bruder, der so manchen Verräter und Aufrührer zu einem grausamen Tod verurteilt hatte, konnte soviel Härte nicht verstehen.

»Dieser Taharka muß ein furchtbar grausamer Herrscher sein. Ich erweise den Ägyptern, glaube ich, einen großen Dienst, wenn ich sie von diesem Ungeheuer befreie.«

»Und doch bezweifle ich, daß sie dir Dank wissen«, sagte ich.

In Magan gab es Wasser, dadurch wirkte es auf unsere erschöpften Soldaten wie die ewige Seligkeit. Jetzt waren wir nicht einmal mehr zwanzig Stunden vom Niltal entfernt, und die Sanddünen hatten steinhartem Boden Platz gemacht, der das Marschieren leichter machte. Der König beschloß, mit einem einzigen Marsch auf Ishhupri zu ziehen, noch ehe uns das Heer des Pharao, welches zweifellos eine Ahnung davon hatte, wie unser Vormarsch gewesen war, dort erwartete.

»Wir machen einen Tag Rast, dann einen Gewaltmarsch. Man schlachte die Kamele, wir brauchen sie nicht mehr, und die Männer freuen sich über frisches Fleisch.«

Assarhaddon war ein strenger Befehlshaber, aber der Krieg ist auch ein gestrenger Herr. Ich brachte es nicht über mich, ihm seinen Plan auszureden.

»Vielleicht sollten wir herausfinden, ob es unter den ägyptischen Gefangenen kürzlich Zugänge gegeben hat«, sagte ich. »Vielleicht wissen die etwas, das uns nützlich sein könnte.«

»Wie du willst.« Assarhaddon machte eine Handbewegung, als wollte er eine Fliege fortscheuchen. »Da du ihr Geplapper verstehst, überlasse ich dir die Sache.«

Ich ließ den Gefangenen die Ketten abnehmen und ordnete an, daß man ihnen zu essen und Bier aus den Vorräten gab, welche ihre Bewacher zurückgelassen hatten – Dankbarkeit löst einem Menschen die Zunge, und Bier verhindert, daß er mit gespaltener Zunge redet.

Die meisten waren schon jahrelang in den Arbeitskolonnen und wußten daher nichts Interessantes, doch ich fand einen mit einer verschorften Stelle, wo man ihm die Ohren abgeschnitten hatte. Er war erst vor einem Monat nach Ishhupri gebracht worden. Die Stadt, so sagte er, sei fast unbefestigt, doch auf den Straßen wimmele es von libyschen Soldaten. Der Pharao sei noch nicht aus Memphis eingetroffen, wohin er seine Hauptstadt vor zwei Jahren nach Assarhaddons Angriff auf die Städte im Delta verlegt hatte, doch man erwarte ihn täglich. Ich verließ ihn und teilte meinem Bruder sofort alles mit.

»Da hast du recht gehabt – er will uns jetzt aufhalten, noch ehe wir Gelegenheit gehabt haben, uns von der Wüste zu erholen.« Assarhaddon grinste, ihm schien der Gedanke Spaß zu machen. »Wir müssen ihm also zeigen, daß die Männer aus Assur nicht beim ersten Sonnenstrahl ohnmächtig werden wie die Weiber.«

Den ganzen folgenden Tag ruhten wir uns aus, doch am nächsten Morgen, dem achtzehnten Tag nach unserem Aufbruch in den Sinai, standen wir allesamt drei Stunden vor Sonnenaufgang auf und hatten vor Mittag schon sieben *beru* hinter uns gebracht. Bei Einbruch der Nacht kamen unsere Späher bereits mit der Kunde, daß sie die Lichter von Ishhupri gesehen hätten.

»Morgen noch fünf Stunden, und dann werden wir sehen, woraus dieser Kerl Taharka gemacht ist«, sagte Assarhaddon.

Am nächsten Tag erreichten wir eine Stunde vor Mittag bestelltes Land und genossen es, wieder einmal Schlamm von Bewässerungsgräben zwischen unseren Zehen zu spüren. An jenem Nachmittag lagerten wir in Sichtweite der Stadtmauer.

Ich hatte mehr oder weniger erwartet, Taharka würde seine Soldaten schon in Schlachtordnung aufgestellt haben und uns auf der Stelle angreifen – ich an seiner Stelle hätte das getan, nämlich uns nach unserem Gewaltmarsch von Magan nicht einmal eine Stunde Ruhe zu gönnen –, doch abgesehen von ein paar berittenen Spähtrupps, die uns ein Weilchen zusahen und dann fortritten, bekamen wir keinen feindlichen Soldaten zu Gesicht.

Vielleicht hatten wir sie wirklich überrascht. Vielleicht hatten sie wirklich angenommen, sie hätten mindestens noch ein, zwei Tage, bevor wir über sie herfielen. Ich muß zugeben, ich bekam neuerlich Achtung vor Assarhaddons taktischem Geschick.

Wir lagerten einen halben *beru* vor Ishhupris Haupttor. Als die Sonne unterging, erhob sich ein Wind und wirbelte Staubwolken über das leere Niemandsland zwischen unseren Gräben und der Stadtmauer. Der Boden, der morgen voller Menschen und Toter sein würde, lag in jener Nacht nackt und schweigsam da wie eine

Braut, welche nicht weiß, was ihr die unbekannte Gewalt, die Wollust ihres Mannes antun kann.

Am Vorabend der Schlacht gleichen sich alle Soldaten. Wer zu tun hatte, etwa die Streitwagen zusammenbaute, die wir durch den Wüstensand hatten transportieren müssen, oder die Gräben vertiefte, die in ein paar Stunden nutzlos sein würden, der konnte von Glück sagen, denn er hatte keine Zeit für ohnmächtige Furcht. Sonst aber blieben die Männer für sich oder sammelten sich in kleinen Gruppen und sprachen mit gedämpfter Stimme. Die Spannung war fast unerträglich, und doch waren alle freundlich und geduldig. Streit gab es nicht, denn angesichts des riesigen Gemetzels, das auf die paar Stunden Dunkelheit folgen würde, schwieg alle persönliche Fehde. Ich machte mich auf und besuchte Assarhaddon in seinem Zelt.

»Was macht das Heer?« fragte er mich. Als ich ihm berichtet hatte, nickte er beifällig. »Gut. Wenn es heute nacht nicht zu erschöpft vor Angst ist, dann ist es morgen auch nicht zu erschöpft zum Kämpfen. Komm – ich teile meinen letzten Krug Wein mit dir. Den habe ich mir für diese Stunde aufgespart.«

Zwei Tage lang waren wir beinahe zehn Stunden am Tag marschiert, und doch schlief in dieser Nacht niemand. Alle waren wir müde, doch wenn wir morgen siegten, würden wir die nächste Nacht in Ishhupri schlafen, und wenn wir verloren, wahrscheinlich für immer, darum machte es nichts, daß wir müde waren. Ich verbrachte die Stunden vor Tagesanbruch mit meinen Stabsoffizieren und plante in allen Einzelheiten, wie unser Heeresflügel sich einem Feind entgegenstellen sollte, den wir nicht gesehen und nicht gezählt hatten. Wir wußten nur, daß wir nicht einen so langen Weg zurückgelegt hatten, um dann auf den Knien den Tod zu finden.

In den letzten Minuten vor Sonnenaufgang brachte man mir Geist, der bereits gezäumt war. Ich nahm mir viel Zeit, mich wieder mit ihm vertraut zu machen, streichelte seine Nüstern und redete mit leiser Stimme auf ihn ein, denn das beruhigt ein Pferd – es war seine erste Schlacht, doch unter seinen Rippen schlug das Herz seines Erzeugers, und ich wünschte mir, ich könnte genausoviel Vertrauen in unserem Sieg setzen wie in ihn. Ein Krieger überträgt viel von sich selbst auf das Tier, dem er sein Leben anvertraut. Vielleicht wollte ich auch nur für ein paar Augenblicke den Gedanken an das, was auf uns zukam, entfliehen.

An diesem Tag würde ich bei der Reiterei kämpfen. Ich war nicht der König und konnte deshalb keine Schonung erwarten, und was ich Selana auch immer an Lügen aufgebunden hatte, die Männer von Assur achten keinen Feldoffizier, der sich hinter seinen eigenen Linien versteckt.

Beim ersten Tageslicht wurden die Tore von Ishhupri unter lautem Trommelgedröhn aufgeworfen, und das Herr des Pharao kam auf die Ebene geströmt. Nach hundert Streitwagen verlor ich die Übersicht, und die Fußsoldaten, die flott herausgetrabt kamen, schienen Stunden zu brauchen, bis sie sich aufgestellt hatten. Es dürften uns, glaube ich, an die zweihunderttausend Mann gegenüber gestanden haben.

Luschakin befehligte die Infanterie. Ich ritt zu ihm und wechselte noch ein paar Worte mit ihm, dann sahen wir schweigend zu, wie der Feind seine Truppen bereitstellte. Wir sprachen nicht darüber – das tut man in einem solchen Augenblick einfach nicht –, doch wir wechselten einen Blick. Nein, dergleichen hatte keiner von uns erwartet.

Und doch war meine ganze Angst verflogen. Ich sah die langen Reihen der ägyptischen Soldaten und sah gleichzeitig vor meinem inneren Auge die Straßen von Memphis, wie sie ausgesehen hatten, nachdem Truppen wie diese, vielleicht dieselben Männer wie hier, dort gehaust, gebrandschatzt und gemordet hatten. Nodjamenefer fiel mir ein, die man in ihrem eigenen Haus der Verwesung überantwortet hatte. Ich stellte fest, daß mein Herz zu Eisen und ebenso unempfindlich für Furcht wie für Mitleid geworden war. Ich wußte, meinen Bruder verlangte es nach Ruhm und Ehre, und die Soldaten Assurs träumten von ihrem Anteil an der Beute. Ich aber wollte nur Rache.

Endlich schwiegen die Kriegstrommeln. Ein schrecklicher Augenblick, ehe der Befehl zum Angriff kommt. Es ist, als ob sich die Tür zum Totenreich öffnet.

Am Streitwagen des Königs wurde die rote Flagge hochgezogen. »Vorwärts!«

In einer solchen Schlacht werden immer zuerst die Berittenen eingesetzt. Ich zog einen Speer aus dem Köcher und gab Geist meine Hacken zu spüren – ich brauchte ihn nicht anzutreiben; er brannte genauso auf die Schlacht wie ich.

Als ich auf die leere Ebene zwischen den beiden Heeren galoppierte, da mußte ich nicht befürchten, daß man mich in Ruhe ließ. Anscheinend war die libysche Reiterei überall, sie schwärmte durch die Reihen der Fußsoldaten wie Ameisen aus einem Erdloch. Die Libyer sind geschickte Reiter, und auf einmal sah ich einen von ihnen auf mich losstürmen, und sein Krummschwert blitzte in der Morgensonne. Darauf hatte ich gehofft. Ich klemmte mir den Speer unter den Arm, senkte die Spitze und griff an. Ich erwischte ihn genau in dem Augenblick unter dem Brustkorb, als sein Schwert auf mich einfuhr – es zerschlug den Speer in zwei Teile, doch es rettete ihn nicht, denn als ich an ihm vorbeiritt, fiel er schon rücklings über das Hinterteil des Pferdes.

Da lag er auf der Erde und versuchte vergeblich, sich auf die Seite zu rollen, mit kraftloser Hand hielt er den abgebrochenen Schaft, der sich in seinen Leib gebohrt hatte. Ich trabte zurück, faßte nach unten und riß den Speer heraus. Er schrie dabei wie ein Wilder, dann schwieg er. Ich ritt zu unseren Linien zurück, den Speer nahm ich als Trophäe mit.

»Seht ihr, wie leicht sie sterben?« schrie ich, schwenkte die blutige Spitze und ritt vor den Reihen unserer Infanterie auf und ab. »Ihr, die ihr Hitze und Durst besiegt habt, die ihr durch die Schrecken der Wüste zu Männern aus Stein gehärtet seid, ihr werdet sie zertrampeln wie Gras!«

»Assur ist König!« schrien sie als Antwort. »Assur ist König! Assur ist König! Assur ist König!«

Ich mischte mich wieder in die Schlacht, und eine Zeitlang tobten die Reiterkämpfe wie Feuersbrünste. Rasch bedeckte sich die Erde mit Toten und Sterbenden, doch anscheinend konnte keine Seite durchbrechen und die gegnerischen Fußsoldaten angreifen, und die Zeit lief uns davon, während unsere Heere gegeneinander anstürmten – es schien, diese Schlacht hier mußte zwischen den Fußsoldaten beider Seiten ausgetragen werden.

Aber Berittene sind zu eitel, als daß sie sich eingestehen, ihr Heldenmut in der Schlacht könnte nicht den Ausschlag geben, und so waren denn die Reiter auf beiden Seiten nicht müßig. Wir griffen mehrmals wild und blutig an, und ich tötete zwei weitere Feinde, ehe meine eigene Sorglosigkeit und einer der ägyptischen Streitwagenfahrer fast meinem Leben ein Ende setzte.

Manchmal benutzen die Ägypter Vogelstellernetze, um Männer einzufangen und vom Pferd zu ziehen. Das wußte ich und hatte mich deshalb in gebührender Entfernung ihrer leichten, behenden Streitwagen gehalten, doch in der Hitze des Gerechtes wird man zuweilen unachtsam. Und als ich einen einzigen Augenblick Pause machte, um Atem zu schöpfen, da hatten sie mich.

Ich merkte kaum, was geschah, nur daß Geist erschrocken aufwieherte, und im nächsten Augenblick war ich schon in den Schlingen des Netzes gefangen. Mein erstes Gefühl war, mich aus der Falle zu befreien, welche zunächst so wenig faßbar wie Rauch wirkte. Dann spürte ich, wie am Seil gezogen wurde, und da ergriff mich blindes Entsetzen, denn ich wurde vom Pferd gerissen, ohne daß ich mich dagegen wehren konnte. Eines der Bleigewichte hatte mich hinter dem Ohr erwischt und ich war so betäubt, daß ich gar nicht mehr versuchte, mich zu befreien. Ich weiß noch, daß ich fiel – anscheinend sehr langsam, denn es dauerte ewig, bis ich auf dem Boden aufschlug –, dann durchzuckte mich ekelhaft und jäh der Schmerz.

Und dann … Nichts. Ich hatte zuviel Schmerzen, um Angst zu haben. Während ich dort im Schmutz lag, wurde ich zum uninteressierten Beobachter meiner eigenen Not. Überall Staub, ich konnte nur sehen, daß der Streitwagenfahrer, der mich heruntergeholt hatte, kehrtmachte, um mir den Rest zu geben.

Ich bin so gut wie tot, dachte ich. Noch eine halbe Minute, und ich komme unter die Räder. Seltsamerweise machte das keinen großen Eindruck auf mich. Es galt mir gleichviel.

Ohne Geist wäre ich ein toter Mann gewesen. Wie sein Erzeuger wollte er sich nicht geschlagen geben, und als der ägyptische

Streitwagen mich zu überrollen drohte, griff er die Pferde an, schlug mit den Hufen auf sie ein und stieß eines zu Boden, so daß sich das ganze Gespann in seinen eigenen Leinen verwickelte. Der Fahrer wurde abgeworfen und mußte um sein Leben laufen, dadurch war ich kurz in Sicherheit.

Ich erinnere mich nur noch an eine gewisse selbstgefällige Zufriedenheit darüber, daß ich ein solches Tier besaß. Er ist prächtig, dachte ich. Er ist tapferer als zehn Männer.

Ich muß ohnmächtig geworden sein. Ich habe keine Ahnung wie lange, ob nur fünf Minuten oder eine Stunde, ehe jemand merkte, daß der Befehlshaber des linken Flügels am Boden lag. Endlich trugen mich Bahrenträger vom Schlachtfeld, doch mittlerweile schmerzten meine Wunden so, daß ich am liebsten gestorben wäre.

»Für diesen Feldzug ist es mit dem Kämpfen vorbei«, sagte der Arzt, während er mir die Wunde auf meiner Brust mit heißem Wein auswusch. Ein Helfer erhitzte bereits die Messerklinge, mit der er die Ränder verschmoren wollte.

»So schlimm kann es doch nicht sein«, sagte ich, und mir war übel vor Angst – ich hatte das schon so oft durchgemacht, daß ich wußte, was auf mich zukam. »Wenn du dich beeilst, bin ich in ein paar Tagen wieder auf den Beinen.«

»Vielleicht in ein paar Monaten. Dein Arm ist an zwei Stellen gebrochen. Ich muß den Knochen einrichten, und das wird dir noch weniger gefallen als das heiße Messer.«

Der Arzt hatte recht. Als er fertig war und eine Wunde an meinem Bein mit einem silbernen Fischhaken und einem Stück Darmsaite vernähte, stand mir der Sinn nicht mehr auf Krieg. Nicht einmal mehr die Finger der rechten Hand konnte ich bewegen.

»Prinz, du bist ein Kapaun«, flüsterte ich bei mir. »Du bist so wertlos wie eine Frau.«

Ein paar Minuten später kam Assarhaddon geritten, er wollte nachsehen, ob die Berichte stimmten, daß ich tot war.

»Ich wußte, sie lügen«, sagt er. »Kein Ägypter wird mir meinen Bruder töten, dem das *sedu* des großen Sargon gewährt ist – du behältst nur ein paar Narben zurück, über die du dann ungeheuerliche Lügen verbreiten kannst.«

Darüber lachte er laut, denn der Herr der Vier Enden der Erde war in Hochstimmung. Anscheinend wandte sich das Kriegsglück gegen Taharka.

Und vielleicht stimmte es auch, daß wir uns auf unserem Marsch hierher irgendwie verändert hatten, denn die Soldaten Assurs kämpften, als hätte die Unnachgiebigkeit der Wüste von ihren Herzen Besitz ergriffen. Die anderen waren in der Überzahl, doch das schien kaum zu zählen. Welle um Welle brandete der Feind gegen unsere Linien an und zerschellte. Langsam rückten wir auf die Mauern von Ishhupri vor. Dieses Heer, das die Wildnis von Sin durchquert hatte, war wie ein Mühlstein, der alles unter seinem Gewicht zermalmte.

Kurz nach Mittag beschlossen die Männer des Pharao – zuerst an einer Stelle, dann an einer anderen – alle miteinander, daß sie geschlagen waren, machten kehrt und liefen um ihr Leben. Das nun folgende Gemetzel war furchtbar anzusehen. Wer in die Stadt floh, wurde gejagt und abgeschlachtet. Der Rest, die große Masse, zog sich nach Westen auf das Niltal zurück. Unsere Reiterei verfolgte sie, doch die meisten konnten entkommen. Bei Einbruch der Dämmerung gehörte das Feld uns.

»Wir haben sie geschlagen!« brüstete sich Assarhaddon. Er bestieg seinen Streitwagen, denn in wenigen Augenblicken wollte er unter dem Jubel seines Heeres im Triumph durch die Tore in Ishhupri ziehen. »Wir haben Ägypten geschlagen.«

Ich lag lang ausgestreckt auf einem Karren und hob den Kopf, um das Schlachtfeld zu betrachten, auf dem ich, was ich damals allerdings nicht wußte, zum letzten Mal als Krieger gekämpft hatte. Es war mit Toten bedeckt, daß mir in der Seele übel wurde.

»Wir haben den ägyptischen Pharao und sein Heer aus libyschen Söldnern geschlagen«, gab ich zurück. »Ägypten liegt immer noch vor uns.«

XLIII

Die Männer von Assur machen sich keine großen Hoffnungen auf ein Leben nach dem Tode, und doch fürchten sie, daß sich ihre Seele in der Dunkelheit verirren und auf ewig mit den Nachtwinden herumwandern könnte. Darum begruben wir unsere gefallenen Kameraden noch vor Sonnenuntergang auf dem Schlachtfeld, das sie mit ihrem Blut erobert hatten und besänftigten den Geist jedes Mannes mit Gaben von Brot und Wein, damit es ihm im Lande der Schatten an nichts fehlte. Die Feinde überließen wir den Hunden und Aasvögeln.

Wir hatten ungefähr neun-, zehntausend Mann verloren, was nach einer so furchtbaren Schlacht für einen Heerbann von ungefähr einhundertvierzigtausend nicht viel ist. Überall auf der Ebene verstreut zählten wir beinahe siebzigtausend Leichen des Gegners, und unsere Soldaten töteten noch zahllose, die ihre Waffen weggeworfen und Zuflucht innerhalb der Stadtmauern gesucht hatten – die Bewohner von Ishhupri, die sich bei dem Sieger einschmeicheln wollten und ohnedies Taharkas libysche Söldner nicht gemocht hatten, waren nur zu gern bereit, sie an uns zu verraten. An einem einzigen Morgen hatten wir den Pharao fast ausgeblutet.

Ishhupri ist keine große Stadt, doch nach der Wüste schien sie uns jeglichen Luxus zu bieten. Assarhaddon handelte klug, daß er Plündern verbot; er befahl jedoch den Einwohnern alles, was sie an Bier hatten, als Bezahlung dafür auszuliefern, daß sie sich unterwerfen durften. Ägyptisches Bier ist nicht mit Bier aus Sumer zu vergleichen, doch vorausgesetzt man ist recht durstig, kann man sich damit durchaus den Mund spülen, und die Soldaten von Assur priesen ihren König, der ihnen erlaubte, sich eine Nacht lang zu betrinken. Am nächsten Tag machten wir uns auf der Straße nach Memphis an die Verfolgung von Taharkas Heer.

An den Leichen, welche die Soldaten des Pharao hinter sich zurückließen, konnte man ermessen, wie übel wir ihnen zugesetzt hatten. Jeder Rückzug kostet viele Verwundete, doch die Ägypter und sogar die Libyer achten in der Regel peinlich darauf, daß sie ihre Gefallenen für ein späteres Begräbnis mitnehmen, denn für sie ist das Grab das Tor zum Jenseits – der Leib darf nicht verfallen, sonst hat der Mensch keine Aussicht mehr auf ein ewiges Leben. Aber unsere Feinde schienen so davon beansprucht zu sein, in dieser Welt am Leben zu bleiben, daß sie keinen Gedanken an die jenseitige verschwendeten. In der Eile der Flucht schlugen sie, so wollte es uns scheinen, Anstand und Sitte in den Wind, denn ihr Fluchtweg war von zurückgelassenen Toten gesäumt.

Der Pharao zog sich auf seine Hauptstadt zurück. Er mußte doch wissen, daß sich Assarhaddon zum Herrn von Ägypten ausrufen würde, sobald er diesen größten aller Preise erobert hatte, darum erwarteten wir, daß Taharka anhalten und sich uns irgendwo auf der Straße nach Memphis entgegenstellen würde. Wir standen deshalb vor dem Dilemma, ob wir ihm nun rasch nachsetzen und weiter Druck auf den Feind ausüben, oder ob wir vorsichtig vorrücken sollten, damit wir nicht auch noch in eine Falle liefen. Uns feuerte der Sieg an, nichts konnte uns aufhalten, und mein Bruder brannte auf seinen endgültigen, glorreichen Triumph, doch am Ende lösten gesunder Menschenverstand und das Wetter das Problem für uns.

Es war bereits gegen Ende des Monats Tammuz, und die Hitze war furchtbar. Unsere Soldaten hatten sich immer noch nicht völlig von ihrem Martyrium in der Wildnis von Sin erholt. Ein rascher Vormarsch würde sie gefährlich nahe an den Rand der völligen Erschöpfung bringen, falls sie sich plötzlich der Schlacht stellen mußten. Außerdem hatte Assarhaddon früher schon gegen diesen Feind gekämpft und war mittlerweile so vernünftig, daß er vor Taharkas Zähigkeit und Gerissenheit Achtung hatte. Wir würden vorsichtig vorgehen. Das erwies sich am Ende als die klügere Wahl.

Drei Tagesmärsche von Ishhupri entfernt stießen wir auf das, was die Ägypter die Bitterseen nennen; überaus salzig und leblos erstrecken sie sich vom Roten Meer bis zum Delta und versperrten uns den Weg von Nord nach Süd. Wir konnten sie nicht umgehen – zwei Jahre zuvor hatte Assarhaddon versucht, sich den Weg durch das Delta zu erkämpfen und dabei eine Niederlage erlitten –, und der einzige Durchlaß, durch den man ein Heer von welcher Größe auch immer führen konnte, war stark befestigt. Quer über unseren Weg zog sich eine riesige Mauer aus Kalksteinblöcken. Die Wachttürme und die großen Tore wirkten wie Fallen für den Unachtsamen. So hüteten sie seit tausend Jahren den Weg nach Ägypten.

Und doch beging der Pharao hier seinen ersten und größten Fehler, denn anscheinend hatte er gedacht, diese befestigten Stellungen würden uns lediglich aufhalten und seinen Rückzug decken. Hätte er hier haltgemacht und die Mauer mit der ganzen, ihm verbliebenen Kraft verteidigt, er hätte uns noch ganz aufhalten können.

Doch die Garnisonstruppen dort hatten gesehen, in welchem Zustand sich das nach Westen fliehende Heer befand, hatten Erzählungen von der Schlacht bei Ishhupri gehört und daraus den eindeutigen Schluß gezogen, daß man sie als Opferlämmer zurückgelassen hatte, damit sie dem Pharao ein paar Tage Luft verschafften. Selbstverständlich waren sie geflohen.

Wir fanden die Mauer verlassen und die Wachttürme unbesetzt. Die Tore standen offen, und unsere Reiter ritten hindurch, ohne angerufen zu werden. Als sie zurückkamen und Bericht erstatteten, beschloß Assarhaddon, sich das Ganze selbst anzusehen.

»Komm mit«, sagte er, obschon ich seit Ishhupri nicht mehr auf einem Pferd gesessen hatte und mein Arm mit Lederriemen an meiner Seite festgebunden war. »Das bißchen Reiten tut deinen Wunden gut.«

Und so begleitete ich meinen König, aber mir wurde jedesmal schwindlig vor Schmerz, wenn Geists Hufe den Boden berührten. Drinnen in der Festung stellten wir fest, daß die Asche der Herdfeuer an manchen Stellen noch warm war.

Obendrein stellten wir fest, daß die Ägypter in der Eile ihres Aufbruchs sogar etliche von ihren Frauen zurückgelassen hatten. Kaum ritten wir in den Haupthof der Festung ein, da kamen vier, fünf herausgelaufen, zogen sich die Tunika aus, damit wir sie nicht für Soldaten hielten, demütigten sich vor den Hufen unserer Pferde und knieten sich mit erhobenen Händen, dem Zeichen ihrer Unterwerfung, in den Sand. Als wir sie nicht auf der Stelle umbrachten, folgten ihnen andere. Bald hatten wir fünfzehn, zwanzig um uns versammelt. Assarhaddon blickte ihre nackten Rücken an und grinste.

»Der Pharao muß es wahrhaftig eilig gehabt haben«, sagte er. »Bring aus ihnen soviel wie möglich heraus, Bruder. Doch zunächst einmal laß uns nachsehen, ob sie noch Bier haben.«

Er stieg vom Pferd, ergriff die Frau, die ihm am nächsten kniete am langen, schwarzen Haar und gab ihr einen kleinen Schubs, womit er andeutete, sie solle sich lieber eine weichere Stelle zum Hinlegen suchen, weil sie nämlich gleich sein Gewicht auf ihrem Bauch zu spüren bekommen würde. Sie verschwanden in einem Gebäude, das wie ein Getreidespeicher aussah.

»Was hat sich hier zugetragen?« fragte ich in meinem unbeholfenen Ägyptisch. »Wo sind eure Männer? Seht mich an. Habt keine Angst, ich will euch nichts Böses.« Sie hoben die Augen und wirkten, als hätte ich sie noch nicht ganz überzeugt, daß ich sie nicht fressen wollte, und dann erzählten sie mir, wie die Soldaten der Garnison geflohen waren. Viel mehr wußten sie nicht – wie sollten sie auch? –, doch eine von ihnen hatte gehört, daß der Pharao verwundet sei.

»Wenn der König zurückkommt, ist er bestimmt durstig«, sagte ich.

Schon eilten ein paar davon, daß sie uns einige Krüge Bier holten. Ich konnte die Erleichterung auf ihren Mienen lesen, denn nun hatten Assarhaddon und ich unsere furchterregende Fremdheit abgelegt und waren für sie jetzt auch nur Männer. Die Lust eines Mannes kühlt man mit dem Leib und seine Kehle mit Bier. Seinen Zorn wendet man mit einem Lächeln ab. Das hier waren Soldatenfrauen, die wußten jetzt, wie sie sich verhalten sollten. Ich weiß nicht, ob sie mir glaubten oder überhaupt verstanden, daß ich Assarhaddon einen König nannte.

Ich blieb auf meinem Pferd und bemühte mich, die Erwartung in ihren Augen, mit der sie mich musterten, zu übersehen. Jede von ihnen hätte vor Dankbarkeit geweint, wenn ich sie genommen hätte, doch auch ohne die Schmerzen von meinen Wunden, die mich davon abhielten, bedrückte mich der Anblick dieser

Frauen, und ich sehnte mich nach Selana. Eine dorische Bauerndirne hatte mich für immer für diese Art sorgloser Sinnlichkeit verdorben, mit der mein Bruder in diesem Augenblick seine Leber besänftigte. Ich wollte nichts als meinen Sohn sehen und meine Frau wieder in die Arme schließen. Meine Gedanken wanderten nach Sikelia, wo wir so glücklich gewesen waren, wo Klein-Theseus zu einem Mann aufgewachsen wäre, der die Reben pflegte und die schwarze Scholle mit dem Pflug brach, und auf einmal erschien mir die Herrlichkeit des Eroberers schal.

Ungefähr eine Viertelstunde später kam Assarhaddon wieder nach draußen, mit der einen Hand hielt er den Hals der Frau zärtlich umfaßt, während die andere den Inhalt seines Lendentuches zurechtrückte. Die Frau errötete bis zu den staubfarbenen Brüsten, und Assarhaddon wirkte sehr zufrieden mit seiner Kurzweil. Ich führte ihn zu einem kleinen Tisch mit ein paar Schemeln, die man für uns im Schatten aufgestellt hatte. Es gab Bier und getrocknetes Obst, und seine neue Favoritin kauerte neben seinen Knien wie ein Schoßkätzchen.

»Die hier gefällt mir. Die werde ich wohl behalten«, sagte er. »Wir haben keine Zeit, uns um die übrigen zu kümmern, aber wir können sie mitnehmen. Du darfst als erster wählen.«

»Ich warte bis Memphis – vergiß aber nicht, daß du mir einen Gefallen schuldest.«

Er blickte sich um, und seine Lüsternheit war so offensichtlich, daß ein paar Frauen zu kichern anfingen.

»Ägypterinnen haben schöne Augen«, sagte er. »Und sie sind räuberisch wie die Falken. Danke, Bruder, daß du so großzügig über meine Schwächen hinwegsiehst. Wenn wir Memphis eingenommen haben, bekommst du, was dir gefällt, selbst wenn es die Königin des Pharao ist.«

»Das habe ich nicht gemeint.«

Aber vielleicht hatte er mich gar nicht gehört, da er abgelenkt war. Nach einer Weile ging er in den Getreidespeicher zurück und nahm die Frau von vorhin und noch eine andere mit. Erst eine Stunde später und erst als eine Patrouille kam und nach uns suchte, war er schließlich imstande, wieder den Befehl über sein Heer zu übernehmen.

»Was meinst du, Bruder? Müssen wir vor Memphis noch einmal kämpfen? Wenn der Pharao verwundet ist, tut er uns ja vielleicht den Gefallen und stirbt.«

Assarhaddon lachte, doch irgendwie ängstlich, er schien zu spüren, daß die Unterwerfung dieses uralten Reiches nicht so einfach sein konnte.

»Taharka wird kämpfen«, sagte ich. »Was soll er sonst auch tun, etwa ins Land Kusch zurückkriechen und seine Tributzahlungen in Händen voll Sand abwiegen? Vielleicht hat ihn seine Verwundung daran gehindert, sich uns hier zu stellen, doch er wird kämpfen, noch ehe wir Memphis erreicht haben.«

»Na dann.«

Ich warf meinem Bruder, dem Herrscher Asiens und zweifellos schon bald der Eroberer von Memphis, einen Blick zu und sah, daß seine Augen schmal geworden waren. Diesen Blick kannte ich von früher, daher wußte ich, daß die Ägypter schon bald das Gewicht seiner Ferse auf ihrem Nacken spüren würden.

Und der Pharao enttäuschte uns nicht. Elf Tage später, am ersten Tage des Monats Ab, trafen wir fünfzehn *beru* vom Nil entfernt unter der erbarmungslosen Sonne auf ein noch größeres Heer, als es uns in Ishhupri gegenübergestanden hatte. Wir sollten nie herausfinden, wie er das Wunderwerk zustande gebracht hatte; es schien, er hatte jeden waffentragenden Mann aus ganz Ägypten eingezogen. Weniger als dreihunderttausend Mann können es nicht gewesen sein.

Doch Zahlen sind nicht alles. Das hier waren unerfahrene Truppen oder Männer, die ein Übermaß an Jahren im Garnisonsdienst müde gemacht hatte, denn sie waren nicht heldenmütig. Soldaten, die nur überleben wollen, können niemals siegen. Sie geben auf und laufen, und die Erde wird sumpfig von ihrem Blut. So war es um den großen Haufen des Pharao bestellt. Die Schlacht war das Werk eines einzigen Morgens. Die Männer von Assur schlachteten sie ab wie die Schafe.

Und immer noch gab dieser schwarze Äthiopier, dessen Herz schlechthin aus Messing sein mußte, nicht auf. Irgendwie brachte er bereits zwei Tage später den Mut auf, sich uns noch einmal zu stellen. Er muß gewußt haben, daß es aussichtslos war, aber es gibt Menschen, die bringen es nicht über sich zu sagen »Es reicht«.

Doch die Soldaten besaßen nicht die Zähigkeit ihres Befehlshabers, und unsere dritte Schlacht gegen die Ägypter diente nur dazu, daß wir uns mit dem Blut unserer Feinde besudelten. Als sie vorbei war, schmolz der Rest vom Heer des Pharao dahin wie Frost in der Wüste. Niemand war mehr übrig, der noch gegen uns kämpfen wollte.

Abgesehen von jenem Morgen vor langer Zeit, als ich zugesehen hatte, wie man Taharka als Gott zum Tempel des Ptah trug, hatte ich sein Gesicht nie wieder erblickt, und doch habe ich nur wenige Männer so bewundert.

Als die Sonne drei Tage später aufging, befanden wir uns vor den Mauern von Memphis.

Es gibt Blumen, die schließen sich bei Berührung. So auch Memphis – es war einfach ein Reflex, daß es die Tore vor uns schloß. Vielleicht geschah es aus Angst, weil man nicht einsah, daß Unterwerfung die einzig mögliche Art der Verteidigung sein könnte.

»Diese Dummköpfe«, brüllte Assarhaddon und stampfte auf wie der kleine Junge, mit dem ich im Frauenhaus des alten Königs aufgewachsen war. »Merken die denn nicht, wie hoffnungslos ihre Lage ist? Seht euch nur diese Mauern an – seht sie euch an!«

Ich sah sie mir an. Als ich sie das letzte Mal erblickt hatte, waren sie mit baumelnden Leichen geziert gewesen. Der Himmel war schwarz vom Rauch der tausend Feuer, als ganze Wohngebiete abbrannten. Überall libysche Soldaten, die nach Belieben plünderten und mordeten – und das Ganze auf Befehl eben dieses Pharao. Ich konnte verstehen, daß uns die Bewohner von Memphis nicht über den Weg trauten.

»Die brechen wir binnen vier, fünf Tagen auf, und was glauben diese törichten Ägypter, was sie dann erwartet? Ich will doch gar nicht grausam sein, aber haben sie denn keine Ahnung, was mit einer besiegten Stadt geschieht, nachdem sie gefallen ist?«

»Dann laß uns hoffen, daß sie Vernunft annehmen, ehe wir zu den Waffen greifen müssen.«

Mein Bruder hob die Schultern. Er war von schlichtem Charakter und sah die Sache ganz und gar vom Standpunkt des Soldaten. Außerdem wollte er nur seinen Triumph feiern, und deshalb ärgerte ihn dieser Aufschub.

»Na, gut – ich gebe ihnen Zeit bis Mittag. Wenn sie mich länger warten lassen, muß ich zwanzig ihrer wichtigsten Edelleute hinrichten lassen, wenn auch nur, um ein Exempel zu statuieren. Falls die Tore bis morgen nicht aufgemacht sind, plündere ich die Stadt und führe ihre Bewohner in Ketten fort.«

Und in der Zwischenzeit machten sich unsere Soldaten ans Grabenbauen, damit sie anschließend die Stadtmauer untergraben konnten. Die Hitze war groß, und die Laune schlecht, darum hofften viele, daß Memphis sich nicht ergeben würde und man sich an der Stadt rächen könnte. Das hieß, sie waren auf Plündern und Brandschatzen aus.

Dennoch obsiegte die Vernunft. Gegen Mitte des Nachmittags öffnete sich das Haupttor, und eine Abordnung von an die fünfzig, sechzig Edelleuten kam heraus und warf sich dem König von Assur zu Füßen. Assarhaddon saß auf einem Feldstuhl und schaute so böse drein wie ein Mann mit Magenbeschwerden, und ich stand zu seiner Rechten als einer seiner vielen Offiziere.

Ich erblickte so manch bekanntes Gesicht unter den Edlen von Memphis, doch mich schien niemand zu erkennen. Zu meiner Freude stellte ich fest, daß sich Senefru auch darunter befand.

Assarhaddon schwieg sich aus, und die Bittsteller wagten nicht, sich zu erheben. Schließlich zog einer von ihnen – der Dichter Siwadj, welcher viele Male in meinem Haus gespeist und in den vergangenen fünf Jahren Fleisch angesetzt hatte – eine Papyrusrolle aus seinem Gewand und las eine Ansprache in Griechisch ab, welches die Ägypter in ihrer Unwissenheit für eine Zunge hielten, die alle Fremdlinge sprachen. Es war eine sehr lange Ansprache.

»Was soll das Gebrabbel?« fragte der König und zupfte mich am Ärmel. »Wovon ist die Rede?«

»Er will die Stadt übergeben«, erwiderte ich.

»Das möchte ich ihm auch geraten haben!«

Dann wandte er sich an die Ägypter und runzelte die Stirn wie ein Bulle.

»Ihr habt mich warten lassen«, sagte er auf Akkadisch – anscheinend wollte er keinen Schritt nachgeben. »Ich, Assarhaddon, der Herr der Welt, der König der Vier Enden der Erde, ich, der die Heere des Pharao hinweggefegt hat, als wären sie nichts als Staub auf meiner Schwelle, ich lasse mich nicht beleidigen und warte nicht wie ein Straßenhändler. Ihr müßt untereinander losen, und zwanzig von euch zahlen für eure Unverschämtheit mit dem Leben.«

Ich übersetzte seine Worte für die Ägypter, und die entsetzten sich so über das Gehörte, daß sie nicht einmal mehr nach Luft schnappten. Mir warfen sie keinen einzigen Blick zu, denn ihre Augen hingen nur an diesem fremdländischen König, der ihnen wie ein Dämon vorkam.

Ich kniete mich neben Assarhaddon und flüsterte ihm etwas ins Ohr. »Du schuldest mir einen Gefallen für die Ägypterinnen«, sagte ich.

»Und für vieles mehr – na und?«

»Sei gnädig. Laß deinen Zorn nur an einem aus und mach mich zu deinem Instrument.«

Mein Bruder drehte sich zu mir um und lächelte verkniffen, er schien zu argwöhnen, ich wollte ihm einen Streich spielen.

»Sehr gut. Tu mit denen da, was du willst. Wisse aber, daß du Taharkas Königin nun nicht für dein Frauenhaus erhältst.«

»Dann muß ich wohl lernen, ohne sie auszukommen.«

Er lachte, stand auf und überließ die Ägypter ihren Grübeleien über ihr Schicksal.

»Ich konnte den König von Assur dazu überreden, daß er Erbarmen mit euch zeigt«, sagte ich. »Alle außer einem werden verschont, und dieser …«

Mit großen Schritten durchmaß ich die Gruppe der Bittsteller, die immer noch auf den Knien lagen und mir deshalb auf allen vieren kriechend aus dem Weg gehen mußten, bis ich zu dem Gebieter Senefru kam, der mich ungläubig und entsetzt ansah, als ich mich neben ihn hockte. Ich hielt ihm die rechte Hand vor das Gesicht und öffnete sie, damit er das Geburtsmal auf meiner

Handfläche sehen konnte. Erst jetzt erkannte er, glaube ich, daß er in die Hände des einen Mannes gefallen war, von dem er kein Erbarmen zu erwarten hatte.

»Dieser eine bist du, Gebieter.«

An jenem Tag sprach ich nicht mehr mit dem Gebieter Senefru. Ich gab Anweisung, ihn in Ketten zu legen und im Freien übernachten zu lassen – ich gab ihm Zeit zum Grübeln, welchen Tod ich ihm zugedenken mochte –, und ich ging in die Stadt, deren Tore jetzt offenstanden, auf daß sie den Eroberer empfangen konnte, und stattete dem Totenhaus des Amun-Tempels einen Besuch ab. Der Oberpriester, der so fett war, daß er Brüste wie eine Frau hatte, warf sich mir hinter den Tempelportalen zu Füßen, als fürchtete er, ich würde die Wände rings um ihn schleifen wollen.

»Steh auf«, befahl ich ihm auf Griechisch. »Hole einen Sarg und die geschicktesten unter deinen Einbalsamierern. Ich brauche eure Kunstfertigkeit.« Der Priester kam wieder auf die Beine und verschwand. Noch ehe sieh meine Augen an das dämmrige Licht in diesem großartigen, steinernen Tempel gewöhnt hatten, war er wieder zurück, in seinem Gefolge Arbeiter – Totengräber, denen man für eine längst vergessene Untat die Ohren abgeschnitten hatte, Totenhausarbeiter mit schwarzen Fingernägeln, die nach Tod rochen, und ein Mann mit einem Käppchen, der sich umblickte und dabei blinzelte wie eine Eule, so als hätte er vergessen, wie die Welt außerhalb seiner Werkstatt aussah.

»Ihr folgt mir jetzt zum Haus des Gebieters Senefru«, wies ich sie an. »Dort werdet ihr gemäß euren uralten Gebräuchen einen Leichnam für die Bestattung vorbereiten.«

»Dann ist der Gebieter Senefru gestorben?« fragte der Priester schüchtern. Sein Lächeln flackerte auf und verschwand wieder, er schien nicht recht zu wissen, ob ich das gut fand oder nicht.

»Der Gebieter Senefru lebt – im Augenblick jedenfalls. Deine Arbeit hat nichts mit ihm zu tun.«

Sie folgten mir durch die Straßen der Stadt, und der leere,

unbemalte Sarg hüpfte auf den Schultern der Totengräber, bis wir zu Senefrus Haus kamen. Ich klopfte mit dem Schwertknauf an die Tür, bis eine junge Dienerin mir öffnete. Als sie mich erblickte, rannte sie davon wie ein Kaninchen und verschwand auf dem Flur. Mehr Diener trafen wir nicht an, sie hatten sich wohl genauso schnell verzogen. Ich führte mein Gefolge in den Garten zu den Steinplatten rings um den Springbrunnen, der immer noch trocken und voll Sand war, so als hätte er seit dem letzten Mal, als ich an dieser Stelle stand, kein Wasser mehr gespendet.

»Diesen Stein und den da und diesen«, sagte ich, kniete mich hin und berührte sie mit der flachen Hand. Ich sprach Ägyptisch, damit mich alle verstanden. »Die nehmt ihr hoch – und das sehr sorgsam – und darunter findet ihr in einer flachen Grube den Leichnam einer Frau. Diese Frau, falls noch etwas von ihr übrig sein sollte, werdet ihr für das ewige Leben zurechtmachen, das euch eure Götter versprechen.«

»Und wie lange hat sie schon hier gelegen, edler Herr?«

Das fragte mich der Alte. Seine Stimme war so schwach, als hätte er sie seit Jahrzehnten nicht mehr benutzt, und doch gehorchte ihm alles, denn er sprach mit der Autorität des kundigen Handwerkers.

»Fünf Jahre.«

»So lang schon, und die Steine sind nicht eingesunken! Dann besteht Hoffnung.« Er nickte und bedeutete den Arbeitern des Totenhauses, sie sollten das Grab aufdecken.

»Ich warte drinnen«, sagte ich. Eine Stunde später suchte mich der Priester auf.

»Sie sind fertig«, sagte er beinahe flüsternd. Ich folgte ihm nach draußen. Die Steinplatten lagen neben dem Springbrunnen aufgestapelt. Sie hatten eine Grube von ungefähr einer Elle Tiefe in den Sand gegraben, auf dem sie gelegen hatten. Der Sarg stand offen, in ihm konnte ich unter einem Leintuch die Umrisse einer menschlichen Gestalt ausmachen.

»Diese Gärten werden in der Sonne zum Backofen«, sagte der alte Mann. »Der Sand muß ihrem Leib sehr rasch das Wasser entzogen haben, denn sie ist gut erhalten. Ra ist barmherzig und macht uns nur wenig Arbeit. Möchtest du sie sehen?«

Er faßte nach dem Leintuch, das ihr Gesicht bedeckte, doch ich schüttelte den Kopf.

»Nein – ich möchte sie lieber in Erinnerung behalten, wie sie war.«

»Wie der Edle Herr wünscht. In zehn Tagen ist sie fertig für die Ewigkeit. Sie wird einbalsamiert und in Leinenbinden gewickelt und bleibt auf diese Weise bis zum Ende der Zeit erhalten. Wenn der edle Herr uns ihren Namen sagen möchte, damit wir diesen in die Gebete schreiben, mit denen wir ihre Binden versiegeln …«

»Ihr Name war Nodjmanefer.«

In dieser Nacht suchten mich wilde Träume heim, und am nächsten Morgen begab ich mich zu dem Fleckchen nackter Erde, wo Senefru an der Kette lag wie ein Hund. Er war bemerkenswert gefaßt, doch vielleicht waren, seine Träume ebenso unruhig gewesen wie meine.

»Dann bist du also entkommen«, sagte er in seinem gewohnten gelassenen Ton. »Ich hielt dich für tot.«

»Nein, ich bin nicht gestorben. Ich bin damals zurückgekommen. Ich bin in dein Haus gegangen, und wir beide wissen, was ich dort gefunden habe.«

Er nickte. Um den Hals trug er einen Kupferring, durch den lief die Kette, welche ihn an die Erde fesselte. Die Kette war nicht so lang, daß er stehen konnte, und sie rasselte bei jeder Bewegung.

»Ich war in Tanis beim Pharao.«

»Du hast sie ermordet.«

»Ich ließ sie töten. Das ist nicht das Gleiche.« Er sah zu mir hoch, und seine Miene machte deutlich, daß er sich im Recht fühlte. »Wenn du dich rächen willst, weil ich mich mit jenem Mörder verschworen habe …«

»Daß du es auf mein Leben abgesehen hattest, sei dir verziehen, denn einmal hast du mir das Leben gerettet. Du wirst wegen der Herrin Nodjmanefer bestraft.«

»Das war eine rein private Angelegenheit – ein Mann hat das Recht, mit seiner treulosen Frau zu verfahren, wie es ihm beliebt.«

»Sie war dir schon jahrelang untreu, und du hast nichts unternommen.«

»Trotzdem geht es dich nichts an.«

»Sie trug mein Kind. Und darum geht es mich doch etwas an.«

»Hast du sie geliebt?«

»Macht das etwas aus?«

Er warf den Kopf zurück und lachte. Es war das wilde Gelächter eines Wahnsinnigen. Und dann war er jählings wieder ruhig.

»Sie gehörte mir«, sagte er. »Ob du sie nun geliebt hast oder nicht, sie hat immer nur mir gehört.

In jenem Jahr hat es so viele Tote in Memphis gegeben, daß man die Leichen in den Fluß geworfen hat«, sagte er. Er lächelte, er machte sich über mich lustig. »Ob du sie nun geliebt hast oder nicht, sie war totes Fleisch. Am Ende hat sie den Krokodilen gehört.«

»Nein, hat sie nicht. Ich habe sie eigenhändig begraben, und nun soll sie für immer in der Totenstadt schlafen.«

Senefru sah aus wie jemand, den man gerade geschlagen hat. Er war so entsetzt, als hätte ich sein eigenes Grab geschändet. Mag sein, er sah das so.

»Und das Los, das du ihr zugedacht hattest, trifft nun dich.«

»Was wirst du mir antun? « fragte er. Jetzt hatte er Angst, vielleicht zum ersten Mal.

»Der Gebieter Assarhaddon hat sein Urteil über dich gesprochen«, sagte ich. »Und wenn die Könige von Assur jemanden bestrafen, dann ziehen sie ihm die Haut bei lebendigem Leibe ab und nageln sie an das Stadttor. Ich werde mich darum kümmern, daß solches auch dir geschieht – nur daß ich dir deine Haut lasse, denn du sollst mitansehen, wie die Herrin Nodjmanefer ins ewige Leben aufbricht. Ein Leben, das du, Gebieter, nicht teilen wirst, denn wenn dir das verweste Fleisch von den Knochen fällt und du sogar den Göttern in der Nase stinkst, werde ich deine Leiche abnehmen und Stück für Stück an die Krokodile verfüttern lassen, damit nicht die geringste Spur von dir in den weichen Schlamm fällt; du sollst auf ewig verschwinden.«

Inzwischen hatte sich der König im Palast des Pharao eingerichtet, wo zu meiner Zeit der Fürst Nekau residiert hatte. Anscheinend hatte keiner so recht erwartet, daß er bis Memphis kommen würde, denn Taharka hatte sich nicht einmal die Mühe gemacht, seine Familie fortzuschaffen – seine Königin, seine Frauen und sogar sein ältester Sohn saßen in der Stadt fest und waren uns deshalb in die Hände gefallen. Assarhaddon führte die Herrin Merneith, eine Ägypterin und eine wunderschöne Frau, nackt an einer Silberkette mit sich herum, und sie mußte ihm im Bett zusammen mit der Garnisonshure, die er sich bei den Bitterseen ausgesucht hatte, als eine von vielen Nebenfrauen dienen. Taharkas Kinder wollte er nach Kalach mitnehmen, sie sollten ihr Leben in Eisenkäfigen neben den Stadttoren aushauchen.

»Willst du sie haben?« fragte er mich eines Abends bei einem Festessen für seine Offiziere. Die Königin von Ägypten kniete neben seinem Stuhl, und er faßte nach unten und legte ihr die Hand auf den runden, braunen Bauch. »Die hier läßt sich alles gefallen, ich habe ihr nämlich beigebracht, daß sie nicht besser als jede Hure ist, die ich im Basar für einen halben Silberschekel kaufen kann, und sogar deine Frau würde mir beipflichten, daß es nicht gesund ist, sich den Frauen so lange fernzuhalten wie du. Ich weiß, du hast gesagt, du willst sie nicht haben, aber du bist mein geliebter Bruder, und sie ist zwar schön, aber ich bin ihre Tränen leid.«

Ich blickte sie an, wie sie da neben ihrem neuen Herrn kauerte, ihr ganzer Stolz für immer dahin, und ich konnte in ihren Augen lesen, sie wußte, wie ihr künftiges Leben aussehen würde. Der Pharao war ins Land Kusch geflohen, sie würde ihn nie wiedersehen. Keiner ihrer Söhne würde die Doppelkrone tragen, und sie würde unbeachtet und vergessen in Assarhaddons Frauenhaus sterben. Und wenn der Tod kam, würde sie ihn als Erlöser begrüßen. In Wahrheit war sie schon tot.

»Sie wird schon bald aufhören zu weinen. Und dann ist sie immer noch schön. Wenn du sie mir gibst, bereust du es eines Tages und willst sie zurückhaben.«

»Du beleidigst mich, Bruder. Du achtest meine Geschenke gering.«

Ich lächelte ihn an und legte ihm die Hand auf die Schulter, denn er würde mich nie verstehen.

»Ich möchte dir nur nicht deine dir zustehende Kurzweil rauben«, sagte ich. »Du bist der König, nicht ich. Ich bin nur dein Diener. Dir kommt es zu, deine Feinde dadurch zu demütigen, daß du ihre Frauen als Sklavinnen in dein Bett nimmst. So ist es, wenn man König ist.«

Diese Antwort freute ihn ungemein, und er ist nie dahintergekommen, was ich damit meinte.

Ja, Assarhaddon war in jener ersten Zeit als Herr Ägyptens so zufrieden mit dem Leben, daß er sich den Kopf nicht mit Rätseln zerbrechen wollte. Aus allen großen Städten des Nil hinauf und hinab kamen die Großen des Landes und demütigten sich vor Assurs König.

Sogar Mentumehet, der vierte Prophet Amuns und Prinz von Theben, der Herrscher Oberägyptens, nur nicht dem Namen nach, schickte einen Gesandten nach Memphis und ließ anfragen, zu welchen Bedingungen er sich unterwerfen dürfe. Dieser Gesandte, ein fetter gerissener Priester mit einer Kapuze aus Leopardenfell als Kopfbedeckung über dem rasierten Kopf, verfluchte den falschen Pharao Taharka und nannte den Herrn der Vier Enden der Erde einen Bruder der unsterblichen Götter. Assarhaddon berauschte sich, glaube ich, sehr an seiner eigenen Herrlichkeit und merkte nicht, daß diese Komplimente schal waren.

Ich hätte meinem Bruder viel ersparen und ihn zu einer klügeren Politik anleiten können, wenn ich nicht so mit meinen eigenen Phantasien von Sühne und Rache beschäftigt gewesen wäre. Assarhaddon hatte eine Schwäche, und das war sein Stolz, meine war, daß ich mich immer schämte. Ich weiß auch nicht, was schlimmer war.

Am zehnten Tag nach der Kapitulation von Memphis ging ich zum Amun-Tempel, und dort sagte man mir, daß Nodjmanefers Leichnam für die neuerliche Bestattung fertig sei. Ich hatte den Priestern fünfhundert *mina* Silber überreicht, damit sie die erforderlichen Gebete sprachen und an Grabbeigaben bereitstellten, was für eine Dame von Rang benötigt wurde. Alles war bereit für die Bestattung, und der Oberbalsamierer und seine Helfer brachten den Leichnam aus der Totenhalle hoch.

Ich mußte tief durchatmen, als ich das Gesicht erblickte, das auf den Sargdeckel gemalt war – es war Nodjmanefer wie sie leibte und lebte. Als ich den alten Mann fragte, wie er das geschafft hätte, schüttelte er den Kopf und lächelte.

»Das ist eben meine Kunst, daß ich dergleichen kann«, sagte er. »Leben und Tod gehen nahtlos ineinander über.«

»Wie kann ich dich für dieses Wunder belohnen? Fordere den Preis, den du möchtest.«

»Welchen Nutzen hat Reichtum im Totenhaus?« fragte er mich.

Der Sarg wurde auf einen Karren geladen, und der Oberpriester und fünf, sechs Totengräber und ich machten uns nach der Totenstadt auf. Sie lag ungefähr fünf Stunden zu Fuß in der Wüste. Einmal hielten wir auf dem Weg an, und das war am Haupttor von Memphis, wo Senefru auf die Hinrichtung wartete.

Ich hatte ihn zehn Tage lang nicht gesehen, doch in der Zeit schien er ebensoviele Jahre gealtert zu sein. Er wirkte fast schon wie tot. Als ich eine der Wachen nach dem Grund fragte – es gibt in jedem Heer Männer, die man dazu abstellt, daß sie sich um die Verurteilten kümmern und die deshalb von ihren Kameraden verachtet werden –, da sagte man mir, daß Senefru während seiner Gefangenschaft immer wieder geschlagen worden wäre und nichts zu essen erhalten hätte.

»Das ist so üblich«, sagte die Wache. »In diesem Fall ist es sogar eine Gnade, denn nur die Götter wissen, was ein gesunder Mann leiden müßte, wenn man ihn erst angenagelt hat. Möchtest du ihn nicht doch noch zuerst häuten lassen, *Rab Shaqe?«*

Ich würdigte ihn keiner Antwort, sondern ging zu der Stelle, wo Senefru angekettet auf der Erde lag und hockte mich neben ihn.

»Du kennst also kein Erbarmen?« fragte er mich.

»Nein – ich kenne kein Erbarmen.«

Er schien kaum zuzuhören. Er wies auf den Karren.

»Ist das ihr Leichnam? Wo hast du ihn die ganzen Jahre versteckt gehabt?«

»Unter den Steinplatten, in deinem Garten.«

»Ach.«

Er nickte, ohne mich anzusehen, so als fragte er sich, warum er das nicht gleich geahnt hatte.

»Ich habe keine Angst vor dem Tod«, sagte er – das nahm ich ihm nicht ab, ich sah doch, daß er Angst hatte. »Aber ich fürchte die Auslöschung. Hab ein wenig Mitleid mit meinem Leichnam, Gebieter Tiglat.«

»Mitleid gibt es nicht. Mit ihr hast du auch kein Mitleid gehabt. Nun wird sie für immer im Gabenfeld leben, während dir nichts als eine riesige Leere droht, die Ödnis auf ewig.«

Er barg das Gesicht in den Händen und weinte, und als ich ihm so zusah, bemühte ich mich, eine gewisse Befriedigung aus seinem Gram zu ziehen. Doch es gelang mir nicht. Schließlich stand ich auf und ging, nur um mich selbst daran zu hindern, daß ich ihm verzieh.

»Vollstreckt das Urteil«, sagte ich zu dem wachhabenden Offizier.

Während ich dem Karren mit Nodjmanefers Sarg folgte, blickte ich mich noch einmal um. Da zogen sie Senefru bereits an einem um seine Mitte geschlungenen Seil hoch, um ihn dann ans Stadttor zu nageln.

Senefru hatte bereits zur Zeit seiner Eheschließung eine Gruft für sich selbst und seine Frau gekauft. Die Grabkammer war aus einem Felsen herausgehauen und hatte große Steintüren, welche offenstanden, um ihn aufzunehmen. Ich wußte, wo sie war, da er sie mir einmal gezeigt hatte – es ist Sitte bei den Ägyptern, zuweilen Feste in der Totenstadt zu feiern, sogar geradewegs vor den eigenen Gräbern. Er war stolz darauf gewesen, daß er mir zeigen konnte, wie er die Ewigkeit an solch prächtigem Ort verbringen würde. Dorthin brachte ich Nodjmanefer.

Ich trug eine Fackel, und der Priester und ich betraten die Gruft. Drinnen standen zwei große Steinsarkophage, jeder mit einem Deckel, den nicht einmal zwei Männer zusammen hätten hochheben können. Auf einem war das Gesicht von Senefru in seinen Jugendjahren abgebildet – der andere, den die Totengräber nur mit großer Mühe abheben konnten, trug Nodjmanefers Abbild als Mädchen. Sie schoben den Sarg hinein und legten den Deckel wieder an seine Stelle. Der Priester sprach Gebete, und die Totengräber brachten die Schmuckmöbel, die Tonfigürchen und die Krüge mit Wein und eingelegten Früchten, welche den Geist der Herrin besänftigen sollten, bis die Welt zu Staub geworden war.

Es mochte sich nur um eine Sinnestäuschung handeln, wie das Licht die schattenhaften Steinprofile von Senefru und seiner Frau an die Rückwand der Gruft warf, und doch hatte ich das Gefühl, daß beide hier waren und dem Priester zusahen, wie er um die Gnade seiner unsterblichen Götter flehte. Mir fiel wieder ein, was Nodjmanefer einst zu mir gesagt hatte – die Worte scheinen mir wie ein Urteil in den Ohren zu klingen: *»Eine Frau ist mit ihrem Mann durch etwas anderes als Liebe verbunden«,* hatte sie gesagt. *»Ich kann meinen Gebieter nicht verlassen, auch nicht um deinetwillen, es sei denn, er gibt mich frei.«*

»Hast du sie geliebt?« hatte Senefru mich gefragt. *»Ob du sie nun geliebt hast oder nicht, sie hat immer nur mir gehört.«*

In jenem Augenblick erkannte ich klar und deutlich, daß ich hier der Eindringling war und daß die Untat, für die ich Sühne forderte, nicht von Senefru, sondern von mir begangen worden war. Ich hatte Nodjmanefer nicht geliebt, nicht wie sie es erwarten durfte, und damit hatte ich ihr ein Unrecht zugefügt. Hatte Senefru sie geliebt? Ja, wahrscheinlich. Senefru hatte ihr nichts als das Leben geraubt – in dieser Welt und der jenseitigen, so jedenfalls hatte er gedacht –, aber ich bezweifle, daß sie eine so schlimme Sünde wie meine verstanden hätte.

Mit Sicherheit verdiente er den Tod, doch nicht durch meine Hand.

»Ich bin ein großer Tor gewesen«, flüsterte ich. Und das war auf seine Art auch ein Gebet für die Toten.

Als der Priester geendet hatte, versiegelten wir die großen Steintüren der Gruft. Ich überlegte, wie lange ein Mensch wohl leben mochte, der an seinen angenagelten Armen hing. Bis Memphis waren es fünf Stunden durch die Wüste. Wenn wir das Stadttor erreichten, war die Sonne bereits untergegangen.

Auf dem Rückweg saß der Priester auf dem Karren, welcher Nodjmanefers Sarg getragen hatte. Er trug einen großen, blattförmigen Fächer aus Stroh, mit dem er seinen Kopf vor der Sonne schützte, und von Zeit zu Zeit beklagte er sich bei niemand insbesondere über die Unbequemlichkeit einer solchen Fahrt in der Sommerhitze. Die Totengräber und ich folgten schweigend.

Die Soldaten von Senefrus Hinrichtungskommando saßen im Kreis und würfelten. Sie kamen auf die Beine, als sie mich erblickten.

»Lebt er noch?« fragte ich.

Der Offizier leuchtete ihn mit einer Fackel an. Senefrus Füße baumelten ungefähr zwei Ellen über unserem Kopf, als wir da neben dem Holztor standen. Sein Kopf hing in einem eigenartigen Winkel herab, und von den Stellen, wo man die Nägel durch seine Handgelenke getrieben hatte, liefen Blutspuren bis zu seiner Mitte.

»Schwer zu sagen, *Rab Shaqe.* Vor ungefähr einer halben Stunde habe ich ihn noch stöhnen hören.«

»Klettere hinauf und sieh nach.«

Der Offizier lehnte eine Leiter an das Tor und stieg hinauf. Er legte die Finger an Senefrus Hals, und ich sagte mir, da ist keine Hoffnung mehr. Der Gott würde mir sicher nicht erlauben, daß ich mein Gewissen so einfach erleichterte.

»Ja, er ist tot, *Rab Shaqe*.«

»Dann nehmt seinen Leichnam ab.«

»Aber, *Rab Shaqe*, du hast doch befohlen …«

»Hast du mich nicht gehört!« brüllte ich – es war seltsam, aber mir wollten die Worte fast in der Kehle steckenbleiben. »Es ist mir gleich, was ich befohlen habe. Nehmt ihn ab!«

Ich wandte mich an den Priester, der mich anstarrte, als hätte ich einen Sonnenstich.

»Du wirst den Leichnam des Gebieters Senefru ins Totenhaus des Tempels bringen. Du sagst dem alten Mann, der so geschickt ist, er soll ihn zurechtmachen wie die Herrin Nodjmanefer. Und wenn alles fertig ist, wirst du ihn neben seiner Frau bestatten.«

»Aber, edler Herr, er ist als gemeiner Verbrecher hingerichtet worden.«

»Von uns, nicht von den Ägyptern«, sagte ich jetzt ruhiger, fast erschöpft. »In den Augen seines eigenen Volkes ist er schuldlos, und deshalb soll er für alle Ewigkeit im Gabenfeld leben. Vor meinem König nehme ich das auf meine Kappe. Ihr kümmert euch um eure Sache, und ich gebe euch einen Lohn, der sich sehen lassen kann.«

Wenn einem Menschen Gewalt über Leben und Tod gegeben ist, tut er vieles, bei dessen Andenken er bis zum Ende seiner Tage schamrot wird. Senefru hatte seine Frau ermordet, weil sie einen anderen geliebt und sich gegen seine Ehre vergangen hatte. Ich ermordete Senefru, weil ich nicht zwischen Gerechtigkeit und Gewissensbissen unterscheiden konnte.

XLIV

Als ich am nächsten Abend zum Palast des Pharao ging, um mit dem König zu speisen, stellte ich fest, daß Fürst Nekau, welcher einst in eben diesen Mauern Memphis regiert hatte, aus seiner Verbannung in Oberägypten zurückgekehrt und emsig dabei war, sich angenehm zu machen. Er saß an Assarhaddons Tisch und beschrieb meinem Bruder mit Hilfe einer Hethiterin, die seine Worte ins Aramäische übertrug, welche Not und wieviel Hunger er in Theben mit dem erbärmlichen Taschengeld vom Propheten Mentumehet hätte leiden müssen – überraschenderweise sah er genauso rundlich und gepflegt aus wie in den Tagen seines Wohlergehens – und wie Taharka sich bei allen Menschen verhaßt gemacht hätte, so daß man die Heere Assurs beinahe als Befreier begrüßte. Ich weiß nicht, was Assarhaddon ihm von diesen Phantastereien glaubte, aber die glühenden Augen der Hethiterin und die Art, wie sie beim Reden die nackten Schultern bewegte, gefielen ihm, und so lieh er ihm ein geneigtes Ohr. Das merkte Nekau, und da er sich mit den Schwächen großer Männer gut auskannte, machte er dem neuen Herrn Ägyptens, bevor er ging, ihr schönes Fleisch zum Geschenk.

Als das Festmahl zu Ende war, verlor er keine Zeit, mich als alten Freund zu begrüßen.

»Man trägt mir von allen Seiten zu, daß du den Gebieter Senefru hast hinrichten lassen«, sagte er – doch die Art, wie er sich vorbeugte, als hätte er mir etwas Vertrauliches mitzuteilen, widerte mich ungemein an. »Meinen Glückwunsch, er war ein böser Mensch.«

»Wir sind allzumal böse Menschen, Gebieter.«

Die Antwort schien ihm nicht zu gefallen, und so verzog er sich.

»Was hältst du von diesem Nekau?« fragte mich mein Bruder, nachdem der Gast gegangen war. »Hast du ihn gut gekannt?«

»Ja, gut. Der hat nichts als seine eigenen Interessen im Sinn. Er ist korrupt und hat keinerlei Prinzipien. Der Adel traut ihm nicht, und das gemeine Volk haßt ihn.«

»Na und?« Assarhaddon lächelte, als läge ihm etwas sehr Kluges auf der Zunge. »Und doch kommt er mir so klug vor, daß er sich immer auf die Seite der Starken gegen die Schwachen schlägt, und es könnte von Vorteil sein, wenn wir hier einem Mann Macht geben, der sich auf nichts stützen kann als auf unsere Gunst.«

»Eine schlechte Idee. Wer hat dir die wohl in den Kopf gesetzt.«

»Zuweilen, Bruder, kommt die Schlechtigkeit aus mir selber. Außerdem gehört Schlechtigkeit meistens zu den großen Tugenden von Königen. Gute Nacht.«

Er zog sich in seine eigenen Gemächer zurück, allem Anschein nach war er sehr zufrieden mit sich, und zweifellos wollte er ausprobieren, ob die Hethiterin aus der Schlechtigkeit eine Tugend machen konnte.

Doch gegen Ende unseres ersten Monats in Memphis war Assarhaddon nicht mehr so zufrieden. Er war ein ausgezeichneter Krieger; auf dem Schlachtfeld wußte er mit dem Instinkt des geborenen Soldaten genau, was zu tun war. Aber Ägypten, dieses Land der Schatten, lehrte ihn, daß Erobern nicht gleich Herrschen ist. »Dieser Priester, der sich Fürst von Theben nennt«, sagte er eines Morgens zu mir, »von dem behauptet Nekau, daß er ein gefährlicher Mensch ist, dem niemand traut.«

»Das ist wie mit der Viper, die vor dem Löwen warnt. Wer ist wohl so dumm, daß er Nekau traut.«

»Und trotzdem, warum schickt ein Priester einen Gesandten wie von Gleich zu Gleichen? Ist er nicht Untertan des Pharao gewesen? Dann ist er jetzt meiner und sollte sich wie ein Sklave vor mir zu Boden werfen und sich nicht einbilden, daß er Bedingungen mit mir aushandeln kann.«

»Untertan des Pharao ist er nur dem Namen nach gewesen, Bruder. Du bist der Herr, wo der Pharao Herr war, doch mit Oberägypten ist das etwas anderes. Dort herrscht Mentumehet, wie die Pharaonen im Norden seit vierhundert Jahren nicht mehr geherrscht haben.«

»Bist du dort gewesen?«

»Nein.«

»Vielleicht solltest du.« Assarhaddon lächelte so grimmig wie immer, wenn er sich einbildete, er wäre ein großer König, vor dem alle Welt erzitterte wie Binsengras. »Vielleicht solltest du ein großes Heer dorthin führen und diesen Priester Gehorsam lehren.«

»Der Pharao hat ein Heer gehabt – und er ist nie dort gewesen. Er dürfte seine Gründe gehabt haben.«

»Du hast Angst?«

»Ich bin vorsichtig. Du hast ein reiches Land erobert, und mir ist nichts im Süden bekannt, wofür es sich lohnen würde, den Wohlstand des Deltas aufs Spiel zu setzen. Wenn du willst, gehe ich nach Theben. Aber ich nehme nur hundert Soldaten mit, denn die brauche ich, um mit der Autorität des Herrschers von Assur zu sprechen. Wir wollen doch einmal sehen, was Mentumehet sagt, wenn ich ihm erzähle, daß er einen neuen Herrn hat.«

Meine Gesandtschaft zum Propheten Amuns mußte jedoch warten, denn in der folgenden Nacht wachte Assarhaddon nach einem Festmahl voll wüster Ausschweifungen mit Fieber auf und ging hinaus in den Palastgarten, um seine Eingeweide zu entleeren. Er dachte, hinterher würde es ihm besser gehen, doch war das nicht der Fall – als er erst einmal angefangen hatte, konnte er gar nicht wieder aufhören mit Brechen. Als in dem Erbrochenen schließlich Blut war, bekamen seine Ärzte Angst um sein Leben und schickten nach mir.

So wie ich ihn sah, wußte ich, daß er schwerkrank war. Er schwitzte stark, und sein Gesicht hatte die Farbe von abgestorbenem Gras.

»Bei den sechzig großen Göttern, ich fühle mich krank«, sagte er und ergriff meine Hand, als ich mich an sein Bett setzte. »Meine Eingeweide kommen mir vor, als ob sie voller Maden wären.«

»Du siehst schlimm aus.«

Er brachte den Anflug eines Lächelns zustande. »Darum habe ich dich so gern in meiner Nähe, Bruder«, murmelte er. »Du weißt immer etwas Tröstliches zu sagen.«

Dann hatte er wieder einen Brechanfall. Ich hielt seinen Kopf in meinem Schoß und versuchte, ihm ein wenig Wasser einzuflößen, wenn er wieder zu Atem kam. Nach einem Weilchen wurde er ruhiger und schlief endlich aus purer Erschöpfung ein.

»Gebieter, ich glaube, daran ist nur seine Maßlosigkeit schuld«, sagte Menuas, der Arzt, den ich das letzte Mal gesehen hatte, als er der Herrin Nakija die Füße massierte, und der als einziger seiner Kollegen relativ ruhig geblieben war. »Der Gebieter König ist, wie du weißt, ein Mann, der kein Maß kennt, und das Essen und der Wein dieses Landes sind ihm fremd.«

»Und er könnte nicht vergiftet worden sein, wie?«

»Vergiftet?« Diese Andeutung schien ihn ehrlich zu erstaunen. »Ich glaube nicht, Gebieter – es sei denn, er hat verdorbenen Fisch oder Ähnliches zu sich genommen. Menschen haben hier keine Hand im Spiel.«

Auch wenn seine Augen ängstlich glitzerten – und das hat ein Mensch genausowenig im Griff wie die Form seiner Ohren –, so hatte ich doch den Eindruck, daß der Urarter mir den Hinweis nicht nachsah, wo er mich ohne meinen Rang einfach ausgelacht hätte. Dennoch war es mir nicht möglich, seinen Glauben an die Unschuld der Menschheit zu teilen.

Eine halbe Stunde später wachte Assarhaddon auf. Er hatte Angst, fieberte und blickte um sich wie ein verirrtes Kind.

»Tiglat?« rief er schwach. Als er meine Hand wiedergefunden

hatte, wurde er ruhiger. »Tiglat, laß nicht zu, daß man mich umbringt. Diese Dummköpfe töten mich noch, wenn man sie nicht daran hindert – versprich mir, daß du sie nicht läßt.«

»Ehrenwort.«

Ich blieb bei meinem Bruder, sah zu, wie er immer wieder bewußtlos wurde, bis sich am Morgen zwei seiner obersten Ärzte quasi als Gesandtschaft einstellten. Der Rest hielt sich im hinteren Teil des Raumes, und mir fiel auf, daß Menuas sich ihnen ein wenig fernhielt.

»Gebieter, wir glauben … das heißt, unserer Meinung nach …«

»Ja? Was?«

Sie tauschten besorgte Blicke, ihnen schien allmählich das Vertrauen abhanden zu kommen, und mir schwante, warum.

»Wir sind überzeugt, daß der König irgendeinen einheimischen Dämon beleidigt hat. Vielleicht sollte man ihn schröpfen und dann Opfer bringen …«

Ich musterte das Gesicht meines Bruders. Seine Lippen bewegten sich im Schlaf, und sein Mund war fast grau. Ich zog mein Schwert und legte es über meine Knie.

»Wenn ihr opfern wollt, so ist das eure Sache«, sagte ich. »Doch wenn Blut vergossen werden muß, dann nicht das des Königs. Habe ich mich klar ausgedrückt?«

»Gebieter …«

»Raus.«

Ich ließ die Hand auf den Schwertknauf fallen, und sie verzogen sich unter Verneigungen.

Mir fiel auf, daß Menuas es wagte, den Blick zu heben und sogar etwas zu nicken, als zollte er mir Beifall.

Dann schickte ich nach Assarhaddons neuer, hethitischer Sklavin.

»Erträumst du dir ein Luxusleben im Harem des Königs?« fragte ich sie. »Dann mach Feuer im Garten und koch einen Topf mit dünnem Haferschleim. Mein Gebieter braucht etwas zum Auspolstern seiner Magenwände. Bereite ihn sorgfältig zu und überzeuge dich, daß das Wasser sauber ist, denn wenn der König stirbt, schneide ich dir eigenhändig die Kehle durch.«

Sie verstand, was ich meinte – ich konnte die Angst in ihren Augen sehen, da brauchte ich mir also keine Sorgen zu machen –, und eine Stunde später konnte ich Assarhaddon, als er aufwachte, ein Frühstück vorsetzen.

»Was ist das?« fragte er. »Es schmeckt eklig.«

»Damit füttert man Säuglinge. Iß einfach und schone deine Kräfte.«

Auf einmal lachte er.

»Immer hinke ich ein, zwei Schritte hinter dir her, Tiglat«, sagte er. »Du wirst in der Schlacht verwundet, und ich schaffe es, krank zu werden und meine Gedärme auszuspeien. Du sammelst Narben und bist das Staunen der Welt, und ich sterbe noch im Bett und kotze wie ein Köter, der an verdorbenes Fleisch geraten ist.«

»Du stirbst nicht«, sagte ich.

»Nein?«

»Nein.«

»Ehrenwort?«

»Ehrenwort.«

Und er starb tatsächlich nicht, auch wenn der einheimische Dämon um sein Blutopfer gekommen war. Kephalos, ein Halunke, aber dennoch ein kundiger Arzt, hatte immer gesagt: »Wen die Götter töten wollen, den töten sie. Sonst befassen sie sich nicht viel mit unseren Gebresten, darum helfen Gebete nur wenig und Ärzte leider auch nicht mehr. Wenn einem der Magen Beschwerden macht, verhält man sich am besten ruhig und nimmt nur einfache, ungewürzte Nahrung zu sich. Das und ein wenig Wasser bekommt besser als alle Bittgebete zu den Göttern im Himmel.«

Das Rezept befolgte ich, und am dritten Tag konnte ich erleben, wie Assarhaddon sich im Bett aufsetzte und nach Wein brüllte.

»Geh nach Theben«, sagte er. »Ich bin wieder hergestellt.«

»Wenn du mir versprichst, daß du dich an deine Diät hältst und deine Eingeweide nicht belastest.«

»Versprochen. Und ich habe meinen Ärzten gesagt, daß du ihre Leichen an der Stadtmauer aufhängst, wenn ich sterbe – das hilft, glaube ich, noch besser.«

Das brachte ihn zum Lachen, und ich dachte, vielleicht liegt es wirklich nur an seiner Unmäßigkeit. In Ägypten sieht man überall Gespenster.

Der Geist meines toten Bruders möge mir vergeben, daß ich solch ein vertrauensseliger Narr war.

Theben liegt fast einhundert *beru* von Memphis entfernt. Außerdem liegt es stromaufwärts, und der Nil hat eine starke Strömung. Ich hatte das Prunkschiff des Pharao zu meiner Verfügung, welches einhundert Ellen in der Länge maß und ein riesiges Segel aus Binsengeflecht hatte, doch zur Sommerszeit rührt sich dort kaum ein Lüftchen. Selbst mit einer Mannschaft von fünfzig Ruderern zog sich die Reise in die Länge und dauerte mehr als zwanzig Tage.

Mentumehet begrüßte mich an der Schiffslände. Er trug nichts als einen gefalteten Leinenrock und eine schwere Kette aus emailliertem Gold – nur der lackierte Hirtenstab in seiner rechten Hand deutete auf sein Amt hin –, und dennoch gab er eine eindrucksvolle Figur ab. Er war hochgewachsen und im Gegensatz zu den meisten Priestern dieses Landes schlank, das Idealbild eines Fürsten, so wie man sie gern auf öffentlichen Denkmälern abbildet. Sein gut geschnittenes Gesicht war so unbewegt, als wäre es aus rotem Granit gemeißelt. Nur seine Augen waren wirklich lebendig und dunkel glühend und so rastlos wie die eines Raubtieres. Ich spürte sofort, das hier war ein gefährlicher Mann, ein Mann, der sein wahres Ich tief im Herzen barg, ein Mann, der zugleich unberechenbar und zu allem fähig war.

Während meines Aufenthalts in Theben kümmerte sich der Prophet darum, daß man mich auf das üppigste bewirtete – wie es nur jemand vermag, dem selbst nicht an üppigen Bewirtungen liegt – und er führte mich höchstpersönlich durch den prächtigen Tempel von Karnak. Am lebhaftesten sind mir dabei die riesigen Standbilder der Pharaonen in Erinnerung, die jetzt selbst Götter waren und majestätischer als alle Götter wirkten, und auch die Wandmalereien mit Bildern von den Kriegen, welche sie in Asien geführt hatten. Haremhab und Ramses und Seth und Tutmosis – Namen, die man sogar noch im Lande Assur mit Achtung aussprach. Das hatte mir Mentumehet zeigen wollen, diese Erinnerung, daß Ägypten nicht immer eine verkrüppelte Schlange gewesen war.

»Es ist über zweitausend Jahre her, daß die Könige von Theben den Nil hinabgefahren sind, um sich das Land bis hin zum Meer untertan zu machen«, sagte er. »Sie haben sich zum Pharao gemacht und die Doppelkrone von Unter- und Oberägypten getragen, doch hier sind ihre Ursprünge.

Seit damals haben wir fünfundzwanzig Dynastien von Pharaonen gehabt – in den letzten Jahrhunderten sind einige davon Fremdlinge gewesen, aber sie haben die alten Götter Thebens verehrt und in ihrem Namen geherrscht. Und so wird es auch weiter sein bis zum Ende der Zeit, denn Ägypten gehört entweder seinen Göttern oder niemand.

Du hast in Memphis gelebt, als du unter uns weiltest, nicht wahr?« Er wandte sich mir zu und lächelte sein halbes, etwas drohendes Lächeln. »Memphis ist nicht Ägypten. Memphis ist ein Hurenhaus. Das hier ist Ägypten.«

Er zeigte auf das Wandbild von Ramses, wie er die Hethiter bei Kadesh besiegte – und ich war nicht so ungezogen, darauf hinzuweisen, daß der Ausgang der Schlacht in Wahrheit längst nicht so eindeutig gewesen war. »Das hier ist Ägypten«, wiederholte er. »Und das da.«

Sein Blick schweifte zur gegenüberliegenden Wand und zu dem massiven Doppelportal in ihrer Mitte, einem Portal, das so groß wie fünf Männer und mit Gold überzogen war und vor dem sich die Priester beim Vorbeikommen zu Boden warfen. Jählings wurde mir klar, was auch immer dahinter liegen mochte, es mußte genau der Mittelpunkt dieses riesigen Komplexes sein, das geheime Herz des Ganzen.

»Alle Macht in diesem Lande ist hinter jener Tür«, sagte er, als stellte er eine Tatsache fest. »Es ist das Heiligtum von Amun, dem König der Götter, dessen Wille Schicksal ist. Was ist vor ihm schon der Pharao! Was der Gebieter Assarhaddon?«

Und er glaubte daran – soviel war auf seinem Gesicht zu sehen. Alles Unsinn, Tempelweihrauch, der einem Priester das

Hirn vernebelte, bis er an seinen eigenen Zauber glaubte, doch als ich ihn anblickte, da hätte ich es fast selbst geglaubt. Da wußte ich, daß Mentumehet zu den gefährlichsten aller Feinde zählte, ein Mensch, der von keinerlei Zweifel angefochten wurde.

Wie auch immer, dachte ich, ich darf nicht zulassen, daß mein armer, abergläubischer Bruder diesen Mann kennenlernt. Er würde Assarhaddon verhexen …

»Ich werde deinem König huldigen«, fuhr er tonlos fort, so als hätte er das Interesse am Thema verloren. »Ich werde ihm Geschenke schicken, Gold und andere Schätze und Frauen – wie ich höre, findet er Geschmack an Frauen –, und ich habe nichts dagegen, wenn er sich zum Pharao macht oder jemand anders benennt, der an seiner Statt regiert. Er sollte aber wissen, daß er auf keinen Fall die alte Ordnung in Frage stellen darf, sonst geben die Götter irgendeinem großen Mann Macht, und der fegt ihn hinweg. Vielleicht Taharka, vielleicht ein anderer, doch so wird es kommen.«

Als ich Theben mit dem königlichen Prunkschiff verließ, war es mit Beute beladen. Und ich hatte nicht mehr Zusagen gemacht, als die, auf welche Assarhaddon und ich uns vorher geeinigt hatten: Mentumehet wurde als Herrscher Oberägyptens bestätigt und schuldete nur in solchen Sachen Gehorsam, die unsere Interessen berührten, und er hatte uns Tribut zu zahlen. So hatten schließlich auch unsere Vorfahren ihr Reich regiert – die eigentliche Verwaltung überließen sie den einheimischen Herrschern, falls sie vertrauenswürdig waren. Mentumehet war nicht vertrauenswürdig, doch wer war das schon.

Dennoch war es der sicherste Kurs. Mentumehet konnte, falls man Druck auf ihn ausübte, in ein paar Tagen ein Heer von hunderttausend Mann aufstellen. Und das wären dann keine libyschen Söldner, die für Geld kämpften, sondern Ägypter, die bereit waren, für die Ehre ihrer alten Götter zu sterben. Zwar könnte man solch eine Streitmacht durchaus vernichten, doch leicht würde das nicht. Oberägypten glich einer Kobra, die sich auf einem warmen Felsen sonnte und die man aber lieber in Ruhe ließ.

Es geht alles viel zu leicht, dachte ich. Welches Unglück kommt noch über unser Haupt, weil wir dieses Land der verschwendungssüchtigen Edlen und der wahnsinnigen Priester überfallen haben? Welche Rache trifft uns?

Bei meiner Rückkehr nach Memphis war ich ein wenig überrascht, daß Assarhaddon immer noch nicht wohl aussah. Er war wieder auf den Beinen und rührig, doch da war etwas …

Ich erzählte dem König alles, was ich erlebt hatte. Viel Interesse zeigte er nicht dafür, außer daß er einen Witz machte, weil man mich hatte umbringen wollen – »Tiglat, fehlte diesem Burschen etwa ein Finger? Ha, ha, ha.«

Dann zeigte ich ihm die Schatztruhen, die Geschenke an seltenen Kunstwerken und die staubfarbenen Frauen mit dem schmachtenden Blick, die der Prophet Amuns seinem neuen Herrn schenkte. Assarhaddon, der sich an derlei Spielzeug freute, war es wohl zufrieden.

»Du bist klug und gerissen, Bruder«, sagte er. »Du eroberst Städte mit nichts als deiner Glattzüngigkeit.«

Und dann grinste er, und da wußte ich, er wollte mir etwas erzählen, was ich nicht hören wollte.

»Was hältst du davon, wenn ich Fürst Nekau zum neuen Herrscher Ägyptens mache? Ich weiß, daß du ihn nicht leiden kannst und daß er schwach und korrupt ist und von fast jedermann gehaßt wird, aber gerade deswegen wird er um so abhängiger von uns sein. Was meinst du? Würde er sich als Pharao nicht sehr gut machen?«

Mir lief es kalt den Rücken hinunter, eine Art Vorgeschmack des Todes, dennoch lächelte ich und schüttelte den Kopf, ich hatte alle Hoffnung aufgegeben.

»Und wieso, Bruder«, fragte ich ihn, »glaubst du, daß dieses einen Unterschied macht?«

XLV

Nach fünf Monaten in Memphis wollte selbst Assarhaddon nach Haus. Wir würden eine Garnison von vierzigtausend Mann zurücklassen, und die Streitmacht in Shaamelie, welche seit drei Jahren, seit dem ersten ägyptischen Feldzug, in unserer Ausgangsbasis im Delta ausgeharrt hatte, sollte auf volle Stärke gebracht werden.

Würde das genügen, um das Land zu halten? Mir erschien das fraglich, insbesondere, wenn Taharka beschloß, ein neues Heer aufzustellen und vom Süden her vorzustoßen, doch Assarhaddon blieb letztlich keine andere Wahl. Er hatte die nördlichen Grenzen für diesen Krieg von Truppen entblößt, und der Frieden hing nur vom Wort eines Mannes ab. Khshathrita war nicht unsterblich, und ich auch nicht. Die Heimat mußte angemessen geschützt werden.

Doch wir ließen uns von derlei Gedanken nicht die Freude an dem triumphalen Aufbruch von Ägypten verderben. Wie ein Stamm nomadischer Räuber waren wir aus der Wüste herausgekommen, doch wir gingen als Eroberer und ließen uns nilabwärts von den Truppenschiffen des Pharao tragen. Die Männer von Assur sind keine guten Seeleute, aber niemand beklagte sich über diese Flußfahrt – wer wollte wohl auch zum zweiten Mal durch die Wildnis von Sin marschieren?

In Wirklichkeit bekam Assarhaddon jetzt zum ersten Mal richtig das Volk zu sehen, welches er mit dem Schwert erobert hatte, und das wollte er genießen, damit er sich immer an seine Pracht und Herrlichkeit erinnern konnte. So bestand er in jeder Stadt, durch die wir auf unserer Reise kamen – erst mußten sich die einheimischen Edelleute vor dem König demütigen und ihm Lustbarkeiten und Tribut anbieten – darauf, daß in jedem Tempel Amuns ein Abbild des Gottes Assur mit seinem Namen und der prahlerischen Inschrift aufgestellt wurde, er hätte seine Feinde durch die Gnade des Gottes geschlagen. Damals hielt ich das für äußerst kindisch und unklug, eine sinnlose Provokation – es hätte mich nicht gewundert, wenn die Ägypter diese Götterbilder entfernt und in den Fluß geworfen hätten, sobald wir fort waren. Ich muß allerdings zugeben, daß ich nicht den leisesten Schimmer hatte, mein Bruder, Friede seinem Geist, könnte ein anderes Motiv für seine frommen Werke haben.

Im übrigen ließen wir uns von der Strömung des Nils tragen, und er blickte über die grünen Felder seines neuen Reiches hin, und sein Gesicht strahlte vor Stolz und Zufriedenheit. Zuweilen gewahrten Bauern am Ufer das königliche Schiff und fielen auf die Knie, und das gefiel ihm ganz ungemein.

Ich überredete Assarhaddon sogar dazu, in Naukratis anzulegen. Ich machte ihm Hoffnungen, die Griechen könnten im Austausch für gewisse Handelskonzessionen geneigt sein, der neuen Regierung des Fürsten Nekau eine Anleihe zu gewähren – anscheinend hatte der Pharao vorausahnend seinen Staatsschatz nach Napata gebracht, seiner Hauptstadt in der Verbannung an der südlichen Grenze, und damit außer Reichweite, und der Fürst, dem die Gläubiger wie üblich zusetzten, war knapp bei Kasse. Ich deutete an, daß eine solche Anleihe kein böses Blut unter den Ägyptern machen würde, was unvermeidlich wäre, wenn unsere Soldaten neue Steuern eintreiben müßten. Diese Idee gefiel dem König, löste sie doch ein Problem und kostete dabei nichts, und so gab er mir seinen Segen für derlei Absprachen.

Auf der Schiffslände wimmelte es von Menschen, als wir anlegten, denn Griechen und Ägypter gleichermaßen hielten es für geraten, ihren neuen Herrn begeistert zu empfangen. Als Assarhaddon an Land ging, um sich von den Menschen huldigen zu lassen, war er der Mittelpunkt des Interesses – niemand achtete auch nur im geringsten auf einen seiner Stabsoffiziere, der sich ein paar Minuten später still davonstahl.

Die Stadt hatte sich in den Jahren meiner Abwesenheit sehr wenig verändert. Nur ich hatte mich verändert. Ich war kein Flüchtling mehr, sondern ein Eroberer. Und doch sah das nur so aus. Wo ich mir früher als Grieche unter Griechen fremd vorgekommen war, trug ich jetzt die Uniform eines *rab shaqe* im Heere Assurs wie eine Verkleidung. Seit meiner Kindheit hatten mich Freunde und Feinde gleichermaßen gern als Fremdling verspottet, hatten mich ›den Ionier‹ genannt, und doch hatte ich, bis ich zwangsweise die Heimat fliehen mußte, nie daran gezweifelt, wer ich war, nämlich Tiglat Assur, der Sohn Sanheribs – machte mich das nicht zu einem Assyrer? Die Verbannung hatte mich gelehrt, daß es auch noch ein anderes Ich gab.

Nie wieder bin ich mir so hin- und hergerissen in meiner Seele vorgekommen wie an jenem Tag, als ich wie das Abbild eines Assyrers durch die Straßen von Naukratis schritt. Vielleicht war ich zuviele Jahre nicht in der Heimat gewesen und deshalb nicht mehr fähig zu einer richtigen Heimkehr.

Ich fand das Haus meines alten Freundes Glaukon. Er war nicht anwesend – zweifellos auf der Schiffslände zur Begrüßung des Königs –, doch ich wußte, er würde recht schnell heimkommen. Ich sagte seinen Dienern, die mich nicht erkannten und verständlicherweise Angst vor dem fremdländischen Soldaten hatten, daß ich ihren Herrn in einer geschäftlichen Angelegenheit sprechen wolle und daß ich warten würde. Sie brachten mir einen Becher Wein und verzogen sich.

Eine Stunde verging, und noch eine, und dann kam Glaukon zurück. Sein Bart war silberner, als ich in Erinnerung hatte, doch sonst hatte er sich wenig verändert. Ich war für ihn ein Fremder. Er begrüßte mich mit dem besorgten Blick eines Mannes, der Ärger befürchtet.

»Habe ich mich so verändert, daß du mich nicht erkennst?« fragte ich, lächelte und streckte ihm die Hand hin.

Seine Augen wurden schmal, dann staunte er, denn er hatte mich erkannt.

»Tiglat, bist du es wirklich?« rief er. »Ich habe dich für tot gehalten. Und was tust du in dieser Uniform? Bist du mit dem assyrischen König gekommen?«

Ich lachte – ich konnte einfach nicht anders. Gern hätte ich ihn als meinen ältesten Freund umarmt, obschon unsere Bekanntschaft recht flüchtig war.

»Ja, ich bin es, und ich bin nicht tot. Ja, ich bin mit dem assyrischen König gekommen.«

»Dann ist schließlich ein Rätsel gelöst.« Er nahm meine Hand, so als hätte er die eben erst bemerkt. »Jemand hat mir einmal erzählt, daß du deine Heimat nach Zwistigkeiten mit deiner Familie verlassen hast. So bist du denn Assyrer?«

»Ja. Und mein Bruder und ich haben unseren Streit beigelegt.«

»Ist der auch dabei, oder bist du allein zu einem neuen Abenteuer aufgebrochen?«

»Er ist der König«, sagte ich.

Ich weiß auch nicht, was ich mir von dieser Bemerkung erwartet hatte – jedoch gewißlich nicht dieses dumpfe Schweigen, das nun folgte. Glaukons Hand schien in meiner kalt und leblos zu werden. Er stand da und sah mich an, als ob es ihm nicht nur die Sprache, sondern auch die Bewegung verschlagen hätte.

»Dein Bruder ist …?« brachte er schließlich zustande. Er schüttelte voller Staunen den Kopf, ohne jedoch den Satz zu beenden.

»Ja. Mein Bruder Assarhaddon. In Wirklichkeit mein Halbbruder, denn wir haben nicht dieselbe Mutter. Wir sind zusammen aufgewachsen. Als er auf den Thron kam, hat er mich für eine gewisse Zeit verbannt, und das war damals, als ich nach Ägypten kam.«

Ich kam mir vor wie ein Idiot. So knapp erzählt klang unser Familienzwist banal.

Glaukon jedoch schien sich dieser Meinung nicht anzuschließen, als er sich von seinem Schreck erholt hatte. Er war Grieche und witterte bereits Profit. Er entzog mir seine Hand und legte sie leicht auf meine Schulter.

»Tiglat, mein Freund«, sagte er, »wir wollen nach oben gehen, wo wir es bequemer haben, und meine Diener können uns etwas zu essen bringen …«

Eine Stunde später, nach Wein und Feigen in Honig und Salzwasserfisch auf Weinblättern, konnten wir uns endlich dem Geschäftlichen widmen. Ich schilderte Glaukon in groben Zügen, welche Hoffnungen ich mir bezüglich einer Anleihe für Fürst Nekau machte.

»Mir scheint, du hattest bei unserer letzten Begegnung das gleiche im Sinn, Tiglat. Erkläre mir bitte, was fasziniert dich so an diesem extravaganten, wetterwendischen kleinen Schurken, daß du immer wieder versuchst, mehr Geld für seine Verschwendungssucht aus mir herauszuquetschen?«

Er lächelte jedoch bei seinen Worten, denn er wußte genausogut wie ich, welch kleine Zahl Nekau in dieser Berechnung darstellte.

»Ich habe schon einmal um fünf Millionen *emmer* gebeten«, erwiderte ich. »Falls wir den Griechen das Monopol auf die Holzeinfuhr gewähren, wie schnell hättest du die wieder verdient?«

Er schützte die Lippen, legte den Kopf ein wenig schief und ließ sich die Sache scheinbar durch den Kopf gehen.

»In fünf Jahren«, sagte er schließlich und musterte mich mit schlecht verhehlter Neugier, anscheinend überlegte er, ob ich ihm etwas so Lachhaftes abnehmen würde. »Fünf Jahre, vorausgesetzt, es gibt keinen neuen Krieg mit dem Libanon.«

»Ich würde eher zwei sagen, aber natürlich bin ich nur ein einfacher Soldat und kenne mich mit den Feinheiten des Handels nicht aus.«

»Was deine Herkunft angeht, Tiglat, so hast du mich belogen, du bist ebenso Grieche wie ich.«

Er lachte über seinen eigenen Witz und beugte sich vor, als wollte er mir ein Geheimnis mitteilen.

»Du weißt, daß Nekau ein dünnes Rohr ist und sich unter Ägyptens Gewicht biegen wird«, sagte er. »Die Assyrer gehen heim und lassen ein paar Garnisonssoldaten zurück. Was ist, wenn im Frühling Taharka mit einem neuen Heer aus dem Lande Kusch kommt? Was ist dann?«

»Dann wird er zurückgetrieben.« Ich hob die Schultern und täuschte ein Zutrauen vor, das ich nicht empfand. »Der König, mein Bruder, ist kein Narr, und er ist nicht nur wegen der Beute vor ein paar Monaten hierhergekommen. Ja, natürlich kann Nekau fallen. Oder seine Dynastie überdauert die nächsten fünfhundert Jahre – in diesem Fall würden die Griechen von Naukratis die reichsten Männer auf der ganzen Welt. Profit ohne Risiko, das gibt es nicht.«

Glaukon überdachte das – oder tat so, denn wir wußten beide, daß er nicht so schwachsinnig war, sich eine solche Gelegenheit aus der Nase gehen zu lassen – und dann schob er den Weinkrug über den Tisch und schenkte mir nach.

»Nekau ist und bleibt ein dünnes Rohr«, sagte er schließlich. »Ohne den assyrischen König ist er nichts. Wir werden eine besondere Zurschaustellung seiner Gunst brauchen – was meinst du, sollten wir ihm zu Ehren ein Festmahl geben, ob er da käme? Hier in dieses Haus?«

»Wenn ich ihn darum bitte, ja.« Der Gedanke brachte mich zum Lachen. »Wenn es reichlich Wein gibt und die Huren hübsch sind, ja, dann kommt er.«

Aber auch ich hatte meinen Preis, daß ich den König von Assur dazu überredete, mit den Griechen von Naukratis das Brot zu brechen.

»Und der ist?« fragte mich Glaukon, während seine Augen schmal wurden und er im Kopf überschlug, wieviel Silber nötig sein würde, um einen königlichen Prinzen zu bestechen.

»Nur das eine. Wenn ich dir einen Brief gebe, sorgst du dann dafür, daß er meinem Freund Kephalos überbracht wird? Er ist auf Sikelia, auf einem Bauernhof in der Nähe der griechischen Kolonie Naxos.«

»Ja, natürlich. Mehr nicht?« Seine Miene machte deutlich, wie tief ich in seiner Achtung gesunken war, denn was für ein Schwachkopf mußte ich sein, wenn ich so wenig forderte, wo ich soviel hätte haben können. »Es dauert ein, zwei Monate, bis er dort ist, aber Schwierigkeiten macht das nicht weiter.«

»Dann bringe ich den Brief zu unserem nächsten Treffen mit.«

Doch was sollte ich Kephalos schreiben, damit er überhaupt verstand? »Ich bin am Leben, und es geht mir gut, mein Freund. Ich stehe in Gunst, denn Assarhaddon bereut alles. Ich bin wieder sein Bruder, und er setzt sein ganzes Vertrauen in meine Treue und Liebe … Eine seltsame Furcht vergiftet das Hirn des Königs, darum muß ich in seiner Nähe bleiben, gleichermaßen als Talisman gegen den Zorn des Gottes. Solange er lebt, bin ich ein Gefangener im eigenen Land.« Das waren die beiden Seiten der Medaille – und zugleich die Wahrheit.

Am Ende gab ich es auf, einen irgendwie vernünftigen Bericht über die Atmosphäre zu geben, in der ich nun lebte – Kephalos würde mehr erraten, als ich ihm erzählen konnte. Also schrieb ich über Selana und unser Kind, über den Tod von Assarhamat und über den großen Krieg, den Assarhaddon in Ägypten geführt hatte. Über Nakija schwieg ich mich aus. »Nichts hat sich verändert«, so schloß ich, »außer daß es dem König, der früher mein Feind war, jetzt beliebt, mein Freund zu sein, doch aus mir unerfindlichen Gründen. Bange nicht um mein Leben, doch wisse, daß ich wenig Hoffnung hege, dich und Sikelia jemals wiederzusehen.« Als ich diese Worte niederschrieb, wurde mir erst richtig klar, wie paradox mein Leben geworden war. Als Flüchtling hatte ich mich nach der Heimat gesehnt und doch frei gefühlt. Jetzt hatte ich wieder meinen fürstlichen Rang, und der König war wieder mein Bruder und Freund, doch meine Verbannung schien eben erst begonnen zu haben.

»Was schreibst du da?«

Assarhaddon war eingetreten, ohne sich angemeldet zu haben, sowie er es immer gehalten hatte. Für ihn waren die Kabinen auf dem Schiff des Pharao nichts anderes als die Zimmer in der Offizierskaserne unserer Knabenzeit.

»Das ist ein Brief an meinen alten Freund Kephalos«, gab ich zurück, ohne aufzublicken. »Ich schildere ihm unsere Ruch- und Gottlosigkeiten.«

»Laß einen Augenblick davon ab. Der Botschafter des Fürsten von Tyros ist draußen auf der Schiffslände, und ich habe mich geweigert, ihn zu empfangen.«

»Warum sollte ich aufhören, meinen Brief zu schreiben, nur weil du dich weigerst, einen Botschafter zu empfangen?«

»Weil ich wissen will, wozu er hergekommen ist und was er zu sagen hat – was schreibst du eigentlich diesem fetten Päderasten wirklich über mich? Warum schreibst du ihm überhaupt?«

»Ich dachte mir, er wird wissen wollen, ob du mich schon umgebracht hast«, sagte ich, legte den Federkiel fort und gab es auf. »Ohne ihn wäre ich tot. Und du hättest mich auf dem Gewissen, also sprich mir nicht abfällig über ihn, nur weil er Geschmack an kleinen Jungen findet.«

»Empfängst du nun diesen Botschafter oder nicht?«

»Warum tust du es nicht und ersparst mir die Mühe?« Assarhaddon spielte den Gekränkten, und das war um so lächerlicher, als es durchaus ernst gemeint war.

»Ich kann ihn doch nicht empfangen – sein Herr ist ein Verräter! Dir steht es besser an, dich mit ihm zu unterhalten.«

»Von Verräter zu Verräter?«

»Für einen Bruder bist du sehr unversöhnlich, Tiglat.«

»Ja – also gut«, sagte ich und stand von meinem Schreibtisch auf, »Es dürfte zu den beliebten Pflichten eines königlichen Prinzen gehören; während du deinen Stolz nährst, kann ich herausfinden, welche Botschaft dieser Lakai Ba'alus für uns hat.«

»Gut. Ich warte hier und schlafe für heute abend ein wenig auf Vorrat.«

Assarhaddon warf sich auf mein Bett und war schon eingeschlafen, noch ehe ich die Tür ganz geschlossen hatte.

Es war Abend, doch im Delta nahm die Sommerhitze dadurch nicht etwa ab. Die Luft war schwer und dumpfig, beinahe nicht zum Atmen, da sie sich mit dem Wasser des Flusses zu grauem Dunst zu mischen schien. Ich dachte einen Augenblick an die Meeresbrise an der Küste Siziliens und überlegte, wie sich wohl die Rebstöcke machten, die ich mit Tullus gepflanzt hatte. Vielleicht trugen sie bereits Frucht vielleicht hatte Kephalos bereits Wein daraus gekeltert. Vielleicht hatte er ihn bereits getrunken. Schlimm, daß ich so nüchtern war und mich mit dem Botschafter des Fürsten von Tyros treffen mußte.

Man konnte ihn gar nicht verfehlen, da er phönikische Tracht trug und seine Tunika Streifen in der leuchtend roten Farbe aufwies, auf welche die Menschen dieser Rasse sich soviel einbilden. Kaum erblickte er mich, da warf er sich auch schon zu Boden und berührte mit der Stirn die Schiffslände. Botschafter sind Geschöpfe ohne Stolz, der hier hätte sich bei dem Gedanken, sie könne dem Gebieter Assarhaddon gehören, wohl auch vor einer gemeinen Hure erniedrigt.

»Was will der Verräter Ba'alu, daß er seine Hunde ausschickt, den Boden abzulecken?« fragte ich in der bewährten Fachsprache der Diplomatie. Und mit Absicht sah ich ihn dabei nicht an.

»Großer und gütiger Herr …«

Eine halbe Stunde später schickte ich den Kerl mit einem Tritt fort, ich sagte, er solle solange warten, bis es dem König beliebte, doch sein Herr könne sich ruhig schon überlegen, ob es nicht lohnender wäre, den Strick zu nehmen.

Dann ging ich hinunter in meine Kabine und weckte Assarhaddon.

»Steh auf und wasch dir das Gesicht«, sagte ich. »Bei den Griechen gilt es als unhöflich, zu spät zum Essen zu kommen.«

Er hockte auf der Bettkante, hob die Schultern und schnitt eine Grimasse, als hätte er einen üblen Geschmack im Mund. Mitleidig gab ich ihm einen Becher Wein, und danach schien es ihm besser zu gehen.

»Was wollte Ba'alus Botschafter?« fragte er.

»Ein Abkommen – Frieden. Es paßt ihm ohne Zweifel nicht, daß du Taharka aus Ägypten vertrieben hast. Du brauchst ihm nur zu bestätigen, daß er dein Vasall ist, und er wird dir die königlichen Füße küssen und dich um Verzeihung bitten. Außerdem zahlt er den ganzen Tribut, den er zurückgehalten hat, dazu noch eine Entschädigung von zwei Millionen Silberschekeln. Ich habe sein Angebot verächtlich abgelehnt, und das hat Ba'alu auch erwartet. Ich glaube, wir können ohne Schwierigkeiten sechs Millionen aus ihm herausbekommen.«

»Du hast die Seele eines Pferdehändlers«, knurrte Assarhaddon. Nach einem Nickerchen war er immer gereizt. »Ich würde diesem verräterischen Hund viel lieber eine Lektion erteilen. Ich marschiere auf Tyros, nehme die Stadt ein und nagele Ba'alus Haut an die Stadtmauer.«

Ich nahm ihm den Weinbecher weg.

»Wenn du erst einmal alle Garnisonen in Ägypten besetzt hast, bringst du keine dreißigtausend Mann mehr zusammen«, sagte ich. »Die Jahreszeit für Feldzüge geht dem Ende zu, und an den Schwierigkeiten, eine Stadt einzunehmen, die sich von See her versorgen kann, hat sich in sechs Monaten nichts geändert.«

»Ich kann ägyptische Schiffe nehmen und sie von ihren Häfen abschneiden.«

»Und wer bemannt die? Die Ägypter haben eine furchtbare

Angst vor Salzwasser. Hör auf, wie ein streitbarer Hammel zu schwätzen und nimm Ba'alus Angebot an.«

»Er hätte es nicht gemacht, wenn er mich nicht für einen streitbaren Hammel halten würde«, sagte Assarhaddon grinsend. Er hatte vollkommen recht. Sein Ruf, rachsüchtig zu sein, war zuweilen mehr wert als sein überragendes Können als Befehlshaber.

»Wasch dir das Gesicht«, wiederholte ich. »Und paß auf, daß du dich heute abend nicht so betrinkst, daß ich dich nach Hause tragen lassen muß. Diese Männer sind meine Freunde, und mir wäre es lieber, wenn du mir bei ihnen keine Schande machen würdest.«

»Ich bin ein König, und ein König kann keine Schande über sich bringen.«

»Du aber. Außerdem halten die Ionier nicht viel von Königen.«

»Die Ionier sind eine Rasse verweichlichter, wohlriechender Händler – genau wie du.«

»Und doch möchtest du, daß sie Nekau Geld leihen, nicht wahr? Dann halte besser deinen Mund, was verweichlichte, wohlriechende Händler angeht, es sei denn, du zahlst seine Schulden lieber selbst. Nicht jeder erträgt deine schlechten Manieren so geduldig wie dein Bruder.«

Assarhaddon benahm sich bei Glaukons Festmahl mit einiger Würde. Etliche Gäste sprachen Aramäisch, und mein Bruder schien an der Gesellschaft von Männern, vor denen er nicht die Majestät des Königs ausspielen mußte, Freude zu finden. Eigentlich war er an jenem Abend so wahrhaft königlich, wie ich ihn noch nie erlebt hatte.

Auf dem Heimweg zum königlichen Prunkschiff kurz vor Anbruch der Morgendämmerung meinte Assarhaddon, er hätte Spaß an dem Gastmahl gehabt. Fast könnte er mich darum beneiden, daß ich ein halber Ionier war.

»Ein eigenartiges Volk, diese Ionier«, sagte er. »Kein Wunder, daß sie ihre Könige vertrieben haben, ich jedenfalls lasse alle

Länder, in denen sie wohnen, in Ruhe, denn den Ärger, sie regieren zu müssen, den will ich mir nicht einhandeln. Anscheinend achten die Ionier nichts und niemand. Doch jetzt ist mir auch klar, warum ich dir als einzigem Menschen vertraue, denn du mußt mich lieben, sonst hättest du mich schon längst umgebracht. Eine solche Liebe ist unendlich mehr wert als die Unterwerfung eines ganzen Reiches.«

Mir kam es vor, als ob in diesem Augenblick der ganze Argwohn und Kummer, der sich in all den Jahren angestaut hatte, verflog wie Morgenfrost und wir wieder zu dem völligen Vertrauen zurückgefunden hatten, das wir als Knaben gekannt hatten. Ich habe meinen Bruder, glaube ich, nie mehr geliebt als an jenem dunklen Morgen in Ägypten.

Wir blieben noch zwei Tage in Naukratis – Zeit genug, um alle Einzelheiten des Darlehens an Nekau zu regeln und ein Einvernehmen über die Bedingungen von Ba'alus Unterwerfung zu erreichen. Anscheinend hatte dieser Fürst noch mehr Angst vor dem Zorn des Königs, als ich gedacht hatte, denn sein Botschafter stimmte einer Entschädigung von sieben und einer halben Million Silberschekel zu und schien sich glücklich zu preisen, daß sein Herr so leicht davongekommen war.

Als wir die Stelle erreichten, wo sich der zweite Mündungsarm des Nils ins Nordmeer ergießt, reisten wir mit dem Schiff nach Arka weiter – nicht etwa nach Tyros, wie der tyrianische Botschafter gehofft hatte, denn mein Bruder hatte beschlossen, Ba'alu klarzumachen, daß er kein Verbündeter, sondern ein Vasall war. Der Fürst sollte gezwungen werden, ihn aufzusuchen und vor aller Welt die königlichen Füße küssen. Und so geschah es, denn Ba'alu wartete in Arka auf uns, und er demütigte sich im Staub vor dem König von Assur, wie es nur ein Phöniker kann.

In Arka machten wir uns dann auf den langen Marsch nach Kalach.

Assarhaddon ließ in den phönikischen Ländern längs des Hundeflusses, dann in den Gebirgsausläufern des Kashiari-Gebirges und ungefähr einen Tagesmarsch von der Stadt Eluhat, gleich hinter der Grenze zum assyrischen Mutterland Stelen errichten, die für alle Zeiten von seinen Siegen auf diesem Feldzug künden sollten. Ich erinnere mich noch, daß eine davon Taharka und Ba'alu zeigte, wie sie huldigend und mit Ringen durch die Lippen vor ihm knieten, mit denen man den Willen von Bullen bricht und sie friedfertig macht. Selbstverständlich genoß Taharka seine luxuriöse Verbannung in Napata und war außerhalb unseres Zugriffs, und Ba'alu hatte sich zwar gedemütigt, doch blieb er Fürst von Tyros. Aber Könige scheren sich nicht darum, ob ihre prahlerischen Siegessäulen auch genau der Wahrheit entsprechen. Es kursierten Gerüchte, daß uns auf unserem Marsch durch die Wildnis von Sin grüne, fliegende Schlangen angegriffen hätten – alles sehr kindisch, und doch gefiel es meinem Bruder ganz ungemein. Mittels der Lügen, welche er in die Felswand eines Berges meißeln ließ, sah sich mein Bruder endlich als großer König, als Gottesheld und als geeigneter Nachfolger unseres Großvaters, des mächtigen Sargon, dessen Name unsterblich ist.

Und ich erhob keinen Einspruch gegen diese Denkmäler eines schalen Ruhms, andere trauten sich nicht, und so blieben denn die Lügen bis auf den heutigen Tag und vielleicht auf ewig stehen. Mir würde das durchaus zusagen, denn was ist schon die Wahrheit, daß die Menschen sie so hoch achten? Und wer lebt noch, dem es etwas ausmachen würde? Ich bin froh, daß ich nichts gesagt habe, denn diese prahlerischen Steine vermittelten Assarhaddon die letzten Augenblicke ungetrübten Glücks, die er noch im Leben haben sollte.

XLVI

Es begann in einem namenlosen Dorf unweit der Stelle, wo das heimkehrende Heer die Nacht an einem der Zuflüsse des Khabur verbrachte. Assarhaddon saß im Schatten seines Zeltes und trank Bier aus einem Krug, da blickte er auf und sah, daß eine Gesandtschaft darauf wartete, vorgelassen zu werden und sich verneigte, als er den Blick hob.

Daran war nichts Ungewöhnliches, die Dorfältesten waren schon immer gekommen, um ihrem König zu huldigen. Das war überall so, wo wir halt machten. Und doch war es dieses Mal anders. Assarhaddon merkte es sofort. Ich war damals bei ihm und sah, wie seine Miene sich veränderte.

Der Anführer, ein grimmig aussehender, alter Bauer mit einem Bart wie poliertes Silber trat vor und verneigte sich noch einmal. Im Arm hielt er ein Bündel, das er Assarhaddon vor die Füße legte. Der öffnete das Bündel, und da lag ein totes Kind, ein Knäblein mit rotem, geschwollenem Gesicht und ohne rechtes Ohr, das jemand säuberlich mit einem Messer abgeschnitten zu haben schien.

»Es wurde heute morgen geboren, Gebieter«, sagte der Älteste. »Und es ist binnen einer Viertelstunde gestorben. Da du in der Nähe weiltest, fanden wir, du solltest es selber sehen. Uns scheint das ein furchterregendes Omen zu sein.«

»Das Ohr … Wurde es so geboren?«

»Ja, Gebieter. Genauso.«

»Was ist mit der Mutter?«

»Die Mutter ist noch nie recht bei Trost gewesen, Gebieter – die taugt zu nichts. Jetzt ist sie beinahe wahnsinnig vor Gram und stirbt vielleicht auch noch. Niemand weiß, wer der Vater gewesen ist.«

Der Älteste deckte das Gesicht des toten Kindes wieder zu, und Assarhaddon erhob sich.

»Ihr habt gut daran getan, daß ihr mir das hier gebracht habt«, sagte er. »Wenn ich wieder in Kalach bin, befrage ich die Priester. Die werden mir sagen können, was der Gott damit meint.«

Er drehte sich um und ging in sein Zelt, er sah so betroffen aus, als ob er bereits Bescheid wüßte.

Zehn Tage später feierte Assarhaddon eine triumphale Heimkehr in seine Hauptstadt.

Kalach war irre vor Freude. Von seinen Mauern hingen Fahnen herab. Stunden, bevor Assarhaddon die Stadttore erreichte, war die Straße bereits von Menschen gesäumt, die sich heiser jubelten und unseren Soldaten Blumen vor die Füße warfen. Der König mit golddurchwirkter Tunika angetan, deren Anblick in den Augen schmerzte, fuhr in seinem Streitwagen und dahinter ging barfüßig die gesamte Familie des Pharao. Sie war mit Ketten aneinandergefesselt, die durch Eisenkragen um ihre Hälse liefen – seine Königin, sein Kronprinz und sogar sein Bruder.

Danach kamen die Wagen mit dem Beutegut aus der Eroberung. Unvorstellbar viel Gold und Silber und Edelsteine. Seltsame Götzenbilder, aus den Tempeln der Götter geraubt. Standbilder mit emaillierten Augen. Waffen und Rüstungen, die in der Sonne funkelten. Es war ein prächtiger Anblick. Der König hatte nicht nur Ägypten erobert, er schien dessen ganzen Reichtum mitgebracht zu haben.

Das alles sah ich, denn ich war heimlich schon am Abend vorher in die Stadt gekommen und konnte mir den Triumphzug jetzt hinter den Fensterläden meines Hauses ansehen. Dabei hielt ich meinen kleinen Sohn hoch, damit er auch sehen konnte, den anderen Arm hatte ich meiner Frau um die Schulter gelegt. Das war die einzige Heimkehr, die für mich zählte.

Mein Sohn konnte schon sprechen – das Griechisch seiner Mutter – und nannte mich ›Vater‹, denn obwohl ich soviele Monate fort gewesen und fast ein Fremder für ihn geworden war, hatte Selana mein Andenken lebendig gehalten. Ich schwor mir, mich nie wieder von ihnen zu trennen.

Diese Nacht in ihren Armen war noch einmal wie das erste Mal. Mich hungerte wie ein Tier nach ihr, und ich gab keine Ruhe, bis meine Lenden mir so verschrumpelt wie gepreßte Datteln vorkamen.

»Gut, du weißt wenigstens noch, wie man es macht«, sagte sie und wischte sich mit dem Bettuch den Schweiß von der Brust, »aber vielleicht bist du in Ägypten in Übung geblieben.«

»Selana, es hat keine –«

Aber sie unterbrach mich mit einem silbrigen Lachen – ihr machte es nichts aus, Hauptsache, ich kam zurück.

»Wie war es in Ägypten?«

»Ein leichter Krieg und ein schlimmer Friede«, sagte ich. »Man kann die Ägypter erobern, und sie bemerken es nicht einmal. Ich weiß nicht, was daraus noch werden soll.«

»Und Memphis?«

»Memphis war Memphis. Du bist dort gewesen und weißt, wie es ist.«

Sie fragte nicht nach Senefru, und ich erzählte ihr nichts. Vielleicht brauchte sie auch gar nicht nachzufragen. »Und wie war es in Kalach?«

»Wie schon? Wenn der König nicht da ist, regiert Nakija. Und selbst die Rückkehr des Königs wird daran nicht viel ändern. Sie ist eine böse Frau.«

»Hat sie …?«

»Mir gegenüber? Nein. Sie tut so, als liebte sie mich wie ihre eigene Tochter, weil sie Angst vor dir hat. Aber ich glaube, Klein-Theseus und ich hätten keine Stunde mehr zu leben gehabt, wenn die Kunde gekommen wäre, daß du in irgendeiner Schlacht gefallen wärst. Sie ist wie eine Spinne, und Kalach ist ihr Netz. Wenn der König tot ist …«

»Vielleicht stirbt sie vor ihm.«

»Die nicht«, antwortete Selana kopfschüttelnd. »Ihr eigenes Gift bringt sie ja nicht um, wie also sollte das jemand anders schaffen?«

Sie küßte meine Brust und biß mich neckisch in die Schulter.

»Nimm mich noch einmal, Gebieter«, flüsterte sie. »Du hast mich zu lange alleingelassen.«

»Leider ist nichts mehr da.«

»Es ist immer noch etwas da – siehst du? Es ist immer noch ein bißchen mehr da.«

Sie kletterte auf mich und lachte tief in der Kehle, als ich in sie hineinfuhr. Meine Lenden taten weh wie alte Wunden bei kaltem Wetter, doch selbst das war eine Lust.

Sie hatte recht. Es war immer noch ein bißchen mehr da,

Wenn der König jung und voller Lebenskraft und der *marsarru* noch ein Knabe ist, steht es gut um das Land Assur. Doch wenn der König allmählich nachläßt und wenn der *marsarru* alt genug ist, seine Ansprüche geltend zu machen, wird die Nation zu einem Hund mit zwei Herren, sie muß ängstlich von einem zum anderen schauen und weiß nie, wem sie gehorchen soll.

So war es während der letzten Jahre unter der Herrschaft meines Vaters gewesen, und so war es jetzt nach Assarhaddons

Rückkehr aus Ägypten. Mein Bruder, obschon um weniges jünger als ich selbst, wirkte immer mehr wie ein alter Mann, war unsicher und voller Angst. Der Wandel glich dem Tag, der zum Abend wird, und ging genauso rasch vor sich. Die Menschen merkten es und blickten schamvoll zur Seite und hin zu Assurbanipal.

Assurbanipal – mein Sohn. Und er?

Ich kannte ihn kaum, da meine Stellung in dem sich wandelnden Netz von Beziehungen schwierig war. Vielleicht wußte die Welt nicht, daß Assurbanipal meinen Lenden entsprungen war; Assarhaddon wußte es sehr wohl, und so konnte ich nicht dem einen Bruder und dem anderen Vater sein. Gott sei Dank brauchte ich nicht zu wählen, weil Assurbanipal nicht Bescheid wußte oder vielleicht auch nicht wissen wollte, daß ich mehr als sein Onkel und ein zuverlässiger Vertrauter des ›alten Königs‹ war. Für ihn stand ich im Lager seiner Feinde, und es hätte niemandem etwas gebracht, wenn ich ihn aufgeklärt hätte.

Und er war ohnedies von recht unzugänglichem Charakter. Der *marsarru* ist heilig wie der König, und seine Zeit wird beinahe genauso durch Rituale und alte Bräuche beschnitten. Nachdem Assarhaddon als Nachfolger unseres Vaters benannt worden war, hatte er die leeren Zeremonien gehaßt, diesen Abglanz königlicher Pracht, aber Assarhaddon hatte auch nie mehr sein wollen als Soldat. Anscheinend wollte Assurbanipal nur König werden und war darum alles wohl zufrieden. Er schien an der Doppeldeutigkeit seiner Stellung Freude zu haben und ließ nirgendwo durchschimmern, was für einen Mann er einmal abgeben würde. Zur gegebenen Zeit fand man eine Braut für ihn, ein molliges, hübsches Geschöpf namens Scharrat. Sie verschwand in seinem Frauenhaus, und nach ihrem Hochzeitstag sah man sie nie wieder – es kursierten Gerüchte, Nakija hätte sie ausgewählt, und das mochte ich wohl glauben. Mit welchen anderen Vergnügungen sich der junge Prinz sonst die Zeit vertrieb, wer wußte es zu sagen?

Assarhaddon mochte den Knaben nicht, nein, eher betrachtete er ihn mit abergläubischer Furcht. Sie trafen sich nur bei feierlichen Anlässen, wenn eine uralte Tradition ihnen ihr Benehmen vorschrieb. Sonst hatte der König seinen Kreis und der *marsarru* den seinen. Assarhaddon lebte umgeben von alten Soldaten, Priestern, Wahrsagern und Zauberern, und Assurbanipal hatte seine Gelehrten und Bibliothekare. Das Bindeglied zwischen ihnen – und wie dieses Bindeglied beschaffen war, ob es nun Furcht oder Gunst oder etwas ganz anderes war, das wußte kein Mensch zu sagen – war die Herrin Nakija.

Sie wurde mehr und mehr zum Mittelpunkt, um den sich die Ereignisse drehten wie ein Mühlstein um die Achse. Was zählte schon Assurbanipal – oder selbst der König – neben Nakija? Sie legte sich die Allüren einer regierenden Königin zu, hielt in ihrem eigenen Palast hof, und die obersten Minister sahen sich gezwungen, sie zu allen Angelegenheiten zu befragen. Und so staunte ich denn nicht schlecht, als ich eines kalten Wintermorgens eine Einladung erhielt, ja, fast eine flehentliche Bitte, mich diesen Nachmittag bei ihr einzufinden.

Ich traf sie ganz allein im Garten an.

»Wie geht es deinem kleinen Sohn?« fragte sie, blickte auf und lächelte.

»Danke, sehr gut, Herrin.« Ich muß zugeben, daß sie zu meinem nicht geringen Erstaunen fast so etwas wie Herzlichkeit an den Tag legte. »Im Augenblick hat er nichts als Pferde im Sinn. Ich nehme ihn zum Exerzierplatz mit, daß er zusieht, wie die Reiterei gedrillt wird, und er ist völlig hingerissen.«

»Und bist du schon mit ihm ausgeritten?«

»Nein, Herrin – das sieht er sich lieber aus der Ferne an. Als ich ihn in die Ställe mitgenommen habe, weil ich dachte, er würde gern die Nüstern meines Kriegspferdes Geist streicheln, da bekam er es mit der Angst zu tun und hat sich an meinen Bart geklammert wie ein kleiner Affe.«

Wieder lächelte sie und spielte damit auf das Band an, welches alle Menschen verbindet, die am Aufwachsen von Kindern ihre Freude gehabt haben.

»Ja«, gab sie zurück und nickte. »Ich entsinne mich, daß es mit Assarhaddon und dem kleinen Hätschelreh, das wir im Frauenhaus hatten, genauso war. Weißt du noch, das kleine Reh, Tiglat?«

»Ja, ich erinnere mich noch ganz gut an jene Zeit.«

»Ja …«

Minutenlang schien sie sich irgendwie Träumen hinzugeben, dann schüttelte sie sie ab, als schämte sie sich einer Schwäche.

»Der Fluch des Alters, daß man ständig in der Vergangenheit weilt«, sagte sie etwas gereizt. »Das Gedächtnis ist allzu verführerisch und freundlich und gaukelt einem vor, man hätte bis zu dieser Stunde keinerlei Sorgen gekannt. Man gibt zuviel auf alte Bindungen. Nimm dich davor in acht, Tiglat. Am besten lebt man so, als ob die Welt keine Vergangenheit hätte, als ob jeder, den man trifft, ein Fremder wäre.«

Sie blickte mich eigenartig herausfordernd an. Ja, schienen ihre Augen zu sagen, ich glaube alles, was ich gesagt habe, doch ich meine es vielleicht nicht ganz so, wie du denkst. Aber das ist mein Geheimnis.

»Tiglat, würdest du den *marsarru* auf einer Rundreise zu den abgelegenen Garnisonen begleiten? Er ist kein Soldat, wie du weißt, und es würde ihm helfen. Außerdem muß er sich beim Heer beliebter machen. Wir müssen an die Erbfolge denken,«

»Und du meinst, wenn ich ihn begleite, wird seine Beliebtheit steigen?«

»Ja.« Ihr Gesicht blieb beim Sprechen undurchschaubar. Sie hätte sogar beleidigt sein können. Doch wer wußte das schon. »Du bist der große Held des Heeres. Die gemeinen Soldaten lieben dich ganz besonders – sogar mehr als den König. Wenn es so aussieht, als ob du viel von Assurbanipal hältst, dann kann er nur in ihrer Achtung steigen. Wenigstens dieses eine Mal soll die Krone ohne einen Bürgerkrieg weitergegeben werden.«

»Keiner würde Assurbanipal sein Recht auf den Thron streitig machen. Außerdem ist der König so jung, daß er noch viele Jahre regieren dürfte.«

»Der König – ha!«

Mit einem Achselzucken, das sowohl Verachtung wie Verzweiflung bedeuten konnte, schien sie ihren einzigen Sohn, um den einst ihr ganzer Ehrgeiz gekreist hatte, dem Vergessen anheimzugeben.

»Es kommt mich als Mutter schwer an – jetzt wo du selbst

Vater bist, Tiglat, hast du sicherlich eine Vorstellung wie schwer es mir fällt –, aber laß dir sagen, daß es dem König von Tag zu Tag schlechter geht. Das muß dir doch aufgefallen sein. Seit seiner Rückkehr aus Ägypten ist er nicht mehr richtig gesund gewesen.«

»Stimmt – er scheint in sich zu gehen ...«

Der Gedanke verflog, als ich Nakijas Gesicht musterte. Was bedeutete der Tod ihres Sohnes wirklich für sie? Gram? Schlicht eine Komplikation auf ihrem Wege zur Macht? Bot er vielleicht sogar eine gute Gelegenheit? Alle diese Möglichkeiten schienen in Augen Ausdruck zu finden, die denen eines wilden Tieres glichen.

Und wieso war ich auf einmal so felsenfest davon überzeugt, daß die Dämonen, welche Assarhaddon heimsuchten – ganz gleich ob seine Krankheit eine des Leibes oder der Seele war –, irgendwie hier, in diesen dunklen Strudeln, in der Seele seiner Mutter, ihren Ursprung hatten.

Und in jenem Augenblick wußte ich, was ich mein Leben lang geargwöhnt hatte: Nakija war wahnsinnig. Eine Irre, die neben dem Stadttor sitzt und Unsinn brabbelt war nicht wahnsinniger als sie, außer daß ihr Wahnsinn kühl, sachlich und uneingeschränkt böse war.

»Ja.« Sie nickte, und einen elenden Augenblick lang dachte ich, sie könnte meine Gedanken lesen – vielleicht hatte sie das auch. »Ja, du weißt also, was auf uns zukommt. Mein Sohn lebt nicht so lange, daß er die ganzen Jahre auf dem Thron von Assur sitzen kann, die ihm die Schmeicheleien seiner Omendeuter versprochen haben. Und du und ich, wir müssen unserer Familie zuliebe, welche dieses Land seit tausend Jahren regiert hat, und unseren Untertanen zuliebe, deren Sicherheit und Frieden von dieser Regierung abhängt, wir müssen darüber nachdenken, was wird, wenn er nicht mehr unter uns ist.«

Sie blickte zu mir hoch, legte vorsichtig eine Hand mit der Handfläche nach unten neben sich auf das Ruhelager und beobachtete mich einerseits flehentlich und andererseits spöttisch. Nakija, die Patriotin, die Hüterin der Dynastie und ihres angenommenen Landes – das war wirklich zuviel.

»Ich werde die Sache mit dem König besprechen«, sagte ich vielleicht ein wenig kalt. »Wenn er nichts dagegen hat, dann kann damit kein Schaden angerichtet werden. Assurbanipal soll seine Rundreise haben.«

»Und das ist gut so«, erwiderte sie. »Es ist den Göttern wohlgefällig.«

Am Ende wurde nichts aus dem Plan, nicht weil Assarhaddon Schwierigkeiten machte, sondern weil der *marsarru* keinerlei Interesse daran bekundete, sich bei den Garnisonssoldaten beliebt zu machen.

»Ich glaube, er handelt darin sogar klug«, sagte ich zum König. »Er will keine Gönner mehr haben. Er möchte nicht als kleiner Junge dastehen, der vom Arm seines Onkels festgehalten wird.«

»Ja – er ist außerordentlich klug, wie er sich so auf den Tag vorbereitet, da ich in meiner Gruft verrotte.«

Bei diesen Worten zitterte er doch tatsächlich, denn den ganzen Winter über hatte Assarhaddons Angst zugenommen – nicht vor dem Tod, glaube ich, doch vor einer Zukunft, die er nicht mehr sehen würde, sich aber vorstellen konnte, und vor einer Gegenwart, die so auf ihn einzudringen schien, daß er kaum noch Luft bekam.

Es war, als hätte sich sein ganzes Leben vor ihm als entsetzlicher Fehlschlag offenbart, als eine Falle, in die ihn jemand gelockt hatte, der nicht glauben mochte, daß er so leichtgläubig war.

Und mit seiner Gesundheit ging es auch bergab, obschon ihm das kaum etwas auszumachen schien. Sein Gesicht wurde langsam so grau wie sein Bart, und wie seine Mutter beklagte er sich über die Kälte.

Er saß zusammengesunken auf einer Bank in meinem Audienzsaal, ein Kohlebecken zu seinen Füßen, und bis zu den Augen in seinen Offiziersmantel gehüllt. Mein Sohn, der keine Ahnung hatte, was ein König ist, kniete auf dem Steinfußboden neben ihm und spielte mit Onkel Assarhaddons Turban. Mein

Bruder sah ihm einen Augenblick zu, dann huschte ein mattes Lächeln über sein Gesicht.

»Ich würde ihm ja auch mein Amtsschwert geben«, sagte er, »aber er könnte sich damit schneiden, und dann würde Selana schimpfen. Weißt du eigentlich, daß dieses Haus der einzige Platz auf Erden ist, wo ich etwas Frieden finde?«

»Hab Mitleid mit ihm und sei sein Freund«, hatte meine Mutter einst zu mir gesagt. Hatte Merope irgendwie geahnt, daß es am Ende darauf hinauslaufen würde?

»Du bist einfach nicht betrunken genug.«

Ich schenkte ihm den Weinbecher wieder voll und stellte ihn neben ihn auf die Bank.

»Nein – wahrscheinlich nicht.«

Und so ging es, den ganzen Winter hindurch und bis hin zu den ersten Frühlingstagen, als auf den Bergen der Schnee schmolz und die Flüsse anschwollen. Alle schienen wir mit dem geheimen Wissen zu leben, daß etwas dem Ende zuging.

Und als das Hochwasser abgelaufen war und die Stadt in der Sommerhitze buk wie Ziegel im Töpferofen, da bekam der König Kunde von Unruhen in Ägypten.

»Dieser Halunke Taharka«, sagte er. »Seine Agenten stacheln die Adeligen und das gemeine Volk gleichermaßen auf, hetzen sie auf, sich Nekaus Steuereinnehmern zu widersetzen – glauben die etwa, daß der Pharao sie nach einer Rückkehr weniger besteuert? Und jetzt berichtet man mir, daß man meinen Soldaten nachstellt und sie nach Einbruch der Nacht kaum noch ihre Kasernen verlassen mögen. Ich habe seine Streitmacht auf dem Schlachtfeld vernichtet, und jetzt hofft er, durch Intrigen und Verrat zurückzuerobern, was er durch Waffengewalt verloren hat. Der Mann ist ein gewissenloser Schurke.«

Er tat jedoch nichts, um das Heer für einen weiteren Feldzug vorzubereiten. Er wartete, und es war furchtbar anzusehen, wie er sich zu nichts entscheiden konnte und nur hoffte, daß sich diese Drohung verziehen würde wie eine Wolke, die der Wind vor sich hertreibt, ohne daß er dabei einen Finger rühren mußte.

So verging der Sommer. Und während Assarhaddon wartete – worauf, das hätte selbst er nicht zu sagen gewußt, vielleicht nur darauf, daß die Wartezeit verging –, trank er Wein und vergnügte sich mit seinen Huren und kam in mein Haus, um sich vor der Welt zu verbergen. Und Nakija übernahm nach und nach das ganze Regierungsgeschäft.

»Wenn ich aufbreche, um in Ägypten zu kämpfen, dann regiert doch nur sie«, sagte er.

»Sie regiert bereits.«

»Stimmt.«

Und dann konnte er schließlich nicht länger warten. Taharka kam aus seiner Verbannung in Napata und marschierte mit einem großen Heer gen Norden. Überall begrüßte man ihn als Befreier, und Männer, die Assarhaddon gehuldigt hatten und die bei ihm in Amt und Würden und Wohlstand hatten bleiben dürfen, warfen sich dem Pharao zu Füßen. Binnen Tagen hatte er Memphis eingenommen und ließ die ganze Garnison über die Klinge springen.

»Das ist die Strafe dafür, daß ich mich wie ein Weib in Kalach verkrochen habe«, sagte mein Bruder. »Aber jetzt erteile ich den Ägyptern eine Lektion, die sie in tausend Jahren nicht vergessen werden.«

Und damit begannen die Vorbereitungen für einen weiteren Krieg.

Auf diesen Feldzug sollte ich Assarhaddon nicht begleiten.

»Ich habe hier niemanden, dem ich trauen kann«, sagte er. »Alle anderen haben zuviel Angst vor meiner Mutter, da bleibt mir keine Wahl, ich muß dich hierlassen. Du hast alle Gewalt, so als wärst du der König – sei nicht zimperlich in ihrer Anwendung.«

Und ich bedauerte das nicht. Ich wollte mit dieser ägyptischen Unternehmung nichts mehr zu tun haben, denn über ihr hing Todesgeruch wie ein Fliegenschwarm über einem verwesenden Kadaver.

An dem Morgen, als er aufbrechen wollte, stand ich im Hof des Hauses der Krieger neben dem Rad von Assarhaddons Streitwagen. Bald würde er durch die Tore und hinaus in die Stadt rollen, um sich von ihren Einwohnern bejubeln zu lassen, während er das Heer Assurs zum Krieg in ein fernes Land führte. Ehe er einstieg, im wirklich allerletzten Augenblick legte er mir die Hand auf die Schulter und lächelte. Nie werde ich dieses Lächeln vergessen, denn es sprach von Verzweiflung, für die es keinen Trost gab.

»Weißt du noch, das tote Kind, das ohne rechtes Ohr auf die Welt kam?« fragte er. »Weißt du, was meine Omendeuter über seine Bedeutung gesagt haben?«

»Nein, das weiß ich nicht«, erwiderte ich und wollte es gar nicht wissen.

»Es bedeutet, daß wir Zeiten entgegengehen, in denen die Nation von einer Wahnsinnigen regiert wird.«

XLVII

Und als der König fort war, wurde Kalach von einer unnatürlichen Gelassenheit erfaßt. Vielleicht spielt aber auch nur die Zeit meiner Erinnerung einen Streich, doch damals meinte ich zu spüren, daß Assarhaddons Hof auf etwas zu warten schien, daß er mit dem unbekümmerten Vertrauen von Erben am Totenbett eines Greises wartete und wußte, das, worauf er wartete – wonach er sich sehnte –, stand nun vor der Tür.

Ich war der Unterkönig des Königs und regierte Stadt und Nation in seinem Namen mit der ganzen Macht seines Amtes. Man gehorchte meinen Befehlen, doch mir schien, mit einem verschlagenen, halb unterdrückten Lächeln, so als ob jeder von Assarhaddons Edlen und Dienern bei sich dachte, laß ihn seine kurze Herrlichkeit ruhig genießen. Ich bin immer noch da, wenn er längst vergessen ist. Für ihn ist es fast vorbei.

Ich wußte, irgend etwas stimmte nicht. Jeder wußte das, sogar Selana.

»Ich hasse diesen Ort«, sagte sie eines Abends, während wir darauf warteten, daß man das Essen auftrug. »Wenn ich doch wieder auf Sikelia wäre und die Fußböden abschmirgeln könnte. Ob sich wohl jemand richtig um die Hühner kümmert? Ich komme mir vor wie auf einem Festmahl, bei dem das ganze Essen vergiftet ist.«

Und dann brach sie ganz gegen ihre Gewohnheit in Tränen aus, warf die Arme um Klein-Theseus und lief aus dem Zimmer.

Frauen sind durchaus nicht so unverständig wie Männer sich einbilden. Ich wußte genau, was sie meinte, aber was konnte ich schon sagen, das ihre bösen Vorahnungen beschwichtigt hätte, mich quälten doch genau die gleichen. An jenem Abend speiste ich allein und in trübseligem Schweigen.

Eine Warnung kommt selten allein. Eines Abends, es war der achtzehnte Tag nach Assarhaddons Aufbruch, kam ein Bote aus Ninive mit Kunde von einer Verwandten – eine Mahnung, falls ich eine nötig hatte, daß all unser Kummer in alten Sünden wurzelt, daß uns die Vergangenheit mit kalter, toter Hand, aus der es kein Entrinnen gibt, festhält.

»Gebieter, die Herrin Schaditu ist tot.«

Schaditu, meine Halbschwester, böse und schön, eine Frau, bei deren Anblick man vor Lust und Haß entbrennen konnte – damals war ich entbrannt gewesen, und Assarhaddon auch.

»Wann ist sie gestorben?« fragte ich. »Und wie?«

»Man hat sie heute morgen gefunden, doch da war sie schon viele Stunden tot. Man nimmt an, daß sie sich das Leben genommen hat.«

Mir fiel der Priester ein, Rimani Assur, der aus den Eingeweiden der *ginu* geweissagt und verkündet hatte, es wäre der Wille des Gottes, daß mein Bruder und nicht ich im Lande Assur König sein sollte. Auch er, so munkelte man, hatte zu Schaditus Liebhabern gehört, und er war von eigener Hand gestorben, hatte sich im innersten Tempelheiligtum direkt unter den Augen des Gottes Schamasch erhängt.

»Wie?«

»Gift, Gebieter. Neben ihrer Schlafmatte stand ein leerer Weinbecher. Man hat ihren Leib geöffnet, und ihre Eingeweide waren schwarz vom Bilsenkraut.«

Das glaubte ich auch nicht einen Augenblick. Ja, wenn man sie dazu getrieben hätte, wäre Schaditu gewißlich zu solch einer

Tat fähig gewesen – aber warum jetzt? Warum ausgerechnet jetzt?

Weil Schaditu im Besitz eines Geheimnisses war, eines, das lieber mit ihr sterben sollte. Und der König war fern, und ...

War das Nakijas Werk?

»Was sollen wir mit dem Leichnam machen, Gebieter?«

»Begraben«, antwortete ich, und mein Herz war noch ganz kalt vor Schreck. »Begraben, ehe sie verwest – oder wollt ihr sie vor die Hunde werfen? Begrabt die Herrin Schaditu in der königlichen Gruft in Assur, denn sie war die Tochter eines Königs, und ihr Vater, der Gebieter Sanherib, hat sie geliebt.«

»Ja, Gebieter.«

Er verzog sich unter Verneigungen und nahm vermutlich ein Pferd für den Rückweg nach Ninive, wo er die erstaunliche Botschaft überbrachte, daß es keine weiteren Nachforschungen geben würde. Keine Sklaven würden unter der Folter befragt werden, keine alten Liebhaber mußten um ihre sündigen Geheimnisse fürchten, und die Herrin Schaditu, welche eine böse Frau gewesen war und einen Tod gestorben war, der den Göttern übel in die Nase steigt, sollte inmitten ihrer ehrwürdigen Ahnen zur Ruhe gerettet werden wie eine ältliche Jungfrau, die schließlich von den zunehmenden Gebresten eines harmlosen Lebens dahingerafft worden war.

In jener Nacht erschien sie mir im Traum. Doch ich hielt es kaum für einen Traum, denn er ist mir so greifbar im Gedächtnis wie die Erinnerung an ein tatsächliches Ereignis.

Sie sah aus wie in den Tagen unserer Jugend, mit glatter Haut, rank und schlank und mit festen Brüsten unter ihrer kostbaren Leinentunika. Sie lächelte boshaft, als sie sich auf eine Bank im Garten unseres Vaters in Ninive setzte – wieso dort, woher soll ich das wissen.

»Einstmals hast du mich vergewaltigt«, sagte sie und lachte bei der Erinnerung ihr kehliges Lachen. »Du hast mich geschlagen wie eine Schenkendirne und mich dann mit Gewalt genommen.«

»Wenn ich mich recht erinnere, so war dazu nicht sehr viel Gewalt nötig.«

Darüber mußte sie erneut lachen, und sie schüttelte den Kopf, daß ihr Haar raschelte wie trockene Blätter.

»Ich könnte dich so reizen, daß du es noch einmal tust, doch unter Toten gibt es nur noch wenig Umarmungen.« Sie fuhr sich mit der rosa Zunge über die Unterlippe und näherte mir ihr Gesicht. Als sie redete, konnte ich ihren warmen Atem spüren. »Aber küß mich trotzdem, Tiglat, mein Bruder, wenn auch nur, weil du mir vergeben hast.«

»Nein, Schaditu. Du bist tot, vergiß das nicht. In diesem Augenblick liegst du irgendwo in deinem Sarg. Versuche, dich mit der geziemenden Würde zu benehmen.«

»Du bist nicht nett«, sagte sie, wich zurück, senkte den Blick und tat so, als schmollte sie. Dann sah sie wieder auf und grinste, wobei sie hübsche, regelmäßige, weiße Zähne zeigte.

»Ich werde dich immer lieben, Tiglat, obwohl du so gemein bist und es nicht verdienst. Wen hätte ich auch sonst lieben sollen, da mich niemand so durchschaut hat wie du?«

»Durchschaut, daß du eine zügellose Schlampe warst? Das haben viele durchschaut.«

»Keiner so wie du.« Wieder dieses kehlige, sinnliche Lachen. »Aber es war lieb von dir, daß du mir einen Platz in der königlichen Gruft gewährt hast. Die Familie hätte mir doch sehr gefehlt. Assarhaddon hätte mich sicher in einem Schlammloch beerdigen lassen.«

»Was willst du, Schaditu?«

»Nichts als dich warnen – und Rache.«

Da saß sie mir leicht zugewandt, die kleinen Hände auf den Schenkeln, und ich konnte sehen, wie ihre Augen hart wurden, so als wären die Pupillen jetzt aus Eisen. Ja, natürlich. Meine Schwester wollte immer das letzte Wort haben, sogar noch im Tod.

»Es war Nakija, nicht wahr?« sagte ich schließlich.

»Ja, selbstverständlich.« Sie hob neckisch die schönen Schultern. »Wer sonst wohl? Meine Diener spionierten allesamt für sie, und am Ende ließ sie mich durch einen vergiften. In den letzten Jahren habe ich mir angewöhnt, mich jeden Abend zu betrinken, und so habe ich das Bilsenkraut nicht einmal mehr im Wein geschmeckt. Alle denken, ich habe mich selbst umgebracht, aus Langeweile vermutlich. Nur du nicht, mein kluger Bruder.«

Das Lächeln, das sie mir schenkte, ließ mir das Blut in den Adern erstarren.

»Ich kann Nakija nicht töten lassen.«

»Es gibt Schlimmeres als den Tod. Du findest schon etwas, womit du sie bestrafen kannst.«

»Und die Warnung?«

»Versuch nicht, die Dinge ändern zu wollen«, sagte sie nach einem Weilchen – fast schien sie mir eine Botschaft zu übermitteln, denn die Worte wirkten nicht wie ihre eigenen. »In der Zukunft, die nicht mehr umgeschrieben werden kann, gibt es keinen Platz für dich, und gegen den Willen des Gottes kannst du nichts ausrichten. Lauf nicht in die Falle, in die soviele tappen.«

»Mehr nicht?«

»Mehr nicht.«

»Schaditu, was hat Rimani Assur gesehen, als er die *ginu* untersuchte?«

»Kann der Mensch das Schicksal in den Eingeweiden einer Opferziege lesen?« Sie lächelte ihr neckisches Lächeln, doch das verblaßte beim Sprechen. »Alles zu seiner Zeit, du wirst es schon noch erfahren.«

Und dann wachte ich natürlich auf, und die Sonne schien mir ins Gesicht. Doch der Traum ist mir im Gedächtnis geblieben.

Keine Stunde später kam ein Reiter aus Harran mit der Kunde, daß der König erkrankt sei.

»Er ist die ganze Zeit seit unserem Aufbruch aus Kalach krank gewesen. Zunächst hat er sich nur über Magenschmerzen beklagt, und selbst als er nicht mehr reisefähig war, schien es nicht schlimm um ihn zu stehen, aber jetzt …

Es geht ihm sehr schlecht. Vor sechs Tagen konnte er nicht einmal mehr stehen. Seine Ärzte wissen nicht, was ihm fehlt, der König selber glaubt jedoch, daß er im Sterben liegt. Er hat darauf bestanden, daß wir nach dir schicken, Herr.«

»Dann muß ich zu ihm.«

Ich machte mir nicht die Mühe, einen Stellvertreter zu bestimmen, der während meiner Abwesenheit regierte, ich wußte, das war vergebens – wenn ich Kalach verließ, würde Nakija regieren, was auch immer ich angeordnet hatte. Das hatte auch der König gewußt, und deshalb durfte ich ihn auch nicht auf diesem Feldzug begleiten. Er wußte es jetzt, wo er auf dem Totenbett zu liegen schien. Wenn er mich also rufen ließ, dann hatte er seine Gründe.

Ich gab Anordnung, daß Geist binnen einer halben Stunde gesattelt auf mich warten sollte. Die königliche Garnison benachrichtigte ich nicht. Dazu war keine Zeit, wenn ich meinen Bruder noch lebend antreffen wollte, und ohne Eskorte kam ich schneller voran. Wenn Assarhaddon meinte, es ginge ans Sterben, dann mußte ich ihm glauben.

»Da du unterwegs keine Rast zum Essen einlegst, soll dich das hier vor dem Verhungern bewahren«, sagte Selana und drückte mir einen Lederbeutel in den Arm. »Es ist genug Brot und getrocknetes Fleisch für zwei darin, das reicht für vier Tage. Dazu ein kleiner Krug Wein.«

»Für zwei?«

»Ja, für zwei. Du wirst Enkidu mitnehmen, wenn auch nur, um deine Frau zu beruhigen. Benachrichtigst du die Herrin Nakija von der Erkrankung des Königs?«

»Nein. Das hört sie noch schnell genug. Es würde mich auch nicht wundern, wenn sie es bereits wüßte.«

Als ich auf den Hof kam, wartete Enkidu schon hoch zu Roß und reisefertig. Ich sagte Selana und unserem Sohn Lebewohl und küßte sie, und die Zukunft ragte wie eine glatte Mauer vor mir empor. Sie lächelte nur und sagte, »Sieh dich vor.« Sie stellte keine Fragen, sie wußte, ich konnte ihr darauf nichts antworten.

Sechs Tage brauchten wir für den Ritt nach Harran. Die Pferde mußten sich ausruhen und gefüttert und getränkt werden, doch sonst machten wir keinen Halt. Sechs Tage lang schloß ich kaum die Augen oder sah etwas anderes als die Straße vor mir. Ich bemühte mich, nicht nachzudenken, denn ich schien nur einen Gedanken fassen zu können, daß nämlich Assarhaddon schon tot sein konnte – was die Zukunft mir und den Meinen brachte, wenn Assurbanipal König wurde, daran mochte ich nicht einmal denken. Ich wollte einfach nicht, daß mein Bruder unter Fremden starb, ohne eine liebende Hand, die ihm die Augen schloß. Darum ist es auch kein Wunder, daß mir von dem Ritt so gut wie keine Erinnerung geblieben ist.

Einen halben Tagesritt von der Stadtmauer entfernt trafen wir auf Kundschafter, und die gaben uns frische Pferde. Am Haupttor kamen uns andere entgegen, und man führte mich auf der Stelle zum Haus des Provinzgouverneurs, das in diesem Notfall zugleich als Armeehauptquartier und königlicher Palast diente. Ich hatte mir noch nicht einmal den Staub vom Gesicht gewaschen, da führte man mich schon zum König.

Assarhaddon lag auf einem Ruhelager und schlief. Sein Gesicht sah verbraucht und grau aus. An der Bewegung seiner Lippen war zu merken, daß ihn Träume quälten. Seine Offiziere und Ärzte standen stumm herum – unter ihnen Menuas, der mich mit seinen kleinen, ängstlichen Augen beobachtete.

Scha Nabuschu, der *turtanu* des Königs, kam auf mich zu und faßte mich unterwürfig beim Arm, wobei er seinem ruhelos schlafenden Herrn einen Blick zuwarf.

»So geht es die ganze Zeit mit ihm«, sagte er mit einer Stimme, die kaum mehr als ein Flüstern war. »Demnächst wacht er auf, und dann ist er bei recht klarem Verstand. Seine Kraft schwindet jedoch rasch dahin. Er fragt dauernd nach dir.«

Ich gab keine Antwort. Ich wagte nicht zu sprechen.

Nach ungefähr einer Stunde erwachte Assarhaddon. Seine Augen wanderten durch das Zimmer und blieben an meinem Gesicht hängen. Er machte große Augen, denn er hatte mich erkannt. Ich glaube, er war zu erschöpft, um überhaupt noch überrascht zu sein.

Dann fiel sein Blick auf Scha Nabuschu.

»Raus«, sagte er, aber die Worte kamen wie ein Hauch. »Raus, alle miteinander. Ich möchte allein mit meinem Bruder sprechen.«

Als alle gegangen waren, bedeutete er mir, mich neben ihn zu setzen.

»Weit bin ich nicht gekommen, was?« sagte er. »Das bedeutet vermutlich, wir verlieren Ägypten, und alles ist umsonst gewesen. Na gut.«

Ja – jetzt mochte ich wohl glauben, daß er im Sterben lag. Wenn er seinen teuersten Wunsch so leicht aufgeben konnte …

Es schien ihn große Mühe zu kosten, die Augen einen Augenblick zu schließen. Als er sie wieder aufschlug, wirkten sie, als wäre das Leben schon aus ihnen gewichen.

»Viel Zeit bleibt mir wohl nicht mehr.« Assarhaddon hob die Hand so weit, daß er sie mir auf den Arm legen konnte. »Ich muß dir etwas erzählen.«

»Das kann warten, Bruder. Erst wirst du wieder gesund, dann erzählst du mir alles.«

Er schüttelte den Kopf – er wußte, ich war nur feige, ich wollte nicht hören, was ihm das Herz abdrückte.

»Zuweilen sind die Götter gnädig und schicken dem Menschen eine Warnung«, sagte er. »Ich werde nicht mehr gesund, Tiglat, und du mußt die Wahrheit wissen, sonst kannst du dich nicht retten, wenn ich nicht mehr bin. Ich kenne dich, dein Gewissen wird dich lähmen.«

Seine Finger glitten ab, schlossen sich um mein Handgelenk und drehten meine Hand um. Das Mal, das ich mein Leben lang auf der Handfläche gehabt hatte, leuchtete wie ein Tropfen frischen Blutes.

»Als Rimani Assur die Omen gelesen hat, um herauszufinden, ob ich nach dem Willen des Gottes König werden sollte, da waren die Eingeweide der *ginu* nicht einwandfrei.« Selbst jetzt noch weiteten sich Assarhaddons Augen vor Entsetzen. »Eine Blutung, gleich unter der Haut, hatte die Leber der Ziege verfärbt. Sie war wie ein Blutstern geformt.«

Er erzählte mir die ganze Geschichte, von der ich einiges bereits erraten hatte. Schaditu hatte Rimani Assur verführt, und Nakija, die davon wußte, hatte gedroht, alles dem König zu erzählen, wenn ihr Sohn nicht als *marsarru* bestätigt würde. Der Oberpriester fürchtete um sein Leben – jeder wußte von der Affenliebe des

Gebieters Sanherib zu seiner Tochter und wie blind er für ihre Schlechtigkeit war – und so schlug er der Wahrheit ins Gesicht und verkündete, es sei der Wille des Himmels, daß Assarhaddon als nächster König regieren sollte. Doch Rimani Assur war ein frommer Mann, auch wenn sein Fleisch schwach war, und am Ende trieben ihn seine Gewissensbisse dazu, sich das Leben zu nehmen.

»Es gab nur eine Auslegung eines so furchtbaren Omens, da der Gott dich in der Stunde deiner Geburt auf die gleiche Weise gezeichnet hatte, damals als unser Großvater Sargon seinem *simtu* bei den Barbaren begegnete und die Götter den Tod eines so großen Königs betrauerten und den Nachthimmel mit einem Blutstern verbrannten. Wieder einmal, Tiglat, mein Bruder, hatte man dich mir vorgezogen. Es war der Wille des Gottes Assur, daß du und nicht ich unserem Vater als König nachfolgen solltest.«

Ich konnte nur ahnen, was es Assarhaddon kostete, mir diese Dinge zu erzählen.

»Ich habe davon nichts gewußt«, fuhr er fort. »Ehrenwort, ich hatte keine Ahnung, nicht bis ich von dem Feldzug gegen Abdimilkutte heimkehrte. Nakija wollte mich davon abhalten, daß ich dich aus der Verbannung zurückrief. Denn davor hatte sie Angst – nicht vor dem Urteil der Götter, nicht vor meinem jämmerlichen Zorn, sondern nur vor deiner Rückkehr. Ihre Versuche, dich zu ermorden, waren fehlgeschlagen, und da sie mein Herz nicht länger gegen dich verhärten konnte, sagte sie mir die Wahrheit. Sie hatte gedacht, dies würde mich noch enger an sie binden.«

»Und doch hast du mich zurückgerufen.«

»Ja. Du weißt gar nicht, wie du mir gefehlt hast, Tiglat, schon von dem Augenblick an, als ich dich verbannte. Ich wollte dich schon zurückrufen, als wir uns in Sidon trafen, doch du warst so halsstarrig und spöttisch … Und ich war noch zu stolz, um mich zu demütigen, und doch wußte ich, noch ehe ich nach Ninive zurückkehrte, daß ich auf der ganzen Welt niemandem als dir trauen konnte. Dann erzählte mir Nakija von dem Omen, nur daß die Geschichte die gegenteilige Wirkung hatte – ich war entgeistert. Bei Schamasch, ich hatte nie König werden wollen, und nun begriff ich auch, warum kein Segen auf meiner Herrschaft ruhte. Ich habe dich gebraucht als Schutz vor der Rache der Götter, und auch vor meiner Mutter.«

»Du hättest abdanken können.«

»Nein.« Langsam schüttelte er den Kopf wie ein Mensch, der sich in sein Schicksal ergeben hat. »Das habe ich nicht gewagt, denn wer hätte mir geglaubt, daß ich keinen Teil an Nakijas Ränken hatte? Also dachte ich bei mir, ich hole dich heim und entschädige dich für alles, überschütte dich mit Macht und Ehren – nur schienst du den Geschmack an Macht und Ehren verloren zu haben. Und ich wollte es vor den Göttern durch die Eroberung Ägyptens wiedergutmachen. Ich wollte Assur ein Königreich zu Füßen legen als Buße dafür, daß ich mich unwissentlich gegen seinen Willen versündigt hatte. Anscheinend ist die Gabe nicht angenommen worden. Ägypten ist verloren, und ich erhalte keine Vergebung. Tiglat, mein Bruder, hast denn wenigstens du mir vergeben?«

»Schon vor langer Zeit. Wir haben beide unter Nakijas Hinterlist gelitten – du, glaube ich, noch mehr als ich. Assarhaddon, mein Bruder, dich trifft keine Schuld, nur weil du eine böse Mutter hattest.«

Wir weinten beide und lagen uns in den Armen, und es schien, wir hatten noch einmal zu jener vollkommenen Liebe und dem Vertrauen zurückgefunden, das wir als Knaben füreinander empfunden hatten. Unsere lange Entfremdung war endlich zu Ende.

»Ich bin so müde«, sagte er schließlich. »Bei den sechzig großen Göttern, ich glaube, jetzt kann ich ruhig schlafen. Bleib bei mir, Bruder, und wenn ich aufwache, reden wir weiter.«

Er schlummerte so rasch ein wie ein Kind. Und ich saß neben ihm und hielt seine Hand.

Ich wollte nicht, daß mein Bruder starb. Nein, die Göttin Ereschkigal sollte ihn nicht schon jetzt in ihre grausamen Arme schließen. Was war das, was da so langsam und erbarmungslos an seinem Leben zehrte?

Ich meinte es zu ahnen. Ich hatte es schon in Ägypten geahnt, hatte jedoch den Verdacht abgetan, als Assarhaddon sich zu erholen schien. Ich Dummkopf …

»Du bist der Sohn eines Königs und lebst umgeben von Feinden«, hatte Kephalos einst zu mir gesagt. »Falls sich deine Träume von Größe erfüllen sollen und falls du lange genug lebst, um mächtig und erfolgreich zu werden, mußt du lernen, die Gefahr zu meiden.«

Und dann hatte er mich alles gelehrt, was er über Gifte wußte, und das war nicht eben wenig.

»Die Griechen sind für derlei Dinge weniger begabt als die Völker des Ostens«, sagte er. »Ich bin jedoch viel herumgekommen, zum einen aus Forschungsdrang und zum andern durch die Wechselfälle des Lebens, und ich habe viel von den Ärzten so mancher Nation gelernt. Du kannst mir glauben, Herr, wenn ich behaupte, daß man wenig Grund hat, sich auf der Welt sicher zu fühlen. Ein Mensch kann einen Apfel durchschneiden und mit dir teilen. Du stirbst, und er lebt weiter, weil nur eine Seite der Klinge vergiftet war.«

Mit Assarhaddons Gesundheit wär es seit einiger Zeit bergab gegangen – ja, seit jenem Zwischenfall in Ägypten. Konnte ihm jemand über einen so langen Zeitraum hinweg nach und nach die Lebenskraft geraubt haben?

»Gifte sind ganz unterschiedlich in ihrer Wirkung«, hatte Kephalos erklärt. »Einige sind schleichender als andere, doch jedes hinterläßt ein charakteristisches Merkmal. Man muß nur danach suchen.«

Lange brauchte ich nicht zu suchen. Ich fand es an der Hand, die in meiner lag, Undeutlich, doch unter den Fingernägeln immer noch sichtbar, winzige, hellbraune Flecken wie die Spuren von längst getrocknetem Blut.

»Aphantos. Wenig bekannt und in ausreichender Menge schwer erhältlich. Es stammt aus dem Samen einer unansehnlichen kleinen Blume, die Philozoös heißt und nur an ein paar Stellen auf der Welt vorkommt, weil sie zum Wachsen stark salzhaltiges Wasser braucht – nicht einmal das Meer ist ihr salzig genug.

Es ist kein wirksames Gift, da es sich im Körper über lange Zeit ansammeln muß, und deshalb ist die Verabreichung eine langwierige Angelegenheit. Aber es hat den Vorteil, daß es nicht nachweisbar ist, abgesehen von diesen Flecken unter den Nägeln, welche aber kaum jemand bemerkt.«

Assarhaddon schlief lange und ruhig. Ich verließ ihn einen Augenblick und trat auf den Gang, wo ein Wachtposten stand. Ich winkte ihn wortlos zu mir.

»Der Arzt des Königs, der Urarter Menuas. Weißt du, wo er sich gerade aufhält?«

»Ja, *Rab Shaqe*. Soll ich nach ihm schicken?«

»Nein. Stellt ihn unter strengen Arrest. Überrascht ihn und überzeugt euch, daß er nichts an seinem Leib verbirgt – du bist mir verantwortlich für sein Leben, vergewissere dich also, daß er keine Gelegenheit hat, sich das zu nehmen. Und laß mir seine Arzttasche bringen.«

Ich ging zurück zu dem Ruhelager, auf dem Assarhaddon schlief und setzte mich wieder, ich wollte ihm nichts sagen, ehe ich nicht sicher war, und vielleicht nicht einmal dann. Viel Hoffnung hegte ich nicht mehr.

Salzwasser, wo die Philozoös wachsen konnte – wieviele solcher Stellen gab es auf der Welt? Die Bitterseen im Sinai an der Schwelle zu Ägypten. Der Große Salzsee, auch Totes Meer genannt, bei den Moabitern. Und das größte von allen, das Bebende Meer, im Königreich der Urarter – ich war dort gewesen, und das Wasser schmeckte so bitter wie der Tod.

Wer würde sich wohl besser mit den Eigenschaften der Philozoös-Blume auskennen als ein Arzt aus Tuschpa? Ja, wer wohl?

Als Assarhaddon aufwachte, unterhielten wir uns wieder, und er konnte sogar ein wenig essen. Dann schlummerte er wieder ein. Ich nutzte die Gelegenheit zu einem Bad und ein paar Stunden Ruhe. So lange sollte Menuas ruhig schwitzen. Das Warten würde ihn mürbe machen.

Als ich aufwachte, war es mitten in der Nacht. Die Arzttasche stand auf dem Tisch in meinem Zimmer. Sie enthielt eine Sammlung von chirurgischen Instrumenten, sorgsam in Leinen gewickelt, und mehrere kleine Tonkrüge, die mit Wachs versiegelt waren und den Namen der Substanz eingekratzt trugen. Einige konnte ich identifizieren, andere nicht. Auf einem Krug stand

»*Siburu*« das ich von Kephalos kannte, weil dieser es als Mittel gegen Haarausfall gebrauchte, ein dunkles Pulver, das man in Bier oder süßer Milch zu sich nahm. Doch das Pulver in dem Krug war hellbraun – war fast von der gleichen Farbe wie die Flecken unter Assarhaddons Fingernägeln. Ich probierte, es schmeckte nach nichts. *Siburu* jedoch ist beinahe ungenießbar.

Ich ging zu Assarhaddons Zimmer und fragte den wachhabenden Offizier: »Schläft der König noch?«

»Ja, *Rab Shaqe.*«

»Gut so. Bringt mich zu Menuas, in seine Zelle.«

Meine Befehle waren peinlich genau ausgeführt worden. Ich fand den Gefangenen nackt und an Händen und Füßen und am Hals angekettet, er konnte nicht einmal aufstehen und befand sich in einem fensterlosen Raum von der ungefähren Größe eines Backofens. Auf seinem Gesicht spiegelte sich blankes Entsetzen, als ich die Tür öffnete, aber vielleicht blendete ihn nach sovielen Stunden im Dunkeln auch nur der Schein meiner Öllampe.

Ich kauerte mich neben ihn auf den Boden, stellte die Lampe zwischen uns, und der Wachtposten machte die Tür von draußen zu. Menuas und ich hätten ganz allein auf der Welt sein können.

»Bei den großen Göttern, Gebieter, ich habe …«

»Lüge mich nicht an, Arzt«, unterbrach ich ihn. »Füge nicht auch noch Meineid zu deinen Sünden hinzu und beleidige mich nicht dadurch, daß du mich hinters Licht führen willst. Ich habe deine Arzttasche untersucht und das Aphantos gefunden, mit dem du den König vergiftet hast.«

Zunächst sagte er gar nichts. Er wimmerte nur kläglich, so als hätten ihm seine Leiden den Verstand geraubt. In Wirklichkeit hatte ich keine Wut auf diesen Elenden. Wer wußte schon, mit welchen Drohungen oder Versprechungen Nakija ihn dazu gebracht hatte, ihr zu Willen zu sein.

Der Mord an einem König ist jedoch etwas Furchtbares.

»Es – es ist ein Mittel gegen Impotenz«, sagte er schließlich, jedoch ohne Hoffnung, daß ich ihm Glauben schenkte. »Es ist ein Mittel … Es ist …«

Ich lächelte wölfisch.

»Ich kenne den König seit meiner Kindheit«, erwiderte ich.

»An Kraft der Lenden hat es ihm noch nie gemangelt, obschon seine Leidenschaften sich jetzt abgekühlt haben. Ich kann und will dein Leben nicht retten, Arzt. Falls ich gnädig mit dir verfahren soll, mußt du die ganze Wahrheit sagen. Gibt es ein Gegenmittel?«

Er gab keine Antwort. Er starrte mich nur mit seinen kleinen, erschrockenen Augen an, es schien ihm nicht in den Kopf zu wollen, daß es keine Hoffnung für ihn gab.

»Kennst du die Strafe, die auf Verbrechen wie deines steht?« fuhr ich am Ende fort. »Du hast die Hand gegen den Diener Assurs erhoben – weißt du, was man mit dir macht? Man zieht dir die Haut bei lebendigem Leibe ab. Kannst du dir vorstellen, wie das ist? Ich habe es schon gesehen, und selbst das Zuschauen ist furchtbar. Die Männer, die das machen, sind sehr geschickt, und sie lassen sich Zeit, damit ihr Opfer bis zum allerletzten Augenblick am Leben und bei Sinnen bleiben soll. Sie beginnen also mit der Handfläche, und sie ziehen dir die Haut in einem einzigen Stück ab, selbst die Fingernägel lassen sie nicht aus, und dann schneiden sie an der Innenseite des Armes entlang …«

Er öffnete den Mund zu einem Schrei, doch es kam kein Laut heraus.

»Kannst du dir vorstellen, Arzt, wie das ist, wenn du nur noch ein Stück rohes, blutiges Fleisch bist, dich hilflos im Staub wälzt und nicht einmal die Augen zumachen kannst, weil auch dein Gesicht gehäutet ist und du keine Augenlider mehr hast? Am Ende verfüttern sie dich an die Hunde, und selbst diese letzte Schmach erlebst du vielleicht noch. Denk daran, Arzt – vielleicht stirbst du erst, wenn die Jagdhunde des Königs dich in Stücke gerissen haben. Vielleicht lebst du sogar immer noch, wenn sie sich knurrend über deine blutigen Fleischfetzen hermachen.«

Ich hielt inne, denn er sollte sich das alles ausmalen und nur noch Schmerz und Grauen vor sich sehen. Das bezweckt man mit der Folter: der Mensch soll nur noch an seine Leiden denken, dadurch werden sie mehr, als er ertragen kann.

Ich konnte ihm dieses Los nicht ersparen – das konnte niemand. Doch falls er mir glaubte, wenn auch nur für eine kleine Weile, so mußte ich das ausnutzen.

»Erspare dir das«, sagte ich und brach damit das Schweigen. »Wenn du kannst, erspare dir diesen Tod. Gibt es ein Gegenmittel?«

Zunächst schien er nur erstickte, kleine Laute von sich zu geben, so als ob ihm die Worte hinten in der Kehle steckenblieben. Dann schluckte er und wandte kurz den Blick ab, er versuchte, sich soweit zu fassen, daß er sprechen konnte.

»Es gibt kein Gegenmittel«, flüsterte er, ohne den Blick zu heben. »Wenn man das Gift ganz im Anfang absetzt, läßt die Wirkung allmählich von selbst nach. Doch in diesem Stadium gibt es keine Hilfe mehr.«

Das war das Ende. Nichts konnte verhindern, daß das Leben meines Bruders langsam verebbte. Ich hatte es auch nicht wirklich geglaubt, und doch wurde mir das Herz in der Brust zu Stein.

»War es in Ägypten auch Gift?« hörte ich mich fragen.

Menuas zögerte, dann nickte er. »Das gleiche?«

»Nein – ein anderes. Ein stärkeres Gift, es heißt –«

»Es ist mir gleich, wie es heißt. Warum ist er damals nicht gestorben?«

»Du bist mißtrauisch geworden, da bekam ich es mit der Angst zu tun und habe ihm die tödliche Dosis nicht verabreicht. Das Aphantos gleicht mehr dem normalen Verlauf einer Krankheit, darum habe ich ihm seit dem Ende des letzten Feldzuges kleine Mengen gegeben. Die Herrin –«

»Sprich ihren Namen nicht aus, du Hund!« Ich schnappte mir den Eisenring um seinen Hals und zog ihn auf die Füße, doch dabei erdrosselte ich ihn fast. »Nie wieder ihren Namen – weder zu mir, noch zu sonst jemand!«

Ich lockerte den Griff, und er fiel wieder auf die Knie, würgte und bekam kaum noch Luft. Wie konnte ein so jämmerlicher Schurke nur ein so großes Verbrechen begehen?

»Wie lange hat der König noch zu leben?«

»Vielleicht zwei, drei Tage – mehr nicht.«

Er hob den flehenden, tränenerfüllten Blick zu mir, und seine Lippen formten die ersten Worte einer stummen Bitte. Er wollte von mir wenigstens einen Brosamen Hoffnung haben, doch ich stand auf, klopfte an die Tür und ließ den Wachtposten wissen, daß er öffnen konnte. Ich war fertig mit ihm.

»Zwei, drei Tage«, wiederholte ich. »So sei es denn, Arzt. Du hast sein und dein Schicksal besiegelt.«

»Herr – Erbarmen …!« Er wollte sich mir zu Füßen werfen, doch das erlaubten seine Ketten nicht, und so fiel er nur unbeholfen auf die Erde. »Herr! Was soll ich tun?«

»Tun? Dich auf den Tod vorbereiten.« Die Tür öffnete sich, und ich blies meine Öllampe aus. »Um Erbarmen mußt du dich an die Götter wenden, Arzt, denn hier findest du keines.«

Assarhaddon schlief bis zum Morgen, und ich wartete an seinem Bett und überlegte, was ich ihm erzählen sollte. Er war der König, und man durfte die Wahrheit nicht vor ihm verbergen; aber er war auch mein Bruder, und wie hätte ich ihm wohl alle Hoffnung rauben dürfen, wenn ich ihm enthüllte, daß man ihn vergiftet hatte und daß er rettungslos verloren war? Und durfte ich seine letzten Stunden damit verdunkeln, daß ich ihm erzählte, der Giftmischer, der ihm das Leben entriß, sei von seiner eigenen Mutter geschickt worden?

Am Ende erzählte ich ihm gar nichts – die Bande des Blutes und der Liebe sind stärker als Untertanenpflicht. Doch als er dann erwachte, schien er alles zu wissen, ohne daß ich etwas sagen mußte.

»Ruf meine Offiziere«, sagte er, kaum daß er die Augen aufgeschlagen hatte.

»Das kann warten. Iß erst einmal ein wenig.«

»Nein, Tiglat. Ruf meine Offiziere. Mir bleibt nur noch wenig Zeit – das spüre ich. Und Essen brauche ich bald auch nicht mehr. Ruf sie.«

Ich tat, wie mir geheißen wurde, und schon bald war das Zimmer voller *rab shaqes,* die der Reihe nach herein kamen und sich schweigend einen Platz an Assarhaddons Lager suchten. Es mögen ihrer fünfundzwanzig gewesen sein, nicht nur die Führer dieser Expedition, sondern auch die Befehlshaber jeder Garnison auf eine Entfernung von sieben Tagesritten. Etliche dieser Männer kannte ich seit meiner Knabenzeit; andere waren in Chalule und Babylon und im Zagros, als wir gegen die Meder Krieg führten, meine Waffengefährten gewesen. Ein paar hatten während meiner Verbannungsjahre Karriere gemacht, doch ich war an ihrer Seite durch die Wildnis von Sin marschiert und hatte sie in der Schlacht gegen die Ägypter schätzen gelernt. Das hier waren Soldaten, Männer, denen man vertrauen konnte.

Und alle hatte die Kunde von der Krankheit des Königs hierhergeführt, sie waren bereit zu tun, was ihr Herr sie zu tun hieß, solange er lebte, und falls er sterben sollte, würden sie nach Maßgabe seines Willens den Frieden im Reich sichern. Mich dünkte, in diesem winzigen Raum war die ganze Waffengewalt der Welt versammelt.

Ich half Assarhaddon beim Aufsetzen und steckte ihm ein paar Kissen in den Rücken, da er zu schwach war, um das selber zu tun – er hatte die Wahrheit gesagt, daß er sein Ende kommen fühle, denn er schwand rasch dahin.

»Ich bin dem Tode nahe«, sagte er in dem Ton, mit dem er sonst Schlachtpläne besprach. »Ich habe gewisse Entscheidungen hinsichtlich der nächsten Regierung getroffen und möchte jetzt wissen, ob sie eure Unterstützung finden. Ich werde dann nicht mehr sein, ihr werdet die Sache also vertreten müssen.«

Er schloß kurz die Augen, schien Kräfte zu sammeln, dann schlug er sie wieder auf und schaute in die Runde, sein Blick wanderte von einem Gesicht zum anderen. Keiner sagte etwas.

»Der *marsarru* ist jung und ohne Erfahrung«, fuhr er fort. »Wir sehen kriegerischen Zeiten entgegen, und ich glaube nicht, daß er schon für die Bürde der Herrschaft bereit ist – vielleicht ist er das nie, doch das kann nur die Zeit erweisen. Bis dahin ist es mein Wille, daß mein Bruder, den ihr alle kennt und dessen Ruhm man nicht erst verbreiten muß, als *turtanu* regiert. Der Knabe Assurbanipal soll dem Namen nach König sein, doch alle Macht in Krieg und Frieden liegt bei dem Gebieter Tiglat Assur.«

Vor Schreck lief es mir kalt den Rücken hinunter, denn auf derlei war ich ganz und gar nicht gefaßt gewesen. Ich bemühte mich um ein völlig ausdrucksloses Gesicht und mied die Augen der Männer, die mich auf einmal musterten, als ob ich ein Unbekannter für sie wäre.

»Also?« Assarhaddon blickte sich forschend um. »Wie soll es sein? Werdet ihr euch daran halten? Hat keiner von euch etwas dazu zu sagen?«

Kurzes Stimmengesumm, während die Befehlshaber im Heer des Königs miteinander flüsterten, und dann trat Kisri Adad vor, *rab shaqe* in der *quradu* und ein alter Soldat, dessen Treue und Integrität außer Zweifel standen.

»Solange das Leben und die Ehre des *marsarru* und sein Anrecht auf den Thron nicht angetastet werden, worauf jeder von uns den Eid abgelegt hat, wird keiner dem Gebieter Tiglat Assur, welchen jeder hier verehrt, den Gehorsam verweigern.«

Er blickte erst den König an, dann mich, anscheinend wollte er eine Antwort auf seine unausgesprochene Frage haben. Doch mir hatte es die Sprache vorschlagen – ich schien der Worte nicht mehr mächtig zu sein.

»Was sagst du, Tiglat?« fragte Assarhaddon schließlich. »Wirst du Assurbanipals Rechte achten, oder wirst du deine Macht dazu nutzen, ihn zu verdrängen und dich auch dem Namen nach zum König machen?«

Zweifellos sollte die Formulierung seiner Frage witzig sein, aber sie bewirkte zumindest, daß ich mich irgendwie ärgerte, und so versagte mir die Stimme auch nicht, als ich antwortete.

»Wer könnte hier von mir behaupten, daß ich meinem König je die Treue gebrochen hätte?«

Kisri Adad nickte, und hinter ihm hörte ich beifälliges Gemurmel.

»Das reicht mir«, sagte er.

»Dann euren Eid darauf«, erwiderte Assarhaddon und streckte die rechte Hand aus. »Schwört dem Gebieter Tiglat Assur, dem *turtanu* des Königs, Gehorsam.«

Kisri Adad kniete neben dem Lager nieder und berührte die Hand des Königs mit der Stirn.

»Ich schwöre«, sagte er.

Er stand auf, und nach ihm knieten der Reihe nach alle Männer neben dem sterbenden König nieder und schworen, mir als Herrn der Welt zu gehorchen.

»Ich mußte es tun, Tiglat. Ich hatte keine andere Wahl. Darum habe ich dich damals nicht den Eid auf die Erbfolge leisten lassen, denn du bist der wahre König, und ich wollte dich nicht auf den Sohn vereidigen, der sich deines Platzes bemächtigt.«

Wir waren wieder allein. Ich saß neben Assarhaddon, und er klammerte sich an meine Hand, als ob ihn nur noch die ans Leben band.

»Du weißt, daß ich solche Macht nicht lange halten kann«, sagte ich, und meine Stimme war kaum mehr als ein Flüstern. »Assurbanipal ist kein fügsamer Einfaltspinsel – ich müßte ihn bald richtig unter Arrest stellen oder umbringen lassen. Beides schaffe ich nicht.«

»Ja, aber das weiß er nicht. Er ist, wie du sagst, kein Einfaltspinsel, also wird er sich zunächst hüten, dich herauszufordern. Das gibt dir ausreichend Zeit zur Flucht.«

»Flucht, wovor?« fragte ich, und kannte doch die Antwort. Fragte sich nur, ob Assarhaddon sie auch kannte.

»Vor meiner Mutter.«

Er wollte sich fester an meine Hand klammern – der verstärkte Druck war kaum zu spüren, es schien, alle Kraft hatte ihn verlassen.

»Versprich mir, Tiglat, daß du meine Mutter nicht umbringen läßt«, sagte er so flehentlich, als betete er. »Sie ist eine böse Frau, das weiß ich nur zu gut. Sie hat viele Verbrechen begangen, aber sie ist immer noch meine Mutter. Ich weiß, du mußt etwas unternehmen, wenn du dich retten willst, aber finde einen Weg, wie du ihr Leben schonen kannst.«

»Du hast meine Mutter verschont, als du mich für einen Verräter an dir gehalten hast. Ich verschone deine. Und wenn ich Nakija noch so gern den Kopf vor die Füße legen würde, ich unternehme nichts gegen sie. Du weißt, daß du mich darum nicht zu bitten brauchst.«

Seine Hand erschlaffte in meiner.

»Ja, ich weiß. Und doch mußte ich dich darum bitten.«

Er war für ein Weilchen ruhig, und dann lachte er auf einmal.

»Weißt du noch, Tiglat, als wir Knaben waren und vom Haus der Krieger Urlaub erhielten, damit wir nach Ninive hinein zum Essen bei diesem Halunken Kephalos gehen konnten? Er hat dir einen Beutel mit Silber gegeben, weißt du noch? Und wir haben es uns im Schein der offenen Tür vor einem Schneidergeschäft geteilt und uns auf die Suche nach Huren gemacht.«

»Ja, ich erinnere mich.« Meine Augen wollten überfließen, als ich das sagte. »Du hast eine gefunden, in jener erbärmlichen, kleinen Weinschenke, aber mich hat meine Schüchternheit entmannt.«

»Ja.«

Assarhaddon wurde für einen Augenblick ruhig, so daß ich schon dachte, er würde nicht wieder sprechen.

»Wir hätten uns die Welt teilen können, Tiglat – genau wie jenen Beutel Silber. Ja, das hätten wir tun sollen. Wo sind wir vom Wege abgekommen?«

»Wir sind erwachsen geworden und mußten feststellen, daß die Welt komplizierter ist, als es sich vertrauensvolle Knaben vorstellen.«

»Es war meine Schuld«, sagte er, und seine Stimme, war kaum mehr als ein Hauch.

»Es war unser beider Schuld, deine und meine zusammen. Und die der Welt, und niemandes Schuld, denn der Gott wollte es so.«

Als ich ihn anblickte, merkte ich, daß er eingeschlafen war. Vielleicht hatte er mich gar nicht gehört.

Als ich mich überzeugt hatte, daß er friedlich ruhte, ging ich auf den Vorbau, ich wollte etwas frische Luft schnappen und allein sein. Die Sonne stand kaum mehr als zwei Stunden über dem östlichen Horizont, und der Morgenhimmel war noch blutig rot. Ich war so verzweifelt, als wäre eine Falle, die mein Leben lang auf mich gewartet hatte, endgültig zugeschnappt.

»Was soll ich bloß tun?« dachte ich, ohne recht zu wissen, an wen diese Frage gerichtet war. »Was willst du, daß ich tue?«

Und dann kam mit der ersten Brise des Tages ein Adler aus der Sonne, schwang sich empor und schien selbst noch die Luft, die ihn trug, erobern zu wollen. Ich sah ihn über meinem Kopf dahinfliegen. Ich sah den Schatten seiner ausgebreiteten Flügel über die teilnahmslose Erde gleiten. Und dann verschwand er in der westlichen Ferne.

»In der Zukunft, die nicht mehr umgeschrieben werden kann, gibt es keinen Platz für dich«, hatte Schaditu gesagt. Und was war das, wenn nicht eine zweite Warnung, die über den stimmlosen Himmel flüsterte.

Ich ging wieder nach drinnen, und selbst noch meine Seele bebte vor Angst. Mich dünkte, ich hatte Gottes Antlitz gesehen.

Assarhaddon schlief immer noch – einen Schlaf, aus dem er nie wieder aufwachte. Am nächsten Morgen, gerade vor Tagesanbruch, forderte der Tod sein Recht.

XLVIII

Binnen Stunden nach Assarhaddons Tod mußte ich der Bestrafung seines Mörders vorsitzen. Ich hatte keine andere Wahl, denn durch seine Festnahme hatte ich ihn für schuldig erklärt, und die Soldaten von Assur würden jedwede Milde gegenüber einem Menschen, der ihrem geweihten König das Leben geraubt hatte, falsch auffassen. Da ich Menuas beschuldigt und seine Strafe festgesetzt hatte, war es meine Pflicht, die Ausführung des Urteils zu überwachen.

Ich hatte meinen Bruder geliebt, und das nie mehr als in diesen wenigen, letzten Stunden, da wir endlich unser Vertrauen zueinander wiedergefunden zu haben schienen, und so war mein Herz finster vor Gram. Ich hatte seine tote Hand gehalten und geweint wie eine Frau. Meine Augen waren immer noch tränenverquollen, als ich vor dem großen Tor von Harran Platz nahm und mir der nackte und zitternde Gefangene vorgeführt wurde, daß er sein Urteil vernahm. Er flehte mit einer Stimme um Gnade, die vor Verzweiflung heiser war. Wie ich ihn in jenem Augenblick haßte – ihn um so mehr haßte, weil ich wußte, daß der wahre Mörder nicht hier, sondern in Kalach saß und für mich auf ewig unerreichbar war.

Sei es drum, dachte ich. Menuas würde allein das ganze Gewicht meiner Rache zu spüren bekommen.

»Es kann keine Gnade für dich geben«, sagte ich – hatte ich mir wirklich eingebildet, ich könnte ein wenig Trost aus diesem furchtbaren Urteil ziehen? Ich weiß es nicht zu sagen. »Du hast dich durch die Ungeheuerlichkeit deines Verbrechens selbst gegen Götter und Menschen gestellt. Wenn der Tod am Ende kommt, wirst du seine Leere begrüßen.«

Ich bedeutete den Scharfrichtern mit einem Nicken, mit ihrer Arbeit zu beginnen, und sah zu, wie einem Menschen unter Gebrüll und Blutgestank die Haut fein säuberlich abgezogen wurde.

Einmal hatte ich schon gesehen, wie ein Mann auf diese besondere Art zu Tode gebracht wurde, und das war zu der Zeit meines Vaters gewesen. Marduknasir, Fürst von Uschnur, hatte eine friedliche Übergabe abgelehnt, und so hatte der Gebieter Sanherib seine Stadt dem Erdboden gleichgemacht und seine Untertanen mit Peitschen vertrieben. Marduknasir selbst zog man die Haut bei lebendigem Leibe ab, die dann an das Tor seines zerstörten Palastes genagelt wurde. Der König hatte sich gut mit Wein gestärkt gehabt und das Ganze mit unbeweglicher Miene über sich ergehen lassen.

Ich bemühte mich, es ihm nachzutun. Vielleicht gelang es mir, aber ich brauchte mich nur umzublicken und sah, welche Wirkung diese grausige Szene auf andere hatte. Sie konnten den Blick nicht abwenden, denn derlei fasziniert durch seine Grausigkeit, doch jeder war entsetzt. Nur Enkidu schien es kaum etwas auszumachen, so als wäre er menschlichen Mitgefühls nicht mächtig. Aber wer hätte je gewußt, was er dachte und fühlte?

Schließlich war das furchtbare Werk vollbracht, und als der gehäutete Leichnam, alles was von Menuas dem Arzt übriggeblieben war, zuckend im Staub lag und niemand, nicht einmal er selbst, hätte sagen können, ob er noch lebte oder nicht, erhob ich mich von meinem Stuhl.

»Seid so gut und schneidet ihm die Kehle durch«, sagte ich, und meine Stimme klang vielleicht ein wenig belegt, da mir eine unsichtbare Hand die Luftröhre zuzudrücken schien. »Es hat lange genug gedauert.«

»Und was ist mit der Haut, *Rab Shaqe?«* fragte einer der Scharfrichter und hielt sie mir zur Ansicht hin – er war blutbespritzt und wollte wohl, daß ich sein Meisterwerk bewunderte, denn die Haut war in einem Stück heruntergekommen, mit Bart und Gesicht und leeren Augenhöhlen. Bei dem Anblick wurde mir übel. Übel vor Scham darüber, was Menschen anderen im Namen von Gerechtigkeit und Rache antun.

»Was soll damit werden, *Rab Shaqe?«*

»Gerbt sie«, antwortete ich. »Laßt sie gerben und salzen wie die Haut eines geschlachteten Ochsen. Wenn ihr damit fertig seid, bringt ihr sie mir. Vielleicht habe ich Verwendung dafür.«

Ich zog mich mit einem Krug Dattelwein in Assarhaddons Gemächer zurück und erteilte den strengen Befehl, mich nicht zu stören. Dann unternahm ich den ernsthaften Versuch, mich volllaufen zu lassen.

Was natürlich zwecklos war. Die Nerven eines Menschen müssen nur bis zum Reißen gespannt sein, dann findet er keine Ruhe mehr. Ich wurde nicht einmal richtig betrunken, da der Wein meine Gedanken perverserweise noch klarer zu machen schien.

Man hatte Assarhaddons Leichnam fortgebracht und den Einbalsamierern überantwortet, welche den König der Vier Enden der Erde für seine letzte Reise zur königlichen Gruft in Assur fertigmachen würden. Nur daß Assarhaddon nie der wahre König gewesen war – der Gott hatte mich also doch erwählt gehabt.

Was wäre nicht alles anders gelaufen, wenn Nakijas Ehrgeiz nicht so stark gewesen wäre und man den Willen des Himmels hätte walten lassen? Assarhaddon wäre Soldat geblieben und hätte dem Soldatenruhm nachgejagt, was ihm besser gefallen hätte. Wie gern hätte er Armeen über die Grenze nach Medien geführt. Sein Leben wäre ein einziger, langer Feldzug gewesen. Und wahrscheinlich wäre er jetzt noch am Leben und glücklich oder hätte vielleicht einen ehrenhaften Tod in der Schlacht gefunden, und auch das hätte ihm Befriedigung bereitet.

Und ich wäre König geworden. Ich hätte Assarhamat geheiratet und ein Geschlecht von Königen gezeugt – doch letzteres hatte ich wohl ohnedies getan. Assarhamat! Ach, wie mein Herz sich die ganzen Jahre nach ihr gesehnt hatte.

Nie hätte ich die Bitterkeit der Verbannung erfahren. Ich wäre ein anderer Mensch geworden.

Und wieviele Male hätte ich wohl bei der Vollstreckung von so grausigen Urteilen wie heute zusehen müssen? Das Wort eines Königs bedeutet Leben und Tod für seine Untertanen, und sogar für seine Feinde, und hätte mein Gewissen dabei geblutet wie die Hände eines Soldaten, wenn er lernt, mit den Kriegswerkzeugen umzugehen, und wäre es am Ende schwierig geworden?

Auf einmal ging mir auf, daß ich froh war, nicht der König zu sein, der ich vielleicht geworden wäre. Was bedauerte ich wirklich in dem Leben, das ich geführt hatte? Sehr wenig. Selana und unser kleiner Theseus fielen mir ein, und ich dachte, wenn es jetzt in meiner Macht läge zurückzugehen und mein Geschick zu ändern, ich würde es vielleicht nicht über mich bringen.

Der Gott Assur hatte mich einen weiten Weg geführt und schließlich die Weltherrschaft in meine Hand gelegt, denn nun war ich tatsächlich König, wenn auch nicht dem Namen nach, und Assurbanipal, mein eigener Sohn, würde in meinem Schatten stehen, bis es mir beliebte, ihm aus der Sonne zu gehen.

Und doch war das Geschenk zu spät gekommen, ich wollte es nicht mehr. Die Majestät der Macht erschien mir schal, ein Gefängnis, aus dem ich nur noch entkommen wollte.

Den Willen des Himmels jedoch kann niemand wirklich vereiteln – vielleicht hatte mir der Gott schließlich doch noch irgendwie Gnade erwiesen.

»Versuche nicht, die Dinge ändern zu wollen.« So hatte die Warnung meiner toten Schwester Schaditu gelautet – und Träume sind Wahrheit. *»In der Zukunft, die nicht mehr um geschrieben werden kann, ist kein Platz für dich, und dagegen kannst du nichts ausrichten. Lauf nicht in die Falle, in die soviele tappen.«*

Wer den Befehl führt, darf sich weder in Gram noch Selbstmitleid auflösen. Ob ich wollte oder nicht, ich war der Kopf eines riesigen Heeres, das auf dem Wege zur Rückeroberung Ägyptens aufgehalten worden war. Einhundertfünfzigtausend Mann wollten wissen, was ich mit ihrem Leben vorhatte.

»Schickt Reiter nach Kalach und Ninive, sie sollen der Nation Kunde bringen, daß der König tot ist. Stellt eine Ehrenwache von tausend Mann zusammen, die den Leichnam des Gebieters Assarhaddon nach Assur begleitet. Versetzt die Grenzgarnisonen in Alarmbereitschaft, unsere Feinde sollen sich nicht einbilden, sie könnten prüfen, ob wir jetzt schwach sind.«

»Und was ist mit Ägypten, Gebieter?«

Natürlich wollten die Offiziere des Königs, die daran gewöhnt waren, den Befehlen meines Bruders zu gehorchen und die auf einmal auf meine hören mußten, genau dieses von mir wissen. Sie hielten am Morgen nach dem Tod des Königs mit mir Kriegsrat. Sie machten sich große Sorgen, wie sich die Welt verändern würde, nachdem sie nun in der Hand eines anderen lag.

»Ägypten muß warten«, sagte ich. »Kein Gedanke daran, nach Ägypten zu ziehen, während es daheim Unruhen geben kann, denn es werden viele behaupten, daß ich die Macht des rechtmäßigen Königs an mich gerissen habe. Zunächst aber muß ich mit dem Gebieter Assurbanipal reden.«

»Die Entscheidung liegt bei dir und nicht bei dem Gebieter Assurbanipal«, sagte Kisri Adad und strählte sich gedankenverloren den Bart. Er war Soldat, und mit Staatsgeschäften hatte er nichts im Sinn. »Der König hat gesagt, daß der *marsarru* noch ein Knabe und noch nicht reif zum Regieren ist.«

»Er ist nicht mehr der *marsarru* – er ist der König. Er hat ein Recht darauf, daß ich Rücksprache mit ihm halte. Außerdem ist er fünfzehn. Ich war nicht älter, als ich mein erstes Heer befehligt habe.«

Kisri Adad lag eine Antwort auf der Zunge, doch dann schien er es sich anders zu überlegen. Ich hielt es für geraten, ihn nicht danach zu fragen.

»Wenn du dich mit dem König berätst, so ist das Wasser auf die Mühle der Leute, die sich jetzt um ihn scharen, um dich zu bekämpfen.«

Das war Scha Nabuschu. Er lächelte verhalten, so als freute

ihn mein Dilemma. Aber ich wußte bereits, daß er Nakijas Geschöpf war.

»Und sie tun recht daran, mich zu bekämpfen, falls ich es verabsäume, dem König die ihm gebührende Achtung entgegenzubringen«, gab ich zurück, aber es war ein ungutes Gefühl zu wissen, daß jedes Wort von mir den Weg in die nächste Kuriertasche nach Kalach fand. »Außerdem wird der König nicht zu meinen Gegnern zählen, da ich sein Diener bin. Zuweilen werden Dinge im Namen eines Königs getan, die er nicht verhindern kann.«

Das kam einer offenen Kriegserklärung an Nakija gefährlich nahe. Wie ihr das wohl gefallen würde?

»Dann sollen wir hier also einfach abwarten?« Kisri Adad unterstrich die Frage mit einer Geste, die beredt dafür sprach, wie zuwider ihm die Vorstellung war.

»Warum in Harran ausharren? In Harran gibt es nichts, und Ägypten kann warten, bis die Zeit für den nächsten Feldzug gekommen ist. Wir kehren nach Kalach zurück.«

Kisri Adad runzelte die Stirn. Er wäre gern nach Ägypten marschiert, denn das hatte sich sein verstorbener Herr gewünscht, doch die anderen waren vermutlich erleichtert.

»Lauf nicht in die Falle, in die soviele tappen.« Schaditu war böse gewesen, deshalb verstand sie diese Dinge. Und sie hatte gewußt, daß die Spinne, welche dieses Netz gesponnen hatte, immer noch in dessen Mitte wartete und jeden Augenblick zustechen konnte.

Na gut, ich hatte meine eigene Falle aufgebaut. Jetzt hieß es abwarten, ob die Herrin Nakija den Köder schluckte.

Assarhaddons Leichnam war im Sarg versiegelt, und der wurde nach alter Tradition auf einen Ochsenkarren geladen, um in die königliche Gruft in Assur überführt zu werden. Ich wartete mit seinen anderen Offizieren und sah zu, wie unser König und Herr durch das große Tor von Harran gezogen wurde, auf daß die Ewigkeit ihn umfangen konnte.

Er war ein schlechter König gewesen – eifersüchtig, launenhaft, störrisch in der Verfolgung von Nebensächlichkeiten, achtlos für wirkliche Gefahr. Aber er hatte auch nie im Leben König werden wollen. Mir galt es gleichviel, was für ein König er gewesen war, ich hatte ihn jedenfalls geliebt und das selbst jetzt noch, da er Staub war, und der Grund für seine Schwächen war der Ehrgeiz seiner Mutter, ein Ehrgeiz, der sie am Ende dazu zwang, ihren eigenen Sohn vergiften zu lassen.

In meiner Erinnerung war er wieder der strahlende, selbstbewußte Jüngling, mit dem ich in den Kanälen rings um Babylon schwimmen gegangen war, mit dem ich am nächsten Tag eine Patrouille in die belagerte, feindliche Stadt geführt und deren Tore für das wartende Heer unseres Vaters aufgeworfen hatte.

»Assur ist König! Assur ist König!« hatten wir geschrien, und das Herz wollte uns schier bersten, so ruhmreich kamen wir uns vor, so wenig achteten wir die Gefahr – wir hielten uns für unsterblich. Wenn ihn doch der Tod ereilt hätte, als er noch von Lebenskraft strotzte, statt dem verängstigten, verzweifelten Mann aufzulauern, zu dem er geworden war, weil ihn die Last einer ungewollten Krone immer mehr niederdrückte.

Nein, die Tränen, welche mir über das Gesicht rannen, als ich zusah, wie ihn der Ochsenkarren forttrug, die galten keinem König. Ich trauerte um einen Bruder und Freund. Fast schien ich um mich selbst zu trauern.

Assarhaddon war das letzte Bindeglied an die Vergangenheit gewesen. Jetzt hatte ich meine Freiheit – das Leben lag immer noch vor mir, und es stand mir nun frei, das zu leben. Das alles war mir klar, und doch schien es in diesem Augenblick ohne Bedeutung zu sein.

Ich mußte dem Geist meines ermordeten Bruders noch einen letzten Dienst erweisen.

Ein Heer, das ein Lager abbricht, gleicht einem alten Mann, der mitten in der Nacht aufsteht und sich leise murrend den Weg im Dunkeln ertastet. Soldaten begreifen einfach nicht, warum sie sich in Bewegung setzen sollen, wenn sie nichts anderes erwartet als die Heimkehr zu ihren Frauen, und deshalb haben sie es nicht eilig. Einen halben Monat nach dem Tod des Königs waren wir immer noch zwei Tagesmärsche von Kalach entfernt.

Ich hatte meine Gründe, daß ich ihnen die Bummelei durchgehen ließ. Was für Anordnungen Assarhaddon auch hinsichtlich der Thronfolge getroffen hatte, die Nation mußte sie gutheißen. Bei der Thronbesteigung meines Großvaters, meines Vaters und meines Bruders hatte es jeweils Aufstände gegeben. Und ich war nicht einmal König, darum schien es sicher, daß man mir mein Recht auf die Machtübernahme irgendwie streitig machen würde. Ich spielte mit dem Feuer, doch ich wollte nicht den Anschein erwecken, als zündete ich es selber an.

Wenn es aber irgend möglich war, so wollte ich einen Bürgerkrieg vermeiden. Und anscheinend war mir das Glück hold, denn jeden Tag schickten mir Garnisonskommandeure aus dem ganzen Reich Treueversprechen – sie kannten Assurbanipal nicht, und ich war Soldat und einer von ihnen. Etliche kamen sogar persönlich. Als einer der ersten traf Luschakin mit einer Leibwache von fünfhundert Mann ein.

»Der Norden hält zu dir«, sagte er. »Die Soldaten in den Kasernen haben gejubelt, als sie hörten, daß zu zum *turtanu* ernannt worden bist, aber auch die, welche dich nicht mögen, werden den Mund halten und gehorchen. Es ist wie Khanirabbat. Jeder hat gesehen, wohin das Wasser läuft, und da möchte am Ende keiner mit leerem Becher dastehen.«

»Außer daß ich auf diese Überlegungen kein Massaker folgen lasse. Und Assurbanipal ist nicht Arad Malik, sondern der rechtmäßige König.«

»Keine Bange – wenn du König werden möchtest, finden die Priester schon einen Weg, wie sie dich zur Stimme des Himmels machen.«

Er grinste, denn wie den meisten Offizieren klang ihm »die Stimme des Himmels« nicht allzu laut in den Ohren. Dergleichen Vorstellungen waren für Omendeuter und kastrierte Schreiber – Treue, so wie sie ein Soldat verstand, war eine eher persönliche Sache.

Und was galt mir die Stimme des Himmels? Sie schien zu schweigen. Doch am neunzehnten Tage des Monats Kislef – wir wachten auf, und da war der Boden zum ersten Mal überfroren –, da hörte ich sie. Sie war in einer Botschaft aus Kalach enthalten. Die Stadtgarnison hatte sich auf die Seite des neuen Königs geschlagen und war in offenem Aufruhr.

»Der König ist ein junger Esel – was erhofft er sich davon?«

»Der König hat nichts damit zu tun«, gab ich zurück. »Das geht ganz und gar zu Lasten der Herrin Nakija.«

Natürlich. Erstaunlich, daß ich überrascht war. Man mußte ihre Kühnheit einfach bewundern – hatte ich wirklich erwartet, daß sie die Niederlage so gelassen hinnehmen würde? Diese Rebellion war aussichtslos, zum Untergang verurteilt und aussichtslos, aber ist ein Tier nicht immer dann am gefährlichsten, wenn es in die Enge getrieben ist? Und wenn sie zu diesem letzten Mittel griff, dann war sie zu allem fähig.

Wann wäre Nakija nicht zu allem fähig gewesen? Die Spinne hat immer noch genug Gift zum Töten, auch wenn ihr Netz schon rings um sie brennt.

Wir lagerten einen halben *beru* von den Stadttoren entfernt, die sich vor uns geschlossen hatten. Meine Frau und mein Sohn befanden sich innerhalb dieser Mauern – was sollte ich nur tun? Doch wenn Nakija wußte, was Geiseln wert waren, ich wußte es auch.

Ich rief Enkidu in mein Zelt und schickte den Wachtposten fort, damit wir allein waren.

»Selana und der Junge müssen da heraus«, sagte ich. »Du mußt hineingehen und sie holen, ich kann es nicht. Ich bitte dich auch nur darum, weil sie die beiden mit Sicherheit umbringen ließe, falls ich ihr in die Hände fiele, und wenn auch nur aus Bosheit.«

Er warf der Stadtmauer nur einen einzigen Blick zu, anscheinend wollte er sie mit der bloßen Hand umstoßen.

»Nein, mein Freund – ein Mann allein kann sie nicht mit Gewalt nehmen, nicht einmal ein Mann wie du. Du mußt sie freikaufen, und das hier ist der Preis der Herrin Nakija.«

Ich holte zwei Dinge aus der Truhe und legte sie auf meinen Schreibtisch. Das erste war ein Tontäfelchen, das in ein Stück

Leder eingeschlagen war, das zweite die Haut des Arztes Menuas; sie war wie ein Teppich aufgerollt und mit einem Stück Hanf zusammengebunden.

»Das übergibst du ihr – und niemand anders –, und wenn sie meinen Bedingungen nicht zustimmt, erschlägst du sie.«

Er nickte. Ja, er würde es tun, auch wenn es mit Sicherheit seinen Tod bedeutete. Das war auch der wahre Grund, warum ich niemanden als Enkidu schicken konnte, denn nur er traute sich dergleichen zu. Ich war nicht gewillt, mein Versprechen Assarhaddon gegenüber zu halten, wenn das Leben meiner eigenen Familie auf dem Spiel stand.

»Doch höre, was ich geschrieben habe.«

Aber Enkidu wandte nur den Blick ab, damit wollte er mich wissen lassen, daß er nur einer Laune von mir nachgab – ihn kümmerte es nicht, was ich in ein Stückchen getrockneten Ton gekratzt hatte, da man mit Worten nichts erreichen konnte. Ich entfaltete die Lederumhüllung.

»Herrin, ich will nicht mit dir schachern«, las ich vor und übersetzte dabei die Worte aus dem Akkadischen ins Griechische. »Ich weiß nicht, mit welchen Drohungen oder Versprechungen du die Offiziere zu dieser Rebellion herumbekommen hast, doch du hältst sie für zu dumm. Sie wissen, daß man die Stadt nicht mehr als ein paar Tage halten kann, und danach gibt es kein Erbarmen, weder für sie noch für dich, es sei denn, meine Familie kehrt noch vor Anbruch der Nacht wohlbehalten zu mir zurück. Gib sie in die Obhut meines Dieners, und das sofort. Danach akzeptiere ich jede Bedingung für ein Treffen, welche der König nennt, und dann klären wir alle Dinge zwischen uns, wie es unter Männern üblich ist. Es gibt keine Geheimnisse mehr, Herrin. Ich weiß um alles, was du getan hast, jetzt und früher. Ich hege keine Rachegelüste, aber ich bin nicht dein Sohn. Wenn du mich allerdings hinters Licht führst, bekommst du von mir eine Lektion Grausamkeit erteilt, die dir nichts mehr nutzt, weil du sie nicht überleben wirst.«

Dann konnte ich nur noch die Schultern heben.

»Hoffentlich begreift sie, daß ich es ernst meine.«

Enkidu fauchte als Antwort.

Nie wieder im Leben sind mir Stunden so quälend langsam vergangen. Ich bestieg Geist und ritt hinaus, um in Sichtweite des großen Tores von Kalach zu warten, und meine Seele war vor Gram und Angst in völligem Aufruhr. Als sich die Sonne langsam zum Horizont senkte und sich der westliche Himmel blutrot färbte, erschien mir das wie ein unheilvolles Omen.

Was kümmerte es mich, ob ich meinem Bruder oder den Göttern höchstpersönlich ein Versprechen gegeben hatte – wenn Nakija meiner Frau und meinem Kind etwas antat, dann hatte sie ihr Leben verspielt. Ich würde ihr die Kleider vom alten Leib reißen und sie an die Stadttore nageln, wo sie nackt hängen mochte, bis ihr das Fleisch von den bösen Knochen fiel. Die Stadt würde ich dem Erdboden gleichmachen und das Land mit Salz pflügen. Und wenn Assurbanipal mich daran hindern wollte, würde ich auch ihm das Leben nehmen, und wenn er der König und sogar mein eigener Sohn war. Ich würde weder Erbarmen noch Mitleid kennen, da mir dann das Herz in der Brust erstorben war.

Zu solchen Zeiten merkt der Mensch, wen er wahrhaftig liebt und was diese Liebe aus ihm gemacht hat. Vor achtzehn Jahren hatte ich die Frau verlassen, nach der sich mein Herz sehnte: Ich hatte dem Leben den Rücken gekehrt und war davongeritten, um mich in der Ruhe und dem Frieden des Krieges zu verlieren und in allem den Willen des Gottes Assur zu tun – doch das war jetzt anders. Ich wollte Selana und unseren kleinen Sohn wiederhaben, und es galt mir gleichviel, welche Gottlosigkeit ich beging, wenn man mir das verweigerte.

Solch finstere Gedanken brütete mein Gemüt beim Warten aus; ich wußte, wenn ich noch bis in die Nacht warten mußte, würde diese Nacht für mich nie wieder enden.

Da war ich nun allein auf der Ebene, und mein Schatten wurde immer länger und schien sich allmählich zu verlieren, und dann ging das Stadttor ein ganz klein wenig auf, und ich erblickte Enkidu mit Selana an der Hand und Klein-Theseus huckepack auf den breiten Schultern, wie er in das dahinschwindende Licht hinaustrat.

Und ich mußte warten. Es war eine beinahe köstliche Pein,

ihnen zuzusehen, wie sie über diese große, leere Ebene auf mich zukamen, doch ich durfte mich nicht in Schußweite der Pfeile von den Mauern wagen. Mußte mich hüten, da Nakija in ihrer Unerforschlichkeit zu jeder Heimtücke fähig war. Ich hätte sonst alles verspielt. Dann jedoch hielt ich Selana wieder in den Armen – wir weinten beide vor Erleichterung und Freude.

»Pati, Pati!« Das war mein Sohn, der in seinem Kindergriechisch nach seinem Vater rief und mir hoch droben auf Enkidus Schultern die Ärmchen entgegenstreckte. Ich griff nach ihm, nahm ihn und erdrückte ihn schier in meinen Armen.

»Laß mich reiten, Pati! Ich habe keine Angst mehr!«

»Ja – also dann!« Ich hob ihn auf mein Pferd und hielt ihn an den Beinen fest, daß er mir nicht hinunterfiel, und er klammerte sich mit beiden Händen in Geists Mähne. Mittlerweile waren wir bei meinem Zelt angekommen, und nur noch die Lagerfeuer der Soldaten leuchteten uns.

Ich werde niemals herausbekommen, was geschah, als die Herrin Nakija meine Botschaft erhielt – meine Botschaften, denn die Haut des von ihr ausgesuchten Mörders, die sich wie eine Schlafmatte vor ihr entrollte, mag von beiden die deutlichere Sprache gesprochen haben. Nur Enkidu und sie waren zugegen, und keiner von beiden würde mir davon erzählen. Und ich wollte es auch gar nicht wissen.

»Was geschieht jetzt mit uns?« fragte Selana, nachdem sie Theseus zu Bett gebracht hatte. Er war gegen die Kälte in einen Soldatenmantel gewickelt worden, deshalb gefiel es ihm ausnehmend gut hier. »Ich weiß nicht, was sich alles zugetragen hat – seit Tagen durften wir nicht einmal mehr unsere Gemächer verlassen. Wie wird das alles enden, Gebieter?«

»Das liegt jetzt beim König.«

XLIX

Am nächsten Morgen wurden die Tore von Kalach aufgeworfen. Niemand wagte sich in die Stadt, und es kam auch keiner heraus. Unsere Soldaten standen in kleinen Gruppen herum, starrten über die leere Ebene zu den offenen Toren hin und unterhielten sich ruhig darüber, was das zu bedeuten haben mochte. Ich wußte, was es bedeutete – Assurbanipal ergab sich nicht, eher forderte er mich zur Aufgabe auf.

»Da der Weg jetzt frei ist, gehe ich, dem neuen König zu huldigen.«

»Nimm aber eine Leibwache mit, die groß genug ist, daß du dir den Weg nach draußen erkämpfen kannst«, antwortete Luschakin. »Eintausend Mann dürften reichen.«

»Das liefe auf eine Beleidigung hinaus«, gab ich zurück. »Der *rab shaqe* bekommt wegen seiner eleganten Manieren noch die Kehle durchgeschnitten. Gehst du allein, ist dein Leben keinen Pfifferling wert.«

»Was würdest du tun, wenn man mich dort drinnen tötete?«

Luschakins Gesicht wurde hart. »Kalach wäre noch vor Anbruch der Nacht eine rauchende Ruine«, sagte er.

»Glaubst du etwa, der König weiß das nicht?« Ich lächelte und legte ihm die Hand auf die Schulter, denn schließlich war er seit zwanzig Jahren mein Freund, und ich liebte ihn. »Nur keine Angst, mein alter *ekalli,* habe Vertrauen in die Klugheit deines neuen Königs.«

Ich sagte ihm allerdings nicht, daß ich soviel Vertrauen nun auch wieder nicht in Assurbanipal setzte. Eher hatte ich so ein Gefühl, daß Nakija am Ende von den Ereignissen überrollt worden war.

Was auch einen Sinn ergab, redete ich mir gut zu, als ich auf mein Pferd stieg. Aus was für Motiven auch immer sie diese Rebellion angezettelt hatte, sie hatte begriffen, daß ihr nur dann Erfolg beschieden war, wenn der König und ich nicht zusammenkamen. Und falls ich die Stadt vor aller Augen als *turtanu* des Königs betrat und ihm huldigen wollte, konnte sie die Hand nicht gegen mich erheben. Die Stadttore von Kalach standen offen, also mußten die Offiziere von Kalach auf eine andere Stimme gehört haben.

Hoffentlich war es Assurbanipals, und hoffentlich war er so klug, daß er erkannte, wie unsicher seine Lage immer noch war.

Ich ritt über das leere Feld, das unser Lager von den Stadttoren trennte und ließ Geist sein eigenes Tempo vorlegen, denn ich brannte nicht gerade auf das, was mich drinnen erwartete. Das Schweigen war gespenstisch. Kalach wirkte verlassen – ich sah auf und konnte nicht einmal die Gesichter der Wachen ausmachen, die von den Wachttürmen herunterblickten.

Und als ich in den Schatten des großen Tores ritt, da sah ich sie. Die ganze Stadt schien sich auf der Hauptstraße zu drängeln. Zunächst standen sie nur da und starrten mich dümmlich an, so als ob ein Mann zu Pferd über ihr Begriffsvermögen ginge.

Niemand sprach, In der Menge erblickte ich auch Soldaten, doch der Ausdruck auf allen Gesichtern war gleich. Den hatte ich schon öfter gesehen, auf den Gesichtern von Besiegten, dieses Schwanken zwischen Zweifel und Hoffnung, diese Ungewißheit, welche Menschen überfällt, denen die nächsten Stunden ihres Lebens jählings zu einer Wildnis zu werden scheinen, in der ihnen alles mögliche zustoßen kann.

Hier und da fielen Leute in der vordersten Reihe auf die Knie, etliche folgten, dann viele. Manche hatten Tränen in den Augen. Einige streckten die Hände aus, um mich im Vorbeireiten zu berühren. Das unnatürliche Schweigen hielt jedoch an.

Als es begann, schien es zunächst aus einiger Ferne zu kommen, gedämpft und undeutlich glich es fast einem Echo. Doch es wurde schnell lauter, und dann erkannte ich meinen eigenen Namen, der laut aus tausend Kehlen kam, so daß selbst die Mauern davon zu erzittern schienen.

»Tiglat! Tiglat! TigLAT! TigLAT!«

Rings um mich wogte die Menge und schien mich und mein Pferd mehr durch einen gemeinsamen Willen denn durch eigene Bewegung vorwärts zu schieben. Es war wie im Hexenkessel, und die Rufe wollten nicht aufhören und brandeten wie Wellen gegen mich an.

»TigLAT! TigLAT! TigLATI TigLAT!«

Und so ging es Schritt für Schritt des Weges, bis ich mich auf dem großen Platz vor dem Palast des Königs befand. Und hier herrschte wieder Schweigen.

Die Menge zog sich achtungsvoll zurück, und ich konnte absteigen. Ein königlicher Stallknecht nahm mir die Zügel ab. Ich warf einen Blick auf die Palastportale, halb erwartete ich, oben auf der Treppe Assurbanipal zu sehen, doch er war nicht da.

Ich entsinne mich, »Gut«, gedacht zu haben. »Entweder ist er zu stolz oder zu klug, daß er um die Gunst eines undisziplinierten Pöbelhaufens wirbt. Wie auch immer, es zeugt für königliche Größe, den Unterschied zwischen Herrscher und Beherrschten deutlich zu machen.«

Allein stieg ich die große Mitteltreppe hinauf. Die Türen öffneten sich für mich und schlossen sich hinter mir, und ich kam mir wie gefangen in einer anderen Wirklichkeit vor. Hier war ich kein Volksheld mehr. Ich war zu einem völlig anderen Menschen geworden, zum Untertan und Diener meines Königs.

Das zumindest war der Eindruck, den Assurbanipal unbedingt erwecken wollte. Hätte Assarhaddon nicht auf dem Totenbett gebeichtet und wäre dieser König nicht mein eigener Sohn gewesen – was mir bekannt war, ihm jedoch nicht –, es wäre ihm wohl auch gelungen.

Ich wartete ein paar Minuten ganz allein in der großen Halle des Palastes. Schließlich näherte sich mir ein Kammerherr.

»Der König wird dich in seinem Garten empfangen«, sagte er und tat dabei so, als ob er für diese Worte kaum genug Luft in den Lungen hätte – es war ein ältlicher Eunuch, der seit Lebzeiten meines Vaters in königlichen Diensten stand, und seine bedeutsame Stellung in der Nähe des Throns schien auf den Knaben von einst einen unauslöschlichen Eindruck gemacht zu haben.

»Danke. Ich kenne den Weg.«

Assurbanipal saß auf einer Steinbank neben einem Teich, welcher während der Sommermonate wahrscheinlich Fische enthalten hatte, jetzt jedoch trocken war. Es war ein kalter Morgen, doch ihm schien das nichts auszumachen. Er las ein Tontäfelchen, und als ich mich näherte, blickte er auf und beantwortete meine Verneigung mit einem leichten Kopfnicken.

»Nun, Onkel«, sagte er, »der Aufruhr der Straße ist bis zu mir gedrungen. Mir scheint, wir sind dir allesamt gnadenlos ausgeliefert.«

Jetzt erst merkte ich, daß die Tafel, welche er gelesen hatte und welche er immer noch in der Hand hielt, diejenige war, die ich Nakija geschickt hatte.

»Sollte das der Fall sein, so möchte ich meinen, daß du recht wenig zu befürchten hast.«

»Aber ist das der Fall?«

»Nein.«

Er lächelte verkniffen. Ich durfte nicht vergessen, daß ich mit einem fünfzehnjährigen Knaben sprach, denn er war hochgewachsen und besaß bereits eine bewundernswerte Selbstbeherrschung.

»Soviel ich weiß, ist Großmutter in einer schlimmen Verfassung«, sagte er, so als wollte er lediglich das Thema wechseln. »Sie hat sich in ihre Gemächer zurückgezogen und will niemand empfangen. Das hat den Garnisonskommandeur schließlich bewogen, mich aufzusuchen. Der Arme – wenn er nicht so daran gewöhnt gewesen wäre, seine Befehle von Großmutter zu empfangen, er wäre noch auf die Idee gekommen, sich zum *turtanu* auszurufen und ohne sie zu regieren. Wie du siehst, Onkel, gereicht mir meine Jugend zum Nachteil. Jeder meint, er müsse für mich handeln.«

Er schwieg einen Augenblick und warf mir einen forschenden Blick zu, er überlegte wohl, ob ich ihm glaubte. Aber natürlich war es unerheblich, ob ich ihm glaubte, weil es mir gleichviel galt, ob er die Wahrheit sagte oder nicht. Er hatte sich von der Rebellion distanziert, und das war genug. Niemand konnte mir jetzt noch Hochverrat vorwerfen.

»Wer war der Mann?« fragte er schließlich.

»Welcher Mann?«

»Der Mann, dessen Haut … Oh, Entschuldigung, Onkel. Wie unhöflich von mir – bitte, nimm doch Platz.«

Ich setzte mich neben ihn auf die Steinbank, obschon ich lieber gestanden hätte. Ich wäre auch lieber drinnen gewesen, hätte vor einem Kohlebecken Wein getrunken, doch Assurbanipal schien es hier draußen gut zu gefallen. Ich überlegte, wozu das Ganze dienen sollte, daß er mich hier empfing.

»Der Mann war der Arzt der Herrin Nakija. Er hat den König vergiftet.«

»Aha. Je weniger darüber verlautet, desto besser … Ist das jenes ›Geheimnis‹, auf das du anspielst?« Damit ich auch wußte, wovon die Rede war, wog er die Tafel in der Hand, als wollte er ihr Gewicht schätzen.

»Nein.«

»Und dieses Geheimnis, was auch immer es sein mag das willst du mir nicht enthüllen?«

»Ich halte es für das Beste so.«

Er war noch so jung, daß es ihm nicht ganz gelang, seine Erleichterung zu verbergen.

»Was meinst du, Onkel, gibt es noch mehr Familien mit so vielen Geheimnissen wie die unsere?«

»Um der Menschheit und des Friedens willen, hoffentlich nicht.«

Als sich unsere Blicke ganz kurz trafen, da war ich überzeugt, daß er alles wußte. Der Eindruck verflog jedoch, und ich war mir nicht mehr ganz so sicher. Und daran hat sich bis heute nichts geändert.

»Was sollen wir tun, Onkel.«

»Wir müssen entscheiden, ob man dir das Amt des Königs schon anvertrauen kann.«

Er war stolz, deshalb behagte ihm diese Antwort gar nicht, aber er war auch schlau, und deshalb schwieg er dazu.

»Hast du einen Preis, Onkel?«

»Ja, ich habe einen Preis.«

»Und der wäre …?«

»Die Herrin Nakija – du mußt sie entmachten. Sie darf sich nie wieder in die Angelegenheiten dieses Hauses einmischen.«

»Einen Augenblick habe ich gedacht, du würdest ihren Kopf fordern.«

»Für sie ist das schlimmer als der Tod.«

Er schien sich die Sache kurz zu überlegen, doch mir war sofort klar, daß er sich bereits entschlossen hatte, vielleicht noch bevor ich den Mund aufgemacht hatte. Nakija hatte versucht, diesen Knaben so zu beherrschen wie ihren Sohn, und damit hatte sie sich am Ende übernommen.

»Also gut«, sagte er abschließend. »Schicken wir sie in eine luxuriöse Verbannung in Babylon. Wir dürfen nicht zu grausam sein – soll sie doch meinem Bruder Schamasch Schumukin mit ihren Ratschlägen zusetzen.«

»Selbst das könnte sich eines Tages als nicht weit genug erweisen, doch es sei, wie der König von Assur will.«

Wieder lächelte er sein blasses Lächeln, und das war das einzige Anzeichen, daß er wußte, er hatte einen Sieg errungen.

»Aber Großmutter ist nicht die einzige, die in den Ruhestand gehen muß. Onkel, denn ein König ist nicht König, wenn einer seiner Untertanen mächtiger ist als er, einer, der allein mit seiner Stimme die Krone zu Staub machen kann.«

Wieso erschrak ich bei diesen Worten, da ich Ähnliches doch erwartet hatte? Natürlich hatte er recht. Dieser Knabe und ich konnten uns nie die gleiche Welt teilen – er hatte selbst schon angedeutet, daß es in unserer Familie einfach zuviele Geheimnisse gab.

Doch die Aussicht auf eine neue Verbannung, und dieses Mal ohne Wiederkehr, war dadurch nicht leichter zu ertragen. »Ich verstehe«, sagte ich nach einer Pause, die gerade einen Atemzug dauerte. »Du möchtest allein regieren, und das kannst du nicht, solange …«

»Onkel, mit Prinz Tiglat an meiner Seite sind alle Augen nur auf ihn gerichtet. Jeder Soldat in meinem Heer verehrt dich beinahe wie einen der lichten Götter selbst. Das gewöhnliche Volk jubelt dir auf der Straße zu, und die Bauern selbst im abgelegensten Dorf geben ihren männlichen Kindern deinen Namen und erzählen sich Geschichten über deine Kriege und deinen legendären Mut. In ihrem Herzen bist du der König, den sie haben möchten. Wie könnte ich wohl vor soviel Ruhm bestehen – jetzt jedenfalls noch nicht. Aber ich möchte es gern versuchen.«

Ich spürte, daß mir die Tränen in den Augen standen, sie rannen zwar nicht, doch sie machten mich blind. Zum ersten Mal empfand ich väterliche Liebe für diesen Sohn, den ich niemals als mein eigen anerkennen durfte. Es ist bitter, einen Sohn in dem Augenblick zu verlieren, wenn man ihn gefunden hat, aber ich wußte, der einzige Segen, den ich ihm als Vater mitgeben konnte, lag in der Erfüllung seiner Bitte.

»Ja, das verstehe ich wirklich.« Ich legte ihm die Hand auf den Arm, diese eine Geste der Zuneigung gestattete ich mir, und er war nicht so stolz, daß er ihn weggezogen hätte, vielleicht begriff er ja etwas von dem, was in meinem Herzen vor sich ging. »Ich gehe fort. Doch nicht in eine abgelegene Garnisonsstadt, wo ich selbst gegen meinen Willen immer der Mittelpunkt des Widerstandes gegen deine Herrschaft sein würde. Ich werde scheinbar verschwinden, und das für immer. Es wird sein, als wäre ich gestorben.«

»Als hättest du nie gelebt«, erwiderte er, und seine Stimme wurde jählings eigenartig hart.

Und da wußte ich, was er vorhatte; dieser König würde seine Krone nicht einmal mit einem Schatten teilen. Und wie schon Könige vor ihm, würde er die Geschichte von meines Vaters und meines Bruders Regierung umschreiben lassen, damit sie nicht ruhmreicher erschien als seine eigene. Selbst mein Name würde aus den Annalen getilgt werden, die ohnedies nur eine Sammlung von Siegeslügen sind. Er wollte die Vergangenheit vernichten – zumindest jedoch meine.

Und das war auch gut so. Er trug einen Eiszapfen im Herzen, mein Sohn hier, was gar nicht so schlecht für einen König ist, obschon es bei anderen Menschen als Makel gilt. Assarhaddon hatte ihn nicht gehabt, der war nur grausam, wo er lediglich hätte skrupellos sein müssen. Und vielleicht war es das, was auch mir gefehlt hatte und warum der Gott Assur es für richtig gehalten hatte, mir den Thron meiner Väter zu verweigern. Was mich anging, so bedauerte ich den Mangel nicht, aber für Assurbanipal freute es mich.

»Als ob ich nie gelebt hätte.«

Wir besprachen noch vieles, denn selbst ein König ist geneigt, seine Gedanken mit einem Geist zu teilen. Er versprach mir, daß auf beiden Seiten niemand für seinen Anteil an der kürzlichen Rebellion leiden sollte, und ich wußte, er war so klug, daß er Wort hielt.

»Ägypten werde ich zurückerobern«, sagte er. »Nicht in diesem Jahr, aber sowie das Hochwasser vorbei ist, ziehe ich ein Heer zusammen und treibe diesen Taharka den Nil aufwärts, daß er nie mehr zurückfindet. Es geht um mein Prestige, da habe ich keine andere Wahl.«

»Ein Eroberungskrieg ist kein schlechter Anfang für eine Regierung«, sagte ich. »Aber ziehe durch das Delta – versuche keine neuerliche Durchquerung der Wüste, das erwartet Taharka nämlich. Und unterschätze ihn nicht, er ist tapfer und schlau.«

»Doch wenn dieser Krieg einmal gewonnen ist, halte ich es für das Beste, ein paar Jahre lang Tribut zu fordern und die ganze Sache dann sang- und klanglos fallenzulassen. Ägypten ist ein gebrochenes Rohr. Es macht uns keinen Ärger mehr, warum also Soldaten verschwenden, nur um es zu halten?«

»Das ist klug, und denke daran, mein König, da du noch keine Kriegserfahrung hast, solltest du auf deine Befehlshaber hören und ihren Rat befolgen. Männer, die Ägypten einmal eingenommen haben, schaffen das auch ein zweites Mal, wenn du sie läßt. Der Ruhm dürfte für alle reichen.«

»Es sei, wie du sagst, Onkel.«

Als ich die Stadt durch ein Seitentor verließ, welches vom Palastbezirk nach draußen führte, war es bereits mitten am Nachmittag. Ich ritt zum Lager zurück; halb freute ich mich und halb grämte ich mich, und das zu gleichen Teilen, denn ich hatte alles erreicht, was ich mir vorgenommen hatte, doch nun war in der Zukunft kein Platz mehr für mich. Hier jedenfalls nicht.

»Würde es dir sehr viel ausmachen, wenn dein Mann kein Prinz von Assur mehr wäre, sondern nur ein Bauer auf Sikelia?« fragte ich Selana, sobald der Pferdeknecht mein Pferd fortgeführt hatte.

»Gehen wir zurück?« fragte sie, und das Leuchten in ihren Augen sagte mir, es war alles, was sie wollte.

»Ja – und dieses Mal für immer.«

»Dann werde ich mir Mühe geben, mich damit abzufinden«, sagte sie und lachte.

Aber es sollte keinen plötzlichen Aufbruch für mich geben, denn wir durften nicht den Anschein erwecken, als wollte mich der König vertreiben. Ich verweilte mehr als einen Monat in Kalach, behielt meinen Titel und die Macht des *turtanu.* Ich half bei der Planung des nächsten ägyptischen Feldzuges und bestimmte die Befehlshaber, welche ihn in Wahrheit führen würden. Der König und ich erschienen zusammen in der Öffentlichkeit, und er gewährte mir viele Beweise seiner Gunst. Zugleich ließ ich bei den Befehlshabern des Heeres durchsickern, daß ich an meinen Verbannungsort weit hinter den Ufern des Nordmeeres zurückzukehren gedächte.

»Warum mußt du gehen?« fragten sie. »Der König ist nur ein Knabe, und es war der Wunsch des Gebieters Assarhaddon, daß du die Macht als *turtanu* ausüben solltest.«

»Ich bin der Macht überdrüssig – ich begehre nur noch Vergessen und Frieden in meiner Seele. Ich bin lediglich zurückgekommen, weil es der König, mein Bruder, so wünschte, und jetzt erlaubt man mir die Heimkehr. Habt Vertrauen zu dem neuen König. Er ist jung, aber aufgeweckt, und er versteht zuzuhören. Er wird es ganz gut ohne mich schaffen.«

Ich weiß nicht, ob sie diesen Versicherungen glaubten, doch zumindest nahmen sie mir ab, daß ich dieses Mal auf eigenen Wunsch ging.

Zehn Tage nach unserer ersten Unterhaltung besiegelte Assurbanipal die Ansprache zwischen uns: Er schickte die Herrin Nakija in die Verbannung. Ich sah zu, wie sie die Stadt auf einem Wagen verließ, der von königlichen Ochsen gezogen wurde, so als wäre sie bereits ein Leichnam und auf dem Wege zu ihrer Beisetzung.

Wir wechselten kein Wort, doch nie werde ich den Ausdruck auf ihrem Gesicht vergessen. Sie wußte, daß es für sie keine Rückkehr mehr gab und daß ein ganzes Leben der Hinterlist und des Mordens als Fehlschlag geendet hatte. Sie sah aus, als beneidete sie ihre Opfer.

Es wollte mir nicht gelingen, Mitleid mit ihr zu haben.

Und schließlich war auch für mich die Zeit zum Aufbruch gekommen. Der König machte mir viele Geschenke an Gold und Silber, doch großer Reichtum war für den Mann, zu dem ich nun werden sollte, von wenig Nutzen, und so verteilte ich das meiste davon unter der Leibwache, die man ausgewählt hatte, daß sie mich bis zur Nordgrenze begleitete. Luschakin bestand darauf, meine Eskorte selbst zu befehligen.

An meinem letzten Abend in Kalach ließ ich einen Schreiber rufen und übereignete dem König fast alles von meinen Besitztümern, meine Paläste und meine großen Ländereien, wobei ich Sorge dafür trug, daß ihm das Dokument erst nach meiner Abreise übergeben wurde. Diese Dinge hatten dem Prinzen Tiglat Assur gehört, und den gab es nicht mehr. Soll sich der König doch seine eigenen Günstlinge suchen und sie reich machen, dachte ich. Er wird sie brauchen.

Nur Drei Löwen bildete eine Ausnahme, das sollten Qurdi, mein Aufseher dort, und seine Frau Naiba erhalten. Die Freude, sie unvorstellbar wohlhabend zu machen, wollte ich mir nicht versagen.

Wer das Land, in dem er aufgewachsen ist, für immer verläßt, hat eine lange Reise vor sich. Wir machten keinen Halt in den Städten, aber aus der Ferne erblickte ich windgepeitscht und bereits schneeüberstäubt die Mauern von Ninive, wo ich geboren worden war, wo ich einstmals in Pracht und Herrlichkeit hatte residieren und es nur hatte verlassen wollen, um meinen Platz in der Königsgruft von Assur einzunehmen, und da fiel mir wieder die Warnung ein, die ich als Jüngling vernommen hatte: *»Sieh dir Ninive an, Tiglat Assur. Seine Straßen werden Jagdgrund für Füchse sein, und Eulen werden sich ihre Nester im Palast des großen Königs bauen. Glaube nicht, daß dich dort Glück und Ruhm erwarten, Prinz, denn der Gott hat einen anderen Weg für dich ausersehen. Hier wird dir alles bitter werden, die Liebe, die Macht, die Freundschaft. Süß am Anfang, doch am Ende bitter.«*

Neben dem Grenzstein von Drei Löwen wartete er auf mich. Ich hatte gewußt, daß ich ihn noch einmal sehen würde, und so hieß ich Selana und meine Eskorte zurückbleiben und ritt zu ihm hin.

Wenn ein Mensch sterblich ist, so muß ihn die Zeit abschleifen wie einen Stein in fließendem Wasser, doch der *maxxu,* der heilige Mann des Gottes, hatte sich seit unserer ersten Begegnung vor mehr als zwanzig Jahren nicht verändert. Das gleiche hagere, sonnengebräunte Gesicht, die gleiche vorspringende Stirn, das gleiche weiße Haupt- und Barthaar, die gleichen toten und blinden Augen, die durch einen hindurch in eine verborgene Wirklichkeit zu blicken schienen.

»So bist du am Ende doch gekommen«, sagte er. »Einer von uns hat darauf lange warten müssen.«

»Und das ist, glaube ich, unsere allerletzte Begegnung.«

»Ja, Tiglat Assur – unsere allerletzte Begegnung. Du hast dem Gott gut gedient, er ist nun mit dir fertig. Und du darfst dir deinen Lohn holen.«

»Dann sind die Weissagungen also erfüllt, heiliger Mann?«

»Noch nicht, Tiglat Assur, aber du wirst es wissen, wenn es soweit ist.«

»Und was kommt jetzt?«

Er lächelte spöttisch, als wollte er fragen: *Willst du das wirklich wissen?*

»Aber was wird aus meinem Sohn, heiliger Mann? Was aus dem König?«

»Ach, der.« Er hob die mageren Schultern. »Assurbanipal wird so ruhmreich regieren, wie es dir zugekommen wäre, doch nach ihm siecht das Reich deines Vaters dahin und verrottet wie ein Apfel, den man in der Sonne hat liegenlassen. Mit der Zeit wird alles untergehen, und es wird kaum eine Spur auf der windgepeitschten Erde zurückbleiben. Die Götter werden fortziehen. Die prächtigen Städte werden vergehen, bis sich niemand mehr an sie erinnert. Sogar ihre Namen werden von den Lippen der Menschen verschwinden. Nichts bleibt als Schweigen. So lautet das Urteil des Heiligen Assur über das Land und seine Menschen.«

»Du sprichst düster«, sagte ich. »Heiliger Mann, du erfüllst mein Herz mit Düsternis.«

»Ach ja?« Er schenkte mir ein Lächeln, als wäre ich ein Kind, das sich vor seinem eigenen Schatten fürchtet. »So wisse denn, daß die Sonne an vielen Orten scheint und es immer ein neues Morgenrot gibt. Geh jetzt, Tiglat Assur, du Liebling des Gottes. Geh und lebe dein Leben.«

Ich wandte mein Pferd und ritt fort, denn ich hatte genug gehört.

Schließlich erreichten wir das Ufer des Bohtan. Nach seiner Durchquerung würde ich das Land Assur hinter mir gelassen haben. Ich sagte Luschakin Lebewohl und umarmte ihn wie einen Bruder. Dann band ich Geist hinten an den Wagen, welcher Selana und unser Kind trug, und fuhr ins Wasser hinein. Auf der anderen Seite wartete Tabiti, der Häuptling der Saken, und grinste wie eine Katze.

»Meine Späher sind dir seit Tagen gefolgt«, rief er, »Du kommst aber langsam voran.«

»Wir werden uns bessern«, rief ich zurück.

»Denn der Gott hat einen anderen Weg für dich ausersehen«, hatte der *maxxu* mir vor langer, langer Zeit gesagt. Jetzt, so dachte ich, finde ich ihn vielleicht.

Als wir die Mitte des Flusses erreichten, riß sich Selana den Schleier herunter und warf ihn fort. Er wurde sofort in die Wasserwirbel gezogen und verschwand für immer.

EPILOG

Für einen Menschen, dem es vergönnt ist, so alt zu werden wie ich, gewinnt die Vergangenheit eine Klarheit, welche ihm die Gegenwart nicht bieten kann, und die Zukunft verschwindet wie ein Schemen. Als ich den Bohtan durchquerte und das Land meiner Geburt für immer verließ, zählte ich siebenunddreißig Lenze. Das war vor beinahe sechzig Jahren. Ich habe mein ganzes Leben gebraucht, um den Rätseln jener Tage auch nur ein wenig auf die Spur zu kommen, etwas von dem zu erahnen, was Assarhaddon und Nakija und wir übrigen in Gang setzten, während wir blindlings dem großen Plan des Gottes folgten und alles für die Rührungen unseres eigenen kleinen Willens hielten. Mir allein ist es vergönnt gewesen, das Ende der Dinge zu erleben, wenn auch nur um zu begreifen, daß es kein Ende gibt, daß der Gott Assur uns nicht wissen läßt, ob sein Wille, welchen nur er kennt, geschehen ist; und so bleibt uns denn der letzte Sinn von allem, was wir getan und erlitten haben, verborgen.

Und vielleicht täusche ich mich auch nur selbst, wenn ich glaube, daß ich überhaupt etwas gelernt habe. Deianira, das Kind meines jüngsten Großsohns, ist unendlich stolz, daß sie endlich alle griechischen Lettern beherrscht, in denen diese lange Geschichte meiner Jugend aufgeschrieben ist – sie kann sie einen nach dem anderen, so wie sie auf dem Pergament erscheinen, benennen, den Namen eines jeden aussprechen und bildet sich ein, das ganze Geheimnis des Schreibens hätte sich ihr offenbart. Vielleicht verstehe ich, so wie sie, alles nur als zufällig aneinandergereihte Wahrheitsfragmente, die nutzlos sind, weil sie keinen Anhaltspunkt für den übergeordneten Sinn geben.

Und so liegt denn auf meinem Tisch das Ergebnis vieler mühevoller Tageswerke, Rolle um Rolle und ist für Augen gedacht, die klarer sehen als meine. Es bleibt nur noch sehr wenig hinzuzufügen.

Wir verbrachten den Winter bei Tabiti und seinem Volk, und im nächsten Frühling zogen wir gen Westen bis nach Lydien, wo die Saken zusammen mit den Stämmen der Kimmerier viele Grenzdörfer brandschatzten, denn dort konnten sie anscheinend – so schwach und von Wirren geschüttelt war jenes Königreich – nach Belieben kommen und gehen. In der Küstenstadt Myrina fielen der Sohn Argimpasas und ich uns in die Arme und schworen uns unter Tränen ewige Freundschaft, und doch wußten wir beide, daß wir uns nie wiedersehen würden. Selana, Theseus, Enkidu und ich gingen an Bord eines phönikischen Schiffes mit Ziel Lesbos, von dort reisten wir nach Korinth und weiter nach Sikelia und kamen nach sieben Jahren Abwesenheit im Spätsommer dort an.

Unsere Rückkehr sorgte für beträchtliche Aufregung in Naxos. Alte Freunde eilten zu unserer Begrüßung herbei, wollten uns alles erzählen, was sich während unserer Abwesenheit zugetragen hatte und von unseren Abenteuern in fremden Ländern hören. Wir blieben über Nacht in der Stadt, und am Morgen mietete ich einen Wagen, und dann fuhren wir zu unserem Hof, wo ein erstaunter Kephalos uns begrüßte, als wären wir in einem Feuerregen vom Himmel gefallen.

»Erhabener!« schrie er und vergaß dabei Ströme von Tränen, »oh, gesegnet seien die Götter, daß es mir vergönnt ist, diesen Tag zu erleben. Es ist, als wärst du von den Toten zurückgekehrt!«

»Nicht ganz, du fetter Schurke. Hast du den Brief nicht bekommen, den ich dir aus Naukratis geschickt habe?«

»Ja, Gebieter, doch die Entfernung ist wie die Ewigkeit, und ein Stück Papyrus kein lebendiger Mensch. Ich hatte nicht mehr zu hoffen gewagt, daß du den Rückweg findest doch deine Anwesenheit hier sagt mir, daß der Gebieter Assarhaddon nicht mehr lebt.«

Ich erzählte ihm alles, was sich zugetragen hatte. Es war eine lange Geschichte, und sie dauerte bis tief in die Nacht, und als ich geendet hatte, waren wir beide zu betrunken, um noch unser Bett zu finden. Das war unsere Wiedersehensfeier.

Während unserer Abwesenheit war der Hof prächtig gediehen, und das verdankte ich in allem der sorgsamen Wirtschaft des jungen Tullus, der sich eine Frau genommen und schon einen Sohn in Theseus' Alter hatte. Seine Mutter war gestorben, doch sein unverheirateter Bruder lebte noch bei ihm. Ich gab Icilius etwas von dem mir verbliebenen Gold als Brautpreis und kaufte den beiden Familien Land, das an mein eigenes angrenzte, doch nur unter der Bedingung, daß Tullus bei mir Aufseher blieb. Von dem Rest kaufte ich mir einen weiteren Hof, denn es sollte mir in meinem neuen Leben an nichts mangeln.

Die folgenden Jahre brachten mir Gewinne und Verluste, so wie es das Los aller Menschen ist. Selana war schwanger, noch ehe wir Asien verlassen hatten, und schon bald nach unserer Rückkehr wurde uns ein zweiter Sohn geboren, der den Namen Patroklos erhielt. Ihm folgte bereits im nächsten Jahr eine Tochter und dann zwei weitere Söhne. Selana und ich lebten glücklich und so friedlich miteinander, wie es mit solch einer Frau möglich ist, und sie starb in ihrem siebzigsten Jahr, umgeben von einer Familie, die bis in die vierte Generation reichte. Ihren Verlust habe ich nie verwunden.

Kephalos starb zehn Jahre nach unserer Rückkehr, als er sich eines Abends an Selanas Lammbraten übernommen hatte. Wie ich ihm versprochen hatte, begrub ich seine Asche in der Urne, die schon die Asche seines geliebten Ganymedes barg.

Enkidu starb im Schlaf. Da war sein Haar bereits weiß, doch seine große Kraft verließ ihn bis zu seiner Todesstunde nicht. Seine Asche ruht neben der meiner Frau, so wie es ihm gebührt.

Was mich angeht, so habe ich ein außerordentlich hohes Alter erreicht und das Glück gehabt, daß ich keines von unseren Kindern überleben mußte, welche bereits alle eigene Kinder und Großkinder haben.

Und mein anderer Sohn? Was ist aus Assurbanipal geworden? Vor ungefähr zwölf Sommern hörte ich, daß er reich an Jahren und Ruhm gestorben sei. Ich kann nicht beschreiben, was ich da empfand, mir war, als sei ein Teil von mir auch gestorben.

Ein Reisender brachte mir die Kunde, und von ihm und anderen hörte ich im Laufe der Jahre beinahe alles, was ich über die Ereignisse im Lande meiner Väter weiß. Sie haben keine Ahnung, wer ich bin, denn der Name Tiglat Assur ist bei den Völkern im Osten längst vergessen, und deshalb dürften sie mich auch nicht belogen haben.

Aber es kam mir schon Kunde von Assurbanipal, noch ehe ich das griechische Festland verlassen hatte. Er hielt bereits jenen Sommer Wort und kehrte mit einem großen Heer nach Ägypten zurück, dieses Mal zog er mit Feuer und Schwert den ganzen Weg nach Theben und machte sich zum absoluten Herrn des ganzen Landes. Und so erwies sich das Kind meiner Lenden doch noch als Soldat. Taharka zog sich ins Land Kusch zurück, und man hat nie wieder von ihm gehört. Ägypten wird, glaube ich, bis auf den heutigen Tag von den Nachfahren des Fürsten Nekau regiert, welcher sich mit Erlaubnis des Königs zum Pharao machte.

Dann zog Assurbanipal gegen die Elamiter und vernichtete diese Nation für immer – ich habe gehört, daß er dem König den Kopf abhacken und an einem Baum in seinem Garten hängen ließ. Zwar vernichtete er die Elamiter vollständig, doch gereichte das dem Land Assur durchaus nicht zum Segen, denn der Zusammenbruch von Elam schuf eine Bresche für die Meder, die nun rasch das Land überrannten und sich als der weitaus gefährlichere Nachbar erwiesen.

Die Vereinbarung, wonach Assarhaddon seinem Sohn Schamasch Schumukin den Thron von Babylon gab, hielt mehr als zehn Jahre, doch wie ich mir schon gedacht hatte, konnte es keinen ewigen Frieden zwischen den königlichen Brüdern geben. Irgend jemand, wer, das habe ich nie herausgefunden, überredete Schamasch Schumukin zum Aufstand gegen den König von Assur, und mit ihm lehnte sich ganz Sumer auf. Assurbanipal warf den Aufstand nieder, und Schamasch Schumukin starb, vielleicht durch eigene Hand, während rings um ihn sein Palast in Babylon brannte – und so erfüllte sich die Weissagung von einem Feuertod, welche Assarhamat in ihren Träumen heimgesucht hatte, als sie den Knaben im Schoß trug, am Ende doch noch.

Ich habe mich oft gefragt, ob Nakija dabei die Hand im Spiel hatte, doch das werde ich nie wissen. Im Laufe all der Jahre habe ich nichts mehr von ihr gehört, aber auch sie dürfte schon lange tot sein.

Von den anderen Königen, die nach Assurbanipal herrschten, weiß ich nicht, ob diese nun seine Nachfahren oder aus anderem Geschlecht waren. Seit vielen Jahren habe ich niemanden mehr den Namen meines Vaterlandes aussprechen hören, trotzdem weiß ich über sein Geschick Bescheid.

Ich habe Geschichten über einen großen König gehört, der den Chaldäern erwachsen ist, über einen Eroberer, der sich zum König von Babylon gemacht hat, und ich weiß, die Meder warten nur auf ein Anzeichen von Schwäche, um über das Land Assur herzufallen wie ein Wolf über eine Schafherde und wie bei Assarhamat, als sie hochschwanger mit ihrem Unglückssohn war, ist meine Schlafmatte Schauplatz von Feuer und Gemetzel.

Jede Nacht träume ich von Ninive. Da liegt es verlassen und in Ruinen, seine Götter sind in die Sklaverei verschleppt und die Erde ist sumpfig vom Blute seiner Einwohner. Auf seinen Straßen höre ich die Füchse bellen und die Eulen schreien, die in seinen Tempeln nisten. Ich weiß, daß schon bald irgendein Reisender mit der Kunde hier eintrifft, daß der Osten wieder einmal eine Reihe von Eroberern hervorgebracht hat und daß das Reich meiner Väter durch das Schwert einer anderen Rasse zerstört worden ist. Ich bete darum, daß der Tod mich vorher findet.

Doch bis dahin sitze ich hier in meinem Garten im Schatten einer Platane, die ich eigenhändig gepflanzt habe, im Angesicht des weindunklen Meeres und möchte fast glauben, daß das Leben eine Gnade ist. Völker, die auf ungezählte Jahrhunderte der Siege zurückblicken können, verschwinden durch eine einzige Niederlage, und doch leben die Menschen ohne sie weiter. Das dient gewißlich irgendeinem Zweck, obschon uns dieser vielleicht immer verborgen bleiben wird, denn der Gott ist voller Gnade, und sein heiliges Licht wäscht die Welt mit jedem neuen Tag rein. Ich sehe zu, wie sich die Sonne über den glitzernden Wassern erhebt, spüre ihre Hitze auf meinem Gesicht, und sie wärmt wie die Liebe, und dann weiß ich, daß der Gott Assur seine Schöpfung nicht aufgegeben hat. Es ist, wie der *maxxu* gesagt hat, obwohl ich ihm damals, vor vielen Jahren, kaum Glauben schenken wollte – es gibt immer ein neues Morgenrot.

Band 12363

Annette Motley

Die purpurrote Lilie

Ein Roman um Kreuzritter, Sarazenen und eine faszinierende Frau

Zwei Jahre schon lebt Ellen, die schöne junge Frau von Stephen de la Falaise, der sich den Kreuzrittern angeschlossen hat, allein auf Hawkhurst. Da dringt Hugo de Malfort, ihr oberster Lehnsherr, gewaltsam in ihr Haus ein und fordert sie und ihren Besitz. Voller Angst flieht die Lady an den Hof von Königin Eleonore und bittet um Hilfe. Doch schon bald erkennt sie, daß sie ihr Schicksal selbst in die Hand nehmen muß. Allen Gefahren trotzend, folgt sie der Spur ihres Mannes. Zum Glück taucht stets zur rechten Zeit ein edler Beschützer auf: Tristan de Jarnac, der bestaussehende Ritter im Gefolge von Richard Löwenherz...

BASTEI LÜBBE

Band 12294

Tilman Röhrig

Sand oder der Freiheit eine Gasse

An einem Märztag des Jahres 1819 ermordet Carl Ludwig Sand, ein Theologiestudent, einen Mann, den er nie zuvor gesehen hat: den Lustspieldichter und russischen Staatsrat August von Kotzebue, einen der angesehensten Bürger Mannheims. Vor den Augen der gaffenden Menge stößt er sich dann selbst den Dolch in die Brust, um seinem Leben ein Ende zu setzen.
Doch Sand überlebt - und es ergeht die Weisung, daß er unter allen Umständen gerettet werden muß, um ihm den Prozeß machen zu können. In den langen Monaten bis zu seiner Hinrichtung erinnert er sich, wie alles angefangen hat.
Nicht niedere Rachsucht war sein Motiv, sondern ein hehres Ideal: Einen Feind des Vaterlandes wollte er töten, um der Freiheit eine Gasse zu bahnen. Doch am Ende bleibt ihm die bittere Erkenntnis, daß er das Gegenteil bewirkt hat.

BASTEI
LÜBBE

Die Erstklassigen
12 neugestaltete Sonderausgaben in limitierten Auflagen zu attraktiven Aktionspreisen
William Sarabande
Land aus Eis
Land der Stürme
Eine atemberaubende Saga voller Liebe und Abenteuer
Bastei Lübbe
Nr. 25254/DM 14,–
Josef Nyary
Lugal
Ein farbenprächtiger Roman über das Weltreich Mesopotamien
Bastei Lübbe
Nr. 25255/DM 14,–
James Herbert
Moon
Der Roman, der Sie nicht schlafen läßt
Bastei Lübbe
Nr. 25256/DM 10,–
Jonathan Kellerman
Jamey - das Kind, das zuviel wußte
Psychothriller voll knisternder Spannung
Bastei Lübbe
Nr. 25257/DM 12,–
Davis
Und niemand hörte ihre Schreie
Die tragische Wahrheit über die Morde auf einer Kinderstation
Bastei Lübbe
Nr. 25258/DM 10,–
Dagmar Hansen
Spinat und Spiegelei
Pommes mit Ketchup
Zwei herzerfrischende Romane in einem Band
Bastei Lübbe
Nr. 25259/DM 10,–